« BEST-SELLERS »

Collection dirigée par Henriette Joël et Isabelle Laffont

ROBERT LUDLUM

LA VENGEANCE DANS LA PEAU

roman

traduit de l'américain par Patrick Berthon

ROBERT LAFFONT

Titre original : THE BOURNE ULTIMATUM
© Robert Ludlum, 1990
Traduction française : Éditions Robert Laffont, S.A., Paris, 1991

ISBN 2-221-06508-5
(édition orignale :
ISBN 0-394-58408-2 Random House, Inc., New York)

Pour Bobbi et Leonard Raichert,
Deux êtres merveilleux qui ont enrichi
Notre vie – Qu'ils en soient remerciés ici.

Prologue

La nuit était tombée sur Manassas, en Virginie, et la campagne bruissait de toute une vie nocturne. Jason Bourne traversait silencieusement la forêt bordant la propriété du général Norman Swayne. Des oiseaux surpris s'envolaient dans un froissement d'ailes; des corneilles réveillées par l'intrus lançaient un cri d'alarme dans les arbres, puis gardaient un silence complice.

Manassas! C'était la clé de tout, la clé qui allait ouvrir la porte lui permettant de retrouver la piste de Carlos le Chacal, l'assassin qui n'avait plus qu'une idée en tête : supprimer David Webb et sa famille... Webb! *Va-t'en, David, je ne veux pas de toi!* Cette phrase, Bourne se la répétait mentalement. *Laisse-moi être ce tueur que tu ne pourras jamais devenir!*

A chaque coup de cisaille dans la haute clôture en treillis de fils de fer, l'haleine courte, le front couvert de sueur, il prenait conscience de l'implacable réalité. Malgré tous ses efforts pour entretenir sa condition physique, il sentait le poids de ses cinquante ans et ne pouvait plus accomplir avec la même facilité ce qu'il faisait encore treize ans auparavant, quand il avait reçu l'ordre de traquer le Chacal à Paris. Il fallait le savoir et agir en conséquence, mais il n'était pas nécessaire de s'appesantir là-dessus. Il y avait maintenant Marie et ses enfants – la femme et les enfants de David – et rien ne lui était impossible s'il avait décidé de le faire! David Webb s'effaça lentement; il ne resterait bientôt plus en lui que Jason Bourne, le prédateur.

C'était fait! Il rampa dans l'ouverture qu'il venait de pratiquer dans le grillage et se redressa de l'autre côté. Machinalement, prestement, il palpa ses différentes poches pour s'assurer qu'il avait tout son matériel et ses armes : un automatique, un pistolet à air comprimé, des jumelles Zeiss-Icon et un couteau de chasse dans sa gaine de cuir. C'est tout ce dont le prédateur avait besoin, car il se trouvait maintenant en territoire ennemi, chez l'ennemi qui allait le conduire à Carlos.

Méduse. Le bataillon maudit du Viêt-nam, un ramassis de brutes san-guinaires sillonnant les jungles du Sud-Est asiatique, dont les activités clandestines étaient contrôlées par le haut commandement de Saigon. Ces escadrons de la mort qui rapportaient aux forces américaines plus de renseignements que l'ensemble des opérations de ratissage. Engendré par Méduse, Jason Bourne avait enfoui au plus profond de lui-même le souvenir de David Webb, cet universitaire paisible dont l'épouse et les enfants avaient été sauvagement assassinés.

Le général Norman Swayne, un des membres les plus influents du commandement de Saigon, avait la responsabilité de l'approvisionne-ment de l'ancien Méduse. Et maintenant, il y avait un nouveau Méduse, différent, tentaculaire, incarnation du mal sous son manteau de respectabilité, quadrillant à son bénéfice des secteurs entiers de l'économie grâce aux profits tirés des activités clandestines d'un batail-lon de salopards jetés aux oubliettes de l'histoire. Ce Méduse moderne était la passerelle menant à Carlos le Chacal. L'assassin ne saurait résis-ter aux offres de ces clients et les deux camps, d'un commun accord, décideraient la mort de Jason Bourne. C'était inéluctable! Mais, pour être sûr du bon déroulement de l'affaire, Bourne devait découvrir les secrets cachés dans la propriété du général Swayne, le responsable de tous les achats au Pentagone, un homme gagné par la panique, qui, à l'intérieur de l'avant-bras, portait un petit tatouage. Un homme de Méduse.

Sans un bruit, sans un grondement d'avertissement, un doberman noir jaillit du sous-bois et se rua sur Bourne. Celui-ci tira rapidement le pistolet à air comprimé de son étui de nylon au moment où le chien de garde, babines retroussées et couvertes de bave, bondissait sur lui. Il visa la tête et l'anesthésique de la fléchette agit en quelques secondes. Bourne reçut l'animal dans ses bras et déposa son corps inerte sur le sol.

Tranche-lui la gorge! lança la voix intérieure de Jason Bourne.

Non! répliqua son autre moi, David Webb. *Ce n'est pas à l'animal qu'il faut en vouloir, mais au dresseur.*

Fiche-moi la paix, David! Va-t'en!

1

En pénétrant dans le parc d'attractions qui s'étendait en rase campagne, à la périphérie de Baltimore, la première impression était celle d'une cacophonie assourdissante. Dans la moiteur de la nuit, la sueur dégoulinait sur tous les visages et les cous, sauf pour ceux qui ne pouvaient retenir un cri avant de plonger dans les descentes vertigineuses des montagnes russes ou qui hurlaient de plaisir en dévalant la piste étroite et sinueuse des toboggans aquatiques.

Des ampoules de couleurs vives clignotaient furieusement tout le long de l'allée centrale et une multitude de haut-parleurs crachaient sans discontinuer des torrents de musique de foire, accompagnés par les braillements des bonimenteurs vantant leur marchandise à tue-tête pour couvrir les flonflons. Des feux d'artifice, déchirant les ténèbres, illuminaient le ciel avant de retomber en gerbes multicolores sur un petit lac voisin et des chandelles romaines laissaient dans leur sillage des traînées de feu aveuglantes.

Des hommes au visage crispé et aux veines du cou gonflées, massés autour d'une rangée de petites baraques, cherchaient avec un acharnement pathétique à prouver leur virilité en écrasant de lourds maillets de bois sur une planche qui refusait, trop souvent à leur goût, de propulser une petite boule rouge jusqu'à une clochette fixée au sommet d'un plan incliné. En face, sur la piste des autos tamponneuses, d'autres individus poussaient des rugissements enthousiastes et menaçants en jetant leurs voitures les unes contre les autres. Chaque collision marquait la supériorité de l'agresseur, chaque combattant devenait une vedette éphémère, triomphant de tous les traquenards dans un affrontement dépourvu de signification. Règlement de comptes à OK Corral, à 21 h 27.

Un peu plus loin, un modeste monument était dédié à la mort violente, un stand de tir n'ayant qu'une ressemblance lointaine avec l'inoffensive baraque que l'on trouve encore dans les foires ou les fêtes foraines. C'était en réalité un arsenal factice, un microcosme réunissant les armes les plus modernes et les plus meurtrières. Il y avait des imitations de Mac-10 et de pistolets mitrailleurs Uzi, des lance-missiles et des bazookas à la carcasse luisante, et surtout la réplique effrayante d'un lance-flammes projetant un faisceau lumineux dans un nuage de fumée noire. Là encore, sur les faces de gargouilles, sur les visages déformés, coulaient de grosses gouttes de sueur, piquant des yeux hagards et dégoulinant sur les cous tendus, comme si ces hommes, ces femmes et ces enfants tiraient sur des ennemis abhorrés : conjoint, parents, enfants... Il était 21 h 29, dans un parc d'attractions dont le thème était la violence. La violence brute, gratuite ; l'homme auto-destructeur et luttant contre tous ses ennemis, dont les propres peurs n'étaient pas les moindres.

Une frêle silhouette, une canne à la main droite, longea en claudiquant une baraque où des clients excités lançaient rageusement des fléchettes sur les ballons représentant des visages connus. Quand les têtes de caoutchouc explosaient, de violentes discussions s'élevaient entre les partisans des politiciens réduits en lambeaux et leurs bourreaux réjouis. L'individu à la canne continua de suivre l'allée centrale, le regard errant de part et d'autre de la foule des promeneurs, semblant chercher une attraction particulière dans ce lieu grouillant et inconnu. Il était vêtu d'une veste et d'une chemise de sport, comme si la chaleur oppressante ne le gênait aucunement ou bien comme s'il ne pouvait véritablement se passer de veste. Son visage avenant était celui d'une personne d'âge mûr, mais creusé de rides et aux cernes profonds, stigmates de l'existence qu'il avait menée plutôt que de l'âge. L'homme s'appelait Alexander Conklin et c'était un ancien officier des opérations clandestines de la CIA. Conklin était en proie à une sourde appréhension et à une vive anxiété. Il aurait aimé ne pas se trouver à cette heure dans cet endroit-là, et il ne pouvait imaginer quel événement catastrophique avait bien pu se produire pour qu'il fût obligé de s'y rendre.

En s'approchant du stand de tir, la surprise le cloua sur place. Il venait d'apercevoir dans la cohue grouillante un homme de son âge, assez grand, au crâne dégarni, une veste de coton jetée sur l'épaule. Venant de la direction opposée, Morris Panov se dirigeait lui aussi vers ce stand de tir assez particulier. Pourquoi ? Que s'était-il passé ? Conklin balaya vivement la foule du regard, passant en revue les visages de ceux qui se pressaient alentour. Il savait d'instinct que le psychiatre et lui-même étaient observés et, s'il était trop tard pour empêcher Panov d'atteindre le lieu du rendez-vous, peut-être pouvaient-ils rapidement s'en éloigner tous deux. L'ancien agent secret fouilla dans la poche intérieure de sa veste et en sortit le petit Beretta dont il ne se séparait jamais. L'automatique à la main, il s'avança aussi vite qu'il le pouvait, faisant des moulinets avec sa canne pour écarter la foule, frappant tout sur son passage : les ventres, les poitrines et les reins jusqu'à ce que les cris de surprise et de douleur se transforment en hurlements de colère et provoquent un début d'émeute. Puis il se rua en avant et se jeta sur le médecin stupéfait.

– Mais qu'est-ce que vous foutez là ? hurla-t-il à Panov au milieu du vacarme.

– La même chose que vous, je suppose. Le télégramme de David, ou devrais-je plutôt dire de Jason ?

– C'est un piège !

Un cri perçant s'éleva de la cohue grouillante. Conklin et Panov tournèrent aussitôt la tête vers le stand de tir distant de quelques mètres. Une femme obèse, au visage joufflu, avait reçu une balle dans la gorge. Conklin regarda autour de lui pour essayer de déterminer l'endroit d'où le coup de feu était parti, mais la panique avait gagné la foule et il ne put rien voir au milieu des silhouettes affolées qui couraient en tous sens. Il prit Panov par le bras et le poussa dans la mêlée furieuse et hurlante. Les deux hommes s'en extirpèrent pour traverser l'allée centrale et se joindre à la foule des promeneurs déambulant au pied des gigantesques montagnes russes dont la cabine était prise d'assaut par un groupe surexcité.

– Bon Dieu ! s'écria Panov. Cette balle était destinée à l'un de nous !

– Peut-être, mais je n'en suis pas sûr, répondit l'ancien officier des renseignements d'une voix haletante tandis que des coups de sifflet et des hurlements de sirènes s'élevaient dans le vacarme ambiant.

– Mais vous avez dit que c'était un piège !

– Nous avons reçu tous les deux un télégramme de David où il utilisait un nom dont il ne s'était pas servi depuis cinq ans : Jason Bourne. Si je ne me trompe, il était également précisé dans le texte du vôtre de ne l'appeler chez lui sous aucun prétexte.

– Exact.

– Vous voyez bien que c'est un piège ! Comme vous vous déplacez plus vite que moi, Mo, fichez le camp d'ici à toute vitesse. Prenez vos jambes à votre cou et débrouillez-vous pour trouver un téléphone, ou plutôt un taxiphone, pour qu'on ne puisse pas localiser l'appel.

– Comment ?

– Téléphonez à David ! Dites-lui que Marie et les gosses doivent plier bagage tout de suite !

– Qu'est-ce que vous racontez ?

– On nous a retrouvés, docteur ! Quelqu'un qui cherche Jason Bourne, qui le cherche sans répit depuis des années et qui ne renoncera pas à sa traque avant de l'avoir dans son viseur... C'est vous qui étiez chargé de remettre de l'ordre dans la pauvre tête de David et moi qui ai tiré toutes les ficelles à Washington pour que Marie et lui puissent quitter Hong-kong sains et saufs. Quelqu'un a vendu la mèche, Mo, et nous sommes découverts. Vous et moi ! Les deux seules personnes dont l'identité était officiellement mentionnée dans le dossier de Jason Bourne, adresse et profession inconnues.

– Vous rendez-vous compte de ce que vous dites, Alex?

– Et comment!... C'est Carlos, docteur! Carlos le Chacal! Partez d'ici tout de suite et téléphonez à votre ancien patient pour lui recommander de disparaître sans laisser de traces!

– Que devra-t-il faire ensuite?

– Je n'ai pas beaucoup d'amis, et personne en qui je puisse avoir une confiance absolue, mais il n'en va pas de même pour vous. Donnez-lui un nom, par exemple celui de l'un de vos collègues qui a l'habitude de recevoir des appels urgents de ses patients. Dites à David de lui téléphoner dès qu'il sera en lieu sûr et d'utiliser un nom de code.

– Un nom de code?

– Bon sang, Mo, allez-vous faire travailler votre matière grise? Choisissez un faux nom, Jones, ou Smith...

– Ce sont des noms bien banals...

– Prenez Schicklegrubber, ou Moskowitz, ce que vous voulez! Mais dites-lui de nous faire savoir où il est!

– J'ai compris.

– Fichez le camp... et ne rentrez pas chez vous! Prenez une chambre à l'hôtel Brookshire, à Baltimore, sous le nom de Morris. Philip Morris. Je vous y rejoindrai plus tard.

– Qu'allez-vous faire?

– Quelque chose que je déteste. Je vais me débarrasser de ma canne et prendre un billet pour ces foutues montagnes russes. Personne n'ira chercher un infirme sur ces machins-là. J'ai une peur bleue d'y monter, mais c'est le moyen le plus simple de m'en sortir, même si je dois y passer toute la nuit. Allez, débarrassez le plancher! Et plus vite que ça!

La station-wagon roulait à vive allure sur une petite route traversant les collines du New Hampshire, en direction de la frontière du Massachusetts. Le conducteur était très grand, ses traits anguleux. Les muscles de sa mâchoire étaient crispés et ses yeux lançaient des éclairs. A ses côtés était assise une femme extrêmement séduisante aux cheveux auburn sur lesquels les lumières du tableau de bord ajoutaient quelques reflets cuivrés. Elle tenait un nourrisson dans ses bras, une petite fille de huit mois. Sur la banquette centrale, un garçonnet blond de cinq ans dormait, enroulé dans une couverture et protégé d'un coup de frein trop violent par une ceinture de sécurité. Le père s'appelait David Webb. Professeur de langues orientales, c'était un ancien de Méduse, le bataillon clandestin de triste mémoire, et il était également connu sous le nom de Jason Bourne... le célèbre tueur.

– Nous savions que cela devait arriver un jour, dit Marie Saint-Jacques Webb, Canadienne de naissance, économiste de profession, qui avait sauvé David Webb par hasard. Ce n'était qu'une question de temps.

14

— C'est incroyable! gronda David entre ses dents afin de ne pas réveiller les enfants, sans que cela diminue pour autant la violence de ses paroles. Tout est enfoui dans les archives, classé sécurité maximale, et que sais-je encore! Comment diable a-t-on pu retrouver la trace d'Alex et de Mo?

— Nous n'en savons rien, mais Alex va faire une enquête minutieuse et on peut lui faire confiance.

— Maintenant, il est brûlé, dit David en contenant sa colère. Alex est un homme mort...

— Nous n'en sommes pas encore là, David. C'est lui le meilleur, tu me l'as assez souvent répété.

— La seule fois où il ne l'a pas été, c'était à Paris, il y a treize ans.

— Parce que tu t'es montré encore meilleur que lui...

— Non! Parce que je ne savais pas qui j'étais et aussi parce qu'il se fondait sur des antécédents dont j'ignorais tout. Il supposait que c'était *moi* qui étais là-bas, mais, comme je ne savais pas qui j'étais, je ne pouvais agir conformément à sa stratégie... Mais c'est toujours lui le meilleur et il nous a sauvé la vie à Hong-kong.

— Eh bien, tu penses la même chose que moi : nous sommes en bonnes mains.

— Pour Alex, oui, mais pas pour Mo. C'est un homme merveilleux, mais il n'a aucune chance. Ils l'enlèveront et ils le briseront.

— Il préférera mourir plutôt que de révéler quoi que ce soit sur nous.

— Il n'aura pas le choix. Ils le bourreront de penthiobarbital et il leur dira tout ce qu'il sait. Il ne leur restera plus qu'à le supprimer et à se lancer à ma recherche... à notre recherche. Voilà pourquoi vous allez partir très loin, les enfants et toi. Aux Antilles.

— Ils peuvent partir tout seuls, mon chéri. Moi, je reste avec toi.

— Arrête, s'il te plaît! Nous nous sommes mis d'accord à la naissance de Jamie. C'est pour cela que nous avons acheté là-bas la maison dont il a fallu supplier ton frère de s'occuper. Il faut avouer que, de son côté, il se débrouille plutôt bien. Nous possédons maintenant la moitié d'un hôtel prospère sur une île dont personne n'avait jamais entendu parler avant que ce petit futé n'y débarque en hydravion.

— Johnny a toujours été un battant. Mon père a dit un jour qu'il serait capable de faire passer une génisse malade pour un bouvillon de premier choix et que l'acheteur n'y verrait que du feu.

— Mais il vous adore, toi et les enfants. Et moi, je compte sur Johnny le Broussard, j'ai confiance en lui.

— C'est bien de lui faire confiance, mais tu devrais peut-être te défier de ton sens de l'orientation. Nous venons de dépasser la route du chalet.

— Merde! cria Webb en freinant et en donnant un coup de volant pour faire demi-tour. *Demain!* Jamie, Alison et toi, vous prenez l'avion à destination de l'île!

– Nous en reparlerons, David.

– Il n'y a pas à revenir là-dessus.

Webb respira longuement, profondément pour retrouver son calme.

– Je suis déjà passé par-là, ajouta-t-il lentement.

Marie tourna la tête vers son mari et distingua son visage soudain plus détendu à la lueur diffuse du tableau de bord. Ce qu'elle vit la terrifia encore plus que le spectre du Chacal. Ce n'était plus David Webb, le gentil professeur à la voix douce, qui se trouvait à côté d'elle, mais celui qu'ils avaient tous deux cru à jamais disparu de leur existence.

2

La canne à la main, Alexander Conklin pénétra dans la salle de conférences de la CIA, à Langley, en Virginie. Il s'arrêta devant une longue table imposante, assez grande pour qu'une trentaine de personnes puissent y prendre place. Mais ce jour-là, ils n'étaient que trois. Au bout de la table se trouvait un homme grisonnant, le DCI, le directeur de l'Agence, et ni lui ni ses deux adjoints ne semblaient enchantés de voir Conklin. Les civilités furent réduites au minimum et, au lieu de prendre le siège qui lui était manifestement attribué à la gauche de l'un des adjoints, Conklin tira la chaise placée à l'autre bout de la table et s'assit en faisant claquer sa canne contre le siège.

– Trêve de politesses, messieurs, et passons aux choses sérieuses.

– Voilà des préliminaires qui manquent singulièrement de courtoisie et d'amabilité, monsieur Conklin, fit observer le DCI.

– Je n'ai pas la tête à ça, *monsieur*. Ce qui me préoccupe, c'est de savoir pourquoi des procédures Quatre-Zéro absolument étanches ont été transgressées et des renseignements classés sécurité maximale ont été divulgués, ce qui met en danger un certain nombre de vies humaines, y compris la mienne!

– Tu dépasses les bornes, Alex! s'écria l'un des deux sous-directeurs.

– C'est totalement faux, ajouta le second. Cela ne peut pas se produire et tu le sais parfaitement!

– Non, je ne le sais pas, répliqua Conklin d'une voix âpre, mais ce que je sais, c'est que cela s'est produit! Il y a quelque part un homme avec une femme et deux enfants, un homme envers qui notre pays et une grande partie du monde libre ont une dette dont ils ne pourront jamais s'acquitter. Eh bien, messieurs, cet homme est en fuite, il se cache, car il redoute que les membres de sa famille ne deviennent des cibles innocentes. Tous autant que nous sommes, nous lui avons donné notre parole que le dossier ne serait jamais ouvert avant que nous ayons la preuve absolue de la mort d'Ilich Ramirez Sanchez, alias Car-

17

los le Chacal. Tout comme vous, j'ai entendu différentes rumeurs provenant certainement des mêmes sources, ou d'autres encore plus sûres, selon lesquelles le Chacal aurait été tué ici, ou exécuté là, mais personne, je dis bien personne, n'a pu en apporter la preuve indiscutable.

Malgré cela, une partie du rapport officiel, partie essentielle, a été divulguée et cela m'inquiète profondément, car mon nom y est mentionné. Le mien et celui du Dr Morris Panov, notre psychiatre en chef. Nous étions les deux seuls, oui, les deux seules personnes connues à avoir collaboré de très près avec l'inconnu qui avait pris le nom de Jason Bourne et qui pouvait être considéré dans bien des domaines comme le rival direct de Carlos. Mais ces renseignements ont été ensevelis dans les archives de Langley. Comment ont-ils pu en sortir? Il est stipulé que quiconque demande à consulter ce dossier – même s'il s'agit de la Maison-Blanche, du Département d'État ou du sacro-saint état-major interarmes – doit impérativement venir à Langley et obtenir l'accord du directeur de l'Agence et de ses principaux analystes en fournissant les explications justifiant une telle requête. Et même si ces explications sont satisfaisantes, il reste une dernière étape : *moi*.

Avant de délivrer une autorisation écrite, on doit me demander mon avis, ou bien, si je ne suis plus de ce monde, l'avis du Dr Panov! Et nous sommes tous deux légalement en droit d'opposer notre veto. Telle est la procédure qu'il convient de suivre, messieurs, et nul ne la connaît mieux que moi, puisque c'est moi qui l'ai établie... ici même, à Langley, parce que c'est l'endroit que je connaissais le mieux. Ce fut ma dernière réalisation, après vingt-huit années de bons et loyaux services dans ce métier de tordus, et ce avec la bénédiction du président des États-Unis, et l'accord du Congrès par l'intermédiaire des commissions parlementaires des services de renseignements.

– Vous avez fait donner la grosse artillerie, monsieur Conklin, dit le directeur de l'Agence d'une voix neutre et posée, en restant enfoncé dans son siège.

– Il y avait de quoi, monsieur.

– Je comprends. On m'a mis au courant.

– Passons maintenant au problème de la responsabilité. Je veux savoir comment ces renseignements ont pu être exhumés et surtout qui en a eu connaissance!

Les deux sous-directeurs commencèrent à répondre en même temps, avec autant de vivacité que Conklin, mais le DCI les fit taire en posant la main sur leur bras sans lâcher ni sa pipe ni son briquet.

– Tout doux, monsieur Conklin, fit-il posément en allumant sa pipe. Il est manifeste que vous connaissez bien mes deux adjoints, mais nous ne nous sommes jamais encore rencontrés, n'est-ce pas?

– Non. J'ai quitté l'Agence il y a quatre ans et demi et vous avez été nommé un an plus tard.

– D'aucuns considèrent, non sans raison, que ma nomination est du népotisme. Partagez-vous cet avis?

– Vous étiez manifestement protégé, mais cela ne m'a jamais gêné; vous aviez l'air qualifié. Vous étiez pour moi un amiral apolitique, sorti de l'École navale d'Annapolis, vous aviez dirigé les services de renseignements de la Marine et travaillé pendant la guerre du Viêt-nam avec un colonel de marines devenu par la suite président des États-Unis. Vous avez été préféré à d'autres, mais ce sont des choses qui arrivent. Pas de problème!

– Merci. Et des «problèmes», en avez-vous eu avec mes deux adjoints?

– C'est de l'histoire ancienne, mais je ne peux pas dire qu'ils aient été particulièrement bien vus par les agents en mission. C'étaient des analystes, pas des hommes de terrain.

– Ne s'agit-il pas d'une antipathie naturelle, d'une banale hostilité?

– Bien sûr que si. A des milliers de kilomètres du théâtre des opérations, ils analysaient la situation à l'aide d'ordinateurs dont nous ignorions par qui ils étaient programmés et qui utilisaient des données que personne ne nous communiquait. Vous avez bougrement raison de parler d'antipathie naturelle. Alors que, pour nous, le facteur humain était essentiel, ils ne s'intéressaient qu'aux petites lettres vertes de leur écran d'ordinateur et prenaient souvent des décisions qu'ils n'auraient pas dû prendre.

– Parce qu'il fallait contrôler des gens comme toi! riposta l'adjoint assis à la droite du directeur de l'Agence. Si tu savais combien de fois il manque à nos agents sur le terrain une vue d'ensemble de la situation. La stratégie globale n'est pas simplement ce que vous en voyez.

– Dans ce cas, on devrait nous donner cette vue d'ensemble ou tout au moins nous brosser un tableau de la situation pour que nous soyons en mesure de savoir ce qu'il faut faire et ce qu'il convient d'éviter.

– Et à quoi faudrait-il restreindre ce tableau, Alex? Quand devons-nous dire: nous ne pouvons révéler cela, dans l'intérêt général?

– Je ne sais pas. C'est vous les analystes, pas moi. Je suppose que cela pourrait être décidé au coup par coup, mais, en tout état de cause, les échanges devraient être plus nombreux que lorsque j'étais sur le terrain... Au fait, ce n'est pas de moi qu'il s'agit, mais de vous. Très habile, monsieur, ajouta-t-il en se tournant vers le directeur, mais je ne tiens pas à changer de sujet. Je suis venu pour découvrir qui a eu connaissance de quoi et comment. Mais si vous préférez, je peux m'adresser directement à la Maison-Blanche ou au Congrès et je regarderai de loin les têtes rouler. Je veux des réponses! Je veux savoir ce qu'il faut faire!

– Je n'essayais pas de changer de sujet, monsieur Conklin. Je voulais juste faire dévier momentanément ce genre de conversation afin d'éclaircir un point. Vous vous élevez contre les méthodes et les décisions de mes collègues du temps où vous étiez des nôtres, mais j'aimerais savoir si l'un d'eux ne vous a jamais menti ou délibérément induit en erreur?

– Seulement lorsqu'ils ont été obligés de le faire, répondit Alex après avoir lancé un coup d'œil aux deux sous-directeurs, mais cela n'a aucun rapport avec la situation des agents sur le terrain.

– Voilà une réponse pour le moins étrange.

– S'ils ne vous ont rien dit, ils ont eu tort. Il y a cinq ans, j'étais alcoolique... Je le suis encore, mais je ne bois plus. Je trompais le temps en attendant la retraite et personne ne me disait rien, ce qui était aussi bien.

– Sachez, pour votre gouverne, que mes adjoints m'ont seulement dit que vous aviez été malade et que jusqu'à votre retraite, vous n'aviez plus jamais été à la hauteur de votre réputation.

– Merci, Casset, et merci à toi aussi, Valentino, dit Conklin en inclinant la tête devant ses deux anciens collègues, mais ce n'était pas la peine de mentir. J'étais devenu un véritable ivrogne et il n'y a aucune raison de garder le secret là-dessus, car il n'y a rien de plus con dans notre métier.

– D'après ce que nous savons sur ce qui s'est passé à Hong-kong, Alex, dit doucement Casset, tu as fait un sacré boulot. Nous n'avons pas voulu t'enlever ce mérite.

– Depuis que je te connais, tu as toujours été le roi des emmerdeurs, ajouta Valentino, mais nous ne pouvions pas te laisser achever ta carrière avec cette étiquette d'alcoolique.

– Et si nous en revenions à Jason Bourne? C'est pour cela que je suis venu et que vous n'avez pu faire autrement que de me recevoir.

– C'est aussi pour cela, monsieur Conklin, que j'ai fait dévier la conversation. Vous avez eu des divergences de vues d'ordre professionnel avec mes adjoints, mais je pense que vous ne mettez pas leur intégrité en question.

– Ce n'est pas le cas de tout le monde, mais la leur, non, je ne la mets pas en question. Ils ont toujours fait leur boulot et, de mon côté, je faisais le mien; c'est le système qui était vicié. Mais ce qui nous intéresse aujourd'hui est au contraire extrêmement clair. Les règles sont formelles et, comme on ne m'a rien demandé, j'en conclus qu'elles ont été violées et que l'on m'a trompé, que l'on m'a menti. Je répète mes questions : comment cela a-t-il pu arriver et à qui ces renseignements ont-ils été communiqués?

– J'en ai assez entendu, dit le directeur en saisissant le téléphone. Veuillez aller chercher M. DeSole, au fond du couloir, et demandez-lui de venir dans la salle de conférences. Vous connaissez Steven DeSole, n'est-ce pas? ajouta-t-il à l'adresse de Conklin en raccrochant.

– DeSole, le muet du sous-sol, dit Alex en hochant la tête.

– Pardon?

– C'est un vieux jeu de mots, expliqua Casset à son supérieur. Steve sait où sont cachés les cadavres, mais il ne le révélerait à personne, pas même à Dieu, sauf s'Il lui montrait une autorisation Quatre-Zéro.

– Je suppose que cela signifie que vous considérez tous M. DeSole comme un professionnel extrêmement consciencieux.

– Il révélera tout ce que l'on doit savoir, dit Alex, mais absolument rien de plus. Et il ne ment jamais. Il préfère se taire, ou avouer qu'il ne peut rien dire, mais il ne mentira pas.

– Encore une chose que je voulais entendre.

Un petit coup fut frappé à la porte et le DCI cria d'entrer. Un homme de taille moyenne et assez corpulent, aux yeux grossis par les verres de ses lunettes à monture métallique, pénétra dans la salle et referma doucement la porte derrière lui. En s'approchant de la table, il vit Alexander Conklin et ne put cacher sa surprise en reconnaissant l'ancien agent. Mais un sourire éclaira aussitôt son visage et il s'avança vers Conklin, la main tendue.

– Cela fait plaisir de vous revoir, mon vieux. Ça fait combien de temps maintenant? Deux ans, trois ans?

– Plus près de quatre, Steve, répondit Alex en lui serrant la main. Comment va notre cerbère, l'analyste des analystes?

– Il n'y a plus grand-chose à analyser ni à mettre sous clé, ces temps-ci. La Maison-Blanche est une véritable passoire et le Congrès ne vaut guère mieux. Je devrais ne toucher qu'un demi-salaire, mais surtout n'en parlez à personne.

– Il reste quand même un certain nombre de choses sous notre garde, dit le DCI en souriant, ne fût-ce que les dossiers d'anciennes opérations. Et, à l'époque, vous auriez sans doute mérité le double de votre salaire.

– Assurément, opina DeSole avec un hochement de tête vigoureux, mais le temps des archivistes et des transferts sous bonne garde dans nos entrepôts souterrains est révolu. Aujourd'hui, tout est informatisé, archivé sous forme de microfiches. Je ne fais plus jamais ces merveilleuses balades avec une escorte militaire, pendant lesquelles j'attendais avec délectation l'attaque de quelque Mata Hari. Je n'ai pas transporté une mallette attachée par une chaîne à mon poignet depuis je ne sais combien de temps.

– C'est beaucoup plus sûr maintenant, dit Alex.

– Oui, mais qu'est-ce que je vais bien pouvoir raconter à mes petits-enfants? « Qu'est-ce que tu faisais quand tu étais espion, papy? – Eh bien, mon garçon, pendant les dernières années de ma brillante carrière, je faisais surtout des mots croisés. »

– Faites attention, monsieur DeSole, lança le DCI en étouffant un petit rire, je n'aimerais pas avoir à demander une diminution de votre salaire... Mais, rassurez-vous, je ne crois pas un mot de ce que vous racontez.

– Moi non plus, fit Conklin d'une voix calme. C'est un coup monté, ajouta-t-il en dardant un regard noir sur l'analyste replet.

– Je ne comprends pas, Alex, dit DeSole. Auriez-vous l'amabilité de vous expliquer?

– Vous savez très bien pourquoi je suis là, n'est-ce pas?

– Je ne savais pas que vous étiez là!

– Ah! Je vois! C'est un pur hasard si vous vous trouviez « au fond du couloir » et si vous étiez prêt à venir nous rejoindre?

– Mais mon bureau est au fond du couloir! J'ajouterais même tout à fait au fond.

– Décidément, monsieur, poursuivit Conklin en se tournant vers le DCI, vous êtes très habile. Vous avez réuni trois personnes avec qui vous pensez que je n'ai pas eu de conflits particuliers en dehors de ceux engendrés par le système, trois hommes en qui vous savez que j'ai fondamentalement confiance, de sorte que je croirai tout ce qui se dira ici.

– C'est parfaitement exact, monsieur Conklin, car ce que vous allez entendre est la vérité. Asseyez-vous, monsieur DeSole... de ce côté-ci de la table, si vous voulez bien, afin que notre ancien collègue soit en mesure de tous nous observer pendant que nous lui fournirons des explications. Je sais qu'il s'agit d'une méthode très prisée par les hommes de terrain.

– Je n'ai absolument rien à expliquer, répliqua l'analyste en s'avançant vers le siège voisin de celui de Casset, mais, compte tenu de la remarque assez choquante de notre ex-collègue, j'aimerais bien, moi-même, l'observer... Qu'est-ce qui ne va pas, Alex?

– Tout va bien, lança Valentino. Il montre les dents et aboie à tort et à travers, mais tout va bien.

– Ces renseignements n'auraient jamais pu être divulgués sans le consentement et le concours de ceux qui se trouvent dans cette pièce!

– Quels renseignements? demanda DeSole en se tournant vers le DCI, les yeux écarquillés derrière ses lunettes. Ah! Le truc classé sécurité maximale dont vous m'avez parlé ce matin?

Le directeur de l'Agence acquiesça d'un signe de la tête, puis il se tourna vers Conklin.

– Revenons donc à ce qui s'est passé ce matin, dit-il. J'ai reçu à 9 heures un coup de téléphone d'Edward McAllister qui, après avoir travaillé au Département d'État, est devenu président de l'Agence nationale de sécurité. J'ai cru comprendre qu'il se trouvait avec vous à Hong-kong, monsieur Conklin. Est-ce exact?

– Oui, McAllister était avec nous, répondit posément Alex. Il a accompagné clandestinement Jason Bourne à Macao où il fut si grièvement blessé qu'il faillit perdre la vie. C'est un intellectuel excentrique et l'un des hommes les plus courageux qu'il m'ait jamais été donné de rencontrer.

– Il m'a simplement dit qu'il y était, sans fournir aucun détail, et m'a demandé de vous recevoir de toute urgence en bouleversant mon emploi du temps, si nécessaire. La grosse artillerie, monsieur Conklin.

– Je vous répète qu'il y a de bonnes raisons pour cela.

– Apparemment. M. McAllister m'a ensuite révélé le code secret donnant accès au dossier qui vous intéresse, celui de l'opération de Hong-kong. J'ai transmis à mon tour ces renseignements à M. DeSole et il va vous dire lui-même ce qu'il a appris.

– Personne n'y a touché, Alex, dit calmement DeSole en regardant Conklin au fond des yeux. A 9 h 30, ce matin, le dossier était enterré depuis quatre ans et cinq mois, vingt et un jours, 11 heures et 43 minutes, sans la moindre trace d'effraction. Il y a une excellente raison pour qu'il soit demeuré vierge, mais j'ignore si vous êtes au courant.

– Je suis au courant de tout ce qui concerne ce dossier!

– Peut-être, fit doucement DeSole, mais ce n'est pas sûr. Sachant que vous aviez un problème et que le Dr Panov manque quelque peu d'expérience pour ce qui est des questions de sécurité...

– Où voulez-vous en venir?

– Un troisième nom a été ajouté à la procédure de consultation du dossier officiel de Hong-kong. Le nom d'Edward Newington McAllister, sur sa demande et avec l'accord du président et du Congrès.

– Mon Dieu! murmura Conklin, manifestement pris au dépourvu. Quand je l'ai appelé hier soir, de Baltimore, il m'a certifié que c'était impossible, puis il a ajouté que je devais le comprendre par moi-même et qu'il allait organiser une réunion... Mais comment cela a-t-il pu arriver?

– A mon avis, dit le DCI, il va falloir chercher ailleurs, mais auparavant, monsieur Conklin, vous allez devoir prendre une décision. Aucun de ceux qui sont assis à cette table ne sait ce que contient votre dossier classé sécurité maximale. Nous avons parlé entre nous, bien entendu, et, comme l'a fait remarquer M. Casset, nous savons que vous avez fait un sacré boulot, mais nous ignorons de quoi il s'agit. Nous avons eu connaissance de rumeurs en provenance de nos stations d'Extrême-Orient qui, pour ne rien vous cacher, nous semblaient quelque peu exagérées et mettaient en avant votre nom et celui de Jason Bourne, l'assassin. Le bruit a donc couru que vous étiez responsable de la capture et de l'exécution du tueur que nous connaissions sous le nom de Bourne, mais, il y a quelques minutes, emporté par la colère, vous avez parlé de « l'inconnu qui *avait pris* le nom de Jason Bourne » et vous avez affirmé qu'il était vivant et qu'il se cachait. Je dois avouer que nous n'y comprenons plus rien; moi, le premier.

– Vous n'avez pas consulté le dossier?

– Non, répondit DeSole. C'est moi qui en ai pris la décision. Comme vous le savez peut-être, la date et l'heure de toute consultation d'un dossier classé sécurité maximale sont automatiquement enregistrées, et comme M. le directeur m'avait informé qu'une consultation illégale avait mis l'Agence nationale de sécurité sens dessus dessous, j'ai estimé préférable de refuser tout accès à ce dossier. Personne n'a demandé à le consulter depuis près de cinq ans, personne n'en a pris connaissance et son contenu n'a donc pu être révélé à quiconque doté d'intentions malveillantes.

– Vous voulez dire que vous aviez la trouille de vous mouiller!

– Bien entendu, Alex. Ce dossier porte le sceau de la Maison-Blanche. Les choses sont relativement calmes en ce moment et il est inutile de se mettre à dos le nouveau locataire du Bureau ovale. L'ancien président est encore très actif et toujours aussi obstiné. Comme, de toute façon, il serait consulté, pourquoi s'exposer à des ennuis?

– Alors, vous ne connaissez vraiment pas l'histoire? demanda Conklin après avoir longuement étudié tous les visages.

– C'est la vérité, Alex, dit Casset.

– Rien que la vérité, espèce d'emmerdeur, ajouta Valentino avec un petit sourire.

– Vous avez ma parole, fit Steven DeSole en plongeant les yeux dans ceux de Conklin.

– Mais si vous voulez que nous vous aidions, nous ne pouvons nous contenter de rumeurs contradictoires, poursuivit le directeur en se calant dans son fauteuil et, en tout état de cause, nous ne pouvons pas faire grand-chose si vous nous laissez dans l'ignorance.

Alex scruta de nouveau le visage des quatre hommes et ses rides semblèrent se creuser davantage, comme si la décision était trop difficile à prendre.

– Je ne vous révélerai pas son nom, pas pour l'instant en tout cas, car j'ai promis de garder le secret, et vous ne le trouverez pas dans le dossier, car il ne s'y trouve que sous une identité d'emprunt. Mais je vais vous révéler le reste, parce que j'ai besoin de votre aide et parce que je tiens à ce que ce rapport reste enseveli au plus profond de nos archives. Par où dois-je commencer?

– Par la réunion d'aujourd'hui, suggéra le directeur de l'Agence. Pouvez-vous nous dire ce qui l'a provoquée?

– Ce ne sera pas très long, répondit Conklin en regardant pensivement le dessus de la table et en serrant distraitement le pommeau de sa canne. Hier soir, poursuivit-il en relevant la tête, une femme a été assassinée dans un parc d'attractions, dans les faubourgs de Baltimore...

– Oui, le coupa DeSole avec un vigoureux hochement de tête qui fit trembloter ses bajoues, j'ai lu cela ce matin, dans le *Washington Post*. Mon Dieu, est-ce que vous étiez...

– Moi aussi, je l'ai lu, dit Casset, le regard rivé sur celui de Conklin. Cela s'est passé devant un stand de tir qui a été fermé par la police.

– J'ai vu l'article et j'ai pensé que ce devait être un accident, ajouta Valentino en secouant lentement la tête. Mais je dois avouer que je ne l'ai pas lu.

– Moi, j'ai reçu ce matin mon lot quotidien de coupures de presse et, croyez-moi, il y a de quoi avoir une indigestion de lecture, lança le DCI Mais je ne me souviens pas d'avoir vu cet article.

– Es-tu pour quelque chose dans cette histoire? demanda Casset.

– Si je n'y suis... Je devrais plutôt dire si nous n'y sommes pour rien, c'est vraiment une vie perdue inutilement.

– Pourquoi *nous*? demanda Casset, une expression inquiète sur le visage.

– Nous avons reçu, Morris Panov et moi-même, deux télégrammes identiques signés de Jason Bourne, dans lesquels il nous donnait rendez-vous hier soir, à 21 h 30, dans ce parc d'attractions. Il précisait que c'était urgent et que nous devions le retrouver devant le stand de tir, mais qu'il ne fallait en aucun cas téléphoner chez lui ni prévenir quiconque. Nous avons donc supposé chacun de notre côté qu'il ne voulait pas alarmer son épouse et qu'il avait quelque chose à nous révéler dont il ne tenait pas à faire part à celle-ci. Nous sommes arrivés en même temps, mais c'est moi qui ai vu Panov le premier et j'ai remarqué que quelque chose clochait. Connaissant Bourne comme je le connais, il aurait dû nous demander de nous retrouver, Mo et moi, avant le rendez-vous qu'il nous avait fixé. Tout ça semblait vraiment louche et j'ai pensé que nous avions intérêt à partir au plus vite. Le meilleur moyen m'a semblé être d'opérer une diversion.

– Tu as foncé dans le tas, dit Casset.

– C'est la première idée qui m'est venue à l'esprit et, pour une fois, cette foutue canne m'a été utile à autre chose qu'à garder l'équilibre. Je l'ai écrasée sur tous les tibias et les rotules, et enfoncée dans toutes les bedaines à portée de mes moulinets. Nous avons réussi à nous arracher à la cohue, mais cette pauvre femme s'est fait tuer.

– Comment as-tu compris tout cela? demanda Valentino. Et qu'en penses-tu maintenant, avec un peu de recul?

– Je n'en sais rien, Val. C'était un piège, ça ne fait aucun doute, mais quel genre de piège? Je me suis demandé sur le moment, et je me le demande encore, comment un tireur payé pour nous abattre aurait pu rater sa cible à cette distance. Le coup de feu a été tiré sur ma gauche, un peu en hauteur... Je ne l'ai pas entendu, mais la position de la victime et le sang sur sa gorge indiquaient qu'elle avait reçu la balle en exécutant une rotation du corps. Le coup n'a pas pu partir du stand de tir, car les armes sont retenues par une chaîne et la blessure au cou de la femme a été provoquée par une arme d'un autre calibre que celui des joujoux du stand. Si le tueur avait voulu supprimer l'un de nous deux, il n'aurait pas tiré si loin de sa cible avec un fusil muni d'un viseur. Pas si mon raisonnement est bon.

– Ce qui signifie, monsieur Conklin, lança le DCI, qu'il s'agit de l'assassin Carlos le Chacal.

– Carlos! s'écria DeSole. Mais quel rapport peut-il bien y avoir entre le Chacal et un meurtre à Baltimore?

– Jason Bourne, répondit Casset.

– Oui, je m'en doute, mais tout cela est extrêmement troublant!

Bourne était un tueur venu d'Asie, un salopard qui était allé défier Carlos en Europe, mais qui avait échoué. Comme vient de le dire le DCI, il est reparti en Extrême-Orient, mais il s'est fait tuer il y a quatre ou cinq ans. Et pourtant Alex parle de lui comme s'il était encore vivant et il affirme que lui-même et un certain Panov ont reçu un télégramme de Bourne... J'aimerais bien savoir en quoi une ordure morte et l'assassin le plus insaisissable du globe peuvent être mêlés à l'affaire de Baltimore!

— Tu n'étais pas là il y a quelques minutes, Steve, dit calmement Casset, et, selon toute apparence, ils ne sont pas étrangers à ce qui s'est passé hier soir.

— Qu'est-ce que tu racontes?

— Je crois que vous feriez mieux de commencer par le commencement, monsieur Conklin, conclut le directeur de la CIA. Qui est Jason Bourne?

— Un homme qui, aux yeux du monde, n'a jamais existé, répondit l'ancien officier des renseignements.

3

– Le vrai Jason Bourne était une ordure, un traîne-savates paranoïaque, mêlé à la guerre du Viêt-nam en participant à une opération
dont personne, aujourd'hui encore, n'accepte de reconnaître l'existence.
C'était un ramassis de tueurs, de paumés, de contrebandiers et de
voleurs, criminels en fuite pour la plupart, certains sous le coup d'une
condamnation à mort, mais ils connaissaient l'Asie du Sud-Est comme
leur poche et opéraient derrière les lignes ennemies... pour notre
compte.

– Méduse, murmura Steven DeSole. Tous les dossiers ont été
détruits... C'étaient de véritables animaux, qui tuaient gratuitement,
sans raison ni autorisation, et qui ont détourné des millions de dollars.
Des sauvages.

– La plupart, mais pas tous, rectifia Conklin. Le vrai Bourne, lui,
correspondait au portrait le plus noir qu'on puisse imaginer et il était
même disposé à trahir ses propres compagnons d'armes. Le chef d'une
mission particulièrement périlleuse – disons plutôt suicidaire! – a surpris Bourne en train de communiquer leurs positions par radio aux
Nord-Vietnamiens. Il l'a abattu sur-le-champ et a jeté le corps dans un
marécage pour le laisser pourrir dans la jungle de Tam Quan. C'est
ainsi que Jason Bourne a été rayé du nombre des vivants.

– Il ne fait pourtant aucun doute qu'il est ressuscité, monsieur
Conklin, fit observer le directeur de la CIA en se penchant sur la table.

– Dans un autre corps, dit Alex en hochant la tête. Et dans un dessein bien particulier. L'homme qui a exécuté Bourne à Tam Quan a pris
son nom et a accepté de suivre un entraînement rigoureux pour une
opération baptisée «Treadstone 71», le nom d'un bâtiment de la
71ᵉ Rue, à New York, où il a subi un impitoyable programme d'endoctrinement. C'était une stratégie brillante sur le papier, mais qui a fini
par échouer à cause d'un événement impossible à prévoir et même à
envisager. Après avoir assumé pendant près de trois ans le rôle de pre-

mier rival du plus célèbre tueur de la planète et s'être installé en Europe pour défier le Chacal sur son propre territoire, notre homme a été blessé et a perdu la mémoire. Il a été trouvé à moitié mort dans la Méditerranée par un pêcheur qui l'a ramené sur l'île de Port Noir. Il n'avait plus la moindre idée ni de son identité, ni de sa profession. Il a seulement découvert qu'il était expert dans plusieurs arts martiaux, qu'il parlait deux langues orientales et qu'il était, à l'évidence, extrêmement cultivé.

Avec l'aide d'un médecin anglais, un alcoolique exilé à Port Noir, notre homme a commencé à assembler les pièces du puzzle de sa vie. Ce fut un travail de longue haleine, et nous qui avions monté toute l'opération, nous qui avions fabriqué ce mythe, nous ne lui étions d'aucune utilité. Ignorant ce qui s'était passé, nous avons cru qu'il avait trahi, qu'il était véritablement devenu l'assassin mythique que nous avions créé pour piéger Carlos. J'ai personnellement essayé de le tuer à Paris, mais, quand je me suis trouvé à sa merci, il n'a pu se résoudre à me supprimer. Il a enfin réussi à retrouver notre piste grâce aux qualités extraordinaires d'une Canadienne qu'il avait rencontrée à Zurich et qu'il a épousée. Cette femme a fait preuve d'une intelligence et d'un courage exceptionnels. Mais aujourd'hui, elle, son mari et leurs deux enfants vivent un cauchemar et craignent pour leur vie.

Bouche bée, tenant sa pipe à la main devant son visage aux traits aristocratiques, le directeur de la CIA l'avait écouté en silence.

– Voudriez-vous nous faire croire, demanda-t-il enfin, que le tueur que nous avons connu sous le nom de Jason Bourne n'était qu'une *invention*? Qu'il n'était pas l'assassin dont tout le monde parlait?

– Il tuait quand il était obligé de le faire pour survivre, mais ce n'était pas un tueur. Nous avons créé ce mythe pour défier Carlos, pour obliger le Chacal à s'exposer.

– Mais comment, bon Dieu? s'écria Casset.

– Désinformation massive à travers tout l'Extrême-Orient. Chaque fois qu'un assassinat important avait lieu dans cette partie du monde, que ce soit à Tokyo ou à Hong-kong, à Macao ou en Corée, Bourne s'y rendait par le premier vol et s'en attribuait la responsabilité, semant des indices, narguant les autorité, jusqu'à ce qu'il devienne une légende vivante. Pendant trois ans, notre homme a vécu dans un univers abject – criminels, seigneurs de la guerre, trafiquants de drogue – avec une seule idée en tête, passer en Europe pour piéger Carlos, mettre ses contrats en péril, forcer le Chacal à se découvrir, aussi peu que ce fût, juste le temps de lui loger une balle dans la tête.

Autour de la table, le silence s'était chargé d'électricité. DeSole le rompit, d'une voix à peine audible.

– Quel genre d'homme pourrait accepter une telle mission? demanda-t-il.

Conklin tourna la tête vers l'analyste.

– Un homme ayant le sentiment de n'avoir plus guère de raisons de vivre, répondit-il d'une voix monocorde, un homme ayant peut-être des pulsions de mort... Un brave type poussé par la haine et le désespoir à s'intégrer à un groupe comme Méduse...

L'ancien officier des renseignements s'interrompit avec une anxiété visible.

— Allons, Alex, fit doucement Valentino, tu ne vas pas nous laisser sur notre faim?

— Non, bien sûr que non, riposta Conklin en clignant des yeux à plusieurs reprises, comme s'il avait du mal à reprendre contact avec le présent. J'étais en train de songer à la souffrance qu'il a dû éprouver... à la torture des souvenirs qu'il a conservés de cette époque. Il y a un affreux parallèle que je n'avais encore jamais établi. La femme... les enfants.

— Quel est ce parallèle? demanda Casset, penché sur la table, les yeux rivés sur Alex.

— Il y a bien des années de cela, pendant la guerre du Viêt-nam, notre homme était un jeune officier du corps diplomatique en poste à Phnom Penh, un esprit cultivé ayant épousé une Thaïe rencontrée à l'université. Ils avaient deux enfants et vivaient au bord d'un fleuve... Mais, un matin, pendant que la femme et les deux enfants se baignaient, ils furent fauchés tous trois par un avion de chasse de Hanoi qui mitraillait toute la zone. Notre homme est devenu fou; il a tout laissé tomber et il est parti à Saigon où il s'est joint à Méduse, car il n'avait qu'une idée en tête : tuer. Il est devenu Delta Un — on n'utilisait jamais de nom dans Méduse — et il était considéré comme le meilleur des chefs de commandos, bravant aussi souvent les ordres du haut commandement de Saigon que l'ennemi avec ses escadrons de la mort.

— Mais il participait activement à la guerre, fit remarquer Valentino.

— Sans parler du fait qu'il n'avait que faire de Saigon et de la hiérarchie militaire, je crois que l'issue du conflit lui importait peu. C'était une guerre tout à fait personnelle qu'il menait, très loin derrière les lignes ennemies, aussi près de Hanoi que possible. Je pense qu'au fond de lui-même il cherchait le pilote qui avait massacré sa famille... Et j'en arrive à ce parallèle dont j'ai parlé. En Extrême-Orient, il avait une femme et deux enfants qui sont morts sous ses yeux. Maintenant, il a une autre femme et deux autres enfants, et le Chacal le poursuit et le traque. Cela doit le rendre fou! Et merde!...

Les quatre hommes assis à l'autre bout de la table échangèrent un coup d'œil furtif en attendant que Conklin retrouve son calme. Une nouvelle fois le directeur prit la parole.

— Si l'on se penche sur la chronologie, dit-il d'une voix douce, l'opération montée pour mettre la main sur Carlos a dû avoir lieu il y a bien plus de dix ans, mais les événements de Hong-kong sont beaucoup plus récents. Y a-t-il un lien entre ces faits? Sans nous donner encore de noms, que pouvez-vous nous dire sur ce qu'il s'est passé à Hong-kong?

Alex serra la main sur sa canne, faisant saillir les articulations de ses doigts.

– Hong-kong fut à la fois la plus tordue de toutes les opérations clandestines que nous ayons jamais montées et, sans conteste, la plus extraordinaire que j'aie connue. A mon grand soulagement, Langley n'était pour rien dans la stratégie initiale et je ne suis entré dans cette opération qu'en cours de route, mais ce que j'ai vu m'a soulevé le cœur. McAllister, lui aussi, était écœuré, mais il était dans le coup depuis le début. Et c'est pour cela qu'il a accepté de risquer sa vie et qu'il a bien failli laisser sa peau à Macao. Son sens moral ne lui a pas permis de laisser un type bien se faire tuer par simple respect d'une stratégie.

– Voilà une grave accusation, dit Casset. Que s'est-il passé ?

– Nos propres services ont fait enlever la femme de Bourne, celle qui nous a ramené notre amnésique. Ils ont laissé des indices pour lui permettre de suivre la trace de sa femme... jusqu'à Hong-kong.

– Mais pourquoi, bon Dieu ? s'écria Valentino.

– Toujours la stratégie ; elle était parfaite, mais abominable. Je vous ai dit que l'« assassin » connu sous le nom de Jason Bourne était devenu une légende en Asie. Il avait gagné l'Europe, mais sa renommée n'avait pas diminué pour autant en Extrême-Orient. Soudain, comme par enchantement, un nouveau tueur basé à Macao et particulièrement audacieux apparut et ranima la légende. Il prit le nom de « Jason Bourne » et les contrats sur des vies humaines recommencèrent de plus belle. Il s'écoulait rarement plus d'une semaine, et souvent pas plus de quelques jours entre les meurtres. Il laissait toujours des indices et narguait systématiquement la police. Un faux Bourne avait pris le relais et il avait étudié attentivement les méthodes de son modèle.

– Nul n'était donc mieux à même de le démasquer que celui qui avait mis ces méthodes au point, lança le directeur de l'Agence. Le modèle, *votre* modèle. Et le meilleur moyen d'obliger le véritable Bourne à traquer son émule était d'enlever sa femme. Mais pourquoi ? Pourquoi était-on si inquiet à Washington ? Il était impossible de remonter jusqu'à nous.

– Ce n'est pas tout. Parmi les clients du nouveau Jason Bourne il y avait un fou, un traître du Kuo-min-tang, faisant partie du gouvernement chinois, résolu à mettre l'Extrême-Orient à feu et à sang. Il avait décidé de détruire les accords sino-britanniques de Hong-kong, d'isoler la colonie et de plonger tout le territoire dans le chaos.

– La guerre, dit posément Casset. Les troupes de Pékin auraient envahi Hong-kong et pris le contrôle de la colonie. Tout le monde aurait été obligé de choisir son camp... *La guerre.*

– A l'âge du nucléaire, ajouta le directeur. Jusqu'où les choses sont-elles allées, monsieur Conklin ?

– Un vice-Premier ministre de la République populaire chinoise fut assassiné à Kowloon et l'imposteur laissa sa carte de visite : *Jason Bourne.*

– Bon Dieu! s'écria le DCI en serrant le tuyau de sa pipe. Il fallait l'empêcher de continuer!

– C'est ce que nous avons fait, répliqua Alex en relâchant son étreinte sur le pommeau de sa canne. Et c'est le seul homme capable de le traquer, notre Jason Bourne, qui s'en est chargé... Je ne veux pas en dire plus pour l'instant, mais je vous répète que cet homme est dans notre pays en ce moment, avec sa femme et ses deux gamins, et que Carlos a juré d'avoir sa peau. Le Chacal n'aura de cesse qu'il ne se soit débarrassé de la seule personne en mesure de l'identifier. Vous devez faire appel à tous ceux qui ont une dette envers vous à Paris, Londres, Rome, Madrid... surtout à Paris. On doit sûrement savoir quelque chose. Où se trouve Carlos en ce moment? Qui sont ses contacts de ce côté-ci de l'Atlantique? Il a des agents à Washington et, quelle que soit leur identité, ils nous ont retrouvés, Panov et moi!

L'ex-officier de renseignements serra de nouveau le pommeau de sa canne, le regard fixé sur la fenêtre.

– Vous ne comprenez donc pas? reprit-il d'une voix très douce, comme s'il se parlait à lui-même. Nous ne pouvons pas le laisser faire. Mon Dieu, nous ne pouvons pas le laisser faire!

Les hommes de la CIA attendirent en se regardant en silence que prenne fin ce nouveau moment d'émotion. Comme s'ils étaient arrivés à un consensus sans qu'un seul mot eût été prononcé, tous les yeux convergèrent sur Casset. Il inclina la tête, acceptant de prendre la parole en sa qualité de meilleur ami de Conklin.

– Alex, commença-t-il, je suis d'accord avec toi pour dire que tout accuse Carlos, mais, avant de mettre la pagaille en Europe, nous devons en avoir la certitude. S'il s'agissait d'une fausse alerte, nous offririons en montrant au Chacal à quel point nous sommes vulnérables quant à ce qui concerne Jason Bourne une chance qu'il ne laisserait pas passer. D'après ce que tu nous as dit, Carlos serait capable de remonter jusqu'à Treadstone 71 – une opération en sommeil depuis très longtemps –, ne fût-ce que parce qu'il n'a pas eu le moindre contact avec aucun de nos agents ou sous-agents depuis plus d'une décennie.

Conklin considéra le visage pensif et anguleux de Charles Casset.

– Tu veux dire que si je me trompe et si ce n'est pas le Chacal, nous allons rouvrir une blessure de treize ans et lui apporter une victime sur un plateau?

– En gros, je crois que c'est bien cela.

– Fort bien raisonné, Charlie... Tu trouves que je m'en tiens aux apparences... Je me fie à mes intuitions, mais elles ne reposent que sur des apparences.

– J'aurais plutôt tendance à me fier à tes intuitions qu'à n'importe quel détecteur de mensonges...

– Moi aussi, l'interrompit Valentino. Tu as sauvé la vie de nos agents dans cinq ou six situations de crise alors que tous les indicateurs affirmaient que tu te trompais. Mais les doutes de Charlie sont fondés. Imaginons que ce ne soit pas Carlos. Non seulement nous envoyons un message erroné en Europe, mais nous aurons surtout perdu du temps.

— Laissons donc tomber l'Europe, murmura Conklin, comme s'il réfléchissait à voix haute. Du moins pour l'instant... Cherchons plutôt les salauds qui ont agi chez nous. Oui, dénichons-les. Arrêtons-les et faisons-les parler. Comme je suis la cible, laissons-les chercher à m'atteindre.

— Cela entraînerait une protection beaucoup moins rapprochée que ce que j'envisageais pour le Dr Panov et pour vous, déclara le directeur d'une voix ferme.

— Alors, ne l'envisagez plus, monsieur, répliqua Conklin dont le regard allait et venait de Casset à Valentino. Nous pouvons réussir, poursuivit-il en haussant brusquement la voix, si vous acceptez de m'écouter, tous les deux, et si vous me laissez organiser l'opération.

— Nous sommes sur un terrain glissant, objecta Casset. Le point de départ de cette affaire se trouve peut-être à l'étranger, mais elle a lieu sur le territoire national. Il conviendrait d'en informer le FBI...

— Pas question! s'écria Conklin. Personne ne doit être mis au courant, en dehors de ceux qui se trouvent dans cette pièce!

— Allons, Alex, répliqua Valentino d'une voix douce en secouant lentement la tête. Tu es à la retraite maintenant. Tu n'as plus d'ordres à donner.

— Très bien! rugit Conklin en se levant maladroitement et en prenant appui sur sa canne. Parfait! Je me rends de ce pas à la Maison-Blanche voir le directeur de l'Agence nationale de sécurité, un certain McAllister!

— Asseyez-vous, lança le DCI d'un ton autoritaire.

— Je suis à la retraite! Vous n'avez pas d'ordres à me donner!

— Jamais il ne me viendrait à l'idée de le faire. Mais je tiens à ce que vous restiez en vie. Si j'ai bien compris, votre théorie est fondée sur l'hypothèse discutable que celui qui a tiré sur vous hier soir vous a volontairement raté, qu'il a fait feu au hasard dans la foule et qu'il voulait profiter de la panique pour vous prendre vivant.

— Vous tirez des conclusions quelque peu hâtives...

— Des conclusions fondées sur plusieurs dizaines d'opérations auxquelles j'ai pris part aussi bien ici que dans la Marine, dans des endroits dont vous seriez incapable de prononcer correctement le nom ou dont vous n'avez même jamais entendu parler!

Le directeur de l'Agence avait posé ses coudes sur les bras de son fauteuil et sa voix avait pris des sonorités rudes et impérieuses.

— Pour votre gouverne, Conklin, sachez que je n'ai pas trouvé mes galons d'amiral dans une pochette-surprise et que je n'ai pas été parachuté par hasard à la tête des services de renseignements de la Marine. J'ai fait partie pendant plusieurs années des commandos de l'infanterie de marine et je me suis embarqué à bord de sous-marins qui sont entrés dans les ports de Kaesong et de Haiphong. J'ai connu un certain nombre de ces salopards de Méduse et il n'y en a pas un seul à qui je n'aurais aimé loger une balle dans la tête! Et maintenant, vous me dites qu'il y en avait un, celui qui est devenu votre Jason Bourne et pour qui vous êtes prêt à tout afin qu'il reste en vie et hors de portée du Chacal... Alors, arrêtons les conneries, *Alex*! Voulez-vous, oui ou non, travailler avec moi?

Conklin se rassit lentement et un sourire se forma sur ses lèvres.

– Je vous ai dit que votre nomination ne m'avait pas choqué, *monsieur*. Ce n'était qu'une intuition, mais maintenant, je sais pourquoi. Vous avez été un homme de terrain; je vais travailler avec vous.

– Parfait, rétorqua le directeur. Nous allons mettre au point une surveillance contrôlée en espérant que l'hypothèse selon laquelle ils vous veulent vivant est juste, car il nous est impossible de couvrir toutes les fenêtres et tous les toits. J'espère que vous êtes conscient des risques que vous courez.

– Oui. Et comme deux appâts valent mieux qu'un dans un aquarium de piranhas, je vais parler à Mo Panov.

– Tu ne peux pas lui demander de jouer ce rôle, objecta Casset. Il n'est pas des nôtres, Alex. Pourquoi accepterait-il?

– Parce qu'il *est* des nôtres et parce qu'il faut que je le lui demande. Si je ne lui en parlais pas, il serait capable de me faire une injection de strychnine à la place d'un vaccin antigrippal. Il était à Hong-kong, lui aussi... pour des raisons assez semblables aux miennes. Il y a déjà un certain temps, j'ai essayé de tuer mon meilleur ami à Paris, parce que j'avais commis l'énorme erreur de croire qu'il avait été retourné alors qu'il avait seulement perdu la mémoire. Quelques jours plus tard, on a demandé à Morris Panov, l'un des meilleurs psychiatres du pays, un médecin qui ne supporte pas tout le charabia psy à la mode, d'interpréter un profil psychiatrique « hypothétique ».

Cela exigeait une réponse immédiate. Ce profil était celui d'un agent clandestin, dangereux et solitaire, à la tête farcie de secrets, une véritable bombe à retardement, qui était passé dans l'autre camp. A la suite de l'évaluation instantanée faite par Panov de ce profil – qu'il pressentit quelques heures plus tard n'avoir rien d'hypothétique –, un amnésique innocent faillit périr dans un guet-apens tendu à New York, dans la 71ᵉ Rue, par des services gouvernementaux. Apprenant que cet homme avait survécu, Panov exigea de devenir son unique thérapeute. Jamais il ne s'est pardonné ce qui s'est passé. Imaginez, messieurs, que vous soyez à sa place. Que feriez-vous si je ne vous révélais pas un mot de ce dont nous sommes en train de parler?

– Je vous répondrais que c'est un vaccin antigrippal et je vous ferais une injection massive de strychnine, fit DeSole en hochant lentement la tête.

– Où se trouve Panov en ce moment? demanda Casset.

– A l'hôtel Brookshire, à Baltimore, où il a pris une chambre sous le nom de Philip Morris. Il a annulé tous ses rendez-vous de la journée... Il a la grippe.

– Nous pouvons donc nous mettre au travail, dit le DCI en plaçant devant lui un bloc-notes jaune de service. A propos, Alex, un homme de terrain compétent n'a que faire des grades et n'a pas confiance en quelqu'un qui soit incapable de l'appeler par son prénom avec conviction. Comme vous le savez, mon nom est Holland et mon prénom Peter. Désormais nous nous appellerons Alex et Peter, d'accord?

– D'accord, Peter. Vous devez avoir été un fieffé salaud pendant la guerre.

– Vu que je suis ici – en chair et en os, pas dans ce fauteuil – on peut supposer que j'étais compétent.

– Un homme de terrain, murmura Conklin d'un ton approbateur.

– De plus, comme nous avons décidé de nous passer des fadaises diplomatiques qui ont cours dans notre métier, sachez que j'étais un vrai salopard, têtu comme une mule. Ce que je veux, Alex, ce sont des informations de professionnel et non des états d'âme. C'est clair?

– Je ne conçois pas les choses autrement, Peter. Un engagement peut être fondé sur les émotions et il n'y a rien à redire, mais toute sensibilité doit être exclue d'une stratégie... Je ne suis pas un ancien commando, espèce de salopard têtu, mais je suis également ici, en chair et en os, avec juste un pied en moins, et cela laisse supposer que moi aussi, je suis compétent.

Holland sourit. C'était un sourire juvénile que démentaient les cheveux poivre et sel, le sourire d'un professionnel, momentanément libéré des obligations de sa fonction et qui pouvait retrouver l'univers dans lequel il se sentait le plus à son aise.

– Je pense que nous allons nous entendre, lança le DCI.

Comme pour se débarrasser du dernier vestige de son image directoriale, il posa sa pipe sur la table, sortit de sa poche un paquet de cigarettes, en glissa une entre ses lèvres et ouvrit son briquet tout en commençant à écrire sur son bloc-notes.

– Au diable le Bureau, poursuivit-il. Nous utiliserons nos propres hommes et nous étudierons tous leurs dossiers à la loupe.

Charles Casset, le sémillant héritier présomptif du poste de directeur de la CIA, s'enfonça dans son siège et poussa un long soupir.

– Pourquoi ai-je l'impression que je vais devoir vous surveiller de près, tous les deux?

– Parce que vous êtes un analyste dans l'âme, Charlie, répondit Holland.

L'objet de la surveillance contrôlée est de découvrir ceux qui ont pris quelqu'un en filature afin d'établir leur identité ou de les jeter en prison, selon la stratégie choisie. Dans le cas présent, le but était de mettre la main sur les agents du Chacal qui avaient attiré Conklin et Panov dans le parc d'attractions de Baltimore. Travaillant toute la nuit et la plus grande partie de la journée du lendemain, les hommes de la CIA sélectionnèrent une équipe de huit agents expérimentés, déterminèrent avec la plus grande précision les différents itinéraires que Conklin et Panov devaient suivre, à la fois séparément ensemble, pendant les vingt-quatre heures à venir, itinéraires couverts par les agents armés se relayant rapidement, et ils fixèrent enfin un rendez-vous aussi insolite quant au lieu et l'heure : les jardins de la Smithsonian Institution, au beau milieu de la nuit. Le piège était prêt à se refermer sur ses victimes.

Conklin se tenait dans la pénombre de l'entrée exiguë de son immeuble. Les yeux plissés, il approcha de son visage le cadran de sa montre. Il était exactement 2 h 35. Il poussa la lourde porte d'entrée et sortit en claudiquant dans la rue obscure où il n'y avait nul signe de vie. Conformément au plan, il tourna à gauche en marchant à l'allure convenue ; il devait arriver à l'angle de la rue à 2 h 38. Il se sentit brusquement alerté en discernant sur sa droite, dans l'ombre d'une porte, la silhouette d'un homme. Il plongea discrètement la main sous sa veste pour prendre son Beretta. Il n'était pas prévu dans le plan que quelqu'un se trouverait dans le renfoncement d'une porte dans cette partie de la rue ! Puis, aussi brusquement qu'il s'était alarmé, il se détendit et lâcha son automatique, partagé entre le soulagement et un sentiment de culpabilité. La silhouette qui se tenait dans l'ombre était celle d'un indigent, un vieillard en haillons, un sans-abri exclu de la société d'abondance.

Alex continua d'avancer de sa démarche boitillante et, en tournant l'angle de la rue, il entendit un claquement de doigts étouffé. Il traversa l'avenue, suivit l'autre trottoir et passa devant une ruelle... Une autre sihouette dans cette ruelle, un autre vieillard misérable qui s'avança lentement jusqu'à la rue et s'enfonça derechef dans l'obscurité de la ruelle. Une autre épave protégeant son humble territoire de béton. En d'autres circonstances, Conklin serait peut-être revenu vers le malheureux pour lui glisser quelques dollars dans la main, mais pas cette fois. Il lui restait encore beaucoup de chemin à faire et il avait un horaire à respecter.

Morris Panov s'approchait du carrefour, encore troublé par l'étrange conversation téléphonique qu'il avait eue, dix minutes auparavant. Il s'efforçait de n'oublier aucune des parties du plan qu'il devait suivre, redoutant de consulter sa montre pour s'assurer qu'il avait couvert la distance voulue dans le laps de temps imparti. On lui avait bien recommandé de ne pas regarder sa montre dans la rue... Et n'auraient-ils pas pu lui dire « à peu près à telle heure », plutôt que d'employer cette expression déroutante « laps de temps », comme si une invasion de Washington était imminente. Quoi qu'il en fût, il continuait à marcher, traversant les rues qu'on lui avait dit de traverser, espérant qu'une horloge invisible lui permettait de respecter autant que possible ces maudits « laps de temps » déterminés par des allers et retours chronométrés entre deux piquets, sur la pelouse du jardin d'une maison de Vienna, en Virginie... Il ferait n'importe quoi pour David Webb – n'importe quoi ! –, mais ce qu'on lui demandait était insensé. Au fond de lui-même, il savait pourtant que ce n'était pas vrai. On ne lui demanderait pas de faire ce qu'il faisait si cela ne rimait à rien.

Qu'est-ce que cela signifiait ? Encore un visage dans l'ombre, qui le suivait du regard, comme les deux autres ! Les épaules voûtées, assis au bord du trottoir, un troisième vieillard levait sur lui des yeux rougis par l'alcool. Encore un ! Tous ces vieillards, tellement décrépits, à peine capables de se déplacer, qui le regardaient ! Il ne devait pas s'abandonner à son imagination... Toutes les grandes villes grouillent de sans-abri, d'hommes et de femmes parfaitement inoffensifs que leurs psychoses ou le dénuement ont poussés dans la rue. Il aurait voulu les aider, mais il ne pouvait rien faire d'autre que harceler à titre professionnel des responsables municipaux indifférents... Encore un ! Dans un renfoncement, entre deux devantures de boutiques protégées par une grille de fer, Panov surprit un regard. Arrête ! Tu es en train de perdre la raison ! Continue, respecte l'horaire qu'on t'a imposé !... Bon Dieu ! *encore un !* De l'autre côté de la rue !... Ne t'occupe pas de lui, continue de marcher !

Sous la clarté froide de la lune, l'immensité de l'esplanade de la Smithsonian Institution rapetissait les deux silhouettes qui avançaient l'une vers l'autre. Les deux hommes se rejoignirent à l'intersection de deux allées et se dirigèrent vers un banc. Conklin s'assit en s'aidant de sa canne tandis que Mo Panov regardait nerveusement autour de lui en guettant le moindre bruit. Il était 3 h 28, l'aube n'était pas encore levée et il ne percevait que le chant assourdi des grillons et le souffle léger du vent d'été dans les arbres. Panov s'assit prudemment à côté de Conklin.

– Vous avez remarqué quelque chose en route ? demanda Alex.

– Je n'en suis pas sûr, répondit le psychiatre. Je suis aussi perdu que je l'étais à Hong-kong, avec cette différence que là-bas nous savions au moins où nous allions et qui nous devions rencontrer. Vous savez que vous êtes tous complètement cinglés !

– Vous vous contredisez, Mo, dit Alex en souriant. Vous m'aviez affirmé que j'étais guéri.

– Ah! Vous parlez de cela? Ce n'était qu'une simple psychose maniaque dépressive, frôlant la démence précoce. Mais ce que vous me faites faire est complètement dingue! Il est à peine 4 heures du matin et il faut être totalement cinglé pour jouer à ce petit jeu en pleine nuit!

Alex observa Panov à la lumière diffuse d'un projecteur éclairant au loin la façade massive de la Smithsonian Institution.

– Vous m'avez dit que vous n'étiez pas sûr, fit-il. Pas sûr de quoi?

– J'ai presque honte d'en parler, après avoir expliqué à tant de mes patients qu'ils inventaient des images inquiétantes pour rationaliser leur panique et justifier leurs angoisses.

– Mais qu'est-ce que vous racontez?

– C'est une forme de transfert...

– Allons, Mo! l'interrompit Conklin. Allez-vous me dire ce qui vous tracasse? Ce que vous avez vu?

– Des silhouettes... Des silhouettes voûtées, se déplaçant lentement, avec peine. Pas comme vous, Alex, pas à la suite d'une blessure, mais à cause de leur grand âge. Des vieillards exténués, dissimulés dans des renfoncements de boutiques ou dans l'ombre des ruelles. J'en ai vu quatre ou cinq sur le trajet entre mon appartement et ici. A deux reprises, j'ai failli m'arrêter et appeler l'un de vos hommes, mais j'ai changé d'avis au dernier moment en me disant que je réagissais avec excès, que je prenais une poignée de misérables sans-logis pour ce qu'ils n'étaient pas, que je m'imaginais voir des choses qui n'existaient pas.

– Pas du tout, docteur! lança Conklin à voix basse. Ce que vous avez vu existait bel et bien. J'ai vu la même chose, Mo, les mêmes misérables vieillards que vous, en haillons pour la plupart, et qui marchaient encore plus difficilement que moi... Qu'est-ce que cela signifie? Que veulent-ils? Qui sont-ils?

Un bruit de pas. Des pas lents et hésitants. Dans l'ombre de l'allée déserte, ils distinguèrent deux individus de petite taille... deux vieillards! A première vue, ils semblaient eux aussi faire partie de l'armée des indigents, mais il y avait quelque chose de différent dans leur apparence, une sorte de résolution dont les autres étaient dépourvus. Ils s'arrêtèrent à cinq ou six mètres du banc en gardant le visage dans l'ombre. Le vieillard de gauche prit la parole d'une voix fluette, avec un accent bizarre.

– C'est une heure étrange et un endroit insolite pour un rendez-vous entre deux messieurs aussi bien habillés que vous. Trouvez-vous juste d'occuper un lieu de repos dont d'autres, moins bien lotis que vous, pourraient avoir besoin?

– Ce ne sont pas les bancs libres qui manquent, dit Alex d'un ton affable. Celui-ci est-il réservé?

– Il n'y a pas de sièges réservés ici, répondit le second vieillard dans un excellent anglais, mais qui n'était manifestement pas sa langue maternelle. Que faites-vous ici?

— En quoi cela vous concerne-t-il? demanda Conklin. Nous avons des affaires à traiter en privé et cela ne vous regarde pas.

— Des affaires, à cette heure et à cet endroit? reprit le premier vieillard en regardant autour de lui.

— Je vous répète que cela ne vous regarde pas, répéta posément Alex. Et je pense que vous feriez mieux de nous laisser tranquilles.

— Les affaires sont les affaires, lança le second vieillard.

— Mais où veut-il en venir? murmura Panov, l'air perplexe.

— Nous allons le savoir très vite, répondit tout bas Alex. Ne dites rien.

L'ex-agent de renseignements leva la tête vers les deux vieillards.

— Et si vous repreniez tranquillement votre route?

— Les affaires sont les affaires, répéta le second loqueteux en se tournant vers son compagnon dont le visage restait dans l'ombre.

— Nos affaires ne vous concernent pas...

— Je n'en suis pas si sûr, l'interrompit le premier vieillard en secouant vigoureusement la tête. Imaginons que je vous dise que nous sommes chargés de vous transmettre un message de Macao.

— Quoi? s'écria Panov.

— Taisez-vous! souffla Conklin en s'adressant au psychiatre, mais sans quitter le messager des yeux. Que représente Macao pour nous? poursuivit-il sur un ton neutre.

— Un grand *taïpan* désire vous rencontrer. Le plus grand *taïpan* de Hong-kong.

— Pourquoi?

— Il vous versera une forte somme. Pour vos services.

— Je répète : pourquoi?

— Nous sommes chargés de vous dire qu'un assassin est revenu. Il désire que vous le trouviez.

— J'ai déjà entendu cela. Ça ne prend pas.

— A vous de régler cette histoire avec le grand *taïpan*, monsieur. Cela ne nous concerne pas. Il vous attend.

— Où est-il?

— Dans un grand hôtel, monsieur.

— Lequel?

— Nous devons simplement vous révéler que cet établissement a un vaste hall, toujours très animé, et que son nom a un rapport avec le passé de ce pays.

— Je n'en vois qu'un qui réponde à une telle description : le Mayflower, articula Conklin en baissant la bouche vers le revers gauche de sa veste, où un micro était cousu dans la boutonnière.

— Comme vous voulez, monsieur.

— Sous quel nom s'est-il inscrit?

— Inscrit?

— C'est comme pour les bancs réservés, mais là-bas ce sont des chambres. Qui devons-nous demander?

38

– Personne, monsieur. Le secrétaire du *taïpan* vous abordera dans le hall.

– Est-ce le même homme qui vous a abordés?

– Pardon, monsieur?

– Qui vous a engagés pour nous suivre?

– Nous n'avons pas le droit de parler de certains sujets et nous ne le ferons pas.

– *Allez-y!* hurla Alexander Conklin par-dessus son épaule.

Des projecteurs s'allumèrent aussitôt autour du banc, illuminant les jardins de la Smithsonian Institution et éclairant le visage surpris des deux vieillards, des Orientaux. Neuf agents de la Central Intelligence Agency débouchèrent dans la lumière, la main plongée sous leur veste. Leurs armes restaient cachées, puisqu'elles ne semblaient pas nécessaires.

Quand ils se rendirent compte de leur erreur, il était trop tard. Deux détonations d'un fusil de gros calibre retentirent dans les ténèbres du jardin et les deux messagers orientaux s'effondrèrent. Les hommes de la CIA plongèrent en se roulant en boule pour se mettre à couvert tandis que Conklin agrippait le bras de Panov et l'obligeait à se coucher au sol, à l'abri du banc. Les hommes de l'unité de Langley se relevèrent et, en combattants expérimentés qu'ils étaient tous, y compris l'ancien commando Peter Holland, ils commencèrent à se diriger l'un derrière l'autre en zigzaguant vers l'endroit d'où étaient venus les coups de feu, l'arme à la main et le bras tendu, à l'affût d'une ombre ou d'un mouvement. Quelques instants plus tard, un cri furieux déchira le silence.

– Merde! s'écria Holland, le faisceau de sa torche éclairant le sol entre deux troncs d'arbres. Ils se sont enfuis!

– Comment le savez-vous?

– Sur l'herbe, des empreintes de talons. Les fumiers connaissaient leur boulot. Ils ont tiré un seul coup de feu chacun et ils se sont barrés. Regardez ces traces de pas sur la pelouse... Ils ont pris la fuite en courant. C'est fini! Inutile de les poursuivre! S'ils se sont arrêtés pour prendre position un peu plus loin, nous allons nous faire canarder.

– Voilà un homme de terrain, dit Alex en s'appuyant sur sa canne pour se relever.

L'air terrifié, Panov l'imita, mais le psychiatre pivota brusquement sur lui-même et, les yeux écarquillés, se précipita vers les deux Orientaux.

– Mon Dieu! s'écria-t-il en s'agenouillant devant les corps inertes, à la gorge déchiquetée. Ils sont morts! Le parc d'attractions! C'est la même chose!

– Un message, acquiesça Conklin, le visage grimaçant. La piste est balisée, ajouta-t-il.

– Que voulez-vous dire? demanda le psychiatre en tournant vivement la tête vers l'ancien officier de renseignements.

– Nous n'avons pas été assez prudents.

– *Alex!* cria Holland en courant vers le banc. Je vous ai bien entendu, poursuivit-il en haletant, mais ce qui vient de se passer annule le rendez-vous de l'hôtel. Il n'est pas question d'y aller. Je vous l'interdis.

– Il n'y a pas que cela qui soit annulé... que cela foute par terre! Ce n'est pas le Chacal! C'est Hong-kong! Les apparences étaient justes, mais mon intuition était fausse. Fausse!

– Que voulez-vous faire maintenant? demanda doucement le directeur de la CIA.

– Je ne sais pas, répondit Conklin d'un ton plaintif. Je me suis trompé!... Il faut joindre notre ami, bien sûr, et aussi vite que possible.

– J'ai parlé à David... Je *lui* ai parlé il y a une heure, dit Panov en se reprenant aussitôt.

– Vous lui avez parlé? s'écria Alex. En pleine nuit? Quand vous étiez chez vous?

– Vous savez que j'ai un répondeur téléphonique, expliqua le médecin. Si je prenais toutes les communications des cinglés qui m'appellent après minuit, je n'arriverais jamais à me lever le matin pour aller travailler. J'ai donc laissé sonner, mais, comme je m'apprêtais à sortir pour aller à notre rendez-vous, j'ai écouté la communication. Il n'a prononcé que deux mots : « Appelez-moi » et, le temps que j'atteigne le téléphone, il avait déjà raccroché. Je l'ai donc rappelé.

– Vous l'avez rappelé? De chez vous?

– Euh!... oui, répondit Panov d'une voix hésitante. Il a été très concis, très prudent. Il voulait juste nous informer de ce qu'il faisait, nous prévenir que « M » – il l'a appelée « M » – partait ce matin à la première heure avec les enfants. C'est tout; il a raccroché aussitôt après.

– Ils connaissent maintenant son nom et son adresse, dit Holland. Et ils ont certainement pris connaissance du message.

– Le lieu, oui; le message, peut-être, rectifia Conklin avec vivacité, mais d'une voix calme. Mais ils n'ont ni l'adresse ni le nom.

– Ils l'auront dès le début de la matinée...

– A ce moment-là, il sera déjà en route vers la Terre de Feu, si besoin est.

– Mon Dieu! Qu'ai-je fait? s'écria le psychiatre.

– Ce qu'aurait fait n'importe qui à votre place, rétorqua Alex. Vous recevez à 2 heures du matin un message d'un homme à qui vous tenez et qui a des ennuis. Vous le rappelez aussi vite que possible. Et maintenant, c'est à nous de le joindre. Ce n'est donc pas Carlos, mais quelqu'un d'autre. Quelqu'un qui dispose de moyens puissants, qui se rapproche de sa proie et réussit des percées que nous croyions impossibles.

– Utilisez le téléphone de ma voiture, proposa Holland. Je vais supprimer l'enregistrement automatique. Votre conversation ne figurera nulle part.

– Allons-y!

Aussi vite que le lui permettait son infirmité, Conklin se dirigea vers la voiture de l'Agence.

– David, c'est Alex.

– Tu as vraiment failli nous rater, mon vieux. Nous étions en train de sortir. Si Jamie n'avait pas eu besoin de son pot, nous serions déjà dans la voiture.

– A l'heure qu'il est?

– Mo ne t'a rien dit? Comme on ne répondait pas chez toi, j'ai téléphoné chez lui.

– Mo a été un peu secoué. Explique-moi toi-même. Que se passe-t-il?

– Ton téléphone est sûr? Pour le sien, j'avais des doutes.

– Il n'y a pas plus sûr.

– J'expédie Marie et les gamins vers le sud... Très loin d'ici. Elle proteste vigoureusement, mais j'ai affrété un jet à l'aéroport Logan et j'ai obtenu les autorisations grâce aux dispositions que tu avais prises il y a quatre ans. Les ordinateurs ont été interrogés et tout le monde s'est montré coopératif. L'avion décolle à 6 heures. Je veux qu'ils soient partis quand le jour se lèvera.

– Et toi, David? Que vas-tu faire?

– Pour ne rien te cacher, j'avais l'intention de partir à Washington et de rester avec toi. Si le Chacal a décidé d'avoir ma peau après toutes ces années, je tiens à être sur place pour savoir ce que nous allons faire pour l'en empêcher. Je peux même peut-être vous donner un coup de main... J'arriverai avant midi.

– Non, David. Pas aujourd'hui et pas ici. Pars avec Marie et les enfants. Quitte le pays. Reste sur l'île avec ta famille et Johnny Saint-Jacques.

– Je ne peux pas faire cela, Alex, et, si tu étais à ma place, tu ne le ferais pas non plus. Ma famille ne sera pas libre, pas *véritablement* libre tant que Carlos ne sera pas sorti de notre vie...

– Ce n'est pas Carlos, le coupa Alex Conklin.

– Comment? Mais tu m'as dit hier...

– Oublie ce que je t'ai dit. Je me suis trompé. Cela vient de Hong-kong, de Macao.

– Ça ne tient pas debout, Alex! Hong-kong et Macao, c'est fini! Ils sont tous morts et enterrés! Il ne reste plus personne qui ait des raisons de m'en vouloir!

– Si, il reste quelqu'un. Un grand *taïpan*. « Le plus grand *taïpan* de Hong-kong », s'il faut en croire notre dernière source, qui ne pourra malheureusement pas nous en apprendre plus.

– Ils sont tous morts. Toute l'organisation du Kuo-min-tang s'est écroulée comme un château de cartes. Il ne reste plus personne.

– Je te répète qu'il y a quelqu'un.

David Webb garda le silence pendant quelques instants et c'est Jason Bourne qui reprit la parole d'une voix froide.

– Dis-moi tout ce que tu as appris, donne-moi tous les détails. Il s'est passé quelque chose cette nuit. Raconte-moi.

– D'accord, acquiesça Conklin. Avec tous les détails.

L'agent de renseignements à la retraite lui décrivit la surveillance contrôlée mise sur pied par la CIA. Il lui expliqua comment Morris Panov et lui-même avaient remarqué les vieillards qui les filaient en se relayant, sans jamais se montrer en pleine lumière tandis qu'ils se dirigeaient séparément vers le lieu de leur rendez-vous. Il lui relata la rencontre finale dans une allée déserte des jardins de la Smithsonian Institution, au cours de laquelle les messagers avaient mentionné Macao et Hong-kong, et parlé d'un grand *taïpan*. Pour finir, Conklin lui raconta la fusillade qui avait réduit au silence les deux vieux Orientaux.

– Cela vient de Hong-kong, David. La référence à Macao en apporte la confirmation. C'était le camp de base de ton imposteur.

Il y eut un nouveau silence au bout du fil et seule était audible la respiration régulière de Jason Bourne.

– Tu te trompes, Alex, dit-il enfin d'une voix lointaine, préoccupée. C'est le Chacal... Par l'intermédiaire de Hong-kong et de Macao, mais c'est quand même le Chacal.

– Cela ne tient pas debout, David. Carlos n'a rien à voir avec un *taïpan* de Hong-kong ou un message de Macao. Les deux vieillards étaient chinois et non français, ou italiens, ou allemands. C'est en Asie qu'il faut chercher, pas en Europe.

– Les vieux, ce sont les seuls en qui il ait confiance, poursuivit David Webb d'une voix basse et froide, la voix de Jason Bourne. « Les vieillards de Paris », c'est ainsi qu'on les appelait. Ils constituaient son réseau, ils lui servaient de courriers dans toute l'Europe. Qui soupçonnerait des êtres décrépits, des mendiants ou des quasi-invalides ? Qui aurait l'idée de les interroger, de leur extorquer des renseignements ? Et, de toute façon, ils garderaient le silence. Leur pacte avec le Chacal était – *est* scellé – et ils circulent impunément. Pour le compte de Carlos.

En écoutant la voix étrangement caverneuse de son ami, Conklin sentit l'inquiétude le gagner et il fixa le tableau de bord, ne sachant que dire.

– Je ne te comprends pas, David. Je sais que tu es bouleversé, comme nous tous, mais, de grâce, sois un peu plus clair.

– Comment ?... Oh ! pardonne-moi, Alex, j'étais reparti dans mes souvenirs. Disons en quelques mots que Carlos parcourait les rues de Paris à la recherche de gens mourants ou d'un âge si avancé qu'ils n'en avaient plus pour longtemps à vivre, des vieillards ayant un casier judiciaire et à qui leurs crimes n'avaient rien rapporté.On oublie trop souvent que des hommes de cette sorte ont, eux aussi, des êtres chers ou des enfants auxquels ils tiennent énormément. Le Chacal s'engageait à subvenir aux besoins et à assurer l'avenir de ceux que les vieillards laisseraient derrière eux, à condition que ces pauvres bougres lui jurent fidélité pour le reste de leurs jours. Qui n'aurait pas fait de même à leur place, quand ils n'avaient à léguer que misère et suspicion?

— Ils le croyaient?

— Ils avaient et ils ont toujours de bonnes raisons de le croire. Tous les mois, plusieurs dizaines de chèques sont débités sur des comptes numérotés de différentes banques suisses et des virements sont effectués au profit de ces héritiers, de la Méditerranée à la Baltique. Il est impossible de retrouver l'origine des fonds, mais ceux qui les recoivent savent à qui ils les doivent et pourquoi. Abandonne la piste de ton dossier ultra-secret, Alex. C'est à Hong-kong que Carlos a cherché, qu'il a trouvé la faille et qu'il vous a découverts, Mo et toi.

— Dans ce cas, nous aussi, nous allons faire des recherches. Nous allons infiltrer la communauté asiatique, enquêter chez tous les bookmakers et dans tous les restaurants chinois, dans un rayon de quatre-vingts kilomètres autour de Washington.

— Ne fais rien avant que je n'arrive. Tu ne sais pas ce qu'il faut chercher. Moi, si, et c'est assez extraordinaire. Le Chacal ignore qu'il y a encore un grand nombre de choses dont je n'ai pas retrouvé le souvenir, mais il a pensé, à tort, que j'avais oublié les vieillards de Paris.

— Peut-être pas, David. Peut-être a-t-il compté sur le fait que t'en souviendrais. Peut-être cette mise en scène n'est-elle qu'un prélude au véritable piège qu'il est en train de te tendre.

— Dans ce cas, il a commis une autre erreur.

— Comment cela?

— Je vaux mieux que cela. Jason Bourne vaut mieux que cela.

4

David Webb traversa le terminal du National Airport et franchit les portes automatiques pour déboucher sur le trottoir grouillant de monde. Il étudia les panneaux et suivit le passage pour piétons menant à l'aire de stationnement. D'après ses instructions, il devait gagner l'allée de droite la plus éloignée, tourner à gauche et longer la rangée de voitures en stationnement jusqu'à ce qu'il trouve une Pontiac Le Mans, gris métallisé, de 1986, au rétroviseur de laquelle était accroché un crucifix. Un homme portant une casquette blanche serait assis à la place du conducteur et sa vitre serait baissée. Webb devait s'approcher de la portière et dire : « Le vol fut très agréable. » Si l'homme enlevait sa casquette et mettait le moteur en marche, David monterait à l'arrière de la voiture. Pas une seule autre parole ne devrait être prononcée.

De fait, pas un seul autre mot ne fut échangé, du moins entre Webb et le conducteur. Mais, dès que David fut installé à l'arrière, le conducteur passa la main sous le tableau de bord et tira un micro.

– Le colis est chargé, articula-t-il d'une voix claire et posée. Vous pouvez commencer la rotation des véhicules de protection.

David songea que les procédures de ce type frisaient décidément le ridicule, mais, comme Alex Conklin avait réussi à le joindre à l'aéroport Logan, sur l'aire de décollage du Rockwell, et qu'il avait utilisé le téléphone privé de Peter Holland, il supposait que les deux responsables de la CIA savaient ce qu'ils faisaient. L'idée lui était venue que cela pouvait avoir un rapport avec le coup de téléphone que lui avait donné Mo Panov au milieu de la nuit. Il en avait eu confirmation quand Holland en personne lui avait demandé de se rendre à Hartford en voiture et de prendre un vol commercial jusqu'à Washington, ajoutant d'une manière tant soit peu énigmatique qu'il ne voulait plus d'autres communications téléphoniques et qu'il convenait de ne plus utiliser d'appareil ni privé ni gouvernemental.

La Pontiac qui l'avait attendu – pourtant un véhicule de l'État fédéral

– ne perdit pas de temps pour quitter l'aéroport. David eut l'impression qu'en quelques minutes à peine, ils roulaient en pleine campagne et que, tout aussi rapidement, ils atteignaient la Virginie. Puis la voiture franchit le portail d'une résidence privée. Une pancarte indiquait : VILLA VIENNA, d'après le nom de la commune sur laquelle la résidence était située. Le gardien reconnut le conducteur et lui fit signe de passer tandis que la lourde barrière de l'entrée se levait. C'est à ce moment-là seulement que le conducteur s'adressa pour la première fois à son passager.

– La résidence est composée de cinq immeubles distincts répartis sur deux hectares et demi. Quatre d'entre eux ont des propriétaires tout à fait normaux, mais le cinquième, le plus éloigné de l'entrée, appartient à l'Agence et possède une route d'accès et son propre service de sécurité. Vous ne pourriez être mieux installé pour vous refaire une santé, monsieur.

– Je ne me sens pas particulièrement malade.

– Nous prendrons soin de vous. Vous êtes sous la protection du DCI et votre santé lui est très précieuse.

– J'en suis ravi, mais comment savez-vous tout cela?

– Je fais partie de l'équipe de protection.

– Très bien. Comment vous appelez-vous?

Le conducteur garda un instant le silence et, quand il répondit, David eut la désagréable impression d'être ramené loin en arrière, à une époque qu'il allait, hélas, bientôt retrouver.

– Nous n'avons pas de noms, monsieur. Ni vous ni moi.

Méduse.

– Je comprends, dit Webb.

– Nous sommes arrivés, fit le conducteur en engageant son véhicule sur une allée circulaire et en s'arrêtant devant un bâtiment de deux étages, de style colonial, dont les piliers blancs cannelés semblaient faits de marbre de Carrare.

– Pardonnez-moi, monsieur, mais je viens juste de remarquer que vous n'aviez pas de bagages.

– Non, rétorqua David en ouvrant la portière. Je n'en ai pas.

– Alors, que penses-tu de ma nouvelle piaule? demanda Alex en faisant d'un ample geste du bras le tour de l'appartement décoré avec goût.

– Trop propre et trop ordonné pour un vieux célibataire de ton espèce, répondit David. Et depuis quand aimes-tu les rideaux à fleurs avec des marguerites roses et jaunes?

– Attends de voir le papier peint de ma chambre et ses roses naines.

– Je ne suis pas sûr d'avoir envie de voir ça.

– Dans la tienne, ce sont des jacinthes. Moi, je serais incapable de reconnaître une jacinthe si elle me sautait à la gorge pour m'étrangler, mais c'est ce que m'a dit la bonne.

— La bonne?

— Une Noire de quarante à cinquante ans, bâtie comme un lutteur de sumo. Elle transporte deux pistolets sous sa jupe et, à ce qu'on raconte, deux ou trois rasoirs à main.

— Drôle de bonne!

— Elle a la puissance de feu d'une patrouille. Et elle ne laisse pas entrer ici une savonnette ni un rouleau de papier hygiénique qui ne viennent de Langley. Il paraît même qu'on lui laisse des pourboires.

— Si jamais on a besoin d'un garçon...

— Bonne idée. L'érudit David Webb songe à sa reconversion?

— Jason Bourne a été garçon de café, tu sais.

— Parlons un peu de lui, lança Conklin après un silence, en redevenant sérieux. Bien qu'il ne soit pas encore midi, poursuivit-il en claudiquant vers un fauteuil, comme le début de ta journée a dû être difficile, tu trouveras un bar derrière ce paravent couleur puce, près de la fenêtre.... Ne me regarde pas comme ça, c'est notre Brunehilde noire qui m'a affirmé qu'il était puce.

Webb partit d'un grand rire franc en regardant son ami.

— Tu es sûr que cela ne te gêne pas, Alex?

— Tu sais bien que non. Avez-vous déjà caché des bouteilles d'alcool, Marie et toi, quand j'étais chez vous?

— Ce n'était pas en période de tension...

— Cela n'a rien à voir, le coupa Conklin. J'ai pris cette décision, parce qu'il n'y avait qu'une seule autre solution. Bois un verre, David. Nous avons à parler et je tiens à ce que tu sois détendu. Quand je regarde tes yeux, je sais que ton esprit bouillonne.

— Tu m'as dit un jour que tout se voyait dans les yeux, jeta Webb en tirant le paravent brun rouge et en prenant une bouteille. Et tu es encore capable de le voir, hein?

— Je t'ai précisé que c'était *derrière* les yeux. Il ne faut jamais s'arrêter à la surface des choses... Comment vont Marie et les enfants? Je suppose qu'ils sont bien partis.

— J'ai discuté du plan de vol à n'en plus finir avec le pilote et j'ai compris qu'ils étaient en de bonnes mains quand il m'a dit de foutre le camp de sa cabine ou de prendre le manche à balai moi-même.

Webb se versa à boire et revint s'asseoir dans le fauteuil placé en face de celui de l'ex-agent de la CIA.

— Où en sommes-nous, Alex? demanda-t-il.

— Exactement au même point que cette nuit. Rien de nouveau, si ce n'est que Mo refuse d'abandonner ses patients. On est passé le prendre ce matin à son appartement qui est maintenant aussi bien protégé que Fort Knox, et on l'a conduit à son bureau sous bonne escorte. Il arrivera ici dans l'après-midi, après quatre changements de véhicules, tous effectués dans des parkings souterrains.

– C'est de la protection rapprochée. On ne joue donc plus à cache-cache?

– A quoi bon? Nous avons tendu un piège à la Smithsonian Institution et nos agents étaient facilement identifiables.

– Voilà pourquoi cela pourrait marcher, non? L'effet de surprise. Des hommes assurant la couverture d'une unité de protection ayant reçu l'ordre de commettre des erreurs.

– L'effet de surprise peut réussir, David, pas la bêtise... Je retire ce que je viens de dire, ajouta Conklin en secouant vigoureusement la tête. Bourne serait capable de transformer la stupidité en intelligence, mais pas pour une unité de surveillance officiellement constituée. Il y a trop de complications.

– Je ne comprends pas.

– Aussi bons que soient ces hommes, leur objectif premier est de protéger des vies, ou bien de les sauver. Il leur faut travailler ensemble, en étroite collaboration, et rédiger des rapports. Ce sont des fonctionnaires, non des minables payés d'avance pour accomplir une sale besogne et qui risquent de se faire trancher la gorge s'ils ratent leur coup.

– Tout cela a l'air tellement mélodramatique, murmura Webb en s'enfonçant dans son siège et en portant son verre à sa bouche. Je suppose que c'est ainsi que je procédais.

– C'était une image, mais bien réelle pour ceux que tu employais.

– Eh bien, je vais les retrouver et je les emploierai de nouveau. Il me force à me montrer, Alex, poursuivit-il en se redressant brusquement, les doigts crispés sur son verre. Le Chacal abat son jeu et m'oblige à jouer mes cartes.

– Tais-toi! lança Conklin d'un ton agacé. C'est à ton tour d'être mélodramatique. On dirait un mauvais western de série Z! Si tu t'exposes, Marie est veuve et les enfants orphelins! C'est ça, la réalité, David!

– Tu te trompes, répliqua Webb en secouant la tête, le regard fixé sur son verre. Il est à ma recherche, donc je le traque. Il essaie de me faire sortir de mon refuge, donc je le débusque le premier. C'est la seule solution, le seul moyen de nous débarrasser de lui. En fin de compte, c'est Carlos contre Bourne. Nous sommes revenus au même point qu'il y a treize ans. Alpha, Bravo, Caïn, Delta... Caïn est pour Carlos et Delta est pour Caïn.

– C'était le code stupide utilisé à Paris! fit sèchement observer Alex. Le Delta de Méduse qui venait défier le Chacal sur ses terres. Mais nous ne sommes plus à Paris et treize ans se sont écoulés!

– Dans cinq ans, cela en fera dix-huit; et, cinq ans plus tard, vingt-trois. Que veux-tu donc que je fasse? Que je continue de vivre avec le spectre de ce salopard planant sur ma famille, que je tremble de peur chaque fois que ma femme ou mes enfants quittent la maison, que je passe le reste de mes jours dans la crainte d'une attaque ? Et c'est toi, un homme de terrain, qui me dis cela ! Tu devrais pourtant savoir à quoi t'en tenir ! Nos analystes peuvent toujours pondre une douzaine de stratégies dans lesquelles il y aura deux ou trois bonnes idées à garder, mais, pour le sale boulot, c'est une affaire entre le Chacal et moi... Et j'ai l'avantage : tu es de mon côté.

— C'est très flatteur, David, fit Conklin en déglutissant. Peut-être trop. Je suis plus dans mon élément à quelques milliers de kilomètres de Washington. J'ai toujours trouvé l'atmosphère un peu étouffante ici.

— Ce n'était pas le cas il y a cinq ans, quand tu m'as accompagné jusqu'à l'avion qui allait m'emmener à Hong-kong. Tu avais déjà résolu la moitié de l'équation.

— C'était plus facile. Il ne s'agissait que d'une sale opération gouvernementale qui puait tellement que j'étais obligé de me boucher les narines. Cette fois, c'est différent, il s'agit de Carlos.

— C'est exactement ce que j'essaie de te faire comprendre, Alex. C'est Carlos et non une voix anonyme au téléphone. Nous avons affaire à quelqu'un que nous connaissons, aux réactions prévisibles...

— *Prévisibles ?* le coupa Conklin, l'air perplexe. Qu'est-ce que tu racontes ?

— Il est le chasseur. Il suivra la piste.

— Il la flairera d'abord avec toute son expérience et examinera les foulées au microscope.

— Il nous faudra donc laisser des indices d'apparence aussi véridique que possible.

— Je préférerais l'expression à toute épreuve. Quelle est ton idée ?

— Dans l'Évangile selon saint Alex, il est écrit que, pour dresser un piège, il convient de dire la vérité dans une large mesure, voire dans une mesure dangereuse.

— Ce chapitre et ce verset se rapportaient au microscope d'une cible. Quel rapport avec ce qui nous intéresse ?

— Méduse, répondit calmement Webb. Je veux me servir de Méduse.

— Tu es complètement cinglé, rétorqua Conklin sur le même ton posé. Ce nom est aussi tabou que le tien... Et même beaucoup plus, pour être franc.

— Il y a eu des rumeurs, Alex, des histoires qui se sont répandues dans toute l'Asie du Sud-Est, qui ont traversé la mer de Chine jusqu'à Kowloon et Hong-kong où la plupart de ces ordures se sont réfugiées avec leur fric. Méduse n'était pas exactement le fléau clandestin que tu sembles imaginer.

— Bien sûr qu'il y a eu des rumeurs et des histoires, dit l'ex-officier des renseignements. Laquelle de ces brutes sanguinaires n'a pas mis un pistolet sur la tempe ou un couteau sur la gorge d'une ou deux douzaines, ou même d'une centaine de leurs victimes pendant leurs soi-disant « virées » ? Quatre-vingt-dix pour cent des membres de ces escadrons de la mort étaient des tueurs et des voleurs. Peter Holland, qui a pris part aux opérations militaires au Viêt-nam du Nord, m'a confié qu'il n'avait jamais rencontré un seul d'entre eux à qui il n'aurait aimé tordre le cou.

– Mais, sans eux, au lieu de cinquante-huit mille morts, il y en aurait eu largement plus de soixante mille. Il faut leur rendre cette justice, Alex. Ces brutes connaissaient chaque centimètre carré de la jungle. Ils, ou plutôt *nous* avons rapporté plus de renseignements que toutes les unités envoyées par Saigon réunies.

– Ce que je veux dire, David, c'est qu'il sera impossible d'établir un lien entre Méduse et le gouvernement des États-Unis. Le rôle que nous avons joué n'a été consigné nulle part et n'a jamais été reconnu. Le nom même de Méduse était tenu secret dans la mesure du possible. Il n'y a pas de prescription pénale pour les crimes de guerre et Méduse était officiellement considérée comme une organisation privée, un ramassis de violents et d'asociaux cherchant à retrouver l'Asie du Sud-Est corrompue qu'ils connaissaient et qui leur convenait si bien. S'il devait être établi un jour que Washington était derrière Méduse, c'en serait fait de la réputation d'un certain nombre de hauts responsables de la Maison-Blanche et du Département d'État. Ce sont maintenant de grosses légumes, mais, il y a vingt ans, ils n'étaient que de jeunes et impétueux officiers subalternes du haut commandement de Saigon...

On peut tolérer d'avoir choisi une tactique douteuse en temps de guerre, mais pas de s'être rendu complice du massacre d'un certain nombre de non-combattants et de détournements de fonds s'élevant à plusieurs millions de dollars, à l'insu des contribuables. C'est comme ces archives restées secrètes qui exposent en détail comment un si grand nombre de nos financiers les plus prospères ont soutenu les nazis. Il y a certaines choses qu'il vaut mieux ne pas tirer de l'oubli; c'est le cas de Méduse.

Webb s'enfonça derechef dans son siège, mais, cette fois, il était tendu et ses yeux restaient fixés sur ceux de son vieil ami qui, il y avait bien longtemps, avait été pendant une brève période son ennemi mortel.

– Si la mémoire qui me reste ne me trahit pas, il a été établi que Bourne faisait partie de Méduse.

– C'était une explication entièrement crédible et une couverture parfaite, dit Conklin en soutenant calmement le regard de David. Nous sommes remontés jusqu'à Tam Quan et nous avons « découvert » que Bourne était un aventurier paranoïaque, originaire de Tasmanie, qui avait disparu dans la jungle du Viêt-nam du Nord. Rien dans ce dossier ne permettait d'établir le moindre lien avec Washington.

– Mais ce n'est qu'un tissu de mensonges, Alex. Il y avait et il y a toujours un lien avec Washington, et maintenant le Chacal le sait. Il le savait quand il a découvert ton nom et celui de Mo à Hong-kong, dans les ruines de la maison stérile de Victoria Peak où Jason Bourne est

49

censé avoir trouvé la mort. Il en a apporté la confirmation cette nuit, quand ses messagers vous ont contactés dans les jardins de la Smithsonian Institution où, selon tes propres termes, « nos agents étaient facilement identifiables ». Il avait enfin acquis la certitude que ce qu'il a cru pendant treize ans était vrai. L'homme de Méduse se faisant appeler Delta était Jason Bourne; Jason Bourne était une création des services secrets américains; et Jason Bourne est toujours vivant. Il se cache et il est sous la protection de son gouvernement.

– Mais comment nous a-t-il retrouvés? s'écria Conklin en tapant du poing sur l'accoudoir de son fauteuil. Tout, absolument tout, était soigneusement enseveli. Je m'en suis assuré avec McAllister!

– Plusieurs idées me viennent à l'esprit, mais c'est une question que nous pouvons renvoyer à plus tard. Pour l'instant, nous n'avons pas le temps. Ce qu'il faut dans l'immédiat, c'est agir en fonction de ce que nous estimons que Carlos sait... *Méduse.*

– Agir? Mais comment?

– Si Bourne est issu de Méduse, il s'ensuit nécessairement que nos services des opérations clandestines travaillaient avec ce groupe. Sinon, comment le retournement de Bourne aurait-il été possible? Mais ce que le Chacal ignore encore, c'est jusqu'où notre gouvernement, ou plus précisément, certaines personnes faisant partie du gouvernement, sont prêtes à aller pour que l'opération Méduse ne soit jamais exhumée. Comme tu l'as fait remarquer, de hauts responsables de la Maison-Blanche et du Département d'État seraient gravement compromis, ces grosses légumes dont tu parlais seraient flétries d'épithètes infamantes.

– Et nous nous retrouverions brusquement avec plusieurs Waldheim sur les bras, dit Conklin, le front plissé par la réflexion, en hochant lentement la tête.

– *Nuy Dap Ranh,* poursuivit Webb dans un murmure à peine audible.

En l'entendant prononcer ces quelques mots, Conklin releva brusquement la tête.

– C'est la clé de tout, ajouta David. *Shé Fu Nu.* La Femme-Serpent.

– Tu t'en souviens?

– Cela m'est revenu ce matin, dit Jason Bourne, le regard dur. Au moment où l'avion transportant Marie et les enfants disparaissait dans la brume au-dessus du port de Boston, je me suis trouvé projeté dans le passé. Un autre avion, une autre époque et la radio crachant ces mots au milieu des parasites : Femme-Serpent, mission annulée... Femme-Serpent, vous m'entendez? *Mission annulée!* J'ai éteint cette fichue radio sans répondre et je me suis retourné vers les hommes assis dans la carlingue secouée par les turbulences. J'ai observé chacun d'eux en me demandant, je suppose, lesquels réussiraient à sauver leur peau, si moi-même je m'en sortirais vivant et, sinon, comment nous allions mourir... Puis j'ai vu deux d'entre eux retrousser leur manche et comparer

50

les affreux petits tatouages qu'ils portaient sur l'avant-bras, ces saloperies d'emblèmes qui avaient tant d'importance pour eux...

— *Nuy Dap Ranh,* répéta doucement Conklin. Un visage de femme à la chevelure de serpents. La Femme-Serpent. Tu avais refusé de te faire tatouer comme les autres...

— Je n'ai jamais considéré cela comme une marque d'honneur, le coupa Webb, les yeux plissés. Ce serait même plutôt le contraire.

— Ce n'était à l'origine qu'un signe d'identification et en aucune manière un emblème ou une marque de distinction. Un tatouage minutieux sur le dessous de l'avant-bras. Le dessin et les couleurs n'appartenaient qu'à un seul artiste de Saigon. Absolument inimitable.

— Ce vieux tatoueur a gagné une fortune en quelques années. Il était vraiment très doué.

— Tous les officiers de l'état-major travaillant de près ou de loin avec Méduse avaient ce tatouage. Comme des gamins qui trouvent des bagues avec un code secret dans des boîtes de corn-flakes et qui les portent.

— Ce n'étaient pas des gamins, Alex. Ils étaient toqués, cela ne fait aucun doute, mais ce n'étaient pas des gamins. On leur avait inoculé une saloperie de virus appelé l'irresponsabilité, et plus d'un officier du haut commandement de Saigon est devenu milliardaire. Les vrais gamins se faisaient tuer et estropier dans la jungle pendant que, à Saigon, des officiers en uniforme impeccable envoyaient des courriers personnels à Zurich, dans les banques de la Bahnhofstrasse.

— Attention, David! Tu es peut-être en train de parler de certaines personnes qui occupent des postes clés dans le gouvernement.

— Qui? demanda calmement Webb, la main serrée sur son verre.

— Je me suis assuré que ceux que je savais dans les magouilles jusqu'au cou disparaissent de la circulation après la chute de Saigon, mais, avant cela, je suis resté absent deux ans. Personne n'aime parler de cette période et je n'ai pas entendu un seul mot sur la Femme-Serpent.

— Tu as quand même quelques idées?

— Bien sûr, mais rien de concret, rien qui s'apparente à une preuve. Juste quelques possibilités fondées sur l'observation du train de vie, des biens immobiliers qu'ils ne devraient pas posséder, des endroits qu'ils ne devraient pas avoir les moyens de fréquenter, ou encore des positions que certains détiennent ou détenaient dans d'importantes sociétés arborant des salaires mirobolants ou un portefeuille d'actions préférentielles alors que rien dans leur formation ne les destinait à de tels postes.

— C'est un véritable réseau que tu me décris, dit David d'une voix dure, la voix de Jason Bourne.

— Si c'est le cas, il est très fermé. Très sélect.

— Fais-moi une liste, Alex.

— Elle sera pleine de blancs.

— Alors, limite-la, pour commencer, aux gens importants du gouvernement qui ont fait partie du haut commandement de Saigon. Tu peux y ajouter ceux qui possèdent indûment des biens immobiliers ou qui ont occupé dans le secteur privé des postes lucratifs qui n'auraient jamais dû leur revenir.

— Je te répète qu'une telle liste ne vaudra sans doute pas grand-chose.

— Tu oublies ton intuition.

— Mais, David, quel rapport cela peut-il avoir avec Carlos?

— C'est une partie de la vérité, Alex. Une partie dangereuse, j'en conviens, mais irréfutable et que le Chacal ne pourra mettre en doute.

— Explique-toi, insista l'ex-officier des opérations clandestines, l'air abasourdi.

— C'est là qu'entre en jeu ton imagination créatrice. En admettant que tu trouves une quinzaine ou une vingtaine de noms, tu feras nécessairement mouche pour trois ou quatre. Dès que nous nous en sommes assurés, nous exerçons une pression sur eux, nous leur mettons le couteau sur la gorge en leur faisant passer le même message. Un ancien de Méduse va manger le morceau, un homme qui vient de vivre plusieurs années sous la protection de Langley s'apprête à trancher la tête de la Femme-Serpent et dispose de toutes les armes nécessaires : des noms, des crimes, la domiciliation de comptes secrets en Suisse et tout le saint-frusquin. Puis, et ce sera l'épreuve des qualités du saint Alex que nous avons connu et révéré, le bruit commencera à courir que quelqu'un est encore plus résolu qu'eux à avoir la peau de ce dangereux renégat.

— Ilich Ramirez Sanchez, glissa calmement Conklin. Carlos le Chacal. Et la suite est tout aussi improbable. Nous demanderons, Dieu seul sait comment, qu'une réunion soit organisée entre les deux parties intéressées. Dans le but de décider d'un commun accord de l'élimination du renégat, les uns n'étant pas en mesure d'y prendre une part active en raison de la nature de leurs positions élevées. C'est bien cela?

— A peu près, si ce n'est que ces hommes extrêmement influents à Washington pourront découvrir l'identité de celui qu'ils rêvent de voir transformé en cadavre et savoir où il se trouve.

— Naturellement, approuva Alex en secouant la tête d'un air incrédule. Ils vont lever d'un coup de baguette magique toutes les restrictions applicables à des dossiers classés sécurité maximale et on leur fournira tous les renseignements qu'ils désirent.

— Précisément, jeta David d'une voix ferme. Car ceux qui rencontreront les émissaires de Carlos devront occuper un poste si élevé que le Chacal ne pourra rien faire d'autre que de les accepter. Il ne devra pas nourrir le moindre doute, et leur démarche supprimera toute possibilité de piège.

— Aimerais-tu aussi que je fasse fleurir des roses en janvier, dans le Montana, en pleine tempête de neige?

– Tu en serais capable. Il faut absolument que tout cela ait lieu en moins de quarante-huit heures, pendant que Carlos est encore sous le choc des événements de la Smithsonian Institution.

– *Impossible!*... Bon, je vais essayer... Je vais m'installer ici et demander à Langley de m'envoyer tout ce dont j'ai besoin. Procédure Quatre-Zéro, bien entendu. Cela m'emmerde vraiment de perdre la trace de l'homme du Mayflower.

– Elle n'est peut-être pas perdue, dit Webb. Quel qu'il soit, il ne disparaîtra pas aussi vite. Cela ne ressemblerait guère au Chacal de laisser derrière lui une piste si évidente.

– Le Chacal? Tu crois que c'est Carlos en personne?

– Non, pas lui, mais un homme à sa solde, quelqu'un de si insoupçonnable qu'il pourrait avoir sur la poitrine un écriteau portant le nom de Chacal sans que personne accepte de le croire.

– Un Chinois?

– Peut-être. Comment savoir s'il a choisi de jouer cette carte-là ou une autre? Il agit avec une rigueur géométrique. Tout ce qu'il fait est logique, même si sa logique semble illogique.

– J'entends un homme du passé, un homme qui n'a jamais existé.

– Oh, que si! Il a existé, Alex. Et il est de retour.

Les paroles de David éveillèrent une autre idée dans l'esprit de Conklin qui se tourna vers la porte de l'appartement.

– Où est ta valise? demanda-t-il. Tu as bien apporté des vêtements?

– Pas de vêtements. Et ceux que j'ai sur moi disparaîtront dans une poubelle dès que j'en aurai d'autres. Mais j'ai d'abord un autre vieil ami à voir, un autre génie qui vit dans un quartier mal famé de la capitale.

– Laisse-moi deviner, dit l'ex-agent secret. C'est un vieux Noir répondant au nom pour le moins insolite de Cactus, un génie en matière de faux papiers, passeports, permis de conduire, cartes de crédit.

– Tu as vu juste. C'est bien lui.

– L'Agence pourrait se charger de tout cela.

– Pas aussi bien et d'une manière trop lente et bureaucratique. Je ne veux pas que l'on puisse retrouver la moindre trace... Même avec une procédure Quatre-Zéro. Je préfère agir seul.

– Comme tu veux. Alors, que faisons-nous?

– Tu te mets au travail, l'homme de terrain. Je veux que demain matin un vent de panique souffle sur la capitale.

– Demain matin...? Mais c'est impossible!

– Pas pour toi. Pas pour saint Alex, le Prince des opérations clandestines.

– Tu dis n'importe quoi. J'ai perdu la main, depuis le temps.

– Cela revient très vite, comme l'amour et la bicyclette.

– Et toi? Qu'est-ce que tu comptes faire?

– Après avoir vu Cactus, répondit Jason Bourne, j'irai prendre une chambre à l'hôtel Mayflower.

Culver Parnell, le magnat de l'hôtellerie d'Atlanta, à qui vingt ans de règne dans l'industrie hôtelière avaient valu le poste de chef du protocole de la Maison-Blanche, raccrocha rageusement le récepteur du téléphone de son bureau en griffonnant une sixième obscénité sur son bloc-notes. Avec les élections et le renouvellement du personnel de la Maison-Blanche, il avait remplacé la titulaire du poste sous le gouvernement précédent, une dame de bonne famille qui ne comprenait rien aux ramifications politiques de la liste des invités de la Maison-Blanche. Puis, à son grand déplaisir, il était entré en guerre ouverte avec sa première assistante, une femme entre deux âge, diplômée, elle aussi, d'une des meilleures universités de la côte Est et, pis encore, une personnalité en vue de Washington, qui finançait avec son salaire une de ces troupes de danseurs qui gambadent sur scène en sous-vêtements, quand ils en portent.

— Bordel de merde! lança Culver en passant la main dans ses cheveux gris.

Il décrocha le combiné et enfonça quatre touches.

— Appelez le Rouquin, ma jolie, ordonna-t-il à sa secrétaire en forçant son accent de Géorgie déjà très prononcé.

— Oui, monsieur, dit la secrétaire, flattée. Il est sur une autre ligne, mais je vais lui faire part de votre appel. Veuillez patienter quelques secondes, monsieur Parnell.

— Volontiers, ma belle enfant au teint de pêche.

— Oh, vous êtes trop gentil! Veuillez patienter un instant.

— Cela marche à tous les coups, songea Culver. Mieux vaut un peu d'huile de magnolia que l'écorce d'un vieux chêne. Cette salope de première assistante pourrait prendre des leçons des gens du Sud, elle qui donne l'impression chaque fois qu'elle ouvre la bouche d'avoir toutes ses foutues dents prises dans un bloc de ciment.

— C'est toi, Cull? demanda une voix à l'autre bout du fil, la voix du Rouquin, qui interrompit Parnell dans ses réflexions tandis qu'il finissait de gribouiller une septième obscénité.

— Bien sûr que c'est moi, mon vieux, et nous avons un problème! La salope a encore fait des siennes! J'avais réservé une table pour nos gars de Wall Street, pour la réception du 25, en l'honneur du nouvel ambassadeur de France et elle m'a dit qu'il fallait les virer pour mettre à leur place des pédales du corps de ballet. Elle a prétexté que la première dame et elle-même y tenaient beaucoup. Elle m'emmerde! Nos gars de Wall Street ont des participations dans des tas de valeurs françaises et ce dîner à la Maison-Blanche pourrait leur rapporter un max. Tous les Français de la Bourse penseront qu'ils ont l'oreille du gouvernement.

— Laisse tomber, Cull, dit le Rouquin d'une voix inquiète. Nous avons peut-être un problème bien plus grave sur les bras et je ne sais pas quoi faire.

54

– Explique-toi.

– As-tu entendu parler, quand nous étions à Saigon, de quelque chose ou de quelqu'un qui s'appelait la Femme-Serpent?

– Des serpents, j'en ai vu des tas, gloussa Parnell, mais je n'ai pas connu de Femme-Serpent. Pourquoi?

– Je viens de parler à un type au téléphone – il doit me rappeler dans cinq minutes – et j'ai eu l'impression qu'il me menaçait. Qu'il me menaçait vraiment, Cull! Il a mentionné Saigon en laissant entendre qu'il s'était passé là-bas quelque chose de terrible et il a répété à plusieurs reprises le nom de « Femme-Serpent », comme s'il voulait me flanquer la trouille de ma vie!

– Laisse-moi m'occuper de lui! rugit Parnell. Je sais *exactement* ce dont cette ordure veut parler! C'est ma première assistante, cette petite prétentieuse... C'est cette salope, la Femme-Serpent! Donne mon numéro à ton fouille-merde et dis-lui que je suis au courant de toutes ces conneries!

– Vas-tu m'expliquer, Cull?

– Bon Dieu, le Rouquin, tu y étais, non?... C'est vrai que nous avions quelques tables de jeu et même deux ou trois mini-casinos, c'est vrai aussi que quelques clowns y ont laissé jusqu'à leur dernière chemise, mais tous les soldats du monde ont fait la même chose depuis les Romains qui jouaient aux dés les vêtements du Christ! Nous l'avons seulement fait sur une plus grande échelle, en ajoutant quelques poules qui, de toute façon, auraient fait le tapin ailleurs... Non, mon vieux, c'est cette mijaurée qui se prétend mon assistante... Elle s'imagine savoir des choses sur moi. C'est pour cela qu'elle s'est adressée à toi, parce que tout le monde sait que nous sommes très copains. Dis à ce trou-du-cul de m'appeler et je lui réglerai son compte en même temps que celui de ma salope. Oh! là, elle a fait une connerie! Mes gars de Wall Street auront leur table et ses pédales peuvent aller se rhabiller!

– D'accord, Cull, je vais lui dire de s'adresser à toi, reprit le Rouquin, qui remplissait par ailleurs la fonction de vice-président des États-Unis, avant de raccrocher.

Quatre minutes plus tard, la sonnerie de l'appareil de Parnell retentit.

– La Femme-Serpent, Culver, lança une voix inconnue. Nous sommes tous dans le pétrin!

– Écoute-moi bien, tête de nœud! Je vais te dire qui est dans le pétrin! C'est cette salope! L'un de ses trente ou quarante eunuques de maris a peut-être perdu au jeu à Saigon un peu de ce fric qu'elle distribue si ostensiblement, mais personne n'en avait rien à foutre à ce moment-là et personne n'en a rien à foutre aujourd'hui! Surtout pas cet ancien colonel des marines qui ne détestait pas faire un bon poker de temps en temps et qui occupe maintenant le Bureau ovale! Et je peux vous assurer, espèce d'enfoiré, que lorsqu'il apprendra qu'elle veut salir les braves petits gars qui ne cherchaient qu'un peu de détente dans cette guerre impitoyable...

A Vienna, en Virginie, Alexander Conklin remit doucement en place le combiné du téléphone. *Un bide. Deux bides.* Et il ne savait même pas qui était Culver Parnell.

Albert Armbruster, président de la Commission du commerce fédéral, ferma le robinet de la douche avec un juron en entendant la voix aiguë de sa femme retentir dans la salle de bains remplie de vapeur.

— Mais qu'est-ce qu'il y a, Mamie ? Je ne peux donc pas prendre tranquillement une douche sans que tu viennes brailler ici ?

— Je crois que c'est la Maison-Blanche, Al ! Une voix basse, feutrée, qui insiste pour te parler de toute urgence.

— Et merde ! s'écria le président de la Commission en ouvrant la porte vitrée et en se dirigeant dans le plus simple appareil vers le téléphone mural. Armbruster à l'appareil ! Que se passe-t-il ?

— Il y a une crise dont vous devez être informé sans délai.

— C'est la Maison-Blanche ?

— Non, et nous espérons que cela n'ira jamais aussi loin.

— Mais qui êtes-vous, bon Dieu ?

— Quelqu'un aussi inquiet que vous allez l'être. Après toutes ces années... Oh ! merde !

— Pourquoi devrais-je être inquiet ? De quoi voulez-vous parler ?

— La Femme-Serpent, monsieur le président.

— Oh ! mon Dieu !

La voix sourde d'Armbruster laissa percer sa panique. Il essaya aussitôt de se contrôler, mais il était trop tard. *Un coup dans le mille.*

— Je n'ai aucune idée de ce que vous voulez dire... Qu'est-ce que c'est, cette histoire de serpent ? Jamais entendu parler de ça.

— Eh bien, vous allez en entendre parler, monsieur *Méduse.* Quelqu'un est au courant de tout. Les dates, les détournements de matériel, les banques à Genève et à Zurich, jusqu'au nom d'une demi-douzaine de courriers envoyés de Saigon... Mais il y a pire, oui, il y a bien pire ! D'autres noms : ceux de plusieurs hommes portés disparus au champ d'honneur et dont il a été prouvé qu'ils n'avaient jamais participé aux combats... Huit enquêteurs des services de l'inspection générale. *Tout.*

— Je ne comprends rien ! Ce que vous racontez n'a aucun sens !

— Et vous êtes sur la liste, monsieur le président. Cet homme a dû passer les quinze dernières années de sa vie à tout reconstituer et il exige maintenant d'être payé pour tout ce travail, sinon il mange le morceau... Il révèle tout, il donne tous les noms !

— Qui ? Qui est-ce, bon Dieu ?

— Nous allons bientôt le découvrir. Tout ce que nous savons pour l'instant, c'est qu'il a bénéficié, pendant plus de dix ans, du programme de protection et, dans ces conditions, il est impossible de faire fortune.

56

Il a dû être retiré des opérations militaires à Saigon et il cherche maintenant à rattraper le temps perdu. Surtout ne faites rien. Nous vous recontacterons.

Il y eut un déclic et la communication fut interrompue.

Malgré la chaleur qui régnait dans la salle de bains, un long frisson secoua le corps du président de la Commission du commerce fédéral, nu comme un ver, de grosses gouttes de sueur coulèrent sur son visage. Il raccrocha et baissa les yeux vers le petit tatouage qui ornait son avant-bras.

Dans l'appartement de Vienna, Alex Conklin regardait pensivement le téléphone.

Un coup dans le mille.

Le général Norman Swayne, chef du service des approvisionnements du Pentagone, ramassa son tee, satisfait de son drive en plein centre du fairway. Sa balle allait encore rouler et il serait idéalement placé pour faire une approche au fer 5 et atteindre en deux coups le green du dix-septième trou.

– Cela devrait faire l'affaire, dit-il en se tournant vers son partenaire.

– Et comment, lança le jeune vice-président de Calco Technologies. Vous m'avez battu à plates coutures aujourd'hui. Vous rendez-vous compte que je vais vous devoir près de trois cents billets? A vingt dollars le trou... Et je n'en ai gagné que quatre jusqu'à présent.

– C'est à cause de votre hook, jeune homme. Vous devriez essayer de le corriger.

– Vous avez raison, Norman, dit le responsable du marketing de Calco Technologies en s'apprêtant à jouer à son tour.

Au même moment, le grelottement du klaxon d'une voiture de golf se fit entendre et un véhicule à trois roues apparut au bord du fairway du trou numéro 16 et se dirigea vers eux en descendant la pente à toute allure.

– C'est votre chauffeur, mon général, dit l'industriel en regrettant aussitôt d'avoir donné à son partenaire son titre officiel.

– C'est bien lui. Mais c'est curieux, il n'interrompt jamais ma partie de golf.

Swayne se dirigea vers la voiture qui s'approchait rapidement; il s'arrêta à une dizaine de mètres de l'aire de départ.

– Que se passe-t-il? demanda le général au grand sergent-chef à la poitrine couverte de décorations qui était son chauffeur depuis plus de quinze ans.

– A mon avis, cela sent mauvais, répondit le sous-officier d'un ton bourru en serrant les mains sur le volant.

– Vous ne mâchez pas vos mots...

– Pas plus que le salopard que j'ai eu au téléphone. J'ai pris la communication à l'intérieur, dans une cabine publique. Je lui ai dit que je ne voulais pas interrompre votre partie, mais il m'a répondu que, dans mon propre intérêt, je devais m'exécuter, et sans perdre de temps. Je lui ai naturellement demandé qui il était, son grade et tout ce genre de conneries, mais il n'a pas répondu. Il avait l'air d'avoir une sacrée trouille et il n'a prononcé qu'une seule phrase : « Dites seulement au général que je voulais lui parler de Saigon et des reptiles qui grouillaient dans la ville, il y a une vingtaine d'années de cela. » Ce sont ses paroles exactes.

— Bon Dieu! s'écria Swayne. *Des serpents...*

— Il a ajouté qu'il rappellerait dans une demi-heure... Il reste dix-huit minutes. Allez-y, Norman. N'oubliez pas que je suis dans le coup, moi aussi.

— Je... Il faut que j'invente une excuse, balbutia le général terrifié et en plein désarroi. Je ne peux pas abandonner la partie comme cela.

— Ne perdez pas de temps, Norman. Mais vous avez mis une chemisette, espèce d'idiot! Pliez le bras!

Swayne fixa d'un regard égaré le petit tatouage de son avant-bras et replia aussitôt le bras en le plaquant sur sa poitrine, puis il se dirigea d'un pas incertain vers l'aire de départ du dix-sept en s'efforçant de prendre un air détaché.

— Désolé, jeune homme, mais le devoir m'appelle.

— Moi aussi, je suis désolé, Norman. Mais je vais vous payer ce que je vous dois. J'y tiens absolument!

A moitié hébété, le général accepta la liasse de billets que lui remit son partenaire, sans les compter et sans même se rendre compte qu'il empochait plusieurs centaines de dollars de plus que son dû. En marmonnant des remerciements embarrassés, Swayne repartit en hâte vers la voiture de golf et s'installa à côté du sergent-chef.

— Regarde un peu mon hook, vieille baderne, dit le marchand d'armes à mi-voix.

Il adressa sa balle, effectua un swing parfait et expédia la petite balle blanche en plein centre du fairway, beaucoup plus loin que celle du général et dans une bien meilleure position.

— Un marché de quatre cents millions de dollars, espèce de connard galonné!

Deuxième coup dans le mille.

— Mais de quoi parlez-vous, bon Dieu? demanda le sénateur en éclatant de rire devant le combiné. Ou devrais-je plutôt dire : où veut donc en venir Al Armbruster? Il n'a pas besoin de mon soutien pour le nouveau projet de loi, et, même s'il le voulait, il ne l'aurait pas. C'était un abruti à Saigon et c'est toujours un abruti. Mais il a la majorité des voix.

— Ce n'est pas d'un vote que nous parlons, monsieur le sénateur. Nous parlons de la Femme-Serpent!

– Les seuls serpents que j'aie connus à Saigon étaient des idiots comme Al qui parcouraient la ville en affirmant connaître les réponses alors qu'il n'y en avait pas... Et d'abord, qui êtes-vous?

A Vienna, en Virginie, Alex Conklin raccrocha.

Troisième bide.

Philip Atkinson, ambassadeur des États-Unis auprès de la cour d'Angleterre, décrocha son téléphone. Supposant que son correspondant anonyme, qui avait simplement fourni comme nom de code « Courrier, District of Columbia », allait lui transmettre par cette procédure exceptionnelle des instructions confidentielles du Département d'État, il mit automatiquement en marche le brouilleur qu'il utilisait rarement. Le brouillage provoquerait une émission de parasites sur les tables d'écoute des services secrets britanniques et quand, un peu plus tard, quelques excellents amis lui demanderaient au bar du Connaught s'il y avait du nouveau en provenance de Washington, il leur adresserait un sourire aimable en songeant qu'ils avaient des « relations » au sein du MI-5.

– Courrier du District, je vous écoute.

– Je présume, monsieur l'ambassadeur, que notre conversation ne peut être interceptée, articula la voix grave et lasse de Washington.

– Votre supposition est tout à fait exacte, à moins qu'un nouveau modèle d'Énigma n'ait été mis en service, ce dont je doute fort.

– Parfait... Je voulais vous parler de Saigon, d'une certaine opération sur laquelle tout le monde fait le silence...

– Qui êtes-vous? s'écria Atkinson en bondissant de son fauteuil.

– Les hommes faisant partie de ce groupe ne prononçaient jamais de noms, monsieur l'ambassadeur, et nous évitions soigneusement toute publicité pour nos activités...

– Mais qui êtes-vous, bon Dieu? Je vous connais?

– Pas de noms, Phil, mais je suis étonné que tu ne reconnaisses pas ma voix.

Atkinson parcourut rapidement son bureau d'un regard affolé, sans rien voir, fouillant frénétiquement dans ses souvenirs, s'efforçant désespérément de mettre un visage sur cette voix.

– Si c'est toi, Jack, je t'assure que tu n'as rien à craindre. La ligne est brouillée.

– Tu brûles, Phil...

– La 6e flotte. Un simple morse inversé. Puis des choses plus ambitieuses, beaucoup plus ambitieuses! C'est bien toi, n'est-ce pas?

– Disons que c'est possible, mais la question n'est pas là. Ce qu'il faut savoir, c'est que la tempête se lève, une terrible tempête...

– C'est bien toi!

– Tais-toi et écoute-moi bien! Une frégate pirate a rompu ses amarres et elle dérive, mais elle heurtera beaucoup trop d'écueils.

– Jack, tu oublies que j'étais dans l'armée de terre. Je ne comprends pas ce que tu racontes.

– Il y a une ordure qui a dû être retiré des opérations militaires à Saigon. D'après ce que j'ai appris, on l'a protégé pour une raison ou une autre pendant tout ce temps et il a réussi à assembler tous les éléments. Il est au courant de tout, Phil! De tout!

– Dieu du ciel!

– Il s'apprête à lancer...

– Il faut l'en empêcher!

– C'est là que réside le problème. Nous ne savons pas avec certitude qui il est. Toute l'opération a été montée en secret à Langley.

– Mais, bon Dieu, dans ta position, tu peux leur donner l'ordre de tout arrêter! Dis-leur que c'est un dossier du ministère de la Défense qui n'a jamais été classé et qui était destiné à la désinformation! Que tout est faux!

– Ce serait se jeter dans la gueule du loup...

– As-tu appelé Jimmy T., à Bruxelles? demanda l'ambassadeur. Il est très lié avec le boss de Langley.

– Pour le moment, je ne veux pas que cela aille plus loin. Il faut d'abord que je fasse des recherches.

– Comme tu veux, Jack. C'est toi qui mène la barque.

– Garde tes drisses bien tendues, Phil.

– Si tu veux me conseiller de garder la bouche fermée, tu n'as pas à t'inquiéter, dit Atkinson en pliant le coude et en se demandant s'il pourrait trouver quelqu'un à Londres pour faire disparaître le maudit tatouage sur son avant-bras.

Sur l'autre rive de l'Atlantique, dans une résidence de Virginie, Alex Conklin s'enfonça dans son fauteuil après avoir raccroché. Il avait peur. Il avait suivi son intuition, comme il l'avait toujours fait pendant plus de vingt ans de carrière sur le terrain : un mot en amenant un autre, une phrase une autre, une allusion en l'air confirmant une hypothèse, voire une conclusion. C'était comme un jeu d'échecs où il convenait d'improviser dans l'instant, et il savait qu'il était un professionnel d'une grande habileté. Parfois trop grande. Certaines choses devaient demeurer dans l'oubli, certains cancers non décelés devaient rester enfouis dans la poussière du passé, et ce qu'il venait d'apprendre pouvait sans doute entrer dans cette catégorie.

Trois nouveaux noms sur la liste.

Philip Atkinson, ambassadeur en Grande-Bretagne. James Teagarten, commandant suprême de l'O.T.A.N. Jonathan « Jack » Burton, ancien amiral de la 6ᵉ flotte, actuellement porte-parole de l'état-major inter-armes.

La Femme-Serpent. Méduse.

Un réseau.

5

C'est comme si rien n'avait changé, songea Jason Bourne qui sentait que son autre moi, celui qui répondait au nom de David Webb, disparaissait peu à peu. Un taxi l'avait amené jusqu'à un quartier vétuste du nord-est de Washington où ne subsistaient plus que de rares vestiges d'élégance et, de la même manière que cinq ans plus tôt, le chauffeur refusa de l'attendre. Jason suivit l'allée dallée, envahie d'herbes folles, qui menait à la porte de la vieille maison en se disant – comme il l'avait fait la première fois –, qu'elle était trop vieille, trop fragile et qu'elle avait un besoin urgent de réparations. Puis il sonna en se demandant si Cactus était encore de ce monde. Oui, c'était bien la même frêle silhouette, celle d'un vieux Noir au visage doux et au regard bienveillant, qui s'encadra, comme cinq ans auparavant, dans l'embrasure de la porte.

Même les premiers mots de Cactus, les yeux plissés sous une visière verte, ne différaient guère de ceux qu'il avait prononcés la première fois.

– Tu as des enjoliveurs sur ta voiture, Jason?
– Ni voiture ni taxi. Il n'a pas voulu rester.
– Il a dû entendre les rumeurs malveillantes que fait courir la presse fasciste sur le quartier. Si, moi, j'ai des mitrailleuses aux fenêtres, c'est seulement pour persuader par la douceur les bandes du voisinage que j'ai les moyens de me défendre. Mais entre donc, je suis content de te voir. Pourquoi ne m'as-tu pas passé un coup de fil?
– Tu n'es pas dans l'annuaire, Cactus.
– Ce doit être un oubli.

Bourne s'avança dans le couloir tandis que le vieux Noir refermait la porte.

– Tu as quelques cheveux blancs, poursuivit Cactus en étudiant le visage de son ami. Mais à part ça, tu n'as pas beaucoup changé. Peut-être quelques rides de plus, mais cela te donne encore plus de charme.

– J'ai aussi une femme et deux enfants, vieille branche. Un garçon et une fille.

– Je sais. Mo Panov me tient au courant de tout ce que tu fais, même s'il n'a jamais pu me dire où tu étais. D'ailleurs, je ne veux pas le savoir.

Il y a encore certaines choses que j'oublie, Cactus, fit David en secouant lentement la tête. Pardonne-moi, mais j'avais oublié que Mo et toi étiez très liés.

– Le bon Dr Panov me téléphone au moins une fois par mois et il m'annonce : « Cactus, vieux brigand, mets ton costume Pierre Cardin et tes chaussures Gucci, nous déjeunons ensemble. » Alors, moi, je lui demande : « Et où veux-tu qu'un vieux nègre comme moi trouve ce genre de frusques ? » Et il me répond : « Je croyais que tu étais propriétaire d'un centre commercial dans un quartier chic. » C'est une grossière exagération... Il est vrai que j'ai quelques intérêts dans des immeubles des quartiers blancs, mais je ne m'en occupe jamais.

Les deux hommes éclatèrent de rire et Jason étudia le visage aux cheveux argentés et aux yeux noirs empreints de douceur.

– Je viens de me souvenir d'autre chose, dit-il. Il y a treize ans, quand j'étais dans cet hôpital, en Virginie... tu es venu me voir. A part Marie et quelques salopards de fonctionnaires, tu as été le seul.

– Quand, tout à fait officieusement, j'ai travaillé avec toi pour ta mission en Europe, j'ai affirmé à Morris qu'on ne pouvait pas étudier le visage d'un homme dans un objectif sans apprendre un certain nombre de choses sur ce visage et donc sur cet homme. Je voulais que tu me parles de ce que mon objectif ne trouvait pas sur ton visage et Morris a pensé que ce n'était peut-être pas une mauvaise idée... Voilà, ma confession est terminée et maintenant je voudrais que tu saches que c'est vraiment bon de te revoir, Jason. Mais, pour ne rien te cacher, je n'en suis pas *heureux*. Tu comprends ce que je veux dire ?

– J'ai besoin de ton aide, Cactus.

– C'est bien pour ça que je ne suis pas heureux. Tu as déjà vécu assez de sales moments et tu ne serais pas là si tu n'avais pas envie de remettre ça, et, d'un point de vue professionnel, ce n'est pas bon pour le visage que je regarde.

– Il faut que tu m'aides.

– Alors, tu dois avoir une très bonne raison, une raison acceptable par notre bon Dr Panov. Parce que je n'ai pas l'intention de m'amuser à faire quoi que ce soit qui pourrait t'abîmer un peu plus... J'ai rencontré deux ou trois fois à l'hôpital ta jolie dame aux cheveux auburn et c'est vraiment quelqu'un. Tes gamins aussi doivent être très chouettes, alors, tu comprends bien que, moi, je ne veux pas voir de larmes couler sur leurs jolies frimousses. Pardonne-moi de dire ça, mais vous êtes un peu comme de la famille pour moi. Une famille lointaine, d'un passé dont nous ne parlons pas, mais cela ne m'empêche pas d'y penser.

– C'est pour cela que j'ai besoin de ton aide.

– Sois plus clair, Jason.

– Le Chacal me traque. Il a retrouvé notre trace à Hong-kong et c'est nous tous qu'il veut atteindre, ma femme, mes enfants, moi. Je t'en prie, il faut que tu m'aides!

Les yeux du vieil homme s'agrandirent sous la visière verte et une fureur contenue se mit à briller dans ses pupilles dilatées.

– Le bon docteur est au courant?

– Il est visé, lui aussi. Il n'approuve peut-être pas ce que je fais, mais, s'il est honnête avec lui-même, il sait bien qu'au fond, c'est une affaire entre le Chacal et moi. Aide-moi, Cactus!

Dans la pénombre du couloir, le vieux Noir scruta le visage implorant de son ami.

– Tu es en forme? demanda-t-il. Tu as encore la pêche?

– Je cours dix kilomètres tous les matins, je fais des haltères au moins deux fois par semaine dans le gymnase de l'université...

– Je n'ai pas entendu la dernière phrase! Je ne veux pas entendre parler de lycée ou d'université!

– D'accord, tu n'as rien entendu.

– Très bien. Je dois dire que tu as l'air d'être en assez bonne condition physique.

– Je suis obligé, Cactus, répondit posément Jason... Parfois c'est la sonnerie du téléphone, ou bien Marie qui est en retard ou sortie avec les gamins sans que je puisse la joindre, ou encore un inconnu qui m'aborde dans la rue pour me demander son chemin, et tout me revient... Le Chacal! Aussi longtemps qu'il y aura une possibilité qu'il soit vivant, je devrai être prêt, car il ne cessera jamais de me chercher. Mais, par une cruelle ironie du sort, tout cela repose peut-être sur une supposition erronée. Il croit que je suis en mesure de l'identifier, mais, moi, je n'en suis pas sûr du tout. Rien n'est vraiment encore très précis dans ma tête.

– As-tu envisagé de le lui faire savoir?

– Avec tous les biens qu'il possède, je devrais peut-être faire passer une annonce dans le *Wall Street Journal* : « Mon cher vieux Carlos, j'ai de bonnes nouvelles pour toi... »

– Ne te moque pas, Jason, ce n'est pas inconcevable. Ton ami Alex pourrait trouver un moyen. Il a une patte folle, mais cela n'empêche pas son esprit – je crois que le mot juste est retors – de fonctionner.

– C'est bien pour cela que, s'il n'a pas essayé, il y a une raison.

– Je n'ai rien à répondre à cela... Allons, David, mettons-nous au travail. Que veux-tu exactement?

Cactus le précéda sous une large arcade et ils se dirigèrent vers une porte qui s'ouvrait à l'arrière de la salle de séjour remplie de meubles anciens et de housses jaunies.

– Mon studio n'est plus aussi élégant qu'il l'était, mais j'ai tout le matériel qu'il faut. Je suis en semi-retraite, tu comprends. Mes conseillers financiers m'ont mijoté un plan de retraite avec de gros avantages fiscaux et je ne me fais pas trop de souci pour l'avenir.

– Tu es vraiment incroyable, lança Bourne.

– Je suppose qu'on peut dire ça. Alors, sur quoi veux-tu que je travaille?

– Sur moi, en fait. Il ne s'agit pas de l'Europe, ni de Hong-kong cette fois. J'ai juste besoin de papiers.

– Le Caméléon va donc prendre un nouveau déguisement. Lui-même.

– Encore une chose que j'avais oubliée, dit Jason en s'arrêtant devant la porte. C'est vrai que l'on me donnait ce surnom.

– Le Caméléon?... Bien sûr, et il y avait de bonnes raisons à cela. Six personnes s'étant trouvées face à face avec Jason Bourne auraient donné de lui six descriptions différentes. Et sans utiliser un seul pot de fard!

– Tout me revient, Cactus.

– Comme j'aimerais que tu n'aies pas besoin de ça! Mais, puisque tu en as besoin, assure-toi que tout te revient vraiment! Allez, viens dans la pièce magique.

Trois heures et vingt minutes plus tard, l'opération magique était achevée. David Webb, spécialiste des langues orientales, tueur professionnel pendant trois ans sous le nom de Jason Bourne, avait deux nouvelles identités d'emprunt, avec passeports, permis de conduire et cartes d'électeur. Comme aucun chauffeur de taxi ne voulait s'aventurer dans le quartier de Cactus, un voisin sans travail, le cou et les poignets chargés de plusieurs lourdes chaînes d'or, conduisit le client de Cactus au centre de Washington dans sa Cadillac Allanté flambant neuve.

Jason trouva une cabine téléphonique au rez-de-chaussée du grand magasin Garfinkel et il appela Alex en Virginie. Il lui donna ses deux noms d'emprunt et en choisit un pour l'hôtel Mayflower. Conklin lui retiendrait officiellement une chambre en s'adressant à la direction, pour le cas où les réservations seraient trop nombreuses en cette période estivale. En outre, Langley allait déclencher une priorité Quatre-Zéro et s'efforcer de fournir à Bourne tout le matériel dont il avait besoin et qui lui serait apporté dans sa chambre. Le délai était estimé à trois heures au minimum, sans que l'on puisse garantir qu'il soit respecté. Peu importe, songea Jason, tandis qu'Alex en demandait la confirmation sur une ligne directe avec la CIA Il avait besoin d'au moins deux de ces trois heures avant de se rendre à l'hôtel. Le Caméléon devait renouveler sa garde-robe; le naturel reprenait le dessus.

– Steve DeSole m'a confié qu'il allait interroger les ordinateurs et faire des recoupements avec les banques de données de l'armée et des services de renseignements de la Marine, annonça Conklin en revenant en ligne. Grâce à Peter Holland et uniquement parce qu'il est le pote du président.

– Le pote? Drôle de mot dans ta bouche... Mais, dis-moi, Alex, où en es-tu? Tu avances?

Conklin resta silencieux pendant quelques instants et, quand il répondit, ce fut d'une voix calme, mais qui laissait transparaître la peur. Une peur maîtrisée, mais bien présente.

– Disons, si tu veux, que... je ne suis pas équipé pour faire face à ce que j'ai appris. Je suis parti depuis trop longtemps. J'ai peur, Jason... pardon, David.

– Non, je préfère le premier nom. As-tu parlé de...

– Pas de noms! le coupa vivement l'ex-officier de la CIA d'un ton impérieux.

– Je vois.

– Non, tu ne peux pas, répliqua Alex. Et moi non plus! Je te rappellerai.

Sur ces paroles énigmatiques, Conklin raccrocha.

Bourne l'imita lentement, le front barré par un pli d'inquiétude. C'était maintenant au tour d'Alex d'être ébranlé, et cela ne lui ressemblait pas de penser ou d'agir ainsi. La maîtrise de soi était sa règle, l'euphémisme sa forme habituelle d'expression. Ce qu'il avait appris le troublait profondément... à tel point que Bourne avait l'impression qu'il ne pouvait plus faire confiance aux procédures qu'il avait lui-même élaborées, ni aux gens avec qui il travaillait. Autrement il eût été plus précis, il lui eût révélé certaines choses. Mais, pour des raisons qui échappaient à Jason, Alexander Conklin ne voulait pas parler de Méduse, ni de ce qu'il avait appris en passant au crible deux décennies de mensonges... Était-ce possible?

Pas le temps! Cela ne sert à rien, pas maintenant, se dit Bourne en parcourant du regard les rayons du grand magasin. Alex était un homme de parole. En réprimant un petit rire étouffé, Jason se rappela ce qui s'était passé à Paris treize ans plus tôt. Il connaissait aussi cet aspect de la personnalité d'Alex. S'il n'avait pu bénéficier de l'abri des pierres tombales d'un cimetière, à Rambouillet, son meilleur ami l'aurait tué. Mais, depuis ce jour de triste mémoire, beaucoup d'eau avait coulé sous les ponts. Conklin avait dit qu'il le rappellerait, et il le ferait. En attendant, le Caméléon devait se préparer plusieurs couvertures. De l'intérieur vers l'extérieur. Des sous-vêtements aux vêtements de dessus et tout ce qu'il y avait entre eux. On ne devait pas pouvoir retrouver une seule étiquette de blanchisserie ni découvrir par un examen au microscope la plus petite trace d'un détergent ou d'autre produit de nettoyage distribué exclusivement dans la région... Rien, pas le moindre indice! S'il lui fallait tuer pour protéger la famille de David – *ma famille!* – il refusait de supporter les conséquence de ces crimes. Là où il allait, il n'y avait pas de règles et des innocents risquaient d'être victimes de tirs croisés. Tant pis. David Webb s'élèverait avec virulence contre cette injustice, mais Jason Bourne avait un cœur de marbre. Il savait ce que c'était, il connaissait les statistiques alors que David ne savait rien.

– *Marie!* Je l'arrêterai! Je te promets que je ferai disparaître cette menace! J'affronterai le Chacal et il ne survivra pas. Jamais plus il ne pourra te faire de mal... Tu seras libre!

Seigneur, qui suis-je?... Mo, aide-moi! Non, Mo, ne m'aide pas! Je suis celui que je dois être. Je suis froid et je deviens de plus en plus froid. Je ne serai bientôt plus que de la glace, limpide, transparente, si froide et si pure qu'elle pourra se déplacer n'importe où sans être vue. Tu ne comprends donc pas, Mo? Toi non plus, Marie? Je *dois* le faire! Le moment est venu pour David de disparaître. Je ne veux plus qu'il continue à me gêner.

Pardonne-moi, Marie, et toi aussi, Mo, mais je sais que je suis dans le vrai; une vérité devant laquelle il n'est pas question de se dérober. Je ne suis pas un imbécile et je ne suis dupe de rien. Vous souhaitez tous les deux que Jason Bourne se retire de ma vie, mais c'est le contraire qui doit se produire maintenant. A David de partir, au moins momentanément.

Ne me faites pas perdre de temps avec des préoccupations de ce genre! J'ai du travail à faire.

Mais où diable se trouve donc le rayon Hommes? Quand il aurait fini ses achats, tous réglés en liquide, à un aussi grand nombre de caisses que possible, il chercherait des toilettes pour se changer de pied en cap. Après quoi, il marcherait dans les rues de Washington jusqu'à ce qu'il trouve une bouche d'égout discrète. Le Caméléon était de retour.

Il était 19 h 35 quand Bourne reposa la lame de rasoir. Il avait coupé toutes les étiquettes de ses vêtements neufs avant de les suspendre dans la penderie, tous sauf les chemises qu'il avait repassées afin de faire disparaître l'odeur du neuf. Il se dirigea vers la table où le garçon d'étage avait disposé une bouteille de scotch, un siphon d'eau de Seltz et un seau à glace. En passant devant le bureau, son regard se posa sur le téléphone et il s'arrêta. Il avait affreusement envie d'appeler Marie, mais il ne pouvait pas le faire, pas d'une chambre d'hôtel. La seule chose qui importait, c'est qu'elle fût bien arrivée avec les enfants. Et le voyage s'était bien passé; il avait réussi à joindre John Saint-Jacques d'une autre cabine téléphonique, chez Garfinkel.

– Salut, David! Ils sont bien arrivés, mais ils sont épuisés. Ils sont restés bloqués pendant près de quatre heures sur la grande île en attendant que le ciel se dégage. Je peux réveiller Marie, si tu veux, mais elle s'est écroulée après avoir nourri Alison.

— Ça ne fait rien, Johnny, je rappellerai plus tard. Dis-lui que tout va bien pour moi et prends soin d'eux.

— Ne t'inquiète pas, mon vieux. Et maintenant, à toi de me dire comment tu vas vraiment.

— Je te répète que tout va bien.

— Bien sûr, tu peux le répéter. Mais Marie n'est pas seulement mon unique sœur, elle est ma préférée et je sais quand elle a été secouée.

— C'est pour cela qu'il faut prendre soin d'elle.

— Je vais aussi avoir une discussion avec elle.

— Vas-y doucement, Johnny.

Jason songea en se versant à boire que, pendant ces quelques minutes, il était redevenu David Webb. Mais il n'aimait pas cela ; il ne fallait pas. Une heure plus tard, c'est Jason Bourne qui se présentait à la réception de l'hôtel et demandait à voir le directeur pour sa réservation.

— Ah, oui ! lança le directeur en l'accueillant chaleureusement. Vous êtes M. Simon ! Nous avons cru comprendre que vous êtes là pour intervenir contre la limitation des dégrèvements d'impôts pour les voyages et les repas d'affaires. Je vous souhaite d'être entendu, monsieur. Ces politiciens finiront par nous mettre sur la paille !... Comme nous n'avions plus de chambre double, nous avons pris la liberté de vous garder une suite, sans supplément, bien entendu.

Cette scène avait eu lieu deux heures plus tôt et, depuis, Jason s'était occupé de ses vêtements, et avait éraflé ses chaussures à semelle de crêpe sur le rebord de la fenêtre de sa chambre. Son verre à la main, il était assis dans un fauteuil, le regard fixé sur le mur. Il n'avait pour l'instant rien d'autre à faire qu'attendre et réfléchir.

Quelques minutes plus tard, des coups légers frappés à la porte mirent fin à cette attente. Jason traversa rapidement la pièce, ouvrit la porte et fit entrer l'agent de la CIA qui l'avait attendu à l'aéroport. L'homme portait un attaché-case qu'il tendit à Bourne.

— Tout est là-dedans, dit-il. Vous y trouverez aussi une arme et une boîte de cartouches.

— Merci.

— Vous voulez vérifier ?

— C'est ce que je vais passer la nuit à faire.

— Il est presque 20 heures, poursuivit l'agent. Votre officier traitant vous appellera vers 23 heures. Cela vous laisse le temps de commencer.

— Mon officier traitant ?...

— C'est bien sa fonction, non ?

— Oui, bien sûr, dit doucement Jason. J'avais oublié.

L'homme repartit aussitôt et Bourne se précipita vers le bureau avec l'attaché-case. Il l'ouvrit, sortit d'abord l'automatique et la boîte de munitions, puis il prit un énorme paquet de chemises contenant plusieurs centaines de feuilles de listing. Quelque part dans cette quantité de papier se trouvait un nom qui liait un homme ou une femme à Carlos le Chacal. C'était la liste informatisée de tous les clients actuels de l'hôtel, y compris ceux qui avaient réglé leur note dans les dernières vingt-quatre heures. Pour chacun de ces clients étaient joints tous les renseignements supplémentaires stockés dans les banques de données de la CIA, du G-2 de l'armée de terre et des services de renseignements de la Marine. Pour d'innombrables raisons, tout cela pouvait être absolument inutile, mais c'était tout de même un point de départ. La traque avait commencé.

A huit cents kilomètres au nord de Washington, dans une autre suite, au troisième étage du Ritz-Carlton de Boston, d'autres coups étaient frappés à la porte. Un homme de très haute taille que son complet rayé de bonne coupe faisait paraître encore plus grand que le mètre quatre-vingt-quinze indiqué par la toise sortit précipitamment de la chambre. Son crâne chauve au-dessus d'une couronne de cheveux gris impeccablement coupés n'était pas sans évoquer quelque éminence grise dont princes et courtisans écouteraient avec déférence les conseils proférés de la voix résonnante d'un prophète au regard d'aigle. Cette précipitation révélant sa profonde anxiété et sa vulnérabilité ne diminuait en rien son aspect imposant. Il était puissant et influent, et il le savait. Le contraste avec l'homme qu'il fit entrer n'en était que plus saisissant. Il n'y avait rien de distingué chez ce visiteur âgé et chétif que la vie ne semblait pas avoir ménagé.

– Entrez! Vite! Avez-vous les renseignements?

– Oui, bien sûr, répondit l'homme à la figure terreuse et au complet défraîchi. Tu as l'air d'un seigneur, Randolph, poursuivit-il d'une voix grêle en étudiant son hôte et en parcourant du regard la suite opulente. Et tu vis comme un seigneur, dans un cadre digne d'un professeur de ta réputation.

– Les renseignements, je vous prie, répéta le Dr Randolph Gates, diplômé de Harvard, expert en loi antitrust, consultant grassement rétribué de nombreuses entreprises.

– Oh! laisse-moi respirer, mon vieil ami. Cela fait si longtemps que je n'ai pas mis les pieds dans une suite d'hôtel... Les choses ont bien changé pour nous au fil des ans. Je vois souvent ton nom dans les journaux, je t'ai même vu à la télévision. Tu es tellement... savant, Randolph. Oui, je crois, c'est le mot qui convient, mais ce n'est pas tout. Comme je l'ai dit tout à l'heure, tu es un seigneur. Si grand, si impérieux.

– Vous auriez pu être dans la même situation, coupa Gates avec impatience. Vous avez malheureusement voulu prendre des raccourcis là où il n'en existait pas.

– Oh, si! Il y en avait beaucoup. Mais je n'ai pas choisi les bons.

– Je suppose que les choses ne se sont pas bien passées pour vous...

– Tu ne « supposes » pas, Randolph, tu sais. Même si tes espions ne t'ont pas mis au courant, tu t'en es certainement rendu compte par toi-même.

– J'essayais simplement de me renseigner.

– Oui, c'est ce que tu m'as dit au téléphone et ce que m'ont appris un certain nombre de gens dans la rue... Des gens à qui on avait posé des questions qui n'avaient aucun rapport avec mon domicile.

– Il fallait que je sache si vous étiez capable d'agir comme je voulais. Vous ne pouvez pas me le reprocher.

– Grand Dieu, non! Pas avec ce que vous m'avez demandé de faire. Ce que je pense que vous m'avez demandé de faire.

– Simplement de jouer le rôle d'un messager confidentiel. Vous ne pouvez certainement pas refuser l'argent.

– Refuser l'argent? répéta le visiteur avec un rire aigu et chevrotant. Permets-moi de te dire quelque chose, Randy. Quand on se fait rayer du tableau de l'Ordre à trente ou trente-cinq ans, on peut encore s'en sortir, mais quand cela arrive à cinquante ans, que le procès a une audience nationale et que le tribunal inflige une peine d'emprisonnement, tu serais étonné de constater à quel point les options se réduisent, même pour un homme instruit. On devient un intouchable et je n'ai jamais été capable de vendre autre chose que mon esprit, comme je viens de le prouver pendant plus de vingt ans.

– Venons-en au fait. Les renseignements.

– Oui, oui, bien sûr... Pour commencer, l'argent m'a bien été remis à l'angle des rues du Commonwealth et de Dartmouth, et il va de soi que j'ai noté les noms et les détails que tu m'avais donnés au téléphone...

– Notés? demanda vivement Gates.

– J'ai brûlé le papier après les avoir appris par cœur... Mes ennuis m'ont quand même appris un certain nombre de choses! J'ai appelé le technicien de la compagnie du téléphone et il était absolument ravi de ta – pardon – de *ma* générosité. Puis j'ai transmis les renseignements qu'il m'a fournis à ce répugnant détective privé, un minable de la pire espèce, Randy, et, si j'en juge par ses méthodes, quelqu'un qui aurait vraiment intérêt à utiliser mes capacités.

– Je vous en prie, le coupa le célèbre avocat. Donnez-moi des faits, pas des appréciations.

– Les appréciations contiennent souvent des faits signicatifs, maître. Un homme comme toi ne peut pas l'ignorer.

– Si j'ai besoin de me faire une opinion, je vous demanderai votre avis. Ce n'est pas le cas pour l'instant. Dites-moi plutôt ce qu'a décou-vert cet homme.

– A partir de ce que tu m'avais indiqué – une femme seule accompa-gnée d'un nombre indéterminé d'enfants – et d'après les éléments four-nis par un technicien sous-payé de la compagnie du téléphone, (à savoir un indicatif de zone et les trois premiers chiffres d'un numéro), notre minable détective s'est mis au travail moyennant des honoraires outrageusement élevés. Et, à mon grand étonnement, ses recherches se sont révélées fructueuses. Tout compte fait, avec ce qu'il me reste de mes connaissances juridiques, nous pourrions nous associer discrètement et utilement.

– Bon Dieu! Allez-vous me dire ce qu'il a appris!

– Eh bien, comme je viens de le mentionner, ses honoraires étaient vraiment astronomiques. Je veux dire qu'ils ont écorné la provision que l'on m'avait versée et je pense qu'il conviendrait d'envisager un réajustement.

– Mais pour qui vous prenez-vous? Je vous ai fait remettre trois mille dollars! Cinq cents pour l'employé du téléphone et quinze cents pour cette face de rat qui se fait appeler détective privé...

– Depuis qu'il ne fait plus partie de la police municipale, Randolph. Tout comme moi, il est tombé en disgrâce, mais je dois reconnaître qu'il fait du très bon travail. Alors, allons-nous négocier, ou bien vais-je me retirer tout de suite?

L'impérieux professeur de droit au crâne dégarni fixa avec fureur le visage terreux du vieux juge déshonoré.

– Comment osez-vous?

– Mon cher Randy, tu crois donc vraiment ce que raconte ta presse? Très bien, vieil et arrogant ami, je vais t'expliquer pourquoi j'ose faire cela. J'ai lu tes articles, je t'ai écouté exposer tes interprétations ésotériques de questions juridiques complexes. Je t'ai vu battre en brèche toutes les décisions honnêtes rendues depuis trente ans par les tribunaux de notre pays, toi qui n'as pas la moindre idée de ce que peut être la pauvreté ou la faim, ni le fait de porter dans son ventre un petit être que l'on n'attendait pas et dont on est incapable d'assurer la subsistance. Tu défends les intérêts des ultras, pauvre ami à l'esprit creux, et tu forcerais le citoyen moyen à vivre dans une nation où l'intimité est périmée, où la liberté de pensée est interdite par la censure, où les riches ne cessent de s'enrichir, où les plus pauvres devraient peut-être renoncer à donner la vie afin de survivre eux-mêmes. Tu exposes avec complaisance ces concepts éculés et archaïques dans l'unique but de te poser en brillant non-conformiste. Veux-tu que je poursuive... *docteur* Gates? Je pense sincèrement que tu n'as pas choisi le bon perdant pour effectuer ta sale besogne.

– Mais comment osez-vous?... bredouilla Randolph Gates en se dirigeant vers la fenêtre d'un pas décidé. Je n'écouterai pas un mot de plus!

– Bien sûr, Randy. Mais, quand j'étais maître de conférences à la faculté de droit et que tu étais l'un de mes étudiants – l'un des meilleurs, mais pas le plus intelligent – tu étais bien obligé de m'écouter. Eh bien, je te suggère, cette fois encore, de le faire.

– Mais, bon Dieu, allez-vous me dire ce que vous voulez? rugit Gates en se retournant tout d'un bloc.

– Ce qui importe, c'est ce que *tu* veux, n'est-ce pas? Des renseignements que tu m'as sous-payé pour t'apporter. Est-ce vraiment si important pour toi?

– J'en ai absolument besoin.

– Tu as toujours été tellement anxieux avant un examen...

– Ça suffit! Je vous ai payé! J'exige ces renseignements!

– Et moi j'exige une rallonge. Celui qui vous paie peut se le permettre.

– Pas un dollar de plus!

– Alors, je m'en vais.

– Arrêtez!... Cinq cents dollars, c'est tout!

– Cinq mille ou je pars.

– *Ridicule!*

– Très bien. Rendez-vous dans vingt ans.

– D'accord... D'accord pour cinq mille.

– Mon pauvre Randy, on lit si facilement dans ton jeu. C'est pour cela que tu n'es pas vraiment brillant, tu es simplement capable de manier le vocabulaire qui te permettra de paraître brillant et je pense que nous commençons à en avoir assez de ce genre d'attitude et de discours... *Dix* mille dollars, docteur Gates, ou je vais m'épancher dans le premier bistrot venu.

– Vous ne pouvez pas faire cela!

– Bien sûr que si. Je suis maintenant consultant juridique pour une affaire confidentielle. Dix mille dollars. Comment veux-tu payer? Je ne pense pas que tu aies cette somme sur toi, alors comment comptes-tu régler mes honoraires... Contre les renseignements?

– Ma parole...

– Pas question, Randy!

– Très bien. Je vous ferai parvenir cette somme dès demain matin, à la banque Boston Five. Un chèque bancaire à votre nom.

– C'est très aimable à toi, Randy. Mais, au cas où l'idée viendrait à tes employeurs de m'empêcher de toucher l'argent, tu peux leur faire savoir qu'une tierce personne, un de mes chers amis est en possession d'une lettre exposant en détail ce qui s'est passé entre nous. Si je devais avoir un accident, cette lettre serait envoyée en recommandé au procureur général du Massachusetts.

– C'est grotesque. Les renseignements, je vous en prie!

– Oui, mais tu dois d'abord savoir que tu te trouves mêlé à ce qui semble être une opération gouvernementale extrêmement délicate... En supposant que quelqu'un, désireux de quitter précipitamment une ville, utiliserait le moyen de transport le plus rapide, notre sinistre fouineur s'est rendu à l'aéroport Logan. J'ignore comment il s'y est pris, mais il a réussi à se procurer les manifestes de tous les appareils qui ont décollé de Boston hier matin, depuis le premier vol à 6 h 30 jusqu'à 10 heures. Comme tu t'en souviens sans doute, cela correspond à la tranche de temps que tu m'avais indiquée: « un départ en début de matinée ».

– Et alors?

– Patience, Randolph. Comme tu m'avais demandé de ne rien écrire, je dois procéder par étapes. Où en étais-je?

– Les documents de bord!

– Ah, oui! D'après notre sympathique détective, il y avait, sur l'ensemble des vols, onze enfants non accompagnés et huit femmes, dont deux religieuses, ayant réservé des places avec des enfants mineurs. Les deux religieuses conduisaient neuf orphelins en Californie et les six autres femmes ont été identifiées comme suit...

Le vieil homme fouilla dans sa poche et en sortit d'une main tremblante une feuille dactylographiée.

– Il va sans dire que ce n'est pas moi qui ai tapé cela, reprit-il. Je ne possède pas de machine à écrire, car je ne sais pas taper. C'est le fouineur qui s'en est chargé.

– Donnez-moi ça! ordonna Gates en se précipitant vers lui, la main tendue.

– Bien sûr, dit le septuagénaire en tendant la feuille de papier à son ancien étudiant, mais cela ne te servira pas à grand-chose. Notre séduisant ami a tout vérifié, plus pour gonfler ses heures de travail que par nécessité. Non seulement ces femmes sont toutes blanches comme la neige, mais il a effectué ces vérifications *après* que la vérité a été découverte.

– Comment? demanda Gates en interrompant brusquement sa lecture. Quelle vérité?

– Ce que ni le fouille-merde ni moi n'avons voulu écrire. Le premier indice nous a été fourni par l'agent d'enregistrement de Pan Am. Il a confié à notre lourdaud de détective que, pendant la matinée de la veille, il avait eu un problème avec une vedette de la politique, ou quelqu'un d'aussi déplaisant, qui avait besoin de couches quelques minutes après l'arrivée de l'employé, à 5 h 45. Sais-tu que les couches existent en différentes tailles et qu'elles sont enfermées avec les réserves d'une compagnie aérienne?

– Où voulez-vous en venir?

– Toutes les boutiques de l'aéroport étaient fermées. Elles n'ouvrent qu'à 7 heures.

– Et alors?

– Eh bien, cela signifie que quelqu'un qui était parti précipitamment avait oublié quelque chose. Une femme accompagnée d'un enfant de cinq ans et d'un nourrisson quittait Boston en jet privé. L'appareil décollait de la piste la plus proche du comptoir de la Pan Am. L'agent d'enregistrement a rendu le service qu'on lui demandait et la mère des enfants l'a remercié personnellement. Il a lui-même un enfant en bas âge et il connaît les tailles des couches. Il a apporté trois paquets différents...

– Mais, bon Dieu, monsieur le juge, allez-vous en venir au fait?

– Monsieur le juge? répéta le vieil homme en écarquillant les yeux. Merci, Randy. A part quelques vieux copains de bistrot, on ne m'a plus appelé comme ça depuis des lustres. Ce doit être mon aura irrésistible.

– Cela remonte à ces insupportables périphrases dont vous étiez coutumier au tribunal comme à l'université!

– L'impatience a toujours été ton point faible. Je l'imputais à l'agacement que tu éprouvais en écoutant le point de vue d'autrui quand il allait à l'encontre de tes propres conclusions... Quoi qu'il en soit, notre fouineur a flairé quelque chose de louche dans cette histoire de couches et il s'est précipité à la tour de contrôle où il a trouvé un contrôleur aérien qui n'était pas de service et qui a accepté, moyennant finance, de vérifier les départs d'hier matin. Le vol du jet en question était classé Quatre-Zéro, ce qui signifiait, comme notre fouineur l'apprit avec stupéfaction, qu'il avait reçu l'autorisation de décollage d'une agence gouvernementale et bénéficiait du secret absolu. Pas de manifeste, pas de liste des passagers, juste un itinéraire pour rester à l'écart des vols commerciaux et une destination.

– Quelle destination?

– Blackburne. Montserrat.

– Qu'est-ce que c'est que ça?

– L'aéroport Blackburne, sur l'île antillaise de Montserrat.

– C'est là qu'ils sont allés? C'est là?

– Pas nécessairement. D'après notre aimable fouineur, qui, je dois le reconnaître, sait suivre une piste jusqu'au bout, il existe des liaisons aériennes avec une douzaine d'îlots voisins.

– C'est tout?

– C'est tout, professeur. Et, compte tenu du fait que l'appareil en question avait une autorisation de décollage Quatre-Zéro, ce que j'ai précisé dans ma lettre au procureur général, je crois avoir mérité mes dix mille dollars.

– Misérable ivrogne...

– Tu te trompes encore, Randy, rétorqua vivement le juge. Alcoolique assurément, ivre presque jamais. Je bois avec modération, c'est ma seule raison de vivre.

– Foutez le camp d'ici! lança Gates d'un ton menaçant.

– Tu ne veux même pas m'offrir un verre pour satisfaire mon fâcheux penchant à la boisson? Dieu du ciel! Il y a au moins une demi-douzaine de bouteilles pleines là-bas!

– Prenez-en une et disparaissez!

– Merci. Je crois que je vais me laisser tenter.

Le vieux juge se dirigea vers une table de merisier adossée au mur, sur laquelle étaient posés deux plateaux d'argent garnis de bouteilles de whisky de différentes marques ainsi qu'une de brandy.

– Voyons, dit-il en prenant plusieurs serviettes blanches dont il enveloppa deux bouteilles, puis une troisième. Si je tiens tout cela bien serré sous mon bras, on pourra croire qu'il s'agit de linge sale que je porte à la lingerie.

– Allez-vous partir?

– Veux-tu m'ouvrir la porte, je te prie? Je n'aimerais vraiment pas en faire tomber une en manipulant la poignée. Et si une bouteille se cassait, ce ne serait pas bon pour ton image de marque. J'ai cru comprendre qu'on ne t'a jamais vu boire un verre d'alcool.

– Sortez d'ici! répéta Gates en ouvrant la porte au vieil homme.

– Merci, Randy, dit le juge en sortant dans le couloir. N'oublie pas le chèque bancaire, demain matin, ajouta-t-il. Quinze mille.

– *Quinze...?*

– Imagines-tu la tête que ferait le procureur général en apprenant que tu as frayé avec quelqu'un de mon espèce? Adieu, maître.

Randolph Gates claqua la porte et se précipita dans la chambre, vers le téléphone posé sur la table de nuit. Il se sentait rassuré dans cette pièce aux dimensions plus modestes, où il était à l'abri des regards scrutateurs; la chambre était plus intime, plus privée, moins exposée aux invasions. Le coup de téléphone qu'il avait à donner le rendait tellement fébrile qu'il était incapable de comprendre la notice expliquant comment obtenir une communication avec l'étranger. Il choisit de passer par un opérateur et décrocha.

– Je voudrais un numéro à Paris, dit-il.

6

Bourne avait les yeux fatigués et la tension devenait pénible. Assis sur le bord du canapé, il étudiait les listings disposés sur la table basse. Il avait analysé les résultats pendant près de quatre heures, oubliant l'heure, oubliant que son « officier traitant » aurait déjà dû entrer en contact avec lui. La seule chose qui l'intéressait, c'était de découvrir un lien entre le Chacal et l'un des clients de l'hôtel Mayflower.

Le premier groupe – qu'il laissa provisoirement de côté – était constitué des ressortissants étrangers, un assortiment de Britanniques et d'Italiens, de Suédois et d'Allemands, de Japonais et de Chinois de Taiwan. Chacun d'eux avait fait l'objet d'une enquête minutieuse pour vérifier l'authenticité de ses pièces d'identité et des raisons, professionnelles ou personnelles, qui l'avaient amené sur le territoire américain. Le Département d'État et la Central Intelligence Agency avaient fait leur boulot. Un minimum de cinq individus ou sociétés de bonne réputation répondait professionnellement ou personnellement de chacun d'entre eux ; ils entretenaient tous des rapports de longue date avec ces individus ou ces entreprises établis dans la région de Washington ; aucune déclaration fausse ou douteuse de la part d'aucun d'eux n'était consignée nulle part. Si l'agent du Chacal se trouvait parmi eux – et cette hypothèse n'avait rien d'invraisemblable – il faudrait des renseignements beaucoup plus détaillés que ceux qui figuraient sur les listings pour le découvrir. Il serait peut-être nécessaire de revenir à ce groupe, mais, pour l'instant, Jason devait poursuivre sa lecture. Il disposait de peu de temps.

Sur les cinq cents clients américains de l'hôtel, deux cent douze figuraient dans les banques de données des différents services de renseignements, la majorité d'entre eux parce qu'ils faisaient des affaires avec l'administration. Mais soixante-dix-huit avaient une évaluation brute négative. Trente et un étaient fichés par les services fiscaux, ce qui signifiait qu'ils étaient soupçonnés d'avoir détruit ou falsifié des documents financiers, ou encore qu'ils avaient des comptes bancaires dans des paradis fiscaux comme la Suisse ou les îles Caïmans. C'étaient des rien-du-tout, de simples voleurs, riches mais pas très malins, et, dans tous les cas, le genre de « messagers » dont Carlos se garderait comme de la peste.

Cela laissait quarante-sept suspects possibles. Des hommes et des femmes – des couples légitimes en apparence dans onze cas – ayant des rapports fréquents avec l'Europe, travaillant dans l'ensemble pour des entreprises de technologie de pointe ou dans l'industrie nucléaire et aérospatiale, dont tous les faits et gestes étaient étudiés au microscope par les services de renseignements, car ils étaient soupçonnés d'avoir vendu des renseignements confidentiels à des intermédiaires du bloc de l'Est et donc à Moscou. Sur ces quarante-sept personnes, y compris deux des onze couples, une douzaine s'étaient récemment rendues en Union soviétique. On pouvait les éliminer. Le Komitet Gosudarst-vennoy Bezopasnosti – plus connu sous le sigle de KGB – était encore plus hostile au Chacal qu'au pape. Ilich Ramirez Sanchez, qui devait devenir le tueur Carlos, avait été formé dans le secteur américain de Novgorod, là où les rues étaient bordées de stations-service, d'épiceries, de boutiques et de fast-foods plus vrais que nature, où tout le monde parlait américain, en différents dialectes régionaux. L'usage du russe était interdit et seuls les meilleurs étaient ensuite autorisés à passer au stade suivant de l'apprentissage des techniques d'infiltration. Le Chacal avait été sélectionné, mais, quand le KGB avait découvert que la réaction du jeune révolutionnaire vénézuélien devant tout obstacle était l'élimination violente, les héritiers de l'O.G.P.U., dont les méthodes ne manquaient pourtant pas de brutalité, avaient trouvé cela inacceptable. Sanchez avait été exclu et Carlos le Chacal avait commencé sa carrière de tueur. On pouvait écarter les douze personnes qui étaient allées en Union soviétique. L'assassin ne les avait assurément pas contactées, car les différents services de renseignements soviétiques avaient la consigne permanente d'abattre Carlos dès que l'occasion se présenterait. Il fallait coûte que coûte préserver les secrets de Novgorod.

Le nombre des suspects était donc réduit à trente-cinq, neuf couples, quatre femmes seules et onze hommes, d'après le registre de l'hôtel. Les listings des banques de données décrivaient en détail les faits et les conjectures ayant abouti à cette évaluation négative. En vérité, les conjectures étaient plus nombreuses que les faits, et trop souvent fondées sur des jugements hostiles fournis par des ennemis ou des concurrents. Mais tous les dossiers devaient être étudiés avec le plus grand soin, même s'ils inspiraient souvent une profonde répugnance, car, parmi les renseignements qu'ils contenaient, pouvait se trouver un mot ou une phrase, un lieu ou un fait qui était le lien avec Carlos.

Le téléphone sonna, brisant la concentration de Jason. Il cligna des yeux à plusieurs reprises, comme s'il essayait de déterminer la source du son aigrelet, puis il bondit du canapé et se précipita vers le bureau, décrochant le combiné à la troisième sonnerie.

76

– Oui?

– C'est Alex. Je suis en bas, dans la rue.

– Tu vas monter?

– Je ne veux pas traverser le hall de l'hôtel. Je me suis arrangé avec un gardien engagé aujourd'hui même pour passer par l'entrée de service.

– Tu protèges tes arrières, hein?

– Pas aussi bien que je le voudrais, répliqua Conklin. Notre vigilance doit être sans faille. J'arrive dans quelques minutes; je frapperai un seul coup.

Bourne raccrocha et repartit vers le canapé et les piles de listings. Il mit de côté trois fiches qui avaient attiré son attention. Rien dans leur contenu n'évoquait le Chacal, mais un détail lui avait mis la puce à l'oreille alors qu'aucun lien apparent n'existait entre ces trois personnes. D'après leur passeport, ces trois Américains, deux femmes et un homme, étaient arrivés à l'aéroport international de Philadelphie à six jours d'intervalle, huit mois plus tôt. Les deux femmes venaient de Marrakech et de Lisbonne, l'homme de Berlin-Ouest. La première suspecte était une décoratrice d'intérieurs qui rapportait des objets d'art de la vieille cité marocaine, la seconde une responsable du service étranger de la Chase Bank. L'homme était un ingénieur de l'aérospatiale prêté à l'armée de l'air par McDonnell-Douglas. Pourquoi trois personnes aussi dissemblables, aux professions aussi différentes, étaient-elles arrivées dans la même ville en moins d'une semaine? Simple coïncidence? C'était tout à fait possible, mais, compte tenu du nombre d'aéroports internationaux aux États-Unis et sachant que les plus fréquentés étaient ceux de New York, Chicago, Los Angeles et Miami, la coïncidence semblait pour le moins curieuse. Plus étrange encore, et plus improbable, ces trois personnes se trouvaient huit mois plus tard à Washington, dans le même hôtel. Jason se demanda comment allait réagir Alex Conklin quand il lui révélerait cela.

– Je fais des recherches approfondies sur ces trois-là, dit Alex en s'enfonçant dans le fauteuil qui faisait face au canapé.

– Tu étais au courant?

– Le rapprochement n'était pas très difficile à faire. Mais c'est beaucoup plus rapide quand un ordinateur procède à tous les recoupements.

– Tu aurais pu mettre une note! Je suis plongé dans toute cette paperasse depuis 8 heures!

– Quand j'ai fait le rapprochement, il était 9 heures passées et je ne voulais pas t'appeler de Virginie.

– Tu as découvert quelque chose, hein? lança Bourne, nerveux, en s'asseyant sur le bord du canapé et en se penchant vers Alex.

– Oui, et c'est terrifiant.

– Méduse?

– C'est encore pire que ce que je craignais, pire que tout ce que l'on pouvait imaginer.

– Comme tu y vas!

– Je suis très en dessous de la vérité, répliqua l'ex-agent secret. Par où veux-tu que je commence?... Les achats du Pentagone? La Commission du commerce fédéral? Notre ambassadeur à Londres? A moins que tu ne préfères le commandant suprême de l'O.T.A.N...

– Seigneur!

– Je peux t'en proposer un autre. Que dirais-tu du porte-parole de l'état-major interarmes?

– Bon Dieu! Mais qu'est-ce que c'est, une cabale?

– Un peu trop littéraire, mon cher professeur. Que dirais-tu de collusion? Une collusion profonde dont le secret est bien gardé et qui est toujours aussi vigoureuse, aussi vivace après toutes ces années. Tous ces gens qui occupent de hautes positions sont en rapport les uns avec les autres. Pourquoi?

– Quel est leur but? Leur objectif?

– C'est exactement ce que je viens de dire.

– Il doit y avoir une raison!

– Disons plutôt un mobile; et il s'agit peut-être tout simplement de laisser enfouies dans le passé certaines mauvaises actions. N'est-ce pas ce que nous cherchions? Un groupe d'anciens de Méduse pris de panique à l'idée que la lumière pourrait être faite sur leur passé?

– Alors, nous avons trouvé.

– Non. Tu peux en croire l'intuition de saint Alex, même s'il ne sait pas très bien comment exprimer ce qu'il a ressenti. Leurs réactions ont été trop immédiates, trop viscérales, dictées par le présent et non par ce qui s'est passé il y a vingt ans.

– Je ne te suis plus.

– Je ne sais plus où j'en suis moi-même. Ce n'est pas exactement ce que nous attendions et j'en ai marre de commettre des erreurs... Mais là, il ne s'agit pas d'une erreur. Quand tu m'as dit ce matin qu'il s'agissait peut-être d'un véritable réseau, j'ai pensé que tu étais à côté de la plaque. J'estimais plutôt que nous pourrions débusquer quelques gros bonnets qui ne voudraient pas être cloués au pilori pour ce qu'ils avaient fait vingt ans plus tôt ou bien qui ne tiendraient pas à mettre le gouvernement dans une situation embarrassante, que nous pourrions nous servir d'eux, les effrayer pour qu'ils soient contraints de faire et de dire ce que nous voulions. Mais c'est autre chose. C'est d'*aujourd'hui* qu'il s'agit et je ne comprends pas. C'est plus que de la peur, c'est une véritable panique; ils sont absolument terrifiés. Nous sommes tombés par hasard sur quelque chose de très important, mon cher monsieur Bourne.

– Pour ce qui me concerne, rien n'est plus important que le Chacal! Le reste, je n'en ai rien à foutre!

– Je suis de ton avis, et je le crierais encore devant un peloton d'exécution, mais je tenais à ce que tu connaisses le fond de ma pensée... Hormis une brève période de funeste mémoire, nous ne nous sommes jamais rien caché, David.

– Je préfère que l'on m'appelle Jason, ces temps-ci.

– Oui, je sais, rétorqua Conklin. Cela me fait du mal, mais je comprends.

– Crois-tu?

– Oui, fit doucement Alex en hochant la tête, les yeux fermés. Je donnerais n'importe quoi pour qu'il en aille différemment, mais je n'y peux rien.

– Alors, écoute-moi bien. Je compte maintenant sur ton esprit retors – je ne fais que citer Cactus! – pour élaborer le plan le plus tortueux que tu puisses imaginer afin de mettre ces salauds au pied du mur, dans une situation dont ils ne pourront sortir indemnes qu'en suivant à la lettre les instructions que tu leur donneras. Ils attendront que tu les appelles pour leur expliquer qui ils devront contacter et ce qu'ils devront dire.

Dans le regard que Conklin tourna vers son ami à la mémoire endommagée se lisait un sentiment de culpabilité mêlé d'inquiétude.

– Il existe peut-être déjà un autre plan contre lequel je ne suis pas de taille à lutter, poursuivit posément Alex. Je n'ai pas le droit de me tromper, pas avec ces gens-là. Il me faut en savoir plus long que ce que j'ai appris.

Bourne serra les poings dans un élan de rage et de déception. Le front plissé, la mâchoire crispée, il gardait les yeux fixés sur les listings éparpillés sur la table basse. Puis, en quelques secondes, il se détendit totalement et se cala contre le dossier du canapé.

– D'accord, dit-il d'une voix aussi calme que celle de Conklin, tu auras ce qu'il te faut. Et très rapidement.

– Comment?

– Je m'en occupe moi-même. Il me faudra des noms et des adresses, les emplois du temps et les méthodes de protection utilisées, les restaurants favoris et les mauvaises habitudes, si elles sont connues. Dis à tes gars de se mettre au travail. Dès maintenant et toute la nuit, si nécessaire.

– Qu'est-ce que tu imagines que tu vas faire? hurla Conklin en projetant en avant sa frêle carcasse. Tu vas prendre d'assaut leur domicile? Tu vas leur planter une aiguille dans les fesses entre l'apéritif et les hors-d'œuvre?

– C'est une solution que je n'avais pas envisagée, répliqua Jason avec un mince sourire. Tu as vraiment une imagination délirante.

– Et toi, tu es complètement cinglé!... Excuse-moi, je ne voulais pas...

– Pourquoi? demanda Bourne d'une voix douce. Je ne suis pas en train de faire un cours sur l'expansion mandchoue et la dynastie Ch'ing. Compte tenu de l'état de mon cerveau et de ma mémoire, ton allusion à ma santé mentale n'est pas déplacée...

Jason s'interrompit, puis il se pencha lentement en avant.

– Mais laisse-moi te dire quelque chose, Alex, reprit-il. Même si certains souvenirs ont disparu, tout ce qui dans mon cerveau a été façonné par Treadstone et par tes soins est bien là. Je l'ai prouvé à Hong-kong, à Pékin et à Macao, et je le prouverai encore. Il le faut! Si je ne le fais pas, je perds tout!... Et maintenant, voyons tes renseignements. Tu as mentionné plusieurs personnes qui se trouvent nécessairement à Washington. Tu as parlé des fournitures ou de l'approvisionnement du Pentagone...

– Des achats, rectifia Conklin. C'est plus vague, mais aussi beaucoup plus coûteux. Le responsable est un général du nom de Swayne. Il y a également Armbruster, le président de la Commission du commerce fédéral, et Burton, le...

– Le porte-parole de l'état-major interarmes, le coupa Jason. L'amiral « Jolting » Jack Burton, commandant la 6e flotte.

– C'est bien lui. Le fléau de la mer de Chine méridionale devenu la plus influente des grosses légumes du Pentagone.

– Je te le répète, insista Jason, dis à tes gars de se mettre au travail. Peter Holland te fournira toute l'aide dont tu as besoin. Trouve-moi tout ce qu'il y a à trouver sur chacun d'eux.

– Je ne peux pas.

– *Quoi?*

– Je peux avoir accès à tous les dossiers sur les trois voyageurs de Philadelphie, parce qu'ils entrent directement dans le cadre du programme Mayflower, c'est-à-dire des recherches sur le Chacal. Mais je ne peux pas atteindre les cinq – cinq jusqu'à présent – héritiers de Méduse.

– Mais pourquoi, bon Dieu? Il le faut! Nous n'avons pas de temps à perdre!

– Le temps n'aurait plus guère d'importance si nous étions morts tous les deux. Et cela n'apporterait pas grand-chose à Marie et aux enfants.

– Mais de quoi parles-tu?

– De la raison pour laquelle je suis en retard. Pour laquelle je ne voulais pas t'appeler de Langley. Pour laquelle j'ai demandé à Charlie Casset de passer me prendre à la résidence de Vienna et pour laquelle, en attendant sa venue, je me suis demandé si je pourrais arriver ici sain et sauf.

– Veux-tu t'expliquer un peu plus clairement?

– D'accord. Je n'ai parlé à personne de mes recherches sur d'anciens membres du groupe Méduse. C'était entre nous deux; personne d'autre n'est au courant.

– Je me suis posé la question, vois-tu. Quand je t'ai parlé cet après-midi, au téléphone, je t'ai trouvé bien réservé. Trop réservé, eu égard à l'endroit où tu étais et au matériel dont tu pouvais disposer.

– En fait, les locaux et le matériel étaient sûrs. Casset m'a révélé plus tard que l'Agence ne voulait pas conserver la moindre trace de ce qui se passe à Langley, et c'est la meilleure garantie que l'on puisse avoir. Pas de micros, pas de tables d'écoute, rien. Crois-moi, je me suis senti très soulagé en apprenant cela.

– Alors, où est le problème? Pourquoi veux-tu laisser tomber?

– Parce qu'il faut que je me renseigne sur un autre amiral avant de m'engager plus avant sur le territoire de Méduse. Atkinson, notre distingué ambassadeur auprès de la cour d'Angleterre, s'est montré, malgré lui, on ne peut plus clair. Dans sa panique, il a arraché le masque de Burton et celui de Teagarten.

– Et alors?

– Il a dit que, au cas où l'on essaierait d'exhumer de vieux souvenirs de Saigon, Teagarten ferait son affaire de l'Agence, parce qu'il était très lié avec le boss de Langley. Et le boss de Langley, c'est Peter Holland.

– Mais tu m'as certifié ce matin qu'il n'hésiterait pas à supprimer n'importe quel membre de Méduse!

– N'importe qui peut dire n'importe quoi. Ce ne sont que des mots.

De l'autre côté de l'Atlantique, à Neuilly-sur-Seine, un vieil homme vêtu d'un complet sombre et râpé remontait pesamment l'allée cimentée menant au porche de l'église du Saint-Sacrement. Les cloches sonnaient l'angélus du matin. Le vieillard s'arrêta dans la lumière du soleil et remercia le ciel à voix basse.

– *Angelus domini nuntiavit Mariae.*

De la main droite, il envoya un baiser dans la direction du crucifix sculpté en bas-relief qui surmontait l'arche de pierre, puis il gravit les quelques marches et franchit les portes monumentales de l'église, remarquant au passage le regard de dégoût que lui lançaient deux prêtres en soutane. *Pardonnez-moi de souiller votre riche paroisse, pauvres snobs méprisants,* songea-t-il en allumant un cierge qu'il plaça au milieu des autres, *mais le Christ a clairement dit qu'il me préférait à vous. Les humbles hériteront la Terre. Du moins, ce que vous ne vous serez pas approprié.*

Le vieillard descendit précautionneusement l'allée centrale, s'appuyant de la main droite sur le dossier des bancs, tripotant de la gauche son col de chemise beaucoup trop grand et descendant nerveusement jusqu'à sa cravate, comme pour s'assurer qu'elle ne s'était pas dénouée. Sa pauvre femme était si affaiblie qu'elle arrivait à peine à faire le nœud mais, comme au bon vieux temps, elle tenait absolument à mettre elle-même la dernière touche à sa tenue avant qu'il ne sorte. Ils s'entendaient encore très bien et ils avaient bien ri en évoquant le soir où elle avait pesté contre ses manchettes parce qu'elle avait mis trop amidonné la chemise. Ce soir-là, il y avait plus de quarante ans, elle tenait à ce qu'il ait l'air du parfait bureaucrate quand il était parti rue

Saint-Lazare, au quartier général de l'Oberführer, en emportant une serviette. Une serviette qu'il avait laissée sur place et qui avait fait sauter la moitié du pâté de maisons. Et vingt ans plus tard, un après-midi d'hiver, elle avait eu du mal à ajuster sur ses épaules son élégant pardessus, volé avant qu'il ne parte braquer une banque de la Madeleine, dont le directeur était un ancien résistant, un homme de tête mais sans cœur, qui lui avait refusé un emprunt. C'était le bon temps, mais des moments plus difficiles avaient suivi et la dégradation de leur santé les avait entraînés de plus en plus bas, jusqu'à ce qu'ils tombent dans le dénuement. Mais, un beau jour, un individu était arrivé, un homme bizarre avec lequel avait été conclu un pacte non écrit et encore plus bizarre. Après quoi, le vieil homme avait retrouvé le respect de soi en commençant à recevoir suffisamment d'argent pour s'offrir une nourriture correcte, du vin acceptable et des vêtements convenables, pour rendre à sa femme une partie de sa beauté enfuie et surtout pour payer les médecins capables de soulager ses douleurs. Le costume et la chemise qu'il portait ce jour sortaient d'une penderie. Sa femme et lui étaient comme les acteurs d'une compagnie théâtrale en tournée. Ils avaient plusieurs costumes pour leurs différents rôles. C'était leur métier et, ce matin-là, au son des cloches annonçant l'angélus, il était venu travailler.

Le vieillard esquissa une génuflexion devant la croix, puis il alla s'agenouiller sur le premier prie-Dieu du sixième rang à partir de l'autel, les yeux fixés sur sa montre. Deux minutes et demie plus tard, il releva la tête et, aussi discrètement que possible, regarda autour de lui. Sa vue déclinante avait eu le temps de s'accoutumer à la pénombre de l'église et il voyait avec une netteté suffisante. Il n'y avait pas plus d'une vingtaine de fidèles, en prière pour la plupart, ou plongés dans la méditation, le regard fixé sur l'énorme crucifix doré de l'autel ; ce n'était pas eux qu'il cherchait. Puis il vit celui qu'il attendait et il comprit que tout se passait comme convenu. Un prêtre en soutane descendit la travée de gauche et disparut derrière les tentures cramoisies de l'abside.

Le vieil homme consulta derechef sa montre, car c'était maintenant une question de minutage. C'est ainsi que procédait le saint homme... que procédait le Chacal. Deux autres minutes s'écoulèrent et le vieux messager se releva péniblement, reprit l'allée, fléchit de son mieux le genou devant l'autel et se dirigea d'une démarche engourdie vers un confessionnal, le deuxième sur la gauche. Il écarta le rideau et entra.

– *Angelus domini*, murmura-t-il, répétant les mots qu'il avait déjà prononcés plusieurs centaines de fois au cours des quinze dernières années.

– *Angelus domini,* enfant de Dieu, répondit une voix, celle d'une silhouette invisible derrière le guichet grillagé. Tes jours sont-ils confortables ?

La voix fut accompagnée d'une longue et forte toux.

– Ils me sont rendus confortables par un ami inconnu... mon ami.

– Que t'a dit le médecin pour ta femme?

– Il m'a avoué ce qu'il continue à lui cacher, le Seigneur en soit loué. Il semble, contre toute attente, que je lui survivrai. La maladie ne cesse de gagner du terrain.

– Tu peux croire à toute ma sympathie. Combien de temps lui reste-t-il à vivre?

– Un mois, deux au maximum. Elle sera bientôt obligée de garder la chambre. Notre pacte sera bientôt frappé de nullité.

– Pourquoi donc?

– Vous n'aurez plus d'obligations envers moi, et je l'accepte. Vous avez été très bon avec nous, j'ai réussi à mettre un peu d'argent de côté et mes besoins sont très modestes. Franchement, en songeant à ce qui m'attend, je me sens extrêmement fatigué...

– Tu es un monstre d'ingratitude! lança l'homme derrière le guichet dans un murmure vibrant de fureur. Après tout ce que j'ai fait pour toi, tout ce que je t'ai promis!

– Je vous demande pardon?

– Es-tu prêt à mourir pour moi?

– Bien sûr. C'est notre pacte.

– Eh bien, tu vivras pour moi!

– Si c'est ce que vous voulez, il va de soi que je le ferai. Je tenais simplement à ce que vous sachiez que je ne serai bientôt plus une charge pour vous. Je serai facile à remplacer.

– Pas d'impertinence! Je ne le supporte pas.

La flambée de colère s'acheva en une quinte de toux, une toux caverneuse qui semblait confirmer la rumeur qui se répandait dans les ruelles et les impasses de Paris. Le Chacal était malade, peut-être même condamné.

– Nous vous devons le respect, nous vous devons la vie. Pourquoi serais-je impertinent?

– Tu viens de l'être!... Quoi qu'il en soit, j'ai une mission pour vous deux, qui adoucira les derniers jours de ta femme. Vous allez partir en vacances dans une des plus belles régions du monde. Tu retireras les papiers et l'argent à l'endroit habituel.

– Puis-je vous demander où nous allons?

– Aux Antilles, dans l'île de Montserrat. Tu recevras tes instructions à l'aéroport Blackburne. Suis-les très fidèlement.

– Bien entendu. Si je puis me permettre une autre question, quel sera le but de cette mission?

– Découvrir une femme et deux enfants, et vous lier avec eux.

– Et ensuite?

– Les tuer.

Brendan Prefontaine, ex-juge fédéral de la première circonscription du Massachusetts, sortit de la banque Boston Five, de School Street, avec quinze mille dollars en poche. C'était une sensation grisante pour quelqu'un qui vivait depuis trente ans comme un nécessiteux ou presque. Depuis sa sortie de prison, il avait rarement eu plus de cinquante dollars sur lui, et ce jour était à marquer d'une pierre blanche.

Mais il y avait autre chose. C'était aussi profondément troublant, car il n'avait pas cru une seconde que Randolph Gates lui verserait ce qu'il avait demandé, ni même une partie de cette somme. Gates avait commis une énorme erreur, car, en satisfaisant ses exigences, il avait révélé l'importance de ses activités ; il était passé d'une cupidité implacable mais sans gravité à quelque chose de beaucoup plus dangereux. Prefontaine n'avait pas la moindre idée de l'identité de la femme et des enfants, ni des rapports qu'ils pouvaient avoir avec Gates, mais dans tous les cas, il ne leur voulait certainement pas du bien.

Une figure irréprochable, quasi divinisée du monde juridique ne pouvait verser une somme exorbitante à un ex-juge alcoolique, rayé du barreau et perdu de réputation, un minable comme Brendan Patrick Pierre Prefontaine, parce qu'il avait une âme archangélique, mais bien parce que cette âme était vendue à Lucifer. Comme cela ne semblait faire aucun doute, le « minable » songea qu'il pourrait être profitable pour lui de glaner quelques renseignements supplémentaires. C'est un lieu commun de dire qu'un début de connaissance est une chose dangereuse, plus souvent d'ailleurs pour l'observateur que pour celui qui ne détient que quelques bribes d'informations ; mais, bien présentées, celles-ci peuvent donner l'impression d'être beaucoup plus fournies. Quinze mille dollars aujourd'hui pouvaient fort bien se transformer en cinquante mille dollars demain si... si un minable prenait l'avion pour l'île de Montserrat et commençait à poser des questions.

De plus, songea le juge – l'Irlandais en lui poussant un gloussement de plaisir, le Français se rebellant sans conviction –, je n'ai pas pris de vacances depuis des années. Quand le simple fait de survivre est si difficile, on n'a pas la tête à s'éloigner de la frénésie de la ville.

Brendan Patrick Pierre Prefontaine héla un taxi, ce qu'il n'avait pas fait, à moins d'être complètement ivre, depuis au moins dix ans, et il ordonna au chauffeur sceptique de le conduire chez Louis, une boutique de prêt-à-porter de Faneuil Hall.

– Tu as ce qu'il faut, grand-père ?

– Jeune homme, j'ai largement de quoi vous payer une coupe de cheveux et soigner votre acné juvénile. En route, Ben Hur, je suis pressé.

Les vêtements étaient encore plus coûteux qu'il ne l'avait imaginé, mais, quand il eut sorti une liasse de billets de cent dollars, le vendeur se montra extrêmement coopératif. Une valise de basane de taille moyenne fut bientôt remplie de vêtements et l'ancien magistrat se débarrassa de son complet râpé, de sa chemise trop grande et de ses vieilles chaussures. Moins d'une heure plus tard, il commençait à se trouver, dans le miroir, une certaine ressemblance avec un homme qu'il avait bien connu, il y avait longtemps de cela : le juge Brendan P. P. Prefontaine.

Un autre taxi le conduisit à la pension de Jamaica Plains où il prit dans sa chambre quelques objets de première nécessité, y compris son passeport, dont il s'assurait toujours de la validité, afin d'être en mesure de partir précipitamment, en cas de besoin, ce qui était préférable aux murs d'une prison. Puis le même taxi, le chauffeur n'ayant cette fois aucun doute sur la solvabilité de son client, le conduisit à l'aéroport Logan. Certes, songea Brendan, l'habit ne fait pas le moine, mais il contribue à impressionner les sous-fifres méfiants. Il apprit au guichet des renseignements de l'aéroport que trois compagnies desservaient l'île de Montserrat. Il se dirigea vers le comptoir le plus proche et acheta un billet pour le premier vol en partance pour Montserrat. Brendan Patrick Pierre Prefontaine prit naturellement un billet en première classe.

Le steward d'Air France poussa lentement, précautionneusement le fauteuil roulant le long de la passerelle d'embarquement de l'aéroport de Roissy et pénétra à l'intérieur du 747. La frêle et vieille malade, coiffée d'un chapeau trop grand, surmonté de plumes de cacatoès, était trop fardée et ses pommettes luisaient d'un excès de rouge à joues. C'était une vraie caricature, mais, sous les mèches de cheveux gris mal teints en roux, elle avait de grands yeux vifs, pénétrants et pétillants d'humour. Comme si elle avait voulu dire à ceux qui l'observaient : « Ne vous inquiétez pas, mes amis, c'est ainsi qu'il m'aime et c'est tout ce qui compte pour moi. Votre opinion, je n'en ai rien à faire. » Le *il* en question était le vieil homme qui marchait à côté d'elle, d'un pas mal assuré, posant de loin en loin une main sur son épaule, peut-être autant pour garder l'équilibre que par affection. Dans ce contact fugitif, il y avait une manière de poésie qui n'appartenait qu'à eux. Une observation plus attentive révélait que des larmes vite essuyées embuaient de temps en temps les yeux du vieillard.

– Le voilà, annonça le steward au commandant de bord qui s'avança vers la porte de l'appareil pour accueillir les deux passagers. Il prit la main gauche de la femme et l'effleura de ses lèvres, puis il se redressa et salua respectueusement le vieillard aux cheveux gris et au crâne dégarni, portant la Légion d'honneur au revers de sa veste.

– C'est un honneur, monsieur, déclara le commandant de bord tandis que les deux hommes échangeaient une poignée de main. Je vous souhaite la bienvenue à bord de cet appareil et, si l'équipage ou moi-même pouvons faire quoi que ce soit pour vous rendre le vol plus agréable, n'hésitez pas à nous le demander.

– C'est très aimable à vous.

– Nous vous sommes tous redevables, monsieur, de ce que vous avez fait pour la France.

– Je n'ai fait que mon devoir...

– Vous avez été distingué par le général de Gaulle en personne. Vous êtes un héros de la Résistance et le temps ne peut vous faire oublier.

D'un claquement de doigts, le commandant de bord fit signe à trois hôtesses qui attendaient dans le compartiment de première classe.

– Pressons, mesdemoiselles! Et que tout soit irréprochable pour un héros de la Résistance et son épouse!

Le tueur aux nombreux noms d'emprunt fut ainsi escorté dans le compartiment de première classe. La malade fut soulevée, avec mille précautions, de son fauteuil roulant et installée sur le siège du côté de l'allée tandis que lui-même prenait place près du hublot. On leur apporta une bouteille de champagne. Le commandant de bord porta un toast, puis regagna la cabine de pilotage tandis que la vieille femme adressait à son mari un clin d'œil rieur et malicieux. Quelques instants plus tard, les passagers commencèrent à embarquer et un certain nombre d'entre eux lancèrent au passage des regards admiratifs sur le couple âgé. Le bruit s'était répandu dans la salle d'embarquement. *Un grand héros... De Gaulle l'a décoré en personne... Il a tenu six cents Boches en échec...*

Tandis que l'énorme appareil prenait de la vitesse sur la piste et décollait avec une brève secousse, le vieux « héros de la France », dont les seuls actes d'héroïsme à l'époque de la Résistance se limitaient à quelques vols pour assurer sa survie et à injurier son épouse tout en évitant soigneusement d'être incorporé dans le STO, fouilla dans sa poche pour y prendre ses papiers. Le passeport portait, bien entendu, sa photographie, mais c'est tout ce qu'il reconnaissait. Le reste – nom, prénoms, date et lieu de naissance, profession – lui était totalement inconnu. Quant à la liste de ses distinctions honorifiques, elle était impressionnante. Cela ne lui ressemblait pas du tout, mais, au cas où quelqu'un ferait allusion à l'une d'elles, il valait mieux connaître ses faits d'armes, afin de pouvoir au moins incliner modestement la tête. Il avait reçu l'assurance que celui qui avait véritablement accompli ces prouesses n'avait plus de famille, qu'il ne lui restait qu'une poignée d'amis et qu'il avait disparu de son domicile de Marseille, soi-disant pour entreprendre un voyage autour du monde dont il ne reviendrait probablement pas.

Le courrier du Chacal relut encore une fois son nouveau nom. Il devait absolument l'avoir présent à l'esprit et répondre chaque fois qu'il l'entendrait prononcer. Cela ne devrait pas être difficile, car c'était un nom très courant. Il se le répéta silencieusement à plusieurs reprises. *Jean-Pierre Fontaine, Jean-Pierre Fontaine, Jean-Pierre...*

86

Un bruit! Un bruit sec, un bruit de frottement. Ce n'était pas normal, ce n'était pas un bruit faisant partie de cette espèce de bourdonnement sourd, perceptible dans un hôtel la nuit. Bourne saisit l'arme, posée près de son oreiller, et, s'appuyant au mur, se glissa hors du lit en caleçon. Le bruit se fit de nouveau entendre... Un coup frappé à la porte de la chambre de la suite! Il secoua la tête en fouillant dans sa mémoire... Alex! *Je frapperai une seule fois.* Ensommeillé, Jason se dirigea en titubant vers la porte et colla l'oreille contre le panneau de bois.

– Oui?

– Vas-tu ouvrir cette fichue porte avant que quelqu'un me voie! lança la voix étouffée de Conklin.

Bourne ouvrit et l'ex-officier de la CIA entra aussitôt en boitillant, s'aidant de sa canne avec brusquerie, comme s'il ne pouvait plus la supporter.

– Eh bien, on peut dire que tu as perdu la forme! marmonna-t-il en s'asseyant au pied du lit. Voilà au moins deux minutes que je frappe!

– Je n'ai rien entendu.

– Delta aurait entendu, Jason Bourne aurait entendu. Mais pas David Webb.

– Accorde-moi encore un ou deux jours, et David Webb n'existera plus.

– Ce ne sont que des mots! J'attends autre chose de toi!

– Alors, cesse de perdre ton temps à bavarder et explique-moi ce que tu viens faire ici en pleine nuit. Je ne sais même pas quelle heure il est.

– La dernière fois que j'ai regardé ma montre, c'était en retrouvant Casset sur la route et il était 3 h 20. Je venais de traverser un bosquet et de franchir une clôture...

– Comment?

– Tu as bien entendu. Essaie donc un jour avec un bloc de ciment au pied... Sais-tu qu'à l'université j'étais le meilleur au soixante mètres...

– Pas de digression! Que s'est-il passé?

– Oh! C'est encore Webb que j'entends.

– Que s'est-il passé, bon Dieu? Et, tant que tu y es, explique-moi qui est ce Casset dont tu ne cesses de parler.

– Le seul homme en qui j'ai confiance à Langley. Avec Valentino.

– Qui?

– Ce sont des analystes, mais ils sont réglo.

– Quoi?

– Rien, rien. Ah! Il y a des fois où j'aimerais bien me bourrer la gueule...

– Alex, vas-tu me dire pourquoi tu es venu ici?

Conklin leva la tête en serrant rageusement le pommeau de sa canne.

– J'ai eu les renseignements sur ceux de Philadelphie.

– C'est pour ça! Alors, qui sont-ils?

– Non, répliqua Conklin, ce n'est pas pour ça. Ce que j'ai appris est intéressant, mais ce n'est pas pour cette raison que je suis venu.

— Alors, pourquoi? demanda Jason en s'avançant vers un fauteuil placé à côté d'une fenêtre et en s'asseyant, l'air perplexe. Mon ami érudit, spécialiste du Cambodge et des pays voisins, ne s'amuserait certainement pas à franchir une clôture avec un pied dans le ciment, à 3 heures du matin, s'il ne pensait être obligé de le faire.

— J'étais obligé.

— Ce qui ne m'apprend pas grand-chose de plus. Aurais-tu l'obligeance de m'expliquer?

— C'est DeSole.

— Je ne comprends rien!

— Il contrôle tous les ordinateurs. Rien ne se passe à Langley sans qu'il soit au courant et toutes les recherches passent par lui.

— Je ne comprends toujours pas.

— Nous sommes dans la merde jusqu'au cou.

— Cela ne m'avance pas beaucoup!

— C'est encore David Webb qui parle.

— Tu préfères que je t'arrache un tendon du cou?

— Bon, d'accord, grogna Conklin en laissant tomber sa canne sur la moquette. Mais laisse-moi reprendre mon souffle. Je n'ai même pas voulu prendre le monte-charge jusqu'ici. Je me suis arrêté deux étages en dessous et j'ai fini à pied.

— Parce que nous sommes dans la merde jusqu'au cou?

— Exactement.

— Pourquoi? A cause de ce DeSole?

— Précisément, monsieur Bourne. Steven DeSole. L'homme qui a la haute main sur tous les ordinateurs de Langley, le seul à détenir les codes d'accès, celui qui a le pouvoir, si ça lui chante, de faire jeter en prison pour racolage une vierge de soixante-dix ans.

— Où veux-tu en venir?

— C'est lui le contact avec Bruxelles, avec l'OTAN, avec Teagarten. Casset a découvert qu'il était le *seul* contact... Ils ont même un code d'accès qui leur permet de communiquer directement.

— Qu'est-ce que ça peut cacher?

— Casset n'en sait rien, mais il est fou de rage.

— Que lui as-tu dit exactement?

— Le minimum. Que je travaillais sur plusieurs hypothèses et que le nom de Teagarten était apparu d'une manière curieuse – probablement comme une diversion ou bien pour impressionner quelqu'un – mais que je voulais savoir avec qui il était en contact à l'Agence, sans lui cacher que je pensais qu'il s'agissait de Peter Holland. J'ai donc recommandé à Charlie de mener son enquête dans le plus grand secret.

— Et alors?

— Casset a l'esprit le plus pénétrant de Langley. Je n'ai pas eu besoin de lui en dire plus; il a bien reçu le message. Et il a maintenant un nouveau problème sur les bras.

– Que compte-t-il faire?

– Je lui ai demandé de ne rien faire pendant deux jours, et c'est exactement le délai qu'il m'a accordé. Quarante-huit heures, pour être tout à fait précis, après quoi, il mettra DeSole au pied du mur.

– Ce n'est pas possible, répliqua Bourne avec fermeté. Nous pouvons nous servir de ce que toutes ces huiles ont à cacher pour forcer le Chacal à se démasquer. Nous pouvons nous servir d'eux comme d'autres se sont servis de moi il y a treize ans.

Conklin baissa d'abord le front, puis il releva la tête et plongea les yeux dans ceux de Jason Bourne.

– Tout cela revient à une question d'ego, reprit-il. Plus l'ego est développé, plus la peur est grande...

– Plus l'appât est alléchant, plus le poisson sera beau, coupa Jason. Tu m'as dit un jour que Carlos devait avoir l'amour-propre aussi chatouilleux qu'il avait la tête enflée pour être depuis si longtemps dans ce métier. C'était vrai à l'époque et ça l'est toujours. Si nous pouvons faire en sorte qu'un de tes gros bonnets du gouvernement lui envoie un message, c'est-à-dire lui demande de me supprimer, il sautera sur cette proposition. Sais-tu pourquoi?

– Je viens de le dire : à cause de son ego.

– Bien sûr, ça compte, mais il y a autre chose. Le respect que Carlos n'a pas réussi à s'attirer depuis plus de vingt ans, depuis que Moscou s'est débarrassé de lui et l'a envoyé au diable. Il a gagné des millions de dollars, mais ses clients n'ont été pour la plupart qu'une sale engeance. Malgré la peur qu'il engendre, le Chacal n'est toujours qu'un psychopathe. Aucune légende ne s'est bâtie sur son nom, il n'inspire que mépris et, depuis le temps, il doit être à bout. Le fait qu'il ait commencé à me traquer pour régler un compte remontant à treize ans me conforte dans mon analyse... Il est vital pour lui de me supprimer, car j'étais le produit de nos opérations clandestines et c'est l'ensemble de nos services de renseignements qu'il veut humilier, et à qui il veut prouver qu'il est le meilleur.

– Peut-être est-ce aussi parce qu'il croit encore que tu es en mesure de l'identifier.

– C'est ce que j'ai pensé au début, moi aussi, mais treize ans se sont écoulés et je n'ai toujours rien fait... Non, je n'y crois plus.

– Voilà donc pourquoi tu t'es adressé à Mo Panov pour obtenir un profil psychiatrique.

– Nous vivons dans un pays libre, que je sache!

– En comparaison de la plupart des autres, oui. Mais où cela nous mène-t-il?

– Je sais que j'ai raison.

– Ce n'est pas une réponse.

– Rien ne doit être faux ni falsifié, poursuivit Jason en se penchant en avant, les coudes sur les genoux et les mains serrées. Carlos découvrirait tout de suite le pot aux roses. Les hommes de Méduse doivent être sincères et sincèrement paniqués.

— Ne t'inquiète pas pour cela, ils le sont.

— Assez pour véritablement envisager de se mettre en contact avec quelqu'un comme le Chacal?

— Je ne peux pas te dire...

— Nous ne le saurons pas, le coupa Jason, tant que nous n'aurons pas découvert ce qu'ils ont à cacher.

— Mais si nous interrogeons les ordinateurs de Langley, DeSole le découvrira et, s'il fait partie de cette mystérieuse organisation, il alertera les autres.

— Il ne faut donc pas faire de recherches à Langley. De toute façon, j'en sais assez long pour continuer tout seul. Je te demande seulement de me fournir des adresses et des numéros de téléphone privés. Tu peux me trouver ça, non?

— Pas de problème, c'est l'enfance de l'art. Que veux-tu faire?

— Que dirais-tu de prendre d'assaut leur domicile et de leur planter une aiguille dans les fesses entre l'apéritif et les hors-d'œuvre? demanda Bourne en souriant, d'une voix douce, presque affectueuse.

— Là, je retrouve Jason Bourne.

— Tant mieux.

7

Marie Saint-Jacques Webb accueillit le matin des Caraïbes en s'étirant dans son lit et en jetant un coup d'œil au berceau placé juste à côté. Alison était profondément endormie ce qui n'avait pas été le cas quatre ou cinq heures plus tôt. La petite chérie avait hurlé si fort que Johnny, le frère de Marie, avait frappé à la porte et était entré timidement en demandant s'il pouvait faire quelque chose, ce dont il doutait profondément en son for intérieur.

– Que dirais-tu de changer une couche sale? demanda Marie.

– Je ne veux même pas y penser, répondit Johnny, battant aussitôt en retraite.

Elle entendait maintenant sa voix venant de l'extérieur, à travers les volets. Et elle savait qu'il faisait en sorte qu'elle l'entende. Il était en train de proposer à Jamie une course dans la piscine et il parlait si fort qu'on aurait pu l'entendre jusqu'à la grande île de Montserrat. Marie s'extirpa du lit, se dirigea vers la salle de bains et, quatre minutes plus tard, ses ablutions terminées, ses cheveux auburn brossés, vêtue d'un peignoir de bain, elle sortit par la porte-fenêtre donnant sur la terrasse qui surplombait la piscine.

– Bonjour, toi, là-haut! lança son frère cadet, un bel homme, brun et bronzé, debout dans la piscine. J'espère qu'on ne t'a pas réveillée. On voulait juste nager un peu.

– Alors, tu as décidé de mettre au courant les garde-côtes de Plymouth?

– Allez! Tu sais qu'il est presque 9 heures. C'est déjà tard dans les îles.

– Bonjour, maman. Oncle John m'a montré comment faire peur aux requins en agitant un bâton.

– Ton oncle connaît des tas de choses très importantes dont j'espère que tu n'auras jamais besoin de te servir.

– Il y a une cafetière sur la table, Marie, et Mme Cooper te prépareras ce que tu veux pour ton petit déjeuner.

– Du café me suffira, Johnny. Dis-moi, j'ai entendu le téléphone sonner cette nuit... C'était David?

– En personne... Il faut que nous ayons une petite conversation, nous deux, répondit son frère. Allez, Jamie, on sort. Accroche-toi à l'échelle.

– Et les requins?

– Tu les as tous eus, mon pote! Va donc te chercher à boire.

– Johnny!

– Il y a un pichet de jus d'orange dans la cuisine.

John Saint-Jacques longea le bord de la piscine, puis il monta les marches menant à la terrasse de la chambre pendant que son neveu partait en courant vers la cuisine.

Marie regarda son frère approcher, remarquant les ressemblances qu'il y avait entre lui et son mari. Tous deux étaient grands et musclés et il y avait dans leur démarche la même résolution, mais alors que David gagnait généralement, Johnny perdait le plus souvent, et elle ne savait pas pourquoi. Elle ne comprenait pas non plus pourquoi David avait une telle confiance en son beau-frère quand les deux aînés des Saint-Jacques semblaient plus responsables? David – ou était-ce Jason Bourne – ne lui en avait jamais vraiment parlé franchement. Quand elle abordait le sujet, il haussait les épaules et se contentait de dire en riant que Johnny avait quelque chose qui lui plaisait. Mais était-ce David ou Jason qui parlait?

– Allons-y franchement, lança le benjamin des Saint-Jacques en s'asseyant, l'eau ruisselant de son corps sur le sol de la terrasse. Dans quel guêpier David s'est-il fourré? Il n'a rien voulu me dire au téléphone et tu n'étais pas en état de me parler la nuit dernière. Que s'est-il passé?

– Le Chacal... Voilà ce qui s'est passé!

– Merde! s'écria Johnny. Après toutes ces années?

– Après toutes ces années, répéta Marie d'une voix sourde.

– Que sait exactement ce salaud?

– C'est ce que David essaie de découvrir à Washington. Tout ce dont nous sommes certains, c'est qu'il a réussi à retrouver Alex Conklin et Mo Panov après les horreurs de Hong-kong et Kowloon.

Marie lui raconta l'histoire des faux télégrammes et du piège tendu au parc d'attractions de Baltimore.

– Je suppose qu'Alex les a tous placés sous protection rapprochée, si c'est bien l'expression qu'ils emploient.

– Vingt-quatre heures sur vingt-quatre, cela ne fait aucun doute. A part McAllister et nous-mêmes, Alex et Mo sont les deux seules personnes encore vivantes à savoir que David était... Mon Dieu! Je ne peux même pas prononcer ce nom!

Marie reposa violemment son bol de café sur la table de la terrasse.

— Calme-toi, sœurette, dit Saint-Jacques en lui prenant la main et en la posant sur la sienne. Conklin sait ce qu'il fait. D'après David, c'est le meilleur « homme de terrain » ayant jamais travaillé pour les Américains.

— Tu ne comprends pas, Johnny! s'écria Marie en essayant de contrôler sa voix et ses émotions, sans pouvoir empêcher la peur de briller dans ses yeux. David n'a jamais dit cela, car il ne le savait pas! Ce sont les paroles de Jason Bourne! Le monstre insensible et calculateur qu'ils ont créé a repris sa place dans l'esprit de David. Tu ne peux pas savoir ce que c'est. Des yeux fixés droit devant lui et qui voient des choses que je ne peux pas voir, une voix au ton glacial que je ne connais pas! J'ai l'impression d'être en présence d'un inconnu!

Saint-Jacques leva sa main libre pour lui demander de s'arrêter.

— Doucement, dit-il.

— Les enfants? dit Marie en lançant autour d'elle un regard égaré. Jamie?...

— Calme-toi. Comment penses-tu que David réagisse? Crois-tu qu'il se soit glissé à l'intérieur d'une potiche Ming et qu'il fasse comme si sa femme et ses enfants n'étaient pas en danger? Que cela vous plaise ou non, mesdames, nous, les hommes, nous pensons toujours qu'il nous appartient d'empêcher le loup d'entrer dans la bergerie. Nous croyons sincèrement être mieux armés que vous pour cela. Nous en revenons à la force, avec tout ce que cela a d'horrible, car nous ne pouvons faire autrement. C'est ce que David est en train de faire.

— Depuis quand mon petit frère joue-t-il les philosophes? demanda Marie en étudiant le visage de Johnny.

— Ce n'est pas de la philosophie, mais quelque chose que je sais, comme la plupart des hommes. Que les féministes nous pardonnent!

— Tu as pas à t'excuser. Pour la plupart d'entre nous, il ne pourrait en être autrement. Imagines-tu que ta grande sœur, bardée de diplômes, se met à crier quand elle voit une souris dans la cuisine et pousse des hurlements de panique si elle se rend compte que c'est un rat?

— Certaines femmes intelligentes sont plus franches que les autres.

— Je suis d'accord avec toi, Johnny, mais tu n'as pas compris ce que je voulais dire. David allait tellement bien depuis cinq ans et il y avait chaque mois une petite amélioration. Nous savons tous qu'il ne sera jamais totalement guéri – il a été trop gravement touché –, mais ses crises de violence avaient pratiquement disparu. Finies les marches solitaires dans les bois dont il revenait les mains meurtries d'avoir frappé des troncs d'arbres, finies les larmes silencieuses qu'il s'efforçait de refouler la nuit, dans son bureau, quand il se sentait incapable de se rappeler qui il était et ce qu'il avait fait, imaginant le pire... Fini, tout cela, Johnny! Le soleil recommençait à briller. Tu comprends ce que je veux dire?

— Oui, je comprends, admit son frère d'un ton grave.

– Ce qui se passe maintenant pourrait faire revivre toutes ces terreurs et c'est cela qui m'effraie!

– Espérons que cette affaire sera bientôt terminée.

Le regard de Marie se porta derechef sur le visage de Johnny.

– Attends un peu, petit frère, je te connais trop bien. Tu me caches quelque chose, toi.

– Rien du tout.

– Si, si... David et toi, je n'ai jamais compris. Nous avons deux frères aînés, des hommes solides, à l'esprit pragmatique, qui ont réussi. Et pourtant, c'est toi qu'il a choisi. Explique-moi pourquoi, Johnny.

– Ne parlons pas de cela, répliqua sèchement Saint-Jacques en retirant sa main.

– Il le faut. C'est ma vie, David est ma vie! Je ne veux pas d'autres secrets en ce qui le concerne... Je n'en peux plus! Pourquoi toi?

Saint-Jacques s'enfonça dans son siège et se couvrit le front de la main. Puis il releva la tête et elle lut dans ses yeux une supplication silencieuse.

– Très bien, dit-il. Te souviens-tu de l'époque où j'ai quitté le ranch, il y a six ou sept ans, en disant que je voulais essayer de réussir par moi-même?

– Bien sûr. Je crois que tu as brisé le cœur de nos parents. Soyons francs, tu as toujours été leur chouchou...

– J'étais le petit dernier! lança Johnny. Je ne voulais pas suivre l'exemple de mes frères qui, à trente ans, suivaient aveuglément les ordres d'un père sectaire et pontifiant, lequel ne jurait que par son argent et ses terres.

– Je te trouve un peu dur, mais je ne veux pas discuter. C'était le point de vue d'un gamin.

– C'était aussi le tien, Marie. Tu as fait la même chose que moi et il t'est arrivé de ne pas rentrer à la maison pendant plus d'un an.

– J'étais très occupée.

– Moi aussi.

– Que faisais-tu?

– J'ai tué deux hommes. Deux brutes qui avaient assassiné une amie... Qui l'avaient tuée après l'avoir violée.

– Quoi?

– Ne crie pas...

– Mon Dieu! Que s'est-il passé?

– Comme je ne voulais pas téléphoner à la maison, j'ai appelé ton mari... mon ami David qui ne m'a pas traité pas comme un gamin à l'esprit dérangé. Cela m'a semblé sur le moment être la solution logique et je n'aurais pas pu prendre de meilleure décision. Son gouvernement avait une dette envers lui et un groupe d'avocats de Washington et d'Ottawa ont été envoyés à James Bay. Ils ont plaidé la légitime défense – ce n'était rien d'autre – et j'ai été acquitté.

– Jamais il ne m'en a parlé!

– Je l'avais supplié de ne pas le faire.

– Cela explique beaucoup de choses, mais je ne comprends toujours pas...

– Ce n'est pas difficile à comprendre, Marie. David sait que je suis capable de tuer, que je le ferai encore, si c'était nécessaire.

La sonnerie d'un téléphone retentit quelque part dans la maison sans que le regard de Marie puisse se détacher du visage de son frère. Avant qu'elle ait articulé un seul mot, une vieille Noire passa la tête par la porte de la cuisine.

– C'est pour vous, monsieur John. C'est le pilote de la grande île; il dit que c'est très important.

– Merci, madame Cooper, répondit Saint-Jacques en se levant et en descendant rapidement vers la piscine où se trouvait un autre appareil.

Il parla pendant quelques instants, leva les yeux vers Marie, raccrocha rageusement et revint vers sa sœur en courant.

– Fais tes bagages! Vous partez tout de suite!

– Pourquoi? C'était le pilote qui nous a amenés ici...

– Il revient de la Martinique et il vient d'apprendre que quelqu'un posait des questions à l'aéroport, hier soir. Au sujet d'une femme et de deux enfants en bas âge. Rien n'a encore transpiré, mais cela ne durera peut-être pas. Dépêche-toi!

– Mon Dieu! Mais où va-t-on aller?

– A l'auberge, en attendant de trouver une solution. Il n'y a qu'une seule route d'accès et mes patrouilles de Tontons Macoutes la surveillent. Personne ne peut entrer ni sortir. Mme Cooper va t'aider à préparer Alison. Dépêche-toi!

Le téléphone se mit de nouveau à sonner tandis que Marie se précipitait vers la porte-fenêtre de la chambre. Saint-Jacques redescendit en courant les marches menant au téléphone de la piscine et il allait décrocher quand Mme Cooper sortit de la cuisine.

– C'est le palais du gouverneur, à Montserrat, monsieur John.

– Que veulent-ils?...

– Voulez-vous que je leur demande?

– Laissez, je prends la communication. Aidez ma sœur à préparer les enfants et chargez tous leurs bagages dans la Land Rover. Ils partent tout de suite.

– C'est grand dommage, monsieur. Je commençais à m'habituer aux petits.

– C'est grand dommage, comme vous dites, marmonna Saint-Jacques en décrochant. Allô!

– Salut, John! dit le premier assistant du gouverneur, qui s'était lié d'amitié avec le jeune promoteur canadien et l'avait aidé à traverser sans encombre le maquis des règlements administratifs de la colonie britannique.

– Je peux te rappeler un peu plus tard, Henry? Je suis complètement débordé.

– Je crains que le temps ne nous manque, mon vieux. Je viens de recevoir un appel du Foreign Office. Ils exigent notre coopération immédiate et tu as plus à y gagner qu'à y perdre.

– Vraiment?

– Il semble qu'il y ait un vieux couple de Français qui arrivent à 10 h 30 sur le vol d'Air France en provenance d'Antigua, et Whitehall demande qu'on déroule le tapis rouge. Le vieux est un héros de la Résistance qui a reçu une flopée de décorations et qui a beaucoup travaillé avec nos services pendant la guerre.

– Écoute, Henry, je suis vraiment pressé. En quoi cela me concerne-t-il?

– Eh bien, je pensais que tu en savais plus long que moi. Sans doute un de tes riches clients canadiens, ou bien un Français de Montréal ayant fait partie de la Résistance et qui a pensé à toi...

– Les insultes ne te vaudront qu'une bouteille de vin supérieur du Canada français. Que veux-tu exactement?

– Donne ta plus belle villa à notre héros et sa femme, avec une chambre pour la garde-malade qui les accompagne.

– Et tu me préviens une heure à l'avance?

– Tu préfères que nous nous fassions botter le cul tous les deux? Et n'oublie pas que tes précieuses mais capricieuses lignes téléphoniques dépendent en grande partie de la bonne volonté du gouverneur, si tu vois ce que je veux dire.

– Tu es un négociateur redoutable, Henry. Tu sais si courtoisement mettre le doigt sur le point sensible. Bon, quel est le nom de ton héros? Je n'ai pas de temps à perdre!

– Nous nous appelons Jean-Pierre et Régine Fontaine, et voici nos passeports, déclara d'une voix douce, dans le bureau vitré du service de l'immigration, le vieil homme accompagné par le premier assistant du gouverneur. Ma femme est là-bas, ajouta-t-il en se tournant pour la montrer du doigt. Elle est en train de parler avec la jeune femme en uniforme blanc.

– Je vous en prie, monsieur Fontaine, protesta l'agent de l'immigration, un Noir trapu à l'accent anglais très prononcé. Ce n'est qu'une formalité administrative, un simple visa à apposer sur vos passeports. Nous tenions aussi à vous épargner les désagréments que pourraient causer tant d'admirateurs. Voyez-vous, le bruit s'est répandu dans l'aéroport qu'un grand homme venait d'arriver.

– Vraiment? s'exclama Fontaine en lui adressant un sourire chaleureux.

– Mais ne vous inquiétez pas, monsieur, la presse est tenue à l'écart.

96

Nous savons que vous désirez préserver votre intimité et vous aurez satisfaction.

– Vraiment? répéta le vieux Français dont le sourire s'effaça. Mais je devais rencontrer quelqu'un ici, un associé en quelque sorte, avec qui je devais avoir une conversation confidentielle. J'espère que les dispositions que vous avez prises ne l'empêcheront pas de me joindre.

– Un petit groupe de notables triés sur le volet vous attend dans le salon de l'aéroport réservé à nos invités d'honneur, monsieur Fontaine, dit le premier assistant du gouverneur. Veuillez avancer, je vous prie. Je vous assure que la séance de réception sera très brève.

– Vraiment très brève?

Elle ne dura en effet pas plus de cinq minutes, mais cinq secondes auraient suffi. La première personne à qui le courrier du Chacal fut présenté fut le gouverneur en personne, la poitrine couverte de décorations. En se penchant vers le héros de la Résistance pour lui donner l'accolade, le représentant officiel de Sa Majesté la reine d'Angleterre lui glissa quelques mots au creux de l'oreille.

– Nous avons découvert où la femme et ses enfants se sont réfugiés. Nous vous envoyons là-bas. C'est l'infirmière qui a vos instructions.

La suite fut plus décevante pour le vieux Français qui déplora surtout l'absence de la presse. Jamais il n'avait eu sa photo dans le journal, sauf à la rubrique criminelle.

Le Dr Morris Panov était fou de rage. Il s'efforçait toujours de maîtriser ces flambées de colère, car elles ne lui apportaient jamais rien de bon, pas plus qu'à ses patients du reste. Mais cette fois, assis à son bureau, il avait toutes les peines du monde à contenir ses émotions. Il n'avait toujours pas de nouvelles de David Webb. Il devait absolument savoir ce qu'il devenait, il fallait absolument qu'il lui parle. Ils ne comprenaient donc pas que cette situation pouvait réduire à néant treize années de thérapie?... Non, bien sûr, ils ne comprenaient pas. Ce n'est pas ce qui les intéressait, ils avaient d'autres priorités et ne tenaient pas à se compliquer la vie avec des problèmes qui n'étaient pas de leur compétence. Mais *lui* devait s'en préoccuper. Ce cerveau endommagé était si fragile, la possibilité d'une rechute restait toujours présente, les horreurs du passé pouvaient à tout moment resurgir. Il ne fallait pas que cela arrive à David! Il était presque redevenu aussi normal qu'il pouvait espérer l'être (si le mot normal avait encore une signification dans ce monde de merde). Le professeur David Webb avait retrouvé l'intégralité de ses moyens et recouvré la quasi-totalité de ses connaissances. Au fil des ans, les souvenirs lui revenaient, mais tout pouvait être anéanti par un seul acte de violence et la violence était la manière de vivre de Jason Bourne!

C'était déjà un gros risque de permettre à David de rester à Washington; il avait essayé d'expliquer à Conklin les dégâts que cela pouvait provoquer, mais Alex avait eu une réponse imparable : *Nous ne pouvons pas l'en empêcher et il nous est ainsi possible de le surveiller, de le protéger.* Peut-être était-il dans le vrai. Dans le domaine de la protection, « ils » ne faisaient pas les choses à moitié; les gardes postés au bout du couloir et sur le toit du bâtiment, sans parler du nouveau réceptionniste armé jusqu'aux dents et équipé d'un étrange ordinateur, prouvaient qu'ils prenaient l'affaire au sérieux. Mais il aurait été de loin préférable pour David qu'on lui injecte un sédatif et qu'on l'expédie dans son île par le premier avion, laissant aux professionnels le soin de traquer le Chacal... Panov s'arrêta brusquement en se rendant compte de son erreur : il n'y avait pas de meilleur professionnel que Jason Bourne.

Les pensées du psychiatre furent interrompues par la sonnerie du téléphone. Le téléphone auquel il ne devait pas répondre avant que toutes les procédures de sécurité ne soient observées. L'appel était mis sur table d'écoute, un détecteur déterminait si la communication était interceptée et enfin l'identité du correspondant était établie et approuvée par Panov en personne. Son interphone bourdonna et il enfonça un bouton.

– Oui?

– Tout les systèmes sont en marche, annonça le réceptionniste temporaire qui était bien le seul à savoir de quoi il parlait. L'homme qui téléphone a dit qu'il s'appelait Treadstone. M. D. Treadstone.

– Passez-le-moi, dit Panov d'une voix ferme. Et vous pouvez couper tous les « systèmes » branchés sur votre machine. J'exige que cette conversation soit protégée par le secret professionnel.

– Très bien, monsieur. L'enregistrement est coupé.

Le psychiatre prit l'appareil et dut se retenir pour ne pas hurler.

– Pourquoi ne m'as-tu pas appelé plus tôt, espèce d'abruti?

– Je ne voulais pas que tu aies un arrêt cardiaque. L'explication te suffit?

– Où es-tu et que fais-tu?

– En ce moment?

– Je m'en contenterai.

– Voyons... J'ai loué une voiture et je suis maintenant dans une cabine téléphonique, à une centaine de mètres d'un hôtel particulier de Georgetown appartenant au président de la Commission du commerce fédéral.

– Mais pourquoi, bon Dieu?

– Alex te mettra au parfum. Mais je voudrais que tu téléphones à Marie. J'ai essayé deux fois depuis que j'ai quitté l'hôtel, je ne peux pas obtenir la communication. Dis-lui que je vais bien, que je vais parfaitement bien et qu'elle n'a pas à s'inquiéter. Tu as bien compris?

– J'ai bien compris, mais je n'en crois pas un mot. J'ai l'impression de ne pas reconnaître ta voix.

– Tu ne peux pas lui dire ça, Mo. Si tu es mon ami, tu ne peux pas lui dire ça.

– Arrête, David! Le coup du Dr Jekyll et de Mr. Hyde, ça ne prend plus!

– Ne lui dis pas ça, pas si tu es mon ami.

– Ne te laisse pas entraîner, David. Viens me voir, viens me parler!

– Pas le temps, Mo. La limousine de la grosse légume vient de s'arrêter devant la maison. Il faut que je me mette au travail.

– Jason!

La communication fut brusquement interrompue.

Brendan Patrick Pierre Prefontaine descendit les marches métalliques de la passerelle sous le soleil brûlant des Caraïbes. Il était un peu plus de 3 heures de l'après-midi à l'aéroport Blackburne de l'île de Montserrat et, sans les milliers de dollars qu'il avait sur lui, il se serait senti complètement perdu. Le sentiment de sécurité que procuraient plusieurs liasses de billets de cent dollars réparties dans un certain nombre de poches était tout à fait étonnant. Il se répétait sans cesse, pour ne pas commettre d'erreur, que la petite monnaie – les billets de cinquante, vingt et dix dollars – se trouvait dans la poche droite de son pantalon, car il ne voulait ni faire montre d'une générosité ostentatoire, ni devenir la proie de quelque aigrefin sans scrupules. Mais il était surtout essentiel de paraître aussi discret que possible, discret jusqu'à l'insignifiance. Il devait poser d'un ton neutre des questions banales sur une femme et deux petits enfants qui étaient arrivés la veille en jet privé.

C'est avec un profond étonnement mêlé d'une vive inquiétude qu'il entendit l'agent de l'Immigration, une Noire absolument adorable, lui dire après avoir raccroché le récepteur de son téléphone:

– Voulez-vous, s'il vous plaît, avoir l'amabilité de me suivre, monsieur?

Le ravissant minois, la voix mélodieuse et le sourire éclatant de la jeune femme ne suffirent pas à apaiser les craintes de l'ancien juge. Il avait vu défiler beaucoup trop d'accusées possédant des atouts de ce genre.

– Y a-t-il un problème avec mon passeport, mademoiselle?

– Je n'ai rien remarqué, monsieur.

– Alors, pourquoi ce délai? Pourquoi ne pas le viser tout simplement et me laisser partir?

– Il est visé, monsieur. Tout est en règle.

– Alors, pourquoi...?

– Si vous voulez bien me suivre.

Ils se dirigèrent vers un petit bureau vitré. Sur la vitre de gauche une inscription en lettres dorées indiquait: Sous-directeur des services

D'IMMIGRATION. La séduisante fonctionnaire ouvrit la porte et, avec un nouveau sourire, s'effaça pour laisser passer le vieux magistrat. Prefontaine entra et songea avec terreur qu'il allait être fouillé, qu'on allait découvrir l'argent et que toutes sortes d'accusations allaient être portées contre lui. Il ne savait pas quelles îles étaient utilisées par les trafiquants de drogue, mais, s'il était sur l'une d'elles, les milliers de dollars en liquide qui se trouvaient dans ses poches allaient faire peser de lourds soupçons sur lui. Il commença à échafauder différentes explications tandis que la jolie fonctionnaire s'avançait vers le bureau et tendait son passeport au directeur adjoint, un Noir râblé et empâté. Puis elle se retourna vers Prefontaine, lui adressa un dernier sourire éclatant et sortit en refermant la porte derrière elle.

– M. Brendan Patrick Pierre Prefontaine, lut le fonctionnaire de l'Immigration.

– Non que cela ait une grande importance, rectifia Prefontaine d'une voix douce mais où perçait un accent d'autorité, mais le « monsieur » est en général remplacé par « juge ». Je ne crois pas, comme je viens de le dire, que ce soit important dans les circonstances présentes, mais sait-on jamais? L'un de mes assistants aurait-il commis une erreur? Si c'est le cas, je les fais tous venir par avion pour présenter leurs excuses en personne.

– Oh! Il n'en est pas question, monsieur... monsieur le juge! lança, avec un fort accent britannique, le fonctionnaire corpulent en se levant et en tendant la main par-dessus son bureau. En fait, c'est sans doute moi qui ai commis une erreur.

– Allons, cela peut arriver à tout le monde, mon colonel, dit Brendan en serrant la main du gros Noir. Puis-je disposer maintenant? Il y a quelqu'un que je dois retrouver ici.

– C'est exactement ce qu'il a dit!

– Je vous demande pardon.

– C'est à moi de vous demander pardon... Une rencontre confidentielle, bien entendu.

– Comment? Venons-en au fait, je vous prie.

– Je comprends que la discrétion soit de la plus haute importance, poursuivit le fonctionnaire. On nous l'a bien expliqué, mais, chaque fois que c'est possible, nous essayons de rendre service à la Couronne.

– C'est très louable, mon commandant, mais, je crains de ne pas très bien comprendre.

– Comme vous le savez sans doute, poursuivit le gros Noir en baissant inutilement la voix, un grand homme est arrivé ici ce matin.

– Je suis sûr que des hommes célèbres viennent en villégiature dans votre île magnifique. On me l'a d'ailleurs chaudement recommandée.

– Ah, oui! *La discrétion!*

– La discrétion, bien sûr, fit l'ex-magistrat en se demandant si le fonctionnaire replet n'avait pas une case en moins. Pourriez-vous être un peu plus clair?

100

– Eh bien, voilà... *Il* a dit qu'il devait rencontrer quelqu'un, un associé avec qui il devait s'entretenir, mais, après la petite cérémonie
d'accueil – sans la presse, cela va de soi –, on l'a fait directement embarquer dans le charter qui l'a emmené sur la petite île et il est flagrant
qu'il n'a pas eu le temps de voir celui qu'il devait rencontrer confidentiellement. Est-ce plus clair maintenant?

– Comme le port de Boston sous l'orage, mon général.

– Très bien, je comprends. *La discrétion.* Tout notre personnel a
donc été informé que l'ami du grand homme pourrait le chercher ici
même, à l'aéroport. Confidentiellement, cela va sans dire.

– Bien sûr.

Plusieurs cases en moins, songea Brendan.

– C'est alors que j'ai envisagé une autre possibilité, reprit le fonctionnaire d'une voix triomphante. Imaginons que l'ami du grand homme
arrive lui aussi par avion sur notre île pour son rendez-vous avec le
grand homme...

– Hypothèse judicieuse.

– Et qui n'est pas dépourvue de logique... J'ai donc eu l'idée de me
procurer le manifeste de tous les vols en concentrant naturellement mes
recherches sur les passagers de première classe, comme il conviendrait à
l'associé du grand homme.

– Quelle clairvoyance, marmonna l'ancien magistrat. Et c'est moi
que vous avez choisi?

– Votre nom! Pierre Fontaine!

– Ma défunte mère, la sainte femme, se fût certainement offusquée
de vous voir omettre les prénoms Brendan et Patrick. Comme les Français, les Irlandais sont fort susceptibles sur ce chapitre.

– Mais c'est la même famille! Je l'ai compris tout de suite!

– Vraiment?

– Pierre Prefontaine... Jean-Pierre Fontaine! Je suis expert en procédures d'immigration pour avoir étudié les méthodes de nombreux pays.
Votre patronyme est un exemple fascinant, très honorable juge. Les
émigrants ont touché par vagues successives le rivage des États-Unis
d'Amérique, le creuset de tant de nations, de races et de langues. Tous
ces noms d'origine étrangère ont été estropiés, mélangés, ou compris de
travers par des fonctionnaires désorientés et débordés. Mais, le plus
souvent, les racines sont demeurées intactes et c'est ce qui s'est produit
pour vous. La famille Fontaine est devenue Prefontaine aux États-Unis
et l'associé du grand homme est en réalité un membre distingué de la
branche américaine!

– Absolument terrifiant, murmura à part soi le magistrat en considérant le sous-directeur de l'Immigration comme s'il s'attendait à voir
d'un instant à l'autre quelques infirmiers musclés faire irruption dans le
bureau avec une camisole de force. Mais ne serait-il pas possible qu'il
s'agisse d'une simple coïncidence? poursuivit-il à voix haute. Fontaine

est un nom très répandu en France, mais il me semble que le nom de Prefontaine était essentiellement localisé en Alsace et en Lorraine.

— Oui, bien sûr, dit le fonctionnaire en baissant de nouveau la voix, ce qui, pour lui, devait être l'équivalent d'un clin d'œil. Mais, sans aucun avertissement préalable, le Quai d'Orsay nous appelle, puis nous recevons des instructions du Foreign Office. Un grand homme va bientôt descendre du ciel; accueillez-le à son arrivée avec tous les honneurs qui lui sont dus et transportez-le dans un lieu isolé, où la discrétion est assurée. Car la discrétion est de première importance... Mais le grand combattant est anxieux : il devait rencontrer confidentiellement un associé qu'il ne trouve pas. Peut-être le grand homme a-t-il des secrets... Tous les grands hommes en ont, vous savez.

Prefontaine sentit soudain les liasses de dollars peser d'un très grand poids dans ses poches. Une autorisation de décollage Quatre-Zéro délivrée par Washington, une intervention du Quai d'Orsay, une autre du Foreign Office et Randolph Gates, pris de panique, qui déboursait inutilement une somme exorbitante. La convergence de tous ces éléments était pour le moins étrange, le plus insolite étant la présence d'un avocat sans scrupules mais terrifié du nom de Gates. Qu'est-ce que cela pouvait bien signifier?

— Vous êtes un homme extraordinaire, dit Brendan en parlant rapidement pour ne rien laisser paraître des réflexions qui l'agitaient. Vous avez un esprit d'une étonnante perspicacité, mais vous devez comprendre que la discrétion est de la plus haute importance.

— N'en dites pas plus, monsieur le juge! s'écria le sous-directeur de l'Immigration. Mais peut-être conviendrait-il que mes supérieurs aient vent de vos appréciations louangeuses.

— Ils en seront informés, je vous le garantis... Mais où exactement est donc parti mon distingué cousin trop éloigné?

— Sur une petite île où seuls des hydravions peuvent amerrir. Elle s'appelle l'île de la Tranquillité et l'établissement où il est logé porte le nom d'Auberge de la Tranquillité.

— Soyez assuré que vous serez personnellement félicité par ceux qui sont hiérarchiquement placés au-dessus de vous.

— Et moi, je vais personnellement vous accompagner pour éviter les formalités de douane.

Quand Brendan Patrick Pierre Prefontaine, sa valise à la main, se retrouva dans le terminal de l'aéroport Blackburne, il était encore ahuri... Non, beaucoup plus que cela, totalement hébété. Incapable de décider s'il devait reprendre le premier vol pour Boston ou bien... Mais apparemment ses pieds décidèrent pour lui. Il se rendit compte qu'il était en train de se diriger vers un comptoir au-dessus duquel était accrochée une grande pancarte bleu marine portant une inscription en lettres blanches : LIAISONS AÉRIENNES INTERÎLES. Il se dit que cela ne coûtait rien de se renseigner et qu'il prendrait ensuite son billet pour Boston.

102

Sur le mur, derrière le comptoir, était affichée une liste des îles voisines de Montserrat, à côté d'une colonne plus longue dans laquelle figuraient des noms plus connus, de Saint Kitts et Nevis jusqu'aux Grenadines. L'île de la Tranquillité était coincée entre Canada Cay et Turtle Rock. Deux employés, une jeune femme noire et un jeune homme blond d'une vingtaine d'années, devisaient tranquillement derrière le comptoir. La jeune femme s'approcha.

– Puis-je vous renseigner, monsieur?

– Je ne suis pas vraiment sûr, répondit Brendan d'une voix hésitante. Je n'ai pas encore décidé de ce que j'allais faire, mais il semble que j'aie un ami sur l'île de la Tranquillité.

– A l'auberge, monsieur?

– Oui, il semble bien. Quelle est la durée du vol pour s'y rendre?

– Pas plus de quinze minutes, si le temps est clair. Mais il faudrait affréter un hydravion et je ne pense pas que nous en ayons un de disponible avant demain matin.

– Mais si, mon chou, lança le jeune homme blond portant de petites ailes dorées épinglées de travers sur sa chemisette blanche. Je vais bientôt aller ravitailler Johnny Saint-Jacques, ajouta-t-il en s'avançant à son tour.

– Mais ce n'était pas prévu pour aujourd'hui!

– Il y a eu un changement de programme. Pronto.

A l'instant précis où le jeune homme prononçait ces mots, le regard de Prefontaine se posa avec stupéfaction sur deux piles de cartons avançant lentement sur le tapis roulant des Liaisons aériennes interîles vers l'aire de chargement. Même s'il avait encore le temps de peser le pour et le contre, il comprit que sa décision était prise.

– J'aimerais prendre un billet pour ce vol, si c'est possible, dit-il en regardant disparaître l'un après l'autre à l'extrémité du carrousel les cartons de petits pots Gerber et de couches Pampers; deuxième âge.

Il avait trouvé la femme inconnue accompagnée d'un petit garçon et d'un nourrisson.

8

Une enquête discrète confirma que le président de la Commission du commerce fédéral souffrait d'ulcères et d'hypertension, et que la faculté lui avait ordonné de quitter son bureau et de rentrer chez lui chaque fois qu'il éprouvait un malaise. C'est pour cette raison qu'Alex Conklin lui téléphona après le déjeuner – généralement trop copieux, cela avait également été établi – pour le mettre au courant des derniers développements de la crise de la Femme-Serpent. Comme pour son premier appel anonyme, celui qui avait surpris le parlementaire sous la douche, Alex fit savoir à Armbruster que quelqu'un prendrait contact avec lui dans le courant de la journée, soit à son bureau, soit à son domicile. Le contact se présenterait sous le simple nom de code de Cobra (l'évangile selon saint Alex enseignait d'utiliser dans la mesure du possible des mots simples mais évocateurs) et, en attendant, Armbruster ne devait souffler mot à quiconque. *Ce sont les ordres de la 6ᵉ flotte.*

– *Seigneur!*

A la suite de cet appel, Albert Armbruster se sentit mal. Il demanda sa voiture et se fit reconduire chez lui. Mais le parlementaire n'était pas au bout de ses tracas, car Jason Bourne l'attendait.

– Bonjour, monsieur Armbruster, fit l'inconnu d'une voix aimable tandis que le président de la Commission s'extirpait de la limousine dont le chauffeur tenait la portière ouverte.

– Oui, qu'y a-t-il? demanda Armbruster d'une voix hésitante.

– Je vous ai simplement dit bonjour. Je m'appelle Simon. Nous nous sommes rencontrés il y a quelques années à la Maison-Blanche, à l'occasion d'une réception donnée en l'honneur des membres de l'état-major interarmes...

– Je n'y étais pas! coupa le parlementaire d'un ton catégorique.

– Monsieur Armbruster? demanda respectueusement le chauffeur après avoir refermé la portière. Aurez-vous besoin de...

– Non, non, lança Armbruster sans le laisser achever sa phrase. Je n'aurai plus besoin de vous aujourd'hui.

– Demain matin, à la même heure, monsieur?

– Oui, demain matin, sauf contrordre. J'ai des problèmes de santé. Appelez donc mon secrétariat.

– Bien, monsieur.

Le chauffeur porta la main à la visière de sa casquette et reprit sa place au volant.

– Je suis navré d'apprendre cela, dit l'inconnu tandis que le chauffeur mettait le moteur de la limousine en marche.

– Comment? Ah, oui! C'est vous! Écoutez, je n'étais pas à la Maison-Blanche pour cette réception!

– Je me trompe peut-être...

– Bon, eh bien, à bientôt, fit nerveusement Armbruster, en se dirigeant avec impatience vers le perron de sa maison de Georgetown.

– Et pourtant je suis sûr que nous avons été présentés par l'amiral Burton...

– Quoi? s'écria le président de la Commission parlementaire en se retournant brusquement. Qu'est-ce que vous venez de dire?

– Assez perdu de temps, lança Jason Bourne, toute affabilité disparue de la voix et du visage. Je suis Cobra.

– Mon Dieu!... J'ai des problèmes de santé, répéta Armbruster d'une voix rauque en relevant brusquement la tête pour observer la façade de sa maison, passant rapidement de la porte aux fenêtres.

– Vos problèmes risquent de devenir beaucoup plus graves si nous ne parlons pas, poursuivit Jason en suivant le regard du parlementaire. Voulez-vous que nous allions chez vous?

– Non! s'écria Armbruster. Elle jacasse sans arrêt et elle veut tout savoir sur tout le monde, puis elle va jaser partout en déformant ce qu'elle a entendu.

– Je suppose que vous parlez de votre femme?

– Toutes les mêmes! Elles ne savent pas quand il faut la boucler.

– Peut-être sont-elles simplement frustrées de conversation.

– Comment?

– Rien. Ma voiture est au coin de la rue. Vous sentez-vous capable d'aller faire un tour maintenant?

– Je crois que je n'ai pas le choix. Nous nous arrêterons à la pharmacie, un peu plus loin. Ils ont une fiche avec les prescriptions de mon médecin... Mais qui êtes-vous?

– Je vous l'ai dit, répondit Bourne. Cobra. C'est un serpent.

– Mon Dieu! murmura Albert Armbruster.

Le pharmacien le servit rapidement et Jason l'emmena dans un bar du voisinage qu'il avait choisi une heure plus tôt, en cas de besoin. L'établissement était sombre et, dans les boxes profonds, le haut dossier des banquettes isolait les consommateurs des regards indiscrets. La cadre était important, car il devait impérativement pouvoir plonger dans les yeux du parlementaire son regard glacial, exigeant, menaçant. Delta était de retour; Caïn était ressuscité; Jason Bourne avait repris la direction des opérations; David Webb s'était effacé.

– Nous devons songer à nous protéger, articula posément le Cobra quand leurs consommations furent servies. Nous devons savoir avec précision les dégâts que pourrait causer chacun de nous sous Amytal.

– Que voulez-vous dire? demanda Armbruster en vidant d'un trait plus de la moitié de son verre de gin-tonic, ce qui le fit grimacer et porter la main à son estomac.

– Drogues, produits chimiques, sérum de vérité.

– Quoi?

– Je sais que ce n'est pas votre domaine habituel, poursuivit Jason, mais nous devons prendre toutes les précautions, car, dans la partie qui s'engage, les droits constitutionnels n'ont plus cours.

– Allez-vous me dire qui vous êtes?

Le président de la Commission du commerce fédéral étouffa un renvoi et porta d'une main tremblante son verre à ses lèvres.

– Vous êtes un tueur solitaire? poursuivit-il. Untel en sait trop long, donc on retrouvera son cadavre dans une ruelle.

– Ne soyez pas ridicule. Cela n'avancerait à rien et ceux qui essaient de nous démasquer s'empresseraient de suivre cette piste.

– Mais alors, que voulez-vous?

– Sauver nos vies, mais aussi sauvegarder notre réputation, notre style de vie.

– Vous êtes gonflé, non? Et comment comptez-vous vous y prendre?

– Prenons votre cas, voulez-vous? Vous reconnaissez vous-même avoir des problèmes de santé. Vous pourriez renoncer à votre mandat pour raisons médicales et nous prendrions soin de vous... *Méduse* prendrait soin de vous.

L'imagination de Jason travaillait à plein régime, faisant de rapides allées et venues entre la réalité et la fiction, cherchant frénétiquement dans l'Évangile selon saint Alex les mots à utiliser.

– Comme vous ne faites pas mystère de votre richesse, nous pourrions acquérir en votre nom une villa, ou même une île de la mer des Caraïbes, où vous seriez totalement en sécurité. Personne ne pourrait vous y joindre, personne ne pourrait même vous parler sans votre accord, vous ne recevriez les gens que sur rendez-vous. Vous ne risqueriez absolument rien et cela pourrait même être bénéfique. Il est tout à fait possible d'envisager cela.

– Quelle existence stérile! soupira Armbruster. Je ne me vois pas vivre tous les jours en tête à tête avec la jacasse. Je finirais par la tuer.

– Pas du tout, rétorqua le Cobra. Les distractions ne manqueraient pas. Vous pourriez faire venir des amis par avion. D'autres femmes aussi, choisies par vous-même ou bien sélectionnées par des gens qui

respectent vos goûts. La vie continuerait comme avant, avec ses désagréments et ses bonnes surprises. La seule différence étant que vous
seriez protégé, inaccessible et que, par là même, nous serions, nous
aussi, protégés. Mais, comme je vous l'ai dit, cette solution est purement hypothétique dans l'état actuel des choses. Pour ce qui me
concerne, c'est une nécessité, car il y a très peu de chose que j'ignore. Je
vais disparaître dans quelques jours, mais, en attendant, je décide qui
doit partir et qui doit rester... Que savez-vous exactement, monsieur
Armbruster?

– Il va sans dire que je n'ai rien à voir avec les opérations au jour le
jour. Je ne m'occupe que de la situation globale. Comme les autres, je
reçois tous les mois un télex codé de Zurich me donnant la liste des
dépôts et celle des sociétés dont nous sommes en train de prendre le
contrôle... C'est à peu près tout.

– Ce n'est pas suffisant pour gagner une villa.

– Je n'en ai rien à foutre de votre villa et, si j'en veux une, je l'achète-
rai moi-même. J'ai près de cent millions de dollars, américains, à
Zurich.

Bourne réprima un mouvement de stupéfaction et plongea les yeux
dans ceux du parlementaire.

– A votre place, je ne le crierais pas sur les toits, lui conseilla-t-il.

– A qui voulez-vous que je le dise? A la jacasse?

– Combien d'autres connaissez-vous personnellement? poursuivit le
Cobra.

– Presque personne de la direction, mais ils ne me connaissent pas
non plus. D'ailleurs, ils ne connaissent personne... Et, puisque nous parlons de ça, je ne vous connais pas non plus et je n'ai même jamais
entendu parler de vous. Je suppose que vous travaillez pour eux. On
m'a dit d'attendre votre visite, mais je ne vous connais pas.

– On m'a engagé pour un travail bien précis. Je suis un spécialiste
des opérations clandestines de sécurité.

– Comme je viens de vous le dire, je suppose que...

– Et la 6ᵉ flotte? le coupa Bourne, désireux de changer rapidement de
sujet.

– Je le vois de temps en temps, mais je ne crois pas que nous ayons
échangé plus d'une dizaine de phrases. C'est un militaire, moi je suis un
civil... Civil dans l'âme.

– Vous ne l'avez pas toujours été. Vous ne l'étiez pas au moment où
tout a commencé.

– Bien sûr que si! Jamais un uniforme n'a fait d'un homme un soldat! Certainement pas de moi, en tout cas!

– Et les deux généraux? Celui de Bruxelles et celui du Pentagone?

– Des militaires de carrière; ils sont restés dans l'armée. Je n'ai pas
suivi la même voie.

– Nous redoutons des rumeurs, des fuites, poursuivit Bourne d'un ton détaché, mais nous devons à tout prix éviter qu'il y ait une orientation militaire.

— Une sorte de junte militaire, vous voulez dire?

— Il faut éviter cela à tout prix! répéta Bourne en braquant un regard dur sur Armbruster. C'est le genre de chose qui peut déchaîner la tempête...

— Il n'y a rien à craindre, fit à voix basse le président de la Commission du commerce fédéral en refrénant sa colère. La 6ᵉ flotte, comme vous l'appelez, ne contrôle tout qu'ici, et seulement parce que c'est commode. L'amiral a des états de service du tonnerre de Dieu et le bras aussi long que nous pouvons le souhaiter, mais tout cela se passe à Washington et nulle part ailleurs!

— Cela, nous le savons tous les deux, insista d'autant plus vigoureusement Bourne qu'il avait de la peine à cacher son étonnement, mais il se trouve que quelqu'un qui a bénéficié pendant plus de quinze ans de mesures de protection est en train de reconstituer toute l'affaire et que *tout* est parti de Saigon... Du haut commandement de Saigon.

— Tout est peut-être parti de Saigon, mais ce n'est pas resté là-bas. Tout le monde sait bien que les petits soldats n'étaient pas à la hauteur... Mais je vois où vous voulez en venir. Si quelqu'un parvient à établir un lien entre les huiles du Pentagone et nous, les drogués descendront dans la rue, les tantouses radicales du Congrès s'en donneront à cœur joie et une douzaine de sous-commissions seront formées du jour au lendemain.

— Ce qui est proprement intolérable, conclut Bourne.

— Bien sûr, acquiesça Armbruster. Mais allons-nous bientôt découvrir l'identité de l'ordure qui est en train de tout reconstituer?

— Bientôt, mais pas tout de suite. Il est en contact avec Langley, mais nous ne savons pas encore à quel niveau.

— Avec Langley ? Mais, bon Dieu, nous avons quelqu'un là-bas! Quelqu'un qui peut découvrir qui est ce fumier et lui clouer le bec!

— DeSole? avança le Cobra d'une voix douce.

— Exact, murmura Armbruster en se penchant vers lui. Il est vrai qu'il n'y a pas grand-chose que vous ignoriez. Très peu de gens sont au courant pour DeSole. Qu'en pense-t-il?

— Il nous est impossible de le joindre, protesta Jason en cherchant frénétiquement une réponse crédible.

Il avait été David Webb trop longtemps et Conklin avait raison; son esprit ne travaillait plus assez vite. Puis il trouva les mots qu'il cherchait... Une partie de la vérité, dangereuse, mais crédible. Et la crédibilité était quelque chose qu'il ne pouvait se permettre de perdre!

— DeSole a l'impression qu'on le surveille et nous ne devons pas chercher à le joindre. Aucun contact avant qu'il nous donne le feu vert.

— Que s'est-il passé? demanda le parlementaire, la main serrée sur son verre, les yeux écarquillés.

108

– Quelqu'un des archives a appris que Teagarten communiquait directement par fax avec DeSole et qu'il avait un code d'accès direct qui lui permettait d'éviter les canaux confidentiels habituels.

– Crétins de militaires à la manque! lança Armbruster. Il suffit qu'on leur donne quelques galons dorés et ils se mettent à se pavaner, et ne songent plus qu'à s'acheter le dernier jouet à la mode!... Des fax! Des codes d'accès! Ce con s'est probablement trompé de touches et il est tombé sur S.O.S. Racisme!

– DeSole a prétendu qu'il se mettait à couvert et qu'il avait la situation en main, mais le moment est très mal choisi pour qu'il s'amuse à poser des questions, surtout dans ce domaine. Il va mener une enquête discrète; s'il apprend quelque chose, il nous avertira. Mais nous ne devons pas prendre contact avec lui.

– Qui s'étonnera que ce soit un de ces putains de militaires qui nous mette dans ce pétrin? Sans ce guignol et son code d'accès, il n'y aurait pas de problème et tout serait bientôt réglé!

– Mais il existe et le problème aussi, rétorqua simplement Bourne. Je le répète, nous devons protéger nos arrières. Certains d'entre nous devront disparaître de la circulation... au moins pour quelque temps. Pour le bien commun.

Le président de la Commission du commerce fédéral s'enfonça dans la banquette du box, une expression pensive et maussade sur le visage.

– Permettez-moi de vous dire une chose, monsieur Simon, si tel est bien votre nom : ce n'est pas auprès de nous qu'il faut mener votre petite enquête. Nous sommes des hommes d'affaires et, si certains d'entre nous sont assez riches ou assez narcissiques pour accepter de travailler pour le gouvernement, nous sommes avant tout des entrepreneurs, des investisseurs qui ont placé des capitaux un peu partout. En outre, nous sommes nommés et non élus, ce qui signifie que nous ne sommes pas tenus de divulguer l'intégralité de nos opérations financières. Vous voyez où je veux en venir?

– Je n'en suis pas sûr, répondit Jason en sentant aussitôt qu'il était en train de perdre le contrôle de la situation et que les menaces perdaient de leur pouvoir.

J'ai arrêté depuis trop longtemps... Et Albert Armbruster n'était pas un imbécile. Passé la première réaction de panique, il montrait un esprit froid et analytique.

– Où voulez-vous en venir?

– Débarrassez-vous plutôt de nos soldats d'opérette. Achetez-leur des villas ou quelques îles des Caraïbes pour les isoler. Entourez-les d'une petite cour et laissez-les se pavaner. C'est tout ce qu'ils aiment faire.

– Opérer sans eux? demanda Bourne en s'efforçant de cacher sa stupéfaction.

– Tout juste. Si les soupçons se portent sur les huiles du Pentagone, nous allons avoir de gros ennuis. Il y aura des accusations de collusion militaro-industrielle. Nous n'avons plus besoin d'eux, ajouta Armbruster en se penchant derechef sur la table. Débarrassez-vous d'eux!

— Il pourrait y avoir des objections très vives...

— Peu importe! Nous avons les moyens de les faire taire!

— Je vais y réfléchir.

— Il n'y a pas à réfléchir. Dans six mois, nous aurons pris le contrôle de tout ce que nous voulons en Europe.

Jason Bourne regarda fixement le président de la Commission du commerce fédéral. *Le contrôle de quoi?* se demanda-t-il. *Et dans quel but?*

— Je vais vous raccompagner, dit-il.

— J'ai eu Marie au téléphone, annonça Conklin. Elle est à l'auberge, pas dans votre maison.

— Pourquoi donc? demanda Jason qui appelait de la cabine téléphonique d'une station-service des faubourgs de Manassas.

— Elle n'a pas été très claire... Je crois que c'était l'heure du déjeuner, ou bien l'heure de la sieste, un de ces moments de la journée où une mère ne s'exprime jamais clairement au téléphone. J'entendais aussi les enfants et je peux t'affirmer qu'ils faisaient du boucan.

— Que t'a-t-elle dit, Alex?

— Il semble que ce soit ton beau-frère qui ait préféré cette solution; elle n'est pas entrée dans les détails. Elle parlait comme une mère harcelée, mais à part cela, elle m'a paru normale, tout à fait la Marie que je connais et que j'aime, c'est-à-dire qu'elle était avide d'avoir de tes nouvelles.

— Ce qui signifie, n'est-ce pas, que tu lui as dit que tout allait bien.

— Évidemment. Je lui ai expliqué que tu étais terré quelque part, sous bonne garde, et que tu passais au crible une montagne de listings. Ce n'est, somme toute, qu'une légère déformation de la vérité.

— Johnny a dû avoir une discussion avec elle. Elle lui a raconté ce qui s'était passé et il a décidé de la faire venir dans son bunker de luxe.

— Son quoi?

— Tu n'as jamais vu l'Auberge de la Tranquillité, toi? Franchement, je ne me souviens pas si tu y es déjà allé.

— Mo et moi n'avons vu que les plans et le chantier. Cela remonte à quatre ans et je n'y suis pas retourné depuis. Personne ne m'a invité.

— Je ne relèverai pas la perfidie, parce que tu as une invitation permanente depuis que nous y sommes installés... Quoi qu'il en soit, tu sais que l'auberge se trouve sur la plage et que le seul accès, autre que la mer, est un chemin de terre tellement pierreux qu'aucun véhicule normal ne peut faire deux fois le trajet. Tout est apporté par avion ou par bateau. Rien ou presque ne vient du village.

110

— Et des gardes patrouillent sur la plage, acheva Conklin. Johnny ne prend pas de risques.

— C'est bien pour cela que je les ai envoyés là-bas. Je l'appellerai plus tard.

— Et maintenant, reprit Alex, parle-moi d'Armbruster.

— Comment réagirais-tu, commença Bourne en laissant son regard errer sur la coque de plastique blanc entourant le téléphone, si un homme disposant de cent millions de dollars à Zurich te disait que Méduse, dont le point de départ est le haut commandement de Saigon, devrait se débarrasser des militaires parce que la Femme-Serpent n'a plus besoin d'eux?

— Je n'en croirais pas mes oreilles! s'exclama l'ex-officier de renseignements d'un ton incrédule. Il n'a pas dit cela!

— Mais si. Il les a même qualifiés de soldats d'opérette et a traité nos amiraux et nos généraux de galonnés qui ne songent qu'à s'acheter le dernier jouet à la mode.

— Je connais certains sénateurs appartenant à la Commission des forces armées qui ne trouveraient rien à redire à cette définition, affirma Alex.

— Ce n'est pas tout. Quand je lui ai rappelé que la Femme-Serpent était partie de Saigon – du haut commandement de Saigon – il m'a répondu sans hésiter qu'elle n'était pas restée là-bas, parce que – et là, je le cite, « les petits soldats n'étaient pas à la hauteur ».

— Voilà qui est on ne peut plus provocateur. T'a-t-il expliqué pourquoi?

— Non, et je ne lui ai pas posé de questions. J'étais censé connaître les réponses.

— Je regrette que tu ne l'aies pas fait. J'aime de moins en moins tout ce que je découvre : c'est une sale affaire et ça sent mauvais... Comment en est-il venu à mentionner les cent millions de dollars?

— Je lui ai dit que Méduse pourrait lui procurer un refuge à l'étranger, où il serait totalement isolé, si nous l'estimions nécessaire. Cette perspective n'a pas semblé l'intéresser et il m'a rétorqué que s'il voulait une villa, il l'achèterait lui-même, car il avait cent millions de dollars à Zurich, ce que j'étais probablement censé savoir.

— C'est tout? Juste cent petits millions de dollars?

— Pas tout à fait. Il m'a également confié qu'il recevait comme les autres un télex mensuel et codé des banques de Zurich avec la liste des nouveaux dépôts. A l'évidence, ils ne cessent d'augmenter.

— Une sale affaire qui sent mauvais et qui prend de l'ampleur, fit Conklin. Il n'y a rien d'autre? Non que je tienne particulièrement à en savoir plus long. J'ai bien assez peur comme cela.

— Encore deux petites choses, et je crois que tu n'es pas au bout de tes craintes. Armbruster m'a appris qu'avec les télex faisant le détail des dépôts, il recevait une liste des sociétés dont ils sont en train de prendre le contrôle.

— Quelles sociétés ? De quoi parlait-il ?

— Si je lui avais posé la question, ma femme et mes enfants devraient sans doute assister à un service funèbre, mais sans mon cercueil, car je ne serais plus là.

— Tu as encore autre chose à m'apprendre. Vas-y.

— L'illustre président de la Commission du commerce fédéral a également ment dit que « nous » pouvions nous débarrasser des militaires, parce que, dans six mois, « nous » aurons pris le contrôle de tout ce que nous voulons en Europe... Quel contrôle, Alex ? Sur quoi sommes-nous tombés ?

Il y eut au bout du fil un long silence que Bourne ne voulut pas interrompre. David Webb avait envie de hurler de rage et d'indignation, mais en pure perte : il n'avait plus voix au chapitre.

Je crois que nous sommes tombés sur quelque chose qui nous dépasse, murmura enfin Conklin d'une voix lasse, à peine audible. Nous devons nous adresser à l'échelon supérieur, David. Il ne faut pas garder cela pour nous.

— Ce n'est pas à David que tu t'adresses ! répliqua Bourne sans hausser la voix, mais d'un ton tranchant. Et il n'est pas question de transmettre à qui que ce soit ce que nous avons appris avant que je te donne le feu vert ! Comprends-moi bien, je ne dois rien à personne et surtout pas aux manipulateurs. Ils nous ont fait tellement de mal qu'il n'est pas question de leur faire la moindre concession, si notre vie ou celle de nos enfants est en jeu ! Je suis résolu à utiliser tout ce que je peux apprendre pour atteindre mon but, mon unique but : obliger le Chacal à se découvrir et me débarrasser définitivement de lui pour ne plus avoir cette épée de Damoclès suspendue au-dessus de ma tête... Et je sais que c'est comme cela qu'il faut s'y prendre. Armbruster a joué au dur et c'est probablement un vrai dur, mais, au fond de lui-même, il a la trouille. Ils sont tous affolés, paniqués, comme tu l'avais supposé. Si on leur suggère la solution du Chacal, ils ne refuseront pas ; si Carlos reçoit une proposition de clients aussi riches et aussi puissants que les membres de la Méduse moderne, il ne pourra pas résister... Cela signifierait qu'il a gagné le respect des trafiquants de haut vol et plus seulement de la lie de l'humanité, fanatiques de gauche comme de droite... Je t'en prie, Alex, ne te mets pas en travers de mon chemin !

— C'est une menace ?

— Arrête, Alex ! Je ne veux pas parler comme ça !

— C'est pourtant ce que tu viens de faire, non ? Le contraire de ce qui s'est passé à Paris, il y a treize ans. Mais, cette fois, c'est toi qui n'hésiterais pas à me tuer, parce que j'ai perdu la mémoire, la mémoire de ce que nous vous avons fait subir à Marie et à toi.

— Mais c'est ma famille, bon Dieu ! s'écria David Webb d'une voix étranglée, le front couvert de sueur et les yeux remplis de larmes. Ils sont à quinze cents kilomètres de moi et ils se cachent ! Je n'ai pas d'autre solution, parce que je ne veux pas leur faire courir le moindre risque!... Le risque de se faire tuer, Alex, car, s'il les trouve, le Chacal n'hésitera pas. Cette semaine, ils sont sur une île; où seront-ils la semaine prochaine? A combien de milliers de kilomètres de plus? Et où iront-ils après... Où irons-nous? Sachant ce que nous savons mainte-nant, nous sommes obligés d'aller jusqu'au bout. Je suis traqué par cette ordure, ce psychopathe, et tout ce que nous savons sur lui indique qu'il fera tout pour me supprimer, pour massacrer ma famille!... Non, Alex, ne m'oblige pas à prendre en considération des choses dont je n'ai rien à faire et qui menacent la sécurité de Marie et des enfants... On me doit bien cela.

– Je comprends, dit Conklin. Je ne sais pas si c'est David Webb ou Jason Bourne qui parle, mais je comprends. Bon, ce ne sera pas le contraire de ce qui s'est passé à Paris, mais nous devons faire très vite, et c'est à Bourne que je m'adresse. Quelle est la prochaine étape? D'où m'appelles-tu?

– Je suis à une dizaine de kilomètres de chez le général Swayne, répondit Jason en respirant profondément.

L'angoisse qui l'avait étreint était en train de disparaître et sa voix retrouvait tout son tranchant.

– As-tu téléphoné? poursuivit-il.

– Il y a deux heures.

– Je suis toujours Cobra?

– Pourquoi pas? C'est un serpent, non?

– C'est ce que j'ai expliqué à Armbruster, mais il n'a pas eu l'air très content.

– Swayne le sera encore moins. Mais j'ai cru percevoir quelque chose que j'ai du mal à expliquer.

– Que veux-tu dire?

– Je n'en suis pas sûr, mais j'ai eu l'impression qu'il a quelqu'un au-dessus de lui.

– Au Pentagone? Burton?

– Je suppose, mais je n'en suis pas sûr. Il était stupéfait, mais il réagis-sait un peu comme un spectateur, comme s'il n'était pas personnelle-ment concerné. Il a laissé echapper deux phrases du genre : « Nous allons y réfléchir, » et « Il faut que nous en discutions ». En discuter avec *qui* ? Comme aux autres, je lui avais recommandé de ne souffler mot à qui-conque et il a réagi en utilisant un « nous » collectif d'éditorialiste. Comme si le célèbre général délibérait avec lui-même. Je ne marche pas!

– Moi non plus, renchérit Jason. Bon, je vais me changer; les vête-ments sont dans la voiture.

– Comment?

Bourne tourna la tête sous la coque de plastique et il parcourut les environs du regard jusqu'à ce qu'il trouve ce qu'il cherchait : des toi-lettes pour hommes sur le côté d'un petit bâtiment.

– Tu m'as dit que Swayne vivait dans une grande ferme à l'ouest de Manassas...

– Rectification, coupa Conklin. C'est lui qui appelle cela une ferme. Pour ses voisins et pour le fisc, il s'agit d'un domaine de douze hectares. Pas mal pour un militaire de carrière issu d'une famille de la petite bourgeoisie du Nebraska, qui a épousé une coiffeuse à Hawaï, il y a trente ans, et qui est censé avoir acheté cette propriété, il y a dix ans, grâce au gros héritage que lui aurait laissé un oncle dont je n'ai pas retrouvé la trace. C'est ce qui m'a mis la puce à l'oreille. Swayne dirigeait les services de l'Intendance à Saigon et c'est lui qui ravitaillait Méduse... Mais pourquoi veux-tu te changer avant d'aller chez lui ?

– Je veux reconnaître le terrain. J'arriverai là-bas à la lumière du jour pour voir à quoi ressemble la propriété depuis la route, puis, quand la nuit sera tombée, je lui ferai une visite-surprise.

– C'est un bon plan, mais pourquoi veux-tu reconnaître le terrain ?

– J'aime les fermes, mais elles occupent beaucoup d'espace et je n'arrive pas à comprendre pourquoi un militaire de carrière, sachant qu'il peut être affecté du jour au lendemain à l'autre bout de la planète, se mettrait un investissement si lourd sur les bras.

– J'ai suivi le même raisonnement, avec cette différence que je me suis interrogé sur le comment et non sur le pourquoi. Ton idée est peut-être plus intéressante.

– Nous verrons bien.

– Fais attention. Il a peut-être des alarmes, des chiens de garde ou autre chose.

– Je suis paré, rétorqua Jason Bourne. J'ai fait quelques emplettes après avoir quitté Georgetown.

Le soleil descendait sur l'horizon à l'occident quand la voiture de location ralentit et le conducteur baissa le pare-soleil pour se protéger des rayons éblouissants. L'astre n'allait pas tarder à se coucher derrière les montagnes de Shenandoah, puis ce serait le crépuscule, prélude à la nuit. La nuit que Jason Bourne attendait avec impatience, la nuit, son amie et son alliée. L'obscurité, il s'y déplaçait rapidement, le pied sûr, les mains et les bras lui servant d'antennes pour détecter les obstacles semés par la nature. La jungle lui avait toujours fait bon accueil, sachant que, même s'il était un intrus, il la respectait et l'utilisait comme une partie de lui-même. Il n'en avait pas peur, il profitait d'elle, car elle le protégeait et lui laissait le passage pour lui permettre d'atteindre son objectif, quel qu'il fût. Il ne faisait qu'un avec la jungle et il lui faudrait agir de même dans les bois touffus qui entouraient la propriété du général Norman Swayne.

Le bâtiment principal ne se trouvait qu'à deux longueurs de terrain de football de la petite route. Une palissade séparait l'entrée, située sur la droite et la sortie, sur la gauche. Toutes deux étaient fermées par une haute grille commandant l'accès à une allée en forme de U allongé. Des deux côtés, juste derrière la grille, une profusion de buissons et d'arbres en futaie formaient un prolongement naturel de la palissade. Il ne manquait que des postes de garde à l'entrée et à la sortie.

Des souvenirs affluèrent à son esprit, souvenirs de Chine, d'une réserve d'oiseaux près de Pékin, où il avait piégé un tueur se faisant passer pour Jason Bourne. Il y avait un poste de garde, ce soir-là, et plusieurs patrouilles armées jusqu'aux dents dans la forêt... Et puis un fou, un véritable boucher dirigeant une armée de tueurs dont le meilleur était le faux Jason Bourne. Il avait pénétré dans ce sanctuaire de mort, immobilisé une armada de camions et d'automobiles dont il avait lacéré les pneus, puis il avait fallu éliminer toutes les patrouilles de la forêt de Jing Shan avant de découvrir la clairière éclairée de torches où étaient rassemblés les fanatiques assoiffés de sang sous la conduite du cinglé mégalomane. Serais-je capable de le refaire ? se demanda Bourne en repassant lentement et pour la troisième fois devant la propriété de Swayne. Cinq ans plus tard, treize ans après Paris ? Il s'efforça d'évaluer la situation avec réalisme. Il n'était plus l'homme encore jeune de Paris, ni même celui de Hong-kong, Macao et Pékin. Il avait maintenant cinquante ans et sentait le poids de chacune de ces années. Mais il ne servait à rien de s'étendre là-dessus ; il avait bien d'autres sujets de préoccupation et la douzaine d'hectares du domaine du général Swayne n'avaient rien à voir avec la forêt quasi impénétrable de la réserve d'oiseaux de Jing Shan.

Et pourtant, comme il l'avait fait dans les faubourgs de Pékin, Jason quitta la route de campagne et engagea la voiture dans les hautes herbes. Puis il descendit et entreprit de recouvrir le véhicule de branchages. L'obscurité qui tombait rapidement compléterait le camouflage et, dès qu'il ferait nuit, il passerait à l'action. Il s'était changé dans les toilettes de la station-service et portait maintenant sa tenue de travail : un pantalon et un pull-over collant à manches longues noirs, et des chaussures de sport à semelle épaisse, noires elles aussi. Il disposa sur le sol tout son équipement, les achats qu'il avait faits après avoir quitté Georgetown. Un couteau de chasse à longue lame dont il passa la gaine dans sa ceinture ; un pistolet à air comprimé dans un étui de nylon, qui tirait silencieusement des fléchettes paralysantes capables d'arrêter un taureau en train de charger ; deux fusées éclairantes conçues pour que le conducteur d'un véhicule immobilisé par une panne attire l'attention des autres automobilistes ; de petites jumelles Zeiss-Icon 8x10 fixées à son pantalon par une bande de velcro ; une lampe-stylo ; des lacets de cuir brut ; et enfin une pince coupante de poche, pour le cas où il trouverait un grillage sur son chemin. Tout cet équipement, ainsi que l'automatique fourni par la Central Intelligence Agency, fut attaché à sa ceinture ou dissimulé dans ses vêtements. Dès qu'il fit assez sombre, Jason Bourne s'enfonça dans le bois.

Un nuage d'embruns formé par les vagues qui venaient se fracasser sur le récif corallien s'élevait dans le ciel et semblait rester suspendu au-dessus des eaux d'un bleu profond de la mer des Caraïbes. C'était l'heure exquise précédant le long coucher du soleil. L'île de la Tranquillité était baignée de couleurs tropicales changeantes tandis que des zones d'ombre allaient s'agrandissant au fur et à mesure de la descente de la boule orangée du soleil. Le complexe touristique de l'Auberge de la Tranquillité avait été édifié sur trois collines pierreuses dominant un longue plage de sable coincée entre deux jetées naturelles de corail. Deux rangées de bungalows roses agrémentés d'un balcon et couverts d'un toit de terre cuite d'un rouge éclatant s'étendaient de chaque côté du vaste bâtiment central, construction circulaire de pierres massives et de verre épais. Tous les bâtiments annexes surplombaient la mer et les villas étaient reliées entre elles par une allée cimentée et peinte en blanc, bordée d'arbustes taillés, balisée par des lumières au ras du sol. Des serveurs en veste jaune poussaient le long de l'allée des tables roulantes chargées de bouteilles, de glace et d'amuse-gueule destinés aux clients de Tranquillité. Ces derniers, pour la plupart sur leur balcon, admiraient ce superbe spectacle du coucher de soleil sur la mer des Caraïbes. A mesure que les ombres s'allongeaient, quelques silhouettes discrètes apparurent le long de la grève et sur la jetée qui s'avançait loin dans la mer. Ce n'étaient ni des clients ni des membres du personnel, mais des gardes armés, vêtus d'un uniforme tropical brun foncé et portant, aussi discrètement que possible, un pistolet mitrailleur Mac-10 attaché à la ceinture. De l'autre côté, agrafées sur leur veste, des jumelles Zeiss-Icon 8x10 leur servaient à fouiller l'obscurité. La direction de l'Auberge de la Tranquillité ne négligeait rien pour que l'établissement mérite son nom.

Sur le vaste balcon circulaire du bungalow le plus proche du bâtiment central et de la salle à manger vitrée adjacente, une vieille dame infirme dans un fauteuil roulant dégustait un verre de château Carbonnieux 1978 en savourant la splendeur du coucher de soleil. Elle tendit l'oreille en portant distraitement la main à ses mèches rousses à la teinture ratée. Elle entendit la voix de son mari en train de discuter avec la garde-malade, puis elle perçut le bruit de son pas traînant qui approchait.

– Mon Dieu! dit-elle en français. Je vais être soûle!

– Pourquoi pas? s'exclama le courrier du Chacal. Quel meilleur endroit pour cela? J'ai moi-même l'impression de tout voir à travers une sorte de brouillard.

– Tu ne veux toujours pas m'expliquer pourquoi le *monseigneur* t'a envoyé ici... nous a envoyés ici?

– Je te l'ai déjà dit, je suis un simple messager.

– Et moi, je ne te crois pas.

– Tant pis. C'est important pour lui, mais cela ne tire pas à conséquence pour nous. Profites-en, ma belle.

– C'est toujours comme cela que tu m'appelles quand tu refuses de m'expliquer quelque chose.

– Alors, tu devrais savoir par expérience qu'il est inutile de poser des questions. Tu ne crois pas?

– Non! Je suis en train de mourir...

– Je ne veux pas t'entendre dire cela!

– C'est pourtant la vérité et tu ne peux pas me la cacher. Ce n'est pas pour moi que je m'inquiète – je ne souffrirai plus, tu comprends – mais pour toi. Pour toi, Michel, qui n'as jamais eu la vie que tu méritais... Pardon, pardon, tu t'appelles Jean-Pierre, je ne dois pas l'oublier! Comprends que je sois inquiète : cet endroit, ce bungalow extraordinaire, toutes ces attentions... Je pense que le prix à payer sera très élevé.

– Pour quelle raison?

– Tout est tellement luxueux, trop luxueux. Quelque chose qui ne va pas.

– Tu te fais du souci pour rien.

– Non, c'est toi qui te laisses abuser trop facilement. Mon frère Claude a toujours dit que tu acceptais trop de ton *monseigneur* et qu'un jour on te présenterait l'addition.

– Ton frère est un charmant vieux monsieur qui a autant de cervelle qu'un moineau. C'est pourquoi on ne le charge que des missions les plus insignifiantes. On l'envoie acheter un journal à Montparnasse et il se retrouve à Marseille sans même savoir comment il y est arrivé...

La sonnerie du téléphone interrompit l'agent du Chacal qui se tourna vers l'intérieur de la villa.

– Notre nouvelle amie va prendre la communication, dit-il.

– Elle est bizarre, commenta la vieille infirme. Elle ne m'inspire pas confiance.

– Elle travaille pour notre bienfaiteur.

– C'est vrai?

– Je n'avais pas eu le temps de te le dire. C'est elle qui nous transmettra ses instructions.

La garde en uniforme, les cheveux châtain clair rassemblés en un chignon austère, apparut dans l'embrasure de la porte.

– C'est Paris, monsieur, annonça-t-elle d'une voix grave dont le calme apparent était démenti par le regard insistant de ses grands yeux gris.

– Merci, fit le courrier du Chacal.

Il suivit l'infirmière jusqu'au téléphone. Elle prit le combiné sur la table et le lui tendit.

– Jean-Pierre Fontaine, dit le vieillard.

– Que le Seigneur soit avec toi, enfant de Dieu, répondit la voix distante de plusieurs milliers de kilomètres. Es-tu satisfait de tes conditions de vie?

– A un point que je ne saurais exprimer, répondit le vieillard. Tout est tellement luxueux que je ne comprends pas comment j'ai pu le mériter.

– Il va falloir le gagner.

– Je ferai tout pour vous servir.

– Tu me serviras en suivant les instructions que te donnera la garde-malade. Suis-les très précisément, sans t'en écarter d'aussi peu que ce soit. C'est bien compris?

– Parfaitement.

Il y eut un déclic et la conversation fut interrompue. Fontaine se tourna vers l'infirmière, mais elle ne se trouvait plus à côté de lui. Elle était à l'autre bout de la pièce, en train d'ouvrir le tiroir d'une table. Il se dirigea vers elle et passa rapidement en revue le contenu du tiroir. Il y avait des gants de caoutchouc, un pistolet au canon duquel était fixé le cylindre d'un silencieux et un rasoir à main.

– Voilà vos outils de travail, dit la garde-malade en lui tendant la clé du tiroir tout en plongeant dans les siens des yeux gris au regard impassible. Les cibles sont dans la dernière villa de notre rangée. Vous allez d'abord vous familiariser avec les lieux en vous promenant le long de l'allée, comme le font les vieux pour la circulation du sang, puis vous les éliminerez. Vous porterez les gants et vous tirerez une balle dans chaque crâne. Je dis bien le crâne! Ensuite, vous leur trancherez la gorge...

– Aux enfants?

– Telles sont vos instructions.

– C'est de la barbarie!

– Voulez-vous que je fasse part de ce jugement à qui vous savez?

Fontaine tourna la tête vers la porte donnant sur le balcon où sa femme était assise dans le fauteuil roulant.

– Non, fit-il lentement. Cela va de soi.

– C'est bien ce que je pensais. Il y a une dernière chose. Avec le sang d'une des victimes, vous écrirez sur un mur la phrase suivante : « Jason Bourne, frère du Chacal. »

– Mon Dieu!... Je vais me faire prendre, bien sûr.

– Cela ne dépend que de vous. Si vous me prévenez à temps pour les exécutions, je jurerai que le héros de la Résistance se trouvait dans son bungalow à ce moment-là.

– Quel moment? Quand cela doit-il être fait?

– Dans les trente-six heures qui viennent.

– Et après?

– Vous pourrez rester ici jusqu'à ce que votre femme rende le dernier soupir.

9

Brendan Patrick Pierre Prefontaine allait de surprise en surprise. D'abord, il était arrivé sans réservation, mais la réception de l'Auberge de la Tranquillité l'avait traité comme une célébrité. A peine avait-il fait connaître son désir d'avoir un bungalow qu'on lui assura qu'une villa lui était déjà réservée et on lui demanda si le vol s'était bien passé depuis Paris. La confusion régna pendant quelques minutes, personne ne sachant où trouver le propriétaire de l'hôtel qui n'était pas dans son bureau. On leva les mains au ciel, on poussa des soupirs et on finit par conduire l'ex-juge de Boston dans sa villa, une adorable maison miniature dominant la mer. Pour finir, il s'était trompé de poche et avait donné sans le faire exprès un billet de cinquante dollars au chef de la réception pour le remercier de sa courtoisie. Prefontaine était aussitôt devenu un client avec lequel il fallait compter ; des doigts avaient claqué et des sonnettes avaient été agitées. Rien ne pouvait être trop beau pour le mystérieux inconnu qui venait d'arriver de Montserrat en hydravion. C'est son *nom* qui avait plongé dans la confusion toute la réception de l'Auberge de la Tranquillité. Comment imaginer une telle coïncidence ?... Rassurer le bureau du gouverneur, ne pas prendre de risques... Lui donner une villa.

Quand le juge fut installé, ses vêtements légers rangés dans la penderie et la commode, la folie continua. On lui apporta une bouteille de château Carbonnieux 1978 accompagnée de fleurs et d'une boîte de chocolats belges, mais, quelques instants plus tard, un garçon d'hôtel confus vint les reprendre en s'excusant et en expliquant qu'elles étaient destinées à une autre villa, un peu plus haut, ou un peu plus bas, sur la même rangée...

Le juge mit un bermuda et fit une grimace à la vue de ses jambes grêles, puis il enfila une chemise de sport délavée et des mocassins blancs. Une casquette blanche complétait sa tenue tropicale. La nuit n'allait pas tarder à tomber et il voulait aller faire un petit tour dehors. Pour de nombreuses raisons.

— Je sais qui est Jean-Pierre Fontaine, lança John Saint-Jacques en parcourant le registre de la réception. C'est l'homme dont le bureau du gouverneur m'a annoncé l'arrivée, mais qui diable est ce B.P. *Pre*fontaine?

— Un célèbre juge venu des États-Unis, répondit le directeur adjoint, un grand Noir à l'accent britannique très prononcé. Mon oncle, le sous-directeur de l'Immigration, m'a téléphoné de l'aéroport il y a deux heures. J'étais malheureusement en haut quand il y a eu le petit problème à la réception, mais nous avons fait ce qu'il fallait.

— Un juge? demanda Saint-Jacques.

Le directeur adjoint posa la main sur son coude et lui fit signe de s'éloigner des employés de la réception.

— Qu'a dit votre oncle?

— Qu'il était de la plus haute importance de préserver la vie privée de nos deux invités de marque.

— C'est ce que nous avons l'habitude de faire. Pourquoi vous a-t-il dit cela?

— Mon oncle est resté très discret, mais il a reconnu avoir vu l'honorable magistrat se rendre au comptoir des Liaisons interîles pour y acheter un billet. Il s'est même permis d'ajouter qu'il savait qu'il avait vu juste. Le juge et le héros français sont apparentés et souhaitent s'entretenir confidentiellement d'affaires de la plus haute importance.

— Si c'est le cas, pourquoi le juge n'a-t-il pas fait de réservation?

— Il semble y avoir deux explications possibles. Si j'en crois mon oncle, ils devaient initialement se rencontrer à l'aéroport, mais l'accueil officiel par le gouverneur dans la salle d'honneur les en a empêchés.

— Et la seconde possibilité?

— Une erreur aurait pu être commise par le secrétariat du juge, à Boston. Toujours d'après mon oncle, il y aurait eu une brève discussion à propos des assistants du juge, enclins à commettre des bévues, et M. Prefontaine a déclaré que si c'était le cas avec son passeport, il leur paierait à tous le voyage en avion pour venir présenter leurs excuses en personne.

— Eh bien, les juges doivent être beaucoup mieux payés aux États-Unis qu'au Canada. En tout cas, il a eu de la chance qu'il nous reste de la place.

— C'est la saison d'été, monsieur, et pendant les mois d'été, nous avons en général des villas libres.

— Ne remuez pas le couteau dans la plaie... Bon, nous avons donc parmi nos clients deux célébrités apparentées qui souhaitent se rencontrer discrètement mais semblent aimer la complication. Vous

120

devriez peut-être appeler le juge pour lui dire dans quelle villa se trouve Fontaine... ou Prefontaine, je n'en sais plus rien.

– C'est ce que j'ai suggéré à mon oncle, mais il a été péremptoire. Il m'a bien recommandé de ne rien dire ni de faire quoi que ce soit. D'après lui, tous les grands hommes ont leurs petits secrets et il ne voulait pas que ses brillantes déductions soient révélées par quelqu'un d'autre que les intéressés eux-mêmes.

– Je vous demande pardon?

– Si j'appelais le juge, il saurait que ces renseignements ne peuvent venir que de mon oncle, le sous-directeur de l'immigration de Montserrat.

– Écoutez, faites ce que vous voulez, j'ai d'autres sujets de préoccupation... A propos, j'ai doublé les patrouilles sur la route et sur la plage.

– Nous allons être à court de personnel, monsieur.

– J'ai retiré quelques hommes des sentiers. Je sais qui est là, mais j'ignore qui pourrait vouloir y venir.

– Avons-nous quelque chose à redouter, monsieur?

– Pas pour l'instant, répondit John Saint-Jacques en regardant le directeur adjoint. J'ai passé le domaine et la plage au peigne fin. Au fait, je vais m'installer avec ma sœur et ses enfants dans la villa 20.

Le prétendu héros de la Résistance répondant au nom de Jean-Pierre Fontaine remontait lentement l'allée cimentée en direction de la dernière villa surplombant la mer. Elle était similaire aux autres, avec ses murs de stuc rose et son toit rouge, mais la pelouse qui l'entourait était plus étendue et les arbustes qui la bordaient plus hauts et plus touffus. C'était une résidence pour Premiers ministres ou pour présidents, pour des hommes d'État d'une stature internationale désireux de se faire dorloter dans la paix d'un lieu isolé.

Fontaine atteignit l'extrémité de l'allée, où s'élevait un mur de stuc blanc d'un mètre vingt derrière lequel la pente couverte d'une végétation impénétrable dégringolait vers le rivage. Le mur lui-même partait dans les deux directions, suivant la courbe de la colline en passant sous les balcons de la villa, à la fois protection et démarcation. Une grille de fer forgé peinte en rose et encastrée dans le mur donnait accès à la Villa 20. Le vieillard distingua à travers la grille un petit garçon en maillot de bain qui courait sur la pelouse. Quelques instants plus tard, la silhouette d'une femme s'encadra dans l'embrasure de la porte d'entrée.

– Tu viens, Jamie? cria-t-elle. C'est l'heure de dîner.

– Est-ce qu'Alison a mangé, maman?

– Elle a terminé et elle dort, mon chéri. Elle ne va pas se mettre à hurler après son frère.

– Je préfère notre maison. Pourquoi on ne retourne pas dans notre maison, maman?

– Parce que oncle John préfère nous avoir près de lui... Les bateaux sont là, Jamie. Il peut t'emmener pêcher ou faire de la voile comme pendant les vacances de Pâques.

– Oui, mais, la dernière fois, on était à la maison...

– C'est vrai, mais papa était avec nous...

– Qu'est-ce qu'on a pu s'amuser dans le camion!

– C'est l'heure de dîner, Jamie. Il faut rentrer maintenant.

La mère et le fils disparurent à l'intérieur de la villa et Fontaine fit la grimace en songeant aux ordres du Chacal, aux meurtres qu'il s'était engagé à commettre. Puis il se remémora les paroles du garçonnet : *Pourquoi on ne retourne pas dans notre maison, maman?... Oui, mais, la dernière fois, on était à la maison.* Et les réponses de la mère : *Parce que oncle John préfère nous avoir près de lui... C'est vrai, mais papa était avec nous...*

Il pouvait y avoir différentes explications à la conversation que Fontaine avait surprise, mais il était extrêmement réceptif à tous les signaux d'alarme, car, toute sa vie durant, il lui avait fallu rester sur ses gardes. Ce soir-là, quelque chose l'avertissait d'un danger et il décida que le vieillard qu'il était allait prendre l'habitude de faire des promenades nocturnes « pour la circulation du sang ».

Il s'éloigna du mur et commença à redescendre l'allée cimentée, tellement absorbé dans ses pensées qu'il faillit heurter un client au moins aussi âgé que lui et qui portait une ridicule petite casquette blanche et des mocassins blancs.

– Excusez-moi, dit l'inconnu en faisant un pas de côté pour éviter Fontaine.

– *Pardon, monsieur!* s'écria le héros de la Résistance en s'exprimant spontanément dans sa langue maternelle. C'est plutôt à moi de m'excuser, poursuivit-il en anglais.

– Ah? fit l'inconnu en écarquillant les yeux l'espace d'une seconde, comme s'il l'avait reconnu. Mais pas du tout, ajouta-t-il en retrouvant son impassibilité.

– Pardon, monsieur, nous sommes-nous déjà rencontrés?

– Je ne crois pas, répondit le vieillard à la casquette blanche. Mais tout le monde est au courant des potins : il y a un héros de la France parmi les clients de l'hôtel.

– Sottises! Les hasards de la guerre, vous savez, et puis tout cela est si loin. Je m'appelle Fontaine... Jean-Pierre Fontaine.

– Et moi... Patrick. Brendan Patrick.

– Je suis ravi de faire votre connaissance, monsieur.

Les deux hommes se serrèrent la main.

– Cet endroit est ravissant, n'est-ce pas?

– De toute beauté.

Fontaine eut de nouveau l'impression que l'autre l'étudiait, mais à la dérobée.

– Eh bien, je vais poursuivre ma promenade, dit l'homme à la casquette blanche. Ce sont les ordres de la faculté.

– *Moi aussi,* répliqua Jean-Pierre Fontaine en s'exprimant à dessein en français. *Toujours le médecin à notre âge, n'est-ce pas ?*

– C'est malheureusement vrai, répondit le vieillard aux jambes comme des allumettes en secouant la tête et en dessinant une vague de la main avant de s'éloigner d'un pas alerte.

Fontaine demeura immobile, le regard fixé sur la silhouette qui allait rapetissant. Il attendait patiemment, sachant ce qui allait se produire, ce qui ne manqua pas d'arriver : l'homme à la casquette blanche s'arrêta, se retourna lentement et leurs yeux se croisèrent. Cela suffit à Fontaine qui sourit et commença de redescendre l'allée cimentée dans la direction de sa villa.

Un autre avertissement, songea-t-il, et beaucoup plus inquiétant. Trois choses étaient apparentes. Premièrement, l'homme à la casquette ridicule parlait français ; deuxièmement, il savait que « Jean-Pierre Fontaine » était en réalité quelqu'un d'autre... Envoyé à Montserrat par une tierce personne ; troisièmement... Troisièmement, il avait la marque du Chacal dans le regard. Bon Dieu, cela lui ressemblait bien ! Préparer l'assassinat, s'assurer que tout se passe correctement, puis effacer toutes les traces susceptibles de permettre à quelqu'un de découvrir ses méthodes de travail et en particulier de remonter jusqu'à son armée privée de vieillards. Rien d'étonnant, dans ces conditions, à ce que l'infirmière lui ait dit qu'ils pourraient, une fois sa mission accomplie, rester dans ce paradis jusqu'à la mort de sa femme, une échéance pour le moins imprécise. La générosité du Chacal n'était pas aussi excessive qu'elle le paraissait : la date de la mort de sa femme, tout comme la sienne, était fixée.

– Oui ? dit John Saint-Jacques en décrochant le téléphone de son bureau.

– Ils se sont rencontrés, monsieur ! annonça le directeur adjoint d'une voix vibrante d'excitation.

– De qui parlez-vous ?

– Du grand homme et de son célèbre parent de Boston ! J'aurais aimé vous en informer tout de suite, mais il y a eu un problème à propos d'une boîte de chocolats belges...

– Mais qu'est-ce que vous racontez ?

– Je les ai vus par la fenêtre, monsieur, il y a quelques minutes. Ils s'entretenaient sur l'allée. Mon oncle, le sous-directeur de l'Immigration, avait raison sur toute la ligne !

– Tant mieux.

– Le bureau du gouverneur s'en réjouira et je suis sûr que nous serons félicités, comme le sera mon oncle si perspicace, cela va sans dire.

– C'est une très bonne chose pour nous tous, soupira Saint-Jacques. Nous n'avons donc plus à nous occuper d'eux maintenant?

– De prime abord, je dirais non, monsieur... Mais je vois justement l'honorable juge en train de descendre précipitamment l'allée. Je pense qu'il se dirige vers la réception!

– Il ne va pas vous mordre, vous savez; il veut certainement vous remercier. Faites tout ce qu'il vous demande. Une tempête arrive de Basse-Terre et nous aurons besoin de l'administration si les lignes téléphoniques sont coupées.

– Je me ferai un devoir de le satisfaire personnellement, monsieur.

– Il y a quand même des limites. N'allez pas jusqu'à lui brosser les dents.

Brendan Prefontaine franchit rapidement la porte donnant dans la cage de verre du hall circulaire. Il avait attendu que le vieux Français entre dans la première villa pour faire demi-tour et gagner directement le bâtiment central. Comme il avait si souvent été obligé de le faire depuis trente ans, il réfléchissait à toute allure en marchant – parfois c'était en courant –, élaborant des explications plausibles pouvant convenir à un certain nombre de possibilités évidentes et à d'autres qui l'étaient beaucoup moins. Il venait de commettre une erreur inévitable mais stupide, inévitable parce qu'il ne tenait pas à s'inscrire à la réception de l'Auberge de la Tranquillité sous un nom d'emprunt, pour le cas où il lui faudrait fournir la preuve de son identité, et stupide parce qu'il avait donné un faux nom au héros de la Résistance. Pas si stupide que cela, tout compte fait, car la similarité de leurs noms aurait pu entraîner des complications et éveiller les soupçons sur l'objet de son séjour à Montserrat, une simple extorsion de fonds en l'occurrence. Tout ce qu'il cherchait, c'était découvrir ce qui effrayait Randolph Gates au point de lui faire lâcher quinze mille dollars et, l'ayant découvert, à essayer d'en rafler beaucoup plus. Non, sa bêtise avait été de ne pas faire, par mesure de précaution, ce qu'il s'apprêtait à faire. Il se dirigea vers le comptoir derrière lequel se tenait le grand réceptionniste noir.

– Bonsoir, monsieur, s'écria l'employé de l'hôtel, d'une voix si sonore que le juge se retourna pour voir s'il ne s'adressait pas à quelqu'un d'autre et constata avec soulagement qu'il n'y avait qu'une poignée de clients dans le hall. Quoi que je puisse faire pour vous, soyez assuré de mon dévouement!

– Je préférerais de loin, jeune homme, avoir l'assurance que vous allez cesser de crier à tue-tête.

– Je vais chuchoter, murmura le réceptionniste d'une voix inaudible.

– Que dites-vous?

– Que puis-je faire pour vous, poursuivit le grand Noir, cette fois à mi-voix.

– Je voudrais juste que nous parlions doucement. Est-ce possible?

– Mais oui. C'est un tel privilège pour moi.

– Vraiment?

– Bien sûr, monsieur.

– Très bien, dit Prefontaine. J'ai un service à vous demander...

– Tout ce que vous voulez!

– Chut!

– Naturellement, monsieur.

– Comme bien des hommes d'un âge avancé, il m'arrive fréquemment d'oublier certaines choses. Vous comprenez cela, n'est-ce pas?

– Je doute qu'un homme de votre qualité oublie quoi que ce soit.

– Pardon?... Peu importe! Ce que je veux vous dire, c'est que je voyage incognito. Vous me comprenez?

– Assurément, monsieur. J'ai signé le registre de mon véritable nom, Prefontaine...

– Certainement, monsieur, le coupa l'employé. Je le sais.

– C'est une erreur. Mon secrétariat et ceux qui doivent m'appeler ici demanderont un certain « M. Patrick », c'est mon deuxième prénom. Un subterfuge innocent destiné à me permettre de jouir tranquillement d'un repos bien mérité.

– Je comprends, dit le directeur adjoint en se penchant vers lui avec un sourire de connivence.

– Vraiment?

– Tout à fait. Si le bruit se répandait qu'un homme aussi éminent que vous fréquente notre établissement, votre repos risquerait d'être troublé. En étant « quelqu'un d'autre », votre intimité sera respectée. Soyez assuré que je comprends. Je vais modifier le registre moi-même, monsieur le juge.

– Le juge?... Je n'ai dit à personne que j'étais juge!

La consternation se peignit sur le visage du directeur adjoint.

– Cette bévue n'est due qu'à mon désir de vous satisfaire, monsieur, dit-il, l'air embarrassé.

– Oui, mais quelqu'un vous a renseigné.

– Je vous donne ma parole, monsieur, que le propriétaire de l'Auberge de la Tranquillité est le seul ici à être au courant de la nature confidentielle de votre visite, murmura le grand Noir en s'écrasant littéralement sur le comptoir. La discrétion la plus totale vous est garantie.

– Seigneur Dieu! murmura Prefontaine. C'est ce tordu, à l'aéroport...

– Mon oncle si perspicace, poursuivit le réceptionniste sans avoir entendu les derniers mots du juge, m'a fait clairement comprendre que nous avions la chance de recevoir des hommes célèbres qui exigeaient la discrétion la plus absolue. Il m'a téléphoné dans cette intention...

– Très bien, jeune homme, très bien. Je comprends et j'apprécie tout ce que vous faites. Veillez simplement à ce que mon nom soit transformé en Patrick et, si quelqu'un pose des questions sur moi, c'est ce nom-là que vous lui donnerez. Est-ce que nous nous comprenons bien?

– Je lis dans vos pensées, monsieur le juge.

– J'espère bien que non.

Quatre minutes plus tard, le directeur adjoint décrocha le combiné du standard.

– Réception, dit-il avec onction, comme s'il donnait une bénédiction.

– C'est Jean-Pierre Fontaine. Villa 11.

– Oui, monsieur. Tout l'honneur est pour moi, monsieur... Je veux dire pour nous tous, monsieur...

– *Merci.* Je me demandais si vous pourriez me renseigner. J'ai rencontré il y a environ un quart d'heure, en faisant ma promenade, un Américain tout à fait charmant, à peu près de mon âge, coiffé d'une casquette blanche. Je me propose de l'inviter un de ces jours à prendre l'apéritif, mais je ne suis pas sûr d'avoir bien compris son nom.

On est en train de me mettre à l'épreuve, songea le directeur adjoint. Non seulement les grands hommes ont des secrets, mais ils se préoccupent de ceux qui en sont les dépositaires.

– D'après votre description, monsieur, je pense que vous avez rencontré le charmant M. Patrick.

– Je crois en effet que c'est bien ce nom-là. Un nom irlandais, assurément, mais il est bien américain, n'est-ce pas?

– Un Américain très savant, monsieur, qui vient de Boston, dans le Massachusetts. Il occupe la Villa 14, la troisième à l'ouest de la vôtre. Pour téléphoner, vous composez simplement le 7-1-4.

– Je vous remercie infiniment. Si vous voyez M. Patrick, je préférerais que vous ne lui parliez pas de cette conversation. Vous savez que la santé de ma femme est bien mauvaise, et j'attendrai qu'elle se sente mieux pour inviter ce monsieur.

– Jamais je ne me permettrais de dire quoi que ce soit, monsieur, sans qu'on me demande de le faire. Pour ce qui est de M. Patrick et de vous-même, nous suivons à la lettre les instructions confidentielles du gouverneur.

– Vraiment?... C'est très louable. Au revoir et merci encore.

Il avait réussi! Les grands hommes comprennent les subtilités et il avait fait preuve d'une discrétion que son oncle apprécierait. Non seulement en avançant sans hésiter le nom de Patrick, mais, plus important, en utilisant à son propos le mot « savant » qui évoquait un érudit... ou un juge. Et enfin en affirmant qu'il ne dirait rien sans en avoir reçu l'ordre du gouverneur. Grâce à sa subtilité, il était dans la confidence de grands hommes. Une expérience grisante qu'il allait illico faire partager à son oncle en lui téléphonant.

Assis sur le bord de son lit, Fontaine avait raccroché, mais il gardait la main posée sur le combiné. Il regarda en direction du balcon où sa femme, assise dans son fauteuil roulant, son verre de vin posé sur une petite table, lui présentait son profil, la tête courbée par la souffrance... La souffrance! Le monde entier n'était que souffrance! Et il en avait infligé sa part! Il en avait conscience et n'attendait aucune pitié. Mais pas sa femme, cela ne faisait pas partie du contrat! Sa vie à lui, oui, il était prêt à la donner, mais pas celle de sa femme, pas tant qu'il resterait un souffle de vie dans ce corps épuisé! *Non, monseigneur, je refuse! Ce ne sont pas les termes du contrat!*

L'armée de vieillards du Chacal avait donc maintenant des ramifications jusque sur le continent américain et leur bourreau devait être un vieil Américain d'origine irlandaise, affublé d'une casquette blanche, homme de culture qui, pour une raison ou pour une autre, avait épousé la cause du terroriste. Un vieil Américain qui l'avait observé à la dérobée, avait fait semblant de ne pas parler français et portait la marque du Chacal dans le regard. *Pour ce qui est de M. Patrick et de vous-même, nous suivons à la lettre les instructions confidentielles du gouverneur.* Ce gouverneur qui recevait lui-même ses instruction d'un maître de la mort, basé à Paris.

Une dizaine d'années plus tôt, après cinq ans passés au service de son nouveau et généreux bienfaiteur, on lui avait donné un numéro de téléphone à Argenteuil, qu'il ne devait appeler qu'en cas d'extrême urgence. Il l'avait déjà utilisé une fois et il allait le faire une seconde fois. Jean-Pierre Fontaine consulta l'annuaire pour trouver l'indicatif des pays étrangers, décrocha le combiné et composa un numéro. Il lui fallut attendre près de deux minutes avant que quelqu'un ne décroche.

— Le Cœur du Soldat, fit calmement une voix d'homme sur un fond de musique militaire.

— Il faut que je parle à un merle, dit Fontaine en français. Mon identité est Paris-Cinq.

— Si votre demande est acceptée, où cet oiseau peut-il vous joindre?

— Aux Antilles.

Fontaine donna l'indicatif du pays, le numéro de l'hôtel et celui de sa villa, puis il raccrocha et attendit sur le bord du lit, tête baissée. Il savait, au fond de lui-même, que sa femme et lui vivaient peut-être leurs dernières heures. S'il devait en être ainsi, ils regarderaient le Seigneur en face et ils diraient la vérité. Il avait tué, certes, mais jamais il n'avait fait du mal ou ôté la vie à quelqu'un qui n'eût commis des crimes encore plus grands, même si d'innocents victimes avaient parfois été touchées d'une balle perdue ou d'une explosion. Les Écritures n'enseignaient-elles pas que toute vie était souffrance? Mais, par ailleurs, comment Dieu pouvait-il permettre de tels actes de sauvagerie? *Et merde!* Ne pense pas à ces choses que tu ne comprends pas.

La sonnerie du téléphone retentit. Il saisit vivement le combiné et le porta à son oreille.

— Paris-Cinq, dit-il.

— Que peut-il y avoir de si urgent, enfant de Dieu, pour que tu appelles un numéro que tu n'as utilisé qu'une seule fois depuis que nous nous connaissons?

— Votre générosité a toujours été infinie, monseigneur, mais je pense qu'il conviendrait de revoir les termes de notre contrat.

— Comment cela?

— Vous pouvez disposer de ma vie comme vous l'entendez, dans votre grande miséricorde, mais cela ne s'applique pas à ma femme.

— Quoi?

— Il y a un homme ici, un inconnu venu de Boston, qui m'observe avec des yeux étranges dans lesquels je lis qu'il nourrit de noirs desseins.

— Cet imbécile arrogant est parti en personne à Montserrat? Mais il ne sait *rien!*

— Il sait manifestement quelque chose. Je ferai tout ce que vous m'ordonnerez, mais je vous implore de nous laisser rentrer à Paris... Laissez ma femme mourir en paix. C'est tout ce que je vous demande.

— Ce que tu me demandes? Mais je t'ai donné ma parole!

— Alors, pourquoi l'homme de Boston me suit-il avec ce visage impénétrable et ces yeux inquisiteurs?

Une longue quinte de toux résonna dans l'appareil avant que le Chacal reprenne la parole.

— Le grand professeur de droit a transgressé les ordres. Il s'est mêlé de ce qui ne le regardait pas. C'est un homme mort.

Edith Gates, épouse du célèbre avocat et professeur de droit, ouvrit silencieusement la porte du bureau de l'élégant hôtel particulier de Louisburg Square, à Boston. Son mari, immobile dans son lourd fauteuil de cuir, fixait l'âtre où crépitait le feu qu'il insistait pour allumer malgré la douceur de l'air nocturne et la climatisation.

En observant son mari, Mme Gates songea une fois de plus avec tristesse qu'elle ne comprendrait jamais certaines *choses*, des vides dans sa vie qu'elle ne pourrait jamais remplir, des raisonnements qui lui échapperaient toujours. Elle savait seulement qu'il lui arrivait parfois d'éprouver de terribles souffrances qu'il refusait de partager alors que cela lui aurait permis d'alléger son fardeau. Trente-trois ans plus tôt, une jeune femme assez séduisante et modérément riche avait épousé un grand échalas terminant ses études de droit, brillant mais sans un sou vaillant, dont la nervosité et le désir effréné de plaire avaient rebuté les plus importants cabinets d'affaires de cette période austère de la fin des années cinquante. Un vernis de raffinement et la recherche de la sécurité comptaient plus qu'un esprit bouillonnant et brouillon, surtout si cet esprit se logeait dans une tête couronnée de cheveux en bataille et un corps accoutré de mauvaises imitations de J. Press et de Brooks Brothers, imitations d'autant plus minables que le compte en banque du jeune homme lui interdisait de les faire retoucher et qu'il trouvait difficilement sa taille chez les soldeurs.

Mais la jeune Mme Gates avait eu plusieurs idées pour améliorer les perspectives d'avenir professionnel de son nouvel époux. D'abord ne pas se lancer tout de suite dans une carrière d'avocat ; il valait mieux ne rien faire que d'entrer dans un cabinet de second ordre ou bien, Dieu les en protège, de monter son propre cabinet, avec le genre de clientèle qu'il aurait nécessairement attirée, à savoir ceux qui n'avaient pas les moyens de s'adresser à un cabinet à la réputation établie. Il était donc préférable d'utiliser ses atouts naturels : sa haute taille imposante et son intelligence qui, jointe à son dynamisme, lui permettait d'absorber les connaissances comme une éponge et lui donnait une phénoménale puissance de travail. Edith se servit d'un modeste fonds en fidéicommis pour transformer l'apparence de son mari en achetant des vêtements bien coupés et en engageant un professeur de diction venu du théâtre qui permit à son élève d'acquérir une grande facilité d'élocution et de la prestance. Le grand échalas était resté dans le milieu universitaire, collectionnant les diplômes tout en enseignant à la faculté de droit jusqu'à ce que l'étendue de ses connaissances dans certains domaines devienne absolument incontestable. Et il commença à recevoir des propositions des plus grands cabinets, ceux qui l'avaient repoussé dans les premiers temps.

Il fallut attendre près de dix ans pour que cette stratégie commence à porter ses fruits, et les premiers résultats concrets, même s'ils n'avaient rien d'extraordinaire, furent encourageants. Des revues juridiques, d'abord secondaires, puis de plus en plus prestigieuses, commencèrent à publier ses articles à moitié polémiques, autant par le style que le contenu, car le jeune maître de conférences avait une jolie plume, à la fois brillante et hermétique, ample et incisive. L'état d'esprit de la nation changeait, la croûte de la société d'abondance commençait de se fissurer. On pouvait faire remonter ces lésions à des expressions forgées par les séides de Nixon, telles que « la majorité silencieuse » ou encore « la prise en charge des inadaptés par l'État ». Un climat d'égoïsme s'installait et se développait malgré les efforts de Ford, handicapé par les séquelles du Watergate, et ceux du séduisant Carter, trop empêtré dans les détails sans importance pour exercer le pouvoir avec la compassion voulue. La phrase : « ...ce que vous pouvez faire pour votre pays » était passée de mode et remplacée par : « ce que je peux faire pour *moi* ».

Le Dr Randolph Gates avait trouvé une irrésistible lame de fond sur laquelle il se laissait porter, une voix mélodieuse pour s'exprimer et un vocabulaire de plus en plus incisif pour se mettre au diapason de l'ère nouvelle. Il professait maintenant avec autorité que, sur les plans juridique, économique et social, le mot clé était croissance et que *plus* était de loin préférable à *moins*. Il s'attaquait aux lois favorisant la libre concurrence sur les marchés, leur reprochant d'étouffer les programmes plus ambitieux de croissance industrielle d'où découleraient des avantages de toute sorte pour tout le monde... ou presque tout le monde. C'était, qu'on le veuille ou non, un univers darwinien et les plus aptes survivraient toujours. Les manipulateurs financiers avaient trouvé leur champion, un juriste érudit capable de conférer la respectabilité à leurs rêves de fusion et de concentration. Acquérir des parts, prendre le contrôle et revendre, dans l'intérêt du plus grand nombre, bien entendu.

Ils firent appel à Randolph Gates qui se jeta dans leurs bras avec empressement, et la virtuosité de son élocution sidéra les prétoires. Il avait atteint son but, mais Edith Gates ne savait pas très bien où cela les mènerait. Elle s'était naturellement représenté une existence confortable, mais pas des millions de dollars ni des jets privés sillonnant les continents, de Palm Springs à la Côte d'Azur. Elle se sentait gênée quand les articles ou les conférences de son mari étaient utilisés à l'appui de causes qui lui semblaient sans rapport ou manifestement injustes. Mais il repoussait ses arguments avec dédain en affirmant que l'on était fondé à établir des parallèles intellectuels. Surtout, Edith Gates n'avait pas partagé le lit, ni même la chambre de son mari, depuis plus de six ans.

Elle s'avança dans la pièce et s'immobilisa en l'entendant étouffer un petit cri et en le voyant tourner brusquement vers elle un regard angoissé.

— Excuse-moi, je ne voulais pas te faire peur.

— D'habitude, tu frappes... Pourquoi n'as-tu pas frappé? Tu sais bien comment je suis quand je me concentre!

— Je me suis excusée. Je pensais à autre chose et je n'ai pas réfléchi.

— C'est une contradiction.

— Je veux dire que je n'ai pas songé à frapper.

— Et à quoi « pensais »-tu? demanda-t-il, comme s'il doutait que son épouse eût cette faculté.

— Ne fais pas le malin, je t'en prie.

— Qu'est-ce qu'il y a, Edith?

— Où étais-tu hier soir?

Gates haussa les sourcils en feignant l'étonnement.

— Dieu du ciel! Serais-tu jalouse? Je t'ai dit que j'étais au Ritz. J'avais rendez-vous avec quelqu'un que je n'avais pas vu depuis des années, quelqu'un que je ne voulais pas inviter à la maison. Si, à ton âge, tu as besoin d'une confirmation, tu peux appeler le Ritz.

Edith Gates demeura silencieuse pendant quelques instants, mais sans quitter son mari des yeux.

— Mon cher, je me contrefiche que tu aies eu rendez-vous avec la

130

plus voluptueuse des putains de Boston. Si c'est le cas, il a certainement fallu lui offrir plusieurs verres pour qu'elle retrouve sa confiance en elle.

– Pas mal, peau de vache!

– Dans ce domaine, on ne peut pas vraiment prétendre que tu sois un étalon, mon salaud.

– Y a-t-il une raison précise à cette conversation?

– Oui, je crois. Il y a à peu près une heure, juste avant que tu rentres du bureau, un homme a sonné. Comme Denise faisait l'argenterie, c'est moi qui ai ouvert. Je dois avouer qu'il avait l'air imposant. Il portait des vêtements extrêmement coûteux et il avait une Porsche noire...

– Et alors? coupa Gates en se redressant dans son fauteuil, les yeux fixes, exorbités.

– Il m'a demandé de te dire que *le grand professeur* lui devait vingt mille dollars et qu'*il* n'était pas où il était censé être hier soir. J'ai supposé que c'était le Ritz.

– Non. Il s'est passé quelque chose... Oh! mon Dieu, il ne comprend pas! Que lui as-tu répondu?

– Je n'ai aimé ni son langage ni son attitude. Je lui ai dit que je n'avais pas la moindre idée de l'endroit où tu étais. Il a compris que je mentais, mais il ne pouvait rien faire.

– Très bien. Le mensonge, il connaît.

– Je n'imaginais pas qu'une somme de vingt mille dollars pourrait te poser des problèmes...

– Ce n'est pas une question d'argent, c'est la méthode de paiement.

– Pour payer quoi?

– Rien.

– C'est ce que tu appelles une contradiction, je crois, Randy.

– Tais-toi!

Le téléphone sonna. Gates se dressa d'un bond et regarda l'appareil. Mais il ne fit pas un geste en direction du bureau.

– Qui que ce soit, jeta-t-il à sa femme d'une voix rauque, dis que je ne suis pas là. Je suis parti en voyage... Tu ne sais pas quand je reviendrai.

– C'est ta ligne privé, fit Edith en se dirigeant vers le bureau et en décrochant à la troisième sonnerie.

– Résidence Gates, articula-t-elle.

C'était un stratagème qu'elle utilisait depuis des années. Ses amis savaient à quoi s'en tenir et les autres ne l'intéressaient plus depuis longtemps.

– Oui... oui? Je suis désolée, il n'est pas là et nous ne savons pas quand il reviendra.

Edith Gates regarda quelques secondes le combiné, puis elle raccrocha et se retourna vers son mari.

– C'était une opératrice, à Paris... Mais c'est curieux. Quelqu'un voulait t'appeler, mais, quand j'ai dit que tu n'étais pas là, elle n'a même pas demandé si je savais où on pouvait te joindre. Elle a simplement raccroché, très sèchement.

– Mon Dieu! s'écria Gates, manifestement bouleversé. Il s'est passé quelque chose! Il y a eu un problème, quelqu'un a menti!

Sur ces paroles énigmatiques, l'avocat se retourna et traversa rapidement la pièce en fouillant dans la poche de son pantalon. Il s'arrêta devant les rayonnages couvrant le mur du sol au plafond. A hauteur de poitrine, le centre de la tablette de la bibliothèque avait été transformé en coffre-fort dont l'acier bruni était caché par une porte de bois sculpté. Comme si, dans son affolement, il venait brusquement de se souvenir de sa présence, il pivota sur lui-même et se retourna vers sa femme.

– Sors d'ici! hurla-t-il. Sors d'ici!

Edith Gates se dirigea lentement vers la porte du bureau.

– Tout cela remonte à Paris, n'est-ce pas, Randy? dit-elle calmement en se tournant vers son mari. Quand tu es allé à Paris il y a sept ans. C'est là-bas qu'il s'est passé quelque chose. Quand tu es revenu, tu avais peur, et depuis il y a en toi une souffrance que tu ne veux pas partager.

– Fous le camp! rugit le célèbre juriste, les yeux exorbités.

Edith sortit et referma la porte derrière elle, mais sans lâcher le bouton, de sorte que le pêne ne s'engagea pas dans la gâche. Elle attendit quelques instants et entrebâilla la porte.

Elle reçut un choc d'une violence qu'elle n'aurait jamais imaginée. L'homme dont elle partageait la vie depuis trente-trois ans, le juriste irréprochable qui ne fumait pas et ne buvait pas une goutte d'alcool, était en train de se planter une seringue dans l'avant-bras.

10

La nuit était tombée sur Manassas et la campagne bruissait de toute une vie nocturne. Bourne traversait silencieusement la forêt bordant la « ferme » du général Norman Swayne. Des oiseaux surpris s'envolaient dans un froissement d'ailes ; des corneilles réveillées par l'intrus lançaient un cri d'alarme dans les arbres, puis gardaient un silence complice.

Il atteignit enfin la clôture. C'était un haut grillage de fortes mailles métalliques gainées de plastique vert et surmonté de rouleaux de fil de fer barbelé. Entrée interdite. *Pékin, la réserve de Jing Shan.* Il y avait des choses à cacher dans la réserve naturelle chinoise protégée par une grille presque infranchissable et gardée par des militaires, mais pourquoi un général sédentaire élèverait-il une barrière si imposante autour d'une « ferme » de Virginie et comment, avec sa solde, pourrait-il faire face à une telle dépense ? Cette clôture était destinée non pas à empêcher le bétail de s'égarer, mais à interdire toute intrusion humaine.

Tout comme en Chine, il n'y aurait pas d'alarmes électriques reliées à la clôture, car les animaux et les oiseaux de la forêt les déclencheraient sans cesse et, pour la même raison, il n'y aurait pas non plus de faisceaux lumineux au ras du sol. S'il y en avait, ils seraient installés plus près de la maison, en terrain découvert et à hauteur de la poitrine. Bourne sortit la pince coupante de sa poche arrière et entreprit de cisailler les fils de fer à partir du sol.

A chaque coup de cisaille dans la haute clôture, l'haleine courte, le front couvert de sueur, il prenait conscience de l'implacable réalité. Malgré tous ses efforts – des efforts soutenus, sans être très violents – pour entretenir sa condition physique, il avait cinquante ans et son corps le savait. Il devait garder cette idée présente à l'esprit, mais il n'était pas indispensable de la ressasser. Il y avait Marie et les enfants, sa famille, et rien ne lui était impossible s'il avait décidé de le faire.

David Webb avait disparu et il ne restait plus que Jason Bourne, le prédateur.

C'était fait! Il avait cisaillé verticalement une double rangée de mailles ainsi que celles qui étaient au niveau du sol. Il prit le grillage découpé à deux mains et le tira vers lui en le soulevant, tous ses muscles bandés. Il se glissa à l'intérieur de l'enceinte clôturée et se releva, l'oreille tendue, fouillant du regard l'obscurité qui n'était pas encore celle de la pleine nuit. A travers les branches des hauts pins qui se chevauchaient en bordure d'un espace dégagé, il distinguait les lumières intermittentes de la maison. Puis il se dirigea lentement vers l'allée circulaire. En arrivant au bord de l'asphalte, il s'immobilisa sous les branches en forme d'ombrelle d'un grand pin pour réfléchir et reprendre son souffle. Une lumière s'alluma soudain sur sa droite, à l'extrémité d'un chemin de gravier qui partait à angle droit de l'allée circulaire.

Une porte venait de s'ouvrir. C'était la porte de ce qui semblait être une petite maison rustique ou une grande cabane et elle restait ouverte. Deux hommes et une femme en sortirent en discutant... Non, ils ne discutaient pas, ils échangeaient des propos assez vifs. Bourne détacha les petites et puissantes jumelles de leur bande de velcro et les régla sur le trio qui avait haussé le ton. Il ne parvenait pas à comprendre ce qu'ils disaient, mais leur énervement était manifeste. Dès que sa vision fut nette, il comprit que l'homme de gauche, de taille et de corpulence moyennes, qui se tenait raide comme un piquet et protestait vigoureusement était le général Swayne, et que la femme à la poitrine plantureuse et aux cheveux poivre et sel était son épouse. Mais c'est avec une sorte de fascination qu'il découvrit la haute silhouette massive du deuxième homme, celui qui se tenait près de la porte. Il le connaissait! Jason ne se rappelait plus ni où ni quand il avait eu affaire à lui, ce qui n'avait assurément rien d'étonnant. La réaction viscérale qu'il avait eue à sa vue l'était beaucoup plus. Il avait éprouvé une haine instantanée, mais sans savoir pourquoi, car aucune image du passé ne lui remontait à la mémoire. Rien qu'un sentiment de dégoût et de répulsion. Où étaient donc ces images, ces traits de lumière projetés fugitivement dans le passé et qui éclairaient son écran intérieur? Décidément, elles ne venaient pas. Tout ce qu'il savait, c'est que l'homme dans le champ de ses jumelles était son ennemi.

Soudain le colosse fit quelque chose d'extraordinaire. Il s'avança vers la femme de Swayne et, dans un geste protecteur, passa le bras gauche autour de ses épaules tandis que de la main droite il pointait un doigt accusateur vers le général. Swayne sembla accueillir ce qu'il disait, ou plutôt ce qu'il hurlait avec une résolution stoïque mêlée de feinte indifférence. Il pivota sur lui-même et traversa la pelouse d'une allure martiale pour se diriger vers une petite porte latérale de la demeure. Bourne le perdit de vue dans l'obscurité et revint avec ses jumelles sur le couple. Le colosse ventru lâcha la femme du général et commença à lui parler. Elle hocha la tête, effleura des lèvres la bouche de l'homme et s'éloigna en courant dans la direction prise par son mari. L'homme rentra dans la cabane, en claqua la porte et le rectangle de lumière disparut.

Bourne fixa les jumelles sur le velcro et essaya de trouver un sens à la scène qu'il venait de suivre. C'était un peu comme s'il avait regardé un film muet sans sous-titres, avec des gestes beaucoup plus réels et sans l'attitude théâtrale qui caractérisait les comédiens à cette époque. La propriété si bien protégée du général abritait à l'évidence un ménage à trois, mais cela ne suffisait pas à expliquer l'existence de la clôture. Il y avait une autre raison et il devait la découvrir.

Son instinct lui soufflait que, quelle que fût cette raison, elle avait un rapport avec l'individu ventripotent qui venait de rentrer dans la cabane en claquant violemment la porte. Il fallait donc qu'il atteigne cette cabane pour mettre la main sur ce fantôme d'un passé oublié. Jason se releva lentement et, en se glissant d'un pin à l'autre, il atteignit l'allée circulaire et longea l'étroit chemin de gravier en suivant les arbres qui le bordaient.

Il s'immobilisa et se laissa brusquement tomber par terre en percevant un bruit qui n'appartenait pas au murmure nocturne de la forêt. C'était un bruit de roues. Des roues qui écrasaient le gravier. Il roula sur lui-même pour s'enfoncer dans l'ombre impénétrable des branches basses d'un pin et tourna la tête dans tous les sens pour localiser le bruit.

Quelques secondes plus tard, il vit sortir de l'ombre de l'allée circulaire et s'engager à toute allure sur le chemin un petit véhicule à la forme bizarre, mi-moto à trois roues, mi-voiturette de golf, muni de pneus larges aux rainures profondes qui permettaient de rouler vite en gardant une excellente tenue de route. L'étrange véhicule avait quelque chose de menaçant dans son aspect. Outre une longue antenne flexible, il était bardé d'épaisses plaques bombées de Plexiglas ; des vitres pare-balles protégeaient le conducteur d'une attaque et lui permettaient de donner l'alerte par radio. La « ferme » du général Norman Swayne était décidément de plus en plus bizarre.

Un second véhicule à trois roues surgit brusquement de derrière la cabane – c'était bien une cabane, aux murs de rondins – et s'arrêta à quelques mètres de l'autre en faissant crisser le gravier. Jason vit les deux conducteurs tourner la tête avec une raideur toute militaire vers la cabane, comme des robots, et il entendit résonner la voix d'un haut-parleur invisible.

– Fermez les grilles, ordonna la voix métallique et impérieuse. Lâchez les chiens et reprenez les rondes.

Comme dans une figure de danse bien réglée, les deux véhicules se mirent en mouvement au même instant et repartirent à pleins gaz, chacun de son côté, silhouettes insolites se fondant dans l'obscurité. En entendant le mot « chiens », Bourne porta machinalement la main à sa poche arrière pour en sortir le pistolet à air comprimé. Puis il se mit à ramper de côté dans le sous-bois, aussi rapidement que possible, et ne s'arrêta qu'à quelques mètres de la clôture. Si c'était une meute, il n'aurait pas d'autre solution que d'escalader la clôture et franchir les rouleaux de barbelés pour sauter de l'autre côté. Il ne pouvait éliminer que deux chiens avec son pistolet et il n'aurait pas le temps de recharger. Il demeura accroupi, immobile, prêt à bondir sur la clôture. Sous les branches basses des arbres, la vue était assez dégagée.

Un doberman noir déboula soudain sur le gravier, sans hésiter, sans se détourner pour suivre la moindre piste. L'animal avait à l'évidence un seul but : atteindre un endroit donné. Puis un autre chien apparut, un berger à poil long, qui ralentit instinctivement, comme s'il avait été programmé pour s'arrêter à un endroit précis. L'animal fit halte et Bourne vit sa silhouette se déplacer très lentement le long du chemin. Jason comprit. C'étaient des chiens de garde, mâles, dressés, ayant chacun son territoire qu'il marquait régulièrement de son urine. C'était un technique de dressage en vogue chez les paysans et les petits propriétaires terriens orientaux qui cherchaient ainsi à réduire le coût de la nourriture des animaux chargés de garder les parcelles dont dépendait leur survie. Dresser quelques animaux pour protéger des voleurs leurs champs isolés et, dès que l'alarme était donnée, les autres rappliquaient. L'Orient, le Viêt-nam, Méduse... Cela lui revenait maintenant. Des images floues, indécises... Un homme jeune, en uniforme, bâti en force, descendait d'une jeep et – combien ces images que lui renvoyait sa mémoire étaient brumeuses et troubles ! Il commençait à invectiver les rescapés d'un commando qui venait de détruire une piste parallèle à la piste Ho Chi Minh et destinée à acheminer du matériel. C'était ce même homme, vieilli, empâté, qui était apparu dans le champ de ses jumelles quelques instants plus tôt ! Cet homme qui, vingt ans plus tôt, leur avait promis du matériel : munitions, mortiers, grenades, radios, et ne leur avait rien apporté. Rien d'autre que les récriminations du haut commandement de Saigon contre ces « putains d'irréguliers qui nous ont fourni des renseignements de merde ! » Mais ce n'était pas vrai. Saigon avait agi trop tard, réagi trop tard et vingt-six hommes avaient été tués ou capturés pour rien.

Les souvenirs de Bourne avaient maintenant autant de précision que si la scène avait eu lieu une heure ou quelques minutes auparavant. Il avait sorti son .45 de son étui et, sans hésiter, collé le canon de son arme sur la tempe du sous-officier.

– Un mot de plus et vous êtes mort, sergent. Si, demain matin, à 5 heures, vous ne nous avez pas apporté ce dont nous avons besoin, j'irai à Saigon et je vous ferai personnellement éclater la cervelle dans le bordel où vous serez vautré ! Ai-je été assez clair ou bien voulez-vous m'éviter un voyage dans la capitale ? Pour ne rien vous cacher, compte tenu des pertes que nous venons de subir, j'aimerais autant vous zigouiller tout de suite.

– Vous aurez ce qu'il vous faut.

– *Très bien!* s'était écrié dans sa langue natale l'aîné des membres de Méduse, un Français qui, de nombreuses années plus tard, sauverait la vie de Jason dans une réserve naturelle des environs de Pékin. *Tu es formidable, mon fils!*

D'Anjou, cet homme entré dans la légende, avait raison. Mais il était mort maintenant.

Les réflexions de Jason furent brusquement interrompues par des grognements de plus en plus furieux. Le berger à poil long était en train de décrire des cercles sur le gravier; il avait flairé une odeur humaine. En quelques secondes, le temps que l'animal s'oriente, tout se précipita. Le chien s'élança sous les arbres, les crocs découverts, ses grognements menaçants se muèrent en grondements féroces. Bourne recula jusqu'à la clôture et sortit de la main droite le pistolet à air comprimé de son étui. Il leva le bras gauche devant lui, à moitié replié, en position pour contre-attaquer, une manœuvre qui, si elle n'était pas correctement exécutée, lui ferait perdre toute la nuit. L'animal furieux bondit, babines retroussées. Jason tira les deux coups et, pendant que les fléchettes se fichaient dans leur cible, il lança prestement le bras gauche autour de la tête du molosse en tordant celle-ci en sens inverse des aiguilles d'une montre et en donnant simultanément un violent coup du genou droit dans le corps de l'animal pour écarter les pattes aux griffes acérées. En quelques instants, tout fut terminé sans que le berger ait eut le temps d'alerter par ses hurlements, de l'autre côté de la pelouse, la demeure du général. Bourne reçut dans ses bras le corps inerte du molosse aux yeux dilatés par l'anesthésique et le déposa sur le sol. Puis il attendit, redoutant de faire le moindre geste avant d'avoir la certitude que les autres chiens n'avaient pas été avertis par des signaux imperceptibles à l'homme.

Mais rien ne se passa, rien ne troubla le murmure de la forêt derrière la haute clôture. Jason remit le pistolet dans sa poche et repartit en rampant dans la direction du chemin, des gouttes de sueur coulant sur son visage et lui piquant les yeux. Décidément, il était resté trop longtemps sur la touche. Quelques années plus tôt, réduire au silence un chien de garde n'était pour lui qu'un exercice de routine, mais cela n'avait, aujourd'hui, plus rien d'ordinaire. Tout son être était saisi de peur, une peur sans mélange. Qu'était-il advenu de l'homme qu'il avait été? Mais Marie et les enfants étaient toujours en danger; il fallait que cet homme renaisse!

Bourne reprit les jumelles et les porta de nouveau à ses yeux. La lune jouait à cache-cache avec des nuages bas et pressés, mais sa clarté laiteuse était suffisante. Jason régla les jumelles sur le sous-bois qui s'étendait le long de la clôture. Le doberman noir allait et venait telle une panthère impatiente, s'arrêtant de loin en loin pour lever la patte et enfoncer son museau dans les buissons. Comme on le lui avait appris, il parcourait un petit chemin de terre reliant les grilles closes aux extrémités de la longue allée circulaire. A chaque halte, l'animal grondait férocement et faisait plusieurs tours sur lui-même, comme s'il attendait et redoutait à la fois la décharge électrique qu'il recevrait dans son collier s'il s'écartait sans raison. C'était encore une méthode de dressage qui remontait au temps du Viêt-nam : les soldats dressaient les chiens à garder les dépôts de munitions et de matériel avec des signaux commandés à distance. Jason dirigea ensuite ses jumelles de l'autre côté de l'immense pelouse et découvrit un troisième animal, un braque de Weimar, un chien d'apparence paisible, mais très dangereux quand il attaquait. L'animal courait inlassablement en tous sens, peut-être excité par des écureuils ou des lapins, sûrement pas par une odeur humaine. Il n'émettait aucun grondement annonciateur d'une attaque imminente.

Jason s'efforça d'analyser ce qu'il voyait afin de déterminer ses prochains mouvements. Il ne pouvait que supposer qu'il y avait un quatrième, un cinquième, voire un sixième chien qui surveillaient la propriété. Mais pourquoi étaient-ils séparés? Pourquoi les animaux ne patrouillaient-ils pas en troupe et en liberté, ce qui eût été bien plus effrayant et dissuasif? Les considérations financières, essentielles pour le fermier oriental, n'avaient ici aucune importance. L'explication lui vint brusquement à l'esprit, si simple qu'elle crevait les yeux. Il fit aller et venir ses jumelles du braque de Weimar au doberman, l'image du berger allemand encore très présente à son esprit. Les animaux étaient certes des chiens de garde dressés, mais ce n'était pas tout. Il s'agissait de chiens de race pure, au pedigree sans faille, des animaux vicieux, participant à des expositions canines dans la journée et se transformant en prédateurs implacables la nuit. C'était évident! La « ferme » du général Swayne n'avait rien de mystérieux, elle était même facile d'accès, et les amis, voisins et collègues venaient la visiter, non sans jalousie sans doute. Les invités admiraient dans la journée des champions dociles dans leurs chenils parfaitement entretenus sans soupçonner ce qu'ils étaient en réalité. Norman Swayne, responsable des achats du Pentagone et ancien de Méduse, n'était rien qu'un amateur fervent de l'espèce canine, comme en témoignait la généalogie de ses animaux. Peut-être même allait-il jusqu'à faire payer des saillies, car rien, dans l'éthique militaire n'interdisait cette pratique.

Si cet aspect de la « ferme » du général était une tromperie, il devait s'ensuivre que la propriété elle-même n'était qu'une gigantesque tromperie, aussi mensongère que l'héritage qui en avait permis l'acquisition. L'œuvre de Méduse!

Surgissant de derrière la maison, l'un des étranges véhicules à trois roues apparut de l'autre côté de la pelouse et s'engagea sur l'allée circulaire, vers la sortie. Bourne le suivit avec ses jumelles et ne s'étonna pas de voir le braque courir joyeusement en aboyant et en quêtant l'approbation du conducteur. Le conducteur... Les conducteurs étaient les dresseurs! L'odeur familière de leur corps calmait les chiens et les rassurait. L'observation était le prélude à l'analyse et l'analyse déterminait la tactique à suivre. Il devait se déplacer, plus librement qu'il ne l'avait fait jusqu'alors. Pour ce faire, il lui faudrait être en compagnie d'un des dresseurs : il devait donc s'emparer de l'une des voiturettes. Il regagna en courant le couvert des pins jusqu'à son point de pénétration.

Le véhicule muni de vitres pare-balles s'arrêta sur l'étroit sentier, à mi-distance entre les deux grilles en partie cachées par la végétation. Jason régla les jumelles. Le doberman noir semblait être l'animal favori du conducteur qui ouvrit le panneau de plexiglass du côté droit. Le chien se dressa sur ses pattes arrière et posa ses énormes pattes avant sur le siège. L'homme lança des biscuits ou des morceaux de viande dans la gueule grande ouverte, puis il tendit le bras et caressa la gorge de la bête.

Bourne comprit aussitôt qu'il ne disposait que de quelques instants pour mettre au point une stratégie encore incertaine. Il devait provoquer l'arrêt de la voiture et obliger le conducteur à sortir, sans l'alarmer, sans lui donner de raison de se servir de sa radio pour demander de l'aide. Placer le corps du chien sur le chemin? Non, le conducteur pourrait imaginer que l'animal avait été abattu par un tireur posté à l'extérieur de la clôture et donner l'alerte. Que pouvait-il faire? Il regarda autour de lui dans l'obscurité profonde, sentant monter la panique engendrée par l'indécision. Puis, brusquement, il trouva la solution.

La vaste pelouse impeccablement tondue, les arbustes soigneusement taillés, l'allée circulaire parfaitement entretenue... La propreté était la règle d'or du général. Jason se représenta Swayne en train d'ordonner à ses jardiniers de « nettoyer tout ça et que pas un brin d'herbe ne dépasse! ».

Il fixa de nouveau son attention sur la voiturette et le doberman. Le conducteur était en train de repousser gentiment le chien et s'apprêtait à refermer le panneau. Il ne restait plus que quelques secondes! Mais quoi faire et comment?

Il distingua devant lui une forme allongée. C'était une grosse branche morte, tombée du pin sous lequel il se trouvait. Il s'avança rapidement et s'accroupit pour dégager la branche de la couche d'humus, puis il la traîna vers l'allée. La poser au beau milieu ressemblerait trop à un piège grossier, mais la faire dépasser du bas-côté et mordre sur l'allée... Détruire l'impression de propreté impeccable, offenser la vue du conducteur qui préférerait dégager l'obstacle sur le champ, pour le cas où le général serait sorti en voiture et découvrirait la branche à son retour. Les employés de Swayne étaient des militaires de métier ou d'anciens soldats encore soumis à une stricte discipline. Ils feraient en sorte d'éviter de se faire réprimander, surtout pour une broutille. Jason avait de bonnes chances de réussir. Il saisit la base de la branche, la fit pivoter et la poussa vers l'allée en la faisant dépasser d'environ un mètre cinquante. Il entendit le panneau de Plexiglas se refermer bruyamment. La voiturette se mit en marche et commença à prendre de la vitesse tandis qu'il repartait en courant sous l'abri du grand pin.

La voiturette sortit de la courbe du chemin de terre pour s'engager sur l'allée. Aussi vivement qu'il avait accéléré, le conducteur freina dès que l'obstacle fut pris dans le faisceau de l'unique phare. Le véhicule s'en approcha prudemment, à toute petite vitesse, comme si le conducteur voulait s'assurer de ce dont il s'agissait. Puis il comprit et arrêta son véhicule. Il ouvrit sans hésiter le grand panneau de Plexiglas du côté gauche, descendit et contourna l'avant du véhicule.

– Rex! T'es un méchant chien! dit l'homme à mi-voix, avec un accent prononcé du Sud. Qu'est-ce que t'as été chercher là, espèce d'idiot? La vieille baderne serait capable de te faire raser pour avoir fait des saletés sur la route... Rex? Vas-tu venir, sale chien?

L'homme se pencha pour prendre la branche qu'il tira dans l'ombre du bas-côté.

– Tu m'entends, Rex? Putain de clébard, t'es encore en train de transporter des branches!

– Ne faites pas un geste et étendez les bras devant vous! ordonna Jason Bourne en sortant de l'ombre.

– Bordel de merde! Qui êtes-vous?

– Quelqu'un qui se contrefout de savoir si vous êtes vivant ou mort, répondit calmement Bourne.

– Vous avez un pistolet! Je le vois!

– Vous aussi, mais le vôtre est dans son étui. Le mien est dans ma main et il est braqué sur votre tête.

– Le chien! Où est ce putain de chien?

– Il est souffrant.

– Quoi?

– Je suis sûr que c'est un bon chien, mais il est devenu ce que son dresseur a voulu faire de lui. Ce n'est pas à l'animal qu'il faut en vouloir, mais à l'homme qui l'a dressé!

– Qu'est-ce que vous dites?

– En gros, que je préférerais tuer l'homme plutôt que l'animal. C'est clair?

– Ce n'est pas clair du tout! Moi, tout ce que je sais, c'est que je tiens à ma peau!

– Alors, parlons un peu.

– Je n'ai qu'une vie, monsieur, nous pouvons parler.

– Baissez lentement le bras droit et sortez votre pistolet avec le bout des doigts.

Le garde s'exécuta et prit son arme entre le pouce et l'index.

140

– Lancez-le vers moi, ordonna Bourne.

L'homme obéit et Jason attrapa le pistolet au vol.

– Vous voulez m'expliquer ce qui se passe? demanda le garde d'un ton implorant.

– Je veux des renseignements. On m'a envoyé ici pour les obtenir.

– Je vous dirai tout ce que vous voulez, si vous me laissez partir! Je ne veux plus jamais remettre les pieds ici! Je me doutais bien que ça arriverait un jour! C'est ce que j'ai expliqué à Barbie Jo, vous pouvez lui demander! Je lui ai dit qu'un jour des gens viendraient poser des questions. Mais pas comme ça, pas avec une arme braquée sur ma tête!

– Je suppose que Barbie Jo est votre femme.

– C'est à peu près ça, oui.

– Alors, commencez par m'expliquer pourquoi «des gens» viendraient ici poser des questions. Mes supérieurs tiennent à le savoir. Mais ne vous inquiétez pas, vous ne risquez rien. Personne ne s'intéresse à vous; vous n'êtes qu'un garde chargé de la sécurité.

– Oui, oui, je ne suis rien d'autre, monsieur, lança l'homme d'une voix vibrante de peur.

– Alors, pourquoi avez-vous dit à Barbie Jo que des gens finiraient par venir et poseraient des questions?

– J'en sais rien... Il se passe de drôles de choses ici, vous savez?

– Non, je ne sais pas. Quel genre de choses?

– Eh bien, prenez la grande gueule... Le général. C'est un gros bonnet, hein? Il a des voitures du Pentagone avec chauffeur et même des hélicoptères quand il veut. C'est lui le proprio, ici, hein?

– Et alors?

– Et alors, il faut voir comment ce gros porc d'Irlandais – un sergent-chef, vous vous rendez compte? – lui donne des ordres, comme à un enfant qui n'est pas capable de se torcher tout seul. Et la femme du général! Elle a une liaison avec le gros et je peux vous dire qu'elle ne s'en cache pas! Vous ne trouvez pas que tout ça est un peu bizarre?

– Je vois un couple qui a des problèmes domestiques, mais cela ne regarde personne d'autre qu'eux. Vous ne m'avez pas répondu; pourquoi des gens viendraient-ils ici poser des questions?

– Et vous, pourquoi êtes-vous venu? Vous pensiez qu'il y avait une réunion ce soir?

– Une réunion?

– Oui, les limousines avec chauffeurs et toutes ces huiles qui se retrouvent ici. Eh bien, vous n'avez pas choisi le bon jour. Les chiens sont lâchés et jamais on ne les lâche quand il y a une réunion.

– Nous allons poursuivre cette conversation dans la voiture, reprit Bourne après un silence, en s'approchant du garde. Je me baisserai et vous ferez exactement ce que je vous dis.

– Vous m'avez promis que je pourrai repartir!

– Oui, vous repartirez sain et sauf. Vous et votre collègue. Y a-t-il une alarme sur les grilles?

– Pas quand les chiens sont en liberté. S'ils voyaient quelque chose sur la route qui les rende nerveux, ils sauteraient sur la grille et déclencheraient l'alarme.

– Où se trouve le panneau de contrôle du système d'alarme?

– Il y en a deux. Un dans la cabane du sergent, l'autre dans l'entrée de la maison. Tant que les grilles sont fermées, on peut brancher l'alarme.

– Suivez-moi.

– Où allons-nous?

– Je veux voir tous les chiens.

Vingt et une minutes plus tard, les cinq autres chiens de garde étaient drogués et transportés dans leur chenil. Bourne alla ouvrir la grille et fit sortir les deux gardes à qui il avait remis trois cents dollars chacun.

– Pour compenser la perte de votre salaire, dit-il.

– Et ma voiture? demanda le second garde. Sûr qu'elle ne vaut pas grand-chose, mais elle roule. On l'a prise pour venir, Willie et moi.

– Vous avez les clés?

– Oui, dans ma poche. Elle est garée derrière, à côté des chenils.

– Repassez la chercher demain.

– Je peux pas la prendre maintenant?

– Vous feriez trop de bruit en partant et mes supérieurs vont arriver d'un moment à l'autre. Croyez-moi, il vaut mieux qu'ils ne vous voient pas.

– Merde! Qu'est-ce que je te disais, Jim-Bob? Qu'est-ce que je disais à Barbie Jo? Y se passe trop de choses bizarres ici!

– Oui, mais t'as trois cents dollars dans tes poches, Willie. Viens, on va faire du stop. Il est pas trop tard, on trouvera bien quelqu'un... Hé, monsieur, qui va s'occuper des chiens quand ils vont se réveiller? Il faudra les promener et leur donner à manger avant l'arrivée de l'équipe du matin... Et si un inconnu s'approche d'eux, ils vont le mettre en pièces.

– Et le sergent de Swayne? Il peut s'occuper d'eux, non?

– Les chiens ne l'aiment pas beaucoup, répondit le garde du nom de Willie, mais ils lui obéissent. Ils préfèrent la femme du général, les fumiers!

– Et le général? demanda Bourne.

– Il pisse dans son froc rien qu'en les regardant, répondit Jim-Bob.

– Merci du renseignement. Et maintenant, fichez le camp. Avancez un peu le long de la route avant de commencer à faire du stop. Mes supérieurs arriveront de l'autre côté.

– C'est la nuit la plus dingue de ma vie! fit le second garde, le regard fixé sur Jason, les yeux plissés à la clarté de la lune. Complètement dingue! Vous débarquez ici déguisé en terroriste, mais vous parlez et vous agissez comme un putain d'officier de carrière. Vous n'arrêtez pas de nous menacer avec vos « supérieurs », vous endormez les gros toutous et vous nous filez trois cents billets pour qu'on vide les lieux. Moi, je comprends rien!

– Personne ne vous demande de comprendre. Et vous ne croyez pas que si j'étais vraiment un terroriste, vous seriez déjà mort?

– Il a raison, Jim-Bob. Allez, on se casse!

– Et qu'est-ce qu'on va dire, nous?

– Si on vous interroge, vous n'aurez qu'à dire la vérité. Vous raconterez simplement ce qui s'est passé. Et vous pourrez ajouter que le nom de code est Cobra.

– Seigneur Jésus! s'écria Willie.

Et les deux hommes partirent ventre à terre le long de la route.

Bourne referma la grille et repartit vers la voiture. Quoi qu'il advienne pendant les heures qui allaient suivre, il avait l'assurance qu'un appendice de Méduse allait être en proie à une anxiété de plus en plus vive. Des questions seraient posées avec fébrilité, des questions sans réponse. Le mystère resterait entier.

Jason monta dans la voiture, suivit l'allée circulaire et s'engagea sur le chemin de gravier au bout duquel se trouvait la cabane.

Debout au bord de la fenêtre, il avança prudemment la tête et regarda à l'intérieur. Confortablement installé dans un grand fauteuil de cuir, les pieds sur un pouf, le gras sergent-chef regardait la télévision. A en juger par la voix aiguë et le débit précipité du commentateur, c'est par un match de base-ball que l'aide de camp du général était absorbé. Jason parcourut du regard l'intérieur de la cabane : un intérieur rustique, dans les tons rouge et brun, mobilier de bois sombre et rideaux à carreaux, l'intérieur confortable et masculin d'un petit chalet de campagne. Mais il n'y avait pas une arme en vue, pas même le traditionnel fusil ancien sur le manteau de la cheminée et pas plus d'automatique de calibre .45, l'arme d'ordonnance, à la ceinture du sergent ou sur la table, à côté du fauteuil. L'homme n'était manifestement pas inquiet pour sa sécurité immédiate. Pourquoi l'aurait-il été? La propriété du général Norman Swayne était parfaitement protégée : une clôture, des grilles, des patrouilles et des chiens de garde disciplinés défendaient tous les accès. Le regard de Bourne se fixa à travers la fenêtre sur le visage du sergent-chef. Quels secrets renfermait cette grosse tête aux mâchoires carrées? Il le découvrirait... Delta Un de Méduse le découvrirait, même s'il devait pour cela ouvrir ce crâne massif. Il s'écarta de la fenêtre et fit le tour de la cabane jusqu'à la porte. Il frappa deux coups avec la jointure des doigts de la main gauche; dans la droite il tenait l'automatique sans numéro de série fourni par Alexander Conklin, le prince des opérations clandestines.

— C'est ouvert, Rachel! cria une voix rauque.

Bourne tourna le bouton et poussa la porte qui pivota lentement sur ses gonds et alla heurter le mur. Puis il entra.

— Bon Dieu! rugit le sergent en ramenant par terre ses grosses jambes et en essayant d'extraire son corps massif du fauteuil. *Vous!*... Putain de fantôme! Vous êtes mort!

— Pas sûr, répliqua Delta de Méduse. Vous vous appelez bien Flannagan? C'est le nom qui me vient à l'esprit.

— Vous êtes mort! répéta en hurlant l'aide de camp du général, les yeux exorbités. Vous avez été tué à Hong-kong... liquidé il y a quatre ou cinq ans!

— Quelle mémoire...

— Nous le savons... Je le sais!

— Vous devez avoir des relations bien placées.

— Vous êtes Bourne!

— Ressuscité des morts, comme vous pouvez le constater.

— Je ne peux pas le croire!

— C'est pourtant vrai, Flannagan. Mais j'aimerais parler de ce « nous ». De la Femme-Serpent, pour être plus précis.

— Vous êtes... vous êtes celui que Swayne appelait « Cobra »!

— C'est un serpent, non?

— Je ne comprends pas...

— Je reconnais qu'il y a de quoi s'y perdre.

— Vous êtes des nôtres!

— Je l'étais. Mais on m'a écarté et je suis revenu sans faire de bruit, en rampant comme un serpent.

Le regard affolé du sergent se tourna vers la porte, puis les fenêtres.

— Comment avez-vous pu arriver jusqu'ici? Où sont les gardes? Et les chiens? Où sont-ils, bon Dieu?

— Les chiens dorment dans leurs chenils et j'ai décidé de donner congé aux gardes pour la nuit.

— Pour la nuit... Et les chiens sont en liberté?

— Non, ils se reposent. Je les ai persuadés de dormir.

— Et les gardes... Où sont passés ces connards?

— Je les ai également persuadés de partir. Je crains qu'ils n'aient pas très bien compris ce qui se passait cette nuit.

— Qu'avez-vous... Que voulez-vous donc?

— Je crois vous l'avoir dit. Nous allons avoir une petite discussion, sergent Flannagan. J'ai envie de prendre des nouvelles de quelques vieux camarades que j'ai perdus de vue depuis longtemps.

Terrifié, le sergent s'écarta lentement du fauteuil.

— Vous êtes le cinglé qui se faisait appeler Delta jusqu'à ce qu'il se mette à son compte! s'écria-t-il d'une voix gutturale. J'ai vu une photo de vous... Vous étiez allongé sur une table d'autopsie. Le drap était taché du sang de vos blessures... J'ai vu votre visage; vous aviez les

144

yeux grands ouverts et du sang s'écoulait encore des trous que les balles avaient faits dans votre front et votre gorge. On m'a demandé qui vous étiez, et j'ai répondu : « C'est Delta. Delta Un, de Méduse. » Et alors, ils m'ont dit : « Non, pas du tout, c'est Jason Bourne, le tueur, l'assassin. » Et moi je leur ai dit : « Ces deux hommes n'en font qu'un, car celui que vous me montrez est Delta... Je l'ai bien connu. » Et puis, ils m'ont remercié et ils m'ont dit d'aller retrouver les autres.

– Qui étaient ces *ils* dont vous parlez?

– Des gens de Langley. Celui qui m'a interrogé était un boiteux; il avait une canne.

– Et *les autres*... Ceux qu'on vous a dit d'aller rejoindre?

– Vingt-cinq ou trente des anciens de Saigon.

– Du haut commandement de Saigon?

– Oui.

– Des hommes qui ont travaillé avec nous, les « irréguliers »?

– Pour la plupart, oui.

– Cela remonte à combien de temps?

– Mais je vous l'ai dit, merde! gronda le gros sergent paniqué. Quatre ou cinq ans! J'ai vu la photo... Vous étiez mort!

– Il y avait une seule photo, fit posément Bourne en dévisageant le sous-officier. Vous avez une excellente mémoire.

– Vous avez collé le canon d'un pistolet sur ma tempe. Trente-trois ans sous l'uniforme, deux guerres et douze campagnes..., et jamais personne ne m'a fait ça, personne d'autre que vous. Oui, j'ai une bonne mémoire...

– Je crois que je comprends.

– Pas moi! Je ne comprends absolument rien! Vous étiez mort, je l'ai vu!

– Vous l'avez déjà dit, mais vous voyez bien que non. A moins que ce ne soit vrai, que ce ne soit le cauchemar qui vous fera expier vingt ans de mensonges.

– Qu'est-ce que c'est que ces conneries? Qu'est-ce que vous...

– Ne bougez pas!

– Je ne bouge pas!

Soudain, au loin, il y eut une détonation. Un coup de feu! Jason commença à pivoter sur lui-même... et son instinct lui commanda de continuer, de faire un tour complet. L'aide de camp du général projetait vers lui des mains comme des battoirs qu'il esquiva d'un mouvement d'épaules tout en lançant un violent coup de pied qui s'écrasa dans les reins du sergent tandis que son automatique s'abattait à la base du cou de Flannagan. Le sergent fit deux pas en titubant et s'effondra; de la pointe du pied gauche Delta Un le frappa sur le crâne pour le réduire au silence.

Avec des hurlements hystériques, une femme s'approcha en courant de la cabane. Quelques secondes plus tard, l'épouse du général Norman

145

Swayne pénétra en trombe dans la pièce. Elle eut un mouvement de recul à la vue de son amant étendu par terre et s'agrippa au dossier du siège le plus proche, les traits bouleversés par une peur panique.

– Il est mort! hurla-t-elle en repoussant la chaise et en se laissant tomber près de son amant. Il s'est tué, Eddie! Oh! Mon Dieu! Il s'est tué!

Bourne se redressa et se dirigea vers la porte de l'étrange cabane renfermant tant de secrets. Calmement, sans quitter des yeux ses deux prisonniers, il la referma. La femme pleurait, hoquetant, les épaules secouées de sanglots, mais les larmes qu'elle versait n'étaient pas de chagrin. Elle avait peur. Le sergent cligna des yeux à plusieurs reprises et tenta de soulever la tête. L'expression qui passa sur son visage était un mélange de fureur et de stupéfaction.

11

– Ne touchez à rien! ordonna Bourne à Rachel Swayne et à Flannagan qui le précédaient en hésitant dans le bureau tapissé de photographies. A la vue du cadavre du vieux soldat, renversé dans le fauteuil
du bureau, le pistolet encore serré dans sa main, et du spectacle affreux
du mur maculé de sang, la veuve fut prise de convulsions et se laissa
tomber à genoux, secouée par des haut-le-cœur. Le sergent la prit par le
bras et l'aida à se relever sans quitter des yeux le corps mutilé du général Norman Swayne.

– Pauvre con, murmura le colosse d'une voix étranglée, à peine
audible, les muscles des mâchoires contractés. Mais qu'est-ce qui vous a
pris de faire ça, pauvre con? Qu'allons-nous devenir maintenant?

– Vous allez appeler la police, sergent, dit Jason.

– Quoi? hurla Flannagan en se retournant tout d'un bloc.

– Non! hurla Rachel Swayne en se relevant péniblement. Nous ne
pouvons pas appeler la police!

– Je ne pense pas que vous ayez le choix. Vous ne l'avez pas tué...
Vous l'avez peut-être poussé à se tuer, mais vous ne l'avez pas tué.

– Que voulez-vous dire? demanda Flannagan d'un ton bourru.

– Vous ne croyez pas que la déclaration d'une tragédie domestique
aussi simple en apparence est préférable à l'ouverture d'une enquête
plus approfondie? Je présume que ce n'est un secret pour personne que
vous avez tous les deux un arrangement...

– Il n'en avait rien à foutre de notre « arrangement », comme vous
dites, et ce n'était pas un secret non plus.

– Il nous encourageait à la moindre occasion, ajouta Rachel Swayne
en défroissant sa jupe d'une main hésitante.

Elle semblait retrouver rapidement son sang-froid et, bien qu'elle
s'adressât à Bourne, son regard se tournait vers son amant.

– Il faisait en sorte de nous laisser ensemble, poursuivit-elle, parfois
pendant plusieurs jours d'affilée... Sommes-nous vraiment obligés de

147

rester ici? J'ai passé vingt-six ans avec cet homme! Je suis sûre que vous comprenez... C'est trop affreux pour moi!

— Il y a certaines choses dont nous devons discuter, dit Bourne.

— Pas ici, je vous en prie. Allons dans le salon, de l'autre côté de l'entrée! Nous y serons mieux pour parler.

Ayant manifestement retrouvé son sang-froid, Mme Swayne sortit du bureau. L'aide de camp du général, après un dernier regard au corps ensanglanté, fit une grimace et la suivit.

— Restez dans l'entrée pour que je puisse vous voir et ne faites pas un geste! s'écria Jason.

Il s'avança d'un pas vif vers le bureau, et passa rapidement en revue les derniers objets que Norman Swayne avait eus sous les yeux avant de placer l'automatique dans sa bouche. Quelque chose clochait. A droite du grand sous-main vert, sur un bloc à en-tête du Pentagone, le grade et le nom de Swayne figuraient sous les emblèmes de l'armée des États-Unis. Près du bloc, à côté de la bordure de cuir du sous-main, était posé un stylo à bille en or dont la pointe d'argent était sortie, comme s'il avait été utilisé peu de temps auparavant par quelqu'un qui ne s'était pas donné la peine de rentrer la pointe. Bourne se pencha sur le bureau, le visage à quelques centimètres du cadavre, respirant l'odeur de poudre et de chair brûlée, pour examiner le bloc à en-tête. Il ne portait pas d'inscription visible, mais Jason détacha soigneusement les deux ou trois premiers feuillets, les plia et les glissa dans la poche de son pantalon. Puis il se redressa et s'éloigna du bureau, l'air préoccupé. Tandis que son regard errait sur les meubles, la silhouette massive du sergent s'encadra dans le chambranle.

— Que faites-vous? demanda Flannagan d'un ton soupçonneux. Nous vous attendons.

— Votre amie trouve peut-être insupportable de rester dans cette pièce, mais pas moi. Je ne peux pas me le permettre, car j'ai beaucoup trop de choses à apprendre.

— Je croyais que vous aviez dit de ne toucher à rien.

— Regarder n'est pas toucher, sergent. Et si on enlève quelque chose, personne ne sait qu'on y a touché, car ce quelque chose n'est plus là.

Bourne s'avança brusquement vers une table basse au-dessus de cuivre ornementé, du genre de celles que l'on trouve dans tous les bazars, en Inde et au Moyen-Orient. La table se trouvait entre deux fauteuils, devant la petite cheminée du bureau; sur un des côtés un cendrier en verre cannelé contenait des mégots de cigarettes à moitié fumées. Jason se pencha et prit le cendrier. Il le leva et se tourna vers Flannagan.

— Prenons par exemple ce cendrier, sergent. Je l'ai touché et j'y ai laissé mes empreintes digitales, mais personne ne le saura, car je vais l'emporter.

— Pourquoi?

– Parce que j'ai senti quelque chose... Je veux dire senti avec mon nez, mon odorat. Cela n'a rien à voir avec l'instinct.

– De quoi parlez-vous ?

– Je parle de fumée de cigarette. L'odeur persiste plus longtemps qu'on ne l'imagine ; c'est quelqu'un qui a essayé au moins dix fois de cesser de fumer qui vous l'affirme.

– Et alors ?

– Alors, nous allons avoir une conversation avec la veuve du général. Tous ensemble. Venez, Flannagan, nous allons jouer au jeu de la vérité.

– Avec une arme dans la poche, c'est fou comme on peut se sentir courageux.

– Plus vite, sergent !

Rachel Swayne pencha la tête vers la gauche en rejetant en arrière les longs cheveux bruns, semés de gris, qui tombaient sur ses épaules et en se raidissant dans son fauteuil.

– C'est profondément blessant ! articula-t-elle en fixant sur Bourne un regard accusateur.

– Assurément, rétorqua Jason en hochant la tête, mais il se trouve que c'est la vérité. Il y a cinq mégots de cigarettes dans ce cendrier et chacun d'eux porte des traces de rouge à lèvres.

Bourne s'assit en face d'elle et posa le cendrier sur la table basse placée à côté du fauteuil.

– Vous étiez là quand il l'a fait, reprit-il, quand il a mis l'arme dans sa bouche avant de presser la détente. Vous n'avez peut-être pas cru qu'il irait jusqu'au bout ; vous vous êtes peut-être dit que ce n'était qu'une menace de plus. Quoi qu'il en soit, vous n'avez rien fait pour l'en empêcher. Pourquoi l'en auriez-vous empêché, d'ailleurs ? C'était une solution logique et satisfaisante pour Eddie et pour vous.

– C'est grotesque !

– Pour être franc, madame Swayne, je pense que ce n'est pas un mot que vous devriez employer. Vous n'êtes pas plus convaincante que lorsque vous dites que quelque chose est « profondément blessant ». Ce ne sont pas des expressions qui vous sont naturelles, Rachel. Vous imitez des gens que vous avez entendus... sans doute de riches clients désœuvrés qu'une jeune coiffeuse a entendus à Honolulu, il y a bien longtemps de cela.

– Comment osez-vous ?

– Allons, Rachel, cela devient ridicule. Ne me faites pas le coup du « Comment osez-vous ? ». Ça ne prend pas. Allez-vous me condamner ensuite de votre voix nasillarde à avoir la tête tranchée par décret royal ?

– Foutez-lui la paix ! hurla Flannagan en se plaçant à côté de la générale. C'est vous qui tenez l'arme, mais vous n'avez pas besoin de faire ça!... Elle ne le mérite pas et elle a été ridiculisée par tout le monde!

— Comment est-ce possible? Elle était la femme du général, la maîtresse de maison, la châtelaine, non?

— On se servait d'elle...

— On se moquait de moi, monsieur Delta, s'écria Rachel Swayne en serrant les accoudoirs de son fauteuil. Ils se moquaient toujours de moi! Quand ils n'étaient pas en train de me lorgner ou de baver devant moi. Que diriez-vous de passer de main en main, comme un dessert-surprise, après le dîner et le cognac?

— Je crois que cela ne me plairait pas du tout. Je pense même que je refuserais.

— Je ne pouvais pas refuser! Il m'obligeait à le faire!

— Personne ne peut obliger quelqu'un à faire ce genre de chose.

— Bien sûr que si, monsieur Delta, rétorqua la générale en se penchant en avant, sa poitrine opulente tendant le tissu de son corsage, ses long cheveux masquant partiellement son visage sensuel, aux traits doux. Imaginez une adolescente du bassin houiller de Virginie occidentale, qui a cessé ses études très jeune, qui n'a aucune formation à l'époque où les grandes compagnies ferment les mines et où personne n'a plus rien à croûter... Pardon, à manger. Chacun essaie de s'en sortir avec ce qu'il a. C'est ce que j'ai fait : j'ai vendu mon corps d'Aliquippa à Hawaï, mais j'ai fini par m'en sortir et j'ai appris un métier. C'est là que j'ai rencontré le grand général; je l'ai épousé, mais jamais je ne me suis fait la moindre illusion. Surtout après son retour du Viêt-nam, si vous voyez ce que je veux dire.

— Je n'en suis pas sûr, Rachel.

— Tu n'as rien à lui expliquer, mon chou! gronda Flannagan.

— Mais je veux le faire, Eddie! J'en ai marre de toute cette merde, tu comprends?

— Attention à ce que tu dis!

— Le problème, monsieur Delta, c'est que je ne *sais* rien. Mais je peux supposer des choses, vous comprenez?

— Arrête, Rachel! hurla le sergent.

— Va te faire voir, Eddie! Et réfléchis un peu. Ce M. Delta peut nous permettre de nous en sortir... de refaire notre vie dans les îles.

— Vous avez entièrement raison, madame Swayne.

— Vous savez ce qu'est cette propriété...?

— Vas-tu la fermer? beugla le colosse en faisant un pas en avant.

Mais le sergent s'immobilisa aussitôt. Le bruit assourdissant d'une détonation emplit la pièce et une balle alla se ficher dans le plancher, entre ses jambes. La générale se mit à hurler.

— Qu'est donc cette propriété, madame Swayne? demanda Bourne, l'automatique à la main, quand elle eut fini.

— Attendez!

150

C'était encore Flannagan. Cette fois, il n'avait pas crié, mais parlé d'une voix implorante. Il se tourna d'abord vers la veuve du général, puis son regard se posa sur Jason.

— Écoutez, Bourne, ou bien Delta, ou ce que vous voulez, Rachel a raison. Vous pouvez nous permettre de nous en sortir. Nous n'avons plus rien à faire ici... Qu'avez-vous à nous proposer?

— Contre quoi?

— Admettons que nous vous disions tout ce que nous savons sur ce qui se passe ici... et que moi je vous donne de quoi en apprendre beaucoup plus. Comment pouvez-vous nous aider? Comment pouvons-nous partir d'ici et retourner aux îles Hawaï sans être traqués, sans que notre nom et notre photo s'étalent dans tous les journaux?

— C'est beaucoup demander, sergent.

— Mais enfin, elle ne l'a pas tué... nous ne l'avons pas tué! C'est vous-même qui l'avez dit!

— C'est vrai, mais je me fous de savoir si vous l'avez tué, si vous êtes responsables ou non de sa mort. J'ai d'autres priorités.

— Prendre des nouvelles de quelques vieux camarades, par exemple?

— Exactement. J'ai des obligations.

— Je ne comprends toujours pas ce que vous cherchez...

— Ce n'est pas indispensable que vous compreniez.

— Vous étiez mort! lança le sergent, l'air perplexe. Delta Un des irréguliers était Bourne et Langley nous a apporté la preuve que Bourne était mort! Mais vous n'êtes pas mort...

— Disons que je n'étais plus moi-même. C'est tout ce que vous avez à savoir sergent, cela et le fait que je travaille pour mon propre compte. Je peux faire appel à quelques personnes qui ont une dette envers moi, mais je travaille en solo. J'ai besoin de renseignements et je n'ai pas de temps à perdre!

Flannagan secoua la tête d'un air ahuri.

— Bon, dit-il d'une voix hésitante, je peux peut-être vous aider. Plus que n'importe qui, sans doute. Comme on m'a confié une mission assez particulière, j'ai été mis au courant d'un certain nombre de choses, des choses que quelqu'un comme moi n'aurait normalement pas dû savoir.

— J'ai l'impression que vous êtes en train de me monter un bateau, sergent. Quelle était donc cette mission très particulière?

— Je faisais la nurse. Il y a deux ans, Norman a commencé à perdre les pédales. J'étais chargé de le surveiller et, en cas de problème, on m'avait donné un numéro de téléphone à New York.

— Ce numéro faisant partie de l'aide que vous pouvez m'apporter?

— Celui-ci, mais il y a aussi plusieurs numéros minéralogiques que j'avais relevés, pour le cas où...

— Pour le cas où, acheva Bourne, quelqu'un déciderait qu'il pouvait se passer des services d'une nurse.

— Grosso modo. Ces pourris ne nous ont jamais aimés. Norman ne s'en rendait pas compte, mais, moi, je le voyais bien.

151

– Qui, nous? Rachel, Swayne et vous?

– *L'uniforme.* Il fallait les voir nous regarder de haut, comme si nous étions un mal nécessaire. Ils avaient besoin de Norman. Je voyais dans leur regard leur mépris de civils riches, mais qui avaient besoin de lui.

Tout le monde sait bien que les petits soldats n'étaient pas à la hauteur. Albert Armbruster, président de la Commission du commerce fédéral. Les héritiers civils de Méduse.

– Quand vous dites que vous avez relevé des numéros minéralogiques, je suppose que cela implique que vous ne participiez pas aux réunions qui avaient lieu – qui *ont* lieu – ici à intervalles plus ou moins réguliers.

– Vous n'êtes pas un peu cinglé? lança Rachel Swayne d'une voix stridente, devançant son amant. Chaque fois qu'il y avait une vraie réunion, pas un de ces dîners qui dégénéraient en beuverie, Norman m'ordonnait de rester dans ma chambre ou bien, si je préférais, d'aller rejoindre Eddie pour regarder la télé. Eddie n'avait pas le droit de sortir de la cabane. Nous n'étions pas assez *bien* pour les connards prétentieux qu'il appelait ses amis. Ça s'est passé ainsi pendant des années... Vous comprenez pourquoi je vous ai dit qu'il nous jetait dans les bras l'un de l'autre?

– Je commence à comprendre... Enfin, je crois. Mais vous, sergent, comment avez-vous fait pour relever les numéros d'immatriculation de ces voitures? Vous n'étiez donc pas consigné?

– Ce sont les gardes qui les ont relevés. Je leur ai dit que c'était une mesure de sécurité confidentielle et personne n'a discuté.

– Je vois. Vous m'avez révélé que Swayne avait commencé à perdre les pédales il y a deux ans. De quelle manière? Pouvez-vous être plus précis?

– Comme ce soir. Chaque fois qu'il se passait quelque chose qui sortait de l'ordinaire, il perdait tous ses moyens; il était incapable de prendre une décision. Dès que cela avait le moindre rapport avec la Femme-Serpent, il se cachait la tête en attendant que cela passe.

– Et ce soir, qu'est-il arrivé? Je vous ai vus vous disputer tous les deux et j'ai eu l'impression que c'est le sergent qui donnait des ordres au général.

– Et comment! Norman était complètement paniqué... à cause de vous, à cause de ce Cobra qui venait tirer de l'oubli ces vieilles histoires de Saigon. Il voulait que je sois près de lui quand vous arriveriez, mais je l'ai envoyé paître. Je lui ai dit que j'étais pas fou et qu'il faudrait être complètement fou pour faire ça.

– Pourquoi? Pourquoi un aide de camp devrait-il être fou pour rester auprès de son officier supérieur?

– Pour la même raison qu'un sous-off n'est pas admis dans la salle des opérations où les galonnés sont en train d'élaborer une stratégie. Nous ne sommes pas au même niveau, ça ne se fait pas.

– Ce qui est une autre manière de dire qu'il y a des limites à ce que vous pouvez savoir.

– Exactement.

– Mais vous avez joué un rôle dans ce qui s'est passé à Saigon, il y a vingt ans, vous avez fait partie de la Femme-Serpent. Vous étiez un homme de Méduse, sergent ! Vous êtes toujours un homme de Méduse !

– Mon rôle a toujours été insignifiant, Delta. Je passe le balai et on prend soin de moi, mais je ne suis qu'un balayeur en uniforme. Quand le moment viendra de rendre mon uniforme, je me retirerai discrètement dans un petit coin tranquille et je resterai muet comme une tombe, sinon je disparaîtrais pour de bon. La situation est très claire : on peut facilement me remplacer.

Bourne observa attentivement le colosse pendant qu'il parlait et il remarqua les coups d'œil que Flannagan lançait à la veuve du général, comme s'il quêtait son approbation ou bien, au contraire, comme s'il redoutait qu'elle lui signifie d'un regard de se taire. Le gros sergent disait la vérité, ou bien il était un acteur extrêmement convaincant.

– Ce qui me frappe, dit enfin Jason, c'est que le moment me semble bien choisi pour prendre votre retraite anticipée. Je peux arranger cela, sergent. Vous pouvez disparaître tranquillement de la circulation, avec les récompenses que vous vaudront vos activités de balayeur. L'aide de camp dévoué d'un général choisit après plus de trente ans de bons et loyaux services de prendre sa retraite quand son supérieur et son ami met tragiquement fin à ses jours. Personne ne vous le reprochera... Voilà ma proposition.

Flannagan se tourna encore une fois vers Rachel Swayne. Elle inclina vigoureusement la tête et plongea les yeux dans ceux de Bourne.

– Quelle garantie avons-nous que vous nous laisserez faire nos bagages et disparaître ? demanda-t-elle.

– Il reste à régler le problème du départ à la retraite du sergent Flannagan et de sa pension.

– J'ai fait signer tous les papiers à Norman il y a dix-huit mois, dit Flannagan. J'avais une affection permanente à son bureau du Pentagone et j'étais logé dans sa résidence. Je n'ai plus qu'à écrire la date, à signer et à fournir l'adresse d'une poste restante que j'ai déjà choisie avec Rachel.

– C'est tout ?

– Peut-être encore trois ou quatre coups de fil à donner. Le notaire de Norman, pour qu'il s'occupe de tous les détails ; le chenil pour les chiens ; le parc automobile du Pentagone ; un numéro à New York pour finir et direction l'aéroport Dulles.

– Vous avez dû préparer tout cela depuis un bon bout de temps, depuis plusieurs années...

– Pas loin, monsieur Delta, confirma la veuve sans le laisser achever sa phrase. Nous avons beaucoup donné, comme on dit.

– Mais avant de signer ces papiers et de donner ces coups de téléphone, reprit Flannagan, je veux avoir la certitude que nous pouvons partir... tout de suite.

– Vous voulez dire sans que la police et les journaux s'intéressent à vous et sans que votre nom soit mêlé à ce qui s'est passé ce soir. Vous n'étiez là ni l'un ni l'autre.

– Je sais que c'est beaucoup demander. Ces dettes que l'on a envers vous seront-elles suffisantes?

– Vous n'étiez là ni l'un ni l'autre, répéta Bourne, lentement et d'une voix douce, en baissant les yeux vers le cendrier contenant les mégots tachés de rouge à lèvres. Vous n'avez touché à rien, poursuivit-il en relevant la tête pour regarder le sergent. Rien ne peut vous lier physiquement à ce suicide... Êtes-vous vraiment prêts à partir... disons dans deux heures?

– Pourquoi pas une demi-heure, monsieur Delta? lança Rachel.

– Mais, bon Dieu, vous aviez votre vie ici, tous les deux...

– Nous n'avons plus rien à faire ici, répliqua Flannagan d'un ton ferme.

– Mais la propriété vous appartient, madame Swayne...

– Mon œil! Il l'a déjà léguée à une fondation, vous pouvez demander au notaire qui me fera parvenir ce qui me revient, s'il me revient quelque chose! Tout ce que je veux, tout ce que nous voulons, c'est partir!

Le regard de Bourne se porta successivement sur cet homme et cette femme bizarrement assortis, mais si fortement attirés l'un par l'autre.

– Rien ne vous en empêche, dit Bourne.

– Comment pouvons-nous en être sûrs? demanda Flannagan en faisant un pas en avant.

– Il vous faudra me faire confiance dans une certaine mesure, mais je vous donne ma parole que c'est en mon pouvoir. De toute façon, vous n'avez guère le choix. Imaginons que vous restiez ici... Quoi que vous fassiez du corps, le général ne se présentera pas à Arlington, ni demain ni les jours suivants et, tôt ou tard, quelqu'un viendra voir ce qui se passe. Il y aura des questions, des perquisitions, une enquête, et vous pouvez être sûrs que les médias s'en donneront à cœur joie. Il ne faudra pas longtemps pour que votre « arrangement » soit connu – même les gardes étaient au courant! – et les journaux, les magazines et les télévisions en feront des gorges chaudes. Est-ce cela que vous voulez? Ou bien disparaître pour de bon, comme vous l'avez demandé?

Le sergent-chef et la veuve du général échangèrent un long regard.

– Il a raison, Eddie, fit-elle. Avec lui, nous avons une chance; sans lui, nous n'en avons aucune.

– Cela semble trop facile, marmonna Flannagan d'une voix étranglée en lançant un coup d'œil dans la direction de la porte.

– J'en fais mon affaire, rétorqua Bourne. Donnez-moi ces numéros de téléphone, tous ceux que vous avez. Il ne vous restera plus qu'à appeler New York et, si j'étais à votre place, je le ferais d'une île du Pacifique.

– Vous êtes complètement cinglé! Dès que la nouvelle sera connue, Méduse va essayer de mettre la main sur nous! Ils voudront savoir ce qui s'est passé.

– Dites-leur la vérité, ou tout au moins une partie, et je pense que vous avez même des chances d'avoir une prime.

– Vous êtes un rigolo!

– Je n'étais pas un rigolo au Viêt-nam, sergent, ni à Hong-kong et je ne le suis pas plus maintenant... En rentrant avec Rachel, vous avez découvert le corps et vous avez aussitôt décampé, car vous ne vouliez pas que l'on pose des questions. Les morts ne parlent pas et ne risquent pas de se trahir Antidatez vos papier d'un jour, postez-les et je m'occupe du reste.

– Je ne sais pas si...

– Vous n'avez pas le choix, sergent! coupa Jason en se levant. Et je n'ai plus de temps à perdre! Si vous voulez que je m'en aille, je m'en vais! Débrouillez-vous tout seuls!

L'air furieux, Bourne se dirigea vers la porte.

– Non, Eddie, ne le laisse pas partir! Nous allons faire ce qu'il a dit, nous allons courir ce risque! Sinon, nous sommes morts, et tu le sais très bien!

– D'accord, d'accord!... Du calme, Delta. Nous ferons ce que vous voulez.

– Tout ce que je veux, sergent, insista Jason en se retournant, et vous suivrez mes instructions à la lettre.

– C'est ça.

– Nous allons d'abord repartir tous les deux dans votre petit chalet pendant que Rachel montera préparer ses affaires. Vous me donnerez tout ce que vous avez, les numéros de téléphone et de plaques minéralogiques, tous les noms dont vous vous souvenez, tout ce que je vous demanderai. C'est d'accord?

– Ouais.

– Allons-y. Quant à vous, madame Swayne, je sais qu'il y a probablement tout un tas de petites choses que vous aimeriez emporter, mais...

– Vous vous trompez, monsieur Delta. Il n'y a pas de souvenirs auxquels je tienne. Tout ce que j'ai jamais vraiment voulu garder a été expédié depuis longtemps loin de cet enfer et est entreposé à quinze mille kilomètres d'ici.

– Eh bien, on peut dire que vous étiez prête!

– Ce moment devait arriver un jour, vous comprenez, d'une manière ou d'une autre.

Rachel passa rapidement devant les deux hommes et franchit la porte donnant dans l'entrée. Puis elle s'arrêta, fit demi-tour et revint vers le sergent-chef Flannagan, le sourire aux lèvres, les yeux brillants.

– Voilà, Eddie, murmura-t-elle d'une voix très douce en posant une main sur sa joue, nous y sommes presque. Nous allons vivre, Eddie. Tu comprends?

– Oui, mon chou!

Les deux hommes prirent dans l'obscurité le chemin de la cabane.

– J'étais très sérieux quand j'ai dit que je n'avais pas de temps à perdre, sergent. Vous pouvez commencer à parler. Que pouvez-vous m'apprendre sur la propriété de Swayne?

– Vous êtes prêt?

– Comment cela, est-ce que je suis prêt? Bien sûr.

Mais Jason ne l'était pas vraiment. En entendant les premiers mots de Flannagan, il se figea sur place, au milieu de la pelouse.

– Pour commencer, articula le sergent, c'était un cimetière.

Le combiné à la main, Alex Conklin s'enfonça dans le fauteuil, abasourdi, incrédule, incapable de trouver une réponse rationnelle au récit stupéfiant que Jason venait de lui faire.

– Je ne peux pas le croire, murmura-t-il seulement.

– Qu'est ce que tu ne peux pas croire?

– Je ne sais pas. Tout ce que tu viens de me raconter... jusqu'au cimetière. Mais je suis pourtant bien obligé de l'admettre.

– Tu ne voulais déjà pas croire que des hommes à Londres et à Bruxelles, un commandant de la 6e flotte et l'archiviste de Langley étaient compromis. Je ne fais qu'ajouter quelques éléments à cette liste. Et dès que tu auras découvert tous les noms qui nous manquent, nous pourrons passer à l'action.

– Il va falloir que tu reprennes tout depuis le début... J'en ai la cervelle tourneboulée. Le numéro de téléphone à New York, les plaques minéralogiques...

– Le cadavre, Alex! Flannagan et la femme du général! Ils sont sur le point de partir et je me suis engagé à couvrir leur fuite!

– Tout simplement? Swayne se fait sauter le caisson et nous laissons les deux seules personnes qui étaient sur les lieux et qui peuvent répondre à nos questions quitter le pays? C'est encore plus dingue que tout ce que tu viens de me raconter!

– Nous n'avons pas le temps de faire du marchandage. De toute façon, Flannagan ne sait rien de plus que ce qu'il m'a dit. Ils n'étaient pas au même échelon.

– Cela ne fait aucun doute!

– Laisse-les partir, Alex. Nous aurons peut-être besoin d'eux plus tard.

– Tu es vraiment sûr? demanda Conklin en poussant un soupir d'indécision. C'est très compliqué, tu sais.

– Fais-le! Je me contrefous des complications, des violations et des

156

manipulations qu'il te faudra imaginer! Je veux Carlos! Nous sommes en train de tendre un piège et je veux l'attirer dans nos filets!

– D'accord. Il y a, à Falls Church, un médecin à qui nous avons déjà fait appel pour des opérations clandestines. Je vais l'appeler et il saura quoi faire.

– Parfait, s'exclama Bourne dont l'esprit fonctionnait à toute allure. Bon, tu peux mettre le magnéto en marche. Je vais te donner tout ce que Flannagan m'a communiqué. Dépêche-toi, j'ai beaucoup de choses à faire.

– Enregistrement en cours, Delta Un.

Jason entreprit de lire la liste qu'il avait dressée dans la cabane de Flannagan avec un débit rapide, mais en articulant soigneusement de manière à ce qu'il n'y ait aucune confusion possible sur la bande. Il donna ainsi les noms de sept personnes régulièrement invitées aux soirées du général, sans garantir l'exactitude du patronyme, mais en fournissant une description à grands traits, puis les numéros minéralogiques relevés sur les véhicules des participants aux réunions bimensuelles. Il passa ensuite aux numéros de téléphone du notaire de Swayne, des gardes de la propriété, du chenil et du service du Pentagone chargé de l'attribution des véhicules de fonction. Pour finir, il donna le numéro de New York, un numéro qui ne figurait pas dans l'annuaire, relié à un répondeur qui prenait les messages.

– C'est une priorité absolue, Alex.

– Nous allons nous en occuper en priorité, lança Conklin en intervenant sur la bande. J'appellerai le chenil en me faisant passer pour quelqu'un du Pentagone : le général est affecté à un nouveau poste top secret et nous paierons pour que les animaux soient emmenés demain matin à la première heure. A propos, ouvre les grilles. Les numéros d'immatriculation ne poseront pas de problème, et je demanderai à Casset de passer les noms dans les ordinateurs derrière le dos de DeSole.

– Et pour Swayne? Nous devons faire le silence sur son suicide pendant un certain temps.

– Combien de temps?

– Comment veux-tu que je le sache? lança Jason avec agacement. Jusqu'à ce que nous ayons découvert qui ils sont et que nous puissions commencer tous les deux à faire souffler un vent de panique. Et nous en profiterons pour leur suggérer la solution Carlos.

– Ce ne seront que des paroles, répliqua Conklin sans cacher sa réticence. Il faudra sans doute plusieurs jours, peut-être une semaine, voire plus...

– C'est bien ce que je t'ai dit!

– Dans ce cas, il vaudrait mieux faire intervenir Peter Holland...

– Non, pas encore. Nous ne savons pas comment il peut réagir et je ne veux pas lui laisser la possibilité de me mettre des bâtons dans les roues.

– Il faut que tu fasses confiance à quelqu'un d'autre que moi, Jason. Je peux peut-être bluffer le toubib pendant vingt-quatre ou quarante-huit heures, mais certainement pas plus longtemps. Il lui faudra le feu vert de quelqu'un de plus haut placé. Et n'oublie pas que Casset me met l'épée dans les reins pour DeSole....

– Donne-moi deux jours! Obtiens-moi deux jours!

– Et pendant ce temps, je trie tous ces renseignements, je fais patienter Charlie, je raconte des bobards à Peter en lui faisant croire que nous progressons dans notre enquête sur les courriers possibles du Chacal à l'hôtel Mayflower... Et, en réalité, nous ne faisons rien de cela, parce que nous sommes plongés jusqu'au cou dans une sorte de conspiration délirante qui remonte à vingt ans, dans laquelle sont impliqués Dieu sait quels gros bonnets dont nous ignorons tout, sauf qu'ils sont bougrement puissants. Sans savoir encore de quoi il retourne, nous venons d'apprendre qu'ils avaient un cimetière privé dans la propriété de l'officier supérieur responsable des achats du Pentagone, que ce dernier vient d'ailleurs de se faire sauter la cervelle, détail que nous allons, évidemment, garder sous le boisseau... On ne peut pas continuer comme ça, Delta! Tout va exploser en même temps!

Debout devant le bureau de Swayne dont le corps était toujours tassé dans le fauteuil, Bourne ébaucha un sourire hésitant.

– C'est un peu ce que nous espérons, non? Un scénario qui aurait pu être écrit par notre bien-aimé saint Alex en personne.

– Moi, je ne fais que suivre; ce n'est pas moi qui tiens la barre...

– Et ce médecin? poursuivit Jason. Cela fait près de cinq ans que tu ne travailles plus. Comment peux-tu savoir s'il exerce toujours?

– Je le rencontre de temps en temps. Nous sommes tous deux de grands amateurs de musées. La dernière fois, c'était il y a deux mois, à la Corcoran Gallery, et il s'est plaint qu'on ne lui donnait pas grand-chose à faire ces temps-ci.

– Cela va changer dès cette nuit.

– Je vais essayer. Et toi, que vas-tu faire?

– Passer au peigne fin tout ce qui se trouve dans cette pièce.

– Tu as des gants?

– Des gants de chirurgien, bien entendu.

– Ne touche pas au corps.

– Juste les poches et très délicatement... J'entends la femme de Swayne qui descend. Je te rappellerai quand ils seront partis. Essaie de mettre la main sur ce médecin!

Le Dr Ivan Jax, diplômé de la faculté de médecine de Yale, professeur de chirurgie à l'hôpital général du Massachusetts, membre de l'ordre des chirurgiens, Jamaïquain de naissance et ancien « consultant » auprès de la Central Intelligence Agency, grâce à un frère de couleur répondant au nom saugrenu de Cactus, franchit la grille de la propriété du général Swayne, à Manassas, Virginie. Il arrivait parfois à Ivan, et c'était le cas cette nuit-là, de s'interroger sur sa rencontre avec le vieux Cactus, mais jamais il ne lui était arrivé de regretter que Cactus soit entré dans sa vie. Grâce aux « papiers magiques » de son vieil ami, Jax avait réussi à faire sortir son frère et sa sœur de la Jamaïque pendant les années de répression de l'ère Manley, quand il était interdit ou presque à tous les membres des professions libérales d'émigrer et surtout de partir avec des fonds personnels.

Mais, en falsifiant, non sans difficultés, des autorisations gouvernementales, Cactus avait réussi à faire sortir les deux jeunes du pays et à faire transférer des capitaux de Kingston à Lisbonne. Le vieux faussaire avait simplement eu besoin de quelques exemplaires vierges de différents documents officiels, y compris des contrats de transport maritime, des deux passeports, de photographies d'identité et de la copie de plusieurs signatures d'hommes occupant de hautes fonctions – faciles à obtenir compte tenu des centaines de décrets publiés dans une presse muselée par le gouvernement. Le frère d'Ivan était maintenant avocat à Londres, sa sœur dans la recherche à Cambridge.

Oui, la dette envers Cactus était d'importance, se dit le docteur Jax en suivant la courbe de l'allée avant d'arrêter sa station-wagon devant la maison du général Swayne. Et quand Cactus lui avait confié sept ans auparavant que « quelques amis à Langley » désiraient le consulter, il avait accepté. Drôle de consultation ! Mais l'association discrète d'Ivan avec l'Agence lui avait valu quelques avantages appréciables. Quand Manley avait été chassé du pouvoir au profit de Seaga, les biens de la famille Jax à Montego Bay et à Port Antonio avaient été parmi les premiers à être restitués à leurs propriétaires légitimes. C'était l'œuvre d'Alex Conklin, mais, sans Cactus, il n'y aurait pas eu de Conklin, pas parmi les intimes d'Ivan... Pourquoi diable Alex avait-il donc choisi ce soir-là pour l'appeler ? Ce soir où il fêtait son douzième anniversaire de mariage, où il avait envoyé les gosses passer la nuit chez des voisins afin de rester seul avec sa femme ! Seuls pour déguster des côtelettes grillées à la jamaïquaine, préparées par l'incomparable chef Ivan en personne, pour savourer quelques verres de ce merveilleux rhum Overton et pour effectuer dans le plus simple appareil quelques plongeons érotiques dans la piscine. Fumier d'Alex ! Foutu célibataire qui n'avait rien trouvé de mieux à dire pour répondre à ses protestations que : « Et après ? Tu viens de finir l'année, un jour de plus ou de moins ne changera rien. Tu feras la fête demain, j'ai besoin de toi ce soir. »

Il avait donc été obligé de mentir à sa femme, ancienne infirmière en chef de l'hôpital général du Massachusetts, et de lui dire que c'était une question de vie ou de mort pour un patient. C'était vrai, mais la mort avait déjà gagné la partie. Elle avait répondu que son prochain mari aurait peut-être plus d'égards pour sa vie à elle, mais son sourire triste et son regard compréhensif démentaient ses propos. La mort, elle connaissait. *Ne perds pas de temps, mon chéri.*

Jax coupa le moteur, saisit sa sacoche et descendit de la voiture. Pendant qu'il faisait le tour du véhicule, la porte de la maison s'ouvrit et la haute silhouette d'un homme, vêtu d'une combinaison noire ajustée s'encadra dans l'embrasure.

— Je suis le médecin, dit Ivan en montant les marches du perron. Notre ami commun ne m'a pas donné votre nom, mais je suppose que je ne suis pas censé le connaître.

— Je le suppose, fit Bourne en lui tendant une main gantée de plastique.

— Et je suppose que c'est mieux ainsi, répliqua Jax en serrant la main de l'inconnu. Je vois que nous portons le même genre de gants.

— Notre ami commun ne m'avait pas précisé que vous étiez noir.

— Cela vous pose un problème ?

— Grand Dieu, non ! Au contraire, je trouve cela très bien de sa part. Il ne lui est probablement même pas venu à l'esprit de me le dire.

— Je crois que nous allons nous entendre. Je vous suis, monsieur Sans Nom.

Bourne demeura à trois ou quatre mètres sur la droite du bureau pendant que Jax s'occupait avec des gestes vifs et précis du cadavre dont il enveloppa la tête de gaze. Sans donner la moindre explication, il avait découpé des morceaux de vêtements du général avant d'examiner les parties du corps ainsi dénudées. Pour finir, il fit délicatement glisser le corps à la tête encapuchonnée de gaze au pied du fauteuil et il l'allongea sur le sol.

— Avez-vous fini dans cette pièce ? demanda-t-il.

— J'ai fait le ménage, si c'est ce que vous voulez dire.

— Très bien... Je veux que tout accès à ce bureau soit interdit. Personne ne devra y entrer après notre départ, en attendant que notre ami commun donne le feu vert.

— C'est quelque chose que je ne peux pas vous garantir, dit Bourne.

— Alors, ce sera à lui de le faire.

— Pourquoi ?

— Votre général ne s'est pas suicidé, monsieur Sans Nom. Il a été assassiné.

12

– C'est la femme de Swayne! lança Conklin au téléphone. D'après ce que tu m'as raconté, ce ne peut être qu'elle!

– Cela ne change rien, grommela Bourne d'un ton manquant de conviction, mais on dirait bien que c'est elle. Ce ne sont pas les raisons de le faire qui lui manquaient, mais, si c'est bien elle, elle ne s'en est pas vantée à Flannagan, et là je ne comprends plus...

– Moi non plus... Peux-tu me passer Ivan, reprit Conklin après un silence.

– Ivan? C'est ton médecin? Il s'appelle Ivan?

– Pourquoi?

– Pour rien. Il est dehors... Il m'a annoncé qu'il allait « charger la marchandise ».

– Dans sa voiture?

– Oui. Nous avons transporté le corps...

– Qu'est-ce qui lui permet d'affirmer aussi formellement que ce n'est pas un suicide? demanda Alex sans le laisser achever sa phrase.

– Swayne a été drogué. Ivan m'a dit qu'il t'appellerait plus tard pour tout t'expliquer. Il veut partir aussi vite que possible et personne ne doit entrer dans cette pièce après notre départ. Ce sera à toi de prévenir la police... Il te racontera tout cela lui-même.

– Le bureau doit être un véritable foutoir.

– Ce n'est pas beau à voir. Que veux-tu que je fasse?

– Tire les rideaux, s'il y en a, assure-toi que les fenêtres sont bien fermées et ferme la porte à clé, si c'est possible. S'il n'y a pas de clé, cherche...

– J'ai trouvé un trousseau dans la poche de Swayne, le coupa Jason. J'ai vérifié, il y en a une qui marche.

– Parfait. Nettoie bien la porte avant de partir et essaie de trouver de l'encaustique ou une bombe de cire liquide.

– Ce n'est pas cela qui empêchera quelqu'un d'entrer.

– Non, mais si quelqu'un s'introduit dans le bureau, nous pourrons peut-être relever des empreintes.

– Tu vas un peu loin, non?

– Oui, reconnut l'ancien officier de renseignements. Il faut en plus que je trouve un moyen pour interdire l'accès à la propriété sans l'aide de Langley et accessoirement que je tienne le Pentagone à distance... Un des vingt mille fonctionnaires pourrait chercher à joindre Swayne, sans parler de son secrétariat, ni des quelques centaines d'acheteurs et de vendeurs qui l'appellent quotidiennement. C'est impossible!

– C'est parfait, au contraire, rétorqua Bourne tandis que le Dr Ivan Jax entrait dans le bureau. Notre programme de déstabilisation va commencer ici même, à la « ferme ». As-tu le numéro de téléphone de Cactus?

– Pas sur moi. Il doit être à la maison, dans une boîte à chaussures.

– Appelle Mo Panov, il l'a. Puis téléphone à Cactus et dis-lui de m'appeler ici d'une cabine publique.

– Qu'est-ce que tu as l'intention de faire? Dès que j'entends le nom de ce vieux faussaire, je me sens nerveux.

– Tu m'as conseillé de trouver quelqu'un d'autre que toi à qui faire confiance. C'est fait. Appelle-le, Alex.

Jason raccrocha et se tourna vers Ivan Jax.

– Excusez-moi, docteur... Mais, étant donné les circonstances, je pourrais peut-être vous appeler par votre prénom, Ivan.

– Je préfère quant à moi que vous restiez M. Sans Nom. D'autant plus que je viens de vous en entendre prononcer un autre.

– Alex? Non, ce n'est pas celui d'Alex, notre ami commun. C'est Cactus, n'est-ce pas? ajouta Bourne avec un sourire entendu en s'éloignant du bureau.

– J'étais juste venu vous demander si vous vouliez que je ferme les grilles, fit Jax en éludant la question.

– Cela vous offensera-t-il si je vous dis que je n'avais pas pensé à lui avant de vous voir entrer?

– Certaines associations d'idées vont de soi. Alors, les grilles?

– Devez-vous autant que moi à Cactus, docteur? insista Bourne, le regard fixé sur le Jamaïquain.

– Je lui dois tant qu'il ne me viendrait jamais à l'esprit de l'entraîner dans une affaire aussi délicate. C'est un vieillard maintenant; quelles que soient les conclusions tordues auxquelles Langley veut arriver, il y a eu un meurtre cette nuit, un meurtre particulièrement sauvage. Non, pour rien au monde je ne le compromettrais dans une telle affaire.

– Vous n'êtes pas à ma place. Je suis obligé de le faire, sinon il ne me le pardonnerait jamais. Vous pouvez refermer les grilles, docteur. Il y a un panneau de contrôle dans le hall et je brancherai l'alarme quand elles seront fermées.

Jax garda le silence, comme s'il hésitait à dire quelque chose.

– Écoutez, commença-t-il lentement, les gens sains d'esprit ont presque toujours des raisons pour dire ou pour faire ce qu'ils font et je pense que vous êtes sain d'esprit. Appelez Alex si vous avez besoin de moi... ou si le vieux Cactus a besoin de moi.

Sur ces mots, le Jamaïquain sortit d'un pas vif.

Bourne se retourna et parcourut la pièce du regard. Pendant les trois heures qui s'étaient écoulées depuis le départ de Flannagan et de Rachel Swayne, il avait fouillé de fond en comble le bureau du général ainsi que sa chambre au premier étage. Il examina les objets qu'il avait l'intention d'emporter et qu'il avait placés sur la petite table de cuivre. Il y avait trois calepins à spirale de la même taille, reliés en cuir. Le premier était un agenda réservé aux rendez-vous, le deuxième un répertoire téléphonique personnel où les noms et les numéros de téléphone étaient écrits à l'encre, le dernier un carnet de dépenses, très peu utilisé. Jason avait également trouvé dans les poches de Swayne onze messages inscrits sur des feuillets de bloc de bureau, une carte de score de golf et plusieurs mémorandums sur des feuillets à en-tête du Pentagone. Il y avait enfin le portefeuille du général qui contenait une impressionnante collection de cartes en tout genre et peu d'argent liquide. Bourne remettrait le tout à Alex en espérant qu'il découvrirait quelques pistes, mais il avait le sentiment de n'avoir rien trouvé d'intéressant, rien d'important qui se rapportât à Méduse, et cela le perturbait. Il devait y avoir autre chose. Il était dans la maison du vieux soldat et ce bureau était le saint des saints. Il savait, il sentait qu'il y avait autre chose, mais il ne parvenait pas à mettre la main dessus. Il décida de tout recommencer, de tout fouiller dans les moindres recoins.

Quatorze minutes plus tard, tandis qu'il déplaçait et retournait les photographies accrochées derrière le bureau, sur le mur de droite de la fenêtre en saillie donnant sur la pelouse, il se remémora les paroles de Conklin lui conseillant de vérifier que les fenêtres étaient bien fermées et les rideaux tirés afin que personne ne puisse entrer ou voir quoi que ce soit de l'extérieur.

– *Le bureau doit être un véritable foutoir.*

– *Ce n'est pas beau à voir.*

Ce n'était vraiment pas beau. Les vitres de la fenêtre en saillie étaient éclaboussées de sang et de lambeaux de chair. Et... et le petit loquet de laiton ! Il n'était pas engagé dans le mentonnet, la fenêtre était ouverte, juste entrouverte, mais ouverte quand même... Bourne s'agenouilla sur la banquette pour examiner attentivement la petite pièce de laiton et les châssis vitrés. Il y avait des marques sur les filets de sang séché, comme s'ils avaient été écrasés par endroits. Puis il découvrit ce qui empêchait de fermer la fenêtre. Le rideau de gauche avait été tiré et un bout de frange était coincé sous le châssis inférieur. Jason s'écarta, troublé par sa découverte, mais pas vraiment surpris. Il avait trouvé ce qu'il cherchait, la pièce manquante dans le puzzle complexe qu'était la mort de Norman Swayne.

163

Quelqu'un était sorti par cette fenêtre *après* le coup de feu qui avait fait éclater le crâne du général. Quelqu'un qui ne pouvait pas courir le risque d'être vu en train de traverser le hall ou de sortir par la porte de la façade. Quelqu'un qui connaissait la maison, le parc... et l'existence des chiens. Un tueur impitoyable de Méduse! Et merde!

Qui était-ce? Qui était venu ici? Flannagan et Rachel Swayne devaient le savoir! Bourne se précipita vers le téléphone, mais une sonnerie retentit avant qu'il ait eu le temps de poser la main sur l'appareil.

– Alex?

– Non, mon cher, c'est juste un vieil ami. Dis-moi, je ne pensais pas que nous pouvions prononcer librement des noms au téléphone.

– Tu as raison, il ne faut pas, répondit vivement Jason en se maîtrisant à grand-peine. Mais il vient de se passer quelque chose... J'ai découvert une piste.

– Calme-toi, mon garçon. Que puis-je faire pour toi?

– J'ai besoin de tes services. Viens me rejoindre où je suis. Si tu es libre, bien sûr.

– Voyons, s'exclama Cactus en étouffant un petit rire. J'ai bien quelques conseils d'administration auxquels je me dois d'assister et on m'attend à la Maison-Blanche pour un petit déjeuner de travail... Quand et où?

– Tu ne viens pas seul! Il faudrait que trois ou quatre personnes t'accompagnent. Est-ce possible?

– Je ne sais pas. Quelle idée as-tu derrière la tête?

– Je pense au type qui m'a reconduit au centre ville quand je suis parti de chez toi. Pourrais-tu trouver quelques gars dans son genre?

– Pour ne rien te cacher, ils sont presque tous en taule, mais je suppose qu'en cherchant bien, je pourrais en dénicher une poignée. Pour faire quoi?

– Monter la garde. En fait, c'est très simple : tu seras au téléphone, eux seront derrière des grilles fermées et il leur suffira de dire que c'est une propriété privée et qu'aucun visiteur ne peut entrer. Surtout des Blancs arrivant en limousine.

– Ah! Cela pourrait bien plaire aux frères!

– Rappelle-moi et je t'indiquerai la route pour venir.

Bourne reposa le combiné sur son socle, décrocha aussitôt pour obtenir la tonalité et composa le numéro de Conklin à Vienna.

– Oui? dit Alex.

– Le toubib avait raison et j'ai laissé s'enfuir le tueur de la Femme-Serpent.

– L'épouse du général, tu veux dire?

– Non, mais elle et son baratineur de sergent savent qui il est. Ils savaient qui se trouvait dans la maison! Arrête-les et place-les sous bonne garde. Comme ils m'ont menti, notre pacte est rompu. Ce suicide n'était qu'une mise en scène et celui qui en est responsable avait des ordres venus des plus hauts échelons de Méduse. Je veux cet homme! C'est lui qui va nous faire gagner du temps!

– Encore faudrait-il pouvoir mettre la main sur lui.

– Qu'est-ce que tu racontes?

– Le sergent et sa dulcinée ont disparu.

– Mais ce n'est pas possible! Connaissant saint Alex comme je le connais, je suis sûr que tu les avais placés sous surveillance depuis leur départ d'ici.

– Sous surveillance électronique, pas physique. N'oublie pas que c'est toi qui as insisté pour que Langley et Peter Holland restent à l'écart de Méduse.

– Qu'est-ce que tu as fait?

– J'ai mis en alerte les ordinateurs centraux pour les réservations de toutes les compagnies aériennes internationales. A 20 h 20, nos tourtereaux avaient deux places sur le vol de 10 heures de la Pan Am, à destination de Londres.

– De Londres? Mais ils allaient dans la direction opposée, vers le Pacifique, à Hawaï!

– C'était probablement leur véritable destination, car ils ne se sont jamais présentés à l'enregistrement de la Pan Am. Comment le savoir?

– Toi, tu devrais le savoir, bon Dieu!

– Et comment? Un citoyen américain se rendant à Hawaï n'a pas à présenter de passeport pour pénétrer sur le territoire de notre cinquantième État. Un permis de conduire ou une carte d'électeur suffit. Tu m'as dit que cela faisait longtemps qu'ils préparaient leur fuite. Crois-tu qu'il soit difficile à un sergent ayant trente ans de service de se procurer deux permis de conduire en utilisant des noms différents?

– Mais pourquoi?

– Pour semer ceux qui les recherchent... des gens comme nous... ou bien des membres de Méduse très haut placés.

– Et merde!

– Auriez-vous l'obligeance de vous exprimer d'une manière moins grossière, professeur?

– Tais-toi, il faut que je réfléchisse.

– Alors, imagine que nous nous trouvons au beau milieu de l'Antarctique sans rien pour nous réchauffer. Il est temps de faire appel à Peter Holland. Nous avons besoin de lui, nous avons besoin de Langley.

– Non, pas encore! Tu oublies quelque chose : Holland a prêté serment et, d'après ce que nous savons de lui, il est homme à prendre cela au sérieux. Il est capable de tourner les règlements de temps en temps, mais s'il apprend l'existence de Méduse et de ces centaines de millions de dollars planqués à Genève et qui servent à acheter tout ce qu'ils achètent en Europe, il exigera probablement que nous n'allions pas plus loin.

– C'est un risque à courir. Nous avons besoin de lui, David.

– Pas David, merde! Je suis Jason, Jason Bourne, ta création! Et on a une dette envers moi, et envers ma famille! Il n'est pas question que je cède!

– Et tu serais prêt à me tuer si je m'opposais à toi?

Il y eut un silence, un silence qui se prolongea, et c'est Delta Un de Méduse qui le rompit.

– Oui, Alex, je le ferais. Non pas parce que toi, tu as essayé de me tuer à Paris, mais pour les mêmes raisons que celles qui, à l'époque, t'avaient poussé à prendre la décision de m'abattre. Tu me comprends, n'est-ce pas?

– Oui, répondit Conklin d'une voix si basse qu'elle en était presque inaudible. L'arrogance engendrée par l'ignorance, un de tes thèmes préférés quand tu parles de Washington et auquel tu donnes toujours des résonances orientales. Mais il va falloir que tu abandonnes toi aussi un peu de ton arrogance, car il y a des limites à ce que nous pouvons faire seuls.

– Oui, mais songe à tout ce qui pourrait être gâché si nous ne sommes pas seuls. Regarde les progrès que nous avons faits. En partant de zéro, regarde où nous sommes arrivés en quarante-huit ou soixante-douze heures. Accorde-moi ces deux jours, Alex, j'en prie! Nous n'allons pas tarder à découvrir le secret de toute cette affaire, à découvrir ce que cache Méduse! Une seule ouverture, et nous leur présentons la solution idéale pour se débarrasser de moi : le Chacal.

– Je ferai le maximum. Tu as eu des nouvelles de Cactus?

– Oui. Il doit me rappeler et venir me rejoindre ici. Je t'expliquerai plus tard.

– J'avais oublié de te dire que notre médecin et lui sont amis.

– Je sais. Ivan m'a mis au courant... Au fait, il faut que je te fasse parvenir quelques objets, le carnet d'adresses et le répertoire téléphonique de Swayne, son portefeuille, son agenda, etc. Je vais faire un paquet et j'enverrai un des gars de Cactus le porter chez toi. Il le remettra au service de sécurité. Fais analyser le tout par tes gadgets électroniques et tu verras bien s'il en sort quelque chose.

– Un des gars de Cactus? Q'est-ce que tu mijotes?

– Je vais simplement te décharger d'une de tes tâches : je vais condamner l'accès à la propriété. Je pense que personne ne cherchera à y pénétrer, mais nous verrons si quelqu'un essaie de le faire.

– Excellente idée. A propos, les gens du chenil passeront chercher les chiens vers 7 heures du matin. Laisse-les entrer.

– Cela me fait penser à autre chose, poursuivit Jason. Peux-tu appeler les gardes de l'équipe de jour pour les avertir officiellement qu'on n'a plus besoin de leurs services et leur dire qu'ils recevront chacun un mois de salaire à titre de dédommagement?

– Qui va payer? N'oublie pas que Langley n'est pas dans le coup. Je n'ai pas de fortune personnelle, moi!

– Moi, si. Je téléphonerai à ma banque, dans le Maine, pour demander qu'on t'envoie un chèque. Demande à ton ami Casset de passer le prendre chez toi dans la matinée.

– C'est drôle, remarqua Conklin d'un ton pensif, j'oublie toujours que tu as de l'argent. En fait, je crois que je refuse d'y penser.

– C'est possible, répliqua Bourne d'une voix enjouée. Le fonctionnaire qui sommeille en toi doit se représenter un bureaucrate disant à Marie : « A propos, madame Webb, ou Bourne, je ne sais plus très bien, pendant que vous étiez employée par le gouvernement canadien, vous êtes partie avec plus de cinq millions de dollars appartenant au mien...

– Elle a été brillante, David... Jason. Vous avez bien mérité cet argent, jusqu'au dernier dollar.

– N'insiste pas, Alex. Elle en réclamait au moins le double.

– Elle avait raison. C'est bien pour cela que personne n'a protesté... Que vas-tu faire maintenant ?

– Attendre le coup de téléphone de Cactus et en donner un autre.

– A qui ?

– A ma femme.

Assise sur la terrasse de sa villa devant la mer des Caraïbes baignée par la lune, Marie luttait de toutes ses forces pour ne pas se laisser gagner par la peur. Ce n'était curieusement pas la crainte de souffrances physiques qui la dévorait. Elle avait partagé en Europe et en Extrême-Orient la vie de Bourne et elle savait ce dont il était capable, et avec quelle impitoyable efficacité. Non, ce n'était pas pour Bourne, mais pour David qu'elle était follement inquiète, pour ce que Jason Bourne faisait subir à David. Cela ne pouvait pas durer ! Ils avaient les moyens de partir loin, très loin, de trouver un havre de paix dans un lieu isolé où ils referaient refaire leur vie sous un autre nom, de créer un nouvel univers qui resterait à jamais inaccessible à Carlos. Ils avaient plus d'argent qu'ils ne pourraient en dépenser. C'était possible ! Tous les gouvernements du monde protégeaient ainsi des centaines, des milliers d'hommes, de femmes et d'enfants dont la vie était menacée. Et si quelqu'un pouvait exiger la protection d'un gouvernement, c'était bien David Webb !

C'est l'anxiété qui me dicte ces idées, songea Marie en se levant et en s'avançant jusqu'à la balustrade de la terrasse. Jamais cela ne se réalisera, car c'est une solution que David ne pourra pas accepter. Dès qu'il était question du Chacal, c'est Jason Bourne qui prenait l'ascendant en lui et ce Bourne était capable de détruire David Webb.

Le téléphone sonna. Marie se figea sur place, puis elle se précipita dans la chambre et décrocha.

– Oui ?

– Bonjour, grande sœur. C'est Johnny.

– Ah! C'est toi!

– Si je comprends bien, tu n'as pas encore eu de nouvelles de David.

– Non, et je commence à m'affoler.

– Tu sais bien qu'il se manifestera dès qu'il le pourra.

– Ce n'est pas pour me dire ça que tu as appelé.

– Non, c'était juste pour m'assurer que tout allait bien. Je suis bloqué à Montserrat et j'ai l'impression qu'il y en aura pour un bon moment. Je suis avec Henry, à la résidence du gouverneur, et Son Excellence va me remercier officiellement pour le service rendu au Foreign Office.

– Je ne sais absolument pas de quoi tu parles.

– Excuse-moi. Henry Sykes est le premier assistant du gouverneur et c'est lui qui m'a demandé d'accueillir le vieux résistant français qui occupe une villa voisine de la tienne. Quand le gouverneur a décidé de remercier quelqu'un, il faut rester à sa disposition... Le fonctionnement du téléphone dépend de sa bonne volonté.

– Je ne comprends toujours rien, Johnny.

– Une tempête venant de Basse-Terre se lèvera dans quelques heures, mais j'espère être rentré avant. Demande à la femme de ménage de préparer un lit pour moi.

– Tu n'es pas obligé de rester avec nous, Johnny. Il y a des hommes armés derrière la haie, sur la plage et Dieu sait où encore!

– Et ils vont y rester! A tout à l'heure, embrasse les enfants pour moi.

– Ils dorment, répondit Marie au moment où son frère raccrochait. Elle regarda le combiné avant de le replacer sur son support.

– Je te connais vraiment mal, petit frère, murmura-t-elle, incorrigible petit frère. Mon mari te connaît beaucoup mieux que moi... Allez vous faire voir, tous les deux!

La sonnerie du téléphone la fit sursauter et elle se jeta de nouveau sur le combiné.

– Allô?

– C'est moi.

– Dieu soit loué!

– *Il* est absent pour l'instant, mais tout va bien. Je vais bien et nous avançons très vite.

– Tu n'es pas obligé... Nous ne sommes pas obligés de faire cela!

– Bien sûr que si, répliqua Jason Bourne, sans la moindre trace de David Webb dans la voix. Je veux simplement que tu saches que je t'aime, qu'*il* t'aime...

– Arrête! Ce n'est pas un jeu!

– Pardon! Je suis vraiment désolé...

– Tu es *David!*

– Bien sûr que je suis David. Je voulais seulement plaisanter...

– Ce n'est pas vrai!

– Je viens de parler à Alex, c'est tout. Nous nous sommes disputés, c'est tout!

– Non, ce n'est pas tout! Je veux que tu viennes, je veux que tu sois avec nous!

– Je ne peux pas parler plus longtemps. Je t'aime.

La communication fut brusquement interrompue. Marie Saint-Jacques Webb se laissa tomber sur le lit, étouffant dans les couvertures des sanglots d'impuissance.

Les yeux rougis par la fatigue, Alexander Conklin frappait sans relâche les touches de son ordinateur, la tête tournée vers les pages des carnets du général Norman Swayne que Bourne lui avait fait parvenir. Deux signaux sonores brisèrent soudain le silence de la pièce. Ils indiquaient qu'un recoupement venait d'être effectué par la machine. Alex vérifia ce qu'il venait de saisir. *R.G.* Qu'est-ce que cela pouvait bien signifier? Il revint en arrière et ne trouva rien, puis il continua de saisir comme un automate. *Trois signaux sonores.* Alex frappait les agaçantes touches beiges, de plus en plus vite. *Quatre bips... Cinq... Six.* Arrière – arrêt – avant. *R.G. R.G. R.G. R.G.* Qu'est-ce que cela voulait dire?

Conklin vérifia que ce qu'il avait saisi correspondait à ce qui était inscrit dans les trois carnets reliés cuir. Des chiffres s'affichèrent en vert sur l'écran. *617-202-0011.* Un numéro de téléphone. Conklin appela aussitôt le standard de nuit et demanda à l'opérateur de lui fournir le nom de l'abonné.

– Il n'est pas dans l'annuaire, monsieur. C'est l'un des trois numéros d'une même adresse à Boston, dans le Massachusetts.

– Le nom, je vous prie.

– Gates, Randolph. L'adresse est...

– Je vous remercie, dit Alex, sans le laisser achever, ayant appris l'essentiel.

Randolph Gates, l'éminent juriste, l'avocat des privilégiés, le champion de la croissance à tout prix. N'était-il pas logique de voir Gates mêlé à une affaire dans laquelle des centaines de millions de dollars sous contrôle américain étaient amassés en Europe? Mais non, à la réflexion, ce n'était pas du tout logique. Il était même totalement illogique que l'on pût associer un avocat respectable à une opération hautement suspecte et même franchement illégale comme Méduse. Cela ne tenait pas debout! Il n'était pas nécessaire d'admirer le célèbre juriste pour reconnaître qu'il jouissait d'une excellente réputation. Gates était un pinailleur notoire et ses arguties lui avaient souvent valu des décisions favorables à ses clients, mais nul n'avait jamais osé mettre son intégrité en question. Ses opinions juridiques et philosophiques l'avaient rendu tellement impopulaire parmi ses plus brillants confrères libéraux qu'ils se seraient fait un plaisir de le discréditer au plus léger écart de conduite.

Et pourtant c'est bien son nom qui apparaissait à six reprises dans le carnet de rendez-vous d'un membre de Méduse, responsable de millions de dollars de crédits affectés aux dépenses d'armements de la nation. Un membre de Méduse dont le suicide apparent était un meurtre camouflé.

Conklin chercha sur l'écran la date où Swayne avait mentionné R.G. pour la dernière fois. C'était le 2 août, à peine une semaine plus tôt. Il prit le carnet, l'ouvrit au jour indiqué en s'en remettant à son intuition. Il ne s'était jusqu'alors intéressé qu'aux noms, pas aux annotations, sauf à celles qui lui semblaient utiles, mais sans savoir à quoi. S'il avait su, d'entrée de jeu, qui était R.G., la note manuscrite en abrégé suivant la dernière mention des initiales aurait retenu son attention.

R.G. réf. nom. maj. Crft. – Imp. trav. Crft. – Sol : Paris 7 ans. – Deux dos. sor. en sûr.

La mention de Paris aurait dû lui mettre la puce à l'oreille, mais toutes les annotations de Swayne étaient bourrées de noms étrangers et d'endroits exotiques, comme si le général avait voulu impressionner celui ou ceux qui prendraient connaissance de ses notes. Conklin se dit aussi, avec une pointe de regret, qu'il était extrêmement fatigué et que, sans l'aide de l'ordinateur, il n'aurait probablement jamais concentré ses recherches sur l'éminent Dr Randolph Gates.

Paris 7 ans. Deux dos. sor. en sûr.

Le début était évident, la seconde partie obscure, mais à peine maquillée. Le « Deux » faisait, à l'évidence, allusion aux services de renseignements de l'armée, le G-2, et le dossier en question se rapportait donc à un événement ou une révélation dont le G-2 avait eu connaissance à Paris, sept ans auparavant, et avait été subtilisé aux banques de données de l'armée. Cette utilisation approximative du jargon des services clandestins n'était qu'un travail d'amateur... Quel abruti, ce Swayne! Alex prit son bloc-notes et écrivit le texte de la note en clair.

Randolph Gates refuse la nomination du major Craft (ou Croft, ou encore Christopher, car le *f* pouvait être un *s*). Il est impératif que Craft travaille avec lui. La solution est d'utiliser les renseignements contenus dans le dossier du G-2 sur ce qui s'est passé à Paris, il y a sept ans, dossier que nous avons sorti et qui est en notre possession.

Si ce n'est pas la transcription exacte de l'annotation de Swayne, c'est certainement assez fidèle en substance pour servir de point de départ, songea Conklin en regardant sa montre. Il était 3 h 20 du matin, une heure assez avancée pour que l'homme le plus calme sursaute en entendant la sonnerie du téléphone. Pourquoi pas? David, ou plutôt Jason avait raison, chaque heure était précieuse maintenant. Alex décrocha et composa le numéro de téléphone de Boston.

Les sonneries se succédaient. Sa femme allait-elle enfin se décider à décrocher dans sa chambre? Puis Gates regarda quelle touche clignotait et il eut l'impression que le sang se retirait de son cerveau. C'était son numéro privé, un numéro que de très rares personnes connaissaient. Effaré, il s'agita frénétiquement dans son lit; plus il y pensait, plus l'étrange coup de téléphone qu'il avait reçu de Paris l'inquiétait. Il était sûr que cela avait un rapport avec Montserrat. Les renseignements qu'il avait transmis étaient erronés ... Prefontaine avait menti, et maintenant Paris lui demandait des comptes! Ils allaient le confondre, faire éclater le scandale!... Non, il y avait un moyen, une explication acceptable : la vérité. Il remettrait les menteurs entre les mains du représentant de Paris. Il tendrait un piège à ce vieil ivrogne de Prefontaine et au privé minable, et il les forcerait à aller raconter leurs mensonges au seul homme qui pouvait l'absoudre... Le téléphone sonnait toujours. Il fallait répondre! Il ne devait pas donner l'impression d'avoir quelque chose à cacher. Il tendit la main et saisit le combiné qu'il porta à son oreille.

– Oui?

– Il y a sept ans, maître, articula posément une voix inconnue. Dois-je vous rappeler que nous sommes en possession du dossier complet? Les Français ont été très coopératifs, beaucoup plus que vous.

– On m'a menti, je vous le jure! lança Gates d'une voix étranglée en balançant ses jambes hors du lit. Vous ne croyez tout de même pas que je vous transmettrais des renseignements erronés! Je ne suis pas fou!

– Nous savons que vous pouvez être un homme obstiné. Ce que nous vous avions demandé était très simple...

– C'est exactement ce que j'ai fait, je vous le jure! J'ai versé quinze mille dollars de ma poche pour m'assurer du silence de quelqu'un, pour être sûr qu'on ne pourrait remonter jusqu'à moi... Mais l'argent n'a pas d'importance.

– Vous avez payé...

– Je peux vous montrer le bordereau de retrait sur mon compte!

– Pour quoi faire? poursuivit calmement la voix du correspondant inconnu.

– Pour les renseignements, bien entendu. J'ai engagé un ancien juge qui a des contacts...

– Les renseignements sur Craft?

– Pardon?

– Croft... Cristopher?

– Qui?

– Notre major, maître. *Le* major.

– Si c'est son nom de code, alors, c'est bien elle!

– Quel nom de code?

– Celui de la femme. Avec les deux enfants. Ils ont pris l'avion pour l'île de Montserrat. Je vous jure que c'est ce qu'on m'a dit!

Il y eut un déclic et la communication fut interrompue.

13

La main encore crispée sur le combiné, Conklin demeura immobile, le front couvert de sueur. Il lâcha enfin l'appareil, se leva, s'éloigna en boitillant et se retourna pour regarder l'ordinateur, comme s'il s'agissait de quelque objet monstrueux qui l'avait entraîné dans un pays interdit où rien n'était ce qu'il semblait être ou ce qu'il aurait dû être. Qu'avait-il pu se passer ? Comment Randolph Gates pouvait-il être au courant pour Montserrat, pour Marie et les enfants ? Pourquoi ?

Alex se laissa tomber dans le fauteuil, le cœur battant, ses pensées s'entrechoquant dans sa tête, incapable d'analyser la situation. Il referma la main gauche sur son poignet droit et enfonça ses ongles dans la chair. Il devait se ressaisir, il devait réfléchir... il devait agir ! Pour sauver la femme et les enfants de David.

Chercher les rapports possibles ! Il était déjà difficile d'imaginer que Gates, même à son insu, ait partie liée avec Méduse, mais totalement impossible de croire qu'il puisse avoir des rapports avec Carlos le Chacal. *Impossible !* Et pourtant il semblait bien en être ainsi ; les liens existaient. Carlos faisait-il lui-même partie de Méduse ? Tout ce qu'ils savaient sur le Chacal réfutait cette hypothèse : la force de l'assassin résidait dans son indépendance à l'égard de toute entité structurée, comme Bourne l'avait prouvé, à Paris, treize ans plus tôt. Jamais un groupe organisé ne pouvait le joindre ; on lui faisait parvenir un message et c'est lui qui prenait contact avec ce groupe. L'unique organisation acceptée par le tueur à gages international était l'armée de vieillards qu'il avait constituée de la Méditerranée à la Baltique, une armée composée d'êtres rejetés par la société, de criminels dont les vieux jours étaient allégés par la générosité de l'assassin, en échange d'un serment de fidélité jusqu'à la mort. Quel rôle pouvait bien jouer là-dedans un homme tel que Randolph Gates ?

Rien, conclut Alex tandis qu'une partie de son esprit explorait un territoire bien connu où la règle était : méfie-toi des apparences. Le célèbre

172

avocat ne faisait pas plus partie de l'armée de Carlos que de Méduse. Gates était un homme respectable dont le vice caché avait été découvert par deux groupes distincts aux ressources colossales. Il était de notoriété publique que le Chacal avait des hommes à sa solde à la Sûreté et à Interpol, et il n'était pas besoin d'être grand clerc pour deviner que Méduse était en mesure d'infiltrer le G-2 américain. C'était la seule explication possible, car Gates était depuis longtemps un personnage trop critiqué et trop influent pour continuer à se mettre en évidence dans les prétoires, si son talon d'Achille pouvait être facilement découvert. Non, il fallait des prédateurs comme le Chacal et les hommes de Méduse pour creuser assez profondément et déterrer un secret si accablant qu'il avait fait de Randolph Gates un pion précieux dans leur jeu. Et c'est à l'évidence Carlos qui avait été le premier à découvrir ce secret.

Conklin songea à une vérité qui se vérifiait toujours : l'univers de la corruption sur une grande échelle est en réalité un microcosme évoquant un quartier d'une ville, au tracé géométrique, dans lequel toutes les voies communiquent entre elles. Comment aurait-il pu en aller autrement? Les résidents de ces rues de la mort avaient certains services à proposer et leurs clients formaient une caste à part, composée de la lie de l'humanité. Extorsion, compromission, assassinat. Le Chacal et les hommes de Méduse appartenaient à la même confrérie avide et implacable.

Ils avaient réussi une percée, mais c'est à Jason Bourne et non à David Webb qu'il incombait de s'engouffrer dans la brèche, d'autant plus que cet homme à la double personnalité se trouvait à des milliers de kilomètres de Montserrat, le lieu de l'exécution fixé par Carlos. Montserrat!... Johnny Saint-Jacques! Le « petit frère » qui avait révélé ce dont il était capable dans un trou perdu du nord du Canada, ce que sa famille, et plus particulièrement sa grande sœur, n'aurait jamais soupçonné. C'était un homme qui pouvait tuer sous l'empire de la colère et qui n'hésiterait pas à recommencer si la sœur et les neveux qu'il adorait se trouvaient dans la ligne de mire du Chacal. David avait confiance en lui, ou plutôt Jason Bourne, ce qui avait une tout autre valeur.

Le regard d'Alex se posa sur le téléphone. Il se leva rapidement et se dirigea vers le bureau où il s'assit pour actionner la touche de recherche arrière du magnétophone. Il arrêta la bande à l'endroit où il voulait reprendre l'audition de l'enregistrement. Il alla d'avant en arrière jusqu'à ce qu'il tombe sur la voix terrifiée de Randolph Gates.

... *J'ai versé quinze mille dollars de ma poche...*

Non, pas là, se dit Conklin. Plus loin.

... *Je peux vous montrer le bordereau de retrait...*

Encore plus loin!

... *J'ai engagé un ancien juge qui a des contacts...*

Voilà. Un juge.

... Ils ont pris l'avion pour l'île de Montserrat...

Alex ouvrit le tiroir où il gardait une feuille de papier sur laquelle figuraient tous les numéros de téléphone appelés depuis deux jours, pour le cas où il en aurait rapidement besoin. Il trouva le numéro de l'Auberge de la Tranquillité et le composa aussitôt. Après un nombre étonnamment élevé de sonneries, une voix, manifestement ensommeillée, répondit.

– Auberge de la Tran...

– Je dois parler de toute urgence à John Saint-Jacques! le coupa précipitamment Conklin. Faites vite, je vous prie!

– Je suis désolé, monsieur. M. Saint-Jacques est absent.

– Il faut le trouver. Je vous répète que c'est urgent! Où est-il?

– Sur la grande île...

– A Montserrat?

– Oui, monsieur...

– *Où?...* Mon nom est Conklin. Il faut que je lui parle, il faut absolument que je lui parle. Je vous en prie!

– Le vent souffle de Basse-Terre et tous les vols sont annulés jusqu'à demain matin.

– Pardon?

– C'est une dépression tropicale...

– Ah! Un cyclone!

– Nous préférons dire une dépression tropicale, monsieur. M. Saint-Jacques nous a laissé un numéro de téléphone à Plymouth.

– Comment vous appelez-vous? demanda brusquement Conklin.

– Pritchard, monsieur.

– Je vais vous poser une question très délicate, monsieur Pritchard, poursuivit Alex. Il est très important que vous me donniez la bonne réponse, sinon vous devrez faire ce que je vous dirai M. Saint-Jacques vous confirmera cela dès que j'aurai réussi à le joindre, mais, pour l'instant, je n'ai pas de temps à perdre. Vous m'avez bien compris?

– Quelle est votre question? demanda le réceptionniste d'un ton très digne. Je ne suis pas un enfant, monsieur.

– Désolé, je ne voulais pas...

– Votre question, monsieur Conklin. Vous êtes pressé.

– Oui, bien sûr... La sœur et les neveux de M. Saint-Jacques sont-ils en sécurité? M. Saint-Jacques a-t-il pris certaines précautions?

– Vous voulez dire poster des hommes autour de la villa, en plus de ceux qui patrouillent sur la plage? La réponse est oui.

– C'est la bonne réponse, articula Alex en respirant profondément pour ralentir les battements de son cœur. Et maintenant, à quel numéro puis-je joindre M. Saint-Jacques?

Le réceptionniste donna le numéro de téléphone à Alex, mais il ajouta :

– Beaucoup de lignes sont coupées, monsieur. Il serait peut-être souhaitable que vous nous laissiez un numéro où M. Saint-Jacques pourra vous joindre. Le vent souffle encore très fort, mais il sera de retour dès l'aube, si c'est possible.

– Certainement.

Alex donna rapidement le numéro de l'appartement de Vienna au réceptionniste de l'Auberge de la Tranquillité et le lui fit répéter.

– Voilà, dit-il. Et maintenant, je vais essayer d'appeler Plymouth.

– Comment épelez-vous votre nom, je vous prie? C-o-n-c-h...

– Non, C-o-n-k... le coupa Alex avant de raccrocher brusquement.

Il composa aussitôt le numéro qu'on lui avait donné, à Plymouth, la capitale de Montserrat. C'est de nouveau une voix surprise et somnolente qui lui répondit, une voix à peine compréhensible.

– Qui est à l'appareil? demanda Conklin d'un ton impatient.

– Et qui est-ce... Qui êtes-vous? demanda un Anglais d'un ton irascible.

– J'essaie de joindre John Saint-Jacques. C'est extrêmement urgent et la réception de l'Auberge de la Tranquillité m'a donné ce numéro.

– Seigneur! Leur téléphone fonctionne...

– Naturellement! John est-il avec vous?

– Oui, oui, il est là. Je vais le chercher. De la part de qui?

– « Alex » suffira.

– Alex tout court?

– Faites vite, je vous en prie!

Vingt secondes plus tard, Alex entendit la voix de John Saint-Jacques.

– Conklin, c'est vous?

– Écoutez-moi bien. Ils savent que Marie et les enfants ont pris l'avion pour Montserrat.

– Nous avons entendu dire que quelqu'un posait des questions à l'aéroport sur une femme et deux enfants...

– C'est pour cela que vous leur avez fait quitter la maison pour l'hôtel?

– Exactement.

– Qui posait des questions?

– Nous ne le savons pas. Cela s'est fait par téléphone. Je ne voulais pas les quitter, même pour quelques heures, mais j'ai été convoqué à la Résidence du gouverneur et, quand Son Excellence a daigné se montrer, la tempête faisait rage.

– Je sais. J'ai eu la réception de l'Auberge et c'est là qu'on m'a donné ce numéro.

– C'est déjà une consolation de savoir que le téléphone fonctionne. Avec une tempête comme celle-ci, il est en général coupé. Voilà pourquoi nous sommes obligés de lécher les bottes du gouverneur.

– On m'a dit que vous aviez posté des gardes...

175

– Et comment! s'écria Saint-Jacques. Le problème, c'est que je ne sais pas exactement ce qu'il faut craindre, mais, si mes hommes découvrent sur la plage ou en bateau des inconnus qui refusent d'obéir à leurs sommations ou ne peuvent donner une explication satisfaisante de leur présence sur l'île, ils ont ordre de tirer!

– Je suis peut-être en mesure de vous aider...

– Je vous écoute!

– Nous avons trouvé une piste... Ne me demandez pas comment, c'est une histoire incroyable, mais elle est bien réelle. L'homme qui a suivi la trace de Marie jusqu'à Montserrat a engagé un juge qui avait des contacts, vraisemblablement dans les îles.

– Un juge! s'écria le propriétaire de l'Auberge de la Tranquillité. Bon Dieu, il est là-bas! Je vais lui faire la peau, à cette ordure!...

– Du calme, Johnny! Reprenez-vous! Qui est là-bas?

– Un juge, et il a demandé à utiliser un autre nom! Je ne me suis pas posé de questions... Ce n'étaient pour moi que deux vieux gâteux portant des noms similaires.

– Des vieux, dites-vous? Attention, Johnny, c'est important. Qui sont ces deux vieux?

– Celui dont vous parlez vient de Boston...

– Absolument, dit Alex.

– Et l'autre de Paris...

– De Paris? Mon Dieu! Les vieux de Paris!

– Pardon?

– Le Chacal! Les hommes de Carlos sont déjà sur place!

– A votre tour de vous calmer, Alex, lança Saint-Jacques en respirant bruyamment. Soyez un peu plus clair!

– Il n'y a pas de temps à perdre, Johnny. Carlos est à la tête d'une armée, une armée privée composée de vieillards prêts à mourir ou à tuer pour lui. Vous ne découvrirez pas d'inconnus sur la plage, ils sont déjà dans la place! Pouvez-vous regagner l'île?

– Je trouverai un moyen! Je vais appeler l'hôtel et donner l'ordre de jeter ces deux ordures dans les citernes!

– Faites vite, John!

Saint-Jacques écrasa la barrette métallique du vieux téléphone, puis il la relâcha. Il entendit le son continu de la tonalité et composa le numéro de l'Auberge de la Tranquillité.

– *Nous sommes désolés, énonça la voix enregistrée, mais, en raison des conditions atmosphériques, les lignes sont coupées dans la zone que vous avez demandée. Nos services feront en sorte de rétablir les communications dans les meilleurs délais. Veuillez rappeler ultérieurement. Merci de votre compréhension.*

John Saint-Jacques écrasa si violemment le téléphone sur son support qu'il le brisa en deux.

– Un bateau! hurla-t-il. Trouvez-moi une vedette de la douane!

– Vous êtes complètement cinglé, déclara le premier assistant du gouverneur, assis à l'autre bout de la pièce. Avec la houle qu'il y a?

– Un bateau, Henry! répéta John en plongeant la main dans sa ceinture d'où il sortit lentement un automatique. Sinon, je serai obligé de faire quelque chose à quoi je ne veux même pas penser. Il me faut une vedette de la douane!

– Ça alors! Je n'arrive pas à y croire!

– Moi non plus, Henry... Mais je vous assure que je ne plaisante pas.

La garde-malade de Mme Fontaine se regarda dans le miroir de la coiffeuse et arrangea son chignon bien serré de cheveux blonds sous la capuche noire. Elle regarda sa montre et se souvint de l'étonnante conversation téléphonique qu'elle avait eue, voici quelques heures. Un appel d'Argenteuil, un appel personnel du grand homme grâce à qui tout était possible.

– Il y a un avocat américain qui se fait passer pour un juge et qui occupe une villa voisine de la vôtre.

– Je n'ai pas entendu parler de cet homme.

– Il est pourtant là. Notre héros s'est plaint à juste titre de sa présence et un coup de téléphone à Boston a confirmé qu'il s'agissait bien de lui.

– Et sa présence n'est pas souhaitable?

– Sa présence est une abomination. Cet homme prétend avoir une dette envers moi – une dette énorme, ce qui pourrait le condamner –, mais ses actes démontrent son ingratitude et indiquent qu'il a l'intention d'annuler sa dette en me trahissant. Et en me trahissant, c'est vous qu'il trahit.

– C'est un homme mort.

– Précisément. Il m'a été utile dans le passé, mais le passé n'est plus. Trouvez-le et tuez-le. Faites en sorte que sa mort ressemble à un accident. Comme nous ne serons plus en contact avant votre retour à la Martinique, dites-moi pour finir si toutes les dispositions ont été prises en ce qui concerne votre dernière mission pour mon compte.

– Tout est prêt, monseigneur. Les deux seringues ont été préparées par le chirurgien de l'hôpital de Fort-de-France qui vous assure de sa dévotion.

– J'espère bien. Il est encore en vie, ce qui n'est pas le cas de plusieurs dizaines de ses patients.

– Personne à la Martinique n'est au courant de son autre vie.

– Je sais... Vous ferez les injections dans quarante-huit heures, quand les choses commenceront à se calmer. Quand ils sauront que le héros était mon invention, et je ferai en sorte que tout le monde le sache, le Caméléon sera déshonoré.

– Il en ira selon vos désirs. Comptez-vous arriver bientôt?

– Assez tôt pour savourer toute la violence de l'émotion. Je pars dans une heure et je serai à Antigua demain avant midi. J'arriverai à temps pour me repaître de l'exquise souffrance de Jason Bourne, avant de laisser ma signature, une balle dans sa gorge. Et les Américains sauront qui a gagné. Adieu!

Telle une sainte en extase, l'infirmière inclinait la tête devant le miroir en se remémorant les paroles de son seigneur omniscient. Il est presque l'heure, se dit-elle en ouvrant un tiroir de la coiffeuse où elle prit, au milieu de ses colliers, un fil d'acier orné de diamants, un cadeau de son mentor. Ce serait très simple. Il ne lui avait pas fallu longtemps pour apprendre qui était le juge et où il habitait : c'était le vieillard affreusement maigre qui occupait la troisième villa à partir de la leur. Tout maintenant n'était plus qu'une question de précision, l'« accident », un simple prélude à l'horreur qui allait éclater dans la Villa 20, dans moins d'une heure. Toutes les villas de l'Auberge de la Tranquillité avaient des lampes à pétrole, en cas de coupure d'électricité ou de fonctionnement défectueux du générateur. Un vieillard fébrile, pris d'une envie subite, ou simplement terrifié par la violence de la tempête, pouvait fort bien allumer la lampe à pétrole pour voir clair ou se rassurer. On le retrouverait le nez dans le pétrole, le cou brûlé, et les tissus calcinés ne porteraient plus la trace du fil d'acier. *Fais-le*, lui lança d'un ton pressant une voix intérieure. *Tu dois obéir. Sans Carlos, tu n'aurais été qu'un corps sans tête en Algérie.*

Oui, elle allait le faire. Elle allait le faire tout de suite.

Le fracas de la pluie diluvienne qui s'abattait sur le toit et tambourinait aux fenêtres, les hurlements et les sifflements du vent furent déchirés par un éclair et couverts par un coup de tonnerre assourdissant.

Agenouillé près du lit, Jean-Pierre Fontaine pleurait en silence, son visage à quelques centimètres de celui de sa femme, ses larmes coulant sur la peau froide du bras. Elle était morte et le petit mot posé à côté de sa main livide et rigide était une manière de testament. *Maintenant, nous sommes libres tous les deux, mon amour.*

Oui, ils étaient libres. Délivrés, elle de la douleur incessante, lui du tribut exigé par le Chacal, dont il ne lui avait pas révélé les détails, mais dont elle devinait le prix exorbitant. Fontaine savait depuis plusieurs mois que sa femme avait en sa possession des pilules qui lui permettraient d'en finir rapidement, si la douleur devenait insupportable, et il avait souvent fouillé partout pour les trouver, parfois avec frénésie et toujours en vain. Le regard fixé sur la petite boîte contenant ses bonbons préférés, des pastilles de réglisse qu'il l'avait vu pendant des années se fourrer dans la bouche en riant, il comprenait maintenant pourquoi.

– Tu devrais être content, disait-elle. Imagine que ce soit du caviar ou une de ces drogues hors de prix que prennent les riches!

Ce n'était pas du caviar, mais c'était bien une drogue, une drogue mortelle.

Un bruit de pas! La garde-malade! Elle venait de sortir de sa chambre, mais il ne fallait pas qu'elle voie le corps! Fontaine se releva, s'essuya les yeux de son mieux et se précipita vers la porte. Il l'ouvrit et demeura pétrifié en voyant l'infirmière, juste devant lui, le bras levé, le poing fermé, prêt à frapper.

– Monsieur! Vous m'avez fait peur!

– Je crois que nous avons eu aussi peur l'un que l'autre, dit Fontaine en se glissant hors de la chambre et en refermant la porte derrière lui. Régine a fini par s'endormir, ajouta-t-il en portant son index à ses lèvres. Elle n'arrivait pas à trouver le sommeil à cause de la tempête.

– Cette tempête est un présent du ciel pour nous... pour vous. J'ai parfois l'impression que notre bienfaiteur a le pouvoir de commander ce genre de choses.

– Alors, il ne s'agit pas d'un présent du ciel. La source de son influence n'est pas là.

– Au travail, coupa la nurse d'un air renfrogné en s'écartant de la porte. Êtes-vous prêt?

– C'est l'affaire de quelques minutes, répondit Fontaine en se dirigeant vers la table où sa panoplie d'assassin était enfermée dans le tiroir. Voulez-vous que nous reprenions tout dans l'ordre? ajouta-t-il en fouillant dans sa poche pour prendre la clé et en se retournant. Pour moi, bien entendu. A mon âge, la mémoire a des défaillances.

– Oui, car il y a un léger changement.

– Ah? dit le Français en haussant les sourcils. A mon âge, on se méfie de tout changement brusque.

– Ce n'est qu'une question de minutage, l'affaire d'un quart d'heure, peut-être beaucoup moins.

– Une éternité, dans ce métier, dit Fontaine tandis qu'un nouvel éclair zébrait le ciel, précédant le tonnerre de quelques fractions de seconde seulement. Il est déjà assez dangereux de sortir par ce temps; je n'aime pas ces éclairs.

– Songez plutôt à ce que doivent éprouver les gardes.

– Venons-en à ce léger changement, je vous prie. Et puis-je avoir une explication?

– Il n'y aura pas d'explication. Sachez seulement que c'est un ordre d'Argenteuil et que vous en portez la responsabilité.

– Le juge?

– Tirez-en vos propres conclusions.

– Alors, il n'a pas été envoyé pour...

– Je n'en dirai pas plus. Le changement est le suivant : plutôt que de courir jusqu'à la Villa 20 pour demander aux gardes de venir de toute urgence porter secours à votre femme, je dirai qu'en revenant de la réception où j'étais allée me plaindre du mauvais fonctionnement du téléphone, j'ai vu un début d'incendie dans la Villa 14. Cela provoquera sans doute une grande confusion qui s'ajoutera à celle due à la tempête. Quand vous entendrez des cris et des appels à l'aide, ce sera pour vous le signal de passer à l'action. Profitant de la confusion, vous vous rendrez à la Villa 20, vous ferez sortir les gardes qui restent, s'il y en a – assurez-vous que votre silencieux est en place – puis vous entrerez et vous accomplirez ce que vous vous êtes engagé à faire.

– J'attends donc que l'on crie au feu et que les gardes et vous reveniez à notre villa.

– Exactement. Restez sur la véranda, la porte fermée, bien entendu.

– Bien entendu.

– Cela me prendra peut-être cinq minutes ou peut-être vingt, mais restez là.

– Très bien... Puis-je vous demander, madame, à moins que ce ne soit mademoiselle, rien n'indiquant que...

– Que voulez-vous savoir?

– Il vous faudra cinq à vingt minutes pour faire quoi?

– Vous n'êtes qu'un vieil imbécile! Pour faire ce qui doit être fait.

– Bien sûr.

La garde-malade mit son imperméable, serra sa ceinture et se dirigea vers la porte de la villa.

– Préparez votre matériel, dit-elle d'une voix impérieuse et sortez dans trois minutes.

– Entendu.

Elle ouvrit la porte en luttant contre le vent et elle sortit sous les trombes d'eau. Dérouté, interdit, le vieillard resta immobile, s'efforçant de trouver une explication à l'inexplicable. Tout allait trop vite pour lui, tout se confondait dans son esprit brouillé par le chagrin. Il n'avait pas le temps de pleurer, pas le temps de s'abandonner à son émotion... Il fallait réfléchir, et vite. Les révélations se succédaient, laissant des questions sans réponse auxquelles il fallait pourtant répondre afin d'avoir une vue d'ensemble de la situation.

La garde-malade ne servait pas seulement de relais pour transmettre les instructions d'Argenteuil. L'ange de miséricorde était aussi un ange de mort. Alors, pourquoi lui avoir fait parcourir des milliers de kilomètres pour faire ce qu'une autre pouvait accomplir aussi efficacement, pourquoi cette mascarade du vieux héros de la Résistance? Était-ce vraiment nécessaire? Et, à propos de vieillard, que fallait-il penser de ce vieil Américain qui n'était assurément pas un tueur? Peut-être ai-je commis une erreur grossière, songea le faux Jean-Pierre Fontaine, peut-être l'Américain est-il venu non pour me tuer, mais pour me mettre en garde.

Mon Dieu! murmura-t-il. Les vieux de Paris, l'armée du Chacal!

Il se dirigea rapidement vers la chambre de l'infirmière et ouvrit la porte. Avec la promptitude née d'une très longue pratique et que l'âge n'entamait guère, il entreprit de fouiller méthodiquement la chambre : valise, penderie, vêtements, oreillers, matelas, commode, coiffeuse, bureau... Le bureau! Un tiroir du bureau était fermé à clé, comme dans l'autre pièce! Le « matériel ». Plus rien n'avait d'importance maintenant. Sa femme était morte et il restait trop de questions sans réponse.

Il prit la lourde lampe de bureau, tira sur le fil et abattit le gros pied de cuivre sur le tiroir. Il recommença plusieurs fois, jusqu'à ce que le bois éclate et qu'il arrive à faire sauter la serrure. Il ouvrit le tiroir et contempla son contenu avec une fascination horrifiée.

Côte à côte dans leur étui de plastique étaient posées deux seringues hypodermiques remplies d'un liquide jaunâtre. Il n'avait pas besoin de connaître la composition du produit; il en existait trop dont il n'avait jamais entendu parler et qui feraient parfaitement l'affaire : la mort liquide prête à couler dans leurs veines.

Car il n'avait pas non plus besoin qu'on lui dise à qui les seringues étaient destinées. Deux corps étendus côte à côte sur un lit. Le sien et celui de sa femme unis dans la délivrance finale. Le Chacal avait tout prévu dans les moindres détails. On retrouverait le corps sans vie d'un vieil homme de l'armée de vieillards de Carlos, qui, après avoir déjoué toutes les mesures de sécurité, avait tué et mutilé la famille de l'ennemi mortel du Chacal, Jason Bourne. Et naturellement, derrière cette manœuvre brillante, se trouvait le Chacal en personne!

Ce n'est pas le contrat! Moi, oui, mais pas ma femme! J'avais votre parole!

L'infirmière! L'ange de la mort! L'homme connu à l'Auberge de la Tranquillité sous le nom de Jean-Pierre Fontaine se précipita dans sa chambre pour prendre son matériel.

Propulsée par ses deux énormes moteurs, la grosse vedette aux flancs argentés fendait la houle, survolant les vagues menaçantes. Debout sur le pont, John Saint-Jacques pilotait l'embarcation au milieu des récifs qu'il connaissait bien et avec l'aide du puissant projecteur éclairant les flots tumultueux, tantôt à dix mètres, tantôt à soixante mètres devant la vedette. Il hurlait dans la radio dont le micro se balançait devant son visage trempé par les embruns, espérant contre toute logique réveiller quelqu'un sur l'île de la Tranquillité.

Il était à moins de trois milles marins de l'île. Un îlot volcanique, boisé, s'élevant à peine au-dessus de la surface de la mer, lui servit de repère. A vol d'oiseau, l'île de la Tranquillité était beaucoup plus proche de Plymouth que de l'aéroport Blackburne, et, pour qui connaissait les hauts-fonds, pas plus difficile à atteindre en bateau à moteur qu'en hydravion, car l'appareil, après le décollage de Blackburne, devait mettre le cap à l'est pour aller chercher les vents dominants d'ouest. Johnny ne savait pas si ces calculs étaient préjudiciables à sa concentration, mais ils le soulageaient, ils lui donnaient le sentiment qu'il faisait de son mieux. Merde! Pourquoi toujours faire seulement de son mieux? Il n'allait pas encore échouer, pas cette fois, pas cette nuit! Il devait tout à Marie et à David! Et peut-être plus encore à son cinglé de beau-frère qu'à sa propre sœur, à ce type complètement cinoque dont il se demandait parfois si Marie savait qui il était vraiment!

– Laisse tomber, petit frère. Je vais m'en occuper.

– Tu ne peux pas, David. C'est moi qui l'ai fait, c'est moi qui les ai tués.

– Je te dis de laisser tomber.

– Je t'ai demandé de m'aider, pas de te mettre à ma place!

– Mais tu vois bien que je suis à ta place. J'aurais fait la même chose que toi et j'ai le sentiment d'être à ta place.

– C'est absurde!

– Sans doute. Je t'apprendrai peut-être un jour à tuer proprement, discrètement. Mais, en attendant, écoute les avocats.

– Imagine qu'ils perdent!

– Je te ferai sortir. Je te ferai partir d'ici.

– Comment cela?

– Je tuerai, s'il le faut.

– Je ne te crois pas! Toi, un professeur, un érudit, le mari de ma sœur... Je ne te crois pas, je ne veux pas te croire!

Alors, ne me crois pas, Johnny. Oublie tout ce que je t'ai dit et n'en parle jamais à ta sœur.

– C'est l'autre homme qu'il y a en toi, n'est-ce pas?

– Marie t'aime énormément.

– Ce n'est pas une réponse! Tu es redevenu Bourne, n'est-ce pas? Jason Bourne?

– Nous ne parlerons plus jamais de cela, Johnny, plus jamais. Tu m'as bien compris?

Non, je n'ai rien compris, se dit Saint-Jacques au milieu des tourbillons de vent et des éclairs qui enveloppaient la vedette de la douane. Même quand Marie et David l'avaient secouru quand il était à la dérive pour lui suggérer de refaire sa vie aux Antilles. « Fais fructifier notre argent, lui avaient-ils dit. Construis-nous une maison et tu verras ensuite ce que tu as envie de faire. Nous te soutiendrons dans les limites du possible. » Pourquoi auraient-ils fait cela? Pourquoi l'avaient-ils fait?

Ce n'était pas « ils », mais « il ». Jason Bourne.

Johnny comprenait la signification du coup de téléphone de l'autre matin, quand il avait répondu au bord de la piscine et qu'un pilote lui avait appris que quelqu'un posait des questions à l'aéroport sur une femme et deux enfants.

Je t'apprendrai peut-être un jour à tuer proprement, discrètement.
Des lumières! Il distinguait les lumières de la plage de Tranquillité. Il était à moins d'un mille de la côte.

Des torrents de pluie s'abattaient sur le Français qui remontait l'allée dans la direction de la Villa 14 en vacillant dans les bourrasques. Tête baissée pour résister aux éléments déchaînés, les yeux plissés, il s'essuyait de loin en loin le visage de la main gauche en serrant de l'autre son arme, un pistolet prolongé par le cylindre du silencieux. Il tenait le pistolet derrière son dos, comme il l'avait fait pendant la guerre, quand il courait le long des voies de chemin de fer, des bâtons de dynamite dans une main, un Luger dans l'autre, prêt à lâcher le tout s'il voyait apparaître une patrouille allemande.

Pour lui, tous ceux qu'il risquait de rencontrer sur l'allée n'étaient rien d'autre que des Boches. Tous des Boches! Il avait été trop longtemps trop servile! Sa femme était morte et maintenant il ne dépendrait plus de personne; il n'agirait plus qu'en fonction de ses décisions, de ses sentiments, de sa conception toute personnelle du bien et du mal... Et le Chacal incarnait le mal! L'apôtre de Carlos pouvait accepter l'exécution de la femme – une dette à payer pour laquelle il était possible de trouver des justifications –, mais pas des enfants et encore moins les mutilations. De tels actes étaient une offense au Seigneur devant qui ils s'apprêtaient, sa femme et lui, à comparaître. Il leur faudrait des circonstances atténuantes.

Il devait arrêter l'ange de la mort! Que pouvait-elle bien faire? Que signifiait cette histoire d'incendie dont elle avait parlé?... A travers la haie de la Villa 14, il vit soudain de hautes flammes s'élever derrière une fenêtre. Une fenêtre qui devait être celle de la chambre de la luxueuse construction aux murs roses.

Fontaine atteignait le passage dallé menant à la porte de la villa quand la foudre fit trembler le sol sous ses pieds. Il tomba par terre et se mit à ramper jusqu'au porche surmonté d'une lampe dont la lumière tremblotante éclairait la porte. Il eut beau tourner le bouton, tirer et pousser de toutes ses forces, la porte ne s'ouvrit pas. Il leva son pistolet, pressa la détente à deux reprises et fit sauter la serrure. Puis il se releva à grand-peine et entra.

Les cris venaient de derrière la porte de la chambre principale. Le vieillard s'avança dans cette direction, les jambes flageolantes, le pistolet tremblant dans sa main droite. Rassemblant toutes ses forces, il poussa la porte du pied et s'arrêta, pétrifié, devant une vision d'enfer.

La garde-malade, après avoir passé un fil d'acier autour du cou du frêle vieillard, approchait la tête de sa victime des flammes d'une lampe à pétrole renversée sur le sol.

– Arrêtez! hurla Jean-Pierre Fontaine. Ça suffit!

Au milieu des flammes bondissantes plusieurs détonations retentirent et des corps s'affaissèrent.

Les lumières de la plage de l'Auberge de la Tranquillité se rapprochaient tandis que John Saint-Jacques hurlait sans discontinuer dans son micro.

– C'est moi! C'est Saint-Jacques qui revient! Ne tirez pas!

Mais le bateau effilé aux flancs argentés fut accueilli par un feu nourri d'armes automatiques. Saint-Jacques se jeta sur le pont.

– C'est moi! hurla-t-il. Je vais m'échouer! Allez-vous cesser le feu, bande d'abrutis?

– C'est vous, monsieur? demanda une voix affolée à la radio.

– Vous voulez être payés la semaine prochaine?

– Oh, oui, monsieur Saint-Jacques!

La voix crachotante des haut-parleurs de la plage couvrit le bruit du vent et les coups de tonnerre venant de Basse-Terre.

– Cessez le feu! Tout le monde sur la plage! Ne tirez plus sur ce bateau! C'est le patron, c'est M. Saint-Jacques!

La vedette de la douane jaillit de l'eau et retomba sur le sable noir, moteurs hurlant, les pales de l'hélice fichées dans le sable, la coque fracassée par la violence de l'arrêt brutal. Roulé en boule pour amortir le choc, Saint-Jacques se redressa et bondit par-dessus le plat-bord.

– Villa 20! rugit-il en s'élançant sous la pluie battante vers les marches de pierre menant à l'allée. Tous les hommes avec moi!

Tandis qu'il gravissait l'escalier raide aux marches balayées par la pluie, il étouffa un cri et il crut que tout explosait en mille étoiles. *Des détonations!* Des coups de feu se succédaient du côté est de l'allée! Il accéléra encore l'allure, grimpa les marches quatre à quatre, déboucha enfin dans l'allée et se mit à courir comme un dératé vers la Villa 20, le regard surprenant au passage un attroupement qui ne fit qu'ajouter à sa panique. Des gens, des employés de l'hôtel, étaient rassemblés autour de la porte de la Villa 14... Qui occupait cette villa? Seigneur! Le juge!

Les poumons comme des soufflets de forge, tous les muscles de ses jambes proches du point de rupture, Saint-Jacques atteignit enfin la maison de sa sœur. Il enfonça la barrière et se rua sur la porte qu'il ouvrit d'un coup d'épaule. Les yeux écarquillés d'horreur, en proie à une souffrance indicible, il se laissa tomber à genoux en poussant un long hurlement. Se détachant en rouge sombre avec une insoutenable netteté sur le fond blanc du mur, il lut ces mots:

Jason Bourne, frère du Chacal.

14

- Johnny! Arrête, Johnny!

Il entendit soudain résonner dans ses oreilles la voix de sa sœur tandis qu'elle repliait un bras autour de sa tête et plongeait l'autre main dans ses cheveux en les tirant si fort en arrière qu'il crut qu'elle allait les arracher.

- Tu m'entends, Johnny? Tout va bien! Les enfants sont dans une autre villa. Personne n'est blessé!

Il commença à distinguer des visages penchés sur lui et il reconnut les deux vieillards, l'un de Boston, l'autre de Paris.

- Ils sont là! hurla Saint-Jacques.

Il se redressa brusquement, mais sa sœur le retint en se jetant contre lui de tout son poids.

- Je vais les tuer!

- Non! cria Marie, les bras serrés autour de lui, aidée par un garde dont il sentait l'étreinte des grosses mains sur ses épaules. Ces deux hommes sont devenus deux amis précieux.

- Tu ne sais pas qui ils sont! s'écria Saint-Jacques en se débattant.

- Si, nous le savons, répondit Marie à voix basse en approchant les lèvres de ses oreilles. Et nous savons qu'ils peuvent nous conduire jusqu'au Chacal...

- Ils travaillent pour lui!

- L'un d'eux travaillait pour lui, c'est vrai. L'autre ignore tout de Carlos.

- Tu ne comprends pas, murmura Johnny. Ce sont des vieillards; ils font partie de l'armée du Chacal, les vieux de Paris. Conklin m'a appelé à Plymouth et il m'a tout expliqué... Ce sont des tueurs.

- L'un d'eux était un tueur, c'est encore vrai, mais il n'a plus maintenant aucune raison de tuer. Et l'autre... l'autre, c'est une méprise, une méprise grossière et terrible. Dieu soit loué, le pire est évité!

- C'est de la folie!

– Oui, c'est de la folie, acquiesça Marie en faisant signe au garde d'aider son frère à se relever. Viens, Johnny, nous avons beaucoup à nous dire.

La tempête s'était enfuie comme une intruse, se fondant dans la nuit et laissant derrière les traces de son saccage. Les premières lueurs du jour commençaient à poindre à l'est, dévoilant lentement au milieu des écharpes de brume les contours bleu-vert des îlots voisins de Montserrat. Les premières barques de pêche se dirigeaient prudemment, mollement vers leurs lieux favoris; des prises de la journée dépendait la survie de leur famille. Marie, son frère et les deux vieillards étaient assis autour d'une table sur la terrasse d'une villa inoccupée. Ils avaient discuté près d'une heure en prenant le café et passé froidement en revue tous les épisodes de l'horreur, analysant les faits, en écartant toute émotion. Le faux héros de la Résistance avait reçu l'assurance que toutes les formalités pour les obsèques de sa femme seraient accomplies dès que les liaisons téléphoniques seraient rétablies avec Montserrat. Il aurait aimé, si c'était possible, que son corps soit inhumé dans les îles... Elle comprendrait. Si c'était possible...

– C'est possible, dit Saint-Jacques. Si ma sœur est encore en vie, c'est grâce à vous.

– A cause de moi, jeune homme, elle aurait pu mourir.

– Vous m'auriez tuée? demanda Marie en scrutant le visage du Français.

– Après avoir découvert le sort que Carlos nous réservait, à ma femme et à moi, certainement pas. C'est lui qui a rompu notre contrat.

– Mais avant?

– Avant que je voie les seringues et que je comprenne ce qui n'était que trop évident?

– Oui.

– Il est difficile de répondre : un contrat est un contrat. Mais ma femme venait de rendre l'âme et, si elle est morte, c'est en partie parce qu'elle avait senti qu'on exigeait de moi quelque chose de terrible. En faisant ce qu'on attendait de moi, j'aurais nié cette cause de sa mort, vous comprenez? Mais d'un autre côté, même après sa mort, il m'était impossible de renier celui sans qui nous n'aurions jamais connu toutes ces années de bonheur relatif. Sincèrement, je ne sais pas... J'aurais peut-être fini par me dire que je lui devais une vie, la vôtre... mais pas celles des enfants. Et certainement pas le reste.

– Quel reste? demanda Saint-Jacques.

– Il vaut mieux que vous ne le sachiez pas.

– Je crois que vous m'auriez tué, dit Marie.

– Je vous l'ai avoué, je n'en sais rien. Je n'avais rien contre vous personnellement. Vous n'étiez pour moi qu'une clause dans le cadre d'un

186

arrangement professionnel. Mais ma femme est morte et je suis un vieil homme à qui le temps est compté. En regardant vos yeux, en vous entendant demander la vie sauve pour vos enfants, j'aurais peut-être retourné mon arme contre moi. Ce n'est pas sûr.

— Vous êtes un tueur, dit posément Johnny.

— Je suis bien des choses, monsieur. Je ne demande pas l'absolution en ce monde; pour l'autre, nous verrons. Il y a toujours eu des circonstances qui...

— La logique française! le coupa Brendan Patrick Pierre Prefontaine, ex-juge de la première circonscription judiciaire du Massachusetts en caressant distraitement le bord de la plaie de son cou, sous ses cheveux blancs brûlés. Je n'ai par bonheur jamais eu à plaider, car ni l'une ni l'autre des deux parties n'a jamais complètement tort. Vous avez devant vous un criminel qui a subi une juste condamnation, poursuivit-il avec un petit rire. Tout ce que je puis avancer pour ma défense, c'est que je me suis fait prendre alors que tant d'autres sont restés impunis.

— Peut-être sommes nous apparentés, après tout, monsieur le juge?

— En comparaison de votre vie, cher monsieur, la mienne est plus proche de celle de saint Thomas d'Aquin...

— Chantage? demanda Marie en l'interrompant.

— Non, en réalité, j'ai été convaincu de forfaiture, d'avoir accepté de l'argent pour rendre des jugements favorables, ce genre de choses... Boston est une ville impitoyable. Ce sont des pratiques courantes à New York où on est prié de laisser son argent au greffier et où tout le monde y trouve son compte.

— Je ne parlais pas de Boston, mais de la raison pour laquelle vous êtes ici. Vous vouliez faire chanter quelqu'un?

— C'est simplifier les choses à l'excès, mais en gros, il s'agit bien de cela. Comme je vous l'ai dit, l'homme qui m'a payé pour découvrir votre destination m'a également versé une forte somme pour que je garde le silence sur ce que j'avais appris. Dans ces conditions et comme je n'avais rien de plus pressant à faire, j'ai trouvé logique de poursuivre mon enquête. Si le peu que je sais pouvait me rapporter autant, que n'aurais-je pu obtenir après en avoir appris plus long?

— C'est vous qui avez parlé de logique française, monsieur? glissa le courrier repenti du Chacal.

— C'était suivre la procédure normale de l'instruction répondit l'exmagistrat en regardant Fontaine du coin de l'œil avant de se retourner vers Marie. Mais, chère madame, j'ai sans doute omis de mentionner un détail qui me fut extrêmement utile pendant les négociations avec mon client. Votre identité demeurait inconnue et vous étiez sous la protection du gouvernement. C'était un point très important qui a absolument terrorisé un homme célèbre et influent.

— Je veux son nom, insista Marie.

– Dans ce cas, je demanderai à être protégé, moi aussi.

– Vous le serez...

– Et peut-être autre chose, poursuivit le magistrat. Mon client n'est pas au courant de ma venue et il ignore ce qui s'est passé ici. Quand je lui décrirai ce que j'ai vu et subi, il m'ouvrira peut-être plus généreusement sa bourse. Il sera absolument terrifié à l'idée que son nom puisse être mêlé à des événements aussi violents. De plus, sachant que j'ai failli être tué par cette amazone, je crois sincèrement avoir mérité une rallonge.

– Je vais donc être récompensé pour vous avoir sauvé la vie, monsieur ? demanda Fontaine.

– Si je possédais quoi que ce soit de valeur – en dehors de mes connaissances juridiques que je mets à votre service –, c'est avec plaisir que je le partagerais. Cette proposition tient, si je touche quelque chose, mon cher cousin.

– Merci beaucoup.

– Vous n'avez pas l'apparence d'un homme dans le besoin, monsieur le juge, dit John Saint-Jacques.

– Les apparences sont donc aussi trompeuses que ce titre, oublié depuis longtemps dont vous me gratifiez si généreusement. J'ajoute que mes besoins n'ont rien d'extravagant : je suis seul et mon bien-être n'exige pas que je vive dans le luxe.

– Vous avez donc perdu votre épouse, vous aussi ?

– Ce n'est pas votre problème, mais sachez que ma femme m'a quitté il y a vingt-neuf ans et que mon fils a trente-huit ans ; avocat prospère à Wall Street, il a pris le nom de sa mère. Quand des curieux lui posent des questions, il répond qu'il ne m'a jamais connu. Je ne l'ai pas revu depuis qu'il avait dix ans. Ce n'était pas son intérêt, vous comprenez.

– Quelle tristesse !

– Quelle connerie, mon cher cousin. C'est de moi que ce garçon tient son intelligence et non de son écervelée de mère. Mais nous nous égarons... Mon parent éloigné a accepté de collaborer avec vous pour des raisons qui lui sont propres, essentiellement le sentiment d'avoir été trahi. J'ai, moi aussi, d'excellentes raisons pour vouloir vous aider, mais il faut bien que je pense à moi. Si mon nouvel ami peut aller tranquillement finir ses jours à Paris, moi, je suis obligé de retourner à Boston où je continuerai à vivre d'expédients. Les raisons profondes qui me poussent à vous aider doivent donc passer au second plan. Avec ce que je sais maintenant, je ne me donne pas cinq minutes à vivre dans les rues de Boston.

– Désolé, monsieur le juge, dit John Saint-Jacques, les yeux rivés sur Prefontaine, mais nous n'avons pas besoin de vous.

– Quoi ? demanda Marie en se penchant vivement vers son frère. Mais, Johnny, nous avons besoin de toute l'aide possible !

– Pas de la sienne. Nous savons qui l'a engagé.

188

– Comment cela, nous le savons?

– Conklin est au courant. C'est ce qu'il a appelé une « brèche ». Il m'a dit au téléphone que l'homme qui avait suivi ta trace jusqu'ici avait fait appel à un juge.

Saint-Jacques indiqua d'un signe de la tête l'ex-magistrat de Boston.

– C'est lui, poursuivit-il. Et c'est à cause de lui que j'ai bousillé une vedette de cent mille dollars pour arriver à temps. Conklin connaît l'identité de son client.

– C'est maintenant qu'il faut dire « quelle tristesse! » murmura, Prefontaine en se tournant vers le faux héros. J'ai tout perdu. Mon obstination ne m'aura rapporté qu'une blessure à la gorge et des cheveux brûlés.

– Pas nécessairement, rétorqua Marie. Comme vous êtes un homme de loi, je ne devrais pas avoir à vous le dire : un témoignage est une forme de coopération. Nous aurons peut-être besoin que vous révéliez tout ce que vous savez à certaines personnes, à Washington.

– Un témoignage peut être obtenu par une citation à comparaître, ma chère. Sous serment, devant un tribunal, vous pouvez en croire le magistrat que j'étais.

– Il n'est pas question de saisir un tribunal. Jamais.

– Ah!... Je vois.

– Non, vous ne voyez rien. Pas dans l'état actuel des choses. Mais, si vous acceptez de nous aider, vous serez bien payé... Vous nous avez appris tout à l'heure que vous aviez de bonnes raisons de vouloir nous aider, des raisons qui passaient après votre bien-être....

– Seriez-vous juriste par hasard, ma chère?

– Non, économiste.

– Bonté divine! C'est encore pis!... Alors, mes raisons?

– Ont-elles un rapport avec votre client, l'homme qui vous a engagé pour retrouver notre trace?

– Absolument. Cet auguste personnage a une âme de boue. Il a l'esprit faux et l'attitude d'une prostituée. C'était un jeune homme plein de promesses, mais il a tout gâché en se lançant dans la quête ostentatoire d'un Graal personnel.

– Qu'est-ce qu'il raconte, Marie?

– Je pense qu'il parle d'un homme doté d'un grand prestige ou d'une grande influence qu'il ne mérite pas. C'est le discours d'un ancien condamné aux prises avec des problèmes de moralité personnelle.

– C'est une économiste qui parle? demanda Prefontaine en portant de nouveau machinalement la main aux chairs boursouflées de son cou. Une économiste qui réfléchit à ses dernières prévisions erronées ayant entraîné des opérations malheureuses en Bourse et provoqué des pertes que certains ne pouvaient supporter.

– Mon avis n'a jamais été aussi déterminant, mais je vous accorde que c'est l'opinion d'un certain nombre de gens qui ne prennent jamais de risques et se contentent d'élaborer des théories. C'est une position très confortable, mais la vôtre ne l'est pas, monsieur le juge. Vous aurez sans doute besoin de la protection que nous pouvons vous fournir. Quelle est votre réponse?

— Jésus, Marie, Joseph! Vous ne faites pas de sentiment!

— Je ne peux pas me le permettre, répliqua Marie, les yeux fixés sur ceux de l'ancien magistrat. Je veux que vous soyez de notre côté, mais je ne vous le demanderai pas à genoux. Je vous laisserai simplement repartir à Boston et vous vous débrouillerez tout seul.

— Vous êtes sûre de ne pas être juriste... Ou peut-être exécutrice des hautes œuvres?

— A vous de décider. Tout ce que je vous demande, c'est une réponse.

— Quelqu'un daignera-t-il m'expliquer ce qui se passe? s'écria John Saint-Jacques.

— Votre sœur, répondit Prefontaine en posant un regard doux sur Marie, vient de faire une nouvelle recrue. Elle a clairement exposé les options, ce que tout magistrat apprécie, et sa logique implacable venant d'une bouche ravissante sous une chevelure de feu, rend ma décision inévitable.

— Qu'est-ce que?...

— Cela veut dire qu'il se range de notre côté, Johnny.

— Pourquoi avons-nous besoin de lui?

— Pour de nombreuses raisons, jeune homme, répondit Prefontaine. Dans certaines circonstances, l'offre spontanée de renseignements n'est pas la meilleure voie à suivre, à moins d'être étroitement protégé hors du tribunal.

— C'est vrai, Marie?

— Ce n'est pas faux, petit frère, mais tout dépend de Jason... Et zut, je veux dire de David!

— Non, dit John Saint-Jacques en affrontant le regard de sa sœur, c'est bien de Jason qu'il s'agit.

— Suis-je censé connaître ces prénoms? demanda Prefontaine. J'ai vu le nom Jason Bourne peint sur le mur de votre villa.

— Telles étaient mes instructions, mon cher cousin, intervint le faux héros. Je n'ai pas pu faire autrement.

— Je ne comprends pas, pas plus que je n'ai compris quand vous m'avez tous deux interrogé sans ménagement sur ce Carlos, alias le Chacal, à un moment où je ne savais même pas si j'étais encore de ce monde. Je croyais que le Chacal était un personnage de fiction.

Le vieillard connu sous le nom de Jean-Pierre Fontaine se tourna vers Marie qui inclina légèrement la tête.

— Carlos le Chacal est une légende, dit-il, mais ce n'est pas un personnage fictif. C'est un tueur professionnel, maintenant âgé de soixante ans. Le bruit court qu'il est gravement malade, mais sa haine n'a pas

190

désarmé. On lui prête bien des visages et de multiples facettes qui lui valent le dévouement sans faille de ceux qui ont des raisons de l'aimer – ou la haine tenace de ceux qui voient en lui l'essence du mal. Je suis l'exemple même de ceux qui ont éprouvé ces deux sentiments, mais il faut dire que mon univers n'est pas le vôtre, comme vous l'avez suggéré avec juste raison, saint Thomas d'Aquin.

– Merci beaucoup.

– Mais la haine implacable que nourrit Carlos s'étend comme un cancer dans son cerveau vieillissant, poursuivit Jean-Pierre Fontaine. Un homme l'a poussé à bout, s'est moqué de lui en s'appropriant le mérite de ses assassinats, contrat après contrat. Le mettant hors de lui, il l'a obligé à essayer de rétablir la vérité pour maintenir sa suprématie au royaume des tueurs. Le même homme est également responsable de la mort de sa maîtresse. Beaucoup plus qu'une maîtresse, c'était son *alter ego,* son amour d'enfance au Venezuela, sa complice en toutes choses. Cet homme, un inconnu parmi les centaines, voire les milliers envoyés par tous les gouvernements de la planète, est le seul à avoir jamais vu son visage. L'homme qui a accompli tout cela est le produit des services de renseignements américains, un être étrange qui a passé trois années de sa vie dans le mensonge quotidien. Et Carlos n'aura de cesse que cet homme soit châtié... et éliminé. Cet homme est Jason Bourne.

L'air abasourdi par le récit du vieux Français, Prefontaine se pencha sur la table.

– Qui est Jason Bourne? demanda-t-il.

– Mon mari, David Webb, répondit Marie.

– Juste ciel! murmura le magistrat. Puis-je avoir quelque chose à boire, je vous prie?

– Ronald! appela John Saint-Jacques en se tournant vers l'intérieur de la villa.

– Oui, patron, répondit le garde dont la poigne de fer avait retenu son employeur quelques heures plus tôt, dans la Villa 20.

– Apporte-nous du whisky et du cognac, s'il te plaît.

– Tout de suite, patron.

Le soleil orangé s'enflamma brusquement à l'horizon et ses rayons transpercèrent les dernières écharpes de brume. Le silence qui s'était établi autour de la table fut rompu par la voix douce, à l'accent prononcé, du vieux Français.

– Je n'ai pas l'habitude d'être servi de la sorte, dit-il en laissant errer son regard sur les teintes éclatantes de la mer des Caraïbes. Quand on demande quelque chose, j'ai toujours l'impression que c'est à moi d'aller le chercher.

– Plus maintenant..., Jean-Pierre, murmura doucement Marie en marquant une brève hésitation avant le prénom.

– Je suppose qu'il est possible de vivre avec ce nom...

191

– Pourquoi pas ici?

– Qu'est-ce que vous dites, madame? demanda-t-il.

– Réfléchissez. Les rues de Paris ne seront peut-être pas moins dangereuses pour vous que celles de Boston pour notre juge.

Le juge en question était absorbé dans une profonde rêverie, mais, dès que des bouteilles, des verres et un seau de glace furent posés sur la table, Prefontaine tendit le bras sans hésiter, prit la bouteille la plus proche et se servit une dose extravagante d'alcool.

– J'ai une ou deux questions à poser, déclara-t-il avec force. Me permettez-vous de le faire?

– Allez-y, répondit Marie. Je ne suis pas sûre de pouvoir ou de vouloir vous répondre, mais vous pouvez toujours essayer.

– Ces coups de feu, cette peinture rouge et cette inscription... Mon « cousin » prétend qu'il avait reçu l'ordre de tracer à la bombe ces mots sur le mur...

– C'est vrai, mon ami. Et le bruit des détonations aussi.

– Pourquoi?

– Tout doit être conforme à ce que l'on attend. Les coups de feu n'étaient qu'un élément supplémentaire destiné à attirer l'attention sur ce qui était en train de se passer.

– Mais pourquoi?

– C'est une leçon que nous avons tirée de la Résistance... Même si je n'ai jamais été un « Jean-Pierre Fontaine », j'y ai joué un rôle, aussi modeste fût-il. Nous tenions à faire clairement savoir après chacune de nos actions que les clandestins en étaient responsables. Et tout le monde le savait.

– Mais pourquoi ici?

– L'infirmière du Chacal est morte. Il n'y a plus personne pour lui confirmer que ses instructions ont été exécutées.

– Logique française. Incompréhensible.

– Bon sens français. Incontestable.

– *Pourquoi?*

– Carlos sera là avant demain midi.

– Seigneur!

Le téléphone sonna à l'intérieur de la villa. John Saint-Jacques bondit de son siège, mais il fut arrêté par sa sœur qui tendit le bras devant lui et franchit la porte-fenêtre pour se précipiter dans le séjour.

– David? s'exclama-t-elle aussitôt après avoir décroché.

– C'est Alex, dit une voix haletante. Bon Dieu, cela fait trois heures que j'appelle! Tout va bien?

– Nous sommes sains et saufs, mais nous ne devrions pas l'être...

– Les vieux! Les vieux de Paris! Johnny a-t-il réussi...

– Johnny est arrivé, mais ils sont de notre côté.

– Qui?

– Les deux vieux...

192

– Qu'est-ce que c'est que ces conneries?

– Je t'assure que c'est vrai. Nous maîtrisons la situation. As-tu des nouvelles de David?

– Non! Le téléphone était coupé! C'est la pagaille partout! J'ai demandé que la police aille à Tranquillité...

– Rien à foutre de la police! hurla Marie. Envoie-nous l'armée, les marines et même ces pourris de la CIA! N'oublie pas qu'on a une dette envers nous!

– Jason n'acceptera jamais cela. Je ne peux rien lui révéler maintenant.

– Même si tu apprenais que le Chacal sera ici demain midi?

– Oh! Merde! Il faut que je trouve un jet quelque part.

– Oui, il faut que tu agisses!

– Tu ne comprends pas, Marie. Méduse a réapparu au grand jour.

– Tu pourras dire à mon mari que Méduse, c'est de l'histoire ancienne, mais pas le Chacal! Et il sera là demain!

– David aussi, tu le sais bien.

– Bien sûr... Ce n'est plus David maintenant, c'est Jason Bourne.

– Ce n'est plus comme il y a treize ans, vieux frère, et n'oublie pas que tu as treize ans de plus. Non seulement tu ne serviras à rien, mais tu vas me gêner en restant dans mes pattes. Va donc te reposer. Éteins la lumière, allonge-toi sur le beau canapé moelleux du salon et pique un bon roupillon. Je vais m'occuper du téléphone et je ne serai certainement pas débordé, car personne ne va appeler à 4 heures du matin.

La voix de Cactus s'affaiblissait à mesure que Jason s'avançait dans le salon plongé dans l'obscurité, les jambes lourdes, les paupières pesantes se fermant malgré lui. Il se laissa tomber sur le canapé et leva lentement, péniblement les jambes l'une après l'autre pour les poser sur les coussins. Il regarda le plafond. *Le repos est une arme; des batailles gagnées et perdues...* Philippe d'Anjou. Méduse. Il se sentit sombrer dans le sommeil comme dans un grand trou noir.

Des hurlements stridents, assourdissants de sirène déchirèrent le silence, se répercutant dans la grande maison vide avec la violence d'une tornade sonore. Bourne bondit du canapé, l'œil hagard, ne sachant plus où il était ni même, pendant un instant affreux, *qui* il était.

– Cactus! hurla-t-il en se précipitant hors du salon luxueusement meublé pour se ruer dans le hall. Cactus! Où es-tu?

Mais sa voix fut couverte par les hurlements de la sirène dont l'intensité allait crescendo.

Pas de réponse. Jason se jeta sur la porte du bureau en tournant le bouton. Elle était fermée à clé! Il recula et donna de grands coups d'épaule dans la porte, une fois, deux fois, trois fois, avec toute la vitesse et toute la force dont il était capable. Le panneau se fendit, puis éclata et Jason frappa du pied contre le panneau central jusqu'à ce qu'il cède. Il se précipita dans le bureau et ce qu'il découvrit fit passer dans le regard de la machine à tuer, qui était le produit de Méduse, des éclairs de fureur. Dans le cercle de lumière de la lampe, dans le fauteuil qui avait soutenu le corps du général assassiné, Cactus était effondré sur le bureau et une grosse tache de sang s'arrondissait sur le sous-main.... Un cadavre. Non, pas un cadavre! La main droite remuait... Cactus était encore vivant!

Bourne s'avança en courant et souleva doucement la tête du vieux Noir. Les hurlements assourdissants rendaient toute communication impossible, mais Cactus ouvrit les yeux, sa main se déplaça en tremblant le long du sous-main en cuir, son index se replia et tapota le dessus du bureau.

– Que veux-tu dire? cria Jason.

La main continua de se déplacer le long du sous-main et le tapotement s'accéléra.

– Le bureau? En dessous?

Cactus acquiesça d'un mouvement infime, presque imperceptible de la tête.

– Sous le bureau! hurla Bourne qui commençait à comprendre.

Il s'agenouilla à droite du Noir et passa la main sous le tiroir, puis sur le côté. Ses doigts rencontrèrent un bouton! Toujours avec la même douceur, il repoussa de quelques centimètres sur la gauche le lourd fauteuil à roulettes et reporta les yeux sur le bouton. En dessous, une inscription en petites lettres blanches sur une bande de plastique noir donnait la réponse.

Alarme auxiliaire.

Jason enfonça le bouton. Le vacarme cessa instantanément et le silence qui s'ensuivit fut presque aussi difficile à supporter.

– Comment as-tu été blessé? demanda Bourne. Depuis combien de temps? Si tu es capable de parler, fais-le à voix basse, surtout ne gaspille pas d'énergie. Tu as bien compris?

– T'es vraiment incroyable, murmura Cactus. J'ai été chauffeur de taxi à Washington, vieux frère, je connais la musique. Ce n'est pas mortel... J'ai juste reçu un pruneau dans la poitrine.

– Je vais tout de suite appeler un médecin – que dirais-tu de notre ami Ivan? – mais, si tu peux, raconte-moi ce qui s'est passé pendant que je t'allonge par terre pour évaluer les dégâts.

Lentement, précautionneusement, Jason fit descendre Cactus du fauteuil et l'étendit sur le tapis placé devant la fenêtre en saillie. Il arracha la chemise et vit que la balle s'était logée dans la chair de l'épaule gauche. Avec des gestes rapides, Jason déchira la chemise et fit des lambeaux de tissu un bandage grossier qu'il enroula autour de la poitrine de son ami, de l'aisselle à l'épaule.

— Ce n'est pas grand-chose, dit Jason, mais cela te permettra de tenir un petit moment. Vas-y, raconte-moi.

— Il est dehors! souffla Cactus en se redressant avant qu'une quinte de toux l'oblige à s'allonger. Il a un gros Magnum 357 avec un silencieux. Il a tiré à travers la fenêtre, puis il a cassé la vitre et il est entré. Il... il...

— Doucement! Ne parle pas, ça n'a pas d'importance.

— Il le faut... Les frères qui sont dehors ne sont pas armés. Il va les descendre!... Moi, j'ai fait le mort, mais il était pressé. Pour ça, il était pressé! Tu veux regarder là-bas?

Jason tourna la tête dans la direction que Cactus venait de lui indiquer. Une douzaine de livres sortis d'une étagère étaient éparpillés sur le sol.

— Il s'est dirigé tout droit vers la bibliothèque, reprit le vieux Noir d'une voix de plus en plus faible. On aurait dit qu'il avait le feu au derrière! Puis il a trouvé ce qu'il cherchait et il est allé jusqu'à la porte, son calibre à la main; il était prêt à s'en servir... J'ai pensé que c'est toi qu'il cherchait, qu'il t'avait vu par la fenêtre et qu'il savait que tu étais sorti du bureau. Pendant ce temps, j'agitais mon genou droit comme un malade, parce ce que ça faisait déjà une heure que j'avais découvert le bouton d'alarme et qu'il fallait que je te prévienne...

— Doucement!

— Il faut que je finisse... Je ne pouvais pas bouger les mains, parce qu'il m'aurait vu, mais j'ai réussi à trouver le bouton avec mon genou et le bruit a failli me faire tomber du fauteuil. Cette ordure a fait un bond de deux mètres... Il a refermé la porte, a donné un tour de clé et il s'est barré à toute allure par la fenêtre...

Cactus rejeta la tête en arrière, terrassé par la douleur et l'épuisement.

— Il est dehors, vieux frère, ajouta-t-il d'une voix mourante...

— Plus un mot! ordonna Bourne en levant lentement la main pour éteindre la lampe, ne laissant pour tout éclairage que les quelques rayons lumineux de la lumière du hall s'insinuant par la porte fracassée. Je vais appeler Alex; il nous enverra le médecin...

Il fut interrompu par un cri déchirant qui s'éleva du jardin, un hurlement de douleur et de terreur que Jason, mais aussi Cactus ne connaissaient que trop bien.

— Il en a eu un, murmura le vieux faussaire. Ce fumier a descendu un des frères!

— J'appelle Conklin, lança Bourne en prenant le téléphone du bureau. Puis je sortirai et je lui réglerai son compte... Merde! La ligne est coupée!

— Cette ordure connaît bien les lieux.

— Moi aussi, Cactus. Reste là et ne bouge surtout pas. Je reviens te chercher...

Ils entendirent un autre cri, plus sourd, plus bref, un halètement plus qu'une plainte.

— Que Jésus nous pardonne! murmura le vieux Noir d'un ton implorant. Il ne reste plus qu'un seul frère...

— Si quelqu'un doit implorer la clémence du Ciel, c'est moi, dit Jason d'une voix étranglée. Bon Dieu de bon Dieu! Je te jure, Cactus, que je n'ai jamais pensé une seconde que nous pourrions nous trouver dans une telle situation!

— Je le sais bien. Je te connais depuis assez longtemps pour savoir que jamais tu n'as demandé à quelqu'un de risquer sa vie pour toi. C'est toujours le contraire...

— Je vais te déplacer, le rassura Bourne en tirant sur le tapis pour que Cactus se trouve sur la droite du bureau, le bouton de l'alarme auxiliaire à portée de sa main gauche. Si tu entends ou si tu vois quelque chose, si tu as l'impression qu'il se passe quelque chose, appuie sur le bouton.

— Où vas-tu? Je veux dire, par où vas-tu passer?

— Une autre pièce. Une autre fenêtre.

Jason rampa jusqu'à la porte défoncée, bondit dans le hall et se rua dans le salon. Au fond de la pièce une porte-fenêtre donnait sur un patio; il se rappelait avoir vu des meubles de jardin en fer forgé du côté sud de la maison quand il était avec les gardes. Il tourna la poignée et se glissa dehors en tirant l'automatique de sa ceinture. Puis il referma le battant droit et, plié en deux, gagna le couvert du sous-bois en bordure de la pelouse. Il fallait faire très vite! Non seulement une troisième vie était en jeu, la vie d'un inconnu qui ne méritait pas de la perdre, mais il devait mettre la main sur un tueur grâce auquel il pourrait découvrir plus rapidement les crimes de Méduse, ces crimes qui allaient servir d'appât pour le Chacal. Trouver une diversion, un leurre, un piège... Les fusées! Les deux fusées de détresse, longues de quinze centimètres et assez lumineuses pour être vues à plusieurs kilomètres à la ronde, se trouvaient dans sa poche arrière gauche. Allumées en même temps et lancées à une certaine distance l'une de l'autre, elles éclaireraient la propriété de Swayne comme deux projecteurs. L'une vers l'allée, l'autre au-dessus du chenil, ce qui, avec un peu de chance, réveillerait les chiens drogués et les rendrait fous furieux... Oui, c'est ce qu'il fallait faire! Sans perdre un instant!

Le dos courbé, tournant la tête dans toutes les directions, Bourne traversa la pelouse en se demandant où se dissimulait le tueur et comment la proie innocente engagée par Cactus réussissait à lui échapper. L'un était expérimenté, l'autre pas, et Bourne ne pouvait se permettre de sacrifier la vie de l'innocent.

Il était repéré! Deux détonations retentirent, assourdies par un silencieux, deux balles sifflèrent à ses oreilles. Il atteignit l'allée circulaire, la traversa en courant et disparut sous les arbres. Il sortit une fusée de sa poche, posa l'automatique et actionna son briquet pour allumer la fusée qu'il lança sur la droite, où elle traça une gerbe d'étincelles dans son sillage. Elle retomba sur l'asphalte de l'allée; dans quelques secondes, elle allait émettre une lumière éblouissante. Jason repartit en courant vers la gauche, vers l'arrière de la demeure de Swayne, à couvert sous les pins, tenant d'une main son briquet et la seconde fusée, de l'autre son automatique. Il arrivait à la hauteur des chenils quand la première fusée éclata, répandant une vive lumière d'un blanc bleuté. Il alluma aussitôt la seconde; elle tournoya en l'air et retomba à une quarantaine de mètres, juste devant le chenil. Et il attendit.

La seconde fusée éclata à son tour et deux boules de lumière d'un blanc éblouissant illuminèrent la maison et le fond du parc. Trois chiens gémirent, puis se mirent à hurler d'une voix encore faible et hésitante. *Une ombre.* Une silhouette prise dans la lumière des deux fusées se profila sur le mur ouest de la maison blanche et se mit à courir. Elle se précipita à toutes jambes vers l'abri des arbres, puis elle s'accroupit, forme immobile se détachant sur le fond du feuillage. Était-ce le tueur ou bien sa cible, le dernier des « frères » recrutés par Cactus?... Il existait un moyen de le savoir, mais, si c'était la première solution et si l'homme était un bon tireur, c'était une tactique risquée. Et pourtant le moyen le plus rapide d'être fixé.

Bourne bondit à découvert sur sa droite, enfonça à la dernière seconde son pied dans le sol meuble et pivota pour plonger sur sa gauche.

– Allez vers la cabane! hurla-t-il.

Il obtint aussitôt la réponse qu'il cherchait. Deux détonations étouffées, deux sifflements, deux balles se fichant dans le sol sur sa droite. Le tueur savait se servir de son arme; sans être un expert, il visait bien. Un Magnum 357 avait six cartouches; cinq balles avaient été tirées, mais le tueur avait largement eu le temps de remplir le barillet de son arme. Il fallait trouver une autre tactique, et vite!

Soudain, une autre silhouette apparut, un individu remontait le chemin en courant vers l'arrière de la cabane de Flannagan. Il était à découvert... Il allait se faire tuer!

– Par ici, ordure! s'écria Jason en se redressant d'un bond et en tirant à l'aveuglette dans les buissons bordant la maison. Et il reçut une autre réponse, celle qu'il espérait. Il y eut une seule détonation étouffée, un seul sifflement dans l'air. Le tueur n'avait pas rechargé son arme! Peut-être était-il à court de munitions... Quoi qu'il en fût, la cible était à l'abri. Bourne jaillit des arbres et traversa la pelouse éclairée par la lumière des deux fusées. Les chiens étaient maintenant bien réveillés et leurs aboiements mêlés de grondements se faisaient de plus en plus menaçants. Le tueur sortit des buissons et s'engagea sur l'allée, courant sous le couvert des branches vers la grille de la propriété. Je le tiens, se dit Jason. La grille était fermée, l'homme de Méduse était coincé.

– Toutes les issues sont fermées! s'écria Bourne. Ce n'est pas la peine de...

Une détonation, un sifflement! Le tueur avait rechargé son arme en courant! Jason tira et l'homme tomba sur l'asphalte de l'allée. Au moment où il roulait sur le sol, le silence fut déchiré par le rugissement d'un puissant moteur lancé à toute allure. Un véhicule apparut sur la route, s'approcha des grilles, des feux clignotants rouge et bleu annoncèrent la police. La police! L'alarme devait être reliée au poste de police de Manassas, ce qui n'était pas venu à l'esprit de Bourne. Il avait pensé qu'une telle précaution n'était impensable pas du style de Méduse. Ce n'était pas logique; la surveillance devait être effectuée de l'intérieur; il était vital pour la Femme-Serpent d'éviter tout contact avec l'extérieur. Il y avait trop de choses à découvrir, qui devaient demeurer secrètes. Le cimetière, par exemple!

Le tueur se roulait sur l'asphalte en essayant de gagner l'abri des pins bordant l'allée. Il tenait quelque chose à la main. Jason s'approcha tandis que deux policiers descendaient de la voiture arrêtée devant la grille. Bourne lança un coup de pied dans les côtes du tueur qui lâcha ce qu'il serrait dans sa main. Jason se baissa pour ramasser l'objet : c'était un livre relié en cuir, tel un volume des œuvres complètes de Dickens ou de Thackeray, un ouvrage fait pour être exposé dans une bibliothèque plus que pour être lu. Quelle absurdité! Puis il ouvrit les pages et il comprit que ce n'était pas une absurdité. Il n'y avait pas d'impression, rien que des notes manuscrites griffonnées sur des feuillets blancs. C'était un journal!

Il ne fallait pas que la police mette la main dessus! Surtout pas maintenant. Pas plus que Méduse, il ne pouvait se permettre de laisser la police fourrer son nez dans les affaires du général Swayne. Le livre relié qu'il tenait à la main ne devait apparaître dans aucune enquête officielle. Seul le Chacal comptait. Il fallait se débarrasser des policiers!

— Nous avons reçu un appel, monsieur, expliqua le premier policier, un homme d'âge mûr accompagné par un collègue sensiblement plus jeune, en s'avançant vers la grille. Il paraît que le type n'était pas à prendre avec des pincettes. Nous sommes venus, mais tout le monde sait qu'il y a eu des soirées très chaudes ici... sauf votre respect, monsieur. On aime bien s'amuser de temps en temps, pas vrai?

— Je ne vous le fais pas dire, répondit Jason en s'efforçant de son mieux de ralentir le rythme précipité de sa respiration tout en regardant du coin de l'œil dans la direction du tueur... Il avait disparu! Il y a eu une coupure de courant et je pense que c'est à cause de cela que le téléphone ne fonctionne plus.

— Ça arrive souvent, rétorqua le jeune policier en hochant la tête. Quand il y a des averses ou des éclairs de chaleur, en été. Bientôt, ils ne poseront plus que des câbles souterrains. Tenez, chez mes parents...

— Mais tout est en train de rentrer dans l'ordre, fit vivement Jason sans le laisser poursuivre. Vous voyez, la lumière est déjà revenue dans la maison.

198

– On ne voit rien avec ces fusées éclairantes, reprit le jeune policier.

– Le général prend toujours les plus grandes précautions, avança Bourne. Il doit se sentir obligé de le faire, ajouta-t-il maladroitement. Mais, comme je vous l'ai dit, tout est en train de rentrer dans l'ordre.

– Je veux bien vous croire, reconnut l'aîné des deux policiers, mais j'ai également un message pour un certain Webb. Est-il là?

– C'est moi, répondit Jason, brusquement alarmé.

– Cela va nous simplifier la tâche. On vous demande de rappeler sans délai un certain « M. Conk ». C'est urgent.

– Urgent?

– C'est ce qu'on nous a dit. Nous venons de recevoir un message radio.

Jason perçut des bruits venant de la clôture, en bordure de la propriété. Le tueur était en train de s'enfuir!

– Écoutez, je suis désolé, mais la ligne téléphonique n'est pas rétablie... Avez-vous un appareil dans votre voiture?

– Pas pour des communications personnelles, monsieur. Je regrette.

– Mais vous venez de m'assurer que c'était une urgence.

– Comme vous êtes un invité du général, je suppose que l'on peut faire une entorse au règlement. Mais si c'est pour l'inter, vous avez intérêt à me donner un numéro de carte de crédit.

– Seigneur!

Au moment où Bourne ouvrait la grille et se précipitait vers la voiture de police, la sirène d'alarme se mit en marche dans la maison. Mais elle s'arrêta presque aussitôt : le dernier « frère » devait avoir trouvé Cactus.

– Qu'est-ce que c'était? hurla le jeune policier.

– Rien de grave! répondit Jason en bondissant dans la voiture.

Il retira de son support le combiné familier et donna le numéro d'Alex en Virginie au standard du poste de police en répétant :

– *C'est une urgence! C'est une urgence!*

– *Oui? dit Conklin après avoir accepté l'appel transmis par l'opérateur de la police.*

– *C'est moi!*

– *Que s'est-il passé?*

– *Pas le temps d'entrer dans les détails! Pourquoi ce message urgent?*

– *Un jet privé t'attend à l'aéroport Reston.*

– *Reston? C'est bien au nord d'ici...*

– *Manassas n'a pas l'équipement nécessaire. J'envoie une voiture te prendre.*

– Pourquoi tout ça?

– Tranquillité. Marie et les enfants vont très bien... Ils n'ont rien! Elle contrôle la situation.

– Qu'est-ce que ça signifie?

– Dès que tu seras arrivé à Reston, je t'expliquerai.

– Je veux des détails!

– Le Chacal doit arriver là-bas dans la journée.

– Bon Dieu!

– Finis ce que tu as à faire là-bas et attends la voiture.

– Je vais prendre celle-là!

– *Non!* Sauf si tu veux tout foutre en l'air! Nous avons le temps. Termine tranquillement ce que tu devais faire.

– Cactus... Il est blessé. Une balle.

– J'appelle Ivan. Il repartira aussi vite que possible.

– Il ne reste plus qu'un des frères de Cactus... Un seul, Alex. J'ai tué les deux autres, je suis responsable de leur mort!

– Arrête! Ça suffit! Fais ce que tu as à faire.

– Mais, bon Dieu, je ne peux pas! Il faut qu'il y ait quelqu'un ici et je ne peux pas rester!

– Tu as raison. Il y a trop de choses à Manassas qui ne peuvent être dévoilées et, toi, tu dois partir à Montserrat. Je prends la voiture et je te remplacerai.

– Alex, raconte-moi ce qui s'est passé à l'île de la Tranquillité!

– Les vieux... les vieux de Paris. Voilà ce qui s'est passé.

– Ils sont morts, fit calmement Jason, comme si cela allait de soi.

– Tu vas vite en besogne. Ils sont passés de notre côté... ou plutôt, si j'ai bien compris, l'envoyé de Paris est passé de notre côté. L'autre n'avait rien à voir avec notre affaire.

– Tu ne les connais pas. Jamais ils ne trahissent.

– C'est toi qui ne les connais pas. Ta femme te racontera tout cela. Maintenant, retourne dans la maison et écris tout ce qu'il faut que je sache. Une dernière chose, Jason... J'espère de tout cœur que tu pourras résoudre ton problème, notre problème, sur l'île de la Tranquillité, car, de mon côté, je ne pourrai pas garder beaucoup plus longtemps pour nous ce que nous avons découvert sur Méduse. Je pense que tu le sais.

– J'ai ta parole!

– Trente-six heures, Delta.

A l'abri des arbres, un blessé était accroupi, le visage couvert de sueur, plaqué contre les mailles vertes de la clôture. A la lumière des phares, il observa l'homme à la taille élancée qui sortait de la voiture de police dans laquelle il venait de téléphoner. Il le vit remercier les policiers d'un air contraint et nerveux, sans les inviter à entrer.

Webb. C'est le nom que le tueur avait entendu. Webb.

Ils n'avaient pas besoin d'en savoir plus. La Femme-Serpent n'avait pas besoin d'en savoir davantage.

15

– Je t'aime tellement! dit David Webb dans la cabine téléphonique de la salle de préembarquement de l'aéroport privé de Reston, Virginie. L'attente, c'est le plus dur... Attendre avant de pouvoir te parler, d'entendre de ta bouche que tout va bien.

– Et moi, mon chéri, dans quel état crois-tu que j'étais? Alex m'a dit que le téléphone était coupé et qu'il allait envoyer la police, mais c'est un régiment entier que j'aurais voulu qu'il envoie!

– La police ne doit pas être mêlée à cette histoire. Il n'y a absolument rien d'officiel pour l'instant. Conklin m'a promis de me laisser encore au moins trente-six heures, mais, si le Chacal est à Montserrat, nous n'en aurons peut-être pas besoin.

– Que s'est-il passé, David? Alex a prononcé le nom de Méduse...

– C'est une sale affaire, et il a raison de penser qu'il va devoir en référer à ses supérieurs. Mais cela ne nous concerne pas; nous restons en dehors de tout cela.

– Que s'est-il passé? répéta Marie. Qu'est-ce que Méduse a à voir avec Carlos?

– C'est une nouvelle Méduse, ou plus précisément un prolongement de l'ancienne. Elle a d'importantes ramifications et ne recule devant rien. Je l'ai constaté cette nuit. Un de leurs tueurs a essayé de m'abattre après avoir blessé Cactus en le laissant pour mort et assassiné deux innocents.

– Seigneur! Alex m'a parlé de Cactus quand il m'a rappelé, mais il ne m'a pas donné de détails. Comment va-t-il?

– Il s'en sortira. Le médecin de l'Agence est venu et les a emmenés, lui et le dernier des frères.

– Quels frères?

– Je t'expliquerai... Conklin m'a remplacé là-bas. Il va faire réparer le téléphone et s'occupera de tout. Je l'appellerai de Tranquillité.

– Tu as l'air épuisé...

– Oui, je suis fatigué, mais je ne sais pas vraiment pourquoi. Cactus a insisté pour que je dorme un peu et j'ai dû avoir au moins douze minutes de sommeil.

– Mon pauvre chéri!

– J'aime les intonations tendres de ta voix, poursuivit David. J'aime encore plus les mots que tu prononces, mais je ne suis pas pauvre. Tu as définitivement réglé cela il y a treize ans. Que se passe-t-il? ajouta David d'une voix inquiète après un long silence de sa femme. Tu es sûre que tout va bien?

– Non, je n'en suis pas sûre, répondit Marie d'une voix douce, mais dont la fermeté reflétait ce qu'elle pensait et non ce qu'elle éprouvait. Tu m'as dit que cette nouvelle Méduse ne recule devant rien et qu'on a essayé de te tuer.

– Pas vraiment.

– On a pourtant voulu se débarrasser de toi. Pourquoi?

– Parce que j'étais là.

– On ne tue pas un homme parce qu'il se trouve dans la maison de quelqu'un...

– Il s'est passé beaucoup de choses cette nuit, dans cette maison. Alex et moi avons commencé à en pénétrer les secrets et j'ai été repéré. Notre idée, au départ, était d'appâter le Chacal avec quelques vieux brigands enrichis à Saigon qui l'engageraient pour me traquer. C'était une excellente stratégie, mais nous avons été dépassés par les événements.

– Mon Dieu! Tu ne comprends donc pas, David? Ils vont s'en prendre à toi! Ils vont te traquer eux-mêmes!

– Comment feraient-ils? Le tueur de Méduse n'a jamais vu mon visage autrement que dans l'ombre et ils n'ont pas la moindre idée de mon identité. Pour eux, je suis un inconnu dont ils n'entendront plus jamais parler... Non, Marie, si Carlos se montre et si je réussis à faire à Montserrat ce que je pense pouvoir faire, nous serons libres. Enfin libres!

– Ta voix a changé, non?

– Ma voix...?

– Je t'assure. Je le sens.

– Je ne sais pas de quoi tu parles, protesta Jason Bourne. On me fait signe que l'avion est arrivé. Dis à Johnny de tenir les deux vieux à l'œil!

La rumeur se répandit par toute l'île de Montserrat comme une traînée de poudre. Il s'était passé quelque chose de terrible sur la petite île de la Tranquillité. « Sale histoire, mon vieux... » « C'est l'*obeah*, le mauvais œil venu de la Jamaïque, qui est arrivé jusqu'aux Antilles, apportant la folie et la mort.... » « Et du sang sur les murs, une malédiction lancée sur la famille d'un animal. » « Chut! Oui, une mère et deux enfants!... »

202

Et d'autres voix qui chuchotaient. « Il faut absolument faire le silence sur cette affaire ! Cela risque de mettre en péril tout notre développement touristique !... » « Jamais ce genre de choses ne s'était produit... C'est un accident isolé, lié à la drogue, dont l'origine remonte à une autre île... » « Tu l'as dit, mon vieux ! Il paraît que c'était un cinglé, camé jusqu'aux yeux ! » « On m'a dit qu'il était reparti sur un puissant bateau à moteur, à la vitesse d'un ouragan ! On ne le reverra jamais !... » « Surtout ne pas ébruiter l'affaire ! Vous vous souvenez de ce qui s'est passé aux îles Vierges ? Le massacre de Fountainhead ? Il leur a fallu plusieurs années pour s'en remettre. Motus ! »

Et encore deux autres voix : « C'est un piège, monsieur, et, s'il réussit, comme nous le croyons, on parlera de nous dans toutes les Antilles, nous serons les héros des Caraïbes ! Ce sera absolument merveilleux pour notre image : la loi et l'ordre, tout ce genre de choses...

— Dieu soit loué ! Y a-t-il vraiment eu des victimes ?

— Une seule personne, mais elle était elle-même en train de tuer quelqu'un.

— Une femme ? Mon Dieu ! Je ne veux pas entendre un mot de plus là-dessus avant que tout soit terminé !

— Il vaut mieux que vous refusiez toute déclaration.

— Excellente idée. Je vais prendre le bateau ; le poisson mord bien après une tempête.

— Parfait. Je resterai en contact radio pour vous informer des développements de l'affaire.

— Je ne sais pas si c'est une bonne idée. Toutes les communications peuvent être interceptées.

— Je pensais simplement vous dire quand vous pourriez revenir... Faire votre réapparition au moment le plus favorable. Je vous tiendrai au courant, cela va de soi.

— Cela va de soi. Vous êtes un collaborateur précieux, Henry.

— Je vous remercie, monsieur le gouverneur.

Il était 10 heures du matin. Ils s'étreignirent avec ferveur, mais ils n'avaient pas le temps de parler. Ils n'avaient pour eux que ces quelques instants de réconfort, ce sentiment de bien-être partagé et la certitude de savoir certaines choses que le Chacal ignorait, ce qui leur donnait un avantage considérable. Mais ce n'était qu'un avantage, pas une garantie, car en face d'eux, il y avait Carlos. Jason et John Saint-Jacques furent intraitables : Marie et les enfants devaient être expédiés en Guadeloupe où ils seraient logés chez Mme Cooper, la domestique des Webb, une perle, jusqu'à ce que tout danger soit écarté et qu'ils puissent revenir à Montserrat. Marie protesta, mais elle se heurta à un mur. Bourne donna ses directives d'un ton froid et impérieux.

— Tu pars parce que j'ai du travail à faire. Il est inutile de discuter.

– Cela recommence comme en Suisse... C'est comme Zurich, n'est-ce pas, *Jason?*

– Si tu veux, répondit Bourne, l'air préoccupé.

Ils se tenaient tous les trois au bord du quai, à l'autre bout duquel deux hydravions se balançaient sur les flots à quelques mètres de distance. L'un avait amené Jason directement d'Antigua à Tranquillité, l'autre était prêt à décoller pour la Guadeloupe. Mme Cooper et les enfants étaient déjà à bord.

– Dépêche-toi, Marie, reprit Bourne. J'ai un certain nombre de choses à voir avec Johnny avant de cuisiner les deux vieux débris.

– Ce ne sont pas de vieux débris, David. C'est grâce à eux si nous sommes encore vivants.

– Pourquoi? Parce qu'ils ont raté leur coup et qu'ils ont été obligés de retourner leur veste pour sauver leur peau?

– Ce n'est pas juste.

– C'est juste parce que je l'ai décidé et ils ne seront pour moi que de vieux débris jusqu'à ce qu'ils m'aient persuadé du contraire. Tu ne connais pas les vieux du Chacal, moi si. Ils sont prêts à dire et à faire n'importe quoi, ils pleurnichent et mentent comme des arracheurs de dents, mais, dès que tu leur tournes le dos, ils te plantent un couteau entre les omoplates. Il a un pouvoir absolu sur leur corps, leur esprit et ce qui reste de leur âme. Et maintenant, il faut que tu partes, l'hydravion attend.

– Tu ne veux pas voir les enfants, dire à Jamie que...

– Non, nous n'avons pas le temps! Emmène-la, Johnny. Je veux jeter un coup d'œil à la plage.

– J'ai déjà tout vérifié, David, rétorqua Saint-Jacques d'un ton de défi.

– C'est à moi de décider, riposta Bourne en commençant à s'éloigner à grands pas sur le sable. J'ai un certain nombre de questions à te poser, poursuivit-il, le regard noir, et j'espère pour toi que tu trouveras des réponses satisfaisantes!

Saint-Jacques se raidit et il fit un pas en avant, mais sa sœur l'arrêta.

– Laisse tomber, s'exclama Marie en le retenant par le bras. Il a peur.

– Il a *quoi?* Il a un caractère de cochon, ce con, c'est tout!

– Oui, je sais.

– C'est lui l'étranger dont tu me parlais hier? dit Johnny en regardant sa sœur.

– Oui, mais maintenant, c'est pire. C'est pourquoi il a peur.

– Je ne comprends pas.

– Il n'est plus aussi jeune, Johnny. Il a cinquante ans et il se demande s'il est encore capable de faire ce qu'il faisait, il y a longtemps, pendant la guerre, à Paris ou à Hong-kong. Cette pensée le ronge, le mine, parce qu'il sait qu'il lui faudra être meilleur qu'il ne l'a jamais été.

– Je crois qu'il en est capable.

– Moi, j'en suis sûre, il a la meilleure des raisons pour réussir. Il a déjà perdu une femme et deux enfants. C'est à peine s'il se souvient d'eux, mais ils sont au cœur de ses souffrances. Mo Panov en a la conviction et moi aussi... Et maintenant, bien des années plus tard, la vie de sa nouvelle femme et de ses nouveaux enfants est menacée. Comment veux-tu qu'il n'ait pas les nerfs à vif?

La voix de Bourne qui avait déjà couvert une centaine de mètres leur parvint soudain, portée par la brise de mer.

– Qu'est-ce tu fous, Marie? Je t'ai demandé de te dépêcher!... Et toi, l'expert en sécurité, on dirait qu'il y a un banc de sable derrière ce récif! Tu avais pensé à cela?

– Ne réponds pas, Johnny. Accompagne-moi jusqu'à l'hydravion.

– Un banc de sable? Mais qu'est-ce qu'il raconte?... Bon Dieu, je le vois!

– Pas moi, dit Marie tandis qu'ils se dirigeaient d'un pas vif vers le bout du quai.

– Les récifs de corail entourent quatre-vingts pour cent de l'île et quatre-vingt-quinze pour cent de la plage. Les vagues se brisent sur eux, ce qui a valu à l'île le nom de Tranquillité, car il n'y a pas de ressac.

– Et alors?

– Alors, quelqu'un arrivant dans un caisson ne courrait pas le risque de se fracasser sur les récifs, mais il pourrait le faire sur un banc de sable placé *devant* un récif. Cela lui permettrait d'observer la plage et les gardes, et d'attendre le moment propice pour s'approcher en restant dans l'eau à quelques mètres du rivage, jusqu'à ce qu'il puisse neutraliser un garde. Je n'avais pas pensé à cela.

– Lui, si, petit frère!

Bourne était assis sur le coin du bureau face aux deux vieillards installés sur le canapé, tandis que son beau-frère se tenait devant une fenêtre de la villa inoccupée donnant sur la plage.

– Pourquoi vous mentirais-je, monsieur? demanda le faux héros de la Résistance.

– Parce que tout cela ressemble beaucoup à une farce à la française. Des noms similaires tout en étant différents; une porte qui s'ouvre tandis qu'une autre se referme; des sosies qui disparaissent et réapparaissent à un signal donné. C'est plus que louche, messieurs.

– Vous vous intéressez sans doute à Molière ou à Racine...

– Je m'intéresse aux coïncidences troublantes, surtout lorsqu'il s'agit du Chacal!

– Je ne trouve pas qu'il y ait la moindre similarité dans notre apparence, avança le magistrat. A part notre âge, peut-être.

Le téléphone sonna. Jason tendit prestement le bras et décrocha.

– Oui ?

– Ça colle pour Boston, dit Conklin. Son nom est bien Prefontaine, Brendan Prefontaine. Il était juge fédéral de la première circonscription. Il s'est fait pincer et a été convaincu de concussion dans l'exercice de ses fonctions, en d'autres termes de s'être laissé soudoyer grassement. Il a été condamné à vingt et un ans de détention, et en a tiré dix, ce qui a suffi à foutre sa vie en l'air. Il souffre d'alcoolisme chronique et c'est une figure des bas quartiers de Boston, mais un homme inoffensif. En fait, il est assez estimé malgré sa vie dissolue et considéré comme un esprit brillant quand il est à jeun. Il semble qu'un tas de propres à rien n'auraient jamais été acquittés et que d'autres auraient été condamnés à des peines plus lourdes sans les conseils avisés qu'il a donnés à leurs avocats. On peut dire qu'il est le défenseur attitré des habitués des bars, des salles de billard et des docks... Comme je suis passé par là pour ce qui est de l'alcool, je peux te certifier qu'il me semble réglo. Il se débrouille bien mieux que je ne l'ai fait.

– Toi, tu as cessé.

– Si j'avais mieux mené ma barque dans ces moments-là, je n'aurais peut-être pas arrêté. L'alcool a souvent de bons côtés.

– Parle-moi plutôt de son client.

– Une sommité. Et notre ex-juge a bien été chargé de cours à la faculté de droit de Harvard où Gates suivait deux de ses cours. Il n'y a aucun doute, Prefontaine a connu notre oiseau... Tu peux lui faire confiance, Jason. Il n'a aucune raison de mentir. Il avait simplement un compte à régler.

– Tu continues à te renseigner sur le client ?

– Avec toute la discrétion nécessaire. Il est notre lien avec Carlos..., mais ses relations avec Méduse n'étaient qu'une fausse piste, une tentative stupide par un général stupide de placer quelqu'un auprès de Gates.

– Tu en es sûr ?

– Maintenant, oui. Gates est l'avocat-conseil surpayé d'un cabinet juridique représentant une grosse firme d'armements soupçonnée d'infraction à la loi antitrust. Il n'a même pas voulu répondre aux appels téléphoniques de Swayne ; s'il l'avait fait, il aurait été encore plus idiot que le général, ce qui est loin d'être le cas.

– C'est ton problème, mon ami. Si tout se passe ici comme je l'espère, je ne veux plus jamais entendre parler de la Femme Serpent. En fait, je n'en ai jamais entendu parler !

– Merci de me coller cela sur les bras ! Au fond, je crois que ça ne me déplaît pas... A propos, le bouquin que tu as arraché au tueur, à Manassas, contenait des choses intéressantes.

– C'est vrai ?

– Tu te souviens de ces trois grands voyageurs qui étaient arrivés en même temps à Philadelphie, il y a huit mois, et dont le nom figurait sur le registre du Mayflower ?

206

– Évidemment.

– J'ai retrouvé leurs noms dans le livre de Swayne. Ils n'ont rien à voir avec Carlos, mais ils font partie de Méduse. Ce bouquin est une mine d'informations à étudier de près.

– Cela ne m'intéresse pas. J'espère seulement que tu en feras bon usage.

– Tu peux compter sur nous et nous le ferons très discrètement. Dans quelques jours, ce bouquin n'aura pas de prix.

– J'en suis heureux pour toi, mais j'ai du pain sur la planche ici.

– Et tu refuses notre aide?

– Absolument. Cela fait treize ans que j'attends ce moment. Comme je le dis depuis le début, c'est une affaire entre nous deux. C'est le prolongement logique d'une partie d'échecs dans laquelle le joueur ayant tendu le meilleur piège gagne. Et mon piège est le meilleur, car je me sers du sien! Il flairerait le plus petit changement.

– Nous vous avons trop bien entraîné, professeur.

– Je vous en serai éternellement reconnaissant.

– Bonne chasse, Delta.

– A bientôt.

Bourne raccrocha et se tourna vers les deux vieillards qui l'observaient avec une curiosité pathétique.

– Vous venez de réussir un test d'aptitude, commença-t-il en s'adressant à Prefontaine. Quant à vous, Jean-Pierre, que puis-je dire? Mon épouse, qui reconnaît que vous auriez parfaitement pu la tuer sans le moindre scrupule, me demande de vous faire confiance. Comment voulez-vous que je m'y retrouve?

– Je suis ce que je suis et j'assume ce que j'ai fait, déclara le magistrat déchu d'un air très digne, mais mon client est allé trop loin. Son auguste personne doit maintenant dégringoler de son piedestal.

– Je n'ai pas l'instruction ni la richesse de langage de mon nouveau parent, répliqua Jean-Pierre Fontaine, mais je sais que le sang doit cesser de couler. C'est ce que ma femme a voulu me dire en mourant. On peut me traiter d'hypocrite, bien entendu, car j'ai déjà tué, et je me contenterai donc d'affirmer qu'il faut cesser de verser le sang de cette manière. Il n'y a pas d'argent en jeu, personne n'a rien à gagner; il n'y a que la soif de vengeance d'un malade qui exige la mort inutile d'une femme et de ses enfants. Non, le Chacal est allé trop loin... Il faut, lui aussi, l'empêcher de nuire.

– Quel raisonnement cynique! s'écria John Saint-Jacques.

– Vous avez trouvé les mots qu'il fallait, répondit l'ancien magistrat au tueur du Chacal. *C'est très bien.*

– *Merci.*

– Je dois être complètement fou pour vous écouter, grommela Jason Bourne, mais, pour l'instant, je n'ai pas le choix. Il est 11 h 35, messieurs. Le temps presse.

– Pourquoi? demanda Prefontaine.

– Ce qui va se produire aura lieu dans deux heures, dans dix heures ou dans les vingt-quatre heures qui viennent. Je vais me rendre à l'aéroport Blackburne où je jouerai ostensiblement le rôle d'un époux et d'un père éploré, fou de douleur à la suite du massacre de sa famille, ce qui, je vous l'assure, ne sera pas difficile. Je mettrai l'aéroport sens dessus dessous et j'exigerai qu'un hydravion parte immédiatement pour l'île de la Tranquillité où trois cercueils de pin censés contenir les corps des trois victimes attendront sur le quai.

– Comme il convient, fit le Français. *Bien.*

– *Très bien,* renchérit Bourne. Je demanderai avec insistance que l'un des trois cercueils soit ouvert et je me mettrai à hurler de désespoir, ou je ferai semblant de tourner de l'œil, ou bien les deux à la fois, de telle sorte que ceux qui assisteront à la scène n'oublient pas ce qu'ils auront vu. Saint-Jacques s'efforcera de me maîtriser – traite-moi sans ménagement, Johnny, soit convaincant – et on finira par m'emmener dans une villa, la plus proche de l'escalier de la plage, du côté est de l'allée. Puis l'attente commencera.

– Pour ce Chacal? demanda le magistrat. Il saura où vous êtes?

– Bien sûr. De nombreux témoins, y compris les employés de l'hôtel, auront vu où on m'a emmené. Ce sera un jeu d'enfant pour lui de me découvrir.

– Vous l'attendrez donc, monsieur, dit Jean-Pierre Fontaine. Et vous vous imaginez que Carlos tombera dans un piège aussi grossier? *Ridicule!*

– Pas du tout, répliqua posément Jason. Pour commencer, je ne serai pas dans cette villa et, avant qu'il le découvre, je l'aurai trouvé.

– Mais comment, bon Dieu? s'écria Saint-Jacques en contenant difficilement sa nervosité.

– Parce que je suis meilleur que lui, répondit Jason Bourne. Je l'ai toujours été.

Le scénario se déroula comme prévu. Les employés de l'aéroport demeurèrent bouleversés par les insultes que leur avait adressées le grand Américain hystérique, les accusant de meurtre, d'avoir laissé sa femme et ses enfants se faire massacrer par des terroristes, de n'être que de sales nègres complices de tueurs abjects... Ils dissimulèrent leur colère, mais ils en furent profondément blessés. Ils ne dirent rien, parce qu'ils comprenaient son chagrin, mais ils furent blessés, parce qu'ils ne comprenaient pas comment il pouvait leur en vouloir, à eux, et leur parler avec une telle méchanceté en employant un langage qu'il n'avait jamais employé jusque là.

Cet Américain sympathique, le riche beau-frère de l'aimable John Saint-Jacques, cet ami fortuné qui avait investi tant d'argent sur l'île de la Tranquillité n'était-il en réalité qu'un de ces salauds de Blancs leur reprochant des choses affreuses dans lesquelles ils n'étaient pour rien, simplement parce qu'ils avaient la peau noire? Ils étaient aussi perplexes qu'inquiets. C'était un nouvel épisode de cette folie apportée par l'*obeah*, le fléau venu des montagnes de la Jamaïque pour s'abattre sur leurs îles. *Tenez-le à l'œil, mes frères. Observez tous ses faits et gestes.* Peut-être est-il une tempête d'une autre sorte, pas de celles qui se lèvent au sud ou à l'est, mais une tempête d'un genre encore plus destructeur. *Ne le perdez pas de vue, mes frères.* Sa colère est dangereuse.

Il était donc surveillé. Par de nombreuses paires d'yeux, appartenant aussi bien aux représentants de l'autorité qu'à de simples citoyens, aussi mal informés les uns que les autres. Pendant ce temps, à la résidence du gouverneur, Henry Sykes tenait parole malgré sa nervosité. Il assumait seul la charge de l'enquête officielle, une enquête discrète, minutieuse... et inexistante.

Le comportement de Bourne fut encore pire sur le quai de l'Auberge de la Tranquillité. Il frappa son beau-frère, Johnny Saint-Jacques, qui finit par le maîtriser et le faire conduire dans la villa la plus proche de l'escalier de la plage. Des serveurs déposèrent sous la véranda des plateaux de nourriture et de boissons. Quelques visiteurs, triés sur le volet, dont le premier assistant du gouverneur en grand uniforme, témoignage de l'intérêt que Londres portait à cette affaire, furent autorisés à venir présenter leurs condoléances. Un vieillard qui avait connu les cruautés de la guerre et vu la mort de près vint, accompagné par une femme en tenue d'infirmière, une voilette noire à son chapeau en signe de deuil. Il y eut également deux clients canadiens de l'établissement, de bons amis du propriétaire, qui avaient tous deux connu le veuf à l'occasion de l'ouverture en grande pompe de l'Auberge de la Tranquillité. Ils demandèrent à lui présenter leurs respects et à l'assurer de leur sympathie. Saint-Jacques accepta à la condition que leur visite soit aussi brève que possible et en leur précisant que son beau-frère resterait dans le fond de la salle de séjour plongée dans une obscurité accentuée par les rideaux tirés.

— Ce qui est arrivé est tellement affreux, tellement insensé, murmura l'homme de Toronto à la sihouette indistincte assise dans un fauteuil, au fond de la pièce. J'espère que vous êtes croyant, David. Moi, je le suis. La foi nous est d'un grand secours dans une épreuve de ce genre. Vos bien-aimés sont maintenant dans les bras de Notre Seigneur.

— Merci.

Le souffle de la brise de mer agita les rideaux et un rayon de soleil pénétra fugitivement dans la pièce. Cela ne dura qu'un instant, mais ce fut suffisant.

— Attendez un peu, lança le second Canadien. Vous n'êtes pas... Mais non, vous n'êtes pas David Webb! Dave a ...

— Silence! ordonna John Saint-Jacques qui se tenait près de la porte, derrière les deux visiteurs.

— Johnny, j'ai passé sept heures en compagnie de David dans une barque de pêche et je suis tout à fait capable de le reconnaître!

— Tais-toi! fit le propriétaire de l'Auberge de la Tranquillité.

— Bon Dieu! s'exclama le premier assistant du gouverneur de Montserrat avec un accent britannique prononcé.

— Écoutez-moi, vous deux, s'écria Saint Jacques en s'avançant pour se placer entre les deux Canadiens et en se tournant vers le fauteuil. Je regrette de vous avoir laissés entrer ici, mais nous ne pouvons plus rien y faire maintenant. J'avais pensé que vous seriez deux témoins de poids de plus, pour le cas où l'on vous poserait des questions, ce qui ne manquera pas de se produire... Et c'est exactement ce qui va se passer. Vous avez parlé à David Webb, vous avez réconforté David Webb! C'est bien compris?

— Non, je ne comprends absolument rien, protesta le Canadien venu apporter le réconfort de la religion. Qui est ce type?

— Ce type est le premier assistant du gouverneur de la Couronne d'Angleterre, répondit Saint-Jacques. Je vous le confie afin que vous compreniez que...

— Tu veux dire la grosse légume qui a débarqué en uniforme de cérémonie avec une escorte de soldats noirs? fit le Canadien qui avait partagé une journée de pêche avec David Webb.

— Il remplit, entre autres fonctions, celle d'aide de camp du gouverneur avec le grade de brigadier général...

— Mais nous l'avons vu partir, ce crétin! objecta le pêcheur. Par les baies vitrées de la salle à manger, tout le monde l'a vu partir! Il était avec le Français et l'infirmière...

— Vous avez vu quelqu'un partir. Quelqu'un qui portait des lunettes de soleil.

— Webb?

— S'il vous plaît, messieurs!

L'assistant du gouverneur se leva, engoncé dans la veste que portait Bourne à son retour de l'aéroport Blackburne.

— Vous êtes les bienvenus sur notre île, poursuivit-il, mais il vous est demandé de vous conformer aux décisions de crise prises par le gouverneur. Si vous refusez de vous y conformer, nous serons contraints de vous placer en détention.

— Doucement, Henry! Ce sont des amis...

— Des amis qui traitent un brigadier général de crétin?

— Vous le feriez peut-être si vous aviez été simple caporal, intervint l'homme de Toronto, et si vous aviez passé autant de temps que lui au mitard. Mon ami ne voulait pas vous insulter.

— Revenons aux choses sérieuses, reprit le compagnon de pêche de Webb. C'est donc à Dave que nous avons parlé...

— Parfaitement. Mais je ne peux rien vous dire de plus.

— Nous n'avons pas besoin d'en savoir plus long, Johnny. Si Dave a des ennuis, que pouvons-nous faire?

– Rien... Absolument rien d'autre que ce qui est écrit sur le programme de l'Auberge dont un exemplaire a été déposé dans chaque
villa il y a une heure.

– Tu ferais mieux de m'expliquer, protesta l'homme de Toronto. Je
ne lis jamais ces stupides programmes.

– Il y aura un grand buffet offert par l'établissement et un météorologue de la station météorologique des îles Sous-le-Vent viendra dire
quelques mots sur ce qui s'est passé hier soir.

– La tempête? demanda le pêcheur, l'ancien caporal devenu le propriétaire de la plus grosse entreprise de construction mécanique du
Canada. Toutes les tempêtes se ressemblent par ici. Qu'y a-t-il à expliquer?

– Par exemple, comment elles se forment et pourquoi elles s'arrêtent
si rapidement. Comment se comporter dans ces conditions... Chasser la
peur essentiellement.

– En fait, tu veux que tout le monde soit réuni. C'est bien de cela
qu'il s'agit?

– C'est bien ça.

– Et c'est tout ce que nous pouvons faire pour aider David?

– Oui.

– Dans ce cas, je te garantis qu'il ne manquera personne.

– J'apprécie l'intention, mais comment peux-tu en être aussi sûr?

– Je vais faire circuler une autre note annonçant qu'Angus McPher-
son McLeod, président de All Canada Engineering, offre dix mille dollars à qui posera la question la plus pertinente. Que dis-tu de cela,
Johnny? Les riches veulent toujours plus, sans bourse délier. C'est
notre grande faiblesse.

– Je te crois sur parole, marmonna Saint-Jacques.

– Tu viens? dit McLeod à son pieux compatriote. Nous allons nous
promener pendant une heure, les larmes aux yeux et la tête baissée,
puis, mon cher colonel – parce que, toi, tu étais colonel, mon salaud! –,
nous changerons d'attitude et nous ne parlerons plus que de ce buffet
gratuit et de l'offre de dix mille dollars. Avec la plage et l'exposition au
soleil, l'effort d'attention d'un individu ne dépasse pas deux minutes et
demie; par temps froid, pas plus de quatre minutes. Vous pouvez me
croire, je l'ai fait calculer par mes ordinateurs... Il ne manquera personne ce soir, Johnny.

McLeod se retourna et se dirigea vers la porte.

– Scotty! s'écria son compatriote. Tu recommences à délirer! Effort
d'attention, deux minutes et demie, quatre minutes, les ordinateurs... Je
ne crois pas un mot de tout cela!

– Vraiment? demanda Angus, la main sur la poignée de la porte.
Est-ce que tu crois à dix mille dollars?

– Certainement.

– Attends un peu et tu vas voir; c'est le résultat d'une étude de mar-

211

ché... C'est aussi pour cela que je suis le patron de ma boîte. Et maintenant, il faut que je fasse monter ces larmes à mes yeux ; une autre raison pour laquelle c'est moi le patron.

Assis sur un tabouret, dans la pénombre d'une réserve du deuxième étage du bâtiment principal, Bourne qui s'était débarrassé de sa tunique et le Français regardaient par la fenêtre. Elle donnait sur l'allée desservant les deux rangées de villas qui s'étendaient de chaque côté de l'escalier de pierre donnant accès à la plage et au quai. Tenant chacun de puissantes jumelles, ils observaient les allées et venues le long de l'allée et sur l'escalier de la plage. Une radio portative réglée sur la fréquence privée de l'hôtel était posée devant Jason, sur l'appui de la fenêtre.

— Il est près de nous, fit doucement Fontaine.

— Quoi ? rugit Bourne en baissant ses jumelles et en se tournant vers le vieillard. Où ? Dites-moi où il est !

— Il n'est pas dans notre champ de vision, monsieur, mais il est près de nous.

— Comment cela ?

— Je le sens. Comme un animal qui sent l'orage encore lointain. C'est quelque chose que l'on ressent intimement, comme la peur.

— Ce n'est pas très clair.

— Pour moi, si. Mais il est possible que vous ne compreniez pas. On raconte que le rival du Chacal, l'homme aux multiples apparences, le Caméléon... le tueur répondant au nom de Jason Bourne n'est pas sujet à la peur, qu'il montre toujours une grande bravoure qu'il puise dans sa force.

Jason eut un petit sourire triste en secouant la tête.

— Ce sont là des mensonges que l'on raconte, dit-il d'une voix douce. Une partie de cet homme vit avec une peur atroce que peu de gens ont connue.

— J'ai du mal à vous croire, monsieur.

— Croyez-moi. Je suis le Caméléon.

— Vraiment, monsieur Webb ? Il n'était pas difficile de rassembler tous les éléments. Est-ce à cause de cette peur que vous vous forcez à assumer votre autre moi ?

— Ai-je le choix ? demanda Jason en plongeant les yeux dans ceux du vieillard.

— Vous pourriez disparaître pendant un certain temps, vous et votre famille. Vous pourriez vivre en paix et en sécurité. Votre gouvernement y veillerait.

— Où que nous soyons, il continuerait de nous traquer.

— Pendant combien de temps ? Un an ? Dix-huit mois ? Pas plus de deux ans, en tout cas. Il est malade ; tout *mon* Paris le sait. Compte tenu des énormes dépenses engagées et de la complexité de la situation présente, tous ces événements destinés à vous prendre au piège, il se peut que ce soit la dernière tentative de Carlos. Partez, monsieur. Rejoignez votre femme à Basse-Terre et mettez des milliers de kilomètres entre lui et vous, pendant que c'est encore possible. Laissez-le rentrer à Paris où il mourra sans avoir assouvi sa vengeance. Cela ne vous suffit **donc** pas?

– Non! Il continuera de nous traquer jusqu'à son dernier souffle. Il faut régler ce problème définitivement, ici même!

– Comme je ne saurais tarder à rejoindre ma femme, je puis aujourd'hui me permettre de manifester mon désaccord avec certaines personnes, des hommes comme vous par exemple, monsieur le Caméléon, devant qui je me serais normalement tu. Je vous le répète, vous pouvez partir très loin. Je pense que vous savez qu'il vous est possible d'enfouir le Chacal dans un recoin de votre mémoire et de poursuivre une existence qui ne sera que modifiée pendant quelque temps, mais vous refusez de le faire. Quelque chose vous en empêche; vous ne pouvez vous contenter d'une retraite stratégique, d'autant plus honorable qu'elle permettrait d'éviter toute violence. Votre famille est en sécurité, mais d'autres peuvent mourir, et pourtant cela ne suffit pas à vous arrêter. Vous devez *gagner*...

– Assez de psychologie à la noix, fit Bourne, en portant derechef les jumelles à ses yeux et en se concentrant sur la scène en contrebas.

– C'est bien cela, n'est-ce pas? reprit Fontaine en observant le Caméléon. On vous a trop bien entraîné, on a gravé trop profondément en vous la personnalité de celui que vous deviez devenir. Jason Bourne contre Carlos le Chacal, et c'est Bourne qui doit gagner, il est impératif qu'il gagne... Deux lions vieillissants, dressés l'un contre l'autre depuis si longtemps, brûlant tous les deux d'une haine farouche instillée par de froids stratèges qui n'avaient pas la moindre idée des conséquences de leurs théories. Combien d'hommes ont perdu la vie, parce qu'ils se trouvaient par hasard sur votre chemin? Combien de vies innocentes ont-elles été perdues...

– La ferme! hurla Jason tandis que des images fugitives de Paris, ou de Hong-kong et de Macao, et même de Manassas, la nuit précédente, assaillaient son esprit encore fragile. La mort, la mort partout!

La porte de la petite pièce sombre s'ouvrit brusquement et le juge Brendan Prefontaine, hors d'haleine, entra précipitamment.

– Il est là, dit l'ancien magistrat. Une des patrouilles de l'hôtel, composée de trois hommes, postée à un kilomètre et demi sur la côte est ne répondait plus à la radio. Saint-Jacques a envoyé un garde pour voir ce qui se passait et l'homme vient juste de revenir... avant de prendre la fuite. Les trois hommes étaient morts et chacun d'eux avait reçu une balle dans la gorge.

– Le Chacal! s'écria Fontaine. C'est sa carte de visite, ajouta-t-il. Il annonce son arrivée.

213

16

Au cœur de l'après-midi, globe de feu suspendu au firmament, un soleil de plomb brûlait la terre et le résultat des prétendus « calculs informatiques » de l'industriel canadien semblait se vérifier. Bien qu'un certain nombre d'hydravions eût emmené en catastrophe des couples terrifiés, l'effort d'attention du vacancier moyen après un événement fâcheux, s'il dépassait les quelques minutes annoncées par Angus McLeod, ne s'étendait pas au-delà de quelques heures. On avait laissé entendre qu'il s'était passé quelque chose d'horrible en pleine nuit, au plus fort de la tempête, une sorte de vendetta entre ennemis de longue date, par un homme seul, un tueur qui avait aussitôt pris la fuite. Avec l'enlèvement des trois cercueils et de l'épave de la vedette échouée sur la plage, après les paroles rassurantes diffusées à la radio gouvernementale et avec la présence discrète des gardes armés, la situation semblait redevenue normale ou presque, car un homme affligé restait sur l'île, mais il ne se montrait pas et on avait assuré qu'il partirait bientôt. Les événements horribles de la nuit, présentés, cela va sans dire, avec beaucoup d'exagération par des autochtones follement superstitieux, étaient une horreur mais ne les touchaient pas personnellement. Il s'agissait d'un acte de violence par lequel ils ne se sentaient pas concernés et, tout bien considéré, la vie n'allait pas s'arrêter pour autant. Sept couples restèrent donc à l'Auberge de la Tranquillité.

— Bon sang! Nous payons six cents dollars par jour...

— Personne ne nous veut du mal, à nous...

— Et merde! La semaine prochaine, nous retrouvons la routine, alors, nous allons profiter de...

— Ne te fais pas de souci, Charley. Aucun nom ne sera dévoilé, on me l'a juré.

Sous l'ardeur du soleil implacable, un petit coin en émoi du vaste terrain de loisirs qu'était devenue la mer des Caraïbes retrouva lentement son atmosphère paisible. A chaque application de crème solaire, à

214

chaque verre de punch, la mort s'estompait un peu plus. Rien ne serait tout à fait comme avant, mais l'eau turquoise venait toujours lécher le sable de la plage et attirait irrésistiblement les rares baigneurs. Le calme revenait sur l'île de la Tranquillité.

– Là! s'écria Jean-Pierre Fontaine.

– Où? hurla Bourne.

– Les quatre prêtres qui marchent à la file indienne sur la plage.

– Ce sont des Noirs.

– Les couleurs ne signifient rien.

– Il était habillé en prêtre quand je l'ai vu à Paris, à Neuilly-sur-Seine.

Fontaine baissa ses jumelles et se tourna vers Jason.

– A l'église du Saint-Sacrement? demanda-t-il calmement.

– Je ne m'en souviens pas... Lequel est-ce?

– Vous l'avez vu dans son costume de prêtre?

– Il m'a vu lui aussi, l'ordure! Il savait que je savais que c'était lui! Dites-moi *lequel*?

– Il n'est pas là, monsieur, dit le vieux Français en reportant lentement les jumelles à ses yeux. C'est une autre *carte de visite*. Carlos prend toujours les devants; s'il est maître dans l'art de la géométrie, la ligne droite n'existe pas pour lui; tout est à plusieurs niveaux, à plusieurs facettes.

– C'est une vue bien orientale des choses.

– Je vois que vous comprenez. Il lui est assurément venu à l'esprit que vous n'étiez peut-être pas dans cette villa et, si vous n'y êtes pas, il veut que vous sachiez qu'il le sait.

– Comme à Neuilly...

– Non, pas exactement. Pour l'instant, il ne peut pas en être sûr, alors qu'il l'était à l'église du Saint-Sacrement.

– Que vaut-il mieux faire, à votre avis?

– Qu'en pense le Caméléon?

– La première chose qui me vient à l'esprit est de ne rien faire, répondit Bourne sans écarter les jumelles de ses yeux. Mais il ne l'accepterait pas, car il doute. Il se dirait que cela ne lui paraît pas digne de moi et que, puisqu'il peut détruire la villa avec une roquette, je dois être ailleurs.

Jason se pencha pour prendre la radio sur l'appui de la fenêtre et il enfonça une touche.

– Johnny?

– Oui?

– Tu vois les quatre prêtres noirs qui marchent le long de l'allée?

– Oui.

– Demande à un garde de les aborder et de les emmener dans le hall. Demande-lui de dire que le directeur veut les voir.

– Mais ils ne veulent pas entrer dans la villa, David. Ils vont juste passer devant en priant pour l'homme brisé par le chagrin qui s'est retiré à l'intérieur. Le vicaire m'a appelé de Plymouth et j'ai donné l'autorisation. Il n'y a pas de problème.

– Bien sûr que si, rétorqua Jason Bourne. Fais ce que je t'ai dit.

Le Caméléon pivota sur son tabouret et laissa courir son regard dans la pièce. Puis il descendit de son siège et se dirigea vers un chiffonnier surmonté d'un miroir. Il prit son automatique, fracassa le miroir et ramassa un fragment de verre étamé qu'il tendit à Fontaine.

– Cinq minutes après mon départ, vous le ferez briller devant la fenêtre.

– Oui, mais je resterai sur le côté de la fenêtre, monsieur.

– Sage précaution, commenta Jason en se permettant un petit sourire. Il ne m'avait pas semblé indispensable de vous le suggérer.

– Et vous, qu'allez-vous faire?

– La même chose que lui. Me transformer en touriste, déambuler comme un client de l'Auberge de la Tranquillité.

Bourne tendit de nouveau le bras pour prendre la radio. Il enfonça une touche et donna ses instructions.

– Va dans la boutique du hall et trouve-moi trois vestes de *guayabera* différentes, des sandales, deux ou trois chapeaux de paille à larges bords et un short gris ou marron. Envoie aussi quelqu'un à la boutique d'articles de pêche me rapporter une bobine de fil de canne à pêche capable de résister à un poids de cent livres, un couteau à écailler... et deux fusées de détresse. Je te retrouve en haut de l'escalier. Dépêche-toi!

– Vous ne tenez donc pas compte de ce que je vous ai dit, fit Fontaine en baissant ses jumelles et en se tournant vers Jason. Le Caméléon part en chasse.

– Oui, acquiesça Bourne en reposant la radio, il part en chasse.

– Vous risquez d'être tué, vous, ou le Chacal, ou tous les deux, mais d'autres peuvent perdre la vie, des innocents...

– Pas à cause de moi.

– Quelle importance? Qu'est-ce que cela changera pour la famille des victimes de savoir qui est responsable de leur mort?

– Ce n'est pas moi qui ai choisi ces circonstances, répliqua Bourne. Elles m'ont été imposées.

– Vous pouvez les changer, les transformer.

– Lui aussi.

– Il n'a pas de conscience...

– Dans ce domaine, vous savez de quoi vous parlez!

– J'accepte le reproche, mais j'ai perdu quelque chose qui avait beaucoup de prix pour moi. C'est peut-être pourquoi je discerne une conscience en vous... en une partie de vous.

– Abandonnez ce ton moralisateur, dit Jason en se dirigeant vers la porte à côté de laquelle la tunique militaire bardée de décorations et la casquette d'officier était accrochées à une patère. C'est ennuyeux au possible, entre autres choses.

— Ne feriez-vous pas mieux de surveiller l'allée pendant que les prêtres sont retenus dans le hall ? Il faudra un certain temps à Saint-Jacques pour se procurer tout ce que vous avez demandé.

Bourne se retourna et posa un regard glacial sur le Français trop bavard. Il voulait partir, il en avait assez de ce vieux qui parlait trop... et de ce dont il n'aurait pas dû parler ! Mais Fontaine avait raison : il serait idiot, puisqu'il avait un peu de temps, de ne pas observer ce qui se passait en bas. Il fallait guetter une réaction bizarre, un air embarrassé, surprendre un regard nerveux lancé dans une direction inattendue, tous ces petits riens, ces légers mouvements brusques et involontaires, précis dans leur imprécision, révélateurs si souvent au point de découvrir l'amorce qui allait faire exploser le piège. Bourne repartit en silence vers la fenêtre, prit les jumelles et les porta à ses yeux.

Un homme vêtu de l'uniforme brun et écarlate de la police de Montserrat arrivait au-devant des quatre prêtres marchant à la file sur l'allée. Avec un mélange évident de gaucherie et de déférence, il salua courtoisement de la tête les ecclésiastiques qui s'arrêtèrent pour l'écouter et il leur indiqua de la main les portes vitrées du hall de l'Auberge. Les yeux de Bourne allaient et venaient rapidement dans le champ des jumelles.

— Vous voyez ce que je vois ? demanda-t-il doucement à Jean-Pierre Fontaine au bout de quelques instants.

— Le quatrième, répondit Fontaine, celui qui ferme la marche. Il est inquiet, les autres ne le sont pas. Cet homme a peur.

— Il s'est laissé acheter.

— Contre trente pièces d'or, glissa le Français. Vous allez descendre l'interroger, bien sûr.

— Au contraire, répliqua Jason Bourne. Je préfère le voir là où il est. Johnny ? appela-t-il en approchant la radio de sa bouche.

— Oui ?... Je suis dans la boutique. J'en ai encore pour quelques minutes.

— Est-ce que tu connais ces prêtres ?

— Seulement celui que l'on appelle « le vicaire ». Il passe faire les collectes au profit de ses œuvres. Mais ce ne sont pas des prêtres, David, plutôt des « ministres » d'un ordre religieux... D'un culte purement local.

— Ce « vicaire » est parmi eux ?

— Oui, c'est toujours lui qui ouvre la marche.

— Très bien... Il y a un léger changement de programme. Emporte les vêtements dans ton bureau, puis va voir ces prêtres. Dis-leur qu'un représentant du gouvernement souhaite les rencontrer et leur faire un don en remerciement de leurs prières.

— Quoi ?

— Je t'expliquerai plus tard. Il n'y a pas de temps à perdre ; je te retrouve dans le hall.

– Tu veux dire dans mon bureau? C'est là que tu m'as demandé d'emporter les vêtements.

– Je m'en occuperai plus tard... Juste après, dès que j'aurai enlevé cet uniforme. A propos, as-tu un appareil photo dans ton bureau?

– Au moins trois ou quatre. Il y a toujours des clients qui les oublient...

– Mets-les avec les vêtements. Allez, au travail!

Bourne glissa la radio dans sa ceinture, puis il se ravisa. Il tendit le poste portatif à Fontaine.

– Prenez ça, dit-il. J'en trouverai un autre et je resterai en contact avec vous... Il y a du nouveau en bas?

– Ils s'approchent du hall et notre prêtre est de plus en plus inquiet. Je crois qu'il a vraiment la trouille maintenant.

– Dans quelle direction regarde-t-il? demanda Bourne en saisissant les jumelles.

– Dans toutes les directions, ce qui ne nous avance guère.

– Merde!

– Ça y est! Ils arrivent devant les portes vitrées.

– Je vais me préparer...

– Je vous aide.

Fontaine descendit de son tabouret et se dirigea vers la patère où il prit la tunique et la casquette.

– Si vous avez l'intention de faire ce que je pense, essayez de rester près d'un mur et ne vous retournez pas. L'assistant du gouverneur est un peu plus corpulent que vous et il va falloir pincer la tunique dans le dos.

– Vous avez l'habitude de ce genre de choses, n'est-ce pas? dit Jason en tendant les bras pour que Fontaine lui passe la tunique.

– Les soldats allemands étaient toujours beaucoup plus gros que nous, surtout les sous-officiers... A cause des montagnes de saucisses qu'ils engloutissaient. Nous avions nos petits trucs à nous.

D'un seul coup, comme s'il venait d'être atteint par une balle ou saisi par des convulsions, Fontaine étouffa un petit cri, puis s'avança vivement pour faire face à Bourne.

– *Mon Dieu! C'est terrible!* Le gouverneur...

– Que se passe-t-il?

– Le gouverneur de Montserrat!

– Oui. Et alors?

– A l'aéroport! s'écria l'ancien courrier de Carlos. Ce fut si rapide et les événements se sont tellement précipités... La mort de ma femme, l'infirmière... Mais je suis impardonnable de ne pas y avoir pensé plus tôt!

– Pensé à quoi?

– Cet homme dans la villa, l'officier dont vous avez gardé l'uniforme... C'est son assistant!

218

– Nous le savons.

– Ce que vous ne savez pas, monsieur, c'est que mes premières instructions m'ont été transmises par le gouverneur en personne.

– Quelles instructions?

– Celles du Chacal! C'est lui le contact!

– Mon Dieu! souffla Bourne en s'élançant vers le talkie-walkie que Fontaine avait laissé sur son tabouret.

Il prit le temps de respirer profondément pour se calmer tandis que les pensées s'entrechoquaient dans sa tête.

– Johnny?

– Et merde, que veux-tu de plus? Je suis chargé comme un mulet, je ne suis pas encore arrivé dans mon bureau et ces foutus prêtres m'attendent dans le hall!

– Calme-toi et écoute-moi attentivement. Connais-tu bien Henry?

– Sykes? L'assistant du gouverneur?

– Oui. Je ne l'ai rencontré que deux ou trois fois et je ne le connais pas vraiment.

– Moi, je le connais très bien. Sans lui, tu n'aurais pas ta maison et l'Auberge de la Tranquillité n'existerait pas.

– Est-il en contact avec le gouverneur? Je veux dire, tient-il le gouverneur au courant de ce qui se passe ici? Réfléchis bien, Johnny, c'est important! Il y a un téléphone dans la villa et il pourrait appeler la Résidence du gouverneur. A-t-il téléphoné?

– Au gouverneur en personne?

– A n'importe qui là-bas!

– Non, et je suis formel. Tout est si calme que même la police ignore s'il se passe quelque chose. Pour ce qui est du gouverneur, on ne lui a donné qu'une vague idée de la situation, pas de nom, rien, seulement qu'il s'agit d'un piège. D'ailleurs, il est en mer et il ne veut rien savoir jusqu'à ce que tout soit terminé... Ce sont ses instructions.

– Pas étonnant!

– Mais pourquoi me demandes-tu tout cela?

– Je t'expliquerai plus tard. Dépêche-toi!

– Cesse de répéter toujours la même chose!

Nous savons à quoi nous en tenir, dit Bourne en se tournant vers Fontaine. Le gouverneur ne fait pas partie de l'armée du Chacal. C'est une recrue d'un autre genre, sans doute comme Gates, l'avocat de Boston. Il s'est laissé acheter ou on le fait chanter, mais il n'est pas d'un dévouement fanatique.

– Vous en êtes certain? Votre beau-frère en est certain?

– Le gouverneur est parti en bateau. On lui a exposé la situation dans ses grandes lignes et il a demandé qu'on ne lui dise rien de plus avant que tout soit terminé.

– Dommage que ma mémoire me joue de sales tours, soupira Fontaine. Si je m'en étais souvenu plus tôt, nous aurions pu nous servir de lui. Venez enfiler cette tunique.

219

— Comment cela, nous servir de lui? demanda Bourne en tendant de nouveau les bras. Il s'est mis lui-même sur la touche, il se contente d'un rôle d'observateur.

— J'en ai connu beaucoup comme lui, qui souhaitaient que Carlos perde. Le gouverneur veut que Carlos perde. C'est pour lui le seul moyen de s'en sortir, mais il est trop terrifié pour oser lever la main contre le Chacal.

— Mais alors, comment pourrions-nous le retourner? demanda Bourne en boutonnant la tunique de l'uniforme tandis que Fontaine l'ajustait dans le dos.

— C'est le Caméléon qui me pose cette question?

— Je suis encore rouillé.

— Je vois, fit le Français en bouclant la ceinture d'un coup sec. C'est cet autre homme qu'il y a en vous, celui à qui je me suis adressé en vain...

— La ferme!... Dites-moi comment!

— C'est très simple, monsieur. Il suffit de lui raconter que Carlos a déjà appris qu'il a été retourné. C'est moi qui m'en charge... Personne n'est mieux placé pour cela que l'émissaire du Chacal.

— Vous êtes très fort, constata Bourne en rentrant le ventre tandis que Fontaine le faisait tourner et arrangeait les revers de la tunique et les décorations du plat de la main.

— Je suis un survivant, ni meilleur ni pire que les autres. Mais j'aimais ma femme.

— Vous l'aimiez beaucoup, n'est-ce pas?

— Si je l'aimais? Je suppose que cela va sans dire, même si nous ne l'exprimions que rarement. Peut-être est-ce le simple bien-être que l'on éprouve en compagnie de quelqu'un que l'on connaît bien. Quand il n'est pas nécessaire d'achever une phrase pour être compris, quand un éclair dans le regard provoque le rire sans qu'il soit besoin de prononcer un mot. Je suppose que cela vient au fil des ans.

Jason demeura immobile un instant, en considérant le vieillard d'un regard étrange.

— Comme je regrette de ne pas avoir vécu toutes ces années-là, poursuivit-il. Si vous saviez à quel point cela me manque! Les années que j'ai passées avec ma... femme... sont jalonnées de cicatrices qui refusent de guérir, qui ne guériront jamais, aussi longtemps que quelque chose à l'intérieur ne sera pas changé, cautérisé, ou supprimé. C'est comme ça.

— Alors, vous êtes trop fort, ou trop entêté, ou encore trop stupide!... Ne me regardez pas avec cet air-là! Vous le savez bien, je n'ai pas peur de vous. Je n'ai plus peur de quiconque. Mais si vous avez dit vrai, si les choses sont réellement ainsi pour vous, je vous conseille d'oublier tout ce qui a trait à l'amour et de vous concentrer sur la haine. Comme il m'est impossible de faire entendre raison à David Webb, il ne me reste plus qu'à aiguillonner Jason Bourne. Le Chacal débordant de

220

haine doit mourir et Jason Bourne, seul, peut le tuer. Tenez, voilà votre casquette et vos lunettes de soleil. Restez le dos au mur, si vous ne voulez pas avoir l'air d'un paon en uniforme.

Bourne ajusta sans un mot la casquette d'officier et les lunettes de soleil, et sortit. Il suivit le couloir jusqu'au large escalier de bois et commença à dévaler si rapidement les marches qu'il faillit bousculer un jeune serveur noir en veste blanche qui débouchait du couloir du premier étage, un plateau à la main. Il s'excusa d'un signe de la tête et continua de descendre tandis que le domestique s'arrêtait pour le laisser passer. Mais le bruit discret d'une fermeture à glissière accompagné d'un brusque mouvement surpris du coin de l'œil incita Bourne à se retourner. Le serveur était en train de sortir de sa poche un appareil à signal électronique! Jason pivota sur lui-même, remonta quelques marches en courant, les mains tendues devant lui. Il arracha l'appareil au jeune homme tandis que le plateau tombait sur le palier dans un grand fracas.

— Qui t'a demandé de faire ça? hurla Bourne, à califourchon sur le jeune homme, une main sur l'appareil, l'autre refermée autour de la gorge du serveur. Dis-le-moi! jeta-t-il d'une voix haletante.

— Attention, je sais me battre! s'écria le jeune homme.

Il réussit en se tortillant à dégager sa main droite et il écrasa son poing sur la joue gauche de Bourne.

— Nous ne voulons pas de mauvais Blanc ici! Personne d'autre que le patron! Et vous ne me faites pas peur!

Sur ces mots, il lança un violent coup de genou dans l'aine de Bourne.

— Salaud! rugit le Caméléon en giflant le jeune homme à la volée tout en portant la main gauche à son bas-ventre. Je suis son ami, son frère! Arrête ton cinéma, crétin!... Johnny Saint-Jacques est mon frère! Mon beau-frère, si tu préfères!

— Ah! s'exclama le jeune serveur au corps athlétique avec un soupçon de dépit dans son regard embarrassé. Vous êtes l'homme qui est avec la sœur de M. Saint-Jacques?

— Oui, je suis son mari. Et toi, qui es-tu, petit con?

— Je suis responsable du service du premier étage, *monsieur*. Et je vais bientôt passer au rez-de-chaussée, parce que je donne toute satisfaction dans mon travail. Je sais aussi très bien me battre... Mon père m'a appris, mais il est vieux maintenant, comme vous. Vous voulez continuer à vous battre? Je crois que je peux gagner... Vous avez des cheveux gris...

— La ferme!... A quoi sert ce bidule? demanda Jason en désignant le petit appareil de plastique brun.

— Je ne sais pas, monsieur! Il s'est passé des choses très graves ici. On nous a dit d'appuyer sur le bouton si nous voyions quelqu'un monter ou descendre précipitamment l'escalier.

– Pourquoi?

– Les ascenseurs, monsieur. Nous avons des ascenseurs très rapides. Pourquoi nos clients prendraient-ils l'escalier?

– Comment t'appelles-tu? demanda Bourne en remettant sa casquette et ses lunettes de soleil.

– Ishmael, monsieur.

– Comme dans *Moby Dick*?

– Je ne connais pas cette personne, monsieur.

– Cela viendra peut-être un jour.

– Pourquoi?

– Je ne sais pas...Tu sais te battre.

– Je ne vois pas le rapport, monsieur.

– Moi non plus, fit Jason en se redressant. J'ai besoin de toi, Ishmael. Veux-tu m'aider?

– Si j'ai la permission de votre frère.

– Il te la donnera. C'est mon frère.

– Je veux l'entendre de sa bouche, monsieur.

– Je vois, tu n'as pas confiance en moi.

– Non, monsieur, répondit Ishmael en s'agenouillant pour ramasser la vaisselle, séparant les récipients brisés de ceux restés intacts. Pourriez-vous croire sur parole un homme costaud, aux cheveux grisonnants, qui dévale un escalier, se jette sur vous et raconte n'importe quoi?... Si vous le souhaitez, nous pouvons nous battre et le perdant sera obligé de dire la vérité. Voulez-vous vous battre?

– Non, jeune homme, je ne veux pas me battre et je te conseille de ne pas trop insister. Je ne suis pas si vieux que cela et tu n'es pas si adroit que tu l'imagines. Laisse ce plateau. Je vais tout expliquer à M. Saint-Jacques qui, je te le rappelle, est mon frère, ou plutôt le frère de ma femme. Viens!

– Que voulez-vous que je fasse, monsieur? demanda le jeune Noir en se relevant et en suivant Jason.

– Écoute-moi bien, expliqua Bourne en s'arrêtant et en se retournant sur les dernières marches avant le rez-de-chaussée. Tu entres avant moi dans le hall et tu te diriges vers la porte principale en donnant l'impression d'être occupé à vider les cendriers, mais sans cesser de regarder autour de toi. Quelques instants plus tard, tu me verras apparaître et discuter avec Saint-Jacques et les quatre prêtres qui seront avec lui...

– Des prêtres? le coupa Ishmael sans dissimuler son étonnement. Des hommes d'Église, ici? Et ils sont quatre! Que sont-ils venus faire, monsieur? Les malheurs ne sont donc pas terminés? C'est l'*obeah*?

– Ils sont simplement venus prier pour que les malheurs cessent. Mais ce qui compte pour moi, c'est de parler en tête à tête avec l'un d'eux. Quand ils sortiront du hall, il est possible que celui que je dois voir se sépare des autres pour rester seul... ou même pour retrouver quelqu'un d'autre. Crois-tu que tu pourras le suivre sans qu'il s'en rende compte?

– Vous êtes sûr que M. Saint-Jacques me pousserait à faire ça?

– Supposons que je lui demande de regarder dans ta direction et de hocher la tête?

– Alors, il n'y a pas de problème. Je suis plus rapide que la mangouste et je connais les recoins et les sentiers de Tranquillité. S'il part dans une direction, je saurai où il va et je serai arrivé avant lui... Mais comment saurai-je de quel prêtre il s'agit? Peut-être partiront-ils chacun de leur côté.

– Je dirai successivement quelques mots à tous les quatre. Ce sera le dernier.

– Comme cela, je le saurai.

– Tu as l'esprit vif, dit Bourne, et tu as raison, ils pourraient se séparer.

– Je sais aussi me servir de ma tête, monsieur. Je suis cinquième de ma classe au lycée technique de Montserrat. Les quatre premières sont des filles, donc elles n'ont pas besoin de travailler.

– Voilà une observation qui ne manque pas d'intérêt...

– Dans cinq ou six ans, poursuivit le jeune homme, j'aurai assez d'argent pour m'inscrire à l'université de la Barbade!

– Peut-être même plus tôt que tu ne le penses. Et maintenant, vas-y. Entre dans le hall et va vers la porte. Quand les prêtres seront partis, je sortirai te chercher, mais je ne porterai plus cet uniforme et, à une certaine distance, tu ne me reconnaîtras pas. Si je ne te trouve pas, nous nous rejoindrons dans une heure... Où? Propose-moi un coin écarté.

– La chapelle de la Tranquillité, monsieur. On y accède par un chemin à travers bois, au-dessus de la plage est. Jamais personne n'y va, même le jour du Seigneur.

– Oui, je m'en souviens. Excellente idée.

– Il reste encore une chose à régler, monsieur...

– Cinquante dollars. Américains.

– Oh! Merci, monsieur!

Jason attendit quatre-vingt-dix secondes derrière la porte, puis l'entrouvrit. Ishmael avait pris position près de la porte et il voyait John Saint-Jacques en train de discuter avec les prêtres à quelques mètres sur la droite de la réception. Bourne tira sur sa tunique, redressa les épaules, prit une attitude martiale et pénétra dans le hall. Il s'avança directement vers le petit groupe formé par les ecclésiastiques et le directeur de l'Auberge.

– C'est un honneur et un privilège de vous rencontrer, fit-il en s'adressant aux hommes d'Église sous l'œil curieux et étonné de Johnny. Je suis arrivé depuis peu dans ces îles, poursuivit-il, les mains croisées derrière le dos, et je dois avouer que je suis impressionné. Le gouvernement de notre colonie se réjouit que vous ayez jugé bon de vous déplacer pour contribuer à apaiser les esprits. Pour vous remercier de vos bons offices, le gouverneur a chargé M. Saint-Jacques, ici présent, de vous remettre un chèque de cent livres sterling pour votre église...

– C'est un geste si généreux que je ne sais vraiment que dire, déclara le vicaire d'une voix aux intonations mélodieuses et vibrante de sincérité.

– Vous pourriez peut-être m'apprendre qui a eu l'idée de cette visite qui me touche profondément, poursuivit le Caméléon.

– Je ne m'en attribuerai point le mérite, répondit le vicaire en se tournant comme ses deux autres compagnons vers le quatrième prêtre. L'idée vient de Samuel. Il est si dévoué à nos ouailles.

– Excellente idée, s'exclama Bourne en lançant un regard rapide et pénétrant à l'ecclésiastique. Mais j'aimerais tous vous remercier individuellement et connaître vos noms.

Jason serra tranquillement la main des trois premiers prêtres en échangeant avec eux quelques propos aimables. Vint le tour du dernier, mais il ne parvenait à croiser son regard fuyant.

– Je connais déjà votre nom, Samuel, chuchota-t-il d'une voix presque inaudible. Mais j'aimerais savoir qui vous a suggéré cette idée dont vous vous attribuez tout le mérite.

– Je ne comprends pas ce que vous voulez dire, murmura Samuel.

– Bien sûr que si, vous comprenez. Et vous avez dû recevoir pour cela une autre contribution extrêmement généreuse.

– Vous devez me prendre pour quelqu'un d'autre, marmonna Samuel, et une lueur de terreur traversa ses yeux noirs.

– Je ne commets pas ce genre d'erreur, votre ami le sait. Nous nous retrouverons, Samuel. Si ce n'est pas aujourd'hui, ce sera demain ou après-demain.... Veuillez accepter encore une fois tous les remerciements de mon gouvernement, ajouta-t-il à l'adresse des ecclésiastiques en lâchant la main de Samuel. Et maintenant, je dois vous quitter. J'ai au moins dix coups de téléphone à donner... Votre bureau, Saint-Jacques?

– Oui, mon général, tout de suite.

Dès qu'il fut à l'intérieur du bureau, Jason prit son automatique et se débarrassa de l'uniforme, puis il commença à faire un tri parmi les vêtements que le frère de Marie avait apportés. Il choisit un bermuda, une *guayabera* à rayures rouges et blanches et le plus large des chapeaux de paille. Il s'assit pour enlever ses chaussettes et ses chaussures, mit les sandales et se releva.

– Merde! s'écria-t-il.

Il enleva rageusement les sandales et glissa ses pieds nus dans les chaussures à semelles de crêpe. Il passa ensuite en revue les différents appareils photo et leurs accessoires, choisit le plus léger, mais le plus sophistiqué dont il passa la bretelle sur l'épaule. Au même instant, John Saint-Jacques entra dans le bureau, un émetteur-récepteur à la main.

– D'où débarques-tu? demanda-t-il. De Miami?

224

– Ou de Pompano, si tu préfères... Bien sûr, mon costume est voyant, mais c'est le meilleur moyen de ne pas se faire remarquer.

– Tu as raison. Je connais des gens ici qui jureront que tu es un ancien de Key West. Tiens, voilà la radio.

– Merci, répondit Jason en fourrant le poste dans sa poche de poitrine.

– Où vas-tu maintenant?

– A la recherche d'Ishmael, le serveur à qui je t'ai demandé de faire un signe de la tête.

– A Ishmael? Tu m'as simplement dit de hocher la tête en regardant vers l'entrée!

– C'est la même chose.

Bourne glissa l'automatique dans sa ceinture, sous la *guayabera*, et examina le reste du matériel. Il prit le fil de pêche et le couteau à écailler qu'il fourra dans ses poches, il saisit un étui d'appareil photo vide et y glissa les deux fusées de détresse. Il aurait eu besoin de bien d'autres choses, mais il se contenterait de ce qu'il avait. Son esprit devait maintenant travailler plus vite et mieux que son corps, même s'il avait beaucoup de mal à l'accepter...

– Ishmael est un gentil garçon, reconnut Johnny. Il est loin d'être bête et il est fort comme un élan du Saskatchewan. Je pense faire de lui un garde, dans un ou deux ans. Il sera mieux payé.

– S'il fait bien son boulot aujourd'hui, je pense qu'il préférera aller à Harvard ou Princeton.

– Quelle bonne idée! Savais-tu que son père était le champion de lutte des îles? Il commence à se faire un peu vieux, mais...

– Laisse-moi passer! ordonna Jason en se dirigeant vers la porte. Je te signale que tu n'as plus vingt ans, toi non plus! ajouta-t-il en tournant à moitié la tête par-dessus son épaule avant d'ouvrir la porte du bureau.

– Je n'ai jamais dit ça. Quel est le problème?

– Peut-être ce banc de sable que tu n'as pas vu, monsieur le spécialiste de la sécurité!

Bourne claqua la porte derrière lui et s'élança dans le couloir.

– Qu'est-ce qu'il peut être susceptible! murmura Saint-Jacques en desserrant le poing qu'il tenait serré avec toute la vigueur de ses trente-quatre ans.

Près de deux heures s'étaient écoulées et toujours aucune trace d'Ishmael. Traînant la jambe comme un infirme, Jason s'était promené partout, l'œil collé à l'objectif de son appareil photo, voyant tout ce qu'il y avait à voir, mais sans découvrir la moindre trace d'Ishmael. Il avait déjà remonté à deux reprises le sentier qui menait à travers bois à la construction en rondins, au toit de chaume et aux vitres de verre coloré qui était la chapelle multiconfessionnelle de l'établissement, un sanctuaire consacré à la méditation, bâti plus pour le pittoresque que par véritable utilité. Comme le jeune serveur l'avait fait remarquer, la chapelle n'accueillait que de rares visiteurs, mais elle figurait en bonne place sur les brochures de l'auberge.

Le globe orangé du soleil glissait doucement vers l'horizon. Les ombres de la nuit allaient bientôt s'allonger sur Montserrat et les îles avoisinantes. Puis ce serait l'obscurité que le Chacal savait si bien mettre à profit. Mais il n'était pas le seul : le Caméléon aussi utilisait l'obscurité comme une arme.

— La réserve? dit Jason Bourne en enfonçant une touche du poste émetteur-récepteur. Du nouveau?

— *Rien, monsieur.*

— Johnny?

— Je suis sur le toit avec six gardes. Nous surveillons toutes les directions. Rien à signaler.

— Et le buffet?

— Notre météorologue est arrivé en bateau de Plymouth, il y a dix minutes... Il a peur de l'avion. Et Angus a punaisé un chèque de dix mille dollars sur le tableau d'affichage. Il ne reste plus qu'à le signer et à écrire le nom du bénéficiaire. Il avait raison, les sept couples seront bien là. Passé quelques minutes de silence de rigueur après un drame, tout le monde s'en fout.

— Tu ne m'apprends rien, tu sais... Terminé. Je repars vers la chapelle.

— Cela me fait plaisir de savoir que quelqu'un y va. Un connard de l'agence de voyages de New York m'a dit un jour que cela attirerait du monde, mais je n'ai plus jamais entendu parler de lui. Reste en contact, David.

— Ne t'inquiète pas, Johnny.

L'obscurité gagnait le sentier de la chapelle. Le feuillage des palmiers et la végétation dense surplombant la plage accéléraient la venue de la nuit en faisant écran aux derniers rayons du soleil. Jason s'apprêtait à faire demi-tour pour chercher une torche électrique quand brusquement, comme dans un spectacle de son et lumière, la plage sembla s'illuminer et de longs pinceaux de lumière bleue et rouge s'élevèrent jusqu'au sommet des arbres. Pendant quelques secondes, Bourne eut l'impression qu'il venait de pénétrer dans un tunnel en technicolor creusé dans la végétation tropicale. Il fut d'abord dérouté puis sentit l'inquiétude monter en lui. Les lumières éblouissantes des projecteurs faisaient de lui une cible mouvante et éclairée dans cette galerie aux couleurs criardes.

Il s'enfonça rapidement dans le sous-bois, hors de portée des faisceaux des projecteurs, il sentit sur ses jambes nues les griffures des épineux. Il s'enfonça plus profondément sous le couvert des arbres et repartit dans la direction de la chapelle, lentement, ralenti par les branches et les plantes rampantes qui s'enroulaient autour de ses mains et de ses chevilles. L'instinct lui commandait de se tenir à l'abri de la lumière crue des projecteurs et des illuminations dignes d'un de ces carnavals dont les Antillais se montrent friands.

Un bruit étouffé! Un son mat! Ce n'était pas un des bruits de la forêt. Puis un début de gémissement réprimé, étouffé... Jason se baissa et progressa lentement à travers des barrières végétales successives jusqu'à ce qu'il distingue la porte de la chapelle. Elle était entrouverte et il discerna les cierges électriques et leur douce lumière noyée dans le violent éclairage bleu et rouge du sentier.

Réfléchir. Faire appel à ses souvenirs. Il n'était allé qu'une seule fois à la chapelle et avait amicalement reproché à son beau-frère d'avoir dépensé trop d'argent pour cette construction inutile.

– *Reconnais au moins qu'elle est pittoresque*, avait dit Saint-Jacques.

– *Pas du tout*, avait répliqué Marie. *Elle n'est pas à sa place ici, ce n'est pas un refuge. Imagine que quelqu'un reçoive de mauvaises nouvelles. Vraiment mauvaises, tu vois...*

– *Offre-lui un verre*, avait suggéré David Webb.

– *Venez donc voir à l'intérieur. J'ai fait poser des vitraux, symboles des diverses religions, y compris le shintoïsme.*

– *Ne montre pas à ta sœur les factures de celle-là*, avait murmuré Webb.

Y avait-il une autre porte à l'intérieur, une autre issue?... Non, il n'y avait que cinq ou six rangées de bancs, puis une sorte de balustrade devant un lutrin sur une estrade entourée de vitres de verre coloré exécutées par des artisans locaux.

– Il y avait quelqu'un à l'intérieur! Ishmael? Un client éploré de l'Auberge? Jason prit derechef l'émetteur-récepteur miniaturisé dans sa poche de poitrine et le porta devant sa bouche.

– Johnny? dit-il à voix basse.

– Toujours sur mon toit.

– Je suis devant la chapelle. Je vais entrer.

– Tu as trouvé Ishmael?

– Je ne sais pas. Il y a quelqu'un à l'intérieur.

– Que se passe-t-il, Dave? Tu as l'air...

– Tout va bien. Je vérifie, c'est tout. Qu'y a-t-il derrière la chapelle? A l'est?

– Des arbres.

– Un sentier?

– Il y en avait un au début, mais il a été envahi par la végétation. Les ouvriers l'utilisaient pour descendre jusqu'à la mer... Je vais t'envoyer deux gardes...

– Non! Si j'ai besoin de toi, je t'appellerai. Terminé.

Jason remit la radio dans sa poche, puis, toujours accroupi, il se retourna vers la porte de la chapelle.

Le silence était profond. Pas un bruit ne venait de l'intérieur, pas un signe de vie autre que la lumière tremblotante des faux cierges. Bourne s'avança en rampant jusqu'au bord du sentier, il se débarrassa de l'appareil photo et du chapeau de paille, puis il ouvrit l'étui contenant les fusées. Il en glissa une dans sa ceinture et saisit son automatique. Puis il chercha son briquet dans la poche gauche de sa *guayabera*, le garda dans sa main et se releva pour se diriger d'un pas rapide et silencieux vers l'angle de la construction, ce curieux sanctuaire enfoui dans la végétation tropicale surplombant la plage. Le dos collé au mur, il se rapprocha précautionneusement de l'entrée. Il atteignit le chambranle de la porte et, lentement, prudemment, passa la tête dans l'étroite ouverture.

Jason étouffa un cri et, le souffle coupé, il sentit monter en lui une horreur incrédule mêlée de fureur. Sur l'estrade dressée devant les bancs de bois poli, le corps du jeune Ishmael était affaissé sur le lutrin, les bras pendants, le visage meurtri et lacéré, un filet de sang dégoulinant de sa bouche. Jason se sentit envahi par un sentiment de culpabilité aussi soudain qu'accablant ; les paroles du Français résonnèrent dans ses oreilles : *D'autres peuvent mourir, des innocents se faire massacrer.*

Un jeune homme, presque un enfant, avait été assassiné! Il avait trouvé une mort atroce! Seigneur, quelle horreur? Et que faire maintenant?

La sueur coulait sur son visage. Bourne sortit la fusée de détresse de sa poche, alluma son briquet et l'approcha de la mèche qui s'enflamma aussitôt. Une lumière blanche jaillit, avec de sifflements de serpent furieux. Jason lança la fusée au fond de la chapelle, puis il franchit la porte d'un bond, pivota sur lui-même et claqua la lourde porte derrière lui. Il plongea derrière la dernière rangée de bancs, sortit la radio de sa poche et enfonça la touche *Émission*.

– Johnny! Encercle la chapelle!

Il n'attendit pas la réponse de Saint-Jacques. L'automatique à la main, au milieu des éclats de lumières blanches, Bourne rampa jusqu'à l'allée latérale ; tout en regardant dans toutes les directions, il s'efforçait de se souvenir de tout ce qu'il savait sur la chapelle de l'Auberge de la Tranquillité. Mais il était incapable de poser son regard sur le lutrin et le jeune homme dont il avait causé la mort... De chaque côté du chœur, deux voûtes fermées par une tenture cramoisie semblaient être les sorties d'une scène menant à de minuscules coulisses. Malgré l'angoisse qui le tenaillait, Bourne sentit monter en lui un profond sentiment de satisfaction, une espèce d'exultation morbide. Dans cet implacable Jeu de la Mort, la victoire allait lui sourire. Le Caméléon avait déjoué le piège machiavélique dressé par Carlos, Delta de Méduse allait prendre le Chacal à son propre stratagème! Derrière l'une de ces deux tentures se cachait le tueur de Paris!

Le dos contre le mur de droite, Bourne se redressa et leva son arme. Il tira à deux reprises dans la tenture de gauche, et le lourd tissu frémit. Bourne rampa jusqu'au mur opposé et, prenant appui sur un genou, tira deux autres coups de feu dans la tenture de droite.

Une silhouette jaillit de l'embrasure de la voûte et s'effondra aussitôt, arrachant la lourde tenture qui s'enroula autour de ses épaules. Bourne se rua vers l'estrade, hurla le nom de Carlos et, tira jusqu'à ce que le magasin de l'automatique soit vide. Soudain, une détonation retentit, qui fit voler en éclats tout le haut d'un vitrail sur le mur de gauche. Tandis que les fragments de verre coloré retombaient avec fracas, un homme sauta d'une saillie du mur et s'avança jusqu'au centre du chœur au pied duquel la fusée continuait d'émettre sa lumière aveuglante.

– Tu n'as plus de balles, lança Carlos à Bourne qui le regardait bouche bée de stupeur. Treize ans, Delta. Treize abominables années d'attente. Mais maintenant, le monde entier saura qui a gagné.

Le Chacal leva son arme et fit feu.

17

Bourne eut une terrible sensation de brûlure dans le cou au moment où il plongea par-dessus les bancs. Il retomba entre la deuxième et la troisième rangée et heurta de la tête et des hanches le bois luisant des sièges tout en lançant les mains en avant pour amortir sa chute. Tout se mit à tourner devant ses yeux et il sentit un voile les obscurcir. Au loin, très loin, il perçut des voix, des hurlements de plus en plus faibles. Puis les ténèbres l'enveloppèrent.

— David!

Ce n'était plus un cri, juste une voix basse, pressante, prononçant un nom qu'il ne voulait pas reconnaître comme le sien.

— Tu m'entends, David?

Bourne ouvrit les yeux et prit immédiatement conscience de deux choses : son cou était bandé et il était étendu tout habillé sur un lit. Il découvrit sur sa droite le visage inquiet de John Saint-Jacques et de l'autre côté celui d'un homme qu'il ne connaissait pas, un homme d'âge mûr, au regard fixe et pénétrant.

— Carlos, réussit-il à articuler. C'était le Chacal!

— Dans ce cas, il est toujours sur l'île, déclara Johnny d'un ton péremptoire. Il s'est écoulé à peine une heure depuis que nous t'avons trouvé et Henry a fait cerner Tranquillité. Tout autour de l'île, des bateaux patrouillent dans les eaux et ils restent en contact visuel et radio. Il a présenté cela comme une « opération antidrogue », aussi discrète que possible et tout à fait officielle. Quelques bateaux sont autorisés à aborder, mais pas un seul n'a pris ni ne prendra la mer.

— Qui est-ce? demanda Jason en se tournant vers l'inconnu à son chevet.

— Un médecin, répondit son beau-frère, un client de l'hôtel et un ami. Il m'a soigné dans sa...

— La prudence s'impose, John, fit le praticien canadien. Tu m'as demandé de te venir en aide et de te faire confiance. J'ai accepté volontiers, mais, compte tenu de la nature des événements et du fait que ma responsabilité professionnelle n'est pas engagée vis-à-vis de ton beau-frère, je préfère que mon nom ne soit pas révélé.

— Vous avez entièrement raison, docteur, aricula Jason en grimaçant avant de relever brusquement la tête, les yeux écarquillés d'horreur. Ishmael! lança-t-il d'une voix plaintive. Il est mort! C'est moi qui l'ai tué!

— Il n'est pas mort et tu ne l'as pas tué, répliqua posément John Saint-Jacques. Il est en piteux état, mais vivant. C'est une force de la nature, comme son père, et il s'en sortira. Nous allons le faire transporter dans un hôpital de la Martinique.

— Mais j'ai vu son cadavre!

— Il a été roué de coups, il a les deux bras cassés et il souffre de déchirures et de contusions multiples. Je crains également des lésions internes et une commotion, mais, comme l'a remarqué si justement John, c'est une force de la nature.

— Je veux que l'on fasse le maximum pour lui.

— Ce sont les instructions que j'ai données, dit le Canadien.

— Très bien. Et pour moi, ajouta Bourne en plongeant les yeux dans ceux du médecin, quels sont les dégâts?

— Sans radio et sans observation clinique sérieuse, je ne puis faire qu'un diagnostic superficiel.

— Je vous écoute.

— Outre la blessure, je dirais que vous avez subi un choc.

— N'en parlons plus. Cela ne compte pas.

— Qui a dit une chose pareille? demanda le médecin avec un sourire bienveillant.

— Moi, et je n'ai pas envie de plaisanter. Parlez-moi du corps, pas de la tête. L'état de la tête, j'en suis seul juge.

— C'est un autochtone, lui aussi? demanda le Canadien en se tournant vers le directeur de l'Auberge de la Tranquillité. Un autre Ishmael, mais blanc et plus âgé. En tout cas, je peux vous assurer qu'il n'est pas médecin.

— Réponds-lui, je t'en prie.

— Très bien. La balle a traversé le côté gauche du cou; à quelques millimètres près, vous auriez certainement été privé de l'usage de la parole et peut-être perdu la vie. J'ai nettoyé la plaie et fait une suture. Vous aurez des difficultés à remuer la tête pendant un certain temps, mais ce n'est qu'une estimation superficielle des dégâts.

— En résumé, j'aurai mal au cou, mais, si je peux marcher... Eh bien, c'est l'essentiel.

— En résumé, c'est à peu près ça.

— C'est quand même grâce à la fusée, dit Bourne en reposant doucement la tête sur l'oreiller. La lumière l'a un peu aveuglé.

— Comment? demanda Saint-Jacques en se penchant sur le lit.

— Non, rien... Voyons plutôt comment le blessé peut marcher.

Jason se coula hors du lit et laissa pendre ses jambes sur le côté, refusant l'aide de son beau-frère d'un signe de la tête.

— Merci, Johnny, mais c'est à moi de me débrouiller tout seul.

Il se mit lentement debout, de plus en plus gêné par le bandage autour de son cou. Puis il fit quelques pas et grimaça à cause des contusions des cuisses... Mais ce n'étaient que des contusions, rien de grave. Un bain chaud réduirait la douleur et l'aspirine à haute dose et du liniment lui rendraient une meilleure mobilité. Le problème, c'était ce bandage qui lui serrait le cou, qui le gênait pour respirer et l'obligeait à tourner les épaules quand il voulait regarder de côté. Mais il n'avait pas à se plaindre. Cela aurait pu être bien pire.

— Est-il possible de détendre un peu ce cache-col, docteur? Il m'étrangle.

— Un peu, mais pas beaucoup. Sinon, vous risquez de faire sauter les points de suture.

— On ne pourrait pas mettre quelque chose de plus souple?

— Pas pour une blessure au cou. Vous risqueriez de l'oublier.

— Je vous promets que non.

— Ce que vous êtes drôle!

— Je n'ai pas du tout le sentiment d'être drôle.

— C'est votre cou, n'est-ce pas?

— Assurément... Johnny, peux-tu me trouver un bandage plus souple?

— Docteur? dit Saint-Jacques en se tournant vers le praticien.

— Je ne pense pas que nous puissions l'empêcher de faire ce qu'il veut.

— Je vais envoyer quelqu'un.

— Pardonnez-moi, docteur, fit Jason tandis que le frère de Marie se dirigeait vers le téléphone, mais j'aimerais poser quelques questions à Johnny et je ne pense pas qu'il soit souhaitable que vous écoutiez notre conversation.

— J'en ai déjà entendu plus qu'il ne faut. Je vais attendre dans la pièce voisine.

Le Canadien sortit aussitôt et referma la porte derrière lui.

Pendant que Saint-Jacques téléphonait, Jason marchait dans la pièce, levant et baissant alternativement les bras et secouant les mains pour s'assurer de leur bon fonctionnement. Il s'accroupit et se releva à quatre reprises en accélérant progressivement le rythme. Il devait être prêt, il le fallait!

— C'est l'affaire de quelques minutes, le rassura Johnny en raccrochant. Pritchard va s'en occuper et il rapportera des bandes de plusieurs tailles.

— Merci, fit Bourne en cessant ses mouvements. Qui est l'homme

232

que j'ai descendu, Johnny? Il est tombé en entraînant la tenture, mais je n'ai pas pu voir son visage.

— Je ne le connais pas et pourtant je croyais connaître tous les Blancs des îles qui ont les moyens de se payer un costume de ce prix. Ce devait être un touriste... un touriste en mission pour le Chacal. Il va sans dire que le corps n'a pas été identifié et Henry l'a fait transporter à Montserrat.

— Combien de personnes savent ce qui se passe ici?

— Sans compter le personnel, il n'y a que quatorze clients, et aucun d'eux ne soupçonne quoi que ce soit. J'ai fait condamner la chapelle en prétextant des dégâts causés par la tempête. Même ceux qui savent quelque chose, le médecin et les deux types de Toronto, ne sont au courant que d'une petite partie de la vérité, et ce sont des amis. J'ai confiance en eux. Les autres sont trop occupés à écluser des bouteilles du rhum local.

— Et les coups de feu tirés à la chapelle?

— Tu oublies le *steel band* le plus bruyant et le plus ringard des Antilles. Et puis cela s'est passé à trois cents mètres, au fond des bois. Écoute, David, tout le monde ou presque est parti, il ne reste plus qu'une poignée d'irréductibles, des potes canadiens qui ne veulent pas m'abandonner dans ces moments difficiles et quelques clients qui se trouvent là par hasard et seraient capables de prendre des vacances à Téhéran. Que puis-je ajouter, sinon que le bar fait des affaires du tonnerre?

— J'ai l'impression d'assister à une charade dont il est impossible de trouver la solution, murmura Bourne en rejetant précautionneusement la tête en arrière et en levant les yeux au plafond. Des silhouettes en ombres chinoises s'agitent sur un écran et accomplissent des actions violentes et incohérentes. Il n'y a pas de lien logique, tout prend la signification que l'on veut bien lui donner.

— Je ne suis plus très bien, professeur. Où veux-tu en venir?

— On ne naît pas terroriste, Johnny, on le devient. On suit pour cela une formation qui n'est dispensée dans aucun cursus universitaire. Sans parler des raisons pour lesquelles ils sont ce qu'ils sont, et qui peuvent aller d'une cause défendable à la mégalomanie psychotique d'un Carlos, les charades continuent, car ils jouent tout seuls leur rôle.

— Et alors? demanda Saint-Jacques, le front barré par un pli de perplexité.

— Alors, on garde le contrôle des joueurs en leur disant ce qu'il faut mimer sans leur révéler le pourquoi.

— C'est ce que nous sommes en train de faire ici et ce qu'Henry fait sur mer, tout autour de Tranquillité.

— Tu crois vraiment?

— Évidemment!

— C'est ce que je croyais, moi aussi, mais je me trompais. J'ai surestimé un brave garçon plein de promesses et chargé d'une mission très simple et sans danger, et sous-estimé un prêtre humble et apeuré qui avait, lui aussi, reçu ses trente deniers.

– Mais qu'est-ce que tu racontes?

– Je parle d'Ishmael et du frère Samuel. Ce Samuel qui a dû assister à la torture du jeune homme avec le regard d'un Torquemada.

– Je ne comprends rien...

– Le problème, c'est que nous ne savons pas vraiment qui sont les joueurs. Prenons les gardes, par exemple, ceux que tu as amenés à la chapelle...

– Ne me prends pas pour un demeuré, David! protesta vigoureusement Johnny. Quand tu nous as demandé d'encercler la chapelle, j'ai pris la liberté de n'emmener que deux hommes, les deux seuls que je pouvais choisir, en me disant que deux Uzis compenseraient l'absence d'un troisième garde pour couvrir les quatre points cardinaux. Ce sont d'anciens membres des Royal Commandos qui ont la responsabilité de la sécurité sur l'île et, comme Henry, ils ont toute ma confiance.

– Henry? C'est un homme de valeur, non?

– C'est parfois un emmerdeur, mais il n'y a pas meilleur que lui dans toutes les îles.

– Et le gouverneur?

– C'est un con.

– Henry en est conscient?

– Évidemment. Il n'a pas été nommé brigadier général sur sa bonne mine, surtout avec sa bedaine. Non, c'est un bon soldat et un excellent administrateur. Il a la responsabilité d'un tas de choses à Montserrat.

– Et tu es certain qu'il n'est pas entré en contact avec le gouverneur?

– Il a promis de m'avertir avant d'appeler ce pompeux imbécile, et je le crois.

– J'espère sincèrement que tu dis vrai, car ce pompeux imbécile, comme tu l'appelles, est le contact du Chacal à Montserrat.

– Quoi? Ce n'est pas possible!

– Non seulement c'est possible, mais c'est sûr.

– Incroyable!

– Qu'y a-t-il d'incroyable? C'est ainsi qu'opère le Chacal. Il déniche un être vulnérable, il l'achète, il l'enrôle. Rares sont ceux sur qui il ne trouve pas de prise.

Abasourdi, John Saint-Jacques se dirigea lentement vers la porte-fenêtre, s'efforçant d'accepter l'incroyable.

– Je suppose que cela apporte la réponse à une question que nous avons été nombreux à nous poser, dit-il enfin. Le gouverneur descend d'une vieille famille de petite noblesse et son frère occupe un poste important au Foreign Office; il est proche du Premier ministre. Pourquoi a-t-il été envoyé ici à son âge ou, plus précisément, pourquoi a-t-il accepté ce poste? Les Bermudes ou les îles Vierges britanniques, passe encore, mais si Plymouth peut servir de tremplin, ce n'est pas un poste de fin de carrière.

— C'est un exil, Johnny. Carlos a dû découvrir il y a longtemps la raison de cette sanction et il a inscrit son nom sur une liste. Cela fait des années qu'il agit ainsi. Au lieu de lire, comme la plupart des gens, un journal, un livre ou une revue pour se détendre, le Chacal se plonge dans des volumes entiers de rapports des services secrets obtenus par tous les moyens possibles et imaginables, et il en a exhumé plus que la CIA, la DST, le KGB, le MI-5 et le MI-6, Interpol et combien d'autres services ne veulent en faire le compte... A propos, ces hydravions qui sont venus ici après mon arrivée de Blackburne, qui transportaient-ils?

— Juste les pilotes, répondit Saint-Jacques en se retournant vivement. Ils ont emmené des clients, mais n'ont amené personne, je te l'ai déjà dit.

— Oui, tu me l'as dit, mais as-tu regardé?

— Regardé quoi?

— Chacun des hydravions quand il a amerri.

— Hé! Doucement! Tu m'avais demandé de faire dix choses à la fois!

— Et tes deux commandos? Ceux en qui tu as tellement confiance.

— Ils étaient en train de poster les autres gardes!

— Alors, nous ne pouvons pas savoir si quelqu'un est arrivé dans l'un de ces hydravions? Quelqu'un qui aurait pu monter sur les flotteurs et se laisser glisser dans l'eau pendant que l'appareil avançait au milieu des récifs... devant le banc de sable par exemple.

— Mais enfin, David, je connais ces types depuis des années. Jamais ils ne laisseraient ce genre de chose se produire. Impossible!

— Tu veux dire que c'est invraisemblable?

— Et comment!

— Aussi invraisemblable que le contact du Chacal à Montserrat. Le gouverneur en personne.

— Dans quel monde vis-tu? demanda le directeur de l'Auberge de la Tranquillité en regardant fixement son beau-frère.

— Dans un monde où je regrette de t'avoir fait entrer. Mais maintenant que tu y es, tu dois respecter ses règles, *mes* règles.

Un point lumineux, un infime trait de lumière rouge venant de l'extérieur! *Un rayon infrarouge!* Les bras tendus devant lui, Bourne bondit vers Saint-Jacques et le poussa de toutes ses forces en l'éloignant de la porte-fenêtre.

— Écarte-toi! rugit Jason avant que les deux hommes ne roulent sur le sol.

Trois détonations rapprochées retentirent et trois balles se fichèrent avec un bruit mat dans le mur de la villa.

— Mais qu'est-ce qui se passe?...

— Il est dehors et il veut que je le sache! répondit Bourne en poussant son beau-frère dans un renfoncement du mur. Il te connaît, poursuivit-il en fouillant dans la poche de sa *guayabera*. Tu seras donc sa première cible, car il sait que la mort du frère de Marie me rendra fou. Tu fais partie de la famille et c'est comme cela qu'il a prise sur moi! Par ma famille!

– Seigneur! Qu'allons-nous faire?

– Que vais-je faire, rectifia Jason en sortant la seconde fusée de sa poche. Je vais lui envoyer un message pour expliquer pourquoi je suis vivant et pourquoi je le serai encore quand lui ne sera plus qu'un cadavre. Reste où tu es!

Bourne sortit le briquet de sa poche droite et alluma la fusée. Puis il avança à quatre pattes jusqu'à la porte-fenêtre et lança dans l'obscurité la fusée crachotante qui éclata en plein vol. Deux détonations crépitèrent et les balles ricochèrent sur le plafond carrelé avant de fracasser le miroir d'une coiffeuse.

– Il a un Mac-10 muni d'un silencieux, déclara Delta de Méduse en roulant dans l'abri de l'alcôve et en portant la main à son cou douloureux. Il faut que je sorte d'ici!

– Mais, David, tu es blessé!

– Crois-tu?

Bourne se releva et se précipita vers la porte. Il la claqua et s'élança dans la salle de séjour de la villa où le médecin canadien le regarda avec des yeux ronds.

– J'ai entendu du bruit là-bas, dit le praticien. Tout va bien?

– Il faut que je sorte. Asseyez-vous par terre!

– Allons! Allons! Il y a du sang sur votre bandage et les points de suture...

– Je vous ai dit de vous asseoir par terre!

– Mais enfin, monsieur Webb, vous n'avez plus vingt ans...

– Foutez-moi la paix! hurla Bourne en courant vers la porte d'entrée.

Il sortit et remonta à toute allure l'allée éclairée dans la direction du bâtiment principal en percevant pour la première fois la musique assourdissante du *steel band,* amplifiée par une douzaine de haut-parleurs accrochés dans les arbres.

Le vacarme était étourdissant, mais Bourne songea que c'était plutôt un avantage. Angus McLeod avait tenu parole : tous les clients restants et les quelques employés de l'auberge étaient réunis dans la vaste salle à manger circulaire aux parois vitrées. Cela signifiait que le Caméléon devait changer de couleur. Il connaissait le cerveau du Chacal aussi bien que le sien et savait que le tueur ferait exactement la même chose que lui dans les circonstances présentes. Le loup affamé pénétrait en salivant dans le terrier de sa proie affolée et en ressortait avec un repas de choix. Il ferait la même chose, se débarrasserait de la peau du caméléon mythique pour se transformer en une bête de proie d'une taille bien plus imposante... Un tigre du Bengale par exemple, capable de prendre un chacal dans sa gueule et de le déchiqueter à l'aide de ses puissantes mâchoires. Pourquoi ces images étaient-elles importantes? Il le savait, et cela l'emplissait d'un douloureux sentiment de vide, du regret de quelque chose qui s'était enfui. Il n'était plus Delta, le commando redouté de Méduse, ni même le Jason Bourne de Paris et de l'Extrême-Orient. David Webb, le vieux David Webb ne cessait de le harceler, essayant sans relâche de découvrir un semblant de raison dans un univers de violence et de folie.

Non! Je ne veux pas de toi! Tu n'es rien et je suis tout! Fiche-moi la paix, David! Je t'en prie, fiche-moi la paix!

Bourne quitta l'allée et s'élança dans l'herbe rêche et coupante vers l'entrée latérale du bâtiment principal. Il ralentit instinctivement son allure en voyant une silhouette dans l'embrasure de la porte. Puis il reconnut l'homme et se remit à courir. C'était l'un des rares membres du personnel de l'auberge dont il connaissait le visage et qu'il aurait aimé pouvoir oublier. C'était cet insupportable snob de Pritchard, le directeur adjoint, ce bavard impénitent qui ne laissait jamais passer l'occasion de rappeler l'importance de sa famille à Montserrat et, plus particulièrement, de son oncle, le sous-directeur de l'immigration. David Webb soupçonnait d'ailleurs que c'était un atout pour l'Auberge de la Tranquillité.

– Pritchard! cria Bourne en s'approchant du directeur adjoint. Avez-vous les bandages?

– Quoi? s'écria Pritchard, manifestement surpris. Vous êtes là, monsieur? On nous avait dit que vous étiez parti dans l'après-midi...

– Et merde!

– Il m'est si pénible, monsieur, de vous présenter mes condoléances que les mots se refusent à sortir de ma bouche et...

– Alors, gardez-la fermée! C'est bien compris, Pritchard?

– Parfaitement, monsieur. Je n'étais pas là ce matin pour vous accueillir, ni cet après-midi pour vous dire adieu et vous assurer de toute ma sympathie, car M. Saint-Jacques m'a demandé de travailler ce soir, toute la nuit, en réalité...

– Je suis pressé, Pritchard. Donnez-moi les bandages et ne dites à personne – à personne, c'est bien entendu! – que vous m'avez vu. Je veux que ce soit très clair!

– C'est très clair, monsieur, acquiesça Pritchard en lui tendant les trois bandes de tissu extensible. Je saurai garder le secret sur des renseignements aussi confidentiels et vous pouvez me faire confiance pour ne pas révéler la présence de votre femme et de vos enfants... Oh! Dieu me pardonne! Pardon, monsieur!

– Je vous pardonne et Il vous pardonnera aussi, si vous gardez bouche cousue!

– Oui, monsieur, motus et bouche cousue! C'est un tel privilège...

– Un privilège qui vous vaudra une balle dans la tête, si vous en abusez. C'est bien compris?

– Oh! Monsieur!

– Vous n'allez quand même pas vous trouver mal, Pritchard. Allez donc à la villa dire à M. Saint-Jacques de rester là-bas en attendant que je le contacte. Vous avez bien compris? Il reste là-bas... Vous aussi, d'ailleurs.

– Je pourrais peut-être...

– Rien du tout! Allez, vite!

Le directeur adjoint s'élança en courant à travers la pelouse pour rejoindre l'allée menant aux villas de l'aile est, tandis que Bourne pénétrait dans le bâtiment principal. Il grimpa les marches deux par deux – quelques années plus tôt, il les eût gravies trois par trois – et atteignit hors d'haleine le bureau de Saint-Jacques. Il entra, referma la porte et se dirigea rapidement vers la penderie où il savait que son beau-frère gardait des vêtements de rechange. Les deux hommes avaient à peu près la même taille – trop grande, affirmait Marie – et Johnny empruntait fréquemment vestes et chemises à David quand il lui rendait visite. Jason choisit les vêtements les plus discrets qu'il trouva dans la penderie : un pantalon gris de toile légère et un blazer bleu marine. Il y avait en tout et pour tout une seule chemise, mais , par bonheur, elle était marron et à manches courtes. Rien n'attirerait ou ne reflèterait la lumière.

Il commençait à se déshabiller quand il sentit une douleur brusque et aiguë sur le côté gauche de son cou. Il lança un regard inquiet dans le miroir de la penderie et fut aussitôt furieux de ce qu'il découvrit. Le bandage était imbibé de sang et quelques gouttes perlaient. Il ouvrit rageusement la boîte contenant la plus large des bandes. Il était trop tard pour refaire le pansement; il ne pouvait que rouler une bande par-dessus et espérer que l'hémorragie cesserait d'elle-même. C'était plus gênant que jamais, mais il allait se forcer à oublier ce désagrément.

Il se changea et remonta aussi haut que possible le col de la chemise, puis il glissa l'automatique dans sa ceinture et le fil de pêche dans la poche du blazer... *Un bruit de pas!* La porte s'ouvrit et il se plaqua contre le mur, la main sur son arme. Le vieux Fontaine entra; il demeura immobile pendant quelques secondes, le regard fixé sur Bourne, puis il referma la porte.

– Cela fait un moment que j'essaie de vous trouver, dit le Français, et je ne savais vraiment pas si vous étiez encore vivant.

– Nous n'utilisons les radios que lorsque nous sommes obligés de le faire, riposta Jason en s'écartant du mur. Je croyais que vous aviez été averti.

– Je l'ai été, et c'est une sage décision. Carlos a peut-être eu le temps de mettre la main sur un de ces appareils. Vous savez qu'il n'est pas seul. Voilà pourquoi je vous ai cherché partout. Puis l'idée m'est venue que votre beau-frère et vous aviez peut-être décidé de monter dans bureau, d'en faire une sorte de quartier général.

– Ce n'est pas très malin de votre part de vous promener ainsi à découvert.

— Je ne suis pas stupide, monsieur. Si je l'étais, je ne serais plus qu'un cadavre depuis longtemps. Je me suis déplacé avec la plus grande prudence... C'est, en fait, pour cette raison que j'ai décidé de partir à votre recherche, en supposant que vous n'étiez pas mort.

— Eh bien, vous avez fini par me trouver. Que voulez-vous? Vous deviez rester avec le juge dans une villa inoccupée et non vous promener dans tout l'établissement.

— Exact, monsieur. Mais, voyez-vous, j'ai eu l'idée d'un *stratagème* qui devrait vous intéresser. J'en ai longuement parlé avec Brendan...

— Brendan?

— C'est son prénom, monsieur. Il estime que mon plan n'est pas dépourvu d'intérêt; c'est un homme intelligent et *sagace*...

— Je n'en doute pas, mais il ne fait pas partie de notre monde.

— C'est un survivant et, à ce titre, il en fait partie autant que nous. Il estime que les risques sont assez élevés, mais, dans les circonstances présences, quel plan serait sans risques?

— Quel est ce plan?

— Un moyen pour prendre le Chacal au piège et presque sans aucun danger pour la vie des innocents.

— C'est une obsession, chez vous.

— Je vous ai déjà expliqué pourquoi et je ne vois pas la nécessité de le répéter. Il y a ici des hommes et des femmes...

— Alors, ce plan? demanda Bourne avec agacement. Quelle est votre brillante stratégie? Et j'espère que vous n'avez pas oublié que je suis résolu à faire sortir le Chacal de sa cachette, même s'il me faut pour cela retenir en otages tous les habitants de cette foutue île! Je ne suis pas d'humeur charitable! J'ai déjà trop donné!

— Ainsi donc vous vous traquez mutuellement dans la nuit, Carlos et vous. Deux hommes sur le retour en proie à une idée fixe, tuer l'autre, et qui ne veulent pas savoir si des gens doivent mourir, être blessés ou demeurer infirmes à vie à cause de leur chasse obstinée.

— Si c'est de la compassion qu'il vous faut, allez donc dans une église et implorez ce Dieu qui n'a que mépris pour l'humanité! Il a un sens de l'humour complètement tordu, ou c'est un sadique! Et maintenant, venez-en à ce plan ou je sors!

— J'ai bien réfléchi à tout cela...

— Allez-y, bon Dieu!

— Je connais le Chacal, je sais comment son esprit fonctionne. Il avait minutieusement mis au point la mort de ma femme et la mienne, mais cette mort ne devait pas coïncider avec la vôtre, rien ne devait détourner l'attention générale de sa victoire définitive. La nôtre mort était programmée pour plus tard. En révélant que le prétendu héros de la Résistance n'était en réalité que l'instrument du Chacal, sa création, il mettait le point final à son triomphe. Vous voyez où je veux en venir?

– Oui, fit doucement Jason après avoir observé le vieillard en silence pendant quelques instants. Non que j'aie jamais compté sur quelqu'un comme vous, mais cette façon d'aborder le problème correspond à ce dont j'ai toujours été persuadé. Carlos est un mégalomane. Il se prend pour le prince de l'enfer et tient à ce que le monde entier le reconnaisse comme tel. Il considère que son génie a toujours été méconnu, qu'il a été ravalé au rang des tueurs minables et des soldats de la mafia. Il rêve d'entendre sonner la trompette de la Renommée, au lieu de se contenter de sirènes fatiguées et de témoins interrogés sans conviction par la police.

– C'est vrai, s'exclama Fontaine. Un jour, je l'ai entendu se plaindre que personne ne le connaissait aux États-Unis.

– Tout le monde croit qu'il est un personnage de romans ou de films. Il a pourtant essayé d'y remédier, il y a treize ans, quand il s'est rendu de Paris à New York pour me tuer.

– Permettez-moi de rectifier, monsieur. C'est vous qui l'avez obligé à vous poursuivre.

– C'est de l'histoire ancienne. Cela n'a plus rien à voir avec ce qui nous intéresse cette nuit même... Alors, votre plan?

– Il faut trouver le moyen d'obliger le Chacal à mettre la main sur *moi*, à chercher de me rencontrer.

– Comment?

– En me promenant un peu partout, sans me cacher, afin que lui-même, ou l'un de ses hommes, puisse me voir et m'entendre.

– En quoi serait-il obligé d'essayer de mettre la main sur vous?

– Parce que je ne serai pas avec l'infirmière qui m'accompagnait. Je serai avec quelqu'un d'autre, un inconnu qui n'aura pas la moindre raison de vouloir me tuer.

– Un appât, fit lentement Bourne après avoir observé derechef le Français en silence.

– Un leurre tellement provocant que cela le rendra fou furieux et qu'il n'aura de cesse qu'il ne m'ait mis la main au collet pour m'interroger. Vous comprenez, je suis d'une importance capitale pour lui... ou, plus précisément, ma mort est capitale. Tout est affaire de synchronisation pour lui. La précision est son... Comment dire?

– Son credo, sa règle de conduite...

– C'est ce qui lui a permis de survivre, de tirer le meilleur parti de chacun de ses crimes, d'accroître au fil des ans sa réputation d'*assassin suprême*. Jusqu'à ce qu'un certain Jason Bourne arrive d'Extrême-Orient... Depuis lors, il n'a plus été le même. Mais vous savez tout cela mieux que moi...

– Et je m'en fiche, fit Jason. Parlez-moi plutôt de cette synchronisation.

– Quand j'aurai disparu, il pourra enfin révéler qui était en réalité Jean-Pierre Fontaine : un imposteur, sa création, l'instrument de mort conçu pour attirer Jason Bourne dans son piège. Quel triomphe pour lui! Mais il ne peut rien faire avant que je sois mort... Cela présenterait trop d'inconvénients; j'en sais trop long, je connais trop de mes collègues des bas-fonds de Paris. Non, il ne pourra pas savourer son triomphe tant que je serai en vie.

– Dans ce cas, il vous tuera dès qu'il vous verra.

– Pas avant d'avoir eu ses réponses, monsieur. Où est l'infirmière chargée de me tuer? Que lui est-il arrivé? Le Caméléon l'a-t-il démasquée, retournée, éliminée? A-t-elle été arrêtée par les autorités britanniques? Est-elle en route pour Londres où le MI-6 lui fera avouer tout ce qu'elle sait avant de la remettre aux mains d'Interpol? Il y a tant de questions sans réponse. Non, il ne me tuera pas avant d'avoir appris ce qu'il doit savoir. Il suffira peut-être de quelques minutes pour qu'il arrive à ses fins, mais je suis sûr que vous ferez en sorte d'intervenir assez tôt pour me sauver la vie.

– Mais la nouvelle infirmière se fera tuer...

– Non, pas du tout. Dès le premier contact, je ferai semblant de me mettre en colère et lui ordonnerai de disparaître. Tout en marchant avec elle, je déplorerai l'absence de ma nouvelle amie, l'ange de miséricorde qui prend si bien soin de ma femme et je me demanderai à haute voix ce qui lui est arrivé et pourquoi je ne l'ai pas vue de la journée. Je dissimulerai sur moi un émetteur-récepteur, réglé sur « Émission », cela va de soi. Quand on m'emmènera, car ce sera certainement un des hommes de Carlos qui prendra contact avec moi, je poserai les questions que l'on peut attendre d'un vieillard affolé : « Où allons-nous? Que faisons-nous à tel endroit? » Cela vous permettra de me suivre... Et j'espère de tout cœur que vous ne serez pas seul.

La tête droite, le cou raide , Bourne se dirigea vers le bureau de Saint-Jacques et s'assit sur le bord.

– Votre ami a raison... Le juge Brendan...

– Prefontaine. Bien que Fontaine ne soit pas mon vrai nom, nous avons décidé que nous faisions partie de la même famille. Quand ses ancêtres ont quitté l'Alsace-Lorraine pour suivre La Fayette en Amérique, ils ont ajouté le « Pre » à leur nom pour se distinguer des Fontaine qui s'étaient répandus dans toute la France.

– C'est lui qui vous a dit cela?

– C'est un homme cultivé, un ancien magistrat.

– La Fayette est venu d'Alsace-Lorraine?

– Je ne sais pas, monsieur. Je n'y suis jamais allé.

– Certes, c'est un homme cultivé. Et il a raison de dire que votre plan est intéressant, mais que les risques sont élevés. Je vais être franc avec vous, Fontaine : je me fous des risques que vous prenez, comme je me fous de la vie de l'infirmière. Tout ce que je veux, c'est le Chacal... Peu importe si cela doit vous coûter la vie ou celle d'une inconnue. Je tiens à ce que ce soit bien clair pour vous.

Le Français considéra Jason avec une lueur d'amusement dans ses yeux las.

— Vous êtes transparent dans vos contradictions, ricana-t-il. Jason Bourne n'aurait jamais répondu ce que vous venez de me dire. Il aurait accepté ma proposition sans commentaire, mais en sachant tout le parti qu'il pouvait en tirer. Mais le mari de Mme Webb doit s'exprimer ; il élève des objections, il veut se faire entendre. Débarrassez-vous de lui, monsieur Bourne, ajouta le vieillard en durcissant le ton. Ce n'est pas lui qui me protégera, et qui viendra à bout du Chacal ! Chassez-le !

— Il est déjà parti, marmotta le Caméléon en descendant du bureau et en se redressant avec une grimace de douleur. Je vous assure qu'il est parti. Et maintenant, allons-y.

Le vacarme du *steel band* n'avait pas cessé, mais le bruit assourdissant se limitait maintenant à l'enceinte vitrée du hall de l'hôtel et de la salle à manger adjacente, les haut-parleurs ayant été coupés sur l'ordre de Saint-Jacques. Le directeur de l'Auberge de la Tranquillité, accompagné par le médecin canadien et un Pritchard plus bavard que jamais, s'était fait escorter de la villa inoccupée à son bureau par les deux ex-commandos armés de leurs Uzi. Le directeur adjoint avait reçu pour instruction de retourner à la réception et de ne souffler mot à personne de ce dont il avait été témoin.

— Pas un mot, monsieur. Si jamais on m'interroge, je dirai que j'étais en conversation téléphonique avec les autorités de Montserrat.

— A quel sujet ? demanda vivement Saint-Jacques.

— Eh bien, j'ai pensé que...

— Cessez donc de penser, Pritchard ! Vous étiez occupé à vérifier le service de l'allée ouest, c'est tout.

— Bien, monsieur.

Vexé, Pritchard se dirigea vers la porte du bureau en passant devant le médecin canadien qui venait de remonter de la salle à manger.

— Qu'il ouvre ou non la bouche, je ne pense pas que cela change grand-chose, Johnny, affirma le praticien dès que Pritchard fut sorti. C'est un véritable zoo en bas. Les événements de la nuit dernière combinés avec le soleil torride de la journée et à la consommation immodérée d'alcool laissent présager un réveil très difficile. D'autre part, ma femme ne pense pas que ton météorologue aura grand-chose à dire.

— Ah, bon ?

— Il a déjà vidé pas mal de verres et, même s'il lui restait un semblant de lucidité, il n'y aurait pas cinq personnes assez sobres pour l'écouter.

— Je ferais mieux de descendre. Autant que la soirée soit un vrai petit carnaval. Cela permettra à Scotty d'économiser dix mille dollars, et

242

plus les gens s'amuseront, mieux ce sera. Je vais aller dire un mot à l'orchestre et au barman, je reviens.

– Nous ne serons peut-être plus là, lança Bourne au moment où son beau-frère sortait et où une jeune femme noire solidement charpentée en uniforme d'infirmière, poussait la porte de la salle de bains de Saint-Jacques pour entrer dans le bureau.

– Parfait, mon enfant, vous êtes superbe, susurra le vieux Fontaine en s'approchant d'elle. Je vais répéter ce que je vous ai dit. Je vous tiendrai le bras pendant que nous discuterons en marchant, mais dès que j'exercerai une pression en élevant la voix pour vous demander de me laisser seul, vous vous éloignerez tout de suite.

– Oui, monsieur. Je m'éloignerai rapidement en faisant semblant d'être très en colère.

– Exactement. Vous n'avez rien à craindre, ce n'est qu'un jeu. Nous voulons simplement parler avec quelqu'un qui est extrêmement farouche.

– Comment va votre cou? demanda en se tournant vers Bourne le médecin qui ne pouvait voir le bandage sous le col de la chemise marron.

– Ça va, répondit Jason.

– Je vais y jeter un coup d'œil, insista le Canadien.

– Non, merci, docteur, pas maintenant. Je vous suggère d'aller rejoindre votre femme en bas.

– Je m'attendais à ce genre de réaction, mais puis-je vous dire un mot, très rapidement?

– *Très* rapidement, alors.

– Je suis médecin et j'ai déjà eu à faire un grand nombre de choses qui ne me plaisaient pas. Je suis sûr que ce qui se passe ici entre dans cette catégorie, mais, quand je pense à ce jeune homme et à ce qu'on lui a fait...

– Je vous en prie, docteur!

– Oui, oui, je comprends. Quoi qu'il en soit, si vous avez besoin de moi, je suis là. Je voulais simplement que vous le sachiez... Vous savez, je ne suis pas très fier de ce que j'ai dit tout à l'heure. J'ai vu ce que j'ai vu, et je suis prêt à témoigner devant un tribunal.

– Il n'y aura pas de tribunal, docteur, pas de témoignage.

– Vraiment? Mais ce sont des crimes très graves!

– Nous en sommes parfaitement conscients, rétorqua Bourne. J'apprécie votre aide, mais ce qui se passe ne vous concerne pas.

– Je vois, fit lentement le médecin en lançant un regard curieux à Jason. Très bien, je descends. Il faudra quand même que je regarde votre cou, ajouta-t-il en arrivant devant la porte et en se retournant. Si vous avez encore un cou...

– Sommes-nous prêts? demanda Bourne à Fontaine dès que le Canadien fut sorti.

– Oui, répondit le Français en adressant un sourire chaleureux à la jeune Noire manifestement troublée par ce qu'elle venait d'entendre. Qu'allez-vous faire avec tout l'argent que vous allez gagner ce soir, ma chère?

La jeune femme se mit à pouffer timidement et un sourire éclatant illumina son visage.

– J'ai un petit ami à qui je tiens beaucoup. Je vais lui offrir un beau cadeau.

– Une attention charmante. Et comment s'appelle votre ami?

– Ishmael, monsieur.

– Allons-y, intima Jason avec fermeté.

Le plan était simple et, comme presque toutes les bonnes stratégies, aussi complexes fussent-elles, il était d'une exécution facile. L'itinéraire de Fontaine avait été établi avec la plus grande précision. Le Français et la jeune « infirmière » commençaient par retourner à la villa pour s'assurer selon toute apparence que la malade ne manquait de rien, avant d'entreprendre la promenade vespérale recommandée par la faculté. Ils restaient sur l'allée principale éclairée, faisant de loin en loin quelques pas sur les pelouses, sans jamais s'écarter des lumières, comme le ferait un vieux grincheux indocile, au grand agacement de sa garde-malade.

Les deux anciens membres des Royal Commandos, l'un plutôt râblé et l'autre grand, avaient sélectionné une suite de postes d'observation tout le long du trajet. Dès que le vieillard irascible et l'infirmière s'engageaient sur la section suivante du parcours, le deuxième commando dépassait son collègue dans l'obscurité et gagnait le poste d'observation suivant en prenant un itinéraire connu d'eux seuls ou difficile, comme celui qui consistait à longer l'extérieur du mur surplombant l'enchevêtrement de végétation tropicale en contrebas des villas. Les deux Noirs se déplaçaient comme des araignées géantes dans une jungle, progressant rapidement et sans peine, passant de branche en rocher et de liane en tronc d'arbre pour rester à la hauteur des deux promeneurs. Bourne suivait le deuxième homme, sa radio en position *Réception*, et la voix au ton agressif de Fontaine lui parvenait au milieu des parasites.

Où est donc passée l'autre infirmière? Votre délicieuse collègue si attentionnée avec ma femme? Où est-elle? Je ne l'ai pas vue depuis ce matin? Et le vieillard acariâtre répétait sans relâche ces mêmes questions avec une hostilité croissante.

Jason glissa. Son pied se prit dans un enchevêtrement de racines derrière le mur dominant la plage, il n'arrivait pas à dégager sa jambe... Il n'en avait pas la force! Il tourna la tête, le tronc tout entier pivota et une douleur aiguë lui vrilla le cou. *Ce n'est rien! Tire, arrache! Plus fort!* Le souffle court, le haut de sa chemise imbibé de sang, il parvint à se dégager et continua d'avancer en rampant.

244

Soudain, des lumières, des faisceaux lumineux de couleur dépassèrent du mur. Il était arrivé à la hauteur du sentier de la chapelle et la lumière rouge et bleue des projecteurs marquait l'entrée du sanctuaire condamné de l'Auberge de la Tranquillité. C'était le dernier point de passage prévu avant le retour vers la villa de Fontaine, destiné avant tout à permettre au Français de reprendre son souffle. Saint-Jacques y avait posté un garde chargé d'interdire l'accès de la chapelle endommagée, dans laquelle se trouvait encore un cadavre non identifié. Certainement pas l'endroit idéal pour prendre contact avec Fontaine. Mais au même instant, Bourne l'entendit prononcer les paroles qui allaient déclencher le départ précipité de la fausse infirmière.

– Fichez le camp maintenant! hurla Fontaine. Je ne vous aime pas! Je veux notre garde-malade habituelle! Qu'avez-vous fait d'elle?

Un peu plus loin, les deux commandos accroupis côte à côte derrière le mur se tournèrent vers Jason et, à la clarté diffuse des projecteurs, il vit sur leur visage une expression qu'il ne connaissait que trop bien. A compter de ce moment, il lui appartenait de prendre toutes les décisions. Ils l'avaient escorté et lui avaient ouvert le chemin jusqu'à l'ennemi. Le reste dépendait de lui.

Il était rare que Bourne se laisse prendre au dépourvu, mais c'était le cas. Fontaine avait-il commis une erreur? Le vieillard avait-il oublié la présence du garde à cet endroit et l'avait-il pris à tort pour le contact du Chacal? Sa vue affaiblie par l'âge lui avait-elle fait interpréter une réaction de surprise compréhensible de la part du garde comme un signe d'intelligence? Tout était possible, mais, compte tenu de l'expérience du Français, de sa longue existence vouée à assurer sa survie et de la vivacité de son esprit, une telle erreur était peu plausible.

Une autre possibilité se précisa lentement et Jason sentit le dégoût monter en lui. Le garde avait-il été tué, acheté, remplacé par un autre? Carlos était passé maître dans l'art de brouiller les pistes. Le bruit courait qu'il avait rempli un contrat pour l'assassinat d'Anouar el-Sadate sans tirer un seul coup de feu, en se contentant de remplacer l'équipe chargée de la protection du président égyptien par des recrues inexpérimentées. L'argent distribué au Caire lui avait été remboursé au centuple par les organisations anti-israéliennes du Moyen-Orient. Si c'était vrai, l'opération sur l'île de la Tranquillité n'était pour lui qu'un jeu d'enfant.

Jason se releva et posa les mains sur le rebord du mur puis, lentement, péniblement, son cou lui faisant souffrir le martyre, il se hissa jusqu'à la crête. Toujours aussi lentement, centimètre par centimètre, il continua de se déplacer, les bras tendus devant lui, jusqu'à ce que ses mains atteignent l'angle du côté opposé. Il leva légèrement la tête et demeura pétrifié.

Fontaine était immobile, bouche bée, les yeux écarquillés, regardant approcher d'un air incrédule un homme aussi vieux que lui, vêtu d'un complet de gabardine beige, qui lança les bras autour du cou du pseudo-héros de la Résistance. Abasourdi, affolé, Fontaine le repoussa et Jason entendit sa voix s'élever de la radio qu'il avait placée dans sa poche.

– *Claude! Quelle surprise! Qu'est-ce que tu fais là?*

– C'est un privilège que notre bienfaiteur m'a accordé, répondit son beau-frère d'une voix chevrotante. Voir ma sœur pour la dernière fois et réconforter mon vieil ami. Je suis là et je suis avec toi!

– Avec moi? C'est lui qui t'a amené? Oui, bien sûr, c'est lui!

– Je suis chargé de te conduire à lui. Le grand homme désire s'entretenir avec toi.

– Tu sais ce que tu fais... ce que tu as fait?

– Je suis avec toi, avec elle. C'est tout ce qui compte.

– Elle est morte! Elle a mis fin à ses jours! Il avait prévu de nous assassiner tous les deux!

Coupez la radio! hurla intérieurement Bourne. *Éteignez-là, bon Dieu!* Mais il était trop tard. La porte de gauche de la chapelle s'ouvrit, un homme en sortit et avança; sa silhouette se découpait dans le tunnel formé par les lumières de couleur des projecteurs. Il était jeune, blond et athlétique, avec des traits énergiques et une certaine raideur dans la démarche. Le Chacal était-il en train de former un successeur?

– Venez avec moi, je vous prie, fit l'homme blond dans un français aux sonorités douces, mais fermes. Vous, ajouta-t-il en s'adressant au vieillard au complet de gabardine, restez où vous êtes. Si vous entendez le moindre bruit, utilisez votre pistolet... Sortez-le de votre poche et gardez-le à la main.

– Bien, monsieur.

Avec un regard d'impuissance, Jason suivit Fontaine que l'homme blond escorta jusqu'à la porte de la chapelle. Un crépitement de parasites s'éleva de la radio, suivi d'un bruit sec. Le poste émetteur-récepteur dissimulé dans la poche de la veste de Fontaine avait été découvert et coupé. Mais quelque chose clochait, quelque chose allait de travers... Ou était-ce simplement une trop grande symétrie? Il n'était pas logique que Carlos utilise une seconde fois un endroit où le piège qu'il avait tendu avait été déjoué, absolument pas logique!

L'apparition du beau-frère de Fontaine était un coup de maître, tout à fait digne du Chacal, une manœuvre totalement inattendue au milieu de la confusion ambiante. Mais pas ce détail, pas une seconde fois la chapelle inutilisée de l'Auberge de la Tranquillité. Il y avait là quelque chose de trop systématique pour que ce soit vrai.

Et si justement c'était vrai? Si ce n'était qu'un exemple supplémentaire de la logique de ce tueur qui usait de l'illogisme, lui qui avait tenu en échec les meilleurs éléments de la communauté internationale du renseignement pendant près de trois décennies? « Il ne ferait pas cela, c'est trop gros! » Mais si, justement, il en était capable, sachant que tout le monde considérait cela comme une absurdité. Le Chacal se trouvait-il, oui ou non, dans la chapelle? Et s'il n'y était pas, où se cachait-il. Où avait-il tendu son piège?

La partie d'échecs sans merci qui les opposait n'était pas seulement d'une extraordinaire complexité, c'était avant tout un duel. D'autres pouvaient mourir, mais un seul des deux joueurs survivrait. La mort serait le lot du marchand de mort ou celui de son rival, l'un cherchant à préserver une légende, l'autre à préserver sa famille. Carlos avait un avantage : il était prêt à tout risquer, car, comme Fontaine l'avait révélé, le temps lui était compté et il n'avait plus rien à perdre. Bourne avait un avenir à assurer, lui, le chasseur vieillissant, marqué d'une manière indélébile, dont la vie avait été brisée par la mort d'une première femme et de leurs enfants, dans le Cambodge lointain. Cela ne pouvait pas, ne devait pas se reproduire!

Jason se laissa glisser au pied du mur dominant le précipice et revint vers les deux commandos.

– Ils ont emmené Fontaine dans la chapelle, annonça-t-il à voix basse.

– Et le garde? demanda le commando le plus proche de Bourne avec un mélange de colère et de perplexité. Je l'ai posté moi-même là-bas, avec des consignes précises. Personne ne devait avoir accès à la chapelle et il avait l'ordre d'établir un contact radio dès qu'il verrait quelqu'un!

– Dans ce cas, je crains qu'il ne l'ait pas vu.

– Qui?

– Un homme blond qui parle français.

Les deux commandos tournèrent vivement la tête l'un vers l'autre, puis le regard du second revint se poser sur Jason.

– Pouvez-vous le décrire? demanda-t-il calmement.

– Taille moyenne, large d'épaules...

– Cela nous suffit, monsieur, fit le premier garde. Notre collègue l'a vu. C'est le troisième prévôt de la police de la colonie, un officier qui parle plusieurs langues et qui a la charge des enquêtes de la brigade des stupéfiants.

– Mais que fait-il ici? demanda son collègue. M. Saint-Jacques nous a dit que la police n'avait pas été informée de ce qui se passait.

– C'est à cause de sir Henry, répondit le premier commando de sa voix chantante. Il a fait venir des bateaux, au moins six ou sept, qui font le tour de l'île et ont l'ordre d'arrêter toute personne essayant de quitter Tranquillité. Sir Henry a présenté cela comme un exercice anti-drogue et il est normal que le chef de la brigade des stupéfiants soit...

L'Antillais s'arrêta au beau milieu de sa phrase et regarda son compagnon.

– Mais alors, pourquoi n'est-il pas en mer, poursuivit-il dans un murmure. Sur le bateau qui coordonne l'exercice?

– C'est un type que vous appréciez? demanda instinctivement Bourne en s'étonnant lui-même de sa question. Je veux dire, est-ce que vous le respectez? Je me trompe peut-être, mais j'ai l'impression qu'il y a quelque chose...

– Vous ne vous trompez pas, monsieur, répliqua le premier commando sans le laisser achever sa phrase. Le prévôt est un homme cruel et il n'aime pas les « indigènes », comme il nous appelle. Il est prompt à nous accuser et j'en connais beaucoup qui ont perdu leur travail à cause de ses accusations sans fondement.

– Pourquoi ne protestez-vous pas? Pourquoi n'essayez-vous pas de vous débarrasser de lui? Les Anglais vous écouteront.

– Le gouverneur fera la sourde oreille, avança le second garde. Il est trop complaisant envers son chef de la brigade des stupéfiants. Ils sont très liés et partent souvent ensemble à la pêche au gros.

– Je vois, fit Jason.

De fait, il commençait à comprendre et se sentait extrêmement inquiet.

– Saint-Jacques m'a assuré qu'un sentier avait été tracé derrière la chapelle pendant sa construction, reprit-il. Il pense qu'il a été plus ou moins envahi par la végétation, mais qu'il existe toujours.

– C'est vrai, confirma le premier commando. Les employés de l'auberge l'utilisent encore pour accéder à la plage pendant leurs heures de repos.

– Quelle longueur fait-il?

– Trente-cinq à quarante mètres. Il conduit à un abrupt où des marches taillées dans la roche permettent de descendre jusqu'à la plage.

– Lequel de vous est le plus rapide? demanda Bourne en fouillant dans sa poche pour en sortir le fil de pêche.

– C'est moi.

– Non, c'est moi!

– C'est vous que je choisis, lança Jason au premier garde, le plus petit des deux, en lui tendant le fil. Descendez jusqu'au bout du sentier et, aussi souvent que vous le pourrez, tendez une longueur de fil en travers du passage. Attachez-le à un tronc d'arbre ou à une grosse branche. Il ne faut surtout pas qu'on vous voie. Soyez sur vos gardes. J'espère que vous y verrez dans l'obscurité.

– Ce n'est pas un problème, monsieur.

– Avez-vous un couteau?

– Ai-je des yeux?

– Parfait. Passez-moi votre Uzi et ne perdez pas de temps.

L'ex-Royal Commando s'éloigna le long du précipice envahi de plantes rampantes et grimpantes, et se fondit dans la végétation inextricable.

– En fait, monsieur, insista son collègue, je suis beaucoup plus rapide que lui, car j'ai de plus longues jambes.

– C'est pour cette raison que je l'ai choisi et je pense que vous savez pourquoi. Avoir de longues jambes est un désavantage sur ce genre de terrain et je sais de quoi je parle. Et, comme il est plus petit que vous, il a moins de chances de se faire repérer.

– C'est toujours aux petits que reviennent les meilleures missions. Nous, on nous place au premier rang pour défiler et on nous fait monter sur des rings de boxe, avec des règles qu'on ne comprend pas, mais les petits, eux, ont les meilleures missions, les plus dangereuses.

– Il faut vous y faire, mon grand.

– Et nous, monsieur, que faisons-nous maintenant?

Bourne leva la tête vers le haut du mur sur lequel jouaient les faisceaux rouge et bleu des projecteurs.

– C'est l'attente qui commence, mais, contrairement à l'attente amoureuse, celle-ci se nourrit de la haine qu'éprouve celui qui veut vivre et que d'autres veulent tuer. Il n'y a rien de semblable à cette attente, car on ne peut rigoureusement rien faire. La seule chose, c'est de penser à ce que l'ennemi est en train de préparer et de se demander s'il a eu une idée que l'on n'a pas envisagée. Comme je l'ai entendu dire, je préférerais être à Philadelphie.

– Où donc, monsieur?

– Nulle part. Et ce n'est pas vrai.

Brusquement, un hurlement à glacer le sang, un long cri d'horreur déchira le silence de la nuit, aussitôt suivi par des mots lancés d'une voix implorante.

– *Non! Non! C'est monstrueux!... Arrêtez, arrêtez, je vous en supplie!*

– Allons-y! ordonna Jason.

Il fit passer la bretelle de l'Uzi sur son épaule et sauta pour s'agripper au rebord du mur sur lequel il essaya de se hisser cependant que le sang recommençait à couler de sa blessure. Mais il n'y arrivait pas! Il n'arrivait pas à grimper jusqu'en haut! Enfin, il sentit des mains puissantes qui le tiraient et il bascula par-dessus le mur.

– Les lumières! s'écria-t-il. Éteignez-les!

L'Uzi du commando cracha une longue rafale et les projecteurs, disposés de part et d'autre de la chapelle, explosèrent. Aussitôt, le grand Noir passa ses grosses pattes sous les bras de Jason pour l'aider à se relever dans l'obscurité nouvelle. Un puissant pinceau de lumière jaune commença de se promener dans toutes les directions; c'était une torche à halogène que le commando tenait de la main gauche et dont le faisceau lumineux s'arrêta sur le corps d'un vieillard vêtu d'un complet de gabardine, recroquevillé sur le sentier, la gorge tranchée.

– Arrêtez! Pour l'amour du ciel, n'avancez pas!

C'était la voix de Fontaine, venant de l'intérieur de la chapelle dont la porte entrouverte laissait voir la lumière tremblotante de quelques cierges. Ils s'approchèrent quand même, le pistolet mitrailleur en position de tir continu... Mais ils ne s'attendaient pas à ce qu'ils découvrirent. Bourne ferma les yeux devant un spectacle insoutenable. Dans la même posture que le jeune Ishmael, le vieux Fontaine était renversé sur le lutrin, au-dessous des vitraux fracassés. Du sang coulait sur son visage tailladé et son corps était attaché à des câbles reliés à plusieurs boîtes noires disposées des deux côtés de la chapelle.

— Foutez le camp! hurla Fontaine. Ne restez pas là, imbéciles! Vous voyez bien que tout va sauter...

— Seigneur!

— Ne pleurez pas sur mon sort, monsieur le Caméléon. C'est avec joie que je vais rejoindre ma femme! Ce monde est trop moche, même pour un homme comme moi. Cela ne m'amuse plus. *Foutez le camp!* La charge va exploser... Ils vous observent!

— Venez vite! rugit le commando en saisissant la veste de Bourne et en l'entraînant vers le mur avant de le prendre dans ses bras et de se jeter avec lui dans les buissons.

L'explosion fut aveuglante et assourdissante, comme si cette portion de la petite île avait été anéantie par un missile nucléaire. De hautes flammes jaillirent dans le ciel nocturne, mais la masse incandescente se réduisit rapidement à un amas de décombres rougeoyants.

— Le sentier! hurla Jason d'une voix rauque en se relevant à grand-peine au milieu des broussailles. Il faut rejoindre le sentier!

— Vous n'êtes pas en état...

— Je me débrouillerai! Prenez soin de vous-même!

— Je crois que j'ai pris soin de nous deux, monsieur.

— Vous avez mérité une médaille et j'y ajouterai un gros paquet de fric! Et maintenant, conduisez-moi au sentier!

En tirant, en poussant, les pieds de Bourne avançaient mécaniquement, comme une machine déréglée. Les deux hommes finirent par atteindre le bord du sentier, à une dizaine de mètres derrière les ruines fumantes de la chapelle. Ils se mirent à ramper dans les hautes herbes et, quelques secondes plus tard, le second commando arriva à leur hauteur.

— Ils sont au sud, dans les palmiers, dit-il d'une voix haletante. Ils attendent que la fumée se soit dissipée pour voir s'il y a des survivants, mais ils ne pourront pas rester longtemps.

— Vous étiez là-bas? demanda Jason. Avec eux?

— Pas de problème, monsieur. Je vous l'avais dit.

— Que se passe-t-il, là-bas? Combien sont-ils?

— Ils étaient quatre, monsieur. J'ai tué un homme dont j'ai pris la place. Comme il était noir, ils n'ont rien remarqué dans l'obscurité. Ce fut rapide et silencieux : la gorge.

— Qui reste-t-il?

— Le chef de la brigade des stupéfiants de Montserrat, bien sûr, et deux autres...

— Décrivez-les-moi!

— Je ne pouvais pas voir distinctement, mais je pense que l'un d'eux est un autre Noir, grand et au crâne déplumé. Je n'ai pas pu voir le der-

250

nier, car il – ou elle – est bizarrement habillé et son visage est caché par une sorte de capuchon.

– Une femme, vous croyez?

– C'est possible, monsieur.

– Une femme?... De toute façon, ils sont obligés de sortir de là. *Il* est obligé de sortir!

– Ils vont bientôt se diriger vers le sentier et descendre les marches jusqu'à la plage, où ils se cacheront dans les arbres de la crique en attendant un bateau. Ils n'ont pas le choix. Ils ne peuvent pas repartir vers l'hôtel, car des inconnus se feraient tout de suite remarquer et, malgré l'éloignement et la musique, les gardes postés devant l'auberge ont dû entendre l'explosion.

– Écoutez-moi bien, gronda Bourne d'une voix basse et sourde. L'un d'eux est l'homme que je recherche et je veux m'occuper de lui *personnellement!* Alors, laissez-moi tirer le premier, car je le reconnaîtrai au premier coup d'œil. Les autres, je m'en fous! Nous pourrons les débusquer plus tard dans la crique.

Une arme automatique tira une brusque rafale, des cris s'élevèrent, provenant du chemin d'accès à la chapelle, maintenant plongé dans l'obscurité, puis, l'une après l'autre, trois silhouettes jaillirent des taillis et s'engagèrent au pas de course sur le sentier menant à la plage. L'officier de police de Montserrat qui ouvrait la marche se fit surprendre par le premier fil invisible, tendu à hauteur de poitrine. Il perdit l'équilibre et roula sur le sol en brisant le fil de nylon. Le deuxième homme, grand et maigre, le teint basané sous un crâne presque chauve, frangé d'une mince couronne de cheveux, qui le suivait de près, l'aida à se relever et aussitôt, obéissant à son instinct de tueur, il balaya le sentier d'une longue rafale de son arme automatique pour sectionner les fils de nylon disposés en travers du sentier jusqu'à la corniche. Le troisième terroriste apparut. Ce n'était pas une femme, mais un homme vêtu d'une robe de bure. Un moine! C'était lui, c'était le Chacal!

Bourne se redressa, l'Uzi à la main, et bondit sur le sentier. Il tenait sa victoire! La liberté était proche, la liberté de sa famille! Quand la silhouette en robe de bure se découpa au sommet de l'escalier rudimentaire, il écrasa la détente, prolongeant interminablement la pression de son index.

Le moine se cambra, son corps bascula et dévala l'à-pic; il rebondit sur les marches taillées dans la roche volcanique avant de s'écraser sur le sable de la plage. Bourne dégringola les marches irrégulières, les deux commandos sur ses talons. Dès qu'il atteignit le sable, il se précipita vers le corps désarticulé et souleva le capuchon imbibé de sang. Avec une expression horrifiée, il découvrit le visage du frère Samuel, le prêtre noir, le Judas qui avait vendu son âme au Chacal contre trente deniers.

Soudain, à quelque distance de là, s'éleva un double rugissement de moteurs tandis qu'une vedette jaillissait de l'ombre de la crique et filait à toute allure vers un passage entre les récifs. Le faisceau d'un projecteur, brusquement, éclaira les barrières de rochers à fleur d'eau. Au milieu des flots sombres et agités, la lumière permit à Bourne de distinguer le pavillon flottant sur l'embarcation. C'était celui de Montserrat! Carlos! Le Chacal avait changé; il avait vieilli et maigri, il s'était déplumé. Il ne ressemblait plus à l'homme vif et musclé, au visage plein, dont Jason avait gardé le souvenir. Seuls subsistaient les traits latins, le visage basané et la peau nue du crâne, brûlée par le soleil. Et il s'était enfui!

Les deux moteurs hurlant à l'unisson, la vedette bondit, franchit la passe dangereuse et atteignit la pleine mer. Puis la voix métallique d'un haut-parleur résonna dans la crique bordée par la végétation tropicale.

– A Paris, Jason Bourne! Rendez-vous à Paris, si vous osez venir! Ou préférez-vous une petite université dans le Maine, docteur Webb!

Bourne, dont la blessure s'était rouverte, s'affaissa lentement dans les vagues qui léchaient la grève et son sang se mêla à l'eau de la mer des Caraïbes.

18

Steven DeSole, le gardien des secrets les mieux cachés de la CIA, s'extirpa du siège de sa voiture. Il demeura immobile sur le parking désert du petit centre commercial d'Annapolis, dans le Maryland, où la seule lumière provenait des néons de la façade d'une station-service fermée, derrière la vitre de laquelle dormait un gros berger allemand. DeSole rajusta ses lunette et regarda sa montre : il distingua à peine les aiguilles lumineuses. Pour autant qu'il pût en juger, il était entre 3 h 15 et 3 h 20 du matin, ce qui signifiait qu'il était en avance et c'était une bonne chose. Il lui fallait mettre de l'ordre dans ses idées, ce qu'il était incapable de faire en conduisant, sa mauvaise vision nocturne exigeant une concentration totale sur la route. Et il était évidemment hors de question de prendre un taxi ou de se faire conduire par un chauffeur !

Cela avait commencé par un nom... un nom assez répandu. *Il s'appelle Webb,* lui avait dit son correspondant avant de faire une description si vague qu'elle aurait pu convenir à plusieurs millions d'individus. Il avait donc remercié son informateur et raccroché. Mais c'est alors que, quelque part dans les replis du cerveau de l'analyste, où étaient emmagasinées des myriades de données, un signal d'alarme s'était déclenché. *Webb, Webb... Amnésie?* Une clinique en Virginie, bien des années auparavant. Un homme plus mort que vif, transporté d'un hôpital de New York, avec un dossier médical secret et si protégé qu'il n'aurait même pas pu être consulté dans le Bureau ovale. Mais les spécialistes des interrogatoires aiment à chuchoter au fond des couloirs obscurs, autant pour soulager leurs frustrations que pour impressionner leurs auditeurs.

C'est ainsi qu'il avait entendu parler d'un patient récalcitrant, particulièrement indocile, un amnésique qu'ils appelaient « Davey » ou parfois « Webb » tout court, un patronyme très sec qui traduisait leur hostilité. C'était un ancien de l'infâme Méduse et ils le soupçonnaient d'être un simulateur... Mais cela lui rappelait autre chose. Alex Conklin avait dit un jour que l'ancien membre de Méduse qui avait été entraîné pour traquer clandestinement Carlos le Chacal, l'agent provocateur qu'ils appelaient Jason Bourne, avait perdu la mémoire! Il avait perdu la mémoire et failli perdre la vie, car ses officiers traitants n'avaient pas cru à son histoire d'amnésie! C'était lui, l'homme qu'ils appelaient « Davey »! David Webb était le Jason Bourne de Conklin! Comment aurait-il pu en être autrement?

Et c'est ce même David Webb qui se trouvait chez Norman Swayne la nuit où l'Agence avait reçu la nouvelle du suicide de ce pauvre cornard de général, un suicide dont les journaux n'avaient pas fait mention, pour des raisons qui échappaient totalement à Steven DeSole. David Webb... Méduse... Jason Bourne... Conklin. Qu'est-ce que tout cela signifiait?

Les phares d'une limousine percèrent soudain l'obscurité à l'autre extrémité du parking. Le véhicule décrivit un demi-cercle et s'avança droit sur l'analyste de la CIA, l'obligeant à fermer les yeux, à cause la réfraction de la lumière sur les verres épais de ses lunettes. Il lui fallait être capable de présenter clairement la suite de révélations qu'il avait à faire, car les hommes avec qui il avait rendez-vous détenaient les clés de la vie dont sa femme et lui avaient toujours rêvé... Une vie avec de l'argent. Beaucoup d'argent, des sommes sans commune mesure avec le médiocre salaire d'un fonctionnaire. Avoir la possibilité d'inscrire leurs petits-enfants dans les établissements les plus réputés, au lieu des universités d'État, et ne pas avoir à solliciter la bourse à laquelle lui donnait droit son traitement de bureaucrate... Un bureaucrate tellement supérieur à ceux qui l'entouraient que c'en était désolant. On l'avait surnommé *DeSole, le muet du sous-sol,* mais on refusait de rétribuer convenablement sa compétence, cette compétence qui lui interdisait d'entrer dans le privé à cause d'un réseau de restrictions juridiques si dense que cela ne valait même pas la peine pour lui de poser sa candidature. Mais un jour Washington comprendrait... Comme il était trop tard, ce serait ses six petits-enfants qui en profiteraient. Méduse était entré en contact avec lui et lui avait fait des offres d'une grande générosité; poussé par l'amertume, il les avait acceptées avec empressement.

Pour se justifier, il se disait que sa décision n'était pas plus immorale que celle prise, chaque année, par des dizaines d'officiers du Pentagone qui quittaient Arlington pour rejoindre dans le secteur privé des amis de longue date: les fournisseurs de l'armée. Comme avait avoué, un jour, un colonel: « J'ai choisi de travailler maintenant et d'être payé plus tard. » Dieu sait si Steven DeSole avait travaillé d'arrache-pied pour son pays, mais sans jamais avoir été payé de retour. Il détestait pourtant le nom de Méduse qu'il ne prononçait jamais ou presque, car il évoquait pour lui une autre époque et des erreurs sinistres. Les grandes compagnies pétrolières et ferroviaires s'étaient édifiées grâce à l'avidité de magnats sans scrupule et la vénalité des autres, mais elles étaient devenues des entreprises respectables. Méduse avait pris naissance à Saigon, une ville ravagée par la guerre, capitale de la corruption dont elle n'avait peut-être été que le résultat. Mais cette Méduse-là n'existait plus, elle avait pris une douzaine de noms différents et se dissimulait derrière de nombreuses sociétés.

– Nous ne sommes pas purs, monsieur DeSole, lui avait expliqué celui qui l'avait recruté. Aucun conglomérat international sous contrôle américain ne peut l'être. Il est vrai que nous recherchons ce que d'aucuns qualifieraient d'avantage économique déloyal grâce à des renseignements confidentiels. Des secrets, si vous préférez. Comprenez bien que nous sommes obligés d'agir ainsi, car ce sont des pratiques auxquelles nos concurrents, aussi bien en Europe qu'en Extrême-Orient, ont régulièrement recours. La différence entre eux et nous, c'est qu'ils bénéficient du soutien de leur gouvernement et pas nous... Le commerce, monsieur DeSole, le commerce et le profit... Quoi de plus sain que la recherche du profit? Chez Chrysler, on n'aime peut-être pas Toyota, mais le président de la firme, le génial Lee Iacocca, n'a pas demandé pour autant qu'une attaque aérienne soit lancée contre Tokyo. Pas encore. Il cherche des solutions pour s'allier avec les Japonais.

DeSole continua à réfléchir tandis que la limousine s'arrêtait à quelques mètres de lui. Contrairement à son travail pour l'Agence, ce qu'il faisait pour l'« organisation », comme il préférait l'appeler, pouvait presque être considéré comme une œuvre de bienfaisance.

Son regard se fixa sur les deux hommes qui descendaient de la limousine et s'avançaient vers lui.

– A qui ressemble ce Webb? lui demanda quelques instants plus tard Albert Armbruster, président de la Commission du commerce fédéral.

– Je n'ai eu que la description du jardinier qui était caché derrière une clôture, à une bonne dizaine de mètres de lui.

– Que vous a-t-il dit? demanda le deuxième homme dont DeSole ignorait l'identité.

Petit et trapu, il avait des yeux noirs et pénétrants sous des sourcils fournis et des cheveux de jais.

– Soyez précis, ajouta-t-il sèchement.

– Attendez un peu, protesta l'analyste avec fermeté. Je suis précis dans tout ce que je dis et, qui que vous soyez, sachez que je n'aime pas votre ton.

– C'est parce qu'il est nerveux, riposta vivement Armbruster, comme si son associé était quantité négligeable. C'est un Rital de New York, et il ne fait confiance à personne.

– A qui faire confiance à New York? demanda l'inconnu avec un fort accent italien, en éclatant de rire et en donnant un coup de coude dans la bedaine d'Armbruster. Mais c'est bien vous les pires, vous, les Américains de souche... Vous avez les banques, amico!

— Souhaitons que cela continue comme ça et que la justice ne s'en mêle pas, dit le président de la Commission. Cette description, je vous prie, ajouta-t-il en plongeant les yeux dans ceux de DeSole.

— Elle est floue, mais il existe un lien ancien avec Méduse que je peux décrire avec précision...

— Allez-y, mon vieux, fit l'Italien.

— L'homme en question est fort... grand plutôt. Il a une cinquantaine d'années et...

— Les tempes grisonnantes? interrogea vivement Armbruster.

— Oui, oui. Je crois me souvenir que le jardinier a dit quelque chose de ce genre... grisonnant, ou bien des cheveux gris. C'est certainement pour cette raison qu'il lui a donné une cinquantaine d'années.

— C'est Simon, s'écria Armbruster en se tournant vers le New-Yorkais.

— Qui? demanda DeSole en s'immobilisant, aussitôt imité par les deux autres.

— Un homme qui se faisait appeler Simon et qui savait tout sur vous, poursuivit le parlementaire. Il était au courant de vos rapports avec Bruxelles et de l'ensemble de notre opération.

— Mais de quoi parlez-vous?

— Pour commencer, des fax que vous échangez sur une ligne privée avec ce cinglé qui est en poste à Bruxelles.

— Mais cette ligne est protégée, réservée à mon usage personnel! Personne ne peut y avoir accès!

— Quelqu'un a dû pourtant découvrir la clé, dit l'Italien, le visage fermé.

— Mais c'est terrible! Que faut-il faire?

— Mettez-vous d'accord avec Teagarten pour inventer une histoire, dit le mafioso, mais utilisez des cabines publiques. A vous deux, vous trouverez bien quelque chose.

— Vous êtes au courant... pour Bruxelles?

— Il y a très peu de chose que j'ignore.

— Quand je pense que ce fumier m'a fait croire qu'il était des nôtres et qu'il me tenait! s'écria Armbruster d'un ton furieux.

Il se remit à marcher rageusement le long du bord du parking et les deux autres lui emboîtèrent le pas après un instant d'hésitation.

— Il semblait être au courant de tout, reprit le président de la Commission du commerce fédéral, mais, en y repensant, je me rends compte qu'il s'est contenté d'avancer quelques faits... Des choses importantes, c'est vrai, comme Burton, Teagarten et vous, DeSole... Et moi, comme un con, je lui ai expliqué presque tout le reste! Merde de merde!

— Attendez un peu! s'écria l'analyste de la CIA en forçant encore une fois les autres à s'arrêter. Je ne comprends rien à tout cela... Je suis un stratège et je ne comprends rien! D'abord, que faisait David Webb – ou

Jason Bourne, si c'est bien le même homme – chez le général Swayne, l'autre soir?

– Mais qui est Jason Bourne! rugit Armbruster.

– C'est le lien avec la Méduse de Saigon dont je vous ai parlé. L'Agence lui a donné à cette époque le nom de Jason Bourne, le vrai Bourne étant déjà mort, et l'a envoyé en mission clandestine Quatre-Zéro... avec une cible à éliminer par tous les moyens, si vous préférez...

– C'est-à-dire un contrat.

– Oui, c'est bien de cela qu'il s'agit... Mais il y a eu un problème : notre homme a perdu la mémoire et toute l'opération est tombée à l'eau. Elle est tombée à l'eau, mais elle n'a pas sombré.

– Quelle histoire à dormir debout!

– Que pouvez-vous nous dire sur ce Webb, cc Bourne... ou encore ce Simon qui se fait appeler le Cobra? Ce type est une troupe de théâtre à lui tout seul!

– C'est ce qu'on lui a appris à faire. Il ne cessait de changer de nom, d'apparence, de personnalité. Il a été entraîné avant d'aller défier le tueur surnommé le Chacal qu'il avait pour mission de démasquer et d'éliminer.

– Le Chacal? demanda le *capo supremo* de la Cosa Nostra sans dissimuler son étonnement. Comme dans le film?

– Mais, non, idiot! Pas comme le film, ni le livre...

– Hé! Doucement, *amico*...

– Taisez-vous! Ilich Ramirez Sanchez, alias Carlos le Chacal, est un être de chair et de sang, un tueur professionnel que tous les gouvernements traquent depuis plus d'un quart de siècle. Il a été établi qu'il est l'auteur de plusieurs dizaines d'assassinats et d'aucuns pensent même qu'il est le véritable assassin de John Kennedy.

– Vous vous foutez de ma gueule!

– Je vous assure que je ne me fous de la gueule de personne. L'Agence a récemment été informée dans le plus grand secret et au plus haut niveau que Carlos avait enfin retrouvé la trace du seul homme en mesure de l'identifier. Cet homme s'appelle Jason Bourne, mais son vrai nom, j'en ai la conviction, est David Webb.

– Cette information est bien venue de quelqu'un? s'écria Albert Armbruster. De qui?

– Bien sûr... Mais tout va si vite, tout est si compliqué. C'est un ancien agent qui a transl'information. Il a une jambe estropiée et il s'appelle Conklin. Alexander Conklin. C'est un des deux meilleurs amis de Webb, ou de Bourne, comme vous préférez. L'autre est un psychiatre du nom de Morris Panov.

– Où peut-on les trouver? demanda le mafioso d'un ton sinistre.

– Vous ne pourrez ni les voir ni leur parler. L'Agence leur assure à tous deux une protection maximale.

– Je vous ai simplement demandé où on pouvait les trouver.

– Conklin habite dans une résidence à Vienna, une propriété de l'Agence où il est impossible de pénétrer. Quant à Panov, son appartement et son bureau sont sous surveillance permanente.

– Vous allez me donner ces adresses, n'est-ce pas?

– Bien sûr, mais je vous assure qu'ils ne vous parleront pas.

– Ce serait infiniment regrettable. Tout ce que nous cherchons, c'est un type qui a une dizaine de noms, qui pose des questions et propose son aide sans qu'on lui demande rien.

– Jamais ils ne parleront.

– J'arriverai peut-être à les convaincre.

– Mais pourquoi, bon Dieu! lança Armbruster. Pourquoi ce Webb, ou ce Bourne, était-il chez Swayne? poursuivit-il avec la même violence, mais en baissant instinctivement la voix.

– C'est une lacune que je n'arrive pas à combler, répondit DeSole.

– Qu'est-ce que ça veut dire?

– C'est l'expression employée à l'Agence signifiant qu'il n'y a pas de réponse.

– Pas étonnant que notre pays soit si bas.

– Ce n'est pas vrai...

– A votre tour de vous taire, ordonna le mafioso en sortant de sa poche un petit carnet et un stylo à bille. Écrivez l'adresse de votre espion en retraite et du psy juif. Et plus vite que ça!

– J'ai de la peine à voir ce que j'écris, se plaignit DeSole en orientant le carnet vers les néons de la station-service. Voilà. Le numéro de l'appartement n'est peut-être pas tout à fait exact, mais il n'en est pas très loin et vous trouverez le nom de Panov sur la boîte aux lettres. Mais je vous le répète, il refusera de vous parler.

– Eh bien, nous nous excuserons de l'avoir dérangé.

– Oui, c'est sans doute ce qu'il y aura de mieux à faire. Il paraît qu'il est extrêmement dévoué à ses patients...

– Nous devons partir, fit Armbruster en regardant le New-Yorkais qui rangeait posément le carnet et le stylo dans sa poche. Et surtout, restez calme, Steven, ajouta-t-il en s'efforçant de contenir sa colère. N'oubliez pas que nous avons la situation bien en main. Quand vous parlerez à Jimmy T., à Bruxelles, mettez au point une explication plausible. Si vous ne trouvez rien, ne vous inquiétez pas, nous nous en occuperons en haut lieu.

– Bien sûr, monsieur Armbruster. Mais, si je puis me permettre, j'aimerais encore vous poser une question. Je voudrais savoir si mon compte... à Berne, vous savez... Si je puis en disposer immédiatement...

– Bien sûr, Steven. Il suffit de vous présenter à la banque et d'écrire de votre propre main le numéro de votre compte. C'est votre signature, celle qui est enregistrée, vous vous rappelez?

– Oui, oui, bien sûr.

– Vous devez en être à plus de deux millions de dollars.

– Oui, merci... Je vous remercie, monsieur...

– Vous avez bien mérité cet argent, Steven. Bonne nuit.

Les deux hommes s'installèrent à l'arrière de la limousine, mais la tension n'était pas retombée. Armbruster se tourna vers le mafioso tandis que, derrière la vitre de séparation, le chauffeur mettait le contact.

– Où est l'autre voiture ? demanda-t-il.

L'Italien alluma la liseuse et regarda sa montre.

– En ce moment, elle est garée au bord de la route, à un kilomètre de la station-service. Elle filera le train à DeSole à son passage et restera derrière lui jusqu'au moment propice.

– Votre homme sait ce qu'il doit faire ?

– Ce n'est pas un débutant. Le projecteur qui a été monté sur la voiture est si puissant qu'on doit voir la lumière jusqu'à Miami. Il se portera à la hauteur de DeSole, allumera pleins feux et commencera à donner des coups de volant. Votre béni-oui-oui sera aveuglé, et adieu les deux millions de dollars. Quand je pense que nous ne vous demandons qu'un quart de cette somme pour ce boulot. C'est votre jour de chance, Albert.

Le président de la Commission fédérale du commerce se rencogna dans l'ombre et tourna la tête vers le paysage nocturne.

– Vous savez, fit-il à mi-voix, si on m'avait dit il y a vingt ans que je serais assis un jour dans une limousine à côté d'un homme comme vous, jamais je ne l'aurais cru.

– C'est ce que nous aimons bien chez vous, les gros bonnets. Vous nous regardez de haut, vous nous écrasez de votre mépris jusqu'à ce que vous ayez besoin de nous. Et puis, d'un seul coup, nous devenons « associés ». Détendez-vous, Albert, nous allons traiter définitivement un de vos problèmes. Rejoignez paisiblement vos amis de la Commission pour décider de l'honnêteté de nos grosses sociétés... Une décision toujours prise avec la plus grande objectivité, n'est-ce pas ?

– La ferme ! hurla Armbruster en tapant violemment du poing sur l'accoudoir. Ce Simon, ce Webb... Il faut que je sache d'où il vient ! Pourquoi s'intéresse-t-il à nous ? Que veut-il ?

– Cela a peut-être un rapport avec le Chacal.

– Non, ça ne tient pas debout ! Nous n'avons jamais été en contact avec le Chacal.

– Pour quoi faire ? demanda le mafioso avec un mince sourire. Nous sommes là, non ?

– C'est une association très occasionnelle et je vous conseille de ne pas l'oublier. Il faut absolument mettre la main sur ce Webb... Si c'est bien son vrai nom ! Avec ce qu'il savait déjà et tout ce que je lui ai bêtement révélé, cet homme est un danger !

– C'est vraiment un gros souci, hein ?

– Oui, acquiesça Armbruster en se tournant de nouveau vers la vitre, le poing droit serré, les doigts de sa main gauche pianotant rageusement sur l'accoudoir.

– Vous voulez négocier?

– Quoi? lança Armbruster en se retournant tout d'un bloc vers le Sicilien.

– Vous avez fort bien entendu, articula calmement le mafioso, mais je n'ai pas employé le mot qui convient et je m'en excuse. Je vais vous proposer un chiffre non négociable que vous pourrez soit accepter, soit refuser.

– Un... contrat? Sur Simon-Webb?

– Non, répondit le mafioso en secouant lentement la tête. Sur un certain Jason Bourne. Il est plus facile de se débarrasser de quelqu'un qui est déjà mort, n'est-ce pas? Comme nous venons de vous faire gagner un million et demi de dollars, le montant du contrat est fixé à cinq.

– Cinq millions?

– Le prix pour l'élimination de problèmes classés dans la catégorie gros soucis est très élevé. Pour éliminer un danger, c'est encore plus cher. Cinq millions, Albert... La moitié à l'acceptation, versée comme d'habitude dans les vingt-quatre heures.

– C'est exorbitant!

– Alors, refusez. Mais si vous changez d'avis, ce sera sept millions et demi. Si vous refusez encore et si vous changez de nouveau d'avis, cela doublera. Quinze millions.

– Mais nous n'avons même pas la garantie que vous serez en mesure de le trouver. Vous avez entendu DeSole : il a une classification Quatre-Zéro, ce qui veut dire qu'il est hors de toute atteinte.

– Oh! Nous le trouverons bien!

– Mais comment? Je ne vais pas vous verser deux millions et demi contre une vague promesse. Comment allez-vous faire?

Le sourire aux lèvres, le *capo supremo* plongea la main dans sa poche et en sortit le petit carnet sur lequel il avait demandé à DeSole d'écrire.

– Il n'y a pas de meilleure source qu'un ami intime, Alby. Demandez à tous les connards qui écrivent ces bouquins ne contenant que des ragots. Moi, j'ai deux adresses.

– Vous ne pourrez pas vous approcher d'eux.

– Allons, Alby. C'est fini le bon vieux temps de Chicago, d'Al Capone et de Frank Nitti qui tiraient pour un oui ou pour un non. Nous employons aujourd'hui des gens hautement qualifiés. Médecins, scientifiques, génies de l'informatique. Quand nous en aurons fini avec l'espion et le youpin, ils ne sauront même pas ce qui leur est arrivé. Mais nous tiendrons Jason Bourne, l'homme qui n'existe pas, puisqu'il est déjà mort.

Albert Armbruster inclina la tête et se retourna en silence vers la vitre de la limousine.

– Je vais fermer six mois, changer le nom de l'établissement et lancer une grande campagne de promotion avant la réouverture, dit John Saint-Jacques, debout devant la fenêtre tandis que le médecin s'occupait de son beau-frère.

– Il ne reste plus personne? demanda Bourne en grimaçant dans son fauteuil quand le praticien posa le dernier point de suture.

– Bien sûr que si! Sept couples de Canadiens, tous plus cinglés les uns que les autres, y compris mon vieux pote qui est en train de te recoudre en ce moment même. Tu ne me croiras pas, mais ils étaient prêts à former une sorte de brigade de vengeurs pour poursuivre les méchants...

– C'est une idée de Scotty, coupa le médecin d'une voix douce, sans lever les yeux. Moi, je ne suis pas partant. Trop vieux.

– Lui aussi, mais il n'en a pas conscience. Ensuite, ce bon vieux Scotty a eu l'idée de faire savoir qu'il offrirait une récompense de cent mille dollars à quiconque fournirait des renseignements susceptibles de... etc. J'ai réussi à grand-peine à le convaincre que moins on en dirait, mieux cela vaudrait.

– Il vaut mieux se taire, lança Bourne. C'est comme ça que cela doit se passer.

– Je te trouve un peu dur, David, fit Saint-Jacques en se méprenant sur le regard que *Bourne* tournait vers lui. Je suis désolé, mais tu es vraiment un peu dur. Nous essayons de détourner la curiosité des autorités locales avec une histoire douteuse sur une fuite massive de propane, mais il va de soi que la plupart des gens n'en croient pas le premier mot. Il est vrai que, pour le monde extérieur, un tremblement de terre chez nous ne mériterait pas plus de six lignes en dernière page des quotidiens, mais des rumeurs se répandent dans toutes les îles Sous-le-Vent.

– Tu as parlé de la curiosité des autorités locales, mais parle-moi du reste du monde. Y a-t-il eu des échos?

– Il y en aura, mais pas sur nous, pas sur Tranquillité. Sur Montserrat, oui, il y aura peut-être une colonne dans le *Times* et, qui sait, un entrefilet dans les quotidiens de New York et de Washington. Mais je ne pense pas que l'on parle de nous.

– Pourrais-tu être un peu plus clair?

– Plus tard.

– Dis ce que tu as à dire, John, fit le médecin. J'ai presque fini et je n'écoute pas. Et même si j'entendais, je crois que j'en ai gagné le droit.

– Je vais essayer d'être bref, promit Saint-Jacques en s'avançant vers le fauteuil. Tu avais raison pour le gouverneur, du moins je suis obligé de supposer que tu avais raison.

– Pourquoi?

– La nouvelle nous est parvenue pendant que tu commençais à te faire soigner. Le bateau du gouverneur a été retrouvé, fracassé sur de dangereux récifs, au large d'Antigua, à mi-chemin de laBarbade. Il n'y avait aucune trace de survivants. Selon la version de Plymouth, le naufrage serait dû à un de ces grains qui peuvent arriver très vite du sud de Nevis, mais c'est difficile à avaler. Pas le coup de vent, mais l'ensemble des circonstances.

— A savoir ?

— Les deux hommes d'équipage qui accompagnaient habituellement le gouverneur n'étaient pas avec lui. Il les a renvoyés au yacht-club en leur disant qu'il voulait partir seul en mer alors qu'il avait confié à Henry qu'il partait à la pêche au gros...

— Pour laquelle il avait besoin de son équipage, ajouta le médecin canadien. Excuse-moi, John...

— Tu as raison, répliqua le directeur de l'Auberge de la Tranquillité. On ne peut pas pêcher et tenir la barre en même temps. En tout cas, le gouverneur ne l'aurait jamais fait, lui qui refusait de quitter ses cartes des yeux une seule seconde.

— Mais il savait les lire ? demanda Jason. Ses cartes marines ?

— Ce n'était pas le capitaine Bligh qui s'orientait d'après la position des étoiles du Pacifique, mais il se débrouillait assez bien pour éviter les écueils.

— On lui avait enjoint de partir seul, fit Bourne. On lui avait fixé un rendez-vous avec un autre bateau dans des parages où il avait besoin de garder les yeux sur ses cartes.

Jason se rendit compte qu'il ne sentait plus le contact des doigts agiles du médecin sur son cou. Le bandage était en place et le médecin le regardait.

— Où en sommes-nous ? demanda-t-il en levant les yeux vers le Canadien, un sourire satisfait jouant sur ses lèvres.

— C'est terminé.

— Parfait... Eh bien, je pense que le mieux serait de nous retrouver un peu plus tard. Pour prendre un verre, d'accord ?

— Mais nous en arrivions juste au meilleur moment...

— Non, docteur, il n'y a pas de bon moment, vraiment, rien de bon, et je serais un patient particulièrement ingrat si je vous laissais, même involontairement, entendre certaines choses que vous n'avez pas à entendre.

— Vous parlez sérieusement, n'est-ce pas ? demanda le Canadien en affrontant le regard de Jason. Malgré tout ce qui s'est déjà passé, vous ne voulez pas que je sois impliqué dans cette affaire. Et ce n'est pas par goût du secret, une vieille recette utilisée par mes collègues les moins compétents, soit dit en passant. Non, vous faites vraiment cela pour ma sécurité.

— Oui, je suppose.

— Si j'en juge par ce que vous avez vécu, et je ne parle pas simplement des quelques heures qui viennent de s'écouler, mais de ce que m'apprennent les multiples cicatrices sur votre corps, je trouve extraordinaire que vous puissiez vous soucier de la sécurité de quelqu'un d'autre que vous. Vous êtes décidément un homme étrange, monsieur Webb. Il semble même parfois y avoir deux individus en vous.

– Non, je ne suis pas étrange, docteur, riposta Jason Bourne en fermant les yeux, l'espace d'un instant. Je ne veux pas être étrange, ni différent, ni quoi que ce soit de singulier. Je veux être un homme aussi normal, aussi ordinaire que n'importe qui. Je suis professeur et je ne désire être personne d'autre. Mais, dans les circonstances présentes, je suis obligé de faire les choses à ma manière.

– Ce qui signifie que je dois vous laisser, dans mon propre intérêt.

– Exactement.

– Et si, un jour, j'apprends toute la vérité, j'apprécierai le bien-fondé de vos méthodes?

– Je l'espère.

– Vous devez être un excellent professeur, monsieur Webb.

– Docteur Webb, rectifia John Saint-Jacques, comme si cette précision était essentielle. Mon beau-frère a le titre de docteur, comme ma sœur. Il parle couramment deux langues orientales et des universités comme Harvard, McGill et Yale essaient de l'enrôler depuis plusieurs années, mais il refuse obstinément...

– Vas-tu te taire? lança vivement Bourne, mais d'un ton bienveillant et en se retenant pour ne pas éclater de rire. Ce jeune homme qui a pourtant l'esprit d'entreprise se laisse encore impressionner par tout ce qui ressemble à un titre, comme s'il ignorait que, livré à moi-même, je serais bien incapable de payer plus de deux ou trois nuits dans une de ses villas.

– Qu'est-ce que vous me chantez là?

– J'ai dit «livré à moi-même».

– Je vous l'accorde.

– Il se trouve que ma femme est riche... Pardonnez-nous, docteur, c'est une vieille discussion de famille.

– Non seulement un bon professeur, poursuivit le Canadien en se dirigeant vers la porte, mais, sous une apparence bourrue, un être attachant. Pour ce verre dont vous m'avez parlé, ajouta-t-il avant de sortir, cela me ferait vraiment très plaisir.

– Merci, dit Jason. Merci pour tout.

Le médecin inclina la tête et sortit en refermant soigneusement la porte.

– C'est un bon ami, Johnny, assura Bourne en se tournant vers son beau-frère.

– C'est un type très froid, mais un excellent toubib. Je crois que je ne l'avais encore jamais vu être aussi chaleureux avec quelqu'un... Mais revenons à nos moutons. Tu imagines que le Chacal a demandé au gouverneur de le retrouver quelque part au large d'Antigua et qu'il lui a arraché les renseignements qu'il voulait avant de le tuer et de le jeter en pâture aux requins?

– Tout en poussant le bateau sur une barrière de récifs, acheva Jason. Peut-être même en ouvrant les gaz et en mettant le cap sur les récifs après avoir bloqué la barre. Un tragique accident en mer et un lien avec Carlos qui disparaît... C'est le plus important pour lui.

– Mais il y a quelque chose que j'ai du mal à comprendre, fit Saint-Jacques. Je n'ai pas regardé très précisément, mais la portion de récifs au nord de Falmouth, où a eu lieu l'accident, est surnommée les Dents du Diable, et ce n'est pas le genre d'endroit que l'on invite les touristes à visiter. Les charters se tiennent prudemment à l'écart et on est très discret sur le nombre de vies humaines et de bateaux qui y sont restés.

– Et alors?

– En supposant que le Chacal ait donné rendez-vous au gouverneur dans les parages des Dents du Diable, comment pouvait-il savoir que cet endroit était si dangereux?

– Tes deux commandos ne t'ont donc pas raconté?

– Raconté quoi? Je leur ai dit d'aller voir Henry pour lui faire un rapport détaillé pendant que nous nous occupions de toi. Nous n'avions pas le temps de nous lancer dans des palabres, et je pensais qu'il n'y avait pas un instant à perdre.

– Henry doit donc être au courant maintenant et cela a dû lui faire un choc. Il vient de perdre coup sur coup deux de ses bateaux, dont un seul lui sera remboursé. Mais le pire, c'est qu'il ignore encore le rôle joué par son chef, le gouverneur, l'honorable représentant de la Couronne, le valet du Chacal qui a ridiculisé le Foreign Office en faisant passer un petit truand décati pour un vénérable héros de la Résistance. Tu peux être sûr que le téléphone va fonctionner toute la nuit entre Whitehall et la Résidence du gouverneur.

– Pourquoi parles-tu de deux bateaux? Et qu'est-ce que mes gardes sont censés avoir dit à Henry?

– Tu m'as bien demandé tout à l'heure comment le Chacal pouvait connaître l'emplacement de ces récifs surnommés les Dents du Diable?

– Mon cher docteur Webb, je me souviens parfaitement de ma question. Et je répète: comment pouvait-il être au courant?

– Parce qu'il avait à Montserrat un troisième homme à sa solde, et c'est ce que tes gardes ont dit à Henry. Il s'agit du salopard blond qui dirige les patrouilles chargées de la répression du trafic de la drogue.

– Lui? Rickman? L'homme qui se prend pour une bande du Ku Klux Klan à lui tout seul, l'homme qui terrorise ceux qui n'osent pas lui résister! Jamais Henry ne voudra le croire!

– Pourquoi pas? Tu viens de donner la description du parfait disciple de Carlos.

– Oui, je suppose, mais cela semble tellement invraisemblable! Ce type est un vrai bigot. Un service religieux le matin, avant le boulot, pour demander à Dieu de l'aider dans sa lutte contre le démon, pas d'alcool, pas de femmes...

– Un nouveau Savonarole?

– D'après les vagues souvenirs d'histoire qui me restent, c'est bien ce genre d'homme.

– Une recrue de choix pour le Chacal. Et Henry sera bien obligé de le croire quand il verra que la vedette ne revient pas à Plymouth et quand les corps des hommes d'équipage seront rejetés sur la côte.

– C'est comme cela que Carlos a pris la fuite?

– Oui, acquiesça Bourne. Assieds-toi, Johnny, ajouta-t-il en montrant le canapé qui se trouvait derrière une table basse. Il faut que nous parlions.

– Mais que sommes-nous en train de faire?

– Pas de ce qui s'est passé, mais de ce qui va se passer.

– Et que va-t-il se passer? demanda Saint-Jacques en se laissant tomber sur le canapé.

– Je vais partir.

– Non! s'écria son beau-frère en se dressant d'un bond, comme s'il avait reçu une décharge électrique. Tu ne peux pas faire ça!

– Il le faut. Carlos connaît notre identité, il sait où nous vivons. Il sait tout de nous.

– Et où veux-tu aller?

– A Paris.

– Non, il n'en est pas question! Tu ne peux pas faire ça à Marie! Ni aux enfants! Je ne te laisserai pas partir!

– Tu ne peux pas m'en empêcher.

– Pour l'amour du ciel, David, écoute-moi! Si Washington n'est pas à la hauteur ou s'en fout, ce ne sera pas la même chose avec Ottawa. Ma sœur a travaillé pour le gouvernement et ce n'est pas leur genre de laisser tomber ceux qui ont travaillé pour lui, sous prétexte que cela les dérange ou leur coûte trop cher. Je connais des gens, Scotty, le toubib et d'autres... Il suffit qu'ils disent quelques mots et vous serez enfermés dans une forteresse, à Calgary. Personne ne pourra toucher un seul de vos cheveux!

– Crois-tu que mon gouvernement ne soit pas prêt à faire la même chose? Il faut que tu saches, Johnny, que certaines personnes à Washington ont accepté de mettre leur vie en jeu pour sauver la nôtre. D'une manière totalement désintéressée, sans attendre la moindre récompense. Si je choisissais de m'installer dans une maison sûre, dont personne ne pourrait s'approcher, on me donnerait certainement une propriété en Virginie, avec chevaux, domestiques et une escouade de soldats armés jusqu'aux dents qui assurerait notre protection vingt-quatre heures sur vingt-quatre.

– Alors, voilà la réponse! Accepte!

– Pour quoi faire, Johnny? Pour vivre dans une prison dorée? Les gamins n'auraient pas le droit de rendre visite à leurs petits copains, des gardes du corps les accompagneraient partout, même à l'école. Ils n'auraient pas de soirées chez des camarades de classe, pas de batailles de polochons, pas de voisins... Et nous nous regarderions dans les yeux, Marie et moi, en tournant de temps en temps la tête pour suivre le faisceau d'un projecteur, en écoutant le bruit des pas des gardes, une toux ou un éternuement derrière les fenêtres, le claquement de la culasse d'un fusil à cause d'un lapin trop curieux. Ce serait une existence de reclus que ni ta sœur ni moi ne pourrions supporter.

— De la manière dont tu la décris, moi non plus. Mais pourquoi crois-tu que la solution est à Paris?

— Je peux le trouver. Je peux mettre la main sur lui.

— Il aura toute une armée à son service...

— Et moi, j'aurai Jason Bourne, répliqua David Webb.

— Tu ne me feras pas avaler ce genre de connerie!

— Moi non plus, mais cela semble marcher... Je te demande de payer la dette que tu as envers moi, Johnny. Je te demande de me couvrir. Dis à Marie que tout va bien, que je ne suis pas blessé et que j'ai une piste menant au Chacal grâce au vieux Fontaine... D'ailleurs c'est la vérité. Il y a à Argenteuil un café à l'enseigne du Cœur du Soldat. Dis-lui que je mets Alex Conklin sur le coup et que j'utiliserai toute l'aide que Washington pourra me fournir sur place.

— Mais ce n'est pas vrai?

— Non. Le Chacal l'apprendrait; il a des yeux et des oreilles au Quai d'Orsay. La seule solution, c'est de travailler en solo.

— Et tu ne crois pas qu'elle sera capable de le comprendre?

— Elle aura des soupçons, mais elle ne pourra pas être sûre. Je demanderai à Alex de l'appeler pour lui confirmer qu'il travaille avec tous nos clandestins de Paris. Mais c'est à toi qu'il reviendra de lui annoncer tout cela.

— Pourquoi lui mentir?

— C'est une question que tu ne devrais pas poser, Johnny. Je lui en ai fait assez subir comme cela.

— D'accord, je le lui dirai, mais elle ne me croira pas. Il ne lui sera pas difficile de lire jusqu'au fond de ma pensée, comme elle l'a toujours fait. Je me souviens des grands yeux noisette qu'elle plongeait dans les miens quand j'étais petit. Ils étaient furieux la plupart du temps, mais pas comme ceux de mes frères, pas... Je ne sais pas comment dire... Il n'y avait pas ce dégoût envers le gamin qui avait encore fait une bêtise. Tu comprends?

— C'est l'affection d'une sœur. Elle a toujours eu beaucoup d'affection pour toi, même quand tu faisais des conneries.

— C'est vrai, elle est chouette, ma sœur.

— Un peu plus que ça! Appelle-la dans deux heures et fais-les revenir ici. C'est l'endroit le plus sûr qu'ils puissent trouver.

— Et toi? Comment vas-tu aller à Paris. Les vols au départ d'Antigua et de la Martinique sont très irréguliers et parfois, tout est réservé plusieurs jours à l'avance.

– De toute façon, je ne peux pas prendre un vol commercial. Je serai obligé de faire le voyage clandestinement, sous un nom d'emprunt. Il va falloir qu'un homme à Washington trouve une solution.

Alexander Conklin sortit en claudiquant de la petite cuisine de l'appartement de Vienna, le visage et les cheveux trempés. Avant, au bon vieux temps, chaque fois qu'il sentait qu'il ne parvenait plus à maîtriser une situation, il quittait son bureau, quel que fût l'endroit de la planète où il se trouvait, et il sacrifiait à un rituel immuable. Il se mettait en quête du meilleur restaurant du quartier et commandait deux martinis et un énorme steak saignant accompagné de pommes de terre rissolées et bien grasses. La combinaison de la solitude, de l'alcool en quantité raisonnable, de l'épaisse tranche de bœuf et des patates baignant dans l'huile avait sur lui un effet si apaisant que tous les soucis et les problèmes d'une journée agitée semblaient se résoudre d'eux-mêmes et que son esprit se mettait sereinement au travail. Quand il regagnait son bureau, que ce fût un appartement londonien à Belgravia Square ou l'arrière-salle d'un bordel à Katmandou, il avait en tête plusieurs solutions. C'est ainsi qu'il avait gagné le sobriquet de saint Alex. Quand il avait fait part à Mo Panov de cet étrange phénomène gastronomique, le psychiatre lui avait répliqué succinctement : « Si ce n'est pas votre cerveau dérangé qui vous tue, ce sera votre estomac. »

Par la suite, l'interdiction de l'alcool et certains ennuis de santé tels un taux de cholestérol trop élevé et un excès de triglycérides – de petites saletés dont il ignorait la nature exacte – l'avaient obligé à trouver une autre solution. C'est par le plus grand des hasards qu'il l'avait découverte. Un matin, pendant les auditions de la Commission d'enquête sur les livraisons d'armes à l'Iran, le meilleur programme comique qu'il eût vu depuis longtemps à la télévision, son récepteur implosa. Furieux, il se rabattit sur le transistor qu'il n'avait pas utilisé depuis plusieurs mois, voire plusieurs années, puisque son téléviseur avait une radio incorporée, mais qui était devenue, elle aussi, inutilisable. Les piles du poste portatif étaient mortes. En traînant la patte, il s'était rendu dans la cuisine et avait téléphoné à son réparateur, un homme à qui il avait rendu quelques services, sachant qu'il volerait à son secours. Mais cet appel ne lui valut qu'une violente diatribe de l'épouse du réparateur qui lui apprit que « ce fumier qui ne pensait qu'à tringler ses clientes avait foutu le camp avec une salope de négresse en rut et bourrée de fric ». (Une diplomate zaïroise, comme Alex le découvrit plus tard dans les journaux de Puerta Vallarta.) Au bord de l'apoplexie, Conklin s'était rué vers l'évier de la cuisine, là où se trouvait sa boîte de pillules contre l'hypertension, et il avait fait couler l'eau froide. Mais le robinet s'était brisé et une superbe gerbe d'eau lui avait inondé toute la tête. *Caramba!* Alex s'était senti instantanément calmé et il lui était revenu à l'esprit que la chaîne Cable Network devait rediffuser l'intégralité de la séance dans la soirée. Soulagé, détendu, Conklin avait téléphoné au plombier et il était sorti s'acheter un nouveau téléviseur.

Depuis lors, chaque fois qu'il sentait monter en lui une colère trop forte ou qu'il était trop préoccupé par la situation du monde – le monde dans lequel il évoluait – il plaçait sa tête sous le robinet d'eau froide de l'évier. C'est ce qu'il avait fait ce matin-là, un matin pourri, un matin haïssable.

D'abord, DeSole! Tué dans un accident, sur une route de campagne déserte du Maryland, à 4 h 30 du matin. Que pouvait bien foutre Steven DeSole, un homme sur le permis de conduire duquel il était écrit en toutes lettres qu'il était atteint d'héméralopie, sur une route des environs d'Annapolis, à 4 h 30 du matin? Là-dessus, Charlie Casset, un Casset dans tous ses états, l'avait appelé à 6 heures en gueulant qu'il allait cuisiner le commandant suprême de l'OTAN et exiger une explication à propos de la ligne privée de fax entre le général Teagarten et le chef du service des rapports clandestins de la CIA qui n'avait pas été victime d'un accident, mais d'un meurtre! En outre, avait poursuivi Casset sur le même ton, un agent à la retraite du nom de Conklin avait foutrement intérêt à déballer ce qu'il savait sur DeSole, Bruxelles et tout ce qui s'y rattachait, faute de quoi, les promesses faites à ce même Conklin et à son mystérieux ami, Bourne, deviendraient caduques. A midi, dernier délai! Et enfin, Ivan Jax! Le brillant médecin jamaïquain avait appelé à son tour pour dire qu'il voulait remettre le corps de Norman Swayne là où il l'avait trouvé, car il ne tenait pas à être compromis dans une nouvelle bavure de l'Agence. Mais ce n'est pas une affaire dépendant de l'Agence, avait crié intérieurement Alex, incapable d'expliquer à Ivan Jax la véritable raison pour laquelle il avait fait appel à lui. Le Jamaïquain ne pouvait pas se contenter de ramener le corps de Swayne à Manassas, car la police avait mis les scellés sur la propriété du général après avoir reçu des instructions fédérales, instructions transmises par un ex-agent de la CIA qui avait utilisé les codes appropriés, auxquels il n'aurait jamais dû avoir accès.

– Mais que vais-je faire de ce cadavre? avait hurlé Ivan Jax.

– Gardez-le au frais quelque temps. C'est ce que Cactus vous aurait conseillé.

– Cactus? J'ai passé toute la nuit avec lui, à l'hôpital. Il va s'en sortir, mais il ne comprend pas plus que moi ce qui se passe!

– Nous autres, agents des services secrets, ne pouvons pas toujours tout expliquer, assura Conklin en grimaçant tellement que ses propres paroles lui parurent ridicules. Je vous rappellerai.

Puis il était parti dans la cuisine pour se passer la tête sous l'eau froide. Que pouvait-il lui arriver de plus? Et naturellement, à ce moment précis, le téléphone avait sonné.

268

– Palais des gourmandises, annonça Conklin en collant le combiné contre son oreille.

– Il faut que tu te débrouilles pour me faire partir d'ici! lança Jason Bourne d'une voix dure. Je dois aller à Paris!

– Que s'est-il passé?

– Il a réussi à s'échapper, voilà ce qui s'est passé! Et il faut que j'aille à Paris sous une fausse identité. Pas d'immigration, pas de douane! Il a des espions partout et je ne veux pas lui donner la possibilité de me repérer... Alex, tu m'écoutes?

– DeSole s'est fait tuer cette nuit. Un assassinat maquillé en accident, à 4 heures du matin. Méduse se rapproche.

– Je me fous de Méduse! Pour moi, c'est le passé! Nous nous sommes engagés sur une mauvaise piste. Je veux le Chacal et je sais où il faut aller le chercher. Je peux le trouver et en finir avec lui!

– Et tu me laisses avec Méduse?

– Tu m'as dit que tu voulais transmettre le dossier à un niveau plus élevé et que tu m'accordais quarante-huit heures. Fais avancer ta pendule! Les quarante-huit heures sont écoulées; tu peux transmettre le dossier, mais débrouille-toi pour me faire aller à Paris!

– Ils voudront te poser des questions.

– Qui?

– Peter Holland, Casset, d'autres peut-être... Le procureur général et – pourquoi pas? – le Président en personne.

– Des questions sur quoi?

– Tu t'es longuement entretenu avec Armbruster, avec la femme de Swayne et le sergent Flannagan. Pas moi. J'ai simplement utilisé quelques mots de code qui ont déclenché certaines réactions de la part d'Armbruster et d'Atkinson, notre ambassadeur à Londres. C'est toi qui tiens les renseignements de première main, pas moi. Ils voudront te parler.

– Et, pendant ce temps, nous mettrons le Chacal au réfrigérateur?

– Juste un ou deux jours, pas plus.

– Pas question! Parce que ça ne se passe jamais comme cela, et tu le sais bien! Je suis leur unique témoin direct; chacun me cuisinera à tour de rôle et, si je refuse de coopérer, on me jettera derrière les barreaux. Très peu pour moi, Alex! J'ai une seule priorité et c'est à Paris que je dois aller!

– Écoute-moi, insista Conklin. Il y a certaines choses sur lesquelles je peux agir et d'autres non. Quand nous avons eu besoin de Charlie Casset, il nous a aidés, mais ce n'est pas un homme avec qui l'on peut tricher, et je ne veux pas le faire. Il sait que la mort de DeSole n'est pas accidentelle – quand on a une aussi mauvaise vision nocturne, on ne prend pas sa voiture pour rouler cinq heures en pleine nuit – et il sait également que nous en connaissons beaucoup plus long sur DeSole et Bruxelles que le peu que nous lui avons révélé. Si nous voulons l'aide de l'Agence, et nous en aurons besoin pour te faire voyager à bord d'un appareil militaire ou avec un passeport diplomatique, sans parler de ce qu'il te faudra lorsque tu seras en France, nous ne pouvons pas traiter Casset par-dessous la jambe. Il nous tirerait dans les pattes et je ne pourrais pas lui donner tort.

Bourne garda le silence pendant quelques instants et Alex n'entendit plus que le bruit de sa respiration.

— Très bien, s'exclama-t-il, je vois où nous en sommes! Dis à Casset que, s'il nous fournit ce dont nous avons besoin maintenant, nous lui donnerons – non, *je* lui donnerai ; il vaut mieux que tu ne te mouilles pas – assez d'informations pour permettre au ministère de la Justice de pêcher quelques très gros poissons, en espérant que la Femme-Serpent ne s'y soit pas déjà installée... Tu peux ajouter que je lui révélerai aussi l'emplacement d'un cimetière qui doit renfermer des secrets passionnants.

Ce fut au tour de Conklin de garder le silence pendant un moment.

— Compte tenu de la nature de tes projets actuels, peut-être ne se contentera-t-il pas de cela.

— Ah, bon? Je vois... Si jamais je devais perdre. Très bien, tu peux lui dire que, dès mon arrivée à Paris, j'engagerai une sténo et que je dicterai tout ce que je sais et que j'ai appris. Je t'enverrai ce texte et je fais confiance à saint Alex pour le transmettre... Peut-être une ou deux pages à la fois, pour qu'ils demeurent coopératifs.

— Ça , c'est mon affaire. Parlons plutôt de Paris... Si mes souvenirs sont bons, Montserrat n'est pas très loin de la Dominique et de la Martinique, n'est-ce pas?

— Moins d'une heure de trajet, et Johnny connaît tous les pilotes.

— Nous allons choisir la Martinique, puisqu'elle est française. Je connais des gens à Paris. Quand tu seras arrivé, appelle-moi de l'aéroport. J'aurai pris les dispositions nécessaires.

— D'accord. Encore une chose, Alex. Marie sera de retour à Tranquillité dans l'après-midi, avec les enfants. Peux-tu l'appeler pour lui dire que je serai couvert à Paris par tous vos agents.

— Tu es un ignoble menteur!

— Fais ça pour moi, Alex!

— Bien sûr que je le ferai. A propos, je dois dîner ce soir chez Mo Panov, si je suis encore en vie. C'est un épouvantable cuisinier, mais il se prend pour un cordon-bleu. Je vais le mettre au parfum, sinon il deviendra fou.

— Bien sûr. Sans lui, nous serions tous les deux dans une cellule capitonnée, en train de mâchonner une lanière de cuir.

— J'attends que tu me rappelles. Bonne chance.

Le lendemain matin, à 10 h 25, heure de Washington, le Dr Morris Panov, accompagné par son garde du corps, sortit de l'hôpital Walter

270

Reed à la fin d'une séance avec un ancien lieutenant traumatisé par un exercice qui, deux mois auparavant, en Géorgie, avait coûté la vie à une vingtaine de recrues sous son commandement. Mo ne pouvait pas faire grand-chose pour lui. L'ex-officier était coupable d'avoir trop demandé à ses hommes et il lui faudrait vivre avec ses remords. Le fait qu'il fût issu de la haute bourgeoisie noire et diplômé de West Point était encore plus accablant. Les vingt jeunes victimes étaient elles aussi noires pour la plupart et venaient toutes d'un milieu très modeste.

Panov était en train de réfléchir aux rares options offertes à son patient quand son regard se porta sur son garde du corps.

— Vous êtes un nouveau, vous? s'étonna-t-il. Je croyais tous vous connaître.

— Oui, monsieur. On nous change souvent d'affectation. Cela nous oblige à rester vigilants.

— Rien de pire que la routine pour endormir la vigilance...

Le psychiatre traversa la rue pour se diriger vers l'endroit où sa voiture blindée l'attendait. Mais c'était un autre véhicule.

— Ce n'est pas ma voiture, s'exclama-t-il, l'air ahuri.

— Montez! ordonna le garde du corps en lui ouvrant obligeamment la portière.

— Attendez!...

Deux mains attirèrent Panov vers l'intérieur et il se retrouva sur le siège arrière, à côté d'un homme en uniforme, tandis que le garde montait à son tour pour le prendre en sandwich. Les deux hommes maintinrent le psychiatre, celui qui attendait dans la voiture releva la manche de la veste et celle de sa chemisette, et planta une seringue hypodermique dans le bras du praticien.

— Faites de beaux rêves, docteur, susurra le militaire qui portait l'insigne du Corps médical au revers de sa veste. Appelez New York, ajouta-t-il en s'adressant au chauffeur.

19

Le 747 d'Air France en provenance de Fort-de-France survolait l'aéroport d'Orly dans la brume vespérale. L'avion avait cinq heures et vingt-deux minutes de retard, en raison des conditions atmosphériques exécrables qui régnaient aux Antilles. Quand le pilote commença l'approche, le navigateur demanda confirmation de l'autorisation d'atterrir à la tour de contrôle.

Le passager assis sur le siège d'angle, à l'arrière gauche de la cabine de première classe, sommeillait. Le siège voisin était inoccupé. Impatient, agacé, incapable de dormir réellement malgré sa fatigue à cause du bandage qui lui enserrait le cou, Bourne avait eu tout le loisir de réfléchir aux événements des vingt dernières heures. Les choses ne s'étaient pas passées aussi aisément que Conklin l'espérait, loin de là. Les autorités françaises s'étaient fait tirer l'oreille pendant plus de six heures et le téléphone avait fonctionné sans relâche entre Washington, Paris et enfin Vienna. La pierre d'achoppement tenait à l'incapacité de la CIA à expliquer clairement que l'opération clandestine concernait un certain Jason Bourne, nom que seul Alexander Conklin était en mesure de révéler, ce qu'il refusait de faire, car il savait que les espions du Chacal se trouvaient partout à Paris, peut-être même jusque dans les cuisines de la Tour d'Argent. Finalement, en désespoir de cause et parce qu'il était l'heure du déjeuner en France, Alex, au mépris de toute précaution, donna plusieurs coups de fil dans différents restaurants de la Rive gauche et finit par dénicher une vieille connaissance de la DST dans un bistrot de la rue de Vaugirard.

– Te souviens-tu du tinamou et d'un Américain encore assez jeune à l'époque, qui t'avait rendu un fier service?

– Ah! Le tinamou! Cet oiseau aux ailes très courtes et aux griffes redoutables! C'était le bon temps! Et si l'Américain dont nous parlons était à l'époque considéré comme un saint, jamais je ne l'oublierai.

– Ne l'oublie pas. J'ai besoin de toi.

– C'est toi, Alexandre?

– C'est moi et j'ai un problème.

– Tu peux condidérer qu'il est résolu.

De fait, le problème fut résolu, mais il n'en alla pas de même des conditions atmosphériques. La tempête, qui avait fait rage sur les îles Sous-le-Vent deux nuits plus tôt, n'était qu'un prélude à des pluies torrentielles et à de violentes bourrasques venues des Grenadines. C'était le début de la saison des pluies aux Antilles et ces conditions atmosphériques épouvantables, même si elles n'avaient rien d'anormal, faisaient perdre du temps. Au moment précis où l'autorisation de décollage allait enfin être donnée, on découvrit un mauvais fonctionnement de l'un des quatre réacteurs. Personne ne protesta pendant le temps nécessaire pour découvrir la panne et effectuer la réparation, mais trois bonnes heures s'étaient écoulées.

A part les questions qu'il tournait et retournait dans sa tête, le voyage fut très calme pour Bourne. Malgré les remords qui le tenaillaient, il put réfléchir à son aise à ce qui l'attendait : Paris, Argenteuil, un café au nom étrange, le Cœur du Soldat. Le sentiment de culpabilité fut particulièrement aigu pendant le bref trajet de Montserrat à la Martinique, quand il survola la Guadeloupe et Basse-Terre. A quelques milliers de pieds sous l'appareil se trouvaient Marie et les enfants qui s'apprêtaient à regagner l'île de la Tranquillité pour y rejoindre un mari et un père qui ne serait plus là à leur arrivée. Alison était trop petite pour comprendre, mais pas Jamie. Ses grands yeux s'agrandiraient et son visage s'assombrirait pendant qu'on lui ferait miroiter les joies futiles de la pêche et de la baignade. Quant à Marie... Penser à elle était au-dessus de ses forces.

Elle allait croire qu'il l'avait trahie, qu'il s'était enfui pour défier sur ses terres un ennemi d'un passé lointain, d'une vie qui n'avait plus rien à voir avec *leur* vie. Elle partageait l'opinion du vieux Fontaine qui avait essayé de le persuader d'emmener sa famille aussi loin que possible du Chacal, mais ils ne pouvaient comprendre, ni l'un ni l'autre. Même si Carlos était condamné, les derniers mots qu'il prononcerait sur son lit de mort seraient pour exiger que Jason Bourne ne lui survive pas. *Je t'assure que j'ai raison, Marie! Essaie de me comprendre. Il faut impérativement que je le trouve! Il faut que je le tue! Nous ne pourrons pas vivre en reclus jusqu'à la fin de nos jours!*

– Monsieur Simon? demanda un homme corpulent, vêtu avec élégance, qui portait une courte barbiche blanche.

– C'est moi, répondit Bourne en serrant la main que lui tendait le Français dans un étroit couloir désert de l'aéroport d'Orly.

– Je m'appelle Bernardin, François Bernardin, et je suis un vieux collègue de notre ami, saint Alexandre.

273

— Alex m'a parlé de vous, dit Jason avec un sourire hésitant. Il ne m'a pas donné votre nom, bien entendu, mais il m'a dit que vous pourriez mentionner sa sainteté. C'est comme cela que je devais savoir que vous étiez son... collègue.

— Comment va-t-il?... Nous avons entendu certaines rumeurs, poursuivit Bernardin avec un petit haussement d'épaules. Des ragots, vous savez ce que c'est. Une blessure au Viêt-nam, l'alcool, la retraite anticipée, le déshonneur, un retour triomphal à l'Agence... Tant de nouvelles contradictoires.

— Véridiques pour la plupart, et il n'a pas peur de le reconnaître. Il est infirme maintenant, mais il ne boit plus et il s'est véritablement conduit en héros. Vous pouvez me croire.

— Je vois. Il y a eu d'autres rumeurs, si difficiles à croire... Des histoires à dormir debout qui ont filtré de Pékin et de Hong-kong, des histoires ayant trait à un certain Jason Bourne.

— J'en ai entendu parler.

— Oui, bien sûr... Mais parlons plutôt de Paris. Alex m'a dit qu'il faudrait vous trouver un logement et des vêtements de coupe française, achetés sur place.

— Une garde-robe modeste, mais variée, précisa Jason en hochant la tête. Je sais où aller, ce qu'il faut acheter et j'ai de l'argent.

— Occupons-nous donc de vous trouver une chambre. Avez-vous une préférence pour un hôtel? La Trémoille? George-V? Plaza Athénée?

— Plus petit. Beaucoup plus petit et beaucoup moins cher.

— C'est une question d'argent?

— Pas du tout. Simplement pour les apparences... Écoutez, je connais bien Paris et je trouverai un hôtel moi-même. Mais j'aurai besoin d'une voiture, avec une carte grise établie à un autre nom que le mien, de préférence un nom auquel il sera impossible de remonter.

— Vous voulez dire le nom d'un mort. Tout est arrangé; la voiture vous attend dans le parking souterrain du boulevard des Capucines.

Bernardin fouilla dans sa poche et en sortit un porte-clés qu'il tendit à Jason.

— Une Peugeot 305 assez récente, mais pas trop, comme il y en a des milliers à Paris. Le numéro d'immatriculation est à l'intérieur de l'étui.

— Alex vous a dit qu'il me fallait le secret le plus absolu?

— Il n'en a pas eu besoin. Je suppose que lorsqu'il était à Paris, il passait son temps à chercher dans les cimetières des noms qu'il pourrait utiliser.

— C'est probablement lui qui m'a appris à le faire.

— Nous avons tous appris des choses grâce à cet homme extraordinaire, le meilleur de notre profession, mais, en même temps, tellement modeste, tellement... Je ne sais comment dire.

— Oui, acquiesça Bourne en souriant, c'est tout à fait cela.

— Il faut que je vous en raconte une bien bonne, poursuivit Bernardin avec un petit rire. Un jour, il a choisi un nom qu'il a avoué avoir trouvé sur une pierre tombale et qui a rendu fous tous les gens de la Sûreté. C'était le nom d'emprunt d'un assassin que tous les services de police traquaient depuis plusieurs mois!

— Je dois reconnaître que c'est très drôle, fit Bourne en souriant.

— N'est-ce pas? Il m'a raconté plus tard qu'il l'avait trouvé dans un cimetière, à la périphérie de Rambouillet.

Rambouillet! C'était le cimetière où Alex avait essayé de le tuer, treize ans plus tôt! Le sourire de Jason Bourne s'effaça instantanément.

— Vous savez qui je suis, n'est-ce pas? demanda-t-il doucement à l'ami d'Alex.

— Oui, répondit Bernardin. Il ne m'a pas été très difficile de comprendre, avec toutes les rumeurs en provenance d'Extrême-Orient. Et puis, c'est à Paris que vous avez laissé votre empreinte, monsieur Bourne.

— Quelqu'un d'autre est-il au courant?

— Mon Dieu, non! Et il n'y aura personne. Il faut que je précise que je dois la vie à saint Alex, le prince discret des opérations noires. Vous comprenez l'expression?

— Oui, je parle couramment le français. Alex ne vous l'a pas dit?

— Je vois que vous vous méfiez de moi, marmonna Bernardin en haussant ses sourcils gris. Sachez, jeune homme – vous me permettrez de vous appeler ainsi, moi qui vais bientôt fêter mon soixante-dixième anniversaire – que si j'essaie de vous apporter quelques précisions dans cette langue qui n'est pas la vôtre, c'est uniquement pour vous rendre service.

— D'accord. Excusez-moi.

— Très bien. Notre ami Alex a quelques années de moins que moi, mais je me demande comment il s'en sort. Je parle de l'âge, bien entendu.

— Comme vous. Plutôt mal.

— Il y a un poète anglais... gallois, pour être précis, qui a écrit : « Ne vous engagez pas trop mollement dans cette douce nuit. » Vous vous souvenez de cela?

— Oui. Il s'appelait Dylan Thomas et il est mort avant d'avoir quarante ans. Ce qu'il voulait dire, c'est qu'il faut se battre comme un chien, ne jamais baisser les bras.

— C'est bien ce que j'ai l'intention de faire.

Bernardin plongea de nouveau la main dans sa poche et en sortit une carte de visite.

— Voici le numéro de mon bureau... En fait, je n'ai plus qu'un statut de consultant. Vous trouverez au dos mon numéro personnel. C'est un téléphone spécial, unique même. Appelez-moi et je vous fournirai tout ce dont vous avez besoin. N'oubliez pas que je suis votre seul ami à Paris. Personne d'autre ne sait que vous êtes ici.

– Puis-je vous poser une question?

– Mais certainement.

– Comment pouvez-vous faire tout ce que vous faites pour moi alors que vous êtes pratiquement sur la touche?

– Ah! dit l'ancien agent des services secrets. Je fais comme Alex, voyez-vous, tout est dans ma tête. Je connais les secrets. Comment voudriez-vous que je fasse autrement?

– On pourrait vous faire disparaître de la circulation, vous neutraliser... Vous pourriez avoir un accident.

– C'est stupide, jeune homme! Nous répandons le bruit que tous les secrets que nous détenons sont couchés sur le papier, dans un endroit sûr, et que tout serait déballé sur la place publique si jamais un tel accident devait se produire... Il va de soi que c'est ridicule, car tout ce que nous savons pourrait facilement être démenti et taxé de radotages de vieillards séniles, mais *ils* l'ignorent. La peur, monsieur. C'est l'arme la plus redoutable dans notre profession. Il y en a une autre qui consiste à mettre l'adversaire dans l'embarras, mais elle est en général réservée au KGB et à votre FBI qui, tous deux, redoutent beaucoup plus une situation embarrassante que les ennemis de leur nation.

– J'ai l'impression d'entendre parler Alex.

– Mais, bien sûr. Nous n'avons pas de famille ni l'un ni l'autre, rien que des maîtresses de passage pour réchauffer notre lit et une tribu de neveux et de nièces qui envahissent notre appartement pendant certaines vacances scolaires; pas d'amis intimes, seulement, de loin en loin, un vieil ennemi que nous avons appris à respecter, mais qui, malgré les trêves que nous concluons, serait tout à fait capable de verser du poison dans notre verre ou de nous tirer une balle entre les deux yeux. Nous *devons* vivre seuls, vous comprenez, parce que nous sommes des professionnels. Nous n'avons rien à faire dans ce monde normal que nous n'utilisons que comme une couverture et dont nous ne parcourons furtivement que les ruelles obscures pour acheter ou compromettre ceux dont les secrets sont de peu de poids au regard des conférences au sommet.

– Alors, pourquoi le faites-vous? Pourquoi ne pas laisser tomber, si ça ne sert à rien?

– Parce que nous avons ça dans le sang. Parce qu'on nous a appris à vivre ainsi. Il faut battre l'ennemi dans ce jeu sans pitié où il ne peut y avoir qu'un seul vainqueur...

– C'est stupide.

– Bien sûr. Tout est stupide. Pourquoi Jason Bourne vient-il provoquer le Chacal à Paris? Pourquoi ne laisse-t-il pas tomber? Il vous suffirait de le demander et on vous fournirait toute la protection qu'il vous faut.

– Oui, et ce serait vivre en prison. Pouvez-vous m'emmener en ville? Je vais trouver un hôtel et je vous appellerai.

– Avant de m'appeler, téléphonez à Alex.

– Pourquoi?

– C'est lui qui me l'a demandé. Il s'est passé quelque chose.

– Dites-moi où je peux trouver une cabine.

– Pas maintenant. A 14 heures, heure de Washington. Il vous reste plus d'une heure; il ne sera pas de retour avant.

– Vous a-t-il dit de quoi il s'agissait?

– C'est ce qu'il essaie de découvrir. Il avait l'air très embêté.

La chambre de l'hôtel Pont-Royal, rue Montalembert, était petite et se trouvait dans une partie écartée de l'établissement, à laquelle on accédait en prenant un vieil ascenseur lent et grinçant jusqu'au dernier étage, et en redescendant par deux étroits couloirs à angle droit, ce qui convenait parfaitement à Jason Bourne. Il avait l'impression d'être dans une grotte profonde et sûre.

Pour tuer le temps avant l'heure fixée pour appeler Alex, il se promena sur le boulevard Saint-Germain et fit quelques achats indispensables. Des articles de toilette et des vêtements. Un jean qu'il porterait avec une chemisette et une veste légère; des chaussettes sombres pour aller avec des tennis qui seraient salis et éraflés par la suite. Tout ce qu'il pouvait acheter maintenant lui ferait gagner du temps plus tard. Par bonheur, il n'avait pas eu à insister pour que le vieux Bernardin lui fournisse une arme. Pendant le trajet d'Orly à Paris, le Français avait ouvert en silence la boîte à gants de sa voiture et il en avait sorti une boîte fermée par du ruban adhésif, à l'intérieur de laquelle Jason avait trouvé un automatique et des cartouches. En dessous, soigneusement pliés, se trouvaient des billets de différentes valeurs pour une somme totale de trente mille francs.

– Demain, je mettrai au point un système pour que vous puissiez obtenir de l'argent quand vous en aurez besoin. Dans des limites raisonnables, bien entendu.

– Pas de limites, avait répliqué Bourne. Je demanderai à Conklin de vous faire un virement bancaire de cent mille dollars dans un premier temps et la même somme plus tard, si nécessaire. Vous n'aurez qu'à lui communiquer le nom et l'adresse de l'établissement.

– Des fonds de l'Agence?

– Non, mon argent personnel. Merci pour le pistolet.

Les deux mains prises par ses emplettes, il regagna son hôtel. Il était près de 20 heures... 14 heures à Washington. Tout en marchant rapidement sur le trottoir, il luttait de toutes ses forces pour ne pas penser à ce qu'Alex allait lui apprendre. S'il était arrivé quelque chose à Marie et aux enfants, il ne pourrait pas le supporter! Mais qu'aurait-il pu leur arriver? Ils étaient déjà de retour à l'Auberge de la Tranquillité et il n'existait pas d'endroit plus sûr pour eux. De cela, il était certain. Quand il entra dans l'ascenseur et posa les sacs qu'il tenait dans la main droite pour appuyer sur le bouton de son étage et prendre la clé de la chambre dans sa poche, il ressentit un élancement dans son cou et étouffa un petit cri. Il avait fait un mouvement trop brusque et tiré sur le catgut utilisé pour les points de suture. Mais, comme il n'éprouvait pas la sensation de chaleur qu'un filet de sang aurait provoquée sur sa peau, il sut qu'il en était quitte pour un avertissement. Il suivit rapidement les deux couloirs menant à sa chambre, ouvrit la porte, lança les sacs en plastique sur le lit et fit les trois grands pas qui le séparaient du bureau et de téléphone. Conklin avait tenu parole : il décrocha dès la première sonnerie.

– C'est moi, Alex ? Que s'est-il passé ? C'est Marie... ?

– Non, l'interrompit vivement Conklin, je lui ai parlé vers midi. Elle est de retour à l'auberge avec les enfants et, si j'étais devant elle, elle m'arracherait les yeux. Elle n'a pas cru un traître mot de ce que je lui racontais et je vais être obligé d'effacer la bande. Je n'avais pas entendu un langage aussi ordurier depuis le delta du Mékong.

– Elle est inquiète...

– Moi aussi, lança Conklin sans laisser Bourne poursuivre. Mo a disparu.

– Quoi ?

– Tu as bien entendu. Panov s'est envolé, il est introuvable.

– Mais comment est-ce possible ? Il avait un garde du corps pendu en permanence à ses basques.

– Nous essayons de reconstituer ce qui s'est passé. J'étais à l'hôpital et je viens de rentrer.

– A l'hôpital ?

– Walter-Reed. Il avait rendez-vous ce matin avec un militaire pour une séance qui s'est passée normalement, mais il disparu juste après. Les hommes chargés de sa surveillance ont attendu vingt minutes, puis ils sont allés le chercher, car il avait un autre rendez-vous ailleurs. Mais on leur a appris qu'il était sorti.

– C'est absurde !

– La suite l'est encore plus, mais elle est surtout inquiétante. L'infirmière-chef leur a expliqué qu'un médecin militaire s'était présenté à la réception, avait montré ses papiers et lui avait demandé de dire au Dr Panov qu'il y avait un changement d'itinéraire, qu'il devait sortir par la porte de l'aile est à cause d'une manifestation qui devait avoir lieu devant l'entrée principale. L'aile est a un autre accès au service de psychiatrie, mais le médecin militaire est entré par la porte principale.

– Tu peux répéter ?

– Il est entré par la porte principale en traversant le hall où attendait l'escorte de Mo.

– Et il est évidemment ressorti par la même porte avant de contourner le bâtiment pour se rendre à l'entrée de l'aile est. C'est parfaitement clair. Un médecin muni de papiers en règle dans une zone interdite au public, qui entre et qui ressort après avoir donné de fausses instructions... Mais qui a pu faire cela, Alex ? Carlos était en route pour Paris ! Il a eu tout ce qu'il voulait à Washington. Il m'a découvert ! Il n'avait pas besoin d'autre chose !

— DeSole, dit doucement Conklin. DeSole était au courant pour Mo et pour moi. Quand je les ai menacés dans la salle de conférence de faire un scandale, DeSole était présent.

— Je ne te suis plus. De quoi parles-tu ?

— DeSole, Bruxelles... Méduse.

— Tu vas trop vite pour moi.

— Ce n'est pas lui, David, c'est *eux !* DeSole a été liquidé et notre lien a disparu. C'est Méduse !

— Je n'ai rien à foutre d'eux ! Tu sais bien que je les gardais au frais !

— Toi, peut-être, mais pas eux ! Tu as fait sauter leur couverture et ils veulent ta peau !

— Je m'en contrefous ! Je te l'ai déjà dit hier, j'ai une seule priorité, et cette priorité est à Paris, plus précisément à Argenteuil.

— Je n'ai peut-être pas été assez clair, fit Conklin d'une voix faible et découragée. J'ai dîné avec Mo hier soir et je lui ai tout raconté. Tranquillité, ton départ pour Paris, Bernardin... Tout !

Un ancien juge de la première circonscription du Massachusetts se trouvait dans le petit groupe formant le cortège funèbre qui s'était rassemblé sur la plus haute butte de l'île de la Tranquillité. Brendan Patrick Pierre Prefontaine regardait descendre dans la tombe les deux magnifiques cercueils généreusement offerts par le directeur de l'auberge et écoutait distraitement les prières incompréhensibles marmonnées par un prêtre autochtone qui devait avoir l'habitude de psalmodier avec un cou de poulet mort dans la bouche au cours de cérémonies vaudou. Jean-Pierre Fontaine et sa femme reposaient en paix, mais le juriste quasi alcoolique de Boston avait trouvé une cause. Une cause qui dépassait ses habituelles préoccupations, limitées à la survie, ce qui, en soi, était tout à fait extraordinaire. Randolph Gates, le dandy des prétoires, le défenseur des privilégiés, était en réalité un être abject, un pourvoyeur de morts dans les Caraïbes. Et les grandes lignes d'un plan commençaient à se mettre en place dans l'esprit de Prefontaine, un esprit de plus en plus clair depuis que, entre autres privations inhumaines, il avait brusquement renoncé à ses quatre petits verres de vodka au réveil. C'est Gates qui avait fourni le renseignement vital permettant de traquer la famille Webb sur l'île de la Tranquillité et peu importait le pourquoi. Ce qui comptait, c'est qu'il avait fourni ce renseignement à des tueurs en sachant pertinemment ce qu'ils étaient, et ce faisant, il s'était rendu coupable de complicité de meurtre avec préméditation. Le grand Randy ne pouvait plus lui échapper et il allait le contraindre à révéler un certain nombre de choses qui feraient le profit des Webb et tout particulièrement de cette femme superbe, aux magnifiques cheveux auburn, qu'il aurait tant aimé rencontrer cinquante ans plus tôt.

Prefontaine allait regagner Boston en fin de matinée, mais il avait demandé à Saint-Jacques s'il pourrait revenir. Et, si possible, sans avoir à payer une réservation.

– Monsieur le juge, vous êtes ici chez vous, avait répondu Johnny.

– Je vous remercie. C'est une faveur que j'espère gagner.

Albert Armbruster, président de la Commission du commerce fédéral, descendit de la limousine devant le perron de son hôtel particulier de Georgetown.

– Appelez mon secrétariat demain matin, dit-il au chauffeur qui tenait la portière ouverte. Vous savez que ma santé me donne des inquiétudes.

– Oui, monsieur, dit le chauffeur en refermant la portière. Désirez-vous que je vous aide, monsieur?

– Mais non! Allez, disparaissez!

– Bien, monsieur.

Le chauffeur s'installa au volant et la limousine s'éloigna avec un brusque coup d'accélérateur qui trahissait un manque évident de courtoisie.

Armbruster commença de gravir les marches de pierre, son estomac et sa poitrine se soulevant à chaque pas, et il jura entre ses dents en découvrant la silhouette de sa femme qui se profilait derrière la vitre de la porte d'entrée.

– Saleté de jacasse! lança-t-il tout bas en atteignant le haut du perron, la main crispée sur la rampe, prêt à affronter un adversaire de trois longues décennies.

Une sorte de crachotement se fit entendre dans l'ombre du jardin de la propriété voisine. Armbruster leva les bras en pliant les poignets, comme pour essayer de toucher le point d'impact. Mais il était trop tard. Le président de la Commission du commerce fédéral bascula en arrière et dévala les marches de pierre au pied desquelles son corps s'écrasa avec un bruit mat.

Bourne mit le jean de marque française, enfila la chemisette sombre et endossa la saharienne, puis il fourra son argent, son arme et tous ses papiers d'identité, vrais et faux, dans ses différentes poches. Mais, avant de quitter sa chambre de l'hôtel Pont-Royal, il disposa oreillers et traversin dans le lit et plaça ses vêtements de voyage sur le dossier d'une chaise, pour qu'ils soient bien en vue. C'est d'une démarche décontractée qu'il traversa le hall de l'hôtel, mais, dès qu'il fut sur le trottoir de la rue Montalembert, il se mit à courir vers la cabine téléphonique la plus proche. Il glissa une pièce dans l'appareil et composa le numéro personnel de Bernardin.

– C'est Simon, fit-il.

– C'est bien ce qu'il me semblait, répondit le Français. C'est bien ce que j'espérais. Alex vient de me téléphoner, mais je lui ai demandé de ne *pas* me dire où vous étiez. On ne peut pas révéler ce qu'on ignore. Mais, à votre place, je changerais quand même d'hôtel, au moins pour la nuit; vous avez peut-être été repéré à l'aéroport.

– Et vous?

– Mon idée est de faire la chèvre.

– La chèvre?

– Comme celle que l'on attache à un piquet pour attirer les grands fauves. La DST surveille mon appartement. J'aurai peut-être de la visite, qui sait? Cela nous rendrait bien service.

– Vous n'avez pas parlé à vos collègues de...

– De vous? dit Bernardin sans le laisser achever sa phrase. Comment pourrais-je parler de quelqu'un que je ne connais pas? Mes collègues, comme vous dites, s'imaginent que j'ai reçu un coup de téléphone de menace d'un vieil adversaire connu pour être impulsif. En fait, j'ai réussi à le faire muter dans la gendarmerie maritime il y a plusieurs années, mais je n'ai jamais refermé le dossier...

– Est-ce bien prudent de me raconter cela au téléphone?

– Je croyais vous avoir dit que c'était un appareil unique.

– C'est vrai.

– Je me contenterai de préciser qu'il ne peut fonctionner s'il est mis sur table d'écoute. Vous avez besoin de vous reposer, monsieur. Trouvez une chambre; pour cela je ne peux pas vous aider.

– Le repos est une arme, lança Jason en répétant la formule devenue pour lui une vérité essentielle. Essentielle pour survivre dans un monde qu'il exécrait.

– Je vous demande pardon?

– Non, rien. Je vais chercher un hôtel et je vous rappellerai demain matin.

– A demain. *Bonne chance, mon ami.* Qu'elle nous sourie à tous les deux!

Il trouva une chambre à l'hôtel de l'Avenir, modeste établissement de la rue Gay-Lussac. Après s'être fait inscrire sous un faux nom aussitôt oublié, il monta l'escalier, entra dans sa chambre, se déshabilla et se coucha immédiatement. « Le repos est une arme », se répéta-t-il en regardant le plafond sur lequel jouaient les lumières mouvantes du Paris nocturne. Que ce soit dans une grotte de montagne ou dans une rizière du delta du Mékong, cela ne changeait rien : le repos était une arme souvent plus efficace que n'importe quelle arme individuelle. Telle était la leçon que lui avait inlassablement répétée D'Anjou, l'homme qui avait sacrifié sa vie dans une forêt de Chine pour sauver celle de Bourne. Oui, songea-t-il en portant doucement la main au bandage qui lui serrait le cou, mais sans vraiment le sentir, car le sommeil le gagnait. Le repos est vraiment une arme.

Il se réveilla doucement, prit lentement conscience des bruits de la circulation qui montaient de la rue. Coups de klaxon rageurs, semblables à des croassements métalliques dans la cacophonie de moteurs hurlant à plein régime, ou ronronnant avec une impatience contenue. C'étaient les bruits habituels du matin dans les rues étroites de Paris. Le cou raide, Jason lança ses jambes par-dessus le bord du lit inconfortable et regarda sa montre. Étonné par ce qu'il vit, il se demanda fugitivement s'il l'avait mise à l'heure locale. Bien sûr qu'il l'avait fait !... Il était 10 h 07, heure de Paris ! Il avait donc dormi près d'onze heures, ce que lui confirmèrent aussitôt des gargouillements d'estomac. La fatigue avait cédé la place à un appétit féroce.

Mais le petit déjeuner attendrait. Il avait d'abord un certain nombre de choses à faire, en premier lieu téléphoner à Bernardin, puis se renseigner sur la sécurité de l'hôtel Pont-Royal. Il se mit debout, péniblement, bras et jambes engourdis. Il lui fallait d'abord prendre une douche chaude, ce qui était impossible à l'hôtel de l'Avenir, puis faire quelques exercices d'assouplissemnt pour ce corps qui, quelques années plus tôt, n'avait pas besoin de cette thérapeutique. Il prit son portefeuille dans son pantalon, en sortit la carte de visite de Bernardin qu'il posa sur la table de chevet, à côté du téléphone.

— La chèvre n'a pas eu de visiteurs, commença l'ex-agent de la DST Pas la moindre trace d'un prédateur... On peut considérer cela comme une bonne nouvelle.

— Pas avant que nous ayons retrouvé Panov... si nous le retrouvons. Les ordures !

— Oui, il faut tout envisager. C'est ce qu'il y a de plus affreux dans notre métier.

— Bordel de merde ! Je ne vais pas me contenter d'un « Il faut tout envisager » en parlant de Mo !

— Je ne vous le demande pas. J'ai simplement constaté une réalité. Vos sentiments sont importants pour vous, mais ils ne changeront rien à la réalité. Croyez bien que je n'ai pas voulu vous blesser.

— Et moi, je ne voulais pas m'emporter. Excusez-moi. Mais c'est quelqu'un à qui je tiens beaucoup.

— Je comprends... Bon, quels sont vos projets ? De quoi avez-vous besoin ?

— Je ne sais pas encore, répondit Bourne. Je vais passer chercher la voiture boulevard des Capucines et, une ou deux heures plus tard, j'en saurai un peu plus. Serez-vous chez vous ou à votre bureau ?

– Je ne bougerai pas de chez moi tant que vous ne m'aurez pas appelé. Dans les circonstances présentes, je préfère que vous ne m'appeliez pas au bureau.

– Pourquoi donc?

– Je ne connais plus tout le monde à la DST et, à mon âge, la prudence tient lieu de bravoure. De plus, si je demandais déjà que l'on cesse de surveiller mon appartement, cela pourrait engendrer des rumeurs de sénilité... A tout à l'heure, *mon ami.*

Bourne raccrocha et hésita à appeler aussitôt l'hôtel Pont-Royal. Mais il était à Paris, la capitale de la discrétion, où les réceptionnistes répugnaient à donner des renseignements au téléphone et refusaient de communiquer quoi que ce soit à un client qu'ils ne connaissaient pas.

Il s'habilla rapidement, descendit, paya sa chambre et sortit rue Gay-Lussac. Il y avait une station de taxis à l'angle de la rue et, huit minutes plus tard, Jason entrait dans le hall de l'hôtel Pont-Royal.

– Je m'appelle Simon, dit-il au concierge, et j'ai une chambre ici. Hier soir, poursuivit-il dans un français impeccable, j'ai rencontré par hasard une amie et j'ai passé la nuit chez elle. Sauriez-vous si quelqu'un est venu ou a demandé à me voir?

Bourne sortit plusieurs billet de sa poche et son regard indiquait clairement qu'il était disposé à se montrer très généreux.

– Ou même si quelqu'un est venu et a fait une description correspondant à mon signalement, ajouta-t-il d'une voix douce.

– *Merci beaucoup, monsieur...* Je comprends. Je vais me renseigner auprès de mon collègue de nuit, mais je suis sûr qu'il aurait laissé un message à mon attention si quelqu'un était venu se renseigner sur vous.

– Pourquoi en êtes-vous si sûr?

– Parce qu'il m'a effectivement laissé un message me demandant de vous en parler dès que je vous verrais. J'appelle votre chambre depuis 7 heures, depuis que j'ai pris mon service.

– Que disait ce message? demanda Bourne en retenant son souffle.

– Le voici : « Il doit appeler son ami de l'autre côté de l'Atlantique qui a téléphoné toute la nuit. » Je puis en témoigner moi-même. Le standard m'a signalé le dernier appel il y a à peine une demi-heure.

– Une demi-heure? répéta Jason en regardant le concierge au fond des yeux avant de consulter sa montre. Il est 5 heures du matin là-bas... Et il a appelé toute la nuit?

Le concierge hocha la tête et Bourne se dirigea vers l'ascenseur.

– Alex? Que se passe-t-il, bon Dieu? On m'a dit que tu avais appelé toute...

– Tu es à l'hôtel? le coupa Conklin.

– Oui, dans ma chambre.

– Descends et rappelle-moi d'une cabine téléphonique. Dépêche-toi.

Bourne reprit le vieil ascenseur grinçant, traversa de nouveau le hall aux fauteuils défraîchis, dans un brouhaha de gens qui s'étaient donné rendez-vous pour prendre l'apéritif au bar, puis il se retrouva sur le trottoir inondé de soleil. Où allait-il trouver une cabine? Il suivit rapidement le trottoir en descendant vers la Seine. Il n'y avait donc pas de cabine? Si, là-bas, à l'angle de la rue du Bac!

Il se glissa adroitement à travers l'armada de voitures et de camionnettes, traversa la rue au pas de course et entra dans la cabine. Il glissa une pièce dans la fente et, après quelques instants angoissants pendant lesquels il lui fallut expliquer avec force qu'il ne voulait *pas* téléphoner en Autriche, l'opératrice internationale accepta son numéro de carte de crédit AT&T et établit la communication avec Vienna, Virginie.

— Pourquoi m'as-tu demandé de ne pas appeler de l'hôtel? l'interrogea Bourne d'une voix furieuse. J'ai appelé de là-bas hier soir!

— C'était hier soir, pas aujourd'hui.

— Tu as des nouvelles de Mo?

— Pas encore, mais ils ont peut-être commis une erreur. Il est possible que nous puissions retrouver le médecin militaire.

— Fais-lui cracher tout ce qu'il sait!

— Avec plaisir. J'enlèverai ma prothèse et je lui taperai sur la tête jusqu'à ce qu'il me supplie d'écouter tout ce qu'il a à dire... Si ce n'est pas une fausse piste.

— Ce n'est pas pour me raconter ça que tu m'as appelé toute la nuit, n'est-ce pas?

— Non. J'ai passé cinq heures avec Peter Holland hier. Je suis allé le voir après notre dernière conversation et sa réaction a été exactement celle que j'attendais, avec en prime quelques bordées d'injures.

— Méduse?

— Oui. Il tient absolument à ce que tu rentres par le premier avion. Tu es le seul à pouvoir apporter un témoignage direct. C'est un ordre.

— Foutaises! Il n'a pas à exiger quoi que ce soit, et je n'ai pas d'ordres à recevoir de lui!

— Il peut cesser de t'apporter son aide et je ne pourrai pas l'en empêcher. Si tu as besoin de quelque chose, il refusera de te le fournir.

— Bernardin m'a proposé de m'aider. Il m'a dit, je le cite, qu'il me fournirait « tout ce dont j'aurai besoin ».

— Bernardin a des moyens limités. Il peut, comme moi, demander le remboursement de certaines dettes, mais il n'a pas accès à tout.

— As-tu dit à Holland que j'écrivais tout ce que je savais, toutes les déclarations que l'on m'a faites, toutes les réponses que l'on a apportées à mes questions?

— Tu le fais?

— Je vais le faire.

— Cela ne lui suffit pas. Il veut t'interroger en personne; il m'a dit qu'il ne pouvait pas interroger des feuilles de papier.

– Je suis trop près du Chacal! Je refuse! C'est un salaud et ses exigences sont déraisonnables!

– Je crois qu'il voulait au contraire être raisonnable, répliqua Conklin. Il sait ce que tu es en train de vivre et ce que tu as déjà enduré, mais hier soir, à 19 heures, il a changé son fusil d'épaule.

– Pourquoi?

– Armbruster a été abattu devant chez lui. On présente cela comme un cambriolage, mais il va de soi que ce n'est pas vrai.

– Merde!

– J'ai d'autres nouvelles. Pour commencer, nous allons rendre public le suicide de Swayne.

– Mais, pourquoi, bon Dieu?

– Pour faire croire à celui qui l'a tué qu'il est tiré d'affaire, mais surtout pour voir qui va se montrer dans les prochains jours.

– A l'enterrement?

– Non, l'enterrement aura lieu dans la plus stricte intimité.

– Alors, qui va se montrer où?

– A la propriété... Qui va apparaître sous une forme ou sous une autre? Nous avons pris contact avec le notaire de Swayne, tout à fait officiellement, et il nous a confirmé ce que sa femme t'avait dit : il a tout légué à une fondation.

– Quelle fondation?

– Tu n'en a jamais entendu parler. Elle a été créée il y a quelques années avec des fonds privés par de riches amis de notre auguste général. On lui a donné un nom on ne peut plus touchant : « La retraite du soldat et du marin ». Le conseil d'administration est déjà formé.

– Des hommes de Méduse?

– Ou des prête-noms. Nous verrons bien.

– A propos de noms, Alex, qu'as-tu appris sur les six ou sept que Flannagan m'a donnés? Et tous les numéros minéralogiques relevés les soirs où ils se réunissaient chez Swayne?

– Chouette, dit Conklin d'un ton énigmatique. Très chouette.

– Qu'est-ce qui est chouette?

– Ces noms... Ceux d'une bande de noceurs, de débauchés. Aucun rapport avec le dessus du panier, le gratin de Georgetown.

– Mais les numéros minéralogiques, les réunions! Il y a de quoi les baiser!

– Encore plus chouette, dit Alex. C'est nous qui nous sommes fait baiser. Chacun de ces numéros appartient à une compagnie de location de limousines. Même si nous savions à quelle date les véhicules ont été loués, je n'ai pas besoin de te dire que nous trouverions de faux noms.

– Et le cimetière!

– Où est-il? Est-ce un grand ou un petit cimetière? N'oublie pas que le domaine fait douze hectares...

– Commencez à chercher!

— Pour que tout le monde sache que nous sommes au courant de quelque chose?

— Tu as raison... Alex, dis à Holland que tu n'as pas réussi à me joindre.

— Tu plaisantes?

— Non, je suis très sérieux. Je peux me faire couvrir par le concierge. Donne le nom de l'hôtel et celui que j'utilise à Holland et dis-lui d'appeler en personne, ou bien d'envoyer quelqu'un de l'ambassade pour vérifier. Le concierge jurera que j'ai pris une chambre hier et qu'il ne m'a pas revu depuis. Le standard de l'hôtel pourra également le confirmer. Fais-moi gagner quelques jours, je t'en prie!

— Holland aura toujours la possibilité de couper les ponts et il le fera probablement.

— Pas s'il croit que je reviendrai dès que tu m'auras trouvé. Tout ce que je demande, c'est qu'il poursuive les recherches pour retrouver Mo et que personne ne prononce mon nom à Paris. Pas de Webb, pas de Simon, pas de Bourne!

— Je vais essayer.

— As-tu autre chose à ajouter? J'ai du pain sur la planche ici.

— Oui. Casset va partir pour Bruxelles dans le courant de la matinée. Il veut coincer Teagarten. Nous ne pouvons pas laisser un type comme lui à ce poste et tu resteras hors du coup.

— D'accord.

Dans une petite rue d'Anderlecht, à quelques kilomètres du centre de Bruxelles, une conduite intérieure militaire portant le fanion d'un général à quatre étoiles s'arrêta au bord du trottoir, devant la terrasse d'un restaurant. Le général James Teagarten, commandant suprême de l'OTAN, la tunique garnie de cinq rangées de décorations, descendit avec précaution de la voiture et s'immobilisa sur le trottoir ensoleillé. Puis il se retourna et tendit la main à une charmante femme en uniforme d'officier de l'armée de terre qui le remercia d'un sourire. Galamment, mais avec une autorité toute militaire, Teagarten la prit par le coude pour l'escorter vers des tables protégées par un parasol et alignées derrière une rangée de jardinières en fleur. Ils arrivèrent devant l'entrée qui s'ouvrait sous une tonnelle de roses naines et pénétrèrent dans l'établissement. Toutes les tables étaient occupées, à l'exception d'une seule, au fond de la salle. Ils s'avancèrent dans le brouhaha des conversations, ponctué par les tintements des verres et le cliquetis des couverts sur les assiettes de porcelaine. Le bruit diminua brusquement et le général, sachant que sa présence attirait souvent les regards, parfois quelques signes de la main, voire des applaudissements discrets, ébaucha un sourire sans regarder quiconque en particulier et guida le séduisant officier vers la table vide sur laquelle était posé un carton : *Réservé.*

Le propriétaire, et deux serveurs au maintien gourmé, telles deux aigrettes inquiètes, se coulèrent entre les tables pour aller accueillir leur hôte de marque. Dès que le général fut assis, on apporta une bouteille de corton-charlemagne et on prit la commande. Un petit garçon de cinq ou six ans s'avança timidement vers la table et porta la main à sa tête en souriant pour saluer le général. Teagarten se leva, se mit au garde-à-vous et rendit son salut au bambin.

— *Tu es un soldat distingué, jeune camarade,* fit Teagarten d'une voix sonore qui se répercuta dans toute la salle avec un sourire éclatant qui lui valut la sympathie de la foule et des applaudissements nourris.

Le gamin s'éloigna et on servit les hors-d'œuvre.

Une heure plus tard, le déjeuner terminé, Teagarten et son amie furent interrompus par le chauffeur du général, un sergent dans la force de l'âge dont l'expression trahissait l'inquiétude. Le commandant suprême de l'OTAN venait de recevoir un message téléphonique urgent dans sa voiture et le chauffeur, qui avait eu la présence d'esprit de le noter, lui tendit une feuille de papier.

Le général se leva d'un bond et son visage hâlé blêmit tandis qu'il lançait dans la salle, à moitié vide, un regard où se lisait un mélange de colère et de désarroi. Il plongea la main dans sa poche, en sortit une liasse de billets et détacha plusieurs grosses coupures qu'il posa sur la table.

— Viens, dit-il à sa compagne. Et vous, ajouta-t-il à l'intention du chauffeur, allez mettre le moteur en marche.

— Que se passe-t-il? demanda la jeune femme.

— C'est Londres. Armbruster et DeSole sont morts.

— Mon Dieu! Mais comment?

— Peu importe. Les explications officielles seront des mensonges.

— Que se passe-t-il?

— Je ne sais pas. Tout ce que je sais, c'est que nous allons filer d'ici. Dépêche-toi!

Ils sortirent précipitamment et s'engouffrèrent dans le véhicule militaire. Il manquait quelque chose des deux côtés du capot : le sergent avait enlevé les deux fanions rouge et or indiquant le rang de son supérieur commandant suprême de l'OTAN. La voiture démarra rapidement et couvrit une cinquantaine de mètres.

Une effroyable explosion souleva alors le véhicule et le projeta en l'air. Des éclats de verre, des fragments de métal, des morceaux de chair sanguinolente retombèrent dans la petite rue d'Anderlecht.

Monsieur! s'écria le serveur pétrifié.

— Qu'y a-t-il? demanda le propriétaire du restaurant qui suivait les allées et venues des policiers et des pompiers, et qui était encore secoué par le feu roulant des questions des policiers et d'une horde de journalistes. Je suis ruiné! Notre établissement sera rebaptisé le Restaurant de la Mort!

— Regardez, monsieur! insista le serveur en montrant la table où le général avait pris son dernier repas.

— La police est déjà allé voir, marmotta le restaurateur, l'air effondré.

— Non, monsieur! Regardez!

Sur le plateau de verre de la table, écrit en majuscules avec du rouge à lèvres vermillon, le propriétaire du restaurant découvrit un nom : JASON BOURNE.

20

Marie fixait un regard incrédule sur l'écran d'un récepteur de télévision où passait un bulletin d'informations émis à Miami et relayé par satellite. Puis elle poussa un hurlement quand la caméra se rapprocha d'une table, dans un restaurant d'une petite ville de Belgique, pour montrer en gros plan un nom écrit en lettres rouges sur le plateau de verre de la table.

– Johnny!

Saint-Jacques apparut aussitôt dans l'encadrement de la porte de la chambre de l'appartement qu'il s'était réservé au premier étage de l'Auberge de la Tranquillité.

– Que se passe-t-il?

Le visage baigné de larmes, l'air horrifié, Marie lui montra du doigt le téléviseur. Le présentateur parlait sur le ton monocorde particulier à ces transmissions par satellite.

– *... comme si quelque cruel barbare avait surgi du passé pour semer la terreur dans notre société civilisée. L'infâme Jason Bourne, le plus célèbre des tueurs à gages après Carlos le Chacal, a revendiqué la responsabilité de l'explosion qui a coûté la vie au général James Teagarten et à ses compagnons. Des rapports contradictoires nous sont parvenus des services secrets et des autorités américaines et britanniques. D'après certaines sources à Washington, l'assassin, connu sous le nom de Jason Bourne, aurait été abattu à Hong-kong il y a cinq ans, dans le cadre d'une opération commune anglo-américaine. Mais les porte-parole, aussi bien du Foreign Office que des services de renseignements britanniques, nient avoir eu connaissance de cette opération et affirment qu'une telle collaboration est hautement improbable. Selon une autre source émanant du bureau parisien d'Interpol, leurs représentants à Hong-kong auraient été informés de la mort de Jason Bourne, mais comme les rapports et les photographies ayant circulé en Extrême-Orient manquaient de précision et de netteté, ils n'ont pas ajouté foi à* *cette version; d'autres rapports affirment que le tueur à gages a disparu sur le territoire de la République populaire de Chine où un contrat lui aurait été fatal. Le seul fait certain est que le général James Teagarten a été victime d'un attentat dans la paisible commune d'Anderlecht et que quelqu'un a revendiqué l'assassinat de ce grand soldat en le signant du nom de Jason Bourne...*

Nous allons maintenant vous montrer un ancien portrait-robot figurant dans les dossiers d'Interpol, établi d'après les signalements fournis par des témoins prétendant avoir vu Bourne de près. Je vous rappelle qu'il ne s'agit que d'un portrait-robot qui, compte tenu de l'aisance avec laquelle l'assassin change d'apparence, n'a probablement pas une grande valeur.

L'écran tout entier fut occupé par un visage asymétrique, aux contours un peu flous.

— Ce n'est pas David! s'écria John Saint-Jacques.

— Si, cela pourrait être lui, dit sa sœur.

— *Passons maintenant au reste de l'actualité. La terrible sécheresse qui ravage la plus grande partie de l'Éthiopie...*

— Éteins cette télé! hurla Marie en bondissant de son fauteuil et en se ruant vers le téléphone.

— Où est le numéro de Conklin? Je l'ai noté ici et il doit encore être sur ton bureau... Ah! Le voilà, sur le sous-main! Ce salaud de *saint* Alex va avoir quelques explications à me donner!

— Les mâchoires serrées, les joues ruisselantes de larmes, elle prit place dans le fauteuil de son frère et composa le numéro tout en tapant du poing sur le bureau.

— C'est moi, sale faux jeton!... Tu l'as tué! Tu l'as laissé partir, tu l'as aidé à partir et c'est comme si tu l'avais tué!

— Pardonne-moi, Marie, dit Alexander Conklin d'un ton froid et détaché, je ne peux pas te parler maintenant. J'ai Paris sur l'autre ligne.

— Rien à foutre de Paris! Où est-il? Fais-le revenir!

— Je t'assure que nous essayons de le trouver. C'est le bordel ici... Les Anglais veulent la tête de Peter Holland pour avoir fait allusion à une opération commune en Extrême-Orient, et les Français sont fous furieux parce qu'ils ont des soupçons sur une cargaison spéciale en provenance de la Martinique à laquelle ils avaient refusé de donner le feu vert. Je te rappellerai. Tu as ma parole!

Il y eut un déclic et Marie écrasa l'appareil sur son support.

— Je pars à Paris, Johnny, lança-t-elle en prenant une longue inspiration et en essuyant ses larmes d'un geste rageur.

— Qu'est-ce que tu viens de dire?

— Tu as très bien entendu. Fais venir Mme Cooper ici; Jamie l'adore et elle sait mieux s'y prendre avec Alison que je ne le ferai jamais. Rien d'étonnant, puisqu'elle a eu sept enfants, qui sont maintenant tous adultes et qui viennent encore la voir tous les dimanches.

– Tu es complètement cinglée! Je ne te laisserai pas faire ça!

– J'ai dans l'idée, répliqua Marie en lançant à son frère un regard méprisant, que tu as dit quelque chose d'approchant à David quand il t'a annoncé, lui aussi, qu'il allait à Paris.

– C'est vrai.

– Et tu n'as pas pu l'en empêcher plus que tu ne m'en empêcheras.

– Mais pourquoi veux-tu faire ça?

– Parce que je connais tous les endroits qui lui sont familiers à Paris. Toutes les avenues et les ruelles, tous les cafés, du Sacré-Cœur à Montparnasse. Il y retournera, c'est forcé, et je le retrouverai bien avant tout le monde.

Le téléphone sonna et Marie décrocha aussitôt.

– Je t'avais promis que je rappellerais, fit Alex. Bernardin a une idée qui peut marcher.

– Qui est Bernardin?

– Un ancien collègue de Paris et un bon ami qui apporte à David toute l'aide qu'il peut.

– Quelle est son idée?

– Il a fourni à Jason une voiture de location. Il connaît le numéro d'immatriculation et il est en train de le communiquer à toutes les voitures de police en leur demandant de ne pas intervenir, mais simplement de lui signaler directement si elles le voient.

– Et tu t'imagines que David – *Jason* – ne se rendra compte de rien? Tu as une très mauvaise mémoire, encore pire que celle de mon mari.

– Ce n'est qu'une possibilité; il y en a d'autres.

– Lesquelles?

– Eh bien... Il va m'appeler. Dès qu'il apprendra la nouvelle de la mort de Teagarten, il sera obligé de m'appeler.

– Pourquoi?

– Eh bien, pour le faire revenir, comme tu l'as dit.

– Avec Carlos à portée de sa main? Tu parles, Charles! Moi, j'ai une meilleure idée : je vais à Paris.

– Tu ne peux pas faire ça!

– Je ne veux plus entendre ce genre de discours! Es-tu disposé à m'aider ou dois-je me débrouiller seule?

– Je n'arriverais pas à avoir un timbre-poste dans un distributeur à Paris et Holland ne pourrait même pas obtenir l'adresse de la tour Eiffel.

– Je me débrouillerai donc toute seule. Compte tenu des circonstances, c'est sans doute aussi bien.

– Que peux-tu faire toute seule, Marie?

– Je ne vais pas te dresser une liste, mais je peux faire le tour de tous les endroits où nous sommes allés quand nous nous cachions à Paris. Il y retournera un jour ou l'autre, pour une raison ou pour une autre. Il le fera, parce que, dans votre jargon ridicule, ce sont des lieux « sûrs ».

– Que Dieu t'entende, ma chère Marie!

– Il nous a abandonnés, Alex. Dieu n'existe pas.

Prefontaine traversa le terminal de l'aéroport Logan et héla un taxi en sortant. Mais après avoir lancé un coup d'œil circulaire, il baissa la main et alla prendre sa place dans la queue. Les choses avaient bien changé en trente ans; le système des cafétérias s'était imposé partout. Il fallait maintenant faire la queue pour avoir une assiette de ragoût irlandais, même pour prendre un taxi à l'aéroport.

– Au Ritz-Carlton, dit l'ex-magistrat en montant dans le taxi.

– Vous n'avez pas de bagages? demanda le chauffeur. Rien que ce petit sac, là?

– Non, je n'ai pas de bagages, répondit Prefontaine. Mais une garde-robe m'attend partout où je vais, poursuivit-il, incapable de résister à l'envie d'en rajouter.

– Taratata! fit le chauffeur en ôtant un grand peigne à grosses dents de ses cheveux.

Le taxi s'engagea dans le flot de la circulation et, quelques minutes plus tard, déposa Prefontaine devant le Ritz.

– Avez-vous une réservation, monsieur? demanda le réceptionniste.

– J'espère que l'un de mes assistants s'en est chargé. Au nom de Scofield... Juge William Scofield, de la Cour suprême. Cela m'ennuierait d'apprendre que le Ritz a égaré une réservation, surtout à notre époque où tout le monde réclame à cor et à cri une meilleure protection du consommateur.

– Juge Scofield!... Je suis sûr que c'est noté quelque part...

– J'ai expressément demandé la suite Trois-C. Votre ordinateur doit l'avoir enregistré.

– Trois-C... Elle est occupée, monsieur.

– *Quoi?*

– Non! Pardon, monsieur le juge, j'ai fait erreur. Ils ne sont pas arrivés... Non, je veux dire que c'est une erreur... Ils ont pris une autre suite... Chasseur, chasseur! cria le réceptionniste en écrasant férocement la sonnette.

– C'est inutile, jeune homme, je voyage avec peu de bagages. Donnez-moi simplement la clé et indiquez-moi la bonne direction.

– Bien, monsieur.

– J'espère que vous avez comme d'habitude quelques bonnes bouteilles de whisky dans la chambre.

– S'il n'y en a pas, je vous en fais monter, monsieur le juge. Quelles marques désirez-vous?

– Un bon whisky, un bon bourbon et un bon cognac, c'est tout ce que je demande. Je laisse les alcools blancs aux femmelettes, hein?

– Oui, monsieur. Tout de suite, monsieur!

292

Vingt minutes plus tard, après avoir fait un brin de toilette, Prefontaine posa son verre et composa le numéro du Dr Randolph Gates.

Résidence Gates, dit une voix féminine.

– Allons, Edith, je reconnaîtrais votre voix sous l'eau et cela fait pourtant près de trente ans que je ne l'ai pas entendue.

– Moi aussi, je connais la vôtre, mais je n'arrive pas à mettre un nom dessus.

– Que diriez-vous d'un professeur adjoint de la faculté de droit qui ne cessait de rudoyer votre cher mari, ce qui ne semblait pas beaucoup l'impressionner? Il avait sans doute raison, puisque j'ai fini en prison. Le premier des juges de Chicago a avoir été coffré, et à juste titre.

– Brendan? Dieu du ciel, c'est vous! Jamais je n'ai cru toutes ces saletés qu'on a racontées sur vous!

– Tout était pourtant vrai, ma chère. Mais pour l'instant, j'aimerais parler à Randolph. Est-il là?

– Je suppose, mais je ne sais pas vraiment. C'est tout juste s'il m'adresse la parole ces temps-ci.

– Les choses ne vont pas comme vous voulez, ma chère?

– J'aimerais beaucoup vous parler, Brendan. Randolph a un problème, un problème dont j'ignorais tout...

– Oui, Edith, je soupçonne qu'il a un problème et c'est avec plaisir que j'en parlerai avec vous. Mais, pour l'instant, c'est avec *lui* qu'il me faut m'entretenir. Sans perdre de temps.

– Je vais l'appeler par l'interphone.

– Ne lui dites pas que c'est moi, Edith. Dites-lui que c'est un homme du nom de Blackburne qui appelle de l'île de Montserrat.

– Comment?

– Faites ce que je vous dis, ma chère Edith. Pour son bien et pour le vôtre... Peut-être plus pour le vôtre, à vrai dire.

– Il est malade, Brendan.

– C'est vrai. Mais nous allons essayer de lui rendre la santé. Appelez-le pour moi.

– Je vous mets en attente.

Le silence fut interminable. Les deux minutes semblèrent durer deux heures, mais brusquement la voix rocailleuse de Randolph Gates s'éleva au bout du fil.

– Qui êtes-vous? demanda le célèbre avocat.

– Du calme, Randy, c'est Brendan. Edith n'avait pas reconnu ma voix, mais, moi, je n'avais pas oublié la sienne. Tu as beaucoup de chance d'avoir une femme comme elle.

– Que voulez-vous? Pourquoi avoir mentionné Montserrat?

– Eh bien, il se trouve justement que j'en reviens...

– *Quoi?*

– J'ai décidé que j'avais besoin de vacances.

– Vous n'avez pas fait cela..., souffla Gates d'une voix étranglée par la panique.

– Si, si, et comme je l'ai fait, c'est toute ta vie qui va s'en trouver changée. J'ai fait la connaissance de la femme et des deux enfants qui t'intéressaient tant. Tu te souviens d'eux? C'est une histoire fascinante et je tiens à te la raconter en détail. Les renseignements que tu as fournis auraient dû leur coûter la vie, Randy. Et je ne peux pas laisser passer cela. Non, il n'en est pas question.

– Je ne comprends rien à ce que vous racontez! Je n'ai jamais entendu parler de Montserrat, ni d'une femme avec deux enfants! Vous n'êtes qu'un vieil ivrogne aux abois et toutes vos allégations mensongères ne sont que le délire alcoolique d'un repris de justice!

– Bien vu, Randy. Mais nier mes allégations ne résoudra pas ton problème. C'est à Paris qu'il faut chercher la solution.

– A Paris?...

– Oui, il y a un homme à Paris, qui pour moi n'était pas un être de chair et de sang, mais j'ai appris qu'il était bien vivant. Et il s'est passé quelque chose d'étrange à Montserrat : on m'a pris pour toi.

– On vous a... pris pour moi? répéta Gates d'une voix tremblante et à peine audible.

– Oui. C'est curieux, non? J'imagine que lorsque l'homme de Paris a essayé de te joindre ici, quelqu'un lui a dit que l'auguste Randolph Gates était absent et c'est de là qu'est venue la confusion. Deux brillants hommes de loi qui s'intéressaient de près à une femme accompagnée de deux enfants. A Paris, on m'a donc pris pour toi.

– Que s'est-il passé?

– Calme-toi, Randy. En ce moment, il pense probablement que tu es mort.

– Quoi?

– Il a essayé de me faire, ou plutôt de *te* faire tuer. Pour avoir trangressé les ordres.

– Mon Dieu!

– Et quand il découvrira que tu es toujours vivant et en parfaite santé, il ne te donnera pas une deuxième chance.

– Que vais-je devenir?...

– Tu as peut-être un moyen de t'en sortir, Randy, mais, pour cela, il faut que tu viennes me voir. A propos, j'occupe la suite du Ritz où tu étais lorsque, *moi*, je suis venu te voir. La suite Trois-C. Je t'attends dans une demi-heure et n'oublie pas que je n'ai aucune patience avec les clients qui arrivent en retard, car je suis un homme occupé. Au fait, mes honoraires sont de vingt mille dollars de l'heure. Alors, apporte de l'argent, Randy. Beaucoup d'argent et en liquide.

Bourne se regardait dans le miroir, satisfait. Il était prêt. Il lui avait fallu trois heures pour se préparer avant de se rendre à Argenteuil où, dans le café à l'enseigne du Cœur du Soldat, il transmettrait un message destiné à un « merle » qui n'était autre que Carlos le Chacal. Le Camé-léon avait pris une apparence accordée au cadre dans lequel il allait pénétrer. Le problème des vêtements avait été rapidement réglé, mais le corps et le visage avaient demandé plus de travail. Il avait couru les boutiques de surplus américains de Montmartre pour dénicher un pantalon délavé, une chemise de l'armée et une vieille médaille qu'il avait épinglée sur sa poitrine. Le plus gros du travail avait consisté à se teindre les cheveux et à enrouler un bandage autour de son genou droit en le serrant si fort qu'il ne pouvait oublier sa présence et qu'il était obligé de boiter ; maintenant, sa barbe de vingt-quatre heures, ses che-veux et ses sourcils roux – d'un roux sale, terne – et son apparence négligée s'accordaient parfaitement à l'hôtel minable de Montparnasse où il avait pris ses quartiers et où la réception limitait au minimum nécessaire les contacts avec la clientèle.

Son cou ne le gênait plus : il s'était habitué à la raideur et à la limita-tion de ses mouvements, ou bien le processus de guérison suivait son cours mystérieux. En réalité cette mobilité restreinte était plutôt un avantage, car elle collait parfaitement à sa nouvelle apparence, celle d'un invalide de guerre, aigri, rejeté par la société. Jason glissa l'auto-matique de Bernardin dans la poche de son pantalon, vérifia qu'il avait pris de l'argent et les clés de la voiture, puis il fixa sous sa chemise la gaine contenant le couteau de chasse acheté au Vieux Campeur. Il se dirigea en boitillant vers la porte de la petite chambre crasseuse et déprimante. Direction le boulevard des Capucines où une voiture aussi banale que possible l'attendait dans un parking souterrain. Il était prêt.

En arrivant dans la rue, il savait qu'il lui faudrait parcourir une cer-taine distance avant de trouver une station de taxis, car il était loin du cœur de Montparnasse. Mais ce à quoi il ne s'attendait pas, c'est à voir une telle agitation autour du kiosque à journaux, à l'angle de la deuxième rue. Des gens criaient avec colère et consternation, et agi-taient les exemplaires d'un quotidien qui venait d'être livré. Jason pressa instinctivement le pas, posa quelques pièces sur le comptoir et saisit avidement un journal.

Le souffle coupé, il s'efforça tant bien que mal de maîtriser les vagues d'indignation qui parcouraient son corps. *Teagarten assassiné ! Assas-siné par Jason Bourne ! C'était de la folie ! Qu'avait-il pu se passer ?* Tout allait-il recommencer comme à Hong-kong et Macao ? Était-il en train de perdre la raison ? Était-ce un cauchemar dont l'horreur insensée, les images de terreur imprimées dans son esprit étaient assez fortes pour se réaliser ? Il s'écarta du petit groupe gesticulant, et alla s'adosser contre un immeuble. Haletant, avec de violents élancements dans le cou, il essaya désespérément de retrouver son calme et de se raisonner. Alex ! Une cabine téléphonique !

– Que s'est-il passé ? hurla Jason dès qu'on décrocha à Vienna.

– Calme-toi, calme-toi, fit Conklin d'une voix grave et posée.

Écoute-moi d'abord : je veux savoir exactement où tu es. Bernardin va passer te prendre et te faire quitter Paris. Il s'occupera de tout et te fera embarquer sur Concorde à destination de New York.

— Eh! Pas si vite! C'est le Chacal qui est responsable, non?

— D'après les renseignements dont nous disposons, il s'agirait d'un contrat exécuté par une faction de cinglés du Jihad. Ils revendiquent, de Beyrouth, la responsabilité de l'attentat et l'identité du ou des tueurs n'a pas d'importance. C'est peut-être vrai, mais nous n'avons aucune certitude. Dans un premier temps, je n'y ai pas cru, surtout après la mort de DeSole et Armbruster, mais en fait, cela semble assez plausible. Teagarten n'arrêtait pas de brandir la menace d'une intervention des forces de l'OTAN au Liban afin de nettoyer toutes les enclaves palestiniennes. De son côté, il avait déjà reçu des menaces, mais la coïncidence avec la mort des deux autres hommes de Méduse est vraiment plus que troublante. Pour répondre enfin à ta question, c'est en effet le Chacal qui a commis l'attentat.

— Et il me l'a mis sur le dos! Ce fumier de Carlos me l'a mis sur le dos!

— Je dois reconnaître que cette ordure ne manque pas d'ingéniosité. Tu te lances à sa poursuite et il exécute un contrat qui te bloque à Paris.

— Nous allons retourner sa stratégie contre lui.

— Mais qu'est-ce que tu racontes? Toi tu fiches le camp de Paris!

— Pas question! Pendant que tout le monde croit que je me cache, que je suis en fuite, je fonce vers son repaire.

— Mais tu es cinglé! Il faut que tu quittes Paris pendant que nous pouvons encore t'aider!

— Non, je reste! Il croit que je vais être obligé de rester ici pour l'atteindre, mais que je suis complètement coincé. Il doit penser qu'après toutes ces années d'inaction, je vais paniquer et commettre des erreurs – Dieu sait si j'en ai commis à Tranquillité! –, des erreurs si grossières que son armée de vieillards me repérera sans difficulté. Il est fort, le salaud! Déstabiliser l'adversaire pour le pousser à la faute... Je le connais bien, Alex. Je sais comment il raisonne, mais je le battrai à son propre jeu! Je vais suivre la même ligne de conduite, pas question de me terrer au fond d'une grotte en attendant que l'orage soit passé.

— Comment cela, une grotte?

— Ce n'est qu'une image... J'étais déjà au travail avant que la nouvelle de la mort de Teagarten soit connue. Tout va bien.

— Il faut être complètement fou pour trouver que tout va bien dans ta situation! Quitte Paris!

— Désolé, Alex, mais c'est ici qu'il faut que je sois. Je suis sur la piste du Chacal.

— J'ai un autre argument qui te fera peut-être changer d'avis. J'ai parlé à Marie au téléphone il y a deux ou trois heures. Elle te prépare une belle surprise. Marie va te rejoindre.

– Ce n'est pas possible!

– C'est exactement ce que je lui ai dit, mais je pense qu'elle ne m'a pas écouté. Elle m'a affirmé qu'elle se souvenait de tous les endroits où vous alliez tous les deux il y a treize ans, quand vous essayiez de nous échapper, et qu'elle était sûre que tu y retournerais.

– C'est vrai. Je suis déjà allé dans plusieurs de ces endroits... Mais il ne faut pas qu'elle vienne!

– C'est à elle que tu dois le dire, pas à moi.

– Quel est le numéro de l'Auberge de la Tranquillité? J'ai eu peur de l'appeler... Disons même, pour être tout à fait franc, que j'ai essayé de toutes mes forces de les chasser de mon esprit, elle et les enfants.

– Voilà tes première paroles raisonnables depuis bien longtemps! Note le numéro.

Conklin lui donna le numéro de téléphone précédé de l'indicatif de zone 809 et Bourne raccrocha dès qu'il eut terminé.

Jason s'attela fébrilement à la tâche interminable qui consistait, au milieu de différentes tonalités et sonneries, à faire accepter à un agent des Télécommunications un numéro de carte de crédit et celui d'un correspondant à l'étranger. Il réussit enfin, après avoir rudoyé un employé de la réception complètement abruti, à obtenir le bureau de son beau-frère.

– Va me chercher Marie! lança-t-il sans préambule.

– David?

– Oui, c'est moi... David. Va chercher Marie.

– Je ne peux pas... Elle est partie il y a une heure.

– Partie où?

– Elle n'a pas voulu me le dire. Elle a affrété un hydravion à Blackburne, mais elle n'a pas voulu préciser pour quel aéroport international elle partait. Les plus proches sont ceux d'Antigua et de la Martinique, mais elle a aussi bien pu aller à Saint-Martin ou à Porto Rico. Elle est en route vers Paris.

– Et tu n'as pas pu l'en empêcher?

– J'ai essayé, David! Dieu m'est témoin que j'ai essayé!

– Tu n'as pas envisagé de l'enfermer?

– Enfermer Marie?

– D'accord, je vois... Elle ne pourra pas arriver en France avant demain matin, au plus tôt.

– As-tu appris la nouvelle? s'écria Saint-Jacques. Le général Teagarten a été assassiné et il paraît que Jason...

– Oh! Tais-toi, supplia Bourne avant de raccrocher.

Il sortit de la cabine et commença de marcher en essayant de mettre un peu d'ordre dans ses idées.

Peter Holland, directeur de la Central Intelligence Agency, bondit de son fauteuil en foudroyant du regard l'infirme assis devant son bureau.

– Comment cela, ne rien faire? hurla-t-il. Vous êtes complètement marteau!

– Et vous, vous n'étiez pas marteau quand vous avez fait cette déclaration sur une opération anglo-américaine à Hong-kong?

– C'est la vérité, non?

– Oui, mais il y a vérité et vérité. Toute vérité n'est pas bonne à dire, surtout quand elle va contre l'intérêt du service.

– Et merde! Pédés de politiciens!

– Je ne dirais pas cela, Gengis Khãn. J'en connais qui ont préféré affronter le peloton d'exécution plutôt que de trahir la vérité du moment, celle qu'ils étaient tenus de respecter... Vous êtes à côté de la plaque, Peter.

Exaspéré, Holland se laissa retomber dans son fauteuil.

– Peut-être ne suis-je vraiment pas à ma place ici.

– Peut-être, acquiesça Conklin, mais accordez-vous encore un peu de temps. Vous finirez bien par acquérir notre sale esprit... Tout est possible, vous savez.

Holland s'enfonça dans son siège et rejeta la tête en arrière.

– Je me demande si je n'étais pas encore pire que vous quand j'étais sur le terrain, Alex, commença-t-il d'une voix saccadée. Il m'arrive encore de me réveiller en pleine nuit et de voir le visage de ces jeunes gens, à peine des hommes, qui ne me quittaient pas des yeux pendant que je leur plongeais mon couteau dans la poitrine. Et le pire, c'est que je sentais que les pauvres bougres ne savaient même pas ce qu'ils faisaient là.

– C'étaient eux ou vous. Ils vous auraient logé une balle dans le crâne s'ils avaient pu le faire.

– Oui, je suppose.

Le DCI se pencha brusquement en avant, les yeux braqués sur Conklin.

– Mais ce n'est pas de cela que nous parlions!

– Disons que c'est une variation sur le même thème.

– Arrêtez vos conneries!

– C'est une expression utilisée en musique. J'aime la musique, vous savez.

– Alors, revenons au sujet de notre symphonie. Moi aussi, Alex, j'aime la musique.

– Très bien. Bourne a disparu... Il m'a expliqué qu'il avait trouvé une grotte, c'est le mot qu'il a employé, à partir de laquelle il sera en mesure de traquer le Chacal. Il n'a pas voulu me dire où il était et je ne sais absolument pas quand il me rappellera.

– J'ai envoyé notre agent de l'ambassade à l'hôtel Pont Royal pour qu'il se renseigne sur un certain M. Simon. Ils ne vous ont pas menti. Simon a pris sa chambre, est ressorti et personne ne l'a revu. Où peut-il être?

– Il se cache. Bernardin a eu une idée, mais elle a fait long feu. Il pensait pouvoir surveiller discrètement Bourne en faisant circuler le numéro minéralogique de sa voiture de location, mais la voiture est restée au parking et nous pensons qu'il ne viendra pas la chercher. Il ne fait plus confiance à quiconque, même pas à moi et, compte tenu du passé, je ne peux pas lui donner tort.

– Vous ne me mentiriez pas, Conklin? demanda Peter Holland en fixant sur Alex un regard froid et dur.

– Pourquoi vous mentirais-je dans les circonstances présentes et au sujet d'un ami comme lui?

– Ce n'est pas une réponse, c'est une question.

– Non, je ne vous mens pas. Je ne sais pas où il est.

De fait, Alex l'ignorait.

– Et vous me conseillez donc de ne rien faire?

– Parce que nous ne pouvons effectivement rien faire. Tôt ou tard, il m'appellera.

– Avez-vous une idée des conclusions auxquelles arrivera une commission d'enquête sénatoriale, dans quelques semaines ou dans quelques mois, quand toute cette affaire éclatera au grand jour? On saura que nous avons envoyé clandestinement à Paris un homme connu sous le nom de « Jason Bourne ». Or, Paris se trouve à deux pas de Bruxelles où le commandant suprême de l'OTAN vient de perdre la vie dans un attentat revendiqué par le même « Jason Bourne ». Et nous n'avons rien dit. Bon Dieu, je finirai ma carrière en nettoyant les latrines d'un vieux remorqueur!

– Mais ce n'est pas lui qui a tué Teagarten.

– Nous le savons tous deux, mais il y a un petit détail qui n'échappera pas à la commission d'enquête dès qu'elle mettra le nez dans son dossier médical.

– Si vous voulez parler de son amnésie, cela n'a aucun rapport avec un acte de violence.

– C'est encore pire! On dira qu'il ne se souvient pas de ce qu'il a fait!

– Je me fous de ce que les apparences semblent indiquer, rétorqua Conklin en serrant nerveusement le pommeau de sa canne. Mais il y a quelque chose qui m'échappe. Mon instinct me souffle que l'assassinat de Teagarten a un rapport avec Méduse. Il s'est passé quelque chose et, même s'il n'y a aucune ligne directrice, aucune progression arithmétique, j'ai la conviction que Méduse est derrière cet attentat.

– Avec votre témoignage, je peux mettre l'amiral Burton sur la sellette et probablement aussi notre ambassadeur à Londres.

– Non, laissez-les tranquilles. Tenez-les à l'œil, mais ne brûlez pas vos vaisseaux, amiral. Ils finiront bien par se découvrir.

– Alors, que me suggérez-vous de faire?

– Ce que je vous ai conseillé en arrivant: rien. Attendons notre heure.

Alex donna un brusque coup de canne sur le pied du bureau.

– Bordel de merde, c'est Méduse! s'écria-t-il. Cela ne peut être qu'eux!

Un vieillard chauve au visage parcheminé, agenouillé sur un prie-Dieu de l'église du Saint-Sacrement de Neuilly-sur-Seine se releva péniblement et se dirigea d'un pas traînant vers le second confessionnal sur la gauche. Il s'agenouilla en grimaçant devant la grille protégée par un rideau noir.

– *Angelus domini*, enfant de Dieu, fit une silhouette invisible derrière la grille. Tes jours sont-ils confortables?

– Grâce à votre générosité, monseigneur.

– J'en suis satisfait, mais il m'en faut plus pour l'être vraiment... Que s'est-il passé à Anderlecht? Qu'a découvert mon armée bien-aimée et bien rétribuée? Qui a osé?

– Nous nous sommes éparpillés et avons entrepris des recherches, monseigneur. D'après ce que nous avons appris, deux hommes venus des États-Unis – c'est ce que nous supposons, car ils ne parlaient qu'anglais avec un fort accent américain – ont pris une chambre dans une pension de famille en face du restaurant. Ils ont payé leur chambre et sont repartis quelques minutes après l'explosion.

– Une charge commandée à distance!

– Selon toute apparence, monseigneur. Nous n'avons rien découvert d'autre.

– Mais pourquoi? Pourquoi?

– Nous ne pouvons pas lire dans le cerveau des gens, monseigneur.

Sur l'autre rive de l'Atlantique, dans un somptueux appartement de Brooklyn Heights, donnant sur l'East River, un *capo supremo* de la mafia était vautré dans un canapé mœlleux, un verre de Perrier à la main. Il s'entretenait avec son ami, assis en face de lui dans un fauteuil, qui sirotait un gin-tonic. C'était un homme plus jeune, aux cheveux de jais, mince et séduisant.

– Tu vois, Frankie, non seulement je suis rusé, mais je suis brillant. Tu comprends? Je saisis les nuances, tu vois, je perçois la petite différence entre ce qui peut être important et ce qui ne l'est pas. J'écoute parler un *paisan* qui joue à l'espion et je me dis que deux et deux ne font pas quatre, mais six! *Bingo!* C'est la bonne réponse. Il y a d'abord ce mec qui se fait appeler « Bourne » et qui se fait passer pour un tueur à gages très demandé. En fait, il sert simplement d'appât pour alpaguer quelqu'un d'autre, mais c'est lui qu'il nous faut... Tu piges? Et puis il y a le psy youpin, malade comme un chien, qui a craché tout ce qu'on voulait savoir. Je crois qu'il est complètement à côté de ses pompes et, la moitié du temps, il ne sait même plus qui il est, ni ce qu'il fait. Tu me suis?

– Tu as raison, Lou.

– Et puis il y a ce Bourne qui est à Paris. A deux pas d'un gros obstacle, un vrai, un général plein d'étoiles que les gars veulent faire disparaître de la circulation, comme les deux autres gros plein de soupe qui ont déjà dégagé. *Capisce?*

– *Capisco*, Lou, répondit le jeune homme élégant dans son fauteuil. Tu es vraiment un type intelligent.

– Tu ne sais même pas de quoi je parle, *zabaglione!* C'est comme si je parlais tout seul!... Je continue! Deux et deux font six, je me dis! Il faut éliminer ce trou-du-cul de général, parce qu'il est un obstacle pour les rupins qui ont besoin de nous. Tu me suis?

– Bien sûr, Lou. Bien sûr...

– Te fatigue pas, *zabaglione.* Alors, je me suis dit : on va le faire sauter, et on racontera que c'est ce Bourne qui l'a fait. Qu'est-ce que tu en penses?

– Magnifique, Lou! Ce que tu peux être intelligent!

– On fait coup double en supprimant l'obstacle et en attirant l'attention de tout le monde sur ce Bourne, même s'il est aussi fort qu'on le dit. Si nous, on n'a pas sa peau, si le Chacal n'a pas sa peau, c'est les fédéraux qui l'auront.

– Quelle idée de génie, Lou! Je dois avouer que j'ai du respect pour toi.

– C'est pas du respect que je te demande, *bello regazzo*. Dans cette maison, les règles sont différentes. Allez, viens et fais-moi l'amour comme il faut.

Le jeune homme se leva et s'avança docilement vers le canapé.

Marie buvait du café dans un gobelet en plastique. Elle essayait désespérément de retrouver tous les endroits, cachettes, lieux divers où elle était allée avec David treize ans plus tôt. Les troquets mal famés et les petits hôtels pas chers de Montparnasse; un motel à une quinzaine de kilomètres de Paris, elle ne savait plus où exactement; une auberge à Argenteuil, dans la chambre avec balcon, David – Jason – lui avait dit pour la première fois qu'il l'aimait, mais qu'il ne pouvait pas rester avec elle *parce qu'*il l'aimait. L'idiot! Et aussi le Sacré-Cœur où, tout en haut des marches, David avait rencontré un individu qui avait fourni les renseignements qu'il voulait. De quoi s'agissait-il? Qui était cet homme?

– *Mesdames et messieurs,* clama une voix venue d'un haut-parleur. *Votre commandant de bord et son équipage vous souhaitent la bienvenue...*

Le pilote poursuivit en français, puis répéta en anglais, en allemand et en italien, et eut recours à une interprète pour le japonais.

– Nous vous souhaitons un excellent voyage jusqu'à Marseille. La durée estimée du vol est de sept heures et quatorze minutes. L'arrivée est prévue pour 6 heures, heure locale.

En regardant par le hublot, Marie Saint-Jacques Webb distingua l'océan baigné par la clarté laiteuse de la lune. Elle avait choisi de se rendre en hydravion à Porto Rico pour prendre à San Juan le vol de nuit à destination de Marseille. Là les services de l'immigration étaient beaucoup moins pointilleux. C'est du moins le souvenir qu'elle en avait gardé et elle avait le sentiment de se trouver ramenée treize ans en arrière. Elle prendrait ensuite un vol sur Air Inter jusqu'à Paris et elle le trouverait comme elle l'avait fait treize ans plus tôt. Elle n'avait pas le choix! Si elle ne le trouvait pas, celui qu'elle aimait était un homme mort!

21

Morris Panov était vautré dans un fauteuil, près d'une fenêtre donnant sur le pré d'une ferme, sans doute quelque part dans le Maryland. Il se trouvait dans une petite chambre au premier étage, vêtu d'une chemise de nuit, et la vue de son bras droit dénudé lui confirmait ce qu'il ne savait que trop bien : il avait été drogué, avec des doses massives et répétées de narcotiques. Son esprit avait été fouillé, exploré, violé ; ses pensées les plus intimes et les secrets enfouis au plus profond de son cerveau étaient remontés à la surface de sa conscience.

Il n'ignorait pas que les dégâts qu'il avait causés étaient incalculables, mais ce qu'il ne comprenait pas, c'est pourquoi il était encore en vie. Plus étonnant encore, il était traité avec déférence. Pourquoi son gardien, affublé d'un ridicule masque noir, était-il si poli ? Pourquoi la nourriture était-elle abondante et même bonne ? Comme si ses ravisseurs avaient décidé de permettre à son organisme affaibli par les drogues de reprendre des forces et de lui offrir des conditions de vie aussi confortables que possible, compte tenu de la situation.

La porte s'ouvrit et son gardien, un homme trapu, à la voix râpeuse et à l'accent que Panov situait dans le nord-est des États-Unis ou encore à Chicago, entra. En d'autres circonstances, il aurait pu paraître comique, avec sa grosse tête tendant à faire craquer le masque noir qui n'aurait probablement pas empêché de l'identifier sur-le-champ. Mais, en l'occurrence, il n'avait rien de comique et son obséquiosité même était menaçante. Les vêtements du psychiatre étaient pliés sur son bras gauche.

– Allez, doc, habillez-vous. J'ai tout fait nettoyer et repasser, même votre caleçon. Qu'est-ce que vous en dites ?

– Vous avez une blanchisserie sur place ?

– Mais non ! On porte le linge à... Oh ! Vous ne m'aurez pas aussi facilement, vous savez !

Le gardien sourit, découvrant des dents jaunies.

– Vous êtes rusé, doc. Vous vous imaginiez comme ça que j'allais vous dire où on est, hein ?

– Non. Simple curiosité.

– Mon œil ! C'est comme mon neveu, le fils de ma sœur, qui me pose sans arrêt des questions auxquelles je ne veux pas répondre. Du genre : « Eh ! mon oncle, comment tu as fait pour m'inscrire en fac de médecine ? » Oui, il est médecin, comme vous. Qu'est-ce que vous dites de ça ?

– Je dis que le frère de sa mère est très généreux.

– Oui, bon... Allez, doc, mettez vos frusques. On va faire un petit tour.

– Je suppose qu'il serait stupide de demander où nous allons ? insista Mo en se levant et en mettant son caleçon après avoir enlevé sa chemise de nuit.

– Tout à fait stupide.

– Mais sans doute pas aussi stupide que le fait que votre neveu ne vous ait pas parlé d'un symptôme que je trouverais assez alarmant à votre place, ajouta Panov en enfilant son pantalon.

– De quoi parlez-vous ?

– Ce n'est peut-être rien, poursuivit Mo en mettant sa chemise et en s'asseyant pour enfiler ses chaussettes. Quand avez-vous vu votre neveu pour la dernière fois ?

– Il y a à peu près quinze jours. Je lui ai filé un peu d'argent pour payer son assurance. Ah ! Ils s'y entendent pour me faire casquer ! Mais pourquoi vous me demandez ça ?

– Juste pour savoir s'il vous avait dit quelque chose.

– S'il m'avait dit quoi ?

– S'il avait parlé de votre bouche, répondit Mo en laçant ses chaussures. Il y a un miroir au-dessus de la commode. Allez donc y jeter un coup d'œil.

– Un coup d'œil à quoi ? demanda le *capo subordinato* en se dirigeant rapidement vers le miroir.

– A votre bouche... Regardez le jaune que vous avez sur les dents, comme le rouge des gencives s'est atténué et comme elles s'écartent vers le fond de la bouche.

– Et alors ? Elles ont toujours été comme ça...

– Ce n'est peut-être rien, mais il aurait dû le remarquer.

– Remarquer quoi, bon Dieu ?

– Améloblastome buccal. Peut-être.

– Qu'est-ce que c'est que ça ? Je ne me brosse pas très souvent les dents et je déteste les dentistes. Tous des bouchers !

– Vous voulez dire que vous n'avez pas vu un dentiste ou un stomatologue depuis un certain temps ?

– Et après ? demanda le *capo subordinato* en découvrant ses dents devant le miroir.

304

– Cela pourrait expliquer pourquoi votre neveu ne vous a rien dit.

– Pourquoi?

– Il doit imaginer que vous faites examiner régulièrement votre denture et il préfère que ce soit quelqu'un d'autre qui vous mette au courant.

Ses chaussures lacées, Panov se leva.

– Qu'est-ce que vous insinuez?

– Eh bien, il vous est reconnaissant de tout ce que vous avez fait pour lui et il apprécie votre générosité. Je comprends pourquoi il hésite à vous parler.

– *Quoi?* demanda le mafioso en pivotant brusquement sur lui-même.

– Je me trompe peut-être, mais je pense que vous devriez consulter un périodonte, poursuivit Mo en enfilant sa veste. Je suis prêt, ajouta-t-il. Que faisons-nous maintenant?

Les yeux durs, le front barré par un pli d'ignorance soupçonneuse, le *capo subordinato* fouilla dans sa poche et en sortit un grand foulard noir.

– Désolé, doc, il faut que je vous bande les yeux.

– Est-ce pour me loger une balle dans la tête sans que je me rende compte de rien?

– Non, docteur, pas de boum-boum pour vous. Vous êtes trop précieux.

– S'il est *précieux?* demanda le *capo supremo* dans son opulent appartement de Brooklyn Heights. Comme une mine d'or jaillie de nulle part et qui tomberait dans votre minestrone! Le youpin a soigné quelques-unes des plus grosses lasagnes de Washington. Ses dossiers n'ont pas de prix!

– Jamais vous ne pourrez mettre la main sur eux, Louis, objecta un homme d'âge mûr mais encore séduisant, vêtu d'un costume léger en worsted, assis dans un fauteuil en face de son hôte. On a déjà dû les sceller et les mettre hors de votre portée.

– Nous verrons bien. Imaginons – juste pour rire –, imaginons qu'ils soient en notre possession... Combien seriez-vous prêt à payer pour les avoir?

– Ils n'ont pas de prix, répondit l'homme de Park Avenue en ébauchant un mince sourire.

– *Va bene!* Vous me plaisez, vous avez le sens de l'humour.

Le sourire du mafioso s'effaça instantanément de son visage qui redevint grave et presque laid.

– Vous tenez toujours à avoir la peau de ce Bourne-Webb, n'est-ce pas?

– A une condition.

– Je n'aime pas les conditions, monsieur l'avocat. Je ne les supporte pas.

– Nous pouvons nous adresser ailleurs. Vous n'êtes pas seuls sur le marché.

– Laissez-moi vous expliquer quelque chose, *signor avvocato*. Si l'on réfléchit bien, nous – je veux dire nous tous – sommes seuls sur le marché. Nous n'intervenons pas dans les contrats des autres familles, vous comprenez? Nos conseils ont décidé que c'était trop dangereux, que cela risquait de créer de trop graves désaccords.

– Laissez-moi vous exposer la condition. Je ne pense pas qu'elle puisse vous offenser.

– Allez-y.

– Il y aura un supplément de deux millions de dollars, car nous tenons à ce que la femme de Webb et son ami de la CIA soient ajoutés au contrat.

– Marché conclu, monsieur l'avocat.

– Très bien. Passons maintenant au reste de nos affaires.

– Je veux d'abord parler du juif.

– Nous allons y venir...

– Le juif d'abord!

– Évitez de me donner des ordres, je vous prie, conseilla l'avocat de l'une des plus prestigieuses firmes de Wall Street. Vous n'êtes vraiment pas en position de le faire, métèque.

– Hé, *farabutto!* Ne me parlez pas sur ce ton!

– Je vous parlerai sur le ton qui me plaît, répliqua l'avocat en décroisant et recroisant calmement les jambes. Vu de l'extérieur, et c'est tout à votre avantage dans les négociations, vous êtes un type très viril, un vrai macho. Mais dans l'intimité, ce n'est pas la même chose. Votre cœur – mais s'agit-il vraiment du cœur? – s'embrase pour un beau jeune homme.

– *Silenzio!* hurla l'Italien en se redressant d'un bond.

– Soyez assuré que je ne souhaite aucunement exploiter votre faiblesse, mais je ne pense pas que la reconnaissance du mouvement homosexuel fasse partie des chevaux de bataille de la Cosa Nostra.

– Vous êtes une ordure!

– Il m'est arrivé à Saigon, quand j'étais un jeune diplômé appelé sous les drapeaux, de défendre un lieutenant, militaire de carrière, qui avait été surpris en flagrant délit avec un jeune prostitué vietnamien. En jouant de l'ambiguïté de certains passages du code militaire relatifs aux rapports avec les civils, j'ai réussi à lui épargner la honte d'être chassé de l'armée, mais il allait de soi qu'il était contraint de renoncer à la carrière militaire. Il n'a malheureusement pas eu le temps de s'engager dans une autre voie : deux heures après le verdict, il se tirait une balle dans la tête. Il était devenu un paria, l'opprobre de ses pairs, vous comprenez, et il ne se sentait pas capable de le supporter.

— Revenons à ce que vous aviez à me dire, fit le *capo supremo* d'une voix grave où perçait une haine sourde.

— Merci... Pour commencer, j'ai laissé une enveloppe sur la table du vestibule. Elle contient la somme convenue pour les tragiques disparitions d'Armbruster à Georgetown et de Teagarten à Bruxelles.

— D'après ce que nous a révélé le psy juif, intervint le mafioso, il y a deux autres membres de votre groupe dont ils connaissent l'identité. L'ambassadeur à Londres et l'amiral de l'état-major interarmes. Vous voulez ajouter un autre supplément?

— Pas pour l'instant. Nous verrons plus tard. Ils en savent très peu l'un comme l'autre et ils ignorent tout des opérations financières. Pour Burton, nous sommes avant tout un groupe ultraconservateur formé d'anciens combattants du Viêt-nam, et né de la débâcle, à la limite de la légalité, mais qui satisfait son patriotisme. Atkinson est un dilettante fortuné; il fait ce qu'on lui dit, mais il ne sait pas dans quel but, ni qui nous sommes. Il est prêt à tout pour rester à la cour d'Angleterre et Teagarten était son seul lien avec nous... Conklin a mis dans le mille avec Swayne, Armbruster, Teagarten et son ami DeSole, mais les deux autres ne sont là que pour la façade, une façade très respectable. Je me demande comment il a fait pour les trouver.

— Quand je le découvrirai, et j'y arriverai, je vous le dirai. Gratis.

— Vraiment? fit l'avocat en haussant les sourcils. Et comment vous y prendrez-vous?

— Nous y viendrons. Qu'avez-vous d'autre à me dire?

— Encore deux choses. Deux choses essentielles, et je vous révèle la première... gratis. Débarrassez-vous de votre mignon. Il fréquente des endroits qui ne sont pas pour lui et il jette l'argent par les fenêtres, comme un voyou de bas étage. Il paraît qu'il aime se vanter de ses relations avec des gens haut placés. Nous ne savons pas exactement ce qu'il raconte, ni ce qu'il sait, mais il nous inquiète. Je pense que son attitude a de quoi vous inquiéter, vous aussi.

— *Il prostituto!* rugit Louis en abattant le poing sur l'accoudoir du canapé. *Il pinguino!* C'est un homme mort!

— Vos remerciements me vont droit au cœur. Le second point est beaucoup plus important, pour nous en tout cas. Un livre a disparu de la maison de Swayne, à Manassas. Un carnet que le notaire de Swayne n'a jamais réussi à retrouver. Il se trouvait sur une étagère et sa reliure était rigoureusement identique à celle de tous les autres ouvrages du rayon. Celui qui l'a pris ne l'a pas fait par hasard; il savait exactement ce qu'il cherchait.

— Que voulez-vous que je fasse?

— Le jardinier était un homme à vous. Il avait été placé là-bas pour accomplir sa mission et il ne connaissait qu'un seul numéro de téléphone, le seul que nous savions être totalement sûr, celui de DeSole.

— Et alors?

– Pour remplir sa mission, pour donner de l'authenticité au suicide de Swayne, il devait étudier tous les mouvements du général. C'est ce que vous m'avez vous-même rabâché pour justifier votre prix exorbitant. On peut facilement se représenter votre homme en train d'épier Swayne par la fenêtre de son bureau, la pièce où il était censé mettre fin à ses jours. Il finit par remarquer que le général prend régulièrement un livre, toujours le même, sur une étagère, qu'il y écrit quelque chose et qu'il le replace au même endroit. Cela ne peut que l'intriguer et il en conclut que ce livre a de la valeur. Pourquoi ne le prendrait-il pas? Moi, je l'aurais pris, à sa place et vous aussi sans doute. Alors, où est-il?

Le mafioso se leva lentement, l'air menaçant.

– Écoutez-moi bien, *avvocato*: vous êtes beau parleur, mais vos conclusions ne me plaisent pas. Nous n'avons pas ce livre et je vais vous dire comment je peux vous le prouver! Si j'avais mis la main sur un livre ou sur autre chose qui me permettrait de vous plonger la tête sous l'eau, je ne me ferais pas prier pour m'en servir! *Capisce?*

– Cela me semble assez logique, admit l'élégant avocat en décroisant et en recroisant une nouvelle fois les jambes tandis que le mafioso hargneux reprenait place sur le canapé. Flannagan, poursuivit-il, ce ne peut être que Flannagan. C'est leur police d'assurance, à lui et à sa coiffeuse, et ils ont dû se livrer en plus à un petit chantage. Je me sens soulagé, voyez-vous. Ils ne seront jamais en mesure de s'en servir sans se découvrir. Veuillez accepter mes excuses, Louis.

– Vous avez terminé?

– Je crois.

– Bon! Passons au psy juif.

– Je vous écoute.

– Comme vous le savez, c'est une vraie mine d'or.

– Sans les dossiers de ses patients, ce ne sera pas de l'or à vingt-quatre carats.

– C'est là que vous vous trompez, riposta Louis. Comme je l'ai dit à Armbruster avant qu'il ne devienne lui aussi un gros obstacle, nous avons maintenant des médecins qui travaillent pour nous. Des spécialistes en tout genre, y compris dans ce qu'ils appellent réactions motrices et, tenez-vous bien, « rappel mental provoqué en état de contrôle extérieur ». C'est un autre genre de pistolet sur la tête, mais il n'y a pas de bruit et pas de sang.

– Je suppose que vous avez une idée derrière la vôtre.

– Un peu, mon neveu! Nous allons conduire le youpin en Pennsylvanie, dans une sorte de maison de repos où une clientèle triée sur le volet va se faire désintoxiquer ou remettre d'aplomb, si vous voyez ce que je veux dire.

– Oui, je crois que je vois. Équipement médical de pointe, personnel hyperqualifié, gardes qui patrouillent en permanence.

– C'est tout à fait ça. Pas mal de vos amis y sont déjà passés.

– Venez-en au fait, s'impatienta l'avocat en regardant sa Rolex. Je n'ai pas beaucoup de temps.

– Prenez-le, cela en vaut la peine. D'après mes spécialistes, et c'est à dessein que j'utilise le mot « mes », chaque nouveau patient est bourré de drogues à une fréquence préétablie, disons tous les quatre ou cinq jours. Dans l'intervalle, il est traité aussi bien qu'on peut l'être. On lui fait prendre ce qu'il faut, faire les exercices qu'il faut, il a tout le sommeil dont il a besoin et tout ce genre de conneries... Il faut savoir entretenir son corps, n'est-ce pas, *consigliere*?

– J'en connais qui jouent au squash tous les deux jours. Et mon titre est avocat.

– Si vous me laissez le temps, il pourrait devenir *consigliere*.

– Nous n'avons qu'une vie, Louis, et elle est trop courte. Voulez-vous continuer ou bien dois-je vous laisser?

– Je continue, l'avocat... Ce que je voulais dire, c'est que, chaque fois que le youpin reçoit sa dose, il est en bonne forme, non?

– Oui, j'ai remarqué que son état redevenait normal, mais je ne suis pas médecin.

– Comme je ne le suis pas non plus, je vais donc m'en remettre à l'avis de mon spécialiste. Chaque fois que le psy reçoit une injection, il garde toute sa tête et on lui énumère une liste de noms. Beaucoup, la majorité peut-être, ne lui disent rien, mais, de temps en temps, il réagit à l'un d'eux. Chaque fois que c'est le cas, mes médecins font un petit sondage, comme ils disent, pour obtenir des bribes de renseignements, juste de quoi se faire une petite idée du patient dont il est question... juste de quoi lui filer une trouille bleue quand on prendra contact avec lui. Il ne faut pas oublier que notre psy traite quelques-unes des plus grosses légumes de Washington, que ce soit dans l'administration ou dans le privé, et que la tension nerveuse est très forte chez ces gens-là. Qu'est-ce que vous en pensez, l'avocat?

– C'est tout à fait passionnant, répondit l'élégant juriste en étudiant longuement le visage du *capo supremo*. Mais ses dossiers seraient infiniment préférables.

– Oui, je vous ai déjà dit que nous nous en occupions, mais cela demande du temps. Ce que je vous propose, c'est pour tout de suite, *immediato*. Il sera en Pennsylvanie dans deux heures. Vous voulez conclure un marché? C'est une affaire entre nous.

– Un marché reposant sur quoi? Quelque chose que vous n'avez pas et que vous n'aurez peut-être jamais?

– Pour qui me prenez-vous, l'avocat?

– Je ne suis pas sûr que vous ayez vraiment envie d'entendre la réponse...

– Arrêtez de déconner! Disons que nous nous retrouvons dans deux ou trois jours, une semaine au plus et que je vous remettrai une liste de noms qui devraient vous intéresser et sur lesquels nous aurons des renseignements... Un genre de renseignements difficiles à obtenir, vous voyez. Vous choisirez un ou deux de ces noms, ou vous laisserez tomber. Qu'avez-vous à perdre? Et n'oubliez pas que c'est une affaire entre nous deux. Il n'y aura personne d'autre dans le coup, sauf mon spécialiste et son assistant qui ne vous connaissent pas et vice versa.

— Un à-côté, en quelque sorte?

— Pas en quelque sorte, non, c'est tout à fait ça. Le prix sera fonction de l'intérêt des renseignements. Peut-être mille ou deux mille dollars, mais cela pourra monter jusqu'à vingt, ou ce sera gratuit, qui sait? Je ne serai pas trop gourmand, parce que je veux travailler avec vous. *Capisce?*

— C'est très intéressant.

— Vous savez ce que m'a dit mon spécialiste? Il a prétendu que nous pourrions nous lancer là-dedans sur une grande échelle. Commencer par enlever une douzaine de psy travaillant avec des politiciens, des sénateurs par exemple, ou même des gens de la Maison-Blanche...

— J'ai parfaitement compris, rétorqua l'avocat en se levant, mais je n'ai plus le temps de rester. Apportez-moi une liste, Louis, ajouta-t-il en se dirigeant vers le vestibule de marbre.

— Pas d'attaché-case traficoté *signor avvocato?* demanda le *capo supremo* en se levant à son tour.

— Pour dérégler l'appareil assez peu discret qui est installé dans le chambranle de votre porte d'entrée?

— Nous vivons dans un monde de violence.

— Ce sont des choses qui m'échappent entièrement.

L'avocat sortit et, dès qu'il entendit la porte se refermer, Louis se précipita vers le bureau Queen Ann et se jeta sur l'élégant téléphone en ivoire qu'il renversa à deux reprises avant de se décider à tenir le support d'une main et à composer son numéro de l'autre en jurant entre ses dents.

— Putain de pédale de décorateur de mes deux!... Mario?

— Salut, Lou, répondit la voix affable de son correspondant à New Rochelle. Je parie que tu appelles pour l'anniversaire d'Anthony.

— Quel anniversaire?

— Celui d'Anthony. Tu n'as pas oublié que mon fils a quinze ans aujourd'hui. Toute la famille est réunie dans le jardin et nous regrettons que tu ne sois pas des nôtres, mon cousin. Si tu voyais le jardin cette année, Lou. Je suis un véritable artiste.

— Tu es peut-être autre chose aussi.

— Que veux-tu dire?

— Offre un cadeau à Anthony et envoie-moi la facture. Pourquoi pas une putain, à son âge? Il va bien falloir qu'il saute le pas un jour.

— Tu charries, Lou. Il y a quand même autre chose...

— Il n'y a qu'une seule chose qui m'intéresse en ce moment, Mario, et je veux entendre la vérité de ta bouche, sinon, je te l'arracherai de force.

Il y eut un moment de silence à New Rochelle avant que le tueur à la voix douce reprenne la parole.

– Je n'ai rien fait pour qu'on me parle sur ce ton, *cugino*.

– C'est ce que nous allons voir. Un livre a disparu de chez le général, à Manassas. Un livre qui a une grande valeur.

– Alors, ils s'en sont rendu compte.

– Bordel de merde! C'est toi qui l'as!

– Je l'avais, Lou. Je comptais te l'offrir, mais je l'ai perdu.

– Comment ça, *perdu?* Qu'est-ce que tu en as fait? Tu l'as oublié dans un taxi?

– Non... J'étais poursuivi par ce cinglé, avec ses fusées, comment s'appelle-t-il, déjà?... Webb. Il vidait son chargeur sur moi dans l'allée. Une balle m'a effleuré et, en tombant, j'ai lâché ce foutu bouquin... La voiture de police est arrivée juste à ce moment-là. Il a ramassé le livre et, moi, j'ai couru à toutes jambes vers la clôture.

– C'est Webb qui l'a?

– Je suppose.

– Doux Jésus!...

– Tu as autre chose à me dire, Lou? Nous allons allumer les bougies du gâteau.

– Oui, Mario. J'aurai peut-être besoin de toi à Washington... Un *cannoli* à qui il manque un pied, mais qui a le livre.

– Hé, attends un peu, *cugino!* Tu sais comment je fonctionne: toujours un mois entre deux voyages d'affaires. Combien de temps j'ai passé à Manassas? Six semaines, hein? Et au mois de mai, à Key West? Pas loin de quatre semaines? Pendant ce temps-là, je ne peux pas appeler, je ne peux même pas envoyer une carte postale... Non, Lou, toujours un mois de détente. J'ai des responsabilités avec Angie et les gamins; je ne veux pas être un père indigne, mais un modèle pour mes enfants.

– J'ai de la chance d'avoir un cousin comme toi! lança Louis en écrasant le combiné dont le frêle support d'ivoire se fendilla en tombant sur le bureau.

– C'est le meilleur de tous les porte-flingues, mais quel taré! marmonna le *capo supremo* en composant fébrilement un autre numéro.

Les sonneries se succédèrent, mais dès qu'on décrocha au bout du fil, l'inquiétude et la colère s'effacèrent de sa voix pour devenir presque imperceptibles.

– Bonjour, Frankie. Comment va mon cher et tendre ami?

– Ah! C'est toi, Lou? susurra après un instant d'hésitation la voix langoureuse de Frankie dans son luxueux appartement de Greenwich Village. Je peux te rappeler dans deux minutes? Ma mère repart à Jersey et j'ai juste à la mettre dans un taxi. D'accord?

– Bien sûr, mon grand. Deux minutes.

Sa mère! Petite ordure! *Pinguino!*

Louis se dirigea vers son bar de marbre surmonté d'un miroir décoré d'angelots rose bonbon. Il se versa un verre de whisky dont il but plusieurs gorgées d'affilée pour se calmer. Le téléphone du bar sonna.

– Oui? fit Louis en prenant délicatement le fragile combiné de cristal.

– C'est moi, Lou. J'ai accompagné ma mère.

– Tu es un bon garçon, Frankie. Il ne faut jamais oublier sa mama.

– Oh! Je m'occupe bien d'elle, Lou. C'est toi qui m'as appris ça. Tu m'as dit que tu avais offert à la tienne le plus bel enterrement qu'on ait jamais vu à East Hartford.

– Oui, mon gars, j'ai acheté la putain d'église.

– C'est vraiment chouette. Vraiment chouette...

– Et si nous parlions d'autre chose qui est aussi vraiment chouette, hein? J'ai eu une très dure journée, Frankie. Des tas d'émotions, tu vois ce que je veux dire?

– Bien sûr, Lou.

– Je me sens un peu tendu, tu comprends. J'ai besoin de me détendre. Viens donc me voir, Frankie.

– Je saute dans un taxi et j'arrive, Lou.

Prostituto! Ce serait le dernier service que Frankie la grande gueule lui rendrait.

L'élégant avocat de Park Avenue suivit le trottoir en longeant deux pâtés de maisons, puis il tourna à droite et retrouva sa limousine garée près du dais d'une autre résidence. Son chauffeur, un homme trapu d'une cinquantaine d'années, était en train de deviser avec le portier en uniforme à qui il avait offert un généreux pourboire. Dès qu'il vit apparaître son employeur, le chauffeur se dirigea rapidement vers la voiture et ouvrit la portière arrière.

Quelques minutes plus tard, dans le confort feutré de la limousine, l'avocat dégrafa sa ceinture, puis il appuya sur les bords supérieur et inférieur de la boucle, et une petite cartouche tomba entre ses jambes. Il la ramassa et reboucla sa ceinture.

Il leva la cartouche pour l'approcher de la lumière du jour, filtrée par la vitre teintée, et étudia l'appareil d'enregistrement miniaturisé à déclenchement vocal. C'était une petite merveille qui, grâce à sa taille minuscule et son mécanisme en acrylique, échappait aux détecteurs les plus sophistiqués. L'avocat se pencha en avant.

– William?

– Oui, monsieur, fit le chauffeur en levant les yeux vers le rétroviseur et en prenant ce que son employeur lui tendait.

– Voulez-vous emporter cela à la maison et le copier sur une cassette, je vous prie.

– Bien, monsieur.

L'avocat s'enfonça dans son siège et ébaucha un sourire. Louis était désormais à sa merci. Un *capo* ne passait pas d'arrangement privé à l'insu de sa « famille » et il ne reconnaissait pas avoir des goûts sexuels particuliers.

Les yeux bandés, Morris Panov était assis à l'avant de la conduite intérieure, à côté de son gardien qui lui avait attaché les mains sans trop serrer les liens, comme si le *capo subordinato* avait voulu lui montrer qu'il se pliait à des ordres qui ne lui paraissaient pas nécessaires. Ils avaient roulé une demi-heure sans échanger un mot quand le conducteur prit la parole.

– Qu'est-ce que c'est, un périodonte? demanda-t-il.

– Un chirurgien-dentiste, un praticien diplômé, autorisé à effectuer des interventions chirurgicales pour des problèmes relatifs aux dents ou aux gencives.

Un long silence, puis, sept minutes plus tard, une autre question.

– Quel genre de problèmes?

– Des problèmes de toutes sortes, infections, nettoyage des racines et autres interventions plus délicates, en général en collaboration avec un oncologiste.

Un nouveau silence. Quatre autres minutes s'écoulèrent.

– Qu'est-ce que c'est, le dernier nom que vous avez dit?

– Un spécialiste du cancer de la bouche, si vous préférez. Si la maladie est traitée à temps, la progression peut être enrayée avec un minimum de dégâts... Sinon, c'est la mâchoire tout entière qui doit être enlevée.

Panov sentit la voiture faire une légère embardée quand le conducteur donna un coup de volant involontaire. Il y eut encore un silence, puis, une minute et demie plus tard, une nouvelle question.

– Toute la mâchoire? La moitié du visage?

– C'est cela ou la vie du patient.

Trente secondes de silence.

– Et vous croyez que je pourrais avoir quelque chose comme ça?

– La vocation du médecin est de guérir les gens, pas de les alarmer inutilement. J'ai simplement découvert un symptôme, je n'ai pas fait un diagnostic.

– Mais, bon Dieu, faites-le, votre diagnostic!

– Je ne suis pas qualifié.

– Vous vous foutez de ma gueule? Vous êtes médecin, non? Je parle d'un vrai médecin, pas d'un *fasullo* qui prétend l'être, mais qui n'a même pas une plaque officielle!

– Vous voulez savoir si je suis diplômé d'une faculté de médecine ? La réponse est oui.

– Alors, examinez-moi !

– Je ne peux pas, j'ai les yeux bandés.

Panov sentit soudain de grosses mains se poser sur sa tête et arracher son bandeau. La pénombre qui régnait dans la voiture apporta la réponse à une question que Mo n'avait cessé de se poser depuis le départ : comment pouvait-on rouler en voiture avec un passager aux yeux bandés sur le siège avant ? Dans cette conduite intérieure, cela ne posait aucun problème, car les vitres n'étaient pas seulement teintées, elles étaient presque opaques, ce qui signifiait que, de l'extérieur, il était impossible de distinguer quoi que ce fût à l'intérieur.

– Allez-y ! Regardez !

Sans quitter la route des yeux, le *capo subordinato* se tordit le cou pour présenter sa grosse tête à Panov. Écartant des lèvres charnues, il découvrit les dents comme un enfant jouant à faire d'horribles grimaces devant un miroir.

– Dites-moi ce que vous voyez ! hurla-t-il.

– Il fait trop sombre, dit le psychiatre en regardant à travers le pare-brise ce qu'il voulait voir. La voiture roulait sur une petite route de campagne tout juste carrossable. Quel que fût l'endroit où son gardien l'emmenait, il avait choisi d'éviter les grands axes.

– Baissez la vitre, bordel ! rugit le mafioso, le cou toujours tordu, les yeux toujours fixés sur la route, la bouche grande ouverte. Et ne me cachez rien ! Je vais casser un par un tous les doigts de ce petit trou-du-cul ! Il se servira de ses coudes pour charcuter qui il veut ! Je l'avais bien dit à ma sœur que c'était un propre à rien ! Un gamin qui passe son temps le nez dans les livres, qui ne connaît rien de la vie !

– Si vous vous arrêtiez de crier pendant quelques secondes, je pourrais voir quelque chose, maugréa Panov qui avait baissé la vitre de sa portière, mais n'apercevait que des arbres et le sous-bois touffu qui défilait en bordure de la petite route, si petite qu'elle ne devait pas figurer sur beaucoup de cartes. Voilà, poursuivit-il en approchant ses mains liées de la bouche du *capo* dont les yeux demeuraient rivés sur la route. Mon Dieu !

– Qu'est-ce qu'il y a ? s'écria le mafioso.

– Du pus... Des poches de pus un peu partout, dans les deux maxillaires. Très mauvais signe.

– Merde !

La voiture fit une nouvelle embardée, mais pas assez violente.

Un arbre énorme ! Juste devant, sur le côté gauche de la route déserte ! Le psychiatre leva vivement ses mains liées et donna un brusque coup de volant vers la gauche en se soulevant de son siège. Puis, à la dernière seconde, juste avant que la voiture ne s'écrase contre l'arbre, il se jeta contre la portière et se mit en boule pour se protéger.

Le choc fut violent. Des éclats de verre et des fragments de métal tordu furent projetés au milieu des vapeurs et des fumées. A moitié inconscient, le mafioso gémissait, le visage couvert de sang. Panov le sortit de la carcasse déformée de la voiture et le traîna sur l'herbe du bas-côté, aussi loin que ses forces le lui permettaient. Quelques secondes plus tard, la voiture explosait.

Le psychiatre reprit lentement son souffle, mais la peur le faisait encore trembler. Il libéra ses mains et entreprit de retirer les fragments de verre dont le visage du mafioso était constellé, puis il essaya de déterminer si son gardien avait des fractures des membres, ce qui n'était pas exclu pour le bras droit et la jambe gauche. Il trouva dans la poche du capo du papier à lettres, volé dans un hôtel dont il n'avait jamais entendu parler, et un stylo dont il se servit pour écrire son diagnostic. Il trouva également un pistolet dont il ignorait la marque et le modèle, mais qui, lourd et trop gros pour sa poche, faisait une bosse sous sa veste.

Cela suffisait. Le serment d'Hippocrate avait ses limites.

Panov fouilla soigneusement le mafioso et trouva une grosse somme – près de six mille dollars – et plusieurs permis de conduire délivrés sous cinq identités différentes dans cinq États différents. Il prit l'argent et les permis de conduire pour les donner à Alex Conklin, mais il ne toucha à rien d'autre dans le portefeuille du *capo*. Il y avait des photographies de sa femme, de ses enfants, des membres de sa famille au nombre desquels se trouvait un jeune chirurgien à qui il avait payé ses études de médecine. *Cia, amico,* songea Panov en se traînant jusqu'au bord de la route où il se releva et entreprit de remettre de l'ordre dans ses vêtements pour avoir l'air aussi respectable que possible.

Le bon sens commandait de continuer vers le nord, dans la direction suivie par la voiture. Il paraissait inutile, voire dangereux de rebrousser chemin.

Est-ce vraiment moi qui viens de faire tout cela? se demanda-t-il soudain. Et il se mit rétrospectivement à trembler comme une feuille tandis que le psychiatre en lui diagnostiquait une réaction post-traumatique.

Mais non, pauvre connard! Ce n'est pas toi!

Panov se mit à marcher et il continua à avancer mécaniquement, comme s'il ne devait jamais s'arrêter. C'était plus qu'une route de campagne, cela menait au désert : pas le moindre signe de vie, pas une voiture, pas une maison, pas même les ruines d'une ferme, pas le plus petit vestige d'un mur de pierre prouvant qu'un être humain avait à un moment ou à un autre vécu dans les environs. Plus les kilomètres s'additionnaient, plus Mo devait lutter contre l'épuisement provoqué par les drogues qu'on lui avait injectées. Il ne savait même pas combien de temps cela avait duré. On lui avait pris sa montre, qui portait un minuscule dateur sur le cadran, de sorte qu'il n'avait pas la moindre idée de l'heure, ni du temps écoulé depuis le début de sa captivité. Il fallait absolument qu'il trouve un téléphone pour appeler Conklin! Il finirait bien par rencontrer quelqu'un sur cette satanée route!

Il entendit le bruit d'un moteur qui se rapprochait et pivota sur lui-même. Une voiture arrivait du sud, à toute allure, le conducteur devait avoir le pied au plancher. Mo agita frénétiquement les bras à son passage, mais en pure perte, car le véhicule rouge passa en trombe devant lui... Puis, à la grande joie de Panov, des hurlements de freins et un nuage de poussière s'élevèrent, et la voiture s'arrêta. Mo se mit à courir tandis que l'automobile faisait marche arrière dans un grand crissement de pneus. Les paroles que sa mère aimait à lui répéter quand il n'était encore qu'un gamin du Bronx lui revinrent brusquement en mémoire : « Dis toujours la vérité, Morris. C'est l'arme que Dieu nous a donnée pour rester dans le droit chemin. »

Panov n'observait pas ce précepte avec une grande rigueur, mais il avait parfois l'impression que cet axiome n'était pas dénué d'une certaine justesse dans les rapports sociaux. Ce serait peut-être le cas cette fois-là. Hors d'haleine, il s'approcha de la voiture dont la vitre de la portière avant droite était baissée et regarda le conducteur. C'était une conductrice, une blonde platinée d'une trentaine d'années, outrageusement fardée, aux seins plantureux mis en valeur par un décolleté vertigineux qu'il se fût plus attendu à contempler dans un film érotique que sur une route de campagne du Maryland. Mais les paroles de sa mère résonnaient encore dans sa tête et il préféra dire la vérité.

— J'ai conscience d'avoir une tenue extrêmement négligée, madame, mais je vous assure que cela ne m'est pas coutumier. Je suis médecin et je viens d'avoir un accident...

— Alors, vous montez, oui ou non?

— Je vous remercie infiniment, madame.

La portière à peine refermée, la conductrice engagea la première en faisant hurler le moteur et la voiture sembla littéralement décoller du bas-côté et retomber sur l'asphalte de la route.

— Vous semblez très pressée, avança courtoisement Panov.

— Vous le seriez aussi, si vous étiez à ma place, mon vieux. Il y a mon mari qui est en train d'atteler son semi-remorque pour se lancer à ma poursuite.

— Vraiment?

— Quel connard, ce mec! Il fait la route trois semaines par mois en couchant avec toutes les putes qu'il croise et il me fait une scène épouvantable quand il découvre que j'ai pris un peu de bon temps de mon côté.

— Oh! Je suis vraiment désolé!

— Je peux vous garantir que vous le serez encore plus s'il nous rattrape!

– Pardon?

– Vous êtes vraiment médecin?

– Oui, oui.

– Alors, nous allons peut-être nous entendre.

– Je vous demande pardon?

– Pouvez-vous procéder à un avortement?

Morris Panov ferma les yeux.

22

Pendant près d'une heure, Bourne marcha au hasard dans les rues de Paris en essayant de mettre de l'ordre dans ses idées. Il arriva au bord de la Seine et s'engagea sur le pont de Solferino. Accoudé au parapet, il regarda distraitement passer quelques péniches qui avançaient mollement sur le fleuve tandis que la même question revenait sans cesse dans sa tête. *Pourquoi? Pourquoi?* Quelle idée avait eue Marie de venir à Paris? C'était une décision complètement idiote, or sa femme était loin d'être une idiote! Elle était dotée de sang-froid et avait un esprit vif et analytique. Qu'espérait-elle? C'était vraiment incompréhensible de sa part. Elle devait savoir qu'il serait bien plus tranquille en agissant seul plutôt que d'avoir à s'inquiéter pour elle tout en traquant le Chacal. Et même si elle le retrouvait, les risques seraient multipliés par deux... Elle devait comprendre cela, elle dont la profession consistait à manier les chiffres et les statistiques! Alors, *pourquoi?*

Il n'y avait qu'une seule réponse possible, et elle le mettait hors de lui. Marie craignait qu'il ne retombe dans sa folie, comme il l'avait fait à Hong-kong où elle seule avait été capable de le ramener à la raison, à la réalité qui était celle de Jason Bourne, une réalité faite de demi-vérités terrifiantes et de souvenirs fragmentaires, avec lesquels Marie devait composer tous les jours. Comme il l'aimait! Et le fait qu'elle eût pris cette décision stupide, incompréhensible, la lui rendait encore plus chère, car cela prouvait à quel point elle était généreuse et follement altruiste. Quand il était à Hong-kong, il lui était arrivé de souhaiter mourir, ne fût-ce que pour se libérer de l'affreux sentiment de culpabilité qu'il éprouvait d'avoir entraîné Marie dans une situation aussi dangereuse. Ce sentiment de culpabilité était encore là, *toujours* là, mais l'homme plus mûr qu'il était devenu avait présent à l'esprit une autre réalité : leurs enfants. La menace mortelle représentée par le Chacal devait être écartée à jamais. Ne pouvait-elle comprendre cela et le laisser agir seul?

318

Non, elle ne pouvait pas. Si elle avait décidé de venir à Paris, ce n'était pas pour essayer de lui sauver la vie – elle savait que Jason Bourne était beaucoup mieux à même qu'elle de le faire – mais pour préserver sa santé mentale. *Ne t'inquiète pas, Marie. Je peux m'en sortir et je m'en sortirai!*

Bernardin pouvait l'aider! La DST trouverait Marie à Orly ou à Roissy. Ils la prendraient sous leur protection et la mettraient sous bonne garde dans un hôtel en affirmant que personne ne savait où était Bourne. Ce dernier traversa en courant le pont de Solferino et chercha une cabine téléphonique le long du quai des Tuileries.

– Pouvez-vous la trouver? demanda-t-il à Bernardin. Elle n'a qu'un passeport valide et il est américain, pas canadien.

– Je peux agir en franc-tireur, mais pas avec l'aide de la DST Je ne sais pas ce que vous a dit exactement Alex, mais on vient de me priver de mon statut de consultant et je pense qu'on a jeté par la fenêtre tout ce que contenait mon bureau.

– Merde!

– Comme vous dites, mon ami. Le Quai d'Orsay aimerait me voir disparaître dans un grand nuage de fumée et, si je ne détenais pas certains renseignements de nature à compromettre plusieurs de nos députés, je suis sûr qu'on se serait fait un plaisir de rétablir la guillotine pour ma modeste personne.

– Pouvez-vous intervenir auprès des agents de l'Immigration?

– Il serait préférable que j'essaie d'agir à titre officiel, en espérant que la DST n'a pas mis trop d'empressement à divulguer ses petits problèmes internes. Pouvez-vous me rapppeler ses nom et prénoms?

– Marie Élise Saint-Jacques Webb...

– Ah, oui! Je me souviens.. Saint-Jacques, la célèbre économiste canadienne. Elle a eu sa photo dans tous les journaux.

– Une publicité dont elle se serait bien passée.

– Je n'en doute pas.

– Alex vous a-t-il parlé de Mo Panov?

– Votre ami, le psychiatre?

– Oui.

– Non, il ne m'a rien dit.

– Merde!

– Si je puis me permettre un conseil, c'est à vous-même que vous devriez penser.

– Vous avez raison.

– Allez-vous passer prendre la voiture?

– A votre avis?

– Franchement, à votre place, je ne le ferais pas. C'est peu probable, mais on pourrait remonter jusqu'à moi par la société de location. Il y a un risque, même s'il est minime.

– C'est bien ce que je pense aussi. Je vais prendre le métro... Quand puis-je vous rappeler?

– Je ne serai pas de retour des deux aéroports avant quatre ou cinq heures. Alex m'a expliqué qu'il ne savait pas en provenance de quelle île votre femme arriverait et il me faudra un certain temps pour me procurer la liste des passagers des différents vols.

– Concentrez vos efforts sur les vols dont l'arrivée est prévue pour demain en début de matinée. Je suis sûr qu'elle n'a pas falsifié son passeport; elle serait bien incapable de le faire.

– Alex m'a bien précisé qu'il ne fallait pas sous-estimer Marie Saint-Jacques. Il s'est même donné la peine de me dire en français que c'était une femme *formidable*.

– Je peux vous assurer qu'elle est capable de prendre n'importe qui à contre-pied. C'est une originale, vous savez.

– Et vous, qu'allez-vous faire?

– Je vais prendre le métro. Je vous appellerai donc après minuit.

– Bonne chance.

– Merci.

Bourne sortit de la cabine téléphonique et commença à marcher le long du quai en se déhanchant, puisque son genou serré par le bandage l'obligeait à traîner la jambe. Il savait où il allait. De la station de métro Tuileries, il rejoindrait le RER dont une ligne desservait Argenteuil.

Le café à l'enseigne du Cœur du Soldat était tapi au fond d'un cul-de-sac, en face d'une usine abandonnée sur les murs de laquelle des inscriptions à demi effacées indiquaient qu'il s'agissait d'une ancienne usine d'affinage de métaux sise dans ce qui devait être le coin le plus laid de la ville. L'estaminet en question ne figurait pas dans l'annuaire et on ne pouvait le trouver qu'en interrogeant candidement les passants dont les réponses se faisaient de plus en plus précises à mesure que les bâtiments devenaient plus délabrés et les rues plus crasseuses.

Bourne s'adossa dans l'obscurité de l'impasse au vieux mur de briques de l'usine, juste en face de l'entrée du bistrot. La porte massive était surmontée d'un panneau rouge portant une inscription en grosses lettres majuscules dont plusieurs avaient disparu : L C eur d Soldat. Chaque fois que la porte s'ouvrait pour laisser entrer ou sortir des clients, des flots de musique martiale se déversaient dans l'impasse. Après avoir constaté avec satisfaction que son apparence s'accordait parfaitement avec la clientèle, Bourne frotta une allumette contre le mur de briques, alluma un cigarillo et s'avança en claudiquant vers la porte.

A part la langue, ce pourrait être n'importe quel bistrot du port de Palerme, se dit Jason en se dirigeant vers le bar encombré tout en lançant discrètement de rapides coups d'œil autour de lui et en se demandant fugitivement quand il avait bien pu aller en Sicile.

Un costaud vêtu d'une chemise de l'armée descendit d'un tabouret et Jason s'installa aussitôt sur le siège vacant. Sentant une main se refermer comme une serre sur son épaule, Bourne leva la main droite, saisit

320

le poignet de son agresseur et le tordit en tournant dans le sens des aiguilles d'une montre tout en repoussant le tabouret du pied et en se dressant de toute sa taille.

– Quel est votre problème? demanda-t-il posément, mais d'une voix forte.

– C'est mon siège, connard! J'allais juste pisser!

– Allez-y, répliqua Bourne en plantant son regard dans celui de l'homme tout en resserrant l'étreinte de sa main et en écrasant du pouce un point névralgique du poignet. Quand vous aurez fini, ce sera à mon tour.

– Putain de boiteux!... s'écria le costaud en réprimant une grimace. Je ne me bats pas avec un infirme!

– J'ai quelque chose à vous proposer, dit Bourne en relâchant la pression de son pouce. Nous allons nous relayer et je vous paie un verre chaque fois que vous laisserez ma sale patte se reposer un peu. D'accord?

Le costaud plongea les yeux dans ceux de Jason et un sourire se dessina sur ses lèvres.

– Vous êtes un mec bien, vous.

– Je ne sais pas si je suis un mec bien, mais je n'ai assurément pas envie de me battre. Je ne tiens pas à me faire démolir, ajouta Jason en lâchant le poignet de l'homme.

– Oh! Je ne suis pas si sûr de vous battre, remarqua l'autre en riant et en se frottant le poignet. Asseyez-vous donc! Je vais aller pisser et c'est *moi* qui vous offrirai un verre en revenant. Vous avez l'air plutôt fauché.

– Il ne faut pas se fier aux apparences, comme on dit, répliqua Jason en se juchant sur le haut tabouret. J'ai d'autres vêtements, de bien meilleure qualité, mais j'ai rendez-vous ici avec un vieil ami qui m'a conseillé de ne pas m'habiller trop bien. Je reviens d'Afrique, où j'ai gagné pas mal d'argent... L'entraînement des sauvages, vous voyez...

Des coups de cymbale assourdissants résonnèrent, comme si le volume de la musique du bar avait encore été augmenté.

– D'Afrique, lança l'inconnu. Je le savais! Cette poigne... La Légion!

Le Caméléon rassembla en hâte ses souvenirs sur la Légion étrangère. Il n'avait pas pensé à cela, mais il arriverait à se débrouiller.

– Quoi, toi aussi? demanda-t-il avec une chaleur nouvelle dans la voix.

– La Légion est notre patrie! s'écria le costaud. Ah! C'était le bon temps!

– Quand l'as-tu quittée? demanda Bourne en sachant qu'il courait le risque de se trouver dans une situation embarrassante.

– Il y a déjà neuf ans! J'étais caporal, mais ils n'ont pas voulu que je rengage; il paraît que j'étais trop gros... Ils avaient probablement raison! Je suis belge, tu sais.

— Moi, j'ai été renvoyé il y a un mois, avant la fin de mes cinq ans, commença Jason en s'étonnant de la facilité avec laquelle les mots lui venaient aux lèvres. J'ai été blessé pendant notre mission en Angola et ils me soupçonnaient d'être plus vieux que ce que disaient mes papiers d'identité. Ils n'aiment pas payer pour une convalescence de longue durée.

— En Angola? On a envoyé la Légion en Angola? Qui a eu cette idée?

— Je ne sais pas. Je suis un soldat... J'obéis aux ordres et je ne les discute pas, même quand je ne comprends pas.

— Assieds-toi! Ma vessie va éclater... Je reviens tout de suite. Nous avons peut-être des amis communs... Mais je n'ai jamais entendu parler d'une opération en Angola.

Jason se pencha sur le bar et commanda une bière, soulagé de ce que la musique était trop forte et le barman trop occupé pour avoir entendu sa conversation avec le légionnaire. Mais il était surtout très reconnaissant à saint Alex du premier conseil qu'il donnait à un agent sur le terrain : « Établir d'abord de mauvais rapports avec un pigeon avant de se mettre en bons termes avec lui. » Conklin professait que le passage de l'hostilité à la sympathie était beaucoup plus fort que l'inverse. Il but donc sa bière avec une satisfaction profonde : il venait de se faire un ami au Cœur du Soldat. C'était un pas en avant, modeste, mais essentiel. Et peut-être pas si modeste que cela.

Le Belge revint, le bras passé autour des épaules d'un jeune homme d'une vingtaine d'années, pas très grand, mais dont les épaules tendaient à faire craquer une veste de l'armée américaine. Jason commença à se lever de son tabouret.

— Non, reste assis! s'écria son nouvel ami en se penchant pour se faire entendre au milieu du brouhaha. J'ai amené un puceau!

— Comment?

— Tu as déjà oublié? Ce jeunot a posé sa candidature à la Légion.

— Ah, tu parles de ça! dit Bourne en riant pour réparer sa gaffe. Dans un bistrot comme celui-ci, je me demandais...

— Dans un bistrot comme celui-ci, le coupa le légionnaire, on raconte ce qu'on veut, du moment qu'on parle comme un homme. Mais ce n'est pas pour ça que je l'ai amené; je me suis dit qu'il pouvait discuter avec toi. Il est américain, il parle français comme un cochon, mais, si tu parles lentement, il arrivera à suivre.

— Pas la peine, répliqua Bourne en anglais avec un léger accent. J'ai passé ma jeunesse à Neufchâtel, mais j'ai vécu plusieurs années aux États-Unis.

— Ça fait plaisir d'entendre ça, fit le jeune homme avec un accent prononcé du Sud et un bon sourire.

Il restait manifestement sur ses gardes, mais il n'avait pas peur.

— Alors, on recommence tout, décida le Belge en mauvais anglais. Moi, je m'appelle Maurice... Un nom qui en vaut un autre, n'est-ce pas? Mon jeune ami m'a dit qu'il s'appelait Ralph... Et toi, héroïque légionnaire?

– François, répondit Jason en pensant à Bernardin et en se demandant fugitivement si ses recherches dans les aéroports avaient été couronnées de succès. Et je ne suis pas un héros... Les héros meurent trop vite. Buvez donc! c'est moi qui régale.

Les deux hommes commandèrent une bière et Jason les accompagna en essayant frénétiquement de rassembler tout ce qu'il savait sur la Légion étrangère.

– Tu sais, Maurice, les choses ont bien changé en neuf ans. Mais pourquoi veux-tu t'engager, petit? ajouta-t-il en se tournant vers Ralph.

– Je suppose que c'est ce que j'ai de mieux à faire... Disparaître de la circulation pendant quelques années. Cinq ans, puisque c'est le minimum.

– Il faut déjà arriver au bout des six mois probatoires! lança le Belge.

– Maurice a raison. Écoute-le. Les officiers sont durs et nous traitent comme des chiens...

– Tous français! ajouta le Belge. Au moins quatre-vingt-dix pour cent... Et il n'y a pas plus d'un légionnaire sur trois cents qui devient officier. Ne te fais surtout pas d'illusions.

– Mais j'ai fait des études. J'ai un diplôme d'ingénieur.

– Eh bien, tu construiras de belles latrines dans les camps! lança Maurice en partant d'un rire gras. Dis-lui, François! Explique-lui comment les intellectuels sont traités!

– Les légionnaires savants doivent d'abord apprendre à se battre, commença Jason en espérant ne pas se tromper.

– Ils commencent toujours par là! s'écria le Belge. A la Légion, on se méfie de ceux qui ont de l'instruction. On essaie de les faire douter! A quoi bon être instruit quand on est payé pour exécuter aveuglement les ordres? A ta place, petit, je n'insisterais pas là-dessus...

– Fais-le savoir petit à petit, conseilla Bourne. Quand on aura besoin de tes connaissances, pas quand tu auras envie de les étaler.

– Bien dit! s'écria Maurice. Voilà quelqu'un qui sait de quoi il parle! C'est un vrai légionnaire!

– Sais-tu te battre? demanda Jason. Serais-tu capable de tuer quelqu'un?

– J'ai tué ma fiancée, ses deux frères et un de ses cousins avec mes deux mains et un couteau. Elle baisait avec un gros banquier de Nashville et les autres la couvraient, parce qu'il les payait pour ça... Oui, monsieur François, je suis capable de tuer.

Chasse à l'homme contre le tueur fou de Nashville.

Le jeune ingénieur plein de promesses échappe à toutes les recherches...

Jason se souvenait de ce fait divers qui avait fait les gros titres des journaux quelques semaines auparavant.

– Engage-toi dans la Légion, insista-t-il en regardant le jeune Américain au fond des yeux.

– En cas de besoin, monsieur François, est-ce que je pourrais me recommander de vous?

– Cela ne te servirait pas à grand-chose et tu aurais même plus à y perdre qu'à y gagner. Si tu es à court d'arguments, dis simplement la vérité. Cela te servira de passeport.

– Comme il connaît bien la Légion! Ils n'accepteront pas un tueur de gaieté de cœur, mais ils sont capables de... comment dire...

– Fermer les yeux?

– Oui, c'est cela... Ils sont capables de fermer les yeux quand il y a des... Aide-moi encore, François...

– Quand il y a des circonstances atténuantes.

– Tu vois, petit? En plus, mon ami François est intelligent. Je me demande comment il a pu survivre.

– En le cachant, Maurice.

Un garçon portant le tablier le plus crasseux que Jason eût jamais vu donna une grande tape dans le dos de Maurice.

– Ta table est prête, René.

– Et voilà, fit le gros Belge en haussant les épaules. Un autre nom... Quelle importance? Allons manger et, avec un peu de chance, on ne nous empoisonnera pas.

Deux heures plus tard, après que Maurice et Ralph eurent vidé quatre bouteilles de vin blanc ordinaire pour accompagner un plat de poisson d'une fraîcheur douteuse, la soirée battait son plein au Cœur du Soldat. Des rixes éclataient, vite étouffées par des garçons musclés. Les beuglements de la musique éveillaient des souvenirs de combats gagnés et perdus et provoquaient des discussions animées entre vieux soldats, chair à canon de tous les champs de bataille de la planète, partagés entre la rancune et la fierté d'avoir survécu à l'horreur dont les galonnés, bien planqués à l'arrière, ignoraient tout. C'était le grondement universel de la piétaille qui, depuis l'époque des pharaons jusqu'au bourbier du Viêt-nam, était envoyée à la mort pour la bonne réputation de ses officiers.

Le patron était un homme massif, chauve comme un œuf, qui portait des lunettes à monture métallique. Au milieu du va-et-vient des consommateurs, Jason le vit décrocher le combiné d'un téléphone dissimulé sous le bar et le porter à son oreille. L'homme lança un regard circulaire dans la salle bondée : ce qu'on lui disait semblait être important et ce qu'il voyait parfaitement anodin. Il n'échangea que deux ou trois phrases avec son interlocuteur, puis il plongea la main sous le bar et ne ressortit le combiné qu'au bout de quelques instants, après avoir composé un numéro à l'abri des regards indiscrets. Il prononça derechef quelques mots et raccrocha calmement. C'était exactement ce que le vieux Fontaine avait dit à Jason sur l'île de la Tranquillité. Message reçu et aussitôt transmis. A un correspondant qui était le Chacal.

Jason en avait assez vu pour ce premier soir. Il y avait un certain de nombre de choses à régler, peut-être des hommes à engager. Des individus interchangeables qui ne représentaient rien pour lui, qui pouvaient être payés ou soudoyés, soumis à un chantage ou à des menaces pour accomplir ce qu'il leur demanderait d'accomplir sans donner la moindre explication.

— Je viens de repérer le type avec qui j'avais rendez-vous, lança-t-il à ses deux compagnons complètement ivres. Il m'a demandé de le rejoindre dehors.

— Tu ne vas pas nous laisser tomber? gémit le Belge.

— Non, t'as pas le droit de faire ça, ajouta le jeune Américain dans son parler grasseyant du Sud.

— C'est juste pour ce soir, précisa Bourne en se penchant sur la table. Je suis en cheville avec un autre légionnaire qui est sur un coup juteux. Je ne vous connais pas bien, mais ce que je sais de vous me plaît, poursuivit-il en sortant sa liasse de billets et en tendant un billet de cinq cents francs à chacun des deux hommes. Prenez ça et fourrez-le dans votre poche. Vite!

— Bordel de merde!

— Je ne vous garantis rien, mais nous aurons peut-être besoin de vous. Ne parlez à personne et sortez d'ici dix ou quinze minutes après moi. Et plus une goutte de vin! Je veux que vous ayez les idées claires demain... A quelle heure ouvre le bistrot, Maurice?

— Je ne sais même pas s'il ferme. Un jour, je suis venu ici à 8 heures du matin. Bien sûr, il y a moins de monde...

— Soyez là tous les deux demain vers midi. Mais pas une goutte d'alcool, hein?

— Je redeviendrai le caporal de la Légion que j'étais! s'écria Maurice en étouffant un renvoi. Dois-je venir en uniforme?

— Surtout pas!

— Et moi, je mettrai un costard, dit l'Américain en hoquetant. J'ai un costume et une cravate, vous savez!

— Pas question! Venez tous les deux habillés comme vous l'êtes aujourd'hui, mais avec les idées claires. Vous avez bien compris?

— Tu as l'air très américain, mon ami, fit Maurice.

— Ouais, ça, c'est sûr.

— Je ne le suis pas, mais j'ai cru comprendre que la vérité était une denrée rare ici.

— Je vois ce qu'il veut dire. On est obligé de raconter des bobards quand on porte une cravate. Je sais ce que c'est.

— Pas de cravate, Ralph. A demain, les gars.

Bourne quitta la petite table, mais une idée lui vint brusquement à l'esprit. Au lieu de se diriger vers la porte, il se glissa discrètement vers le bout du bar où travaillait le chauve à la carrure de déménageur. Comme aucun tabouret n'était libre, il se glissa doucement, courtoisement entre deux consommateurs, commanda un Pernod et demanda une serviette de papier. On lui apporta les deux et il prit son stylo à bille pour écrire le message suivant :

Le nid d'un certain merle vaut un million de francs. Objet : affaires confidentielles. Si intéressé, rendez-vous devant le portail de la vieille usine dans une demi-heure. Cela ne vous engage à rien. Prime de cinq mille francs, si vous venez seul.

Bourne cacha la serviette dans le creux de sa main en posant sur elle un billet de cent francs, puis il fit signe au patron qui ajusta ses lunettes comme si ce client inconnu avait fait preuve d'une insolence qu'il convenait de châtier. Il s'avança pesamment et posa deux bras musclés et tatoués sur le zinc.

– Vous désirez? demanda-t-il d'un ton agressif.

– J'ai écrit un message pour vous, répondit le Caméléon en affrontant calmement le regard dur du colosse derrière ses lunettes. Je suis seul et j'espère que ma proposition retiendra votre attention, poursuivit-il en avançant doucement, très doucement, la main vers le battoir du patron. J'ai beaucoup souffert dans ma chair, mais mon portefeuille est bien garni.

Avec un dernier regard insistant à l'homme ébahi, Jason se retourna et s'éloigna vers la porte en accentuant sa claudication.

Dès qu'il fut dehors, Bourne pressa le pas sur le trottoir défoncé pour gagner l'entrée de l'impasse. Il estimait que son petit numéro au bar avait pris entre huit et douze minutes. Comme le patron ne l'avait pas quitté des yeux pendant qu'il se dirigeait vers la porte, il avait soigneusement évité de regarder dans la direction de ses deux compagnons de soirée pour vérifier s'ils étaient encore assis à leur table. Il supposait que tel était le cas, car, dans l'état où ils se trouvaient, ils ne devaient plus vraiment avoir la notion du temps. Il n'avait plus qu'à espérer qu'un billet de cinq cents francs chacun les ferait agir avec un minimum de sérieux et qu'ils quitteraient l'établissement aussi vite qu'il le leur avait demandé. Curieusement, il avait plus confiance en Maurice-René qu'en son ami, l'Américain qui se faisait appeler Ralph. Toutes les années passées à la Légion étrangère avaient dû provoquer chez l'ancien caporal une sorte de réflexe conditionné : un ordre était un ordre, et il le suivrait, quel que fût son état. C'est du moins ce que Jason espérait. Même si leur aide n'était pas indispensable, il allait peut-être avoir besoin d'eux... A condition que le patron du bistrot ait été suffisamment intrigué par la proposition alléchante d'un inconnu et la perspective d'une conversation en tête à tête avec un infirme qu'il pouvait assommer d'un revers de main.

Bourne attendit à l'angle de l'impasse dont seuls les premiers mètres étaient éclairés par la lumière diffuse des réverbères de la rue. Il y avait peu de passage et les rares individus qui s'engouffraient dans le cul-de-sac marchaient d'un pas plus assuré que ceux qui en sortaient. Personne ne jeta un regard au pauvre hère adossé au mur de briques.

Son intuition ne l'avait pas trompé. C'est le gros Belge qui ouvrit la porte du bistrot et tira l'Américain dans l'impasse. Dès que la porte se fut refermée, il donna une bourrade au jeune homme en lui expliquant d'une voix pâteuse qu'il avait intérêt à exécuter les ordres, car, s'ils disposaient maintenant d'un peu d'argent, ils pouvaient en gagner beaucoup plus.

— Cela vaut mieux que d'aller se faire tuer en Angola! s'écria l'ancien légionnaire. Mais qu'est-ce qu'ils sont donc allés foutre là-bas?

Jason les arrêta à l'entrée de l'impasse et les entraîna derrière l'angle du mur de briques.

— C'est moi, dit-il d'une voix impérieuse.

— Sacrebleu!

— Qu'est-ce que c'est que ce bordel?...

— Taisez-vous! Vous pouvez gagner un autre billet de cinq cents francs. Cela ne dépend que de vous; si vous ne voulez pas, il y a vingt autres types qui accepteront.

— Mais on est camarades! protesta vigoureusement Maurice-René.

— Et moi, je pourrais te faire éclater la tête pour nous avoir fait peur... Mais mon pote a raison. Nous sommes camarades... C'est pas des histoires de cocos, hein, Maurice?

— La ferme!

— Cela veut dire tais-toi, expliqua Bourne.

— Oui, je sais. C'est ce que tout le monde me répète...

— Écoutez-moi bien. Dans quelques minutes, le patron va sans doute sortir pour me rejoindre. C'est possible, mais ce n'est pas sûr. C'est le grand type chauve qui porte des lunettes, vous voyez? Vous le connaissez?

L'Américain haussa les épaules, mais le Belge hocha la tête à plusieurs reprises sans pouvoir parler.

— Il s'appelle Santos, dit-il enfin, et il est espagnol.

— Espagnol?

— Ou latino-américain. Personne ne sait.

Ilich Ramirez Sanchez, le terroriste né au Venezuela, que même les Russes n'avaient pas réussi à discipliner. Rien d'étonnant à ce qu'il se soit tourné vers un de ses compatriotes.

— Tu le connais bien, Maurice?

Dans le troquet, il est le seul maître à bord, répondit le Belge avec un haussement d'épaules. On raconte qu'un soir, il a écrasé le crâne d'un client qui cherchait trop la bagarre. Il commence toujours par enlever ses lunettes et c'est le signe qu'il va se passer quelque chose que même un soldat aguerri ne peut regarder sans broncher. S'il doit venir te rejoindre ici, je te conseille de filer au plus vite.

— S'il vient, c'est parce qu'il aura envie de me voir, et non pour me massacrer.

— Ça ne ressemble pas à Santos...

— Tu n'as pas à connaître les détails, ce ne sont pas tes oignons. Mais, s'il sort par cette porte, je veux que tu engages la conversation avec lui. Est-ce que cela te paraît possible?

— Certainement. Il m'est déjà arrivé plusieurs fois de dormir sur son canapé et c'est Santos qui me transportait dans l'escalier à l'arrivée de la femme de ménage.

— Dans l'escalier?

— Il habite au premier étage, juste au-dessus du café. A ce qu'il paraît, il ne sort jamais, il ne se promène jamais dans la rue et il ne va même pas faire le marché. Il envoie quelqu'un faire ses achats ou bien il se fait livrer par les commerçants.

— Je vois, dit Jason en tendant à chacun des deux hommes chancelants un nouveau billet de cinq cents francs. Repartez dans l'impasse et, si vous voyez Santos sortir, arrêtez-le et faites comme si vous aviez beaucoup trop bu. Demandez-lui de l'argent, une bouteille, n'importe quoi...

Maurice et Ralph se jetèrent sur les billets comme des gamins en échangeant un regard réjoui de conspirateurs. Ce fou de François distribuait des gros billets comme s'il les fabriquait lui-même!

— Combien de temps veux-tu qu'on jacte avec le chauve? demanda l'Américain de Nashville.

— On va le retarder jusqu'au lever du jour! s'écria le Belge.

— Non, répliqua Jason. Je veux juste m'assurer qu'il est seul. Que personne ne l'accompagne, ni ne sort après lui.

— C'est du gâteau!

— Nous allons gagner notre argent, mais aussi ton respect! s'écria le Belge. Parole de caporal de la Légion!

— Je suis très touché. Et maintenant, retournez là-bas.

Les deux hommes s'enfoncèrent en titubant dans la ruelle, l'Américain tapant triomphalement sur l'épaule du Belge. Jason se plaqua contre le mur de briques de la rue, à quelques centimètres de l'angle, et attendit. Six minutes s'écoulèrent avant qu'il entende ce qu'il espérait avec tant d'impatience.

— Santos! Mon cher et vieil ami Santos!

— Qu'est-ce que tu fais là, René?

— Mon jeune ami américain avait l'estomac barbouillé, mais ça va mieux. Il a bien dégueulé.

— Américain?

— Je vais faire les présentations, Santos. Tu verras, il va devenir un grand soldat.

— Il y a une croisade des enfants quelque part? C'est la classe biberon, ton copain, René.

Bourne avança la tête jusqu'à l'angle du mur et vit le colosse en train de dévisager Ralph.

— Bon courage, mon mignon. Tu te trouveras une bonne guerre dans une cour de récréation.

328

– Vous parlez un peu trop vite pour moi, dit Ralph, mais je crois avoir compris. Vous êtes un trou-du-cul et, moi, je peux être vraiment méchant.

– Alors, mon mignon, si tu veux être méchant, rétorqua Santos en excellent anglais et avec un grand rire, je te conseille de changer de crémerie. Seuls les clients pacifiques sont acceptés au Cœur du Soldat... Et maintenant, je dois partir.

– Santos! s'écria Maurice-René. Prête-moi dix ou vingt francs! J'ai laissé mon portefeuille chez moi.

– Si tu as jamais eu un portefeuille, c'est en Afrique du Nord que tu l'as laissé! Et tu connais ma politique : je ne vous prêterai pas un sou, ni à l'un ni à l'autre.

– J'ai dépensé tout ce que j'avais pour manger ton poisson dégueulasse qui a fait dégobiller mon copain!

– La prochaine fois, fais-toi donc conduire à Paris en taxi et va dîner au Ritz! Au fait, vous avez mangé, c'est vrai, mais ce n'est pas vous qui avez payé!

Jason retira vivement la tête en voyant Santos se tourner vers l'entrée du cul-de-sac.

– Bonne nuit, René. Toi aussi, mon mignon. J'ai du travail.

Bourne se mit à courir le long du trottoir vers l'entrée de l'usine. Santos venait au rendez-vous et il était seul. Jason s'arrêta devant le portail de l'ancienne usine d'affinage et demeura immobile. Seule sa main s'enfonça dans sa poche et ses doigts glissèrent sur l'acier de son automatique. A chaque pas que faisait Santos dans sa direction, c'est le Chacal qui se rapprochait! Quelques secondes plus tard, sa silhouette massive apparut à l'angle de l'impasse et se dirigea à la lueur des réverbères de la rue vers le portail rouillé.

– Je suis là, monsieur, dit Santos.

– Je vous en remercie.

– J'aimerais commencer par cette promesse que vous m'avez faite. Vous avez mentionné une somme de cinq mille francs dans votre message.

– Les voici, fit Jason en plongeant la main dans sa poche et en sortant une liasse de billets qu'il tendit au patron du Cœur du Soldat.

– Merci, s'exclama Santos en faisant un pas vers lui et en prenant les billets. Allez-y! ajouta-t-il d'une voix forte.

Les deux vantaux du portail s'ouvrirent brusquement derrière Bourne et deux hommes jaillirent de l'obscurité. Avant qu'il ait eu le temps de sortir son arme, Jason sentit quelque chose de lourd s'abattre violemment sur le côté de son crâne.

23

– Nous sommes seuls, articula dans la pénombre une voix venant du fond de la pièce tandis que Bourne ouvrait les yeux.

L'imposante carrure de Santos semblait réduire le volume du grand fauteuil et le faible voltage de l'unique ampoule intensifiait la pâleur de son énorme crâne chauve. Jason était assis sur le coin du canapé. Il souleva la tête et sentit des élancements dans son crâne.

– Rien de cassé, pas de sang, juste une grosse bosse très douloureuse, déclara l'homme du Chacal.

– Votre diagnostic est exact, la fin en particulier.

– On a utilisé un caoutchouc dur bien enveloppé. Le résultat est garanti, mais il y a toujours un risque de commotion cérébrale. Vous trouverez une poche de glace sur le plateau à côté de vous. Vous feriez peut-être bien de vous en servir.

Bourne tendit la main et prit la pesante poche de glace qu'il posa sur sa tête.

– Vous êtes un homme très prévenant, dit-il posément.

– Pourquoi ne pas l'être ? Nous avons à discuter de plusieurs choses... Un million de francs, par exemple.

– Ils sont à vous, dans les conditions que j'ai fixées.

– Qui êtes-vous ? demanda Santos en changeant brusquement de ton.

– Cela ne fait pas partie des conditions.

– Vous n'êtes plus tout jeune, vous savez !

– Cela n'a pas d'importance, vous non plus.

– Vous aviez un pistolet et aussi un couteau, une arme en général utilisée par des gens assez jeunes.

– Pourquoi donc ?

– Question de réflexes... Que savez-vous sur un certain corbeau ?

– Vous pourriez aussi bien me demander comment j'ai appris l'existence du Cœur du Soldat ?

– Comment ?

— Quelqu'un m'en a parlé.

— Qui?

— Désolé, cela ne fait pas partie des conditions. Je suis un intermédiaire et c'est ainsi que je travaille. C'est ce que mes clients attendent de moi.

— Vous demandent-ils aussi de vous bander le genou pour simuler une blessure? Avant que vous repreniez vos esprits, j'ai palpé toute cette zone. Il n'y a eu aucune réaction de douleur, ni entorse, ni fracture... Avez-vous aussi l'habitude de vous promener sans papiers d'identité, mais avec une telle somme sur vous?

— Je n'ai pas d'explication à donner sur mes méthodes. J'ai réussi à vous transmettre mon message, non? Comme je n'avais pas le numéro de téléphone de votre établissement, je ne serais certainement pas arrivé au même résultat si je m'étais présenté en complet-veston, un attaché-case à la main.

— Vous ne seriez jamais entré, dit Santos en souriant. On vous aurait agressé dans l'impasse et dépouillé de tout.

— Je reconnais que cette pensée m'a effleuré l'esprit... Et si nous parlions affaires, disons pour un million de francs?

— Il me semble que si un acheteur est prêt à proposer une telle somme comme prix de départ, il ira plus loin, fit observer l'homme du Chacal avec un petit haussement d'épaules. Disons jusqu'à un million et demi. Peut-être même deux.

— Mais je ne suis pas l'acheteur, je ne suis que l'intermédiaire. J'ai l'autorisation d'aller jusqu'à un million, ce qui, à mon avis, est déjà beaucoup, mais le temps nous est compté. C'est à prendre ou à laisser. J'ai d'autres choix.

— Vraiment?

— Bien sûr.

— Sauf si vous devenez un cadavre flottant sur la Seine et impossible à identifier.

— Je vois, fit Jason en lançant un regard circulaire dans l'appartement plongé dans la pénombre.

Il y avait peu de ressemblance entre ce logement et le café minable du rez-de-chaussée. Les meubles, imposants, à l'image du propriétaire, avaient été choisis avec goût. Sans être élégants, ils n'étaient sûrement pas bon marché. Mais l'attention de Jason Bourne était plutôt attirée par les rayonnages garnis de livres qui recouvraient le mur entre les deux fenêtres de la façade. L'universitaire en lui aurait voulu pouvoir lire quelques titres; ils lui auraient fourni des indications plus précises sur cet homme étrange dont le français semblait venir tout droit de la Sorbonne. Une brute épaisse, vu de l'extérieur, peut-être quelqu'un d'autre à l'intérieur. Son regard revint se poser sur Santos.

— Il n'est donc pas acquis que je puisse repartir d'ici de mon plein gré?

– Non, riposta le relais du Chacal. Cela aurait pu être le cas si vous aviez répondu à mes questions très simples, mais vos conditions, ou plutôt vos restrictions vous en ont empêché. Eh bien, moi aussi, j'ai des conditions, et votre vie dépendra d'elles.

– Voilà qui est sommaire.

– Je ne vois aucune raison pour qu'il en aille autrement.

– Vous renoncez donc à la possibilité d'empocher un million de francs ou même, comme vous l'avez suggéré, beaucoup plus?

– Puis-je également suggérer, poursuivit Santos en croisant les bras et en regardant distraitement les imposants tatouages qui les ornaient, qu'un homme, disposant de fonds aussi importants, acceptera non seulement de s'en séparer pour avoir la vie sauve, mais qu'il fournira de bon gré tous les renseignements qu'on lui demandera afin d'éviter des souffrances atroces et superflues.

L'homme du Chacal abattit brusquement le poing sur l'accoudoir du fauteuil.

– Que savez-vous du corbeau? Qui vous a renseigné sur le Cœur du Soldat? D'où venez-vous? Qui êtes-vous, qui est votre client?

Bourne demeura rigoureusement immobile, mais son esprit fonctionnait à toute allure. Il fallait absolument qu'il sorte de là! Il devait contacter Bernardin... Il aurait déjà dû l'appeler depuis plusieurs heures. *Où était Marie?* Il ne réussirait pas en heurtant de front le colosse assis en face de lui. Santos n'était ni un menteur ni un imbécile. Il pouvait facilement tuer son prisonnier et il le ferait sans l'ombre d'une hésitation. Si les réponses de Jason étaient manifestement fausses ou trop embrouillées, l'autre ne serait pas dupe. L'homme du Chacal protégeait deux territoires : le sien et celui de son mentor. Le Caméléon n'avait donc qu'une seule issue : révéler une partie suffisante de la vérité pour être crédible et lui donner un cachet d'authenticité qui ne pourrait être mis en question. Jason reposa la poche de glace sur le plateau et prit place au fond du grand canapé.

– Il va de soi, commença-t-il lentement, que je n'ai nulle envie de mourir pour un client ni d'être torturé pour protéger ses intérêts. Je vais donc vous dire ce que je sais, ce qui est trop peu à mon goût, dans les circonstances présentes. Je répondrai à vos questions dans l'ordre où vous les avez posées, en espérant que la peur ne m'en fera pas oublier une partie. Tout d'abord, l'argent n'est pas mis à ma disposition personnelle. Je prends contact à Londres avec un intermédiaire à qui je transmets les renseignements et il ouvre un compte à Berne à un nom et un numéro – quels qu'ils soient – que je choisis. Voyons maintenant ce que je sais du corbeau... Le Cœur du Soldat fait d'ailleurs partie de la même question. On m'a raconté qu'un vieillard – dont j'ignore le nom et la nationalité, mais que je soupçonne d'être français – était entré en contact avec une personnalité bien connue et lui avait révélé qu'elle allait être la cible d'un assassin. Comment ajouter foi aux dires d'un vieil ivrogne désireux de toucher une récompense, surtout quand on a un casier judiciaire aussi fourni que le sien? Malheureusement, l'assassinat a bien eu lieu, mais, par bonheur, un assistant de la victime était à ses côtés quand le vieillard l'avait mise en garde. Comble de chance, cet assistant était et est toujours très lié avec mon client; ce meurtre fut une bénédiction pour tous deux. L'assistant fit part à mon client de ce que le vieillard avait révélé : on fait parvenir un message à un « corbeau » dans un café d'Argenteuil à l'enseigne du Cœur du Soldat. Ayant conclu de tout cela que ce corbeau devait être un homme extraordinaire, mon client désire maintenant entrer en contact avec lui... Pour ce qui me concerne, j'installe mon bureau dans une chambre d'hôtel de la ville où je séjourne. Je suis actuellement inscrit sous le nom de Simon à l'hôtel Pont-Royal où j'ai laissé mon passeport et mes autres papiers. Voilà, acheva Bourne après un silence, je vous ai révélé toute la vérité telle que je la connais.

– Pas toute la vérité, rectifia Santos d'une voix basse et gutturale. Qui est votre client?

– Si je vous le dis, je suis un homme mort.

– Si vous ne me le dites pas, il ne vous reste que quelques secondes à vivre, répliqua l'émissaire du Chacal en sortant le couteau de chasse de Jason de sa large ceinture de cuir, la lame luisant à la lueur de la lampe.

– Si vous me fournissez ce que mon client demande, un nom et un numéro de téléphone, n'importe lesquels, je vous garantis deux millions de francs. Tout ce que mon client exige c'est que je sois le seul intermédiaire. Qu'avez-vous à perdre? Le corbeau peut refuser et m'envoyer au diable... Trois millions!

– Peut-être ferons-nous affaire plus tard, dit Santos en clignant des yeux comme s'il avait du mal à se représenter une telle somme.

– Tout de suite!

– Non! s'écria l'homme de Carlos en soulevant son énorme masse du fauteuil et en marchant droit sur le canapé, le couteau à la main. Le nom de votre client!

– Ils sont plusieurs, répondit Bourne. Un groupe d'hommes très puissants, aux États-Unis.

– Qui?

– Leurs noms sont aussi bien protégés que des secrets nucléaires, mais j'en connais un, et il devrait vous suffire.

– Qui est-ce?

– Trouvez-le vous-même... Vous comprendrez au moins l'importance de ce que j'essaie de vous dévoiler. Vous protégerez votre corbeau, vous aurez l'assurance que je vous ai dit la vérité et, par la même occasion, vous deviendrez si riche que vous pourrez faire tout ce que vous voulez jusqu'à la fin de vos jours. Vous pourrez voyager, disparaître ou prendre le temps de vous plonger dans vos livres sans plus avoir à vous occuper de votre boui-boui. Ainsi que vous l'avez souligné, nous ne sommes plus de la première jeunesse, l'un et l'autre. Je touche une coquette commission et vous devenez un homme riche, libre de toute contrainte, de toute besogne fastidieuse. Une fois de plus, qu'avez-vous à perdre? Notre proposition peut être rejetée, mais elle ne cache aucun piège. Mes clients ne demandent même pas à voir le corbeau. Tout ce qu'ils veulent, c'est l'engager.

— Comment dois-je m'y prendre pour obtenir les garanties dont j'ai besoin?

— Faites-vous passer pour quelqu'un d'important et appelez l'ambassadeur des États-Unis à Londres. Il s'appelle Atkinson. Dites-lui que vous avez reçu des instructions confidentielles de la Femme-Serpent. Demandez-lui si vous devez les exécuter.

— La Femme-Serpent? Qu'est-ce que c'est que ça?

— Méduse. Ils se font appeler Méduse.

Morris Panov s'excusa et quitta la table. Il se dirigea vers la porte des toilettes en traversant la salle bondée du Restoroute. Il cherchait désespérément du regard une cabine téléphonique. Il n'y en avait pas! L'unique appareil était à trois mètres du box, juste devant la blonde platinée dont la paranoïa était aussi profondément enfoncée dans le crâne que la racine brune de ses cheveux teints. Quand il lui avait annoncé d'un ton détaché qu'il allait devoir appeler son cabinet pour informer son personnel de l'accident et de l'endroit où il se trouvait, elle était aussitôt montée sur ses grands chevaux.

— Pour qu'une armée de flics débarque ici pour te raccompagner! Jamais de la vie, mon petit toubib! Si ton « cabinet », comme tu dis, avertit les poulets, ils préviendront à leur tour mon bonhomme et, moi, je ferai du trampoline sur toutes les clôtures de barbelés du comté! Il est pote avec tous les flics des autoroutes... Je suis sûre qu'il leur indique tous les bons coups.

— Mais je n'ai aucune raison de parler de vous et nullement l'intention de le faire. C'est vous-même qui m'avez certifié que ma présence pourrait déplaire à votre mari.

— Lui déplaire! Tu veux dire qu'il se ferait un plaisir de trancher ton mignon petit nez! Moi, je ne prends aucun risque... Tu n'as vraiment pas l'air très futé, toi... Tu ne serais pas capable de tenir ta langue et je ne veux pas voir les poulets débarquer.

— Ce que vous dites ne tient pas debout, vous savez.

— Très bien, je te propose autre chose. Je vais me mettre à crier « Au viol » et j'expliquerai à tous ces gros routiers que je t'ai pris en stop il y a deux jours et que pendant tout ce temps, j'ai été l'esclave de tes fantasmes sexuels. Qu'est-ce que tu en dis?

— Pas grand-chose. Puis-je au moins aller aux toilettes? C'est très pressant.

– Je t'en prie. Mais tu sais qu'il n'y a pas de téléphone dans les chiottes des Restoroutes.

– Vraiment?... Ce n'est pas que je sois déçu, mais j'aimerais bien savoir pourquoi, par simple curiosité. Les routiers gagnent bien leur vie; ils ne vont pas s'amuser à casser les appareils pour quelques pièces de monnaie.

– Mais d'où est-ce que tu débarques, gentil toubib? Il se passe des tas de choses sur l'autoroute... Des trucs disparaissent. Des gens téléphonent et d'autres veulent savoir qui téléphone à qui.

– Ah, bon?

– Allez, vas-y! Et dépêche-toi! On a juste le temps de manger un ou deux beignets... Je vais commander... Il va prendre la 70, pas la 97. Jamais ça ne lui viendrait à l'idée.

– Qu'est-ce que c'est, la 70 et la 97?

– Des autoroutes, bon Dieu! Tu m'as l'air un peu bouché, pour un toubib. Va pisser, et après, nous nous arrêterons peut-être dans un motel pour parler de notre affaire et pour un petit extra.

– Je vous demande pardon?

– Tu verras, je suis un super-coup... Ta religion te l'interdit?

– Oh, non! Tout au contraire!

– Bon. Allez, dépêche-toi!

En entrant dans les toilettes pour hommes, Panov ne put que constater que la blonde platinée n'avait pas menti. Il n'y avait pas de téléphone et la fenêtre donnant sur l'extérieur n'était guère plus grande qu'une chatière. Mais il avait de l'argent, beaucoup d'argent, et cinq permis de conduire délivrés dans cinq États différents. Mo savait que pour Jason Bourne, c'étaient des armes précieuses, surtout la grosse liasse de billets. Panov alla d'abord soulager sa vessie, puis il revint vers la porte qu'il entrebâilla pour observer la blonde. Mais la porte pivota brusquement sur ses gonds et Mo fut violemment projeté contre le mur.

– Oh, je suis désolé, mon gars! s'écria un petit bonhomme râblé en prenant par les épaules le psychiatre qui avait enfoui son visage dans ses mains. Ça ira, mon pote?

– Oui, oui... Il n'y a rien de grave.

– Mais dis donc, tu saignes du nez! fit le routier en tee-shirt dont une manche était roulée jusqu'à l'épaule pour retenir un paquet de cigarettes. Viens par ici, on va prendre des serviettes. Renverse la tête en arrière pendant que je te mets de l'eau froide sur le pif. Détends-toi et adosse-toi au mur. Voilà, comme ça... On va arrêter ça en cinq sec.

Le camionneur leva la main et appliqua délicatement des serviettes de papier imbibées d'eau sur le visage de Panov tout en lui tenant la nuque, puis il commença à lui tamponner les narines pour arrêter l'hémorragie nasale.

– Et voilà, mon pote, c'est presque fini. Maintenant, tu respires par la bouche... Respire par la bouche en gardant la tête en arrière. Voilà!

– Merci, dit Panov, stupéfait de constater qu'un saignement de nez pouvait s'arrêter aussi rapidement. Merci beaucoup.

– De rien, de rien, fit le routier en se dirigeant vers l'urinoir. Tout ça, c'est ma faute... Ça va mieux maintenant?

– Oui, merci.

Négligeant le conseil de sa chère et défunte mère, Mo décida de tirer parti des circonstances et de s'écarter du droit chemin.

– Il faut que je vous explique que c'est ma faute et pas la vôtre, insista Panov.

– Comment ça? demanda le routier en se lavant les mains.

– En fait, je m'étais caché derrière la porte pour regarder une femme à qui j'essaie d'échapper... Ce que je raconte vous paraît idiot?

– Non, mon pote, fit le camionneur en se séchant les mains, c'est loin d'être idiot. C'est l'histoire de l'humanité, ça! On tombe sous leurs griffes et c'est parti! Elles se mettent à pleurnicher et on ne sait pas quoi faire; elles commencent à hurler et on tombe à leurs genoux. Remarque, moi, c'est pas pareil... J'ai épousé une Européenne, tu vois? Elle parle pas très bien anglais, mais elle a de la reconnaissance. Elle est super avec les gamins et avec moi... Même que, quand je la vois, j'ai encore envie d'elle. C'est pas comme toutes ces filles qui se donnent de grands airs!

– Voilà une remarque extrêmement intéressante qui remonte des profondeurs viscérales, fit le psychiatre.

– Qu'est-ce que tu racontes?

– Rien. Ce que je veux, c'est partir d'ici sans qu'elle me voie. J'ai de l'argent...

– Garde ton fric... Où est-elle?

Les deux hommes s'avancèrent vers la porte que Panov entrouvrit de quelques centimètres.

– C'est la blonde qui est assise là-bas, celle qui n'arrête pas de regarder dans notre direction et vers la porte d'entrée. Vous voyez, elle a l'air nerveuse...

– Bordel! s'écria le petit camionneur. C'est la femme de Bronk! Elle est loin de ses bases!

– Quelles bases? Et qui est ce Bronk?

– Un collègue qui travaille plus au nord et qui ne vient jamais par ici. Mais qu'est-ce qu'elle peut bien foutre ici?

– Je crois qu'elle essaie de l'éviter.

– Ouais, s'esclaffa le nouveau compagnon de Mo. Paraît qu'elle fricote pas mal et qu'elle fait ça à l'œil.

– Vous la connaissez?

– Un peu, oui. Ils m'ont déjà invité deux ou trois fois chez eux... Bronk est le roi du barbecue.

– Il faut absolument que je sorte d'ici. Je vous répète que j'ai de l'argent...

– Oui, tu me l'as déjà dit. On en reparlera tout à l'heure.

– Où?

– Dans mon camion. C'est le semi rouge avec des bandes blanches garé juste à droite en sortant. Fais le tour de la cabine et ne te montre pas.

– Elle va me voir sortir.

– T'inquiète pas. Je vais aller la voir et lui faire la surprise de sa vie. Je vais lui raconter que tous les cibistes ne parlent que de ça et que Bronk est en route vers la Caroline du Nord.

– Comment vous récompenser de votre gentillese?

– Avec quelques-uns de ces billets dont tu n'arrêtes pas de parler. Mais juste quelques-uns. Bronk est une vraie brute et, moi, je suis non-violent.

Sur ces mots, le routier tira la porte vers lui et faillit encore repousser Mo Panov contre le mur. Le psychiatre le regarda s'approcher du box et écarter les bras devant la blonde platinée avant de la serrer contre lui comme une amie de longue date. Il se mit à parler rapidement et la femme, pétrifiée, ne le quitta pas des yeux. Panov sortit des toilettes, traversa en hâte le restaurant et se dirigea vers l'énorme semi-remorque aux bandes blanches sur fond rouge. Il s'accroupit derrière la cabine, reprit son souffle et attendit.

Cheveux au vent, la blonde platinée sortit brusquement de la salle et se mit à courir sans souci du ridicule vers sa voiture rouge. Elle ouvrit fébrilement la portière, se glissa à l'intérieur et fit aussitôt rugir le moteur. Stupéfait, Mo la regarda s'éloigner à toute allure dans la direction du nord.

– Alors, mon pote, je ne sais pas où tu es, mais je pense que tu respires mieux! s'écria le petit routier trapu, qui non seulement avait arrêté en deux temps, trois mouvements, une hémorragie nasale, mais avait réussi à arracher Mo aux griffes d'une cinglée dont les volte-face paranoïaques étaient dues en parties égales à un désir de vengeance et un sentiment de culpabilité.

Arrête tes conneries! se dit Mo en se relevant lentement.

– Je suis là... Mon pote.

Trois quarts d'heure plus tard, ils atteignirent les faubourgs d'une agglomération anonyme et le routier arrêta son camion devant une rangée de boutiques alignées en bordure de l'autoroute.

– Tu vas trouver un téléphone ici, mon pote. Bonne chance.

– Tu es sûr que ça ira? demanda Mo. Je parle de l'argent.

– Bien sûr que j'en suis sûr, répondit le petit routier bien calé derrière son volant. Deux cents dollars, c'est parfait. Peut-être bien que je les ai gagnés, mais j'en veux pas plus. Après, c'est de la corruption... On m'a proposé cinquante fois cette somme pour transporter des trucs que je ne voulais pas transporter. Et tu sais ce que je leur ai dit?

– Qu'est-ce que tu leur as dit?

– Qu'ils n'avaient qu'à pisser contre le vent avec leur poison. Qu'il allait leur revenir dans les yeux et les aveugler.

– Tu es un type bien, dit Panov en posant le pied sur le trottoir.

– Je me rattrape pour un certain nombre de choses.

La portière de la cabine se referma en claquant et le camion s'éloigna tandis que Mo se retournait pour chercher un téléphone.

– Mais où êtes-vous, bon Dieu? demanda Alexander Conklin de l'appartement de Vienna.

– Je n'en ai pas la moindre idée, répondit Panov. Ce qui m'est arrivé est incroyable, Alex... Ils m'ont bourré de drogues!

– Calmez-vous. Nous nous y attendions. Mais ce qu'il faut savoir, c'est où vous vous trouvez. Ils sont certainement en train de vous chercher partout en ce moment.

– Bon, bon... Attendez un peu! Il y a de l'autre côté de la route un drugstore dont l'enseigne dit « Souvenirs de la bataille de Ford ». Est-ce que cela évoque quelque chose pour vous?

La réponse de Vienna lui parvint sous la forme d'un long soupir.

– Oui, soupira Conklin après un silence. Et si vous étiez un fonctionnaire dévoué et socialement productif plutôt qu'un psychiatre inutile, cela vous rappellerait aussi quelque chose.

– Que voulez-vous dire?

– Prenez la direction du champ de bataille de Ford's Bluff. C'est un site historique très connu et vous trouverez des panneaux partout. Un hélicoptère y sera dans trente minutes... Et pas un mot à quiconque!

– Vous savez que vous me parlez sur un ton très agressif. C'est pourtant moi qui vient de subir des traitements...

– Terminé, fit Conklin en raccrochant.

Bourne pénétra dans le hall de l'hôtel Pont-Royal et se dirigea aussitôt vers le portier de nuit.

– Je m'appelle Simon, dit-il en glissant un billet de cinq cents francs dans la main de l'homme. J'étais absent de Paris. Y a-t-il des messages pour moi? ajouta-t-il en souriant.

– Pas de messages, monsieur, répondit le concierge d'une voix posée. Mais il y a deux hommes dehors, l'un rue Montalembert, l'autre rue du Bac.

Jason prit deux autres billets de cinq cents francs et les tendit au concierge.

– Je paie pour que l'on soit vigilant et je paie bien. Continuez comme cela.

– A votre service, monsieur.

Bourne traversa le hall et prit le vieil ascenseur jusqu'à son étage, puis il suivit d'un pas rapide les deux couloirs menant à sa chambre. Rien n'avait été dérangé. Tout était exactement comme à son départ, à

338

la seule exception du lit qui avait été fait. Le lit... Il se sentait épuisé et avait vraiment besoin de se reposer. Décidément, il n'était plus aussi résistant qu'avant; l'énergie et le souffle commençaient à lui manquer. Et pourtant il en avait besoin, maintenant plus que jamais! Comme il avait envie de s'allonger... Non! Il y avait Marie! Il se dirigea vers le téléphone et composa le numéro qu'il avait appris par cœur.

– Désolé d'appeler si tard, s'excusa-t-il.

– Quatre heures de retard, mon ami. Que s'est-il passé?

– Pas le temps de vous expliquer. Des nouvelles de Marie?

– Rien, absolument rien. Elle n'est sur aucun vol international à destination de Paris, ni sur un de ceux dont le départ est prévu dans les heures qui viennent. J'ai même vérifié les transferts de Londres, Lisbonne, Stockholm et Amsterdam... Rien. Il n'y a pas de Marie Élise Saint-Jacques Webb en route vers Paris.

– C'est impossible! Elle n'aurait pas changé d'avis au dernier moment, cela ne lui ressemble pas. Et elle ne saurait pas comment éviter les services de l'immigration.

– Je vous répète qu'elle ne figure sur aucune liste des passagers d'aucun vol à destination de Paris.

– Merde! Ce n'est pas possible!

– Je vais poursuivre mes recherches, mon ami. Les paroles d'Alex résonnent encore dans mes oreilles : « Il ne faut pas sous-estimer la belle demoiselle. »

– Ce n'est plus une demoiselle, c'est ma femme! Mais elle n'est pas des nôtres, Bernardin. Elle n'est pas un agent de renseignement capable de jouer double ou triple jeu. Non, elle n'est pas comme cela... Mais elle est en route vers Paris, je le sais.

– Les compagnies aériennes ne sont pas de cet avis. Je ne sais pas quoi vous dire d'autre.

Les paupières lourdes, Jason avait l'impression que ses poumons n'étaient plus capables d'aspirer l'air dont il avait besoin.

– Continuez à chercher, insista-t-il.

– Que s'est-il passé ce soir? demanda Bernardin. Racontez-moi!

– Demain, murmura David Webb d'une voix à peine audible. Demain... Je suis épuisé et il faut que je devienne quelqu'un d'autre.

– Qu'est-ce que vous racontez? Vous donnez déjà l'impression de ne pas être vous-même.

– Aucune importance. Je vous raconterai tout demain. Il faut que je réfléchisse...Ou peut-être ferais-je mieux de ne pas réfléchir.

Dans la file d'attente – très courte en raison de l'heure matinale – de la police de l'air et des frontières de l'aéroport de Marseille, Marie Saint-Jacques affectait un ennui qu'elle était loin d'éprouver. Elle arriva enfin devant le comptoir et présenta son passeport à un fonctionnaire à moitié endormi.

— Américaine, dit le policier avant de poursuivre dans un anglais exécrable. Voyage d'affaires ou d'agrément?

— Je parle français, monsieur. Je suis d'origine canadienne. Québécoise.

— Ah, très bien! fit le fonctionnaire en ouvrant un peu plus les paupières. C'est un voyage d'affaires?

— Non, répondit Marie, plutôt une sorte de pèlerinage. Mes parents étaient originaires de Marseille et ils sont morts récemment. Je veux voir la ville où ils ont vécu et où j'aurais pu vivre.

— C'est touchant, s'écria le policier en lançant à Marie un regard admiratif. Peut-être avez-vous besoin d'un guide... Je connais la ville comme ma poche.

— C'est très aimable à vous. Je descends au Sofitel du Vieux Port. Vous connaissez mon nom... Puis-je vous demander le vôtre?

— Jean Lafontaine, madame, pour vous servir.

— *Lafontaine?* Comme c'est intéressant!

— J'espère être un homme intéressant, poursuivit le fonctionnaire, les yeux maintenant bien éveillés derrière des paupières mi-closes tout en tamponnant cérémonieusement le passeport. A votre service, madame!

Décidément, ils ont tous le même nom ou presque, songea Marie en se dirigeant vers le carrousel où ses bagages devaient arriver. Et maintenant, il ne me reste plus qu'à choisir un nouveau nom et à prendre le premier vol pour Paris.

François Bernardin se réveilla en sursaut et se dressa sur ses coudes. *Elle est en route vers Paris, je le sais!* C'est ce qu'avait certifié l'homme qui la connaissait le mieux, son mari. *Elle n'est sur aucun vol international à destination de Paris.* Telles avaient été ses propres paroles au téléphone. Le mot clé était Paris!

Mais en supposant qu'elle n'arrivait pas à Paris...

L'ancien agent de la DST bondit de son lit, traversa sa chambre où la lumière du jour filtrait à travers les volets de deux hautes et étroites fenêtres, et se dirigea vers la salle de bains. Il se rasa en hâte, fit de rapides ablutions, s'habilla et descendit dans la rue. Un papillon très matinal ornait déjà le pare-brise de sa voiture. Un simple coup de fil ne lui suffisait malheureusement plus pour faire sauter ses contraventions. Il souleva l'essuie-glace en soupirant, prit le papier et s'installa au volant.

Cinquante-huit minutes plus tard, il garait sa voiture sur le parking d'un petit bâtiment de briques, dans l'immense zone de fret de l'aéroport d'Orly. C'était un bâtiment d'aspect banal qui abritait un des services de la police de l'air et des frontières portant le nom de bureau des entrées aériennes, où une batterie d'ordinateurs enregistrait l'arrivée en

France de tous les passagers en provenance de l'étranger. La DST faisait rarement appel aux fichiers de ce service, mais, au fil des ans, partant du principe que pour passer inaperçu, il valait parfois mieux ne pas se cacher, Bernardin avait pris l'habitude de venir y glaner des renseignements. De temps en temps, son déplacement était fructueux. Il espérait que ce serait le cas ce matin-là.

Dix-neuf minutes plus tard, il avait la réponse. C'était bien le cas, mais le résultat n'était pas aussi bon qu'il l'avait espéré, car la réponse était venue trop tard. Il y avait un téléphone public dans l'entrée du bâtiment. Bernardin glissa une pièce dans la fente et composa le numéro de l'hôtel Pont-Royal.

– Oui? dit Jason Bourne d'une voix éraillée.

– Pardonnez-moi de vous réveiller.

– C'est François?

– Oui.

– Je venais juste de me lever. Il y a deux hommes dans la rue qui doivent être beaucoup plus fatigués que moi, à moins qu'ils n'aient été remplacés pendant la nuit.

– Cela a un rapport avec ce qui s'est passé hier soir?

– Oui. Je vous raconterai tout dès que je vous verrai. C'est pour cela que vous m'appelez?

– Non. Je suis à Orly et je crains d'avoir une mauvaise nouvelle, des renseignements qui prouvent que je suis le dernier des idiots. J'aurais dû envisager cette possibilité... Votre femme est arrivée à Marseille il y a un peu plus de deux heures, en provenance de Porto Rico, via Fort-de-France... Pas à Paris, à Marseille.

– Pourquoi pensez-vous que c'est une mauvaise nouvelle? s'écria Jason. Nous savons enfin où elle est! Nous pouvons... Oh, merde! Je vois ce que vous voulez dire! Elle peut prendre un train, louer une voiture...

– Elle peut même prendre un avion pour Paris sous n'importe quelle identité, acheva Bernardin. Mais j'ai une idée. Elle ne vaut certainement pas grand-chose, mais je peux toujours vous la soumettre. Avez-vous tous les deux des surnoms... Des termes d'affection, vous voyez.

– Ce n'est franchement pas notre genre... Attendez! Il y a à peu près deux ans, Jamie, c'est notre fils, n'arrivait pas bien à prononcer « Mommy. » Il inversait les syllabes et appelait sa mère : « Meemom. » Cela nous a bien faire rire et j'ai appelé Marie comme cela pendant quelques mois, jusqu'à ce qu'il arrive à prononcer correctement son nom.

– Je sais qu'elle parle couramment le français. Lit-elle des journaux?

– Religieusement... Du moins les pages financières. C'est son rituel matinal.

– Même en période de tension?

– Surtout en période de tension. Elle prétend que cela a un effet apaisant.

– Envoyons-lui un message... dans les pages financières.

Dans son bureau de l'ambassade des États-Unis Philip Atkinson s'apprêtait à passer une fastidieuse matinée consacrée à la paperasse. Une douleur lancinante lui vrillait les tempes et il avait un goût infect dans la bouche. Il ne pouvait s'agir des symptômes traditionnels d'une bonne gueule de bois, puisqu'il ne buvait pratiquement plus une goutte de whisky et qu'il ne s'était pas enivré une seule fois depuis plus de vingt-cinq ans. Il avait découvert depuis longtemps – en gros, une trentaine de mois après la chute de Saïgon – ses limites en ce qui concernait ses perspectives d'avenir et surtout ses ressources physiques. A vingt-neuf ans, retour de la guerre avec des états de service tout juste convenables, l'influence de sa famille lui avait permis d'acquérir une charge à Wall Street où, en trente nouveaux mois, il avait perdu la bagatelle de trois millions de dollars.

– Tu n'as donc rien appris à Andover et à Yale? avait hurlé son père. Tu ne t'es même pas lié avec quelqu'un de Wall Street?

– Mais, père, ils étaient tous jaloux de moi, vous le savez bien. C'était comme une conspiration. Mon physique, les filles... Je tiens de vous, père. Oui, une vraie conspiration. Il m'est même arrivé de penser que c'est vous qu'ils essayaient d'atteindre à travers moi. Vous savez bien comment ils parlaient de nous. Atkinson père et fils! Ah, oui! Ces mondains!... Vous vous souvenez de cet article du *Daily News* où on nous comparait aux Fairbanks?

– Je connais Doug depuis quarante ans! rugit son père. Il a réussi, il est arrivé au sommet!

– Il n'est pas allé à Andover ni à Yale, père.

– Il n'en a pas eu besoin!... Attends un peu! Les Affaires étrangères... Quel est ce diplôme que tu as obtenu à Yale?

– Une licence ès lettres.

– Je m'en fous, de ça! Il y avait autre chose... Un de tes cours, ou je ne sais quoi...

– Ma matière principale était Littérature anglaise et ma matière secondaire Sciences politiques.

– Voilà! Laisse tomber pour l'instant ta foutue littérature! Tu étais très bon dans l'autre matière... Ces Sciences politiques de merde!

– Père, ce n'était pas ma meilleure matière!

– Tu as été reçu?

– Oui, difficilement.

– Non!... Tu as eu une mention! Voilà, c'est décidé!

C'est ainsi que Philip Atkinson III embrassa la carrière diplomatique grâce à l'appui du généreux bailleur de fonds qu'était son père et il s'en trouva fort bien. L'homme illustre était mort depuis huit ans, mais Philip n'avait jamais oublié le dernier conseil du vieux lion : « Ne fous pas tout en l'air, petit. Si tu veux picoler ou te taper des filles, fais-le chez toi ou au milieu du désert. Pigé? Et, quand tu es en public, traite ta femme – merde, j'ai encore oublié son nom – avec toutes les marques d'une affection sincère. Pigé?»

– Oui, père.

C'est précisément pour cette raison que Philip Atkinson se sentait patraque ce matin-là. Il avait passé la soirée de la veille en compagnie de quelques membres sans importance de la famille royale qui avaient bu à s'en rendre malades et dont sa femme avait excusé la conduite pour l'unique raison qu'ils faisaient partie de la famille royale, ce qu'il n'avait pu supporter qu'en buvant sept verres de chablis. Des jours comme celui-là, il lui arrivait de regretter le bon vieux temps de la liberté absolue qu'il avait connue à Saigon.

La sonnerie du téléphone le fit sursauter au moment précis où il apposait sa signature au bas d'un document dont la teneur lui avait totalement échappé.

– Oui?

– Le haut commissaire du Comité central de Hongrie est en ligne, Votre Excellence.

– Qui? Comment s'appelle-t-il? Est-ce que nous les... est-ce que nous le reconnaissons?

– Je ne sais pas, Votre Excellence. Je n'arrive pas à prononcer correctement son nom.

– Bon, passez-le-moi.

– Monsieur l'ambassadeur? demanda une voix grave à l'accent très marqué. Monsieur Atkinson?

– En personne. Pardonnez-moi, mais je ne n'ai souvenir ni de votre nom, ni de l'organisation hongroise que vous représentez.

– Aucune importance. C'est au nom de la Femme-Serpent que je vous appelle.

– Arrêtez! s'écria l'ambassadeur des États-Unis à Londres. Restez en ligne et nous poursuivrons cette conversation dans une vingtaine de secondes.

Atkinson baissa la main, brancha son brouilleur et attendit le signal indiquant que tout était en ordre.

– Allez-y. Vous pouvez parler.

– J'ai reçu des instructions de la Femme-Serpent et on m'a prié de vous demander de m'en confirmer l'origine.

– C'est confirmé!

– Je peux donc exécuter ces instructions?

– Mais oui, bien sûr! Faites tout ce qu'ils vous disent! Regardez ce qui est arrivé à Teagarten et à Armbruster! Protégez-moi! Faites tout ce qu'ils disent!

– Merci, monsieur l'ambassadeur.

Bourne commença par un bain aussi brûlant qu'il pouvait le supporter et continua par une douche glacée. Puis il changea le pansement de son cou, sortit de la salle de bains et se laissa tomber sur le lit de la chambre d'hôtel. Marie avait donc trouvé un moyen aussi simple qu'ingénieux de gagner Paris. Et merde! Comment allait-il la trouver et la protéger maintenant? Avait-elle la moindre idée de la gravité de ce qu'elle faisait? David allait devenir fou d'inquiétude et commettre d'innombrables erreurs!

Mon Dieu, c'est moi!... Je suis David!

Arrête. Calme-toi. Réfléchis.

Le téléphone sonna et il bondit littéralement sur le combiné.

– Oui?

– Santos veut vous voir. Il a la paix dans son cœur.

24

L'hélicoptère du Service médical d'urgence se posa sur son aire d'atterrissage. Les rotors furent coupés et les pales cessèrent de tourner. Conformément à la procédure de débarquement d'un malade ambulatoire, ce n'est qu'après l'arrêt total que la porte s'ouvrit et que l'échelle métallique s'abaissa jusqu'au sol. Un infirmier en uniforme précéda Panov et descendit à reculons pour aider le médecin militaire qui accompagnait son patient. Un civil prit le relais sur la piste et escorta le psychiatre jusqu'à une limousine qui attendait à quelques mètres de l'appareil. A l'intérieur du véhicule se trouvaient Peter Holland, directeur de la CIA et Alexander Conklin, assis sur le strapontin de droite de manière à pouvoir participer à une conférence improvisée. Panov s'installa à côté de Holland. Il respira longuement, à plusieurs reprises, poussa un gros soupir et s'appuya contre le dossier du siège.

– Je suis fou à lier, articula-t-il en appuyant sur chaque mot. Je suis atteint d'aliénation mentale et je suis prêt à signer moi-même la demande d'internement.

– Vous êtes sain et sauf, docteur, et c'est la seule chose qui compte, dit Holland.

– Cela me fait plaisir de vous revoir, tout aliéné que vous soyez, renchérit Conklin.

– Avez-vous la moindre idée de ce que j'ai fait? J'ai volontairement jeté contre un arbre une voiture dans laquelle je me trouvais! Puis, après avoir marché je ne sais combien de kilomètres, j'ai été pris en stop par la seule personne qui ait peut-être encore plus de cases vides que moi! Une femme à la libido débridée poursuivie par son camionneur de mari, un chaud lapin lui aussi. Cette folle m'a en quelque sorte pris en otage en menaçant de m'accuser de viol en plein restaurant, devant une assemblée de routiers à la carrure de rugbyman, tous, sauf celui qui m'a permis de m'échapper...

Panov s'interrompit brusquement et plongea la main dans sa poche.

— Tenez, reprit-il en fourrant les cinq permis de conduire et les six mille dollars dans les mains de Conklin.

— Qu'est-ce que c'est? demanda Alex, l'air ahuri.

— J'ai attaqué une banque et décidé de devenir chauffeur de maître!... Que voulez-vous que ce soit? Je l'ai pris sur l'homme qui était chargé de me surveiller. J'ai décrit de mon mieux à l'équipage de l'hélicoptère l'endroit où l'accident a eu lieu. Ils sont repartis le chercher et ils le trouveront, car il n'est pas en état de marcher.

Peter Holland tendit la main vers le téléphone de la limousine et appuya sur trois touches.

— Message pour l'appareil 57 du Service médical d'urgence d'Arlington, dit-il deux secondes plus tard. L'homme que l'hélico est parti chercher doit être amené directement à l'infirmerie de Langley. Que l'on me tienne au courant de l'opération... Excusez-moi, docteur. Continuez, je vous en prie.

— Continuer? Que voulez-vous que je vous dise? J'ai été enlevé, séquestré dans une sorte de ferme et bourré de barbiturique, du penthiobarbital si je ne me trompe. C'est à peu près tout, amiral... ou monsieur le directeur, comme vous préférez.

— Pourquoi pas Peter, tout simplement, Mo?

— Il n'y a rien d'autre, Peter, riposta Panov en se tournant vers le DCI. Pardonnez-moi, mais je suis un peu nerveux. Les dernières vingt-quatre heures ne représentent pas vraiment mon style de vie habituel.

— Tout le monde pourrait en dire autant, approuva Holland. J'en ai vu de saloperies dans ma chienne de vie, mais jamais rien de tel. Jamais ce viol de l'inconscient. Oui, j'ai raté ça.

— Ne vous pressez pas, Mo, conseilla Conklin. Il n'y a pas péril en la demeure et vous en avez déjà assez bavé. Si vous voulez, nous pouvons repousser notre discussion de quelques heures, le temps de vous reposer, de vous calmer.

— Ne dites pas de conneries, Alex! lança le psychiatre. C'est la deuxième fois que je mets en péril la vie de David. Savoir cela est pire que tout... Il n'y a pas une minute à perdre. Laissez tomber Langley, Peter. Conduisez-moi dans l'une de vos cliniques. Je veux qu'on me drogue pour me faire cracher tout ce que je sais! Allons-y!... Je dirai aux médecins ce qu'il faut faire.

— Vous plaisantez, j'espère? s'exclama Holland en fixant sur Panov un regard incrédule.

— Pas le moins du monde. Il faut que vous sachiez ce que je sais... que j'en aie conscience ou non. Vous ne comprenez donc pas que c'est de la plus haute importance?

Peter Holland tendit derechef la main vers le téléphone et enfonça une seule touche.

À l'avant, derrière la vitre de séparation, le chauffeur décrocha le téléphone placé dans un compartiment entre les deux sièges.

– Changement de programme, annonça Holland. Nous allons à Stérile Cinq.

La limousine ralentit et, au carrefour suivant, le luxueux véhicule tourna à droite et prit la direction de la campagne vallonnée et des champs verdoyants de la Virginie. Morris Panov ferma les yeux, comme un médium en transe ou comme un homme sur le point d'affronter une terrible épreuve. Alex tourna la tête vers Holland. Les yeux des deux hommes se posèrent sur le psychiatre, puis ils échangèrent un long regard. Quoi que Panov fût en train de faire, il y avait une raison. Pendant la demi-heure qui suivit, jusqu'à ce qu'ils franchissent le portail de Stérile Cinq, personne ne prononça un seul mot dans la voiture.

– Le DCI, annonça le chauffeur au gardien portant l'uniforme d'une société privée de surveillance qui appartenait en réalité à la CIA. L'homme leva la barrière et la limousine s'engagea dans une longue allée bordée d'arbres.

– Merci, fit Mo Panov en ouvrant les yeux. Je suis sûr que vous avez compris que j'essayais de mettre de l'ordre dans mes idées et, avec un peu de chance, de faire baisser ma tension artérielle.

– Vous n'êtes pas obligé de faire cela, insista Holland.

– Si... Je réussirai peut-être à la longue à reconstituer avec une certaine précision ce qui s'est passé, mais, pour l'instant, j'en suis incapable et nous n'avons pas de temps à perdre. Que pouvez-vous me dire exactement ? ajouta-t-il en s'adressant à Conklin.

– Peter est au courant de tout. Pour ménager votre tension, je m'abstiendrai de vous donner tous les détails mais le plus important, c'est que tout va bien pour David. Du moins tout allait bien aux dernières nouvelles.

– Et Marie ? Les enfants ?

– Ils sont restés sur l'île, répondit Conklin en évitant le regard de Holland.

– Parlez-moi de ce Stérile Cinq, poursuivit Mo en se tournant vers le directeur de la CIA. Je suppose que vous avez les spécialistes dont j'ai besoin.

– Ils se relaient vingt-quatre heures sur vingt-quatre. Vous en connaissez certainement quelques-uns.

– J'espère que non.

Le long et luxueux véhicule suivit la large allée circulaire jusqu'à une sorte de petit manoir du XIXe et s'arrêta devant le perron.

– Allons-y, dit calmement Mo en descendant le premier.

Les portes blanches sculptées, les sols de marbre rose et l'imposant escalier d'honneur du hall d'entrée fournissaient une merveilleuse couverture pour les activités réelles de la maison baptisée Stérile Cinq. Transfuges, agents doubles et triples, officiers de renseignements, retour de missions périlleuses, venaient s'y reposer, y faire leur rapport ou subir des interrogatoires. Le personnel, trié sur le volet, était composé d'équipes de deux médecins et trois infirmières se relayant vingt-quatre heures sur vingt-quatre, de cuisiniers et de domestiques recrutés à l'étranger, pour la plupart dans les ambassades, ainsi que de gardes ayant subi un entraînement très poussé. Tout le monde était sur le qui-vive et portait une arme discrète ou bien en vue, sauf le personnel médical. Les visiteurs, tous sans exception, recevaient un badge que leur remettait le majordome courtois et grisonnant, vêtu d'un complet sombre, qui les accueillait et leur indiquait dans quelle partie du bâtiment ils devaient se rendre. C'était un interprète de la CIA à la retraite, mais qui avait véritablement le physique de l'emploi.

En voyant apparaître Peter Holland, le majordome qui se piquait d'être au courant de toutes les arrivées à Stérile Cinq ne put dissimuler son étonnement.

– Une visite-surprise, monsieur le directeur?

– Content de vous voir, Frank, lança le DCI en serrant la main de l'ex-interprète. Vous vous souvenez peut-être d'Alex Conklin...

– Seigneur! C'est toi, Alex? A quand remonte notre dernière rencontre? poursuivit le majordome tandis que les deux hommes échangeaient une poignée de main. C'était avec cette cinglée, une Polonaise de Varsovie, non?

– Le KGB a dû s'étrangler de rire, gloussa Alex. Le seul secret qu'elle détenait était celui du pire *golumpki* qu'il m'ait jamais été donné de goûter... Et toi, Frank, tu donnes toujours un coup de main de temps en temps?

– De temps en temps, répondit le majordome avec une grimace de feinte réprobation. Avec ces jeunes traducteurs qui ne connaissent même pas la différence entre une quiche et un *kluski*.

– Comme je ne la connais pas non plus, glissa Peter Holland, j'aimerais vous dire quelques mots en privé, Frank.

Les deux hommes s'éloignèrent de quelques pas et commencèrent à discuter à voix basse tandis que Conklin et Panov attendaient. L'air soucieux, le psychiatre prenait de loin en loin une longue inspiration. Le directeur revint vers eux et leur tendit des badges.

– Je sais où aller, assura-t-il. Frank va prendre toutes les dispositions nécessaires.

Ils gravirent tous les trois le grand escalier et prirent sur la gauche un couloir au sol recouvert d'une épaisse moquette et qui menait vers l'arrière du bâtiment. Ils s'arrêtèrent devant une porte différente de celles devant lesquelles ils venaient de passer, une porte massive de chêne verni dans laquelle avaient été pratiqués quatre petits guichets. Deux boutons noirs étaient insérés dans un boîtier métallique placé près de la poignée. Holland glissa une clé dans la serrure et tourna en appuyant sur le bouton du bas. Une lumière rouge s'alluma aussitôt sur la petite caméra fixe accrochée au plafond. Vingt secondes plus tard, se fit entendre le bruit caractéristique et étouffé d'une cabine d'ascenseur s'arrêtant avec une légère secousse.

— Entrez, messieurs, ordonna le DCI.

La porte se referma et l'ascenseur commença à descendre.

— Nous avons monté un escalier pour redescendre? constata Conklin.

— Mesure de sécurité, répondit Holland. C'est le seul moyen d'arriver là où nous allons. Il n'y a pas d'ascenseur au rez-de-chaussée.

— L'homme au pied coupé peut-il se permettre de demander pourquoi? fit Alex.

— Je croyais que vous pourriez répondre aussi bien que moi à cette question. Le seul moyen d'accéder au sous-sol est de prendre l'un des deux ascenseurs. Ils ne s'arrêtent pas au rez-de-chaussée et il faut une clé spéciale pour les utiliser. Il y en a un de ce côté du bâtiment et un second de l'autre côté. Celui-ci nous mène là où nous voulons aller, l'autre donne accès à la chaufferie, au bloc de climatisation et à tous les autres équipements qui ont leur place dans un sous-sol. C'est Frank qui m'a donné la clé. Si elle n'est pas remise à sa place au bout d'une période donnée, une alarme se déclenche.

— Tout cela m'a l'air inutilement compliqué, riposta Panov d'un ton sec qui trahissait sa nervosité.

— Pas vraiment, répliqua Conklin d'une voix douce. Il est assez facile de dissimuler des explosifs dans des conduites de chauffage ou autres canalisations. Et savez-vous que certains des officiers les plus lucides de l'entourage d'Hitler ont essayé les derniers jours du Reich d'insuffler des gaz toxiques dans le système de purification d'air de son bunker? Ce sont des précautions qui peuvent se révéler utiles.

L'ascenseur s'arrêta et la porte s'ouvrit.

— A gauche, docteur, dit Holland.

Le couloir était d'un blanc immaculé qui lui donnait l'aspect aseptisé convenant au complexe souterrain dans lequel ils pénétraient, un centre médical doté d'un équipement ultramoderne. Ce lieu était consacré d'une part à guérir ceux qu'il accueillait, mais également à en briser d'autres, à réduire leur résistance pour obtenir des renseignements permettant d'éviter le succès d'opérations dangereuses et, la plupart du temps, de sauver des vies humaines.

Ils pénétrèrent dans une pièce dont l'apparence contrastait très vivement avec l'aspect aseptisé du couloir éclairé par des tubes fluorescents. Fauteuils profonds, douceur de l'éclairage indirect, table garnie d'une cafetière, avec tasses et soucoupes, journaux et revues impeccablement présentés sur d'autres tables basses : tout le confort d'une salle d'attente. Une porte s'ouvrit et un homme en blouse blanche apparut, l'air perplexe.

— Vous êtes Peter Holland? demanda-t-il en s'approchant du DCI, la main tendue. Je suis le docteur Walsh, deuxième équipe. Inutile de vous préciser que nous ne vous attendions pas.

— Disons que c'est une urgence et que je n'ai pas pu choisir mon moment. Puis-je vous présenter le Dr Morris Panov... Mais vous le connaissez peut-être.

— De réputation, bien entendu, s'empressa de répondre Walsh en tendant la main au psychiatre. C'est un plaisir, docteur, et un honneur.

— Vous n'en direz peut-être pas autant quand nous aurons fini, cher collègue. Puis-je vous parler en tête à tête?

— Certainement. Mon bureau est là-bas.

Les deux hommes se dirigèrent vers la porte intérieure et disparurent.

— Vous ne les accompagnez pas? demanda Conklin en se tournant vers Holland.

— Et vous?

— Mais enfin, c'est vous le directeur! Vous devriez insister!

— Et vous, vous êtes son meilleur ami. Pourquoi ne faites-vous rien?

— Je n'ai aucune autorité ici.

— La mienne a disparu quand Mo a choisi d'y aller tout seul. Venez, nous allons prendre un café. Cet endroit me donne la chair de poule.

Holland se dirigea vers la table où était posée la cafetière et emplit deux tasses de café.

— Comment prenez-vous le vôtre?

— Avec plus de lait et de sucre qu'il ne le faudrait, répondit Conklin. Laissez, je vais le faire.

— Moi, je le bois toujours noir, dit Peter Holland en sortant un paquet de cigarettes de la poche de sa chemise. Ma femme prétend que la caféine finira par me tuer.

— D'autres pensent la même chose du tabac.

— Pardon?

— Regardez, dit Alex en lui montrant un écriteau apposé sur le mur du fond et portant l'inscription : *Merci de ne pas fumer.*

— Pour cela, j'ai assez d'autorité, prétexta Holland en allumant posément sa cigarette.

Plus de vingt minutes s'écoulèrent. De loin en loin, l'un d'eux prenait une revue, mais il la reposait au bout de quelques instants et tournait la tête vers la porte fermée. Finalement, vingt-huit minutes après s'être enfermé avec Panov dans le bureau, le Dr Walsh réapparut.

— Morris Panov affirme que vous étiez au courant de ce qu'il demande et que vous ne vous y opposiez pas, monsieur le directeur.

— J'ai formulé un tas d'objections, mais il les a rejetées. Oh, pardonnez-moi, docteur, je vous présente Alex Conklin! Il travaille avec nous et c'est un ami intime de Panov.

— Que ressentez-vous, monsieur Conklin? demanda Walsh en saluant Alex d'un signe de la tête.

— Je n'aime pas du tout ce qu'il veut faire, mais il affirme que c'est la seule solution. Si c'est vrai, il a raison de le faire et je comprends qu'il insiste. S'il se trompe, je le sortirai de là moi-même en lui bottant les fesses de mon pied valide. Est-ce la seule solution, docteur? Et y a-t-il des risques?

– Il y a toujours des risques lorsqu'on emploie des drogues, particulièrement pour ce qui est de l'équilibre chimique, il le sait parfaitement. C'est pourquoi il a choisi une perfusion intraveineuse qui prolongera sa souffrance psychologique, mais réduira quelque peu les dégâts potentiels.

– Quelque peu? s'écria Alex.

– Je suis franc avec vous, comme il l'a été avec moi.

– En résumé, docteur? demanda Holland.

– Si cela se passe mal, deux ou trois mois de thérapie, mais pas permanente.

– Est-ce la meilleure solution? interrogea Conklin. Vous ne m'avez pas répondu!

– Oui, dit Walsh. D'une part, ce qui lui est arrivé est récent, d'autre part, cela le ronge. Il en est obsédé; vous pouvez donc imaginer ce qui se passe dans son subconscient. Il a raison de choisir cette solution... Si je suis venu, c'est par simple politesse. Il tient à ce que nous commencions très vite et, d'après ce qu'il m'a dit, je déciderais la même chose que lui.

– Quelles précautions prenez-vous?

– L'accès de la salle sera interdit à l'infirmière. Je serai seul avec un magnétophone à piles... et l'un de vous, ou tous les deux.

Le médecin tourna la tête vers la porte de son bureau, puis son regard revint se poser sur les deux hommes.

– Je vous enverrai chercher en temps utile, lança-t-il avant de repartir.

Conklin et Holland échangèrent un long regard. Leur attente silencieuse reprit.

A leur grand étonnement, elle ne se prolongea pas plus de dix minutes. Une infirmière entra dans la salle d'attente et leur demanda de la suivre. Ils s'engagèrent dans ce qui leur sembla être un dédale de murs blancs ripolinés dont l'uniformité n'était rompue que par des panneaux blancs pourvus d'une poignée de verre indiquant qu'il s'agissait de portes. Ils ne rencontrèrent qu'une seule personne pendant le trajet, un homme en blouse blanche, portant un masque blanc de chirurgien, qui ouvrit une porte blanche juste devant eux et dont le regard d'aigle au-dessus du tissu blanc semblait les accuser d'être des étrangers venus d'un autre univers, qui s'étaient introduits par effraction dans Stérile Cinq.

L'infirmière ouvrit une porte au-dessus de laquelle clignotait une lumière rouge. Elle mit l'index sur sa bouche pour demander le silence. Conklin et Holland pénétrèrent sans bruit dans une salle obscure et s'arrêtèrent devant un rideau blanc dissimulant un lit ou une table d'examen. Un petit cercle de lumière intense était visible derrière le tissu du rideau. Ils entendirent la voix douce du Dr Walsh.

– Vous allez revenir en arrière, docteur. Pas très loin, juste un ou deux jours... Depuis que vous avez commencé à éprouver cette douleur sourde et constante dans votre bras... Votre bras, docteur. Pourquoi vous font-ils mal au bras? On vous a emmené dans une ferme, une petite ferme entourée de champs que vous voyiez de votre fenêtre, puis on vous a bandé les yeux et on s'est mis à vous faire mal au bras. Au bras, docteur.

L'éclat d'une lumière verte se refléta soudain sur le plafond. Le rideau s'ouvrit automatiquement, découvrant le lit, le patient et le médecin. Walsh écarta le doigt d'un bouton placé près du lit et tourna la tête vers les deux hommes en remuant les mains, comme pour bien leur faire remarquer qu'il n'y avait personne d'autre dans la pièce.

Les deux témoins hochèrent la tête, d'abord fascinés, puis horrifiés à la vue du visage blafard et grimaçant de Panov, et des larmes qui coulaient de ses yeux grands ouverts. Puis ils découvrirent les sangles blanches dépassant du drap blanc. Mo avait dû exiger d'être attaché.

– Le bras, docteur, reprit Walsh. Nous sommes obligés de commencer par le phénomène d'invasion physique, n'est-ce pas? Car vous savez ce qu'il provoque, docteur... Un autre phénomène d'invasion que vous ne pouvez accepter et dont vous devez arrêter la progression!

Panov poussa un hurlement terrifiant, un long cri d'horreur et de refus mêlés.

– *Non! Non! Je ne dirai rien! Je l'ai déjà tué une fois... Je ne veux pas recommencer! Laissez-moi tranquille!...*

Alex s'affaissa comme une masse. Peter Holland se pencha pour le relever et l'amiral, le vétéran des opérations clandestines en Extrême-Orient, aida Conklin à quitter la pièce.

– Occupez-vous de lui, ordonna-t-il à l'infirmière.

– Oui, monsieur.

– Peter, souffla Alex en essayant de se redresser, mais incapable de prendre appui sur sa prothèse. Je suis désolé! Vraiment désolé, Peter!

– Désolé de quoi? murmura Holland.

– Il faudrait que je regarde, mais je ne peux pas!

– Je comprends. Vous êtes trop ému. A votre place, je réagirais sans doute de la même manière.

– Mais non, vous n'avez rien compris! Mo a dit qu'il avait tué David, mais ce n'est pas vrai! Moi, j'ai eu l'intention de le tuer, moi, j'ai vraiment voulu le tuer! J'avais tort, mais j'ai essayé de le tuer en faisant appel à toute mon expérience! Et là, je viens de recommencer en l'envoyant à Paris... Ce n'est pas Mo, c'est moi!

– Adossez-le au mur, mademoiselle, et laissez-nous seuls.

– Oui, monsieur.

L'infirmière fit ce qu'on lui demandait et s'éclipsa, laissant Holland et Alex dans la salle d'attente.

– Et maintenant, écoutez-moi, commença l'amiral grisonnant en s'agenouillant devant Conklin, toujours incapable de se tenir debout. Vous avez intérêt à cesser de vous torturer avec ces histoires de culpabilité, sinon on ne pourra rien faire! Je ne veux pas savoir ce que Panov et vous avez comploté il y a treize ans, ou cinq ans, ou même aujourd'hui! Nous sommes tous censés être des gens intelligents et, si nous avons agi de cette façon à un moment donné, c'est parce que nous estimions que nous devions le faire. Eh bien, imaginez simplement, saint Alex – oui, je suis au courant de ce surnom – que nous nous soyons trompés. C'est extrêmement fâcheux, non? Peut-être ne sommes-nous pas si intelligents en fin de compte. Peut-être Panov n'est-il pas un grand behavioriste, peut-être n'êtes-vous pas un agent de renseignements dont l'habileté lui a valu d'être canonisé, peut-être ne suis-je pas un brillant stratège agissant en coulisse – ce que l'on a dit de moi. Et après? Nous faisons de notre mieux et nous suivons la direction que nous devons suivre.

— Taisez-vous, je vous en prie! s'écria Conklin en s'appuyant contre le mur pour essayer de se redresser.

— Chut!

— Oh, merde! Je n'ai vraiment pas envie d'écouter un sermon! Si j'avais mes deux pieds, je vous montrerais!

— Des menaces maintenant?

— J'étais ceinture noire, amiral. Troisième dan.

— Tudieu! Et moi qui ne sais même pas me battre!

Les deux hommes se regardèrent et Alex fut le premier à étouffer un rire.

— Vous êtes incroyable, Peter... Je crois que j'ai compris. Voulez-vous m'aider à me relever?

— Pas question, dit Holland en se dressant de toute sa taille au-dessus de Conklin. Débrouillez-vous tout seul. On m'a raconté que saint Alex avait parcouru plus de deux cents kilomètres en territoire ennemi, qu'il avait traversé la jungle, des fleuves et des maracécages, et qu'en revenant à son camp de base, il avait demandé si quelqu'un avait une bouteille de bourbon.

— Oui, mais les choses ont bien changé. J'étais beaucoup plus jeune à l'époque et j'avais mes deux pieds.

— Faites comme si vous les aviez encore, saint Alex, plaisanta Holland avec un clin d'œil. Je retourne dans cette salle. L'un de nous doit rester ici.

— *Salaud!*

Conklin resta assis dans la salle d'attente une heure quarante-sept minutes. Son moignon qu'il ne sentait pourtant jamais lui causait maintenant de violents élancements. Il ne savait pas ce que cela pouvait signifier, mais la douleur lancinante était bien là. Cela lui donnait au moins un motif de réflexion et il songeait au bon vieux temps, quand il avait encore ses deux pieds, le temps de sa jeunesse. Comme il voulait changer le monde à l'époque! Et comme il croyait à sa destinée, lui, le plus jeune étudiant jamais admis à l'université de Georgetown! Cet éclat avait commencé à pâlir quand quelqu'un, un jour, découvrit que le nom qu'il portait à sa naissance n'était pas Alexander Conklin, mais Aleksei Nikolae Konsolikov. Cet homme, dont les traits avaient été brouillés par le temps, lui avait posé d'un air détaché une seule question dont la réponse devait déterminer la vie de Conklin.

— Parlez-vous russe, par hasard?

— Naturellement, avait-il répondu en s'étonnant que l'on pût imaginer le contraire. Comme vous devez le savoir, mes parents sont des immigrés. J'ai passé ma jeunesse dans un foyer russe et dans un quartier russe... Tout au moins les premières années. Il fallait être du quartier pour acheter du pain. Et, à l'école religieuse, les vieux curés et les bonnes sœurs s'accrochaient à leur langue maternelle avec l'énergie du désespoir, comme chez les Polonais. Je suis sûr que cela a contribué à me faire perdre la foi.

— Vous avez dit que c'étaient les premières années?

— Oui.

— Qu'est-ce qui a changé par la suite?

— Je suis sûr que vous trouverez tous les détails dans le rapport d'un fonctionnaire, mais cela ne doit pas suffire à l'inique sénateur McCarthy.

Avec le souvenir de ces mots, Alex retrouva le visage de l'homme. C'était un homme d'âge mûr dont l'expression s'était figée et dont le regard, comme voilé, s'efforçait de ne pas laisser percer la colère.

— Je vous assure, monsieur Conklin, que je ne travaille ni de près, ni de loin avec le sénateur. Vous l'accusez d'iniquité; j'emploie d'autres termes, mais je n'ai pas à vous les dévoiler ici... Alors, qu'est-ce qui a changé?

— Sur le tard, mon père redevint ce qu'il avait été en Russie, un commerçant extrêmement prospère, un capitaliste. Il a possédé jusqu'à sept supermarchés dans des centres commerciaux de grand standing. Ils portent le nom de Conklin's Corners. Mon père a maintenant plus de quatre-vingts ans et, malgré la vive affection que je lui porte, je suis au regret de reconnaître qu'il est un ardent partisan du sénateur. Je n'oublie ni son âge, ni les épreuves qu'il a traversées, ni sa haine des Soviets, et j'élude le sujet.

— Vous êtes très intelligent et très diplomate.

— C'est cela, intelligent et diplomate.

— Il m'est arrivé deux ou trois fois de faire des achats dans un de ces Conklin's Corners. Ce n'est pas bon marché.

— Bien sûr que non.

— Et d'où vient ce nom de Conklin?

— C'est mon père qui l'a choisi. D'après ma mère, il l'a vu sur un panneau d'affichage pour une huile de graissage et il ne pouvait pas

354

continuer à s'appeler Konsolikov. Je me souviens de ce qu'il m'a dit un jour : « Seuls les juifs ayant un nom russe peuvent faire fortune dans ce pays. » Encore un sujet que j'évite soigneusement.

– Vous êtes plus diplomate encore que je ne le pensais.

– Ce n'est pas difficile. Et mon père a aussi ses bons côtés.

– Même s'il n'en avait pas, je suis persuadé que vous sauriez dissimuler vos sentiments d'une manière convaincante.

– Quelque chose me donne à penser que nous arrivons enfin au cœur du sujet.

– Et vous avez raison, monsieur Conklin. Je représente une agence gouvernementale qui s'intéresse à vous et au sein de laquelle s'annonce pour vous un avenir plus prometteur que celui de toutes les recrues potentielles avec qui je me suis entretenu depuis plus de dix ans...

Tandis que Conklin se remémorait cette conversation, qui avait eu lieu plus de trente ans auparavant, son regard se dirigea une nouvelle fois vers la porte donnant sur la salle d'attente de Stérile Cinq. Les années suivantes avaient été tumultueuses. Son père avait fait le pari d'une expansion irréaliste, engageant d'énormes sommes qui n'existaient que dans son imagination et dans l'esprit de ses banquiers cupides. Il perdit six de ses sept supermarchés et ne conserva que le plus petit. Ses revenus ne lui permettant pas de mener le train de vie auquel il aspirait, il fut emporté par une crise cardiaque au moment où Alex commençait sa vie d'adulte.

Berlin – Est et Ouest –, Moscou, Leningrad, Tachkent et le Kamchatka. Puis Vienne, Paris, Lisbonne et Istanbul. Et l'Extrême-Orient : Tokyo, Hong-kong, Séoul, puis le Cambodge, le Laos et enfin Saigon, la tragédie de la guerre du Viêt-nam. Au fil des ans, grâce à sa maîtrise des langues étrangères et à l'expérience accumulée au gré des missions, il était devenu le fer de lance de l'Agence pour les opérations clandestines, celui à qui l'on confiait à la fois des missions sur le terrain et la responsabilité de la stratégie sur place. Mais, un matin de funeste mémoire, dans les brumes du delta du Mékong, une mine lui avait déchiqueté le pied et ainsi mis fin à sa carrière. Que peut faire avec un pied en moins un homme de terrain dont la mobilité est l'atout essentiel? La suite n'avait été qu'une longue descente aux enfers. Alex justifiait son amour de plus en plus prononcé pour la bouteille en affirmant qu'il le devait à son atavisme slave. L'épave, au corps squelettique et tremblotant, qu'il était devenu, avait pourtant eu un sursis quand David Webb, ou plutôt Jason Bourne, était revenu dans sa vie...

La porte s'ouvrit enfin, mettant un terme à son amère rêverie, et Peter Holland s'avança lentement vers lui, le visage pâle, les traits tirés, le regard vide. Il tenait à la main deux cassettes dans leur boîte en plastique.

– J'espère ne plus jamais avoir à revivre cela jusqu'à la fin de mes jours, fit-il dans une sorte de murmure rauque.

– Comment va Mo?

– J'ai cru qu'il ne pourrait pas résister... J'étais persuadé qu'il allait mourir. Walsh a été obligé de l'interrompre à plusieurs reprises et je peux vous assurer qu'il n'en menait pas large.

– Pourquoi n'a-t-il pas tout arrêté, bon Dieu?

– Je lui ai posé la question. Il m'a répondu que Panov avait non seulement donné des instructions très précises, mais qu'il les avait couchées sur le papier, signées de sa main et qu'il voulait qu'on les suive à la lettre. Il existe peut-être une sorte de code d'éthique entre médecins, je ne sais pas... Mais ce que je sais, c'est que Walsh a branché un électrocardiographe qu'il ne quittait que rarement des yeux. Moi aussi, d'ailleurs... C'était plus facile que de regarder Mo. Venez, fichons le camp d'ici!

– Un instant... Que faisons-nous de Mo?

– Il n'est pas en état de fêter son retour. Il va rester en observation pendant quarante-huit heures. Walsh m'appellera demain matin.

– J'aimerais le voir. Je veux le voir.

– Il n'y a rien d'autre à voir qu'une loque humaine. Je vous assure, Alex, qu'il vaut mieux que vous ne le voyiez pas dans l'état où il est. Allons-nous-en!

– Où?

– A Vienna, chez vous... Enfin, chez nous. Je suppose que vous avez un magnétophone.

– J'ai tout, sauf une fusée interplanétaire, mais je ne sais pas faire fonctionner la moitié des appareils.

– Nous nous arrêterons en route pour acheter une bouteille de whisky.

– Il y a tout ce que vous voulez dans l'appartement.

– Au fait, cela ne vous dérange pas? demanda Holland en observant Alex.

– Cela changerait-il quelque chose, si je vous répondais oui?

– Rien du tout... Il y a une chambre d'amis, si j'ai bonne mémoire.

– Oui.

– Parfait. Nous risquons de passer la plus grande partie de la nuit à écouter ça, dit le DCI en montrant les cassettes. Nous n'attacherons pas d'importance aux deux premiers passages... Nous ne pourrons percevoir que la souffrance, pas les renseignements qui nous intéressent.

Il était un peu plus de 17 heures quand ils quittèrent la propriété connue dans le jargon de l'Agence sous le nom de Stérile Cinq. Le mois de septembre s'achevait, les jours allaient raccourcissant. Le soleil déjà déclinant annonçait dans un grand flamboiement de couleurs l'agonie d'une saison et la naissance de la suivante.

– La lumière paraît toujours plus vive avant la mort, fit remarquer Conklin, enfoncé dans le siège arrière, la tête tournée vers la vitre de la limousine.

– Je trouve cela non seulement déplacé, mais inconsidéré, répliqua Peter d'un ton las. Je n'accepterai d'y croire que lorsque je saurai qui en est l'auteur. Le savez-vous?

– Je pense que c'est Jésus.

– Les Écritures n'ont jamais été publiées. Trop de récits racontés à la veillée, devant un feu de camp. Pas assez de témoignages pour les étayer.

– Les avez-vous lues? demanda Alex avec un petit gloussement pensif. Je parle des Écritures.

– Une grande partie.

– On vous y a obligé?

– Pas du tout. Mes parents étaient agnostiques, mais ils le cachaient pour ne pas être mis au ban de la société des bien-pensants. Ils nous envoyaient, mes deux sœurs et moi, au culte protestant, puis, la semaine suivante, à la messe dans une église catholique, et ensuite nous allions dans une synagogue. Il n'y avait aucune régularité, mais je suppose qu'ils voulaient nous permettre de nous faire une idée générale des différentes religions. C'est comme cela que l'on donne envie de lire à des gamins. En enveloppant de mysticisme leur curiosité naturelle.

– Cela marche à tous coups, dit Conklin. Moi, j'ai perdu la foi, mais, après avoir proclamé mon indépendance spirituelle pendant de longues années, je me demande maintenant s'il ne me manque pas quelque chose.

– Par exemple?

– Le réconfort, Peter. Rien ne m'apporte de réconfort.

– Pour quoi faire?

– Je ne sais pas. Pour des choses que je ne maîtrise pas, peut-être.

– Vous voulez dire que vous n'avez pas le secours d'une excuse métaphysique... Désolé, Alex, mais je ne vous suis pas sur ce terrain. Nous sommes responsables de nos actes et aucune absolution n'y pourra rien changer.

Conklin tourna la tête et planta son regard dans celui de Holland.

– Merci.

– Merci de quoi?

– D'avoir dit ce que j'ai coutume d'affirmer en utilisant presque les mêmes mots que moi. « Méfiez-vous des chausse-trapes de la présomption ecclésiastique et de la réflexion égocentrique. »

– Qui a bien pu dire cela?

– Soit Savonarole, soit Salvador Dali. Je ne m'en souviens pas.

– Arrêtez vos conneries! s'esclaffa Holland sans pouvoir s'empêcher de rire.

– Pourquoi? Cela fait du bien de rire un peu... Mais parlez-moi plutôt de vos deux sœurs. Que sont-elles devenues?

– C'est encore plus drôle, répondit Holland, le menton rentré dans le cou, un sourire malicieux sur les lèvres. L'une est religieuse à New

Delhi et l'autre est présidente de sa propre société de relations publiques. Elle travaille à New York et parle mieux yiddish que la plupart de ses collègues. Elles adorent toutes les deux la vie qu'elles ont choisie.

— Et pourtant, vous, vous avez choisi la carrière des armes.

— Pourquoi dites-vous « pourtant », Alex?... C'est vrai, je l'ai choisie. J'étais un jeune homme en colère qui croyait sincèrement sa patrie bafouée. Je suis issu d'une famille privilégiée – argent, influence, études dans les meilleures écoles –, ce qui me garantissait, contrairement aux jeunes Noirs pauvres de Philadelphie ou de Harlem, l'admission automatique à Annapolis. Je pensais simplement que je devais me montrer digne de ces privilèges, prouver que des gens comme moi savaient mettre à profit leur position sociale non pour fuir les responsabilités, mais pour les revendiquer.

— L'aristocratie doit se perpétuer, glissa Conklin. Noblesse oblige...

— C'est injuste, protesta Holland.

— Oui, reconnut Conklin, littéralement. *Aristos,* en grec, signifie « le meilleur » et *cratie* « le pouvoir ». Dans la Grèce antique, ces jeunes gens marchaient à la tête des armées pour prouver à leurs troupes qu'ils étaient prêts à sacrifier leur vie au même titre que le dernier des soldats, car le dernier des soldats était sous leur commandement, le commandement des meilleurs.

Peter Holland rejeta la tête en arrière, contre le velours du siège.

— Peut-être cela a-t-il joué, admit-il, les yeux mi-clos. Mais je n'en suis pas sûr, vraiment pas sûr. Nous demandions beaucoup... mais pour obtenir quoi? Quelques arpents incultes dans le delta du Mékong? Pour quoi faire, bon Dieu? Tous ces gars qui sont morts, la poitrine et le ventre déchiquetés par un ennemi invisible, tapi à un mètre d'eux, un Viêt-cong qui, lui, connaissait la jungle comme sa poche! Quel genre de guerre était-ce? Si des types comme moi n'étaient pas montés en première ligne pour dire : « Je suis là. Regardez, je suis avec vous », croyez-vous que nous aurions pu tenir si longtemps? Il y aurait peut-être eu des désertions en masse, et comment en tenir rigueur aux déserteurs? Tous nos petits gars étaient des nègres, comme certains les appellent, ou bien des Portoricains, ou encore les laissés-pour-compte sachant à peine lire et écrire. Les privilégiés, eux, obtenaient un sursis d'incorporation ou bien une affectation qui leur garantissait d'être loin du théâtre des opérations. Pas les autres. Et si le fait d'être à leurs côtés, pour un salaud de privilégié comme moi, représentait quelque chose pour eux, c'est ce que j'ai fait de mieux dans ma vie.

Holland se tut et ferma les yeux.

— Désolé, Peter. Je ne voulais remuer ce genre de souvenirs. Vraiment désolé... En réalité, j'étais parti de mon sentiment de culpabilité à moi, pas du vôtre. Curieux comme tout se chevauche et s'interpénètre... Quand cela s'arrêtera-t-il?

– Tout de suite! décida Holland en se redressant sur le siège de la limousine.

Il décrocha le téléphone et enfonça deux touches.

– Conduisez-nous à Vienna, je vous prie. Quand vous nous aurez déposés, vous chercherez un restaurant chinois et vous nous rapporterez ce qu'ils ont de meilleur... Pour ma part, j'ai un faible pour le poulet au citron.

Holland avait eu à moitié raison. La première audition fut à la limite du supportable, l'impact, surtout pour qui connaissait le patient, brouillant les paroles prononcées d'une voix ravagée. Mais, dès la deuxième audition, ils écoutèrent avec une concentration due à la souffrance même qu'ils percevaient. Ils n'avaient pas le temps de s'abandonner à des sentiments personnels; seul le contenu importait maintenant. Les deux hommes commencèrent à prendre d'abondantes notes, arrêtant fréquemment la bande et la repassant pour éclaicir ou essayer de comprendre des passages obscurs. La troisième audition leur permit de clarifier encore certains points. A la fin de la quatrième, Alex et Peter Holland avaient chacun trente à quarante feuillets de notes et, pendant une heure, ils demeurèrent silencieux, chacun se livrant de son côté à sa propre analyse.

– Êtes-vous prêt? demanda enfin le directeur de la CIA, assis sur le canapé, un stylo à la main.

– Allons-y, dit Conklin installé derrière le bureau sur lequel était posé le magnétophone à côté de tout son matériel électronique.

– Voulez-vous commencer?

– Oui, acquiesça Alex. Ce qui me frappe d'abord, c'est que quatre-vingt-dix-neuf pour cent de ce que nous venons d'écouter ne nous apporte rien et nous montre simplement que Walsh est un grand spécialiste de l'exploration de l'inconscient. Il mettait le doigt sur le détail révélateur avant que j'aie eu le temps de remarquer quoi que ce soit et je peux vous assurer qu'en matière d'interrogatoires, j'en connais un rayon.

– Je partage votre opinion, admit Holland. Je n'étais pas mauvais non plus, surtout avec un instrument contondant. Walsh est très fort.

– Oui, mais ce n'est pas notre affaire. Ce qui importe, c'est ce qu'il a réussi à arracher à Mo. Et le plus intéressant n'est pas dans ce que Panov se souvient d'avoir révélé – nous sommes obligés de supposer qu'il a révélé tout ce que je lui avais confié –, mais dans ce qu'il avait entendu et qu'il a répété.

Conklin choisit plusieurs feuillets.

– Voici un exemple, poursuivit-il. « La famille sera satisfaite... Notre chef suprême nous récompensera. » Mo répète à l'évidence les paroles de quelqu'un d'autre. Le jargon du crime ne lui est pas familier, en tout cas pas au point d'établir automatiquement un lien. Or, le lien est là. Si l'on prend le mot « suprême, » il suffit de changer de voyelle pour le transformer en « supremo ». Un *capo supremo* n'a rien de commun avec l'Être suprême, convenez-en! Vu sous ce jour, le mot « famille » prend tout de suite un autre sens et la « récompense » n'a rien de divin.

— La mafia, fit Peter Holland, le regard ferme et clair malgré l'alcool qu'il avait bu. J'avais bien noté instinctivement ce passage, mais sans réfléchir à toutes les interprétations... J'ai également relevé quelque chose du même genre, car ce n'est pas la manière habituelle de Panov de s'exprimer.

Il feuilleta ses notes et trouva ce qu'il cherchait.

— Voilà. « New York veut tout savoir... » Et là encore, poursuivit-il après avoir tourné quelques feuillets. « Il faut se méfier de ce type de Wall Street... » Et puis, il y a encore cela : « Les blondasses... » La suite était incompréhensible.

— Cela m'a échappé... Ou plutôt, j'ai bien entendu, mais je n'ai pas compris.

— Ce n'est pas étonnant, monsieur Aleksei Konsolikov, ne manqua pas de remarquer Holland avec un sourire. Sous votre extérieur anglo-saxon et malgré votre éducation américaine, bat le cœur d'un Russe. Vous ne pouvez percevoir ce qu'il nous faut parfois supporter.

— Comment?

— Je fais partie des WASP, ces Blancs protestants censés descendre de ceux qui ont fondé notre pays et occuper encore aujourd'hui une position dominante. Le terme de « blondasses » est une de ces appellations péjoratives dont nous gratifient certaines minorités plus ou moins opprimées. Réfléchissez et vous verrez qu'Armbruster et Swayne, Atkinson, Burton et Teagarten sont tous des WASP. Et songez que Wall Street demeure un bastion financier où les WASP sont majoritaires.

— Méduse, murmura Alex en hochant lentement la tête. Méduse et la mafia... Bon Dieu!

— Mais nous avons un numéro de téléphone! poursuivit Holland en se penchant en avant. Il était dans le livre que Bourne a rapporté de chez Swayne.

— J'ai essayé, vous vous en souvenez? Il n'y a qu'un répondeur.

— Cela nous suffit. Nous pouvons localiser l'installation.

— A quoi bon? Celui qui prend les messages le fait par une interrogation à distance et, à moins d'être complètement abruti, il appelle d'un téléphone public. Nous ne pouvons remonter jusqu'au relais et, comme il peut effacer tous les autres messages, il nous est impossible de brancher une écoute.

— Vous êtes plus un homme de terrain qu'un spécialiste des nouvelles technologies, n'est-ce pas?

— Je vais vous donner un exemple, répondit Conklin. J'ai acheté un jour un magnétoscope pour pouvoir regarder de vieux films, mais je n'arrivais pas à faire disparaître les chiffres de l'horloge qui clignotaient sur l'écran. J'ai donc appelé mon marchand et il m'a simplement conseillé de lire les instructions du tableau intérieur. Eh bien, figurez-vous que je n'ai jamais pu le trouver!

– Laissez-moi donc vous expliquer ce que nous pouvons faire à ce répondeur téléphonique... Nous pouvons le détraquer de l'extérieur.

– Et qu'est-ce que cela nous apportera? Nous allons perdre cette piste, c'est tout.

– Vous oubliez que le numéro nous permet de localiser l'appareil.

– Et alors?

– Il faudra bien que quelqu'un vienne effectuer la réparation.

– Je vois...

– Nous prendrons le technicien au collet et nous découvrirons qui l'a envoyé.

– Vous savez, Peter, que vous avez des dispositions. Pour un néophyte, en somme, et sans parler de votre position actuelle tout à fait imméritée.

– C'est avec plaisir que je vous aurais offert un verre, mais vous ne buvez plus.

Bryce Ogilvie, du cabinet Ogilvie, Spofford, Crawford et Cohen, était en train de dicter une réponse extrêmement délicate au service antitrust du ministère de la Justice quand il entendit le bourdonnement de sa ligne privée dont le signal n'arrivait que sur son bureau. Il décrocha, enfonça la touche verte et écouta quelques secondes.

– Attendez, ordonna-t-il en tournant les yeux vers sa secrétaire.

– Voulez-vous m'excuser quelques instants?

– Bien sûr, monsieur.

La secrétaire se leva, traversa le vaste et luxueux bureau, et poussa la porte du couloir.

– Alors, que se passe-t-il? demanda Ogilvie en reprenant la conversation téléphonique.

– Le répondeur ne fonctionne pas, fit une voix masculine.

– Que s'est-il passé?

– Je ne sais pas. Chaque fois que j'appelle, j'obtiens le signal occupé.

– C'est pourtant un matériel haut de gamme. Peut-être quelqu'un appelait-il au même moment que vous?

– Cela fait deux heures que j'essaie. Il y a un problème... Même le meilleur matériel n'est pas à l'abri d'une panne.

– Bon, envoyez quelqu'un vérifier. Choisissez un des Noirs.

– Naturellement. Jamais un Blanc n'accepterait d'aller là-bas.

25

Il était minuit passé quand Bourne sortit du RER à Argenteuil. Il avait partagé son temps entre les différentes dispositions qu'il avait à prendre et ses recherches pour retrouver Marie. Passant d'un arrondissement à l'autre, il entra dans tous les cafés, les boutiques, les hôtels, il fit le tour de tous les lieux qu'ils avaient connus treize ans plus tôt. A plusieurs reprises, il s'était figé sur place en apercevant au loin, dans la foule ou à la terrasse d'un café, la courbe d'une nuque, un profil, une masse de cheveux auburn qui auraient pu appartenir à sa femme. Mais ce n'était pas elle. A la longue, Jason avait commencé à comprendre son anxiété, et donc à mieux la maîtriser. Ces moments avaient été les plus difficiles à supporter, le reste de la journée ne fut que difficultés et frustrations.

Alex! Où était donc passé Conklin? Il n'avait pas réussi à le joindre à Vienna! Jason comptait sur lui pour régler un certain nombre de détails, en particulier pour s'occuper aussi rapidement que possible du transfert des fonds. Sur la côte Est des États-Unis les banques n'ouvraient pas avant 16 heures, heure de Paris, et en France elles fermaient au plus tard à 17 heures! Cela laissait à peine une heure pour débloquer et transférer à Paris plus d'un million de dollars sur un compte ouvert au nom de M. Simon, dans la banque de son choix. Sans compter que ce M. Simon devait se présenter au préalable dans cet établissement qu'il n'avait pas encore choisi! Bernardin lui avait été bien utile... Plus qu'utile, car, sans lui, jamais l'opération n'aurait pu se faire.

— Il y a une banque rue de Grenelle où la DST a ses habitudes. Ils ne sont pas trop exigeants pour les horaires, ou s'il manque une ou deux signatures, mais ils ne donnent rien pour rien et ne font confiance à personne.

— Vous voulez dire que, malgré les téléscripteurs, si l'argent n'a pas été viré, ils ne me donneront rien?

— Pas un sou.

— Comme je n'ai pas pu joindre Alex, j'ai décidé de laisser tomber la banque de Boston. J'ai appelé notre banquier aux îles Caïmans, là où Marie a déposé la plus grande partie de l'argent. Il est canadien et la banque aussi. Il attend mes instructions.

— Je vais téléphoner. Êtes-vous au Pont-Royal?

— Non. Je vous rappellerai.

— Où êtes-vous?

— Disons que j'ai l'impression de voleter comme un papillon affolé faisant la tournée de lieux dont il a conservé un vague souvenir.

— Vous cherchez Marie.

— Oui. Mais ce n'était pas une question, n'est-ce pas?

— Pardonnez-moi, mais, dans un sens, j'espère que vous ne la trouverez pas.

— Merci. Je vous rappelle dans vingt minutes.

Puis il s'était rendu dans un autre de ces lieux du souvenir, au Trocadéro. Sur l'une de ces terrasses l'on avait tiré sur lui, des hommes avaient dévalé la longue suite de degrés, partiellement masqués par les hautes statues dorées et les imposants jets d'eau avant de disparaître dans les jardins. Pourquoi avait-il pensé au Trocadéro? Marie était venue... Quelque part dans cet immense ensemble architectural. Mais où? Sur une terrasse... Oui, sur une terrasse, près d'une statue. Quelle statue?... Celle de Descartes? De Racine? De Talleyrand? C'est le nom de Descartes qui lui était venu à l'esprit le premier. C'est sa statue qu'il allait chercher.

Il l'avait trouvée, mais Marie n'était pas là. En regardant sa montre, il s'était rendu compte que près de quarante-cinq minutes s'étaient écoulées depuis qu'il avait appelé Bernardin. Et, comme les hommes dont le souvenir lui était revenu à l'esprit, il avait dévalé les degrés. Pour chercher une cabine téléphonique.

— Allez à la Banque de Normandie et demandez M. Tabouri. Il a été prévenu qu'un certain M. Simon a l'intention de faire transférer plus de sept millions de francs des îles Caïmans par l'intermédiaire d'une banque privée. Il se fera un plaisir de vous laisser disposer de son téléphone, mais soyez sûr qu'il vous facturera la communication.

— Merci, François.

— Où êtes-vous maintenant?

— Au Trocadéro. C'est très curieux... J'ai un pressentiment, d'étranges vibrations, mais elle n'est pas là. C'est sans doute ma mémoire qui me joue ses tours habituels. J'ai peut-être reçu un jour une balle au Trocadéro, mais je ne m'en souviens même pas.

— Allez donc à la banque.

C'est ce qu'il avait fait et, trente-cinq minutes après son appel téléphonique aux îles Caïmans, M. Tabouri, le teint basané et un perpétuel sourire aux lèvres, lui avait confirmé que le transfert était effectué et qu'il pouvait disposer de l'argent. Jason avait demandé sept cent cin-

363

quante mille en grosses coupures. On lui avait remis l'argent et le banquier obséquieux l'avait entraîné près de la fenêtre avec un air de conspirateur, ce qui semblait d'autant plus ridicule qu'ils étaient seuls dans le bureau.

— Croyez-moi, cher monsieur, il y a en ce moment des affaires exceptionnelles à Beyrouth sur le marché de l'immobilier. Je sais de quoi je parle, je suis un spécialiste du Moyen-Orient. Ces affrontements stupides ne dureront plus très longtemps, sinon il ne resterait plus un seul Libanais debout. Beyrouth redeviendra le Paris de la Méditerranée. Il y a des immeubles à vendre pour une fraction de leur valeur, des hôtels à un prix ridicule!

— Cela me paraît très intéressant. Je vous contacterai.

Il avait quitté précipitamment la Banque de Normandie, comme si, dans ses murs, grouillaient les germes d'une maladie mortelle. Il avait repris le chemin de l'hôtel Pont-Royal d'où il avait encore essayé de joindre Conklin. Il était à ce moment-là près de 13 heures à Vienna, et il n'avait encore entendu que la voix enregistrée d'Alex demandant à son correspondant de laisser un message. Jason avait estimé plus sage de n'en rien faire.

Il se retrouvait maintenant à Argenteuil, à la gare du RER d'où il allait prudemment s'enfoncer dans les rues de la ville pour atteindre le quartier sordide où se trouvait le Cœur du Soldat. Les instructions reçues étaient très claires. Il ne devait ressembler en rien à celui qu'il était la veille. Plus de jambe raide, plus de vieux vêtements des surplus de l'armée, rien qui pût le faire reconnaître. Il devait avoir l'apparence d'un simple ouvrier et s'arrêter près du portail de l'ancienne usine où il s'adosserait au mur en fumant. Il lui fallait arriver entre minuit et demi et 1 heure du matin, ni plus tôt, ni plus tard.

Après avoir donné quelques centaines de francs aux messagers de Santos pour le dérangement, il leur avait demandé la raison de ces précautions et de cet horaire tardif.

— Santos ne quitte jamais le Cœur du Soldat, lui avait répondu le plus loquace des deux hommes.

— Il est pourtant sorti hier soir.

— Seulement quelques minutes.

— Je comprends, fit Bourne en hochant la tête.

Mais il ne comprenait pas, il en était réduit aux conjectures. Santos était-il d'une certaine manière le prisonnier du Chacal? Était-il contraint de rester nuit et jour dans son bistro minable? La question était passionnante, eu égard à l'impression de puissance physique qui se dégageait du colosse et de son intelligence très au-dessus de la moyenne.

Il était 0 h 27 quand Bourne, coiffé d'une casquette, vêtu d'un jean et d'un vieux pull à col en V, arriva devant le portail de l'usine. Il sortit de sa poche un paquet de Gauloises et s'appuya contre le mur en allumant une cigarette avec une allumette qu'il laissa brûler plus longtemps qu'il n'était nécessaire. Ses pensées revinrent à l'énigmatique Santos, l'intermédiaire privilégié, l'homme de confiance de l'armée du Chacal. Peut-être avait-il appris le français à la Sorbonne, mais il était d'origine sud-américaine, plus précisément du Venezuela, si Jason croyait son instinct. Et Santos voulait le voir avec « la paix dans son cœur ». Bravo, *amigo.* Santos avait donc téléphoné à Atkinson et l'ambassadeur terrifié, paniqué, n'avait pu que lui confirmer avec la plus grande vigueur que les instructions de la Femme-Serpent devaient être suivies à la lettre. Le pouvoir de Méduse était l'unique protection de Philip Atkinson, son dernier refuge.

La cuirasse de Santos avait donc un défaut. Sa fidélité n'était pas à toute épreuve ; l'intermédiaire avait envie de sortir de la fange où il croupissait. Avec trois millions de francs dans la balance et une multitude d'endroits isolés sur la surface du globe, Santos avait au moins décidé de réfléchir. Tout un chacun pouvait choisir de changer de vie quand une occasion se présentait. C'est ce qui était arrivé à Santos, le vassal de Carlos, dont la fidélité à son seigneur était peut-être devenue trop étouffante. C'est ce que Bourne avait perçu instinctivement, ce qui l'avait poussé à utiliser, sans insister mais avec fermeté, des arguments tels que : « Vous pourrez voyager, disparaître... Vous deviendrez un homme riche, libre de toute contrainte, de toute besogne fastidieuse. » Les mots clés étaient « libre » et « disparaître ». Il avait surpris une lueur d'intérêt dans les yeux de Santos. Le colosse était prêt à empocher les trois millions et Bourne était tout à fait disposé à le laisser disparaître avec l'argent.

Jason regarda sa montre : un quart d'heure s'était écoulé depuis son arrivée. Les sbires de Santos devaient être en train de passer au peigne fin les rues avoisinantes, dernière inspection avant l'apparition du grand prêtre. L'image de Marie passa fugitivement dans son esprit, il songea à ces étranges sensations qu'il avait eues au Trocadéro et les paroles que Fontaine avaient prononcées tandis qu'ils observaient de leur cachette les allées de l'Auberge de la Tranquillité en attendant l'arrivée de Carlos lui revinrent à l'esprit. *Il est près de nous. Je le sens... Comme un animal qui sent l'approche d'un orage encore lointain.* D'une manière différente, très différente, Jason avait eu le même genre de sensations au Trocadéro. *Assez !*

Il était exactement 1 heure à sa montre quand les deux messagers de l'hôtel Pont-Royal sortirent du cul-de-sac et se dirigèrent vers le portail de l'ancienne usine.

— Santos veut vous voir, dit celui qui parlait toujours.

— Je ne le vois pas.

— Vous allez nous suivre. Santos ne quitte pas le Cœur du Soldat.

— Cela ne me plaît pas beaucoup.

— Vous n'avez aucune crainte à avoir. La paix est dans son cœur.

— Et son couteau dans sa gaine.

– Il n'a ni couteau ni aucune autre arme. Il n'en a jamais.

– Cela fait plaisir à entendre. Allons-y.

– Il n'a pas besoin d'armes, ajouta le messager d'un ton laissant planer une menace.

Escorté par les deux hommes, Jason s'engagea dans le cul-de-sac et passa devant la façade du café surmontée de son enseigne au néon. Ils s'arrêtèrent devant une porte à peine assez large pour laisser le passage à un homme. Bourne entre les deux messagers de Santos, ils se dirigèrent vers l'arrière du café où Bourne découvrit la dernière chose qu'il s'attendait à trouver dans un quartier aussi minable : un jardin anglais. Sur un bout de terrain d'une dizaine de mètres de long sur six de large, des treillages soutenaient une profusion de plantes grimpantes en fleur.

– Quel spectacle! s'exclama Jason. On voit que c'est un jardin entretenu avec amour.

– Santos a une véritable passion pour les fleurs. On ne comprend pas pourquoi, mais personne n'osera jamais en toucher une!

Très intéressant.

Les trois hommes s'arrêtèrent devant un petit ascenseur extérieur dont l'armature avait été fixée sur le mur de pierre de la maison; il ne semblait y avoir d'autre accès. Les trois hommes se tassèrent dans la cabine et, dès que la porte fut refermée, le messager, toujours silencieux, appuya sur un bouton dans l'obscurité.

– Nous sommes là, Santos. *Camélia.* Tu peux nous faire monter.

– Camélia? demanda Jason.

– C'est pour lui faire savoir que tout va bien. S'il y avait eu un problème, mon ami aurait dit « rose » ou « muguet ».

– Et que se serait-il passé?

– Il vaut mieux que vous ne le sachiez pas... Et je préfère ne pas le savoir.

– Bien sûr. Je vois.

L'ascenseur s'arrêta avec un double hoquet et le messager ouvrit une lourde porte blindée en poussant de toutes ses forces. Bourne pénétra dans la pièce familière au mobilier cossu et aux murs garnis de rayonnages. L'unique lampe, posée sur le sol, éclairait Santos calé dans un énorme fauteuil.

– Vous pouvez nous laisser, mes amis, lança le colosse en s'adressant à ses hommes. Demandez à la tantouse de vous payer et n'oubliez pas de lui dire de donner un billet de cinquante francs à René et à l'Américain qui se fait appeler Ralph pour qu'ils débarrassent le plancher. Dites-leur que l'argent vient de leur ami d'hier soir qui les a oubliés.

– Merde! s'écria Jason.

– Vous les aviez oubliés, n'est-ce pas? demanda Santos en souriant.

– J'avais d'autres préoccupations.

– D'accord, Santos, au revoir!

Au lieu de se diriger vers l'ascenseur au fond de la pièce, les deux hommes disparurent par une porte qui s'ouvrait dans le mur de gauche. Bourne les suivit des yeux sans dissimuler son étonnement.

– Oui, commenta Santos, répondant ainsi à la question muette de Jason, un escalier donne dans la cuisine. La porte ne s'ouvre que de ce côté, mais pas d'en bas... Sauf pour moi. Mais prenez un siège, monsieur Simon, et dites-moi comment va votre tête ?

– La bosse a presque disparu, je vous remercie.

Bourne s'avança vers le canapé et s'enfonça dans les coussins moelleux, choisissant de ne pas prendre une position d'où il dominerait son interlocuteur.

– La paix est, paraît-il, dans votre cœur.

– Et dans la partie la plus cupide de ce même organe, poursuivit Santos, brûle la convoitise pour trois millions de francs.

– Votre coup de téléphone à Londres vous a donc satisfait ?

– Personne n'aurait pu programmer la réaction de l'ambassadeur. La Femme-Serpent est une réalité et elle inspire une dévotion et une crainte extraordinaires chez des gens occupant des positions élevées. Ce qui signifie que votre reptile est extrêmement puissant.

– C'est que j'ai essayé de vous dire.

– Je vous crois. Et maintenant, récapitulons votre proposition, ou plutôt vos exigences...

– Mes restrictions, rectifia Bourne.

– Très bien, vos restrictions. Vous, et vous seul, devez entrer en contact avec le merle. C'est bien cela ?

– C'est une condition absolue.

– Je suis encore obligé de vous demander pourquoi.

– Pour être tout à fait franc, vous en savez déjà trop, plus que mes clients ne le soupçonnent. Mais eux n'ont pas failli finir leur existence au-dessus d'un café à Argenteuil. Ils ne veulent pas avoir affaire à vous, ils ne veulent pas qu'il y ait la moindre trace de notre affaire et, sur ce plan, vous n'êtes pas très sûr.

– Pourquoi ? rugit Santos en frappant du poing l'accoudoir de son fauteuil.

– A cause d'un vieillard au casier judiciaire très chargé qui a essayé d'avertir un membre de l'Assemblée nationale qu'il allait être assassiné. C'est lui qui a mentionné le merle, c'est lui qui a parlé du Cœur du Soldat. Par bonheur, c'est un des nôtres qui l'a entendu et qui a discrètement transmis l'information à mes clients. Mais cela ne suffit pas. Combien d'autres vieillards en proie à leurs fantasmes séniles risquent de mentionner le Cœur du Soldat... et de prononcer votre nom ? Non, il n'est pas question que vous soyez en contact avec mes clients.

– Même en vous utilisant comme intermédiaire ?

– Moi, je disparaîtrai, pas vous... Même si je pense sincèrement que vous devriez y réfléchir. Tenez, je vous ai apporté quelque chose.

Bourne se pencha en avant pour fouiller dans sa poche revolver. Il en sortit une liasse de billets retenus par un gros élastique et la lança dans la direction de Santos qui l'attrapa au vol d'un geste prompt.

— Un acompte de deux cent mille francs. C'est ce qu'on m'a permis de vous remettre... pour récompenser votre bonne volonté. Vous me donnez l'information dont j'ai besoin, je la transmets à Londres et, que le merle accepte ou non la proposition de mes clients, vous recevrez le solde des trois millions.

— Mais vous pourriez disparaître avant?

— Faites-moi surveiller comme vous l'avez fait depuis hier. Faites-moi suivre jusqu'à Londres et au retour. Je pourrai même vous communiquer le numéro des vols et le nom des compagnies aériennes. Que voulez-vous de plus?

— Je peux espérer plus, monsieur Simon, répondit Santos en extirpant sa volumineuse carcasse du fauteuil et en se dirigeant vers une table basse adossée au mur de briques laqué. Par ici, je vous prie.

Jason se leva et s'avança à son tour vers la table.

— Vous ne laissez rien au hasard, s'exclama-t-il, l'air stupéfait.

— Je fais de mon mieux... Vous n'avez rien à reprocher aux concierges; ils vous sont restés fidèles. Mais je préfère m'adresser aux femmes de chambre et aux garçons d'étage. Ils sont moins gourmands et personne ne les regrette vraiment si, du jour au lendemain, ils décident de ne plus venir.

Les trois passeports fabriqués par Cactus étaient étalés sur la petite table à côté du pistolet et du couteau qu'on lui avait confisqués la nuit précédente.

— Vous êtes très efficace, mais cela ne résout rien.

— Nous verrons bien, fit Santos. J'accepte l'argent que vous m'avez apporté... Mais vous n'allez pas partir à Londres. C'est Londres qui viendra à Paris! Dès demain matin. Quand il arrivera à l'hôtel Pont-Royal, vous m'appellerez – il va sans dire que je vous donnerai mon numéro privé – et nous ferons un échange. Vous savez, comme font les services secrets de l'Est et de l'Ouest lors d'un échange de prisonniers sur un pont. Ce sera l'argent contre le numéro de téléphone que vous cherchez.

— Vous êtes fou, Santos! Jamais mes clients ne s'exposeront de la sorte! Vous venez de perdre le reste des trois millions!

— Pourquoi ne pas le leur proposer? Ils peuvent toujours employer un passeur. Un touriste innocent avec un double fond dans son sac Vuitton. Jamais du papier n'a déclenché une alarme. Essayez, monsieur Simon! C'est votre seule chance d'obtenir ce que vous voulez.

— Je ferai mon possible, promit Bourne.

— Voici mon numéro privé, ajouta Santos en prenant sur la table une carte de visite sur laquelle étaient griffonnés quelques chiffres. Appelez-moi dès que Londres sera arrivé. Mais, en attendant, faites-moi confiance, vous serez surveillé.

– Vous êtes vraiment un chic type.

– Je vous raccompagne jusqu'à l'ascenseur.

Assise sur son lit, sirotant une tasse de thé dans la pénombre de la chambre, Marie écoutait les bruits de Paris qui montaient de la rue. Non seulement elle ne pouvait pas dormir, mais l'idée même du sommeil lui était insupportable : chaque heure, chaque minute comptait. Elle avait pris le premier vol Air Inter de Marseille à Paris et s'était fait directement conduire en taxi à l'hôtel Meurice, ce même hôtel où, treize ans plus tôt, elle avait fébrilement attendu un homme qui n'avait qu'un seul choix : recouvrer la raison ou perdre la vie. Elle se souvint d'avoir commandé du thé ce jour-là et fit machinalement la même chose, comme si la répétition de ce rituel devait provoquer l'apparition de celui qu'elle espérait.

Elle l'avait vu ! Ce n'était ni une illusion de ses sens ni un miracle, mais bien David en chair et en os ! Marie avait quitté l'hôtel en milieu de matinée et avait commencé la tournée des lieux dont elle avait dressé la liste dans l'avion, passant de l'un à l'autre sans ordre logique, en suivant simplement celui dans lequel ils lui étaient venus à l'esprit. C'était l'un des enseignements de ce Jason Bourne qu'elle avait connu treize ans auparavant. *Que l'on soit dans le rôle du gibier ou du chasseur, il faut soigneusement analyser toutes les options, en accordant une attention toute particulière à la première. C'est en général la plus sûre et la meilleure, celle que l'on retient la plupart du temps.*

Elle avait donc suivi l'ordre de sa liste, commençant par la banque de la place de la Madeleine, continuant par le quai des bateaux-mouches pour se retrouver au Trocadéro où, dans un état second, elle avait erré parmi les terrasses, cherchant une statue dont elle avait oublié l'emplacement, bousculée par des groupes de touristes fébriles dans le sillage de guides volubiles. Elle se sentait étourdie, aveuglée par le soleil estival et, au bout d'un moment, elle avait eu l'impression que toutes les statues se ressemblaient. *Le repos est une arme.* Se remémorant cet autre précepte de Jason, elle se disposait à s'asseoir sur un banc quand soudain, juste devant elle, elle avait vu un homme, coiffé d'une casquette, vêtu d'un pull en V, qui venait de se retourner et commençait à descendre en courant les larges degrés en direction de l'avenue Gustave-V de Suède. Elle connaissait cette silhouette, cette foulée ! Elle les connnaissait mieux que quiconque ! Combien de fois l'avait-elle observé, souvent cachée derrière les gradins, quand il courait jusqu'à l'épuisement sur la piste du campus pour chasser les vieux démons qui l'assaillaient. C'était David ! Marie s'était aussitôt élancée à sa poursuite.

– David ! C'est moi, David !... *Jason !*

Elle avait violemment heurté un guide à la tête d'un bataillon de Japonais. Après un échange de propos très vifs, elle s'était rageusement frayé un chemin au milieu du groupe d'Orientaux sidérés, plus petits qu'elle pour la plupart. Mais malgré l'avantage que lui donnait sa taille, il lui avait fallu se rendre à l'évidence : son mari avait disparu. Où avait-il bien pu aller ? Dans les jardins du palais de Chaillot ? Avait-il continué dans la direction du pont d'Iéna où il s'était noyé dans la foule ?

— Jason ! avait-elle hurlé à tue-tête. Reviens, Jason !

Les gens s'étaient retournés pour poser sur elle un regard compatissant ou, le plus souvent, réprobateur. Puis elle avait dévalé les interminables degrés et l'avait cherché partout, longtemps, trop longtemps. Épuisée, elle avait fini par prendre un taxi pour rentrer au Meurice. Elle avait pénétré dans sa chambre en titubant et s'était jetée sur le lit, refusant de donner libre cours à ses larmes. Ce n'était pas le moment de pleurer, mais celui de prendre un peu de repos et de se restaurer. D'abord réparer ses forces, aurait dit Jason, puis ressortir et reprendre les recherches. Allongée sur son lit, les yeux fixés sur le mur, elle avait senti sa poitrine se gonfler et éprouvé en même temps une sorte de jubilation contenue. Tandis qu'elle cherchait David, lui-même la cherchait ! Son mari ne s'était pas enfui en la voyant, Jason Bourne non plus. Ni l'un ni l'autre n'avait pu la voir. C'est une autre raison, une raison inconnue qui avait provoqué ce brusque départ du Trocadéro... Mais il y avait une seule raison pour expliquer sa présence à cet endroit. Lui aussi avait fouillé dans ses souvenirs, lui aussi avait compris que c'est dans l'un de ces lieux du passé qu'il la trouverait !

En finissant sa tasse de thé, Marie appelait de tous ses vœux la lumière du jour. Dès qu'il serait levé, elle reprendrait ses recherches.

— François !

— Bon Dieu ! Vous savez qu'il est 4 heures du matin ? Je présume que vous avez quelque chose de la plus haute importance à dire à un homme de soixante-dix ans pour le réveiller à cette heure indue !

— J'ai un problème.

— Je pense que vous en avez plus d'un, mais je suppose que je ne vous apprends rien. Qu'y a-t-il ?

— Je suis près du but, mais j'ai besoin d'aide.

— Une seconde, mon ami. Je me réveille... Voilà ! J'ai posé les pieds par terre et je viens d'allumer une cigarette. Expliquez-moi de quoi il s'agit.

— Mon contact exige qu'un Anglais arrive de Londres dans la matinée avec deux millions huit cent mille francs...

— Je suppose que cela ne représente qu'une partie de la somme qui est à votre disposition, dit Bernardin. La banque de Normandie vous a procuré toutes les facilités, n'est-ce pas ?

— Oui. L'argent est arrivé et votre Tabouri est un type extraordinaire. Il a essayé de me faire investir dans l'immobilier à Beyrouth.

– Tabouri est un voyou... Mais pour Beyrouth, il a raison.

– François, je vous en prie!

– Pardonnez-moi. Je vous écoute.

– On me surveille et je ne peux donc pas aller à la banque. Il faudrait que mon Anglais apporte à l'hôtel Pont-Royal ce que je ne peux pas aller chercher.

– C'est ça, votre problème?

– Oui.

– Êtes-vous disposé à débourser... disons cinquante mille francs?

– Pour quoi faire?

– Pour Tabouri.

– C'est possible.

– Vous avez signé des papiers, bien entendu?

– Bien entendu.

– Signez un autre papier, écrit de votre main, par lequel vous remettez l'argent à... Un instant, il faut que j'aille à mon bureau.

Il y eut un long silence au bout du fil, le temps que Bernardin aille dans une autre pièce et en revienne avec ce qu'il cherchait.

– Allô! dit-il enfin.

– Je suis là.

– Merveilleuse idée! s'exclama l'ancien agent de la DST Un type dont j'ai coulé le voilier au large de la Costa Brava. S'il y avait des requins dans les parages, ils ont dû se régaler. Il était si gras et si tendre... Il s'appelait Antonio Scarzi. C'était une ordure de Sarde qui échangeait des renseignements contre de la drogue, mais vous ignorez tout de cette histoire, cela va de soi.

– Cela va de soi, répéta Bourne avant d'épeler le nom donné par Bernardin.

– Très bien. Maintenant, vous cachetez l'enveloppe, vous frottez un stylo sur votre pouce et vous l'appliquez sur l'arrière de l'enveloppe, à l'endroit où elle est collée. Puis vous la donnerez au concierge pour qu'il la remette à M. Scarzi.

– J'ai compris. Mais qu'allons-nous faire pour l'Anglais? Il ne reste plus que quelques heures.

– Trouver l'Anglais n'est pas un problème. Le temps, si. Il est assez simple d'effectuer un transfert de fonds d'une banque à une autre. On frappe quelques touches, les ordinateurs procèdent instantanément à toutes les vérifications nécessaires, et hop! des chiffres apparaissent sur le papier et un compte est crédité de la somme voulue. Retirer près de trois millions de francs en liquide est une autre paire de manches et votre contact n'acceptera certainement pas des livres ni des dollars, de crainte de se faire pincer en les changeant en francs français ou en les déposant à la banque. Ajoutez à cela la nécessité de n'avoir que des grosses coupures pour faire un paquet aussi petit que possible et passer la douane sans encombre. Votre contact, mon ami, doit être conscient de toutes ces difficultés.

Jason laissa son regard errer sur le mur tout en réfléchissant aux paroles de Bernardin.

— Vous pensez qu'il veut me mettre à l'épreuve?

— Ça me semble évident.

— L'argent pourrait provenir de différentes banques. Un petit avion pourrait traverser la Manche et se poser dans un champ d'où une voiture emmènerait votre Anglais à Paris.

— Bien sûr, mais il faut du temps pour mettre une telle logistique en place, même pour les gens les plus influents. Ne donnez pas l'impression à votre contact que tout est simple, cela éveillerait ses soupçons. Tenez-le informé du cours des événements, insistez sur la nécessité de la discrétion, justifiez les retards. S'il n'y avait pas d'obstacles, il pourrait flairer un piège.

— Je vois ce que vous voulez dire. Si cela paraît trop facile, ce ne sera pas crédible.

— Encore une chose, mon ami. Un caméléon peut prendre différentes apparences en plein jour, mais il est beaucoup plus en sécurité dans l'obscurité.

— Vous oubliez quelque chose, fit remarquer Bourne. L'Anglais...

— Ne vous inquiétez pas, *old chap!*

L'opération se déroula sans la moindre anicroche, sans doute grâce au flair d'un homme de talent qui estimait avoir été mis trop tôt au rancart. Tandis que Jason informait régulièrement Santos de l'évolution de la situation, Bernardin faisait prendre à la réception de l'hôtel les instructions scellées et prenait rendez-vous avec Tabouri. Peu après 4 h 30, l'ancien agent de la DST, vêtu d'un costume rayé qui ne pouvait venir que de Savile Row, pénétra dans le hall de l'hôtel Pont-Royal. Il prit l'ascenseur et, après être revenu deux fois sur ses pas dans les couloirs, il finit par trouver la chambre de Bourne.

— Voici l'argent, dit-il en posant son attaché-case par terre avant de se diriger vers le réfrigérateur.

Il en sortit deux échantillons de gin Tanqueray, les ouvrit prestement et versa l'alcool dans un verre d'une propreté douteuse.

— A votre santé, lança-t-il en avalant la moitié du gin avant de prendre une longue et bruyante inspiration, puis de vider son verre. Je n'avais pas fait cela depuis des années, poursuivit-il.

— C'est vrai?

— Très franchement, oui. Je le faisais faire à d'autres... C'est beaucoup trop dangereux. Au fait, Tabouri vous est extrêmement reconnaissant de votre générosité et le bougre a réussi à me convaincre d'investir à Beyrouth.

— Quoi?

— Mes ressources ne sont pas comparables aux vôtres, mais j'ai placé à Genève mes économies de quarante ans de service et je ne suis pas à plaindre.

– Vous savez que vous risquez votre vie s'ils vous mettent la main au collet en sortant d'ici?

– Mais je n'ai pas l'intention de sortir, répliqua Bernardin en ouvrant de nouveau la porte du réfrigérateur. Je resterai dans cette chambre jusqu'à ce que vous ayez conclu votre marché.

Il ouvrit deux autres mignonettes et les versa dans son verre.

– Avec cela, mon vieux cœur va peut-être battre un peu plus lentement, poursuivit-il en s'avançant vers le bureau.

Il posa son verre sur le sous-main et sortit de ses poches deux automatiques et trois grenades qu'il aligna devant le verre.

– Oui, je crois que je vais pouvoir me détendre.

– Mais qu'est-ce que c'est que ça? s'écria Bourne.

– C'est ce que l'on pourrait appeler ma force de dissuasion, répondit Bernardin. Mais en mon for intérieur, j'ai la conviction qu'aussi bien les Russes que les Américains se moquent du monde en dépensant tant d'argent pour des armes qui ne fonctionnent pas. Il est vrai que je suis un homme d'un autre temps... Quand vous sortirez pour aller régler votre affaire, vous laisserez la porte ouverte. Si quelqu'un arrive dans ce petit couloir, il verra la grenade que je tiendrai à la main. Et ça, ce n'est pas une abstraction nucléaire!

– D'accord, dit Bourne en se dirigeant vers la porte. Je veux en finir avec cette histoire.

Il déboucha sur le trottoir de la rue Montalembert et avança jusqu'à l'angle de la rue du Bac. Comme il l'avait fait à Argenteuil, il s'adossa à une façade et alluma une cigarette. Puis, l'esprit en ébullition, il attendit dans cette attitude désinvolte.

Un homme traversa la rue et s'approcha de lui, la main dans la poche de sa veste. C'était un des messagers de la veille, le plus loquace des deux.

– Où est l'argent? demanda-t-il.

– Où est mon renseignement? riposta Bourne.

– L'argent d'abord.

– Ce n'est pas ce qui était convenu.

Avec la vivacité de l'éclair, Jason saisit le sous-fifre par le col de sa veste et l'attira à lui en le soulevant. Puis il referma vivement sa main libre sur la pomme d'Adam du messager et enfonça ses doigts dans la chair.

– Retournez dire à Santos qu'il peut aller se faire voir! Ce n'est pas comme ça que je traite une affaire!

– Arrêtez! lança une voix grave tandis que la silhouette massive de Santos tournait l'angle de la rue. Lâchez-le, Simon, ajouta-t-il en s'avançant. Il ne compte pas. C'est maintenant une affaire entre vous et moi.

– Je croyais que vous ne quittiez jamais le Cœur du Soldat?

– Vous voyez, vous avez réussi à me faire changer d'habitudes.

– On dirait, fit Bourne en lâchant le messager qui leva aussitôt les yeux vers Santos.

Le colosse inclina la tête et l'homme s'éloigna à toutes jambes.

– Votre Anglais est arrivé, fit Santos. Il portait une valise... Je l'ai vu de mes propres yeux.

– C'est vrai. Il est arrivé avec une valise.

– Alors, Londres capitule ? Londres est très inquiet ?

– L'enjeu est considérable et je n'ai rien à ajouter sur ce sujet. Le renseignement, je vous prie !

– Réglons une dernière fois la procédure, voulez-vous ?

– Nous l'avons déjà fait plusieurs fois... Vous me fournissez le renseignement que je cherche, mon client me donne l'ordre de faire le nécessaire et, si le contact est satisfaisant, je vous apporte le reliquat des trois millions de francs.

– Qu'entendez-vous par « contact satisfaisant » ? Que faudra-t-il pour vous satisfaire ? Comment saurez-vous que le contact est bon ? Et n'allez-vous pas prétendre que ce contact n'a rien donné et garder tout l'argent alors que je vous aurai fourni ce pour quoi vos clients ont payé ?

– Vous êtes un type très soupçonneux, Santos.

– Très soupçonneux, en effet. Notre univers, monsieur Simon, n'est pas peuplé de saints.

– Il y en a peut-être plus que vous ne l'imaginez.

– J'en doute. Mais vous n'avez pas répondu à mes questions.

– Bon, je vais essayer... Comment saurai-je que le contact est ferme ? C'est facile, c'est mon métier. C'est pour cela qu'on me paie, et un homme dans ma situation n'a pas le droit à l'erreur, à ce niveau. J'ai fait des recherches, j'ai affiné tout le processus et il me suffira de poser personnellement deux ou trois questions pour savoir à quoi m'en tenir.

– Voilà une réponse évasive.

– Dans notre univers, monsieur Santos, savoir rester évasif est plutôt un atout. Pour ce qui est de vous mentir et de garder l'argent, je puis vous assurer que je n'ai pas plus l'intention de me faire un ennemi de vous-même et de l'organisation contrôlée par le merle que de mes clients. Ce serait de la pure folie, et je ne tiens pas à voir ma vie brutalement écourtée.

– J'admire votre perspicacité autant que votre prudence, remarqua l'intermédiaire du Chacal.

– Les rayonnages garnis de livres ne mentaient pas : vous êtes un homme cultivé.

– Là n'est pas notre propos, mais j'ai certaines références. Les apparences sont parfois un handicap... Ce que je vais vous dire, monsieur Simon, n'est connu que de quatre hommes dans le monde, qui, tous, parlent couramment français. Vous utiliserez cette information comme bon vous semble, mais, si jamais vous faites la moindre allusion à Argenteuil, je le saurai aussitôt et vous ne quitterez pas l'hôtel vivant.

374

— Le contact peut être établi si rapidement?

— Avec un simple numéro de téléphone. Mais vous appellerez au moins une heure après que nous nous serons séparés. Encore une fois, si vous ne respectez pas ce délai, je le saurai et vous serez un homme mort.

— Une heure?... Entendu. Et il n'y a que quatre autres personnes qui connaissent ce numéro? Pourquoi ne pas choisir celui qui vous est le moins de sympathique afin que je fasse discrètement allusion à lui... si cela devient nécessaire.

Santos se permit un mince sourire.

— Moscou, dit-il doucement. Une haute position place Dzerjinski.

— Le KGB?

— Le merle est en train de mettre sur pied un réseau à Moscou... Toujours Moscou, c'est une obsession chez lui.

Ilich Ramirez Sanchez. Formé à Novgorod. Renvoyé par le KGB pour sa conduite démente. Le Chacal!

— Je ne l'oublierai pas... Au cas où. Le numéro de téléphone, je vous prie?

Santos le lui donna ainsi que les phrases codées qu'il devrait prononcer, et il répéta le tout en articulant soigneusement.

— C'est clair? demanda-t-il, manifestement impressionné de voir que Bourne n'écrivait rien.

— Parfaitement... Je n'ai pas besoin de papier ni de stylo. Si tout se passe comme je l'espère, comment voulez-vous que je vous fasse parvenir l'argent?

— Téléphonez-moi; vous avez mon numéro. C'est moi qui viendrai vous voir... Et je ne retournerai pas à Argenteuil.

— Bonne chance, Santos. Quelque chose me dit que vous le méritez.

— Nul ne le mérite plus que moi. J'ai bu trop souvent la ciguë.

— Comme Socrate, murmura Jason.

— Ah! Les dialogues de Platon! *Au revoir.*

Santos s'éloigna, et Bourne, le cœur battant, regagna son hôtel en s'efforçant ne pas se mettre à courir. *Un homme qui court est un objet de curiosité, une cible.* Un des préceptes de Jason Bourne.

— Bernardin! s'écria-t-il en suivant au pas de course l'étroit couloir désert qui menait à sa chambre, sachant que, de l'autre côté de la porte ouverte, l'ancien agent de la DST attendait, une grenade dans une main, un pistolet dans l'autre. Rangez votre artillerie! Nous avons touché le gros lot!

— Qui va payer?

— C'est moi, répondit Jason en refermant derrière lui la porte de la chambre. Si tout se passe comme je le pense, vous pourrez faire un gros dépôt sur votre compte à Genève.

— Ce n'est pas pour l'argent que je fais ça, mon ami. L'argent n'est jamais entré en ligne de compte.

— Je le sais bien, mais puisque nous distribuons les billets par milliers, comme si nous les imprimions dans notre garage, pourquoi ne recevriez-vous pas votre part?

— J'avoue que je n'ai rien à répondre à cela.

— *Une heure!* annonça Jason. Quarante-trois minutes maintenant, pour être précis.

— Pour quoi faire?

— Pour découvrir si c'est vrai! Si c'est vraiment vrai!

Bourne se laissa tomber sur le lit et croisa les bras sous sa tête, les yeux brillants d'excitation.

— Voulez-vous noter ceci, François, dit-il en répétant le numéro de téléphone que lui avait donné Santos. Achetez, soudoyez, menacez tous les agents des Télécom avec qui vous avez été en relations, mais débrouillez-vous pour m'obtenir l'adresse qui correspond à ce numéro!

— Ce n'est pas bien sorcier...

— Si, rétorqua Bourne. Il va de soi que ce numéro est sur la liste rouge. Et seuls quatre membres de tout son réseau le connaissent.

— Dans ce cas, il vaudrait peut-être mieux ne pas nous adresser à des responsables, mais plutôt chercher directement auprès de ceux qui ont accès aux lignes et aux câbles qui courent dans les égouts de Paris.

— Je n'y avais pas pensé, avoua Jason en tournant vivement la tête vers Bernardin.

— Pourquoi y auriez-vous pensé?... Il se trouve que je connais quelques agents... Je vais en choisir un et je l'appellerai discrètement chez lui dans la soirée...

— Ce soir? demanda Bourne en se soulevant sur les coudes.

— Cela vous coûtera mille francs, mais vous aurez votre renseignement.

— Je ne peux attendre si longtemps.

— Si vous essayez de l'appeler à son travail, ce sera plus risqué. Toutes leurs conversations sont surveillées. Tel est le paradoxe du socialisme : on donne des responsabilités aux travailleurs, mais aucune autorité personnelle.

— Attendez! s'écria Jason. Vous pouvez avoir leurs propres numéros de téléphone?

— Bien sûr, ils sont dans l'annuaire.

— Faites appeler l'un d'eux par sa femme. Qu'elle dise qu'il doit rentrer d'urgence chez lui.

— Pas mal, mon ami, fit Bernardin en hochant la tête. Pas mal du tout.

L'ancien agent de la DST se mit aussitôt au travail, faisant miroiter d'une voix onctueuse une jolie récompense aux épouses des techniciens, si elles acceptaient ce qu'il leur demandait de faire. Les trois premières lui raccrochèrent au nez, mais la suivante, après avoir hésité, finit par accepter, à condition que son homme ne voie pas la couleur de l'argent.

376

Le délai d'une heure était écoulé. Jason quitta l'hôtel. Il emprunta le trottoir d'un pas lent et résolu, traversa quatre rues avant d'apercevoir une cabine téléphonique sur le quai Voltaire. Le soir tombait et des lumières s'allumaient les unes après les autres sur les ponts et les péniches. En s'approchant de la cabine, Jason se força à respirer lentement et régulièrement, avec de profondes inspirations, exerçant sur lui-même un contrôle qu'il n'aurait jamais cru possible. Il était sur le point de donner ce qui était peut-être le coup de téléphone le plus important de sa vie, mais le Chacal ne devait se douter de rien... Si c'était bien le Chacal. Il entra dans la cabine, glissa une pièce dans la fente et composa son numéro.

— Oui ?

C'était une voix de femme, sèche et précise, la voix d'une Parisienne.

— Des merles décrivent des cercles dans le ciel, dit Jason en français, reprenant exactement les mots de Santos. Ils font beaucoup de bruit, sauf un seul. Il est silencieux.

— D'où appelez-vous ?

— De Paris, mais je ne suis pas d'ici.

— D'où êtes-vous ?

— D'un pays où les hivers sont beaucoup plus froids, répondit Jason.

Des gouttes de sueur se formaient à la racine de ses cheveux. *Contrôle-toi.* Il est urgent que je parle à un merle.

Le silence se fit soudain sur la ligne, un silence vibrant. Puis une voix grave et ferme, une voix caverneuse aux sonorités profondes, résonna au bout du fil.

— C'est à un Moscovite que nous parlons ?

Le Chacal ! C'était le Chacal ! Son français rapide et coulant ne parvenait pas à masquer une pointe d'accent latino-américain.

— Je n'ai rien dit de tel, répondit Bourne en roulant les r comme un Bourguignon. J'ai simplement souligné que les hivers étaient plus froids qu'à Paris.

— Qui est à l'appareil ?

— Quelqu'un qui a semblé suffisamment intéressant à une personne qui vous connaît suffisamment bien pour lui donner ce numéro et les phrases codées qui vont avec. Je peux vous offrir le contrat de votre carrière, de votre vie ! Peu importe votre prix, ceux qui paient sont parmi les hommes les plus puissants des États-Unis. Ils contrôlent une grande partie de l'industrie américaine ainsi que des institutions financières, et ils ont directement accès aux centres de décision du gouvernement.

— Cet appel est très étrange. Vraiment très peu orthodoxe.

— Si ma proposition ne vous intéresse pas, j'oublie ce numéro et je m'adresse ailleurs. Je ne suis qu'un intermédiaire. Une réponse par oui ou non, me suffira.

— Je ne m'engage pas dans des affaires dont j'ignore tout, ni avec des gens dont je n'ai jamais entendu parler.

– Vous les reconnaîtriez, si j'étais libre de vous révéler leurs noms. Mais ce n'est pas un engagement que je vous demande pour l'instant. J'aimerais simplement retenir votre attention. Si votre réponse est oui, je pourrai vous en dire un peu plus long. Si c'est non, j'aurai essayé et je serai contraint de m'adresser ailleurs. S'il faut en croire les médias, il était à Bruxelles hier. Je le trouverai.

Il entendit son correspondant retenir son souffle quand il mentionna Bruxelles, une allusion évidente à Jason Bourne.

– Oui ou non, monsieur le merle?

Le silence se prolongea.

– Rappelez-moi dans deux heures, finit enfin par répondre le Chacal d'un ton impérieux avant de raccrocher.

Il avait réussi! Jason s'appuya contre la paroi de verre de la cabine. La sueur coulait à présent sur son visage et dégoulinait dans son cou. Il alla rejoindre Bernardin à l'hôtel Pont-Royal!

– C'était Carlos! annonça-t-il en refermant la porte et en se dirigeant tout de suite vers le téléphone posé sur la table de chevet, la carte de visite de Santos à la main.

Il composa le numéro et parla au bout de quelques secondes.

– C'était bien le merle, fit-il. Donnez-moi un nom, celui que vous voulez. C'est noté, poursuivit-il après un silence. La marchandise sera déposée à la réception. Le paquet sera ficelé et fermé avec du ruban adhésif. Vérifiez si tout y est et retournez-moi mes passeports. Envoyez votre meilleur homme et rappelez les chiens... Ils pourraient mettre un merle sur votre piste.

Jason raccrocha et se tourna vers Bernardin.

– Le numéro de téléphone correspond à une adresse dans le XVᵉ arrondissement, annonça le policier en retraite. Mon homme l'a tout de suite su en entendant les premiers chiffres.

– Que va-t-il faire?

– Se renseigner plus amplement.

– Il nous appellera ici?

– Par bonheur, il a une moto. Il a précisé qu'il n'en avait pas pour longtemps et qu'il appellerait dans votre chambre dans moins d'une heure.

– Parfait!

– Il y a un petit problème... Il demande cinq mille francs.

– Il aurait pu exiger dix fois plus. Vous avez dit moins d'une heure... Combien de temps reste-il?

– Vous êtes parti pendant une demi-heure et il m'a appelé peu après votre départ. Disons qu'il reste une demi-heure au plus.

Le téléphone sonna. Dix minutes plus tard, ils avaient une adresse boulevard Lefebvre.

– J'y vais, lança Jason Bourne d'un ton brusque en prenant l'automatique de Bernardin et en glissant deux grenades dans sa poche. Vous permettez?

– Je vous en prie.

L'ancien agent de la DST écarta le pan de sa veste et sortit un second pistolet de sa ceinture.

– Il y a tant de pickpockets à Paris qu'il vaut mieux prendre ses précautions... Mais pourquoi avez-vous besoin de ces armes?

– J'ai au moins deux heures devant moi et je voudrais faire une reconnaissance.

– Seul?

– Évidemment. Si nous demandons un soutien, je risque soit d'être abattu, soit de passer le reste de mes jours en prison pour un assassinat que je n'ai pas commis à Bruxelles.

L'ex-juge de la première circonscription du Massachussetts regardait Randolph Gates effondré sur le canapé du Ritz-Carlton, le visage, baigné de larmes, enfoui dans ses mains.

– Dieu du ciel! soupira Brendan Prefontaine. La chute des puissants de ce monde a vraiment quelque chose d'irrévocable, poursuivit-il en se versant un petit verre de bourbon. Alors, comme ça, tu t'es fait baiser en France, Randy. Ton esprit agile et ta noble prestance ne t'ont pas été d'un grand secours à Paris. Tu aurais mieux fait de rester au pays, petit gars.

– Vous ne pouvez pas savoir ce que j'ai enduré, Prefontaine! J'étais en train de mettre sur pied un cartel – Paris, Bonn, Londres et New York avec les marchés du travail asiatiques –, un projet de plusieurs milliards de dollars quand on m'a enlevé devant le Plaza Athénée, poussé dans une voiture et bandé les yeux. On m'a ensuite jeté dans un avion privé à destination de Marseille et c'est là que l'horreur a commencé. Je suis resté enfermé dans une pièce pendant six semaines et on m'injectait des saloperies plusieurs fois par jours... Pendant six semaines! On a fait venir des femmes, on a filmé tout ce qui se passait... Je n'étais plus moi-même!

– Peut-être était-ce le moi dont tu n'as jamais voulu reconnaître l'existence, Randy. Celui qui a appris à attendre une satisfaction instantanée. Procurer sur le papier des profits extraordinaires à tes clients qui s'empressent de les réaliser à la Bourse, pendant que des milliers d'emplois sont sacrifiés. Oui, mon cher, c'est ce que j'appelle une satisfaction instantanée.

– Vous vous trompez, juge...

– Cela me fait tellement plaisir d'entendre de nouveau ce titre. Merci, Randy.

– Les syndicats étaient devenus trop puissants; ils menaçaient de paralyser l'industrie. De nombreuses entreprises devaient s'expatrier pour survivre!

– Il y a sans doute du vrai dans ce que tu dis, mais ce que je te reproche, c'est de n'avoir jamais envisagé d'autres solutions... Revenons à nos moutons, Randy. Quand ta séquestration a pris fin, tu étais devenu un toxicomane et existait des films montrant le célèbre avocat dans des situations extrêmement compromettantes.

— Que pouvais-je faire? gémit Gates. Ma carrière était ruinée!

— Nous savons ce que tu as fait. Tu es devenu l'homme de confiance du Chacal dans le monde de la haute finance, un monde où la concurrence doit être impitoyablement écartée.

— C'est à cause de cela qu'il a fixé son choix sur moi. Ce cartel que nous étions en train de mettre sur pied menaçait des intérêts japonais et chinois... Ils ont engagé le Chacal pour m'enlever... Il va me tuer, il va me tuer!

— Encore? demanda le juge.

— Pourquoi dites-vous encore?

— Tu as oublié? Il te croit déjà mort, grâce à moi.

— J'ai plusieurs causes à plaider dans les jours qui viennent et une audition devant une commission parlementaire la semaine prochaine. Il saura que je suis vivant!

— Pas si tu n'apparais pas en public.

— Mais je suis obligé! Mes clients ne...

— Dans ce cas, coupa Prefontaine, il est certain qu'il te tuera. Je te regretterai, Randy...

— Que puis-je faire?

— Je crois qu'il y a une solution non seulement pour résoudre ton dilemme présent, mais pour les années à venir. Cela te demandera naturellement quelques sacrifices... Pour commencer, une longue cure de désintoxication dans un centre privé, mais auparavant, il me faut l'assurance de ta coopération pleine et entière. Notre stratégie implique, dans un premier temps, ta disparition immédiate, dans un second temps, la capture et l'élimination de Carlos le Chacal. Tu seras libre, Randy.

— Je ferai tout ce que vous voulez!

— Comment entres-tu en contact avec lui?

— J'ai un numéro de téléphone!

Gates sortit fébrilement son portefeuille de sa veste et, les doigts tremblants, ouvrit une petite poche.

— Il n'y a que quatre personnes au monde qui le connaissent!

Prefontaine empocha ses vingt mille dollars d'honoraires pour la première heure de consultation, puis il ordonna à Randy de rentrer chez lui, d'implorer le pardon d'Edith et de prendre ses dispositions pour quitter Boston le lendemain. Brendan avait entendu parler d'un centre de désintoxication à Minneapolis, où l'on pouvait se faire soigner incognito. Il réglerait tous les détails le lendemain matin et rappellerait l'avocat en se faisant naturellement payer pour ses services. Effondré, Gates quitta la chambre et Prefontaine se dirigea aussitôt vers le téléphone pour appeler John Saint-Jacques à l'Auberge de la Tranquillité.

– C'est le juge. Ne me posez pas de questions, mais j'ai quelque chose de très urgent à communiquer à votre beau-frère, un renseignement qui pourrait lui être extrêmement précieux. Je sais que je ne peux pas le joindre directement, mais il est en rapport avec quelqu'un à Washington...

– Il s'appelle Alex Conklin, l'interrompit Saint-Jacques sans le laisser achever sa phrase. Attendez une seconde... Marie a écrit le numéro sur le sous-main. Laissez-moi le temps d'aller jusqu'au bureau.

Le bruit du téléphone posé sur une surface dure précéda les déclics d'un autre combiné que l'on décrochait.

– Voilà, répondit le frère de Marie.

– Je vous expliquerai tout plus tard, s'excusa Brendan après avoir noté le numéro. Merci, John.

– Tout le monde me dit ça, je commence à en avoir assez! lança Saint-Jacques avant de raccrocher.

Prefontaine composa le numéro précédé de l'indicatif de la Virginie et une voix brusque et sèche se fit entendre.

– Oui?

– Monsieur Conklin, je m'appelle Prefontaine et c'est John Saint-Jacques qui m'a donné ce numéro. Ce que j'ai à vous révéler est extrêmement urgent...

– Vous êtes le juge, le coupa Alex.

– J'étais, monsieur Conklin. Dans un passé déjà lointain.

– Qu'avez-vous à me faire savoir?

– Je sais comment joindre l'homme que vous appelez le Chacal.

– *Quoi?*

– Écoutez-moi.

Bernardin laissa sonner le téléphone en se demandant s'il allait ou non décrocher. Mais il n'hésita pas longtemps : il devait répondre.

– Oui?

– Jason? C'est toi?... J'ai dû me tromper de chambre.

– *Alex!* C'est bien toi, Alex?

– François? Mais qu'est-ce que tu fais là? Où est Jason?

– Tout va très vite ici. Je sais qu'il a essayé de t'appeler.

– J'ai passé une journée épuisante. Au fait, Panov est revenu.

– Voilà une bonne nouvelle.

– J'en ai d'autres. J'ai un numéro de téléphone où l'on peut joindre le Chacal.

– Nous aussi, nous l'avons! Et même une adresse... Jason est parti depuis une heure.

– Mais comment vous êtes-vous procuré ce numéro?

– Par une mise en scène extrêmement compliquée que seul Jason aurait pu inventer. Il a une imagination étincelante, ton Caméléon.

– Si nous comparions les numéros que nous avons, proposa Conklin. Donne-moi le tien.

Bernardin lut à Alex le numéro que Bourne lui avait demandé de noter. Le silence qui suivit fut presque insupportable.

– Ce n'est pas le même, fit enfin Conklin d'une voix étouffée. Ce sont des numéros différents.

– Un piège, jeta l'ancien agent de la DST Seigneur! C'est un piège!

26

Bourne était déjà passé deux fois devant le groupe de vieux immeubles de pierre, dans une portion bétonnée et tranquille du boulevard Lefebvre. Il revint sur ses pas et marcha jusqu'à la rue de Vouillé où il s'arrêta à la terrasse d'un café. Les tables, éclairées par des bougies sous des cloches de verre, étaient pour la plupart occupées par des étudiants discutant avec passion. Il était près de 22 heures et les garçons semblaient d'humeur irascible, sans doute à cause de l'heure tardive et du manque de générosité de la clientèle. Jason n'avait envie que d'un express serré, mais, en voyant l'air renfrogné du serveur en tablier qui se dirigeait vers sa table, il commanda également un verre du cognac le plus coûteux dont il avait gardé le nom en mémoire.

Tandis que le garçon repartait vers le comptoir, Jason sortit son calepin et son stylo, puis il ferma les yeux quelques secondes. Quand il les rouvrit, il commença à dessiner les petits immeubles tels qu'il en avait gravé le plan dans sa tête. Il y avait trois groupes de deux maisons accolées, séparés par deux rues étroites. Chaque double bâtiment était haut de trois étages et un escalier de briques donnait accès aux différentes entrées. De chaque côté du groupe d'immeubles s'étendait un terrain vague rempli de gravats provenant de bâtiments démolis. L'adresse du numéro de téléphone confidentiel du Chacal – une adresse qu'il n'était possible de se procurer qu'auprès des agents des Télécom – correspondait à la maison de droite et il ne fallait pas beaucoup d'imagination pour comprendre que Carlos occupait le double bâtiment, sinon les trois immeubles.

Sachant que le Chacal était un maniaque de la sécurité, on pouvait supposer que son poste de commandement parisien était une véritable forteresse, utilisant toutes les ressources humaines et technologiques que la fidélité et l'électronique pouvaient lui apporter. Et cette portion isolée, quasi déserte, du XVe arrondissement lui convenait parfaitement. Pour cette raison, Bourne avait payé un clochard à moitié ivre pour l'accompagner lors de sa première reconnaissance devant les immeubles, lui-même traînant la patte et restant dans l'ombre, près de son compagnon. Pour le second passage, il avait fait appel à une prostituée défraîchie et repris une démarche normale. Même si cela ne l'avançait guère, il avait reconnu le terrain. Il était prêt pour l'hallali!

Le garçon de café revint avec son express et son cognac, et il fallut que Jason place un billet de cent francs sur la table et lui fasse signe de garder la monnaie pour que le serveur se départisse de son attitude hostile.

– Merci, marmonna-t-il.

– Y a-t-il une cabine téléphonique près d'ici? demanda Jason en sortant un billet de vingt francs.

– Sur le trottoir, à cinquante, soixante mètres, répondit le garçon sans quitter le billet des yeux.

– Plus près, il n'y a rien? insista Jason en sortant un nouveau billet. Je téléphone à quelqu'un qui habite dans le quartier.

– Suivez-moi, bougonna le garçon en ramassant prestement l'argent et en précédant Bourne à l'intérieur du café jusqu'au bout du comptoir où trônait une caissière.

La femme, grande et maigre, au teint cireux, eut l'air contrarié, prenant à l'évidence Jason pour un client mécontent.

– Monsieur voudrait utiliser le téléphone, expliqua le garçon.

– Pourquoi? s'écria la grande bringue. Pour téléphoner en Chine?

– Non, il téléphone dans le quartier. Il paiera la communication.

Jason sortit un nouveau billet de vingt francs et plongea un regard candide dans les yeux soupçonneux de la caissière.

– Bon, débrouillez-vous! lâcha-t-elle en tirant d'une main un téléphone du compartiment placé sous la caisse enregistreuse et en ramassant le billet de l'autre. Le fil est assez long... Vous pouvez aller vous mettre contre le mur. Ah, les hommes! Tous les mêmes! Ça ne pense qu'au boulot et aux femmes!

Jason composa le numéro de l'hôtel et demanda sa chambre, pensant que Bernardin allait décrocher dès la première ou la deuxième sonnerie. A la quatrième, il sentit l'inquiétude le gagner. A la huitième, il se résigna. Bernardin n'était pas là! Santos avait-il?... Non, François était armé et il savait utiliser sa « force de dissuasion ». Bernardin était sorti de son propre chef, mais pourquoi?

En rendant le téléphone à la caissière et en regagnant sa table à la terrasse, Jason envisagea les différentes raisons de ce contretemps. La première, celle qu'il souhaitait, était que François avait eu des nouvelles de Marie. L'ancien agent de la DST n'avait pas voulu susciter de vains espoirs en lui détaillant les réseaux d'informateurs qu'il avait mis en état d'alerte, mais Jason était sûr qu'ils existaient... Finalement, aucune autre raison ne lui venant à l'esprit, il estima préférable de ne plus penser à Bernardin. Il avait d'autres préoccupations, autrement pressantes.

Il but son café d'un trait et reprit son stylo ; tout devait être précis, dans les moindres détails.

Une heure plus tard, il avait terminé. Il but une gorgée de son cognac et renversa discrètement le reste du verre sur le trottoir. Il se leva et repartit vers le boulevard Lefebvre en adoptant la démarche lente et précautionneuse d'un vieillard. En approchant du carrefour, il perçut un ensemble de hululements et de hurlements qui semblaient provenir de plusieurs directions. *Des sirènes !* Les sirènes à deux tons de la police parisienne. Qu'était-il arrivé ? Que se passait-il ? Jason abandonna sa démarche de vieillard et se mit à courir jusqu'au bâtiment à l'angle du boulevard, juste en face du groupe d'immeubles. Avec un mélange de stupéfaction et de rage, il découvrit une scène qui le laissa pantois.

Cinq voitures de police convergeaient vers les immeubles. Elles s'arrêtèrent l'une après l'autre dans un grand crissement de pneus devant le bâtiment de droite. Puis un car de police apparut et s'arrêta en face des deux escaliers. Un projecteur s'alluma tandis qu'une escouade d'hommes en uniforme noir, une arme automatique à la main, bondissaient du véhicule et prenaient position en essayant de se mettre à l'abri des voitures de police. Ils s'apprêtaient à donner l'assaut !

Les abrutis ! Donner à Carlos le temps de réagir, c'était le perdre ! La mort était la profession du Chacal, la fuite son obsession ! Treize ans plus tôt, Bourne avait appris que l'énorme villa occupée par Carlos à Vitry-sur-Seine avait plus de fausses cloisons et d'escaliers dérobés qu'un château de la Loire à l'époque de Louis XIV. Ces trois bâtiments sur le boulevard Lefebvre étant presque contigus, on pouvait raisonnablement supposer qu'un réseau de passages souterrains les reliait les uns aux autres.

– Mais qui pouvait bien avoir ordonné cette descente de police ? Bernardin et lui n'avaient pas eu la stupidité de croire la DST ou l'antenne parisienne de la CIA incapables d'intercepter les communications du standard de l'hôtel Pont-Royal ou de soudoyer les téléphonistes, mais il savaient pertinemment qu'il était impossible de mettre à bref délai sur table d'écoute l'installation téléphonique d'un établissement de cette taille. La présence d'un étranger au personnel était indispensable et le sujet sous surveillance pouvait toujours distribuer assez d'argent pour assurer sa sécurité.

Santos ? Des micros placés dans la chambre par une femme de ménage ? Peu vraisemblable. Jamais le colosse d'Argenteuil, même s'il avait rompu son contrat avec le Chacal, n'aurait vendu son ancien maître.

Qui ? Comment ? Ces questions ne cessaient de hanter l'esprit de Jason tandis qu'il suivait avec un mélange d'horreur et de consternation la scène qui avait lieu sur le boulevard Lefebvre. La voix d'un officier de police, amplifiée par un porte-voix, se répercuta dans la rue.

– *C'est la police qui vous parle. Tous les occupants doivent quitter l'immeuble. Vous disposez d'une minute pour sortir, après quoi nous donnerons l'assaut.*

— Donner l'assaut contre qui? jura silencieusement Bourne. Vous l'avez perdu! Je l'ai perdu! C'est de la folie! Qui l'a vendu et pourquoi?

La porte de gauche s'ouvrit la première. Un petit bonhomme obèse, en maillot de corps, le pantalon tenu par des bretelles, s'avança lentement dans la lumière du projecteur, les mains levées devant son visage, détournant la tête pour se protéger de la lumière aveuglante.

— Que se passe-t-il? s'écria-t-il d'une voix tremblante. Je suis boulanger et je ne comprends pas ce qui se passe... Quel crime ai-je commis?

— Nous n'avons rien contre vous, hurla le policier dans son porte-voix.

— Comment ça, rien contre moi? Vous débarquez ici comme une véritable armée, vous terrifiez ma femme et mes enfants, et vous dites que vous n'avez rien contre moi! Vous avez de drôles de manières! Qu'est-ce que c'est que ces méthodes fascistes?

Dépêchez-vous! implora en lui-même Jason. *Faites vite, bon Dieu! Chaque seconde est une minute de gagnée pour la fuite, une heure pour le Chacal!*

La porte de droite s'ouvrit à son tour et une bonne sœur en habit noir apparut en haut de l'escalier de briques. Dans une attitude de défi, elle s'immobilisa dans l'embrasure.

— Comment osez-vous faire cela? s'écria-t-elle d'une voix puissante et bien timbrée dans laquelle il n'y avait pas la moindre trace de peur. Comment osez-vous, misérables pécheurs, troubler le repos de celles qui ont voué leur existence au service du Seigneur?

— C'est joliment dit, ma sœur, répliqua l'officier de police qui tenait le porte-voix. Mais nous avons nos renseignements et nous insistons respectueusement pour procéder à la fouille de cette maison. Si vous refusez, nous serons contraints d'utiliser la force.

— Nous sommes des sœurs de la Charité! poursuivit la religieuse. Et cette maison est consacrée au Seigneur!

— Nous respectons votre position, ma sœur, mais nous allons quand même entrer.

Vous perdez du temps! Il est en train de s'enfuir! s'impatientait Jason.

— Faites ce que vous avez à faire, mais vous serez damnés si vous violez ce sanctuaire!

— Comme vous y allez, ma sœur! s'écria un homme en civil en prenant le porte-voix des mains de son collègue. Je ne pense pas que le droit canon vous autorise à prononcer une telle condamnation sous un prétexte aussi futile!... Allez-y, inspecteur. Sous l'habit religieux, vous trouverez peut-être de la lingerie fine!

Il connaissait cette voix! C'était celle de Bernardin! Que s'était-il passé? Bernardin l'avait-il trahi? S'était-il laissé prendre aux belles paroles d'un faux frère? Si c'était le cas, il y aurait un cadavre de plus cette nuit-là!

Les hommes en uniforme noir de l'unité antiterroriste, l'arme automatique à la main, s'élancèrent vers l'escalier de briques au milieu des éclairs bleus des gyrophares des voitures de police.

– Je peux rentrer chez moi? demanda le boulanger obèse, l'air terrifié, en disparaissant sans attendre la réponse.

Un policier en civil qui semblait diriger l'opération rejoignit la brigade antiterroriste au pied des marches. Il inclina la tête et les hommes en noir commencèrent à gravir l'escalier menant à la porte que la religieuse tenait ouverte.

Jason resta sur place, le dos contre le mur de l'immeuble, la sueur coulant jusque dans son dos, sans perdre une miette de la scène incroyable qui se déroulait devant ses yeux. Il savait maintenant qui l'avait provoquée, mais il en ignorait toujours la raison. Était-il possible que l'homme en qui Alex Conklin et lui-même avaient toute confiance fût lui aussi à la solde du Chacal? C'était difficile à croire!

Douze minutes s'écoulèrent, et Bourne comprit qu'Alex et lui-même ne s'étaient pas trompés.

– Bernardin! hurla le fonctionnaire en civil en revenant d'un pas vif vers la première voiture de police. Cette fois, ta carrière est terminée! Je ne veux plus jamais te voir adresser la parole à qui que ce soit dans le service! Même au dernier des balayeurs! Tu es mis à l'index!... Si cela ne dépendait que de moi, tu serais fusillé! Des terroristes internationaux boulevard Lefebvre! Un allié de la DST! Un agent étranger que nous devons protéger!... C'est une communauté religieuse! Un couvent, sinistre connard! Descends tout de suite de ma voiture et barre-toi avant qu'un pruneau ne répande tes boyaux sur le trottoir!

Bernardin descendit en titubant de la voiture de police. Ses vieilles jambes avaient de la peine à le soutenir et il trébucha à deux reprises. Jason refréna son envie de s'élancer au secours de son ami; il savait qu'il devait attendre. Les voitures et le car de police s'éloignèrent en faisant hurler leur moteur, mais Bourne attendit encore, surveillant à la fois Bernardin et l'entrée de la maison du Chacal. Car c'était bien la maison du Chacal : la religieuse en avait apporté la preuve. Carlos n'avait jamais pu renoncer totalement à la foi perdue dans sa jeunesse. La religion lui fournissait une couverture constante et remarquablement efficace, mais elle était beaucoup que cela pour lui. Beaucoup plus.

Bernardin parvint en titubant à gagner l'ombre de l'entrée d'une boutique, juste en face de l'immeuble du Chacal. Jason tourna l'angle de sa rue et s'élança en courant sur le trottoir du boulevard avant de plonger dans l'ombre de la devanture de la boutique. Il se précipita vers Bernardin, adossé à la vitrine, qui cherchait à reprendre son souffle.

– Que s'est-il passé? demanda Jason en prenant le vieux policier par les épaules.

– Doucement, mon ami, haleta Bernardin. L'ordure avec qui j'étais dans la voiture m'a donné un coup de poing dans la poitrine avant de me jeter dehors. Comme je vous l'ai dit, je ne connais pas tous les nouveaux qui arrivent à la DST... Je sais que vous avez les mêmes problèmes chez vous, alors, je vous en prie, pas de sermon.

– Je ne vois pas pourquoi je ferais cela... C'est la maison du Chacal, François! Là, juste en face de nous!

– Mais c'est aussi un piège...

– Quoi?

– Je l'ai découvert avec Alex. Nous avions deux numéros de téléphone différents. Je suppose que vous n'avez pas appelé Carlos comme il vous avait demandé de le faire.

– Non. J'avais l'adresse et je voulais qu'il s'inquiète. Quelle importance? Nous avons trouvé la maison!

– C'est là où on aurait donné rendez-vous à M. Simon et, après s'être assuré de son identité, on l'aurait emmené ailleurs. Mais s'il n'était pas celui qu'il prétendait être, il aurait reçu une balle dans la tête et un nouveau cadavre se serait ajouté à la longue liste de ceux qui ont voulu démasquer le Chacal.

– Vous vous trompez! répliqua Jason d'une voix douce mais ferme en secouant vigoureusement la tête. Cette maison n'est peut-être qu'un relais, mais Carlos est encore là. Et il ne laisserait jamais à personne d'autre le soin de me liquider. C'est absolument essentiel pour lui.

– Comme cela l'est pour vous?

– Oui. Moi, j'ai une famille, lui n'a qu'une légende équivoque. Ma famille me comble, sa légende lui laisse un grand vide... Et il n'a plus rien à en attendre. Il est allé aussi loin qu'il le pouvait. Le seul moyen qu'il lui reste d'aller encore plus loin, c'est de s'engager sur mon territoire – le territoire de David Webb – et d'éliminer Jason Bourne.

– *David Webb?* Qui est-ce?

– C'est moi, répondit Jason avec un mince sourire en s'appuyant contre la vitrine, à côté de Bernardin. C'est dingue, non?

– Si c'est dingue? s'écria l'ex-agent de la DST C'est de la pure folie! Absolument incroyable!

– Vous pouvez pourtant le croire.

– Vous êtes un homme marié, un père de famille, et vous faites ce métier?

– Alex ne vous l'avait jamais dit?

– S'il l'a fait, je ne l'ai pas cru. J'ai pensé que ce n'était qu'une couverture... Tout est possible, n'est-ce pas?

Le policier secoua longuement la tête, puis il leva les yeux vers Jason.

– Vous avez vraiment une famille à laquelle vous ne cherchez pas à échapper?

– Au contraire, je veux les retrouver aussi vite que possible. Ce sont les êtres les plus chers que j'aie au monde.

– Mais vous êtes bien Jason Bourne, le Caméléon, celui dont le nom fait trembler le monde du crime.

– Allons! Vous exagérez un peu, non?

– Pas du tout! Vous êtes Jason Bourne, celui qui ne le cède qu'au Chacal!

– Non! hurla Jason en repoussant David Webb au plus profond de lui-même. Carlos n'est pas de taille! Je vais le défier et le tuer!

– Très, bien mon ami, très bien, fit Bernardin d'une voix apaisante en considérant cet être bizarre, qu'il n'arrivait décidément pas à comprendre. Que voulez-vous que je fasse maintenant?

Bourne se retourna et respira profondément, la tête contre la vitrine. Puis, émergeant des brumes de l'indécision, la stratégie du Caméléon se fit jour. Il pivota sur lui-même et son regard se porta de l'autre côté de la rue, sur le petit immeuble de droite.

– La police est partie, murmura-t-il.

– Oui, j'ai remarqué.

– Avez-vous également remarqué que personne n'est sorti des deux autres immeubles? Et pourtant il y a de la lumière à un certain nombre de fenêtres.

– Non. J'avoue que j'avais d'autres préoccupations. Mais il y avait bien des visages aux fenêtres, ajouta-t-il en haussant les sourcils, comme si cela lui revenait d'un coup. Plusieurs visages, je les ai bien vus.

– En effet, mais personne n'est sorti.

– C'est tout à fait compréhensible. Les voitures de police, des hommes armés qui courent dans tous les sens... Il vaut mieux se barri-cader chez soi, non?

– Même après le départ des voitures de police et des hommes armés? Tout le monde est retourné s'asseoir devant la télé, comme si de rien n'était? Personne n'est sorti échanger quelques mots avec ses voisins? Ce n'est pas naturel, François, c'est même anormal. Il ne peut s'agir que d'une attitude concertée.

– Comment cela? Que voulez-vous dire?

– Un homme sort de l'immeuble et se met à crier sous le feu d'un projecteur. L'attention générale se concentre sur lui et de précieuses secondes s'écoulent. Puis une religieuse apparaît à la porte voisine et elle commence à discuter en se drapant dans une vertueuse indignation. Ce sont encore de longues secondes de perdues, des heures pour Carlos. L'assaut est enfin donné, la DST fait chou blanc. Et quand la police repart, tout redevient normal, d'une normalité suspecte... Un plan préé-tabli a été accompli. Il n'y a donc aucune raison pour que se manifeste une curiosité parfaitement naturelle... Pas de rassemblement dans la rue, pas d'excitation, pas même d'indignation collective quand tout est rentré dans l'ordre. Il y a simplement à l'intérieur des gens qui s'assurent que tout s'est passé comme prévu. Tout cela ne vous rappelle rien?

– Une stratégie déterminée à l'avance et exécutée par des profession-nels, admit Bernardin en hochant lentement la tête.

— C'est aussi mon avis.

— Vous avez remarqué tout cela et pas moi, poursuivit le policier à la retraite. Cessez de me ménager, Jason. Cela fait trop longtemps que je ne suis plus sur le terrain. Je suis trop vieux, je mène une existence douillette et mon imagination est tarie.

— Il en va de même pour moi, rétorqua Bourne. Mais l'enjeu est si important que je dois me forcer à penser comme un homme que je voulais oublier.

— C'est David Webb qui parle en ce moment?

— Oui, c'est bien lui.

— Alors, où en sommes-nous?

— Nous avons un boulanger en colère, une religieuse courroucée et plusieurs visages appartenant à des comparses. C'est à nous de jouer, mais cela ne durera pas. Il se passera quelque chose avant le début de la journée.

— Vous croyez?

— Carlos va fermer boutique et il ne perdra pas de temps. Il n'a plus le choix. L'un des membres de sa garde prétorienne a révélé l'adresse de son quartier général et vous pouvez parier votre retraite, si on vous en verse encore une, qu'il est en train de faire des pieds et des mains pour découvrir l'identité du traître.

— Reculez! s'écria brusquement Bernardin en saisissant Jason par le revers de sa veste noire et en le poussant dans le renfoncement de la devanture. Couchez-vous! Sur le trottoir!

Les deux hommes se laissèrent tomber face contre terre sur le ciment craquelé. La tête de Bourne était à quelques centimètres de la base du mur soutenant la vitrine, son visage tourné vers la rue. Il vit apparaître un second fourgon, mais ce n'était pas un véhicule de police. Avec sa peinture noire métallisée, il était à la fois plus petit, plus large et plus bas, et il semblait plus puissant. La seule similitude avec le car de police était un projecteur aveuglant... Ou plutôt deux projecteurs montés de chaque côté du pare-brise dont les faisceaux balayaient l'obscurité. Jason prit dans sa ceinture l'automatique qu'il avait emprunté à Bernardin, sachant que son compagnon avait déjà dégainé son arme. Le pinceau lumineux du projecteur de gauche se dirigea vers eux et passa au-dessus des deux corps étendus.

— Bien joué, fit Jason. Mais comment avez-vous repéré l'arrivée du fourgon?

— Le reflet mouvant des réverbères sur les vitres, répondit François. J'ai cru un instant que c'était mon ex-collègue qui revenait me donner le coup de grâce!... Bon Dieu! Regardez!

Le fourgon passa à toute allure devant les deux premiers doubles bâtiments et tourna brusquement dans la deuxième petite rue, s'arrêtant devant le dernier immeuble, à une soixantaine de mètres des deux hommes allongés sur le trottoir. Le véhicule à peine immobilisé, la porte arrière s'ouvrit et quatre hommes bondirent sur la chaussée. Deux d'entre eux se précipitèrent de chaque côté de la rue, un troisième s'avança jusqu'à l'escalier de l'immeuble et le dernier resta près des deux battants ouverts, son Mac-10 en position de tir. Une lumière jaune et diffuse s'alluma au sommet des marches. La porte s'ouvrit et un homme en imperméable noir sortit. Il demeura immobile quelques secondes, fouillant le boulevard du regard.

– C'est lui? murmura François.

– Non, répondit Jason en plongeant la main dans la poche de sa veste, sauf s'il porte une perruque et des talons hauts. Je le reconnaîtrai quand je le verrai... Lui que je vois tous les jours de ma vie!

Bourne sortit une des grenades de sa poche. Il vérifia le détonateur, posa son automatique et serra le projectile ovale en tirant sur la goupille pour s'assurer qu'elle fonctionnait correctement.

– Mais qu'est-ce qui vous prend? demanda l'ex-agent de la DST.

– L'homme en noir n'est qu'un comparse, articula Jason d'une voix calme, mais d'une effrayante froideur. Dans quelques instants, un autre homme va prendre sa place, puis il dévalera les marches, montera dans le fourgon, soit sur le siège avant, soit, comme je l'espère, en passant par l'arrière... De toute façon, cela ne changera pas grand-chose.

– Vous êtes complètement fou! Vous allez vous faire tuer! Vous croyez que c'est un cadavre que votre famille a envie de retrouver?

– Vous n'avez pas réfléchi, François. Les gardes vont revenir en courant et ils monteront par derrière, car il n'y a pas assez de place devant. Il y a une énorme différence entre sauter d'un véhicule et y monter. Cela prend beaucoup plus de temps. Au moment où le dernier de ces hommes sera monté et où il se penchera pour refermer la porte, je lancerai ma grenade... Et je n'ai nullement l'intention de devenir un cadavre. Restez là!

Avant que Bernardin ait eu le temps d'élever une autre objection, Delta de Méduse s'éloigna en rampant dans l'ombre du boulevard. Les seules lumières à proximité étaient celles, violentes et fixes, des deux projecteurs qui, dirigés de chaque côté du fourgon, cachaient Jason. La lumière blanche et vive des deux faisceaux lumineux rendait l'obscurité du boulevard encore plus dense, et le seul danger pour Jason ne pouvait venir que du garde posté près du fourgon. Utilisant les zones d'ombre successives des boutiques, comme s'il se frayait un chemin dans les hautes herbes du delta du Mékong en se rapprochant de l'enceinte violemment éclairée d'un camp de prisonniers, Jason progressait de quelques mètres chaque fois que l'homme posté derrière le fourgon tournait la tête pour regarder autour de lui.

Il ne cessait de surveiller du coin de l'œil l'homme qui se tenait devant la porte, en haut de l'escalier. Il vit soudain apparaître une autre silhouette, celle d'une femme qui tenait une petite valise d'une main et un gros sac à main de l'autre. Elle adressa quelques mots à l'homme à l'imperméable et, profitant de ce que l'attention du garde se portait sur eux, Jason se remit à ramper, les coudes et les genoux prenant silencieusement appui sur le revêtement de la chaussée jusqu'à ce qu'il atteigne un endroit proche du fourgon d'où il pourrait observer la scène de l'escalier sans risque de se faire repérer. Il constata avec soulagement que la lumière crue des projecteurs faisait grimacer les deux gardes restés dans la rue et les obligeait à cligner des yeux. Il ne pouvait espérer mieux. Tout allait maintenant être une question de précision, et il allait devoir faire appel à tous ses souvenirs, aussi vagues et lointains fussent-ils. Son instinct devait le guider à travers les brumes de son esprit! Tout de suite! La fin du cauchemar était proche.

Il se fit soudain une grande agitation à la porte où une troisième silhouette venait de rejoindre les deux autres. L'homme était de taille moyenne et tenait un porte-documents à la main. Il commença à donner des ordres et le garde de l'escalier s'avança jusqu'au pied du perron tandis que le nouveau venu lui lançait son porte-documents. Le garde glissa aussitôt son arme sous son bras gauche et attrapa au vol la serviette de cuir.

– Allons-nous-en, vite! cria le petit homme en faisant signe aux autres de le précéder dans l'escalier.

L'homme à l'imperméable noir rejoignit le garde posté à l'arrière du fourgon, la femme attendit celui qui semblait être le chef... *Le Chacal?* Était-ce Carlos?

Bourne souhaitait de toutes ses forces que ce soit lui... C'était donc lui! Le claquement de la portière de gauche fut suivi du grondement puissant du moteur du fourgon. Comme en réponse à un signal, les trois autres gardes quittèrent leur poste et se précipitèrent vers l'arrière du véhicule. Ils laissèrent passer l'homme à l'imperméable et montèrent l'un après l'autre, jambes tendues, bras levés, mains agrippant les deux barres métalliques. Un rétablissement les projeta à l'intérieur... Quand le dernier fut monté, deux mains se tendirent vers les poignées intérieures de la porte...

Maintenant! Bourne dégoupilla la grenade, se releva d'un bond et se mit à courir comme il n'avait jamais couru vers les deux battants qui commençaient à pivoter. Il plongea avec un mouvement de torsion de tout son corps pour se recevoir sur le dos tout en s'agrippant d'une main au battant de gauche et en lançant de l'autre la grenade à l'intérieur du fourgon. *Six secondes avant l'explosion!* Les bras écartés, Jason se redressa sur les genoux et referma les deux battants de toutes ses forces. Une véritable fusillade éclata à l'intérieur du fourgon... Et le miracle se produisit. Comme le véhicule du Chacal était blindé, ses parois résistèrent aux balles tirées de l'intérieur! Jason n'entendit que le bruit mat des projectiles sur le blindage, les sifflements des balles ricochant sur les plaques d'acier et les hurlements des blessés...

Le fourgon s'engagea à toute allure sur le boulevard Lefebvre tandis que Bourne s'élançait vers les boutiques du trottoir opposé. Il avait presque atteint l'autre côté de la chaussée quand l'impossible se produisit. *L'impossible!*

Au moment où explosait le fourgon du Chacal, illuminant le ciel de Paris dans une déflagration assourdissante, une limousine brune tourna l'angle de la rue perpendiculaire au boulevard dans un grand crissement de pneus. Par les vitres baissées, des hommes tirèrent des rafales d'armes automatiques dans toutes les directions. Jason se jeta dans le renfoncement d'une porte et se roula en boule. Il n'avait pas peur, mais il éprouvait une rage folle à l'idée que sa dernière heure était peut-être venue. Il avait échoué! Il n'avait pas réussi à protéger Marie et les enfants!... Mais il n'allait pas mourir de cette façon. Il bondit sur le trottoir, son arme à la main. Il allait tuer! Tuer comme seul Jason Bourne savait le faire!

Mais l'incroyable survint! *L'incroyable!* Il entendit une sirène... La police? La limousine accéléra, contourna l'épave du fourgon en flammes et disparut dans une petite rue au moment où une voiture de police arrivait de la direction opposée. Faisant hurler sa sirène, elle s'arrêta en dérapant à quelques mètres de l'épave du fourgon. Jason n'y comprenait plus rien! Cinq voitures de police avaient quitté le boulevard, une seule revenait. *Pourquoi?* De toute façon, cela n'avait plus d'importance. Dans la stratégie qu'il avait employée, le Chacal avait utilisé non pas un, mais sept comparses, tous sacrifiés, tous condamnés à une mort affreuse par ce maniaque de la protection. Carlos avait réussi à échapper au piège inversé par son ennemi mortel, Delta de Méduse, le parangon des services secrets américains. Une fois de plus, le tueur avait été plus habile, mais il ne l'avait pas eu! Ils se retrouveraient...

– Bernardin! cria en bondissant de la voiture l'inspecteur de la DST qui, moins d'une demi-heure plus tôt, avait publiquement désavoué son collègue. Bernardin! Où es-tu? Mais où es-tu, bon Dieu? Je suis revenu te chercher! Et je vois que tu avais raison... Réponds-moi! Dis-moi que tu es vivant!

– Moi, je suis vivant, mais un autre est mort, annonça Bernardin d'une voix grave tandis que sa haute silhouette se détachait lentement, péniblement, de l'ombre, à une cinquantaine de mètres de Bourne. J'ai essayé de t'expliquer, mais tu n'as pas voulu m'écouter.

– J'aurais dû prendre le temps de réfléchir! s'écria l'inspecteur en se précipitant vers lui et en le serrant dans ses bras tandis que ses collègues entouraient le fourgon en flammes, mais à distance respectueuse et en se protégeant le visage de leurs bras. J'ai demandé par radio aux autres voitures de revenir, poursuivit l'inspecteur en lâchant Bernardin. Il faut que tu me croies, mon vieux, si je suis revenu, c'est parce que je ne pouvais pas te laisser dans l'état où tu étais... Et quand j'ai appris que l'autre salaud t'avait frappé, je lui ai dit de foutre le camp! C'est pour toi que je suis revenu, tu me crois, hein, François?... Mais j'avoue que je ne m'attendais pas à trouver ce foutoir.

— C'est affreux, murmura Bernardin tout en lançant de droite et de gauche des coups d'œil furtifs.

Il remarqua qu'un certain nombre de visages effrayés étaient apparus aux fenêtres des trois immeubles de pierre. Avec l'explosion du fourgon et la disparition de la limousine, toute la stratégie du Chacal avait volé en éclats. Privés de leur maître, les laquais crevaient de peur.

— Ce n'est pas entièrement ta faute, mon vieux, poursuivit Bernardin avec un geste d'excuse. Je me suis trompé d'immeuble.

— Tu t'es trompé d'immeuble? C'est en effet une erreur lourde de conséquences.

— Les conséquences auraient pu être beaucoup moins tragiques, si tu ne m'avais pas abandonné si précipitamment. Au lieu d'écouter ce qu'un homme de mon expérience avait à dire, tu m'as chassé comme un malpropre et tu m'as obligé à assister à une scène d'horreur.

— Nous avons suivi tes instructions! Nous avons fouillé l'immeuble... Mais ce n'était pas le bon!

— Si tu étais resté, juste le temps de discuter quelques minutes, tout cela ne serait pas arrivé et mon ami aurait eu la vie sauve. Je vais être obligé de mentionner tout cela dans mon rapport...

— Je t'en prie, mon vieux, supplia l'inspecteur d'une voix implorante. Voyons cela ensemble, dans l'intérêt du service...

Il fut interrompu par l'arrivée tapageuse d'un camion de pompiers. Bernardin leva la main pour faire taire son ex-collègue et l'entraîna vers le trottoir, en apparence pour laisser les pompiers faire leur travail, en réalité pour arriver à portée de voix de Jason Bourne.

— Dès que les autres seront revenus, reprit l'inspecteur de la DST d'une voix qui se voulait autoritaire, nous ferons évacuer les bâtiments et placer tous les occupants en garde à vue!

— N'ajoute pas la stupidité à l'incompétence!

— Comment?

— As-tu vu la limousine, la limousine marron?...

— Oui, bien sûr... Enfin, c'est le conducteur qui m'a signalé qu'il l'avait vue s'éloigner.

— C'est tout ce qu'il t'a dit?

— Tu sais, il y avait le fourgon qui brûlait, j'appelais les autres voitures par radio...

— Regarde les vitrines fracassées! lança Bernardin en indiquant quelques boutiques à une certaine distance du renfoncement où Bourne était tapi. Regarde les traces sur la chaussée et sur le trottoir! Oui, ce sont des traces de balles! Ceux que nous cherchons se sont enfuis en croyant m'avoir tué!... Ne dis rien, ne fais rien! Laisse ces gens tranquilles!

– Je ne te comprends pas...

– Tu es trop bête! Si, pour une raison ou une autre, un seul de ces tueurs reçoit l'ordre de revenir ici, il ne faut pas lui mettre la puce à l'oreille.

– Je comprends de moins en moins...

Bernardin regarda sans répondre les pompiers lutter contre les flammes avec leurs lances d'incendie.

– Envoie tes hommes dans les trois immeubles. Ils demanderont si tout va bien et ils expliqueront que les autorités savent que les événements du boulevard étaient d'origine criminelle, que l'alerte est passée et qu'il n'y a plus lieu de s'inquiéter.

– Mais ce n'est pas vrai?

– C'est ce que nous voulons qu'ils croient.

Une ambulance déboucha en trombe d'une rue adjacente, suivie par deux voitures de police, toutes sirènes hurlantes. Des voisins à moitié habillés, attirés par le vacarme et les flammes, s'étaient rassemblés çà et là, par petits groupes. Le fourgon du Chacal n'était plus maintenant qu'une masse fumante de métal noirci et déformé, et de verre brisé.

– Donne le temps à la foule de satisfaire sa curiosité morbide, poursuivit Bernardin, puis fais-la disperser. Dès que les secours auront vidé le fourgon et que les corps auront été emportés, annonce haut et fort que tout est terminé, et laisse un seul homme de faction qui attendra que le boulevard soit entièrement dégagé. Cet homme aura ordre de ne pas s'occuper des gens qui sortent des immeubles. C'est clair?

– Pas du tout. Tu as dit que quelqu'un était peut-être caché...

– Je sais ce que j'ai dit, coupa sèchement Bernardin. Cela ne change rien.

– Et toi, tu vas rester ici?

– Oui. Je resterai dans l'ombre et me déplacerai discrètement.

– Je vois... Et ton rapport? Et le mien?

– Ne révèle qu'une partie de la vérité, mais pas tout, naturellement. Tu as appris par un informateur dont tu tiens à ne pas dévoiler l'identité qu'un attentat devait avoir lieu boulevard Lefebvre à une heure que l'on t'avait indiquée. Tu n'as rien vu, mais, peu après, ton instinct professionnel t'a poussé à revenir sur les lieux. Il était malheureusement trop tard pour empêcher le carnage.

– J'aurai même peut-être droit à des félicitations, dit l'inspecteur. Et toi, ton rapport? poursuivit-il avec une expression inquiète.

– Nous verrons bien s'il est nécessaire que j'en fasse un, répondit le consultant de la DST fraîchement rétabli dans ses fonctions.

Les infirmiers recouvrirent les corps et les placèrent dans l'ambulance tandis qu'une dépanneuse soulevait la carcasse calcinée du fourgon et la déposait dans un énorme camion. En un quart d'heure, la chaussée était dégagée et le dernier policier montait dans la dépanneuse. Il était plus de 4 heures du matin et les premières lueurs du jour n'allaient pas tarder à apparaître sur la ville endormie. Pour l'instant, les seuls signes de vie sur cette portion du boulevard Lefebvre étaient cinq fenêtres éclairées dans les immeubles abritant les soldats de Carlos le Chacal. Derrière ces fenêtres, des hommes et des femmes à qui le sommeil était interdit avaient encore beaucoup à faire pour leur maître.

Bourne était assis sur le trottoir, les jambes tendues, le dos contre la vitrine d'une des boutiques, face à l'immeuble de droite, celui où le boulanger et la religieuse indignée avaient accueilli la police. Bernardin était tapi dans un autre renfoncement, une cinquantaine de mètres plus loin, en face de la maison devant laquelle s'était arrêté le fourgon du Chacal. Ils avaient décidé que Jason suivrait et capturerait la première personne qui sortirait de n'importe lequel des bâtiments, et que l'ex-agent de la DST suivrait la seconde personne et s'assurerait de sa destination, sans chercher à l'arrêter. Estimant que le messager du tueur serait soit le boulanger, soit la religieuse, Jason s'était posté devant leur immeuble.

Il avait deviné juste, mais en partie seulement. Il n'avait pas prévu qu'à 5 h 17, deux religieuses à bicyclette, en habit et cornette, apparaîtraient sur le boulevard. Elle firent tinter la sonnette de leur bicyclette en s'arrêtant devant l'immeuble censé abriter la communauté des sœurs de la Charité. La porte s'ouvrit, trois autres religieuses, chacune un vélo à la main, descendirent les marches pour rejoindre leurs sœurs. Elles enfourchèrent discrètement leur bicyclette et la procession se mit lentement en branle sur le boulevard. Le seul élément rassurant pour Jason était que la religieuse indignée s'était placée en serre-file. Ignorant comment les événements allaient évoluer, mais persuadé qu'il se passerait quelque chose, Bourne sortit de son abri et traversa en courant le boulevard. Au moment où il atteignait le terrain vague adjacent à l'immeuble de droite, une autre porte s'ouvrit. Le boulanger obèse sortit et descendit gauchement l'escalier avant de s'éloigner dans la direction opposée à celle prise par les religieuses. Jason songea que Bernardin n'allait pas rester inactif lui non plus et il s'élança à la poursuite de ces étranges bonnes sœurs.

A Paris, quelle que soit l'heure, la circulation est une perpétuelle énigme. Elle a toutefois l'avantage de fournir une bonne excuse à quiconque choisit d'arriver en avance ou en retard en un lieu quelconque. Le Parisien au volant – surpassé en cela peut-être par son homologue de Rome ou d'Athènes – incarne le laisser-aller fatal dont souffre la civilisation. La supérieure présumée de la petite communauté mit, elle aussi, à profit les difficultés de la circulation. Séparée de ses sœurs à un carrefour de la rue Lecourbe par un encombrement de camions de livraison, elle leur fit signe de poursuivre leur route et tourna brusquement dans une petite rue perpendiculaire en se mettant à pédaler à toute allure. Bourne, que sa blessure au cou faisait encore souffrir, n'eut même pas à presser le pas. Un panneau sur le mur de la maison à l'angle indiquait qu'il s'agissait d'une impasse.

Il trouva la bicyclette attachée à un réverbère et se posta à quelques mètres, dans le renfoncement d'une porte. Il porta la main au bandage de son cou. La blessure ne saignait pas beaucoup et, avec un peu de chance, un seul point de suture avait cédé... Comme ses jambes étaient fatiguées! Non, « fatiguées » n'était pas le mot juste. Elles étaient endolories, et cette douleur provenait de muscles qui avaient perdu l'habitude de travailler et à qui il avait trop demandé. La cadence régulière des foulées du jogging et même de la course à une allure plus soutenue n'était pas une bonne préparation aux violents efforts, aux arrêts brusques et aux torsions qu'il leur avait fait subir. Il s'appuya contre le mur, le souffle court, les yeux rivés sur la bicyclette, s'efforçant de repousser la pensée exaspérante qui le harcelait : quelques années plus tôt, ses jambes ne l'auraient pas fait souffrir ainsi. Il ne les aurait même pas senties.

Le bruit d'un verrou résonna dans le silence de l'impasse, suivi du grincement d'une porte tournant sur ses gonds. C'était celle de la maison qui se trouvait devant la bicyclette. Jason tira l'automatique de sa ceinture en regardant la soi-disant religieuse qui se précipitait vers le réverbère. Elle prit une clé et essaya maladroitement dans la pénombre de l'impasse de l'engager dans la serrure de l'antivol. Bourne sortit de sa cachette et s'approcha d'elle sur la pointe des pieds.

— Vous allez être en retard pour l'office du matin, dit-il suavement.

La religieuse pivota sur elle-même, lâcha la clé et plongea la main entre les plis de son habit. Jason bondit sur elle, lui saisissant le bras de la main gauche tout en arrachant sa cornette de la droite. En découvrant le visage tourné vers lui, il ne put retenir une exclamation de stupéfaction.

— Mon Dieu! murmura-t-il. C'est vous!

27

— Je vous connais! s'écria Bourne. Je vous ai rencontrée il y a treize ans... Vous vous appelez Lavier, Jacqueline Lavier! Vous étiez directrice d'une maison de couture du faubourg Saint-Honoré... Les Classiques! C'était une boîte aux lettres de Carlos! Je vous ai découverte dans un confessionnal d'une église de Neuilly... Je vous ai crue morte!

Le visage anguleux et ridé de la femme était déformé par la fureur. Elle essaya de se dégager de l'étreinte de Jason, mais il risqua un pas de côté quand elle commença à pivoter et lui fit décrire un tour complet pour la plaquer contre le mur.

— Mais vous n'étiez pas morte! Vous avez tenu un rôle dans ce piège qu'on m'a tendu au Louvre! Bon Dieu, vous allez venir avec moi! Des hommes ont perdu la vie dans ce piège! Des flics français!... Et je n'ai pas pu rester pour leur expliquer ce qui s'était passé et qui était responsable. Dans mon pays, quand on tue un flic, on les a tous sur le dos. C'est la même chose chez vous : la police n'abandonne pas ses recherches quand c'est un des siens qui se fait descendre! Ils se souviendront du Louvre, ils n'ont pas oublié les victimes!

— Vous vous trompez! gémit la fausse religieuse d'une voix étranglée, ses yeux verts exorbités. Je ne suis pas celle que vous croyez...

— Vous êtes Jacqueline Lavier! La reine du faubourg Saint-Honoré, l'unique contact avec la femme du Chacal, l'épouse du général Villiers. Ne me dites pas que je me trompe... Je vous ai suivies toutes deux jusqu'à Neuilly, dans cette église remplie de prêtres... dont l'un était Carlos! Quelques minutes après votre entrée, sa nana est ressortie, mais pas vous. En la voyant partir en courant, je me suis précipité dans l'église et j'ai donné votre description à un vieux prêtre – si c'était bien un prêtre – qui m'a dit que vous étiez dans le deuxième confessionnal sur la gauche. J'y suis allé, j'ai tiré le rideau et je vous ai vue. *Morte.* J'ai pensé que vous veniez de vous faire tuer et que Carlos était encore là, à ma portée, à portée de mon arme!... Et peut-être le contraire était-il vrai aussi ? J'ai couru en tous sens, comme un fou, et je l'ai enfin vu ! Il était dans la rue, en soutane, et je sais que c'était lui, car, dès qu'il m'a aperçu, il s'est mis à courir au milieu des voitures ! Et puis, je l'ai perdu de vue, il m'a échappé !... Mais il me restait une carte à jouer. *Vous.* J'ai fait savoir partout que Mme Lavier était morte... C'est bien ce que vous attendiez de moi, n'est-ce pas ? N'est-ce pas, Jacqueline Lavier ?

— Je vous répète que vous vous trompez !

Elle ne se débattait plus ; elle avait compris que c'était inutile. Elle demeurait droite et raide contre le mur, sans faire le moindre mouvement, comme si elle espérait que cela lui donnerait la possibilité de parler.

— Voulez-vous m'écouter ? demanda-t-elle en articulant avec difficulté, à moitié étranglée par l'avant-bras de Jason.

— Pas question, *ma sœur.* Quand vous sortirez de cette impasse, vous aurez perdu connaissance. Une religieuse prise d'un malaise et secourue par un inconnu charitable, ce sont des choses qui peuvent arriver... Surtout à votre âge.

— Attendez !

— Trop tard.

— Il faut que nous parlions !

— Nous parlerons.

Jason dégagea son bras et abattit simultanément le tranchant des deux mains sur le plat de l'épaule, à l'endroit où les tendons s'insèrent dans le cou. Elle s'affaissa comme une poupée de chiffon. Jason la reçut dans ses bras et la transporta jusqu'à la sortie de l'impasse. Plusieurs passants matinaux, dont un jeune homme en tenue de jogging, s'arrêtèrent pour les regarder.

— Elle vient de passer près de deux jours sans dormir auprès de mes enfants malades ! lança le Caméléon. Quelqu'un pourrait-il aller chercher un taxi pour que je la ramène dans son couvent, dans le IXᵉ arrondissement ?

— J'y vais ! s'écria le jogger. Il y a une station de nuit rue de Sèvres et je cours vite !

— Je vous suis très reconnaissant, monsieur, dit Jason, partagé entre le soulagement et la méfiance envers ce jeune homme trop sûr de lui et trop jeune.

Six minutes plus tard, le taxi s'arrêtait à l'entrée de l'impasse.

— J'ai dit au chauffeur que vous aviez de l'argent, lança le jeune homme en descendant de la voiture. J'espère que c'est vrai.

— Bien sûr. Et merci encore.

— Vous pourrez raconter à la sœur ce que j'ai fait, poursuivit le jogger en aidant Bourne à transporter la religieuse toujours évanouie sur la banquette arrière du taxi. On ne sait jamais, une petite prière peut être utile, en cas d'accident.

— Vous avez encore du temps devant vous, rétorqua Jason en se forçant à sourire.

– J'espère! s'exclama le jeune homme en sautillant sur place. Je cours le marathon pour ma boîte!

– Merci. Et j'espère que vous gagnerez la prochaine fois.

– Salut! cria l'athlète en s'éloignant.

– Au bois de Boulogne, lança Jason au chauffeur en refermant la portière.

– Au Bois? Ce moulin à paroles m'a raconté que c'était une urgence et que vous alliez la conduire à l'hôpital.

– Elle a trop bu, que voulez-vous que je vous dise de plus?

– Au bois de Boulogne, répéta le chauffeur en hochant la tête. C'est une bonne idée; elle cuvera son vin en marchant.

Les premiers rayons du soleil commençaient à atteindre le banc placé en bordure d'une allée de gravier quand la pseudo-religieuse remua la tête.

– Comment vous sentez-vous, *ma sœur?* demanda Jason assis à côté de sa prisonnière.

– J'ai l'impression d'avoir été heurtée par un char d'assaut, répondit-elle en clignant des yeux et en ouvrant la bouche pour respirer à fond. Ou par un régiment de chars.

– Un domaine que vous devez mieux connaître que la vie d'une communauté religieuse.

– Ce n'est pas faux.

– Ne vous donnez pas la peine de chercher votre arme, poursuivit Bourne. Je l'ai retirée de votre ceinture, c'est un article de grand luxe, soit dit en passant.

– Ravie de voir que j'ai affaire à un homme de goût... Cela fait partie des choses dont nous devons parler. Comme nous ne sommes pas dans un commissariat, je suppose que vous m'avez accordé la possibilité de m'expliquer.

– Seulement si ce que vous avez à me dire me convient.

– Bien sûr que cela vous conviendra. J'ai échoué, je suis votre prisonnière, je ne suis pas où je devrais être et la lumière du jour m'indique que je ne pourrai jamais expliquer mon retard. Il y a aussi ma bicyclette.. Elle a disparu, ou elle est encore attachée au réverbère.

– Je ne l'ai pas prise.

– Alors, je suis morte! Et si elle a disparu, je suis condamnée de la même manière... Vous comprenez?

– Parce que vous avez disparu? Parce que vous n'êtes pas là où vous étiez censée être?

– Bien entendu.

– Vous êtes Jacqueline Lavier!

– C'est vrai, je m'appelle Lavier. Mais je ne suis pas celle que vous croyez. C'est ma sœur Jacqueline que vous avez connue, moi je m'appelle Dominique. Nous n'avions que quelques années d'écart et nous nous sommes toujours beaucoup ressemblé. Mais vous ne vous

400

trompez pas sur ce qui s'est passé dans l'église de Neuilly. C'est bien là que ma sœur est morte, assassinée, pour avoir commis un péché mortel. Elle s'était affolée et vous avait mis sur la piste de la bien-aimée de Carlos, son secret le plus précieux.

– Moi?... Vous savez qui je suis?

– Tout Paris, tout le Paris du Chacal sait qui vous êtes, monsieur Bourne. On ne vous connaît pas vraiment, je vous l'accorde, mais tout le monde sait que vous êtes ici sur la piste de Carlos.

– Et vous faites partie de ce monde?

– Bien sûr.

– Mais il a tué votre sœur!

– Croyez-vous que je l'ignore?

– Et vous travaillez quand même pour lui?

– Dans certaines circonstances, les choix d'un individu sont considérablement réduits. Disons qu'ils peuvent se résumer à vivre ou mourir. Jusqu'à ce que Les Classiques change de propriétaire, il y a six ans de cela, c'était un centre stratégique pour le Chacal. J'ai donc pris la place de Jacqueline...

– Comme cela, tout simplement?

– Ce n'était pas difficile. J'étais plus jeune à l'époque et surtout je paraissais plus jeune...

Un sourire nostalgique joua fugitivement sur le visage marqué de Dominique Lavier.

– Ma sœur disait toujours que c'est parce que je vivais au bord de la Méditerranée... Quoi qu'il en soit, le recours à la chirurgie esthétique est chose courante dans le milieu de la haute couture. Nous avons fait circuler le bruit que Jacqueline était allée en Suisse se faire faire un lifting... et c'est moi qui suis revenue à sa place.

– Mais comment avez-vous pu accepter de vous prêter à ce jeu dangereux?

– Je n'étais pas au courant de tout au début; je ne l'ai compris que plus tard. Et, comme je vous l'ai dit, je n'avais pas le choix.

– Jamais l'idée ne vous a donc effleurée d'aller tout raconter à la police?

– Tout ce qui concernait Carlos? Vous plaisantez, j'espère!

– Vous vous êtes donc engagée sans hésiter dans ce jeu dangereux?

– Je ne l'ai pas fait consciemment. On m'y a poussée petit à petit en faisant mon éducation par bribes. On m'avait dit au début que Jacqueline était morte accidentellement, que la barque dans laquelle elle se trouvait avec son amant du moment avait chaviré et qu'on me paierait extrêmement cher pour prendre sa place. Les Classiques était beaucoup plus qu'une maison de couture, voyez-vous...

– Beaucoup plus! répéta Jason. C'était la boîte aux lettres des secrets militaires et de toutes sortes de renseignements extrêmement bien gardés! Secrets transmis au Chacal par l'intermédiaire de sa femme, devenue l'épouse d'un célèbre général.

– Je n'ai su tout cela que bien longtemps après que le général l'eut tuée. Il s'appelait Villiers, je crois.

– C'est exact.

Le regard de Jason se perdit dans la végétation encore sombre et des images commencèrent à affluer à son esprit.

– C'est moi qui les ai découverts. Le vieux soldat bafoué, aveuglé par l'amour, était assis dans un fauteuil au dossier droit, au pied du lit, le regard fixé sur sa femme, la putain de Carlos, qu'il avait étranglée de ses mains... Il s'apprêtait à mettre fin à ses jours, car il se considérait comme un traître à sa patrie. J'ai réussi à le convaincre qu'il y avait une autre solution. Et cela a failli marcher. Dans une étrange maison de la 71e Rue, à New York.

– Je ne sais pas ce qui s'est passé à New York, mais je sais que le général Villiers a laissé des instructions pour que ce qui s'était passé à Paris soit rendu public après sa mort. Quand la vérité a été connue, on prétend que Carlos est devenu fou de rage et qu'il a assassiné plusieurs officiers supérieurs, sous le seul prétexte qu'ils étaient, eux aussi, généraux.

– C'est de l'histoire ancienne, fit sèchement Bourne. Treize ans se sont écoulés... Que va-t-il se passer maintenant?

– Je ne sais pas. Je suppose que, pour moi, le choix se réduit à savoir lequel de vous deux va me tuer.

– Peut-être pas. Si vous m'aidez à le capturer, vous serez libre et vous n'aurez plus rien à craindre. Vous pourrez retourner vivre en paix sur la Côte d'Azur. Vous n'aurez même pas à changer d'identité... Vous retournerez simplement chez vous après avoir passé quelques années profitables à Paris.

– Et qui va les rendre « profitables »? Vous?

– Oui.

– Je vois... C'est donc ce que vous avez proposé à Santos? Une disparition fructueuse?

Jason eut l'impression d'avoir été giflé à toute volée. Il tourna vivement la tête vers sa prisonnière.

– C'était donc bien Santos, dit-il doucement. L'adresse du boulevard Lefebvre était un piège. Je dois dire qu'il est très fort.

– Santos est mort. Le Cœur du Soldat a été vidé et fermé.

– Quoi? s'écria Jason en ouvrant des yeux ronds. C'est comme cela qu'on l'a récompensé pour m'avoir fait foncer tête baissée dans un piège?

– Non, pour avoir trahi Carlos.

– Je ne comprends pas.

– Je ne vous apprendrai rien en vous disant que le Chacal a des yeux partout. On a vu Santos faire sortir plusieurs malles de chez lui par son principal fournisseur et on a remarqué hier matin qu'il ne taillait ni n'arrosait plus son précieux jardin. Quelqu'un s'est rendu chez le fournisseur et a ouvert les malles...

– Elle étaient bourrées de livres, enchaîna posément Jason.

– Laissées en dépôt en attendant de nouvelles instructions, acheva Dominique Lavier. Le départ de Santos devait être rapide et discret.

– Et Carlos savait que personne à Moscou n'avait pu me donner le numéro de téléphone.

– Pardon?

– Non, rien... Parlez-moi de Santos? Quel genre d'homme était-ce?

– Je ne le connaissais pas; je ne l'ai même jamais vu. J'ai simplement entendu quelques bruits qui couraient sur lui.

– Cela tombe bien, je n'ai pas beaucoup de temps. Quels bruits?

– Il semble que c'était un homme très costaud...

– Je le sais! l'interrompit Jason avec impatience. Et, connaissant le contenu de ses malles, nous savons aussi qu'il aimait les livres et, s'il faut en croire sa manière de s'exprimer, qu'il était cultivé. Mais d'où venait-il et pourquoi travaillait-il pour le Chacal?

– On raconte qu'il était Cubain, qu'il avait combattu pendant la révolution aux côtés de Fidel Castro avec qui il avait fait des études de droit et dont il était l'un des principaux conseillers, et qu'avant cela, il avait été un grand sportif. Mais, comme dans toutes les révolutions, les querelles intestines ont pourri les fruits de la victoire... C'est du moins ce qu'affirment mes vieux amis de Mai 68.

– Pouvez-vous être plus claire?

– Fidel était jaloux de certains chefs de la guerre révolutionnaire, en particulier de Che Guevara et de celui que nous avons connu sous le nom de Santos. Castro était devenu un personnage de légende, et ces deux-là lui faisaient de l'ombre. Le « Che » partit en mission en Bolivie, où il trouva la mort et des accusations contre-révolutionnaires fabriquées de toutes pièces furent portées contre Santos. Une heure avant son exécution, Carlos et ses hommes réussirent à le faire sortir de prison.

– Je suppose qu'ils étaient déguisés en prêtres...

– C'est probable. L'emprise de l'Église, avec ses idées rétrogrades, était très forte à Cuba.

– Vous avez l'air amère.

– Je suis une femme, moi. Le pape est un homme... un homme à l'esprit rétrograde.

– Soit... Santos s'est donc allié avec Carlos, deux marxistes déçus en quête d'une cause ou peut-être d'une gloire personnelle.

– Je ne sais rien de plus, monsieur, mais, si je vous ai bien compris, Carlos a de la fantaisie, une brillante intelligence alors que l'amertume et le désenchantement étaient le lot de Santos. Puisqu'il devait la vie au Chacal, pourquoi ne pas la lui consacrer? Que lui restait-il?... Jusqu'au jour où vous êtes entré dans son existence.

– Vous m'avez dit tout ce que je voulais savoir. Je vous remercie. Il y avait juste quelques zones d'ombres sur lesquelles je voulais lever le voile.

403

– Et qu'allons-nous faire maintenant, monsieur Bourne? N'est-ce pas la question que vous avez posée tout à l'heure?

– Que voulez-*vous* faire, madame Lavier?

– Je ne veux pas mourir. Et je préfère que l'on m'appelle mademoiselle Lavier. Les contraintes de la vie conjugale ne m'ont jamais tentée, ses avantages ne m'ont jamais semblé suffisants. J'ai mené l'existence dorée d'une call-girl à Monte-Carlo, à Nice et au Cap-Ferrat, jusqu'à ce que la beauté de la jeunesse s'envole. Il m'est resté quelques amis, des amants occasionnels, qui ont subvenu à mes besoins en souvenir du bon vieux temps. La plupart d'entre eux sont morts, et c'est bien triste.

– Je croyais vous avoir entendu dire que vous étiez extrêmement bien payée pour jouer le rôle de votre sœur?

– C'est vrai, je l'étais et je le suis encore plus ou moins, car je rends encore de nombreux services. Je fréquente le Tout-Paris, où il y a toujours des renseignements à glaner. J'ai un très bel appartement avenue Montaigne. Meubles anciens, toiles de maîtres, domestiques... Tout ce qu'une femme qui a vécu dans le milieu de la haute couture doit montrer pour continuer de fréquenter les membres de ce monde. Et de l'argent... Tous les mois, ma banque reçoit de Genève un virement bancaire d'un montant de quatre-vingt mille francs, ce qui me suffit largement pour payer mes factures. Car c'est moi qui les paie, personne d'autre ne peut le faire.

– Vous avez donc de l'argent?

– Non, monsieur. Je n'ai pas d'argent, j'ai un train de vie. C'est bien dans la manière du Chacal. A part son armée de vieux, il rétribue seulement les services qu'on lui rend. Si l'argent de Genève n'arrivait pas à ma banque le 10 de chaque mois, je serais jetée à la rue avec un préavis de trente jours. Mais si Carlos décidait de se débarrasser de moi, je n'aurais plus besoin de cet argent. Je serais condamnée... comme je dois l'être à présent. Si je retournais ce matin dans mon appartement de l'avenue Montaigne, je n'en sortirais pas vivante. Comme ma sœur n'est jamais sortie vivante de l'église de Neuilly.

– En êtes-vous absolument sûre?

– Cela ne fait aucun doute. A l'endroit où je me suis arrêtée et où j'ai attaché ma bicyclette, j'ai reçu des instructions de l'un des vieux de Carlos. Les ordres étaient précis. Une femme que je connais devait me retrouver vingt minutes plus tard dans une boulangerie du boulevard Saint-Germain où nous aurions du échanger nos vêtements. Elle devait ensuite se rendre au couvent des sœurs de la Charité tandis que je serais allée attendre un courrier venant d'Athènes dans une chambre de l'hôtel de La Trémoille.

– Au couvent?... Vous voulez dire que ces femmes que j'ai vues à bicyclette sont de véritables religieuses?

– Oui, monsieur, elles ont prononcé les trois vœux de pauvreté, de chasteté et d'obéissance. Je suis pour elles une supérieure du couvent de Lyon en visite.

– Et la femme que vous deviez retrouver à la boulangerie? C'est elle...?

– Elle perd la grâce de temps en temps, mais c'est une remarquable administratrice.

– Seigneur! murmura Bourne.

– Vous comprenez maintenant à quel point ma position est désespérée.

– Je n'en suis pas persuadé.

– Dans ce cas, vous m'obligez à me demander si vous êtes vraiment le Caméléon. Je n'étais pas au rendez-vous dans la boulangerie et n'ai pas rencontré le courrier venu de Grèce. Où étais-je donc passée?

– Vous avez été retardée... La chaîne de votre bicyclette a sauté; vous avez été heurtée par un des camions de livraison de la rue Lecourbe; vous vous êtes fait agresser. N'importe quoi, mais vous avez été retardée...

– Combien de temps s'est-il écoulé depuis que j'ai perdu connaissance?

Jason regarda sa montre. La lumière du jour était maintenant assez forte pour lui permettre de voir distinctement les aiguilles.

– Un peu plus d'une heure, je pense. Peut-être pas loin d'une heure et demie. Le chauffeur de taxi a mis un certain temps à trouver un banc où nous pouvions vous transporter sans attirer l'attention. Son concours a été grassement rémunéré.

– Une heure et demie? dit Dominique Lavier d'un air pensif.

– Oui, et alors?

– Alors, pourquoi n'ai-je pas téléphoné à la boulangerie ou à l'hôtel de La Trémoille?

– Des complications? suggéra Jason. Non, c'est trop facile à vérifier.

– Ou bien? lança Dominique Lavier en plongeant ses grands yeux verts dans ceux de Jason. Ou bien, monsieur Bourne?

– Le boulevard Lefebvre, articula-t-il lentement. Le piège... J'ai retourné contre lui le piège qu'il m'avait tendu, comme il a retourné trois heures plus tard contre moi celui que je lui avais tendu. Puis j'ai brisé sa stratégie en vous enlevant.

– Exactement, admit l'ancienne call-girl de Monte-Carlo. Et, comme il ne peut pas savoir ce qui s'est passé entre nous, je suis condamnée. On élimine un pion, car un pion ne peut rien révéler d'important puisqu'il n'a jamais vu le Chacal et ne peut que répéter des bruits sans fondement.

– Vous ne l'avez jamais vu?

– Peut-être, mais je l'ignore. Toutes sortes de rumeurs circulent dans Paris. « Vous savez, cet homme au teint basané... » ou bien « Le type aux yeux de jais et à la moustache noire, c'est lui, c'est Carlos ».

Combien de fois ai-je entendu cela! Mais aucun homme ne m'a dit en face : « Je suis le Chacal, je suis celui qui rend la vie aussi agréable que possible à une élégante prostituée sur le retour. » Je me contente de faire des rapports à des vieillards qui, de temps en temps, me transmettent certains renseignements indispensables... Comme cette nuit, boulevard Lefebvre.

– Je vois, fit Bourne en se levant et en s'étirant. Je peux vous libérer de tout cela, ajouta-t-il. Vous faire quitter Paris et l'Europe, vous mettre hors d'atteinte de Carlos. Est-ce que vous le voulez?

– Aussi fort que Santos le voulait! répondit Dominique Lavier avec un regard implorant. Je suis disposée à vous servir sans réserve!

– Pourquoi le feriez-vous?

– Parce qu'il est vieux et qu'il a le teint terreux, parce qu'il n'est pas de taille à lutter contre vous. Vous m'offrez la vie; il me propose la mort.

– C'est une décision raisonnable, conclut Jason avec un sourire hésitant mais chaleureux. Avez-vous de l'argent? Sur vous, je veux dire?

– Vous oubliez mon vœu de pauvreté, monsieur, dit Dominique Lavier en lui rendant son sourire. En réalité, j'ai quelques centaines de francs sur moi. Pourquoi me demandez-vous cela?

– Ce n'est pas suffisant, protesta Bourne en plongeant la main dans sa poche d'où il ressortit son imposante liasse de billets de banque. Voici trois mille francs, poursuivit-il en lui tendant l'argent. Allez vous acheter des vêtements – je suis sûr que vous savez où en trouver – et prenez une chambre à l'hôtel Meurice.

– A quel nom?

– A vous de choisir.

– Que diriez-vous de Brielle? C'est le nom d'une charmante petite station balnéaire.

– Va pour Brielle... Laissez-moi dix minutes d'avance avant de partir d'ici. Je vous retrouve à l'hôtel Meurice, à midi.

– Je vous remercie du fond du cœur, Jason Bourne!

– Oublions ce nom, voulez-vous?

Le Caméléon se dirigea d'un pas vif vers la station de taxis la plus proche. Un chauffeur empocha avec un sourire radieux son billet de cent francs pour rester au bout de la file de trois voitures tandis que son client, recroquevillé sur la banquette arrière, attendait en silence.

– La bonne sœur arrive! s'écria enfin le chauffeur du taxi. Elle va prendre la première voiture!

– Suivez-la!

Sur l'avenue Victor-Hugo, le taxi de Dominique Lavier ralentit devant un groupe de trois cabines téléphoniques accolées et s'arrêta.

– Arrêtez-vous là! ordonna Bourne.

Il descendit dès que le taxi fut arrêté au bord du trottoir. En traînant la patte, le Caméléon se dirigea rapidement vers la cabine qui se trou-

406

vait juste derrière celle qu'occupait Dominique Lavier. La religieuse composait fébrilement un numéro. Elle ne pouvait pas voir Jason, mais il entendit parfaitement ce qu'elle disait.

— Hôtel Meurice! lança-t-elle d'une voix haletante. Je vais prendre une chambre sous le nom de Brielle. Il y sera à midi... Oui, oui, je vais passer chez moi pour me changer et j'y serai dans une heure.

Dominique Lavier raccrocha et se retourna. En découvrant Bourne, elle ne put réprimer un cri de surprise.

— Non! souffla-t-elle.

— Mais si, fit Jason, c'est bien moi. Préférez-vous prendre mon taxi ou le vôtre? « Il est vieux et il a le teint terreux », avez-vous dit. C'est une description diablement précise dans la bouche de quelqu'un qui prétend n'avoir jamais vu Carlos.

Quand Bernardin sortit de l'hôtel Pont-Royal avec le portier qui l'avait appelé, il bouillait de colère.

— C'est grotesque, fulmina-t-il en s'approchant du taxi. Non, rectifia-t-il en se forçant à se calmer, ce n'est pas grotesque, mais c'est complètement fou!

— Montez, lui conseilla Jason, assis de l'autre côté de la femme habillée en religieuse.

François monta à l'arrière du taxi et considéra l'habit, la cornette et le visage blafard de la femme coincée entre eux.

— Je vous présente une actrice talentueuse, poursuivit Bourne, mais elle est malheureusement au service du Chacal. Croyez-moi, elle pourrait gagner une fortune en faisant du cinéma.

— Je ne suis pas particulièrement croyant, affirma Bernardin, mais j'espère que vous n'avez pas commis une erreur... comme moi avec ce gros porc de boulanger.

— Pourquoi?

— C'est un vrai boulanger! J'ai failli faire péter une grenade dans son fournil; c'était le fournil d'un vrai boulanger!

— Cela concorde, admit Jason. C'est bien dans la logique illogique de Carlos... Je ne sais plus qui a trouvé cette formule. Peut-être moi.

Le taxi fit demi-tour et s'engagea dans la rue du Bac.

— Nous allons à l'hôtel Meurice, déclara Bourne.

— Je suis sûr qu'il y a une raison, poursuivit Bernardin, le regard toujours fixé sur le visage impassible de Dominique Lavier. Et pourquoi cette charmante vieille dame ne dit-elle rien?

— Je ne suis pas vieille! s'écria Dominique Lavier avec véhémence.

— Bien sûr que non, fit l'ancien agent de la DST La maturité ne vous rend que plus désirable.

— Vous savez parler aux femmes, vous!

— Pourquoi l'hôtel Meurice? demanda Bernardin en se tournant vers Bourne.

– C'est le dernier piège dans lequel le Chacal espère me voir tomber. Grâce à l'éloquence persuasive de notre sœur de la Charité. Il m'attend là-bas et j'y serai.

– Je vais appeler la DST. Mon collègue de cette nuit tremble tellement pour sa carrière qu'il ne me refusera rien. N'allez donc pas courir de risques inutiles!

– Je n'ai nullement l'intention de vous froisser, François, insista Jason, mais c'est vous-même qui m'avez dit qu'il y avait dans vos services plein de nouveaux visages. Le risque que je ne peux pas courir, c'est celui d'une fuite. Un seul homme pourrait donner l'alerte au Chacal.

– Permettez-moi de vous aider, proposa Dominique Lavier d'une voix douce et à peine audible au milieu des bruits de la circulation. Je peux vous aider.

Je vous ai déjà écoutée une fois, chère madame, et j'aurais pu y laisser la vie. Non, je vous remercie.

– C'était tout à l'heure... Il doit maintenant vous paraître tout à fait évident que ma situation est désespérée.

– J'ai le sentiment d'avoir déjà entendu cela il y a peu de temps.

– Non, ce n'est pas la même chose... Je vous en prie, essayez de vous mettre à ma place! Je ne prétends pas avoir tout compris, mais le type assis à côté de moi vient de mentionner la DST. Vous rendez-vous compte, monsieur Bourne? J'ai entendu de drôles d'histoires sur la DST!

– C'est vrai? demanda Bernardin. Pas moi... Cela paraît très excitant!

Mais ce n'est pas tout, poursuivit Dominique Lavier, les yeux plongés dans ceux de Jason, en se débarrassant de sa cornette, ce qui provoqua un haussement de sourcils étonné du chauffeur qui regardait dans le rétroviseur. Sans moi, sans ma présence en chair et en os, et habillée différemment, jamais Carlos ne s'approchera de la rue de Rivoli.

Bernardin tapota discrètement l'épaule de la femme en portant son index sur ses lèvres et en lui montrant le chauffeur d'un petit signe de la tête.

– L'homme avec qui vous désirez vous entretenir ne sera pas au rendez-vous, rectifia-t-elle aussitôt.

– Elle a raison, affirma Jason en se penchant en avant pour regarder Bernardin. Et n'oublions pas son appartement de l'avenue Montaigne où elle est censée aller se changer et où nous ne pouvons l'accompagner ni l'un ni l'autre.

– Quel dilemme! lança Bernardin. Et il ne nous est pas possible d'écouter de l'extérieur ses conversations téléphoniques...

– Ne soyez pas stupides! Vous ne comprenez donc pas que je n'ai pas le choix, que je suis obligée de collaborer avec vous? Mon vieux voisin va fouiller dans les dossiers de la DST dès qu'il aura une minute de libre pour y chercher mon nom et, comme le tristement célèbre Jason Bourne ne l'ignore pas, de graves questions remonteront à la surface, des questions soulevées il y a treize ans par ma sœur Jacqueline... Qui est ce Jason Bourne? Est-ce un personnage réel ou imaginaire? Est-ce lui qui a laissé une piste jonchée de cadavres en Asie, ou bien n'est-il qu'un imposteur, un personnage créé de toutes pièces? Ma sœur m'a téléphoné un soir à Nice, un soir où elle avait trop bu, un soir dont vous vous souvenez peut-être, monsieur le Caméléon... Un restaurant très chic, dans la banlieue de Paris. Ce soir-là, vous l'avez menacée... Vous l'avez menacée au nom d'un groupe puissant, qui tenait à garder l'anonymat! Vous avez exigé qu'elle vous révèle ce qu'elle savait sur quelqu'un qu'elle connaissait – j'ignore de qui il s'agissait – et vous lui avez fait très peur. Elle m'a dit que vous aviez l'air d'avoir l'esprit dérangé, que vous aviez des yeux de fou et que vous prononciez des mots dans une langue qu'elle ne comprenait pas.

– Je m'en souviens, déclara Bourne d'un ton glacial. Nous avons dîné ensemble, je l'ai menacée et elle a pris peur. Elle est allée aux toilettes où elle a payé quelqu'un pour donner un coup de téléphone et il a fallu que je parte très vite.

– Et maintenant, la DST travaille la main dans la main avec ce groupe puissant qui tient à garder l'anonymat? demanda Dominique Lavier en secouant la tête. Non, messieurs, poursuivit-elle en baissant la voix, si j'ai réussi à survivre jusqu'à présent, c'est parce que je refuse les risques quand ils sont trop grands. Il faut savoir passer le sabot, comme on dit au baccara.

– Quelle est l'adresse de votre appartement avenue Montaigne? demanda Bernardin après quelques instants de silence. Je vais la donner au chauffeur, mais avant cela, madame, il y a quelque chose que vous devez bien comprendre. Si vous nous avez menti, toutes les histoires qui courent sur la DST deviendront vraies pour vous.

Assise devant son petit déjeuner, dans sa chambre de l'hôtel Meurice, Marie lisait le journal. Elle n'arrivait pas à se concentrer. L'inquiétude l'avait tenue éveillée à son retour à l'hôtel, peu après minuit, après la tournée des cafés où elle était passée avec David pendant ce si lointain séjour à Paris. A 4 heures du matin, après s'être interminablement tournée et retournée dans son lit, la fatigue avait eu raison d'elle. Elle s'était endormie en laissant la lampe de chevet allumée, et c'est cette lumière qui l'avait réveillée près de six heures plus tard. Ces six heures de sommeil constituaient sa plus longue nuit depuis son arrivée à l'Auberge de la Tranquillité, souvenir déjà estompé, contrairement à la souffrance toujours très vive provoquée par la séparation d'avec ses enfants. *Ne pense pas à eux, cela te fait trop de mal. Pense à David... Non, pense à Jason Bourne! Où est-il? Concentre-toi!*

– Elle posa le *Herald Tribune* et se versa une troisième tasse de café noir, le visage tourné vers la porte-fenêtre qui ouvrait sur un petit balcon donnant rue de Rivoli. Elle était agacée de voir que le temps s'était couvert et que le ciel était gris. Il n'allait pas tarder à pleuvoir, ce qui rendrait ses recherches encore plus difficiles. Marie sirota son café avec résignation et reposa la tasse fragile sur l'élégante soucoupe, regrettant de ne pas avoir devant elle une des grandes tasses de grès qu'ils avaient choisies pour la cuisine rustique de leur maison du Maine. La reverraient-ils un jour, leur maison? *Ne pense pas à cela! Concentre-toi!* Non, c'était impossible.

Elle reprit le *Herald Tribune* et recommença à parcourir distraitement les pages, ne voyant que des mots isolés, qui refusaient de s'assembler pour former des phrases et des paragraphes, des mots sans suite, sans signification. Un de ces mots se détacha en bas d'une colonne dénuée de sens, un mot dans une ligne entre parenthèses, tout en bas d'une page.

Le mot était *Meemom,* et il était suivi d'un numéro de téléphone. Bien que le journal fût imprimé en anglais, son cerveau habitué à passer d'une langue à l'autre avait machinalement traduit le mot en français. Elle s'apprêtait à tourner la page quand un signal se déclencha dans sa tête et lui fit suspendre son geste.

Meemom... *Mummy.* Une inversion dans la bouche d'un tout petit enfant apprenant les rudiments du langage. *Meemom!* Jamie... Leur Jamie! Le drôle de petit nom qu'il lui avait donné pendant quelques semaines! Avec sa sensibilité de mère, elle redoutait que leur fils fût dyslexique, mais David s'était moqué d'elle et avait beaucoup ri.

David! C'était une des pages financières du quotidien, celles qu'elle lisait rituellement tous les matins en buvant son café. Un message de David! Marie repoussa sa chaise qui se renversa. Elle saisit le journal et se précipita vers le téléphone posé sur le bureau. Elle composa en tremblant le numéro indiqué. Pas de réponse. Imaginant que sa nervosité lui avait fait commettre une erreur, elle recommença lentement, en prenant son temps entre chaque touche.

Toujours pas de réponse. Mais c'était David, elle le sentait, elle le savait! Il la cherchait déjà au Trocadéro et maintenant, il lui envoyait un message en utilisant un petit nom qu'ils étaient seuls à connaître. Mon amour, je t'ai retrouvé, mon amour!... Mais Marie savait aussi qu'elle serait incapable de rester entre les quatre murs de sa chambre d'hôtel, à tourner en rond comme un fauve en cage et à composer interminablement le même numéro, devenant un peu plus folle à chaque sonnerie sans réponse. *Quand tu ne peux vraiment plus supporter la tension ou l'attente, trouve un endroit où tu pourras bouger sans te faire remarquer. Reste en mouvement, c'est vital! Ne laisse pas ta tête exploser!* Encore une des leçons de Jason Bourne. Marie avait la tête qui tournait. Elle s'habilla plus vite qu'elle ne l'avait jamais fait, arracha la moitié de la page du *Herald Tribune* sur laquelle se trouvait le message et sortit. Elle se dirigea vers la batterie d'ascenseurs en refrénant son envie de courir. Il lui fallait sortir vite, se fondre dans la foule et marcher dans les rues sans se faire remarquer. Et s'arrêter à chaque cabine pour refaire le même numéro de téléphone.

La descente dans la cabine de l'ascenseur fut à la fois interminable et insupportable, à cause d'un couple d'Américains – lui, bardé d'appareils photo ; elle, blonde décolorée, aux yeux mauves. Ils ne cessèrent de se plaindre de ce que trop peu de Parisiens parlent anglais. La porte de la cabine s'ouvrit enfin et Marie se mêla à la foule du hall.

En se dirigeant vers les larges portes vitrées de l'entrée, elle s'arrêta instinctivement en voyant un homme d'un certain âge, en costume rayé, écarquiller les yeux à son passage et lancer en avant son corps frêle à moitié enfoui dans un profond fauteuil de cuir. Bouche bée, les yeux exorbités, le vieux monsieur la regardait comme si elle eût été une revenante.

– Marie Saint-Jacques ! souffla-t-il. Il ne faut pas rester là...

– Que dites-vous ?

L'homme s'extirpa non sans mal de son fauteuil, fouillant le hall de l'hôtel du regard avec de petits mouvements vifs et discrets de la tête.

– On ne doit pas vous voir ici, madame Webb, poursuivit-il sans hausser la voix, mais d'un ton impérieux. Ne me regardez pas ! Gardez la tête baissée et regardez votre montre !

L'ex-agent de la DST se détourna et salua d'un petit signe de la tête plusieurs personnes assises à proximité.

– Prenez la porte de gauche, reprit-il en remuant à peine les lèvres. Celle que l'on utilise pour les bagages. Faites vite !

– Non ! répliqua Marie, la tête baissée, regardant ostensiblement sa montre. Vous me connaissez, mais, moi, je ne vous connais pas. Qui êtes-vous ?

– Un ami de votre mari.

– Mon Dieu ! Il est là ?

– La question est de savoir ce que vous, vous faites là !

– Je suis déjà descendue dans cet hôtel et j'ai pensé qu'il pourrait s'en souvenir.

– Il s'en est bien souvenu, mais pas dans le contexte actuel. Sinon, jamais il n'aurait choisi celui-ci ! Et maintenant, partez !

– Non, je ne partirai pas ! Il faut que je le trouve ! Où est-il ?

– Si vous ne partez pas, c'est peut-être son cadavre que vous trouverez ! Il y a un message pour vous dans le *Herald Tribune*.

– *Meemom...* Je l'ai trouvé. J'ai le numéro dans mon sac à main.

– Appelez dans deux ou trois heures.

– Vous ne pouvez pas me faire ça !

– Vous ne pouvez pas *lui* faire ça ! Vous allez le faire tuer ! Partez, tout de suite !

A moitié aveuglée par la rage, la peur et les larmes, Marie commença de se diriger vers l'autre bout du hall. Elle mourait d'envie de se retourner, mais elle parvint à se contenir. En arrivant devant la porte vitrée à deux battants, elle se fit bousculer par un chasseur en livrée, les bras chargés de bagages.

– Pardon, madame!

– Je vous en prie, balbutia-t-elle. C'est de ma faute.

Elle laissa passer le chasseur, poussa la porte et déboucha sur le trottoir. Que pouvait-elle faire? Que *devait*-elle faire? David se trouvait quelque part dans l'hôtel, un inconnu l'avait repérée et lui avait ordonné de partir! Que pouvait-il se passer?... Quelqu'un allait essayer de tuer David! C'est bien ce que le vieil homme avait laissé entendre... Mais qui? Et où étaient-ils?

Aide-moi, Jason! Je t'en prie, dis-moi ce qu'il faut faire! Jason?... Oui, Jason!

Marie demeura immobile sur le trottoir, regardant le ballet des taxis et des voitures qui s'arrêtaient devant l'entrée de l'hôtel où un portier galonné accueillait les clients et donnait ses instructions à une nuée de chasseurs. Une grosse limousine noire dont la carrosserie portait un discret emblème, symbole d'une haute autorité religieuse, s'approchait lentement de l'entrée. Le regard de Marie se fixa sur cet emblème, un cercle pourpre entourant un mince crucifix doré, dont le diamètre ne dépassait pas quinze centimètres. Elle tressaillit et retint son souffle; sa panique prenait une nouvelle dimension. Elle avait déjà vu ce cercle pourpre et tout ce dont elle se souvenait, c'est qu'il l'avait remplie d'horreur.

La limousine s'arrêta. Les deux portières côté trottoir furent ouvertes par le portier souriant qui s'inclina tandis que cinq prêtres descendaient. Ces derniers se séparèrent aussitôt et se faufilèrent dans la foule des promeneurs, deux d'entre eux se dirigeant vers l'avant du véhicule, les deux autres vers l'arrière. L'un de ces prêtres bizarres passa à toute allure devant Marie, si près qu'elle eut le temps de voir ses yeux. Des yeux flamboyants et implacables qui n'étaient certes pas ceux d'un homme d'Église... D'un seul coup, elle retrouva ce que lui évoquait l'emblème sacerdotal!

Bien des années auparavant, quand David – ou plutôt Jason – suivait une thérapie intensive, Mo Panov lui faisait dessiner ou griffonner toutes les images qui lui venaient à l'esprit. Le cercle rouge entourant le fin crucifix était revenu à plusieurs reprises et, à chaque fois, David l'avait lacéré ou en avait rageusement percé le centre avec la pointe du stylo. *Le Chacal.*

Le regard de Marie fut brusquement attiré par une silhouette traversant la rue de Rivoli. Un homme de haute taille, en vêtements sombres, zigzaguait en boitillant au milieu des voitures, la main levée pour se protéger le visage de la bruine qui allait bientôt se transformer en pluie.

L'homme simulait son infirmité! La jambe se pliait fugitivement et la rotation des épaules effectuée pour compenser était un mouvement qu'elle ne connaissait que trop bien. C'était David!

Un autre individu, debout à trois mètres d'elle, remarqua la même chose que Marie. Il porta aussitôt un petit poste émetteur-récepteur à ses lèvres. Les mains tendues devant elle comme les griffes d'une tigresse, Marie se jeta sur le tueur déguisé en prêtre.

— David! hurla-t-elle en griffant sauvagement, jusqu'au sang, l'homme du Chacal.

Des coups de feu éclatèrent dans la rue de Rivoli, semant la panique. Les passants se précipitèrent en hurlant dans le hall de l'hôtel ou s'enfuirent à toutes jambes avec des cris hystériques, ne songeant qu'à mettre le plus de distance possible entre eux et ce déchaînement de violence barbare dans un lieu civilisé. Dans le corps à corps avec l'homme qui s'apprêtait à tuer son mari, la robuste fille de ferme canadienne qu'avait été Marie réussit à arracher l'automatique de la ceinture de son adversaire et elle lui tira à bout portant une balle dans la tête.

— Jason! hurla-t-elle tandis que le tueur s'affaissait lentement.

Une seconde après, elle se rendit compte qu'elle était seule, sur le trottoir, le cadavre à ses pieds, et qu'elle constituait une cible facile. Elle sentit l'espoir renaître en voyant sortir précipitamment de l'hôtel le vieux monsieur distingué qui l'avait reconnue dans le hall. Il commença à vider son chargeur sur la limousine noire et prit le temps de pivoter d'un quart de tour pour fracasser les jambes d'un « prêtre » dont l'arme était braquée sur lui.

— Mon ami! s'écria Bernardin.

— Tout va bien! répondit Jason. Où est-elle?

— Sur votre droite. Près de...

Un coup de feu retentit, venant de la porte vitrée de l'hôtel.

— Les Capucines, mon ami! articula Bernardin.

Ses jambes ployèrent sous lui et une seconde balle l'acheva...

Marie demeurait paralysée, incapable de faire un geste. Elle avait l'impression d'être entraînée dans un tourbillon, giflée par des particules glacées qui lui frappaient le visage avec une telle violence qu'elle ne comprenait plus rien. Elle éclata en sanglots, se laissa doucement tomber à genoux, puis elle bascula sur la chaussée.

— Mes enfants... Oh! Mon Dieu!... Mes enfants!

— *Nos* enfants, rectifia Jason en entrant brusquement dans son champ de vision. Nous allons partir d'ici, tu comprends? poursuivit-il d'une voix qui n'était pas celle de David Webb.

— Oui... oui! gémit Marie en se relevant lentement, soutenue par ce mari qu'elle n'était plus certaine de connaître. David?

— Bien sûr que je suis David. Viens vite!

— Tu me fais peur...

— Je me fais peur à moi aussi. Dépêche-toi! Bernardin a donné sa vie pour nous permettre de nous enfuir. Prends ma main et serre-là fort! Nous allons essayer de filer!

Ils descendirent la rue de Rivoli et rejoignirent le boulevard Saint-Michel où, mêlés aux passants nonchalants, ils surent qu'ils étaient tirés d'affaire. Ils s'engagèrent dans une petite rue perpendiculaire et s'étreignirent longuement.

— Pourquoi as-tu fait cela? demanda Marie, le visage enfoui dans ses mains. Pourquoi nous as-tu abandonnés là-bas?

— Parce qu'il m'est plus facile d'agir seul, tu le sais bien.

— Ce n'était pas vrai avant, David... Ou bien dois-je t'appeler Jason?

— Les noms n'ont pas d'importance... Nous devons nous remettre en route!

— Pour aller où?

— Je ne sais pas encore. Ce qui compte, c'est de se déplacer. Grâce à Bernardin, nous avons une chance.

— C'était le vieux monsieur distingué?

— Ne parlons plus de lui, veux-tu? Pas pour l'instant, en tout cas. C'est assez dur comme cela.

— Très bien. Mais il a parlé de Capucines... Que voulait-il dire?

— C'est cela, notre chance. Il y a une voiture qui m'attend dans un parking souterrain du boulevard des Capucines. C'est ce qu'il voulait me rappeler. Allons-y!

Ils quittèrent Paris en voiture et prirent la direction de Villeneuve-Saint-Georges. Marie était assise contre son mari. Leurs hanches se touchaient et elle lui serrait le bras. Mais elle avait douloureusement conscience que toute la passion qu'elle mettait dans ce contact ne lui était rendue que partiellement. Une partie de l'homme crispé, assis au volant, était son David. L'autre était Jason Bourne, et c'est lui qui avait pris les choses en main.

— Parle-moi, je t'en prie! lança-t-elle d'une voix implorante.

— Je réfléchis... Pourquoi es-tu venue à Paris?

— Mais enfin! s'écria Marie. Pour te trouver, pour t'aider!

— Tu as pensé que c'est ce que tu avais de mieux à faire, je n'en doute pas... Mais tu as eu tort.

— Encore cette voix! protesta Marie. Cette voix glacée, inhumaine. Pour qui te prends-tu donc pour porter des jugements de ce genre? Pour Dieu le Père? Je vais te parler franchement... non, durement, mon chéri. Il y a certaines choses dont tu as du mal à te souvenir.

— Pas en ce qui concerne Paris, riposta Jason. Je me souviens de tout ce qui s'est passé à Paris. De tout.

— Ce n'était pas l'avis de ton ami Bernardin! Il m'a dit que, si tes souvenirs avaient été ce que tu crois, tu n'aurais jamais choisi le Meurice!

– Quoi? s'exclama Jason en tournant fugitivement vers sa femme un regard dur.

– Réfléchis. Pourquoi as-tu choisi le Meurice... Car c'est toi qui l'as choisi?

– Je ne sais pas... C'est un hôtel, juste un nom qui m'est venu à l'esprit.

– *Réfléchis!* Que s'est-il passé la dernière fois au Meurice... Juste devant l'hôtel?

– Je... je sais qu'il s'est passé quelque chose... *Toi?*

– Oui, mon amour. J'y étais descendue sous un faux nom et tu m'y avais retrouvée. Nous avons marché jusqu'au kiosque à journaux, au coin de la rue, et, en un instant d'horreur, nous avons compris tous les deux que ma vie ne pourrait jamais plus être la même... Que ce soit avec ou sans toi.

– C'est vrai, j'avais oublié! Les journaux... ta photo à la une de tous les journaux. Une fonctionnaire du gouvernement canadien qui...

– L'économiste canadienne en fuite, rectifia Marie. Traquée par toutes les polices d'Europe pour une série de meurtres à Zurich et le vol de plusieurs millions de dollars dans des banques suisses! Quand on a connu ce genre de gros titres, on ne peut plus l'oublier. On peut réfuter les accusations, prouver leur fausseté, mais il reste toujours quelque chose. Il n'y a pas de fumée sans feu, dit-on. Mes propres collègues à Ottawa, des amis très chers avec qui j'avais travaillé pendant des années, avaient peur de m'adresser la parole!

– Attends une seconde! s'écria Bourne, en lançant derechef un regard rapide à la femme de David. Ces accusations étaient fausses!... Elles étaient forgées de toutes pièces par Treadstone pour m'obliger à me découvrir. Et c'est toi qui l'as compris la première!

– Bien sûr. Tu avais l'esprit trop embrouillé pour voir la vérité. Pour moi, cela n'avait plus d'importance, car j'avais pris ma décision. J'avais considéré la situation avec mon esprit précis et entraîné contre lequel le tien n'est pas de taille, mon doux érudit.

– Qu'est-ce que tu...?

– Regarde la route! Tu as encore raté l'embranchement, comme la dernière fois...

– Mais de quoi parles-tu?

– De la petite auberge près de Barbizon, où nous étions descendus. Tu leur avais demandé d'allumer le feu dans l'âtre de la salle à manger... Nous étions les seuls clients. C'était la troisième fois que je lisais derrière le masque de Jason Bourne et que je découvrais un autre homme, dont j'étais en train de tomber éperdument amoureuse.

– Ne me fais pas ça, je t'en prie!

– Il le faut, David. Ne fût-ce que pour moi... Il faut que je sache que tu es là.

Le silence s'installa dans la voiture. Le conducteur fit demi-tour et repartit dans la direction opposée, pied au plancher.

– Je suis là, murmura David en levant le bras droit et en attirant sa femme vers lui. Je ne sais pas pour combien de temps, mais je suis là.

– Dépêche-toi, mon chéri.

– Oui. Tout ce que je veux, c'est te prendre dans mes bras.

– Et, moi, je veux appeler les enfants.

– Maintenant, je sais que je suis avec toi.

28

- Si vous ne nous dites pas de votre plein gré tout ce que nous voulons savoir, nous vous bourrerons de drogues à vous faire exploser la tête et ce que vous avez fait subir à Mo Panov ne sera en comparaison qu'une douce rigolade, déclara Peter Holland, directeur de la Central Intelligence Agency d'une voix aussi dure et lisse qu'un bloc de granit poli. Je tiens en outre à vous prévenir que je ne reculerai devant rien, car je suis de la vieille école. Les lois qui favorisent les ordures de votre espèce, je n'en ai rien à foutre! Si vous jouez au plus fin avec moi, je vous fourre vivant dans une torpille et je vous balance en pleine mer, à cent milles du cap Hatteras! Est-ce bien clair?

Le *capo subordinato*, la jambe droite et le bras gauche plâtrés, était allongé sur un lit de l'infirmerie déserte de Langley, déserte depuis que Peter Holland avait ordonné à tout le personnel médical de s'éloigner dans son propre intérêt. Des ecchymoses autour des yeux et des lèvres boursouflées à la suite du choc contre le tableau de bord de la voiture rendaient encore plus disgracieuse la face naturellement bouffie du mafioso. L'homme leva la tête vers le DCI et son regard filtra entre ses paupières gonflées pour se porter vers Alex Conklin, qui, assis sur une chaise, triturait nerveusement le pommeau de sa canne.

- Vous ne pouvez pas faire ça, grogna le mafioso. J'ai des droits et vous le savez très bien.

- Le Dr Panov aussi, et vous les avez bafoués... Vous les avez piétinés!

- Je ne parlerai qu'en présence de mon avocat!

- Où était l'avocat de Panov? hurla Alex en frappant violemment sa canne contre le sol.

- Ce n'est pas comme ça que le système fonctionne, protesta le mafioso en essayant de hausser les sourcils pour exprimer son indignation. Et puis, j'ai été sympa avec le toubib et il en a profité... Je vous jure que c'est vrai!

– Vous êtes un comique, mais vous ne me faites pas rire. Vous voyez bien qu'il n'y a pas d'avocats ici. Nous ne sommes que tous les trois et je vous vois bien finir vos jours de Rital dans une torpille.

– Qu'est-ce que vous voulez de moi? s'écria le mafioso. Je ne suis au courant de rien. Je fais simplement ce qu'on me dit de faire, comme mon frère aîné – qu'il repose en paix! – et comme mon père – qu'il repose en paix, lui aussi! Sans doute que son père à lui faisait déjà la même chose...

– Comme des générations de parasites qui vivent de père en fils aux crochets de la société, lança Conklin.

– Hé! Doucement, vous! C'est de ma famille que vous parlez!

– Pardonnez-moi de la salir!

– C'est justement votre famille qui nous intéresse, Augie, dit le DCI Vous vous appelez bien Augie, n'est-ce pas? C'est l'un des prénoms figurant sur vos cinq permis de conduire et c'est celui qui nous a paru le plus authentique.

– Authentique, mon œil, monsieur le gros bonnet! cracha le mafioso entre ses lèvres tuméfiées. Aucun de ces prénoms n'est le bon!

– Il faut bien que nous vous donnions un nom, poursuivit Holland. Ne fût-ce que pour le graver sur la torpille afin que l'archéologue qui vous trouvera dans dix mille ans sache à qui attribuer la denture qu'il étudiera. Mais je préférerais l'appeler simplement Crétin, ajouta-t-il à l'adresse de Conklin. Parce que c'est ce qu'il est. Se faire enfermer à l'intérieur d'une torpille et balancer par six mille mètres de fond pour des crimes qu'on n'a pas commis est digne d'un crétin.

– Arrêtez votre cinéma! rugit le crétin. Je m'appelle Nicolo... Nicholas Dellacroce! Rien que pour vous avoir dit cela, vous me devez une protection, comme pour Valachi! Ça fait partie du marché!

– Vraiment? demanda Holland, les sourcils froncés. Je n'ai pas souvenir d'avoir mentionné quelque chose de ce genre.

– Alors, vous n'aurez rien!

– Détrompez-vous, Nicky, lança Conklin du fond de la pièce. Nous aurons tout ce que nous voulons, le seul inconvénient étant qu'il ne nous sera possible de vous interroger qu'une seule fois. Nous ne pourrons ni vous faire subir un contre-interrogatoire, ni vous traîner devant un tribunal fédéral, ni même vous faire signer une déposition.

– Ah?

– Après notre traitement, vous ne serez plus qu'un légume au cerveau ramolli. En fait, c'est plutôt mieux pour vous... Comme cela, vous ne vous rendrez même pas compte qu'on vous enferme dans cette foutue torpille.

– Hé! Qu'est-ce que vous racontez?

– C'est une simple question de logique, répondit l'ancien commando de marine devenu chef de la CIA. Quand nos médecins en auront fini avec vous, nous serons obligés de vous faire disparaître. Une autopsie nous ferait condamner à trente ans de travaux forcés et je ne dispose plus de tout ce temps... A vous de choisir, Nicky? Préférez-vous nous parler ou voulez-vous un prêtre?

— Il faut que je réfléchisse...

— Allons-y, Alex, dit Holland en s'écartant brusquement du lit et en se dirigeant vers la porte. Je vais envoyer chercher un prêtre. Ce pauvre minable aura bien besoin du réconfort de la religion.

— Il y a des fois, ajouta Conklin en s'aidant de sa canne pour se mettre debout, où je m'interroge sur l'inhumanité des rapports humains. Puis j'essaie de la justifier. Il ne s'agit pas de cruauté, car la cruauté n'est qu'une abstraction; non, c'est simplement un usage bien établi de notre métier. Mais il ne faut pas oublier l'individu, son esprit, sa chair, ses terminaisons nerveuses tellement sensibles. Les souffrances atroces qu'il peut endurer. Dieu merci, je suis toujours resté dans la coulisse, hors d'atteinte, comme les patrons de ce pauvre Nicky. Ils continueront d'aller dîner dans des restaurants chics pendant qu'il s'enfoncera dans son cercueil de métal au-delà du plateau continental, dans une fosse de six mille mètres de fond.

— D'accord, d'accord! hurla Nicholas Dellacroce. Posez-moi vos foutues questions, mais je veux votre protection, *capisce?*

— Cela dépendra de la véracité de vos réponses, répliqua Holland en revenant vers le lit.

— A votre place, Nicky, je dirais la vérité, glissa Conklin en reprenant place sur sa chaise. A la première inexactitude, vous dormirez avec les poissons, si je puis me permettre cette image.

— J'ai pas besoin de vos conseils. Je sais très bien où j'en suis.

— Nous allons commencer, monsieur Dellacroce, le prévint le directeur de la CIA en sortant de sa poche un petit magnétophone qu'il posa sur la haute table blanche près du lit du patient.

Il avança une chaise et se mit à parler en regardant l'appareil extra-plat à la surface métallique.

— Je suis l'amiral Peter Holland, actuellement directeur de la Central Intelligence Agency. Vérification vocale possible, si nécessaire. La conversation qui va suivre est celle que j'ai eue avec un informateur que nous appellerons John Smith. Déformation de la voix à effectuer sur la bande originale interagences. Identifications dans dossier confidentiel du DCI... Très bien, monsieur Smith. Nous allons supprimer les préambules et passer tout de suite aux questions essentielles. Je vais les exprimer en termes aussi généraux que possible pour votre sécurité, mais vous comprendrez exactement ce dont je parle et j'attends de vous des réponses très précises. Pour qui travaillez-vous, monsieur Smith?

— Distributeurs automatiques Atlas, à Long Island City, répondit le mafioso d'un ton bourru et d'une voix sourde.

— A qui appartient la société?

— Je ne sais pas. On travaille presque tous à domicile. On est une quinzaine ou une vingtaine... On entretient les appareils et on envole un rapport.

Holland tourna la tête vers Conklin et les deux hommes échangèrent un sourire. Avec cette réponse, le mafioso venait de s'inclure dans un large cercle d'informateurs potentiels. Nicolo n'était pas tombé de la dernière pluie.

– Qui signe vos chèques en fin de mois, monsieur Smith? poursuivit Holland.

– M. Louis DeFazio, un homme d'affaires respectable. C'est lui qui nous distribue le travail.

– Savez-vous où il habite?

– A Brooklyn Heights. Je crois qu'on m'a dit que c'était en bordure de l'East River.

– Quelle était votre destination quand nos agents vous ont appréhendé?

Dellacroce se crispa et ferma fugitement ses yeux tuméfiés avant de répondre.

– Un centre de désintoxication, quelque part au sud de Philadelphie... Mais vous le savez déjà, puisque vous avez trouvé la carte dans la voiture.

D'un geste furieux, Holland tendit la main et coupa le magnétophone.

– Sale petite ordure, vous avez gagné un aller simple pour le cap Hatteras!

– Hé! Vous voulez vos renseignements, moi, je vous les donne! Mais chacun fait à sa manière! Il y avait une carte dans la voiture – il y en a toujours une – et on nous oblige à prendre ces ridicules petites routes de campagne, comme si on conduisait le président, ou même un *don superiore* à une réunion nationale... Passez-moi ce bloc-notes et le stylo, et je vais vous donner l'adresse exacte. Je peux même vous dire ce qu'il y a d'écrit sur la plaque de cuivre du portail!

Le mafioso leva son bras libre et pointa l'index vers le DCI.

– Je vais être précis, monsieur le gros bonnet, parce que je ne tiens pas à dormir avec les poissons! *Capisce?*

– Mais vous ne voulez pas que ce soit enregistré, ajouta Holland d'un ton légèrement hésitant. Pourquoi ne voulez-vous pas?

– Je ne veux pas entendre parler de cette connerie de bande! Comment vous l'avez appelée, déjà? Bande originale interagences? Vous vous imaginez peut-être que nos gars ne peuvent pas avoir accès à vos dossiers confidentiels? Vous me faites rigoler! Peut-être même que votre connard de toubib travaille pour nous!

– Non, pas lui, mais il y a un médecin militaire qui, lui, travaille pour vous et qui nous intéresse.

Peter prit le bloc-notes et le stylo sur la table de chevet, et il les tendit à Dellacroce. Mais il ne se donna pas la peine de remettre le magnétophone en marche. Ils allaient maintenant aborder les choses sérieuses.

A New York, en plein cœur de Harlem, entre Broadway et Amsterdam Avenue, un grand Noir débraillé d'une trentaine d'années marchait en titubant sur le trottoir de la 138e Rue. Il s'appuya contre le mur lépreux d'un vieil immeuble de briques, repartit en vacillant et se laissa tomber au bord du trottoir, les jambes tendues sur la chaussée. Le visage mangé par une barbe de plusieurs jours, il inclina la tête vers le col droit relevé de sa chemise de l'armée.

— Avec cet accoutrement, dit-il en parlant dans le micro miniaturisé fixé sous son col, personne ne pourra croire que j'ai dévalisé une boutique de vêtements de luxe de Palm Springs.

— Tu es parfait, commenta une voix métallique sortant du petit haut-parleur cousu à l'arrière du col de sa chemise. Nous avons du monde sur place et tu seras prévenu longtemps à l'avance. Le répondeur est tellement détraqué qu'il fait le bruit d'une Cocotte minute.

— Et vous, les petits gars, comment avez-vous fait pour garer la voiture sans vous faire remarquer?

— On s'y est pris très tôt ce matin, si tôt que personne n'a remarqué qu'on était un peu trop pâles pour le quartier.

— J'ai hâte de vous voir ressortir en plein jour dans ce repaire de camés. A propos, avez-vous prévenu les flics du quartier? Je n'aimerais pas du tout me faire alpaguer après m'être laissé pousser la barbe pendant tout ce temps. Cela me donne des démangeaisons et ma nouvelle petite amie n'aime pas du tout, mais alors pas du tout.

— Tu aurais dû rester avec l'ancienne, mon vieux.

— Tu ne manques pas d'humour, pour un Blanc. Elle n'aimait ni les horaires de travail ni les déplacements. Par exemple, quand je partais plusieurs semaines d'affilée au Zimbabwe. Mais vous ne m'avez pas répondu, les gars.

— Les poulets ont ton signalement et sont au courant du scénario. Comme tu participes à une opération fédérale, ils te ficheront la paix... Attention! Conversation terminée! Ce doit être notre type; il a une sacoche attachée à la ceinture.... Oui, c'est lui! Il avance vers la porte. A toi de jouer, empereur Jones.

— Tu es vraiment très drôle, petit Blanc... Je le vois et je peux vous dire qu'il fait dans son froc à l'idée de franchir les portes de ce palais.

— Ce qui prouve que c'est un vrai réparateur, souligna la voix métallique dans le haut-parleur. C'est bon pour nous.

— Non, mon petit gars, c'est très mauvais, rétorqua aussitôt l'agent de couleur. Si tu as vu juste, ce type ne sait rien et nous ne pourrons jamais remonter jusqu'à la source.

— Et alors? Qu'est-ce que tu comptes faire?

— Il faut absolument que je voie les chiffres qu'il programmera sur son bidule.

– Pourrais-tu être un peu plus précis?

– C'est peut-être un vrai réparateur, mais je t'assure qu'il a la trouille... et pas de faire de mauvaises rencontres dans le couloir.

– Je ne comprends toujours pas.

– Ça se voit sur son visage... S'il a le sentiment d'être suivi ou observé, il est capable de composer un faux numéro.

– Je ne te suis plus du tout, mon vieux.

– Il faut qu'il reproduise les chiffres correspondant au répondeur afin que les signaux puissent être relayés...

– Laisse tomber, riposta la voix venant de l'arrière du col. Décidément, je ne comprendrai jamais rien à la technologie. De toute façon, on a quelqu'un en ce moment qui rend une petite visite à cette compagnie, la Reco-je ne sais quoi. Il t'attend.

– Bon, je me mets au travail. Terminé, mais gardez l'écoute.

Le Noir se releva et pénétra d'une démarche titubante dans l'immeuble délabré. Le réparateur avait atteint le palier du premier étage et il tourna à droite pour s'engager dans un couloir étroit et crasseux. L'homme connaissait les lieux, car il ne marquait pas la moindre hésitation et ne ralentissait pas pour regarder les numéros à peine lisibles sur les portes. Les choses vont être un peu plus faciles que prévu, se dit l'agent de la CIA avec un certain soulagement, car sa mission n'était pas de la compétence de l'Agence. Elle était même franchement illégale.

Le fonctionnaire monta les marches trois par trois, ses épaisses semelles de crêpe réduisant le bruit aux craquements inévitables d'un vieil escalier. Le dos plaqué contre le mur, il avança la tête dans le couloir encombré de détritus et d'objets de rebut, et il vit le réparateur introduire trois clés différentes dans trois verrous de sûreté disposés sur la dernière porte à droite. Tout compte fait, les choses ne seraient peut-être pas si faciles. Dès que la porte se fut refermée, l'agent de la CIA s'élança au pas de course jusqu'au fond du couloir. Ce n'est pas parfait, mais cela aurait pu être pire, songea-t-il en entendant le bruit d'un seul verrou poussé par le réparateur qui devait être pressé. Il colla son oreille contre la peinture écaillée de la porte et retint son souffle pour ne pas être gêné par le bruit de sa respiration. Quelques secondes plus tard, il tourna la tête et expulsa l'air de ses poumons, puis il inspira profondément et reposa son oreille sur le panneau de la porte. La voix qu'il entendit était assourdie, mais les mots assez distincts pour qu'il en saisisse le sens.

– Central? C'est Mike, sur la 138e, section 12, appareil n° 16. Ça m'étonnerait beaucoup, mais avons-nous un autre appareil dans cet immeuble?

Il y eut un silence d'une vingtaine de secondes.

– Nous n'en avons pas, reprit le réparateur. C'est bien ce qu'il me semblait. J'ai une interférence de fréquence et je n'y comprends rien...

Le quoi? Le câble de télé? Personne n'a assez de fric dans ce quartier pour se payer une chaîne câblée... Ah , oui! Le câble de secteur... C'est vrai, les trafiquants de drogue vivent sur un grand pied. Ils habitent dans des quartiers pourris, mais il faut voir ce qu'ils ont dans leurs appartements!... Bon, coupe la ligne et mute-la sur un autre circuit. Je reste ici jusqu'à ce que je recoive un signal normal.

L'agent de la CIA tourna de nouveau la tête pour reprendre sa respiration. Il était soulagé. Il avait appris tout ce qu'il voulait et pouvait repartir en évitant un affrontement. *138ᵉ Rue, section 12, appareil nᵒ 16,* et ils connaissaient la firme qui installait le matériel. La Reco-Metropolitan Company, place Sheridan, à New York. Aux autres de jouer maintenant. Il repartit vers l'escalier branlant et releva le col de sa chemise.

– Pour le cas où je me ferais renverser par un camion, voici les renseignements. Vous me recevez?

– Cinq sur cinq, empereur Jones.

– C'est l'appareil nᵒ 16 dans ce qu'ils appellent la section 12.

– Bien reçu! Cette fois, tu as mérité ton salaire!

– Tu aurais au moins pu dire : « Travail remarquable, cher ami. »

– Hé! C'est toi qui as fait des études, pas moi.

– Tout le monde n'a pas la chance d'être doué... Attends une seconde! J'ai de la compagnie!

Un Noir trapu venait d'apparaître au pied de l'escalier. Un pistolet à la main, il fixait de ses yeux globuleux l'agent de la CIA qui s'élança à l'abri de l'angle du mur. Quatre détonations rapprochées résonnèrent dans le couloir. Bondissant sur le palier, l'agent de la CIA tira à son tour deux coups de feu. Le premier suffit. Son agresseur s'affaissa sur le sol crasseux de l'entrée.

– Une balle a ricoché et je l'ai reçue dans la jambe! s'écria l'agent de la CIA. Mais je l'ai eu... Je pense qu'il est mort, mais je n'en suis pas sûr! Venez tout de suite avec la voiture et emmenez-nous d'ici tous les deux! *Pronto.*

– On est en route. Ne bouge pas!

Il était un peu plus de 8 heures, le lendemain matin, quand Alex Conklin entra dans le bureau de Peter Holland.

– Du nouveau? demanda le DCI en levant le nez des papiers étalés sur son bureau.

– Rien, répondit l'agent en retraite avec humeur en se dirigeant vers le canapé adossé au mur plutôt que vers l'un des fauteuils du bureau. Rien, rigoureusement rien! Sale journée, et dire qu'elle vient à peine de commencer! Casset et Valentino sont descendus aux archives pour rechercher tous nos contacts dans les bas-fonds de Paris, mais ils n'ont rien trouvé! Foutu scénario dont on ne parvient pas à trouver le fil conducteur! Swayne, Armbruster et DeSole, la taupe muette du sous-sol... Puis Teagarten, avec la carte de visite de Bourne alors que nous savons pertinemment qu'il s'agit d'un piège tendu à Jason par le Chacal. Mais aucun lien logique n'unit Carlos à Teagarten ni à Méduse. Tout cela n'a aucun sens, Peter. Nous avons perdu la piste...

– Calmez-vous, dit doucement Holland.

– Comment pourrais-je me calmer? Bourne a disparu... Disparu pour de bon et il est peut-être mort! Nous n'avons aucune nouvelle de Marie qui semble s'être volatilisée... Puis nous apprenons que Bernardin est mort dans une fusillade, rue de Rivoli, il y a quelques heures! Il s'est fait abattre en plein jour, vous vous rendez compte? Et cela implique que Jason était avec lui!

– Mais comme il ne répond au signalement d'aucune des victimes, nous pouvons supposer qu'il est sain et sauf.

– Oui, nous pouvons l'espérer.

– Vous cherchez un fil conducteur, poursuivit le DCI. Je ne suis pas sûr de pouvoir vous en fournir un, mais j'ai quelque chose qui s'en rapproche.

– New York? demanda Conklin en se redressant sur le canapé. Le répondeur téléphonique? Cette ordure de DeFazio?

– Nous allons nous occuper de New York et de tous ces salauds, mais, pour l'instant, concentrons-nous sur votre fil conducteur.

– Je ne pense pas être particulièrement bouché, mais je ne vois rien venir.

Holland s'enfonça dans son fauteuil, laissant d'abord errer son regard sur les papiers disséminés sur le bureau avant de la poser sur Alex.

– Il y a trois jours, lorsque vous avez décidé de tout me révéler, vous m'avez expliqué que la stratégie de Bourne consistait à convaincre le Chacal et la nouvelle Méduse de s'unir en prenant Bourne comme cible commune, l'hypothèse étant que, des deux côtés, on voulait sa mort. Carlos pour deux excellentes raisons : le désir de vengeance et la crainte que Bourne ne soit en mesure de l'identifier. Les hommes de Méduse, parce qu'il avait déjà rassemblé beaucoup trop d'éléments sur eux.

– C'était bien notre hypothèse de départ, acquiesça Conklin avec un signe de la tête. C'est pourquoi j'ai commencé à fureter un peu partout et à donner une série de coups de téléphone... Mais jamais je ne me serais attendu à trouver ce que j'ai découvert! Un véritable cartel constitué à Saigon depuis plus de vingt ans et composé de quelques-uns des plus gros bonnets de l'administration et de l'armée. C'est vraiment le genre de découverte que je n'attendais pas et dont je ne voulais pas. Je pensais démasquer une dizaine de milliardaires enrichis à Saigon et dont un examen minutieux du compte en banque aurait prouvé l'origine des ressources, mais pas ça, pas cette nouvelle Méduse!

– Pour exprimer les choses aussi simplement que possible, poursuivit Holland, le front plissé, en baissant de nouveau les yeux sur ses papiers avant de relever la tête, dès que le contact aurait été établi avec Carlos, Méduse lui aurait fait part de son désir d'éliminer un homme à n'importe quel prix. C'est bien cela?

– Compte tenu de la position sociale de ceux qui entreprenaient cette démarche, elle avait toutes les chances d'aboutir, expliqua Conklin. Ils devaient être aussi proches de l'Olympe que possible, le genre de clients que le Chacal n'avait encore jamais eus.

– Puis le nom de la cible était révélé, avec les précautions d'usage, du genre : « un certain John Smith qui, il y a de longues années, était connu sous le nom de Jason Bourne ». Et le Chacal était accroché... Bourne, l'homme qu'il rêve tous les jours de voir mort.

– Oui. C'est pourquoi ceux qui prenaient contact avec Carlos devaient être des personnages si haut placés qu'il n'aurait pu nourrir le moindre doute à leur sujet et que toute possibilité de piège aurait été écartée.

– Car Jason Bourne avait fait partie de la Méduse de Saigon, ce que Carlos savait, poursuivit le directeur de la CIA, mais il n'avait pas eu part au gâteau de la nouvelle Méduse, celle d'après la guerre. Ce sont bien les grandes lignes du scénario, n'est-ce pas?

– C'est d'une logique irréfutable. Voilà un homme dont on s'est servi pendant trois ans et qui a failli perdre la vie au cours d'une opération clandestine. Puis, un beau jour, il découvre qu'un certain nombre de pourris de l'état-major de Saigon roulent en Jaguar, possèdent un yacht et engrangent des centaines de milliers de dollars alors qu'il doit se contenter d'une modeste pension. Il y a de quoi éprouver la patience de saint Jean-Baptiste, sans parler de Barabbas.

– Quel merveilleux livret, s'exclama Holland en esquissant un sourire. J'imagine les voix triomphantes des ténors et les basses qui quittent la scène, la tête baissée... Ne me regardez pas comme cela, Alex, je parle sérieusement. C'est extrêmement ingénieux. Une prophétie tellement inévitable qu'elle s'est accomplie!

– Que voulez-vous dire?

– Votre Bourne était dans le vrai depuis le début. Tout s'est passé exactement comme il le pensait, mais il n'aurait jamais pu imaginer qu'il y aurait une pollinisation croisée...

– Voulez-vous redescendre de Mars, Peter, et vous donner la peine de donner des explications à un simple terrien?

– Méduse a fait appel au Chacal! C'est déjà fait! L'assassinat de Teagarten le prouve, à moins que vous ne soyez disposé à admettre que c'est Bourne qui a fait exploser la voiture du général.

– Bien sûr que non!

– Dans ce cas, le nom de Carlos a dû être suggéré à un membre de Méduse qui connaissait déjà l'existence de Bourne. Il ne peut en être autrement. Vous n'avez pas mentionné les noms de Carlos et de Bourne à Armbruster, Swayne, Atkinson?

– Ma réponse est toujours la même, bien sûr que non. Il était beaucoup trop tôt pour cela.

– Qui reste-t-il? demanda Holland.

– Bon sang! souffla Alex en regardant le DCI. DeSole!

– Oui, DeSole. L'expert dont les compétences n'étaient pas rétribuées à leur juste valeur et qui se plaignait en souriant, mais constamment de ne pouvoir donner une éducation convenable à ses enfants et petits-enfants avec son salaire de fonctionnaire. Il avait suivi toutes nos conversations, à commencer par votre attaque en règle contre nous dans la salle de conférences.

– C'est vrai, mais ce qu'il savait se limitait à Bourne et au Chacal. Nous n'avons jamais parlé devant lui d'Armbruster, ni de Swayne, ni des autres... Il n'avait même pas été question de la nouvelle Méduse. Allons, Peter, vous n'êtes vous-même au courant que depuis soixante-douze heures!

– Certes, mais DeSole, lui, était au courant, parce qu'il s'était vendu et qu'il était l'un des leurs. Il avait été alerté, comme les autres. « Attention! Nous avons été infiltrés! Un cinglé menace de nous confondre, d'anéantir toute l'organisation! » C'est vous-même qui m'avez dit que des coups de téléphone affolés avaient été échangés entre la Commission du commerce fédéral, le service des achats du Pentagone et notre ambassade à Londres.

– C'est exact, reconnut Conklin. Et l'affolement était tel qu'il a fallu supprimer deux d'entre eux auxquels on a ajouté Teagarten et notre taupe. Les cerveaux de la Femme-Serpent n'ont pas mis longtemps à décider lesquels d'entre eux étaient vulnérables. Mais quel rôle jouent Carlos et Bourne? Ils n'ont pas de place là-dedans.

– Je croyais que nous étions convenus que si.

– DeSole? fit Conklin avec une moue sceptique. C'est une théorie séduisante, mais elle n'est pas plausible. Jamais il n'aurait pu supposer que j'étais au courant de la pénétration de Méduse, car l'opération n'avait pas encore été lancée.

– Mais quand vous l'avez lancée, l'enchaînement des faits a dû lui mettre la puce à l'oreille, car, même si elles avaient lieu en des points très éloignés les uns des autres, les alertes se succédaient trop rapidement. En combien de temps? Quelques heures?

– Moins de vingt-quatres heures... Mais elles avaient lieu en des points vraiment très éloignés les uns des autres.

– Pas pour l'esprit d'un analyste, répliqua Holland. Il a tout de suite compris qu'il y avait anguille sous roche. A mon avis, DeSole a fait à un moment ou à un autre le rapprochement entre Jason Bourne et le cinglé qui avait infiltré Méduse.

– Mais comment, bon Dieu?

– Je l'ignore. Peut-être parce que vous nous avez dit que Bourne avait fait partie de l'ancienne Méduse, celle de Saigon. C'était déjà une coïncidence troublante.

– Tout compte fait, admit Alex en renversant la tête contre le dossier du canapé, vous avez peut-être raison. Dans notre stratégie, ce cinglé dont l'identité demeurait secrète était mû par un désir de vengeance, car il avait été mis sur la touche par la nouvelle Méduse. J'étais aveugle ! « Il a passé des années à tout reconstituer... Il connaît les noms, les grades et les banques à Zurich... » Quand je pense que j'ai dit cela au téléphone à des inconnus et qu'il ne m'est jamais venu à l'esprit que j'avais mentionné l'appartenance de Bourne à Méduse lors de la réunion à laquelle DeSole avait assisté !

– Pourquoi en auriez-vous tenu compte ? Vous aviez décidé, Bourne et vous, de faire cavalier seul.

– Nous avions d'excellentes raisons pour cela, riposta Conklin. N'importe qui, y compris vous, pouvait faire partie de Méduse.

– Merci beaucoup !

– Je vous en prie !... N'oubliez pas qu'Atkinson m'a affirmé qu'ils travaillaient avec « un des pontes de Langley ». Qu'auriez-vous pensé à ma place, qu'auriez-vous fait ?

– Exactement la même chose que vous, répondit Holland avec un mince sourire. Mais vous êtes censé être tellement plus intelligent que moi !

– Merci beaucoup !

– Allons, ne soyez pas trop dur avec vous-même. Tout le monde aurait agi de la même manière.

– Oui, vous avez raison. Et cela ne pouvait être que DeSole. Je ne sais pas comment il s'y est pris, mais c'était lui. Cela remonte probablement à plusieurs années... Il n'oubliait jamais rien, vous savez. Son cerveau était une véritable éponge qui absorbait tout et ne laissait jamais le plus petit détail se perdre. Il était capable de se souvenir de phrases entières, et même de gestes d'approbation ou de grognements de désapprobation qui échappaient à tout le monde... Quand je pense que je lui ai raconté toute l'histoire de Bourne et du Chacal ! Voilà comment Méduse s'est servi quelques jours plus tard à Bruxelles.

– Ils ont fait plus que cela, Alex, poursuivit Holland en se penchant sur son bureau pour prendre plusieurs feuilles de papier. Ils vous ont volé votre scénario, ils se sont approprié votre stratégie. Ils ont dressé Bourne contre Carlos, mais, au lieu de vous laisser tirer les ficelles, Méduse s'en est chargé. Bourne se retrouve dans la même situation qu'il y a treize ans, peut-être avec sa femme, peut-être seul, avec cette différence que, outre Carlos, Interpol et toutes les autres forces de police d'Europe, il a un autre serpent mortel sur le dos.

– C'est ce qui se trouve dans ces papiers que vous tenez à la main ? Ce sont les renseignements sur New York ?

– Je n'ai aucune certitude, mais je le pense. C'est cette pollinisation croisée dont j'ai parlé tout à l'heure, mais le pollen en question est un poison mortel.

– Je suis tout ouïe.

– Nicolo Dellacroce et ceux pour qui il travaille.

– La mafia?

– C'est assez logique. N'oublions pas que ce sont des officiers qui ont créé Méduse à Saigon et ils refilent encore le sale boulot à la piétaille, à des types comme Dellacroce ou le sergent Flannagan. Quand il s'agit de commettre un assassinat, d'enlever quelqu'un ou de bourrer de drogue un prisonnier, les respectables commanditaires restent prudemment dans la coulisse.

– Mais je suppose que vous les avez dénichés, intervint Conklin avec une pointe d'impatience dans la voix.

– Sans être tout à fait sûrs, nous le pensons... Nous avons commencé à consulter discrètement la brigade criminelle de New York, plus particulièrement une unité baptisée les « Siciliens incorruptibles ».

– Jamais entendu parler.

– C'est une unité composée d'Américains d'origine italienne qui s'est penchée sur les livres de comptabilité de la Reco-Metropolitan...

– La *quoi?*

– La société qui a installé le répondeur téléphonique de la 138e Rue, à Manhattan.

– Pardon... Continuez, je vous en prie.

– D'après leurs registres, l'appareil a été loué à une petite société d'importation dont le siège se trouve sur la Onzième Avenue, à quelques centaines de mètres des quais. Nous avons reçu il y a une heure le relevé des communications téléphoniques de cette société pour les deux derniers mois, et devinez ce que nous avons découvert...

– Je préfère ne pas jouer aux devinettes.

– Neuf appels étaient destinés à un numéro à Brooklyn Heights, mais, ce qui est beaucoup plus inattendu, trois communications en l'espace d'une heure avaient été établies avec un autre numéro de téléphone... A Wall Street.

– Quelqu'un a dû s'énerver.

– C'est ce que nous nous sommes dit et nous avons demandé aux Siciliens de nous communiquer ce qu'ils savaient sur le numéro de Brooklyn Heights.

– DeFazio?

– Disons, pour être tout à fait précis, que c'est son domicile, mais que le téléphone est au nom de l'Atlas Coin Vending Machine Company, à Long Island City.

– Ça correspond! C'est stupide, mais ça correspond. Que savez-vous sur ce DeFazio?

– C'est un *capo* assez puissant et très ambitieux, qui travaille pour la famille Giancavallo. Un type très secret, très vicieux... et très homo.

– Merde, alors!...

– Les Siciliens nous ont fait jurer de garder le secret. Ils ont l'intention de se servir eux-mêmes de ce qu'ils ont découvert.

428

– Mon œil, marmonna Conklin. L'une des premières choses que nous apprenons dans ce métier, c'est de mentir à tout le monde et surtout à ceux qui sont assez stupides pour nous faire confiance. Nous vendrons la mèche dès que nous estimerons pouvoir en tirer profit... Quel est l'autre numéro de téléphone, celui qui est beaucoup plus inattendu?

– Celui d'un cabinet d'affaires, peut-être le plus gros de Wall Street.

– Méduse, déclara Alex sans un instant d'hésitation.

– C'est également mon avis. Ce cabinet emploie soixante-seize avocats sur deux niveaux de l'immeuble. Lequel est-ce... ou lesquels?

– Je m'en fous! Occupons-nous de DeFazio et de ceux qu'il envoie à Paris, de ceux qu'il met au service du Chacal. Ce sont eux les tueurs sur la piste de Jason, et je me fous du reste. Il faut neutraliser DeFazio! C'est lui qui a passé le contrat!

Peter Holland s'enfonça dans son fauteuil.

– Cela devait arriver tôt ou tard, Alex, reconnut-il posément. Nous avons chacun nos priorités... Je suis disposé, dans les limites de ma compétence, à tout faire pour sauver la vie de Bourne et de son épouse, mais je ne violerai pas le serment que j'ai prêté de protéger ma patrie avant tout. Je ne le peux pas, et vous le savez fort bien. Mon objectif premier, c'est Méduse, ce cartel, pour reprendre le terme que vous avez employé, dont le but est de former un gouvernement à l'intérieur du gouvernement. Ce sont les membres de Méduse que je dois traquer. Sans perdre un instant et sans me soucier des pertes. Je vais vous parler franchement, mon ami, car j'espère que vous êtes mon ami, Alex. Pour moi, et croyez que je le regrette, les Bourne ne sont pas irremplaçables.

– C'est en réalité pour me dire cela que vous m'avez convoqué, n'est-ce pas? s'écria Alex en s'appuyant sur sa canne pour se mettre debout.

– Oui, c'est exact.

– Vous avez votre propre plan pour traquer Méduse et nous n'en faisons pas partie.

– Non. Il y a conflit d'intérêts.

– Je dois reconnaître que vous n'avez pas tort. Nous n'hésiterions pas à tout foutre en l'air si cela pouvait aider Jason et Marie. Mais mon opinion aussi bien personnelle que professionnelle est que, si le gouvernement des États-Unis, avec tous les moyens dont il dispose, n'est pas capable d'extirper une tumeur telle que Méduse sans sacrifier un homme et une femme qui ont tant fait pour lui, ce gouvernement ne vaut pas grand-chose!

– Je suis d'accord, acquiesça Holland en se levant. Mais j'ai prêté serment.

– Continuerez-vous de m'accorder votre soutien?

– Tout ce que vous voulez, à condition que cela n'aille pas à l'encontre de notre plan contre Méduse.

– Que diriez-vous de deux places dans un appareil militaire à destination de Paris?

— Pourquoi *deux* places ?

— Une pour Panov et une pour moi. Nous sommes allés à Hong-kong ensemble, pourquoi ne pas aller à Paris ?

— Vous êtes complètement timbré !

— Vous n'avez pas bien compris, Peter. La femme de Mo est morte au bout de dix ans de mariage et moi je n'ai jamais eu le courage d'essayer. Jason Bourne et Marie sont notre seule famille... Et je peux vous certifier qu'elle fait le meilleur pâté en croûte que j'aie jamais mangé.

— Deux places pour Paris, dit Peter Holland, le visage défait.

29

Marie suivait des yeux Jason qui marchait de long en large, à grands pas décidés. Il passait rageusement entre la table et les rideaux des deux fenêtres donnant sur la pelouse de l'Auberge des Artistes, à Barbizon, celle que Marie n'avait pas oubliée, mais qui était exclue des souvenirs de David Webb. Quand il le lui avait confié, Marie avait fermé les yeux et elle avait entendu une autre voix, une voix surgie du passé.

Il lui faut avant tout éviter une tension extrême, le genre de tension créée par la nécessité de survivre dans des circonstances mettant sa vie en danger. Si tu le vois subir cette régression – et tu t'en rendras compte tout de suite –, empêche-le d'aller plus loin. Séduis-le, gifle-le, pleure, mets-toi en colère... Fais ce que tu veux, mais empêche-le de continuer.

C'étaient les paroles de Morris Panov, le psychiatre doublé d'un ami, à qui ils devaient le succès de la thérapie de David.

Elle avait essayé la séduction quelques minutes après leur arrivée dans la chambre. Mais c'était une erreur qui avait provoqué une situation grotesque, délicate pour tous deux, car ils n'éprouvaient ni l'un ni l'autre le moindre désir. Ils n'avaient pourtant pas ressenti de gêne et étaient restés allongés sur le lit, dans les bras l'un de l'autre.

– Je vois que nous sommes vraiment obsédés par le sexe, dit Marie.

– Nous avons déjà vécu cela, reconnut David Webb, et nous nous trouverons certainement encore dans cette situation.

Puis Jason s'écarta d'elle et se leva.

– Il faut que je fasse une liste, déclara-t-il en se dirigeant vers la table rustique, qui faisait office de bureau et sur laquelle se trouvait le téléphone. Nous devons savoir où nous en sommes et où nous allons.

– Et moi, il faut que j'appelle Johnny, enchaîna Marie en se mettant sur son séant et en défroissant sa jupe. Après lui avoir parlé, je lui demanderai de me passer Jamie. Je le rassurerai et je lui dirai que nous allons bientôt revenir.

Marie s'avança vers la table, mais son mari – cet homme qui n'était que partiellement son mari – bloqua le passage.

– Non, fit calmement Bourne en secouant la tête.

– Ne m'empêche pas de le faire, protesta Marie, un éclair de colère brillant dans les pupilles.

– Ce qui s'est passé il y a trois heures rue de Rivoli a tout changé. Ce n'est plus pareil maintenant... Tu ne comprends donc pas?

– Je comprends que mes enfants sont à des milliers de kilomètres de moi et j'ai l'intention de leur téléphoner. Tu ne comprends pas ça, toi?

– Bien sûr que si, mais je ne peux pas te laisser faire.

– Laissez-moi passer, *monsieur Bourne!*

– Écoute-moi... Tu vas parler à Johnny et à Jamie – moi aussi, je leur parlerai – mais pas d'ici et pas tant qu'ils seront à Tranquillité.

– Pourquoi ça?

– Je vais appeler Alex dans quelques minutes et lui demander de leur faire tous quitter l'île, y compris Mme Cooper, bien entendu.

Marie lança à son mari un regard horrifié en comprenant où il voulait en venir.

– Mon Dieu!... Carlos!

– Oui, Carlos. Depuis midi, il ne lui reste plus qu'un seul endroit où frapper : l'île de la Tranquillité. S'il ne le sait pas déjà, il apprendra bientôt que Jamie et Alison sont avec Johnny. J'ai confiance en ton frère et en ses hommes de main, mais je veux qu'ils quittent les Antilles avant la tombée de la nuit. J'ignore si Carlos dispose à Montserrat d'informateurs qui peuvent lui permettre de remonter jusqu'à la source d'un appel téléphonique venant de Paris, mais je sais que le téléphone d'Alex est sûr. C'est pourquoi je ne veux pas que tu appelles d'ici.

– Mais alors, téléphone à Alex! Qu'est-ce que tu attends?

– Je ne sais pas bien...

Un éclair de panique passa dans les yeux au regard terne de l'homme redevenu David Webb.

– Il faut que je décide... où j'envoie les enfants.

– Alex le saura, *Jason,* insista Marie en le regardant au fond des yeux. Appelle tout de suite.

– Oui... Oui, tu as raison.

Le regard voilé retrouva sa vivacité et Bourne décrocha le combiné.

Alexander Conklin n'était pas à Vienna. Tout ce que Jason entendit fut une voix monocorde débitant un message enregistré qui fit sur lui l'effet d'un coup de tonnerre : « Le numéro que vous demandez n'est plus en service. Le numéro que vous demandez n'est plus... »

Il composa de nouveau le numéro, se raccrochant à l'espoir qu'un problème technique ne permettait pas de donner suite à son appel. Mais, quand il entendit pour la troisième fois : « Le numéro que vous avez demandé n'est plus en service », c'est la foudre qui tomba sur lui.

Il commença à marcher de long en large, de la table aux fenêtres, où il tirait les rideaux et regardait nerveusement dehors, avant de revenir vers la table où il se penchait sur une liste de noms et de lieux qui ne cessait de s'allonger. Marie lui proposa de déjeuner, il ne l'entendit pas et elle continua de l'observer en silence du fond de la chambre.

Les mouvements vifs, souples et fluides de son mari étaient ceux d'un fauve en alerte, les mouvements de Bourne et, avant lui, de Delta de Méduse. Marie avait gardé le souvenir du dossier médical de Mo Panov au début de sa thérapie. Il comportait plusieurs descriptions profondément divergentes de témoins qui affirmaient avoir vu l'homme surnommé le Caméléon et, dans tous les témoignages les plus fiables, il était fait mention de la mobilité féline de l'« assassin ». Panov cherchait à l'époque des indices pour établir l'identité de Jason Bourne, car il ne disposait que d'un prénom et des images fragmentaires d'une mort atroce au Cambodge.

Marie se sentait à la fois fascinée et horrifiée par les subtiles différences qu'elle percevait entre les deux hommes que son mari pouvait être. Ils étaient tous deux souples et musclés, et capables d'accomplir des tâches difficiles exigeant une excellente coordination, mais, alors que la force et la mobilité de David donnaient une impression d'aisance, Jason était plus déterminé et semblait mû par une sorte d'hostilité, d'agressivité. Quand elle en avait parlé à Panov, le psychiatre lui avait fait une réponse succincte : « David serait incapable de tuer. Bourne peut le faire, il a été entraîné pour cela. »

Mais Mo avait été heureux de constater qu'elle était capable de discerner ce qu'il appelait les différentes « manifestations physiques ». *Ce sera un autre signal pour toi. Quand tu verras Bourne, fais revenir David aussi vite que possible. Si tu n'y parviens pas, appelle-moi.*

En regardant Bourne marcher, Marie sentit qu'elle ne pouvait pas faire revenir David. Pour les enfants, pour elle-même *et* pour David, elle n'oserait pas essayer.

— Je sors faire un tour, annonça Jason, debout devant la fenêtre.

— Tu ne peux pas faire ça! s'écria Marie. Ne me laisse pas seule, je t'en prie!

Jason se rembrunit, manifestement tiraillé par des sentiments contraires.

— Je vais juste rouler un peu sur l'autoroute, précisa-t-il en baissant la voix. Pour trouver une cabine téléphonique.

— Emmène-moi avec toi. Je t'en prie! Je ne veux plus rester seule!

— D'accord... En fait, nous aurons deux ou trois bricoles à acheter. Nous trouverons un centre commercial et nous achèterons quelques vêtements, des brosses à dents, un rasoir... ce genre de choses.

— Tu veux dire que nous ne pouvons pas retourner à Paris.

— Si, nous pouvons y retourner et nous le ferons probablement, mais pas dans nos hôtels. As-tu ton passeport sur toi?

— Passeport, argent liquide, cartes de crédit, j'ai tout emporté. Tout était dans mon sac à main... que tu m'as donné dans la voiture.

— Je me suis dit que ce n'était pas une très bonne idée de le laisser au Meurice. Viens... D'abord, une cabine téléphonique.

— Qui vas-tu appeler ?

— Alex.

— Tu viens de le faire.

— Je vais l'appeler chez lui. Il a dû se faire virer de son poste de commande en Virginie. Ensuite, j'appellerai Mo. Dépêche-toi.

Ils reprirent la voiture jusqu'à Corbeil-Essonnes où ils découvrirent un centre commercial à proximité de l'autoroute. L'énorme complexe où se bousculait une foule pressée était comme une verrue dans le paysage, mais les fugitifs le virent apparaître avec joie. Bras dessus, bras dessous, comme n'importe quel couple anonyme, ils s'engagèrent dans l'allée centrale, cherchant un téléphone public.

— Pas une seule cabine sur l'autoroute ! grommela Jason entre ses dents. Rien que ces foutues bornes reliées à des garages !

— J'en vois une ! s'écria Marie en lui serrant le bras.

Jason eut encore à affronter un opérateur pour obtenir le réseau international. Et ce fut un nouveau coup de tonnerre, distant, mais implacable.

— C'est Alex, annonça une voix enregistrée. Je m'absente pendant quelque temps. Je me rends dans un endroit où une grave erreur a été commise. Rappelez-moi dans cinq ou six heures. Il est actuellement 9 h 30, heure de la côte Est. Terminé, Juillet.

Abasourdi, l'esprit en ébullition, Bourne raccrocha et fixa sur Marie un regard égaré.

— Il s'est passé quelque chose et c'est à moi de décoder le message. Ses derniers mots étaient : « Terminé, Juillet. »

— *Juillet ?* répéta Marie en plissant les yeux.

Puis elle ouvrit brusquement les paupières et regarda son mari.

— Alpha, Bravo, Charlie, commença-t-elle lentement. Quelle est la suite de la signalisation phonétique internationale ? Fox-trot... India... Juillet ! C'est un J, un J comme *Jason !* Que disait le reste du message ?

— Il se rend dans un endroit...

— Viens, marchons un peu, fit Marie en remarquant le regard curieux que posaient sur eux deux hommes qui attendaient qu'ils sortent de la cabine. Il n'aurait pas pu être un peu plus clair ? ajouta-t-elle en entraînant Jason dans la foule.

— C'était un enregistrement. « ... Dans un endroit où une grave erreur a été commise. »

— Une grave erreur ?

— Il demandait de le rappeler cinq ou six heures plus tard... Bon sang ! Une grave erreur !... C'est peut-être Rambouillet !

— Le cimetière ?...

– Là où il a essayé de me tuer il y a treize ans. Oui, c'est Rambouillet!

– Mais pas cinq ou six heures, objecta Marie. Quelle que soit l'heure à laquelle il a laissé le message, il ne lui est pas possible de prendre un avion de Washington à Paris, puis de se rendre à Rambouillet en voiture dans un laps de temps aussi court.

– Bien sûr que si. Nous l'avons déjà fait tous les deux. Il peut prendre un jet à la base aérienne d'Andrews avec une couverture diplomatique pour Paris. Peter Holland s'est débarrassé de lui, mais il lui a fait un cadeau d'adieu. Une séparation immédiate, mais une prime de départ pour l'avoir mis sur la piste de Méduse.

Bourne leva brusquement le bras pour consulter sa montre.

– Il n'est que midi aux Antilles. Essayons de trouver un autre téléphone.

– Pour appeler Johnny? Tu penses que...

– Je ne cesse de penser! fit Jason en pressant le pas et en entraînant Marie qui faillit trébucher. Une glace? lui proposa-t-il en tournant la tête vers la droite.

– Tu veux une glace?

– Il y a un téléphone à l'intérieur, expliqua-t-il en ralentissant l'allure.

Ils s'approchèrent de la vitrine d'une confiserie derrière laquelle un grand comptoir offrait une vingtaine de parfums de glaces.

– Prends-m'en une à la vanille, dit-il en pénétrant dans la boutique.

– Seulement vanille?

– Comme tu veux.

– Tu ne vas rien entendre...

– L'important, c'est que *lui* m'entende. Prends ton temps.

Bourne se dirigea vers le téléphone et il comprit aussitôt pourquoi personne ne l'utilisait : le bruit de la boutique était insupportable. Trois minutes plus tard, la paume de la main collée contre son oreille gauche, Jason entendit, avec un soulagement qu'il n'aurait jamais cru possible, la voix du membre du personnel le plus irritant de l'Auberge de la Tranquillité.

– Pritchard, le directeur adjoint, à l'appareil. Le standard m'a fait part de votre appel en urgence. Puis-je m'enquérir de la nature de...

– Ce que vous pouvez faire, c'est la fermer et m'écouter! hurla Jason au milieu du brouhaha de la confiserie. Passez-moi Johnny Saint-Jacques, sans perdre une seconde! C'est son beau-frère!

– Ah! C'est un grand plaisir de vous entendre, monsieur! Il s'est passé tellement de choses depuis votre départ. Vos charmants enfants sont avec nous et votre adorable petit garçon joue sur la plage... Avec moi, monsieur...

Passez-moi M. Saint-Jacques! Tout de suite!

– A votre service, monsieur. Il est dans son bureau...

– Johnny?

– David! Où es-tu?

– Aucune importance. Vous devez foutre le camp! Prends les enfants et Mme Cooper, et fichez le camp!

– Nous sommes au courant, Dave. Alex Conklin a téléphoné il y a quelques heures et m'a prévenu qu'un certain Holland allait nous appeler... Si j'ai bien compris, c'est le grand ponte de votre service de renseignements.

– Tu as bien compris. A-t-il appelé?

– Oui, vingt minutes après Alex. Il m'a signalé qu'un hélicoptère allait passer nous prendre vers 14 heures. Il lui fallait un peu de temps pour trouver un appareil militaire. C'est moi qui ai pensé à emmener Mme Cooper. Ton fils m'a dit qu'il ne savait pas changer une couche... Mais que se passe-t-il, David? Où est Marie?

– Elle va bien... Je t'expliquerai tout plus tard. Fais exactement ce qu'ordonne Holland. T'a-t-il indiqué où vous deviez aller?

– Il ne voulait rien dire. Mais il n'est pas question de laisser un connard d'Américain me donner des ordres, pas plus qu'à tes enfants, les enfants de ma sœur *canadienne!* C'est ce que je lui ai rétorqué sans mâcher mes mots!

– Très bien, Johnny! Il vaut mieux être dans les petits papiers du directeur de la CIA.

– La CIA, je n'en ai rien à foutre et je le lui ai dit carrément!

– De mieux en mieux... Et qu'a-t-il répondu?

– Il a prétendu qu'on allait nous emmener en Virginie, dans une maison sûre, mais je lui ai répliqué que la mienne aussi était sûre, que nous avions un restaurant, tout le personnel nécessaire, une plage et dix gardes capables de lui faire éclater les roustons à deux cents mètres!

– Je vois que tu as toujours autant de tact. Comment a-t-il réagi à ta charmante description?

– Il a d'abord éclaté de rire, puis il m'a expliqué que sa maison à lui avait vingt gardes capables de me faire éclater un seul rouston à quatre cents mètres, que son personnel valait bien le mien et qu'il y avait même la télévision pour les enfants.

– Voilà des arguments convaincants.

– Il a ajouté autre chose de plus convaincant. Il m'a dit qu'il n'existait pas d'accès à sa maison. Elle se trouve à Fairfax et c'est une vieille propriété léguée au gouvernement par un ambassadeur plus riche que le gouvernement d'Ottawa, avec un terrain d'aviation privé dont l'entrée, desservie par une unique route, se trouve à six kilomètres de l'autoroute.

– Je la connais, grogna Bourne, de plus en plus agacé par le bruit ambiant. C'est le domaine Tannenbaum. Holland a raison, c'est la meilleure des maisons stériles. Cela prouve qu'il nous a à la bonne.

– Tu ne m'as pas répondu quand je t'ai demandé où était Marie...

436

– Elle est avec moi.

– Elle t'a trouvé!

– Plus tard, Johnny... Je t'appellerai à Fairfax.

Bourne raccrocha, il vit sa femme se frayer difficilement un chemin au milieu des clients et lui tendre une coupelle de plastique rose contenant une substance d'un brun soutenu dans laquelle était fichée une cuillère en plastique bleu.

– Les enfants? demanda-t-elle en haussant la voix pour se faire entendre, les yeux fixés sur Jason.

– Tout va bien, mieux que nous ne pouvions l'espérer. Alex est arrivé à la même conclusion que moi et Holland va tous les faire transporter dans une maison stérile de Virginie, y compris Johnny et Mme Cooper.

– Dieu soit loué!

– C'est plutôt Alex qu'il faut remercier, dit Bourne en regardant la coupelle rose. Qu'est-ce que c'est que ça? Ils n'avaient pas de vanille?

– C'est une glace à la vanille nappée de chocolat chaud. C'est ce que mon voisin avait commandé, mais, comme il engueulait sa femme, je l'ai prise.

– Je n'aime pas le chocolat chaud.

– Eh bien, tu n'as qu'à m'engueuler... Viens, nous allons acheter des vêtements.

Le soleil à son zénith écrasait l'île de la Tranquillité quand John Saint-Jacques déboucha dans le hall de l'auberge, un sac de marin à la main. Il salua d'un signe de la tête Pritchard à qui il avait expliqué au téléphone qu'il s'absentait quelques jours et qu'il l'appellerait dès son arrivée à Toronto. Les rares membres du personnel restants avaient été informés de ce brusque départ et il avait pleine et entière confiance en son directeur et son précieux adjoint, M. Pritchard. Il était convaincu qu'aucun problème dépassant leur compétence ne surviendrait en son absence. De toute façon, l'Auberge de la Tranquillité était virtuellement fermée. Mais, en cas de difficulté, il conviendrait de prévenir sir Henry Sykes, à la Résidence du gouverneur, à Montserrat.

– Aucun problème ne dépassera ma compétence! avait affirmé Pritchard avec vigueur. Les ouvriers chargés de l'entretien travailleront aussi dur en votre absence!

Saint-Jacques franchit les portes vitrées du bâtiment circulaire et se dirigea vers la première villa sur la droite, la plus proche de l'escalier de pierre donnant sur les plages et la jetée. Mme Cooper et les deux enfants attendaient à l'intérieur de l'hôtel l'arrivée de l'hélicoptère de l'US Navy qui allait les transporter à Porto Rico d'où un jet militaire les emmènerait jusqu'à la base d'Andrews, près de Washington.

A travers les hautes baies vitrées, Pritchard vit son employeur disparaître dans la villa. Au même moment, il perçut le bruit sourd des rotors d'un gros hélicoptère au-dessus de l'hôtel. Dans quelques minutes, l'appareil allait tourner au-dessus de la mer et se poser en attendant ses passagers. Les passagers en question avaient, semblait-il, entendu la même chose que lui, car il vit Saint-Jacques, son neveu et Mme Cooper, cette femme d'une arrogance insupportable, avec un bébé emmailloté dans les bras, sortir de la villa, suivis par les deux gardes favoris qui portaient les bagages. Pritchard prit sous le comptoir de la réception le téléphone dont la ligne directe ne passait pas par le standard et composa un numéro.

— Bureau du sous-directeur de l'Immigration. C'est le sous-directeur en personne qui vous parle.

— Mon oncle très estimé...

— C'est toi ? fit brusquement le fonctionnaire de l'aéroport Blackburne en baissant la voix. Qu'as-tu appris ?

— J'ai des renseignements de la plus haute valeur, je t'assure. J'ai tout entendu au téléphone.

— Il m'a été expressément confirmé que nous serons tous deux généreusement récompensés. On les soupçonne d'être un groupe de terroristes agissant dans la clandestinité, dont Saint-Jacques serait le chef. Il paraît même qu'ils sont assez forts pour tromper Washington. Quels renseignements puis-je transmettre, mon brillant neveu ?

— On va les emmener dans ce qu'il appelle une « maison stérile », quelque part en Virginie. Cet endroit est connu sous le nom de domaine Tannenbaum et il y a un terrain d'aviation privé. C'est incroyable, non ?

— Rien ne me paraît incroyable avec ces sauvages.

— N'oublie pas de mentionner mon nom et ma profession, mon cher oncle.

— Crois-tu que je pourrais oublier ? Comment veux-tu que cela m'arrive ? Nous serons les héros de Montserrat... Mais souviens-toi que le secret le plus absolu doit être gardé sur toute cette affaire. Ne perds jamais de vue que nous avons juré de garder le silence ! Nous avons été choisis pour servir une puissante organisation internationale. Les dirigeants du monde entier seront informés de notre rôle !

— La fierté emplit mon cœur... Puis-je connaître le nom de la puissante organisation en question ?

— Chut ! Elle n'a pas de nom... Cela fait partie du secret absolu. L'argent a été viré directement de Suisse par une simple opération informatique. C'est une preuve, non ?

— Il en va de notre devoir sacré ! lança Pritchard.

— Et c'est bien payé, mon cher neveu. Mais ce n'est qu'un début... Je contrôle personnellement les appareils qui arrivent ici et j'envoie une copie des manifestes en Martinique, à un célèbre chirurgien, s'il te plaît ! Mais, pour l'instant, tous les vols sont suspendus sur l'ordre de la Résidence du gouverneur.

– Et l'hélicoptère militaire américain, demanda Pritchard, très impressionné.

– Chut! C'est un secret! Tout est secret!

– C'est un secret bruyant et bien mal gardé, mon oncle vénéré. Il y a en ce moment pas mal de monde sur la plage qui le regarde.

– Quoi?

– L'hélicoptère est là. M. Saint-Jacques et les enfants sont en train de monter à bord. Ils sont avec cette femme insupportable...

– Il faut que j'appelle Paris sans perdre une seconde...

Le sous-directeur de l'Immigration interrompit la communication.

– Paris? murmura Pritchard. Comme c'est grisant! Comme nous sommes privilégiés!

– Je ne lui ai pas tout révélé, fit Peter Holand d'une voix douce en secouant la tête. Je voulais le faire, j'avais vraiment l'intention de le faire, mais je l'ai lu dans ses yeux et, en fait, il me l'a dit... Il n'aurait pas hésité à tout foutre en l'air, si cela pouvait aider Jason Bourne et sa femme.

– Il l'aurait fait, assura Casset en hochant lentement la tête.

Le sous-directeur de la CIA était assis devant le bureau de son supérieur et il tenait à la main le listing d'un dossier top secret enfoui depuis longtemps dans les archives.

– Vous comprendrez en lisant cela. Alex a véritablement essayé de tuer Bourne à Paris... Il a tenté de loger une balle dans la tête de son meilleur ami pour de mauvaises raisons.

– Conklin est en route vers Paris. Il s'est fait accompagner par Morris Panov.

– Vous en assumerez la responsabilité, Peter. Moi, je ne m'en serais jamais chargé, du moins sans le faire protéger.

– Je n'ai pas pu le lui refuser.

– Vous auriez pu, mais vous n'avez pas voulu.

– Nous lui devions bien cela, quand même. C'est lui qui nous a livré Méduse... Et dorénavant, Charlie, c'est la seule chose qui compte pour nous.

– Je comprends, monsieur le directeur, acquiesça Casset d'un ton froid. Et je suppose que des ramifications à l'étranger vous ont mis sur la piste d'une conspiration intérieure dont il convient de démontrer l'existence avant d'alerter les gardiens de la paix intérieure, à savoir le FBI.

– Seriez-vous en train de me menacer?

– Assurément, Peter, répondit posément Casset en esquissant un mince sourire. Vous violez la loi, monsieur le directeur... C'est regrettable, mon cher, comme l'auraient dit mes prédécesseurs.

– Que voulez-vous donc que je fasse? s'écria Holland.

439

– Que vous couvriez l'un des nôtres, l'un des meilleurs agents que nous ayons jamais eus. Non seulement je vous le demande, mais j'insiste de la manière la plus ferme qui soit.

– Si vous vous imaginez que je vais tout lui apporter sur un plateau, y compris le nom du cabinet d'affaires de Wall Street, vous vous fourrez le doigt dans l'œil. C'est vital pour nous !

– Vous feriez mieux de retourner dans la Marine, amiral, répliqua le sous-directeur d'une voix calme et froide. Il semble que vous n'ayez pas appris grand-chose dans ce fauteuil.

– Arrêtez de la ramener, Charlie ! Vos réflexions frisent l'insubordination.

– C'est parce que je suis révolté... Mais nous ne sommes pas dans la Marine. Vous ne pouvez pas me pendre à la grand vergue... ni même me supprimer ma ration de rhum. Tout ce que vous pouvez faire, c'est me virer, mais des tas de gens se demanderont pourquoi et ce ne sera pas une très bonne publicité pour l'Agence. Mais vous n'aurez pas à en arriver là.

– Qu'est-ce que vous insinuez, Charlie ?

– Pour commencer, je ne parle *pas* de ce cabinet d'affaires de New York... Vous avez raison, c'est vital pour nous. Alex, qui ne manque pas d'imagination, fouinerait partout jusqu'à ce qu'ils prennent peur et que notre fragile piste soit effacée.

C'est un peu ce que je redoutais...

– Et vous aviez raison, fit Casset avec un hochement de la tête. Nous allons donc tenir Alex à l'écart de notre cabinet, aussi loin que possible, mais nous allons lui rembourser ce que nous lui devons, lui donner quelque chose de tangible, qui retiendra son intérêt.

– Je ne vois pas du tout où vous voulez en venir, lâcha Holland après un silence.

– Vous le verriez si vous connaissiez mieux Conklin. Il sait maintenant qu'il existe un lien entre Méduse et Carlos le Chacal. Vous avez parlé d'une prophétie qui devait fatalement s'accomplir, c'est bien cela ?

– J'ai dit que sa stratégie était follement ingénieuse, tellement inéluctable qu'elle s'est accomplie. DeSole a joué le rôle du catalyseur... Lui et ce qui s'est passé à Montserrat. Mais expliquez-moi plutôt ce que vous voulez donner à Alex.

– Une protection, Peter. Sachant ce qu'il sait, nous ne pouvons pas plus le laisser se balader librement en Europe que lui révéler le nom du cabinet d'affaires de New York. Il nous faut un intermédiaire qui puisse nous donner une idée – et beaucoup plus, si possible – de ce qu'il mijote. Quelqu'un comme son ami Bernardin, mais qui soit aussi notre ami.

– Et où pouvons-nous dénicher cet oiseau rare ?

– J'ai un candidat... Mais j'espère que notre conversation n'est pas enregistrée.

440

– Soyez-en certain, dit Holland avec une pointe d'irritation. Je ne suis pas partisan de ces méthodes et mon bureau est passé au détecteur tous les matins. Alors, ce candidat?

– Quelqu'un de l'ambassade d'URSS à Paris, répondit calmement Casset. Je pense que nous pourrons le convaincre.

– Une taupe?

– Pas le moins du monde. Un officier du KGB chargé depuis longtemps de la même mission : Trouver Carlos. Tuer Carlos. Protéger Novgorod.

– Novgorod... C'est le village ou la ville où le Chacal a été formé en Russie?

– Et d'où il s'est enfui juste avant d'être exécuté. Mais c'est une erreur très répandue de croire qu'il s'agit seulement d'une ville sur le modèle américain. Il y a également des secteur anglais et français, israélien, hollandais, espagnol, allemand et Dieu sait combien d'autres. Le complexe s'étend sur plusieurs dizaines de kilomètres carrés aménagés au milieu des forêts bordant le Volkhov; il est parsemé de secteurs recréés si fidèlement que l'on jurerait arriver dans un pays différent chaque fois que l'on pénètre dans l'un d'eux, ce qui est d'ailleurs impossible. Tout comme les fermes aryennes, les *Lebensborn* de l'Allemagne nazie, le complexe de Novgorod est l'un des secrets les mieux gardés de Moscou. Les Russes tiennent donc autant que Bourne à avoir la peau du Chacal.

– Vous pensez que, s'il entre en contact avec Conklin, cet agent du KGB acceptera de travailler avec nous et de nous tenir au courant de ce que fait Alex?

– Je peux essayer. Après tout, nous avons un objectif commun et je sais qu'Alex accepterait de le voir, car il n'ignore pas que les Russes ont mis Carlos sur leur liste noire.

– J'ai promis à Conklin, poursuivit Holland en se penchant sur son bureau, de l'aider de mon mieux tant que cela ne compromettra pas notre traque de Méduse... Son avion atterrira à Paris dans moins d'une heure. Croyez-vous qu'il faille laisser des instructions pour lui demander de vous appeler?

– Dites-lui d'appeler Charlie Bravo Plus Un, lança Casset en se levant et en posant son listing sur le bureau. Je ne sais pas ce que je peux trouver en une heure, mais je vais me mettre au travail tout de suite. J'ai une filière sûre pour joindre notre Russe, par un de nos « consultants » à Paris, un consultant d'un genre assez particulier.

– Offrez-lui une prime.

– Elle m'en a déjà demandé une... Avec la plus vive insistance. C'est une femme qui dirige une agence d'hôtesses. Sans risques. Les filles subissent un examen hebdomadaire.

– Pourquoi ne pas toutes les engager? demanda le directeur en souriant.

– Je crois que sept d'entre elles travaillent déjà pour nous, répondit son adjoint en s'efforçant de garder son sérieux.

Le Dr Morris Panov, les jambes flageolantes, descendit la passerelle du jet en s'appuyant sur la robuste épaule du caporal des marines en uniforme kaki impeccable qui portait sa valise.

– Mais comment faites-vous pour rester si présentable après un voyage aussi affreux? demanda le psychiatre.

– Nous ne serons plus aussi présentables après deux heures de liberté à Paris, monsieur.

– Il y a des choses qui ne changeront jamais, caporal. Dieu merci!... Mais où est passé ce vieillard infirme qui était avec moi?

– Nous avons été prévenus par radio qu'un message urgent l'attendait, répondit le marine en guidant Panov jusqu'à une voiture avec un chauffeur en uniforme et un drapeau américain peint au pochoir sur le côté.

– Je croyais qu'il était parti aux toilettes.

– C'est exact, monsieur, fit le marine en posant la valise sur un à l'arrière du véhicule et en aidant Panov à monter. Doucement, docteur... Levez la jambe un peu plus haut.

– C'est à l'autre qu'il faut dire cela, protesta le psychiatre, pas à moi. C'est lui qui n'a qu'un pied.

– On nous a prévenus que vous aviez été malade, docteur.

– Mais ce n'étaient pas les jambes!... Excusez-moi, jeune homme, je ne voulais pas vous froisser. Mais il se trouve que je n'aime pas tellement voler dans un petit engin à cinquante mille mètres d'altitude. Il y a peu de cosmonautes originaires de Tremont Avenue, dans le Bronx.

– Vous voulez rire, docteur!

– Pardon?

– Moi, je suis né à Garden Street, vous savez, de l'autre côté du zoo! Je me présente : Morris Fleishman... Ça fait plaisir de rencontrer quelqu'un du Bronx!

– Morris? répéta Panov en lui serrant la main. Morris le Marine? Ah! J'aurais dû avoir une petite conversation avec vos parents!... Eh bien, bon courage, Morris. Et merci pour vos attentions.

– Vous allez vous retaper, docteur. Et quand vous retournerez à Tremont Avenue, ayez une petite pensée pour moi.

– Je n'y manquerai pas, Morris, assura le médecin en levant la main pour le saluer tandis que le véhicule démarrait avec une secousse.

Quatre minutes plus tard, escorté par le chauffeur, Panov s'engageait dans le long couloir gris réservé aux fonctionnaires internationaux accrédités par le Quai d'Orsay et dispensés des formalités de douane et de police. Ils pénétrèrent dans le salon d'honneur où de petits groupes conversaient discrètement dans toutes les langues. Mo constata avec inquiétude que Conklin n'était pas là. Il se tourna vers le chauffeur tandis qu'une jeune hôtesse s'approchait d'eux.

— *Docteur?* demanda-t-elle en s'adressant à Panov.

— Oui, répondit Mo sans cacher son étonnement. Je crains que le peu de français qui me reste ne soit rouillé.

— Aucune importance. Votre compagnon de voyage vous demande de rester ici en attendant son retour. Il pensait n'en avoir que pour quelques minutes... Asseyez-vous, je vous en prie. Puis-je vous apporter quelque chose à boire?

— Un bourbon avec de la glace, si cela ne vous ennuie pas, répondit Panov en se laissant tomber dans un fauteuil.

— A votre service, monsieur.

La jeune femme s'éloigna tandis que le chauffeur posait la valise du psychiatre à côté du fauteuil.

— Il faut que je parte, dit-il. Je pense que vous serez bien ici.

— Je me demande où est passé mon ami, fit Panov en regardant sa montre.

— Il est probablement allé téléphoner ailleurs, docteur. Ils arrivent ici, prennent leurs messages et partent à toutes jambes vers le terminal chercher une cabine téléphonique. Ils n'aiment pas celles qui sont ici. Les Russes courent le plus vite et les Arabes sont les plus lents.

— Sans doute l'effet de leur climat respectif, lança le psychiatre avec un sourire.

— A votre place, je ne parierais pas mon stéthoscope là-dessus!

Le chauffeur éclata de rire et leva la main en esquissant un salut.

— Faites attention à vous, docteur. Et reposez-vous bien. Vous avez l'air fatigué.

— Merci, jeune homme. Au revoir.

Oui, songea Panov en suivant des yeux le chauffeur qui se dirigeait vers le couloir gris, *je suis fatigué, si fatigué. Mais Alex a raison : s'il était venu seul à Paris, je ne le lui aurais jamais pardonné. David!... Il faut absolument le trouver! Les dégâts pourraient être incalculables... Et personne ne peut le comprendre. Son esprit est encore fragile et un seul événement pourrait le faire régresser de plusieurs années, de treize ans... jusqu'à l'époque où il était un tueur, où il ne se considérait que comme un tueur!...*

Une voix. Une silhouette penchée sur lui et qui lui parlait.

— Voici votre verre, docteur, fit l'hôtesse. Je me suis demandé s'il fallait vous réveiller, mais vous avez remué et poussé un gémissement, comme quelqu'un qui souffre...

— Mais non, tout va bien. Je suis seulement très fatigué.

— Je comprends, monsieur. Un voyage improvisé peut être épuisant et c'est encore pire quand le vol est long et peu confortable.

— Vous avez vu juste sur toute la ligne, mademoiselle. Merci, ajouta-t-il en prenant son verre.

– Vous êtes américain, n'est-ce pas?

– Comment l'avez-vous deviné? Je ne porte ni un chapeau de cow-boy ni une chemise hawaïenne.

La jeune femme partit d'un rire charmant.

– Je connais l'homme qui vous accompagnait, le chauffeur. Il appartient aux services de sécurité américains et il est gentil... et très séduisant.

– De sécurité? Vous voulez dire une sorte de police?

– Oui, ça y ressemble, mais c'est un mot que nous n'employons jamais... Ah! Votre ami est de retour! Je peux vous demander quelque chose, docteur? ajouta-t-elle en baissant la voix. A-t-il besoin d'un fauteuil roulant?

– Grand Dieu! Non! Cela fait je ne sais combien d'années qu'il marche tout seul.

– Parfait. Je vous souhaite un excellent séjour à Paris, monsieur.

La jeune femme s'éloigna tandis qu'Alex se faufilait entre les groupes d'Européens jusqu'au fauteuil voisin de celui de Panov. L'air soucieux, il s'enfonça dans le siège moelleux dont il eut de la peine à s'extraire pour se pencher vers le psychiatre.

– Que se passe-t-il? demanda Mo.

– Je viens de parler à Charlie Casset.

– C'est celui que vous aimez bien, celui en qui vous avez confiance?

– Charlie est le meilleur quand il a une perception personnelle d'une affaire, quand il peut voir et entendre lui-même, et pas seulement lire des mots sur une feuille de papier ou sur un écran, sans pouvoir poser de questions.

– Seriez-vous par hasard en train de vous aventurer de nouveau sur mon territoire, *docteur* Conklin.

– C'est ce dont j'ai accusé David la semaine dernière et je vous dirai ce qu'il m'a répondu. Nous vivons dans un pays libre et, sans que cela diminue en rien votre compétence, vous n'avez pas le monopole du bon sens.

– *Mea culpa,* marmonna Panov en inclinant la tête. Je présume que votre ami a fait quelque chose qui vous déplaît.

– Il a fait quelque chose qui *lui* aurait déplu, s'il avait été mieux renseigné.

– Cela semble positivement freudien et tout à fait imprudent sur le plan médical.

– Très juste. Casset a donc passé un marché discret et officieux avec un certain Dimitri Krupkin, en poste à l'ambassade soviétique à Paris. Nous allons travailler – vous, moi, Bourne et Marie – avec le KGB local... si nous réussissons à entrer en contact avec eux. Ce sera, je l'espère, dans une heure, à Rambouillet.

– Mais qu'est-ce que vous racontez? demanda Mo d'une voix à peine audible.

444

– C'est une longue histoire, et nous avons peu de temps. Il se trouve que Moscou veut la tête du Chacal... séparée de préférence du reste de son corps. Comme Washington ne peut nous aider, ni nous protéger, les Russes nous serviront de nounous, si nous sommes coincés.

Panov l'écouta, les sourcils froncés, puis il secoua la tête, comme si ce qu'il entendait était difficile à assimiler.

– Je suppose que ce n'est pas votre manière habituelle de procéder, mais il y a une certaine logique là-dedans et un côté rassurant.

– Sur le papier, Mo, dit Conklin. Pas avec Dimitri Krupkin. Moi, je le connais, pas Charlie.

– Ah, bon? C'est un méchant?

– Kruppie, méchant? Non, pas vraiment...

– Vous l'appelez Kruppie?

– Nous nous connaissons depuis la fin des années soixante, à l'époque où nous étions en poste à Istanbul. Puis nous nous sommes retrouvés à Athènes et ensuite à Amsterdam... Krupkin n'est pas méchant et il travaille comme un damné pour Moscou. Même s'il n'a pas une intelligence hors pair, il est meilleur que quatre-vingts pour cent des clowns qui s'agitent dans notre métier, mais il a un problème. Il n'est pas dans le bon camp, dans la société qui lui convient. Ses parents auraient dû fuir comme les miens quand les bolcheviks ont pris le pouvoir.

– J'avais oublié. Votre famille est d'origine russe.

– C'est bien utile de parler russe avec Kruppie; cela me permet de saisir les nuances. C'est un capitaliste dans l'âme, voyez-vous. Comme les ministres de l'Économie de Pékin, il ne se contente pas d'aimer l'argent. L'argent – et tout ce qui va avec – est une véritable obsession chez lui. S'il était assuré de l'impunité, il pourrait se laisser acheter.

– Par le Chacal?

– Je l'ai vu se laisser acheter à Athènes par des promoteurs qui vendaient des pistes d'atterrissage supplémentaires à Washington alors qu'ils savaient pertinemment que les communistes allaient nous chasser de Grèce. Ils ont payé son silence. Puis je l'ai vu à Amsterdam servir d'intermédiaire entre les diamantaires du *Nieuwmarkt* et la nomenklatura moscovite. Un soir où nous prenions un verre ensemble, je lui ai demandé : « Kruppie, à quoi joues-tu? » Et lui, habillé comme un prince, m'a tranquillement répondu : « Aleksei, je ferai tout ce qui est en mon pouvoir pour te baiser et pour contribuer à la suprématie des Soviets, mais en attendant, si tu as besoin de vacances, j'ai une jolie petite maison donnant sur le lac de Genève. » C'est textuellement ce qu'il m'a proposé, Mo.

– C'est un type extraordinaire. Et tu as naturellement raconté tout cela à ton ami Casset...

– Je ne lui en ai naturellement pas touché un mot.

– Mais pourquoi?

– Parce qu'à l'évidence, Krupkin n'a pas dit à Charlie qu'il me connaissait. C'est peut-être Casset qui a conclu le marché, mais c'est moi qui négocie.

– Comment cela? Avec quoi?

– David a plus de cinq millions de dollars en banque dans les îles Caïmans. Avec une toute petite fraction de cette somme, je retournerai Kruppie afin qu'il travaille pour *nous* et pour personne d'autre, si nous avons besoin de lui.

– Ce qui signifie que vous ne faites pas confiance à Casset.

– Pas du tout, s'exclama Alex. J'ai une confiance totale en lui, mais le problème est que Langley a son propre objectif et nous le nôtre. Pour eux, c'est Méduse; pour nous, David et Marie.

– Messieurs? lança l'hôtesse à l'intention de Conklin. Votre taxi vient d'arriver. La voiture vous attend à la porte sud.

– Vous êtes sûre que c'est pour nous? demanda Alex.

– Pardonnez-moi, mais on m'a dit que c'était pour un monsieur qui n'a pas de bonnes jambes.

– C'est le moins qu'on puisse dire.

– J'ai demandé un porteur pour s'occuper de vos bagages, messieurs. C'est assez loin et il vous rejoindra à la sortie.

– Merci beaucoup, fit Conklin en se levant et en sortant un billet de sa poche.

– Je regrette, monsieur, mais nous n'avons pas le droit d'accepter de pourboires.

– C'est vrai, j'avais oublié... Ma valise est derrière le comptoir, n'est-ce pas?

– Oui, monsieur. Elle arrivera dans quelques minutes à la porte sud, avec celle du médecin.

– Vous êtes vraiment très aimable. Et pardonnez-moi pour le pourboire.

– Nous sommes bien payés, monsieur, mais je suis très sensible à votre intention.

Tandis qu'ils se dirigeaient vers la porte donnant sur le terminal de l'aéroport d'Orly, Conklin se tourna vers Panov.

– Comment savait-elle que vous êtes médecin? demanda-t-il. Vous lui avez proposé de venir essayer votre divan?

– Qu'en pensez-vous? Les allers et retours seraient un peu trop fatigants, non?

– Alors, comment a-t-elle pu le savoir? Personne n'est au courant.

– Elle connaît le garde qui m'a accompagné jusqu'au salon. En fait, je pense qu'elle le connaît très bien. Elle m'a dit avec son délicieux accent français qu'elle le trouvait « très séduisant ».

Ils se fondirent dans la foule de l'aérogare et levèrent la tête pour trouver sur les panneaux la direction de la porte qu'on leur avait indiquée.

446

Ils ne remarquèrent ni l'un ni l'autre un homme à la mise soignée, au teint basané et aux grands yeux noirs, qui ne les quittait pas des yeux et se frayait un chemin dans la foule pour gagner avant eux la porte sud. Les yeux plissés, l'homme sortit une petite photo de sa poche. A plusieurs reprises, il baissa la tête et la releva en regardant alternativement la photo et les deux Américains qui se dirigeaient vers la sortie. La photo représentait le Dr Morris Panov, en blouse blanche, le regard vitreux, le visage inexpressif.

Les Américains franchirent la porte vitrée, l'inconnu toujours derrière eux. Ils s'arrêtèrent pour chercher leur taxi du regard; l'homme brun fit un signe à la conductrice d'une voiture particulière. Un chauffeur de taxi descendit de son véhicule et s'avança vers Conklin et Panov avec qui il échangea quelques mots tandis qu'un porteur arrivait avec leurs bagages. Les Américains montèrent dans le taxi; l'homme brun monta dans la voiture particulière séparée du taxi par deux autres véhicules.

– *Pazzo!* fit-il en s'adressant en italien à la femme mûre et élégante qui était au volant. C'est complètement fou! Cela fait trois jours qu'on attend tous les avions en provenance des États-Unis et, juste au moment où nous allons laisser tomber, ils arrivent. Ce sont eux! Ce tordu de New York avait raison! Je vais prendre le volant. Toi, tu descend et tu vas téléphoner. Tu leur demandes d'appeler DeFazio; qu'ils lui disent d'aller dans son autre restaurant favori et d'attendre mon coup de fil. Qu'il ne bouge pas avant que je l'aie appelé!

– C'est vous, mon père? demanda l'hôtesse en parlant à voix basse dans le microphone du téléphone posé sur le comptoir du salon d'honneur.

– C'est moi, répondit une voix chevrotante. Et l'angélus sonne pour l'éternité dans mes vieilles oreilles.

– C'est bien vous.

– Je viens de vous le dire. Venez-en au fait.

– Sur la liste que nous avons reçue la semaine dernière figurait un Américain assez âgé et boîteux, qui pouvait être accompagné par un médecin. C'est bien cela?

– Oui! Et alors?

– Ils viennent d'arriver. Je me suis adressée au compagnon de l'infirme en l'appelant « docteur » et il n'a pas réagi.

– Où sont-ils allés? Il est vital que je le sache!

– Je l'ignore, mais j'en saurai bientôt assez pour que vous puissiez le découvrir. Le porteur qui s'est occupé de leurs bagages va me donner la marque et le numéro minéralogique du taxi qui les attendait.

– Pour l'amour du ciel, rappelez-moi dès que vous aurez les renseignements!

A cinq mille kilomètres de Paris, Louis DeFazio était assis, seul, à une table d'angle du Trafficante, un restaurant de fruits de mer de Prospect Avenue, à Brooklyn. Il termina son plat de *vitello tonnato* et s'essuya les lèvres avec sa serviette d'un rouge vif en s'efforçant de montrer sa jovialité coutumière. Mais en réalité, il se retenait à grand-peine de mordre dans la serviette de table. *Maledetto!* Cela faisait près de deux heures qu'il était au Trafficante... Près de *deux* heures! Et il lui avait fallu trois quarts d'heure pour y arriver après le coup de téléphone reçu au Palais des Pâtes de Garafola, à Manhattan. Il s'était donc écoulé plus de deux heures, presque trois, depuis que le Palermitain avait repéré les deux cibles à Paris. Combien de temps fallait-il aux deux bersagliers pour faire le trajet entre l'aéroport et un hôtel? Trois heures, peut-être? A moins que le Sicilien n'ait roulé jusqu'à Londres, ce qui n'était pas exclu quand on connaissait Palerme.

Et pourtant, DeFazio savait qu'il avait raison. D'après ce que le psy avait raconté sous l'empire de la drogue, l'espion boîteux et lui ne pouvaient qu'aller rejoindre à Paris leur vieux pote, celui qui se faisait passer pour un tueur... Nicolo et le psy avaient donc disparu dans la nature. Pfft! Quelle importance? Le youpin leur avait faussé compagnie et Nicky passerait quelque temps derrière les barreaux. Mais il ne parlerait pas... Il savait que, s'il ouvrait la bouche, il risquait de graves ennuis, du genre coup de couteau dans les reins. De toute façon, il était au courant de pas grand-chose, et ce serait un jeu d'enfants pour ses avocats de le blanchir. Quant au psy, tout ce qu'il savait, c'est qu'il avait été enfermé dans un bâtiment, quelque part, à la campagne. Et encore, s'il s'en souvenait! Il n'avait vu que Nicolo.

Mais Louis DeFazio savait qu'il avait raison! Et, puisqu'il avait raison, il y avait plus de sept millions de dollars à toucher à Paris. *Sept millions!* Il pouvait filer aux Palermitains plus que ce qu'ils espéraient toucher et garder pour lui un gros paquet!

Un vieux serveur, qui ne parlait qu'italien, s'avança vers sa table et Louis retint son souffle.

— On vous demande au téléphone, signor DeFazio.

Le *capo supremo* se dirigea comme de coutume vers le téléphone public installé au fond de l'étroit couloir mal éclairé qui donnait accès aux toilettes pour hommes.

— Ici, New York.

— Ici, Paris, signor DeFazio! *Pazzo!*

— Qu'est-ce que vous fabriquez? Vous avez roulé jusqu'à Londres? Ça fait trois heures que j'attends!

— Non, j'ai simplement roulé de nuit sur des tas de petites routes de campagne, mais ce n'est pas ça qui compte. Ce qui compte, c'est l'endroit où je suis maintenant, et c'est complètement fou!

– Et alors, où êtes-vous?

– J'utilise le téléphone d'un gardien à qui j'ai filé cinq cents francs et ce *buffone* n'arrête pas de regarder par la fenêtre pour voir si je ne lui vole rien... Il a peut-être peur que j'embarque sa gamelle.

– Vous n'avez pas l'air trop bête pour un Palermitain. Alors, c'est un gardien de quoi? Vous ne m'avez pas dit où vous êtes.

– Je suis dans un cimetière, à une quarantaine de kilomètres de Paris. Et, croyez-moi...

– *Cimitero?* le coupa DeFazio. Qu'est-ce que vous foutez là-bas?

– Il se trouve que vos deux « amis » sont venus directement ici de l'aéroport, *ignorante!* Un enterrement est en cours, un enterrement de nuit, avec procession aux chandelles, mais la pluie va bientôt noyer tout ça. Si vos deux « amis » sont venus en France pour assister à cette cérémonie barbare, cela signifie que la pollution atmosphérique est de plus en plus nocive pour le cerveau des Américains. Tout ça n'était pas prévu, New York! Nous avons du travail chez nous!

– C'est le lieu de leur rendez-vous avec le *cannoli,* fit doucement DeFazio, comme s'il se parlait à lui-même. Et à propos de travail, si vous voulez retravailler avec nous, ou avec Philadelphie, Chicago ou Los Angeles, vous allez faire ce que je vous dis. Et vous serez grassement payé, *capisce?*

– Voilà un langage que je comprends.

– Ne vous montrez surtout pas, mais ne les perdez pas de vue. Essayez de découvrir où ils vont et qui ils rencontrent. J'arriverai aussi vite que possible, mais je vais être obligé de passer par le Canada ou par le Mexique pour ne pas me faire repérer. Je serai à Paris demain soir ou après-demain matin.

– Ciao, dit Paris.

– *Omerta,* conclut Louis DeFazio.

30

Sous une petite pluie froide, à la lumière tremblotante des cierges, le cortège funèbre avançait sur deux files derrière le cercueil blanc porté par six hommes. Quatre joueurs de tambour, deux de chaque côté, accompagnaient la procession, perdant de loin en loin la cadence quand il glissaient sur le sol mouillé ou heurtaient dans l'obscurité une pierre tombale dans l'herbe bordant l'allée. Secouant lentement la tête d'un air incrédule, Panov observait cet étrange rite nocturne. Il vit avec soulagement Alex apparaître en claudiquant entre les tombes et s'approcher de lui.

— Les avez-vous vus? demanda Conklin.

— Pas du tout, répondit Panov. Je suppose que vous n'avez pas eu plus de chance que moi.

— Encore moins que vous. Je suis tombé sur un cinglé.

— Comment cela, un cinglé?

— Comme j'avais aperçu de la lumière dans la maison du gardien, je suis allé voir, pensant que David et Marie nous avaient peut-être laissé un message. J'ai vu devant la maison un cinglé qui regardait par une fenêtre et m'a dit qu'il était le gardien. Il m'a aussi demandé si je voulais utiliser son téléphone.

— Son téléphone?

— Il a prétendu qu'il y avait un tarif spécial pour la nuit et que le téléphone public le plus proche était à une dizaine de kilomètres.

— Un vrai cinglé, rétorqua Panov.

— Je lui ai expliqué que je cherchais un homme et une femme que je devais retrouver ici et que je me demandais s'ils n'avaient pas laissé un message. Il n'y avait pas de message, mais il y avait le téléphone... C'est complètement fou, non?

— Je sens que je pourrais faire de très bonnes affaires à Paris, en conclut Mo en souriant. Votre cinglé avait-il vu un couple se promener?

450

– Je lui ai posé la question et il m'a répondu oui en ajoutant qu'il y en avait des dizaines. Puis il a tendu le bras vers cette foutue procession avant de repartir à sa fenêtre.

– A propos, savez-vous ce qu'est cette procession?

– Je le lui ai également demandé et il m'a répondu que c'était un rite, que ces gens n'enterrent leurs morts que la nuit. Il a ajouté en se signant que ce sont peut-être des gitans.

– Gitans ou pas, ils vont être trempés, fit observer Mo en relevant le col de sa veste tandis que la pluie augmentait d'intensité.

– Bon Dieu! Mais pourquoi n'y ai-je pas pensé? s'écria Conklin en regardant par-dessus son épaule.

– A la pluie? demanda le psychiatre, l'air ahuri.

– Non. Au mausolée blanc, au flanc de la colline, derrière la maison du gardien. C'est là que cela s'est passé!

– Là où vous avez essayé de...

Mo n'acheva pas sa phrase, ce n'était pas nécessaire.

– Là où il aurait pu me tuer, précisa Alex, mais il ne l'a pas fait. Suivez-moi!

Les deux Américains redescendirent l'allée de gravier, longèrent la maison du gardien et s'enfoncèrent dans l'obscurité. Ils commencèrent à gravir la colline au milieu des pierres tombales luisantes de pluie.

– Doucement! s'écria Panov, hors d'haleine. Vous vous êtes habitué à n'avoir qu'un pied, mais mon corps d'éphèbe n'a pas eu le temps de se remettre du viol qu'on lui a fait subir.

– Pardonnez-moi.

– Mo!

C'était une voix de femme, venant d'un portique de marbre, quelques dizaines de mètres plus haut. Une silhouette agitait les bras entre les colonnes d'un véritable mausolée.

– Marie? cria Panov en dépassant Conklin au pas de course.

– Bravo! s'écria Panov, incapable de le suivre sur l'herbe glissante. Il vous suffit d'entendre la voix d'une femme pour que les séquelles de votre viol disparaissent! Vous devriez consulter un psychiatre, vous savez!

Les étreintes qui suivirent furent sincères; elles marquaient la réunion d'une famille. Tandis que Panov et Marie s'entretenaient à voix basse, Jason Bourne entraînait Conklin jusqu'au bord du portique. Sous la pluie battante, la procession semblait s'être dispersée. Quelques lumières éparses clignotaient dans la nuit, un petit groupe de points lumineux étaient rassemblés autour de ce qui devait être une fosse.

– Ce n'est pas volontairement que j'ai choisi cet endroit, Alex, expliqua Jason. Mais, à cause de la procession, je n'ai rien pu trouver de mieux.

– Tu te souviens de la maison du gardien et de la large allée qui mène au parking?... Tu avais gagné. Je n'avais plus de munitions et tu aurais pu me faire éclater le crâne.

– Tu te trompes! Combien de fois faudra-t-il te le répéter? Je n'aurais pas pu te tuer! Je l'avais vu dans tes yeux, pas très distinctement dans l'obscurité, mais je l'avais bien vu. Ce mélange de colère et de confusion, surtout la confusion.

– Ce n'est pas une raison pour ne pas descendre celui qui a essayé de te tuer.

– Si, c'est une raison, quand la mémoire est défaillante. Même si les souvenirs avaient disparu, il en restait des fragments... Comment dire?... Des flashes, des images qui apparaissaient et disparaissaient aussitôt, mais qui étaient là.

– Les « flashes » de Mo, dit Alex avec un petit sourire triste. C'est un terme que tu lui as emprunté.

– Probablement, acquiesça Jason tandis que les deux hommes se retournaient d'un même mouvement vers Marie et le psychiatre. Elle est en train de parler de moi en ce moment, ajouta-t-il.

– Pourquoi pas? Elle s'inquiète pour toi et lui aussi.

– Ils n'ont malheureusement pas fini de s'inquiéter. Toi non plus, je suppose.

– Où veux-tu en venir, David?

– Nulle part. Et oublie David, veux-tu? David Webb n'existe pas, pas ici, pas maintenant. Ce n'est qu'un rôle que je joue pour ma femme et je le joue mal. Je veux qu'elle rentre aux États-Unis, qu'elle retourne auprès de ses enfants.

– De *ses* enfants? Jamais elle n'acceptera. Elle est venue ici te chercher et elle t'a trouvé. Elle se souvient de ce qui s'est passé à Paris, il y a treize ans, et elle ne veut pas t'abandonner. Sans elle, tu ne serais pas vivant aujourd'hui.

– Elle est une gêne pour moi. Il faut qu'elle parte et je trouverai un moyen de la décider.

Alex soutint un instant le regard glacial du Caméléon.

– Tu as cinquante ans, Jason, insista-t-il doucement. Ce n'est plus Saigon, ni le Paris d'il y a treize ans. Tu as pris de l'âge et tu as besoin de toute l'aide qu'on peut t'apporter. Si elle pense le faire dans la mesure de ses moyens, je crois personnellement qu'elle a raison.

– C'est à moi qu'il appartient d'en juger, rétorqua sèchement Bourne.

– Tes paroles sont un peu excessives, non?

– Tu me comprends, répliqua Jason en adoucissant le ton. Je ne veux pas que ce qui s'est passé à Hong-kong se reproduise. Cela ne devrait pas être trop difficile pour toi.

– Peut-être pas... Bon, il faut partir d'ici. Notre chauffeur connaît un petit restaurant à côté d'Épernon, où nous pourrons discuter tranquillement. Nous avons un certain nombre de choses à voir ensemble.

– Dis-moi, fit Bourne, pourquoi as-tu amené Mo?

– Parce que, si je ne l'avais pas amené, il m'aurait fait une injection de strychnine à la place d'un vaccin antigrippal.

– Qu'est-ce que tu racontes?

– Je dis les choses comme elles sont. Mo est des nôtres, et tu le sais aussi bien que moi.

– Il lui est arrivé un pépin, n'est-ce pas? A cause de moi?

– C'est terminé et il est revenu. Tu n'as pas à en savoir plus long pour l'instant.

– C'était Méduse, hein?

– Oui, mais je te répète que c'est terminé et qu'il va bien, même s'il est un peu fatigué.

– Un peu fatigué?... Et si nous allions voir de plus près ce petit restaurant. A côté d'Épernon, c'est bien ce que t'a dit le chauffeur?

– Oui. Il connaît Paris et les alentours comme sa poche.

– Qui est-ce?

– Un Français d'origine algérienne qui travaille pour l'Agence depuis de longues années. C'est Charlie Casset qui l'a engagé pour nous. C'est un dur à cuire, bien informé et bien payé pour ses qualités. Et surtout, on peut lui faire confiance.

– C'est déjà beaucoup, je suppose.

– Ne suppose pas, accepte.

Ils étaient assis dans le fond de la salle de l'auberge, sur des bancs de pin brut, devant deux carafes d'un excellent vin de pays. L'aubergiste, pansu et rubicond, avait affirmé que sa cuisine était extraordinaire, mais personne n'avait faim. Bourne n'avait commandé que quatre entrées, pour lui faire plaisir. Le gros homme leur avait fait servir les deux carafes de vin et une bouteille d'eau minérale, et il n'était pas revenu.

– D'accord, Mo, fit Jason, tu ne veux pas me raconter ce qui t'est arrivé, ni qui en est responsable, mais tu es toujours le même, le psy, pénétré de son importance et qui abuse des grands mots, que nous connaissons depuis treize ans. Exact?

– Exact, monsieur le schizophrène échappé de son asile. Et, pour le cas où tu t'imaginerais que je joue au héros, sache que, si je suis venu, c'est uniquement pour protéger mes droits civiques. La seule personne qui m'intéresse est l'adorable Marie qui, comme tu l'as peut-être remarqué, est assise à côté de moi, non de toi. La seule pensée de son pâté en croûte me fait saliver!

– Mo, je t'adore! s'exclama la femme de David en serrant le bras du psychiatre.

– Laisse-moi vérifier, plaisanta Panov en l'embrassant sur la joue.

– Je suis là, moi aussi, lança Conklin. Je m'appelle Alex et j'ai deux ou trois choses à vous dire. Il ne s'agit malheureusement pas de pâté en croûte, mais je tiens à te signaler, Marie, que j'ai chanté hier les louanges du tien à Peter Holland.

– Mais qu'est-ce qu'il a donc de spécial, mon pâté en croûte?

– C'est une merveille, répondit Panov.

– Si nous passions au choses sérieuses? fit Bourne d'une voix glacée.

– Pardonne-nous, mon chéri!

– Nous allons travailler avec les Russes, commença Conklin en parlant vite pour étouffer la réaction instantanée de Jason et Marie. Il n'y a pas de problème; je connais le contact. Je le connais depuis très longtemps, mais Washington l'ignore. Il s'appelle Dimitri Krupkin et, comme je l'ai confié à Mo, il est homme à se laisser acheter pour cinq pièces d'argent.

– Donne-lui-en trente et une, glissa Bourne, pour être bien sûr qu'il est de notre côté.

– Je me doutais que tu allais dire ça. As-tu un plafond?

– Pas de plafond.

– Une seconde, intervint Marie. A quelle hauteur ouvrons-nous la négociation?

– C'est l'économiste qui parle, lança Panov en vidant son verre de vin.

– Compte tenu de sa position à Paris, je dirais qu'il vaut à peu près cinquante mille dollars.

– Propose-lui en trente-cinq et monte jusqu'à soixante-quinze, et même jusqu'à cent, si besoin est.

– Enfin, merde! s'écria Jason en s'efforçant de se contenir. C'est de notre vie qu'il s'agit! C'est du Chacal! Donne-lui tout ce qu'il demande!

– Plus on paie quelqu'un cher, plus il y a de risques qu'il retourne sa veste et accepte une proposition plus élevée.

– Elle a raison? demanda Bourne en se tournant vers Conklin.

– Normalement, oui, mais, dans le cas présent, il faudrait que ce soit l'équivalent d'une mine de diamants. Personne ne souhaite autant la mort de Carlos que les Russes, et celui qui leur apportera son cadavre sera accueilli comme un héros au Kremlin. On n'a jamais oublié à Moscou son passage à Novgorod.

– Très bien, répliqua Jason. Fais ce qu'a dit Marie, mais assure-toi qu'il sera dans notre camp.

– D'accord, acquiesça Conklin en se penchant vers la table et en prenant son verre d'eau minérale. Je vais l'appeler cette nuit d'un téléphone public et nous réglerons notre affaire. Je lui fixerai un rendez-vous pour demain, peut-être un déjeuner, mais très tôt, avant l'arrivée des habitués.

– Pourquoi pas ici? s'exclama Bourne. Tu ne peux pas aller beaucoup plus loin et, au moins, je connais le chemin.

– Pourquoi pas? Je vais parler au patron. Mais pas tous les quatre, juste Jason et moi.

– C'est bien comme cela que je voyais les choses, riposta Bourne d'un ton froid. Marie ne doit pas être mêlée à cette histoire. Elle ne doit être ni vue ni entendue, c'est bien clair?

— David, tu ne crois pas que...

— Non, je ne crois rien.

— Je resterai avec elle, fit vivement Panov. Tu me feras un pâté en croûte? ajouta-t-il pour détendre l'atmosphère en se tournant vers Marie.

— Je n'ai pas de cuisine, mais il y a un excellent restaurant qui sert de la truite fraîche.

— Bon, je saurai me sacrifier, soupira le psychiatre.

— Je pense qu'il vaudrait mieux que tu déjeunes dans la chambre, déclara Jason d'un ton péremptoire.

— Je ne vivrai pas en recluse, répliqua posément Marie en regardant Jason au fond des yeux. Personne ne sait qui nous sommes, ni où nous sommes, et il me semble qu'en me cloîtrant dans ma chambre, j'attirerais beaucoup plus l'attention qu'en vivant normalement.

— Elle n'a pas tort, fit observer Alex. Si tous les soldats de Carlos se mettent en chasse, une conduite aussi anormale pourrait leur venir aux oreilles. Quant à vous, Mo, il faudra être aussi discret que possible. Faites-vous passer pour un médecin par exemple... Personne ne le croira, mais ça vous pose un homme! Pour des raisons qui m'échappent totalement, les médecins sont toujours à l'abri de tout soupçon.

— Vous n'êtes qu'un ingrat doublé d'un psychopathe, marmonna Panov.

— Revenons aux choses sérieuses, lança Bourne.

— Je te trouve très dur, David.

— Je suis très impatient, tu comprends?

— D'accord, fit Conklin. Calme-toi... Nous sommes tous tendus, mais il faut que les choses soient bien claires. La première tâche de Krupkin, dès qu'il sera des nôtres, consistera à s'occuper du numéro de téléphone que Gates a donné à Prefontaine, à Boston.

— Qui a donné quoi à qui? demanda Panov, l'air ahuri.

— Tu n'es pas au courant de cet épisode, Mo. Prefontaine est un ancien juge radié du barreau, qui a découvert par hasard un contact du Chacal. Je passe sur les détails, mais le contact a donné à notre juge un numéro de téléphone à Paris, où il pouvait joindre le Chacal. Or, ce numéro ne correspond pas à celui que Jason avait déjà. Mais il n'y a pas de doute que le contact, un avocat du nom de Gates, était en mesure de joindre Carlos.

— Randolph Gates? demanda Panov. La terreur des prétoires?

— Lui-même.

— Doux Jésus!... Pardon, je ne devrais pas jurer ainsi, moi qui ne suis pas chrétien. D'ailleurs, je ne suis rien! Mais avouez que cela fait un choc!

— Un choc très violent, et nous devons absolument découvrir l'identité et l'adresse de l'abonné à ce numéro. Krupkin réussira... Je reconnais que c'est assez tordu, mais c'est comme ça!

– Pour être tordu, c'est tordu! s'exclama Panov. Et qu'est ce que c'est que ce Prefontaine? Si je ne me trompe, c'est le nom d'un vin de table courant.

– C'est un excellent vin et qui a bien vieilli, remarqua Marie. Tu verras, tu l'aimeras beaucoup. Tu passeras des mois entiers à l'étudier, parce que ce vieux monsieur est d'une rare intelligence et que ses facultés intellectuelles sont intactes malgré quelques menues épreuves telles que l'alcoolisme, la prison et la solitude. C'est un original, Mo, et, contrairement à la majorité des criminels de son espèce, il ne rejette pas la responsabilité de ses actes sur les autres. Il a conservé un extraordinaire sens de l'humour. Si l'appareil judiciaire américain faisait montre d'un tant soit peu de clairvoyance, ce que le ministère de la Justice semble démentir, il le réinscrirait au barreau. C'est avant tout pour une question de principe qu'il s'est dressé contre le Chacal et ses sbires... Parce qu'ils voulaient nous tuer, moi et mes enfants. Si cela doit lui permettre en fin de compte de se faire un peu d'argent, il l'aura bien mérité, et je veillerai à ce qu'il soit récompensé.

– Après ce plaidoyer, j'en conclus que tu l'aimes beaucoup.

– Je l'adore positivement, comme je vous adore, Alex et toi. Vous avez tous couru tellement de risques pour nous...

– Et si nous en revenions à l'objet de notre discussion? lança Bourne d'une voix vibrante de colère. Je n'ai que faire du passé, c'est demain qui m'intéresse!

– Non seulement tu es très impoli, mais tu es affreusement ingrat.

– Soit... Où en étions-nous?

– Nous étions avec Prefontaine, répondit sèchement Alex. Cela n'a peut-être guère d'importance, car il risque de ne jamais quitter Boston vivant... Je t'appellerai demain matin à l'auberge de Barbizon et nous fixerons l'heure du déjeuner. Chronomètre la durée du trajet jusqu'à ton hôtel pour ne pas nous faire poireauter demain midi. Et si notre gros aubergiste n'a pas menti au sujet de sa cuisine, Kruppie se régalera et il fera circuler l'adresse à Paris.

– *Kruppie?*

– Détends-toi. Je t'ai déjà dit que cela faisait un bail qu'on se connaissait.

– Épargne-nous les détails, glissa Panov. Jason n'a pas besoin de tout savoir sur ce que les deux escrocs que vous êtes ont fait à Istanbul et à Amsterdam.

– Continue, Alex, insista Marie. Que ferons-nous demain?

– Mo et et moi irons vous retrouver à votre auberge en taxi. Je reviendrai ici avec ton mari et nous vous appellerons après le déjeuner.

– Et votre chauffeur, celui que Casset vous a déniché? demanda le Caméléon avec un regard dur et inquisiteur.

– Eh bien, quoi, le chauffeur? Il sera payé le double de ce qu'il gagne en un mois avec son taxi pour nous avoir conduits ici, ce soir. Il va nous reconduire jusqu'à un hôtel, et après il disparaîtra. Nous ne le reverrons plus.

— Mais, lui, qui verra-t-il?

— Personne, s'il veut rester en vie et envoyer de l'argent à sa famille, au pays. Casset a été formel : on peut faire totalement confiance à ce type.

— A demain, donc, lança Jason sans se départir de son air maussade. Après notre départ, ajouta-t-il en regardant alternativement Marie et Panov, vous resterez à Barbizon et vous ne quitterez pas l'auberge? Vous avez bien compris, tous les deux?

— Je vais te dire une chose, David, répliqua Marie en se hérissant et en se redressant sur le banc de bois. Comme Alex et Mo font autant partie de la famille que les enfants, je vais parler devant eux. Tous autant que nous sommes, nous te ménageons, nous te dorlotons presque, à cause des horreurs que tu as subies. Mais nous ne sommes pas à tes ordres! Nous ne nous laisserons pas traiter comme des êtres inférieurs par ton auguste personne! As-tu bien compris, toi aussi?

— Parfaitement, ma douce. Il vaudrait peut-être mieux dans ces conditions que tu rentres aux États-Unis pour ne pas avoir à supporter mon auguste présence. Nous aurons une dure journée demain, ajouta-t-il en se levant. Il faut que j'aille dormir, car je manque de sommeil et, comme l'a dit un homme pour qui j'avais le plus grand respect, le repos est une arme. J'en suis convaincu... Je vais dans la voiture et j'attendrai deux minutes. A toi de choisir; je suis sûr qu'Alex pourra te faire quitter discrètement la France.

— Salaud! murmura Marie.

— C'est comme ça, lança le Caméléon en s'éloignant.

— Va le rejoindre, insista Panov d'un ton pressant. Tu comprends ce qui est en train de se passer.

— Je ne sais plus quoi faire, Mo!

— Tu n'as rien de spécial à faire; tu n'as même pas besoin de parler. Reste simplement avec lui. Tu es la dernière bouée à laquelle il puisse se cramponner.

— Il est redevenu un tueur...

— Il ne te fera pas de mal...

— Bien sûr! Je n'ai pas peur.

— Il faut que tu sois le lien entre ce tueur et David Webb! Ce lien doit absolument exister, Marie!

— Oh! Je l'aime tellement! s'écria-t-elle en se dressant d'un bond et en s'élançant à la poursuite de son mari... de cet homme qui, pour l'instant, semblait ne plus être tout à fait son mari.

— Tu es sûr de lui avoir donné un bon conseil, Mo? s'enquit Conklin.

— Je me le demande, Alex. Tout ce que je sais, c'est que, pas plus lui que n'importe qui ne doit rester seul avec ses cauchemars. Ce n'est pas de la psychiatrie, mais une simple question de bon sens.

– En l'écoutant, on a parfois l'impression d'entendre parler un vrai médecin!

Dans une rue du XIe arrondissement de Paris, un quartier d'immeubles bas et vétustes où les sons et les odeurs révélaient la présence d'Arabes, une longue limousine noire, les portières ornées d'un petit emblème rouge et or, s'arrêta devant une maison de deux étages. Un vieux prêtre descendit et s'avança lentement jusqu'à la porte. Il chercha un nom sur le panneau du parlophone et appuya sur un bouton qui déclencha une sonnerie au premier étage.

– Oui, répondit une voix déformée par le parlophone.

– Je viens de la part de l'ambassade des États-Unis, dit le visiteur en soutane en écorchant le français comme le font si fréquemment les Américains. Je ne peux pas abandonner ma voiture, mais nous avons un message urgent pour vous.

– Je descends tout de suite, s'empressa de répondre le chauffeur d'origine algérienne engagé par Charles Casset.

Trois minutes plus tard, l'homme sortit et s'avança sur le trottoir étroit.

– Pourquoi êtes-vous habillé comme ça? demanda-t-il au vieillard qui se tenait devant la portière arrière de la luxueuse conduite intérieure, de façon à cacher l'emblème ecclésiastique.

– Je suis l'aumônier de l'ambassade, mon fils. Notre attaché militaire aimerait vous dire quelques mots.

Le vieux prêtre ouvrit la portière.

– Je suis disposé à faire beaucoup pour vous, dit l'Algérien en se penchant pour regarder à l'intérieur de la limousine, mais je n'irai pas jusqu'à me faire enrôler dans votre armée... Que puis-je faire pour vous, monsieur l'attaché?

– Où avez-vous conduit nos deux voyageurs? demanda un homme assis sur le siège arrière, dont le visage restait dans l'ombre.

– Quels voyageurs? fit l'Algérien, brusquement méfiant.

– Les deux que vous avez chargés à Orly. L'infirme et son ami.

– Si vous êtes de l'ambassade et si vous voulez le savoir, attendez qu'ils vous appellent et vous le leur demanderez.

– C'est vous qui allez me le dire!

Un troisième homme, un costaud en uniforme de chauffeur, contourna la limousine par l'arrière, s'avança vers l'Algérien et abattit une lourde matraque sur son crâne. Puis il le poussa à l'intérieur de la voiture. Le vieillard déguisé en prêtre monta à son tour dans la limousine et claqua la portière tandis que le chauffeur revenait en courant reprendre sa place derrière le volant. La limousine démarra brusquement et disparut au bout de la rue.

Une heure plus tard, le corps tuméfié et ensanglanté de l'Algérien fut balancé de la limousine dans une portion déserte de la rue Houdon, à quelques encablures de la place Pigalle.

– Prenez votre voiture, ordonna l'homme dont le visage était resté dans l'ombre en s'adressant au vieux prêtre à qui il avait conféré une ordination toute personnelle. Vous resterez devant l'hôtel de l'infirme. Ne vous endormez pas, vous serez relayé demain matin et vous aurez toute la journée pour vous reposer. Signalez-moi tous ses mouvements et suivez-le partout où il ira. Je compte sur vous.

– Vous pouvez compter sur moi, monseigneur.

Sans avoir une haute stature, Dimitri Krupkin paraissait assez grand et, sans avoir les épaules carrées, il donnait l'impression d'être costaud. Son visage était plaisant, bien qu'un peu empâté et sa tête, qu'il tenait bien droite, assez massive. Des sourcils fournis, des cheveux poivre et sel bien coupés, et une barbiche s'accordaient à des yeux d'un bleu vif et un sourire quasi perpétuel. On devinait en lui un homme intelligent, aimant sa vie et son travail.

Le colonel Krupkin était assis à la table du fond de la salle, encore vide, du restaurant d'Épernon. Il était en face du grand Américain qu'on ne lui avait pas présenté et d'Alex Conklin qui venait juste de raconter qu'il ne buvait plus une goutte d'alcool.

– C'est la fin du monde! s'écria le Russe en anglais avec un accent très prononcé. Tu vois ce que l'Occident a fait d'un homme de ta trempe! Honte à tes parents qui ont abandonné la mère patrie!

– Je ne pense pas que tu veuilles comparer le taux d'alcoolisme dans nos deux pays.

– Pas pour tout l'or du monde, rétorqua Krupkin en souriant. A ce propos, cher vieil ennemi, comment et où serai-je payé, selon les conditions que nous avons fixées cette nuit au téléphone?

– Comment et où voulez-vous être payé? demanda Jason Bourne.

– Ah! Vous êtes mon bienfaiteur?

– Oui, c'est moi qui paie.

– Attendez! murmura Conklin, les yeux fixés sur la porte d'entrée de la salle de restaurant.

Il se pencha en avant, la main sur le front, puis se redressa vivement tandis que l'aubergiste indiquait au couple qui venait d'entrer une table d'angle, à gauche de la porte.

– Qu'y a-t-il? s'enquit Bourne.

– Je ne sais pas... Je ne suis pas sûr.

– Qui vient d'entrer, Aleksei?

– J'ai l'impression de connaître cet homme, mais je n'en suis pas certain.

– Où est-il assis?

– A une table, dans l'angle, derrière le bar. Il est avec une femme.

Krupkin s'avança jusqu'au bord de sa chaise, puis il prit son porte-feuille et en sortit un miroir de poche, de la taille d'une carte de crédit. Il le plaça dans le creux de ses deux mains et l'orienta lentement.

— Tu dois être un lecteur assidu de la rubrique mondaine, gloussa le Russe avant de replacer le miroir de poche dans son portefeuille qu'il glissa dans la poche de sa veste. C'est un type de l'ambassade d'Italie et il est avec sa femme. Paolo et Davinia quelque chose, avec une particule d'origine douteuse. Corps diplomatique, très attachés à l'étiquette... Ils savent recevoir et sont à l'évidence pleins aux as.

— Je n'évolue pas dans ces hautes sphères, mais j'ai le sentiment d'avoir déjà vu l'homme.

— Bien sûr. Il ressemble à toutes ces vedettes du cinéma italien ou à ces propriétaires de vignobles qui exaltent à la télévision les vertus du chianti.

— Tu as peut-être raison.

— Mais oui, j'ai raison, répliqua Krupkin en se tournant vers Bourne. Je vais écrire le nom d'une banque et le numéro d'un compte à Genève.

Le Russe fouilla dans sa poche pour prendre un stylo et plaça une serviette en papier devant lui. Il n'eut pas le temps de s'en servir, car un individu d'une trentaine d'années, vêtu d'un complet ajusté, s'avança rapidement jusqu'à leur table.

— Que se passe-t-il, Sergei? demanda Krupkin.

— Ce n'est pas vous, monsieur, répondit le Russe. C'est lui, ajouta-t-il en montrant Jason Bourne d'un signe de la tête.

— Que se passe-t-il? répéta Jason.

— On vous a suivi. Nous n'en étions pas sûrs au début, car c'est un vieux monsieur et il a des problèmes de vessie. Il est précipitamment descendu de voiture à deux reprises pour se soulager. Mais ensuite, il a utilisé le téléphone de sa voiture en se penchant pour lire le nom du restaurant à travers le pare-brise. Cela s'est passé il y a quelques minutes.

— Comment savez-vous qu'il me suivait?

— Parce qu'il est arrivé peu après vous et que, par mesure de sécurité, nous étions là depuis une demi-heure.

— Par mesure de sécurité! s'écria Conklin en fusillant Krupkin du regard. Je croyais que cette réunion devait être strictement privée!

— Mon cher, mon bon Aleksei, toi qui ne demandes qu'à me sauver de moi-même, t'imagines-tu sérieusement que j'accepterais de te rencontrer sans avoir assuré ma propre protection? Ce n'est pas contre toi, mon vieil ami, mais contre ceux qui te harcèlent à Washington. Réfléchis, Aleksei! Un sous-directeur de la CIA a fait semblant de croire que je ne connaissais pas l'homme avec qui il me demandait de rester en contact! Un pauvre stratagème, digne d'un amateur.

— Mais, bon Dieu, je ne lui ai rien dit!

— Oh! Pardon, Aleksei! C'est moi qui me suis trompé. Toutes mes excuses.

– Vous n'avez pas à vous excuser, assura Bourne. Ce vieillard travaille pour le Chacal.

– Carlos! s'écria Krupkin.

Le sang lui monta au visage et une colère froide et intense brilla dans ses yeux bleus.

– Le Chacal veut ta peau, Aleksei?

– Non, rétorqua Conklin, la sienne. Celle de ton bienfaiteur.

– Seigneur! Je commence à comprendre! J'ai donc l'honneur insigne de rencontrer le célèbre Jason Bourne. C'est un grand plaisir, monsieur! Nous avons un objectif commun pour ce qui est de Carlos, n'est-ce pas?

– Si vos hommes sont à la hauteur, nous allons peut-être pouvoir atteindre cet objectif dans l'heure qui vient. Venez, passons par derrière, par la cuisine, une fenêtre, n'importe quelle issue! Il sait où je suis et vous pouvez parier ce que vous voulez qu'il va venir me chercher en personne. Mais il ignore que nous sommes au courant. En route!

Les trois hommes se levèrent, et Krupkin donna ses instructions à son subordonné.

– Amène la voiture derrière, Sergei, devant l'entrée de service, s'il y en a une, mais fais-le tranquillement. Pas de précipitation, tu comprends?

– Nous pouvons suivre la route sur un petit kilomètre et revenir à travers champs jusqu'à l'arrière de l'auberge. Dans sa voiture, le vieux ne nous verra pas.

– Excellente idée, Sergei. Et dis à notre soutien de ne pas bouger, mais d'être prêt à intervenir.

– Entendu, camarade, fit Sergei avant de s'éloigner en courant vers l'entrée de l'auberge.

– Un soutien? rugit Alex. Tu as une unité de soutien?

– Je t'en prie, Aleksei! Cesse de t'énerver! D'ailleurs, c'est de ta faute. Tu n'avais qu'à m'expliquer cette nuit au téléphone que tu conspirais contre la hiérarchie.

– Il n'y a pas de conspiration, qu'est-ce que tu racontes?

– On ne peut pourtant pas prétendre que l'harmonie soit parfaite entre les services centraux et le terrain. Non, Aleksei Nikolae Konsolikov, tu savais que tu pouvais... disons m'utiliser, et c'est ce que tu as fait. N'oublie jamais, mon cher et vieil adversaire, que du sang russe coule dans tes veines.

– Voulez-vous vous taire, tous les deux? Il faut sortir d'ici.

Ils attendirent dans la Citroën blindée de Krupkin, à une trentaine de mètres derrière la voiture du vieux soldat de Carlos, en bordure d'une prairie de hautes herbes, d'où ils voyaient distinctement la façade du restaurant. Au grand déplaisir de Jason, Conklin et l'officier du KGB ne cessèrent d'évoquer des souvenirs de vieux professionnels blanchis sous le harnois, disséquant leurs stratégies respectives au cours d'anciennes opérations et insistant sur ce qu'ils considéraient comme leurs faiblesses. Le véhicule de soutien du Russe était une conduite intérieure sans signes distinctifs garée sur le bas-côté opposé de la route, à quelques dizaines de mètres de l'entrée du restaurant. Deux hommes armés étaient prêts à bondir, une arme automatique à la main.

Un break Renault s'arrêta devant l'auberge. Trois couples en descendirent, sauf le conducteur ; les clients se dirigèrent bras dessus, bras dessous et avec de grands rires vers la porte d'entrée tandis que le conducteur allait garer son véhicule sur le petit parking attenant au restaurant.

— Il faut les empêcher d'entrer, fit Jason. Ils risquent de se faire tuer.

— Oui, monsieur Bourne, mais, si nous les en empêchons, le Chacal nous échappera.

Bourne se tourna vivement vers le Russe, incapable de parler, en proie à un mélange de colère et d'indécision. Il ouvrit la bouche pour protester, mais les mots s'arrêtèrent sur ses lèvres. L'instant d'après, il était trop tard pour dire quoi que ce fût. Un fourgon marron apparaissait sur la petite route menant à l'autoroute.

— C'est le même que celui du boulevard Lefebvre ! lança Bourne en retrouvant sa voix.

— Qu'est-ce que c'est que cette histoire ? demanda Conklin.

— Il s'est passé quelque chose l'autre soir sur le boulevard Lefebvre, dit Krupkin. Une automobile ou une camionnette a explosé. C'est de cela que vous parlez ?

— C'était un piège... un piège qui m'était destiné. Il y avait un fourgon et un véhicule de soutien qui a arrosé toute la rue pour nous abattre.

— Qui « nous » ? demanda Conklin en regardant Jason.

Il vit la fureur flamboyer dans les yeux du Caméléon, les mâchoires serrées, les doigts qui s'étiraient et se contractaient lentement.

— J'étais avec Bernardin, murmura Jason. Je veux une arme ! ajouta-t-il en haussant brusquement la voix. Le pistolet que j'ai ne me servira à rien !

Le robuste Sergei tendit la main vers le siège du passager avant et prit un AK-47, un pistolet mitrailleur de fabrication soviétique, qu'il tendit à Bourne par-dessus son épaule.

Le fourgon freina en faisant crisser ses pneus et s'arrêta en dérapant devant la porte de l'auberge. Comme des commandos bien entraînés, deux hommes sautèrent par la porte latérale. Ils portaient un bas qui déformait leurs traits et tenaient une arme automatique à la main. Ils s'élancèrent vers l'entrée et se placèrent de chaque côté de la porte à deux battants. Un troisième homme descendit, un homme au crâne déplumé, en longue robe noire. Il leva son arme et les deux commandos pivotèrent pour se trouver face à la porte, tandis que le conducteur du fourgon faisait ronfler le moteur de son véhicule.

— Allons-y ! s'écria Bourne. C'est lui ! C'est Carlos !

— Non ! rugit Krupkin. Attendez ! Laissez-le entrer ! Il sera pris au piège... à l'intérieur !

– Mais il y a des gens là-dedans! riposta Jason.

– Toute guerre fait des victimes, monsieur Bourne, et, au cas où vous ne vous en seriez pas rendu compte, c'est la guerre! Votre guerre et la mienne. La vôtre est d'ailleurs beaucoup plus personnelle que la mienne.

Sentant sa vengeance à portée de la main, le Chacal poussa soudain un hurlement d'une violence inouïe tandis que les deux terroristes tiraient violemment les battants de la porte et se précipitaient à l'intérieur, leur arme réglée sur tir continu.

– C'est le moment! s'écria Sergei en mettant le contact et en enfonçant la pédale d'accélateur jusqu'au plancher.

La Citroën s'élança en fonçant vers le fourgon, mais, en une fraction de seconde, elle changea de direction. Une explosion assourdissante eut lieu sur la droite. La conduite intérieure du vieillard fut littéralement pulvérisée et la Citroën fit une embardée vers la gauche et termina sa course dans une vieille barrière bordant le parking de l'auberge. Au même instant, le fourgon du Chacal, au lieu d'avancer vers la porte, recula en cahotant et s'arrêta. Le conducteur descendit précipitamment et contourna le véhicule pour se mettre à couvert. Il venait de repérer la voiture de soutien de Krupkin. Les deux Russes s'élancèrent vers le restaurant, mais le conducteur du fourgon abattit le premier d'une courte rafale de son arme automatique tandis que le second se jetait derrière un talus, regardant sans pouvoir bouger le soldat du Chacal cribler de balles les pneus et les vitres de la voiture de soutien.

– Descendez! hurla Sergei en poussant Bourne sur le sol de terre battue, au pied de la barrière.

Alex Conklin et l'officier du KGB le suivirent et se laissèrent glisser par terre.

– Allons-y! cria Jason en saisissant le AK-47 et en se redressant. Cette ordure a fait sauter la voiture avec une télécommande!

– Je passe devant, dit Sergei.

– Pourquoi?

– Eh bien, franchement, je suis plus jeune, plus costaud...

– La ferme!

Bourne s'élança en zigzaguant, puis il se laissa brusquement tomber par terre quand le conducteur du fourgon ouvrit le feu sur lui. Il leva son arme dans l'herbe, sachant que le tueur du Chacal était convaincu d'avoir fait mouche. Quand la tête de l'homme apparut, Bourne pressa la détente de son arme et elle disparut tandis qu'un long cri s'élevait.

En entendant ce cri d'agonie, le second Russe de l'unité de soutien bondit du talus herbeux et s'élança vers la porte du restaurant. De l'intérieur de l'établissement leur parvinrent des crépitements d'armes automatiques, des hurlements de panique et de nouvelles rafales. La paisible et bucolique auberge de campagne était devenue la scène d'un cauchemar. Bourne se releva, Sergei le suivit et ils rejoignirent en courant l'autre Russe. Au signal de Jason, les deux hommes tirèrent les battants de la porte et se ruèrent à l'intérieur.

Les soixante secondes qui suivirent furent aussi terrifiantes qu'une œuvre de Munch. Un serveur et deux des hommes faisant partie des trois couples fraîchement arrivés étaient morts. Le serveur et un client étaient étendus, le crâne transformé en bouillie sanglante. Un autre homme était affalé sur une banquette, les reins cambrés, les yeux vitreux et écarquillés, le corps criblé de balles, les vêtements couverts de sang. Les femmes, hagardes, gémissaient ou poussaient des hurlements hystériques. L'élégant diplomate italien et son épouse avaient disparu.

Sergei se précipita dans la salle, son arme pointée droit devant lui; il avait repéré dans un recoin une silhouette que Jason n'avait pas encore vue : le tueur au visage masqué bondit de sa cachette en faisant pivoter son arme automatique, mais le Russe le faucha d'une courte rafale avant qu'il ait pu tirer... *Un autre!* Une forme se glissa derrière le petit comptoir qui faisait office de bar. Était-ce le Chacal? Jason se plaqua contre le mur et s'accroupit, fouillant du regard tous les recoins proches du casier à bouteilles. Il plongea au pied du bar tandis que le second Russe, évaluant la situation d'un coup d'œil, se précipitait vers les femmes pour essayer de les calmer et se retournait en faisant pivoter son arme pour les protéger. La tête recouverte d'un bas se dressa brusquement derrière le bar et posa le canon de l'arme sur le comptoir. Bourne se redressa d'un bond, saisit le canon brûlant de la main gauche, la droite tenant l'AK-47. Il tira à bout portant sur le visage du terroriste déformé par le bas. Ce n'était pas Carlos! Où était donc passé le Chacal?

— Là-bas! cria Sergei comme s'il avait deviné la question anxieuse de Jason.

— Où?

— Cette porte!

C'était celle la cuisine. Les deux hommes convergèrent vers la porte battante. Bourne inclina la tête pour donner le signal de l'attaque, mais, avant qu'ils aient eu le temps de bouger, il y eut une violente déflagration dans la cuisine et le souffle les fit reculer. Une grenade venait d'exploser, projetant contre les deux battants des fragments de verre et de métal. Des volutes de fumée s'infiltrèrent dans la salle à manger, accompagnées d'une odeur âcre et écœurante.

Le silence se fit.

Jason et Sergei s'approchèrent de nouveau de la porte, mais ils furent repoussés une seconde fois par une explosion suivie d'une longue rafale d'arme automatique. Des balles déchiquetèrent le bois de la porte.

Puis, de nouveau, le silence.

Les deux hommes restèrent prudemment de part et d'autre de la porte.

Le silence s'éternisait.

C'en était trop pour le Caméléon aveuglé par la colère et la haine. Il actionna la culasse du AK-47, tira le levier de sélection, puis, son arme réglée sur tir continu, il ouvrit les deux battants d'un coup d'épaule et plongea.

Toujours ce même silence.

Jason découvrit alors une autre scène d'horreur. Une partie du mur de derrière avait été soufflée par une explosion. L'aubergiste et son chef, encore coiffé de sa toque, étaient morts. Ils avaient été projetés contre les étagères de la cuisine et le mur était maculé de sang.

Bourne se releva lentement, les jambes douloureuses, tout le corps tendu. Comme un somnambule, il s'avança au milieu de la fumée et des gravats, et ses yeux se posèrent enfin sur un grand morceau de papier de boucherie fixé au mur par un hachoir. Il s'approcha, retira le hachoir et lut le message griffonné au crayon noir : *Les arbres de Tannenbaum brûleront et tes enfants serviront de petit bois. Fais de beaux rêves, Jason Bourne.*

Il sentit son cerveau voler en éclats comme un miroir explosant en mille fragments de verre. Il poussa un long hurlement de souffrance.

31

— Arrête, David !

— Bon Dieu, Aleksei, il est devenu fou ! Sergei, tiens-le bien... Et toi, va donc aider Sergei ! Allongez-le par terre pour que je puisse lui parler. Il faut partir d'ici très vite !

Les deux Russes eurent toutes les peines du monde à maîtriser Jason et à le plaquer sur l'herbe. Il s'était précipité en hurlant à travers le trou du mur et avait couru dans les hautes herbes en cherchant vainement le Chacal, tiraillant au hasard dans les champs jusqu'à ce que le magasin de son arme fût vide. Sergei et l'autre Russe s'étaient lancés à sa poursuite. Ils avaient réussi à le désarmer et l'avaient ramené non sans mal derrière l'auberge éventrée où Alex et Krupkin les attendaient. Le front couvert de sueur, la respiration précipitée, Jason s'était laissé entraîner et les cinq hommes avaient rapidement gagné l'avant du restaurant où une nouvelle et terrifiante crise saisit le Caméléon.

Le fourgon du Chacal avait disparu. Carlos avait réussi à s'échapper et Jason Bourne était devenu fou.

— Tenez-le bien ! ordonna Krupkin en s'agenouillant à côté de Bourne que ses deux subordonnés plaquaient fermement contre le sol.

L'officier du KGB tendit la main et la posa sur le visage de l'Américain, lui enfonçant les joues avec le pouce et l'index, le forçant à le regarder.

— Je ne répéterai pas ce que je vais vous dire, monsieur Bourne. Si vous ne parvenez pas à comprendre, vous resterez ici et vous assumerez les conséquences ! Nous devons partir tout de suite. Si vous vous ressaisissez, nous aurons contacté dans moins d'une heure les représentants de votre gouvernement capables de prendre les mesures qui s'imposent. Je peux vous assurer que les vôtres peuvent protéger votre famille... Oui, Aleksei m'a parlé d'eux. Mais il vous faudra parler personnellement au téléphone. Retrouvez vite la raison, monsieur Bourne, ou allez au diable ! A vous de choisir !

Le Caméléon poussa un long soupir en essayant de se dégager des genoux qui le clouaient au sol.

– Dites à ces salauds de me lâcher, souffla-t-il en fixant les yeux sur Krupkin.

– L'un de ces salauds t'a sauvé la vie, glissa Alex.

– Et moi, j'ai sauvé la vie de l'autre. Nous sommes quittes.

La Citroën blindée roulait à vive allure sur la route de campagne menant à l'autoroute. Krupkin utilisa le téléphone brouillé de la voiture pour donner l'ordre d'envoyer une équipe à Épernon afin de faire disparaître ce qui restait du véhicule de soutien soviétique. Le corps du Russe abattu avait été délicatement placé dans le coffre et la version officielle de l'ambassade de l'URSS était prête. Deux agents diplomatiques étaient en train de déjeuner dans l'auberge quand un massacre avait eu lieu. Plusieurs tueurs avaient un bas de nylon sur le visage et les deux diplomates n'avaient pas eu le temps de voir les autres, car ils étaient sortis par une porte latérale dès le début de la fusillade et avaient pris la fuite à travers champs. Quand tout avait été terminé, ils étaient revenus au restaurant où ils avaient recouvert le visage des victimes et essayé de calmer les femmes hystériques et l'unique survivant de sexe masculin. Ils avaient téléphoné à leurs supérieurs pour leur rapporter le massacre et reçu l'ordre de prévenir la police locale avant de regagner au plus vite l'ambassade. Les intérêts soviétiques ne pouvaient être mis en péril par une présence fortuite sur le lieu d'un règlement de comptes purement français.

– C'est une explication tellement russe, fit remarquer Krupkin.

– Qui pourra croire à cette histoire? lança Alex d'un ton dubitatif.

– Aucune importance, répondit l'homme du KGB. Le massacre d'Épernon est un acte de représailles qui porte la signature du Chacal. Le vieillard dans la voiture détruite par une explosion, les deux terroristes masqués... La police française ne s'y trompera pas. Si nous étions mêlés à l'affaire, nous étions du bon côté et ils nous laisseront tranquilles.

Assis près de la portière, à côté de Krupkin, Bourne regardait défiler le paysage d'un air morose. Il tourna brusquement la tête et écrasa le poing sur l'accoudoir.

– Les gamins! s'écria-t-il avec véhémence. Comment cette ordure de Carlos a-t-elle pu apprendre qu'ils sont à Tannenbaum?

– Pardonnez-moi, monsieur Bourne, insista Krupkin d'une voix douce. J'ai conscience qu'il est beaucoup plus facile pour moi de le dire que pour vous de l'accepter, mais vous serez bientôt en contact avec Washington. J'ai déjà expérimenté les mesures de protection mises en place par l'Agence et je puis vous assurer qu'elles sont d'une redoutable efficacité.

467

— Elles ne doivent pourtant pas être si efficaces que cela, pour que le Chacal ait déjà réussi à s'infiltrer si profondément.

— Peut-être avait-il simplement une autre source? suggéra le Russe.

— Il n'y a pas d'autre source.

— On ne sait jamais, monsieur Bourne.

Quand ils atteignirent Paris, un soleil de plomb écrasait les rues de la capitale. Ils arrivèrent enfin à l'ambassade d'URSS, boulevard Lannes, et franchirent les grilles sans s'arrêter, car les gardes avaient reconnu la Citroën grise de Krupkin et fait signe de passer. La voiture traversa la cour d'honneur pavée et s'arrêta devant l'imposant escalier de marbre et le porche sculpté de l'entrée principale.

— Ne t'éloigne pas, Sergei, ordonna l'officier du KGB. S'il doit y avoir des contacts avec la DST, c'est toi qui t'en chargeras. J'espère que tu n'es pas vexé, ajouta-t-il quelques instants plus tard à l'intention de son autre subordonné assis à l'avant de la voiture. Mais, depuis le temps que nous travaillons ensemble, je fais confiance à l'ingéniosité de mon vieil ami et chauffeur dans ce genre de situation. Tu as, toi aussi, une tâche délicate à accomplir; prépare le corps de notre fidèle camarade décédé pour l'incinération. Les Opérations internes t'indiqueront quels papiers remplir.

D'un petit mouvement de la tête, Krupkin fit signe à Bourne et à Conklin de descendre de voiture.

Quand ils furent à l'intérieur du bâtiment, Dimitri expliqua au garde en uniforme qu'il préférait que ses invités ne passent pas par le détecteur de métal auquel tous les visiteurs de l'ambassade étaient soumis.

— Vous imaginez le scandale? murmura-t-il en aparté en s'adressant dans leur langue aux deux Américains. Deux agents armés de la CIA arpentent les couloirs de ce bastion du prolétariat? Je sens le froid de la Sibérie monter jusqu'à mes testicules!

Ils traversèrent le hall richement décoré et se dirigèrent vers un ascenseur à la cabine fermée par une grille. Ils y entrèrent tous les trois et montèrent au deuxième étage. Krupkin poussa la porte à claire-voie et les précéda dans un large couloir.

— Nous allons utiliser une salle de conférences à usage interne, dit l'agent du KGB. Vous serez les seuls Américains à l'avoir vue, car c'est l'une des rares pièces qui ne soit pas truffée de micros.

— Accepterais-tu de répéter cela devant un détecteur de mensonges? demanda Conklin avec un petit rire.

— Tout comme toi, Aleksei, j'ai appris, il y a bien longtemps, à tromper ces appareils stupides, mais, en tout état de cause, j'accepterais volontiers dans le cas présent, car c'est la vérité. Pour ne rien te cacher, il s'agit de nous protéger contre nous-mêmes.

La salle de conférences avait les dimensions d'une salle à manger de pavillon de banlieue. Elle était occupée par une longue table massive et des chaises lourdes, difficiles à manier mais confortables. Les murs étaient couverts de boiseries sombres et l'inévitable portrait de Lénine trônait en bonne place. Au bout de la table, une console téléphonique était posée sur une table basse.

– Comme je sais que vous êtes inquiets, les rassura Krupkin, je vais vous faire ouvrir une ligne internationale.

Il prit le combiné, enfonça une touche et articula rapidement quelques mots en russe, puis il raccrocha et se tourna vers les Américains.

– Vous pouvez disposer de la ligne 26, dit-il. La dernière touche sur la droite, deuxième rangée.

– Merci, fit Conklin en inclinant la tête.

Il fouilla dans sa poche et en sortit un bout de papier qu'il tendit à l'officier du KGB.

– J'ai encore un service à te demander, Kruppie, poursuivit-il. C'est un numéro de téléphone à Paris qui est censé être celui d'une ligne directe avec le Chacal, mais qui est différent de celui que l'on a donné à Bourne et qui lui a permis de joindre Carlos. Nous ne savons pas à quoi il correspond, mais il a un rapport avec le réseau du Chacal.

– Et vous ne voulez pas appeler, de crainte de révéler que vous êtes en possession de ce numéro... Bien sûr, je comprends. Pourquoi donner l'alarme si l'on peut s'en dispenser? Très bien, je vais m'en occuper.

Krupkin se tourna vers Jason et lui lança le regard compatissant d'un collègue plus ancien dans le métier.

– Soyez courageux, monsieur Bourne, comme diraient les tsaristes en l'absence de tout danger. Malgré votre appréhension, j'ai une grande confiance dans les capacités de Langley. C'est avec tristesse que je songe à toutes les fois où la CIA a réussi à contrecarrer mes opérations les plus ambitieuses.

– Je suis sûr que vous avez quand même causé de gros dégâts, repartit Bourne en contenant difficilement son impatience, les yeux sur le téléphone.

– C'est uniquement pour cela que je continue, riposta Krupkin.

– Merci, Kruppie, lança Alex. Pour reprendre ton expression, tu es un bon vieil ennemi.

– Tes parents devraient avoir honte, je le répète! S'ils n'avaient pas abandonné la mère Russie, nous serions tous deux à la tête du KGB en ce moment.

– Et nous aurions deux maisons sur les rives du lac de Genève.

– Tu plaisantes, Aleksei? C'est le lac entier qui nous appartiendrait!

Krupkin se retourna et se dirigea vers la porte. Il sortit en gloussant.

– Vous prenez donc tout cela comme un jeu? demanda Bourne.

– Jusqu'à un certain point, répondit Alex, sauf quand des renseignements dérobés risquent de coûter des vies humaines... Et c'est la même chose dans les deux camps. A ce moment-là, on oublie le jeu et on sort les armes.

— Appelle Langley, dit brusquement Jason en fixant les yeux sur le téléphone. Holland a quelques explications à nous donner.

— Il ne sert à rien d'appeler Langley...

— Quoi?

— Il est trop tôt, à peine 7 heures du matin sur la côte Est, fit remarquer Conklin en fouillant de nouveau dans sa poche et en sortant cette fois un petit carnet. Mais ne t'inquiète pas, je vais m'adresser directement au bon Dieu.

— Qu'est-ce que tu racontes? s'écria Bourne. Je suis à bout, Alex! C'est de la vie de mes enfants qu'il s'agit!

— Calme-toi. Je veux simplement dire que j'ai le numéro privé de Holland, qui est sur la liste rouge.

Alex s'assit, décrocha le combiné et composa son numéro.

— Ah, ces maniaques du langage codé qui ne peuvent pas parler normalement! Je t'en foutrais, moi, du bon Dieu!

— Que le professeur me pardonne, c'est une vieille habitude... Peter? C'est Alex. Il est l'heure d'ouvrir les yeux et de vous réveiller; il y a des complications.

— Il est un peu tard pour me réveiller, dit la voix venant de Fairfax, en Virginie. Je rentre juste d'un jogging de huit kilomètres.

— Je vois, vous faites partie de ceux qui se croient plus malins parce qu'ils ont deux pieds.

— Excusez-moi, Alex... Je ne voulais pas...

— Je sais. Mais nous avons un problème.

— Cela signifie au moins que vous avez établi le contact. Vous avez réussi à trouver Bourne.

— Il est debout, à côté de moi, et nous appelons de l'ambassade soviétique à Paris.

— Quoi? Qu'est-ce que c'est que ce bordel?

— C'est l'idée de Casset, vous vous en souvenez?

— C'est vrai, j'avais oublié... Et la femme de Bourne?

— Mo Panov est avec elle. Le bon docteur s'occupe d'elle comme un père et il nous rend un fier service.

— Très bien. Autre chose?

— Cela ne va pas vous faire plaisir, mais il va bien falloir que j'y arrive.

— Je vous écoute...

— Le Chacal est au courant pour Tannenbaum...

— Vous êtes malade! hurla le directeur de la Central Intelligence Agency avec une telle force qu'il y eut des vibrations sur la ligne transocéanique. Personne d'autre que Charlie Casset et moi n'est au courant! Nous avons utilisé de faux noms et des papiers d'identité latino-américains, et il est absolument impossible de faire le rapprochement avec Paris. Et il n'est fait mention du domaine dans aucun des ordres de mission! Je vous jure, Alex, que toute l'opération était étanche! Nous ne voulions permettre à personne d'autre d'y fourrer son nez!

470

– Les faits sont là, Peter. On a laissé à mon ami un message disant que les arbres de Tannenbaum allaient brûler et que ses enfants périraient dans l'incendie.

– Bordel de merde! rugit Holland. Ne quittez pas, Alex! ordonna-t-il. Je vais d'abord appeler Saint-Jacques, puis les faire transporter ailleurs avant la fin de la matinée. Restez en ligne!

Conklin leva les yeux vers Bourne. Il tenait le combiné entre leurs deux têtes et ils avaient entendu tous les deux.

– S'il y a une fuite, commenta Alex, elle ne peut venir de Langley.

– Bien sûr que si! Il n'a pas fouillé assez profondément!

– Et où devait-il fouiller?

– Bon Dieu, c'est vous les spécialistes! Il faut chercher du côté de l'hélicoptère qui les a emmenés, de l'équipage, de ceux qui ont donné à un appareil américain l'autorisation de se poser en territoire britannique. N'oublie pas que Carlos avait acheté le gouverneur de Montserrat et cette ordure de chef de la brigade des stupéfiants! Qu'est-ce qui pourrait l'empêcher de contrôler les communications entre nos militaires et Plymouth?

– Mais tu l'as entendu comme moi, insista Alex. Les noms étaient faux, avec des consonances latino-américaines, et tout le monde aux escales ignorait leur destination. *Personne* n'était au courant... Il y a un blanc.

– Épargne-moi ton jargon!

– Cela n'a rien de cryptique. Un blanc est un espace qu'on n'a pas rempli...

– Alex?

Peter Holland était revenu en ligne, la voix vibrante de colère.

– Oui, Peter?

– Nous les emmenons ailleurs et vous-mêmes ne saurez pas où ils vont. Saint-Jacques est furieux, parce que Mme Cooper et les gamins s'étaient bien adaptés, mais je lui ai donné une heure pour plier bagage.

– Je veux parler à Johnny, insista Jason en se penchant et en parlant assez fort pour que le directeur de la CIA l'entende.

– Ravi de faire votre connaissance, monsieur Bourne, même si c'est par l'intermédiaire de cet appareil, susurra Holland.

– Merci pour tout ce que vous faites pour nous, répondit Bourne d'une voix posée. Et je suis sincère.

– C'est un échange de bons procédés, monsieur Bourne. En suivant la piste du Chacal, vous avez levé un gros gibier très nuisible dont nous ignorions jusqu'à l'existence.

– Pardon?

– Je parle de Méduse. Sous sa nouvelle forme.

– Y a-t-il du nouveau? demanda Conklin.

– Nous sommes en train de faire notre propre pollinisation croisée entre les Siciliens et un certain nombre de banques européennes. La gangrène est partout, mais notre puissant cabinet d'affaires de New York est mieux surveillé que la NASA à la veille d'un lancement. L'étau se resserre.

— Bonne chasse, leur souhaita Jason. Puis-je avoir le numéro de Tannenbaum pour appeler Saint-Jacques?

Holland le donna et Alex l'écrivit avant de raccrocher.

— Je te passe le bigophone, lança ce dernier à Bourne en se levant difficilement pour aller s'asseoir sur une autre chaise, de l'autre côté de la table.

Bourne prit sa place et se concentra sur la multitude de touches et de voyants devant lui. Il prit le combiné et, lisant les chiffres notés par Alex sur son carnet, il enfonça les touches correspondantes.

Les salutations furent brèves, les questions rapides, le ton tranchant.

— A qui as-tu parlé de Tannenbaum?

— Doucement, David, fit Saint-Jacques, instinctivement sur la défensive. Qu'est-ce que ça veut dire, à qui ai-je parlé de Tannenbaum?

— Rien d'autre que ce que signifient ces mots. Devant qui as-tu prononcé le nom de Tannenbaum entre l'île de la Tranquillité et Washington?

— Tu veux dire après que Holland m'en eut parlé?

— Enfin, Johnny, tu n'as pas pu le faire avant!

— Non, Sherlock Holmes, je n'ai pas pu le faire avant.

— Alors, à qui?

— A toi. A toi seul, mon cher beau-frère.

— Comment?

— Tu as bien entendu. Tout s'est passé si vite que le nom de Tannenbaum a dû me sortir aussitôt de l'esprit et, même si je m'en étais souvenu, je ne l'aurais certainement pas crié sur les toits.

— C'est pourtant ce que tu as dû faire. Il y a eu une fuite et elle ne vient pas de Langley.

— Elle ne vient pas de moi non plus. Mon cher professeur, je ne suis peut-être pas bardé de diplômes comme toi, mais je ne suis pas complètement idiot pour autant. Ce sont ma nièce et mon neveu qui se trouvent dans la pièce voisine et j'ai bien l'intention de les voir grandir encore quelques années... C'est à cause de cette fuite qu'on nous fait déménager, n'est-ce pas?

— Oui.

— C'est grave?

— On ne peut plus grave. Le Chacal.

— Merde! s'écria Saint-Jacques. Si cette ordure se pointe par ici, je lui fais la peau!

— Du calme, fougueux jeune homme, du calme, rétorqua Jason en adoucissant le ton. Essayons plutôt de réfléchir. Tu m'as dit, et je te crois, que je suis le seul à qui tu aies décrit le domaine Tannenbaum. Si ma mémoire est bonne, je t'ai donné le nom au téléphone.

472

– Exact. Je m'en souviens, parce que, lorsque Pritchard m'a informé de ton appel, j'étais en ligne avec Henry Sykes. Tu sais, le bras droit du gouverneur.

– Bien sûr.

– J'étais en train de lui demander de s'assurer que tout se passait bien à Tranquillité pendant mon absence. Il se doutait déjà de quelque chose puisque c'est lui qui avait donné l'autorisation d'atterrissage à l'hélicoptère. Je me souviens parfaitement qu'il m'a demandé où j'allais et je lui ai simplement répondu à Washington. Jamais l'idée ne me serait venue de mentionner le nom de Tannenbaum et Sykes n'a pas insisté, car il devait se douter que mon départ avait un rapport avec les horreurs qui avaient eu lieu à Tranquillité. Tu dirais, je suppose, qu'il agit en professionnel dans ce genre de situation.

Saint-Jacques s'interrompit, mais, avant que Bourne ait eu le temps de reprendre la parole, il poussa un cri étouffé.

– Pritchard, hurla Jason qui était arrivé à la même conclusion que lui. Il est resté à l'écoute.

– Mais pourquoi? Pourquoi aurait-il fait cela?

– As-tu oublié? demanda Bourne. Carlos a stipendié le gouverneur de Montserrat et son austère chef de la brigade des stupéfiants. Ils lui ont coûté très cher, aussi a-t-il pu s'assurer le concours de Pritchard à bien meilleur prix.

– Non, David, tu fais fausse route. Pritchard est peut-être un homme qui vit d'illusions et un incorrigible bavard, mais jamais il ne me trahirait pour de l'argent. Dans les îles, l'argent compte moins que le prestige. Et le prestige, c'est moi qui le lui donne. Même si parfois il me rend dingue, je dois dire que je suis très content de lui.

– Il n'y a personne d'autre, Johnny.

– J'ai un moyen d'en avoir le cœur net. Pour l'instant, je ne suis pas à Tranquillité et je ne vais pas repartir d'ici tout de suite.

– Où veux-tu en venir?

– Je veux faire intervenir Henry Sykes. Y vois-tu un inconvénient?

– Fais-le.

– Et comment va Marie?

– Aussi bien que possible dans les circonstances présentes... Mais je ne veux absolument pas qu'elle apprenne quoi que ce soit sur cette affaire. Tu as bien compris, Johnny? Quand elle t'appellera, et elle va le faire, dis-lui simplement que vous êtes bien arrivés et que tout va pour le mieux. Pas un mot sur le changement de résidence, ni sur Carlos.

– Je comprends.

– Tout va bien, tu en es sûr? Comment vont les enfants... Comment Jamie prend-il tout cela?

– Tu ne vas peut-être pas être très content, mais il s'amuse comme un fou. Et Mme Cooper ne me laisse pas approcher d'Alison.

– Ce sont plutôt de bonnes nouvelles.

— Merci... Et toi? Tu avances?

— Je te rappellerai, promit Bourne en raccrochant. Cela n'a pas de sens, poursuivit-il en se tournant vers Alex. Et pourtant, quand on cherche bien, il y a une logique dans tout ce que fait Carlos. Il me laisse un avertissement qui me rend fou d'inquiétude, mais il n'a aucun moyen de mettre ses menaces à exécution. Qu'en penses-tu, toi?

— Son but est justement de te rendre fou d'angoisse. Le Chacal ne va pas attaquer à distance une maison stérile aussi bien protégée que Tannenbaum. Son message était simplement destiné à te paniquer et il a réussi. Il veut te pousser à commettre des erreurs et avoir la situation en main.

— C'est une raison de plus pour que Marie reparte aux États-Unis aussi vite que possible. Oui, il faut absolument qu'elle parte. Je veux qu'elle soit dans une forteresse et non en train de déjeuner en public dans une auberge de Barbizon.

— Je me sens plus porté à soutenir ton point de vue qu'hier soir, avoua Alex.

Il s'interrompit en entendant la porte s'ouvrir. Tournant la tête, il vit entrer Krupkin, des listings à la main.

— Le numéro que vous m'avez donné n'est plus en service, annonça-t-il avec une légère hésitation dans la voix.

— Quel était le nom de l'abonné? demanda Jason.

— Ce que j'ai à vous apprendre ne va certainement pas vous faire plaisir et, si je pouvais trouver un mensonge plausible, je n'hésiterais pas... Mais je ne trouve rien et, de toute façon, je suis obligé de vous révéler la vérité. Il y a cinq jours, le numéro a été transféré d'une organisation bidon à un particulier... Un certain David Webb.

Conklin et Bourne regardèrent en silence l'officier des services de renseignements soviétiques, un silence chargé d'une tension extrême.

— Pourquoi as-tu dit que tu étais sûr que cela ne nous ferait pas plaisir? demanda doucement Alex.

— Mon cher vieil ennemi, commença Krupkin d'une voix aussi douce que celle de Conklin, quand nous avons réussi à ramener M. Bourne à l'auberge, il était fou. En essayant de le calmer, de lui faire retrouver ses esprits, tu l'as appelé David... Je connais maintenant un nom que je préférerais sincèrement ignorer.

— Oubliez-le, fit Bourne.

— Je ferai mon possible, mais il existe certains moyens...

— Ce n'est pas ce que je voulais dire, le coupa Jason. Je sais maintenant que vous connaissez mon nom et il faudra que je vive avec cette pensée... Quelle était l'adresse correspondant à ce numéro de téléphone?

— D'après le centre de facturation, ce serait l'adresse d'une communauté religieuse, les sœurs de la Charité. Mais c'est sans doute encore un nom bidon.

– Détrompez-vous, rétorqua Bourne, cette communauté existe bel et bien. Il se trouve qu'elle sert également de boîte aux lettres... Je devrais plutôt dire servait...

– Fascinant, admit Krupkin d'un air songeur. Le Chacal utilise presque toujours l'Église pour ses différentes couvertures. C'est une méthode efficace bien qu'un peu trop systématique. Il paraît qu'il a étudié dans un séminaire et qu'il voulait entrer dans les ordres.

– Alors, l'Église a marqué un point avant vous, remarqua Conklin en penchant la tête et en feignant de prendre une expression de reproche. C'est elle qui l'a rejeté la première.

– Il ne faut jamais sous-estimer le Vatican, lança Krupkin en riant. L'Histoire a prouvé que ce fou de Staline s'était fourvoyé en demandant de combien de divisions disposait le pape. Le pontife romain n'a pas besoin d'armée. Il a accompli beaucoup plus de choses que Staline n'en a fait avec toutes ses purges. Le pouvoir appartient à qui inspire la plus grande peur, n'est-ce pas, Aleksei? Les princes de la terre le savent et ils utilisent la peur avec une efficacité implacable. Tout cela tourne autour de la mort... La peur de la mort, avant et après. Quand deviendrons-nous enfin adultes, quand les enverrons-nous tous au diable?

– La mort, murmura Jason, le front barré par un pli soucieux. La mort rue de Rivoli, à l'hôtel Meurice, les sœurs de la Charité... Bon Dieu! Je l'avais complètement oubliée! Dominique Lavier! Elle était à l'hôtel... Elle y est peut-être encore! Elle avait dit qu'elle accepterait de travailler pour moi!

– Pourquoi le ferait-elle? demanda vivement Dimitri.

– Parce que Carlos a tué sa sœur et qu'elle n'avait le choix qu'entre se mettre à son service ou mourir elle-même. Il me faut le numéro de l'hôtel Meurice, ajouta-t-il en se tournant vers le téléphone.

– 42 60 38 60, articula lentement Krupkin tandis que Jason notait à mesure sur le carnet de Conklin. C'est un hôtel charmant qui avait gagné le surnom d'Hôtel des Rois. J'aime particulièrement son grill.

Bourne enfonça nerveusement les touches et leva la main pour faire silence. Il demanda la chambre de Mme Brielle, le nom qu'ils avaient choisi ensemble. Quand la standardiste lui répondit : « Tout de suite, monsieur », il se tourna vers Alex et Dimitri, et hocha vivement la tête avec soulagement.

– Oui? fit une voix de femme qu'il reconnut aussitôt.

– C'est moi, madame, dit le Caméléon en excellent français, avec juste une pointe d'accent anglais. Votre domestique nous a fait savoir que nous pouvions vous joindre à ce numéro. La robe de madame est prête et nous espérons que madame nous pardonnera notre retard.

– On devait me la livrer hier... hier midi! Vous n'êtes qu'un imbécile! Je comptais la porter hier soir pour un dîner au Grand Véfour. Quelle humiliation!

– Mille excuses, madame. Nous pouvons vous la faire porter immédiatement à l'hôtel.

– Mais non, triple idiot! Ma bonne a dû également vous dire que je n'étais ici que deux jours! Faites-la porter directement à mon appartement de l'avenue Montaigne. Si elle n'est pas arrivée à 4 heures, je vous promets que vous attendrez au moins six mois le règlement de votre facture!

Un brusque déclic mit fin à la conversation.

Bourne raccrocha à son tour. Quelques gouttes de sueur perlaient à la racine de ses cheveux grisonnants.

– Ça fait trop longtemps que j'ai perdu l'habitude de ces micmacs, soupira-t-il. Elle a un appartement avenue Montaigne et elle y sera à 4 heures.

– Mais qui est cette Dominique Machin Chouette? s'écria vivement Conklin.

– Dominique Lavier, dit Krupkin. Mais elle se fait appeler Jacqueline, du nom de sa défunte sœur pour qui elle se fait passer depuis des années.

– Vous êtes au courant? demanda Jason, l'air impressionné.

– Oui, mais cela ne nous a rien apporté de tangible. La ruse était facile à éventer : une grande ressemblance avec sa sœur, une absence de plusieurs mois, une intervention mineure de chirurgie esthétique et une période de formation intensive... Rien de plus normal dans l'univers agité de la haute couture. Qui regarde ou écoute les autres au royaume du superficiel? Nous l'avons tenue sous surveillance, mais elle ne nous a jamais menés au Chacal. Elle n'a pas directement accès auprès de lui. Tout ce qu'elle rapporte à Carlos est filtré et des murs de pierre sont élevés à chaque relais. C'est la manière dont Carlos procède.

– Pas toujours, objecta Bourne. Il y avait un homme du nom de Santos qui tenait un bistrot minable à Argenteuil et qui, lui, avait directement accès auprès de Carlos.

– Vous employez l'imparfait? remarqua Krupkin en haussant les sourcils.

– Il est mort.

– Et le bistrot d'Argenteuil est toujours prospère?

– Il a été vidé et fermé, reconnut Bourne sans la moindre trace de regret dans la voix.

– Cette possibilité d'approcher Carlos n'existe donc plus?

– Non, mais je crois ce que Santos m'a raconté, parce que cela lui a coûté la vie. Il était prêt à tout abandonner, vous voyez, comme Dominique Lavier est prête à le faire, avec cette différence que l'association de Santos avec Carlos remontait au tout début. A Cuba, plus précisément, où Carlos avait arraché au peloton d'exécution un inadapté dans son genre. Il savait qu'il pouvait utiliser cet homme à la carrure imposante, ce géant qui se sentait à l'aise au milieu du rebut du genre humain et lui servait de relais. Santos avait un accès direct et il l'a prouvé en me fournissant un autre numéro qui, lui, permettait de joindre le Chacal. Les hommes qui connaissent ce numéro se comptent sur les doigts d'une seule main.

– Fascinant, murmura Krupkin sans quitter Bourne des yeux. Mais je vais vous poser la même question que celle que poserait mon cher vieil ennemi Aleksei qui vous observe avec le même regard que le mien : où voulez-vous en venir, monsieur Bourne ? Vos paroles sont ambiguës et vos accusations implicites dangereuses.

– Pour vous, pas pour nous.

– Pardon ?

– Santos m'a confié que seuls quatre hommes dans le monde entier ont un accès direct auprès du Chacal. On peut trouver l'un de ces quatre hommes place Dzerjinski. Il occupe de hautes fonctions au KGB, toujours d'après Santos qui, croyez-moi, avait une piètre opinion de votre supérieur hiérarchique.

Ce fut comme si Dimitri Krupkin venait d'être giflé par un membre du Politburo, au beau milieu de la Place Rouge, pendant le défilé du 1ᵉʳ Mai. Le sang se retira lentement de son visage.

– Que vous a dit d'autre ce Santos, demanda-t-il, le teint terreux et le regard fixe. Il faut que je le sache !

– Seulement que Carlos était irrésistiblement attiré par Moscou, qu'il nouait des contacts avec des gens haut placés. Que c'était une véritable obsession chez lui... Si vous pouviez démasquer son contact place Dzerjinski, ce serait un grand pas en avant. La seule piste que nous ayons pour l'instant est celle de Dominique Lavier...

– Et merde ! rugit Krupkin en coupant Bourne. Merde de merde ! C'est grotesque et en même temps tellement logique ! Vous venez de répondre à plusieurs questions, monsieur Bourne, des questions qui me tracassaient depuis longtemps. Je suis arrivé si près, si souvent... Mais jamais rien. Eh bien, messieurs, permettez-moi de vous dire que les jeux du démon ne sont pas limités à ceux qui sont condamnés à l'enfer. D'autres peuvent y participer ! On s'est bien payé ma tête !... N'utilisez plus ce téléphone !

Il était 15 h 30, heure locale, à Moscou. Un homme d'âge mûr en uniforme d'officier de l'armée soviétique suivait aussi rapidement que son état physique le lui permettait un couloir du cinquième étage de la Lubianka, le quartier général du KGB, place Dzerjinski. C'était une chaude journée et, comme à l'accoutumée, la climatisation fonctionnait d'une manière capricieuse. Le général Grigorie Rodchenko avait déboutonné son col, privilège que lui conférait son rang. Cela n'empêchait pas la sueur de couler sur un visage sillonné de rides profondes et d'atteindre son cou, mais l'absence de la bande de tissu bordé de rouge sur sa gorge était un soulagement, aussi minime fût-il.

Il arriva devant les ascenseurs, enfonça le bouton d'appel et attendit, une clé à la main. Les portes de droite s'ouvrirent et il constata avec plaisir que la cabine était vide. Cela lui éviterait au moins d'avoir à ordonner à tout le monde de sortir, ce qui était toujours embarrassant. Il entra dans la cabine, déverrouilla le mécanisme à l'aide sa clé et attendit. Quelques secondes plus tard, la cabine se mit brusquement en mouvement et la descente vers les derniers niveaux souterrains du bâtiment commença.

Les portes de la cabine s'ouvrirent et le général sortit. Il perçut immédiatement le silence pesant qui régnait dans les couloirs de gauche comme de droite. Mais il savait que quelques instants plus tard, il en irait tout autrement. Il suivit le couloir de gauche et s'arrêta devant une grande porte blindée au centre de laquelle était rivée une plaque métallique.

Entrée interdite.

Accès réservé aux personnes autorisées.

Une injonction parfaitement stupide, songea le général en sortant de sa poche une carte plastifiée qu'il glissa lentement, précautionneusement, dans une fente sur la droite du chambranle. Sans la carte magnétique, et parfois même avec elle, quand elle était enfoncée trop rapidement, la porte ne s'ouvrait pas. Il y eut deux déclics et Rodchenko retira sa carte tandis que la lourde porte lisse tournait lentement sur ses gonds et qu'une caméra se mettait en marche pour filmer son entrée.

Un bourdonnement confus s'élevait de plusieurs dizaines de boxes éclairés dans l'immense salle souterraine aussi vaste que la salle de bal du palais du tsar, mais sombre, basse de plafond et sans le moindre ornement. Il y avait une multitude d'appareils noir et gris, et plusieurs centaines de personnes en combinaison blanche immaculée qui travaillaient à l'intérieur des boxes aux parois blanches. Heureusement l'air était frais, presque froid. Le bon fonctionnement du matériel l'exigeait : il s'agissait du centre de communications du KGB, où les informations affluaient vingt-quatre heures sur vingt-quatre en provenance de tout le globe.

Suivant un itinéraire familier, le vieux soldat remonta pesamment jusqu'à la dernière allée sur la droite, puis il tourna à gauche et marcha jusqu'au dernier box, au fond de la gigantesque salle souterraine. C'était un long trajet et le général avait le souffle court et les jambes lourdes. Il entra dans un petit compartiment cloisonné et salua d'un signe de la tête l'opérateur qui leva les yeux et retira son casque à écouteurs en voyant qui était le visiteur. Sur le comptoir blanc qui s'étendait devant lui se trouvait une grosse console électronique munie d'une multitude de boutons et de voyants ainsi qu'un clavier. Rodchenko prit une chaise métallique et s'assit à côté de l'opérateur en essayant de reprendre son souffle.

– Avez-vous des nouvelles du colonel Krupkin, à Paris ?

– J'ai des nouvelles concernant le colonel Krupkin, mon général. A la suite des instructions que vous avez données pour l'enregistrement des conversations téléphoniques du colonel, y compris celles qui ont lieu sur les lignes internationales qui lui sont ouvertes, j'ai reçu de Paris, il y a quelques minutes, une bande qui devrait vous intéresser.

– Comme d'habitude, vous avez été remarquablement efficace et je vous en suis reconnaissant. Je suis sûr que le colonel nous tiendra comme toujours informés de tout événement digne d'intérêt, mais vous n'ignorez pas qu'il est très occupé.

– Vous n'avez pas besoin de me donner d'explications, mon général. Les conversations que vous allez entendre ont été enregistrées il y a moins d'une demi-heure. Prenez le casque, voulez-vous?

Rodchenko plaça le casque sur ses oreilles et inclina la tête. L'opérateur posa un bloc-notes et un crayon devant le général, puis il enfonça une touche du clavier et se renversa sur son siège tandis que le numéro trois du KGB se penchait en avant pour mieux écouter la bande. Au bout de quelques instants, le général commença à prendre des notes; quelques minutes plus tard, il griffonnait furieusement. Quand la bande s'arrêta, Rodchenko enleva son casque. Il tourna la tête vers l'opérateur et le regarda avec gravité, ses petits yeux fixes sous de lourdes paupières plissées, les rides profondes de son visage encore plus prononcées qu'à l'accoutumée.

– Effacez la bande et détruisez le support, ordonna-t-il en se levant. Comme d'habitude, vous n'êtes au courant de rien.

– Comme d'habitude, mon général.

– Et, comme d'habitude, vous serez récompensé.

Il était 16 h 17 quand Rodchenko regagna son bureau. Il commença aussitôt à étudier ses notes. C'était incroyable, inimaginable, et pourtant il n'y avait pas de doute... Il avait entendu lui-même les voix prononcer les mots qu'il avait transcrits... Pas ce qui avait trait au prêtre de Paris; c'était devenu secondaire et il pouvait le joindre en quelques minutes, si besoin était. Cela pouvait attendre, mais pas le reste, pas une seule seconde! Le général décrocha le téléphone et appela sa secrétaire.

– Je veux une transmission immédiate par satellite pour notre consulat à New York. Tous les systèmes de brouillage en place et opérationnels.

Comment était-ce possible?

Méduse!

32

Le front plissé, Marie reconnut la voix de son mari au bout du fil et elle hocha la tête à l'attention de Mo Panov qui se tenait au fond de la chambre.

– Où es-tu? demanda-t-elle.

– Dans une cabine publique du Plaza Athénée, répondit Bourne. Je serai de retour dans deux heures.

– Que se passe-t-il?

– Des complications, mais il y a aussi des progrès.

– Cela ne m'apprend pas grand-chose.

– Il n'y a pas grand-chose à dire.

– Quel genre de type est ce Krupkin?

– C'est un original. Il nous a emmenés à l'ambassade soviétique et j'ai parlé à ton frère sur une de leurs lignes internationales.

– Quoi?... Et tu as des nouvelles des enfants?

– Ils vont très bien. Jamie s'amuse comme un fou et Mme Cooper ne laisse pas Johnny s'approcher d'Alison.

– Ce qui signifie qu'il a peur de s'approcher de la petite.

– Comme tu veux.

– Quel est le numéro. J'ai envie de les appeler.

– Holland est en train de faire installer une ligne sûre. Tu appelleras dans une heure ou deux.

– Et toi, tu es en train de me raconter des histoires.

– Comme tu veux. Ta place est auprès d'eux, Marie... Si je suis retardé, je te rappellerai.

– Attends une minute. Mo veut te parler.

La communication fut coupée. Panov secoua lentement la tête en voyant le visage de Marie se rembrunir.

– Laisse tomber, dit le psychiatre. Je suis la dernière personne à qui il ait envie de parler.

– Il est redevenu l'autre, Mo. Ce n'est plus David.

– Ce qu'il a à faire en ce moment, fit Panov d'une voix douce, David est incapable de le faire.

– Je crois que c'est la chose la plus affreuse que j'aie jamais entendue dans ta bouche.

– C'est possible, acquiesça le psychiatre en hochant lentement la tête.

La Citroën grise était garée à une centaine de mètres de l'entrée de l'immeuble résidentiel où habitait Dominique Lavier. Krupkin, Alex et Bourne étaient assis à l'arrière. Sa taille et son infirmité rendaient à Conklin sa position très inconfortable. Les trois hommes lançaient sans discontinuer des coups d'œil nerveux dans la direction de la porte vitrée de l'immeuble et la conversation était réduite au minimum.

– Êtes-vous sûr que cela va marcher? demanda Jason.

– Tout ce que je puis dire, c'est que Sergei est un professionnel de talent. Il a été formé à Novgorod, vous savez, et son français est impeccable. De plus, il a sur lui toute une panoplie de pièces d'identité auxquelles des spécialistes se laisseraient prendre.

– Et les deux autres? insista Bourne.

– Des agents discrets et dociles qui sont également des experts dans leur domaine... Le voilà!

Les trois hommes virent Sergei franchir la porte vitrée de l'immeuble et tourner à gauche sur le trottoir. Il traversa l'avenue à la hauteur de la Citroën, fit le tour de la voiture, ouvrit la portière et s'installa au volant.

– Tout est en ordre, annonça-t-il en tournant la tête par-dessus le dossier de son siège. Mme Lavier n'est pas encore rentrée. Son appartement est le 21, deuxième étage, première porte à droite. Nous avons tout vérifié : il n'y a pas de micros.

– Vous en êtes certain? demanda Conklin. Vous savez que nous n'avons pas droit à l'erreur, Sergei.

– Nous disposons du meilleur matériel, monsieur, répondit l'agent du KGB en souriant. Cela me fait de la peine d'insister, mais ce matériel a été mis au point par la General Electronics Corporation, sous contrat avec Langley.

– Deux points pour nous, dit Alex.

– Moins douze pour avoir permis que l'on vole un matériel aussi sophistiqué, répliqua Krupkin. Je suis sûr qu'il y a quelques années, notre Mme Lavier devait avoir des micros cousus dans son matelas...

– J'ai vérifié, fit Sergei.

– Merci, mais ce que je voulais dire, c'est qu'il n'est plus possible au Chacal de faire surveiller tous ceux qu'il emploie à Paris. Tout devient tellement compliqué.

– Où sont vos deux autres hommes? s'enquit Bourne.

– Dans les couloirs du rez-de-chaussée, monsieur. Je vais bientôt les appeler et nous avons un véhicule de soutien sur l'avenue. Tout le monde est en contact radio, bien entendu...

– Une seconde, lança Conklin. Comment allons-nous entrer? Qu'allons-nous prétexter?

– Tout est arrangé monsieur, vous n'aurez rien à dire. Vous êtes des agents de la DGSE en mission clandestine.

– Des agents de quoi? demanda Bourne.

– De la Direction générale de la sécurité extérieure, expliqua Conklin. C'est le pendant de Langley pour la France. Mais vous ne croyez pas qu'ils vont vérifier, Sergei?

– C'est déjà fait, monsieur. Après avoir montré ma carte au concierge, je lui ai donné un numéro de téléphone sur la liste rouge où l'on a confirmé que je travaillais pour la DGSE. J'ai ensuite donné votre description à tous les trois et exigé qu'on ne vous pose aucune question et que l'on se contente de vous conduire à l'appartement de Mme Lavier... Je vais faire démarrer la voiture maintenant. Cela fera meilleure impression sur le concierge.

– Il n'y a parfois rien de tel que la simplicité étayée par l'autorité pour tromper son monde, fit observer Conklin tandis que la Citroën se glissait dans la circulation fluide de l'avenue et passait devant l'entrée de l'immeuble de pierre.

– Prends la première rue à droite et gare la voiture, Sergei, ordonna l'officier du KGB en posant la main sur la poignée de la portière. Et passe-moi ma radio, je te prie.

– Tenez, mon colonel, dit Sergei en lui tendant un poste émetteur-récepteur miniaturisé par-dessus son épaule. Je vous préviendrai dès que je serai en position.

– Je peux communiquer avec tout le monde avec ça?

– Oui, mon colonel. La détection de la fréquence est impossible jusqu'à cent cinquante mètres.

– Venez, messieurs.

Krupkin pénétra le premier dans l'entrée de marbre et il salua le concierge d'un signe de la tête.

– La porte est ouverte, fit l'homme en gardant les yeux baissés, évitant de croiser le regard des agents secrets. Je ne serai pas là quand Mme Lavier arrivera, poursuivit-il, et je ne sais pas par où vous êtes passés. Mais je peux vous dire qu'il y a une entrée de service sur l'arrière de l'immeuble.

– C'est uniquement par politesse que nous ne l'avons pas utilisée, dit Krupkin en regardant droit devant lui tout en entraînant ses compagnons vers l'ascenseur.

L'appartement de Dominique Lavier était un hommage au monde sophistiqué de la haute couture. Les murs étaient couverts de photographies de célébrités à des défilés de mode ou autres réunions mondaines et de croquis de modèles originaux signés des plus grands créateurs. Le mobilier était d'une simplicité austère, style Mondrian, aux couleurs franches, essentiellement le rouge, le noir et un vert soutenu. Les chaises, les canapés et les tables n'avaient qu'une lointaine ressemblance avec des meubles et eussent été mieux à leur place dans quelque vaisseau spatial.

Machinalement, Conklin et le Russe se dirigèrent aussitôt vers les tables où ils découvrirent un certain nombre de notes manuscrites, dont la plupart étaient empilées près d'un téléphone nacré posé sur une sorte de table vert sombre, aux lignes incurvées.

— Si ce machin est un bureau, fit Alex, où sont donc les poignées et les tiroirs?

— C'est la dernière création de Leconte, expliqua Krupkin.

— Le joueur de tennis?

— Non, Aleksei, le décorateur. Tu appuies et le tiroir sort.

— Tu plaisantes?

— Essaie. Tu verras bien.

Conklin appuya et un tiroir à peine visible jaillit d'une fente presque imperceptible.

— Ça alors!...

La radio miniaturisée que le Russe avait glissée dans sa poche de poitrine émit soudain deux signaux aigus.

— Ce doit être Sergei, lança Dimitri en prenant l'appareil. Tu es en place, camarade? poursuivit-il en approchant la base de la radio de sa bouche.

— Mieux que cela, répondit son assistant dont la voix était accompagnée de quelques légers grésillements. Dominique Lavier vient juste d'entrer dans l'immeuble.

— Et le concierge?

— Il a disparu.

— Parfait. Terminé... Éloigne-toi du bureau, Aleksei. La maîtresse de maison va arriver d'un instant à l'autre.

— Tu veux te cacher? demanda Conklin d'un air moqueur en continuant à feuilleter un carnet de téléphone.

— Je préfère ne pas commencer en établissant des rapports d'hostilité, ce qui sera le cas si elle te voit en train de fouiller dans ses affaires personnelles.

— D'accord, d'accord, concéda Alex en replaçant le carnet d'adresses dans le tiroir qu'il referma. Mais si elle refuse de coopérer, j'emporterai ce petit carnet.

— Elle se montrera coopérative, assura Bourne. Je te l'ai dit, elle veut tout laisser tomber et sa seule chance est que le Chacal soit éliminé. L'argent est secondaire pour elle. Cela compte, bien sûr, mais le plus important, c'est de disparaître.

— L'argent? demanda Krupkin. Quel argent?

— Je lui ai proposé de la payer pour ses services, et je le ferai.

— Je peux vous assurer que l'argent n'est pas secondaire pour Mme Lavier.

Le bruit de la clé tournant dans la serrure résonna dans le séjour. Les trois hommes se tournèrent vers la porte et regardèrent entrer Dominique Lavier. Elle réprima un mouvement de surprise, mais très fugitif, et conserva son sang-froid. Les sourcils arqués à la manière hautaine d'un mannequin, elle remit posément la clé dans son sac et dévisagea les intrus.

— Ah, Kruppie, s'exclama-t-elle sans sourciller en anglais, j'aurais dû me douter que tu jouais un rôle dans cette bouillabaisse.

— En effet, ma chère Jacqueline... Levons le masque et disons plutôt ma chère Domi.

— *Kruppie?* s'écria Alex. Domi?... On dirait les retrouvailles de vieux amis!

— Le camarade Krupkin est un des officiers du KGB les plus appréciés à Paris, glissa Dominique Lavier en se dirigeant vers une table rouge en forme de cube placée derrière le canapé de soie blanche et en posant son sac à main. Dans certains milieux, il est de bon ton de le connaître.

— Cela a ses avantages, ma chère Domi. Tu ne peux imaginer toutes les fausses informations que le Quai d'Orsay fait circuler à mon attention dans ces mêmes milieux et comme il est satisfaisant de savoir qu'elles sont fausses... Si je ne me trompe, tu connais déjà notre ami américain et tu es même entrée en pourparlers avec lui. Il ne me reste donc qu'à te présenter à son collègue. Madame Lavier, je vous présente Aleksei Konsolikov.

— Je ne te crois pas, il n'est pas russe. Mes narines sont sensibles aux effluves puissants que dégage l'ours soviétique.

— Ah! Domi, je suis anéanti! Mais tu as raison. Je le laisse donc se présenter lui-même, s'il juge bon de le faire.

— Je m'appelle Alex Conklin, mademoiselle Lavier, et je suis américain. Mais notre ami commun n'a pas entièrement tort. Mes parents étaient Russes et je parle couramment leur langue, ce qui n'arrange pas Kruppie quand nous sommes en compagnie de Soviétiques.

— Je trouve cela charmant.

— C'est précieux quand on connaît Kruppie.

— Je suis blessé, blessé à mort! s'écria Krupkin. Mais peu importe! Tu vas travailler avec nous, Domi?

— Je vais travailler avec vous, Kruppie. Et comment donc! Tout ce que je demande, c'est que Bourne précise la proposition qu'il m'a faite. Avec Carlos, je suis comme un animal en cage, mais, sans lui, je ne suis plus qu'une courtisane sur le retour et sans ressources. Je veux qu'il paie pour la mort de ma sœur et pour tout ce qu'il m'a fait subir, mais je n'ai pas envie de me retrouver dans le ruisseau.

— Dites-moi votre prix, fit Jason.

– Écrivez-le, rectifia Conklin en lançant un coup d'œil à Krupkin.

– Voyons, calcula Dominique Lavier en faisant le tour du canapé et en se dirigeant vers le bureau Leconte. A quelques années près, peu importe si c'est en plus ou en moins, j'ai soixante ans. Sans le Chacal et, si une grave maladie ne m'emporte pas prématurément, il me reste quinze ou vingt ans à vivre.

Elle se pencha sur le bureau et écrivit un chiffre sur le premier feuillet d'un bloc-notes qu'elle détacha et tendit à l'Américain qui ne l'avait pas quittée des yeux.

– Tenez, monsieur Bourne, et je préférerais ne pas avoir à discuter. Cela me semble honnête.

Jason prit le papier et lut la somme qui était inscrite : un million de dollars.

– C'est honnête, admit-il en rendant le papier à Dominique Lavier. Écrivez maintenant où et comment vous voulez être payée, et je prendrai les dispositions nécessaires en sortant d'ici. L'argent sera là demain matin.

La courtisane défraîchie plongea les yeux dans ceux de Jason.

– Je vous crois, avoua-t-elle avant de se pencher derechef sur le bureau pour écrire ses instructions. Le marché est conclu, monsieur, ajouta-t-elle en tendant le papier à Jason. Et que Dieu nous protège! Si nous ne réussissons pas à le tuer, c'en est fait de nous.

– C'est la sœur de la Charité qui parle?

– C'est une femme terrifiée, rien d'autre.

– J'ai plusieurs questions à vous poser, poursuivit Bourne. Voulez-vous vous asseoir?

– Volontiers, mais avec une cigarette.

Dominique Lavier se dirigea vers le canapé et prit son sac à main sur une table rouge avant de se laisser tomber au milieu des coussins. Elle sortit un paquet de cigarettes de son sac, saisit un briquet en or sur la table basse et alluma une cigarette.

– C'est une sale habitude, mais parfois c'est nécessaire, dit-elle en refermant le briquet avec un claquement et en tirant profondément sur sa cigarette. J'attends vos questions, monsieur.

– Que s'est-il passé à l'hôtel Meurice? *Comment* cela a-t-il pu se produire?

– C'est à cause de cette femme... Votre femme, je pense. Comme nous en étions convenus, votre ami de la DST et vous-même étiez embusqués pour surprendre Carlos et l'éliminer quand il arriverait en croyant vous prendre au piège. Pour une raison qui m'échappe, cette femme s'est mise à hurler au moment où vous traversiez la rue de Rivoli... Vous connaissez la suite. Mais comment avez-vous pu me conseiller de prendre une chambre à l'hôtel Meurice en sachant qu'elle y était?

– La réponse est très simple : je ne le savais pas. Et maintenant, où en sommes-nous?

– Carlos m'a conservé sa confiance. Il a tout mis sur le dos de cette femme, votre épouse, à ce qu'il paraît, et il n'a aucune raison de me tenir responsable de quoi que ce soit. Vous étiez à l'hôtel et c'est la meilleure preuve de ma fidélité. Sans votre ami de la DST, vous seriez mort à l'heure qu'il est.

Bourne hocha lentement la tête.

– Pouvez-vous joindre le Chacal? demanda-t-il.

– Pas directement. Je n'ai jamais été en mesure de le faire et je n'ai jamais essayé. Il préfère que cela se passe de cette manière et, comme vous le savez déjà, mon chèque mensuel arrivant ponctuellement, je n'ai jamais eu de raison de l'appeler.

– Mais vous lui faites parvenir des messages, insista Jason. Je le sais.

– C'est vrai, mais jamais directement. J'appelle toujours des vieillards dans des cafés minables. Les noms et les numéros de téléphone changent toutes les semaines et un certain nombre de ces vieillards n'ont pas la moindre idée de ce dont je leur parle. Ceux qui comprennent en appellent immédiatement d'autres qui, à leur tour, s'adressent plus haut. Mes messages arrivent toujours à destination et je dois avouer que c'est très rapide.

– Qu'est-ce que je vous avais dit? lança Krupkin d'un ton triomphant. Nous butons à tous les relais sur des faux noms et des bistrots mal famés! Des murs de pierre!

– Et pourtant les messages arrivent à destination, insista Conklin en répétant les paroles de Dominique Lavier.

– Kruppie a raison, déclara cette femme si élégante malgré le poids des ans en tirant nerveusement sur sa cigarette. La transmission des messages est si contournée qu'il est impossible de parvenir jusqu'au destinataire.

– Peu importe, fit Conklin en plissant les yeux. Tout ce qui compte, c'est qu'ils parviennent rapidement au Chacal. C'est bien ce que vous avez dit, n'est-ce pas?

– Absolument.

– Conklin ouvrit tout grands les yeux et les fixa sur Dominique Lavier.

– Je veux que vous fassiez parvenir au Chacal le message le plus urgent que vous ayez jamais envoyé. Il faut que vous lui parliez en personne! Dites que c'est urgent et d'une telle gravité que vous ne pouvez confier à quiconque le soin de s'en charger.

– Une urgence de quel ordre? demanda Krupkin. Qu'est-ce qui peut être assez important pour que Carlos accède à sa demande? Tout comme notre cher M. Bourne, il flaire de loin tout ce qui peut ressembler à un piège et une communication directe sent le piège à plein nez!

Alex secoua la tête et se dirigea en traînant la patte vers une fenêtre donnant sur la rue où il s'arrêta, l'air absorbé. Derrière ses yeux plissés, l'éclat du regard trahissait l'intensité de sa concentration. Puis il rouvrit petit à petit les yeux.

– Oui, murmura-t-il. Oui, cela pourrait marcher.

– Qu'est-ce qui pourrait marcher? demanda Bourne.

– Dimitri! Appelle ton ambassade et demande-leur de t'envoyer la plus grosse limousine, le véhicule diplomatique le plus imposant que possèdent les défenseurs du prolétariat!

– *Quoi?*

– Fais ce que je te dis! Et vite!

– Aleksei...

– Il n'y a pas une seconde à perdre!

Le ton impérieux et la véhémence de Conklin firent leur effet. Le Russe se dirigea rapidement vers le téléphone et composa le numéro sans quitter des yeux Conklin qui regardait dans la rue. Dominique Lavier tourna la tête vers Bourne. Il lui fit signe qu'il ne comprenait pas tandis que le colonel du KGB parlait rapidement en russe au téléphone.

– C'est fait, dit Krupkin en raccrochant. Maintenant, je pense que tu me dois quelques explications. Et tu as intérêt à être convaincant!

– Moscou, lui répondit Conklin sans cesser de regarder par la fenêtre.

– Alex, je t'en prie!...

– Qu'est-ce que ça veut dire? s'écria Dimitri Krupkin.

– Nous devons faire sortir Carlos de Paris, expliqua Conklin en se retournant. Quelle meilleure destination que Moscou? Vous nous certifiez qu'il a encore confiance en vous? poursuivit-il à l'intention de Dominique Lavier sans laisser le temps aux deux hommes stupéfaits de placer un mot.

– Il n'a aucune raison de me retirer sa confiance.

– Alors, deux mots devraient suffire. « Moscou. Urgence. » Ce sont les mots clés que vous devez transmettre. Arrangez cela comme vous voulez, mais précisez que la nature de la crise exige que vous entriez personnellement en contact avec lui.

– Mais je n'ai jamais...

– Raison de plus, fit Conklin en se tournant vers les deux hommes. A Paris, il a tous les atouts dans son jeu. *Tous.* Une armée à sa disposition, un réseau clandestin de malfrats et de courriers, une infinité de cachettes où il peut se terrer et d'où il peut bondir. Paris est son territoire, son royaume. Nous pourrions battre le pavé pendant des jours, des semaines, voire des mois sans arriver à quoi que ce soit. Jusqu'à ce qu'il vous ait, Marie et toi, dans sa ligne de mire... Tu peux d'ailleurs ajouter deux autres cibles : Mo et moi-même. Londres, Amsterdam, Bruxelles ou Rome, n'importe laquelle de ces capitales serait préférable pour nous, mais le meilleur choix, c'est Moscou. Il s'agit, curieusement, de la seule ville au monde qui exerce sur lui une certaine fascination et c'est aussi la moins hospitalière.

– Aleksei, Aleksei! s'écria Dimitri. Je pense que tu devrais sérieusement envisager de te remettre à boire, car il est évident que tu as perdu la raison! Imaginons que Domi parvienne à joindre Carlos et qu'elle lui dise ce que tu suggères... Crois-tu sérieusement que le simple fait d'apprendre qu'il y a une urgence à Moscou le poussera à sauter dans le premier avion pour la Russie? C'est grotesque!

– Tu peux parier jusqu'à ton dernier rouble! riposta Conklin. Ce message est destiné à convaincre Carlos de la nécessité d'entrer en contact avec elle. Dès qu'il l'appellera, elle fera exploser la bombe... Elle dira qu'elle vient d'apprendre une chose tout à fait extraordinaire qu'elle tient à lui révéler personnellement, sans passer par les canaux habituels.

– Et en quoi consistera cette révélation extraordinaire? demanda Dominique Lavier du fond du canapé en allumant une nouvelle cigarette.

– Le KGB est sur la piste de la taupe du Chacal, place Dzerjinski. Le choix se réduit à l'heure actuelle à une douzaine d'officiers de grades élevés. Dès qu'ils auront démasqué le traître, Carlos sera neutralisé dans la Lubianka et, pire encore, il perdra un informateur qui en sait beaucoup trop long sur lui.

– Mais comment pourrait-elle avoir appris cela? demanda Jason.

– Qui le lui aurait dit? lança Krupkin.

– C'est la vérité, non?

– Comme vos stations ultra-secrètes à Pékin, à Kaboul et – pardonne-moi mon impertinence – sur l'île du Prince-Édouard. Seulement vous n'en parlez jamais.

– J'ignorais l'existence de celle de l'île du Prince-Édouard, avoua Conklin. Quoi qu'il en soit, en certaines occasions, la discrétion est préférable et il suffit de trouver le moyen le plus crédible de transmettre l'information. Il y a quelques minutes encore, je n'avais aucune idée de ce moyen, mais c'est une lacune enfin comblée. Viens par ici, Kruppie... Viens seul pour commencer et approche-toi de la fenêtre. Regarde sur le côté.

Le Russe s'approcha de Conklin et écarta de la fenêtre le tissu épais du rideau.

– Que vois-tu? demanda Alex en lui montrant du doigt une vieille guimbarde marron garée sur l'avenue Montaigne. Elle détonne un peu dans le quartier, non?

Krupkin ne se donna pas la peine de répondre. Il sortit vivement l'émetteur-récepteur miniaturisé de sa poche et enfonça le bouton de transmission.

– Sergei, il y a une automobile de couleur marron garée à peu près à quatre-vingts mètres de l'entrée de l'immeuble...

– Nous le savons, mon colonel. Nous la surveillons et, si vous regardez bien, vous verrez notre voiture de soutien qui est garée juste en face. C'est un vieillard. Il ne bouge pas et tourne seulement la tête de temps en temps pour regarder par la vitre.

– A-t-il un téléphone dans sa voiture?

– Non, camarade. S'il en descendait, il serait suivi. Il ne peut donc entrer en contact avec l'extérieur, sauf instructions contraires de votre part.

– Pas d'instructions contraires. Merci, Sergei. Terminé.

Le Russe se tourna vers Conklin.

– C'est un vieillard, dit-il. Tu l'as vu?

– Oui, il est chauve, répondit Alex. Et il n'est pas tombé de la dernière pluie; il sait qu'on le surveille. Il ne peut pas partir, de crainte qu'il ne se passe quelque chose, et s'il disposait d'un téléphone, il aurait déjà des amis sur l'avenue.

– Le Chacal, dit Bourne en faisant un pas vers la fenêtre.

Puis il s'immobilisa en se souvenant que Conklin avait ordonné à Krupkin de ne pas se montrer.

– Tu comprends maintenant? demanda Alex au Russe.

– Oui, répondit l'officier du KGB en souriant. C'est pour cela que tu m'as demandé de faire venir une limousine aussi voyante que possible. Après notre départ, Carlos apprendra qu'une voiture de l'ambassade soviétique est passée nous prendre. La seule explication valable : nous étions venus interroger Mme Lavier. Il apprendra également que j'étais en compagnie d'un homme de haute stature qui pouvait être Jason Bourne et d'un autre, plus petit et boiteux... Ce qui confirme qu'il s'agissait bien de Jason Bourne. Notre alliance contre nature sera ainsi formellement établie et il se trouve que, dans le courant de l'interrogatoire que nous avons fait subir à Mme Lavier, le ton est monté, certaines allusions ont été faites à l'informateur du Chacal place Dzerjinski.

– Ce dont je n'ai pu avoir connaissance que par Santos, au Cœur du Soldat, acheva posément Bourne. Dominique a ainsi un témoin digne de foi, un des soldats de l'armée de vieillards de Carlos, pour confirmer l'information qu'elle détient... Eh bien, saint Alex, je dois dire que ton esprit retors n'a rien perdu de son acuité.

– J'ai l'impression d'entendre un professeur que j'ai connu naguère... Je croyais qu'il nous avait quitté.

– C'est vrai.

– J'espère que ce n'est que provisoire.

– Bien joué, Aleksei, tu n'as pas perdu la main. Finalement, la tempérance te réussit, même si je suis loin de m'en réjouir... Tu as toujours cette même finesse d'esprit.

– Non, répliqua simplement Conklin en secouant la tête. La plupart du temps, on commet des erreurs stupides. Prenons l'exemple de notre nouvelle « collègue », Domi, comme tu l'appelles si affectueusement. On lui a dit que l'on avait toujours confiance en elle, mais ce n'était pas vrai, pas totalement. On a donc envoyé un vieillard faire le guet devant son appartement... Pas grand-chose, juste une petite assurance dans une voiture incongrue au milieu des Jaguar et des Rolls-Royce. Et, grâce à cela, si tout se passe bien, nous allons toucher le gros lot : Moscou.

– Permets-moi de décrire la situation, Aleksei, même si tu as toujours été bien meilleur que moi dans ce domaine. Je préfère un grand vin à la pensée la plus profonde, même si celui-là – et c'est aussi valable dans ton pays que dans le mien – conduit invariablement à celle-ci.

– Merde! s'écria Dominique Lavier en écrasant sa cigarette. Je ne comprends rien à ce que racontent ces deux idiots!

– Ils vont nous expliquer, croyez-moi, assura Bourne.

– Comme on l'a, trop souvent à mon goût, murmuré et répété dans des cercles d'initiés, poursuivit le Russe, nous avons formé à Novgorod un type complètement fou dont nous nous serions débarrassés d'une balle dans la tête, s'il n'avait réussi à s'enfuir. Si elles avaient été sanctionnées par un gouvernement légitime, en particulier celui de l'une des deux superpuissances, ses méthodes auraient conduit à des affrontements intolérables. Et pourtant, cet homme était au début un authentique révolutionnaire... Un Révolutionnaire avec un grand R que nous, les dépositaires de la Vraie Révolution, nous avons laissé tomber... Ce fut à ses yeux une profonde injustice; il ne l'a jamais oubliée et il aspirera toujours à revenir dans le giron maternel... Bon Dieu! Quand je pense au nombre de gens qu'il a tués en les qualifiant d'«agresseurs» et en se faisant payer des fortunes pour ces assassinats! C'est révoltant!

– Mais vous l'avez rejeté, enchaîna posément Jason, et il cherche à se faire réhabiliter. Il tient à être reconnu comme le tueur d'élite que vous avez formé. Alex et moi avons bâti toute notre stratégie sur sa personnalité de psychopathe... D'après Santos, il ne cessait de se vanter du réseau qu'il était en train de mettre sur pied à Moscou. «Toujours Moscou. C'est une obsession chez lui», m'a dit textuellement Santos. La seule personne dont il connaissait l'existence, mais dont il ignorait le nom était la taupe de Carlos au niveau le plus élevé du KGB. Mais il m'a confié que le Chacal affirmait que d'autres membres de ce réseau occupaient des positions clés dans différents services importants et qu'il leur envoyait de l'argent depuis plusieurs années.

– Il prétend donc avoir constitué un noyau de partisans au sein de notre gouvernement, reprit pensivement Conklin. Il s'imagine encore pouvoir revenir... C'est devenu une idée fixe, mais il n'a jamais compris la mentalité russe. Même s'il s'assure provisoirement les services d'une poignée d'opportunistes cyniques, ils songeront vite à se protéger et ils le lâcheront. Chez nous, personne ne tient à visiter la Lubianka ni à faire un séjour au goulag. Le village à la Potemkine que le Chacal fait construire à la hâte sera détruit par le premier incendie venu.

– Raison de plus pour qu'il se précipite à Moscou afin d'essayer d'éteindre les premières flammes, fit observer Alex.

– Que veux-tu dire? demanda Bourne.

– Carlos sait très bien que l'incendie éclatera dès que son agent, place Dzerjinski, sera démasqué. Son seul moyen d'éviter le pire est de se rendre personnellement à Moscou et de régler la question: son informateur pourra échapper aux investigations des services de sécurité internes du KGB, ou bien il sera contraint de l'éliminer.

— J'avais oublié un autre détail, ajouta Bourne. Santos m'a confié que la plupart de vos compatriotes à la solde de Carlos parlent français. Vous devez donc chercher un homme occupant de hautes fonctions au KGB et parlant français...

Il fut interrompu par la radio de Krupkin. Deux signaux sonores aigus retentirent, à peine étouffés par le tissu de sa veste.

— Oui? fit le Russe en prenant le poste émetteur-récepteur.

— Je ne sais pas ce qui se passe, mon colonel, articula la voix nerveuse de Sergei, mais la limousine de notre ambassadeur vient de s'arrêter devant la porte de l'immeuble. Je vous jure que je n'y comprends absolument rien!

— Ne t'inquiète pas. C'est moi qui l'ai fait venir.

— Mais tout le monde va voir les fanions de l'ambassade!

— Y compris, je l'espère, un vieillard qui attend dans une guimbarde marron. Nous allons descendre dans quelques instants. Terminé... La voiture est arrivée, messieurs, reprit-il en se tournant vers les autres. Où allons-nous nous retrouver, Domi? Et quand?

— Ce soir, répondit Dominique Lavier. Il y a un vernissage à la Galerie d'or, rue de Paradis. L'artiste est un jeune présomptueux qui voudrait devenir une vedette du rock ou je ne sais quoi. Mais il est en vogue et tout le monde y sera.

— Très bien, à ce soir... Venez, messieurs. Nous allons devoir forcer notre nature et faire en sorte qu'on nous reconnaisse quand nous arriverons dans la rue.

La foule allait et venait au milieu des projections de lumière et de la musique généreusement dispensée par un orchestre de rock assourdissant que l'on avait par bonheur relégué dans une pièce contiguë, à une certaine distance de l'exposition proprement dite. N'eussent été les tableaux accrochés aux murs et les spots discrets qui les éclairaient, on aurait pu se croire dans une discothèque et non dans une galerie d'art parisienne.

Avec une suite de petits signes de tête, Dominique Lavier entraîna Krupkin dans un angle de la salle d'exposition. Des sourires affables, des mimiques d'approbation et des éclats de rire feints servaient à couvrir les propos qu'ils échangeaient à voix basse.

— Le bruit court chez les vieux de Paris que leur maître va s'absenter quelques jours. Mais tout le monde doit continuer à chercher le grand Américain et son ami infirme, et noter scrupuleusement les endroits où ils ont été vus.

— Tu as dû faire du bon travail, Domi.

— Quand je lui ai transmis l'information, il y a eu un silence de mort au bout du fil. Je n'entendais que sa respiration, mais il y avait une telle haine dans ce souffle que j'en ai senti mes os se glacer.

— Il est en route pour Moscou, assura l'officier du KGB. Sans doute via Prague.

— Et maintenant, qu'allez-vous faire?

Krupkin rejeta la tête en arrière et leva les yeux au plafond en simulant un grand rire silencieux.

— Moscou, répondit-il avec un sourire en plongeant les yeux dans ceux de Dominique Lavier.

33

Bryce Ogilvie, directeur associé du cabinet Ogilvie, Spofford, Crawford et Cohen, tirait vanité de la discipline qu'il exerçait sur ses émotions. Il ne s'agissait pas seulement de la maîtrise de soi qu'il affectait en toutes circonstances, mais de la calme froideur avec laquelle il surmontait ses craintes les plus profondes en période de crise. Pourtant, ce jour-là, en arrivant dans son bureau et en entendant sonner sa ligne privée, il ressentit un pincement d'appréhension à l'idée d'un appel si matinal sur cette ligne. Puis, en reconnaissant la voix grasseyante du consul général soviétique à New York qui demandait – ou plutôt exigeait – une entrevue immédiate, il ne put s'empêcher d'éprouver une sensation de vide dans la poitrine. Quand le Russe lui avait ordonné de se rendre une heure plus tard dans la suite 4-C de l'hôtel Carlyle, au lieu de lui donner rendez-vous dans l'appartement où ils se retrouvaient habituellement, à l'angle de la 32ᵉ Rue et de Madison Avenue, une douleur déchirante avait succédé à cette sensation de vide. Et, après avoir timidement objecté qu'il était pris de court par cette rencontre impromptue, un trait de feu s'était propagé de sa poitrine jusqu'à sa gorge lorsqu'il avait entendu la réponse du diplomate : « Attendez de voir ce que j'ai à vous montrer. Vous regretterez amèrement de me connaître et d'avoir à venir à ce rendez-vous. Soyez à l'heure. »

Bryce Ogilvie était complètement enfoncé dans le siège arrière de sa limousine, les jambes étendues. Des pensées fugaces, fragmentaires, de richesses, de pouvoir et d'influence ne cessaient de tournoyer dans son cerveau. Il devait se reprendre! Il n'était pas n'importe qui, tout de même! C'était lui, Bryce Ogilvie, l'avocat d'affaires le plus réputé à New York, qui ne le cédait – et encore! – qu'à Randolph Gates en matière de législation financière et antitrust.

Gates! Ce salaud de Gates! Méduse avait demandé au célèbre Randolph un tout petit service : prendre, comme assistant dans une commission gouvernementale dont il était membre, un homme tout à fait recommandable, mais il ne s'était même pas donné la peine de répondre à leurs appels téléphoniques! Des appels dont s'était chargé un intermédiaire acceptable, un général censément intègre, responsable des achats du Pentagone, cet abruti de Norman Swayne. Le général désirait simplement obtenir des renseignements de première main... Peut-être un peu plus que des renseignements, mais cela, Gates ne pouvait pas le savoir.

La limousine s'arrêta au bord du trottoir, devant l'hôtel Carlyle, autrefois l'adresse préférée de la famille Kennedy à New York, aujourd'hui le lieu de rendez-vous clandestin des Soviétiques. Ogilvie attendit pour descendre qu'on vienne lui ouvrir la portière de la voiture. En temps normal, il ne l'aurait pas fait, estimant que c'était une perte de temps inutile, mais ce matin-là, il attendit. Il lui fallait absolument se maîtriser. Il devait redevenir ce Bryce Ogilvie, froid comme la glace, que ses adversaires redoutaient dans les salles d'audience.

La montée dans l'ascenseur jusqu'au quatrième étage fut rapide, le trajet dans le couloir à la moquette bleue sensiblement plus lent et les derniers mètres très pénibles. Ogilvie respira profondément et se redressa en appuyant sur la sonnette. Vingt-huit secondes plus tard, vingt-huit secondes interminables, la porte fut ouverte par le consul général soviétique, un homme sec et de taille moyenne, au nez aquilin, à la peau pâle et aux grands yeux sombres.

A soixante-treize ans, Vladimir Sulikov débordait d'énergie. Ancien professeur d'histoire à l'université de Moscou et marxiste convaincu, curieusement, compte tenu de sa haute position, il n'était pas membre du parti communiste. En réalité, il ne soutenait aucune orthodoxie politique, préférant jouer la carte de l'indépendance au sein d'une société collectiviste. Cette philosophie jointe à une intelligence aiguë lui avait été profitable, car il avait été affecté à des postes où des individus plus conformistes n'auraient pas eu la moitié de son efficacité. Grâce à cet ensemble de qualités et à une pratique assidue de la culture physique, Sulikov paraissait quinze ans de moins que son âge. Ce mélange d'une sagesse, acquise au fil d'une longue carrière, et d'une vitalité propre à la jeunesse, faisait de lui un négociateur redouté.

L'accueil fut très froid. Sulikov donna à Ogilvie une poignée de main, sèche et rapide, et lui indiqua un fauteuil capitonné, au dossier droit. Debout, devant le manteau de marbre blanc de la cheminée, comme s'il s'agissait d'un tableau noir, les mains jointes derrière le dos, on eût dit un professeur s'apprêtant à interroger et à sermonner en même temps un étudiant indiscipliné et raisonneur.

— Allons droit au but, fit sèchement le diplomate. Vous savez qui est l'amiral Peter Holland?

— Évidemment. C'est le directeur de la CIA. Pourquoi me demandez-vous cela?

— Est-il des vôtres?

494

– Non.

– Vous en êtes certain?

– Bien sûr que j'en suis certain.

– Est-il possible qu'il se soit rangé de votre côté sans que vous en ayez eu connaissance?

– Absolument pas. Je ne l'ai jamais vu. Mais si vous m'avez fait venir pour cet interrogatoire d'amateur, à la russe, trouvez quelqu'un d'autre!

– Oh! Le respectable avocat d'affaires s'élève contre quelques simples questions?

– Je m'élève contre la manière insultante dont vous me traitez. Ce que vous m'avez dit au téléphone était déjà étonnant et j'aimerais avoir des explications. Venons-en au fait, voulez-vous?

– J'y arrive, maître, j'y arrive, à ma manière. Nous autres Russes, nous protégeons nos flancs. C'est une leçon que nous avons retenue de la tragique victoire de Stalingrad, une expérience que les Américains n'ont jamais eu à subir.

– J'ai fait une autre guerre, comme vous le savez fort bien, répliqua Ogilvie d'un ton glacial. Mais, si les livres d'histoire ne mentent pas, votre hiver russe vous a donné un bon coup de main.

– Ce serait difficile à expliquer aux dizaines de milliers de mes compatriotes dont les cadavres gelés jonchaient la campagne.

– Dont acte. Recevez à la fois mes condoléances et mes félicitations... Mais ce n'est pas l'explication que je vous ai demandée.

– J'essaie seulement de mettre en lumière un truisme, jeune homme. Nous sommes condamnés à répéter les douloureuses leçons d'une histoire que nous n'avons pas connues... Nous protégeons nos flancs, je le répète et, si d'aucuns, dans les milieux diplomatiques, soupçonnent que nous nous trouvons dans une situation embarrassante parce que nous avons été abusés, nous renforçons la défense de ces flancs. C'est une leçon simple pour un homme aussi cultivé que vous.

– Et tellement évidente qu'elle est sans intérêt. Parlez-moi plutôt de l'amiral Holland.

– Encore un peu de patience... Permettez-moi d'abord de vous demander si vous connaissez un certain Alexander Conklin.

Bryce Ogilvie se raidit sur son siège, l'air stupéfait.

– Où avez-vous pêché ce nom? demanda-t-il d'une voix à peine audible.

– Ce n'est pas tout. Il y a aussi un homme nommé Panov. Mo Panov... un médecin juif selon toute vraisemblance. Et enfin, maître, une femme et un homme que nous supposons être le tueur connu sous le nom de Jason Bourne et son épouse.

– Mon Dieu! s'écria Ogilvie, le corps raide et tendu vers l'avant, les yeux exorbités. Qu'est-ce que tous ces gens ont à voir avec *nous*?

– C'est ce que nous devons découvrir, répondit Sulikov, les yeux fixés sur l'avocat de Wall Street. A l'évidence, vous connaissez chacune de ces personnes, n'est-ce pas?

— Euh! oui... Non, se récria Ogilvie, le visage cramoisi. C'est autre chose... Cela n'a rien à voir avec nos affaires, des affaires dans lesquelles nous avons investi des millions de dollars et développées pendant vingt ans!

— Puis-je me permettre de vous rappeler, maître, que cela vous a également rapporté des millions de dollars.

— Des investissements sur les marchés internationaux! s'écria l'avocat. Ce n'est pas un crime dans notre pays! Il suffit d'appuyer sur une touche et l'argent traverse les océans... Ce n'est pas un crime!

— Vraiment? demanda le soviétique en haussant les sourcils. Je m'attendais à mieux de votre part. Vous prenez le contrôle de sociétés dans toute l'Europe, par des acquisitions ou des fusions, en utilisant des prête-noms et en trompant les administrateurs. Les firmes dont vous prenez le contrôle représentent des sources d'approvisionnement, souvent sur les mêmes marchés, ce qui vous permet d'agir sur les prix entre d'anciens concurrents. Cela porte, si je ne me trompe, le nom d'entente illicite, ce qui, en Union soviétique, ne tombe pas sous le coup de la loi, puisque les prix sont fixés par l'État.

— Il n'existe absolument aucune preuve pour étayer vos accusations! répliqua vivement Ogilvie.

— Bien sûr que non, puisqu'il y a des menteurs et des hommes de loi sans scrupules qui achètent et conseillent ces menteurs. C'est une entreprise sophistiquée qui fonctionne à la perfection et dont nous avons tous deux tiré profit. Cela vous a permis de nous vendre pendant des années ce dont nous avions besoin ou ce que nous convoitions, y compris le matériel sensible figurant sur les listes établies par votre gouvernement, sous tellement de noms de sociétés différentes que même nos ordinateurs étaient incapables de s'y retrouver.

— Vous n'avez pas la moindre preuve! protesta l'avocat de Wall Street.

— Je n'ai aucunement l'intention de réunir des preuves, maître. Tout ce qui m'intéresse, ce sont les noms que je vous ai cités. Dans l'ordre l'amiral Holland, Alexander Conklin, le Dr Panov et enfin Jason Bourne et son épouse. J'aimerais que vous me parliez d'eux.

— Pourquoi? s'écria Ogilvie d'une voix implorante. Je viens de vous dire qu'ils n'avaient rien à voir avec nous, rien à voir avec nos accords!

— Nous ne sommes pas de cet avis. Voulez-vous commencer par l'amiral Holland?

— Oh! je vous en prie!...

L'avocat secoua vigoureusement la tête, ouvrit plusieurs fois la bouche pour protester, puis se résigna à parler d'une voix haletante.

— Bon, Holland... Vous allez voir... Nous avions recruté à Langley un analyste du nom de DeSole qui, pris de panique, a voulu laisser tomber.

Comme nous ne pouvions permettre cela, nous l'avons éliminé, ou plutôt fait éliminer par des professionnels. Nous avons été obligés d'agir de même avec plusieurs autres personnes dont l'instabilité représentait un danger potentiel. Holland a peut-être eu des soupçons et a envisagé sans doute l'hypothèse d'actes criminels, mais il n'a pu dépasser le stade de l'hypothèse. Les professionnels à qui nous avons fait appel n'ont laissé aucune trace... Ils n'en laissent jamais.

– Très bien, acquiesça Sulikov sans s'éloigner de la cheminée ni quitter Bryce Ogilvie des yeux. Et maintenant, Alexander Conklin.

– C'est un ancien chef de station de la CIA, lié à Panov qui est psychiatre. Ils sont deux proches de l'homme qui se fait appeler Jason Bourne et de sa femme. Conklin et Bourne se connaissent depuis des années, depuis l'époque de Saigon. Nous avons été infiltrés, plusieurs des nôtres ont été contactés et menacés, et DeSole en est arrivé à la conclusion que cette infiltration était l'œuvre de Bourne, avec l'aide de Conklin.

– Comment s'y est-il pris?

– Je l'ignore. Tout ce que je sais, c'est qu'il faut se débarrasser de lui et nos « professionnels » ont accepté le contrat. Disons plutôt les contrats, car ils doivent tous êtes éliminés.

– Vous avez mentionné Saigon.

– Bourne faisait partie du Méduse initial, reconnut calmement Ogilvie. Et il ne valait pas mieux que le reste de la racaille qui composait ce bataillon... Peut-être a-t-il tout simplement reconnu quelqu'un vingt ans après? Mais, d'après ce que DeSole nous a raconté, ce minable de Bourne aurait été formé par l'Agence pour jouer le rôle d'un tueur international dans le but de démasquer un assassin surnommé le Chacal. La stratégie a échoué, Bourne a été mis à la retraite, une retraite dorée, sans doute. « Merci d'avoir essayé, mon vieux, mais c'est terminé maintenant. » Comme à l'évidence cela ne lui suffisait pas, il s'est lancé sur notre piste... Vous comprenez maintenant? Les deux problèmes sont distincts et n'ont absolument aucun lien entre eux.

Le diplomate décroisa les mains et fit un pas vers l'avocat. L'expression de son visage était plus soucieuse que véritablement alarmée.

– Êtes-vous vraiment aveugle ou avez-vous des œillères qui vous empêchent de voir autre chose que votre entreprise?

– Je ne me laisserai pas insulter! Que voulez-vous dire?

– Le lien existe, il a été volontairement établi, dans un but précis. Ils vous ont découverts par hasard, vous n'êtes qu'un problème secondaire qui a brusquement pris une importance capitale pour les autorités.

– Je ne... comprends pas, balbutia Ogilvie en blêmissant.

– Vous venez de parler d'« un assassin surnommé le Chacal » et vous présentez Bourne comme une sorte de truand sans envergure que l'on aurait formé pour prendre le rôle d'un tueur et qui, ayant échoué, aurait été mis à la retraite. Une « retraite dorée », pour reprendre vos propres termes.

— C'est ce que l'on m'a raconté...

— Et que vous a-t-on dit d'autre sur Carlos le Chacal? Et sur l'homme qui se fait appeler Jason Bourne? Que savez-vous exactement?

— Franchement, pas grand-chose. Ce sont deux tueurs vieillissants qui se traquent mutuellement depuis des années. Tout le monde s'en fout, non? Ma seule préoccupation est que notre organisation fonctionne dans le plus grand secret... Ce que vous avez jugé bon de remettre en question.

— Vous ne comprenez toujours pas?

— Comprendre quoi, bon Dieu?

— Bourne n'est peut-être pas le minable que vous imaginez. Regardez plutôt avec qui il est allié!

— Soyez plus clair, fit Ogilvie d'une voix sans timbre.

— Il se sert de Méduse pour traquer le Chacal.

— Impossible! Le Méduse qu'il a connu n'a pas survécu à Saigon!

— A l'évidence, ce n'est pas son avis. Auriez-vous l'obligeance d'enlever votre belle veste et de remonter la manche de votre chemise pour montrer le petit tatouage à l'intérieur de votre avant-bras?

— Grotesque! Ce n'est qu'une marque honorifique remontant à une guerre à laquelle personne ne croyait, mais qu'il fallait mener jusqu'au bout!

— Je vous en prie, maître! Une guerre que vous avez menée depuis les quais et les entrepôts de Saigon! En détournant ce que vous pouviez et en envoyant des courriers dans les banques suisses! On ne reçoit pas de décorations pour une conduite aussi héroïque!

— Une hypothèse gratuite, dénuée de tout fondement! s'écria Ogilvie.

— Allez donc raconter cela à Jason Bourne, un des chefs de la Femme-Serpent dans sa version originale... Eh oui, maître, il vous a cherchés, il vous a trouvés et il se sert de vous pour traquer le Chacal!

— Mais *comment?*

— Franchement, je n'en sais rien. Mais j'ai quelque chose à vous montrer.

Le consul se dirigea rapidement vers le bureau et prit une liasse de pages dactylographiées qu'il tendit à Bryce Ogilvie.

— Voici le texte décodé de plusieurs conversations téléphoniques qui ont eu lieu, il y a quelques heures, dans notre ambassade, à Paris. Nous avons pu formellement établir l'identité des protagonistes et de leurs correspondants. Lisez soigneusement, maître, avant de me donner votre opinion de juriste.

Le célèbre avocat, l'imperturbable Bryce Ogilvie, se jeta sur les papiers et commença à les lire rapidement, d'un œil exercé. A chaque feuille qu'il tournait, le sang se retirait un peu plus de son visage jusqu'à ce que son teint devienne d'une pâleur cireuse.

— Mon Dieu! Ils savent tout! Tous mes bureaux sont sur table d'écoute! Mais comment? Mais pourquoi? C'est incompréhensible! Nous sommes *impénétrables!*

498

– Puis-je vous suggérer cette fois encore d'aller raconter cela à Jason Bourne et à son vieil ami Alexander Conklin, l'ancien chef de la station de Saigon? Ils ont tout découvert.

– C'est impossible! rugit Bryce Ogilvie. Nous avons acheté ou éliminé les membres de l'ancien Méduse qui soupçonnaient l'ampleur de nos activités. Ils n'étaient pourtant pas nombreux, surtout ceux qui participaient aux opérations sur le terrain! C'était la lie, le rebut de l'humanité... Nous le savions, nous! Tous des voleurs et des criminels recherchés en Australie ou dans tout l'Extrême-Orient! Nous connaissions ceux qui combattaient et nous les avons neutralisés!

– Il y en a deux qui ont dû vous échapper, fit observer Sulikov.

L'avocat se pencha de nouveau sur les feuilles dactylographiées et de grosses gouttes de sueur roulèrent sur ses tempes.

– C'est affreux, murmura-t-il d'une voix éteinte. Je suis ruiné!

– J'avoue que cette pensée m'a traversé l'esprit, glissa le consul général soviétique. Mais il y a toujours des solutions, n'est-ce pas? Il va de soi qu'en ce qui nous concerne, notre ligne de conduite est toute tracée. Comme tant d'autres Européens, nous avons été victimes d'impitoyables requins capitalistes. Pauvres agneaux sans défense, sacrifiés sur l'autel du profit par un cartel de vautours américains qui accaparaient les marchés, vendaient des marchandises et des services de qualité inférieure à un coût exorbitant, et affirmaient, faux documents à l'appui, avoir l'accord de Washington pour livrer de grandes quantités de matériel sensible à nous-mêmes et à nos satellites.

– Espèce de fumier! tonna Ogilvie. Vous avez travaillé la main dans la main avec nous, tous autant que vous êtes, depuis le début! Vous avez rassemblé pour nous des millions de dollars venant des pays du bloc soviétique, vous avez détourné, rebaptisé, *repeint* des navires de la Méditerranée à la mer Égée, de la mer de Marmara au Bosphore, sans parler des ports de la Baltique!

– Prouvez-le, maître, suggéra Sulikov avec un petit rire. Maintenant, si vous le souhaitez, je pourrais arranger votre passage à l'Est... Vos compétences seraient appréciées à Moscou.

– *Quoi?* s'écria Ogilvie, le visage ravagé par la panique.

– Il me semble évident que vous ne pouvez pas rester ici plus longtemps qu'il n'est nécessaire. Lisez bien ce qui est écrit, maître. Vos bureaux sont placés sous surveillance électronique, dernière étape avant votre arrestation.

– Seigneur!...

– Vous pourriez vous établir à Hong-kong ou Macao, votre fortune y serait bien accueillie, mais, avec les problèmes qu'ils ont avec les marchés de la Chine communiste et l'expiration du traité sino-britannique en 1997, les accusations portées contre vous les feraient certainement tiquer. A mon avis, la Suisse est hors de question; les accord bilatéraux sont devenus rigoureux, comme Vesco en a fait l'expérience. Ah! Vesco! Vous pourriez aller le rejoindre à Cuba...

— Arrêtez! hurla Ogilvie.

— Vous pourriez encore dénoncer vos complices... Il y a tellement de choses à débrouiller. Cela pourrait vous valoir une remise de peine d'une dizaine d'années sur les trente ans qui vous seraient infligés.

— Je vais vous tuer!

La porte s'ouvrit et un membre du service de sécurité du consulat apparut, une main glissée à l'intérieur de sa veste. L'avocat qui avait bondi de son siège se mit à trembler comme une feuille et retomba dans le fauteuil, la tête enfouie dans ses mains.

— Une telle attitude ne joue pas en votre faveur, observa posément Sulikov. Allons, maître, gardez la tête froide et évitez ces réactions émotionnelles.

— Mais comment pouvez-vous dire une chose pareille? demanda Ogilvie d'une voix étranglée. Je suis fini, ajouta-t-il, au bord des larmes.

— C'est, à mon sens, un jugement un peu trop définitif pour un homme aussi ingénieux que vous. Il est vrai que vous ne pouvez pas rester ici, mais vos ressources sont encore colossales. Agissez à partir de cette position de force. Arrachez des concessions; c'est l'art de la survie. Les autorités finiront par reconnaître la valeur de ce que vous leur apportez comme elles l'ont fait pour Bœsky, Levine et plusieurs dizaines d'autres qui purgent une peine minimale en jouant au tennis et au backgammon, et qui ont mis à l'abri une fortune considérable. Essayez donc cela.

— Et comment? demanda l'avocat, les yeux rougis, en lançant un regard implorant au diplomate.

— Ce qu'il faut d'abord choisir, c'est le lieu, expliqua Sulikov. Il faut trouver un pays neutre qui n'ait pas d'accord d'extradition avec Washington, où vous pourrez persuader les autorités de vous accorder un asile temporaire et de vous laisser poursuivre vos activités. Le terme « temporaire » étant, cela va sans dire, extrêmement élastique. Bahreïn, les Émirats arabes unis, le Maroc, la Turquie, la Grèce... Ce ne sont pas les possibilités intéressantes qui manquent. Et vous trouverez partout une importante colonie anglo-saxonne... Nous-mêmes, nous pouvons vous aider, très discrètement.

— Pourquoi feriez-vous cela?

— Votre cécité vous reprend, monsieur Ogilvie. Pour l'argent, bien entendu... Vous disposez d'une extraordinaire organisation en Europe. Elle est en place et elle fonctionne. Sous notre contrôle, nous en tirerions un profit considérable.

— Ce n'est... pas possible, murmura le chef de Méduse en plongeant les yeux dans ceux du diplomate.

— Avez-vous le choix?... Allons, maître, nous n'avons pas de temps à perdre. Il y a de nombreuses dispositions à prendre. Il nous reste heureusement une grande partie de la journée.

500

Il était 15 h 25 quand Charles Casset entra dans le bureau de Peter Holland, à Langley.

– C'est gagné, annonça le sous-directeur de la CIA. Peut-être, ajouta-t-il d'une voix moins enthousiaste.

– Le cabinet Ogilvie? demanda le DCI.

Casset acquiesça de la tête et posa plusieurs photographies sur le bureau de Holland.

– Nous les avons reçues par fax, il y a une heure, en provenance de l'aéroport Kennedy. Et nous n'avons pas chômé depuis, vous pouvez me croire.

– De l'aéroport Kennedy? s'exclama Peter Holland en étudiant attentivement les fac-similés des photographies.

La série de clichés montrait une file de voyageurs passant à travers les détecteurs de métal de l'un des terminaux internationaux de l'aéroport. Sur chaque photo, la tête d'un homme, toujours le même, était entourée d'un cercle rouge.

– Qui est cet homme? demanda le DCI.

– Ce sont des passagers qui se dirigent vers le salon d'attente de l'Aeroflot et prennent un vol à destination de Moscou. Les services de sécurité prennent des clichés de routine de tous les ressortissants américains sur ces vols.

– Et alors? Qui est-ce?

– Bryce Ogilvie en personne.

– Quoi?

– Il a pris le vol direct de 14 heures à destination de Moscou... Mais il n'est pas censé l'avoir fait.

– Pouvez-vous être plus clair?

– Trois appels distincts à son secrétariat ont obtenu la même réponse : Ogilvie est parti à Londres où il est descendu à l'hôtel Dorchester. Nous savons que c'est faux, mais la réception du Dorchester nous a confirmé qu'il avait une réservation et qu'il n'était pas encore arrivé.

– Je ne comprends pas, Charlie.

– C'est un écran de fumée et il a été élevé précipitamment. Pour commencer, pourquoi un homme aussi riche prendrait-il un vol de l'Aeroflot alors qu'un Concorde le mène à Paris d'où il peut prendre un vol Air France jusqu'à Moscou? Et pourquoi son secrétariat affirme-t-il qu'il est en route pour Londres ou même arrivé en Angleterre alors que c'est pour Moscou qu'il est parti?

– Le choix de l'Aeroflot me semble évident, fit Holland. C'est la compagnie d'État et il s'est placé sous la protection des Russes. Quant à Londres et l'hôtel Dorchester, ce n'est pas trop difficile à comprendre. C'est pour lancer les gens – pour *nous* lancer – sur une fausse piste.

– Très bien, chef. Valentino a donc vérifié tout cela avec son matériel ultra-sophistiqué et devinez ce qu'il a découvert?... Mme Ogilvie et leurs deux grands enfants sont en ce moment sur un vol de Royal Air Maroc à destination de Casablanca, avec correspondance pour Marrakech.

– Marrakech?... Le Maroc... *Marrakech*. Attendez une seconde... Dans les listings que Conklin nous a fait établir sur les clients de l'hôtel Mayflower, il y avait une femme – l'une des trois personnes qu'il soupçonnait d'appartenir à Méduse – qui était allée à Marrakech.

– Quelle mémoire! Eh bien, Peter, apprenez que cette femme et l'épouse d'Ogilvie ont fait leurs études ensemble à Bennington, au début des années 70. Bonnes familles; un milieu où on se serre les coudes et on échange des tuyaux.

– Qu'est-ce que tout cela signifie, Charlie?

– Cela signifie que les Ogilvie ont été avertis qu'ils étaient sous surveillance et qu'ils ont pris la poudre d'escampette. Cela signifie aussi, et je ne pense pas me tromper, qu'en épluchant plusieurs centaines de comptes bancaires, nous découvrirons que des millions de dollars ont été transférés Dieu sait où.

– Et alors?

– Méduse s'est établi à Moscou, monsieur le directeur.

34

Louis DeFazio s'extirpa du taxi, suivi par son cousin Mario – de Larchmont, New York –, beaucoup plus large, lourd et musclé que lui. Les deux hommes demeurèrent immobile sur le trottoir du boulevard Masséna devant un restaurant dont le nom brillait en lettres rouges au-dessus de la façade aux vitres teintées en vert : *Tetrazzini*.

– C'est là, dit Louis. Ils sont dans une arrière-salle privée.

– Il est déjà tard, constata Mario en regardant sa montre à la lumière d'un réverbère. Je vais mettre ma montre à l'heure de Paris. Il est près de minuit ici.

– Ils nous attendent.

– Tu ne m'as toujours pas dit leur nom, Lou. Comment dois-je les appeler ?

– Tu ne les appelles pas, répondit DeFazio en s'avançant vers l'entrée. Même s'ils avaient des noms, cela ne signifierait rien. Tout ce que tu as à faire, c'est d'être respectueux. Tu vois ce que je veux dire ?

– C'est pas la peine d'insister, Lou, fit Mario d'un ton réprobateur. Non, c'est vraiment pas la peine... Mais explique-moi quand même pourquoi tu me demandes ça.

– C'est un *diplomatico* de haut vol, expliqua le *capo supremo* en s'arrêtant et en levant les yeux vers l'homme qui, sans le savoir, avait failli tuer Bourne à Manassas. Il évolue dans les hautes spères, mais surtout, il est en relation directe avec les dons de Sicile. Sa femme et lui sont tenus en très haute estime, si tu vois ce que je veux dire.

– Oui et non, répondit le cousin. S'il est tellement estimé, pourquoi accepte-t-il une tâche aussi insignifiante que celle de suivre nos cibles ?

– Parce qu'il peut tout faire. Il sera accepté dans des endroits qui resteront interdits à nos *pagliacci*, tu comprends ? Et puis, j'ai révélé à New York qui étaient nos clients, surtout l'un d'eux, *capisce* ? Sais-tu, *cugino,* que, de Manhattan au sud de Palerme, les dons ont un langage à leur seul usage?... Un langage qui se réduit à deux phrases : « Faites-le » et « Ne le faites pas ».

– Je crois que je comprends, Lou. Nous leur devons le respect.

– Oui, mais respect n'est pas faiblesse. Pas de faiblesse! Il faut que le bruit circule partout que c'est une opération dont Lou DeFazio a pris le contrôle et qu'il a menée du début à la fin. *Capisce?*

– Dans ce cas, je peux rentrer retrouver Angie et les gosses, lança Mario en souriant.

– Quoi?... Ça suffit, *cugino!* Avec cette mission, tu vas gagner une rente pour ta douzaine de *bambini*.

– Je n'en ai que cinq, Lou.

– Allons-y. Et n'oublie pas : du respect, mais nous n'acceptons pas tout.

La petite salle à manger privée était une version miniature du décor du Tetrazzini et le cadre était italien au plus haut degré avec ses murs couverts de vues de Venise, Rome et Florence. La musique diffusée en sourdine était essentiellement contituée d'airs d'opéra et de tarentelles, et l'éclairage indirect laissait de larges zones d'ombre dans la petite salle. Les clients auraient pu se croire à Rome, via Frascati, dans un des nombreux petits restaurants de famille bordant la vieille rue.

Le centre de la salle était occupé par une grande table ronde couverte d'une nappe pourpre, autour de laquelle étaient disposées quatre chaises. D'autres sièges étaient alignés le long des murs, permettant de tenir une conférence élargie ou pouvant être utilisés par des gardes du corps armés. Au bout de la table, un homme à l'allure distinguée, au teint basané et aux cheveux bruns et ondulés avait à sa gauche une femme d'âge mur, élégamment vêtue et coiffée avec recherche. Devant eux étaient posée une bouteille de chianti classico et deux verres à vin dont la simplicité contrastait vivement avec leur allure raffinée. Un attaché-case de cuir noir était posé sur une chaise, derrière le diplomate.

– Je suis Louis DeFazio, dit le *capo supremo* de New York en refermant la porte derrière lui. Et voici mon cousin Mario dont vous avez peut-être entendu parler... Il a beaucoup de talent et il a accepté de s'arracher à sa famille pour m'accompagner.

– Bien sûr, répliqua le mafioso aux manières aristocratiques. Mario, *il boia, esecuzione garantito.* Toutes les armes lui conviennent. Prenez donc un siège, messieurs.

– Je trouve que ce genre de description n'a aucun sens, protesta Mario en s'avançant vers une chaise. Je fais mon travail de mon mieux, c'est tout.

– Vous parlez comme un professionnel, signore, remarqua la femme tandis que DeFazio et son cousin s'asseyaient. Voulez-vous que je commande du vin ou préférez-vous autre chose?

– Pas maintenant, répondit Louis. Peut-être plus tard... Mon cher cousin du côté de ma mère – qu'elle repose en paix! – m'a posé une bonne question avant d'entrer. Il m'a demandé comment nous devons vous appeler, M. et Mme Paris. Une manière comme une autre de dire que je n'ai pas besoin de connaître votre vrai nom.

— On nous appelle en général *conte* et *contessa*, répondit l'homme en souriant d'un sourire figé, comme s'il avait posé un masque sur son visage.

— Tu comprends ce que je voulais te dire, *cugino?* Ce sont des personnes de qualité... Alors, monsieur le comte, si vous nous mettiez au parfum, hein?

— Assurément, signor DeFazio, répondit le Romain d'une voix aussi contrainte que le sourire qui s'était retiré de ses traits, je vais vous mettre au parfum. Mais j'aurais assurément préféré ne jamais vous avoir connu.

— Bordel de merde! Qu'est-ce que ça veut dire, ça?

— Lou, je t'en prie! articula Mario d'une voix calme mais ferme. Surveille ton langage!

— Et son langage, à lui? Non, mais, tu as entendu ce qu'il a dit?

— Vous m'avez demandé ce qui s'était passé, signor DeFazio, et je vous le dis, poursuivit l'aristocrate d'une voix glacée. Hier à midi, ma femme et moi avons failli nous faire tuer... Oui, signor DeFazio, *tuer!* C'est une expérience à laquelle nous ne sommes pas accoutumés et que nous ne pouvons tolérer. Savez-vous bien où vous avez mis les pieds?

— Vous?... Vous êtes marqués?

— Si vous entendez par là qu'ils savent qui nous sommes, il n'en est heureusement rien. S'ils l'avaient découvert, nous ne serions probablement pas ici!

— Signor DeFazio, glissa la comtesse en engageant d'un froncement de sourcils son mari à se calmer, il semble, d'après ce que l'on nous a appris, que vous ayez un contrat sur l'infirme et sur son ami le médecin. Est-ce exact?

— Ouais, confirma le *capo supremo* avec un regard méfiant. Le contrat va même plus loin que ça, si vous voyez ce que je veux dire.

— Non, je n'en ai pas la moindre idée, assura le comte sans se départir de son attitude glaciale.

— Je vais vous expliquer, parce qu'il est possible que j'ai besoin de votre aide et je répète que vous serez bien payés, très bien payés pour cela.

— Qu'entendez-vous par « le contrat va plus loin »? demanda la comtesse en interrompant derechef les deux hommes.

— Nous avons quelqu'un d'autre à liquider. Une troisième cible que ces deux-là sont venus retrouver.

Le comte et la comtesse échangèrent aussitôt un regard de connivence.

— Une troisième cible, répéta le Romain en portant lentement son verre de vin à ses lèvres. Je vois... Un contrat sur trois cibles est en général très lucratif, signor DeFazio. Combien cela vous rapporte-t-il?

— Hé! Doucement! Est-ce que je vous demande combien vous vous faites par semaine, à Paris? Disons simplement que c'est un gros paquet. En ce qui vous concerne, et si tout se passe bien, vous pouvez compter sur une somme avec cinq zéros.

— Tout dépend du premier chiffre, fit remarquer la comtesse. Cela semble également indiquer que le montant du contrat est un nombre à sept chiffres.

— Sept?... fit DeFazio en retenant son souffle, le regard fixé sur la femme élégante.

— Cela devrait faire au moins un million de dollars, dit la comtesse.

— Eh bien, vous comprenez... Il est très important pour nos clients que ces personnes soient rayées du nombre des vivants, insista Louis en recommençant à respirer après avoir compris qu'ils ignoraient que le montant du contrat était de sept millions de dollars. Nous ne posons pas de questions, nous nous contentons de faire notre travail. Dans ce genre de situation, nos dons sont généreux. Nous gardons la plus grande partie de l'argent et cela renforce notre réputation d'efficacité. Tu es d'accord avec moi, Mario?

— Je suis d'accord, Lou, mais je ne me mêle pas de ces choses-là.

— Tu te fais payer, quand même, *cugino?*

— Je ne serais pas là si on ne me payait pas, Lou.

— Vous voyez ce que je veux dire? poursuivit DeFazio en se retournant vers les deux aristocrates de la mafia européenne qui fixaient sur l'Américain un regard sans expression. Hé! Qu'est-ce que vous avez?... Ah! C'est cette sale histoire qui vous est arrivée hier? Ils vous ont vus, c'est ça? Ils vous ont repérés et un gorille a tiré deux ou trois coups de feu en l'air pour vous faire peur. C'est bien ça, hein? Qu'est-ce que ça pourrait être d'autre? Ils ne savaient pas qui vous étiez, mais vous étiez là et ils vous avaient peut-être remarqués. Alors, ils ont fait un peu d'intimidation. Ce vieux truc marche à tous les coups : foutre les jetons à des inconnus dont on a déjà vu la tête.

— Lou, je t'ai déjà demandé de surveiller ton langage.

— Oui, mais je commence à m'énerver, moi! Je veux conclure notre marché!

— Pour que les choses soient bien claires, précisa le comte d'une voix douce sans paraître se préoccuper de l'excitation de DeFazio, vous devez éliminer le boiteux et son ami le médecin, ainsi qu'une troisième personne, c'est bien cela?

— Vous avez tout compris.

— Savez-vous qui est cette troisième personne?... Je ne vous demande pas si vous avez une photo d'elle ou une description détaillée.

— Bien sûr. C'est un pourri qui travaille pour le gouvernement et qui a été envoyé en Europe il y des années pour jouer le même rôle que Mario, un *esecuzione.* C'est dingue, non? Les trois cibles ont fait du tort à nos clients, beaucoup de tort, et c'est pour ça qu'il y a ce contrat sur elles. Que voulez-vous que je vous dise de plus?

506

– Nous ne sommes pas sûrs, dit la comtesse en buvant avec grâce une gorgée de vin. Peut-être n'êtes-vous vraiment pas au courant.

– Au courant de quoi?

– Il y a quelqu'un d'autre pour qui l'élimination de cette troisième cible est beaucoup plus importante que pour vous, expliqua le comte. Hier à midi, cet homme a donné l'assaut à une auberge de campagne où se trouvait la troisième cible et provoqué un carnage. Nous nous trouvions aussi dans cette auberge... Un guetteur est venu les avertir et nous les avons vus sortir précipitamment. Certaines réactions sont communicatives. Nous avons immédiatement quitté l'auberge, quelques minutes avant le massacre.

– *Condannare!* s'écria DeFazio d'une voix étranglée. Quel est le fumier qui veut l'éliminer? Dites-le-moi!

– Nous avons passé l'après-midi d'hier et toute la journée d'aujourd'hui à essayer de le découvrir, répondit la femme en se penchant vers la table et en caressant distraitement son verre. Vos cibles ne sont jamais seules. Il y a toujours des hommes autour d'elles, des gardes armés. Au début, nous ne savions pas qui étaient ces hommes, mais nous avons vu une limousine de l'ambassade soviétique venir les chercher et nous avons aperçu votre troisième cible en compagnie d'un officier connnu du KGB. Maintenant, nous croyons savoir.

– Mais vous êtes le seul à pouvoir confirmer la justesse de notre théorie, ajouta le comte. Quel est le nom du troisième homme? Je pense que nous avons le droit de le savoir.

– Pourquoi pas? C'est un raté du nom de Jason Bourne. Et ce Bourne fait chanter nos clients.

– *Ecco,* dit posément le Romain.

– *Ultimo,* ajouta sa femme. Que savez-vous sur lui?

– Rien d'autre que ce que je viens de vous dire. Il a été envoyé en mission clandestine par le gouvernement, mais il s'est fait entuber par Washington. Il en a eu marre et maintenant, il essaie à son tour d'entuber nos clients. C'est une ordure.

– Avez-vous entendu parler de Carlos le Chacal? poursuivit le comte en se redressant sur sa chaise sans quitter des yeux le *capo supremo*.

– Bien sûr que j'ai entendu parler de lui. Et je vois où vous voulez en venir. Il paraît que ce Chacal a une vieille rancune contre Bourne, et vice versa, mais ça ne me fait ni chaud ni froid. Pour moi, ce Chacal était juste un personnage de roman. Mais on m'a affirmé qu'il était bien réel, que c'était un vrai tueur.

– On ne peut plus réel, confirma le comtesse.

– Je m'en fous comme de ma première chemise. Tout ce que je veux, c'est le youpin, le boiteux et ce pourri de Bourne, c'est tout. Je veux leur peau et je l'aurai!

Le diplomate et sa femme échangèrent un nouveau regard, et ils eurent un petit haussement d'épaules résigné. Puis la comtesse inclina la tête pour laisser la parole à son mari.

– La réalité fait souvent voler en éclats la fiction, déclara-t-il en s'adressant à DeFazio.

– Qu'est-ce que vous dites?

– Robin des Bois a existé, vous savez, mais ce n'était pas un noble de Locksley. C'était un chef saxon qui s'est dressé contre les Normands, un voleur cruel et sanguinaire dont les vertus n'ont été exaltées que dans les légendes. Quant au pape Innocent III, il suivit la politique d'une implacable brutalité d'un de ses prédécesseurs, saint Grégoire VII, lui-même loin d'être un saint. A eux deux, ils mirent l'Europe à feu et à sang pour asseoir leur pouvoir politique et remplir les coffres du Saint-Siège. Et que dire du doux Romain Quintus Cassius Longinus, le protecteur bien-aimé de l'Espagne, qui fit torturer et mutiler cent mille Espagnols?

– Bon.. Et où voulez-vous en venir?

– Ces hommes sont devenus des personnages de légende, différents de ce qu'ils étaient de leur vivant mais, malgré toutes les déformations de la légende, ils ont existé. Comme le Chacal qui existe bel et bien, signor DeFazio, et qui constitue pour vous un problème dont vous avez tout à redouter. J'ajoute qu'il est également un problème pour nous, car nous ne pouvons tolérer qu'il se mette en travers de notre chemin.

Bouche bée, le *capo supremo* regardait fixement l'aristocrate italien.

– La présence des Russes était à la fois déroutante et inquiétante, poursuivit le comte. Il nous a fallu longtemps pour établir un lien dont vous venez de confirmer la réalité... Moscou traque le Chacal depuis des années dans l'unique but de l'éliminer. Jusqu'à présent, le seul résultat de cet acharnement a été la disparition de ceux que les Russes ont envoyé contre lui. Il semble aujourd'hui, aussi invraisemblable que cela paraisse, que Jason Bourne soit allié aux Soviétiques pour atteindre leur objectif commun.

– Parlez anglais, bon Dieu! Ou italien, si vous préférez, mais dans une langue que je comprenne! Je ne suis pas allé à Harvard, moi!

– C'est le Chacal qui a pris d'assaut cette auberge de campagne dont je vous ai parlé. C'est à son tour de traquer Bourne qui a commis la grave imprudence de revenir à Paris convaincre les Soviétiques de travailler avec lui. Une démarche stupide, car, à Paris, Carlos est chez lui et il gagnera. Il tuera Bourne et vos autres cibles, et il rira au nez des Russes. Puis il contactera les services secrets de tous les gouvernements de la planète et il claironnera sa victoire, il proclamera qu'il est le seul *padrone,* le maestro. Vous, les Américains, vous n'avez jamais connu leur histoire dans tous ses détails, vous n'en avez appris que des bribes, puisque la seule chose qui vous intéresse en Europe, c'est l'argent. Mais nous, nous nous y intéressons depuis le début, nous en suivons tous les épisodes avec fascination et maintenant, nous attendons avec impatience l'issue du duel entre ces deux tueurs aveuglés par leur haine mutuelle et qui ne songent qu'à s'entre-égorger.

– Hé! Ne dites pas n'importe quoi! s'écria DeFazio. Cette ordure de Bourne est un imposteur, une *contraffazione*. Jamais il n'a été un vrai tueur!

– C'est vous qui faites erreur, signore, répliqua la comtesse. Ce n'était peut-être pas un tueur au début, mais il est passé maître dans cet art. Demandez donc au Chacal ce qu'il en pense.

– J'emmerde le Chacal! rugit DeFazio en bondissant de son siège.

– Lou!

– La ferme, Mario! Ce Bourne est à moi, à nous! C'est nous qui livrerons son corps... On prendra des photos de moi – de *nous* – debout devant les trois cadavres et on les tiendra par les cheveux pour que personne ne dise que ce n'est pas nous qui les avons eus!

– *Pazzo!* conseilla le comte d'une voix calme qui contrastait singulièrement avec les hurlements de l'Américain qui manqua s'étrangler de rage. Auriez-vous l'obligeance de baisser la voix, je vous prie?

– Alors, ne m'énervez pas...

– Il essaie de t'expliquer des choses, Lou, affirma le cousin de DeFazio. Et moi je tiens à entendre ce que monsieur a à dire, car cela peut être très important pour mon travail. Assieds-toi donc.

De Fazio reprit sa chaise et Mario se tourna vers le Romain.

– Continuez, monsieur le comte, je vous en prie.

– Merci, Mario. Vous permettez que je vous appelle Mario?

– Bien sûr, monsieur le comte.

– Vous devriez venir à Rome...

– Je préférerais qu'on revienne à Paris, grommela le *capo supremo* d'une voix étranglée.

– Très bien, fit le comte en partageant son attention entre DeFazio et son cousin, avec un petit avantage à ce dernier. Il vous serait peut-être possible de descendre vos trois cibles avec un fusil à lunette, mais jamais vous ne pourrez vous approcher des corps. Vous ne parviendrez jamais à repérer leurs gardes soviétiques, mais eux, en vous voyant, n'hésiteront pas à ouvrir le feu, car ils vous prendront pour des hommes du Chacal.

– Il nous faudra donc créer une diversion afin d'isoler les cibles, proposa Mario en posant les coudes sur la table et en fixant un regard pénétrant sur le comte. Peut-être une alerte au petit matin, un feu qui se déclare chez eux et qui les pousse à sortir? C'est une tactique que j'ai déjà employée. En profitant de la confusion, des sirènes de la police et des pompiers, du remue-ménage et de la panique, on abat les cibles et le tour est joué.

– C'est une excellente tactique, Mario, mais il reste les gardes soviétiques.

– Nous les descendons aussi! s'écria DeFazio.

– Vous n'êtes que deux, rétorqua le diplomate, et ils sont au moins trois à Barbizon. Sans parler de l'hôtel où le boiteux et le médecin sont descendus à Paris.

— Ils ne seront pas de taille, certifia le *capo supremo* en essuyant du revers de la main son front couvert de sueur. Nous attaquons d'abord à Barbizon... C'est d'accord?

— A deux? demanda la comtesse, avec de grands yeux étonnés.

— Vous avez bien des hommes! s'écria DeFazio. Nous pouvons en utiliser quelques-uns... Je paierai un supplément.

— Nous n'entrerons pas en guerre avec le Chacal, insista le comte en secouant lentement la tête. Ce sont mes instructions.

— Une bande de tantouzes, voilà ce que vous êtes!

— C'est intéressant d'entendre cette insulte dans votre bouche, glissa la comtesse avec un petit sourire méprisant.

— Nos dons ne sont peut-être pas aussi généreux que les vôtres, poursuivit le diplomate. Nous acceptons de coopérer, mais seulement jusqu'à un certain point.

— Vous ne ferez plus jamais une seule expédition à New York! Ni à Philadelphie, ni à Chicago!

— Laissons à nos supérieurs le soin d'en décider.

On frappa à la porte : quatre coups rapprochés qui firent sursauter tout le monde.

— *Avanti!* cria le comte en plongeant la main à l'intérieur de sa veste et en sortant un automatique qu'il glissa sous le rabat de la nappe.

Il se détendit et esquissa un sourire en voyant entrer le patron du restaurant.

— *Emergenza,* dit le restaurateur ventripotent en s'avançant rapidement vers l'élégant Romain à qui il tendit une feuille de papier pliée.

— *Grazie.*

— *Prego,* répondit le gros homme en repartant vers la porte et en ressortant aussi vite qu'il était entré.

— Les dieux de Sicile vont peut-être enfin vous sourire, dit le comte en prenant connaissance du message. Ce pli est envoyé par l'homme chargé de surveiller vos cibles. Elles ont quitté Paris et, pour une raison que je ne m'explique pas, aucun garde ne les accompagne. Messieurs, vos cibles sont sans protection.

— *Où?* s'écria DeFazio en bondissant sur ses pieds.

Sans répondre, le diplomate prit calmement son briquet en or, l'alluma et mit le feu à la feuille de papier qu'il laissa tomber dans un cendrier. Mario se leva. Le diplomate posa le briquet sur la table et saisit prestement le pistolet posé sur ses genoux.

— Parlons d'abord de nos honoraires, proposa-t-il en regardant le papier se consumer. Nos dons de Palerme ne sont assurément pas aussi généreux que les vôtres. C'est un problème qu'il faut régler au plus vite, chaque minute compte.

— Fils de pute!

— La moralité de ma mère ne vous concerne pas. *Combien,* signor DeFazio?

510

– Je vais aller jusqu'à l'extrême limite, concéda le *capo supremo* en se laissant retomber sur sa chaise et en regardant le papier encore fumant... Trois cent mille dollars. C'est mon dernier mot.

– *Excremento,* jura la comtesse d'un ton méprisant. Faites un effort. Les secondes deviennent des minutes et le temps perdu ne se rattrape pas.

– Bon, d'accord! Je double la somme!

– Plus les frais, renchérit la femme.

– Quels frais, bordel de merde?

– Votre cousin Mario a raison. Vous devriez surveiller votre langage devant ma femme.

– Allez vous faire foutre...

– Je vous avais prévenu. Les frais se monteront à un quart de million de dollars.

– Vous êtes complètement sonné!

– Allons, allons. Le total s'élève donc à huit cent cinquante mille dollars qui seront payés selon les instructions de nos représentants à New York. Sinon, signor DeFazio, on vous regrettera à... Où est-ce, déjà? Ah, oui! A Brooklyn Heights.

– Où sont les cibles? demanda le *capo supremo* en s'avouant vaincu.

– Sur le petit aérodrome privé de Pontcarré, à quarante-cinq minutes de Paris par la route. Ils attendent un avion qui a été obligé de se poser à Poitiers en raison des conditions atmosphériques. L'appareil n'arrivera pas avant une heure un quart, au mieux.

– Avez-vous apporté le matériel que nous avions demandé? demanda vivement Mario.

– Tout est là, répondit la comtesse en montrant la grosse valise noire posée sur une chaise.

– Il me faut une voiture, une voiture rapide! s'écria DeFazio tandis que son cousin allait prendre la valise.

– Dehors, dit le comte. Le chauffeur saura où vous emmener. Il s'est déjà rendu sur ce terrain d'aviation.

– En route, *cugino*. Cette nuit, nous allons gagner de l'argent et, toi, tu vas pouvoir régler un compte.

A l'exception d'un employé derrière son comptoir et d'un contrôleur aérien chargé du trafic nocturne, le petit terrain d'aviation de Pontcarré était désert. Alex Conklin et Mo Panov restèrent discrètement en arrière tandis que Bourne conduisait Marie jusqu'à la zone d'embarquement des passagers, derrière une barrière blanche qui leur arrivait à la taille. Les deux rangées de lumières délimitant la piste d'atterrissage pour l'avion de Poitiers avaient été allumées quelques minutes plus tôt.

– Ce ne sera plus long maintenant.

– Je trouve tout cela idiot, répliqua la femme de David Webb. Complètement ridicule.

Tu n'as aucune raison de rester ici et ce qui serait ridicule, c'est que tu restes seule à Paris. Alex a raison : si les hommes de Carlos te trouvent, ils te prendront en otage. Pourquoi courir un tel risque?

– Parce que je suis tout à fait capable de rester cachée et parce que je ne veux pas être à dix mille kilomètres de toi. J'espère que vous me pardonnerez si je m'inquiète pour vous, monsieur *Bourne,* et si je tiens à vous!

Jason tourna la tête vers elle, soulagé de savoir que, dans l'ombre, elle ne pouvait pas voir ses yeux.

– Sois raisonnable, insista-t-il, et réfléchis à la situation.

Il avait banni toute émotion de sa voix, mais il se sentit soudain très vieux, trop vieux, incapable de lui donner le change.

– Nous savons que Carlos est à Moscou, poursuivit-il, et Krupkin le suit comme son ombre. Dimitri nous fera prendre un avion dans quelques heures et nous serons placés sous la protection du KGB dans une des villes les plus étanches du monde. Que pourrions désirer de plus?

– Il y a treize ans, tu étais sous la protection du gouvernement des États-Unis, dans une maison de l'East Side, à New York, et cela n'a pas servi à grand-chose.

– La situation est différente. A l'époque, le Chacal savait exactement où j'allais et quand j'y serais. Aujourd'hui, il ignore que nous sommes au courant qu'il est à Moscou. Il a d'autres problèmes, beaucoup plus graves, et il nous croit toujours à Paris... Il a donné l'ordre à son armée de poursuivre les recherches.

– Que vas-tu faire à Moscou?

– Nous ne le saurons pas avant notre arrivée, mais, quoi qu'il en soit, ce sera mieux que de rester à Paris. Krupkin a beaucoup à faire. Tous les officiers de haut rang de la place Dzerjinski qui parlent français ont été placés sous surveillance. Il m'a dit qu'il ne restait plus qu'une douzaine de suspects et qu'ils ne devraient pas tarder à le trouver... Ils le trouveront! Toutes les chances sont de notre côté. Quand ils l'auront trouvé, je ne veux pas avoir à m'inquiéter pour toi.

– C'est ce que tu m'as dit de plus gentil depuis trente-six heures.

– Tu devrais être auprès des enfants et tu le sais fort bien. Tu serais en sécurité et puis... ils ont besoin de toi. Mme Cooper est une perle, mais elle ne peut pas remplacer une mère. Et je soupçonne ton frère de faire fumer des cigares à Jamie et de jouer au Monopoly avec lui avec des vrais billets...

Marie leva les yeux vers son mari et un doux sourire éclaira son visage dans la pénombre.

– Merci de m'avoir donné envie de rire, dit-elle. J'en avais besoin.

– Pour ton frère, c'est probablement vrai... Et si jamais ils ont trouvé une accorte jeune femme, il est tout a fait possible que notre fils ait déjà perdu sa virginité.

– *David!*

Bourne garda le silence tandis que Marie étouffait un petit rire.

— Il n'y a vraiment pas à discuter avec toi, hein?

— Tu n'hésiterais pas à le faire si mes arguments n'étaient pas convaincants, docteur Saint-Jacques. J'ai eu le temps d'apprendre à te connaître.

— Mais je trouve toujours ridicule cet itinéraire que tu m'imposes! D'ici à Marseille, puis de Marseille à Londres et de Londres à Washington! Il serait tellement plus simple de prendre un avion d'Orly aux États-Unis!

— C'est une idée de Peter Holland. Tu pourras lui demander de t'expliquer, puisqu'il t'attendra à ton arrivée. Il n'a pas voulu dire grand-chose au téléphone. Je pense qu'il a préféré ne pas traiter directement avec les autorités françaises, de crainte qu'il n'y ait une fuite. Une femme seule, avec un nom banal, sur des lignes fréquentées, c'est la meilleure solution.

— Mais je vais passer plus de temps dans les aéroports qu'en avion!

— Probablement. Et tu ferais mieux de cacher tes longues jambes et de garder une Bible sur les genoux.

— Ça, c'est gentil, rétorqua Marie en lui effleurant la joue de la main. J'ai l'impression de te retrouver, David.

— Comment?... s'étonna Bourne en continuant d'affecter le détachement.

— Rien... Tu veux me faire plaisir?

— Que veux-tu? demanda Jason de la même voix sans chaleur.

— Ramène-moi, David.

— Allons aux nouvelles, fit Bourne d'un ton sec en la prenant par le coude pour faire demi-tour.

Je commence vraiment à me faire vieux et je ne pourrai pas rester beaucoup plus longtemps celui que je ne suis pas. Le Caméléon est en train de s'effacer; son imagination se tarit. Mais je ne peux pas arrêter! Pas maintenant!... Vas-tu me laisser tranquille, David Webb!

Au moment où ils entraient dans la petite aérogare, le téléphone sonna. L'employé décrocha et écouta pendant quelques secondes.

— Merci, dit-il en raccrochant. C'était la tour, ajouta-t-il en s'adressant aux quatre Américains. L'avion de Poitiers doit atterrir dans quatre minutes. Le pilote vous demande d'être prête, madame, car il aimerait éviter le front orageux qui se déplace vers l'est.

— Moi aussi, ajouta Marie en s'élançant vers Alex Conklin et Mo Panov.

Les adieux furent brefs, les étreintes ardentes, les paroles sincères. Bourne ressortit avec sa femme.

— Je viens juste de le remarquer... Où sont les gardes de Krupkin? demanda-t-elle tandis que Jason enlevait la chaîne de la barrière donnant accès à la piste éclairée.

— Nous n'avons pas besoin d'eux, répondit-il. Depuis que nous avons pris contact avec les Russes avenue Montaigne, il nous faut supposer que l'ambassade est sous surveillance. Ne voyant pas de gardes se précipiter dans les voitures, les espions de Carlos n'auront à rapporter aucun mouvement de notre part.

– Je vois.

Le bruit des réacteurs d'un petit jet se fit entendre. L'appareil survola une fois le terrain et amorça sa descente vers la piste longue de douze cents mètres.

– Je t'aime si fort, David, cria Marie en haussant la voix pour couvrir le bruit des réacteurs de l'avion qui roulait vers eux.

– Il t'aime, lui aussi, répondit Bourne, les images s'entrechoquant dans sa tête... Je t'aime, moi aussi.

L'avion se rapprocha lentement entre les lumières qui balisaient la piste. Ce petit appareil avait un fuselage allongé et de courtes ailes delta relevées qui lui donnaient l'apparence d'un insecte volant. Le pilote lui fit décrire un demi-cercle. L'avion s'immobilisa en grinçant. La porte de la carlingue s'ouvrit automatiquement, et Jason et Marie s'élancèrent vers l'échelle métallique qui se posait sur la piste.

Tout arriva avec la force d'un ouragan, un déchaînement de violence aveugle, un souffle de mort. Des rafales d'armes automatiques – deux armes, l'une proche, l'autre plus distante – crépitèrent dans la nuit. Des vitres volèrent en éclats, des balles ricochèrent sur la tôle et un cri perçant, atroce résonna dans l'aérogare, indiquant que quelqu'un avait été mortellement touché.

Bourne serra la taille de Marie de ses deux mains pour la hisser en haut de la passerelle et la pousser à l'intérieur de la carlingue.

– Refermez la porte et foutez le camp! hurla-t-il au pilote.

– Merde! cria l'homme de sa cabine de pilotage. Écartez-vous!

La porte de la carlingue se referma, l'échelle métallique se releva et, dans un rugissement de ses réacteurs, l'appareil se mit en mouvement en cahotant. Jason plongea sur la piste et releva la tête. Il vit le visage de Marie écrasé contre un hublot; la bouche grande ouverte, elle poussait des hurlements hystériques. L'avion s'éloigna et prit de la vitesse. Marie était sauvée!

Mais pas lui. Jason était pris dans la lumière ambrée des balises sur laquelle se découpait sa silhouette. Debout, accroupi ou à genoux, il était une cible facile. Il se laissa tomber à terre, sortit son automatique de sa ceinture – l'arme que lui avait donnée Bernardin – et commença à ramper lentement sur le tarmac, vers l'herbe qui bordait la piste.

Une nouvelle salve crépita, mais, cette fois, trois détonations espacées répondirent de l'intérieur de l'aérogare où les lumières avaient été éteintes. Ce devait être le pistolet de Conklin, ou peut-être celui de l'employé de nuit, s'il en avait un; Panov n'était pas armé. Mais qui avait été touché?... *Pas de temps à perdre.* Le pistolet mitrailleur le plus proche, d'une longue rafale rageuse, balaya le petit bâtiment et la zone d'embarquement des passagers.

514

La seconde arme automatique se mit à tirer à son tour. Le bruit semblait venir de l'autre côté de la salle d'attente de l'aérogare. Quelques instants plus tard, deux détonations isolées retentirent, la seconde fut suivie d'un cri qui semblait venir de derrière le bâtiment.

– Je suis touché!...

C'était la voix d'un homme qui souffrait... et elle venait de derrière l'aérogare! *Prendre le pistolet mitrailleur!* Jason se redressa légèrement dans l'herbe et fouilla l'obscurité du regard. Une forme noire bougea dans l'ombre. Jason leva son arme et tira sur la silhouette à peine visible, puis il se releva et traversa en courant la zone d'embarquement des passagers en se retournant et en pressant la détente jusqu'à ce qu'il soit à la fois à court de munitions et à l'abri. Il avait atteint le bout de la piste encore éclairée et se trouvait sur la façade est du petit bâtiment. Il s'avança avec précaution jusqu'à la barrière à l'angle de la construction. Sur le fond clair du revêtement du parking, il distingua la forme d'un homme qui se tordait par terre. L'homme prit appui sur son arme qu'il enfonça dans le gravier pour s'asseoir.

– *Cugino!* cria-t-il. Viens m'aider!

Pour toute réponse, une nouvelle rafale crépita du côté opposé du bâtiment.

– Bon Dieu! Je suis salement touché!

Encore des détonations, puis un vacarme de verre brisé. Le tueur, posté du côté ouest de l'aérogare, était en train de faire exploser les vitres pour en arroser l'intérieur de son arme automatique.

Bourne lâcha son arme devenue inutile et bondit par-dessus la barrière en s'aidant d'une main. Il se reçut sur le pied gauche et grimaça de douleur. *Que s'est-il passé? Pourquoi ai-je si mal?* Il s'avança en claudiquant jusqu'à l'angle du mur et se retourna vers le parking. Le blessé était retombé sur le gravier. Jason tâta le sol autour de lui jusqu'à ce qu'il trouve une grosse pierre qu'il lança de toutes ses forces derrière l'homme étendu. La pierre rebondit sur le gravier, le tueur se redressa d'un mouvement convulsif, et se retourna en prenant son arme qui lui échappa à deux reprises.

Maintenant! Bourne s'élança sur le gravier du parking et se jeta sur l'homme qui brandissait le pistolet mitrailleur. Il le lui arracha des mains et abattit la crosse métallique sur le crâne du blessé qui s'affaissa instantanément. De nouveaux coups de feu retentirent du côté opposé du bâtiment, encore accompagnés d'un bruit de verre brisé. L'autre tueur devenait de plus en plus dangereux pour ses cibles. *Il faut que je l'empêche de continuer!* se dit Jason, le souffle court, tous les muscles de son corps endoloris. *Qu'est devenu celui que j'étais? Qu'est devenu Delta de Méduse? Le Caméléon de Treadstone 71? Qu'est devenu cet homme?* Bourne saisit le Mac-10 du tueur assommé et s'élança vers la porte latérale de l'aérogare.

– Alex! hurla-t-il. Laisse-moi entrer! J'ai une arme!

La porte s'ouvrit brusquement.

– Dieu merci, tu es vivant! s'écria Conklin, invisible dans l'obscurité. Mo est salement touché... Une balle dans la poitrine. Le type de l'aérodrome est mort et la tour de contrôle ne répond pas. Ils ont dû commencer par là, ajouta-t-il en claquant la porte. *Couche-toi!*

Des balles sifflèrent autour d'eux et ricochèrent sur les murs. Jason se laissa tomber à genoux et fit feu à son tour, puis il plongea pour aller rejoindre Conklin.

– Que s'est-il passé? demanda-t-il, hors d'haleine, le visage ruisselant d'une sueur qui lui piquait les yeux.

– C'est le Chacal!

– Comment a-t-il fait?

– Il nous a bien eus, nous tous, toi, moi, Krupkin et Dominique Lavier... Il a fait circuler le bruit qu'il partait, sans donner d'explications alors que toi, tu restais à Paris. Il a simplement fait savoir qu'il s'absentait quelque temps. Tout semblait indiquer qu'il était à Moscou et nous avons cru que le piège avait fonctionné, mais il l'a retourné contre nous... Ça, il nous a bien eus! J'aurais dû m'en douter! C'était trop simple... Je suis désolé, David, affreusement désolé!

– Alors, tu crois que c'est lui qui est dehors? Il veut en finir lui-même... C'est la seule chose qui compte pour lui.

Soudain, le pinceau lumineux aveuglant d'une torche pénétrant par une fenêtre brisée balaya la salle. Bourne leva instinctivement le Mac-10 et visa le tube de métal luisant. La lumière s'éteignit. Mais le mal était fait : le tueur les avait repérés.

– Par ici! hurla Alex en saisissant Jason par le bras et en plongeant derrière le comptoir au moment où l'arme tenue par la silhouette qui s'encadrait dans le chambranle de la fenêtre crachait une rafale mortelle. Dans le silence qui suivit résonna le claquement d'une culasse.

– Il lui faut recharger, murmura Bourne à l'oreille de Conklin. Reste là!

Jason se releva et se rua vers la porte qu'il ouvrit à la volée, l'arme serrée dans sa main droite, tous ses muscles bandés, prêt à tuer... Si le poids des ans lui en laissait encore la possibilité. *Il le fallait!*

Il se jeta à terre sur la droite et commença à ramper le long de la barrière. Il *était* Delta, Delta de Méduse, et il pouvait le faire! Ce n'était pas une jungle complice qui l'entourait, mais il avait tout ce qu'il lui fallait, tout ce dont Delta avait besoin : l'obscurité, des zones d'ombre intermittente grâce aux nuages faisant écran à la clarté de la lune. Sers-toi de tout! Tu as été entraîné... il y a longtemps, si longtemps. Oublie le temps! Fais ce que tu as à faire! Le tueur, à quelques dizaines de mètres de toi, veut ta mort, la mort de ta femme et celle de tes enfants!

La fureur semblait lui donner des ailes. Il savait que s'il voulait gagner, il faudrait faire vite, très vite. Il continua de ramper à toute allure le long de la barrière qui entourait la piste et il atteignit l'angle du bâtiment, l'endroit où il allait se trouver à découvert. Il tenait toujours à la main le fusil mitrailleur, l'index crispé sur la détente. Il distingua à une dizaine de mètres un bosquet d'arbustes derrière lequel se dressaient deux gros arbres. S'il pouvait les atteindre, il aurait l'avantage, la position dominante, derrière le Chacal qui ne l'aurait pas repéré.

Courbé en deux, il atteignit les arbustes au moment où, après un grand bruit de verre brisé crépitait une rafale si longue que tout le chargeur avait dû être vidé d'un coup. Il n'avait donc pas été repéré. Le tueur sanguinaire qui rechargeait son arme se concentrait sur sa tâche et n'avait pas envisagé l'éventualité d'un mouvement tournant. Carlos se faisait vieux, lui aussi, et il avait perdu de sa clairvoyance. Où étaient les fusées éclairantes indispensables pour ce type d'opération? Qu'étaient devenus les yeux perçants, capables de recharger une arme dans l'obscurité la plus totale.

L'obscurité! Une masse de nuage cacha le disque argenté de la lune. Jason bondit par-dessus la barrière et se dissimula derrière les arbustes, puis il s'élança vers le premier des deux arbres d'où il pourrait observer la scène et réfléchir aux possibilités qui s'offraient à lui.

Quelque chose clochait, quelque chose qui ne ressemblait pas au Chacal. Certes, le tueur avait isolé l'aérogare, comme il devait le faire, à n'importe quel prix, mais il manquait les termes les plus subtils d'une équation mortelle. Il n'y avait en action qu'une force brutale dont on ne pouvait nier l'efficacité, mais qui était insuffisante contre celui qui répondait au nom de Jason Bourne.

L'homme qui se tenait devant la fenêtre fracassée avait besoin de recharger. Il s'écarta et se plaqua contre le mur tout en sortant un nouveau chargeur de sa poche. Jason s'élança en courant depuis le couvert des arbres. Son Mac-10 réglé sur tir continu fit voler la poussière devant le tueur, des balles se fichèrent dans le mur, tout autour de l'homme pétrifié.

— C'est la fin, Carlos! cria Bourne en continuant d'avancer. Si tu es bien le Chacal!

— Non, monsieur Bourne, ce n'est pas le Chacal, dit le tueur de la mafia en lâchant son arme. Nous nous sommes déjà rencontrés, mais je ne suis pas celui que vous croyez.

— Allonge-toi par terre, ordure!

Le tueur s'exécuta et Jason se plaça devant lui.

— Écarte les bras et les jambes! Lève la tête!

L'homme obéit et Bourne regarda le visage faiblement éclairé par les lumières balisant la piste.

— Vous voyez bien, dit Mario. Je ne suis pas celui que vous croyez.

— Bon Dieu! murmura Jason sans dissimuler sa stupéfaction. C'est vous qui étiez à Manassas! C'est vous qui avez blessé Cactus et essayé de me tuer!

— Des contrats, monsieur Bourne. Rien que des contrats.

— Et le contrôleur? L'homme dans la tour?

— Je ne tue pas aveuglément, monsieur Bourne. J'ai attendu qu'il donne l'autorisation d'atterrir à l'avion de Poitiers et je lui ai dit de foutre le camp... J'ajoute que votre femme était aussi sur ma liste, mais, sachant qu'elle était mère de famille, je n'ai pas pu me résoudre à l'éliminer.

— Mais qui êtes-vous?

— Je viens de vous le dire. J'exécute des contrats.

— J'ai connu meilleur que vous.

— Je ne suis peut-être pas à votre niveau, mais je donne toute satisfaction à mon organisation.

— Vous parlez de Méduse!

— J'ai déjà entendu ce nom, c'est tout ce que je puis vous dire... Je tiens à ce que les choses soient claires, monsieur Bourne. Je n'ai nullement l'intention de faire une veuve de ma femme et des orphelins de mes enfants pour un simple contrat. Cette idée m'est insupportable; ils comptent trop pour moi.

— Cela ne vous empêchera pas d'être condamné à cent cinquante ans de prison, si vous avez la chance d'être jugé dans un État où la peine de mort n'est pas appliquée.

— Pas avec ce que je sais, monsieur Bourne. On prendra soin de ma famille et de moi-même... Nous aurons un nouveau nom, peut-être une petite ferme au Dakota ou dans le Wyoming. J'ai toujours su que ce moment arriverait.

— En attendant, ordure, ce qui est arrivé, c'est qu'un de mes amis est grièvement blessé et que vous êtes responsable!

— Dans ce cas, je vous propose une trêve.

— Comment cela, une trêve?

— J'ai une voiture très rapide à quelques centaines de mètres d'ici, proposa le tueur de Larchmont en tirant une boîte carrée de sa ceinture. La voiture peut être là dans une minute et je suis sûr que le conducteur sait où se trouve l'hôpital le plus proche.

— Allez-y!

— C'est fait, Jason Bourne, s'écria Mario en enfonçant un bouton.

Morris Panov avait été transporté en salle d'opération alors que Louis DeFazio restait sur sa civière, car sa blessure était superficielle. A la suite d'un échange discret de coups de téléphone entre Washington et le Quai d'Orsay, le criminel, répondant au nom de Mario, avait été transféré sous bonne garde à l'ambassade des États-Unis.

Un chirurgien en blouse blanche ouvrit la porte de la salle d'attente. Conklin et Bourne se levèrent en même temps, sans cacher leur anxiété.

— Je ne vais pas vous annoncer que j'ai de bonnes nouvelles, fit d'emblée le médecin, ce serait vous mentir. Les deux poumons de votre ami ont été perforés, la paroi du cœur a été touchée. Il a, au mieux, quarante chances sur cent de s'en sortir. Mais il a une grande force de volonté et il veut vivre, ce qui suffit parfois à déjouer un pronostic pessimiste. Que puis-je vous dire d'autre?

– Merci, docteur, s'écria Bourne en détournant la tête.

– Il faut que je téléphone, prétexta Alex au chirurgien. Le mieux serait de le faire de notre ambassade, mais je n'ai pas le temps. Pouvez-vous me garantir que ma conversation ne sera ni écoutée ni enregistrée?

– Je crois pouvoir vous donner toutes les garanties, répondit le chirurgien. Suivez-moi dans mon bureau, je vous prie.

– Peter?

– Alex! s'écria Holland. Tout s'est bien passé? Marie a pris son avion?

– Pour répondre à votre première question : non, tout ne s'est pas bien passé. Pour ce qui concerne Marie, vous allez recevoir un coup de téléphone paniqué dès qu'elle arrivera à Marseille.

– Comment?

– Dites-lui que tout va bien, que David n'est pas blessé...

– Mais qu'est-ce que vous racontez? coupa vivement le directeur de la CIA.

– Nous sommes tombés dans un traquenard en attendant l'avion de Poitiers. Mo est dans un sale état, si grave que je préfère ne pas y penser. Je téléphone d'un hôpital et le chirurgien n'est pas très optimiste.

– Oh! Vous avez toute ma sympayhie, Alex!

– Mais Mo va se battre et j'ai confiance. Au fait, n'en parlez pas à Marie... Elle pense trop.

– Bien sûr. Puis-je faire quelque chose pour vous?

– Oui, Peter. Vous pouvez me dire ce que Méduse fait à Paris.

– A Paris? Cela ne cadre pas avec ce que je sais et je commence à en savoir assez long.

– Les deux tueurs qui nous ont attaqués voici une heure ont été formellement identifiés. Méduse les a envoyés. Nous avons même une sorte de confession.

– Je ne comprends pas! s'écria Holland. Jamsis nous n'avions pensé à Paris. Aucun lien ne peut exister...

– Bien sûr que si. Vous souvenez-vous de ce que vous m'avez dit avant mon départ : «Une prophétie tellement inévitable qu'elle s'est accomplie.» La logique imparable de la théorie de David. Méduse faisant alliance avec le Chacal pour éliminer Jason Bourne.

– C'est justement de cela qu'il s'agit, Alex. Ce n'était qu'une théorie... Une hypothèse séduisante, mais une simple théorie, la base d'une bonne stratégie. Cela ne s'est jamais réalisé.

– Selon toute évidence, si.

– Ce n'est pas notre avis ici. D'après ce que nous savons, Méduse est à Moscou.

– A *Moscou?* s'écria Conklin qui, de saisissement, faillit lâcher le téléphone sur le bureau du chirurgien.

– Parfaitement. Nous avons concentré tous nos efforts sur le cabinet Ogilvie et mis sur écoute tout ce qui pouvait l'être, mais Ogilvie a été averti – nous ne savons pas par qui – et il a réussi à quitter le pays. Il a pris un vol sur Aeroflot jusqu'à Moscou pendant que le reste de sa famille prenait un avion à destination de Marrakech.

– Ogilvie?... s'exclama Alex d'une voix à peine audible en faisant un énorme effort de mémoire pour remonter dans le passé. A Saigon? Un officier du service juridique de l'armée?

– Exactement. Nous sommes convaincus qu'il est à la tête de Méduse.

– Et vous m'avez caché tout cela?

– Seulement le nom du cabinet. Je vous ai répété que nous avions nos priorités et, vous, les vôtres. Pour nous, seule Méduse importait.

– Marin de mes deux! rugit Conklin. Je *connais* Ogilvie... Plus précisément, je l'ai connu! Un type froid comme la glace, la pire ordure de tous les beaux parleurs de Saigon. En citant quelques témoins et en faisant quelques recherches, j'aurais pu exhumer certains de ses secrets les plus honteux... Mais vous avez tout fichu en l'air! Vous auriez pu le coincer pour falsification de preuves devant les tribunaux militaires dans plusieurs affaires de meurtre pour lesquelles il n'y a pas prescription! Mais pourquoi ne m'avez-vous rien dit?

– Très franchement, Alex, parce que vous ne m'avez rien demandé. Vous avez simplement supposé, et à juste titre, que je ne vous dirais rien.

– Bon, bon... De toute façon, il est trop tard. Vous pourrez interroger demain ou après-demain les deux tueurs de Méduse, et j'espère que vous leur ferez cracher ce qu'ils savent. Ils tiennent à sauver leur peau. Le *capo* est une merde, mais son porte-flingue ne cesse de parler de sa famille et il aura des choses à révéler.

– Qu'allez-vous faire maintenant? demanda Holland.

– Nous allons partir à Moscou.

– Sur la piste d'Ogilvie?

– Non, sur celle du Chacal. Mais, si je vois Bryce, je lui transmettrai vos amitiés.

35

Buckingham Pritchard était assis à côté de son oncle Cyril Silvester Pritchard, le sous-directeur de l'Immigration, dans le bureau de sir Henry Sykes, dans la Résidence du gouverneur de Montserrat. A leurs côtés se trouvait leur conseil, le meilleur avocat indigène que Sykes connaissait et qu'il avait convaincu d'assister les Pritchard, sous le coup d'une accusation de complicité d'actes de terrorisme. Assis à son bureau, sir Henry lança un regard ahuri à l'avocat, un certain Jonathan Lemuel, qui leva les yeux au plafond, non pour humer l'air frais brassé par le grand ventilateur, mais pour marquer son incrédulité. Lemuel avait fait ses études à Cambridge et, après avoir confortablement gagné sa vie à Londres, il était revenu à Montserrat, à l'automne de ses jours, pour jouir des fruits de son labeur. Sir Henry avait eu du mal à persuader son vieil ami retraité de donner un coup de main à deux abrutis qui risquaient de se trouver impliqués dans une affaire internationale d'une certaine gravité.

L'incrédulité et l'exaspération des deux hommes avaient été provoquées par l'échange de propos qui venait d'avoir lieu entre Sykes et le sous-directeur de l'Immigration.

— Monsieur Pritchard, nous avons pu établir que votre neveu a écouté indûment une conversation téléphonique entre John Saint-Jacques et son beau-frère, M. David Webb. En outre, votre neveu reconnaît de son plein gré et sans le moindre remords vous avoir appelé pour vous communiquer certaines informations surprises pendant cette conversation, à la suite de quoi vous lui avez déclaré devoir téléphoner à Paris sans délai. Est-ce la vérité?

— La vérité pleine et entière, sir Henry.

— A qui avez-vous téléphoné à Paris? Quel est le numéro?

— Avec tout le respect que je vous dois, sir Henry, j'ai juré de garder le secret.

C'est en entendant cette réponse succincte et inattendue que Jonathan Lemuel avait levé au plafond un regard incrédule.

– Pouvez-vous être plus précis, monsieur Pritchard, reprit Henry Sykes en rompant le silence.

– Mon neveu et moi-même appartenons à une organisation internationale à laquelle sont associés d'importants dirigeants et sur laquelle nous avons juré de garder le secret.

– Seigneur! murmura Sykes. Et le pire, c'est qu'il y croit!

– Écoutez, poursuivit Lemuel, notre réseau téléphonique n'est pas des plus sophistiqués, surtout en ce qui concerne les installations publiques que l'on a dû vous demander d'utiliser, mais nous pourrons retrouver ce numéro en un ou deux jours. Pourquoi ne pas le donner tout de suite à sir Henry qui a besoin d'être renseigné sans délai. Quel mal y aurait-il à cela?

– Cela pourrait nuire à nos supérieurs de l'organisation... On me l'a très explicitement expliqué.

– Et quel est le nom de cette organisation internationale?

– Je ne sais pas, sir Henry. Cela fait partie du secret, vous comprenez?

– Je crains que ce ne soit vous qui ne compreniez pas bien, monsieur Pritchard, répliqua Sykes d'une voix sèche où la colère commençait à percer.

– Mais si, sir Henry, je comprends, et je vais vous le prouver, rétorqua le fonctionnaire en regardant successivement, comme pour les mettre dans la confidence, les deux hommes à l'air sceptique et son neveu pâmé d'admiration. Une grosse somme a été virée directement d'un établissement privé suisse sur mon compte personnel à Montserrat. Les instructions étaient claires : ces fonds devaient être dépensés pour l'accomplissement de la tâche que l'on m'avait confiée... Transports, distractions, hébergement, tout était laissé à ma discrétion. Mais il va sans dire que j'ai établi un relevé très détaillé de toutes mes dépenses, comme il convient au sous-directeur du service de l'immigration. Seuls des hommes de haut niveau peuvent placer une telle confiance en quelqu'un qu'ils ne connaissent que par sa réputation et sa position enviables?

Henry Sykes et Jonathan Lemuel échangèrent un nouveau regard où à la supéfaction et à l'incrédulité se mêlait cette fois une certaine fascination. Sir Henry se pencha sur son bureau et se retourna vers Pritchard.

– Outre cette... disons cette surveillance constante de John Saint-Jacques pour laquelle vous avez évidemment fait appel à votre neveu, vous avait-on indiqué une autre mission?

– Non, sir Henry, mais, dès que nos chefs verront avec quelle promptitude j'ai rempli celle-ci, d'autres suivront.

Lemuel décolla la main de l'accoudoir de son fauteuil pour inciter au calme sir Henry dont le visage commençait à s'empourprer dangereusement.

– Dites-moi, monsieur Pritchard, fit-il d'une voix douce, à combien se montait exactement cette somme que vous avez reçue de Suisse? Le montant n'a aucune importance pour l'enquête et sir Henry peut en avoir connaissance en donnant un simple coup de fil à votre banquier.

– Trois cents livres sterling! répondit Pritchard d'une voix vibrante de fierté.

– Trois cents..., commença l'avocat sans parvenir à achever sa phrase.

– Pas de quoi sauter au plafond, bougonna sir Henry en se renversant dans son fauteuil.

– Et savez-vous à peu près, poursuivit imperturbablement Lemuel, à combien se montent vos dépenses?

– Je peux vous le dire très précisément répondit le sous-directeur de l'Immigration en sortant un petit carnet de la poche de poitrine de sa veste d'uniforme.

– Mon oncle est toujours très précis, comme il sied à un homme de son intelligence, glissa Buckingham Pritchard.

– Merci, mon cher neveu.

– Combien? répéta l'avocat.

– Très exactement trente-six livres et cinq shillings, soit l'équivalent de cent trente-deux dollars EC en arrondissant au premier double zéro, au cours le plus récent, ce qui fait en ma faveur quarante-sept cents qui sont dûment inscrits sur ce carnet.

– Stupéfiant, murmura Sykes en ouvrant des yeux ahuris.

– J'ai scrupuleusement conservé tous les reçus, poursuivit le fonctionnaire en accélérant son débit à mesure qu'il lisait. Ils sont enfermés dans un coffre à mon domicile et se répartissent comme suit : communications locales pour un total de sept dollars et dix-huit cents... Vous comprenez, je ne voulais pas utiliser le téléphone de mon bureau; vingt-trois dollars et soixante-cinq cents pour la communication avec Paris; soixante-huit dollars et quatre-vingt cents pour un dîner, ou plutôt une réunion d'affaires avec mon neveu, au restaurant View Point...

– Je crois que cela ira, fit Jonathan Lemuel en se tamponnant le front avec son mouchoir.

– Je suis disposé à produire en temps voulu tous les documents nécessaires...

– Je vous assure que cela suffit, Cyril.

– Je tiens encore à ajouter que j'ai refusé la proposition d'un chauffeur de taxi qui voulait gonfler la facture et que je l'ai vertement tancé en ma qualité...

– Suffit! rugit Sykes, les veines du cou saillantes. Vous vous êtes tous deux conduits comme des idiots de première grandeur! Il est tout simplement grotesque d'avoir prêté à John Saint-Jacques des intentions criminelles!

Sir Henry, lança le jeune Pritchard, j'ai vu de mes propres yeux ce qui s'est passé à l'Auberge de la Tranquillité, c'était horrible! Des cercueils alignés sur le quai, notre chapelle en ruine, des vedettes patrouillant autour de notre île paisible, des fusillades!... Il faudra plusieurs mois avant que l'établissement soit en état de fonctionner normalement.

— Justement! hurla Sykes. Croyez-vous que Saint-Jacques ait sciemment voulu détruire son hôtel, sa propriété?

— Des choses bien plus étranges ont déjà eu lieu dans l'univers du crime, déclara sentencieusement Pritchard. J'ai entendu de nombreuses histoires dans l'exercice de mes fonctions. Les faits que mon neveu vient d'énumérer s'inscrivent dans une tactique de diversion destinée à créer l'illusion que les scélérats sont les victimes. Tout cela m'a été expliqué en détail.

— Vraiment? s'écria l'ancien brigadier général de l'armée britannique. Eh bien, moi, je vais vous expliquer autre chose. Vous vous êtes fait rouler par un terroriste recherché par toutes les polices du globe! Connaissez-vous la peine universelle encourue par ceux qui ont aidé un criminel de cet acabit? Je vais vous le dire très clairement, pour le cas où cela vous aurait échappé... dans l'exercice de vos fonctions, bien entendu! C'est le peloton d'exécution ou la pendaison, selon le pays! Et maintenant, quel est ce numéro à Paris?

— Étant donné les circonstances, commença Pritchard en rassemblant les derniers lambeaux de sa dignité malgré son neveu qui s'agrippait fébrilement à son bras gauche, et sa main droite qui ne cessait de trembler en s'approchant du carnet. Je vais vous écrire le numéro que vous me réclamez... Il faut demander un merle. En français, sir Henry. Je connais quelques mots de français... Un merle, sir Henry... En français.

Suivant un garde armé vêtu d'un pantalon et d'une longue et ample veste de lin blanc, John Saint-Jacques pénétra dans la bibliothèque de leur nouvelle maison stérile, une propriété bordant la baie de Chesapeake. Le garde, un homme musclé, de taille moyenne, au physique latino-américain, s'arrêta sur le seuil et indiqua de la main le téléphone posé sur le grand bureau de merisier.

— C'est pour vous, monsieur Jones, dit-il. Le directeur.

— Merci, Hector. Est-ce que la comédie du M. Jones est vraiment indispensable?

— Autant que celle d'Hector. Mon vrai nom est Roger... ou Daniel. Comme vous préférez.

— D'accord, fit Saint-Jacques en s'avançant vers le bureau et en prenant le combiné. Holland?

— Le numéro que votre ami Sykes nous a donné est un cul-de-sac, mais il est quand même utile.

524

– A quoi correspond-il?

– A un café du Marais où il faut demander à parler au merle. Quelqu'un appelle dans la salle et, si le merle est là, le contact est établi. Sinon, il faut recommencer.

– Alors, pourquoi est-il utile?

– Nous allons rappeler, autant de fois qu'il le faudra... Et nous aurons quelqu'un dans la salle.

– Quelles sont les autres nouvelles?

– Je ne peux vous répondre que partiellement.

– Allez vous faire foutre!

– Marie vous mettra au courant.

– Marie?

– Elle est en route vers Washington. Absolument furieuse, mais soulagée.

– Pourquoi est-elle furieuse?

– Je lui ai préparé un itinéraire un peu compliqué, avec plusieurs changements...

– Mais pourquoi? s'écria Saint-Jacques. Vous n'aviez qu'à envoyer un avion la chercher! Elle a plus de valeur pour vous que n'importe quel membre de votre foutu Congrès ou de votre putain de gouvernement, et vous envoyez des avions au bout du monde pour eux! Je parle très sérieusement, Holland!

– Sachez que ce n'est pas *moi* qui envoie ces avions, répliqua le DCI avec fermeté. Ceux que j'envoie soulèvent trop de questions et trop de curiosité sur le sol étranger. C'est tout ce que j'ai à dire. Sa sécurité est plus importante que son confort.

– Pour une fois, grand chef, nous sommes d'accord.

– Permettez-moi d'être franc avec vous, reprit Holland après un silence et sans masquer son irritation. Je trouve que vous n'avez pas très bon caractère.

– Ma sœur s'en accommode, elle, et cela compense largement. Pourquoi est-elle soulagée?

Holland attendit quelques instants avant de répondre, mais, cette fois, c'était pour trouver ses mots.

– Un incident très fâcheux a eu lieu, un incident que nous ne pouvions prévoir, ni même envisager.

– Je retrouve bien là le ton des discours de l'establishment américain! Qu'aviez-vous donc oublié, cette fois? Un camion de missiles destinés aux agents des ayatollahs à Paris? Que s'est-il passé?

Il y eut un troisième silence et, pendant un petit moment, Saint-Jacques n'entendit que la respiration rapide de Peter Holland.

– Vous savez, jeune homme, reprit enfin le directeur de la CIA, il me serait très facile de raccrocher et de faire comme si vous n'existiez pas. Ce serait bien préférable pour ma tension.

– Écoutez-moi bien, grand chef, c'est de ma sœur que nous parlons et du type qu'elle a épousé, un type bien. Il y a cinq ans, bande de fumiers – j'ai bien dit fumiers –, vous avez failli porter la responsabilité de leur mort à Hong-kong ou quelque part en Extrême-Orient. Je ne connais pas les détails parce qu'ils ont eu la pudeur ou la bêtise de ne pas s'appesantir dessus, mais j'en sais assez pour ne pas vous confier la paye d'un de mes serveurs.

– Je ne peux pas vous donner tort, grommela Holland à voix basse. Ce n'est pas important, bien sûr, mais je n'étais pas dans ce fauteuil à l'époque.

– Non, ce n'est pas important. C'est le système qui est en cause. Vous auriez fait la même chose.

– Compte tenu des circonstances, c'est peut-être vrai. Mais vous aussi, dans cette situation, vous auriez pu faire la même chose. Peu importe... C'est de l'histoire ancienne.

– C'est aujourd'hui qui m'intéresse, insista Saint-Jacques. Que s'est-il passé à Paris, quel est ce « fâcheux incident »?

– D'après Conklin, ils sont tombés dans un traquenard sur un terrain d'aviation privé, pas très loin de Paris. Votre beau-frère s'en est sorti sain et sauf, et Alex aussi. C'est tout ce que je peux vous dire.

– C'est tout ce que je voulais entendre.

– J'ai parlé à Marie il y a peu de temps. Elle est pour l'instant à Marseille et elle arrivera à Washington demain, en fin de matinée. J'irai l'attendre et nous vous rejoindrons directement.

– Et David?

– Qui?

– Mon beau-frère!

– Ah!... Oui, bien sûr. Il est en route pour Moscou.

– *Quoi?*

Le quadriréacteur de l'Aeroflot ralentit et s'engagea sur la piste de dégagement, puis il s'immobilisa à quatre cents mètres du terminal au moment où une annonce était faite en russe et en français.

– Il y aura un délai de cinq à sept minutes avant le débarquement des passagers. Veuillez rester assis.

Aucune explication ne fut donnée et les passagers qui n'étaient pas citoyens soviétiques se replongèrent dans leur livre ou leur revue en supposant que ce retard était dû à l'encombrement de la piste d'envol. Mais les citoyens soviétiques et ceux qui avaient l'expérience des procédures de débarquement à Moscou savaient à quoi s'en tenir. On était en train de faire évacuer, au moins partiellement, la cabine avant du gros Iliouchine, séparée par un rideau du reste de la carlingue. La coutume voulait qu'une passerelle métallique montée sur un élévateur soit avancée jusqu'à la porte avant de l'appareil. Une limousine gouvernementale attendait traditionnellement à une centaine de mètres et pendant que ces passagers d'un genre particulier étaient fugitivement vus de dos tandis qu'ils se dirigeaient vers le véhicule officiel, des stewards parcouraient la cabine pour s'assurer que personne ne prenait des photos. Personne du reste ne prenait de photos. Ces passagers appartenaient au KGB et, pour des raisons propres au service de renseignements soviétique, ils ne devaient pas être vus dans le terminal de l'aéroport Sheremetyevo. C'est ce qui se passa ce jour-là, en fin d'après-midi, sur l'aéroport international de Moscou.

Alex Conklin descendit la dernière marche de la passerelle, suivi par Bourne chargé des deux énormes sacs de voyage qu'ils avaient emportés. Dimitri Krupkin sortit de la limousine et s'avança rapidement à leur rencontre tandis que la passerelle mobile s'écartait de l'Iliouchine dont les quatre réacteurs commencèrent à gronder.

— Comment va votre ami médecin? hurla Dimitri pour se faire entendre au milieu du vacarme des réacteurs.

— Il tient le coup, répondit Conklin. Il ne s'en sortira peut-être pas, mais il se bat de toutes ses forces.

— C'est de ta faute, Aleksei!

L'avion commença à s'éloigner, ce qui permit à Krupkin de baisser légèrement la voix.

— Tu aurais dû appeler Sergei à l'ambassade, poursuivit-il. Son unité était prête à vous accompagner partout.

— Nous avions justement pensé que leur départ risquerait de donner l'alerte.

— Mieux vaut donner alerte que de s'exposer à un traquenard! répliqua l'officier du KGB. Les hommes de Carlos n'auraient jamais osé vous attaquer si vous aviez été sous notre protection!

— Ce n'était pas le... Chacal! précisa Conklin en baissant lui aussi la voix quand il se rendit compte que le bruit des réacteurs s'était singulièrement affaibli.

— Bien sûr que ce n'était pas lui, puisqu'il est ici. C'étaient ses tueurs agissant sur ses ordres.

— Non, ce n'étaient ni ses tueurs ni ses ordres.

— Qu'est-ce que tu racontes, Aleksei?

— Nous en reparlerons. Partons d'abord d'ici.

— Attends un peu, dit Krupkin, l'air perplexe. Nous allons parler tout de suite... Mais d'abord, bienvenue en Russie! Ensuite, j'apprécierais beaucoup que tu te dispenses de mentionner certains aspects de mon style de vie dans cet Occident belliciste où le service de mon gouvernement me contraint à vivre.

— Tu sais, Kruppie, un jour ils découvriront le pot aux roses.

— Jamais. Ils m'adorent, car je leur fournis plus de ragots utiles sur le gratin dépravé du monde dit libre que n'importe quel autre officier en poste à l'étranger. En outre, je suis en mesure d'introduire mes supérieurs dans cette société dépravée mieux que n'importe lequel de mes collègues. Et si nous réussissons à mettre la main sur le Chacal à Moscou, je serai certainement élevé au rang de membre du Politburo et de héros de l'Union soviétique.

— Tu serais en bonne position pour t'en mettre plein les poches.

— Pourquoi pas? Tout le monde le fait.

— Si vous permettez, messieurs, fit sèchement Bourne en posant ses deux gros sacs par terre, j'aimerais savoir où nous en sommes. Y a-t-il du nouveau place Dzerjinski?

— Nous avons fait des progrès significatifs en trente heures. Nous avons réduit le nombre des suspects à treize hommes qui parlent couramment français. Ils sont soumis à une double surveillance humaine et électronique. Nous savons où ils se trouvent à chaque minute de la journée, qui ils rencontrent, avec qui ils parlent au téléphone. Je travaille avec deux commissaires d'un rang élevé qui ne parlent pas un mot de français... Ils ne sont d'ailleurs même pas capables de parler correctement le russe, mais ce sont des choses qui arrivent. L'important est qu'ils soient motivés et totalement sûrs : ils préféreraient contribuer à la capture du Chacal que de combattre à nouveau les nazis, et ils se sont montrés extrêmement coopératifs pour mettre sur pied tout le dispositif de surveillance.

— Vos agents chargés de la surveillance sont nuls, et tu le sais fort bien.

— Pas cette fois, répliqua Krupkin, car je les ai personnellement choisis. Outre quatre ou cinq des nôtres, tous formés à Novgorod, ce sont des transfuges anglais, américains, français et sud-africains, tous d'anciens agents secrets, qui risquent de perdre leur datcha s'ils salopent leur boulot... Tu sais, j'aimerais vraiment être nommé au Praesidium, peut-être même au Comité central. On m'enverrait sans doute à Washington ou à New York.

— Où tu pourrais vraiment faire de très gros coups.

— Tu as mauvais esprit, Aleksei, très mauvais esprit. Mais, quand nous aurons bu quelques vodkas, demande-moi de te raconter l'histoire de ces terrains dont notre chargé d'affaires a fait l'acquisition en Virginie, il y a deux ans. Il les a eus pour une bouchée de pain et l'opération a été financée par la banque de sa maîtresse, à Richmond. Un promoteur vient de lui en proposer dix fois le prix d'achat!... Allez, en voiture!

— Cette conversation est absolument incroyable, dit Bourne en prenant les deux sacs.

— Bienvenue dans la vraie patrie de l'intelligence artificielle, glissa Conklin avec un petit rire.

Les trois hommes se dirigèrent vers la limousine.

— Je pense, messieurs, poursuivit Krupkin, qu'il est préférable de mettre fin à ce genre de conversation avant de monter dans ce véhicule officiel. Au fait, vous avez une suite avec deux chambre à l'hôtel Métropole, sur la Perspective Marx. L'établissement est très bien situé et j'ai personnellement débranché les systèmes de surveillance.

– Je comprends dans quel but tu l'as fait, mais comment t'y es-tu pris ?

– La complication, comme tu ne l'ignores pas, est le premier ennemi du KGB. J'ai expliqué au service de sécurité de l'hôtel que ce qui pouvait être enregistré risquait d'être embarrassant pour certaines personnes qui n'hésiteraient pas une seconde à envoyer au Kamtchatka les agents chargés d'écouter les bandes.

Les trois hommes arrivèrent à la voiture dont le chauffeur était vêtu d'un complet brun foncé identique à celui que Sergei portait à Paris.

– C'est le même tissu, dit Krupkin en remarquant la réaction des deux Américains. Mais il n'en va malheureusement pas de même de la coupe. J'ai insisté pour que celui de Sergei soit retouché à Paris.

A l'hôtel Métropole, un édifice rénové, bâti dans ce style architectural surchargé qui avait eu les faveurs du tsar à la fin du siècle dernier, le marbre est omniprésent, les plafonds hauts et les rares tapisseries inestimables. Le luxe du hall imposant est une sorte de défi à un gouvernement qui permet à tant de voyageurs d'apparence négligée d'envahir ce lieu chargé d'histoire. Les fresques et les lustres étincelants semblent considérer les hordes d'intrus avec condescendance. Mais cette réprobation muette ne s'appliquait pas à Dimitri Krupkin dont la silhouette altière était à l'aise dans ce cadre.

– Camarade ! lança à mi-voix le directeur de l'hôtel en voyant l'officier du KGB et ses deux compagnons s'avancer vers les ascenseurs. Il y a un message urgent pour vous, ajouta-t-il en glissant à Krupkin une feuille de papier pliée. On m'a demandé de vous le remettre en main propre.

– C'est ce que vous avez fait et je vous en remercie.

Dimitri suivit des yeux l'homme qui s'éloigna aussitôt, puis il déplia la feuille.

– Il faut que je téléphone tout de suite place Dzerjinski, dit-il en se retournant vers Bourne et Conklin. C'est le numéro du poste de mon second commissaire. Venez, il n'y a pas de temps à perdre.

La suite, tout comme le hall de l'hôtel, était une survivance d'une autre époque, d'un autre régime, d'un autre pays même, malgré les tissus aux tons passés et les moulures très médiocrement restaurées. Ces imperfections contribuaient seulement à accentuer la distance entre le passé et le présent. Les portes des deux chambres se faisaient face et l'espace entre elles formait un vaste salon équipé d'un bar. Sur son comptoir de cuivre trônaient plusieurs bouteilles d'alcool presque introuvables dans les magasins moscovites.

– Servez-vous, proposa Krupkin en s'avançant vers le téléphone posé sur un bureau ancien. Oh ! Excuse-moi, Aleksei, je vais commander du thé ou de l'eau minérale...

– Ne t'inquiète pas, répondit Conklin en prenant son sac de voyage et en se dirigeant vers la porte de la chambre de gauche. Je vais faire un brin de toilette ; cet avion était dégueulasse.

– J'espère que tu n'as pas trouvé le prix du billet trop élevé, répliqua Conklin en composant son numéro. J'oubliais, ingrat... Il y a des armes dans le tiroir de ta table de nuit. Deux automatiques, des Graz Burya calibre .38... Servez-vous à boire, monsieur Bourne. Vous, vous n'avez pas fait vœu de tempérance et le voyage a été long. Je risque d'en avoir pour un certain temps; mon commissaire numéro deux est un bavard impénitent.

– Je crois que je vais me décider, fit Jason en posant son sac devant la porte de l'autre chambre et en revenant vers le bar.

Il prit une bouteille d'une marque qu'il connaissait et se versa un verre tandis que Krupkin commençait à parler au téléphone. Comme il ne comprenait pas le russe, Bourne prit son verre et s'avança vers les deux hautes fenêtres donnant sur l'avenue au nom poétique de Perspective Marx.

– *Dobryi den... Da, da, pochemu?... Sadovaya togda. Dvadsat minut.* Krupkin secoua la tête avec irritation tout en raccrochant brusquement. En entendant le combiné claquer sur son support, Jason tourna la tête.

– Vous voyez, monsieur Bourne, cette fois, mon second commissaire n'a pas été très bavard. Il était surtout très pressé.

– Qu'est-ce à dire?

– Nous devons repartir immédiatement, répondit Krupkin en tournant la tête vers la chambre de gauche. Aleksei! poursuivit-il en haussant la voix. Sors tout de suite!... J'ai essayé de lui expliquer que vous veniez juste d'arriver, ajouta-t-il en se retournant vers Jason, mais il n'a rien voulu savoir. Je suis même allé jusqu'à dire que l'un de vous était sous la douche et tout ce qu'il a trouvé à répondre fut : « Dis-lui d'arrêter et de s'habiller. »

Conklin apparut sur le seuil de la porte, la chemise déboutonnée, s'essuyant le visage avec une serviette.

– Je suis désolé, Aleksei, mais nous devons partir.

– Partir où? Nous venons d'arriver.

– On nous a attribué un appartement sur la Sadovaya... C'est le grand boulevard de Moscou, monsieur Bourne. Ce n'est pas comparable aux Champs-Élysées, mais cela ne manque pas d'ampleur. Les tsars savaient bâtir.

– Et qui nous attend là-bas? demanda Conklin.

– Le commissaire numéro un. Cet appartement deviendra pour nous une sorte de quartier général. Une annexe plus petite et tout à fait ravissante de la place Dzerjinski. Nous ne serons que cinq à être au courant. Il y a du nouveau et nous devons nous y rendre immédiatement.

– Je suis prêt, dit Jason en reposant son verre sur le bar.

– Tu as le temps de le finir, lança Alex en repartant vers la chambre. J'ai du savon dans l'œil et il faut que je remette cette foutue prothèse.

Bourne reprit son verre en se tournant vers l'officier du KGB qui suivait Conklin d'un regard empreint de tristesse.

– Vous l'avez connu avant qu'il perde son pied, n'est-ce pas?

– Oui, monsieur Bourne. Nous nous connaissons depuis vingt-six ans. Istanbul, Athènes, Rome... puis Amsterdam. C'était un adversaire de première force. Mais nous étions bien plus jeunes, en ce temps-là... Minces et vifs, animés d'une telle ferveur et si désireux de nous montrer dignes de l'image que nous avions de nous-mêmes. C'est vieux, tout cela... Nous étions tous deux de très bons professionnels, vous savez. Il était quand même meilleur que moi, mais ne lui dites jamais que je vous ai confié cela. Il avait toujours une vision plus précise des choses et il voyait plus loin que moi... C'était son sang russe, bien sûr.

– Pourquoi employez-vous le mot « adversaire »? demanda Jason. Vous choisissez un mot du vocabulaire sportif, comme si tout cela n'était qu'un jeu. N'était-il pas votre ennemi?

Krupkin tourna vivement la tête vers Bourne et son regard impénétrable était dépourvu de chaleur.

– Bien sûr qu'il était mon ennemi, monsieur Bourne et, pour que les choses soient bien claires pour vous, sachez qu'il l'est toujours. Ne vous méprenez pas sur mon attitude. Les faiblesses d'un homme peuvent empiéter sur ses convictions sans les affaiblir pour autant. Je n'ai pas la chance de disposer de la pénitence pour me faire absoudre de mes péchés et pouvoir recommencer à pécher malgré ma foi... Car j'ai la foi, monsieur Bourne. Plusieurs de mes aïeux ont été pendus, je dis bien *pendus,* pour avoir volé des poules sur les terres d'un Romanov. Aucun de mes ancêtres n'a eu le privilège de recevoir un embryon d'instruction, et je ne parle pas d'éducation! La révolution des Soviets, de Karl Marx et de Vladimir Ilitch Lénine a rendu possible le *commencement* de toutes choses. Des milliers et des milliers d'erreurs ont été commises, certaines inexcusables, d'autres sanglantes, mais il y a eu un commencement. J'en suis tout à la fois la preuve et l'anomalie.

– Je ne suis pas sûr de bien comprendre.

– C'est parce que vous-même et vos intellectuels décadents n'ont jamais compris ce que nous avons compris d'emblée. Dans le *Capital,* Marx trace les étapes vers une société de justice sur le plan économique et politique, mais jamais il ne spécifie la forme particulière que devra prendre en fin de compte le gouvernement. Il affirme simplement qu'il doit trouver une nouvelle forme.

– Je ne suis pas très calé dans ce domaine.

– Ce n'est pas nécessaire. Dans cent ans, vous serez peut-être socialistes et, avec un peu de chance, nous serons capitalistes, *da?*

– J'ai une question à vous poser, risqua Jason en entendant, tout comme Krupkin, Alex fermer le robinet dans sa chambre. Seriez-vous capable de tuer Alex... Aleksei?

– Sûrement... Et avec un profond regret. Comme il serait capable de le faire si une information le justifiait. Nous sommes des professionnels, et c'est quelque chose que nous acceptons, même si c'est à notre corps défendant.

— Je ne vous comprends ni l'un ni l'autre.

— N'essayez pas de le faire, monsieur Bourne. Vous ne vivez pas dans notre monde... Vous vous en approchez, mais vous n'y vivez pas.

— Pourriez-vous m'expliquer cela?

— Vous êtes dans la plénitude de vos moyens, Jason... Vous permettez que je vous appelle Jason?

— Je vous en prie.

— Vous avez cinquante ans, à un ou deux ans près, exact?

— Exact. J'aurai cinquante et un ans dans quelques mois. Et alors?

— Aleksei et moi en avons plus de soixante... Avez-vous la moindre idée de ce que représente cet écart?

— Comment pourrais-je le savoir?

— Permettez-moi de vous le dire. Vous vous voyez encore comme un homme jeune, capable de faire ce qu'il faisait à une époque qui lui paraît très proche. Et vous avez raison. Les centres moteurs répondent encore bien, la volonté est encore là; vous êtes toujours le maître de votre corps. Puis, d'un seul coup, aussi forte que soit la volonté et aussi robuste que demeure le corps, l'esprit commence lentement, insidieusement, à repousser la nécessité de prendre une décision immédiate, sur le plan intellectuel ou physique. En un mot, les choses commencent à ne plus importer. Devons-nous être condamnés ou félicités pour avoir survécu?

— Ce qui signifie en quelque sorte que vous ne pourriez pas tuer Alex?

— Ne comptez pas là-dessus, Jason Bourne... ou David, si vous préférez!

Conklin franchit la porte en traînant la jambe et en grimaçant.

— En route, dit-il.

— Tu n'as encore pas réussi à le mettre en place comme il faut? remarqua Jason. Veux-tu que...

— Laisse tomber, fit Conklin d'un ton agacé. Il faudrait être un contorsionniste pour le fixer correctement chaque fois.

Bourne comprit ce qu'il ressentait et renonça à proposer son aide. Krupkin lança de nouveau à Alex cet étrange regard où se mêlaient curiosité et tristesse.

— La voiture est garée un peu plus haut, dans une rue adjacente. C'est plus discret... Je vais demander à un employé de la réception de l'amener devant l'hôtel.

— Merci, dit Conklin avec un petit sourire reconnaissant.

Le vieux bâtiment de pierre donnant sur l'artère animée de la Sadovaya comprenait un certain nombre d'appartements luxueux, révélateurs des excès architecturaux de l'ancien empire russe. Ces appartements – tous sur table d'écoute – étaient essentiellement réservés à des dignitaires en visite. Femmes de chambre et portiers étaient régulièrement interrogés par le KGB, quand ils n'étaient pas directement employés par lui. Les murs de l'appartement étaient tapissés de velours rouge et le mobilier massif rappelait l'ancien régime. Juste à droite de la cheminée monumentale du séjour se trouvait un appareil qui eût horrifié n'importe quel décorateur. C'était une énorme console noire avec un écran de télévision et un magnétoscope incorporé.

Le second élément choquant dans ce décor raffiné, comme un affront à la mémoire des Romanov, c'était la présence d'un homme courtaud, au col ouvert, vêtu d'un uniforme froissé et constellé de taches de graisse. Dans un visage rond, aux cheveux grisonnants coupés court, une bouche aux dents noircies et gâtées trahissait son aversion pour les dentistes. C'était une figure de paysan matois dans laquelle brillaient de petits yeux perpétuellement plissés. Cet homme était le commissaire numéro un de Krupkin.

— Mon anglais pas bon, mais compréhensible, déclara le militaire en saluant les visiteurs d'un signe de la tête. Aussi, pour vous, je n'ai pas de nom, pas de position officielle. Appelez-moi colonel, compris? Mon grade est supérieur, mais les Américains pensent que tous les Russes du Komitet sont colonels, oui? D'accord?

— Je parle russe, crut bon de préciser Alex. Si c'est plus facile pour vous, utilisez votre langue et je traduirai pour mon collègue.

— Ah! s'écria le colonel en éclatant de rire. Krupkin ne peut pas jouer au plus fin avec vous, n'est-ce pas?

— Oui... Enfin, non, il ne peut pas jouer au plus fin.

— C'est bien. Il parle trop vite? Même en russe, il crache les mots comme une mitraillette crache les balles.

— En français aussi, colonel.

— A propos, glissa Dimitri, si nous en venions à la question qui nous intéresse, camarade? Votre collègue de la place Dzerjinski nous a demandé de venir sans délai.

— *Da!* Immédiatement!

L'officier du KGB s'avança vers la console d'ébène, prit une télécommande et se retourna vers les trois hommes.

— Je vais parler anglais... Bon exercice. Venez et regardez. Tout est sur une seule cassette, filmée par des hommes et des femmes choisis par Krupkin pour suivre notre homme qui parle le français.

— Des hommes et des femmes qui ne peuvent être compromis par le Chacal, précisa Krupkin.

— Regardez! répéta le paysan-colonel en appuyant sur une touche de la télécommande.

Des images apparurent sur l'écran, troubles et heurtées, la plupart prises avec des caméras vidéo filmant par la vitre baissée d'une voiture. Elles montraient des hommes marchant dans les rues de Moscou, montant dans un véhicule officiel, conduisant ou se faisant conduire en ville, et même, pour quelques-uns, roulant sur des routes de campagne. Ces hommes rencontraient d'autres hommes et des femmes dont le visage était toujours agrandi par un zoom. Un certain nombre de plans avaient été tournés en intérieur, les images étaient sombres et troubles, à cause de l'éclairage insuffisant et des difficultés à filmer en dissimulant la caméra.

— C'est une putain de luxe! s'écria le commissaire avec un rire gras en voyant un sexagénaire en uniforme escorter une jeune femme dans la cabine d'un ascenseur. C'est l'hôtel Solnechy, sur la Varshavkoye. J'éplucherai personnellement les notes de frais du général et je ferai de lui un allié loyal, oui?

La bande aux images saccadées continuait de se dérouler. Krupkin et les deux Américains commençaient manifestement à s'impatienter devant la longueur et l'apparente inutilité de ces scènes répétitives. Mais soudain un plan général, tourné, semblait-il, en début de soirée, montra une grande église et la foule sur le parvis.

— La cathédrale Saint-Basile, dit Krupkin, sur la place Rouge. Elle a été transformée en musée, un très beau musée d'ailleurs, mais, de loin en loin, un partisan zélé de l'Église y dit une messe rapide. La police n'intervient pas, au grand regret de l'officiant.

Les images se brouillèrent de nouveau et sautèrent violemment. Le cameraman et son technicien venaient de pénétrer dans la cathédrale, bousculés par la foule. Puis l'image redevint nette, comme si l'opérateur avait réussi à caler l'appareil contre un pilier. L'objectif était maintenant fixé sur un homme assez âgé dont les cheveux paraissaient encore plus blancs par contraste avec son imperméable noir. L'homme suivait une allée latérale en regardant distraitement les icônes qui se succédaient sur le mur et en levant de temps en temps la tête vers les vitraux des fenêtres majestueuses.

— Rodchenko, annonça le paysan-colonel d'une voix gutturale.

L'homme aux cheveux de neige s'engagea dans un renfoncement de la vaste nef où deux énormes cierges, montés sur un socle, projetaient des ombres mouvantes sur les murs. L'opérateur de la caméra vidéo sembla filmer brusquement de plus haut, comme s'il était monté sur un banc. L'image devint plus précise, le zoom se mit en action, le visage de l'homme aux cheveux blancs s'agrandit, masqué parfois par le dos d'un touriste. Le sujet s'approcha d'un autre homme, un prêtre en habits sacerdotaux, grand et maigre, au teint basané, à la calvitie naissante...

— C'est lui! s'écria Bourne. C'est Carlos!

Puis un troisième homme apparut sur l'écran et il rejoignit les deux autres.

— Bon Dieu! hurla Conklin à son tour tandis que tous les yeux demeuraient rivés sur le téléviseur. Arrêtez sur cette image!

Le commissaire du KGB enfonça aussitôt une touche de la télécommande et l'image tremblotante resta sur les trois hommes.

— Le troisième homme, David? Tu le reconnais?

Je l'ai connu, mais je ne le reconnais pas, répondit Bourne d'une voix

534

grave tandis que des images d'un passé lointain commençaient à affluer à son esprit.

Des explosions, des lumières blanches et aveuglantes, des silhouettes floues courant dans une jungle... Puis un homme, un Oriental, poussant des hurlements affreux tandis que son corps était cloué au tronc d'un arbre par les projectiles que crachait une arme automatique. Les souvenirs brumeux s'estompèrent et une autre scène lui revint en mémoire. Dans ce qui devait être la salle de police d'un baraquement, des soldats étaient assis derrière une longue table une chaise de bois. Sur la droite, un homme était assis sur cette chaise, un homme nerveux, anxieux. La lumière se fit d'un seul coup dans l'esprit de Jason : cet homme, c'était lui! Lui, beaucoup plus jeune, et il y avait un autre homme, en uniforme, qui faisait les cent pas devant la chaise, comme un ours en cage, et qui admonestait implacablement l'homme assis dont le nom de code était Delta Un...

Bourne étouffa un cri, le regard fixé sur l'écran du téléviseur. Le visage qu'il contemplait maintenant était une réplique vieillie de celui de l'homme haineux dont sa mémoire venait de lui restituer l'image.

– Le tribunal militaire d'un camp de base, quelque part au nord de Saigon, murmura-t-il.

– C'est Ogilvie, fit Conklin d'une voix caverneuse. Bryce Ogilvie... Ils ont établi le contact! Méduse a trouvé le Chacal!

36

– C'était un procès, Alex, n'est-ce pas? demanda Bourne d'une voix hésitante, encore sous le choc de ce qu'il venait de découvrir. Un tribunal militaire?

– Oui, mais ce n'était pas ton procès. Tu n'étais pas l'accusé.

– Vraiment, ce n'était pas moi?

– Non, toi, tu étais le témoin à charge. Ce n'était vraiment pas une situation courante pour ceux de ton groupe. Les militaires essayaient de vous mettre des bâtons dans les roues, mais cela ne les menait à rien... Nous en reparlerons plus tard, si tu veux bien.

– Non, dit Jason d'une voix ferme, c'est tout de suite que je veux en parler. Cet homme est en compagnie du Chacal, là, sous nos yeux. Je veux savoir qui il est, ce qu'il fait et pourquoi il est à Moscou... avec le Chacal!

– Plus tard...

– Tout de suite! Ton ami Krupkin a accepté de nous aider, Marie et moi, et je le remercie pour son aide. Le colonel est également de notre côté, sinon nous ne verrions pas ce film sur cet écran. Je veux savoir ce qui s'est passé entre cet homme et moi, et je n'ai rien à foutre de tous les impératifs de sécurité de Langley. Plus j'en saurai maintenant sur lui, mieux je saurai ce qu'il faut demander, et ce à quoi il faut s'attendre. Je dois vous préciser, poursuivit-il en se tournant brusquement vers les deux Russes, qu'il y a une période de ma vie dont je n'ai conservé que des souvenirs fragmentaires, mais je ne tiens pas à en parler davantage. Continue, Alex.

– Moi, j'ai de la peine à me souvenir de ce que j'ai fait hier soir, avoua le paysan-colonel.

– Dis-lui ce qu'il veut savoir, Aleksei. Cela n'a plus d'importance maintenant. Le chapitre Saigon est clos, comme le chapitre Kaboul.

– Très bien, fit Conklin en se laissant tomber dans un fauteuil.

Il prit le temps de masser son mollet droit et s'efforça, **sans grand succès**, de parler d'un ton dégagé.

— En décembre 1970, l'un de tes hommes s'est fait tuer pendant une opération de nettoyage. Une mort « accidentelle » causée par quelqu'un de chez nous. Mais tu savais à quoi t'en tenir, tu savais que quelques pourris du quartier général voulaient sa peau et qu'il ne s'agissait pas d'un accident. Cet homme était Cambodgien, ce n'était pas un petit saint, mais il connaissait toutes les pistes de la contrebande et il était précieux.

— Il ne me reste que des images, coupa Bourne, des fragments. Je vois, mais je ne m'en souviens pas.

— Les faits ne sont plus importants. Ils sont enfouis dans le passé avec ceux de plusieurs milliers d'autres affaires aussi pourries. Il semble qu'une grosse livraison de drogue ait mal tourné dans le Triangle d'or et que ton éclaireur en ait été rendu responsable. Quelques ordures de Saigon ont estimé qu'il fallait donner une leçon à leurs passeurs indigènes. Ils ont donc réussi à atteindre ton territoire, ils se sont cachés et **ont** liquidé ton éclaireur en se faisant passer pour une patrouille de Viets. Mais tu les vus d'une hauteur où tu étais posté et ton sang n'a fait qu'un tour. Tu les as suivis jusqu'à leur hélico et tu leur as donné le choix : ils montaient dans l'hélico et tu t'arrangeais pour qu'il saute, ou ils revenaient avec toi au camp de base. Ils t'ont suivi sous la menace des armes de tes hommes et tu as officiellement porté contre eux des accusations d'homicide. C'est à ce moment-là que ce pète-sec d'Ogilvie est entré en scène pour voler au secours des petits gars de Saigon.

— Et il s'est passé quelque chose, non? Quelque chose de complètement dingue... Tout a basculé d'un seul coup...

— Absolument. Ogilvie t'a fait venir à la barre et il a donné de toi l'image d'un maniaque, un menteur pathologique doublé d'un tueur qui, sans la guerre, aurait été enfermé dans un quartier de haute sécurité. Il t'a accusé de tous les maux de la terre et a exigé que tu révèles ta véritable identité, ce que tu ne pouvais faire, car cela aurait provoqué le massacre de la famille de ta première épouse cambodgienne. Il a essayé de t'entortiller dans sa rhétorique et, voyant qu'il échouait, il a menacé le tribunal militaire d'étaler au grand jour l'existence de votre bataillon maudit, ce que le tribunal ne pouvait accepter... Les tueurs d'Ogilvie ont été relaxés pour insuffisance de preuves et, à l'issue du procès, il a fallu t'enfermer dans ta chambre jusqu'à ce qu'Ogilvie soit monté dans l'hélicoptère qui le ramenait à Saigon.

— Il s'appelait Kwan Soo, poursuivit Bourne d'un air rêveur en secouant la tête comme pour repousser un cauchemar. C'était un gamin qui n'avait pas plus de seize ou dix-sept ans. L'argent de son petit trafic permettait aux habitants de trois villages de se nourrir... Et merde! Qu'aurions-nous fait, nous, si nos familles avaient été menacées de mourir de faim?

— Mais tu ne pouvais pas expliquer cela devant le tribunal et tu le savais. Tu as été obligé de te taire et d'accepter les accusations vicieuses d'Ogilvie. J'ai assisté au procès et je n'ai jamais vu quelqu'un exercer un tel contrôle sur lui-même pour contenir la haine qui le dévorait.

— J'ai l'impression que mes souvenirs sont un peu différents. J'en retrouve des fragments, pas grand-chose, bien sûr, mais un peu.

— Tu t'es adapté pendant ce procès aux nécessités de ton environnement... Comme un caméléon, si tu veux.

Les deux hommes échangèrent un long regard et les yeux de Jason revinrent se poser sur l'écran du téléviseur.

— Et le voilà avec Carlos, reprit-il. Comme ce monde pourri est petit. Sait-il que je suis Jason Bourne?

— Comment pourrait-il le savoir? lança Conklin en se levant. Jason Bourne n'existait pas, à l'époque. David non plus. Il n'y avait qu'un commando appelé Delta Un. Tu sais bien que personne ne se faisait appeler par son nom.

— Ma mémoire me trahit souvent... Que sais-tu encore sur lui, poursuivit Jason en montrant l'écran. Pourquoi est-il à Moscou? Pourquoi as-tu dit que Méduse avait trouvé le Chacal? Parle!

— Parce qu'il est le patron du cabinet d'affaires de New York.

— *Quoi?* s'écria Bourne en se retournant d'un bloc vers Alex.

— C'est lui le président du conseil d'administration, précisa Conklin. L'Agence avait mis leurs locaux sur table d'écoute, mais il a réussi à passer entre les mailles du filet. Il y a deux jours.

— Mais pourquoi ne m'as-tu rien dit? lança Bourne, la voix vibrant de colère.

— Parce qu'il ne m'est jamais venu à l'esprit que nous serions un jour en train de regarder sa tête sur l'écran d'un téléviseur. Et puis, je n'avais aucune raison de prononcer un nom que tu avais peut-être oublié, de faire resurgir un épisode douloureux peut-être enfoui au fond de ta mémoire. Pourquoi provoquer des complications inutiles? Les choses sont assez difficiles comme ça.

— Très bien, Aleksei, acquiesça Krupkin, l'air agité, en s'avançant vers eux. J'ai entendu certains détails et des noms qui m'évoquent, à moi, des souvenirs désagréables, et je pense qu'il m'appartient de te poser une ou deux questions. Au moins une, en tout cas. Qui est exactement ce Ogilvie auquel tu t'intéresses tant? Tu nous as dit qu'il était à Saigon, mais que fait-il maintenant?

— Pourquoi pas? dit Conklin à mi-voix, comme s'il se parlait à lui-même. C'est un avocat de New York qui est à la tête d'une organisation qui s'est répandue dans toute l'Europe et autour de la Méditerranée. A l'origine, en frappant aux bonnes portes à Washington, ils ont pris le contrôle d'un certain nombre de sociétés par les moyens les moins recommandables, puis ils ont accaparé des marchés en pratiquant des ententes illicites et, de fil en aiguille, ils en sont venus à employer des

538

méthodes plus musclées et ils ont engagé de véritables tueurs professionnels. Nous avons la preuve formelle qu'ils ont lancé un contrat sur différents membres de l'administration et du Pentagone, l'exemple le plus récent, dont vous avez certainement entendu parler, étant le général Teagarten, le commandant suprême de l'OTAN.

— Incroyable, murmura Krupkin.

— *Jeez... Chrize!* lança le paysan-colonel, les yeux exorbités.

— Ils sont très inventifs, poursuivit Conklin et Ogilvie est le plus ingénieux de tous. Malheureusement pour lui, et grâce à mon collègue, il s'est fait prendre comme une mouche dans la vaste toile d'araignée qu'il avait tissée entre Washington et les capitales européennes. Comme on ne peut quand même pas acheter tout le monde, il allait être appréhendé à New York, mais on l'a averti au dernier moment et il a réussi à s'enfuir... Ce que je ne comprends pas, c'est pourquoi il a choisi Moscou.

— Je suis peut-être en mesure de t'apporter la réponse, suggéra Krupkin après avoir lancé un coup d'œil au colonel du KGB qui inclina imperceptiblement la tête. Je ne sais rien, rigoureusement rien, de ces assassinats dont tu as parlé; en revanche l'organisation américaine que tu viens de décrire pourrait correspondre à un consortium avec lequel nous travaillons depuis des années.

— Dans quels domaines? demanda Conklin.

— Toutes sortes de produits ultra-sensibles de fabrication américaine, armements, pièces détachées pour avions et matériel de guerre, et, en plusieurs occasions, les avions et le matériel de guerre eux-mêmes, par l'entremise des pays du bloc soviétique. Si je te révèle tout cela, c'est parce que je suis persuadé que tu penses que je nierai formellement l'avoir dit.

— D'accord, conclut Conklin avec un petit hochement de tête. Et quel est le nom de ce consortium?

— Il n'y a pas un nom unique. Le consortium réunit au moins une cinquantaine de sociétés qui ont tant de dénominations et d'origines différentes qu'il est impossible de s'y retrouver.

— Il y a pourtant un nom, insista Conklin, et c'est Ogilvie qui est à la tête de tout cela.

— Cela m'était en effet venu à l'esprit, dit Krupkin, le regard fixe et dur, l'air déterminé. Quoi qu'il en soit, je peux t'assurer que ce qui semble tant te préoccuper au sujet de ton avocat n'est rien en comparaison de nos propres inquiétudes.

Dimitri se retourna vers le téléviseur où la même image continuait de sauter sur l'écran.

— L'officier des services de renseignements soviétiques que tu vois sur cet écran, poursuivit-il avec une fureur contenue, est le général Rodchenko, le numéro deux du KGB, un des conseillers les plus écoutés du Premier secrétaire. Bien des choses peuvent se faire au nom de l'intérêt de notre nation et à l'insu du Premier secrétaire, mais pas ce que tu m'as dit! Pas par les temps qui courent! Pas assassiner le commandant suprême de l'OTAN! Et surtout, surtout pas faire appel à Carlos le Chacal! Nous nous trouvons dans une situation aussi dangereuse qu'effrayante!

— As-tu des suggestions? demanda Conklin.

— Question stupide, répliqua le colonel d'un ton bourru. Arrestation, puis la Lubianka, puis... le silence.

— Cette solution présente un inconvénient, avança Alex. La Central Intelligence Agency sait qu'Ogilvie est à Moscou.

— Et alors, où est le problème? Nous débarrassons tout le monde d'un être malfaisant et nous mettons fin à ses crimes.

— Cela va peut-être vous paraître étrange, mais le problème ne consiste pas seulement à se débarrasser de cet individu et à mettre fin à ses crimes, même si l'Union soviétique est, elle aussi, en cause. Le problème, c'est d'étouffer l'affaire... Et, là, c'est Washington qui est concerné.

L'officier du KGB se tourna vers Krupkin et lui adressa quelques mots en russe.

— Qu'est-ce qu'il raconte?

— C'est assez difficile à comprendre pour nous, répondit Dimitri dans sa langue maternelle, mais, pour eux, c'est un vrai problème. Je vais essayer de t'expliquer, camarade.

— Qu'est-ce qu'il dit? demanda Bourne avec agacement.

— Je pense qu'il s'apprête à donner une leçon d'instruction civique à l'américaine.

— Le genre de leçon qui, à Washington, entre trop souvent par une oreille et sort par l'autre, glissa Krupkin en anglais avant de se retourner vers son supérieur.

— Tu vois, camarade, personne ne nous en voudrait aux États-Unis de mettre fin aux activités criminelles d'Ogilvie. Ils ont là-bas un proverbe dont ils font bon usage et qui dit: « A cheval donné, on ne regarde pas la bouche. »

— Qu'est-ce que la bouche d'un cheval a à voir avec un cadeau? C'est de son derrière que vient le fumier pour les cultures; de sa bouche ne sort que l'écume.

— La traduction ne rend pas exactement le sens... Ce qu'il faut savoir, camarade, c'est que cet avocat doit avoir de nombreuses relations au sein du gouvernement, des fonctionnaires qui ont couvert ses pratiques douteuses contre de grosses sommes d'argent. Des lois ont été tournées, des hommes tués, des mensonges acceptés. La corruption a été considérable et, nous le savons, les Américains sont obsédés par la corruption. Un soupçon de corruption pèse même chez eux sur toutes les idées progressistes. Les Américains se font un honneur d'exposer leur linge sale au vu et au su de toute la planète.

— Et ils ont raison, fit Conklin en anglais. Mais vous ne pouvez pas comprendre cela ici où chaque idée progressiste, chaque crime, chaque bouche qui s'ouvre est aussitôt étouffée.... Mais trêve de comparaisons pénibles et de leçons de morale. Tout ce que je veux vous dire, c'est qu'Ogilvie doit être ramené aux États-Unis où il paiera pour ce qu'il a fait.

— Nous réfléchirons à cette possibilité.

— Ce n'est pas suffisant d'y réfléchir, poursuivit Conklin. Non seulement cet homme doit répondre de ses actes, mais nous en savons, ou nous en saurons dans quelques jours, trop long sur son organisation et sur le rôle qu'il a joué dans l'assassinat de Teagarten pour que vous puissiez le garder ici. Ce n'est pas seulement Washington, mais l'ensemble des gouvernements de l'Europe qui vous tourneraient le dos. Pensez aussi aux conséquences sur vos importations et vos exportations...

— Je comprends ce que tu veux dire, Aleksei, fitKrupkin. Mais, au cas où nous pourrions trouver un arrangement, sera-t-il révélé que Moscou a coopéré sans réserve pour que ce criminel américain soit traduit devant les tribunaux de son pays?

— Il va sans dire que nous n'aurions pu le faire sans vous. En ma qualité d'officier responsable de l'opération sur le terrain, je suis disposé, si besoin est, à le jurer devant les deux commissions parlementaires permanentes des renseignements.

— Et que nous n'avons rien, *absolument* rien à voir avec les assassinats que tu as mentionnés, notamment celui du commandant suprême de l'OTAN.

— Bien entendu. C'est l'une des raisons qui vous ont poussés à collaborer avec nous. Votre gouvernement a été horrifié par ce crime barbare.

Krupkin planta un regard dur dans celui d'Alex. Il se retourna lentement et ses yeux se posèrent fugitivement sur l'écran avant de revenir se fixer sur Alex.

— Et Rodchenko? Qu'allons-nous faire du général Rodchenko?

— Ça, c'est votre affaire, répondit posément Alex. Ni Bourne ni moi n'avons jamais entendu ce nom.

— *Da*, fit Krupkin en hochant lentement la tête. Et ce que vous faites du Chacal sur le territoire soviétique, c'est votre affaire, Aleksei. Mais sois assuré de notre collaboration pleine et entière.

— Par où commençons-nous? demanda Jason, une pointe d'impatience dans la voix

— Chaque chose en son temps, fit Dimitri en se tournant vers le commissaire du KGB. As-tu compris ce que nous avons dit, camarade?

— J'ai compris tout ce qu'il fallait, Krupkin, répondit le paysan-colonel en se levant pour se diriger vers un téléphone posé sur une table marquetée.

Il décrocha, composa rapidement un numéro et obtint aussitôt son correspondant.

— C'est moi, dit le commissaire en russe. Le troisième homme sur la bande n° 7, celui qui est en compagnie de Rodchenko et du prêtre, celui qui a été identifié comme un Américain du nom d'Ogilvie... Cet homme sera désormais placé sous notre surveillance et il ne doit pas quitter Moscou.

Le colonel haussa brusquement ses sourcils touffus et son visage s'empourpra.

— Cet ordre est annulé! rugit-il. Il n'est plus sous la responsabilité des Relations diplomatiques! Il appartient désormais uniquement au KGB!... Une *raison?* Fais travailler ta matière grise! Dis leur que nous avons la conviction qu'il s'agit d'un agent double que ces abrutis n'ont pas été capables de démasquer! Puis tu lances le bla bla habituel : ils ont commis une grossière négligence en accueillant un ennemi de l'État; leur haute position a été protégée une fois de plus par le KGB... ce genre de choses. Tu peux aussi ajouter qu'« à cheval donné, on ne regarde pas la bouche »... Moi non plus, camarade, je ne comprends pas, mais ces petits messieurs dans leur costume bien coupé sauront certainement ce que cela signifie. Alerte également les aéroports.

— C'est fait, annonça Conklin à Bourne quand le commissaire eut raccroché. Ogilvie va rester à Moscou.

— Je n'en ai rien à foutre d'Ogilvie! s'écria Jason d'une voix tonnante. Je suis venu pour Carlos!

— Le prêtre? demanda le colonel en s'éloignant de la table.

— Oui, c'est de lui que je parle.

— C'est simple. Nous filons Rodchenko très discrètement et il ne remarque rien. Vous êtes informé de tout ce qu'il fait. Il reverra son Chacal.

— C'est tout ce que je demande, conclut Jason.

Le général Grigorie Rodchenko était assis à une table du restaurant Lastochka, devant une fenêtre qui donnait sur le pont Krymsky et la Moskova. C'était son établissement préféré pour souper. Les lumières du pont et des bateaux descendant paresseusement la rivière avaient un effet apaisant. Il avait besoin de cette atmosphère paisible, car, depuis quarante-huit heures, il se sentait mal à l'aise. Avait-il tort ou raison? Son instinct le trompait-il ou devait-il s'y fier? Il ne pouvait pas encore le savoir, mais ce même instinct lui avait permis, dans sa jeunesse, de survivre à ce fou de Staline, dans son âge mûr, à ce fanfaron de Khrouchtchev et, quelques années plus tard, à cet incapable de Brejnev. Il y avait maintenant une autre Russie, une nouvelle Union soviétique, et son grand âge accueillait cet avènement avec satisfaction. La situation allait peut-être se détendre un peu et des inimitiés de longue date disparaître à l'horizon naguère hostile. Les horizons ne changeaient pourtant pas vraiment. Ils demeuraient toujours des horizons, lointains, plats, brillants ou enveloppés de ténèbres, mais toujours lointains, plats et inaccessibles.

Rodchenko avait conscience d'être un survivant et un survivant se protégeait sur tous les plans, il s'insinuait dans tous les degrés qu'il lui était loisible d'atteindre. Le général s'était donc employé à devenir le partenaire privilégié de l'avocat. Lui, Rodchenko, expert dans l'art de recueillir des renseignements pour le KGB, avait été le premier intermédiaire avec ce consortium américain dont il était le seul à Moscou à connaître le véritable nom et grâce auquel d'extraordinaires livraisons avaient été faites dans toute la Russie et dans les nations amies du bloc soviétique. Il était par ailleurs l'agent de liaison avec le prêtre de Paris, Carlos le Chacal, qu'il avait réussi à dissuader à l'aide d'espèces sonnantes et trébuchantes d'exécuter certains contrats derrière lesquels on aurait pu deviner la main de Moscou. Il avait été un bureaucrate accompli, œuvrant dans les coulisses de la scène internationale, sans rechercher ni les applaudissements ni la célébrité, s'efforçant seulement de survivre. Alors, pourquoi avoir fait tout celma? Avait-il cédé à une impulsion engendrée par la lassitude, la peur et l'intuition d'un désastre imminent? Non, sa décision entrait dans une suite logique d'événements, elle respectait les intérêts de sa patrie et, par-dessus tout, la nécessité absolue pour Moscou de se désolidariser à la fois de Méduse et du Chacal.

D'après le consul général soviétique à New York, Bryce Ogilvie était un homme fini aux États-Unis. Le diplomate suggérait en conséquence de lui procurer un asile quelque part et, en contrepartie, d'absorber progressivement les innombrables sociétés qu'il contrôlait en Europe. Ce qui préoccupait le consul général, ce n'étaient pas tant les manipulations financières dont Ogilvie s'était rendu coupable que les assassinats qu'il avait commandités. Au nombre des victimes plusieurs personnalités du gouvernement américain et, selon toute vraisemblance, le commandant suprême de l'OTAN! Outre ces assassinats en chaîne, le consul général redoutait que, dans le but d'éviter la confiscation de certaines de ses sociétés, Bryce Ogilvie n'eût donné l'ordre d'éliminer en Europe des responsables de différentes entreprises, les rares individus en mesure de débrouiller l'écheveau touffu des ramifications internationales de son consortium, donc de remonter jusqu'à un important cabinet d'affaires de New York et à une organisation portant le nom de code de Méduse. Si ces assassinats devaient être perpétrés pendant le séjour d'Ogilvie à Moscou, des questions extrêmement embarrassantes pourraient être soulevées. Le conseil du consul général soviétique à New York était donc de faire quitter aussi vite que possible le territoire soviétique à Bryce Ogilvie, une recommandation beaucoup plus facile à donner qu'à exécuter.

C'est alors que le « monseigneur » paranoïaque de Paris avait fait son entrée dans cette danse macabre. Ils avaient pris contact selon les modalités habituelles, utilisant des téléphones publics, et Carlos avait exigé qu'ils se rencontrent de toute urgence. Comme toujours, le Chacal tenait à ce que le rendez-vous eût lieu dans un endroit public, très fréquenté, disposant de nombreuses issues, où il pourrait observer de son regard d'aigle, jusqu'à ce que son instinct professionnel soit satisfait. Après deux autres coups de téléphone donnés de deux cabines différentes, le rendez-vous avait été fixé. Dans la cathédrale Saint-Basile, sur la Place Rouge, à l'heure où les touristes affluaient pour la visite du soir. Dans un renfoncement, sur la droite du maître-autel, là où s'ouvraient plusieurs issues masquées par des tentures qui menaient à la sacristie.

Mais, dans le courant d'une troisième conversation téléphonique, une idée pareille à un coup de tonnerre s'était imposée à Rodchenko, une idée d'une audace inouïe, en même temps si évidente et si simple, qu'il en avait eu le souffle coupé. C'était la solution qui permettrait aux autorités soviétiques de se laver de tout soupçon de connivence ou de complicité aussi bien avec le Chacal qu'avec Ogilvie, si jamais cela devenait nécessaire aux yeux du monde occidental.

Il suffisait tout simplement, et à l'insu des deux hommes, de réunir le Chacal et Ogilvie, ne fût-ce qu'un instant, le temps de prendre une photo. C'était tout.

Il s'était donc rendu la veille à la Direction des relations diplomatiques après avoir demandé à voir Ogilvie pour une brève rencontre de routine. Tout au long de cet entretien à bâtons rompus, Rodchenko avait attendu l'occasion... Une occasion soigneusement préparée par ses recherches qu'il avait faites.

— Vous passez toujours l'été au cap Cod?

— Je me contente des week-ends, mais ma femme et les enfants y restent tout l'été.

— Quand j'étais en poste à Washington, j'avais un couple de très bons amis américains qui possédaient là une maison. J'y ai passé des week-ends enchanteurs. Mais vous connaissez peut-être mes amis, les Frost... Hardleigh et Carol Frost?

— Bien sûr que je les connais. Lui aussi est avocat, spécialiste du droit maritime. Ils habitent à Dennis, sur la route du littoral.

— Carol est une femme très séduisante.

— Très.

— *Da.* Et avez-vous jamais essayé de recruter son mari pour votre cabinet?

— Non, il a déjà le sien : Frost, Goldfarb et O'Shaunessy. Ils sont très bien implantés sur toute la côte du Massachusetts.

— Le fait d'avoir des amis communs, monsieur Ogilvie, me donne l'impression de vous connaître.

– Je regrette que nous n'ayons pas eu l'occasion de nous rencontrer au cap Cod.

– Mais peut-être pourrais-je m'autoriser de l'existence de ces amis communs pour vous demander un petit service, minime en regard des facilités que mon gouvernement vous octroie.

– On m'a laissé entendre que ces facilités étaient réciproques, fit remarquer Ogilvie.

– Je ne suis pas au courant de vos accords diplomatiques, mais il est concevable que je puisse intervenir en votre faveur, si vous acceptez de collaborer avec nous... Je veux dire avec mon service, qui, bien que modeste, n'est pas dépourvu d'influence.

– De quoi s'agit-il?

– Il s'agit d'un prêtre, un prêtre qui se prétend militant socialiste et affirme être un agitateur marxiste bien connu des services de police de New York. Il vient d'arriver à Moscou et il exige un rendez-vous discret dans quelques heures. Nous n'avons pas le temps de vérifier ses affirmations, mais comme il prétend avoir été victime de « persécutions » continuelles de la part des tribunaux new-yorkais et avoir eu à maintes reprises sa photo dans les journaux, j'ai pensé que vous pourriez peut-être le reconnaître.

– Probablement, s'il est véritablement celui qu'il affirme être.

– *Da!* Dans tous les cas, soyez assuré que nous ferons savoir que vous avez collaboré avec nous.

Tous les détails furent réglés. Ogilvie se mêlerait à la foule envahissant la cathédrale et resterait à proximité du lieu de rendez-vous. Dès qu'il verrait Rodchenko s'avancer vers un prêtre dissimulé dans un renfoncement, sur la droite du maître-autel, il « tomberait » sur le général en feignant l'étonnement. Ils se salueraient rapidement, Leur rencontre serait brève, à la limite de la politesse, un mot, une poignée de main du bout des doigts, puis l'avocat disparaîtrait dans la foule. Le genre de rencontre entre deux hommes civilisés et qui se détestent lorsqu'ils se trouvent nez à nez dans un endroit public. De plus, le renfoncement étant plongé dans la pénombre, Ogilvie devrait s'approcher assez près pour bien distinguer le visage du prêtre.

Ogilvie avait agi avec toute la rouerie d'un défenseur posant à un témoin à charge une question irrecevable, puis la retirant brusquement pour laisser l'avocat général sans voix.

Le Chacal, furieux, avait aussitôt détourné la tête, mais une vieille femme obèse avec un appareil photo miniaturisé et dissimulé dans la poignée de son sac à main avait eu le temps de prendre une série de clichés avec une pellicule ultra-rapide. Cette preuve se trouvait maintenant dans un coffre-fort du bureau de Rodchenko, jointe à un dossier intitulé : *Surveillance B. Ogilvie. Américain, sexe masculin.*

Sous la photo du tueur et de l'avocat américain avait été inscrit le texte suivant : *Sujet et contact non identifié lors d'une rencontre clandes-*

line, dans la cathédrale Saint Basile. Rencontre d'une durée d'onze minutes et trente-deux secondes. Clichés envoyés à Paris pour confirmation éventuelle. Il est possible que le contact non identifié soit Carlos le Chacal.

Inutile de dire que Paris préparait une réponse agrémentée de plusieurs portraits-robots des différents services de police. Et une conclusion : *Confirmation. Il s'agit bien du Chacal.*

Quel scandale! Et sur le territoire soviétique!

Mais le tueur s'était montré moins docile que l'avocat. Après la brève et malencontreuse rencontre avec l'Américain, Carlos avait repris la conversation avec un regard de glace sous lequel couvait un feu ardent.

— Ils sont sur votre piste! avait dit le Chacal.

— Qui?

— Le Komitet.

— C'est *moi*, le Komitet.

— Peut-être avez-vous tort de croire cela.

— Rien ne se passe au KGB que je ne sache. Où avez-vous obtenu cette information?

— A Paris. Ma source est Krupkin.

— Krupkin dirait n'importe quoi pour se faire mousser. Il n'hésiterait pas à faire circuler des bruits ridicules, même sur mon compte. Cet homme est une énigme : tantôt brillant officier polyglotte, tantôt clown mondain, tantôt entremetteur pour nos ministres en voyage officiel. On ne peut pas le prendre au sérieux lorsqu'il s'agit de questions graves.

— J'espère que vous êtes dans le vrai. Je vous rappellerai demain, tard dans la soirée. Serez-vous chez vous?

— Non, je souperai seul au Lastochka. Qu'allez-vous vous faire pendant la journée de demain?

— M'assurer que vos soupçons sont justifiés.

Et le Chacal s'était fondu dans la foule de la cathédrale.

Cette scène avait eu lieu plus de vingt-quatre heures auparavant et, depuis, Rodchenko était sans nouvelles. Le psychopathe était peut-être retourné à Paris, après avoir acquis la conviction que ses soupçons paranoïaques étaient sans fondement. Peut-être son besoin maladif de se déplacer, de courir sans cesse d'un pays à l'autre avait-il succédé au mouvement de panique qui l'avait amené à Moscou. Comment le savoir? Carlos aussi était une énigme. Il y avait indiscutablement chez lui une part de sadisme raffiné, mais aussi une âme romantique et torturée, des vestiges de traumastimes d'adolescent, s'efforçant désespérément d'atteindre quelque mirage inaccessible. Le moment approchait, inéluctable, où une balle dans la tête apporterait une réponse définitive à toutes les questions.

Rodchenko leva la main pour appeler le serveur. Il allait commander un café et un digestif... cet excellent cognac français réservé aux héros de la Révolution et plus particulièrement aux survivants. Mais c'est le directeur du restaurant en personne qui arriva, en hâte, un téléphone à la main.

— Il y a un appel urgent pour vous, mon général, dit-il en posant l'appareil sur la table.

— Merci, fit Rodchenko en attendant que le directeur de l'établissement s'éloigne. Qui est à l'appareil?

— C'est moi, dit la voix du Chacal. Vous êtes sous surveillance permanente, dit la voix du Chacal.

— Qui?

— Des agents de chez vous.

— Je ne vous crois pas.

— Je vous ai suivi toute la journée. Voulez-vous que je vous énumère tous les endroits où vous êtes allé depuis trente heures? Le café du Kalinin où vous avez pris deux verres, le kiosque de l'Arbat, le déjeuner au Slavyanky, la promenade sur la Luznekaya...

— Ça suffit! Où êtes-vous?

— Sortez du restaurant. Lentement, tranquillement. Je vais vous prouver que je dis la vérité.

Il y eut un déclic à l'autre bout de la ligne.

Rodchenko raccrocha et fit signe au serveur d'apporter l'addition. Ce dernier s'approcha aussitôt, moins par respect pour l'uniforme du général que parce qu'il était le dernier client dans la salle du restaurant. Rodchenko posa l'argent sur la note, salua le serveur et le directeur, traversa le hall mal éclairé et se retrouva sur le trottoir. Il était 1 h 30 et, à l'exception de quelques fêtards imbibés de vodka, la rue était déserte. Peu après, une haute silhouette sortit du renfoncement d'une boutique, à une trentaine de mètres sur la droite. C'était le Chacal, toujours en habit ecclésiastique. Il fit signe au général de le rejoindre et se dirigea lentement vers une voiture noire garée de l'autre côté de la rue. Rodchenko rattrapa le tueur qui s'était arrêté sur le trottoir, devant le véhicule orienté vers la porte du restaurant Lastochka.

Le Chacal alluma brusquement une torche électrique dont le puissant faisceau lumineux traversa la vitre ouverte de la voiture. Le général eut le souffle coupé devant une vision d'horreur. L'agent du KGB qui conduisait la voiture était renversé sur le siège avant, la gorge tranchée, couvert de sang. Sur le siège arrière, juste derrière la vitre, le second agent de l'unité de surveillance, pieds et poings liés, une grosse corde nouée sur la nuque, serrée sur la bouche ouverte comme un bâillon ne lui permettait d'émettre que des sons rauques et inarticulés. Il avait les yeux écarquillés de terreur, mais il vivait.

— Le conducteur avait été formé à Novgorod, dit le général d'une voix qui ne trahissait aucune émotion.

— Je sais, répliqua Carlos. J'ai pris ses papiers. L'entraînement à Novgorod n'est plus ce qu'il était, camarade.

— L'autre est l'agent de liaison de Krupkin à Moscou. C'est le fils d'un de ses bons amis, à ce qu'il paraît.

— Maintenant, sa vie m'appartient.

— Qu'allez-vous faire? demanda Rodchenko en regardant le Chacal droit dans les yeux.

— Réparer une erreur, répondit Carlos en levant son revolver prolongé par un silencieux et en tirant trois balles dans la gorge du général.

37

Dans un ciel noir, de gros nuages menaçants, annonciateurs de pluie, de foudre et de tonnerre tourbillonnaient et se bousculaient en silence. La conduite intérieure filait sur la route de campagne bordée de champs et de hautes herbes. Les mains crispées sur le volant, le conducteur tournait de temps en temps la tête pour surveiller son jeune prisonnier qui tirait désespérément sur les liens qui enserraient ses poignets et ses chevilles. La corde à moitié enfoncée dans sa bouche semblait lui causer une vive douleur, à en croire les grimaces qui déformaient son visage et ses yeux exorbités.

Sur la banquette arrière, couverte de sang, étaient étendus les corps du général Grigorie Rodchenko et de l'agent formé à Novgorod qui dirigeait l'unité de surveillance du KGB. Soudain, sans lâcher l'accélérateur ni manifester quoi que ce fût, le Chacal vit ce qu'il cherchait et donna un brusque coup de volant pour quitter la route. Les quatre pneus crissèrent dans le virage, la voiture s'enfonça en cahotant dans les hautes herbes et s'immobilisa dans une dernière secousse qui projeta les corps inertes contre le dossier du siège avant. Carlos ouvrit sa portière et sortit en vacillant, puis il entreprit d'extraire les corps ensanglantés et de les traîner dans l'herbe. Il laissa tomber celui du général en travers de l'autre cadavre et la terre s'imbiba de leurs sangs mêlés.

Puis le Chacal repartit vers la voiture, il fit descendre le jeune agent du KGB du siège avant, le tirant d'une main, un couteau à la lame étincelante dans l'autre.

– Nous avons beaucoup de choses à nous dire, lança Carlos en russe. Et il serait stupide de ta part de me cacher quoi que ce soit... Mais tu ne me cacheras rien, tu es trop jeune, trop vulnérable.

Le Chacal jeta brusquement son prisonnier par terre et les herbes se couchèrent sous le poids du corps attaché. Carlos prit sa torche et s'agenouilla près du Russe en avançant lentement son couteau vers les yeux écarquillés de terreur.

Le corps inerte et lacéré du jeune homme gisait dans l'herbe. Il ne parlerait plus, mais ses derniers mots se répercutaient encore dans le cerveau d'Ilich Ramirez Sanchez. Bourne était à Moscou! Ce ne pouvait être que lui! L'agent terrifié du KGB l'avait révélé à son insu au milieu d'un torrent de mots, d'un flot de phrases et de supplications. Il avait dit tout ce qui lui venait à l'esprit, tout ce qui pouvait lui sauver la vie. *Le camarade Krupkin... Deux Américains, un grand, l'autre qui boite!... Nous les avons conduits à l'hôtel, puis sur la Sadovaya pour une réunion...*

Krupkin et Bourne avaient donc réussi à retourner ses fidèles à Paris – à Paris, son camp retranché, qu'il avait toujours cru imprenable! – et ils l'avaient suivi jusqu'à Moscou. Comment?... Avec l'aide de qui? Cela n'avait plus d'importance; les traîtres seraient punis en leur temps. Tout ce qui comptait, c'est que le Caméléon en chair et en os était au Métropole. Au Métropole! Son ennemi juré était à Moscou, à une heure de trajet, et dormait paisiblement sans se douter que le Chacal savait où il était! Le terroriste sentit monter en lui les effluves grisants du triomphe. Les médecins affirmaient que ses jours étaient comptés, mais ils se trompaient une fois sur deux. Et, cette fois-là, ils s'étaient vraiment trompés! La mort de Jason Bourne allait le faire revivre!

Mais ce n'était pas l'heure. 3 heures du matin, ce n'était assurément pas le moment propice pour parcourir les rues ou les couloirs d'un hôtel à Moscou, cette ville où la suspicion permanente était encore plus vive la nuit. Il était de notoriété publique que les employés de nuit des grands hôtels étaient armés et choisis autant pour leurs qualités de tireur que pour leurs capacités professionnelles. La lumière du jour allégeait un peu cette atmosphère de méfiance et c'est l'animation du petit matin qu'il fallait mettre à profit pour frapper.

En revanche, l'heure était choisie pour une autre forme d'action, tout au moins ses préparatifs. Le moment était venu pour le Chacal de réunir les disciples recrutés dans l'Administration et de leur faire savoir que le « monseigneur » était arrivé, que leur messie personnel était venu les libérer. Avant de quitter Paris, il avait rassemblé ses dossiers et les dossiers cachés à l'intérieur... Des feuilles de papier apparemment vierges, glissées dans des chemises et qui, exposées à des rayons infrarouges, révélaient un texte dactylographié. Il avait choisi comme lieu de réunion un entrepôt abandonné, rue Vavilova. Il allait téléphoner à chacun de ses disciples d'une cabine et leur ordonner de s'y trouver à 5 h 30 en passant par de petites rues. La réunion serait terminée à 6 h 30, et chacun aurait en main les armes nécessaires pour s'élever jusqu'aux plus hauts postes de l'élite moscovite. Ils formeraient une nouvelle armée de l'ombre, beaucoup plus réduite que celle de Paris, mais tout aussi efficace et dévouée à Carlos, ce mystérieux bienfaiteur qui rendait la vie facile à ses ouailles. A 7 h 30, le Chacal serait à l'hôtel Métropole, il attendrait les premiers mouvements des clients, le ballet des serveurs apportant les petits déjeuners avec leurs plateaux et leurs tables roulantes, la bousculade du hall bruissant de conversations. A 7 h 30, il serait prêt à frapper.

L'un après l'autre, tels des noctambules fatigués aux premières lueurs du jour, les cinq hommes et les trois femmes se présentèrent à l'entrée de l'entrepôt abandonné de la petite rue Vavilova. Leur prudence était tout à fait compréhensible. C'était un quartier qu'il valait mieux éviter, moins parce qu'il était mal famé – la police de Moscou faisait régner un ordre implacable – qu'à cause de la longueur et du nombre de bâtiments désaffectés. C'était un vieux quartier en reconstruction, mais, comme bien des projets similaires dans les agglomérations du monde entier, les travaux étaient passé de la première vitesse au point mort. De toutes les commodités, il ne restait que l'électricité, et Carlos l'utilisait à son avantage.

Le Chacal se tenait au fond du vaste entrepôt au sol cimenté. Une lampe posée sur le sol, dans son dos, ne montrait que sa silhouette, laissant ses traits dans l'ombre. Sur sa droite, une petite table de bois bancale, couverte de dossiers, et, sur sa gauche, sous une pile de journaux, invisible pour ses « disciples », un fusil d'assaut AK-47, modèle 56. Un chargeur de quarante cartouches était engagé et le Chacal en avait glissé un second dans sa ceinture. C'est par routine qu'il avait pris cette arme. Carlos ne s'attendait à rencontrer aucune espèce de difficulté. Il ne susciterait, comme de coutume, que la vénération.

Il observait son auditoire, aucun des regards furtifs échangés par les huit Russes ne lui échappait. Personne ne parlait; l'air humide et froid de l'entrepôt mal éclairé était lourd d'appréhension. Carlos savait qu'il faudrait dissiper cette appréhension aussi vite que possible, et il avait rassemblé huit chaises dépareillées, trouvées dans les bureaux de l'entrepôt abandonné. Assis, les gens étaient moins tendus; c'était une vérité d'évidence. Mais aucune des huit personnes n'avait voulu prendre un siège.

– Je tiens d'abord à vous remercier d'être venus à une heure si matinale, commença le Chacal en russe, d'une voix sonore. Que chacun prenne une chaise et s'assoie. Notre réunion ne sera pas longue, mais je vous demande la plus grande concentration... Si le camarade le plus proche de la porte voulait bien la fermer... Tout le monde est arrivé.

La lourde porte grinçante fut claquée par un bureaucrate à la démarche raide tandis que les autres prenaient place sur les sièges espacés. Carlos attendit que cessent les raclements du bois sur le ciment, puis, en bon orateur, il prolongea le silence avant de s'adresser avec gravité à son auditoire. Il posa successivement sur ses huits disciples le regard pénétrant de ses yeux noirs comme pour montrer à chacun qu'il attachait une importance particulière à sa présence. Il y eut une succession de mouvements furtifs de la main, surtout chez les femmes qui, toutes lissèrent leur jupe ou leur robe. Leurs vêtements étaient caractéristiques des fonctionnaires de haut rang, austères et classiques, mais propres et bien repassés.

— Je suis le « monseigneur » de Paris, commença l'assassin en tenue ecclésiastique. Je suis celui qui a passé plusieurs années à vous sélectionner, avec l'aide de plusieurs camarades, à Moscou et ailleurs, celui qui vous a envoyé de grosses sommes d'argent sans rien vous demander d'autre en échange que d'attendre discrètement ma venue et de me donner en retour la fidélité que j'ai observée à votre égard... En regardant vos visages, il m'est facile de deviner vos questions. Je vais donc vous parler un peu de moi. Voici un certain nombre d'années, j'ai fait partie de l'élite envoyée suivre une formation à Novgorod...

Il y eut une réaction discrète mais perceptible de l'auditoire. Le mythe de Novgorod dépassait presque la réalité; c'était, en fait, un centre d'endoctrinement poussé réservé aux plus doués... du moins d'après ce qu'on leur avait laissé entendre, même s'ils ne comprenaient pas vraiment, car on ne prononçait jamais ce nom de Novgorod qu'à voix basse. Carlos hocha la tête à plusieurs reprises pour marquer qu'il était sensible à leur réaction.

— J'ai passé les années suivantes dans de nombreux pays étrangers, à défendre les intérêts de la grande révolution soviétique en qualité de commissaire chargé de missions exigeant de nombreux séjours à Moscou et des recherches approfondies dans les domaines particuliers où chacun de vous occupe un poste de responsabilité... Des postes de responsabilité, répéta le Chacal en enflant la voix après un silence, mais sans l'autorité qui devrait être la vôtre! Vos compétences sont sous-estimées et mal rétribuées, vous avez un supérieur hiérarchique incapable!

Il y eut cette fois moins de discrétion et de gêne dans la réaction du petit groupe.

— En comparaison de ce qui se passe dans des services similaires des gouvernements ennemis, nous avons pris beaucoup de retard et c'est parce que vos qualités et vos compétences ont été niées par des bureaucrates indélogeables qui se soucient plus des privilèges attachés à leur rang que du bon fonctionnement de leur service!

Ces paroles électrisèrent l'assemblée et la réaction fut instantanée : les trois femmes osèrent même esquisser quelques applaudissements timides.

— C'est pour cette raison, pour ces raisons, que mes camarades de Moscou et moi-même, nous vous avons distingués. C'est aussi pour cela que je vous ai fait parvenir cet argent qui représente approximativement la valeur des privilèges dont jouissent vos supérieurs. Pourquoi ne jouiriez-vous pas, vous aussi, de ces privilèges?

Un murmure où se mêlaient des *Pourquoi pas?* et des *Il a raison!* parcourut l'assemblée dont les membres se regardaient maintenant dans les yeux et hochaient vigoureusement la tête. Quand le Chacal commença à énumérer chacun des ministères concernés, chaque nom fut accueilli par des mouvements d'enthousiasme.

– Les ministères des Transports, de l'Information, des Finances, du Commerce extérieur, de la Justice, des Fournitures militaires, de la Recherche scientifique et, ce qui n'est pas le moins important, la Commission des nominations du Praesidium... Voilà quels sont vos domaines, ceux où tout pouvoir de décision vous est retiré!... Cette situation n'est plus supportable! Les choses doivent changer!

Les auditeurs se levèrent d'un mouvement presque unanime. Ce n'étaient plus des étrangers, mais des individus unis pour défendre une cause commune. Un seul demeura sur la réserve, le bureaucrate timoré qui était allé refermer la porte.

– Vous semblez bien connaître notre situation, monsieur, objecta-t-il prudemment, mais qu'est-ce qui pourrait changer les choses?

– *Ceci*, répondit Carlos en montrant d'un geste théâtral les dossiers étalés sur la table basse.

Le petit groupe se rassit lentement en regardant les dossiers.

– Sur cette table, poursuivit le Chacal, se trouvent des dossiers confidentiels sur chacun de vos supérieurs. Des renseignements si compromettants qu'ils vous garantiront une promotion immédiate, voire votre nomination à la place de vos supérieurs hiérarchiques lorsque vous leur en ferez part discrètement. Ils n'auront pas le choix, car il y a là de quoi provoquer leur disgrâce ou même les mener devant le peloton d'exécution.

– Monsieur? l'interpella une femme d'âge mûr, vêtue d'une robe bleue en se levant timidement et en portant la main à ses cheveux d'un blond cendré torsadés en chignon. Mon travail consiste à faire des évaluations des dossiers du personnel et il m'arrive fréquemment de découvrir des erreurs... Comment pouvez-vous être certain que les vôtres sont exacts? S'ils renferment des erreurs, ne pourrions-nous pas nous trouver dans une situation extrêmemment dangereuse?

– Le simple fait de mettre en doute l'exactitude de leur contenu est un affront, madame, répliqua le Chacal d'une voix glaciale. Je suis le « monseigneur » de Paris. J'ai décrit avec exactitude votre situation individuelle et, avec la même exactitude, l'infériorité de vos supérieurs. En outre, j'ai personnellement couru et fait courir à mes associés de Moscou de grands risques pour vous faire parvenir clandestinement des fonds destinés à rendre votre vie plus confortable.

– Pour ma part, intervint un individu émacié, portant des lunettes et vêtu d'un complet brun, j'apprécie cet argent que j'ai placé en souscrivant à un emprunt d'État et j'espère en retirer un modeste revenu. Mais sommes-nous obligés de faire le reste? Je travaille au ministère des

Finances, cela va sans dire, et, ayant clairement exprimé ma position, je dégage ma responsabilité.

— Qu'est-ce que c'est que ce jargon? Vous êtes à peu près aussi clair que votre ministère impuissant!

Le contradicteur était un homme presque obèse, boudiné dans un complet noir.

— Et vous jetez des doutes sur votre capacité à déterminer ce qu'est un revenu substantiel! Moi, je travaille aux Fournitures militaires, et vous ne nous octroyez jamais notre dû!

— Exactement comme pour la Recherche scientifique! s'écria son voisin, un petit bonhomme vêtu de tweed, un enseignant sans doute, la barbe inégalement taillée, atteint d'évidence de myopie. Il s'agit bien de revenus! Parlez-moi plutôt de nos allocations!

— Elles sont largement suffisantes pour des scientifiques de bas étage! L'argent est mieux employé à acheter à l'Occident!

— Taisez-vous! hurla le prêtre-assassin en levant les bras. Nous ne sommes pas là pour régler des conflits interministériels. Ils seront résolus avec l'émergence de notre nouvelle élite. N'oubliez pas que, tous ensemble, nous allons bâtir un ordre nouveau, plus pur, pour notre grande révolution! C'en est fini de la complaisance!

— Voilà une idée très séduisante, monsieur, fit une autre femme, âgée d'une trentaine d'années et vêtue d'une élégante jupe plissée, une présentatrice de télévision dont le visage aux traits fins était bien connu des autres. Mais serait-il possible de revenir à la question de l'exactitude?

— Cette question est réglée, déclara Carlos en fixant successivement un regard noir sur chacune des huit personnes alignées devant lui. Sinon, comment aurais-je pu en savoir si long sur vous?

— Je ne mets pas en doute ce que vous nous avez dit, poursuivit la jeune femme, mais, en tant que journaliste, j'ai le devoir de vérifier auprès d'une autre source, sauf instructions contraires du ministère. Comme vous ne travaillez pas pour le ministère de l'Information et, sachant que tout ce que vous dites demeurera confidentiel, pouvez-vous nous indiquer une seconde source?

— Vais-je me laisser harceler par des journalistes manipulés, alors que je dis la vérité? s'écria le tueur avec une fureur contenue. Tout ce que je vous ai révélé est exact, et vous le savez pertinemment!

— Les crimes de Staline aussi, monsieur. Ils ont été réellement commis, mais ils sont restés ensevelis avec vingt millions de cadavres pendant trente ans.

— Vous voulez des preuves, madame la journaliste? Je vais vous en donner! Je travaille la main dans la main avec les chefs du KGB, avec le grand général Grigorie Rodchenko en personne! Oui, nous travaillons la main dans la main et, pour ne rien vous cacher, il me doit beaucoup! Pour lui aussi, je suis le « monseigneur » de Paris!

Il y eut des mouvements divers dans l'assistance, une sorte d'hésitation collective et quelques raclements de gorge. La journaliste reprit la parole, d'une voix douce, les yeux rivés sur ceux de l'homme en costume de prêtre.

– Vous êtes sans doute celui que vous prétendez être, monsieur, commença-t-elle lentement, mais vous n'écoutez donc pas Radio-Moscou? La station a annoncé, il y a une heure, que le général Rodchenko avait été abattu cette nuit par des criminels étrangers... Elle a également annoncé que tout l'état-major du Komitet était convoqué d'urgence afin de déterminer les circonstances de la mort du général. Il faut une raison tout à fait extraordinaire pour qu'un homme de l'expérience du général Rodchenko se soit laissé attirer dans un piège tendu par des criminels étrangers.

– Ils vont éplucher tous ses dossiers, déclara le bureaucrate timoré en se levant avec raideur. Ils vont tout examiner au microscope pour découvrir cette raison extraordinaire. Peut-être vont-ils vous démasquer, ajouta-t-il en regardant le tueur dans les yeux. Et découvrir l'existence de vos dossiers.

– Non! s'écria le Chacal dont le front se couvrit de sueur. Non, c'est impossible! Je détiens les seuls exemplaires de ces dossiers! Il n'y a pas de copies!

– Si vous croyez cela, lança le fonctionnaire obèse du ministère des Fournitures militaires, c'est que vous ne connaissez pas le Komitet!

– Moi, je ne le connais pas? hurla Carlos dont la main gauche fut prise d'un tremblement convulsif. Je pénètre jusqu'au cœur de ses rouages! Rien ne m'échappe, car je suis le dépositaire de tous les secrets! J'ai des volumes entiers sur les gouvernements de par le monde, sur les dirigeants, les généraux, les hauts fonctionnaires! J'ai des sources partout! Partout!

– Mais vous ne pouvez plus compter sur Rodchenko, poursuivit l'obèse en se dressant de toute sa petite taille. Et, quand on y réfléchit, vous n'avez même pas eu l'air étonné!

– *Quoi?*

– A Moscou, la première chose que tout le monde ou presque fait en se réveillant, c'est d'allumer la radio. Ce sont toujours les mêmes informations stupides, et je suppose que d'aucuns y trouvent un certain réconfort, mais la plupart d'entre nous étaient au courant de la mort de Rodchenko... Pas vous, monsieur. Quand notre journaliste vous l'a annoncé, vous n'avez pas manifesté la moindre émotion, le moindre étonnement.

– Bien sûr que si! s'écria le Chacal. Ce que vous ne comprenez pas, c'est que j'ai un sang-froid extraordinaire. Et c'est pour cela que les dirigeants du marxisme international me font confiance et ont besoin de moi!

– Le marxisme est passé de mode, murmura en se levant à son tour la femme aux cheveux blond cendré chargée de l'évaluation des dossiers du personnel de son ministère.

— Qu'est-ce que vous dites? lança Carlos d'une voix rauque et sifflante qui augmenta rapidement de volume. Je suis le « monseigneur » de Paris. J'ai rendu votre misérable existence plus confortable que vous ne l'auriez jamais rêvé, et maintenant, vous doutez de moi! Comment pourrais-je savoir ce que je sais, comment aurais-je pu vous consacrer tant d'attention et tant d'argent, à vous que j'ai choisis, si je ne faisais pas partie des privilégiés? N'oubliez pas qui je suis!

— Mais justement nous ignorons qui vous êtes, fit en se levant un homme qui n'avait pas encore pris la parole.

Comme les autres, il portait un complet sombre et impeccable, mais mieux coupé, comme s'il tenait particulièrement à soigner son apparence. Son visage était différent, plus pâle, avec un regard plus pénétrant et plus direct, qui donnait l'impression que les paroles qu'il prononçait étaient soigneusement pesées.

— A part ce titre honorifique que vous vous êtes attribué, nous ignorons tout de votre identité et, à l'évidence, vous ne tenez pas à nous la révéler. Pour en revenir à ce que vous prétendez savoir, vous avez mis en lumière un certain nombre de défauts flagrants de nos services et les injustices qui en découlent, mais ce sont des tares inhérentes au système. Vous auriez pu choisir une dizaine d'autres individus dans une dizaine d'autres ministères et les griefs eussent été les mêmes. Il n'y a là-dedans rien de très nouveau...

— Mais comment osez-vous? hurla Carlos le Chacal, les veines de son cou gonflées à se rompre. Qui êtes-vous pour me parler sur ce ton? Je suis le monseigneur de Paris, un vrai fils de la révolution!

— Moi, je suis juge au ministère des Procédures juridiques, camarade, et un produit beaucoup plus récent de cette révolution. Je ne connais peut-être pas les chefs du KGB, ceux que vous prétendez être vos serviteurs, mais je sais le tarif des peines si nous adressons personnellement et secrètement des menaces à nos supérieurs hiérarchiques au lieu de saisir par la voie administrative le Bureau des irrégularités. Ce sont des peines que je préférais ne pas encourir sans un dossier autrement probant que quelques vagues papiers de provenance inconnue, peut-être forgés par des fonctionnaires mécontents d'un échelon inférieur au nôtre... En toute sincérité, je ne tiens pas à en prendre connaissance, je ne veux pas me laisser compromettre par ces documents.

— Vous n'êtes qu'un juriste minable! rugit l'assassin en serrant convulsivement les poings. Vous déformez la vérité, tous autant que vous êtes! Vous vous laissez porter par les vents dominants de la facilité!

— Joliment dit, fit le juge avec un petit sourire.

— Je ne supporterai pas plus longtemps votre insolence!

— Ce ne sera pas nécessaire, camarade prêtre, car je vais partir et, si j'ai un conseil à donner à ceux qui sont ici, c'est d'en faire autant.

– Vous osez!

– Oui, j'ose, répliqua le juriste en faisant du regard le tour de l'assistance. Je ne voudrais pas être obligé de plaider contre moi-même, ajouta-t-il en souriant, bien que je sois très bon!

– Et l'argent! hurla le Chacal. Ce sont des milliers de dollars que je vous ai versés!

– Reste-t-il une trace de ces versements? demanda le juge d'un air innocent. Vous avez vous-même pris soin de n'en laisser aucune... Des plis, glissés dans une boîte aux lettres ou dans un tiroir de bureau, avec un petit mot ordonnant de brûler l'enveloppe. Jamais personne n'avouera les y avoir mises, car personne ne tient à faire un séjour à la Lubianka... Adieu, camarade prêtre, conclut le juge tout en se dirigeant vers la porte.

L'un après l'autre, comme ils étaient arrivés, les membres du petit groupe le suivirent après avoir lancé un dernier regard à l'étranger qui venait, en même pas une heure, de bouleverser leur train-train quotidien, cet homme qui, ils le savaient tous instinctivement, n'aurait pu leur apporter, s'ils l'avaient suivi, que la disgrâce et la mort.

Mais aucun d'eux ne s'attendait à ce qui se produisit. Le tueur en habit de prêtre sembla soudain perdre tout contrôle. Ses yeux noirs brûlaient d'un feu ardent que seule une violence effrénée pouvait apaiser... Mû par un désir implacable, farouche, de se venger sauvagement des les torts qu'il avait subis dans sa juste lutte contre les mécréants, le Chacal balaya les dossiers d'un revers de la main et se précipita vers la pile de journaux. Il saisit le fusil d'assaut en hurlant.

– Arrêtez! Arrêtez-vous tous!

Personne ne lui obéit et le fou furieux s'abandonna à la violence de ses pulsions. Son doigt se crispa sur la détente de l'arme automatique dont les balles fauchèrent ceux dont il avait voulu faire ses disciples. Au milieu des hurlements des blessés, l'assassin se rua vers la porte, enjambant les corps, et abattit ceux qui se trouvaient déjà dans la rue en proférant des imprécations et en les vouant à un enfer dont il était seul à imaginer les tourments.

– Traîtres! Ordures! Pourriture humaine!

Aveuglé par la rage, le Chacal bondit par-dessus les derniers corps inertes et se précipita vers la voiture dérobée à l'unité de surveillance du Komitet.

La nuit s'achevait; le jour se levait sur Moscou.

La sonnerie du téléphone de la suite du Métropole retentit avec la violence d'une explosion. Alex Conklin se réveilla en sursaut. Il ouvrit les yeux avec bien du mal tandis que sa main se refermait sur l'appareil posé sur la table de nuit.

– Allô! dit-il en se demandant fugitivement s'il parlait bien dans le microphone ou dans l'écouteur du combiné.

– Ne bouge pas, Aleksei! Ne laisse entrer personne dans la suite et prépare tes armes!

– Kruppie?... Mais qu'est-ce qui te prend?

– Un chien enragé est en train de semer la terreur dans la ville.

– Carlos?

– Il est devenu complètement fou. Il a tué Rodchenko et massacré les deux agents chargés de filer le général. C'est un fermier qui a découvert les corps à 4 heures du matin... Ce sont les aboiements de ses chiens qui l'ont réveillé.

– Bon Dieu!... Cette fois, il a perdu la tête! Mais qu'est-ce qui te fait croire que...

– L'un de nos agents a été torturé avant de mourir, répondit l'officier du KGB sans même laisser Alex achever sa phrase. C'était notre chauffeur de l'aéroport, un de mes protégés, le fils d'un vieil ami que j'avais connu à l'université. C'était un bon jeune homme, mais il n'était pas de taille à supporter ce qu'on lui a fait subir.

– Et tu penses qu'il a peut-être parlé de nous à Carlos?

– Oui... Mais ce n'est pas tout. Il y a à peu près une heure, huit personnes ont été abattues avec une arme automatique. Un carnage, une vraie boucherie! Une femme qui travaillait au ministère de l'Information comme directeur de seconde classe et qui était également journaliste à la télévision a eu le temps de nous révéler avant de mourir que l'assassin était un prêtre venu de Paris, qui se faisait appeler « monseigneur ».

– Bordel! hurla Alex en balançant ses jambes par-dessus le bord du lit et en regardant distraitement son moignon. Il a liquidé son réseau!

– Il faut effectivement employer l'imparfait, fit Krupkin. Souviens-toi, je t'avais bien dit que de telles recrues l'abandonneraient au premier signe de danger.

– Je vais réveiller Jason...

– Écoute-moi, Aleksei!

– Quoi? demanda Conklin en calant le combiné sous son menton tout en se penchant pour ramasser sa prothèse.

– Nous avons formé une unité d'assaut tactique composée d'hommes et de femmes en civil... Ils ont reçu leurs instructions et ne vont pas tarder à arriver à l'hôtel.

– Excellente initiative.

– Mais nous n'avons volontairement alerté ni la direction de l'hôtel ni la police.

– C'eût été tout à fait stupide, convint Alex. Très bien, c'est donc ici que nous allons attendre cette ordure de Chacal! Nous n'aurions jamais rien pu faire si les couloirs de l'hôtel avaient grouillé d'uniformes et d'employés hystériques. Carlos a des yeux dans le dos!

– Fais ce que je te demande, reprit l'officier du KGB. Ne laisse entrer personne, écarte-toi des fenêtres et prends toutes les précautions nécessaires.

– Naturellement... Mais pourquoi me parles-tu des fenêtres? Il lui faudra un certain temps pour savoir où nous sommes, le temps d'interroger les femmes de chambre...

– Pardonne-moi, mon vieux, fit Krupkin, mais imagine que, dans la bousculade du matin, un prêtre se renseigne à la réception avec un sourire angélique sur deux Américains dont l'un boite fortement?

– Très juste, même si je te trouve un peu parano.

– Vous êtes à l'un des derniers étages et, de l'autre côté de la Perspective Marx, il y a le toit d'un immeuble de bureaux.

– Je vois que tu as gardé toute ta vivacité d'esprit.

– J'en ai certainement plus que cet idiot de la place Dzerjinski, mon commissaire *Kartoshki* qui ne m'a mis au courant qu'il y a quelques minutes. Sinon, je t'aurais appelé plus tôt.

– Je vais réveiller Bourne.

– Sois prudent, Aleksei.

Conklin n'entendit pas l'avertissement de Krupkin. Il avait déjà raccroché et était en train de mettre sa prothèse, fixant à la hâte les bandes de velcro autour de son mollet. Puis il ouvrit le tiroir de la table de nuit et en sortit l'automatique Graz Burya, l'arme conçue pour le KGB et les trois chargeurs. Le Graz, comme il était communément appelé, avait pour principale caractéristique d'être l'unique automatique sur lequel pouvait être fixé un silencieux. Alex le prit et le vissa sur le canon court. En s'efforçant de ne pas perdre l'équilibre, il mit son pantalon et glissa l'automatique dans sa ceinture, puis il se dirigea vers la porte de sa chambre. Il l'ouvrit et découvrit Jason, habillé de pied en cap, posté devant une fenêtre du salon.

– Ce devait être Krupkin, dit Jason.

– En effet. Écarte-toi de la fenêtre!

– Carlos? s'exclama Jason en faisant aussitôt un pas de côté. Il sait que nous sommes à Moscou? Il sait que nous sommes *ici*?

– La réponse aux deux questions est oui.

En quelques phrases, Conklin résuma sa conversation avec Krupkin.

– Qu'est-ce que tu en penses? demanda-t-il quand il eut terminé.

– Cela devait arriver un jour, fit posément Jason. La bombe à retardement qu'il avait dans la tête a fini par éclater.

– C'est bien mon avis. Le réseau qu'il avait mis en place à Moscou lui a claqué dans les doigts. Ils lui ont probablement conseillé d'aller se faire voir ailleurs et il a perdu tout contrôle.

– Je déplore la perte de ces vies humaines, grommela Bourne. J'aurais sincèrement préféré que cela se passe différemment, mais je ne regrette pas qu'il soit maintenant dans un tel état. Ce qui lui arrive est exactement ce qu'il voulait me faire subir.

– Kruppie m'a appris que Carlos avait un désir morbide de revenir chez ceux qui ont été les premiers à découvrir qu'il était un psychopathe. Mais, s'il sait que tu es ici, ce qui est probablement le cas, il risque de faire un transfert, ta mort remplaçant la sienne... Ce qui lui procurera peut-être une sorte de triomphe symbolique.

– Toi, tu as trop parlé avec Panov... A propos, je me demande comment il va.

– Cesse de te le demander. J'ai appelé l'hôpital à 3 heures du matin, 5 heures en France. Il perdra peut-être l'usage de son bras gauche et souffrira d'une paralysie partielle de la jambe droite, mais les médecins pensent qu'il est hors de danger.

– Peu importent ses bras et ses jambes! C'est sa *tête* qui m'intéresse!

– Apparemment, elle est intacte. L'infirmière-chef de son étage a dit que, pour un médecin, c'était un patient abominable.

– Dieu soit loué!

– Je te croyais agnostique?

– C'est une expression symbolique. Tu demanderas à Mo ce qu'il en pense.

Les yeux de Bourne se posèrent sur l'arme glissée dans la ceinture d'Alex.

– Pas très discret, fit-il.

– Pour qui?

– Le garçon d'étage qui va arriver, répondit Jason. J'ai demandé qu'on nous monte quelque chose à manger et une grande cafetière.

– Pas question. Krupkin m'a bien recommandé de ne laisser entrer personne et je lui ai donné ma parole.

– Délire paranoïaque.

– C'est à peu de chose près ce que je lui ai dit. Mais c'est son territoire, pas le nôtre. C'est comme pour les fenêtres...

– Attends un peu! s'écria Bourne. Imagine qu'il ait raison?

– C'est peu probable, mais pas impossible...

Conklin n'eut pas le temps de finir sa phrase. Jason plongea la main sous le pan droit de sa veste, en sortit son propre automatique et se dirigea à grands pas vers la porte donnant sur le couloir.

– Qu'est-ce que tu fais? cria Alex.

– Je prends peut-être les délires de ton ami Kruppie plus au sérieux qu'ils ne le méritent, mais cela vaut la peine d'essayer... Mets-toi là-bas, ajouta Bourne en lui indiquant l'angle de gauche du salon. Je vais tirer le verrou de la porte et, quand le garçon d'étage frappera, tu lui diras d'entrer... en russe.

– Et toi?

– Il y a un distributeur de glaces dans le couloir. L'appareil ne marche pas, mais il se trouve dans une niche, à côté d'un distributeur de Pepsi. Il ne marche pas non plus, mais j'ai assez de place pour me cacher.

– Vive le capitalisme, malgré toutes ses erreurs. Vas-y!

Delta de Méduse tira le verrou, ouvrit la porte, passa la tête dans l'embrasure pour regarder de chaque côté et sortit. Il s'élança au pas de course dans le couloir et atteignit le renfoncement où étaient logés les distributeurs. Il s'accroupit contre le mur et attendit. Il avait mal aux genoux et aux jambes, ce qui, quelques années plus tôt, ne lui serait pas arrivé. Il entendit soudain un bruit de roulettes, de plus en plus fort, et il vit passer devant lui un chariot recouvert d'une nappe, qui s'arrêta devant la porte de la suite. Il avança la tête pour observer le garçon d'étage. C'était un petit jeune homme blond d'une vingtaine d'années, à l'attitude obséquieuse. Il frappa timidement à la porte. Non, ce n'est pas Carlos, songea Bourne en se relevant avec une grimace. Il entendit la voix assourdie de Conklin dire d'entrer. Quand le garçon ouvrit la porte et commença à pousser la table roulante à l'intérieur de la suite, Jason remit calmement son arme dans sa ceinture. Il se pencha et massa son mollet droit où il sentait la contraction musculaire annonciatrice d'une crampe.

Tout se passa alors avec la rapidité de l'éclair. Une silhouette, tout de noir vêtue, jaillit d'un autre renfoncement du couloir et passa en courant devant les distributeurs. Bourne eut juste le temps de se plaquer contre le mur. C'était le Chacal !

38

De la folie! Carlos bouscula le serveur et le poussa dans le dos de toutes ses forces; le jeune homme fut projeté de l'autre côté du couloir tandis que la table roulante se renversait, le contenu des plats éclaboussant les murs et se répandant sur la moquette. Mais le serveur se releva d'un bond et sortit en pivotant une arme de sa ceinture. Le Chacal dut percevoir le mouvement du coin de l'œil, car il se retourna tout d'une pièce, son arme automatique sur tir continu, et il cloua le jeune homme au mur d'une longue rafale. Pendant cet affreux instant, l'œilleton du Graz Burya de Bourne se prit dans le tissu de la ceinture de son pantalon. Il tira en déchirant le tissu, mais Carlos le découvrit en se retournant et une lueur de triomphe brilla dans ses yeux.

Jason dégagea l'automatique, pivota sur lui-même et s'accroupit dans l'angle du renfoncement tandis qu'une rafale du pistolet mitrailleur du Chacal faisait voler en éclats le panneau bariolé du distributeur de Pepsi et transperçait les épaisses feuilles de plastique disposées devant le distributeur de glaces. Bourne rampa, leva son arme et tira plusieurs balles sans relâcher la détente. Simultanément, d'autres détonations retentirent, mais ce n'était pas le bruit d'un pistolet mitrailleur. C'est Alex qui tirait de l'intérieur de la suite! Ils pouvaient réussir... Tout pouvait enfin se terminer dans le couloir d'un hôtel de Moscou!

Le Chacal poussa un rugissement. Il était touché! Bourne recula entre les appareils et se plaqua de nouveau contre le mur. Son attention fut fugitivement attirée par les bruits du distributeur de glaces qui venait de se mettre en marche. Il se laissa glisser le long du mur et s'accroupit pour avancer lentement la tête dans le couloir. La folie sanglante était à son comble. Tel un animal enragé dans sa cage, le Chacal, blessé, tournait sur place en criblant les murs de balles, comme s'il cherchait frénétiquement à repousser des parois invisibles se refermant sur lui. Deux cris perçants – une voix d'homme et une voix de femme – retentirent au fond du couloir. Un couple venait d'être blessé, ou tué, par des balles perdues.

– Couche-toi!

Le cri de Conklin venant de l'autre côté du couloir était un ordre auquel il devait obéir sur-le-champ, même s'il en ignorait le pourquoi.

– Protège-toi! Colle-toi contre le mur!

Bourne fit ce qu'Alex ordonnait. Il comprit seulement qu'il devait se faire aussi petit que possible dans son coin et se protéger la tête. Au moment où il se recroquevillait, une explosion secoua les murs de l'hôtel à une certaine distance, puis une autre, plus proche, beaucoup plus violente, dans le couloir même. *Des grenades!*

Il vit voler dans la fumée des débris de plâtre et des morceaux de verre brisé. Puis de nouveaux coups de feu retentirent. Neuf détonations... Un automatique Graz Burya... *Alex.*

Jason se releva d'un bond et se glissa entre les deux distributeurs. Alex devant la porte de leur suite, à côté de la table roulante renversée, retirait rageusement son chargeur vide et fouillait fébrilement dans ses poches.

– Je n'en ai plus! s'écria-t-il. Il a filé au fond du couloir et il ne me reste plus de cartouches!

– Moi, j'en ai, et je cours beaucoup plus vite que toi, hurla Jason en enlevant le chargeur vide pour le remplacer par un autre. Reste dans la chambre et appelle la réception. Dis-leur de faire évacuer le hall.

– Krupkin a dit...

– Je n'en ai rien à foutre! Il faut condamner les ascenseurs et les escaliers, et surtout ne pas approcher de cet étage!

– Je comprends ce que tu veux faire...

– Vas-y, téléphone!

Bourne fonça dans le couloir et fit la grimace en arrivant devant les deux corps étendus sur la moquette : l'homme et la femme gémissaient tous les deux. Leurs vêtements étaient couverts de sang, mais ils étaient vivants!

– Demande de l'aide pour eux! cria-t-il en se retournant vers Alex qui clopinait autour du chariot – il lui montra une issue de secours au milieu du couloir. Ils sont vivants! Qu'ils utilisent cette porte et uniquement celle-ci!

La traque commença, rendue plus difficile par le fait que les bruits de la fusillade avaient été entendus dans l'aile adjacente du dixième étage du Métropole. Il ne fallait pas beaucoup d'imagination pour comprendre que, derrière les deux rangées de portes fermées bordant les couloirs, des coups de téléphone paniqués étaient donnés à la réception. La stratégie de Krupkin consistant à employer une unité d'assaut du KGB en civil s'était effondrée dès la première rafale tirée par le Chacal.

Où était-il? Il y avait une autre sortie de secours à l'extrémité du couloir dans lequel Jason venait de tourner, mais il y avait aussi une bonne quinzaine de chambres dont les portes s'ouvraient sur ce couloir. Carlos était loin d'être idiot et, comme il était blessé, il allait déployer les ruses apprises au cours de sa longue vie de terroriste, toutes ces ruses qui lui avaient permis de survivre... Au moins jusqu'à ce qu'il puisse accomplir ce qui, pour lui, était plus important que sa vie. Bourne comprit que son analyse était juste... C'est lui-même qu'il venait de décrire. Qu'avait donc dit le vieux Fontaine dans l'île de la Tranquillité, quand ils observaient, par la fenêtre de la réserve où ils étaient cachés, la procession de prêtres dont l'un était nécessairement à la solde de Carlos?... « Deux lions vieillissants, dressés l'un contre l'autre depuis si longtemps et qui ne se soucient pas de la vie de ceux qui se trouvent par hasard sur leur chemin. » C'étaient les paroles exactes de Fontaine, un homme qui, après avoir perdu la femme qu'il aimait, avait sacrifié sa vie pour un autre qu'il connaissait à peine. En s'approchant silencieusement de la première porte sur la gauche, Jason se demanda s'il serait capable d'en faire autant. Il voulait vivre, bien sûr, vivre avec Marie et les enfants... Mais s'ils devaient disparaître, aurait-il envie de continuer à vivre? Saurait-il se sacrifier s'il découvrait dans un autre homme un reflet de lui-même?

Ce n'est pas le moment! Je n'ai que faire de tes méditations, David Webb! Je ne veux pas de toi, tu es trop mou, trop faible! Fiche le camp! Je dois débusquer une proie que j'essaie d'abattre depuis treize ans! C'est ma famille – ta famille – qu'il veut tuer maintenant... Fous le camp, David!

Des taches de sang? Sur la triste moquette brune de petites gouttes luisaient à la lumière incertaine du lustre. Bourne s'accroupit et passa la main sur le sol. La moquette était humide et c'était du sang. Les taches s'étalaient devant la première porte et la deuxième, toujours sur la gauche du couloir... puis on en trouvait encore vers la droite et elles devenaient plus irrégulières, comme si on avait essayé de contenir l'hémorragie. Les gouttes de sang longeaient la sixième et la septième porte sur la droite, puis elles s'arrêtaient brusquement... Non, pas complètement! Quelques gouttes étaient à peine visibles vers la gauche du couloir... *Là!* Une traînée rouge, juste au-dessus du bouton de la huitième porte, à cinq ou six mètres de l'issue de secours. Carlos était tapi derrière cette porte et il avait pris en otage les occupants de la chambre.

Tout était maintenant une question de précision. De chaque mouvement, de chaque bruit dépendait la vie ou la mort. Bourne se força à respirer calmement et à détendre les muscles de son corps parcourus de spasmes. Il fit demi-tour et repartit à pas de loup dans le couloir. Il s'arrêta à une vingtaine de mètres de la porte derrière laquelle était caché le Chacal et tendit l'oreille. Des murmures et des sanglots étouffés provenaient de la plupart des chambres desservies par le couloir. Des ordres avaient été donnés, mais dans un langage très éloigné des ins-

564

tructions de Conklin. *Veuillez ne pas quitter votre chambre. Ne laissez entrer personne. Une enquête est en cours.* Simplement une enquête. Jamais on ne disait « la police » ou « les autorités ». Jamais de détails précis, ce qui favorisait des réactions de panique. Et c'est précisément une réaction de panique que Delta Un de Méduse comptait provoquer. Semer la terreur et opérer une diversion, deux armes maîtresses auxquelles il avait eu souvent recours pour tendre un piège.

Jason leva l'automatique et visa l'un des lustres du couloir. Il pressa deux fois la détente. Aux détonations assourdissantes se mêla le fracas du verre brisé, projeté sur les murs. Bourne se mit à pousser des cris furieux.

– Le voilà! C'est l'homme en noir!

Il se mit à courir à grandes enjambées en martelant le sol du couloir. Il passa devant la huitième porte sur la gauche et continua de courir en hurlant :

– L'issue de secours... L'issue de secours!

Puis il s'arrêta brusquement et tira une autre balle dans le lustre le plus proche. La détonation et les tintements du verre volant en éclats masquèrent l'absence du bruit de ses pas. Il se plaqua contre le mur, juste en face de la huitième porte, prit de l'élan et se jeta contre le panneau qu'il enfonça du premier coup. Il plongea aussitôt par terre, l'arme levée, prêt à tirer.

Jason s'était trompé! Il le comprit aussitôt... Le piège se retournait contre lui! Une autre porte s'ouvrit dans le couloir... Il commença à rouler vers la droite, heurta un lampadaire qu'il repoussa d'un coup de pied et aperçut du coin de l'œil un vieux couple terrifié, blotti au fond de la pièce.

Une silhouette tout de blanc vêtue fit irruption dans la chambre et un pistolet mitrailleur commença à cracher une interminable rafale. Dans ce vacarme, Bourne tira à son tour en direction de la masse blanche tout en se jetant contre le mur. Pendant une fraction de seconde, il se trouva dans l'angle mort du terroriste.

Le Chacal fut touché à l'épaule... l'épaule droite! Il leva brusquement le bras, les doigts agités de mouvements convulsifs, et le pistolet mitrailleur sauta littéralement de sa main. Il se retourna instantanément et les deux pans de son long peignoir blanc s'ouvrirent et se gonflèrent comme une voile tandis que sa main gauche se refermait sur la blessure à l'épaule et que, dans le même mouvement, il projetait d'un coup de pied le lampadaire vers Bourne.

Jason tira encore une fois, mais il fut à moitié aveuglé par l'ampoule du lampadaire dont le support lui heurta le bras et le projectile alla se ficher dans le plafond. Il referma sa main gauche sur son poignet droit et visa soigneusement. Il n'entendit que le bruit métallique du percuteur : son chargeur était vide! Il plongea vers le pistolet mitrailleur tandis que Carlos franchissait la porte enfoncée. Bourne vit les pans du peignoir blanc disparaître dans le couloir et il se dressa aussitôt sur ses pieds, mais son genou gauche se déroba sous lui. Il se traîna jusqu'au bord du lit et rampa vers le téléphone posé sur la table de chevet. L'appareil était hors d'usage, fracassé par un projectile de l'arme de Carlos.

Un claquement retentit dans le couloir : la lourde porte métallique de l'issue de secours se refermait. Le Chacal était en train de dévaler l'escalier pour atteindre le hall de l'hôtel. Si la réception avait tenu compte des directives de Conklin, il était pris au piège !

Bourne se tourna vers le couple âgé, recroquevillé dans le fond de la pièce, et il fut touché de voir que le vieillard protégeait de son corps sa compagne.

— Tout va bien, fit-il en s'efforçant de parler d'une voix douce pour les rassurer. Je me doute que vous ne me comprenez pas – je ne parle pas russe –, mais c'est fini maintenant.

— Nous ne parlons pas russe non plus, dit l'homme d'un ton sec, avec un accent britannique prononcé, tout en se relevant péniblement. Il y a trente ans, je serais resté devant cette porte. J'étais à El-Alamein, monsieur, avec la 8e armée de Montgomery ! Et c'était quelque chose ! Mais peut-on lutter contre la vieillesse ?

— Je préfère ne rien savoir, mon général.

— Non, seulement brigadier général...

— Très bien, dit Bourne en s'asseyant sur le lit.

Il fit fonctionner l'articulation de son genou. Tout semblait redevenu normal.

— Il faut que je trouve un téléphone !

— Ce qui m'a le plus choqué, c'est le peignoir blanc ! poursuivit le vétéran d'El Alamein. C'est foutrement scandaleux !... Excuse-moi, ma chérie.

— Pourquoi dites-vous cela ?

— Le peignoir blanc ! Ce devait être celui de Binky... Un couple qui voyage avec nous et qui occupe la chambre en face. Je suis sûr qu'il l'a chipé au Beau Rivage, ce charmant hôtel de Lausanne ! Ce n'est déjà pas joli de l'avoir fauché, mais alors, le donner à cette espèce de sauvage... C'est impardonnable !

Dans la seconde qui suivit, Bourne saisit l'arme du Chacal, se rua dans le couloir et ouvrit la porte de la chambre en face. Il comprit aussitôt que « Binky » méritait plus d'admiration que le brigadier général n'était disposé à lui en accorder. L'homme allongé par terre avait reçu plusieurs coups de couteau au ventre et à la gorge. Une femme aux cheveux gris était agenouillée près de lui et pleurait à chaudes larmes.

— Le téléphone ne répond pas, sanglota-t-elle en redressant la tête. Il s'est battu comme un héros... Il devait savoir que ce prêtre fou ne voulait pas tirer !

— Essayez de maintenir ses plaies fermées ! hurla Bourne en tournant la tête vers le téléphone.

566

L'appareil était intact! Il se jeta sur le combiné, mais, au lieu d'appeler la réception ou le standard, il composa directement le numéro de sa suite.

— Krupkin? s'écria Alex.

— Non, c'est moi! Primo : Carlos est dans l'escalier... celui du couloir où j'étais! Secundo : un homme a reçu plusieurs coups de couteau, même couloir, septième porte sur la droite. Fais vite!

— Aussi vite que possible. J'ai une ligne directe avec le bureau du directeur.

— Tu as des nouvelles de l'unité du KGB?

— Ils viennent d'arriver. Krupkin m'a appelé du hall il y a quelques secondes. C'est pour ça que j'ai cru que c'était lui...

— Je vais prendre cet escalier!

— Mais pourquoi, bon Dieu?

— Parce qu'il est à moi!

Jason se précipita vers la porte, incapable d'adresser à la femme éplorée la moindre parole de réconfort. Il ouvrit d'un coup d'épaule la porte de l'escalier de secours, l'arme de Carlos à la main. Il commença à descendre les marches, mais il entendit le bruit de ses chaussures sur la pierre. Il s'arrêta, se déchaussa, puis ôta ses chaussettes. Le froid de la pierre sur la plante des pieds lui rappela vaguement la jungle et le contact de la végétation couverte de rosée sur sa peau. Une évocation incertaine d'un passé lointain, mais qui l'aida à dominer ses craintes : la jungle avait toujours été l'alliée fidèle de Delta Un.

Étage après étage, il descendit, suivant les gouttes de sang, de plus en plus larges et nombreuses; car il n'était plus question pour Carlos d'arrêter l'hémorragie. La seconde blessure était grave. Le Chacal avait essayé de comprimer la plaie à deux reprises, devant la porte du cinquième étage et devant celle du troisième. Mais des traînées de sang s'étaient répandues juste après; le fugitif ne pouvait ouvrir les portes du côté de l'escalier.

Deuxième étage... Premier étage... C'était le dernier! Carlos était pris au piège! Quelque part au-dessous de lui, tapi dans l'ombre, se trouvait le tueur dont la mort allait le libérer. Bourne prit silencieusement une pochette d'allumettes du Métropole. Il se blottit contre le mur de béton, craqua une allumette, puis il mit le feu à la pochette qu'il lança par-dessus la rampe, l'arme à la main, prêt à tirer sur tout ce qui bougeait.

Rien ne bougea... Pas le moindre mouvement. Il n'y avait personne sur le palier! Jason descendit quatre à quatre la dernière volée de marches et tambourina contre la porte donnant dans le hall.

— *Shto?* cria une voix en russe. *Ktotam?*

— Je suis américain! Je travaille avec le KGB! Laissez-moi entrer!

— *Shto?...*

— Je vous comprends, cria une autre voix. Et, vous aussi, vous comprenez que beaucoup d'armes sont braquées sur vous quand j'ouvre la porte. C'est bien vu?

567

— Oui! s'écria Bourne.

Il se rendit compte qu'il tenait encore l'arme de Carlos et il eut à peine le temps de la laisser tomber sur le ciment avant que la porte s'ouvre.

— *Da!* fit l'officier de police russe. *Niet!* hurla-t-il aussitôt en découvrant le pistolet mitrailleur de Carlos aux pieds de Jason.

— *Ne za shto,* jeta Krupkin d'une voix haletante en se plaçant entre les deux hommes.

— *Pohchemu?*

— *Komitet!*

— *Prekrasno,* dit le policier en inclinant obséquieusement la tête, mais sans faire mine de bouger.

— Qu'est-ce que vous faites? demanda Krupkin. Le hall a été évacué et notre unité est en place!

— Il était là, gémit Bourne d'une voix sourde et vibrante.

— Le Chacal?

— Il est descendu par cet escalier! Il n'a pas pu sortir à un autre étage, toutes les issues de secours sont automatiquement fermées du côté de l'escalier. On ne peut ouvrir les portes qu'en appuyant sur la barre de métal, du côté du couloir.

— *Skazhi,* dit l'officier du KGB en s'adressant au garde de l'hôtel. Quelqu'un a-t-il franchi cette porte depuis dix minutes, depuis qu'a été donné l'ordre de toutes les condamner?

— Non, mon colonel! Je n'ai vu sortir qu'une femme hystérique dont le peignoir était taché de sang. Elle a eu tellement peur en entendant la fusillade qu'elle est tombée dans la salle de bains et qu'elle s'est coupée. Elle hurlait tellement que nous avons cru qu'elle allait mourir devant nous! Nous l'avons tout de suite accompagnée à l'infirmerie.

Krupkin se retourna vers Jason.

— Il n'a vu sortir qu'une femme, expliqua-t-il en anglais, une femme paniquée et qui s'était coupée.

— Une femme? Il en est certain?... De quelle couleur étaient ses cheveux?

Dimitri posa la question au garde qui lui répondit:

— Il dit qu'ils étaient roux et frisés.

— *Roux?*

Une image vint à l'esprit de Jason, une image très déplaisante.

— Un téléphone intérieur!... Non, la réception! Venez, j'aurai peut-être besoin de votre aide!

Suivi par Krupkin, Jason traversa pieds nus le hall de l'hôtel.

— Vous parlez anglais? demanda-t-il au réceptionniste.

— Certainement, très bien, monsieur. Et même des expressions de l'argot, monsieur.

— Un plan du dixième étage! Vite!

— Monsieur?

568

Krupkin traduisit. Un grand cahier fut placé sur le comptoir. Jason tourna les pages protégées par des feuilles de plastique.

– Celle-ci! fit-il en montrant un petit carré et en s'efforçant de ne pas alarmer l'employé en parlant trop fort. Appelez cette chambre! Si la ligne est occupée, coupez la communication!

Krupkin traduisit derechef et un téléphone fut placé devant Bourne. Il prit le combiné et parla rapidement.

– C'est l'homme qui est entré dans votre chambre il y a quelques minutes...

– Mais oui, bien sûr, mon jeune ami. Merci encore! Merci infiniment! Le médecin est arrivé et Binky...

– J'ai quelque chose à vous demander, madame, et je veux la réponse tout de suite... Avez-vous des perruques dans vos bagages?

– Je trouve votre question déplacée, jeune homme...

– Je n'ai pas le temps de faire des politesses, madame. Je veux une réponse! Oui ou non?

– Eh bien, oui... Ce n'est pas un secret, vous savez, toutes mes amies sont au courant. Je suis diabétique, vous voyez, et je perds beaucoup de cheveux...

– L'une de ces perruques est-elle rousse?

– Justement, oui. Vous voyez, j'aime assez changer...

Bourne raccrocha avec violence et se tourna vers Krupkin.

– Cette ordure a réussi à nous échapper! C'était bien Carlos!

– Suivez-moi, dit l'officier du KGB.

Les deux hommes traversèrent le hall au pas de course et pénétrèrent dans le secteur du Métropole réservé à l'Administration. Ils atteignirent la porte de l'infirmerie et la poussèrent. Ils se figèrent tous deux sur place en découvrant un spectacle qui leur arracha une grimace de dégoût.

Il y avait des rouleaux de gaze éventrés et des boîtes ouvertes de ruban adhésif de différentes largeurs. Des seringues brisées, des flacons d'antibiotiques étaient répandus sur la table et jonchaient le sol. Mais les deux hommes n'y prêtèrent aucune attention. Leur regard demeurait rivé sur la femme qui avait soigné son dernier patient. L'infirmière du Métropole était renversée dans son fauteuil, la gorge ouverte. Une longue traînée rouge coulait sur sa blouse blanche jusqu'au sol. La folie sanglante continuait!

Debout devant la table du salon, Dimitri Krupkin parlait au téléphone tandis que Conklin, assis sur le canapé, massait son moignon. Bourne regardait par la fenêtre donnant sur la Perspective Marx.

Alex tourna la tête vers l'officier du KGB et un mince sourire se forma sur son visage émacié quand il croisa le regard de Dimitri. Une connivence s'établissait furtivement entre les deux adversaires de cette guerre sans fin dans laquelle on ne remportait que des batailles éphémères.

— Tu m'en donnes l'assurance, camarade? dit Krupkin en russe... Bien sûr que cette conversation est enregistrée! Tu ne ferais pas la même chose, à ma place?... Parfait! Nous nous comprenons et nous avons clairement conscience de nos responsabilités. Je vais donc récapituler. Notre homme est assez grièvement blessé, il convient donc d'alerter la compagnie de taxis, tous les médecins et les hôpitaux de l'agglomération de Moscou. Nous avons fait circuler la description du véhicule volé, quiconque verra soit l'homme, soit la voiture, doit te le signaler, à toi et à toi seul. Si ces instructions ne sont pas respectées, c'est la Lubianka!... Est-ce clair? Bon... Nous sommes d'accord, mais je tiens à être prévenu dès que tu seras en possession du moindre renseignement... Tu ne vas pas faire un arrêt du cœur, camarade? Je sais très bien que tu es mon supérieur, mais nous vivons dans une société prolétarienne, non? Je te demande simplement de suivre les conseils d'un subordonné qui a une vaste expérience dans ce domaine. Bonne journée, camarade... Non, ce n'est pas une menace!

Krupkin raccrocha en soupirant.

— Il m'arrive parfois de regretter notre aristocratie tellement raffinée.

— Garde cela pour toi, lui conseilla Alex. Je suppose qu'il n'y a rien de nouveau, ajouta-t-il en indiquant le téléphone d'un signe de la tête.

— Rien de concret, mais quand même quelque chose d'assez intéressant et même de fascinant dans le genre macabre.

— Je suppose que cela a un rapport avec Carlos?

— Naturellement.

Krupkin secoua la tête tandis que Bourne se tournait vers lui pour écouter.

— En allant rejoindre notre unité en civil, j'ai trouvé sur mon bureau huit grosses enveloppes de papier bulle dont une seule avait été ouverte. La police les avait trouvées dans la rue Vavilova et, après avoir pris connaissance du contenu de la première, s'en était évidemment débarrassée.

— Que contenaient-elles? demanda Alex, étouffant un petit rire. Des secrets d'État? La révélation que le Politburo n'est composé que d'homosexuels?

— Tu ne dois pas être loin de la vérité, fit Bourne. Ces enveloppes avaient été remises par Carlos aux membres de son réseau. Elles contenaient d'odieuses calomnies contre eux ou à utiliser contre quelqu'un d'autre.

— C'est la deuxième solution, dit Krupkin. Elles contenaient un ramassis d'accusations absurdes contre des fonctionnaires supérieurs de nos principaux ministères.

— Il possède des tonnes de saloperies de ce genre. Carlos aime procéder de cette manière. Cela lui permet de s'introduire dans des milieux d'où il devrait être exclu.

– Vous ne m'avez peut-être pas bien compris, Jason, poursuivit l'officier du KGB. Ce sont vraiment des accusations absurdes... Invraisemblables. Extravagantes. Dans l'ensemble, des ragots dignes des journaux à scandales, ce qui n'a rien d'étonnant, mais il y a aussi un certain nombre d'erreurs manifestes sur des lieux, des dates, des fonctions, et même des identités. Par exemple, le ministère des Transports ne se trouve pas à l'adresse indiquée dans une des enveloppes, mais à un pâté de maisons plus loin. Dans un autre cas, le camarade *direktor* mentionné n'est pas l'époux de la femme dont on donne le nom... Celle-ci est en réalité sa fille et elle n'habite pas à Moscou, mais à Cuba, depuis six ans. Il y a aussi un homme, présenté comme le patron de Radio-Moscou, accusé d'à peu près toutes les tares, à l'exclusion de rapports sexuels avec des chiens! Or, cet homme, mort depuis onze mois, était un catholique fervent à la vocation religieuse contrariée... J'ai relevé ces erreurs grossières pendant les quelques minutes dont je disposais, mais je suis certain qu'il y en a des dizaines d'autres.

– Tu veux dire qu'on s'est payé la tête de Carlos? demanda Conklin.

– Dans les grandes largeurs. Celui qui lui a fourni ces notes ridicules s'est arrangé pour que tout puisse être nié en bloc.

– Rodchenko? demanda Bourne.

– Je ne vois personne d'autre. Grigorie – je ne l'ai jamais appelé par son prénom, je disais toujours « mon général » – était un fin stratège. Il avait survécu à de nombreux bouleversements et restait un marxiste convaincu. Il tenait à tout contrôler, c'était devenu un besoin pour lui et j'imagine la joie qu'il éprouvait à manipuler l'infâme Chacal pour le plus grand bien de la mère patrie. Et pourtant Carlos l'a tué et a signé son forfait de ces trois balles dans la gorge. Rodchenko a-t-il été trahi ou a-t-il fait preuve de négligence après avoir été démasqué? Nous ne le saurons jamais.

Le téléphone sonna et Krupkin tendit machinalement la main pour décrocher.

– *Da?*

L'officier du KGB commença à parler en russe tout en faisant signe à Conklin de remettre sa prothèse.

– Écoute-moi très attentivement, camarade, dit-il. La police ne doit prendre absolument aucune initiative et surtout ne pas se montrer. Fais remplacer la voiture de police par un véhicule banalisé. C'est compris?... Bien. Nous utiliserons la fréquence Murène.

– Une piste? demanda Bourne en s'écartant de la fenêtre tandis que Krupkin reposait bruyamment le combiné.

– Et une belle! La voiture a été repérée sur la route Nemchinovka, roulant en direction d'Odintsovo.

– Ce sont des noms qui ne signifient rien pour moi. Qu'y a-t-il à Odintsovo?

– Je ne sais pas exactement, mais lui le sait. N'oubliez pas qu'il

571

connaît bien Moscou et ses environs. Odintsovo est une sorte de banlieue industrielle, à quarante-cinq minutes du centre ville...

— Merde! rugit Alex, aux prises avec les bandes de velcro de sa prothèse.

— Laisse-moi t'aider, lança Jason d'un ton qui n'admettait pas de réplique en s'agenouillant à côté de Conklin. Pourquoi Carlos se sert-il encore de la voiture du Komitet? demanda-t-il en tournant la tête vers Krupkin. Ce n'est pas son genre de prendre de tels risques.

— Il n'a pas le choix. Il doit savoir que les taxis de Moscou travaillent pour la police. Il est assez grièvement blessé et n'a plus d'arme, sinon, il s'en serait servi contre vous. Il n'est plus en position de menacer un conducteur et de voler une voiture... En outre, cela lui a permis d'atteindre rapidement la route Nemchikova et c'est vraiment par hasard qu'il a été repéré. Ce n'est pas une route très fréquentée, je suppose qu'il le savait.

— Allons-y! s'écria Alex, irrité à la fois par la prévenance de Jason et par son infirmité.

Il se leva, fit un ou deux pas hésitants, repoussa avec agacement la main de Krupkin et se dirigea vers la porte.

— Nous pourrons parler dans la voiture. Ne perdons pas de temps.

— Murène, m'entendez-vous? fit Krupkin assis à l'avant, à côté du chauffeur de son unité d'assaut.

Il parlait dans le micro de la radio de la voiture en essayant les différentes fréquences de la bande UHF.

— Murène, répondez-moi, si vous me recevez.

— Qu'est-ce qu'il dit, demanda Bourne, assis à l'arrière avec Alex.

— Il essaie d'entrer en contact avec le véhicule banalisé du KGB qui suit la voiture de Carlos. Pour cela, il passe sur toutes les fréquences. C'est ce qu'on appelle le code Murène.

— Le code *quoi*?

— La murène est un poisson de la même famille que l'anguille, les murénidés, expliqua Krupkin en tournant la tête. Elles sont capables de descendre jusqu'à de grandes profondeurs et certaines espèces peuvent être dangereuses pour l'homme.

— Merci, Peter Lorre, dit Bourne.

— Excellent! s'esclaffa l'officier du KGB. Mais reconnaissez que le nom est bien choisi. Très peu de radios peuvent émettre sur cette fréquence ou la recevoir.

— Quand nous avez-vous volé cette idée?

— Non, ce n'est pas à vous, mais aux Anglais. Londres est toujours discret sur ce genre de chose, mais, dans certains domaines, ils sont très en avance sur vous et les Japonais. C'est leur fichu MI-6. Ils dînent dans leurs clubs de Knightsbridge, ils fument leurs affreuses pipes, ils jouent les innocents et nous expédient des transfuges formés à l'Old Vic Theater. Comme nous aimerions jouir de la même respectabilité! Mais je suppose que l'on peut dire que, sur le plan historique, notre nation est encore jeune. Murène! reprit-il en russe. Parlez, Murène! J'arrive au bout de la bande. Où êtes-vous?

– Ici, camarade! lança une voix déformée par le haut-parleur. Nous avons le contact! M'entendez-vous?

– Vous avez une voix de castrat, mais je vous entends.

– Vous devez être le camarade Krupkin...

– Vous vous attendiez à parler au pape? Qui est-ce?

– Orlov.

– Parfait! Tu sais ce que tu as à faire?

– J'espère que, toi, tu le sais, Dimitri.

– Pourquoi dis-tu ça?

– A cause de ton ordre stupide de ne rien faire! Nous sommes à deux kilomètres du bâtiment... J'ai roulé dans l'herbe jusqu'au sommet d'une petite butte et nous ne perdons pas de vue le véhicule recherché. Il est garé sur le parking et le suspect est à l'intérieur du bâtiment.

– Quel bâtiment? Quelle butte? Tu ne m'expliques rien!

– L'arsenal Kubinka!

– Bon Dieu! s'écria Conklin en se penchant vers le siège avant.

– Que se passe-t-il? demanda Bourne.

– Carlos est dans un arsenal. En Russie, les arsenaux sont à la fois des centres de formation militaire et des dépôts d'armes.

– Ce n'est donc pas à Odintsovo qu'il allait, fit pensivement Krupkin. L'arsenal est plus au sud, dans les faubourgs, à quatre ou cinq kilomètres. Il y était déjà venu.

– Je suppose qu'un endroit de ce genre est bien gardé et qu'on n'y entre pas comme dans un moulin, interrogea Bourne.

– C'est déjà fait, dit l'officier du KGB.

– Je parle des zones dont l'accès est interdit, des endroits où les armes sont entreposées.

– C'est ce qui m'inquiète, fit Krupkin en tripotant le micro. S'il est déjà venu, et cela semble être le cas, que sait-il des installations? Qui connaît-il?

– Utilisez votre radio pour appeler l'arsenal et faites-le arrêter, suggéra Jason avec force.

– Imaginons que je tombe sur un complice ou que Carlos ait déjà mis la main sur des armes et qu'il en fasse usage... Un coup de téléphone, une rencontre hostile ou simplement l'arrivée d'une voiture suspecte risque de déclencher le massacre de plusieurs dizaines de personnes. Nous avons vu ce qu'il a fait au Métropole et rue Vavilova. Il ne se contrôle plus, il est devenu complètement fou.

– *Dimitri?*

C'était la radio de la voiture et la voix croassante d'Orlov.

– Il se passe quelque chose! Le suspect vient de sortir par une porte latérale. Il a un sac de toile et il se dirige vers la voiture... Je ne suis pas sûr que ce soit le même, camarade. C'est probablement lui, mais il semble différent.

— Que veux-tu dire? Tu parles de ses vêtements?

— Non. Il a toujours un costume noir et le bras en écharpe, comme lors de son arrivée... Mais il marche plus vite, il se tient plus droit et sa démarche est plus assurée.

— D'après toi, il ne semble pas être blessé, c'est bien cela?

— Oui, je suppose que c'est ça.

— Il fait peut-être semblant, lança Conklin. Cette ordure serait capable, au moment de rendre le dernier soupir, de nous faire croire qu'il s'apprête à courir un marathon.

— Mais dans quel but, Alex? Pourquoi faire semblant?

— Je ne sais pas, mais si ton collègue peut le voir de sa voiture, lui aussi peut en faire autant. Peut-être est-il simplement très pressé.

— Que se passe-t-il, cette fois? demanda Bourne sans cacher son irritation.

— Quelqu'un vient de sortir en portant un gros sac et se dirige vers la voiture, expliqua Conklin en anglais.

— Mais, bon Dieu, qu'attendez-vous pour l'arrêter?

— Nous ne sommes pas sûrs que ce soit le Chacal, intervint Krupkin. Le suspect est habillé comme lui et il a le bras en écharpe, mais il y a des différences physiques...

— C'est parce qu'il veut vous faire croire que ce n'est *pas* lui! lança Jason d'un ton péremptoire.

— *Shto?*... Quoi?

— Il s'est mis à votre place, il pense exactement comme vous et il mène le jeu! Il ne peut pas avoir la certitude d'avoir été repéré et suivi, mais il est obligé d'envisager le pire et d'agir en conséquence. Dans combien de temps arriverons-nous?

— Si le jeune casse-cou qui est au volant continue de se croire sur un anneau de vitesse, je dirais pas plus de trois ou quatre minutes.

— *Krupkin!* lança la voix excitée d'Orlov à la radio. Quatre autres personnes viennent de sortir... Trois hommes et une femme. Ils courent vers la voiture!

— Qu'est-ce qu'il dit? demanda Bourne.

Alex traduisit et le visage de Jason se rembrunit.

— Des otages? grommela-t-il, comme s'il parlait tout seul. Là, il a commis une erreur!

Delta Un de Méduse se pencha vers l'avant et tapa sur l'épaule de Krupkin.

— Dites à votre collègue de mettre sa voiture en marche dès que l'autre aura démarré et qu'il saura quelle direction elle prend. Dites-lui d'être aussi peu discret que possible et de klaxonner en passant devant l'arsenal.

— Mon cher ami, s'écria l'officier du service de renseignements soviétiques, auriez-vous la bonté de m'expliquer pourquoi je devrais donner cet ordre?

– Parce que votre collègue avait raison et que je m'étais trompé. L'homme qui a le bras en écharpe n'est pas Carlos. Le Chacal est encore à l'intérieur et il attend que la cavalerie passe devant le fort pour prendre la fuite dans une autre voiture... S'il s'agit bien de la cavalerie.

– Au nom de notre révéré Karl Marx, expliquez-moi comment vous en êtes arrivé à cette conclusion!

– C'est simple. Il a commis une erreur. Même si vous étiez en mesure de le faire, vous n'ouvririez pas le feu sur cette voiture pendant qu'elle roule, n'est-ce pas?

– Évidemment. Il y a quatre autres personnes à l'intérieur, selon toute probabilité des citoyens soviétiques innocents emmenés sous la contrainte.

– Des otages?

– Naturellement.

– Quand avez-vous déjà vu des gens courir à toutes jambes vers une voiture à l'intérieur de laquelle ils pourraient effectivement devenir des otages? Même s'ils avaient été sous la menace d'une arme tenue par un homme caché sous un porche, il y en aurait eu au moins un ou deux qui auraient essayé de s'échapper en s'abritant derrière des véhicules garés sur le parking.

– Mais...

– Mais vous aviez raison sur un point, poursuivit Bourne sans le laisser parler. Carlos avait un complice dans l'arsenal : celui qui est sorti, le bras en écharpe. Peut-être est-ce un innocent dont un frère ou une sœur vit à Paris, mais le Chacal a barre sur lui.

– *Dimitri!* hurla Orlov. La voiture vient de quitter le parking!

Krupkin enfonça le bouton de son micro et donna ses instructions : ils devaient suivre la voiture, jusqu'à la frontière finlandaise, si nécessaire, et s'en rendre maîtres sans violence, en faisant appel à la police, s'il le fallait. Enfin, il donna l'ordre à la voiture du KGB de passer devant l'arsenal en klaxonnant avec insistance.

– Pour quoi foutre? demanda Orlov qui ne s'attendait manifestement pas à cela.

– Parce que saint Nicolas m'a envoyé une vision! Et aussi parce que je suis ton supérieur bienveillant. Exécution!

– Tu es sûr d'être dans ton assiette, Dimitri?

– Veux-tu que je te colle un rapport qui t'enverra directement à Tachkent?

– Je suis en route, camarade!

– C'est parti, dit Krupkin sans conviction en replaçant son micro sur le tableau de bord. Si on ne me donne le choix qu'entre un tueur assoiffé de sang et un cinglé qui, malgré son esprit tordu, observe certaines convenances, je crois que je préfère le second. Contrairement à ce

575

qu'affirment les sceptiques les plus éclairés, Dieu existe peut-être... Tu n'as pas envie d'acheter une maison au bord du lac de Genève, Aleksei?

— Moi, si, dit Bourne. Si je parviens à survivre et à mener à bien ce que j'ai à faire. Proposez-moi un prix, je ne discuterai pas.

— Hé, David! lança Alex. Cet argent n'est pas à toi. Il appartient à Marie.

— Elle m'écoutera.

— Alors, soupira Krupkin, qu'est-ce que vous voulez maintenant?

— Vous me donnez les armes et les munitions dont j'ai besoin, et vous me laissez descendre de la voiture dans l'herbe, juste avant d'arriver à l'arsenal. Vous m'octroyez deux minutes pour me mettre en place, puis vous vous arrêtez sur le parking. Sans vous cacher, vous faites comme si vous veniez de remarquer la disparition de la voiture noire et vous repartez précipitamment, en faisant rugir le moteur.

— Et nous te laissons seul? s'écria Alex.

— C'est l'unique moyen de mettre Carlos hors d'état de nuire.

— C'est de la folie furieuse! lança Krupkin, les mâchoires parcourues de tremblements.

— Non, Kruppie, rétorqua posément Bourne, c'est une vérité. Nous nous retrouvons au point de départ. Un contre un, c'est le seul moyen.

— C'est de l'héroïsme déplacé! hurla le Russe en abattant le poing sur la banquette. Mais c'est surtout une stratégie ridicule! Si vous avez vu juste, je peux faire investir l'arsenal par mille hommes de troupe!

— C'est exactement ce qu'il souhaite et ce que je souhaiterais à sa place. Vous ne comprenez pas? Il profiterait de la confusion pour s'enfuir... Ce n'est pas un problème pour nous. Nous l'avons fait maintes et maintes fois. Nous utilisons la foule et ses réactions comme une protection... Un couteau plongé dans un uniforme, l'uniforme qui passe sur d'autres épaules, une grenade lancée au milieu d'un groupe de soldats... Dans la panique qui suit l'explosion, nous devenons une des victimes qui s'éloigne en titubant. Un jeu d'enfant pour des professionnels. Croyez-moi, je sais de quoi je parle... J'en suis devenu un malgré moi.

— Et qu'est-ce que tu imagines pouvoir faire tout seul, Batman? demanda Conklin en se massant le mollet.

— Traquer celui qui veut me tuer et me débarrasser enfin de lui.

— Tu n'es qu'un foutu mégalomane!

— Tu as entièrement raison. Il ne peut en aller autrement dans ce métier. C'est ce qui nous permet de gagner.

— De la folie! hurla Krupkin.

— Pourquoi ne pas m'accorder le droit d'être fou? Si je pensais que l'ensemble de l'armée russe pouvait assurer ma survie, je réclamerais sa présence à cor et à cri. Mais ce n'est pas le cas. Il n'y a pas d'autre solution... Laissez-moi descendre de cette voiture et choisir les armes dont j'ai besoin.

39

Sur la petite route tortueuse, en pleine campagne, la conduite intérieure vert bouteille du KGB sortit du dernier virage. Devant s'étendaient des champs verdoyants autour d'un bâtiment massif de couleur brune, l'arsenal Kubinka. Haute de trois étages, sur une superficie d'un hectare, l'énorme bâtisse carrée, hideuse création humaine, semblait posée comme une boîte percée de petites fenêtres au milieu de ce cadre champêtre. Le porche était à l'image de la construction, grand, carré, austère, avec pour seul ornement un bas-relief représentant trois soldats russes s'élançant au combat, le fusil à la main.

Armé d'une Kalashnikov AK 47 et de cinq chargeurs de trente cartouches, Bourne sauta de la voiture du KGB qui avançait au ralenti. Il se laissa rouler dans l'herbe, en face de l'entrée de l'arsenal. Le parking de terre battue se trouvait sur la droite du bâtiment. Une longue rangée d'arbustes mal taillés longeait la pelouse de la façade. Au centre, au sommet d'un poteau de bois blanc, un drapeau soviétique flottait mollement. Plié en deux, Jason traversa la route en courant et alla se tapir derrière la haie. Il ne disposait que de quelques instants pour regarder à travers les arbustes et déterminer si des mesures de sécurité étaient prises pour protéger l'arsenal. Ce qu'il vit était risible, ridicule. Sur la droite de l'entrée une ouverture vitrée ressemblait au guichet de location d'un théâtre. Derrière la vitre, un garde en uniforme lisait un journal; à côté de lui, partiellement caché, un autre dormait, la tête sur ses bras repliés. Puis il vit les deux vantaux de l'énorme porte s'ouvrir pour laisser le passage à deux soldats à l'allure désinvolte. L'un regarda sa montre, l'autre alluma une cigarette.

A l'évidence personne ne s'attendait à une attaque contre l'arsenal et, si quelqu'un s'était déjà introduit dans le bâtiment, l'alerte n'avait pas été donnée au poste de garde. C'était anormal, extraordinaire. Le Chacal se trouvait à l'intérieur d'une installation militaire, et rien n'indiquait qu'il s'y était introduit et qu'il avait contrôlé les mouvements d'au moins cinq personnes : l'homme qui s'était fait passer pour lui, une femme et trois autres hommes.

Et le parking ? Bourne n'avait pas suivi les conversations radio entre les trois Russes, mais il lui paraissait maintenant évident que lorsqu'ils avaient mentionné que des gens sortaient de l'arsenal et couraient vers la voiture volée, ils ne parlaient pas de l'entrée principale. Vite ! Il ne lui restait que quelques secondes avant que le chauffeur du Komitet remette le moteur en marche et que le véhicule s'engage bruyamment sur l'immense parking dont il devait faire le tour avant de repartir en trombe. Si Carlos devait tenter une sortie, ce serait à ce moment-là ! Il attendrait le départ du véhicule de soutien appelé par radio et, plus il pourrait mettre de distance entre l'arsenal et lui, plus il serait difficile de retrouver sa piste. Et Delta Un, la machine à tuer si efficace de Méduse, ne se trouvait pas là où il le fallait ! En outre, si un civil portant une arme automatique se faisait repérer en train de traverser la pelouse ou de courir sur la route desservant une installation militaire, ce serait la catastrophe. Quelle omission stupide ! La traduction de trois ou quatre mots de plus ainsi qu'un peu moins d'arrogance et un peu plus d'attention de sa part auraient suffi à éviter cette erreur. C'étaient toujours les petites choses, les détails en apparence insignifiants qui grippaient la machine la mieux huilée d'une opération clandestine. *Quelle connerie !*

A cent cinquante mètres de Jason, le moteur de la voiture verte du KGB rugit et le véhicule s'engagea sur le parking au milieu d'un nuage de poussière, en projetant des pierres dans le crissement de ses pneus. Trop tard pour réfléchir ; il fallait passer à l'action. Bourne se redressa et colla la Kalashnikov contre sa jambe droite en essayant de la dissimuler. Il laissa courir sa main gauche le long du sommet de la haie comme un jardinier évaluant le travail qu'il aurait à faire, ou un promeneur nonchalant pris d'une envie subite de toucher la végétation. Rien de menaçant, rien que de très naturel. Pour un observateur peu attentif, il pouvait marcher sur cette route depuis plusieurs minutes sans s'être fait remarquer.

Jason tourna la tête vers la porte de l'arsenal. Les deux soldats riaient doucement et celui qui ne fumait pas consulta de nouveau sa montre. Jason comprit la raison de leurs mimiques de conspirateurs quand la porte s'ouvrit pour laisser le passage à une jeune et jolie brune. Elle porta en souriant les deux mains à ses oreilles, fit une grimace en secouant la tête et se dirigea d'un pas vif vers le soldat qui ne fumait pas. Elle se haussa sur la pointe des pieds et posa un baiser sur ses lèvres. Bras dessus, bras dessous, la jeune fille entre les deux hommes, ils s'éloignèrent tous trois dans la direction opposée au parking.

Un fracas atténué par la distance s'éleva du côté du parking. Des bruits de métal et de verre brisé... Il était arrivé quelque chose à la voiture du Komitet. Le jeune chauffeur de l'unité d'assaut avait dû emboutir un autre véhicule après avoir dérapé sur la terre sèche et poussié-

578

reuse du parking. Mettant le bruit à profit, Jason s'élança sur la route et, l'image de Conklin lui venant aussitôt à l'esprit, il simula la claudication d'un infirme pour mieux dissimuler la Kalashnikov. Il tourna la tête vers l'entrée de l'arsenal, espérant voir les deux soldats et la jeune fille revenir sur leurs pas et se précipiter vers le lieu de l'accident. Mais ils s'étaient mis à courir dans la direction opposée. Ils tenaient à l'évidence à ne pas être mêlés à quoi que ce fût et préféraient profiter autrement du temps libre qui leur était accordé.

Bourne se remit à courir normalement et traversa la haie en écartant rageusement les branches pour s'élancer sur l'allée cimentée qui aboutissait à l'angle du bâtiment. Son allure et sa respiration s'accélérèrent. Il ne cherchait plus à cacher son arme qu'il tenait de la main droite en courant. Il atteignit en haletant le bout de l'allée ; les veines de son cou semblaient sur le point d'éclater, son visage, son cou et sa chemise étaient inondés de sueur. Il se plaqua contre le mur, prit son arme à deux mains et pivota pour se retourner vers le parking. Ce qu'il découvrit lui coupa le souffle. Le bruit de ses pas sur l'allée et le battement de ses artères sur ses tempes l'avaient empêché de percevoir les bruits de la fusillade. Car le spectacle qui s'offrait maintenant à lui n'avait pu être causé que par des rafales d'une arme automatique munie d'un silencieux. Delta Un de Méduse comprit tout de suite ce qui s'était passé. Dans certaines circonstances, il était vital de faire le moins de bruit possible, le silence absolu était le but inaccessible.

Le jeune chauffeur du KGB était étendu dans la poussière, près du capot de la conduite intérieure verte, ses blessures à la tête ne laissaient aucun doute sur son état. La voiture du KGB avait percuté un car de l'armée, un des véhicules assurant le transport des ouvriers. Bourne ignorait comment et pourquoi cette collision avait eu lieu. Il ignorait également si Alex et Dimitri étaient en vie. Les vitres et la carrosserie de la voiture étaient criblées de balles et il n'y avait aucun mouvement à l'intérieur, ce qui laissait craindre le pire. Mais surtout le Caméléon comprit surtout qu'il ne devait pas se laisser affecter par ce spectacle... Toute émotion devait être bannie! Si le pire était arrivé, il aurait le temps de pleurer plus tard. Ce qui comptait, c'était de se venger et d'abattre le tueur!

Réfléchis! Que faire? Vite!

Krupkin avait dit qu'il y avait plusieurs dizaines de personnes travaillant dans l'arsenal. Si c'était vrai, où étaient-elles passées? Le Chacal ne pouvait pas être seul dans un bâtiment vide! C'était impossible! Et pourtant, il y avait eu une collision et un choc si violent que Bourne l'avait entendu à plus de cent mètres. Un homme avait été abattu sur les lieux de cette collision et personne – *personne!* – ne s'était montré. A l'exception de Carlos et des cinq inconnus qui s'étaient enfuis en voiture, l'arsenal était-il vide? Impossible!

A ce moment-là, il perçut des sons étouffés venant de l'intérieur du bâtiment. C'était une musique militaire, où dominaient trompettes et instruments à percussion, et Bourne imagina le bruit assourdissant à l'intérieur d'une salle. L'image de la jeune fille poussant la porte d'entrée lui revint à l'esprit. Elle avait collé les mains sur ses oreilles en faisant une grimace et Jason n'avait pas compris. Elle sortait certainement de la salle des fêtes où le niveau sonore de la musique devait être difficilement supportable. Il y avait donc une fête en cours, fête qui avait rassemblé beaucoup de monde, ce qui expliquait cette profusion, rare en Union soviétique, de véhicules de toutes sortes, voitures particulières, camionnettes et autocars, garés sur le vaste parking. Il y en avait au moins une vingtaine, disposés en demi-cercle. La réunion qui avait lieu à l'intérieur de l'arsenal servait à la fois de diversion et de protection au Chacal; il saurait utiliser les circonstances à son avantage. Mais Delta Un de Méduse, lui aussi, était capable de le faire.

Pourquoi Carlos ne sortait-il pas? Qu'attendait-il? Les circonstances ne pouvaient être plus favorables. Était-il handicapé par ses blessures au point de perdre l'avantage qu'il avait pris? C'était possible, mais peu vraisemblable. Le tueur avait réussi à venir jusqu'ici, mais il devait aller plus loin, beaucoup plus loin. Alors, que faisait-il? Sa logique de survie exigeait qu'après avoir détruit le véhicule de soutien, il s'enfuie aussi vite qu'il était humainement possible. C'était sa seule chance! Pourquoi diable restait-il dans l'arsenal?

Jason s'adossa de nouveau au mur et avança lentement vers la gauche en regardant attentivement autour de lui. Comme la plupart des arsenaux, la Kubinka n'avait pas de fenêtres au rez-de-chaussée. Bourne vit une ouverture au niveau de ce qui devait être le premier étage, mais elle se trouvait près du cadavre du chauffeur et il ne tenait pas à être une cible facile pour une arme puissante et munie d'un silencieux. Puis il distingua un peu plus loin quelque chose qui dépassait du mur, au niveau du sol. C'était le bouton de la porte latérale dont on avait oublié de lui parler dans la voiture. *Toujours les petites choses, les détails insignifiants!*

La musique augmenta de volume, mais, cette fois, les tambours et les trompettes dominaient. C'était le crescendo final de la marche militaire... Le moment d'agir! Le spectacle allait s'achever et le Chacal mettrait à profit la bousculade de la sortie pour prendre la fuite. Il se mêlerait à la foule et, quand un vent de panique soufflerait sur le parking à la vue du cadavre du chauffeur et de la voiture criblée de balles, il disparaîtrait! Il faudrait ensuite plusieurs heures pour déterminer comment.

S'il voulait empêcher cela, Bourne devait pénétrer dans l'arsenal. Krupkin avait fait part de sa volonté d'épargner quelques dizaines d'hommes et de femmes, mais il ignorait que c'était en réalité la vie de plusieurs centaines de personnes qui était menacée! Carlos ferait usage des armes qu'il avait trouvées et il n'hésiterait pas à lancer des grenades pour provoquer des réactions hystériques et couvrir sa fuite. Des vies humaines ne signifiaient rien pour lui ; massacrer des innocents pour sauver sa propre vie, était chose normale ! Abandonnant toute prudence, Jason se précipita vers la porte, le canon de la Kalashnikov dans la main gauche, l'index droit sur la détente. Après avoir vainement essayé de tourner le bouton, il tira une courte rafale dans la serrure et une autre du côté opposé du chambranle. Au moment où il tendait la main vers le bouton, il se retourna et eut l'impression que l'univers chavirait !

Un gros camion sortit brusquement de la rangée de véhicules en demi-cercle et se dirigea droit sur lui dans un affreux rugissement de moteur. Une rafale tirée par une arme automatique crépita et les projectiles ricochèrent sur le mur, juste à sa droite. Jason plongea de l'autre côté et commença à rouler sur le sol de terre battue, à rouler interminablement, tel un tronc d'arbre dévalant une pente.

Une terrifiante explosion fit sauter la porte de ses gonds et éventra le mur au-dessus du chambranle. A travers la fumée et les débris retombant autour de lui, Jason discerna une silhouette qui s'éloignait d'une démarche raide vers les véhicules en stationnement. Le tueur allait s'échapper ... Mais il était encore vivant ! La raison en était simple : le Chacal avait commis une erreur. Pas dans le piège qu'il avait tendu, là il avait été brillant : sachant que son ennemi juré était venu dans la voiture du KGB, il l'avait attendu au-dehors. Non, l'erreur du Chacal avait été de ne pas placer les explosifs au bon endroit. Il avait fixé la bombe au-dessus du moteur du camion, et non au-dessous ! Une charge d'explosifs choisit toujours la barrière offrant le moins de résistance. La couverture métallique qui protège le moteur d'un véhicule est beaucoup moins résistante que l'acier du moteur lui-même. La bombe avait explosé vers le haut et non au niveau du sol où elle aurait projeté des fragments de métal qui l'auraient certainement tué !

Pas de temps à perdre ! Bourne se remit debout et se dirigea en titubant vers la conduite intérieure verte, l'estomac noué par l'appréhension. Il se pencha pour regarder par la vitre fracassée et son regard fut attiré vers l'avant : une main se levait lentement. Jason ouvrit la portière : le corps massif de Krupkin était tassé entre le siège et le bas du tableau de bord. L'officier du KGB avait une épaule à moitié arrachée et la plaie était visible à travers le tissu déchiré de la veste.

— Nous sommes blessés tous deux gémit Krupkin d'une voix faible mais calme. Aleksei est plus sérieusement touché que moi. Occupez-vous d'abord de lui, s'il vous plaît.

— Tout le monde est en train de sortir de l'arsenal...

— Tenez, murmura Dimitri en fouillant dans sa poche avec une grimace de douleur et en sortant sa carte des services spéciaux. Allez chercher l'idiot qui est responsable de la sécurité et amenez-le moi. Il faut un médecin... Pour Aleksei, imbécile ! Dépêchez-vous !

Les deux blessés étaient étendus côte à côte sur deux lits de camp, dans l'infirmerie de l'arsenal. Au fond de la pièce, adossé au mur, Bourne regardait sans comprendre ce qui se disait. Trois médecins – deux chirurgiens et un anesthésiste – avaient été amenés par hélicoptère, depuis l'aire aménagée sur le toit de l'Hôpital du Peuple. Aucune intervention chirurgicale n'avait été nécessaire. Les plaies avaient été nettoyées et suturées après une anesthésie locale et les blessés avaient reçu une généreuse injection d'antibiotiques. Un des chirurgiens expliqua que les corps étrangers avaient traversé les chairs de part en part.

– Je suppose que par « corps étrangers » vous entendez des balles, dit Krupkin avec irritation.

– Oui, des balles, des projectiles, si tu préfères, lança Alex d'une voix rauque.

L'ancien chef de station de la CIA était incapable de remuer la tête à cause des bandages qui lui enserraient le cou et des larges bandes de tissu adhésif qui entouraient son épaule droite.

– Vous savez, dit le chirurgien, que vous avez eu beaucoup de chance tous les deux, surtout vous, l'Américain. A propos, nous serons obligés de rédiger un rapport médical confidentiel. Vous nous communiquerez le nom et l'adresse de votre médecin traitant aux États-Unis, car vous aurez besoin de soins pendant plusieurs semaines.

– Il est actuellement hospitalisé à Paris.

– Pardon ?

– Vous savez, chaque fois que j'ai quelque chose qui ne va pas, je vais le voir et il m'envoie chez un de ses collègues.

– Ce n'est pas exactement de la médecine sociale.

– Pour moi, si. Je donnerai ses coordonnées à une infirmière. Avec un peu de chance, il reviendra bientôt.

– A propos de chance, je vous répète que vous en avez eu beaucoup.

– J'ai réagi très vite, docteur. Et notre camarade aussi. Dès que nous avons vu ce cinglé se précipiter vers nous, nous avons fermé les portières et nous nous sommes sans arrêt déplacés sur les sièges en tirant sur lui pour l'empêcher de se rapprocher. Mais il a bien failli réussir... Je suis désolé pour le chauffeur. C'était un jeune homme courageux.

La porte de l'infirmerie s'ouvrit à la volée et livra passage à l'auguste personne du commissaire du KGB qui leur avait montré la cassette de Rodchenko. Il portait toujours le même uniforme froissé et taché.

– Vous, s'exclama-t-il en s'adressant au chirurgien. J'ai parlé à vos collègues dans le couloir. Ils m'ont dit que vous aviez fini ici.

– Pas tout à fait, camarade. Il me reste quelques petites choses à faire. Je dois encore...

– Plus tard, coupa le paysan-commissaire. Nous devons parler en privé. Seuls.

– C'est le Komitet qui parle? demanda le chirurgien avec une pointe de mépris qu'il ne se donna pas la peine de dissimuler.

– C'est le Komitet qui parle.

– Il parle un peu trop souvent.

– *Quoi?*

– Vous m'avez bien entendu, répliqua le médecin en se dirigeant vers la porte.

Le commissaire haussa les épaules et attendit que la porte soit refermée. Puis il s'avança jusqu'au pied des deux lits, scruta le visage des blessés de ses petits yeux plissés sous l'épais bourrelet des paupières et lança un seul mot.

– *Novgorod!*

– Quoi?

– Comment?

Les deux exclamations avaient jailli en même temps. Bourne sursauta et s'écarta brusquement du mur.

– Vous! fit le paysan-commissaire en se tournant vers lui. Comprenez-vous ce que j'ai dit? demanda-t-il dans son mauvais anglais.

– Si vous avez dit ce que je pense, je crois que j'ai compris. Mais seulement le nom.

– Je vais expliquer bien. Nous interrogeons les neuf hommes et femmes qu'il a enfermés dans un entrepôt. Il tue deux gardes qui ne l'arrêtent pas, oui? Il prend les clés de voiture de quatre hommes, mais ne prend pas les voitures, oui?

– Je l'ai vu partir vers les voitures!

– Laquelle? Trois autres personnes à Kubinka sont mortes. Leurs papiers de voiture disparus? Laquelle?

– Mais, bon Dieu, vérifiez auprès de votre service chargé des immatriculations!

– Il faut du temps. Et, à Moscou, les voitures ont des noms différents, des plaques différentes, Leningrad, Smolensk et les autres villes, pour pas trouver les infractions automobiles.

– Mais qu'est-ce qu'il raconte? s'écria Bourne.

– La propriété d'une automobile est réglementée par l'État, expliqua Krupkin d'une voix faible. Chaque grande agglomération a son propre bureau d'immatriculation et met de la mauvaise volonté à coopérer avec les autres centres.

– Pourquoi?

– Question de propriété individuelle sous différents noms de famille, ou même sous des noms qui ne correspondent à rien. C'est interdit... Le nombre de véhicules à la vente est également limité.

– Et alors?

– Le pot-de-vin est une réalité dans toutes nos provinces. Personne à Leningrad ne tient à être désigné à la vindicte publique par un bureaucrate de Moscou. Ce que le commissaire veut dire, c'est qu'il faudra peut-être plusieurs jours avant que l'on sache quelle automobile conduisait le Chacal.

— C'est complètement fou!

— C'est vous qui le dites, monsieur Bourne, pas moi. N'oubliez pas que je suis un honnête citoyen de l'Union soviétique.

— Mais quel rapport avec Novgorod? C'est bien le nom qu'il a prononcé, hein?

— *Novgorod... Shto eto znachit?* demanda Krupkin au dignitaire du KGB.

En quelques phrase sèches et rapides, le paysan-commissaire donna tous les détails utiles à son collègue de Paris. Krupkin tourna la tête vers Bourne et traduisit.

— Essayez de bien me suivre, Jason, dit-il d'une voix qui allait en s'affaiblissant. D'après ce que j'ai compris, il y a une sorte de galerie qui entoure la cour de l'arsenal. C'est là qu'il s'était posté derrière une fenêtre, et il vous a vu au bord de la route, derrière la haie. Il est reparti dans l'entrepôt en hurlant comme un possédé. Il a crié à ses otages que vous lui apparteniez et que vous étiez mort!... Il leur a également dit qu'il lui restait une dernière chose à accomplir.

— Novgorod, murmura Conklin, la tête immobile, les yeux fixés au plafond.

— Exactement, acquiesça Krupkin en tournant la tête vers Alex dont il ne voyait que le profil. Il retourne sur les lieux de son baptême, là où Ilich Ramirez Sanchez est devenu Carlos le Chacal, parce qu'il se sentait déshérité et que l'on s'apprêtait à l'exécuter. Il a braqué son arme sur la tête de tous les otages en leur demandant quel était le meilleur itinéraire pour rejoindre Novgorod et en menaçant de les tuer s'ils mentaient. Personne n'a menti, cela va de soi, et ils lui ont indiqué que Novgorod se trouvait à six cents kilomètres au nord-ouest de Moscou et qu'il y avait une journée entière de route.

— De route? demanda Bourne.

— Il ne peut utiliser aucun autre moyen de transport. Les gares, les aéroports, même les plus petits terrains d'aviation, tout sera surveillé et il le sait.

— Que va-t-il faire à Novgorod? demanda vivement Jason.

— Dieu seul le sait, répondit Dimitri, mais Dieu n'existe pas. Il a sans doute l'intention de laisser son empreinte, un souvenir indélébile et particulièrement destructeur de son passage, en réponse à ceux qui, à ses yeux, l'ont trahi il y a trente ans... Il a dérobé les papiers de notre agent formé à Novgorod et il compte s'en servir pour pénétrer dans le complexe. Mais cela ne marchera pas, nous l'en empêcherons.

— Ne vous donnez même pas la peine d'essayer, conseilla Bourne. Il ne se servira pas forcément des papiers. Tout dépendra de ce qu'il voit et de ce qu'il sent. Pas plus que moi, il n'a besoin de papiers pour pénétrer dans votre complexe, mais s'il perçoit quelque chose de louche, il vous tuera plusieurs hommes et il entrera quand même.

– Où voulez-vous en venir? demanda Krupkin en considérant avec méfiance l'Américain dont la personnalité continuait de lui échapper.

– Faites-moi entrer à Novgorod avant lui, avec un plan détaillé des installations et un laissez-passer qui me permettra de circuler librement dans le complexe.

– Vous avez perdu la tête! s'écria Dimitri en essayant de se redresser. Faire entrer à Novgorod un Américain qui n'est même pas un trans-fuge, un tueur traqué par toutes les polices des pays de l'OTAN!

– *Niet, niet, niet!* lança le paysan-commissaire. Je comprends bien, oui? Vous êtes tout fou, oui?

– Voulez-vous le Chacal, oui ou non?

– Bien sûr, mais là, je trouve le prix trop élevé!

– Vous me connaissez suffisamment maintenant pour savoir que Novgorod et tous vos secteurs occidentaux ne m'intéressent pas. Vos petites opérations d'infiltration – et les nôtres – peuvent continuer jusqu'à la fin des temps, je m'en fous. D'ailleurs, si l'on prend un peu de recul, elles n'ont jamais changé quoi que soit. Ce ne sont que jeux d'enfants; nous vivrons en bonne entente sur cette planète, ou la pla-nète disparaîtra... Il n'y a que Carlos qui m'intéresse. Je veux le tuer pour continuer à vivre.

– Personnellement, je suis d'accord avec une grande partie de ce que vous venez de dire, même si ce que vous qualifiez de jeux d'enfants per-met à un certain nombre d'hommes comme moi de gagner leur vie. Cela dit, il ne me sera pas possible de convaincre mes supérieurs, à commencer par celui qui se tient à côté de mon lit.

– Très bien, fit Conklin, la tête toujours levée vers le plafond. Je te propose un marché : tu le fais entrer à Novgorod et vous gardez Ogilvie.

– Nous l'avons déjà, Aleksei.

– Pour l'instant, mais Washington sait qu'il est à Moscou.

– Et alors?

– Alors, je peux affirmer qu'il vous a échappé et on me croira. On me croira sur parole, si je dis qu'il vous a glissé entre les doigts, que vous êtes fous furieux, mais que vous ne pouvez rien faire. Qu'il continue d'opérer d'un endroit inconnu, mais, à l'évidence, sous la protection d'un pays membre des Nations unies. Ce n'est qu'une hypothèse, mais je soupçonne d'ailleurs qu'en agissant de la sorte que vous avez réussi à le faire venir chez vous.

– Voilà des paroles ambiguës, mon cher ennemi. Et pourquoi devrais-je accueillir favorablement ta suggestion?

– Pour éviter une situation embarrassante devant la Cour inter-nationale de justice, pour qu'on ne vous reproche pas d'avoir accueilli sur votre sol un Américain accusé de crimes aussi graves... Et vous raflez la mise en Europe. Vous prenez le contrôle de Méduse en évitant les complications. Et qui mérite d'être nommé à la tête de cette organi-sation? Un certain Dimitri Krupkin, qui a fait ses preuves dans l'univers cosmopolite de Paris... Le dernier héros de l'Union soviétique, membre du conseil économique du Præsidium. Oublie ta petite maison à Genève, Kruppie! Que dirais-tu plutôt d'une propriété sur la mer Noire?

– Je continue à penser que c'est une proposition intelligente et alléchante. Je connais deux ou trois membres du Comité central que je peux joindre en quelques minutes, le plus confidentiellement du monde, bien entendu.

– *Niet, niet!* s'écria le commissaire du KGB en écrasant le poing sur la table de chevet de Krupkin. Vous parlez trop vite, mais je comprends un peu... C'est folie furieuse!

– Oh! fermez-la, bon Dieu! lança Krupkin. Nous sommes en train de discuter de choses qui vous dépassent de très loin!

– *Shto?*

Comme un enfant réprimandé par un adulte, l'officier du Komitet, les yeux écarquillés, semblait ahuri et effrayé par la flambée de colère de son subordonné.

– Donne une chance à mon ami, Kruppie, poursuivit Alex. Il est le seul à pouvoir nous débarrasser du Chacal.

– Mais cela peut aussi bien lui coûter la vie.

– Il a l'expérience de ce genre de situation. J'ai confiance en lui.

– Confiance..., murmura Krupkin en levant, lui aussi, les yeux au plafond. La confiance est un luxe... Très bien, je vais discrètement donner des ordres, mais de manière qu'on ne puisse remonter à moi. Vous entrerez dans le secteur américain, monsieur Bourne. C'est préférable.

– Dans combien de temps puis-je y être? demanda Bourne. J'aurai un certain nombre de choses à faire là-bas.

– Nous avons un aérodrome à Vnokova, à une heure de route d'ici. Mais, d'abord, j'ai des dispositions à prendre. Apporte-moi un téléphone... Oui, toi, l'imbécile de commissaire! Et plus un mot!

L'air soumis, le paysan-commissaire, qui, de toute la conversation, n'avait en réalité saisi au vol que les mots « Præsidium » et « Comité central, » alla chercher à toute vitesse un téléphone qu'il posa sur la table de chevet de Krupkin.

– Encore une chose, ajouta Bourne. Prévenez les médias et demandez à l'agence Tass de publier un communiqué affirmant que le tueur, connu sous le nom de Jason Bourne, a succombé à ses blessures après une fusillade dans la banlieue de Moscou. Sans entrer dans les détails, débitez une histoire reprenant grossièrement ce qui s'est passé ici.

– Ce n'est pas très difficile. L'agence Tass est un instrument docile du pouvoir.

– Je n'ai pas terminé, dit Jason. Je voudrais qu'il soit mentionné dans le communiqué que, parmi les objets personnels découverts sur le corps de Bourne, se trouvait une carte routière de Bruxelles et de ses environs sur laquelle la ville d'Anderlecht était entourée d'un cercle rouge. Il ne faut surtout pas oublier ce détail.

586

– L'assassinat du commandant suprême de l'OTAN... Excellent, très convaincant. Mais, monsieur Bourne, ou bien Webb, vous devez savoir que cette nouvelle va se répandre comme une traînée de poudre sur toute la surface du globe.

– Je le sais parfaitement.

– Et vous êtes prêt à en subir les conséquences éventuelles?

– Je suis prêt.

– Avez-vous pensé à votre femme? Vous ne croyez pas que vous devriez l'appeler d'abord, avant que l'Occident et le monde entier n'apprennent la mort de Jason Bourne?

– Non. Je ne veux pas courir le moindre risque d'une fuite.

– Tu es fou! s'écria Alex avec une telle force qu'il dut s'interrompre, secoué par une quinte de toux. C'est de Marie que tu parles! Tu imagines dans quel état elle va être?

– C'est un risque que j'accepte de courir, répliqua froidement Bourne.

– Tu n'es qu'un immonde salaud!

– C'est possible, rétorqua le Caméléon.

Les yeux embués de larmes, John Saint-Jacques pénétra dans la pièce inondée de soleil de la maison du Maryland. Sa sœur était assise par terre, devant le canapé, elle jouait avec Jamie après avoir couché la petite Alison dans son berceau. Marie avait une mine de papier mâché, les traits tirés et les yeux cernés. Elle était épuisée par la tension et le décalage horaire après son voyage ridiculement compliqué entre Paris et Washington. Elle était arrivée très tard la veille au soir, mais s'était levée de bonne heure pour voir les enfants et toute l'insistance de Mme Cooper n'avait pu l'en dissuader. Johnny aurait sacrifié des années de sa vie pour ne pas avoir à lui révéler ce qu'il avait à dire. Mais il n'avait pas le choix : il serait à ses côtés quand elle apprendrait la nouvelle.

– Jamie, fit doucement Saint-Jacques, veux-tu aller voir Mme Cooper, s'il te plaît? Je pense qu'elle est dans la cuisine.

– Pourquoi, oncle John?

– J'ai besoin de parler à ta maman pendant quelques minutes.

– Je t'en prie, Johnny, nous sommes en train de jouer.

– Excuse-moi, j'insiste.

– Qu'est-ce qu'il y a?

Jamie s'éloigna à contrecœur. A l'évidence, il avait senti qu'il se passait quelque chose de grave et il se retourna vers son oncle avant de sortir. Marie se releva et elle regarda bouche bée les larmes qui coulaient sur les joues de son frère.

– Non!... murmura-t-elle.

Son visage, déjà pâle, devint livide tandis que le terrible message muet pénétrait lentement dans son esprit.

– Non!... répéta-t-elle, les mains et les épaules agitées de tremblements convulsifs. *Noooon! Noooon!*

– Si, Marie. Je voulais te l'apprendre moi-même, et non que tu l'entendes à la radio ou à la télévision. Je voulais être auprès de toi.

– Tu te trompes! hurla Marie en se ruant vers lui et en saisissant le col de sa chemise qu'elle tordit dans ses poings serrés. Ce n'est pas vrai! Il est protégé!... Il m'a promis qu'il serait protégé!

– Voilà ce que je viens de recevoir de Langley, dit son jeune frère, en lui tendant le listing. Holland m'a appelé il y a quelques minutes : il arrive. Il savait que tu voudrais le voir écrit noir sur blanc. Ils l'ont appris en écoutant Radio-Moscou cette nuit, et la nouvelle sera reprise dans les bulletins d'information et dans les journaux du matin.

– Donne-moi ça! hurla-t-elle.

Johnny lui tendit la feuille et passa doucement le bras autour de ses épaules, prêt à la réconforter de son mieux. Marie lut rapidement le texte de la dépêche, puis elle dégagea son épaule, le front plissé, et se dirigea vers le canapé. Elle posa la feuille sur une table basse et concentra son attention sur le texte, comme s'il s'agissait de quelque trouvaille archéologique, d'un parchemin très ancien.

– C'est fini, Marie. Je ne sais pas quoi dire... Tu sais ce que j'éprouvais pour lui.

– Oui, Johnny.

Puis elle leva les yeux vers lui et il vit avec stupéfaction un petit sourire se former sur ses lèvres.

– Il est encore un peu tôt pour verser des larmes, dit-elle. Il est vivant... Jason est vivant, il nous joue un de ses tours et cela signifie que David, lui aussi, est vivant.

Mon Dieu, elle est incapable de regarder la réalité en face! songea Johnny en s'avançant vers le canapé et en s'agenouillant près de la table, devant Marie.

– Écoute, ma petite sœur chérie, fit-il en lui prenant les mains. Je crois que tu n'as pas bien compris. Je ferai tout ce que je peux pour t'aider, mais il faut que tu acceptes la vérité.

– Tu es très gentil, mon petit frère chéri, mais tu n'as pas lu ce texte avec toute l'attention qu'il fallait. L'impact du message affaiblit le contenu. En économie, nous appelons cela un obscurcissement avec écran de fumée et double miroir.

– Hein? s'exclama Saint-Jacques en lui lâchant les mains et en se relevant. Qu'est-ce que c'est que ce jargon?

– Après plusieurs témoignages confus, voire contradictoires, sur ce qui s'est passé devant cet arsenal, expliqua Marie en reprenant la feuille, voici ce que l'on trouve dans le dernier paragraphe. « Parmi les objets personnels trouvés sur le corps du tueur, on a découvert une carte de Bruxelles et de sa région où la ville d'Anderlecht était entourée en rouge... » Et le texte du communiqué finit par établir le rapprochement inévitable avec l'assassinat de Teagarten. Cela ne tient pas debout, Johnny, et pour deux raisons. D'abord David n'aurait jamais eu sur lui une telle carte. Ensuite, il est déjà difficile de croire que les Russes donnent un grand retentissement à cette histoire, mais en la liant à l'assassinat de Teagarten, cela devient carrément invraisemblable.

– Que veux-tu dire? Pourquoi?

– Parce que l'assassin présumé était en Russie! Et parce que Moscou ne veut pas être mêlé de près ni de loin à la mort du commandant suprême de l'OTAN... Non, Johnny, quelqu'un a fait pression sur l'agence Tass pour qu'elle publie ce communiqué et je suppose que des têtes vont tomber. Je ne sais pas où est Jason, mais je suis sûre qu'il n'est pas mort. David me l'a bien fait comprendre.

Peter Holland prit le combiné et composa le numéro de la ligne privée de Charles Casset.

– Oui?

– Charlie, c'est Peter.

– Je me sens soulagé.

– Pourquoi, soulagé?

– Parce que cette ligne ne m'apporte que des ennuis et des complications. Je viens d'avoir une conversation avec notre source de la place Dzerjinski et d'apprendre qu'il y a du remue-ménage au KGB.

– A cause de la dépêche de l'agence Tass?

– Bien sûr. Tass et Radio-Moscou ont cru que la nouvelle était officiellement approuvée parce qu'elle avait été expédiée par fax du ministère de l'Information avec les codes pour une diffusion immédiate. Mais personne n'a avoué être l'auteur du texte et il est impossible de retrouver celui qui a programmé les codes.

– Qu'est-ce que tu en penses?

– Je ne suis pas sûr, mais, d'après ce que je sais de Dimitri Krupkin, il en serait capable. N'oublions pas qu'il travaille la main dans la main avec Conklin, et c'est digne de saint Alex.

– Cela concorde avec l'opinion de Marie.

– Marie?

– La femme de Bourne. Je viens de lui parler et elle a des arguments probants. Elle affirme que cette histoire ne tient pas debout et que son mari est vivant.

– C'est bien mon avis. C'est pour cela que vous m'avez appelé?

– Non, répondit le directeur de la CIA en inspirant profondément. Et je crois que je vais ajouter à vos ennuis et à vos complications.

– Le soulagement fut de courte durée... Allez-y, je vous écoute.

– Vous vous souvenez de ce numéro de téléphone à Paris, que nous a communiqué Henry Sykes et qui correspondait à un café du Marais?

– Où quelqu'un devait répondre quand on demandait à parler à un merle. Oui, je m'en souviens.

– Quelqu'un a répondu et nous l'avons suivi. Vous n'allez pas aimer la suite.

– Je sens qu'Alex Conklin va se faire taper sur les doigts. C'est bien lui qui nous a mis en contact avec Sykes?

– Oui.

– Allez-y.

– Le message a été remis au domicile du directeur de la DST.

– Bon Dieu! Qu'allons-nous faire?

– Nous allons attendre d'avoir des nouvelles de Conklin, fit calmement le DCI.

– Mais à quoi joue-t-il? hurla Casset au comble de l'irritation. Il fait publier un faux faire-part de décès, et à Moscou, s'il vous plaît! Pourquoi?

– Jason Bourne est en chasse, expliqua Peter Holland. Et quand la chasse sera terminée – si elle se termine et s'il en sort vainqueur –, il lui faudra sortir du bois avant de devenir gibier à son tour... Je veux que toutes les stations et tous les postes d'écoute sur les frontières de l'Union soviétique soient en état d'alerte. Nom de code: Assassin. Il faut le ramener.

40

Novgorod. Dire que c'était incroyable était en dessous de la vérité. C'était la perfection d'un mirage, une suite d'illusions d'optique plus vraies que la réalité, une fantasmagorie que l'on pouvait toucher et utiliser, dans laquelle il était possible d'entrer et de sortir, un chef-d'œuvre d'imagination matérialisé au cœur des immenses forêts bordant le Volkhov. Dès l'instant qu'il sortit du long tunnel passant sous les eaux de la rivière et protégé par des gardes, des grilles et d'innombrables caméras, Bourne fut la proie d'une émotion si brutale qu'il fut à peine capable de marcher, d'observer, d'assimiler ce qu'il voyait.

Le secteur américain – mais il en allait probablement de même de ceux des autres pays – était divisé en plusieurs zones, couvrant chacune d'un à trois hectares. L'une d'elles, établie sur les berges de la rivière, recréait le centre d'un village du Maine, une autre, un peu à l'écart du cours d'eau, une petite ville du Sud, une troisième une artère animée d'une autre métropole. Tout était parfaitement « authentique » avec les véhicules utilisés localement, les policiers en uniforme, les vêtements idoines, les boutiques, épicerie et drugstore, les stations-service et les bâtiments – souvent de deux étages – dont la fausse façade était équipée de véritables boutons de porte et poignées de fenêtre en provenance des États-Unis. Le langage était à l'évidence aussi parfait que le cadre. Il ne suffisait pas de parler couramment anglais, il fallait maîtriser les particularismes linguistiques et les dialectes locaux. En traversant ces zones, Jason eut l'impression de se trouver tantôt en Nouvelle-Angleterre, puis au Texas, dans le Middle West et enfin dans une grande ville de la côte Est. Chaque fois, incrédule, il retrouvait l'accent et les idiomes de ces régions. Cela dépassait à la fois l'entendement et l'imagination.

Il avait reçu des explications et des instructions dans l'avion qui l'amenait de Vnokova. Krupkin avait fait venir d'urgence de Moscou un ancien de Novgorod, d'un âge assez avancé, petit et chauve, qui était non seulement un instructeur volubile, mais un individu fascinant. Si quelqu'un avait dit à Jason qu'il serait un jour initié aux secrets du camp d'entraînement du KGB par un ancien espion soviétique à l'accent fleuri du Sud, si authentique qu'il semblait exhaler des effluves de magnolia, nul doute qu'il lui aurait ri au nez.

— Seigneur! Comme je regrette les barbecues, surtout les côtelettes. Les meilleures que j'ai jamais mangées, c'est chez mon voisin, un Noir que j'ai pris pour un bon ami jusqu'au jour où il m'a dénoncé. Vous vous rendez compte? Moi qui le prenais pour un radical! Mais non, c'était un gars de Dartmouth qui travaillait pour le FBI. Un avocat, vous vous rendez compte? Enfin, on a fait l'échange à New York, dans les locaux de l'Aeroflot, et, nous deux, on a continué à s'écrire.

— Des jeux d'enfants, murmura Bourne.

— Des jeux?... Oui, c'était vraiment un bon entraîneur.

— Un entraîneur?

— Et comment! On avait commencé à mettre sur pied une petite équipe de base-ball, à East Point. Je ne sais pas si vous connaissez, c'est dans la banlieue d'Atlanta.

Incroyable.

— Pouvons-nous revenir à Novgorod, je vous prie?

— Bien sûr! Dimitri vous l'a peut-être expliqué, je suis comme qui dirait en retraite, mais, pour toucher ma pension, on me demande d'y passer cinq jours par mois comme *tak govorya,* instructeur, si vous voulez.

— Je n'avais pas compris ce qu'il voulait dire.

— Je vais essayer d'être plus clair.

Et le vieil homme lui avait fourni toutes les explications nécessaires.

Le personnel de chaque secteur de Novgorod était divisé en trois catégories : les instructeurs, les candidats et le personnel de service. Cette catégorie englobait les agents du KGB, les gardes et le personnel d'entretien. Le fonctionnement de Novgorod était très simple. Les responsables de chaque secteur établissaient un programme d'entraînement quotidien pour chaque élève et les instructeurs, permanents ou anciens agents en semi-retraite, supervisaient les activités individuelles ou de groupe des candidats en employant exclusivement la langue de leur secteur et le dialecte de la zone où ils se trouvaient. L'usage du russe était interdit et les instructeurs aboyaient des ordres ou abreuvaient les candidats d'injures dans leur langue maternelle pour les mettre à l'épreuve pendant une mission.

— Et ces missions, en quoi consistent-elles exactement?

— A mettre les candidats en situation, mon cher. N'importe quelle situation, tout ce que vous pouvez imaginer. Commander un déjeuner ou un dîner, acheter des vêtements, faire le plein en demandant un carburant particulier... Super, essence sans plomb, indice d'octane. Vous savez, nous n'avons rien de tout cela chez nous. Il y a aussi des situations plus spectaculaires qui souvent n'ont pas été prévues et qui servent à tester les réactions du sujet. Par exemple, un « accident de voiture » qui entraîne des entretiens avec des policiers et oblige à remplir des formulaires pour l'assurance... On peut se trahir par ignorance.

Les petites choses, les détails insignifiants sont essentiels... La porte latérale de l'arsenal...

– Tout un tas de petits événements minimes auxquels on a tendance à ne pas accorder d'importance, mais qui en ont beaucoup. Imginons que l'on soit victime d'une agression nocturne dans la rue... Que faut-il faire, que faut-il éviter de faire? La majorité de nos candidats, les jeunes en particulier, sont initiés aux arts martiaux, mais, selon les circonstances, il peut être judicieux de ne pas faire étalage de ce savoir-faire. Cela risquerait de provoquer des questions gênantes... La discrétion, toujours la discrétion. Moi qui ne suis qu'instructeur à temps partiel, j'ai toujours préféré les situations faisant appel à l'imagination que nous sommes autorisés à mettre en œuvre aussi souvent que nous le voulons, à condition qu'elles entrent dans le cadre de la pénétration dans l'environnement.

– Ce qui signifie?

– Toujours apprendre, mais ne jamais en donner l'impression. Une des situations que je préfère consiste à aborder plusieurs candidats dans un bar, disons à proximité d'un terrain militaire. Je joue le rôle d'un fonctionnaire mécontent et aigri ou bien d'un fournisseur de l'armée pris de boisson – qui a accès à des renseignements précieux – et je commence à déballer mes petits secrets.

– Par simple curiosité, demanda Bourne, comment les candidats sont-ils censés réagir dans de telles circonstances?

– Il doivent écouter attentivement et se préparer à noter ce qui leur a semblé intéressant, tout en simulant un manque total d'intérêt et en lançant de loin en loin une remarque du genre : « Je ne comprends rien à ce que tu racontes, mon vieux », ou bien « Il paraît qu'il y a des putes là-bas, c'est vrai? », ou encore « Toi, mon gars, tu commences à me faire chier avec tes salades! » Vous voyez le genre?

– Et alors, que se passe-t-il?

– Un peu plus tard, les candidats sont interrogés tour à tour et on leur demande de faire une liste de tout ce qu'ils ont appris d'intéressant.

– Et pour transmettre ces renseignements? Vous leur enseignez des procédures particulières?

Le vieil instructeur considéra Jason en silence pendant plusieurs secondes.

– Je regrette que vous vous soyez senti obligé de poser cette question, fit-il lentement. Je serai obligé de le mentionner dans mon rapport.

– Je ne me suis pas senti obligé, riposta Jason. Je l'ai posée par simple curiosité. Faites comme si je n'avais rien dit.

– C'est impossible.

– Avez-vous confiance en Krupkin?

— Bien sûr. C'est un brillant officier et un merveilleux polyglotte. Un vrai héros du Komitet.

Il ne connaît qu'une des facettes du personnage, songea Bourne.

— Je vous demande de n'en parler à personne d'autre qu'à Dimitri. Il vous dira que ce n'était que curiosité de ma part. Sachez que je ne dois rien à mon gouvernement; c'est plutôt le contraire.

— Très bien... Puisque nous parlons de vous, continuons. Sous l'autorité de Dimitri, j'ai pris des dispositions pour votre visite à Novgorod. Ne me parlez surtout pas de votre objectif... Il ne me regarde pas plus que ce que vous m'avez demandé.

— D'accord. Alors, ces dispositions?

— Vous prendrez contact avec un jeune instructeur prénommé Benjamin de la manière que je vais vous indiquer dans quelques instants. Mais d'abord je vous donne quelques précisions sur le jeune homme, pour vous permettre de comprendre son attitude. Ses parents étaient des officiers du Komitet. Ils sont restés en poste au consulat de Los Angeles pendant près de vingt ans. Benjamin a reçu une éducation typiquement américaine et il a fait deux années d'études à l'université de Los Angeles. Tout a brusquement changé quand son père et lui ont été rappelés d'urgence à Moscou, il y a quatre ans...

— Son père et lui?

— Oui. Sa mère est tombée dans un piège tendu par le FBI, à la base navale de San Diego. Il lui reste trois années de prison à purger. Il n'y aura pas de remise de peine ni d'échange pour une « momma » russe.

— Hé, doucement! Ce n'est pas entièrement notre faute!

— Je n'ai pas dit cela. Je me contente de vous présenter les faits.

— Bon, d'accord. Je prends donc contact avec Benjamin.

— Il est le seul à savoir qui vous êtes... Il va de soi qu'il ignore votre nom, et vous vous ferez appeler « Archie ». C'est lui qui vous fournira tous les papiers nécessaires pour passer d'un secteur à un autre.

— Des papiers?

— Il vous expliquera. Mais il vous tiendra à l'œil, il ne vous quittera pas d'une semelle. Je sais que le camarade Krupkin est entré en contact avec lui et il en sait beaucoup plus long que moi... Un petit Blanc de Géorgie à la retraite n'a plus besoin de se compliquer la vie. Bonne chasse, si c'est bien ce que vous venez faire chez nous.

Bourne suivit les panneaux – tous en anglais – indiquant la direction de *Rockledge, Floride,* petite ville à vingt-cinq kilomètres au sud-ouest de Cap Canaveral. Il avait rendez-vous avec Benjamin au snack-bar du Woolworth, le grand magasin local. Il devait chercher un homme de vingt-cinq ans, portant une chemise rouge à carreaux, qui lui aurait réservé une place au comptoir en posant sur le siège voisin du sien une casquette de base-ball Budweiser. Il était 15 h 35. C'était l'heure, à quelques minutes près.

Il le vit. Le jeune Russe aux cheveux blond roux était assis à droite, au bout du comptoir. La casquette était posée sur le tabouret voisin. Une demi-douzaine d'hommes et de femmes, côte à côte, discutaient tranquillement en buvant des boissons non alcoolisées et en mangeant des sandwiches. Jason s'approcha du siège vide et regarda la casquette.

— La place est prise? demanda-t-il poliment.

— J'attends quelqu'un, répondit le jeune instructeur du KGB d'une voix neutre en levant distraitement ses yeux gris vers le visage de Jason.

— Je vais trouver un autre siège.

— Elle ne sera pas là avant cinq minutes.

— Oh! Je prends juste un Coca! Je serai déjà parti quand votre amie arrivera...

— Asseyez-vous, dit Benjamin en prenant la casquette et en la remettant avec désinvolture sur sa tête.

Un serveur mâchouillant un chewing-gum s'approcha et Bourne commanda un Coca.

— Alors, c'est vous, Archie, fit l'instructeur du Komitet à voix basse, les yeux fixés sur la mousse du milk-shake qu'il buvait avec une paille.

— Et vous, vous êtes Benjamin. Ravi de vous connaître.

— Nous verrons bien si cela doit durer, n'est-ce pas?

— Vous avez un problème?

— Je veux que les choses soient bien claires, justement pour éviter les problèmes. Je déplore personnellement que l'on vous ait autorisé à pénétrer ici. Malgré mon passé et mon accent, je n'ai que faire des Américains.

— Écoutez-moi, Ben, insista Jason en forçant le jeune instructeur à le regarder dans les yeux. Tout bien considéré, je déplore moi aussi que votre mère soit encore en prison, mais ce n'est pas moi qui l'y ai jetée.

— Nous libérons les dissidents et les juifs, mais vous êtes intraitables avec une femme de cinquante ans qui n'a jamais rien fait d'autre que servir de courrier! murmura le jeune Russe avec une fureur contenue.

— J'ignore les faits et je dirais même que Moscou non plus n'est pas un modèle universel de clémence, mais, si vous pouvez m'aider – vraiment m'aider –, je pourrai peut-être faire quelque chose pour votre mère.

— Gardez vos promesses de merde! Qu'est-ce que vous pourriez faire?

— Je répète ce que j'ai dit il y a une heure à votre collègue et ami qui m'accompagnait dans l'avion. Je ne dois rien à mon gouvernement, mais mon gouvernement me doit beaucoup. Aidez-moi, Benjamin.

— Je le ferai parce que j'en ai reçu l'ordre, non à cause de vos belles paroles. Mais si vous essayez d'apprendre des choses qui n'ont rien à voir avec votre objectif, vous ne sortirez pas d'ici vivant. C'est clair?

— Non seulement c'est clair, mais c'est superflu. A part une curiosité et un étonnement naturels, que j'essaierai de réprimer, les objectifs de

Novgorod ne m'intéressent pas le moins du monde. J'ai la conviction qu'en fin de compte ils ne mènent nulle part... Mais je reconnais volontiers qu'à côté de votre complexe, Disneyland est une vaste rigolade.

Benjamin pouffa de rire et des bulles se formèrent à la surface de son milk-shake.

– Êtes-vous déjà allé à Anaheim? demanda-t-il d'un air malicieux.

– C'est au-dessus de mes moyens.

– Nous, nous avions des coupe-file diplomatiques.

– Eh bien, vous voyez que vous êtes humain! Venez, allons faire quelque pas dehors. Nous serons mieux pour discuter.

Ils franchirent un pont miniature menant à « New London, Connecticut, » où étaient construits les sous-marins américains, et s'avancèrent jusqu'à la rive du Volkhov qui, à cet endroit, avait été transformé en base navale ultra-secrète protégée par de hautes clôtures. Des gardes en uniforme de la marine militaire étaient postés devant la grille et patrouillaient dans l'espace entourant les cales de béton où se trouvaient des répliques des plus beaux fleurons de la flotte nucléaire sous-marine des États-Unis.

– Nous connaissons toutes les stations, tous les programmes, tout l'équipement et les dimensions des quais au centimètre près, mais nous n'avons pas réussi à percer les procédures de sécurité. C'est fou, non?

– Pas du tout. Nous sommes très bons.

– Oui, mais nous sommes encore meilleurs. A quelques exceptions près, nous croyons avec ferveur à ce que nous faisons alors que vous vous contentez d'accepter.

– Comment?

– L'Amérique des Blancs n'a jamais connu l'esclavage. La Russie, si.

– Non seulement c'est de l'histoire ancienne, jeune homme, mais c'est une histoire sélective.

– Vous parlez comme un professeur.

– Imaginons que j'en sois un.

– Je suis prêt à vous contredire.

– A condition que l'on vous donne les coudées franches pour argumenter avec assez d'autorité.

– Oh! Je vous en prie! Arrêtez vos conneries! Les clichés sur la liberté de l'enseignement n'ont plus cours! Il suffit de regarder nos campus. Vous y trouverez du rock, des jeans et plus d'herbe que vous ne pourrez jamais en fumer.

– C'est ce que vous appelez le progrès?

– Disons que c'est un début, si vous voulez.

– Cela demande réflexion.

– Pouvez-vous vraiment aider ma mère?

– A votre tour, pouvez-vous vraiment m'aider?

– Je peux essayer…Venons-en à ce Carlos le Chacal. J'ai entendu parler de lui, mais je ne sais pas grand-chose. Le *direktor* Krupkin m'a dit que c'était une ordure

– Vous savez que vous avez gardé votre accent de Californie.

– Oui, ça revient. Mais je suis où j'ai choisi d'être, et ne vous imaginez surtout pas le contraire.

– Je ne me le permettrais pas.

– Pardon ?

– Pourquoi ne cessez-vous de le répéter ?

– Alors, ce Chacal, reprit Benjamin après un silence en s'appuyant contre la clôture. *Prahsteetye!* s'écria-t-il en voyant plusieurs gardes se précipiter dans sa direction. Non! Je veux dire excusez-moi! *Tak govorya!* Je suis un instructeur… Et merde!

– Vont-ils le signaler ? demanda Jason tandis que les deux hommes s'éloignaient rapidement.

– Non, ils sont trop bêtes pour cela. Ce sont des membres du personnel d'entretien, on leur a donné un uniforme. Ils montent la garde, mais ils ne savent pas ce qui se passe. On leur a seulement dit qui il fallait arrêter.

– Comme de bons chiens de Pavlov ?

– On n'a encore rien trouvé de mieux. Les animaux ne se posent pas de questions. Ils sautent à la gorge et plantent leurs crocs.

– Ce qui nous ramène au Chacal, dit Bourne.

– Je ne comprends pas.

– Oh! Rien! Juste une image. Comment pourrait-il pénétrer dans le camp ?

– C'est impossible. Tous les gardes à l'entrée de tous les tunnels connaissent le nom et le matricule de l'agent qu'il a tué à Moscou et dont il a pris les papiers. S'il se montre, ils tireront à vue.

– J'avais demandé à Krupkin d'éviter cela.

– Mais pourquoi ?

– Parce que ce ne sera peut-être pas lui, et qu'il pourrait y avoir des victimes. Il enverra d'autres personnes, peut-être trois ou quatre, dans des secteurs différents, pour brouiller les pistes, jusqu'à ce qu'il trouve le moyen de passer.

– C'est idiot. Qu'arrivera-t-il à ceux qu'il envoie à sa place ?

– Il s'en fiche. Il observera et en tirera des conclusions.

– Vous êtes complètement fou… Où trouverait-il des gens pour faire ça ?

– Partout où il y a des gens qui ont envie de gagner un mois de salaire pour un travail de quelques minutes. Carlos peut toujours prétendre qu'il s'agit d'un contrôle de sécurité de routine, et n'oubliez pas qu'il est en possession de papiers officiels. S'il propose de l'argent en montrant un document de ce genre, les gens ne se posent pas trop de questions.

— Mais il va perdre ces papiers dès le premier contrôle, insista le jeune instructeur.

— Pas du tout. Il a plus de six cents kilomètres de route et une dizaine de villes à traverser. Il y a des photocopieuses un peu partout et, pour lui, ce n'est pas difficile de retoucher des papiers. Mais ce ne sont que des détails, Ben, poursuivit Bourne en regardant le jeune homme. Croyez-moi, ils sont sans importance. Carlos va venir ici pour y laisser son empreinte, mais nous avons un avantage sur lui : si Krupkin a réussi à répandre la nouvelle comme je le lui ai demandé, le Chacal me croit mort.

— Le monde entier vous croit mort... Oui, Krupkin m'a mis au courant. Il aurait été stupide de tout me cacher. Ici, à Novgorod, vous êtes une recrue du nom d'« Archie », mais je sais qui vous êtes, monsieur Bourne. Même si je n'avais jamais entendu parler de vous, votre nom est aujourd'hui sur toutes les lèvres. Radio-Moscou ne parle que de votre mort depuis plusieurs heures.

— Nous pouvons donc supposer que Carlos a appris la nouvelle.

— Cela ne fait aucun doute. En Russie, toutes les voitures sont équipées d'un autoradio. C'est pour le cas où il y aurait une attaque américaine.

— Excellente politique commerciale.

— C'est vraiment vous qui avez assassiné le général Teagarten ?

— Nous ne sommes pas là pour parler de moi...

— D'accord, ça ne me regarde pas. De quoi voulez-vous parler ?

— Krupkin aurait dû me laisser m'en occuper.

— Vous occuper de quoi ?

— De l'infiltration du Chacal.

— Où voulez-vous en venir ?

— Faites appel à Krupkin, si nécessaire, mais il faut donner l'ordre aux postes de garde de chaque tunnel et de toutes les entrées de Novgorod de laisser passer ceux qui se présenteront avec ces papiers. A mon avis, ils seront trois ou quatre, peut-être cinq. Il faudra les surveiller, mais les laisser entrer.

— Vous venez de gagner un séjour dans une cellule capitonnée ! Vous êtes bon à enfermer, Archie !

— Pas du tout. Je viens de vous dire qu'il faudra les surveiller et les suivre, surtout que les gardes restent en liaison permanente avec nous.

— Pour quoi faire ?

— L'un de ces hommes disparaîtra au bout de quelques minutes. Personne ne saura où il est passé. Cet homme sera Carlos.

— Et alors ?

— Et alors, il sera convaincu d'être invulnérable, libre de faire tout ce qu'il voudra, parce qu'il croira que je suis mort. C'est cela qui le libérera.

— Pourquoi ?

– Parce qu'il sait, tout comme moi, que nous sommes les seuls à pouvoir nous traquer mutuellement, dans la jungle, dans une ville ou sur tout autre terrain. C'est la haine qui permet cela, Benjamin. Ou la rage du désespoir.

– Une réaction émotionnelle, monsieur Bourne? Tout cela est un peu trop abstrait, non?

– Pas le moins du monde, répondit Jason. Il faut que je me mette à sa place, que je pense comme lui. J'ai appris à le faire, il y a bien longtemps... Examinons les différentes possibilités. Sur quelle distance s'étend le complexe le long du Volkhov? Trente kilomètres? Quarante?

– Quarante-sept, pour être précis, et il est impénétrable sur toute sa longueur. Des assemblages de tuyaux de magnésium s'entrecroisent au-dessus de la surface de la rivière et en dessous. Ils sont assez espacés pour permettre la vie aquatique, mais ils sont munis d'alarmes. Sur la rive orientale, le sol est couvert de plaques de métal imbriquées, munies de capteurs qui détectent tout ce qui pèse plus de quarante kilos. Dès que l'alerte est donnée, caméras et projecteurs sont automatiquement braqués sur l'intrus. Si, par extraordinaire, un animal de trente-neuf kilos réussissait à atteindre la clôture, il serait étourdi au premier contact par une décharge électrique. Il est évident que nos forces de sécurité sont sur les dents à cause des chutes d'arbres, des troncs flottants et des passages de gros animaux. Mais, tout compte fait, c'est un bon entraînement.

– Les tunnels sont donc les seuls accès? interrogea Bourne.

– C'est par l'un d'eux que vous êtes entré. Qu'est-ce que vous n'auriez pas vu d'autre? Ah, oui, les grilles de fer s'abattent à la moindre alerte et, en cas d'urgence, les tunnels peuvent être inondés.

– Carlos sait tout cela. Il a été formé ici.

– Il y a longtemps, d'après ce que m'a dit Krupkin.

– Très longtemps. Je me demande si beaucoup de choses ont changé depuis.

– En matière de technologie, il y aurait sans doute de quoi remplir plusieurs volumes, surtout dans le domaine des communications et de la sécurité, mais pour l'essentiel, il n'y a rien de très différent. Les tunnels et les kilomètres du réseau de protection métallique sont faits pour durer deux siècles. Il y a toujours de petites améliorations à l'intérieur de chaque secteur, mais je ne pense pas que l'on démolirait les rues ou les bâtiments. Il serait plus facile de déplacer une dizaine de villes.

– On peut donc dire que les changements ont essentiellement eu lieu à l'intérieur du complexe.

Ils arrivèrent à un carrefour miniature où, bouillant de colère, le conducteur d'une Chevrolet d'un modèle du début des années soixante-dix se faisait verbaliser pour une infraction au code de la route par un policier tout aussi agressif.

– Pourquoi font-ils cela? demanda Bourne.

– Le but de cette mission est d'insuffler un esprit de contestation au conducteur de la voiture. Il est courant aux États-Unis de discuter, parfois vivement, avec un officier de police. Ce n'est pas le cas chez nous.

– Comme toute mise en question de l'autorité. Je suppose qu'il n'est pas non plus courant de voir un étudiant contredire son professeur.

– C'est totalement différent.

– Je suis heureux de vous l'entendre dire.

Jason entendit un bourdonnement lointain et leva la tête. Un hydravion, un petit monomoteur, survolait la rivière en direction du sud.

– Bon Dieu! murmura Bourne. Il arrive en avion...

– Vous n'y êtes pas, le rassura Benjamin. Cet appareil est à nous... D'une part, il n'y a pas d'autre endroit où se poser que les aires d'atterrissage de nos hélicoptères protégées par des patrouilles. D'autre part, le complexe a une couverture radar. Si un appareil non identifié s'approche à moins de cinquante kilomètres d'ici, la base aérienne de Belopol est immédiatement alertée et l'appareil est abattu.

Un petit groupe s'était rassemblé autour du policier revêche et du conducteur furieux qui, encouragé par les badauds, venait de taper du poing sur le toit de la Chevrolet.

– Les Américains se conduisent parfois d'une manière stupide, marmonna le jeune instructeur, manifestement gêné.

– A moins que ce ne soit l'idée que certains se font des Américains qui est stupide, répliqua Bourne en souriant.

Allons-y, insista Benjamin en commençant à s'éloigner du carrefour. Pour ma part, j'ai signalé que je ne trouvais pas cette mission très réaliste, mais on m'a expliqué qu'il était important de développer cet esprit de contestation.

– Comme de dire à un étudiant qu'il peut contredire son professeur ou à un citoyen soviétique qu'il est en droit de critiquer publiquement un membre du Politburo. Ce seraient des attitudes très étranges, non?

– Ne gaspillez pas votre salive, Archie.

– Du calme, jeune Lénine, rétorqua Jason en revenant à la hauteur de Benjamin. Je voudrais étudier les cartes, ajouta-t-il. Toutes les cartes.

– C'est prévu. Et nous verrons toutes les autres règles de base.

Ils étaient assis à une table de conférences, une grande table rectangulaire, couverte de cartes de l'ensemble du complexe de Novgorod. Après quatre heures d'attention, Bourne ne pouvait toujours pas s'empêcher de secouer de temps en temps la tête d'un air incrédule. L'ensemble des secteurs du centre d'entraînement clandestin du KGB était plus étendu et plus dense qu'il ne l'aurait cru possible. Quand Benjamin lui avait affirmé qu'il serait « plus facile de déplacer une dizaine de villes » que de transformer radicalement Novgorod, c'était à peine exagéré. En dehors du secteur américain, il y avait des répliques, à échelle réduite, de villes et de villages, de ports et d'aéroports, d'installations militaires et scientifiques, des rives de la Méditerranée au littoral atlantique, de la Baltique au golfe de Botnie. En construisant à une échelle réduite, il avait été possible de tout loger dans une zone boisée de quarante-sept kilomètres de long et de cinq à huit kilomètres de large, en bordure de la rivière.

– Égypte-Israël, Italie-Grèce, commença Jason en marchant autour de la table pour suivre l'ordre des cartes. Portugal-Espagne, France, Royaume-Uni...

Il s'interrompit en tournant l'angle de la table.

– Et, plus au nord, Allemagne, Pays-Bas et Scandinavie, acheva Benjamin en se renversant d'un air las sur son siège. Comme je vous l'ai expliqué, la plupart des secteurs englobent deux pays distincts qui, en général, ont une frontière commune et des similitudes culturelles. Il y a neuf grands secteurs qui représentent toutes les nations les plus importantes – importantes pour nos intérêts – et, par voie de conséquence, neuf tunnels distants l'un de l'autre d'environ six kilomètres.

– Le premier tunnel au nord du nôtre est donc celui du Royaume-Uni?

– Oui. Suivi par la France, puis l'Espagne avec le Portugal. Ensuite l'Italie, la Grèce, puis nous avons l'Égypte et Israël...

– J'ai compris, coupa Jason en s'asseyant au bout de la table et en joignant les mains dans une attitude de réflexion. Avez-vous donné l'ordre aux postes de garde de laisser entrer ceux qui se présenteront avec les papiers de Carlos?

– Non.

– *Quoi?* s'écria Bourne en regardant le jeune instructeur.

– J'ai demandé au camarade Krupkin de s'en charger personnellement depuis l'hôpital.

– Et comment puis-je passer d'un secteur à l'autre? Rapidement, si nécessaire.

– Vous êtes prêt pour le reste des règles de base?

– Je suis prêt. Ces cartes ne m'expliquent pas tout.

– Allons-y.

Benjamin fouilla dans sa poche et en sortit un petit rectangle noir de la taille d'une carte de crédit, mais un peu plus épais. Il le lança à Jason qui l'attrapa au vol.

– Voilà votre passeport, poursuivit le Russe. Seuls les membres du personnel d'encadrement en ont un et, si jamais il est perdu ou égaré, il faut le signaler immédiatement.

– Mais il ne porte aucune inscription, aucune marque.

– Tout est à l'intérieur, les informations sont mémorisées et codées. Au poste frontière de chaque secteur, vous l'introduisez dans un lecteur de cartes à mémoire et la barrière se lève automatiquement. Vous pouvez passer, les gardes savent que vous êtes en règle... et que vous êtes une huile.

— Pas si bêtes, les marxistes arriérés.

— Il y avait les mêmes gadgets dans presque tous les hôtels de Los Angeles... Il y a déjà quatre ans. Voyons la suite.

— Toujours vos règles de base?

— Ce que Krupkin appelle des mesures de protection... Aussi bien pour nous que pour vous. Pour ne rien vous cacher, il ne pense pas que vous sortirez d'ici vivant. Et, si vous n'en sortez pas vivant, votre corps devra disparaître.

— Charmant programme.

— Il vous aime beaucoup, Bourne... Archie.

— Continuez.

— Pour les responsables du camp, vous êtes un membre de l'inspection générale en mission secrète, un spécialiste américain envoyé à Novgorod pour enquêter sur des fuites à l'Ouest. Nous vous fournirons ce dont vous aurez besoin, y compris des armes, mais personne ne vous adressera la parole avant que vous n'ayez parlé le premier. Eu égard à mon passé, je suis votre officier de liaison. C'est à moi que vous ferez part de tous vos désirs.

— Vous m'en voyez ravi.

— Peut-être pas tant que cela. Vous ne pouvez aller nulle part sans moi.

— C'est inacceptable!

— C'est comme ça.

— Non.

— Pourquoi?

— Parce que je ne veux pas que mes mouvements soient entravés. Et, si je sors d'ici, j'aimerais que la mère d'un certain Benjamin retrouve son fils en vie et en bonne santé.

Le jeune instructeur lança à Bourne un regard où se mêlaient la détermination et l'émotion.

— Vous pensez vraiment que vous pouvez nous aider, mon père et moi?

— Je *sais* que je peux vous aider... Mais aidez-moi de votre côté. Jouez selon mes règles, Benjamin.

— Vous êtes un drôle de type.

— Je suis un affamé. Est-ce que nous pourrions avoir quelque chose à manger? Et je voudrais aussi un bandage, si c'était possible. J'ai été blessé il y a quelque temps et aujourd'hui mon cou et mes épaules me le rappellent.

Jason enleva sa veste. Sa chemise était imbibée de sang.

— Seigneur! Je vais appeler un médecin!...

— Non, non. Une infirmière suffira... Selon mes règles, Benjamin.

— D'accord... Archie. Nous logeons dans la suite d'honneur, réservée aux commissaires en tournée d'inspection. C'est au dernier étage. On nous y servira un repas et je vais appeler l'infirmerie.

– J'ai faim et ma blessure me gêne, c'est vrai, mais ce n'est pas ma préoccupation majeure.

– Ne vous inquiétez pas, dit le jeune instructeur. S'il se passe quoi que ce soit d'anormal, nous serons prévenus. Je vais replier les cartes.

Cela se passa deux minutes après minuit, juste après l'heure de la relève de la garde, en plein cœur de la nuit. La sonnerie stridente du téléphone retentit et Benjamin bondit littéralement du canapé. Il se rua vers l'appareil et arracha le combiné de son support.

– Allô?... *Gde? Kodga? Shto eto znachit?... Da!*

Il raccrocha violemment et se tourna vers Bourne, assis à la table où les assiettes du dîner avaient été remplacées par les cartes de Novgorod.

– Incroyable. A l'entrée du tunnel d'Espagne, de l'autre côté de la rivière, deux gardes ont été tués et, sur notre rive, l'officier de garde a été découvert à cinquante mètres de son poste, abattu d'une balle dans la gorge. Ils ont passé les bandes vidéo et tout ce qu'ils ont vu, c'est un homme non identifié qui passait avec un sac de marin. Il était en uniforme de garde!

– Il y a autre chose, n'est-ce pas? demanda calmement Bourne.

– Oui, et vous aviez sans doute raison. Sur l'autre rive, il y avait le corps d'un valet de ferme, la main refermée sur des papiers déchirés. Il se trouvait entre les corps des deux gardes dont l'un était presque entièrement dévêtu... Comment a-t-il pu faire cela?

Bourne se leva d'un bond et se précipita vers la carte du secteur Espagne.

– Il a dû d'abord envoyer l'imposteur avec les papiers inutilisables, fit Bourne à mi-voix, puis il s'est présenté aux gardes en se faisant passer pour un officier du Komitet qui venait de découvrir la supercherie et en parlant dans la langue étrangère que l'imposteur ne pouvait pas comprendre... Je vous l'ai dit, Ben. Sonder, tester, semer la confusion et trouver un moyen pour entrer. Le vol d'un uniforme est une ruse classique. Elle lui a permis de franchir le tunnel à la faveur de la confusion.

– Mais ceux qui présentaient ces papiers devaient être surveillés et suivis. Ce sont les instructions que vous aviez données et que Krupkin a transmises.

– La Kubinka, fit pensivement Jason en étudiant la carte.

– L'arsenal? Celui qui est mentionné par Radio-Moscou?

– Précisément. Tout comme à la Kubinka, Carlos avait un homme à lui dans la place. Quelqu'un ayant assez d'autorité pour ordonner à un officier de garde de lui amener quiconque pénétrerait dans le tunnel avant de donner l'alerte et de prévenir le quartier général.

– C'est possible, admit le jeune instructeur en hochant la tête. Il peut être très embarrassant de déranger le quartier général pour une fausse alerte et, comme vous l'avez dit, il devait y avoir une grande confusion.

— Quelqu'un m'a confié à Paris, fit Bourne en relevant la tête, que l'embarras était le pire ennemi du KGB. Qu'en pensez-vous?

— Que c'est vrai à quatre-vingts pour cent, répondit Benjamin. Mais qui peut bien avoir aidé le Chacal de l'intérieur? Il n'est pas revenu depuis trente ans!

— Si nous disposions de quelques heures et de deux ou trois ordinateurs avec les dossiers de ceux qui travaillent à Novgorod, nous pourrions entrer plusieurs centaines de noms et réduire le nombre des possibilités. Mais nous n'avons pas le temps. De plus, tel que je connais le Chacal, cela n'a pas grande importance.

— Bien sûr que si! s'écria Benjamin. Il y a un traître parmi nous et il faut le démasquer!

— A mon avis, vous n'allez pas tarder à le connaître... Ce qui compte, Ben, c'est qu'il est entré. Nous allons sortir d'ici et vous me fournirez ce dont j'ai besoin.

— D'accord.

— Tout ce dont j'ai besoin.

— Je suis autorisé à le faire.

— Ensuite, vous disparaîtrez.

— Pas question!

— Dans ce cas, la mère du jeune Benjamin ne trouvera que le cadavre de son fils quand elle arrivera à Moscou.

— Tant pis!

— Ne me piquez pas mes expressions! Allez, en route!

41

Le sac de marin à bout de bras, Ilich Ramirez Sanchez claqua deux fois des doigts dans l'ombre en montant les marches de l'église miniature du Paseo del Prado de « Madrid ». Une silhouette sortit de derrière un pilier, un homme robuste d'une soixantaine d'années qui s'avança dans la clarté diffuse d'un réverbère éloigné. Il portait un uniforme d'officier supérieur, de général de corps d'armée, et, sur sa tunique, étaient fixées trois rangées de rubans. Le général tenait une valise de cuir qu'il souleva légèrement.

— Viens dans la sacristie, dit-il dans la langue du secteur espagnol. Tu pourras te changer. Tu te ferais repérer avec cet uniforme de garde qui n'est pas à ta taille.

— Cela me fait plaisir de parler notre langue, assura Carlos en suivant l'homme à l'intérieur de l'église. J'ai une dette envers toi, poursuivit le Chacal en laissant son regard courir sur les bancs vides avant de tourner la tête vers l'autel où luisait un crucifix doré dans la lumière indécise.

— Cela fait plus de trente ans que tu as une dette envers moi, Ramirez, et ça ne m'a pas apporté grand-chose, dit le général avec un petit rire tandis que les deux hommes suivaient l'allée de droite en direction de la sacristie.

— Tu as peut-être perdu le contact avec ce qui reste de ta famille à Baracoa. Je peux t'assurer que les frères et les sœurs de Fidel ne vivent pas aussi bien qu'eux.

— Ce cinglé de Fidel non plus, mais, lui, il s'en fout. Il paraît qu'il commence à prendre des bains un peu plus souvent. C'est un progrès, non ? Tu parles de ma famille, cher vieux terroriste, mais qu'as-tu fait pour moi ? Pas de yacht, pas d'écurie de courses ! Tu n'es qu'un ingrat ! Si je ne t'avais pas averti à temps, tu aurais été exécuté ici même, il y a trente-trois ans ! Souviens-toi, c'est justement ici, derrière cette église de poupée que tu as réussi à prendre la fuite, déguisé en prêtre.

— As-tu manqué de quoi que ce soit depuis que j'ai commencé à me

605

faire une réputation? demanda Carlos en suivant le général dans une petite pièce lambrissée où de faux ecclésiastiques étaient censés se préparer à célébrer la messe. T'ai-je jamais refusé quoi que ce soit? ajouta-t-il en posant son sac.

— Mais, je plaisantais, fit Enrique en se retournant vers le Chacal avec un sourire bon enfant. Aurais-tu perdu le sens de l'humour?

— J'ai d'autres soucis en tête.

— Assurément. Pour ce qui est de ma famille restée à Cuba, tu as été d'une grande générosité et je t'en remercie. Mes parents ont coulé jusqu'à leur mort des jours paisibles et ils ont vécu dans l'aisance, même s'ils n'ont jamais compris pourquoi... Quelle honte! Des révolutionnaires chassés par leurs propres chefs!

— Vous représentiez une menace pour Castro, tout comme le Che. Mais c'est une vieille histoire.

— Oui, rétorqua Enrique en étudiant Carlos, il s'en est passé du temps. Tu as vieilli, Ramirez. Que sont devenues l'abondante chevelure, le visage fin et volontaire, le regard perçant que j'ai connus?

— Ne parlons pas de cela.

— Comme tu voudras. Moi, je grossis, toi tu te dessèches, c'est la vie. A propos, comment vont tes blessures?

— Elles ne me gêneront pas pour ce que je compte faire... pour ce que je *dois* faire.

— Quoi donc encore? demanda vivement le général. Il est mort! Moscou s'attribue le mérite de cette mort, mais, quand tu m'as appelé, j'ai compris que c'était toi! Ton ennemi juré a disparu! Tu n'es pas en bonne santé; rentre à Paris et soigne-toi. Je te ferai sortir de la même manière que je t'ai fait entrer. Nous passerons par le secteur France et je m'assurerai que la voie est libre. Tu seras un courrier du commandant du secteur Espagne qui envoie un message confidentiel place Dzerjinski. C'est une pratique courante. Personne ne fait confiance à personne, surtout dans son secteur. Tu n'auras même pas à courir le risque de tuer un garde.

— Non! Ils doivent recevoir une leçon!

— Alors, je vais m'exprimer différemment. Quand tu m'as appelé avec ton code d'urgence, j'ai fait ce que tu me demandais, parce que, dans l'ensemble, tu as rempli tes obligations envers moi, des obligations qui remontent à plus de trente ans. Mais maintenant, il y a d'autres risques et je ne suis pas sûr d'avoir envie de les courir.

— Comment oses-tu me parler sur ce ton? s'écria le Chacal qui avait enlevé la tunique volée sur le corps du garde, révélant ainsi les bandages de l'épaule droite qui ne portaient pas la moindre trace de sang.

— Ne prends pas de grands airs avec moi, conseilla Enrique d'un ton doucereux. Nous nous connaissons depuis trop longtemps. Je n'ai pas oublié le jeune révolutionnaire que j'ai suivi en exil avec un grand athlète nommé Santos... A propos, comment va-t-il? La vraie menace pour Fidel, c'était lui.

– Il va bien, répondit Carlos d'une voix neutre. Nous allons déplacer Le Cœur du Soldat.

– Il aime toujours autant jardiner?

– Toujours autant.

– Je pense qu'il aurait fait un bon jardinier paysagiste, ou un fleuriste. Et, moi, j'aurais pu devenir un bon ingénieur agronome, mais la politique et ses drames ont bouleversé nos vies.

– C'est l'engagement politique qui les a bouleversées. C'est la faute de tous les fascistes.

– Et maintenant, nous voulons devenir comme eux et, de leur côté, ils veulent prendre ce qu'ils trouvent de moins effrayant dans le communisme et redistribuer un peu d'argent. Cela ne marche pas très bien, mais c'est l'intention qui compte.

– Qu'est-ce que cette histoire a à voir avec moi... Ton « monseigneur »?

– Cesse de dire des conneries, Ramirez. Je ne sais pas si tu es au courant, mais ma femme, une Russe, est morte depuis déjà longtemps, et j'ai trois enfants étudiants à Moscou. C'est grâce à ma position qu'ils ont pu faire des études supérieures et je veux qu'ils les continuent. Et maintenant, tu me demandes de prendre des risques inconsidérés. J'ai réussi jusqu'à présent à ne pas me faire repérer et je te devais bien ce que j'ai fait pour toi, mais je n'irai sans doute pas plus loin. Vois-tu, je vais prendre ma retraite dans quelques mois et, pour me récompenser de mes services en Espagne et dans les régions méditerranéennes, on me permettra de partager une belle datcha au bord de la mer Noire, où mes enfants viendront me rendre visite. Je ne tiens pas à mettre en péril le temps qui me reste à vivre. Je te répète qu'on ne découvrira pas que c'est moi qui t'ai fait entrer... Je te devais cela, d'accord, mais je n'en ferai pas davantage.

– Je vois, dit Carlos en s'approchant de la valise qu'Enrique avait posée sur la table de la sacristie.

– J'espère, mais je voudrais surtout que tu me comprennes. Pendant toutes ces années, tu as fait beaucoup plus pour ma famille que ce que j'aurais pu faire, mais, de mon côté, je me suis mis en quatre pour toi. Je t'ai permis d'entrer en contact avec Rodchenko, je t'ai fourni une liste de noms dans des ministères où les rumeurs allaient bon train, rumeurs que Rodchenko a vérifiées en personne pour ton compte. Tu vois, cher camarade, je ne suis pas resté inactif. Mais les choses sont différentes maintenant. Nous ne sommes plus les jeunes gens enthousiastes qui ne demandaient qu'à s'enflammer pour une cause, nous avons perdu l'envie de nous battre pour elle. Et cette envie, tu l'as perdue longtemps avant moi.

– Mon unique cause n'a pas changé, rétorqua sèchement le Chacal. C'est moi-même et tous ceux qui me servent.

– Mais je t'ai servi de mon mieux...

— Tu me l'as bien fait comprendre et tu as reconnu ma générosité. Mais maintenant que je suis là, tu te demandes si je mérite que tu m'aides encore. C'est bien cela?

— Il faut que je me protège! Pourquoi es-tu revenu?

— Je te l'ai dit. Pour donner une leçon, laisser un message.

— C'est la même chose?

— Oui, acquiesça Carlos en ouvrant la valise.

Elle contenait une chemise d'étoffe rêche, un bonnet de pêcheur portugais, un pantalon à ceinture de corde et une sacoche de toile munie d'une bandoulière.

— Pourquoi as-tu choisi cet accoutrement? demanda le Chacal.

— Parce que les vêtements sont amples et que je ne t'avais pas vu depuis des années. Depuis Malaga, au début des années soixante-dix, si mes souvenirs sont bons. Je ne pouvais pas te faire exécuter des vêtements sur mesure, Ramirez. Heureusement que je n'ai pas essayé... Tu es très différent de l'image que j'avais gardée de toi.

— Toi, tu n'as pas beaucoup changé, rétorqua le terroriste. Tu as pris un peu d'embonpoint, mais nous avons toujours à peu près la même taille, la même charpente.

— Et alors? Où veux-tu en venir?

— Je t'expliquerai plus tard. Est-ce qu'il y a eu beaucoup de changements ici depuis l'époque où nous étions ensemble?

— Beaucoup. Nous recevons d'abord des photos et, le lendemain, les équipes d'ouvriers sont à pied d'œuvre. La place du Prado a de nouvelles boutiques et de nouvelles enseignes, et nous avons changé les bouches d'égout quand elles l'ont été à Madrid. Les quais de Lisbonne ont été modifiés pour se conformer aux travaux faits au Portugal. Tout ce qu'il y a ici est rigoureusement authentique. Les candidats reçus à la fin de leur formation sont absolument chez eux quand ils rejoignent leur affectation. J'ai parfois l'impression que tout cela est exagéré, mais quand je songe à ma première mission à la base navale de Barcelone, je me rends compte que c'est un atout précieux. J'ai pu me mettre au travail sans perdre de temps : les problèmes d'adaptation étaient déjà résolus.

— Ce ne sont que les apparences que tu décris.

— Bien sûr. Qu'y a-t-il d'autre?

— Des structures plus stables qui ne sont pas aussi apparentes.

— Par exemple?

— Les entrepôts, les dépôts de carburants, les casernes de pompiers, ce qui n'est pas visible. Ces structures sont-elles toujours à la même place?

— En gros, oui. C'est le cas des entrepôts et des dépôts de carburants avec leurs citernes souterraines. La plupart sont encore à l'ouest de la zone « San Roque », l'accès « Gibraltar ».

— Et pour passer d'un secteur à l'autre?

608

– Là, il y a du changement, répondit Enrique en sortant un petit rectangle de la poche de sa tunique. A chaque poste frontière, il y a un lecteur de cartes à mémoire qui enregistre le passage et permet l'accès à l'autre secteur.

– On ne pose pas de questions?

– Seulement au grand quartier général, quand il y a des questions.

– Je ne comprends pas.

– Dès que l'une de ces cartes est perdue ou volée, il faut le signaler et les codes incorporés sont annulés.

– Je vois.

– Moi, je ne vois pas! Pourquoi ces questions? Et encore une fois, qu'es-tu venu faire ici? Quelle est cette leçon, ce message?

– La zone « San Roque », dit lentement Carlos comme s'il fouillait dans ses souvenirs. Cela se trouve à trois ou quatre kilomètres au sud du tunnel, non? Un petit village sur le littoral, non?

– Oui... L'accès « Gibraltar ».

– Et le secteur suivant est France, puis il y a Angleterre, et enfin le plus étendu, États-Unis d'Amérique. Oui, tout me revient maintenant. C'est très clair.

Le Chacal se retourna et sa main droite descendit lentement vers son pantalon.

– Non, grommela Enrique d'une voix chargée de menaces, ce n'est pas clair du tout. Réponds-moi, Ramirez, qu'es-tu venu faire ici?

– Comment oses-tu douter de moi? poursuivit Carlos en lui tournant le dos. Comment osez-vous, tous, douter du « monseigneur » de Paris?

– Écoute-moi bien, prêtre à la manque! Si tu ne me réponds pas, je sors d'ici et, dans quelques minutes, tu es un homme mort!

– Très bien, Enrique, fit Ilich Ramirez Sanchez en fixant le mur lambrissé de la sacristie. Voici le message limpide et triomphant qui ébranlera les fondations du Kremlin. Non seulement Carlos le Chacal s'est débarrassé sur le territoire soviétique de ce Bourne dont on a voulu faire son rival, mais il fera savoir au peuple russe que le Komitet a commis une erreur colossale en refusant d'utiliser ses extraordinaires capacités.

– Écoute, Ramirez, s'esclaffa Enrique en pouffant de rire. Tu ne crois pas que tu donnes un peu trop dans le mélodrame? Et comment comptes-tu faire parvenir ton message, ton *testament* au peuple russe?

– C'est très simple, expliqua le Chacal en se retournant et en levant son pistolet prolongé par un silencieux. Il nous suffira d'échanger nos costumes.

– Qu'est-ce que tu dis?

– Je vais faire brûler Novgorod.

Carlos tira une seule balle, dans le haut de la gorge d'Enrique. Il ne voulait pas que la tunique soit salie.

Vêtu d'un treillis, les insignes du grade de commandant cousues sur les épaules de la veste de sa tenue de combat, Bourne se mêlait au va-et-vient des patrouilles de nuit dans le secteur américain. D'après Benjamin, il n'y avait pas plus de trente hommes pour surveiller les vingt kilomètres carrés de l'ensemble du secteur. Dans les zones « urbaines », les gardes patrouillaient en général à pied et par deux, alors que dans les zones « rurales » les patrouilles étaient motorisées. Le jeune instructeur avait réquisitionné une jeep.

Ils avaient quitté la suite d'honneur et s'étaient fait conduire dans un magasin où, devant les gardes stupéfaits, Bourne s'était fait équiper d'un treillis de combat, d'un fusil automatique avec baïonnette, d'un pistolet automatique calibre .45 et de cinq chargeurs, après avoir reçu le feu vert du grand quartier général.

— Et les fusées que j'avais demandées? se plaignit Jason dès qu'ils furent sortis. Et les trois ou quatres grenades? Vous aviez promis de me fournir tout ce dont j'avais besoin, pas la moitié!

— Le reste arrive, dit Benjamin en sautant dans la jeep. Les fusées se trouvent au garage et les grenades ne font pas partie du matériel standard. Elles sont entreposées dans une chambre forte à l'entrée de chacun des tunnels, avec les armes d'urgence.

Le jeune instructeur se tourna vers Bourne et un sourire se dessina sur son visage à la lueur des phares de la jeep décapotée.

— Sans doute en prévision d'une attaque des forces de l'OTAN, ajouta-t-il.

— C'est idiot. Ce serait une attaque aérienne.

— Avec notre base aérienne à quatre-vingt-dix secondes de vol?

— Dépêchons-nous. J'ai besoin de ces grenades et j'espère que nous n'aurons pas de difficultés pour les avoir.

— Pas si Krupkin continue à nous préparer le terrain.

Krupkin avait fait ce qu'il fallait. Après avoir reçu les fusées, il ne leur restait plus qu'à se rendre au tunnel. Quatre grenades à main de fabrication soviétique furent remises à Bourne et Benjamin contresigna la décharge remplie par Bourne.

— Où allons-nous? demanda-t-il quand l'Américain sortit du poste de garde.

— Ça ne vaut pas les grenades de l'armée américaine, fit Jason en glissant avec précaution les quatre projectiles dans la poche de sa veste de treillis.

— Ce ne sont pas non plus des grenades d'exercice, répliqua Benjamin. La vocation du complexe est essentiellement civile. L'utilisation de grenades offensives ne fait pas partie de l'instruction de nos candidats... Où allons-nous maintenant?

— Vérifiez d'abord auprès du quartier général si les postes frontière entre les différents secteurs n'ont rien signalé d'anormal.

– Mon récepteur m'aurait envoyé un signal...

– Je n'ai pas confiance dans ces gadgets, répliqua Bourne. Je préfère entendre une voix... Utilisez votre radio.

Benjamin prit sa radio et donna en russe le code réservé au personnel d'encadrement. Il reçut une réponse laconique et coupa la radio.

– Aucun signe d'activité, dit-il en se tournant vers Bourne. Juste des livraisons de carburants intersecteur.

– C'est-à-dire?

– Essentiellement des livraisons d'essence. Certains secteurs ont des citernes d'une plus grande capacité que les autres. La logistique veille à une bonne répartition des réserves en attendant la prochaine livraison par voie fluviale.

– Ils font cela de nuit?

– Il vaut mieux le faire de nuit au lieu de bloquer la circulation de jour. N'oubliez pas que tout est à échelle réduite ici. De plus, nous avons pris de petites routes, mais le personnel d'entretien, une véritable armée, travaille de nuit. Ils nettoient les boutiques, les bureaux et les restaurants des zones urbaines pour les missions du lendemain. Le passage de gros camions-citernes n'arrangerait pas les choses.

– C'est vraiment plus fort que Disneyland!... Bon, direction la frontière espagnole, Pedro.

– Nous allons devoir traverser l'Angleterre et la France. Cela n'a pas grande importance, mais je ne parle ni français ni espagnol. Et vous?

– Français couramment, espagnol correctement. Autre chose?

– Vous feriez peut-être mieux de prendre le volant.

Le Chacal arrêta l'énorme camion-citerne à la frontière de l'Allemagne de l'Ouest. Il n'avait pas l'intention d'aller plus loin. Les zones septentrionales des Pays-Bas et de la Scandinavie n'avaient qu'une importance secondaire. Leur destruction n'aurait pas un retentissement comparable à celle des secteurs méridionaux et le facteur temps jouait en leur faveur. Tout était maintenant une question de synchronisation et c'est l'Allemagne de l'Ouest qui déclencherait la conflagration. Carlos arrangea la chemise portugaise passée sur la tunique d'un général espagnol et il s'adressa en russe au garde qui sortait du poste frontière en prononçant les mêmes mots qu'aux postes précédents.

– Ne me demande pas de baragouiner dans la langue que vous utilisez ici. Je livre de l'essence, moi, je ne suis pas à l'école! Tiens, voilà ma carte.

– Tu sais, moi aussi, je baragouine quelques mots, c'est tout, dit le garde en riant et en prenant la carte qu'il introduisit dans la fente du lecteur. La lourde barrière métallique se leva et le garde rendit la carte au Chacal qui engagea son énorme véhicule dans les rues de « Berlin Ouest ».

Le camion-citerne suivit à toute allure le tronçon du Kurfürstendamm jusqu'à la Budapesterstrasse où il s'arrêta. Le clapet de la citerne s'ouvrit, l'essence se répandit dans la rue. Carlos fouilla dans le sac de marin posé sur le siège avant et sortit des pains de plastic munis d'un dispositif à retardement qu'il lança au pied des constructions de bois qui paraissaient les plus inflammable, comme il l'avait fait dans les secteurs méridionaux jusqu'à la frontière de la France. Il gagna ensuite « Munich », puis le port de « Bremerhaven », « Bonn » et « Bad Godesberg », le quartier des ambassades de la capitale allemande. Partout il inondait les rues de carburant et lançait ses pains de plastic. Quand il eut fini, il regarda sa montre : il était temps de repartir. Il restait à peine un quart d'heure avant les premières explosions en Allemagne de l'Ouest. Elles seraient suivies à huit minutes d'intervalle par celles des secteurs Italie-Grèce, Israël-Égypte et Espagne-Portugal, de quoi provoquer un épouvantable chaos.

Les pompiers ne pourraient pas contenir les incendies ravageant les constructions des différentes zones éparpillées dans chaque secteur. Leurs collègues des secteurs voisins appelés en renfort seraient obligés de rebrousser chemin dès que de nouveaux incendies se déclareraient chez eux. C'était une recette très simple pour créer le chaos cosmique à l'échelle de Novgorod. Les barrières des postes frontière seraient levées pour laisser le passage aux véhicules de secours, mais, pour mettre la touche finale à son œuvre géniale de dévastation, Ilich Ramirez Sanchez, entré dans l'univers du crime sous le nom de Carlos le Chacal par la faute des responsables de Novgorod, devait aller à « Paris. » Pas *son* Paris, mais le « Paris » maudit de Novgorod qu'il allait ravager par le feu comme les monstres du IIIᵉ Reich ne l'avaient jamais imaginé dans leurs rêves les plus fous. Ce serait ensuite le tour de l'Angleterre et enfin celui du plus vaste secteur de l'univers méprisable et factice de Novgorod, le secteur des États-Unis d'Amérique, patrie de Bourne, le renégat... C'est là qu'il laisserait son message, aussi pur, aussi limpide que l'eau d'un torrent des Alpes nettoyant les ruines d'un univers de carton-pâte.

C'est moi qui ai fait cela, seul! Mes ennemis sont morts et je vis!

Carlos plongea la main au fond de son sac marin. Il n'y restait plus que les instruments de mort terrifiants pris dans l'arsenal de Kubinka. Quatre rangées de missiles, vingt au total, munis d'un détecteur de chaleur et capables chacun de faire sauter toute la base du Washington Monument. Une fois amorcés, ils se dirigeraient vers les flammes et accompliraient leur œuvre de mort.

Satisfait, le Chacal, referma le clapet de la citerne, manœuvra pour faire demi-tour et repartit vers le poste frontière.

Le technicien ensommeillé du grand quartier général se frotta les yeux et fixa les lettres vertes qui venaient d'apparaître sur l'écran du

612

terminal. Aucun signal d'alerte ne s'était déclenché, mais ce qu'il lisait n'avait pas de sens. Le commandant du secteur espagnol venait de passer pour la cinquième fois une frontière. Après avoir pénétré en Allemagne, il venait d'entrer en France. A deux reprises, lorsque les codes lui avaient été transmis, et conformément à l'état d'alerte qui avait été déclaré, le technicien avait téléphoné aux postes frontière d'Israël et d'Italie où on avait uniquement signalé le passage d'un camion-citerne. C'est cette information qu'il avait transmise à un instructeur du nom de Benjamin, mais il commençait à se poser des questions. Pourquoi un officier d'un grade si élevé s'amuserait-il à conduire un camion-citerne? Mais, au fond, pourquoi pas? La corruption sévissait à Novgorod, même si on n'en parlait qu'à mots couverts, et il était possible que ce commandant donne la chasse à des suspects ou bien empoche ses propres commissions. Comme personne n'avait signalé le vol ou la disparition d'une carte, et comme les ordinateurs ne réagissaient pas, il décida de ne pas faire de zèle. On ne savait jamais sous les ordres de qui on travaillerait le lendemain.

— Voici ma carte, dit Bourne en français au garde du poste frontière. Faites vite, s'il vous plaît.

— Da!... répondit le garde en se dirigeant d'un pas vif vers le lecteur de cartes au moment où un énorme camion-citerne, arrivant en sens inverse, pénétrait dans le secteur Angleterre.

— N'attendez pas trop de son français, le prévint Benjamin, assis à l'avant de la jeep, à côté de Jason. Ces pauvres bougres font de leur mieux, mais ce ne sont pas des linguistes.

Le garde revint et la barrière métallique se leva. Jason appuya sur l'accélérateur et, quelques instants plus tard, il découvrit un modèle réduit de la tour Eiffel éclairé par des projecteurs. Un peu plus loin, sur la droite, il vit des Champs-Elysées miniatures et une reproduction en bois de l'Arc de triomphe, juste assez haute pour qu'on le reconnaisse. Il lui revint à l'esprit les heures affreuses et angoissantes pendant lesquelles, séparément, Marie et lui avaient parcouru la ville à la recherche de l'autre... *Marie! Je veux repartir, Marie! Je veux redevenir David. Nous commençons à être trop vieux, lui et moi. Il ne me fait plus peur et je ne le mets plus en colère!... Qui parle? Lequel de nous deux?*

— Attendez, cria soudain Benjamin en posant la main sur le bras de Bourne. Ralentissez.

— Que se passe-t-il?

— Arrêtez! hurla le jeune homme. Coupez le moteur!

— Qu'est-ce qui vous prend?

— Je ne sais pas encore, dit Benjamin, la tête renversée en arrière, les yeux levés vers la voûte céleste pailletée d'étoiles. Pas de nuages, pas d'orage, poursuivit-il d'une manière sibylline.

— Il ne pleut pas non plus... Et après? Je veux atteindre le secteur Espagne!

— Ça recommence...

— Mais de quoi parlez-vous?...

Bourne entendit à son tour. Une sorte de grondement lointain... Pourtant la nuit était belle. Le bruit sourd se fit de nouveau entendre...

— Là! s'écria Ben en tendant la main vers le nord. Qu'est-ce que c'est?

— C'est un incendie, jeune homme, répondit doucement Bourne.

Il se leva à son tour pour regarder la lumière dansante qui teintait l'horizon de jaune.

— A mon avis, cela vient du secteur Espagne. C'est là qu'il a été entraîné et c'est cela qu'il est venu faire... Détruire Novgorod par le feu! La voilà, sa vengeance! Nous devons y aller!

— Non, vous vous trompez, lança Benjamin en se laissant tomber sur le siège tandis que Bourne mettait le moteur en marche et démarrait. L'Espagne n'est qu'à sept ou huit kilomètres d'ici. L'incendie est plus loin.

— Indiquez-moi l'itinéraire le plus court, dit Jason en écrasant la pédale de l'accélérateur.

En suivant les instructions de Ben, ils sortirent de « Paris » et traversèrent à toute allure les zones « Marseille » et « Montbéliard, » puis « Le Havre », « Strasbourg » et bien d'autres encore. Ils contournèrent de charmantes placettes et suivirent des rues pittoresques jusqu'à ce qu'ils arrivent en vue du poste frontière de l'Espagne. Plus ils roulaient, plus les détonations prenaient d'ampleur et plus les flammes s'élevaient dans le ciel. Les gardes téléphonaient frénétiquement et hurlaient dans leurs émetteurs-récepteurs. Des sirènes se mêlèrent aux cris et aux vociférations des gardes, des voitures de police et des camions de pompiers surgirent de partout et s'engagèrent à toute allure dans les rues de « Madrid ».

— Que se passe-t-il? hurla Benjamin en russe en sautant de la jeep. Personnel d'encadrement! ajouta-t-il en glissant sa carte dans le lecteur pour relever la barrière. Expliquez-moi!

— C'est de la folie, camarade! cria un officier par la fenêtre du poste de garde. C'est incroyable! C'est inimaginable! D'abord l'Allemagne... Une série d'explosions, puis les constructions dévorées par les flammes! Le sol tremble et on nous dit que c'est un séisme très important! Puis il se passe la même chose en Italie et « Rome » brûle! Dans le secteur Grèce, « Athènes » et le port du « Pirée » sont en flammes, les explosions continuent, les rues s'embrasent tour à tour!

— Que dit le grand quartier général?

— Ils ne savent rien! Le version du séisme était idiote! La panique gagne, les ordres et les contrordres se succèdent!

La sonnerie d'un téléphone retentit dans le poste de garde. L'officier décrocha, écouta, puis se mit à hurler à pleins poumons:

– Mais c'est fou! C'est complètement fou! Vous êtes certain?

– Qu'y a-t-il? rugit Benjamin en se précipitant pour arracher le téléphone à l'officier. L'Égypte! hurla-t-il, le combiné collé contre son oreille... Israël! « Tel-Aviv » et « Le Caire » sont en flammes! Des incendies partout, des bombes partout! Les pompiers sont impuissants, les camions se heurtent de front dans les rues étroites... Les bouches d'incendie explosent, l'eau coule dans les caniveaux, mais les rues brûlent!... Et un abruti vient de prendre la communication pour demander si les pancartes d'interdiction de fumer étaient en place! Les abrutis! Tous des abrutis!

– Revenez ici! cria Jason qui venait de faire avancer la jeep de l'autre côté de la barrière. Il est là, quelque part! Prenez le volant et, moi, je vais...

La fin de sa phrase fut couverte par une violente explosion venue du centre de « Madrid », une déflagration terrifiante qui projeta des pierres et des tisons dans le ciel embrasé. Puis, comme si le « Paseo del Prado » était devenu une muraille de feu animée d'une vie propre, les flammes avancèrent, bifurquèrent sur la gauche et sortirent de la ville pour suivre la route menant au poste frontière.

– Regardez! hurla Bourne en se penchant par la portière pour poser la main sur les graviers de la route avant d'approcher les doigts de ses narines. Le fumier! La route est couverte d'essence!

Une nouvelle explosion se produisit à quelques mètres de la jeep, des pierres et de la terre furent projetées avec fracas sur la barrière et les flammes firent un bond en avant.

Du plastic, murmura Bourne. Repartez, faites sortir tout le monde! hurla-t-il en voyant Benjamin revenir en courant vers la jeep. Cette ordure a mis du plastic partout! Allez vers la rivière!

– Non, je reste avec vous, insista le Russe en posant la main sur la portière.

– Désolé, jeune homme, lança Bourne. C'est pour les grands!

D'un violent coup d'accélérateur, il déséquilibra le Russe et il braqua à fond pour franchir dans l'autre sens la barrière restée ouverte.

– Qu'est-ce que vous faites? hurla Benjamin, assis sur la route.

– Le camion-citerne, murmura Jason. C'est ce putain de camion-citerne!

Il traversait « Strasbourg » quand l'explosion se produisit à « Paris ». Ce ne pouvait être qu'à Paris! La réplique de la tour Eiffel vola en éclats avec une telle violence que le sol trembla. Roquette? Missile? Le Chacal avait volé des missiles à l'arsenal! Quelques secondes plus tard, les explosions se succédèrent tandis que les rues s'enflammaient. *De tous les côtés!* Toute la France était détruite! Des hommes et des femmes hystériques couraient en tous sens, hurlaient, tombaient, imploraient le Dieu que les maîtres de leur patrie avaient banni. l'*Angleterre!* Il devait rejoindre l'Angleterre pour gagner les États-Unis où son instinct lui soufflait que le dénouement aurait lieu... Quelle qu'en soit l'issue, il devait trouver le camion citerne conduit par le Chacal et les détruire. Il pouvait réussir! Carlos le croyait mort et c'était là la clé : le Chacal ferait ce qu'il avait à faire, ce que *lui*, Bourne, ferait s'il était Carlos. Quand la « fête » battrait son plein, le Chacal abandonnerait son camion et il commencerait à préparer sa fuite, vers Paris, le *vrai* Paris, où son armée de vieillards répandrait la nouvelle du triomphe de leur maître sur les Russes frappés de stupeur. C'est par le tunnel qu'il s'échapperait. Jason en était sûr.

La folle traversée de « Londres, » « Coventry » et « Portsmouth » était comparable à une de ces bandes d'actualités de la Seconde Guerre mondiale montrant les ravages causés en Grande-Bretagne par les raids de la Luftwaffe. Mais les résidents de Novgorod n'étaient pas anglais, le stoïcisme britannique s'était mué en hystérie collective, seule la survie individuelle importait. Pendant que Big Ben s'effondrait avec fracas et que les usines aéronautiques de « Coventry » étaient la proie des flammes, dans les rues une foule hurlante se précipitait vers le Volkhov et les chantiers navals de « Portsmouth ». Les résidents affolés se pressaient sur les quais et les cales sèches. Ils sautèrent par dizaines dans les flots pour être entraînés vers les grilles de magnésium où des décharges électriques les paralysaient et les assommaient. Par petits groupes pétrifiés, ceux qui étaient restés sur les berges regardaient les corps inertes flotter à la surface de la rivière. Épouvantés, ils repartirent en se bousculant vers la petite ville de « Portsea ». Les gardes avaient abandonné leur poste; le chaos régnait sans partage.

Bourne alluma le projecteur de la jeep et il prit la direction du sud en suivant les ruelles et les rues les moins encombrées. Toujours plus au sud! Il ramassa une fusée sur le plancher de la jeep, l'alluma et, la tenant d'une main, commença de l'agiter face aux résidents hystériques qui essayaient à toute force de grimper dans la voiture. En voyant cette lumière d'un blanc éblouissant s'approcher, ils lâchaient prise et s'écartaient en hurlant, convaincus qu'une nouvelle explosion allait se produire.

Une route de gravier! La frontière du secteur américain n'était plus qu'à une centaine de mètres... *Une route de gravier?* Le revêtement était imbibé d'essence! Les charges de plastic n'avaient pas encore explosé mais ce n'était plus qu'une question de temps. Une muraille de feu allait se dresser et envelopper jeep et conducteur! Écrasant la pédale de l'accélérateur, Bourne atteignit le poste frontière... Le corps de garde était vide, la barrière baissée! Il écrasa le frein et la voiture s'arrêta en dérapant. Bourne posa la fusée crachotante et prit deux grenades dans sa poche. Il les dégoupilla et les lança l'une après l'autre vers la barrière. Il y eut une déflagration assourdissante, la barrière vola en éclats, les flammes jaillirent aussitôt et commencèrent à l'envelopper! Il n'avait pas le choix! Il se débarrassa de la fusée et traversa le tunnel de feu en accélérant à fond. La jeep avait à peine parcouru quelques mètres à l'intérieur du plus vaste secteur de Novgorod quand le corps de garde de la frontière du Royaume-Uni explosa, projetant dans tous les sens des morceaux de verre, des pierres et des fragments de métal.

Jason était tellement anxieux qu'il n'avait gardé qu'un souvenir très vague des villes et des villages traversés avec Benjamin et qu'il ne savait pas quel itinéraire suivre pour atteindre très vite le tunnel. Il s'était contenté de suivre les indications péremptoires du jeune instructeur, mais il se souvenait que ce dernier avait mentionné à plusieurs reprises une « route du littoral ». Il s'agissait bien entendu des zones situées à proximité du Volkhov, qui se transformaient successivement et sans cohérence géographique en un tronçon de la côte du « Maine », une portion des berges du Potomac, à « Washington » et une petite partie du littoral de Long Island Sound qui abritait la base navale de « New London ».

La folie avait gagné les États-Unis. Des voitures de police, sirènes hurlantes, essayaient de se frayer un passage dans les rues, des gardes demandaient des ordres dans leur radio, des résidents, plus ou moins vêtus, sortaient en courant de leur demeure, terrifiés par ce qu'ils prenaient pour un séisme encore plus destructeur que le cataclysme qui avait frappé l'Arménie. Malgré leur maîtrise approfondie des méthodes d'infiltration, les responsables du complexe ne pouvaient révéler la vérité... Comme si tous les sismologues n'avaient jamais existé, comme si leurs découvertes avaient été oubliées. Comme si les forces telluriques en action sous l'écorce terrestre, au lieu de se déchaîner en un instant apocalyptique, procédaient par secousses successives accompagnées d'explosions selon un axe nord-sud. Qui songe à mettre l'autorité en doute quand, dans la panique ambiante, seul subsiste l'instinct de survie ? Tous les résidents des États-Unis d'Amérique étaient préparés au pire.

Ils furent fixés une dizaine de minutes après la destruction de la plus grande partie du secteur Royaume-Uni. Bourne commençait à apercevoir les monuments rapetissés de « Washington, D.C. », quand l'incendie éclata. La réplique en bois du dôme du Capitole fut la première à prendre feu, quelques fractions de secondes avant que retentisse la déflagration du pain de plastic. La fragile structure fut soufflée par l'explosion et projetée dans le ciel. Quelques instants plus tard, ce fut au tour du monument à Washington de s'affaisser avec un bruit sourd au milieu de son carré de pelouse, comme si son socle creux avait été fauché par une pelleteuse géante. Trente secondes plus tard, la Maison Blanche s'effondrait, dévorée par les flammes, après deux explosions, tandis que « Pennsylvania Avenue » prenait feu.

Bourne savait où il était. Le tunnel se trouvait entre « Washington » et « New London, Connecticut ». Il était à moins de cinq minutes en voiture ! Il suivit une rue parallèle à la rivière et la jeep se trouva encore

617

uno fois entourée d'une foule hystérique. Des policiers hurlaient dans des porte-voix, en anglais, puis en russe, et expliquaient le sort atroce réservé à ceux qui essaieraient de traverser la rivière à la nage tandis que des projecteurs balayant les flots montraient les cadavres à la surface de l'eau.

— Le tunnel! Le tunnel! Ouvrez le tunnel!

Les hurlements de la foule se transformèrent en une sorte de chant menaçant : le tunnel allait être pris d'assaut. Jason abandonna la jeep bloquée par des grappes humaines, glissa les fusées dans sa poche et se fraya un chemin à coups d'épaule au milieu des corps agglutinés. Il n'avait plus le choix : il plongea la main dans sa poche et en sortit une fusée qu'il alluma aussitôt. La flamme crachotante, la chaleur et la lumière blanche agirent comme un catalyseur et firent refluer la foule. Bourne fonça droit devant lui, bousculant tout sur son passage et agitant la flamme devant des visages terrifiés jusqu'à ce qu'il atteigne enfin la rive et se trouve face à un cordon de gardes en uniforme de l'armée américaine. Il n'en croyait pas ses yeux! Le monde était fou!

Là-bas! Le camion-citerne était garé sur le parking entouré par une clôture! Jason longea le cordon de gardes en brandissant sa carte noire et se précipita vers celui dont les insignes cousus sur l'uniforme indiquaient le grade le plus élevé, un colonel portant un AK-47 en bandoulière, dans les yeux duquel Bourne retrouva l'expression de panique qu'il n'avait pas vue chez un officier supérieur depuis Saigon.

— Mon nom de code est Archie, vous pouvez vérifier tout de suite! Je refuse de parler notre langue! Je ne parle qu'anglais! C'est compris? La discipline est la discipline!

— *Togda?*... s'écria l'officier. Bien sûr, nous savons qui vous êtes, poursuivit-il en anglais avec un horrible accent de Boston. Mais qu'est-ce que je peux faire? Nous sommes débordés ici!

— Quelqu'un a-t-il traversé le tunnel depuis, disons, une demi-heure?

— Personne! Absolument personne! Nous avons l'ordre de laisser le tunnel fermé, coûte que coûte!

— Très bien... Utilisez les haut-parleurs et ordonnez à la foule de se disperser! Dites-leur que le pire est passé, qu'il n'y a plus de danger.

— Comment? Il y a des feux partout, des explosions partout!

— Ça ne va pas durer.

— Comment le savez-vous?

— Je le sais! Faites ce que je vous dis!

— Faites ce qu'il dit! hurla une voix derrière Jason.

C'était Benjamin, le visage et la chemise dégoulinants de sueur.

— Et j'espère pour vous que vous savez ce que vous faites! ajouta le jeune homme.

— D'où venez-vous?

— D'où? Vous le savez très bien. Comment, c'est une autre histoire. J'ai été obligé de foutre la trouille à ces abrutis du quartier général pour

618

qu'ils me laissent prendre l'hélicoptère que Krupkin, au bord de l'apoplexie, a exigé de son lit d'hôpital!

— Apoplexie?... Pas mal pour un Russe...

— Qui êtes-vous pour me donner des ordres? lança l'homme en uniforme de colonel.

— Vous pouvez vérifier qui je suis, mon vieux, mais ne perdez pas de
temps, répliqua Benjamin en lui tendant sa carte à mémoire. Sinon, je
vous fais muter à Tachkent. Le pays est très beau, mais il n'y a pas de
toilettes privées... Magnez-vous le train!

— Le camion-citerne est là-bas, dit Jason en désignant l'énorme véhicule qui rapetissait, par sa masse, les voitures qui l'entouraient dans le
parking.

— Un camion-citerne? dit Benjamin. Comment avez-vous pensé à
cela?

— Sa citerne doit contenir plusieurs milliers de litres d'essence. Si on
y ajoute des charges de plastic judicieusement placées, il y a de quoi
mettre le feu à toutes ces vieilles constructions en bois sec.

— *Mozhno!* hurlèrent les haut-parleurs disposés de chaque côté du
tunnel pour réclamer l'attention de la foule au moment où les explosions semblaient s'espacer.

Le colonel était monté sur le toit du corps de garde, un micro à la
main et sa silhouette se découpait au milieu des faisceaux croisés de
plusieurs projecteurs.

— Le tremblement de terre est terminé! cria-t-il en russe. Les dégâts
sont importants et il ne sera pas possible de maîtriser les incendies
avant la fin de la nuit, mais le plus dur est passé... Restez près de la
rivière et nos camarades du service d'entretien feront de leur mieux
pour vous fournir ce dont vous avez besoin... Ce sont les ordres de nos
supérieurs, camarades! Je vous en conjure, ne nous obligez pas à
employer la force!

— Quel tremblement de terre? demanda un homme debout au premier rang de la foule. Vous affirmez que c'est un tremblement de terre
et c'est cc que tout le monde veut nous faire croire, mais vous avez
perdu la tête! J'ai survécu à un tremblement de terre et je peux vous
assurer que ce n'en est pas un! C'est une attaque lancée contre nous!

— Oui, oui! Une attaque!

— C'est une attaque!

— C'est une invasion!

— Ouvrez le tunnel et laissez-nous partir, sinon nous serons obligés
de tirer! Ouvrez le tunnel!

Les cris de protestation s'élevaient de tous côtés dans la foule aux
abois que les soldats, baïonnette au canon, s'efforçaient de contenir. Le
visage parcouru de tics nerveux, le colonel poursuivit d'une voix stridente et hystérique.

— Écoutez-moi et posez-vous une seule question! Je vous confirme, comme on me l'a affirmé, que c'est un tremblement de terre, et je sais que c'est vrai! Je vais même vous dire pourquoi je sais que c'est vrai!... Avez-vous entendu un seul coup de feu? La voilà, là question! La réponse est non!... Ici, comme dans tous les secteurs et dans chacune des zones de tous les secteurs, il y a des policiers, des gardes et des instructeurs armés. Ils ont l'ordre de réprimer par la force toute manifestation injustifiée de violence. Et je ne parle pas d'une invasion! Pourtant, pas un seul coup de feu n'a été tiré...

— Pourquoi s'époumone-t-il comme cela? demanda Bourne en se tournant vers Benjamin.

— Il essaie de les convaincre qu'il s'agit, ou plutôt qu'il s'agissait d'un séisme. Mais ils refusent de le croire; ils pensent que c'est une invasion. Il leur explique que ça ne peut pas être vrai, parce qu'il n'y a pas eu de coups de feu.

— Des coups de feu?

— C'est la preuve qu'il donne. Personne n'a fait usage de son arme; ce serait différent s'il s'agissait d'une invasion. Pas de coups de feu, pas d'attaque.

— Des coups de feu?...

Bourne prit brusquement le jeune instructeur par le bras et il l'obligea à se tourner vers lui.

— Dites-lui d'arrêter! s'écria-t-il. Je vous en prie, dites-lui d'arrêter!

— Pourquoi?

— Il est en train de fournir au Chacal l'occasion qu'il cherche... dont il a besoin!

— Qu'est-ce que vous racontez?

— Coups de feu, fracas des armes, confusion...

— *Niet!* lança une femme en fendant les premiers rangs de la foule et en s'avançant vers l'officier sur qui convergeaient les faisceaux des projecteurs. Les explosions sont provoquées par des bombes! Ce sont des avions qui les lâchent sur nous!

— Ne soyez pas stupide! répliqua le colonel. Si c'était un raid aérien, nos chasseurs seraient déjà arrivés de Belopol!... Les explosions viennent de la terre, les flammes viennent de la terre... Ce sont les gaz...

Ces paroles mensongères furent les dernières de l'officier soviétique. Une rafale tirée par une arme automatique crépita dans l'ombre du parking du tunnel, fauchant le colonel dont le corps sans vie bascula du haut du toit pour s'écraser derrière le corps de garde.

La foule déjà si difficile à contenir, devint franchement hystérique et enfonça les rangs des soldats « américains. » Il y eut une folle cohue. L'entrée du tunnel, étroite et protégée par une barrière, fut littéralement prise d'assaut. Des silhouettes couraient en tous sens, se bousculaient et se précipitaient en masse vers le tunnel. Jason tira Ben à l'écart de la horde affolée sans quitter des yeux un seul instant l'ombre du parking d'où étaient partis les coups de feu.

– Savez-vous faire fonctionner le mécanisme qui commande l'ouverture du tunnel? demanda le Caméléon.

– Oui! Tous les membres du personnel d'encadrement savent le faire! Cela fait partie de notre boulot!

– Et ces grilles de fer dont vous m'avez parlé?

– Bien sûr.

– Où se trouvent les commandes?

– Dans le poste de garde.

– Allez-y! ordonna Bourne en prenant l'une des trois fusées éclairantes qui lui restaient et en la tendant à Benjamin. Il m'en reste deux autres plus deux grenades, ajouta-t-il. Quand vous verrez l'une de mes fusées au-dessus de la foule, baissez les grilles de notre côté... Seulement de notre côté! Vous avez compris?

– Pour quoi faire?

– *Mes règles,* Ben! Faites ce que je vous dis! Puis vous allumerez votre fusée et vous la lancerez par la fenêtre pour m'avertir.

– Et après?

– Quelque chose qui ne va pas vous plaire, mais qu'il *faudra* bien exécuter... Vous prendrez la Kalashnikov du colonel et vous obligerez la foule à reculer dans la rue en tirant devant elle. Tir rapide au sol, juste devant eux, ou en l'air, si vous préférez. Faites-le, même s'il doit y avoir quelques blessés légers. Vous devez le faire, coûte que coûte! Il faut que je le trouve et que je l'isole de ceux qui essaient de sortir!

– Il faudrait vraiment vous enfermer! lança Benjamin avec fureur, les veines du cou gonflées. Je pourrais même en tuer quelques-uns!... Vous êtes fou, fou à lier!

– Je suis en ce moment l'homme le plus rationnel que vous ayez jamais rencontré, répliqua Jason d'une voix dure. Il n'y a pas un général de l'armée russe – cette armée russe qui a reconquis Stalingrad – qui ne serait d'accord avec moi... C'est ce qu'on appelle une « estimation délibérée des pertes » et cette expression signifie simplement que l'on paie beaucoup moins cher aujourd'hui ce qui pourrait coûter beaucoup plus cher demain.

– Vous m'en demandez trop! Ces gens sont mes camarades, mes frères! Ils sont Russes, comme moi! Accepteriez-vous de tirer sur une foule américaine? Un recul un peu trop fort et je peux estropier une demi-douzaine de personnes! Le risque est trop grand!

– Vous n'avez pas le choix. Si le Chacal s'approche de moi – et je le saurai – je lance une grenade et ce sont vingt personnes que je tue!

– Vous n'êtes qu'un salaud!

– Vous avez raison, Ben. Quand il s'agit du Chacal, je suis un salaud. Je ne veux plus de lui, le monde ne veut plus de lui! Allez-y!

Benjamin cracha au visage de Bourne, puis il se retourna et commença à se frayer un chemin vers le poste de garde. Jason s'essuya machinalement le visage du revers de la main. Toute son attention était concentrée sur le parking. Il fouillait chaque zone d'ombre du regard, essayant de déterminer d'où la rafale était partie. Mais il savait au fond de lui que c'était inutile, car le Chacal avait déjà changé de place. Il compta les autres véhicules sur le parking... Il y en avait neuf près de la clôture : deux stations-wagons, quatre conduites intérieures et trois fourgonnettes, toutes américaines. Carlos était tapi derrière l'un des véhicules, à moins qu'il ne fût reparti derrière le camion-citerne, ce qui paraissait peu vraisemblable, car ce dernier était le plus éloigné de la barrière d'accès au corps de garde et à l'entrée du tunnel.

Jason se laissa tomber par terre et commença à ramper vers la clôture. Derrière lui le vacarme était assourdissant. Tous les muscles et les articulations de ses jambes et de ses bras le faisaient souffrir. Il allait avoir des crampes... *Ne pense pas à ça! Ne t'en occupe pas! Tu es trop près du but, David! Continue... Jason sait ce qu'il faut faire. Aie confiance en lui.*

Aïe! En franchissant la clôture, le fourreau de la baïonnette s'enfonça dans ses reins. *Tu n'as pas mal! Tu es trop près du but, David! Écoute Jason!*

Les projecteurs! Quelqu'un avait appuyé sur un bouton et les projecteurs s'étaient mis à tourner à toute allure, dans toutes les directions. Où pouvait bien se cacher Carlos? Les faisceaux des lumières trouaient fugitivement les zones d'ombre... Soudain, pénétrant dans le parking par une autre entrée, deux voitures de police apparurent, toutes sirènes hurlantes. Des hommes en uniforme bondirent et, au grand étonnement de Jason, ils se précipitèrent vers la clôture. Courbés, s'abritant derrière les véhicules en stationnement, ils passaient d'une voiture à l'autre tout en se dirigeant vers la barrière d'accès au corps de garde et au tunnel.

Le regard de Jason fut attiré par quelque chose... Il manquait un policier! Des quatre hommes qui venaient de descendre de la seconde voiture, il n'en restait que trois... Le quatrième réapparut quelques instants plus tard, mais ce n'était pas le même! L'uniforme était différent! Celui-ci avait des taches orange et rouge, et le képi s'ornait de galons dorés. Sa visière elle-même n'était pas celle d'un képi de l'armée américaine. Qu'est-ce que cela signifiait?... La lumière se fit d'un seul coup dans l'esprit de Bourne. Des fragments de souvenirs lui revinrent en mémoire, souvenirs lointains qui remontaient à l'époque où il essayait de retrouver la trace, à Madrid ou à Casavieja, des contrats du Chacal avec les phalangistes. C'était un uniforme espagnol! Carlos était entré par le secteur espagnol et, comme il parlait couramment le russe, il allait utiliser l'uniforme d'un officier supérieur pour sortir de Novgorod.

Jason se redressa péniblement; l'automatique à la main, il s'élança sur le parking. Il plongea la main dans la poche de sa veste pour prendre son avant-dernière fusée qu'il alluma et lança par-dessus les voitures, au-delà de la clôture. Benjamin ne pourrait pas la voir du poste de garde et il ne la prendrait pas pour le signal de fermeture des grilles. Ce signal viendrait plus tard, pas encore.

— *Eto srochno!* rugit l'un des fuyards en se retournant et en sursautant à la vue de la lumière blanche de la fusée.

— *Skoryeye!* cria un de ses compagnons en se ruant vers la barrière ouverte. Tandis que les projecteurs continuaient de tourner dans la nuit comme des papillons affolés, Bourne compta sept silhouettes qui sortaient de derrière la dernière voiture et franchissaient la barrière en courant pour se mêler à la foule entassée aux abords du tunnel. Le huitième homme ne se montra pas. L'uniforme d'officier supérieur de l'armée espagnole avait disparu. Le Chacal était pris au piège!

Maintenant! Jason prit sa dernière fusée et la lança de toutes ses forces par-dessus le flot de résidents affolés. *Vas-y, Ben!* songea-t-il en prenant son avant-dernière grenade. *Fais-le maintenant!*

Comme en réponse à sa prière fervente, un affreux vacarme se fit à l'entrée du tunnel, un mélange de protestations hystériques, de cris, de supplications et de gémissements. Deux brèves rafales d'arme automatique précédèrent des ordres crachés d'une voix inintelligible par les haut-parleurs... Une autre rafale crépita, la même voix continua, plus autoritaire, tandis que la foule semblait se calmer pour se remettre à hurler de plus belle au bout de quelques instants. Et Bourne reconnut avec stupéfaction, dans la lumière intermittente des projecteurs tournoyants, la silhouette de Benjamin, debout sur le toit du corps de garde. Le jeune homme hurlait en russe dans un micro et exhortait la foule à suivre ses instructions, quelles qu'elles fussent. Et le miracle se produisit... D'abord avec hésitation, puis de plus en plus vite, la foule commença à reculer et, soudain, ce fut la cohue dans la rue la plus proche : tout le monde s'y engouffrait en même temps! Benjamin alluma sa fusée et l'agita au-dessus de sa tête, indiquant la direction du nord. C'était le signal destiné à Jason. Non seulement le tunnel était fermé, mais la multitude s'était dispersée sans la moindre égratignure. Le jeune instructeur avait trouvé une meilleure solution.

Bourne se laissa tomber au sol et regarda sous toutes les voitures en profitant de la lumière dansante de la fusée. Des jambes... Des bottes! Derrière la troisième automobile à gauche, à moins de vingt mètres de la barrière! Carlos était pris! La fin était proche! *Pas le temps! Fais ce que tu as à faire et fais-le vite!* Il posa son arme par terre, prit la grenade dans la main droite, la dégoupilla, reprit le Colt .45 dans la main gauche et s'élança. A une dizaine de mètres de la voiture, il se laissa de nouveau tomber sur les gravillons, tourna le buste et fit rouler la grenade sous le châssis de la voiture. Au moment précis où il lâchait le projectile, il comprit qu'il avait commis une erreur. Les jambes n'avaient pas bougé... Les bottes étaient restées au même endroit : elles étaient vides! Il plongea sur sa droite et commença à rouler sur lui-même en se protégeant le visage.

La déflagration fut assourdissante. Des fragments de métal et de verre furent projetés dans le ciel au milieu du ballet des faisceaux lumineux; d'autres cinglèrent le dos et les jambes de Jason. *Bouge! Bouge!* hurla une voix intérieure tandis qu'il s'agenouillait, puis se redressait péniblement au milieu de la fumée et des flammes qui se dégageaient de l'automobile en feu. Les gravillons du parking se mirent à sauter autour de lui et il courut en zigzaguant se mettre à l'abri du véhicule le plus proche, une fourgonnette. Il était touché à l'épaule et à la cuisse. A l'instant précis où il atteignait la fourgonnette, le large pare-brise vola en éclats.

— Tu n'es pas de taille, Bourne! hurla Carlos le Chacal, son arme automatique sur tir continu. Jamais tu ne l'as été! Tu n'es qu'un charlatan, un imposteur!

— Alors, viens me chercher! s'écria Jason.

Il ouvrit la portière du conducteur, puis repartit en courant derrière la fourgonnette où il s'accroupit, une joue collée contre la tôle, le Colt .45 contre l'autre joue, prêt à tirer. Dans un dernier crachotement, la fusée qu'il avait lancée derrière la clôture s'éteignit et le Chacal cessa de tirer. Bourne comprit pourquoi. Carlos se trouvait devant la portière ouverte et hésitait. Encore quelques secondes! Un léger frottement, puis le canon de l'arme automatique poussa la portière qui se referma bruyamment. *Maintenant!*

Bourne jaillit de derrière la voiture et il tira dans la direction de l'uniforme espagnol. Son arme sauta des mains du Chacal. *Une, deux, trois...* Il entendit siffler trois balles, puis plus rien! Rien que l'affreux déclic du percuteur. Son automatique s'était enrayé! Carlos se baissa pour ramasser son arme, le bras gauche pendant, couvert de sang. Mais sa main droite se referma sur l'arme comme les serres d'un oiseau de proie.

Bourne tira la baïonnette de son étui et bondit vers le Chacal en visant son autre bras. Trop tard! Carlos avait déjà l'arme à la main! Jason lança le bras gauche en avant et sa main sur referma sur le canon brûlant. *Ne lâche pas! Tu ne peux pas lâcher! Tords-le! Oui, vers la droite! Sers-toi de la baïonnette... Non! Lâche-la! Sers-toi de tes deux mains!* Des ordres contradictoires se bousculaient dans sa tête. Il n'avait plus de souffle, plus de forces, il ne parvenait plus à accommoder... *L'épaule.* Tout comme Jason, le Chacal était blessé à l'épaule droite! *Tiens bon! Vise l'épaule, mais tiens bon!* Dans un dernier sursaut rageur, Bourne repoussa Carlos contre la portière de la fourgonnette qu'il heurta de son épaule blessée. Le Chacal poussa un hurlement de douleur et lâcha son arme qu'il repoussa du pied.

Jason ne comprit pas d'où était venu le coup. Il eut seulement l'impression que le côté gauche de son crâne venait d'éclater. Puis il se rendit compte qu'il s'était blessé! Il avait glissé sur les gravillons couverts de sang et heurté de la tête la calandre de la fourgonnette. Aucune importance... Rien n'avait d'importance!

Carlos s'enfuyait! Dans la confusion qui régnait partout, il trouverait le moyen de sortir de Novgorod. Il avait donc fait tout cela pour rien!

Mais il lui restait encore une grenade Pourquoi pas? Bourne la sortit de sa poche, la dégoupilla et la lança vers le centre du parking. Il attendit son explosion pour se relever. Peut-être la déflagration attirerait-elle l'attention de Benjamin dans cette direction?

A peine capable de mettre un pied devant l'autre, Jason se dirigea en titubant vers la barrière du poste de garde. *Marie! J'ai échoué! Tout cela pour rien!* Puis il eut soudain l'impression de boire le calice jusqu'à la lie : quelqu'un avait ouvert les grilles de fer du tunnel. Une invitation à la liberté pour le Chacal!

— *Archie?*

La voix étonnée du jeune instructeur flotta jusqu'à lui. Jason tourna la tête et vit Benjamin courir vers lui.

— Seigneur! Je vous ai cru mort!

— Vous avez ouvert les grilles et vous l'avez laissé partir! lança Bourne d'une voix faible. Vous auriez dû demander une limousine, tant que vous y étiez!

— Vous n'avez pas tout vu, professeur, fit le jeune homme en s'arrêtant, hors d'haleine, devant Jason et en regardant son visage tuméfié et ses vêtements tachés de sang. Votre vue baisse avec l'âge.

— Qu'est-ce que vous dites?

— Vous voulez les grilles, vous allez les avoir.

L'instructeur se retourna et lança un ordre en russe dans la direction du corps de garde. Quelques secondes plus tard, les lourdes grilles descendirent, bloquant l'entrée du tunnel. Mais il y avait quelque chose de bizarre. Bourne n'avait encore jamais vu les grilles baissées et elles ne ressemblaient pas à ce qu'il s'attendait à voir. Elles semblaient être... gonflées, presque déformées.

— Du verre, dit Benjamin.

— Du verre? demanda Jason qui ne comprenait toujours pas.

— A chaque extrémité du tunnel, des parois de verre épaisses de douze centimètres, fermées hermétiquement.

— Qu'est-ce que vous racontez?

Ben n'eut pas d'autres explications à donner. Brusquement, comme un gigantesque aquarium sur les parois duquel vient buter une série de vagues, le tunnel s'emplit des eaux du Volkhov. Puis, au milieu de l'énorme masse liquide tourbillonnante, Jason distingua quelque chose... Un objet, une forme, *un corps!* Il demeura bouche bée, les yeux exorbités, pétrifié, incapable de détacher son regard et d'émettre le moindre son. Rassemblant ses dernières forces, il s'élança vers le tunnel, trébucha à deux reprises, mais finit par se mettre à courir, de plus en plus vite. Il s'arrêta devant l'épaisse paroi de verre qui bouchait l'entrée du tunnel. Haletant, il posa les deux mains sur le verre et avança la tête pour contempler un spectacle macabre, à quelques centimètres de son visage, de l'autre côté de la paroi de verre. Le corps de Carlos le Chacal dans son uniforme grotesque venait cogner contre les barreaux d'acier de la grille. Au milieu du visage, déformé par la haine, les yeux fixes et vitreux restaient figés dans une expression de mépris insultant.

Bourne le contempla avec une froide satisfaction, mâchoires serrées, avec le visage d'un tueur, un tueur banal mais qui avait gagné. Puis, l'espace d'un instant, son regard se fit plus doux, les lèvres de David Webb s'entrouvrirent et, sur son visage, passa l'expression d'un homme soulagé de ne plus avoir à supporter le poids d'un univers haï.

— C'est fini, Archie, dit Benjamin en s'avançant à côté de Bourne. Cette ordure ne fera plus de mal.

— Vous avez inondé le tunnel, tout simplement, fit Jason. Mais comment saviez-vous que c'était lui?

— Il avait une arme automatique, pas vous. J'ai cru un moment que la prophétie de Krupkin allait se réaliser... Pour moi, vous étiez mort et celui qui vous avait tué allait essayer de s'enfuir vite. C'était fini et l'uniforme m'en apportait la confirmation. J'avais tout compris, tout depuis son entrée dans le secteur espagnol.

— Et comment avez-vous réussi à disperser la foule?

— Je leur ai dit qu'on avait envoyé des chalands pour leur faire traverser la rivière... et qu'ils attendaient à trois kilomètres au nord... A propos de Krupkin, il faut que je vous fasse sortir d'ici. Et nous n'avons pas une minute à perdre. Venez, l'aire d'atterrissage des hélicoptères est à huit cents mètres. Nous allons prendre la jeep... Dépêchez-vous, bon Dieu!

— Ce sont les instructions de Krupkin?

— Le colonel étouffe de rage sur son lit d'hôpital.

— Que voulez-vous dire?

— Je vais tout vous expliquer. Quelqu'un de très haut placé – Krupkin ignore qui – a ordonné que vous ne deviez pas ressortir vivant de Novgorod. Heureusement, personne n'avait imaginé que tout ce fichu complexe serait ravagé par le feu. Ce sera notre couverture.

— Pourquoi « notre »?

— Ce n'est pas moi qui étais chargé de vous tuer, c'est quelqu'un d'autre. Moi, je n'en ai jamais été informé et, vu la panique ambiante, je ne le serai pas.

— Une seconde! Où cet hélicoptère m'emmènera-t-il?

— Croisez les doigts, professeur, et priez pour que Krupkin et votre ami américain sachent ce qu'ils font. L'hélico vous emmènera à Yelsk où vous prendrez un avion pour Zamosc, de l'autre côté de la frontière polonaise. Si j'ai bien compris, un satellite indiscret y a permis l'installation d'un poste d'écoute de la CIA.

— Mais je serai encore dans un pays du bloc soviétique!

— L'important, c'est que les vôtres vous y attendent... Bonne chance.

626

– Ben, dit Jason en étudiant le jeune homme. Pourquoi faites-vous cela? Vous désobéissez à un ordre direct de...

– Je n'ai pas reçu d'ordre, fit sèchement le jeune homme. Et même si j'en avais reçu, je ne suis pas un robot. Vous aviez une mission, vous avez accompli votre part de travail... Et puis, s'il y avait une chance pour ma mère...

– Il y a plus qu'une chance, murmura Bourne sans le laisser achever sa phrase.

– Venez. Nous perdons du temps. Yelsk et Zamosc ne sont pour vous que le début d'un long voyage. Un long et dangereux voyage, Archie.

42

Coucher de soleil sur la mer des Caraïbes. Dans la lumière faiblissante, les îles et les îlots autour de Montserrat formaient au milieu de l'immensité azurée des taches d'un vert soutenu, frangé de blanc par l'écume des vagues sur les récifs de corail. A l'occident, le ciel se colorait lentement d'orange. Sur l'île de la Tranquillité, les lampes s'allumaient dans les quatre villas surplombant la plage de sable fin de l'auberge, des silhouettes se déplaçaient lentement d'une pièce à l'autre ou s'avançaient vers les terrasses éclairées par le soleil couchant, où une brise légère apportait des effluves d'hibiscus.

Brendan Patrick Pierre Prefontaine apporta sa bouteille de Perrier sur la terrasse de la Villa 17 où John Saint-Jacques, accoudé à la balustrade, sirotait un rhum-tonic.

– Dans combien de temps croyez-vous pouvoir rouvrir? demanda l'ancien juge en s'asseyant à la petite table blanche en fer forgé.

– Les dégâts matériels peuvent être réparés en quelques semaines, répondit le propriétaire de l'auberge, mais il faudra plus longtemps, beaucoup plus longtemps, pour qu'on oublie ce qui s'est passé ici.

– Combien de temps, à votre avis?

– Je vais attendre quatre ou cinq mois avant d'envoyer les premières brochures. Un peu tard pour faire le plein des réservations, mais Marie est d'accord. Si nous ouvrions plus tôt, non seulement ce serait une faute de goût, mais cela alimenterait de nouvelles rumeurs... Terroristes, passeurs de drogue, gouvernement local corrompu. Nous n'avons pas besoin de cela et nous ne le méritons pas.

– Je vous répète, insista l'ancien magistrat, que je peux payer mon écot. Peut-être pas à votre tarif de haute saison, mais de quoi couvrir les frais d'utilisation d'une villa, et même un peu plus.

– Non, je vous l'ai déjà dit. Je ne pourrai jamais vous rembourser ce que je vous dois. Vous êtes ici chez vous, aussi longtemps que vous le souhaitez.

Saint-Jacques s'écarta de la balustrade. Son regard se posa sur une petite barque de pêche qui naviguait entre les écueils, puis il vint s'asseoir à côté de Prefontaine.

– Je suis inquiet pour les pêcheurs et pour le personnel de l'auberge. Il y avait trois ou quatre barques qui sortaient pour nous, et nous avions du poisson encore vivant. Il n'y a plus qu'une barque maintenant et les membres du personnel qui sont restés ne touchent plus que la moitié de leur salaire.

– Alors, vous avez besoin de mon argent.

– Allons, monsieur le juge, de quel argent parlez-vous? Je ne voudrais pas me mêler de ce qui ne me regarde pas, mais Washington m'a fait sur vous un rapport très complet et je sais que vous avez été dans la dèche pendant des années.

– Ah! Washington! articula le juge en détachant les syllabes et en levant son verre vers le ciel strié de bandes orange. Ils arrivent en retard sur les lieux du crime, comme toujours.

– De qui parlez-vous?

– Je parle de Randolph Gates... Voilà de qui je parle.

– Cette ordure d'avocat de Boston? Celui qui a mis le Chacal sur la piste de David?

– C'est un Gates repenti que nous avons aujourd'hui, Johnny. Repenti dans tous les domaines ou presque. Sauf peut-être financier... Mais je retrouve le cerveau et la conscience que j'ai connus à Harvard, il y a si longtemps. Pas le plus intelligent, pas le meilleur des hommes, mais doté d'un sens de la formule et de l'éloquence qui camouflaient les limites de son intelligence.

– Je ne comprends rien. Où voulez-vous en venir?

– Je suis allé lui rendre visite dans son centre de réhabilitation du Minnesota, ou du Michigan... Je ne m'en souviens plus, parce que j'ai pris un vol en première classe et que les boissons étaient abondantes. Quoi qu'il en soit, nous avons discuté et nous sommes arrivés à un arrangement. Il est en train de tourner casaque, Johnny. Il va maintenant se battre pour les personnes et non plus pour les trusts sans âme. Il m'a dit qu'il allait s'attaquer aux raiders, à tous ces requins qui gagnent des milliards et qui font perdre des milliers et des milliers d'emplois.

– Comment pourrait-il s'opposer à eux?

– Parce qu'il connaît tout sur le bout du doigt. Ils sait toutes les combines et il est disposé à consacrer son talent à une juste cause.

– Et pourquoi ferait-il cela?

– Parce qu'Edith lui est revenue.

– Qui est cette Edith?

– Sa femme... Il se trouve que je suis encore amoureux d'elle. Je l'ai été dès notre première rencontre, mais, en ce temps-là, un respectable magistrat avec femme et enfant, aussi repoussants fussent-ils, savait maîtriser ses impulsions. Randy n'a jamais mérité une femme comme Edith; peut-être va-t-il se rattraper maintenant.

— Tout cela est très intéressant, mais quel rapport avec vos arrangements?

— Vous ai-je dit que le beau Randy a gagné énormément d'argent pendant toutes ces années gâchées?

— Plusieurs fois. Et alors?

— Eh bien, pour me remercier des services que je lui ai rendus et qui ont assurément contribué à le sortir d'une situation où sa vie était menacée, en l'occurrence par Paris, il a clairement compris l'utilité qu'il y avait à m'offrir un dédommagement... Compte tenu de ce que je sais sur lui... Vous voyez, je pense qu'après des années d'affrontements sans merci dans le champ clos des prétoires, il aspire à la magistrature. A un niveau sensiblement plus élevé que celui qui était le mien.

— Et alors?

— Et alors, si je garde pour moi ce que je sais, si je disparais de Boston, si j'évite de boire pour ne pas risquer de parler, sa banque me fera un virement de cinquante mille dollars par an jusqu'à la fin de mes jours.

— Bon Dieu!

— C'est exactement ce que je me suis dit quand il a accepté. Je suis même allé à la messe pour le première fois depuis trente ans.

— Mais vous ne pourrez plus retourner chez vous?

— Chez moi? s'exclama Fontaine avec un petit rire. Était-ce vraiment chez moi? Et – qui sait? – j'ai peut-être trouvé une autre patrie. Grâce à un certain Peter Holland, de la Central Intelligence Agency, j'ai fait la connaissance de sir Henry Sykes qui m'a présenté à un avocat londonien en retraite, Jonathan Lemuel qui est originaire de Montserrat. Nous nous entendons bien et nous ne voulons ni l'un ni l'autre finir nos jours dans une maison de retraite. Nous allons peut-être créer une société spécialisée dans la réglementation américaine et britannique des licences d'importation et d'exportation. Il faudra travailler, mais nous nous débrouillerons. Je pense donc rester ici plusieurs années.

Saint-Jacques se leva vivement pour se servir un autre verre tout en considérant d'un regard méfiant l'ancien juge rayé du barreau.

Morris Panov passa lentement de la chambre dans le salon de la Villa 18 où Alex Conklin était assis dans un fauteuil roulant. Les bandages entourant la poitrine du psychiatre étaient visibles sous l'étoffe légère de sa *guayabera* blanche. Ils descendaient jusqu'au-dessous du coude de son bras gauche découvert.

— Il m'a fallu près de vingt minutes pour faire passer ce fichu bras dans le trou! lança-t-il d'un ton furieux, mais sans chercher à se faire plaindre.

— Vous auriez dû m'appeler, lui reprocha Alex en faisant pivoter son fauteuil. J'arrive à faire rouler cet engin assez vite. Il faut dire que je m'étais entraîné pendant deux ans avant qu'on m'offre mon élégante prothèse.

— Je vous remercie, mais je préfère m'habiller tout seul, comme je suppose que vous préfériez marcher tout seul quand vous avez eu votre prothèse.

— C'est la première leçon, docteur. J'espère qu'on en parle un peu dans vos livres.

— Oui, on en parle. Dans notre jargon, on appelle cela de l'obstination stupide.

— Ce n'est pas vrai, rétorqua l'officier en plongeant les yeux dans ceux du psychiatre qui s'installait avec précaution dans un fauteuil.

— Non, ce n'est pas vrai, rétorqua Mo en affrontant le regard de Conklin. La première leçon, c'est l'indépendance. Faire tout ce que l'on peut et en demander encore plus.

— Ce qu'il y a de bien, poursuivit Conklin en arrangeant son bandage, c'est que cela devient de plus en plus facile. Tous les jours, on apprend de nouveaux petits trucs. Étonnant ce que nos cellules grises arrivent à trouver.

— Racontez-moi; c'est un domaine que je me suis promis d'explorer... Au fait, je vous ai entendu parler au téléphone. Qui était-ce?

— Holland. Le téléphone ne cesse de sonner entre Washington et Moscou. Les deux camps sont terrifiés à l'idée qu'il pourrait y avoir une fuite et en être tenus pour responsables.

— Méduse?

— Vous n'avez jamais entendu ce nom, je ne l'ai jamais entendu et personne de notre connaissance ne l'a entendu! Il y a eu assez de dégâts sur les marchés internationaux, sans parler du sang versé, pour que l'on s'interroge sur le fonctionnement des institutions de contrôle de nos deux gouvernements qui étaient complètement aveugles, ou parfaitement stupides.

— A moins qu'il ne s'agisse tout simplement d'un sentiment de culpabilité.

— Trop peu nombreux au sommet pour que cela justifie la destruction de l'ensemble; tel est le verdict de Langley et de la place Dzerjinski. Les principaux responsables du Kremlin sont d'accord. Rien ne sert de découvrir ou de révéler l'ampleur de la malfaisance. Qu'est-ce que vous dites de cela : la « malfaisance »? Attentats, assassinats, enlèvements, chantage, corruption à grande échelle, recours à des organisations criminelles des deux côtés de l'Atlantique, tout cela est maintenant classé fort à propos comme « malfaisant »! Il paraît qu'il vaut mieux sauver rapidement et discrètement tout ce qui peut encore l'être.

— C'est monstrueux...

— C'est la réalité, docteur. Nous allons être témoins de l'une des plus

631

vastes entreprises de camouflage de l'histoire moderne... Et ce qu'il y a de plus affreux, c'est qu'ils ont sans doute raison. Si la vérité était connue sur Méduse – et ce serait tout ou rien –, l'indignation de l'opinion publique serait telle que les salauds se retrouveraient à la rue, mais, pour la plupart, ce ne seraient pas les vrais salauds, juste des hommes vaguement mouillés dans l'affaire. Ce genre de coup de torchon crée des vides au sommet de l'échelle et le moment est mal choisi pour cela. Les Satans que l'on connaît sont préférables à ceux que l'on ne découvrira que plus tard.

– Alors, que va-t-il se passer?

– Un échange, répondit Conklin d'un air pensif. L'ampleur des opérations de Méduse est si considérable qu'il est presque impossible d'en démêler les ramifications. Moscou va renvoyer Ogilvie avec une équipe d'analystes financiers pour mettre en œuvre, avec l'aide de nos propres experts, le processus de démantèlement. Holland prévoit par la suite un mini-sommet économique qui se tiendrait dans la plus grande discrétion et réunirait plusieurs ministres des finances des pays de l'O.T.A.N. ainsi que ceux du pacte de Varsovie. L'objectif serait d'éviter dans chacun de ces pays la panique provoquée par des fermetures massives d'usines ou l'effondrement de sociétés entières.

– Et toute trace de Méduse disparaîtra, dit Panov. Méduse jetée aux oubliettes de l'histoire... Aucune preuve, aucune existence légale, comme à sa création.

– Et surtout, poursuivit Alex, le gâteau est assez gros pour que tout le monde puisse en prendre sa part au passage.

– Et que vont devenir Burton, de l'état-major interarmes, et Atkinson, notre respectable ambassadeur à Londres?

– Ils n'étaient que des messagers, des intermédiaires. Ils ont abandonné leurs fonctions pour raison de santé.

Le psychiatre grimaça en changeant de position dans son fauteuil.

– Cela ne rachètera jamais ses crimes, bien entendu, mais le Chacal vous a quand même indirectement rendu un fier service. Si vous ne vous étiez pas lancé sur sa piste, jamais vous ne seriez tombé sur Méduse.

– Une diabolique coïncidence, mon cher Mo, admit Panov. Et je ne compte pas demander une décoration posthume pour Carlos.

– Je dirais que c'est plus qu'une coïncidence, poursuivit Panov en secouant la tête. En fin de compte, David avait raison : il existait bel et bien un lien. Quelqu'un de Méduse a fait disparaître une cible voyante en se servant du nom de Jason Bourne. Et ce quelqu'un savait ce qu'il faisait en lançant cette pierre dans le jardin du Chacal.

– Vous parlez de Teagarten, n'est-ce pas?

– Bien sûr. Comme Bourne était sur la liste noire de Méduse, notre pitoyable taupe, ce pauvre DeSole, avait nécessairement parlé de l'opération Treadstone, en ne révélant peut-être que les grandes lignes.

Quand ils ont appris que David était à Paris, ils sont revenus au scénario initial : Bourne contre le Chacal. En assassinant Teagarten comme ils l'ont fait, ils ont supposé à juste titre qu'ils s'assuraient le concours du plus implacable des alliés pour traquer David et se débarrasser de lui.

– Nous savons tout cela... Où voulez-vous en venir?

– Vous ne voyez donc pas, Alex? Quand on y réfléchit, Bruxelles a été le début de la fin et David s'en est servi par la suite pour faire savoir à Marie et à Peter Holland qu'il était encore vivant. Le cercle rouge autour de la ville d'Anderlecht...

– Il leur a permis d'espérer, c'est tout. Et l'espoir est quelque chose dont je me méfie, Mo.

– Il a fait plus que leur laisser de l'espoir. Ce message a permis à Holland de donner l'ordre à toutes les stations d'écoute en Europe d'être prêtes à accueillir David et d'utiliser tous les moyens pour le faire revenir ici.

– Et cela a marché. Mais ce n'est pas toujours le cas.

– Cela a marché, parce qu'il y a plusieurs semaines de cela, Jason Bourne savait que pour attraper Carlos, il devait établir un lien entre le Chacal et lui, un lien très ancien qui allait remonter à la surface. Il a réussi, vous avez réussi!

– En prenant des moyens détournés, reconnut Alex. Nous ne pouvions travailler que sur des hypothèses, des probabilités, des abstractions...

– Des abstractions? demanda doucement Panov. Voilà un terme considéré à tort comme passif. Avez-vous la moindre idée de la tempête que provoquent les abstractions dans le cerveau?

– Je n'ai pas la moindre idée de ce dont vous parlez.

– Nos cellules grises... Elles deviennent folles et se mettent à tourbillonner comme des balles de ping-pong microscopiques à la recherche d'infimes tunnels dans lesquels elles pourront exploser, irrésistiblement entraînées par leur propre mouvement.

– Je ne vous suis plus du tout.

– Vous avez parlé de coïncidence diabolique, mais je vous suggère une autre image : l'aimant du diable. C'est ce que vous avez créé, David et vous, et Méduse se trouvait à l'intérieur de ce champ magnétique.

Conklin roula son fauteuil vers le balcon; la boule orange du soleil descendait à l'horizon.

– J'aimerais que tout soit aussi simple que vous le dites, Mo, mais je crains qu'il n'en soit rien.

– Expliquez-vous.

– Krupkin est un homme mort.

– *Quoi?*

– C'est à la fois un ami et un ennemi digne d'amiration que je pleure. C'est grâce à lui que nous avons pu réussir et, quand tout a été terminé, il a fait ce qu'il fallait faire. Il a laissé la vie sauve à David et maintenant, il paie pour cela.

— Que lui est-il arrivé?

— D'après Holland, il a disparu de l'hôpital de Moscou il y a cinq jours... Il a pris ses vêtements et il est parti, sans explications. Personne ne sait comment il s'y est pris pour sortir, ni où il est allé, mais, une heure après son départ, le KGB arrivait à l'hôpital pour l'emmener à la Lubianka.

— Alors, ils ne l'ont pas attrapé...

— Ils l'auront un jour ou l'autre. Quand le Kremin lance une « alerte noire », les routes, les gares, les aéroports et les postes frontière sont l'objet d'une surveillance rigoureuse. La raison en est simple : celui qui laisse passer le fugitif est condamné à dix ans de goulag. Pour Krupkin, ce n'est qu'une question de temps.

On frappa à la porte et Panov répondit.

— C'est ouvert! Entrez!

En blazer bleu marine et pantalon blanc, Pritchard entra avec un chariot qu'il réussissait à faire rouler tout en demeurant raide comme un piquet.

— Buckingham Pritchard, à votre service, messieurs, annonça-t-il avec un large sourire. J'ai apporté quelques savoureux produits de la mer pour votre réunion collégiale avant le dîner auquel j'ai personnellement participé aux côtés de notre chef, connu pour être enclin à commettre des erreurs que mes conseils éclairés lui ont évitées.

— Collégiale? bougonna Alex. Cela fait quelques années que je suis sorti du collège.

— Dites-moi, monsieur Pritchard, demanda Morris Panov, n'avez-vous pas trop chaud avec cette tenue? Moi, je serais en nage, à votre place.

— Je ne transpire jamais, monsieur, assura le directeur adjoint.

— Je parierais ma pension de retraite que vous avez quand même transpiré le jour où M. Saint-Jacques est revenu de Washington, glissa Alex. Accuser Johnny d'être un terroriste!

— Cet incident a été oublié, monsieur, rétorqua Pritchard, impassible. M. Saint-Jacques et sir Henry ont compris que mon oncle et moi-même n'avions en tête que l'intérêt des enfants.

— Habile, murmura Conklin. Très habile.

— Je vais préparer les canapés, messieurs, et vérifier que le seau à glace est prêt. Les autres devraient arriver dans quelques minutes.

— C'est très aimable à vous, dit Panov.

David Webb s'appuya à la balustrade du balcon et regarda sa femme qui finissait de lire une histoire à leur fils. Mme Cooper somnolait dans un fauteuil; sur sa poitrine plantureuse, sa tête aux cheveux de jais

634

striés de fils d'argent était agitée de petits mouvements saccadés comme si elle s'attendait à entendre d'une seconde à l'autre les pleurs d'Alison qui dormait dans la chambre voisine. Bouche bée, les yeux écarquillés, Jamie ne perdait pas une miette de l'histoire que sa mère lui racontait. Jason songea que si sa femme n'avait pas était dotée de cet esprit analytique capable de percevoir de la musique dans les chiffres, elle aurait pu être comédienne. Marie réunissait les qualités nécessaires à l'exercice de cette profession précaire, un visage séduisant et une prestance qui obligeaient tout le monde à se taire et la contempler avec admiration quand elle marchait dans la rue ou entrait dans une pièce.

— C'est toi qui liras demain, papa?

L'histoire était terminée, comme le prouvaient la question de son fils qui bondissait du canapé et les yeux de Mme Cooper qui venaient brusquement de s'ouvrir tout grands.

— Je voulais te lire celle-là ce soir, dit prudemment Jason.

— Tu sens encore mauvais, papa, poursuivit l'enfant en fronçant le nez.

— Ton père ne sent pas mauvais, Jamie, s'esclaffa Marie. Je t'ai expliqué que c'est le remède que le médecin lui a dit de mettre sur ses blessures.

— Si, il sent mauvais.

— Il n'y a pas à discuter avec un esprit analytique quand il a raison, remarqua David avec un sourire.

— Il est trop tôt pour aller au lit, maman! Je pourrais réveiller Alison et elle se mettrait encore à pleurer.

— Je sais, mon chéri, mais papa et moi devons aller voir tous tes oncles...

— Et mon nouveau grand-père! s'écria le garçon avec enthousiasme. Grand-père Brendan m'a dit qu'il allait m'apprendre à devenir juge!

— Que Dieu protège cet enfant! lança Mme Cooper. Un homme qui s'habille comme un paon à la saison des amours!

— Tu peux aller regarder la télévision dans notre chambre, fit vivement Marie. Mais pas plus d'une demi-heure...

— Oh!

— D'accord, une heure, si tu veux, mais c'est Mme Cooper qui choisira la chaîne.

— Merci, maman! s'écria l'enfant en se précipitant dans la chambre de ses parents tandis que Mme Cooper se levait pour le suivre.

— Je peux rester avec lui pour commencer, lança Marie en se levant à son tour.

— Non, madame Marie, protesta Mme Cooper en disparaissant dans la chambre, restez donc avec votre époux. Il souffre, mais il refuse de se plaindre.

— C'est vrai, mon chéri? demanda Marie en s'avançant vers David. Tu souffres?

– Je suis désolé de porter atteinte au mythe de l'infaillibilité de cette excellente femme, mais elle se trompe.

– Pourquoi utiliser une quinzaine de mots quand un seul aurait suffi?

– Parce que je suis censé être un érudit. Nous autres universitaires, nous ne suivons jamais la voie directe, car cela ne nous laisserait pas le loisir de bifurquer en cas de besoin. Tu es anti-intellectuelle maintenant?

– Non, répondit Marie. Tu vois, c'est une réponse simple, rien qu'un adverbe.

– Que veux-tu dire? demanda David en prenant sa femme dans ses bras et en posant les lèvres sur les siennes pour esquisser un baiser.

– C'est un raccourci vers la vérité, dit Marie en inclinant la tête sur le côté et en le regardant dans les yeux. Pas de biais, pas de circonlocutions, rien qu'une réponse directe. Comme cinq plus cinq égalent dix. Pas neuf, ni onze, seulement dix.

– C'est à toi que je donne dix sur dix.

– C'est assez banal, mais je te remercie... Tu commences à être plus détendu, et je te retrouve. Jason Bourne est en train de s'éloigner, non?

– C'est à peu près cela... Pendant que tu étais avec Alison, Ed McAllister m'a appelé de l'Agence nationale de sécurité pour m'informer que la mère de Benjamin était en route pour Moscou.

– C'est merveilleux, David!

– Nous nous sommes mis à rire tous les deux et, d'un seul coup, je me suis rendu compte que je n'avais jamais entendu McAllister rire. C'était très agréable.

– Il a nourri si longtemps un sentiment de culpabilité... Il s'en est toujours voulu de nous avoir envoyés à Hong-kong. Mais maintenant, tout est terminé; tu es sain et sauf, et nous sommes libres. Je ne suis pas sûre de pouvoir lui pardonner un jour, mais au moins je ne lui raccrocherai pas au nez quand il téléphonera.

– Je crois que cela lui ferait plaisir. En fait, je lui ai demandé de téléphoner et je lui ai même dit qu'il se pourrait que tu l'invites à dîner un soir.

– Je n'ai pas dit cela, David.

– Fais-le pour la mère de Benjamin! Tu sais, je lui dois la vie, à ce garçon.

– Bon, peut-être un léger brunch.

– Voudrais-tu enlever tes mains, s'il te plaît? Si tu continues encore quinze secondes, je vais chasser Jamie et Mme Cooper de notre chambre et exercer mes prérogatives conjugales.

– Je suis tentée, Attila, mais je pense que Johnny compte sur nous. Deux éclopés acariâtres et un ancien juge à l'imagination débordante, c'est beaucoup trop pour un fils d'éleveur de l'Ontario.

– Je les aime tous énormément.

– Moi aussi. Tu viens?

Le soleil avait disparu et ses dernières traînées orangées éclairaient le ciel. Les flammes des bougies étaient hautes et droites, et de minces volutes de fumée grisâtre s'échappaient par l'ouverture des globes de verre. Elles répandaient une lumière douce tout en ménageant quelques plaisantes zones d'ombre sur la terrasse de la Villa 18. La conversation, elle aussi, était plaisante, entre survivants délivrés d'un cauchemar.

– J'ai très clairement expliqué à Randolph Gates qu'il fallait savoir changer de doctrine quand les perceptions ayant conduit aux premières décisions avaient changé, dit Prefontaine. Le changement... Inéluctable corollaire du temps qui fuit.

– C'est tellement évident que je ne vois pas ce qu'il y a à ajouter, fit Conklin.

– Gates a toujours joué là-dessus en écrasant les jurys de son érudition et en déroutant ses pairs.

– Miroirs et écrans de fumée, fit Marie en riant. Nous faisons la même chose en économie. Tu te souviens, Johnny, je te l'ai dit un jour.

– Je n'avais rien compris. Et je ne comprends toujours pas.

– Il n'y a ni miroirs ni écrans de fumée en médecine, expliqua Panov. Tout au moins dans les laboratoires placés sous surveillance vidéo et dont l'accès est interdit aux courtiers de l'industrie pharmaceutique. Des découvertes sont validées chaque jour.

– C'est une question qui, sans être vraiment définie, est au cœur de notre constitution, poursuivit l'ancien magistrat. Comme si les fondateurs avaient lu Nostradamus ou étudié les dessins de Léonard de Vinci tout en refusant de reconnaître que leur œuvre était futile. Ils avaient compris qu'on ne peut légiférer pour l'avenir, car on ne peut savoir de quoi l'avenir sera fait, ni ce que la société réclamera pour ses libertés à venir. Ils ont donc volontairement laissé d'intelligentes lacunes.

– Que, si je ne me trompe, le brillant Randolph Gates s'est empressé de tourner à son profit, fit remarquer Conklin.

– Il va changer très rapidement, s'esclaffa Prefontaine en étouffant un petit rire. Il a senti le vent tourner et il est assez rusé pour virer de bord si nécessaire.

– Vous savez, enchaîna le psychiatre, je me demande ce qui est arrivé à cette femme qui m'avait pris en auto-stop, la femme du camionneur surnommé « Bronk »?

– Essayez d'imaginer une petite maison avec une petite clôture blanche, suggéra Alex. Ce sera plus facile.

– Quelle femme de camionneur? demanda Saint-Jacques.

– N'insiste pas, Johnny, répliqua Marie. Je préfère ne rien savoir.

– Et cette ordure de médecin militaire qui m'a bourré d'amytal! poursuivit Panov.

637

— Il fait des expériences dans la prison de Leavenworth, répondit Alex. Pardonnez-moi, j'avais oublié de vous le dire... Ce qui me fait penser à ce bon vieux Krupkin. L'élégance personnifiée. Nous lui devons beaucoup, mais nous ne pouvons rien faire pour lui.

Le silence tomba, comme pour laisser à chacun le temps de penser à celui qui s'était opposé avec altruisme à un système monolithique qui exigeait la mort de David Webb. Accoudé à la balustrade, David tournait le regard vers la mer, comme s'il avait voulu se dissocier, mentalement et physiquement, des autres. Il savait qu'il faudrait un certain temps avant que Jason Bourne redisparaisse. Il devait se débarrasser de cette présence, mais quand y parviendrait-il ?

Le moment n'était pas encore venu ! Il eut l'impression que la folie recommençait en entendant le bruit de plusieurs moteurs dans le ciel comme une succession de coups de tonnerre rapprochés. Trois hélicoptères de l'armée descendirent vers le quai de l'Auberge de la Tranquillité en criblant de balles le sable de la grève tandis qu'un puissant horsbord se glissait à travers les récifs pour atteindre la plage.

Alerte sur la plage ! rugit Saint-Jacques dans son émetteur-récepteur. Aux armes, tout le monde !

— Mais le Chacal est mort ! s'écria Conklin.

— Pas ses disciples ! répliqua Jason Bourne – et non David Webb – en obligeant Marie à se coucher par terre et en prenant un pistolet qu'il portait à l'insu de sa femme. On a dû leur dire qu'il était là !

— C'est grotesque !

— C'est le Chacal ! lança Jason en se ruant vers la balustrade. Ils lui ont juré fidélité à la vie, à la mort !

— Merde ! s'écria Conklin en faisant rageusement avancer son fauteuil roulant pour écarter Panov de la table éclairée par les bougies.

Soudain les grésillements d'un haut-parleur se firent entendre, puis retentit la voix du pilote d'un hélicoptère :

— Vous avez vu ce que nous avons fait sur la plage ! Nous coupons votre canot en deux si vous n'arrêtez pas immédiatement le moteur !... Voilà, comme ça... Laissez-vous entraîner vers la côte ! Pas de moteur et levez-vous tous les deux ! Les mains sur le plat-bord, penchez-vous en avant ! Plus vite que ça !

Les deux faisceaux lumineux des hélicoptères tournoyaient comme de gros insectes. Ils convergèrent sur le hord-bord tandis que le troisième appareil dont les rotors faisaient voler le sable se posait sur la plage. Quatre hommes bondirent, leurs armes braquées sur le canot drossé à la côte. Du haut de leur balcon les occupants de la Villa 18 assistaient en silence à la scène incroyable qui se déroulait en contrebas.

— Pritchard ! hurla Saint-Jacques. Passez-moi les jumelles !

— Je les ai à la main, monsieur Saint-Jacques... Oh ! pardon, les voilà !

— Le directeur adjoint se précipita vers son employeur et lui tendit la puissante jumelle marine.

– J'ai nettoyé les lentilles, monsieur.

– Qu'est-ce que tu vois? demanda Bourne avec impatience.

– Je ne sais pas... Deux hommes.

– Tu parles d'une armée! ricana Conklin.

– Passe-les-moi! ordonna Jason en arrachant les jumelles à son beau-frère.

– Qui est-ce, David? demanda Marie en voyant la stupéfaction se peindre sur le visage de son mari.

– C'est Krupkin, répondit-il.

Dimitri Krupkin était assis à leur table, le visage pâle, le bouc rasé, et il refusa de répondre à quiconque avant d'avoir terminé son troisième cognac. Comme Panov, Conklin et David, il paraissait affaibli par ses blessures et souffrait, mais, comme les autres, il préférait ne pas l'avouer, puisque l'avenir s'annonçait infiniment plus riant que ce qu'il avait laissé derrière lui. Ses vêtements semblaient l'agacer chaque fois que son regard se posait sur eux, mais il haussait les épaules en silence, comme pour bien marquer qu'il comptait retrouver rapidement son élégance vestimentaire passée. Les premiers mots qu'il prononça furent pour Brendan Prefontaine dont il semblait admirer la tenue.

– J'aime beaucoup votre mise, dit-il. Parfaitement adaptée au climat et de bon goût.

– Merci.

Dès que les présentations furent terminées, le Russe fut assailli par un feu roulant de questions. Il leva les deux mains dans l'attitude du pape à son balcon.

– Je ne souhaite pas vous ennuyer en vous racontant par le menu ma fuite loin de la mère patrie, mais je tiens à dire que je suis horrifié par l'ampleur de la corruption et que je ne pourrai jamais oublier ni pardonner les conditions d'hébergement scandaleuses qui m'étaient imposées en échange des sommes exorbitantes que l'on me réclamait... Cela dit, vive le Crédit Suisse et ses coupons verts.

– Racontez-nous ce qui s'est passé, insista Marie.

– Vous êtes, madame, encore plus ravissante que je ne l'imaginais. Si nous nous étions rencontrés à Paris, je vous aurais arrachée aux griffes de ce va-nu-pieds que vous avez épousé... Quelle chevelure magnifique vous avez!

– Je suis sûre qu'il serait incapable de dire de quelle couleur elle est, lança Marie en souriant. Vous serez la menace brandie au-dessus de sa tête de rustre mal dégrossi.

– Je dois quand même avouer que, pour son âge, il est remarquablement compétent.

– C'est parce que je lui fais prendre des pilules, Dimitri, des tas de pilules. Et maintenant, si vous nous racontiez ce qui s'est passé.

— Ce qui s'est passé? Ils ont tout decouvert, voilà ce qui s'est passé! Ils ont confisque ma jolie maison de Genève et en ont fait une annexe de l'ambassade! C'est une perte déchirante!

— Je crois que ma femme voulait parler de son rustre de mari, glissa Webb. Quand vous étiez sur votre lit d'hôpital à Moscou, vous avez découvert le sort que l'on me réservait, à savoir une exécution. C'est alors que vous avez chargé Benjamin de me faire sortir de Novgorod.

— J'ai mes sources, Jason, et, même si des erreurs sont commises en haut lieu, je ne tiens pas à incriminer quelqu'un. C'était une simple erreur. Le procès de Nuremberg nous aura au moins appris que, dans certaines circonstances, il est souhaitable de désobéir à des ordres monstrueux. C'est le genre de leçon qui traverse les frontières et s'imprime dans les esprits. Les Russes ont infiniment souffert pendant la dernière guerre. Certains d'entre nous s'en souviennent et nous refusons d'imiter notre ennemi de l'époque.

— Bien parlé, dit Prefontaine en levant son verre de Perrier pour porter un toast au Russe. Tout bien considéré, nous appartenons tous à la même race, n'est-ce pas?

— Voilà une remarque séduisante bien qu'un peu éculée, lança Krupkin en vidant trop vite son quatrième verre de cognac, mais il ne faut pas oublier qu'il y a différentes catégories de responsabilités. Même si par exemple ma maison au bord du lac de Genève ne m'appartient plus, j'ai encore aux îles Caïmans des comptes bancaires que personne ne pourra me disputer. A propos, à quelle distance se trouvent ces îles Caïmans?

— Un peu moins de deux mille kilomètres plein ouest, répondit Saint-Jacques. D'Antigua, un jet vous y emmènera en trois heures.

— C'est bien ce que je pensais. Quand nous étions à l'hôpital, à Moscou, Alex parlait souvent de l'île de la Tranquillité et de Montserrat, et j'ai regardé sur une carte de la bibliothèque de l'hôpital. Les choses suivent leur cours... Au fait, j'espère que le pilote du hors-bord n'aura pas trop de problèmes. Mes faux papiers m'ont coûté outrageusement cher et sont aussi en ordre que possible.

— Le seul délit qu'il ait commis a été d'apparaître à proximité de l'île, dit Saint-Jacques.

— J'étais assez pressé... Ce doit être l'habitude de fuir pour sauver sa peau.

— J'ai déjà expliqué à la Résidence du gouverneur que vous étiez un très bon ami de mon beau-frère.

— Bien. Très bien.

— Qu'allez-vous faire maintenant, Dimitri? demanda Marie.

— Je crains de ne pas avoir tellement le choix. Non seulement l'ours soviétique a plus de griffes qu'un mille-pattes n'a de pattes, mais il dispose d'un réseau informatisé à l'échelle de la planète. Je vais être obligé de me cacher un certain temps, pour me construire une nouvelle existence. En partant de zéro, cela va sans dire. Vous serait-il possible de me louer une de vos charmantes villas? poursuivit Krupkin en se tournant vers Saint-Jacques.

– Après ce que vous avez fait pour David et ma sœur, il n'en est pas question. Vous êtes ici chez vous, monsieur Krupkin.

– C'est très aimable à vous. Je vais commencer par le voyage aux îles Caïmans où, à ce que l'on dit, je trouverai d'excellents tailleurs. Puis peut-être un petit yacht que j'affréterai là-bas. Je pourrai prétendre venir de la Terre de Feu ou des Malouines, un de ces coins perdus où, avec un peu d'argent, on se fabrique une identité et un passé crédibles. Après quoi, j'irai à Buenos Aires voir un médecin qui, toujours à ce qu'il paraît, fait des miracles – des miracles indolores – avec les empreintes digitales, puis je me ferai faire un peu de chirurgie esthétique, juste de quoi modifier mon profil et peut-être supprimer quelques années. C'est à Rio que l'on trouve les meilleurs chirurgiens, meilleurs qu'à New York. Depuis cinq jours et cinq nuits, je n'ai rien eu d'autre à faire que de réfléchir et dresser des plans dans des conditions sur lesquelles je ne tiens pas à m'appesantir en présence de la ravissante Mme Webb.

– Vous avez véritablement réfléchi, dit Marie, impressionnée malgré elle. Et, je vous en prie, appelez-moi Marie. Comment pourrais-je vous suspendre comme une épée de Damoclès au-dessus de la tête de mon rustre, si vous continuez à m'appeler Mme Webb?

– Adorable Marie!

– Et tes projets? demanda Conklin. Combien de temps te faudra-t-il pour les réaliser?

– C'est toi qui poses cette question?

Krupkin ouvrit de grands yeux incrédules.

– Il faut bien que quelqu'un la pose.

– Toi, qui as participé à la réalisation du dossier du plus grand usurpateur que l'univers du terrorisme international ait jamais connu?

– Si c'est de moi que vous parlez, lança Bourne, c'est du passé. Je ne m'intéresse plus en ce moment qu'à la décoration d'intérieurs.

– Combien de temps, Kruppie?

– Mais, bon Dieu! Tu as entraîné une recrue pour une mission bien précise. Là, il s'agit de toute ma vie qui est chamboulée.

– *Combien de temps?*

– Dis-moi, Aleksei, c'est de ma vie que nous parlons. Même elle est dénuée de valeur dans le contexte géopolitique, c'est quand même la mienne.

– Le temps qu'il faudra, affirma David Webb en sentant le fantôme de Jason Bourne se pencher par-dessus son épaule blessée.

– Deux ans, lança Dimitri Krupkin. Trois peut-être.

– Nous vous les offrons, fit Marie.

– Pritchard, demanda Saint-Jacques, servez-moi un autre verre, je vous prie.

Epilogue

Ils marchaient le long de la grève dans la clarté de la lune et les frôlements de leurs corps créaient en eux des moments de gêne, comme si la séparation qu'ils venaient de vivre avait été si terrible qu'ils n'en étaient pas encore revenus tout à fait.

— Tu avais un pistolet, dit Marie. Je déteste les armes, je ne savais pas que tu en avais une.

— Moi aussi, je les déteste. Et je ne suis même pas sûr de l'avoir su moi-même. Il était là, c'est tout.

— Un réflexe ? Une impulsion ?

— Je suppose qu'il y a un peu des deux. Cela n'a pas d'importance ; je ne m'en suis pas servi.

— Mais tu voulais t'en servir, n'est-ce pas ?

— Je n'en suis pas sûr non plus. Si les enfants et toi, vous aviez été menacés, je m'en serais servi, mais je ne pense pas que j'aurais tiré à tort et à travers.

— En es-tu certain, David ? Est-ce qu'un semblant de danger te ferait prendre une arme pour tirer sur des ombres ?

— Non. Je ne tire pas sur des ombres.

Des pas ! Sur le sable ! Le bruit des vagues léchant la grève modifié par ce qui ne pouvait être qu'une intrusion humaine, un infime changement dans le rythme naturel des flots... Des sons que Jason Bourne avait appris à interpréter sur d'innombrables plages ! Il pivota sur lui-même en repoussant violemment Marie au loin, en dehors de la ligne de tir, et en sortant son arme.

— Je t'en prie, David, ne me tue pas ! cria Morris Panov en allumant sa torche électrique. Ce serait vraiment stupide.

— Mo ! s'écria Webb. Mais qu'est-ce que tu faisais ?

— J'essayais de vous trouver, c'est tout... Tu ne veux pas aider Marie ?

David alla aider sa femme à se relever. Ils clignèrent tous deux des yeux, à moitié aveuglés par le faisceau lumineux de la torche.

– Bon Dieu! s'écria Bourne en levant son arme. C'est toi, la taupe!

– La *quoi?* rugit le psychiatre en orientant sa torche vers le sol. Si c'est ce que tu crois, tu n'as qu'à m'abattre tout de suite, pauvre con!

– Je ne sais pas, Mo. Je ne sais plus rien...

– Eh bien, tu n'as qu'à pleurer un bon coup, idiot! Pleure comme tu n'as jamais pleuré! Jason Bourne est mort, sa vie s'est achevée à Moscou. Si tu n'es pas capable de l'accepter, je ne veux plus jamais rien avoir à faire avec toi! Tu as compris, toi, l'arrogante *création* de la CIA? Tu as réussi et c'est fini maintenant!

David Webb se laissa tomber à genoux. Il avait les yeux pleins de larmes et les épaules secouées de sanglots, mais il s'efforçait de ne pas émettre un son.

– Tout ira bien, Mo, murmura Marie en s'agenouillant à côté de David et en passant le bras autour de ses épaules.

– Je sais, fit Panov en hochant lentement la tête à la clarté de sa torche. Deux êtres dans un seul esprit, nous ne pouvons imaginer ce que c'est... Mais c'est fini maintenant. Pour de bon.

Cet ouvrage a été réalisé par la
SOCIÉTÉ NOUVELLE FIRMIN-DIDOT
Mesnil-sur-l'Estrée
pour le compte des Éditions Laffont
en mai 1991

Imprimé en France
Dépôt légal : mai 1991
Nº d'édition : 33364   Nº d'impression : 17497